Michael Connelly, lauréat de l'Edgar Award du roman policier pour *Les Égouts de Los Angeles* et de nombreux autres prix (Nero Wolfe, Macavity, Anthony...), est notamment l'auteur de *La Glace noire*, *La Blonde en béton*, *Le Poète*, *Créance de sang*, *L'Envol des anges*, *À genoux*, *Le Verdict du plomb*, *L'Épouvantail* et *Les Neuf Dragons*. Il s'est vu décerner le prix Pulitzer pour ses reportages sur les émeutes de Los Angeles en 1992. Michael Connelly vit actuellement en Floride.

Michael Connelly

LES ENQUÊTES DE MICKEY HALLER

LA DÉFENSE LINCOLN

suivi de

LE VERDICT DU PLOMB

Traduit de l'anglais (États-Unis)
par Robert Pépin

Éditions du Seuil

TEXTE INTÉGRAL

La Défense Lincoln
TITRE ORIGINAL
The Lincoln Lawyer
ÉDITEUR ORIGINAL
Little, Brown and Company

Le Verdict du plomb
TITRE ORIGINAL
The Brass Verdict
ÉDITEUR ORIGINAL
Little, Brown and Company, New York

ISBN 978-2-7578-3734-4

LA DÉFENSE LINCOLN

Ce livre est dédié
à Daniel F. Daly et Roger O. Mills

« Il n'y a pas de client plus effrayant qu'un innocent. »

J. Michael Haller, avocat de la défense au criminel Los Angeles, 1962

Première partie

Avant le procès

Lundi 7 mars

1

On ne saurait respirer air plus vif et plus propre dans le comté de Los Angeles que celui qui monte du désert de Mojave à la fin de l'hiver. C'est un goût de promesses qu'il porte en lui. Lorsqu'il se fait vent et se met à souffler, j'aime garder une fenêtre ouverte dans mon bureau. Rares sont ceux qui, comme Fernando Valenzuela, connaissent cette particularité qui m'est propre. Fernando Valenzuela le garant de cautions, pas le lanceur de base-ball. J'arrivais juste à Lancaster pour une convocation à neuf heures lorsqu'il m'appela. Il avait dû entendre le vent siffler dans mon portable car il me lança :

– Mick ! T'es dans le nord ce matin ?

– Pour l'instant, oui, répondis-je en remontant ma vitre pour mieux l'entendre. T'as quelque chose ?

– Oui, j'ai quelque chose. Je pense tenir un client pactole. Mais il ne se montrera qu'à onze heures. Tu pourrais arriver ici en temps utile ?

C'est à une rue du centre administratif de Van Nuys Boulevard, qui abrite deux tribunaux et la prison, que se trouve le bureau de Valenzuela. Il a donné à son affaire le nom de Liberty Bail Bonds[1]. Son numéro de téléphone – en gros néons rouges sur le toit de son

1. Soit « Garanties de conditionnelle ». Jeu de mot sur Liberty Bell, la cloche de Philadelphie qui symbolise l'indépendance américaine *(NdT)*.

immeuble –, se voit de l'aile de haute surveillance du troisième étage du pénitencier. Et, dans tous les autres quartiers de la prison, il est gravé sur les parois de chaque cabine téléphonique.

On pourrait aussi dire qu'il est gravé en permanence sur ma liste de cadeaux de Noël. À la fin de l'année, j'offre en effet une boîte de fruits secs (Mélange du Planteur « spécial Holidays ») à tous ceux que j'y ai inscrits. La boîte s'orne d'un ruban avec un joli nœud. Mais il n'y a pas de fruits secs dans la boîte. Juste du liquide. J'ai beaucoup de garants de conditionnelle sur ma liste. Le Mélange du Planteur « spécial Holidays », j'en mange dans un Tupperware jusqu'au cœur du printemps. Depuis mon dernier divorce, c'est même souvent tout ce que j'avale en guise de dîner.

Avant de répondre à la question de Valenzuela, je réfléchis à ma convocation. Mon client s'appelait Harold Casey. À condition que le rôle des causes soit tenu selon l'ordre alphabétique je pouvais, et sans problème, arriver en temps voulu pour une audience de onze heures. Sauf que le juge Orton Powell était en toute fin de carrière. Qu'il prenait sa retraite. Ce qui voulait dire qu'au contraire de ses confrères du barreau il n'avait plus à gérer les pressions inhérentes au processus de réélection. Et que, pour bien montrer qu'il était libre – et peut-être aussi pour rendre la monnaie de leur pièce à tous ceux et à toutes celles auxquels il avait été redevable douze ans durant –, il aimait assez mélanger un peu tout dans sa salle d'audiences. Certaines fois il appelait les affaires par ordre alphabétique, mais d'autres fois aussi dans l'ordre inverfse, quand ce n'était pas par ordre d'inscription du dossier au greffe du tribunal. On ne savait donc jamais quand une affaire allait passer en audience jusqu'à ce qu'on soit devant lui. Il n'était pas rare que des avocats aient à battre la semelle pendant plus d'une heure dans son tribunal. Ça lui plaisait beaucoup.

– Onze heures ? Je devrais y arriver, répondis-je sans en être vraiment certain. C'est quelle affaire ?

– Le mec doit avoir un tas de pognon. Adresse à Beverly Hills et l'avocat de la famille se pointe ici tout de suite. C'est pas du toc, Mick. Ils lui ont collé une caution d'un demi-million de dollars et l'avocat de sa mère s'est ramené aujourd'hui, tout prêt à garantir le truc avec une propriété à Malibu. Il n'a même pas demandé qu'on réduise le montant de la caution. Ils doivent pas trop avoir peur qu'il se taille.

– Et c'est pour quel crime ? demandai-je.

D'un ton égal. Pour les requins, l'odeur du fric conduit souvent à une fringale proprement frénétique, mais j'avais assez chouchouté Valenzuela à des tas de Noëls pour savoir que je le tenais, et pour moi tout seul. Je pouvais la jouer cool.

– Les flics l'ont serré d'entrée de jeu pour voies de fait, blessures graves et tentative de viol, me répondit-il. À ma connaissance, le district attorney n'est pas encore entré dans la danse.

La police a l'habitude d'en rajouter sur les charges. Ce qui compte, c'est ce que les procureurs finissent par retenir et porter devant la cour. Je dis toujours qu'au début les affaires rugissent comme des lions et qu'à la fin elles bêlent comme des agneaux. Une affaire de tentative de viol et voies de fait avec blessures graves est facilement requalifiée en simples coups et blessures. Ça n'est pas pour me surprendre et ne se termine pas forcément par le pactole. Il n'empêche : si j'arrivais à joindre le client et à conclure un accord financier sur la base des charges envisagées, je lui ferais très bonne impression lorsque le district attorney ramènerait tout ça à des accusations raisonnables.

– Tu as des détails ?

– Il s'est fait coincer hier soir, répondit Valenzuela. Ça ressemble pas mal à une histoire de nana qu'on lève dans un bar, l'affaire finissant par tourner mal. D'après l'avocat de la famille, la fille en voudrait à son fric. Tu sais bien… le procès au civil après le procès au criminel. Mais je n'en suis pas sûr. D'après ce que j'ai entendu dire, elle s'est quand même fait salement amocher.

– Comment s'appelle l'avocat de la famille ?

– Attends une seconde. J'ai sa carte quelque part.

Je jetai un coup d'œil par la vitre en attendant que Valenzuela la retrouve. J'étais à deux minutes du tribunal de Lancaster et à douze de mon rendez-vous. Et, là-dessus, il m'en fallait au moins trois pour conférer avec mon client et lui annoncer la mauvaise nouvelle.

– Ah, voilà, reprit Valenzuela. Il s'appelle Cecil C. Dobbs, Esquire. Il habite à Century City. Tu vois, je te l'avais bien dit qu'y avait du fric à la clé.

Il avait raison. Mais ce n'était pas l'adresse à Century City qui disait le fric. C'était le nom du type. Je connaissais ce bonhomme de réputation et me doutais que parmi ses clients il ne devait pas y avoir beaucoup plus d'un ou deux types qui n'habitaient pas à Bel-Air ou à Holmby Hills. Après le travail, ces messieurs et dames devaient regagner des maisons où, la nuit, les étoiles semblaient descendre du ciel pour adouber les puissants.

– Tu me donnes le nom du client ? demandai-je.

– Il s'agit d'un certain Louis Ross Roulet.

Il m'épela le nom, je l'inscrivis sur un bloc-notes.

– C'est presque comme la roulette, mais faut prononcer « Roulay », précisa-t-il. Alors, tu vas venir ?

Avant de lui répondre, je portai aussi le nom de C. C. Dobbs sur mon bloc. Et finis par lui renvoyer une question en guise de réponse.

– Bon mais… pourquoi moi ? demandai-je. C'est lui qui m'a demandé ? Ou c'est toi qui le lui as suggéré ?

Parce que là, il fallait faire attention. Je devais absolument tenir pour acquis que Dobbs était le genre d'avocat à en appeler au barreau de Californie en un tournemain si jamais il tombait sur un avocat de la défense qui paie des garants de caution pour se faire envoyer des clients. De fait, je commençais même à me demander si tout cela n'était pas un piège du barreau auquel Valenzuela n'avait vu que du feu. Il faut dire que ce barreau ne me portait pas vraiment dans son cœur. Qu'il avait déjà essayé de me coincer, et pas qu'une fois.

– J'ai demandé à Roulet s'il avait un avocat, tu vois ? Un avocat de la défense et il m'a répondu que non. Alors, j'y ai causé de toi. Sans forcer. J'y ai juste dit que t'étais bon. La pédale douce, quoi, tu vois ?

– Et t'as fait ça avant ou après que Dobbs se soit pointé ?

– Avant. Roulet m'a appelé de la prison ce matin. Les flics lui ont mis sacrément la pression et il a dû comprendre. Dobbs s'est pointé après. J'y ai dit que t'étais sur le coup et qui t'étais et il a pas râlé. Il sera ici à onze heures. Tu verras comme il est.

Je gardai longtemps le silence. Je me demandais jusqu'où Valenzuela me disait la vérité. Un type comme Dobbs devait avoir ce qu'il fallait. À supposer même que ce ne soit pas dans ses cordes, il avait sûrement un spécialiste du criminel dans son cabinet, à tout le moins en stand-by. Sauf que l'histoire de Valenzuela semblait signifier le contraire. C'était sans rien dans les mains que Roulet était venu à lui. Et moi, cela me disait que, dans cette histoire, il y avait plus de trucs que j'ignorais que de trucs que je connaissais.

– Hé, Mick ! T'es toujours avec moi ? me lança Valenzuela.

Je pris ma décision – une décision qui devait me ramener à Jesus Menendez et que je devais finir par regretter, et plutôt deux fois qu'une. Sauf qu'au moment où je la pris, elle ne reflétait qu'un choix tout droit sorti de l'habitude et de la nécessité.

– J'y serai, dis-je dans mon téléphone. On se retrouve à onze heures.

J'allais refermer l'appareil lorsque j'entendis la voix de Valenzuela me revenir.

– Et tu vas pas m'oublier, hein, Mick ? Enfin tu vois… si c'est vraiment le client pactole.

C'était la première fois qu'il me demandait de lui garantir un renvoi d'ascenseur. Cela ne faisant qu'accroître ma paranoïa, je lui concoctai une réponse qui puisse le satisfaire lui, mais aussi le barreau… si jamais j'étais sur écoutes.

– T'inquiète pas, Val ! lui renvoyai-je. T'es sur ma liste du Père Noël.

Et je refermai mon portable avant qu'il puisse ajouter quoi que ce soit et demandai à mon chauffeur de me déposer à l'entrée des employés du tribunal. La queue au portique de détection des métaux y serait plus courte et l'attente moins longue. Les types de la sécurité n'avaient en général rien contre le fait que les avocats, en tout cas les habitués de ce tribunal, passent par là pour arriver à l'heure en salle d'audience.

C'est en repensant à Louis Ross Roulet, à son affaire, à tout ce pactole possible et aux dangers qui m'attendaient que je redescendis ma vitre pour goûter encore une minute à l'air propre et frais du désert. Il était toujours porteur de promesses.

2

Quand j'y arrivais, la salle d'audience de la chambre 2A était pleine d'avocats en train de négocier et de bavarder des deux côtés de la barre. Je sus que la séance débuterait à l'heure en voyant que l'huissier avait pris place à son bureau. Cela voulait dire que le juge était sur le point de siéger.

Dans le comté de Los Angeles, les huissiers sont en fait des adjoints au shérif assermentés détachés auprès du Service des prisons. Je m'approchai du mien, son bureau se trouvant juste à côté de la balustrade de la barre afin que les citoyens puissent venir poser des questions sans avoir à violer l'espace réservé aux avocats, aux accusés et au personnel de la salle. Je vis le rôle accroché à une écritoire à pinces posée devant lui. Je vérifiai le nom porté sur sa plaque – R. Rodriguez –, avant de parler.

– Roberto, lui lançai-je, vous avez mon gars sur votre feuille ? Harold Casey ?

Il posa son doigt en haut de la liste et ne le descendit que très peu avant de me répondre. Autrement dit, j'avais de la chance.

– Casey, dit-il, oui. C'est le deuxième.

– On bosse en alphabétique aujourd'hui ? Génial. J'ai le temps de passer derrière et d'aller voir le mec ?

– Non. On doit amener le premier groupe dans une minute. Je viens juste de les appeler. Le juge va arriver.

Vous n'aurez que deux ou trois minutes pour voir votre type dans l'enclos.

– Merci.

Je me dirigeais vers le portillon lorsqu'il me rappela.

– Et c'est Reynaldo, pas Roberto !

– D'accord, d'accord. Je m'excuse pour ce Roberto.

– Parce que nous autres, huissiers, on a tous la même gueule, c'est ça ?

Je ne savais pas trop s'il essayait de faire de l'humour ou s'il se foutait de moi. Je ne répondis pas, me contentai de sourire, franchis le portillon, saluai deux ou trois avocats que je ne connaissais pas, et deux ou trois autres que je connaissais. L'un d'eux m'arrêta pour me demander combien de temps je pensais tenir le juge, parce qu'il voulait avoir une idée de l'heure à laquelle revenir pour son client. Je lui répondis que je ne traînerais pas.

Avant la séance, les prévenus incarcérés sont conduits à la salle d'audience par groupes de quatre et enfermés dans une enceinte tout en bois et verre appelée « l'enclos ». Cela leur permet de conférer avec leurs avocats avant que, leur affaire appelée, les charges retenues contre eux soient examinées par la cour.

J'arrivai au bord de l'enclos au moment même où, un adjoint au shérif ayant ouvert la porte de la cellule, les quatre premiers prévenus recevaient l'ordre d'avancer. Le dernier à entrer dans l'enclos fut Harold Casey, mon client. Je pris place près du mur latéral de façon à ce que nous soyons un peu à l'écart et lui fis signe d'approcher.

Casey était un grand costaud, du genre qu'on tend à recruter chez les Road Saints, un gang de motards qui, eux, préfèrent parler de « club ». Il avait profité de son séjour à la prison de Lancaster pour se couper les cheveux et se raser, comme je le lui avais demandé. Il était donc relativement présentable, en dehors des tatouages qu'il avait sur les bras et de ceux qui dépassaient de son col de T-shirt. On fait ce qu'on peut. Je ne sais pas trop quel effet peuvent avoir des tatouages sur les jurés, mais je ne crois pas que ce soit vraiment positif, surtout lorsque ces tatouages représentent des crânes ricanants. Ce que je sais, c'est qu'en général les jurés n'aiment pas les queues-de-cheval – qu'elles ornent la tête du prévenu ou celle de l'avocat qui le représente.

Casey, ou « Hard Case[1] » comme l'appelaient les membres du « club », était accusé de cultiver, posséder et vendre de la marijuana, en plus d'autres délits ayant à voir avec la drogue et les armes à feu. Lors d'une descente effectuée avant l'aube dans le ranch où il vivait et travaillait, les adjoints du shérif avaient découvert une grange et des baraquements militaires transformés en lieux de culture. Plus de deux mille plants de marijuana arrivés à parfaite maturité y avaient été saisis, sans parler de trente-deux kilos de la même marijuana mise en paquets plastique de divers poids. Et de 340 grammes de cristaux de méthédrine que les types chargés de l'emballage auraient dû éparpiller sur la récolte afin de lui donner un petit coup de fouet, tout cela saisi avec un petit arsenal dont il avait été plus tard reconnu que l'essentiel avait été volé.

Bref, l'affaire Casey semblait bien foutue. La justice de Californie le tenait. Il avait été trouvé endormi sur un lit de camp dans la grange, à un mètre cinquante du plan d'emballage. Sans oublier qu'il avait été déjà condamné deux fois pour trafic de drogue, et qu'il était encore en liberté conditionnelle pour sa dernière condamnation. Or, en Californie, le troisième coup est le bon. Soyons réalistes : Casey devait s'attendre à une décennie de taule, même en en défalquant ce qu'il s'était déjà tapé.

À ceci près que, fait inhabituel, l'accusé Casey attendait avec impatience d'être jugé – et surtout condamné. Il

1. Soit « le cas pas facile » *(NdT)*.

avait refusé de renoncer au droit d'être jugé rapidement et là, moins de trois mois après son arrestation, il n'avait plus qu'une envie : passer devant une cour. Et s'il le voulait, c'était parce que son seul espoir raisonnable était de faire appel de sa très probable condamnation. Et c'est vrai que, grâce à son avocat, il avait un semblant d'espoir – cette petite lueur vacillante que seul un bon avocat peut apporter dans un dossier aussi sombre. De cette lueur une stratégie était née, qui plus tard pourrait contribuer à le libérer. C'était dangereux et osé, et lui coûterait de la taule en attendant l'appel, mais il savait aussi bien que moi que c'était sa seule chance véritable.

La faille du dossier de l'accusation ne résidait en effet pas du tout dans l'hypothèse selon laquelle Casey cultivait, emballait et vendait de la marijuana. De ce côté-là, le procureur avait parfaitement raison et les pièces à conviction le prouvaient plus qu'amplement. C'était plutôt dans la manière dont l'accusation en était venue à détenir ces éléments de preuve que ces charges vacillaient sur leurs bases. Il me revenait donc de titiller cette faille, de l'exploiter et de la faire apparaître aux minutes du procès afin d'emporter l'adhésion d'une cour d'appel quant à la validité de ma demande, repoussée par le juge Orton Powell, de ne pas prendre ces éléments de preuve en considération.

C'était un mardi de la mi-décembre qu'Harold Casey avait semé les germes de son accusation en entrant dans un Home Depot de Lancaster pour y faire l'acquisition d'un certain nombre d'articles courants – dont trois ampoules du genre de celles qu'on utilise pour les cultures hydroponiques. Il se trouvait que le type qu'il avait derrière lui, dans la queue pour arriver à la caisse, était un adjoint au shérif qui s'apprêtait à acheter des guirlandes lumineuses pour Noël. Ledit adjoint, qui n'était pas en service, avait reconnu certains des tatouages que Casey avait sur les bras (surtout le crâne avec sa petite auréole qui est l'emblème des Road Saints) et avait aussitôt fait le lien. Il avait alors suivi Casey jusqu'à son ranch proche de Pearblossom. Le renseignement avait ensuite été transmis à la Brigade antidrogue du shérif, lequel s'était alors arrangé pour qu'un hélicoptère banalisé survole la propriété et en prenne des photos avec une caméra à imagerie thermique. Ces clichés, où l'on voyait en détails d'un beau rouge vif la grange et les baraquements, ajoutés aux déclarations de l'adjoint qui avait vu Casey acheter des ampoules pour cultures hydroponiques, avaient été consignés dans un dossier qu'on avait transmis à un juge. Dès le lendemain matin, Casey était réveillé en plein sommeil sur son lit de camp par des adjoints au shérif munis de commissions rogatoires.

Lors d'une audience précédente, j'avais soutenu que tous les éléments de preuve retenus contre mon client devaient être rejetés dans la mesure où la raison de la perquisition constituait une violation de la loi sur la protection de la vie privée. Il ne faisait en effet aucun doute que se servir des achats ordinaires d'un citoyen lambda dans une quincaillerie pour violer ensuite son espace privé à l'aide d'une surveillance terrestre et aérienne et de clichés pris avec une caméra à imagerie thermique ne pouvait être considéré que comme un procédé excessif par ceux qui avaient façonné la Constitution.

Le juge Powell ayant rejeté mes arguments, il avait été décidé que l'affaire passerait devant une cour, avec possibilité de plaider coupable. Entre-temps, de nouveaux renseignements étaient apparus qui ne pouvaient que renforcer l'appel que Casey n'allait pas manquer d'interjeter. L'examen des photos prises pendant le survol de son ranch et l'analyse des focales utilisées avec la caméra thermique indiquaient en effet clairement que l'hélico ne se trouvait pas à plus de soixante mètres du sol lorsque les adjoints du shérif avaient photographié les lieux. Et si la Cour suprême des États-Unis a effectivement arrêté que le survol de l'habitation d'un suspect lors d'une surveillance aérienne ne constitue pas une violation des droits de ce dernier à être protégé dans sa vie privée, il convient néanmoins que l'aéronef reste dans les limites de l'espace aérien public. J'avais donc demandé à mon enquêteur, Raul Levin, de se renseigner auprès de la Federal Aviation Administration, et il avait découvert que, le ranch de Casey ne se trouvant pas dans le rayon de survol des avions mis en attente d'atterrissage dans un aéroport, le plancher de survol légal était à 600 mètres. Bref, les adjoints du shérif avaient manifestement violé l'espace privé de Casey en essayant de collecter des indices qui pourraient leur donner une raison juridiquement recevable de fouiller les lieux.

Ma tâche consistait maintenant à présenter le dossier à la cour et à pousser mes adjoints au shérif et le pilote de l'hélico à dire à quelle altitude ils volaient lorsqu'ils étaient passés au-dessus du ranch. Qu'ils disent la vérité et je les tenais. Et qu'ils mentent et je les tenais aussi. Je n'aimais pas trop l'idée de coincer des représentants des forces de l'ordre en plein tribunal, mais j'espérais quand même bien qu'ils mentent. Dès qu'un jury s'aperçoit qu'un flic ment à la barre, l'accusation ferait mieux de tout laisser tomber. Et faire appel d'un verdict de non-culpabilité est inutile. On ne revient jamais sur un tel jugement.

Dans un cas comme dans l'autre, j'étais sûr de l'emporter. Il nous fallait seulement passer devant la cour et une seule chose nous retenait de le faire. C'était pour ça que j'avais besoin de parler à Casey avant que le juge siège et appelle l'affaire.

Mon client gagna le coin de l'enclos d'un pas nonchalant et ne me lança même pas un petit bonjour. Mais moi non plus : il savait ce que je voulais. Cet entretien, nous l'avions déjà eu.

– Harold, lui dis-je, c'est l'heure. C'est là que je dis au juge si nous sommes prêts à passer devant un tribunal. Je sais déjà que le procureur est prêt, lui. Bref, aujourd'hui, c'est à nous de jouer.

– Et alors ?

– Et alors, y a un problème. La dernière fois qu'on s'est vus, vous m'avez dit que je recevrais du fric. Sauf que nous revoilà ensemble et que je n'ai toujours rien.

– T'inquiète pas. Je l'ai, ton fric.

– C'est bien pour ça que je suis inquiet : c'est vous qui l'avez. Et moi qui ne l'ai pas.

– Il arrive. J'en ai parlé à mes hommes hier. Il arrive.

– Vous m'avez déjà dit ça la dernière fois. Je travaille pas à l'œil, Harry. Et l'expert auquel j'ai demandé d'analyser les photos non plus. Y a longtemps que votre dépôt de garantie a fondu. Je veux du fric, sinon va falloir que vous vous trouviez un autre avocat. Un avocat commis d'office.

– Je veux pas d'avocat commis d'office, mec. Je te veux, toi.

– Ben, j'ai des frais et faut que je bouffe, moi. Vous savez combien ça me coûte par semaine rien que pour payer les Pages jaunes ? Allez, devinez un peu.

Il garda le silence.

– Mille dollars. Ouais, mille dollars en moyenne rien que pour y garder ma pub et ça, c'est avant que je bouffe, que je paie mes traites, ma pension alimentaire et l'essence pour la Lincoln. Je travaille pas à crédit, Harold. Moi, c'est le billet vert qui m'inspire.

Ça n'eut pas l'air de l'impressionner.

– Je me suis renseigné, me renvoya-t-il. T'as même pas le droit de me lâcher. Pas maintenant. Le juge te l'interdira.

Le silence se fit dans la salle lorsque ce dernier franchit la porte de son cabinet et gravit les deux marches qui conduisaient à son siège. L'huissier ouvrit la séance.

Enfin du spectacle. Je me contentai de regarder longuement Casey, puis je m'éloignai. Sa connaissance du droit et de la façon dont ça fonctionnait était celle d'un amateur, d'un type qui a fait de la taule. Il en savait plus long que beaucoup. Mais il ne savait pas la surprise qui l'attendait.

Je m'installai sur un siège adossé à la rambarde, derrière la table de la défense. La première affaire était une histoire de réduction de caution et fut vite expédiée. Puis l'huissier appela la nôtre – l'État de Californie contre Casey –, et je gagnai la table.

– Michael Haller pour la défense, lançai-je.

Le procureur signala lui aussi qu'il était là. Il était jeune, s'appelait Victor DeVries et n'avait aucune idée de ce qui allait lui tomber dessus lorsque nous irions au procès. Comme il est d'usage, le juge Orton Powell s'enquit de savoir si un arrangement de dernière minute ne pouvait pas être conclu. Tous les juges croulent sous les affaires et doivent faire de leur mieux pour les évacuer à l'amiable. La dernière chose qu'ils ont envie d'entendre est bien qu'il n'y a aucun espoir d'accord et que le passage devant une cour est inévitable.

Cela dit, Powell accueillit comme si de rien n'était la mauvaise nouvelle que DeVries et moi lui avions réservée et nous demanda si nous étions prêts à fixer la date du procès à un peu plus tard dans la semaine. DeVries répondit que oui. Et moi que non.

– Monsieur le juge, lui lançai-je, j'aimerais bien repousser le jugement à la semaine prochaine, si c'est possible.

– Pourquoi ce délai, maître Haller ? me demanda-t-il d'un ton impatient. L'accusation est prête et j'aimerais en finir avec ce dossier.

– Tout comme moi, monsieur le juge. Sauf que la défense a du mal à localiser un témoin qui lui sera nécessaire. Un témoin indispensable, monsieur le juge.

Un report d'une semaine devrait suffire. Nous devrions pouvoir y aller la semaine prochaine.

Comme prévu, DeVries éleva une objection.

– Monsieur le juge ! s'écria-t-il. C'est bien la première fois que l'accusation entend parler d'un témoin manquant. Maître Haller a eu presque trois mois pour retrouver son témoin. C'est lui qui voulait un jugement rapide et voilà qu'il nous demande d'attendre ? Il ne s'agit sans doute que d'une demande de report motivée par le fait qu'il se trouve devant un dossier qui le…

– Vous pouvez garder le reste de votre phrase pour les jurés, maître DeVries. Maître Haller, vous êtes sûr qu'une semaine devrait vous permettre de résoudre votre problème ?

– Oui, monsieur le juge.

– Parfait. Nous vous reverrons donc, vous et M. Casey, lundi prochain et vous devrez être prêts. Est-ce bien compris ?

– Oui, monsieur le juge. Merci.

L'huissier appelant l'affaire suivante, je m'écartai de la table de la défense. Puis je regardai un adjoint au shérif faire sortir mon client de l'enclos. Casey me coula un regard par-dessus son épaule, un regard où la perplexité le disputait à la colère. Je m'approchai de Reynaldo Rodriguez et lui demandai la permission de me rendre à la cellule de détention pour conférer avec mon client. C'est là une faveur qu'on accorde à pratiquement tous les habitués. Rodriguez se leva, déverrouilla une porte derrière son bureau et me laissa passer. Je veillai à le remercier en l'appelant par le prénom qui convenait.

Casey se trouvait dans une cellule avec un autre accusé, celui dont on avait appelé l'affaire avant la nôtre. La cellule était grande et munie de bancs sur trois côtés. L'ennui, lorsque son affaire est appelée tôt, est qu'après on est obligé de rester dans cette cage jusqu'à ce qu'elle soit assez pleine d'accusés pour remplir le bus qui les ramènera à la prison du comté. Casey se rua sur les barreaux pour me parler.

– De quel témoin tu causais ? voulut-il savoir.

– M. Billetvert, lui répondis-je. M. Billetvert est le seul individu dont nous ayons besoin pour faire avancer notre affaire.

Son visage se crispa sous la colère. J'essayai de coincer mon bonhomme au tournant.

– Écoutez-moi, Harold. Je sais que vous voulez que ça avance et qu'on arrive à la condamnation pour pouvoir interjeter appel. Mais va falloir payer le fret à un moment donné du parcours. Et je sais de très longue et de très douloureuse expérience que ça ne me fait aucun bien de traquer des gens pour qu'ils me paient ce qu'ils me doivent une fois que l'oiseau s'est envolé. Vous voulez jouer le coup tout de suite, vous payez tout de suite.

Je hochai la tête et m'apprêtai à regagner la porte qui conduisait à la liberté. Mais recommençai à parler.

– Et n'allez pas croire que le juge n'a pas compris ce qui se passe, repris-je. Vous avez affaire à un jeune procureur que, si on lui pressait le nez, il en sortirait du lait ; mais lui n'a pas à s'inquiéter de savoir d'où lui tombera le chèque à la fin du mois. Il se trouve qu'Orton Powell, lui, a passé quatre ans du côté de la défense avant de devenir juge. Il sait donc parfaitement ce que ça veut dire de retrouver des témoins indispensables du genre de M. Billetvert et y a des chances qu'il n'ait guère de sympathie pour un accusé qui ne paie pas son baveux. Je lui ai fait un clin d'œil, Harold. Si je veux lâcher l'affaire, je la lâcherai. Cela dit, je préférerais beaucoup qu'on se retrouve ici lundi prochain et que je me lève pour lui dire qu'on a retrouvé notre témoin et que nous sommes prêts à foncer. Vous comprenez ?

Il commença par ne rien dire. Il gagna l'autre bout

de la cellule et s'assit sur un banc. Et ne me regarda même pas lorsque enfin il parla :

– Dès que j'ai accès à un téléphone, dit-il.

– Ça me paraît bien, lui renvoyai-je. Je vais dire à un des adjoints au shérif que vous avez un appel à passer. Vous le passez, vous faites pas de conneries et on se retrouve la semaine prochaine. Ça va gazer, vous verrez.

Sur quoi je regagnai la porte d'un pas rapide. Je déteste me trouver à l'intérieur d'une prison. Je ne sais pas trop pourquoi. Faut croire que j'ai parfois l'impression que la frontière est bien mince – la frontière qui sépare l'avocat au criminel de l'avocat qui l'est. Il y a des moments où je ne sais plus trop de quel côté de la barre je me trouve. À mes yeux, pouvoir ressortir par le chemin par lequel je suis entré a toujours quelque chose de miraculeux.

3

Ayant retrouvé les couloirs du tribunal, je rallumai mon portable et appelai mon chauffeur pour l'avertir que j'arrivais. Puis je vérifiai ma boîte vocale et y trouvai des messages de Lorna Taylor et de Fernando Valenzuela. Je décidai d'attendre d'être à nouveau dans ma voiture pour leur répondre.

Earl Briggs, mon chauffeur, avait garé la Lincoln juste devant le tribunal. Il n'en descendit pas pour m'ouvrir la portière ou autre. Selon notre arrangement, il devait simplement me conduire à droite et à gauche, cela afin de me régler les honoraires qu'il me devait suite à la conditionnelle que je lui avais décrochée après sa condamnation pour trafic de cocaïne. Je le payais vingt dollars de l'heure, mais en retenais la moitié. Ce n'était pas vraiment ce qu'il gagnait en vendant du crack dans les cités, mais c'était légal et moins dangereux et pouvait figurer sur un CV. Earl disait vouloir rentrer dans le droit chemin et je le croyais.

J'entendis du hip-hop pulser derrière les vitres en m'approchant de la Lincoln Town Car. Mais Earl l'arrêta net dès que je tendis la main vers la poignée de la portière. Je me glissai à l'arrière et lui demandai de prendre la direction de Van Nuys.

– Qui est-ce que vous écoutiez ? lui demandai-je.

– Euh… le Three Six Mafia.

– Sud crade ?

– Voilà !

Au fil des ans je me suis familiarisé avec les distinctions subtiles – régionales et autres –, qui ont cours dans le rap et le hip-hop. Quels qu'ils soient, pratiquement tous mes clients en écoutent, nombre d'entre eux en tirant même des stratégies de vie.

Je me penchai en avant, attrapai la boîte à chaussures pleine de cassettes consacrées à l'affaire Boyleston et en choisis une au hasard. Puis je notai l'heure et le numéro de la cassette dans le petit carnet que je gardais dans la boîte à chaussures et passai la bande à Earl par-dessus le dossier du siège. Il la glissa dans le lecteur du tableau de bord. Je n'eus pas besoin de lui demander de baisser suffisamment le son pour n'entendre qu'un bruit de fond. Earl travaillait pour moi depuis trois mois et savait ce qu'il fallait faire.

Roger Boyleston était un des clients que m'avait envoyés le tribunal. Il devait répondre de diverses accusations de trafic de drogue. Des écoutes téléphoniques de la DEA[1] avaient conduit à son arrestation et à la saisie de six kilos de cocaïne qu'il prévoyait de distribuer grâce à un réseau de dealers. Les bandes étaient nombreuses – il y en avait pour plus de cinquante heures d'enregistrement. Boyleston avait dit à beaucoup de gens ce qui allait arriver et à quel moment s'y attendre. Pour le parquet, l'affaire était dans le sac. Boyleston allait en prendre pour longtemps et je ne pouvais pratiquement rien faire, hormis négocier sa coopération contre une diminution de peine. Mais cela n'avait guère d'importance. Ce qui en avait à mes yeux, c'était les bandes. C'était à cause d'elles que j'avais pris l'affaire. L'administration fédérale était obligée de me payer pour que je les écoute et puisse ainsi défendre mon client. Ce qui voulait dire que j'allais toucher un minimum de cinquante heures

1. Drug Enforcement Administration *(NdT)*.

d'écoute, payables par mon client et par l'administration avant que tout soit réglé. Voilà pourquoi je m'assurais que ces bandes tournent toujours comme il faut quand je me trouvais dans ma Lincoln. Je voulais être certain de pouvoir dire en conscience que j'avais bien écouté tout ce dont je m'étais fait payer l'écoute par Uncle Sugar[1] si jamais je devais un jour poser la main sur la Bible et jurer de dire la vérité.

Ce fut Lorna Taylor que je rappelai en premier. Lorna s'occupe de gérer mes dossiers. Le numéro de téléphone que l'on découvre sur ma demi-page de publicité dans les Pages jaunes et sur les trente-six bancs d'abribus éparpillés dans les zones de haute criminalité du sud et de l'est du comté est celui de son bureau/chambre d'ami de l'appartement en copropriété qu'elle occupe dans Kings Road, à West Hollywood. L'adresse que j'ai communiquée au barreau de Californie et à tous les huissiers des tribunaux est, elle aussi, celle de cet appartement.

Lorna est donc mon premier rempart. Pour m'atteindre, il faut d'abord passer par elle. Mon numéro de portable n'étant connu que de quelques personnes, Lorna est celle qui monte la garde à ma porte. Elle est dure, elle est maligne, elle est professionnelle – et belle. Depuis quelque temps néanmoins, je ne vérifie ce dernier point qu'environ une fois par mois, lorsque je l'emmène déjeuner et signer des chèques – car c'est aussi elle qui tient ma comptabilité.

– Cabinet d'avocat, lança-t-elle quand je l'appelai.

– Je m'excuse. J'étais encore au tribunal, lui dis-je pour lui expliquer que je n'avais pas pu prendre son appel. Quoi de neuf ?

– T'as parlé avec Val ?

1. Soit « Tonton Sucre », surnom donné à « Oncle Sam » quand il paie les avocats commis d'office *(NdT)*.

– Oui. À l'heure qu'il est, je me dirige vers Van Nuys. J'ai eu l'affaire à onze heures.

– Il a appelé ici pour être sûr. Il a l'air inquiet.

– Il croit que c'est la poule aux œufs d'or et veut être sûr de pas rater le coche. Je le rappelle pour le rassurer.

– J'ai procédé aux premières vérifications sur le dénommé Louis Ross Roulet. Le crédit est excellent. Son nom apparaît plusieurs fois dans les archives du *Times*. Tout dans l'immobilier. On dirait qu'il travaille pour une boîte de Beverly Hills, la Windsor Residential Estates. Ils s'occupent de biens exclusifs – pas le genre de maisons devant lesquelles on plante un panneau « À vendre ».

– Très bien, ça. Autre chose ?

– Sur ça, non. Et rien que de très habituel côté téléphone… pour l'instant.

Ce qui signifiait qu'elle avait vérifié le nombre habituel d'appels provenant des Pages jaunes et des abribus, tous d'individus qui voulaient engager les services d'un avocat. Avant de pouvoir me parler, ils doivent convaincre Lorna qu'ils ont les moyens de me payer. Lorna, c'est comme l'infirmière à la réception des urgences : il faut arriver à la convaincre qu'on a une bonne assurance-maladie avant qu'elle vous donne l'autorisation d'aller voir le médecin dans la salle du fond. À côté de son téléphone, elle a affiché un tarif qui démarre à 5 000 dollars pour conduite en état d'ivresse et monte jusqu'à ce que j'exige de l'heure en cas de poursuites au criminel. Elle s'assure que tout client potentiel sera un client qui paie et saura ce qu'il lui en coûtera que je le défende pour le crime dont on l'accuse. Il y a un dicton qui déclare : « Tu veux pas la prison, tu fais pas le couillon. » Lorna, elle, aime à dire qu'avec moi cela devient : « T'as pas le pognon, tu fais pas le couillon. » Elle accepte Visa et Master Card et demande à vérifier la solvabilité du client avant qu'il puisse me contacter.

– Personne qu'on connaîtrait ? lui demandai-je.

– Laura Larsen a appelé des Tours jumelles.

Je poussai un grognement. Situées en centre-ville, les Tours jumelles sont la prison principale du comté. Elles abritent des femmes dans l'une et des hommes dans l'autre. Laura Larsen était une prostituée de haut vol qui avait besoin de mes services de temps en temps. Au moins dix ans s'étaient écoulés depuis que je l'avais représentée pour la première fois – elle était alors jeune et, n'ayant pas touché à la drogue, avait encore de la vie dans le regard. Elle n'était plus maintenant qu'une cliente que je prenais *pro bono*. Je ne la faisais jamais payer. Je me contentais d'essayer de l'amener à renoncer à l'existence qu'elle menait.

– Quand est-ce qu'elle s'est fait serrer ?

– Hier soir. Non, plutôt ce matin. Elle doit comparaître après le déjeuner.

– Je ne sais pas si je vais y arriver avec mon truc à Van Nuys.

– Et y a une complication. Possession de cocaïne en plus des trucs ordinaires.

Je savais que Laura ne travaillait que par contacts sur Internet, où elle se mettait en vitrine sur divers sites sous le nom de Laura Larceny[1]. Pas question pour elle de faire le trottoir ou de jouer les entraîneuses de bar. Quand elle se faisait gauler, c'était en général après qu'un flic des Mœurs en civil avait pu passer à travers ses vérifications et prendre rendez-vous avec elle. Qu'elle ait été prise avec de la coke sur elle me faisait l'effet d'un relâchement fort étonnant de sa part. Ou alors c'était le flic qui la lui avait glissée dans la poche pour la compromettre.

– Bon. Si elle rappelle, dis-lui que j'essaierai d'y être et que si je ne peux pas je lui trouverai quelqu'un

1. Soit « Laura Délit » *(NdT)*.

d'autre pour la représenter. Tu téléphones au greffe pour confirmer qu'on y sera ?

– Je m'en occupe, mais… Mickey, quand vas-tu lui dire que c'est la dernière fois ?

– Je ne sais pas. Peut-être aujourd'hui. Quoi d'autre ?

– Ça fait pas assez pour une journée ?

– Bah, faudra sans doute faire avec.

Nous parlâmes encore un peu de mon emploi du temps pour le reste de la semaine, puis j'ouvris mon portable sur la tablette repliable du dossier de façon à pouvoir synchroniser nos agendas. J'avais deux ou trois audiences chaque matin et une qui durerait toute la journée de jeudi. Rien que des affaires de drogue dans le sud du comté. Mon ordinaire. À la fin de notre entretien, je l'avertis que je l'appellerais après l'audience à Van Nuys pour lui dire si et comment l'affaire Roulet risquait de modifier la donne.

– Un dernier truc, ajoutai-je. Tu m'as bien dit que Roulet travaille dans une boîte où on gère de l'immobilier plutôt sélect, non ?

– Si, si. D'après les archives, aucune des affaires qu'il a gérées ne s'est traitée à moins d'un million de dollars. Certaines ont même dépassé les dix. Holmby Hills, Bel-Air, voilà le genre d'endroits.

Je hochai la tête en me disant que le standing du monsieur risquait d'intéresser les médias.

– Bon, mais… pourquoi ne pas en glisser un mot à Sticks ?

– Vraiment ?

– Mais oui ! On pourrait peut-être faire quelque chose.

– D'accord.

– À plus.

Lorsque je refermai mon portable, Earl m'avait déjà ramené à l'Antelope Valley Freeway, direction sud. Nous roulions bien, arriver à Van Nuys pour la première comparution de Roulet ne poserait pas de problème. J'appelai Fernando Valenzuela pour le lui dire.

– Ça, c'est vraiment bien ! s'exclama-t-il. Je t'attends.

Je lui parlais encore lorsque je vis deux motards passer le long de ma portière. L'un comme l'autre, ils portaient un gilet en cuir noir avec un crâne et son auréole cousus dans le dos.

– Autre chose ? demandai-je.

– Oui, un autre truc qu'il faut sans doute que je te dise, reprit Valenzuela. En vérifiant au greffe pour savoir quand il devait comparaître, je me suis aperçu qu'on aurait Maggie McFierce en face de nous. Je sais pas si ça va te poser un problème ou pas.

Maggie McFierce[1], autrement dit Margaret McPherson, une des adjointes du procureur les plus dures et, oui, les plus féroces affectées au tribunal de Van Nuys. Et, ça aussi, mon ex-épouse.

– Ça ne sera pas un problème, lui répondis-je sans hésitation. Le problème, c'est elle qui l'aura.

Le prévenu ayant le droit de choisir son avocat, s'il y a conflit d'intérêts entre l'avocat de la défense et le procureur, c'est ce dernier qui doit s'incliner. Je savais que Maggie me tiendrait pour personnellement responsable si ce qui pouvait devenir une grosse affaire lui échappait, mais je n'y pouvais rien. Ce n'était pas la première fois que ça se produisait. Dans mon ordinateur portable, j'avais encore une demande de désistement pour la dernière affaire qui nous avait opposés. Si c'était nécessaire, je n'aurais qu'à changer le nom du prévenu avant de l'imprimer. J'étais donc prêt à y aller, et elle à boire la tasse ou presque.

En attendant, les deux motards nous étaient passés devant. Je me retournai et jetai un coup d'œil par la lunette arrière. Nous avions trois Harley de plus derrière nous.

1. Soit Maggie « McLaféroce » *(NdT)*.

– Mais tu sais ce que ça veut dire, non ? enchaînai-je.
– Non, quoi ?
– Ça veut dire qu'elle ne voudra pas de caution. C'est toujours ce qu'elle fait quand la victime est une femme.
– Merde. Et elle pourrait gagner ? C'est que j'en attends un paquet de petite monnaie, moi, de cette affaire.
– Je ne sais pas. T'as pas dit qu'il avait de la famille et C. C. Dobbs avec lui ? Je devrais pouvoir en tirer quelque chose. Nous verrons.
– Merde, répéta-t-il.
Il voyait disparaître son pactole.
– On se retrouve là-bas, Val.
Je refermai mon téléphone et jetai un coup d'œil à Earl par-dessus le dossier du siège.
– On a cette escorte depuis longtemps ? lui demandai-je.
– Non, ils viennent juste de nous rattraper. Vous voulez que je fasse quelque chose ?
– Voyons voir ce qu'ils…
Je n'eus même pas à aller jusqu'au bout de ma phrase. Un des motards derrière nous s'avança le long de la voiture et nous fit signe de sortir à la prochaine bretelle, celle du parc du comté de Vasquez Rocks. Je reconnus en lui un certain Teddy Vogel, un de mes anciens clients et le Road Saint le plus haut dans la hiérarchie à ne pas être encore incarcéré. Et le plus large de carrure aussi, ce n'est pas impossible. Avec ses quelque cent soixante kilos, il ressemblait à un gamin grassouillet juché sur la bécane de son petit frère.
– Arrêtez-vous, Earl ! Voyons voir ce qu'il veut.
Nous entrâmes dans le parking proche de l'amas de rochers déchiquetés qui doit son nom au hors-la-loi qui s'y était planqué un siècle plus tôt. Je vis deux personnes en train de pique-niquer, perchées sur la corniche la plus élevée. Je ne crois pas que je me serais senti très

à l'aise pour manger un sandwich dans un endroit aussi dangereux.

J'abaissai ma vitre en voyant Teddy Vogel approcher à pied. Les quatre autres Saints avaient coupé les gaz, mais restaient assis sur leurs engins. Vogel se pencha à ma fenêtre et posa un de ses gigantesques avant-bras sur le rebord. Je sentis la voiture s'incliner de quelques centimètres.

– Comment ça va, l'avocat ? me lança-t-il.

– Ça va bien, Ted, répondis-je en refusant de l'appeler par le surnom évident qu'on lui donnait dans le gang, celui de Teddy Bear[1]. Quoi de neuf par chez vous ?

– Ben… et la queue-de-cheval ?

– Y avait des gens à qui ça plaisait pas, alors je l'ai coupée.

– Des jurés, c'est ça ? Ça devait être des culs serrés de par là-bas.

– Qu'est-ce qui vous amène, Ted ?

– J'ai reçu un coup de fil de Hard Case, là-bas, à l'enclos de Lancaster. Il m'a dit que je pourrais te rattraper sur la voie sud. L'a ajouté que tu lui ferais faire du sur-place tant qu'y aurait pas des billets verts. C'est vrai, l'avocat ?

Conversation de routine, et rien de plus. Aucune menace ni dans le ton ni dans les mots. Et je ne me sentais pas menacé. Deux ans plus tôt, j'avais réussi à réduire son accusation de coups et blessures à un simple trouble à l'ordre public. Vogel tenait un club de strip-tease des Saints dans Sepulveda Boulevard, à Van Nuys. Son arrestation s'était produite après qu'il avait appris qu'une de ses danseuses les plus rentables l'avait laissé tomber pour aller bosser dans le club d'en face. Il avait traversé la rue, puis il l'avait fait

1. Soit « Gros Nounours » *(NdT)*.

descendre de la scène et l'avait ramenée dans son club. Toute nue. Un motocycliste qui passait par là avait appelé la police. Avoir réduit son chef d'inculpation avait été un de mes plus jolis coups et il le savait. Bref, il m'aimait bien.

– Ben, en gros, il a bien pigé, le Hard Case. Je bosse pour gagner ma croûte, moi. S'il veut que je travaille pour lui, faut qu'il me paie.

– On t'a filé cinq mille dollars en décembre, me renvoya Vogel.

– Y a longtemps qu'y en a plus, Ted. Plus de la moitié est allée à l'expert qui va casser la baraque de l'accusation. Le reste m'est revenu, mais ça couvre pas toutes les heures que j'y ai mises. Et s'il veut que je porte l'affaire devant le tribunal, va falloir qu'il me remplisse le réservoir.

– T'en veux cinq de mieux.

– Non, dix, et ça, je le lui ai dit la semaine dernière. Il y aura trois jours d'audience et faudra que je fasse venir mon expert de chez Kodak de New York. Faudra que je le paie et lui, il veut de la première classe dans les airs et le Château Marmont[1] sur terre. Il se voit déjà en train de boire au bar avec des stars de cinéma. Et c'est du quatre cents dollars la nuit pour les chambres les moins chères.

– Tu me tues, le baveux. Et ton slogan dans les Pages jaunes, hein ? « Un doute raisonnable[2] pour un tarif raisonnable. » Tu trouves que dix mille dollars, c'est raisonnable ?

– Je l'aimais bien, moi, ce slogan. Il me rapportait pas mal de clients. Mais le barreau de Californie

1. Un des hôtels les plus fastueux de Sunset Boulevard *(NdT)*.

2. Allusion au texte de la Constitution américaine qui stipule qu'on ne saurait condamner un accusé s'il existe un « doute raisonnable » sur sa culpabilité *(NdT)*.

n'appréciait pas des masses et m'a obligé à m'en débarrasser. Dix, c'est mon prix et c'est un prix raisonnable, Ted. Si vous pouvez pas ou ne voulez pas le payer, je fais la paperasse dès aujourd'hui. Je laisse tomber et il pourra avoir un avocat commis d'office. Je lui passerai tout le dossier. Mais y a des chances pour qu'il ait pas assez de fric pour faire venir l'expert en photo.

Vogel changea de position, la Lincoln frémissant sous son poids.

– Non, non, c'est toi qu'on veut. Hard Case, c'est un mec important pour nous, tu vois c'que j'veux dire ? Je veux qu'il sorte et qu'il se remette au boulot.

Je le regardai glisser dans son gilet une main tellement pleine de chair qu'il en avait les articulations en creux. Elle en ressortit avec une grosse enveloppe qu'il me passa par la vitre.

– C'est du liquide ?

– Du liquide, ouais. Y a un problème ?

– Non. Mais faut que je vous donne un reçu. C'est les Impôts qui l'exigent. Les dix y sont ?

– Ils y sont.

J'ôtai le couvercle d'une boîte-classeur que je garde sur le siège près de moi. Mon carnet de reçus se trouvait derrière les dossiers en cours. Je commençai à écrire mon reçu. Les trois quarts des avocats qui se font virer du barreau tombent pour des délits financiers. On a mal géré, voire détourné les honoraires du client. Moi, j'en tenais un décompte méticuleux, avec reçus à la clé. Il n'était pas question que le barreau me flingue de cette manière.

– Alors comme ça, vous aviez la somme dès le début, dis-je en continuant d'écrire. Qu'est-ce qui se serait passé si j'étais descendu à cinq ? Qu'est-ce que vous auriez fait ?

Il sourit. Il lui manquait une dent de devant, en bas.

Une bagarre au club, il y avait des chances. Il tapota l'autre côté de son gilet.

– J'avais une autre enveloppe avec cinq dedans, l'avocat. J'étais prêt.

– Putain ! Du coup, j'me sens mal de vous laisser avec tout ce fric sur vous.

J'arrachai le reçu du carnet et le lui passai par la vitre.

– C'est au nom de Casey. C'est lui le client.

– Ça me gêne pas.

Il me prit le reçu et ôta son bras de la voiture en se redressant. La Lincoln retrouva son niveau normal. J'eus envie de lui demander d'où venait l'argent, par quelle entreprise criminelle les Saints s'en étaient rendus maîtres, si une centaine de filles avaient dansé des centaines d'heures pour me payer, mais c'était là des questions dont il valait mieux ne pas connaître la réponse. Je regardai Vogel se traîner jusqu'à sa Harley et se battre pour faire passer une patte grosse comme une poubelle par-dessus le siège. Et, pour la première fois, je remarquai les amortisseurs doubles sur la roue arrière. Je dis à Earl de reprendre le freeway en direction de Van Nuys, où j'avais maintenant besoin de m'arrêter à la banque avant de regagner le tribunal pour y retrouver mon nouveau client.

Tandis que nous roulions, j'ouvris l'enveloppe et comptai l'argent. Rien que des billets de vingt, de cinquante et de cent, mais le compte y était. J'avais fait le plein et j'étais prêt à reprendre l'affaire Harold Casey. J'irais jusqu'au procès et ferais la leçon à ce jeune procureur. Je gagnerais, sinon au procès, à tout le moins en appel. Casey retrouverait sa famille et reprendrait son boulot chez les Road Saints. Sa culpabilité dans le crime dont on l'accusait ? Je ne m'y arrêtai même pas en rédigeant une fiche de dépôt pour le compte où je déposais mes honoraires.

– Monsieur Haller ? me lança Earl au bout d'un instant.

– Qu'est-ce qu'il y a, Earl ?

– Le type que vous lui avez dit qu'il arrivait de New York pour faire l'expert… Va falloir que j'aille le chercher à l'aéroport ?

Je hochai la tête.

– Il n'y a pas d'expert qui arrive de New York, Earl. Les meilleurs experts en photo et matériel photographique sont tous ici, à Hollywood.

Ce fut à son tour de hocher la tête, son regard soutenant le mien un instant dans le rétroviseur. Enfin il reporta les yeux sur la route.

– Je vois, dit-il en hochant encore une fois la tête.

Je me hochai, moi aussi, la tête à moi-même. Je n'avais eu aucune hésitation à faire et dire ce que j'avais fait et dit. C'était mon boulot. C'était comme ça que ça marchait. Après quinze ans de pratique du droit, j'envisageais la chose en des termes fort simples. Le droit était une grande machine toute rouillée qui avalait des gens, des vies et de l'argent. Moi, je n'étais que mécano. J'étais devenu expert dans l'art d'entrer dans la machine, d'y réparer des trucs et de soustraire à *x* ou à *y* ce dont j'avais besoin en retour.

Le droit n'avait plus rien pour me séduire. Les idées qu'on ingurgite en faculté sur les vertus du système du débat contradictoire, des contrepoids et de la recherche de la vérité s'étaient depuis longtemps érodées comme les visages sur les statues de civilisations antérieures. Pour moi, le droit n'avait rien à voir avec la vérité. Mais tout avec la négociation, l'amélioration et la manipulation. Je ne faisais ni dans la culpabilité ni dans l'innocence, parce que tout le monde était coupable. De quelque chose. De toute façon cela n'avait aucune importance, parce que toutes les affaires que je prenais tenaient de la maison construite sur des fondations creusées par des ouvriers surmenés et sous-payés. On avait rogné sur les coûts. On avait commis des erreurs. Et après, on avait couvert les erreurs de peinture au mensonge. Mon travail consistait à écailler la peinture et à trouver les failles. À y faire entrer mes doigts et mes outils et à les agrandir. À les rendre si énormes que c'était la maison qui s'écroulait ou mon client qui filait au travers.

Les trois quarts de la société me prenaient pour le diable, mais les trois quarts de la société avaient tort. Je n'étais qu'un ange crapoteux. Le véritable saint du voyage, c'était moi. On avait besoin de moi, on me voulait. Des deux côtés. J'étais l'huile dans la machine. C'était moi qui permettais aux rouages de tourner. Qui aidais à ce que le moteur du système continue de tourner.

Mais tout cela devait changer avec l'affaire Roulet. Pour moi. Pour lui. Et plus que certainement pour Jesus Menendez.

4

Louis Ross Roulet était dans une cellule avec sept autres types qui avaient fait le parcours en bus de la prison de Van Nuys au tribunal. Il ne s'y trouvait que deux Blancs, et ces deux Blancs étaient assis côte à côte sur un banc alors que les six autres détenus, tous Noirs, occupaient l'autre côté de la cellule. C'était là une manière de ségrégation darwinienne. Personne ne se connaissait, mais le nombre faisait la force.

Roulet étant censé représenter le fric de Beverly Hills, je regardai mes deux Blancs et n'eus aucun mal à le reconnaître. Maigre comme un clou et le regard mouillé de l'accro qui n'a pas eu son fix depuis longtemps, tel était le premier. Le second, lui, avait tout du cerf pris dans le faisceau des phares d'une voiture. C'est à lui que je m'adressai.

– Monsieur Roulet ? lançai-je en prononçant son nom comme Valenzuela m'avait dit de le faire.

Le cerf acquiesça d'un hochement de tête. Je lui fis signe de s'approcher des barreaux afin que je puisse lui parler tout bas.

– Mon nom est Michael Haller, lui dis-je. Tout le monde m'appelle Mickey. C'est moi qui vous représenterai pour cette première comparution aujourd'hui même.

Nous nous trouvions au quartier des cellules de détention, juste derrière la chambre des mises en accusation. C'est là que les avocats ont communément le droit de conférer avec leurs clients avant l'audience. Une ligne bleue y est peinte par terre, devant les cellules. La ligne des un mètre. J'étais tenu de rester à cette distance. Roulet s'agrippa aux barreaux en face de moi. Comme les autres détenus, il était enchaîné aux chevilles, aux poignets et à la taille. Ces chaînes ne pourraient lui être enlevées qu'au moment où il entrerait dans la salle d'audience. Il avait aux environs de trente ans et, bien que faisant au moins un mètre quatre-vingts pour quatre-vingt-dix kilos, il paraissait frêle. La prison. Il avait les yeux bleu pâle et je n'avais que rarement eu l'occasion de voir la panique que j'y décelai alors. Les trois quarts du temps, mes clients ont déjà fait de la taule et ont le regard froid du prédateur. C'est ainsi qu'ils survivent en prison.

Roulet, lui, était différent. Il avait plutôt l'air d'une proie. Il avait peur et se moquait bien de savoir qui le voyait et savait.

– C'est un coup monté, me lança-t-il tout fort et d'un ton pressant. Il faut que vous me sortiez d'ici. J'ai fait une erreur avec cette femme, c'est tout. Elle essaie de me coincer et…

Je levai les mains en l'air pour l'arrêter.

– Ici, faut faire attention à ce qu'on dit, lui fis-je savoir à voix basse. De fait même, faites très attention à tout ce que vous direz avant de sortir d'ici et de pouvoir me parler en privé.

Il regarda autour de lui comme s'il ne comprenait pas.

– On ne sait jamais dans quelles oreilles ça peut tomber, lui expliquai-je. Et on ne sait jamais non plus qui dira vous avoir entendu dire ceci ou cela, même si vous n'avez rien dit du tout. Le mieux est de ne pas parler de votre affaire. Vous comprenez ? Le mieux est de ne dire absolument rien à personne, point à la ligne.

Il acquiesça d'un hochement de tête et je lui fis signe de s'asseoir sur le banc près des barreaux.

– En fait, je ne suis ici que pour faire votre connaissance et vous dire qui je suis, enchaînai-je. Nous parlerons de l'affaire après que nous vous aurons sorti d'ici. Je me suis laissé dire que vous aviez un avocat personnel, nous nous contenterons donc de dire au juge que vous êtes prêt à accepter une mise en liberté sous caution. Est-ce que j'ai bien compris ?

J'ouvris un classeur Mont Blanc en cuir et me préparai à prendre des notes. Roulet acquiesça. Il apprenait.

– Bien, repris-je. Parlez-moi de vous. Dites-moi votre âge, si vous êtes marié, ce qui vous lie à votre communauté…

– Euh… j'ai trente-deux ans. J'ai toujours habité ici… j'y suis même allé en fac. À UCLA[1]. Pas marié. Pas d'enfants. Je travaille…

– Divorcé ?

– Non, jamais marié. Je travaille dans l'affaire familiale. La Windsor Residential Estates. Du nom du deuxième époux de ma mère. C'est dans l'immobilier. On vend des biens.

Je prenais des notes. Sans le regarder, je lui demandai tout bas :

– Combien avez-vous gagné l'année dernière ?

Ne l'entendant pas répondre, je levai les yeux sur lui.

– Pourquoi avez-vous besoin de le savoir ? me répondit-il.

– Parce que je vais vous faire sortir d'ici avant que le soleil se couche. Et que pour y arriver, il faut que je sache absolument tout de votre position dans la société. Position financière comprise.

– Je ne sais pas exactement combien j'ai gagné. Il y en a beaucoup dans les actions de la société.

– Vous n'avez pas fait de déclaration d'impôts ?

Il jeta un coup d'œil par-dessus son épaule, regarda ses codétenus et me chuchota sa réponse.

1. Soit Université de Californie, campus de Los Angeles *(NdT)*.

– Si, si, dit-il. J'ai déclaré deux cent cinquante mille dollars de revenus.

– Mais ce que vous êtes en train de me dire, c'est qu'avec ces actions que vous avez dans votre société, en fait, vous avez gagné plus.

– Voilà.

Un des codétenus se colla aux barreaux près de lui. L'autre Blanc. Agité, il n'arrêtait pas de bouger les mains, celles-ci passant de ses hanches à ses poches avant de se refermer sur elles-mêmes en des étreintes désespérées.

– Hé, mec, moi aussi, j'ai besoin d'un avocat. T'as une carte de visite ?

– Pas pour toi, l'ami. Un avocat, ils t'en donneront un là-bas.

Je me retournai vers Roulet et attendis un moment que l'accro se soit éloigné. Mais pas moyen. Je le regardai à nouveau.

– Écoute, mec. Ceci est un entretien privé. Tu vas nous laisser tranquilles ?

Il fit un geste bizarre avec ses mains et regagna son coin. Je revins à Roulet.

– Et côté organismes charitables ? lui demandai-je.

– Que voulez-vous dire ?

– Avez-vous des liens avec un quelconque organisme de charité ? Avez-vous donné de l'argent à des œuvres ?

– Oui, c'est la société qui s'en charge. Nous donnons à Make a Wish[1] et à un relais pour fugueurs d'Hollywood. Ça doit s'appeler My Friend's Place[2] ou un truc comme ça.

– Bien, parfait.

– Vous allez me sortir d'ici ?

– Je vais essayer. Les charges retenues contre vous ne sont pas rien, j'ai vérifié avant de venir, et j'ai

1. Soit « Fais un souhait » *(NdT)*.
2. Soit « Un lieu pour mon ami » *(NdT)*.

l'impression que le district attorney ne voudra pas de la caution, mais ce sera bon pour nous. Je pourrai m'en débrouiller.

Je lui montrai mes notes.

– Pas de caution ? répéta-t-il tout haut d'un ton paniqué.

Les autres se tournèrent dans sa direction : ce qu'il venait de dire était leur pire cauchemar. Pas de caution.

– Calmez-vous. Je viens juste de vous dire ce qu'elle va essayer d'obtenir. Je ne vous ai pas dit qu'elle réussirait. Quand avez-vous été arrêté pour la dernière fois ?

Je balançais toujours ça sans avertir de façon à regarder l'inculpé dans les yeux et voir s'il ne me réservait pas une surprise pour l'audience.

– Jamais. Je n'ai jamais été arrêté. Toute cette histoire est une…

– Je sais, je sais, mais ça, on ne veut pas en parler ici, vous vous rappelez ?

Il acquiesça. Je consultai ma montre. L'audience allait commencer et je devais encore m'entretenir avec Maggie McFierce.

– Bon, je vais y aller, lui dis-je. Je vous retrouve là-bas dans quelques minutes et on s'occupe de vous faire sortir de là. Ah… quand on sera de l'autre côté, vous ne dites rien sans mon accord. Si le juge vous demande comment ça va, vous me consultez avant de répondre. D'accord ?

– Eh bien mais… faut pas que je dise « non coupable » quand on me lira les charges ?

– Non, parce que ça, on ne vous le demandera même pas. Aujourd'hui, on ne fera que vous lire l'acte d'accusation ; après quoi on parlera caution et date de votre inculpation formelle. C'est ce jour-là que vous direz « non coupable ». Bref, aujourd'hui vous ne dites rien. Pas question d'exploser ou de déclarer quoi que ce soit. Pigé ?

Il acquiesça d'un signe de tête et fronça les sourcils.

– Ça va aller, Louis ?

Il hocha de nouveau la tête d'un air lugubre.

– Juste pour que vous sachiez… Je prends deux mille cinq cents dollars pour une première comparution avec établissement de la caution. Ça va vous poser un problème ?

Il fit non de la tête. Qu'il ne parle pas me plut assez. Les trois quarts de mes clients jacassent trop. Jusqu'à s'expédier eux-mêmes en prison.

– Bien. Nous parlerons de la suite quand vous serez sorti et que nous pourrons discuter en privé.

Je refermai mon classeur en cuir en espérant qu'il le remarque et en soit impressionné, puis je me levai.

– Une dernière chose, ajoutai-je. Pourquoi m'avez-vous choisi ? Ce ne sont pas les avocats qui manquent. Pourquoi moi ?

Nos relations ne dépendaient pas de sa réponse, c'était juste une façon de savoir si Valenzuela ne m'avait pas menti.

Il haussa les épaules.

– Je ne sais pas, dit-il. Je me suis rappelé avoir lu votre nom dans un article de journal.

– Un article qui disait quoi ?

– C'était à propos d'une affaire où les preuves à charge avaient été rejetées. Une histoire de drogue ou autre. Vous avez gagné parce que après votre intervention l'accusation n'avait plus rien.

– L'affaire Hendricks ?

C'était la seule qui, dans mon souvenir, avait été relatée dans la presse depuis quelque temps. Hendricks était lui aussi un Road Saint, dont le shérif avait suivi les livraisons en collant un GPS sur sa Harley. Faire ce genre de choses sur la voie publique ne pose pas de problèmes. Sauf que lorsque Hendricks garait sa bécane dans sa cuisine le soir venu, la pose de ce mouchard constituait une violation de domicile. L'accusation avait été rejetée par le juge dès l'audience préliminaire. Cela m'avait valu un joli coup de projecteur dans le *Times.*

– Je ne me rappelle plus le nom du client, enchaîna Roulet. Je me suis juste rappelé le vôtre. Et quand j'ai appelé le mec des cautions, je lui ai donné le nom de Haller en lui demandant de vous contacter et de passer un coup de fil à mon avocat. Pourquoi cette question ?

– Pour rien. Simple curiosité. Merci d'avoir pensé à moi. On se retrouve en salle d'audience.

Je regagnai le prétoire et y découvris Maggie McFierce assise au bout de la table de l'accusation. Elle s'y trouvait avec cinq autres procureurs. En forme de L, cette table était assez grande pour accueillir une incessante procession d'avocats et leur permettre de faire face au juge. Tout procureur dépêché au prétoire devait gérer la plupart des comparutions ordinaires et des mises en accusation prévues du début jusqu'à la fin de la journée. Cela étant, certaines affaires attiraient les gros canons du bureau du district attorney situé au deuxième étage du tribunal voisin. Même chose pour les caméras de télé.

Je venais de passer devant la barre lorsque je vis un type installer une caméra vidéo sur un trépied, près du bureau de l'huissier. Il n'y avait aucun logo de chaîne de télé sur l'appareil ou sur le bonhomme. Il s'agissait donc d'un type qui travaillait en free-lance. Il avait eu vent de l'affaire et décidé de vidéoter l'audience dans l'espoir de vendre son enregistrement à une des stations de télé locales en mal de sujets de trente secondes. Lorsque je lui avais demandé à quelle heure Roulet devait passer, l'huissier m'avait dit que le juge avait autorisé le vidéotage.

Je m'approchai de mon ex par-derrière et me penchai en avant pour lui chuchoter à l'oreille. Elle regardait des photos dans un dossier. Elle portait un tailleur bleu marine à fines rayures grises. Ses cheveux d'un noir de jais étaient retenus en arrière par un ruban du même gris. J'adorais ses cheveux quand elle les coiffait de cette façon.

– C'est toi qui avais l'affaire Roulet ? lui demandai-je.

Sans m'avoir reconnu, elle leva le nez. Le sourire qui se formait involontairement sur son visage se transforma en froncement de sourcils quand elle vit que c'était moi. Elle savait parfaitement pourquoi je m'étais servi d'un imparfait et referma son dossier d'un coup sec.

– Non, ne me dis pas que… ! me lança-t-elle.

– Désolé. Il a bien aimé mon boulot dans l'affaire Hendricks et m'a passé un coup de fil.

– Fils de pute ! Je le voulais, moi, ce dossier. C'est la deuxième fois que tu me fais le coup, Haller.

– Faut croire que cette ville n'est pas assez grande pour nous deux, lui répliquai-je en une pâle imitation de James Cagney.

Elle grogna.

– Bon, bon, dit-elle en capitulant aussitôt. Je me retire sur la pointe des pieds dès la fin de l'audience. À moins que même ça, tu me le refuses.

– Ce n'est pas impossible. Tu pensais à la préventive sans possibilité de caution ?

– C'est ça même. Mais ça ne changera pas avec le nouveau procureur. L'ordre vient du deuxième étage.

J'acquiesçai d'un signe de tête. Cela signifiait qu'un superviseur avait dû demander le refus de caution.

– Il est bien connecté dans la communauté, lui fis-je remarquer. Et il n'a jamais été arrêté.

J'étudiai sa réaction, car je n'avais pas eu le temps de m'assurer que Roulet m'avait bien dit la vérité sur ce point. Ça m'étonne toujours de voir combien de clients mentent dès qu'on leur demande s'ils ont déjà eu maille à partir avec la justice, alors que ce genre de mensonges n'a aucune chance de résister à l'examen.

Mais Maggie ne me laissa pas entendre qu'il en serait allé autrement. Il n'était donc pas impossible que ce soit vrai. Peut-être tenais-je enfin un client qui ne mentait pas en affirmant ne pas être récidiviste.

– De toute façon, me précisa-t-elle, qu'il ait ou n'ait pas fait quelque chose avant n'a aucune importance. Ce qui compte, c'est ce qu'il a fait hier soir.

Elle rouvrit son dossier et feuilleta rapidement les photos avant de m'en sortir une qui lui plaisait bien.

– Tiens ! Voilà ce que ton pilier de la communauté a fait hier soir. Voilà pourquoi je me fiche pas mal de ce qu'il a pu faire avant. Je vais m'assurer qu'il ne puisse jamais ressortir de taule pour recommencer ce genre de choses.

De format 18 × 24, le cliché montrait un visage de femme en gros plan. Les chairs autour de l'œil droit étaient tellement gonflées qu'il était complètement fermé. Le nez, lui, était cassé et décentré, de la gaze trempée de sang sortant des deux narines. Au-dessus du sourcil droit, une profonde entaille avait été recousue à l'aide de neuf points de suture. La lèvre inférieure était coupée et s'ornait d'une grosseur de la taille d'une bille. Le pire était encore l'œil qui n'avait pas souffert. La victime regardait l'appareil photo d'un air apeuré, la douleur et l'humiliation se lisant clairement dans cet œil qui pleurait.

– Si c'est bien lui qui a fait ça, lui renvoyai-je parce que c'était ce qu'on attendait de moi.

– Évidemment, dit-elle, si c'est bien lui qui a fait ça. On l'a arrêté chez elle et on a trouvé du sang de la victime sur lui, mais tu as raison : c'est une question qui se pose.

– J'adore quand tu fais dans le sarcasme. Tu as le PV d'arrestation ? J'aimerais bien en avoir une copie.

– Tu pourras en demander une à la personne qui reprendra l'affaire après moi. Pas question de te rendre service, monsieur Haller. Pas ce coup-ci.

Je m'attendais à d'autres railleries, à plus d'indignation, voire à une flèche décochée en traître, mais elle n'en dit pas plus. Je compris qu'essayer de lui soutirer autre chose sur cette affaire serait peine perdue. Je changeai de sujet.

– Bon, dis-je, comment va-t-elle ?

– Elle a une trouille à chier et souffre le martyre. Qu'est-ce que tu crois ?

Elle me regarda et, dans l'instant, je retrouvai la condamnation dans ses yeux.

– Ce n'était même pas de la victime que tu parlais, n'est-ce pas ?

Je gardai le silence. Je n'avais pas envie de lui mentir.

– Ta fille va bien, me répondit-elle d'un ton indifférent. Ce que tu lui as envoyé lui plaît, mais elle préférerait que tu te pointes un peu plus souvent.

Ce n'était pas un coup en traître. Il avait fait mouche et je le méritais. En vérité, je passais mon temps à courir après le client, y compris le week-end. Tout au fond de moi, je savais que j'aurais mieux fait de courir un peu plus souvent après ma fille dans le jardin. L'heure d'y aller avait plus que sonné.

– Je vais le faire, dis-je. Tout de suite. Qu'est-ce que tu dirais de ce week-end ?

– Parfait. Tu veux que je le lui annonce ce soir ?

– Euh… vaudrait peut-être mieux attendre demain, que je sois sûr.

Elle m'asséna un de ses petits regards entendus. Ce n'était pas la première fois qu'on jouait à ça.

– Génial. Tu me dis demain.

Cette fois, je n'appréciai guère le sarcasme.

– De quoi a-t-elle besoin ? lui demandai-je en essayant d'être au moins à égalité avec elle.

– Ce dont elle a besoin, je viens de te le dire. Que tu existes plus dans sa vie.

– D'accord, c'est promis. Je m'y attaque.

Elle ne réagit pas.

– Et je ne plaisante pas, Maggie. Je t'appellerai demain.

Elle me regarda – elle était prête à me flinguer plein pot. Elle l'avait déjà fait en me signifiant que côté paternité, je n'étais qu'un baratineur qui ne faisait jamais rien. Je fus sauvé par l'ouverture de la séance. Le juge venait de sortir de son cabinet, déjà il bondissait sur les marches pour gagner son siège. L'huissier ayant rappelé tout le monde à l'ordre, je quittai la table de l'accusation et regagnai un des sièges près de la barre sans ajouter un mot à l'adresse de Maggie.

Le juge demanda à l'huissier s'il y avait des problèmes de procédure à discuter avant qu'on fasse appeler les prévenus. Il n'y en avait pas, il ordonna qu'on fasse entrer le premier groupe. Comme au tribunal de Lancaster, ils avaient droit à un grand box. Je me levai et me dirigeai vers l'ouverture pratiquée dans le panneau en verre. Dès que je le vis franchir la porte, je fis signe à Roulet de s'approcher.

– C'est vous qui passez en premier, lui dis-je. J'ai demandé au juge de me rendre un service et de ne pas vous prendre par ordre alphabétique. Je vais essayer de vous faire sortir d'ici au plus vite.

Ce n'était pas vrai. Je n'avais rien demandé au juge et même si je l'avais fait, il n'aurait jamais fait un truc pareil pour me rendre service. Si Roulet passait en premier, c'était parce qu'il y avait des médias dans la salle et qu'il était de coutume de traiter en premier les affaires qui attiraient leur présence. Simple courtoisie envers des cameramen que, sans doute, d'autres tâches attendaient. Cela permettait aussi qu'il y ait moins de tensions dans la salle lorsque avocats, prévenus, voire le juge lui-même, tout le monde pouvait enfin travailler sans avoir des caméras de télévision braquées sur soi.

– Pourquoi il y a cette caméra ? me chuchota Roulet d'un ton paniqué. C'est pour moi ?

– Oui, c'est pour vous. Quelqu'un a dû les mettre au courant de votre affaire. Si vous ne voulez pas être filmé, essayez de vous planquer derrière moi.

Il changea de position afin que je puisse bloquer la vue à l'opérateur qui avait pris place à l'autre bout de la salle. La manœuvre diminuerait les chances qu'aurait ce dernier de pouvoir vendre son reportage à une chaîne d'infos locales. Ce qui était bon. Cela signifiait aussi que, si jamais il y arrivait, ce serait moi qui serais au centre de l'image. Ce qui était bon aussi.

L'affaire étant appelée par un huissier qui écorcha le nom du prévenu, Maggie annonça qu'elle plaiderait pour l'accusation avant que je déclare assurer la défense de Roulet. Maggie en avait rajouté sur les charges – Maggie McFierce ne procédait jamais autrement. Roulet devait maintenant répondre d'une accusation de tentative de meurtre en plus de celle de tentative de viol. Plaider pour la mise en détention sans possibilité de libération sous caution n'en serait que plus facile pour elle.

Le juge informa Roulet des droits qui lui étaient garantis par la Constitution et fixa la date de la mise en accusation formelle au 21 mars. Au nom de mon client, je demandai à plaider contre la mise en détention sans possibilité de libération sous caution. Cela déclencha une série d'échanges houleux entre Maggie et moi, échanges qu'arbitra le juge qui savait fort bien que nous avions été mariés, ayant lui-même assisté à la cérémonie. Maggie dressant la liste des atrocités infligées à la victime, je lui renvoyai celle des liens qui unissaient mon client à la communauté. J'y ajoutai ses dons aux œuvres, montrai du doigt C. C. Dobbs qui se trouvait dans le public et proposai qu'il vienne dire à la barre combien mon client était respectable. Dobbs était mon atout maître. Sa propre respectabilité dans le monde de la justice allait s'imposer à la place de celle de Roulet et influencer en bien un juge qui ne devait son poste qu'au bon vouloir des électeurs… et de ceux et celles qui contribuaient à sa campagne.

– Le fond du problème, monsieur le juge, c'est que l'accusation est dans l'impossibilité d'arguer que cet homme puisse vouloir s'enfuir ou constituer un danger pour la communauté, lançai-je en guise de conclusion. M. Roulet est profondément ancré dans cette communauté et a pour seule et unique intention celle de s'attaquer avec la dernière vigueur aux accusations portées contre lui.

J'avais eu recours au mot « s'attaquer » au cas où, ma déclaration passant à la télé, la victime aurait pu m'entendre.

– Monsieur le juge, me contra Maggie, toute démagogie mise à part, ce qu'il ne faut pas oublier dans cette affaire, c'est que la victime a été brutalement…

– Maître McPherson, l'interrompit le juge, je pense que nous en avons assez entendu sur ce point. Je suis tout aussi conscient des blessures de la victime que de la place de M. Roulet dans la communauté. Sans même parler du fait que j'ai beaucoup d'affaires à régler aujourd'hui. Je vais donc ordonner une caution d'un million de dollars. Et je vais aussi exiger que M. Roulet soit suivi par la cour à raison d'une visite par semaine. Qu'il en manque une seule et ce sera la fin de sa liberté.

Je m'empressai de jeter un coup d'œil à la galerie, où Dobbs avait pris place à côté de Fernando Valenzuela. Maigre, Dobbs était un monsieur qui se rasait la tête afin de cacher un début de mâle calvitie. Sa maigreur était accentuée par l'embonpoint de Valenzuela. J'attendis qu'il me fasse signe d'accepter la caution ou d'essayer d'en abaisser le montant. Il arrive que, un juge pensant vous avoir fait un cadeau, l'affaire se retourne contre vous et que le client demande plus – ou, dans ce cas, moins.

Dobbs s'était posé sur le premier siège du premier rang. Il se contenta de se lever et de se diriger vers la sortie en laissant Valenzuela derrière lui. J'en conclus que je pouvais laisser tomber, la famille Roulet ne trouvant rien à redire à ce million. Je me retournai vers le juge.

– Merci, monsieur le juge, lui lançai-je.

L'huissier appela aussitôt l'affaire suivante. Je jetai un coup d'œil à Maggie, qui refermait déjà ce dossier qui lui échappait. Elle se leva, longea la barre et descendit dans l'allée centrale de la salle d'audience. Elle n'avait rien ajouté et ne regarda pas une fois en arrière.

– Monsieur Haller ?

Je me retournai vers mon client. Derrière lui, je vis arriver l'adjoint au shérif qui allait le ramener en cellule. Roulet serait ensuite reconduit à la prison en bus, puis, plus ou moins vite selon la manière dont Dobbs et Valenzuela s'y prendraient, libéré dans la journée.

– Je vais travailler avec Dobbs pour vous faire sortir, lui dis-je. Après quoi, nous discuterons de votre affaire.

– Merci, répondit-il alors qu'on l'emmenait. Merci d'être venu.

– N'oubliez pas ce que je vous ai dit. On ne parle pas à un inconnu. On ne parle à personne.

– Oui, monsieur.

Après son départ, je gagnai la barre. Valenzuela m'attendait au portillon avec un grand sourire sur la figure. La caution de Roulet devait être la plus forte qu'il ait jamais eu à garantir. Cela voulait dire que son pourcentage serait lui aussi le plus haut qu'il ait jamais empoché. Il me flanqua une grande claque sur le bras au moment où je franchissais le portillon.

– Qu'est-ce que j't'avais dit ? me lança-t-il. On se le tient, ce pactole, Boss !

– Nous verrons bien, Val, lui répliquai-je. Nous verrons bien.

5

Tout avocat qui fait tourner le système a deux tarifs. Le A qui indique ce qu'il aimerait percevoir pour certains services rendus. Et le B qui, lui, donne les honoraires qu'il accepte parce que c'est tout ce que son client peut lui verser. Le client pactole est celui qui tient à aller jusqu'au procès et a assez d'argent pour régler son avocat au tarif A. De sa première comparution à l'appel en passant par la mise en accusation formelle et le procès lui-même, il exige de son avocat des centaines, voire des milliers d'heures de travail. Grâce à lui, ce dernier peut faire le plein pendant deux ou trois ans. Sur mon territoire de chasse, c'est l'animal le plus rare et le plus convoité de la jungle.

Et tout semblait indiquer que Valenzuela avait mis dans le mille. Louis Roulet avait de plus en plus le profil du client pactole, et cela au moment même où je connaissais une période de vaches maigres. Cela faisait en effet presque deux ans que je n'avais pas eu l'ombre d'un client qui approche de ce rêve. D'une affaire où on gagne au moins un million de dollars, s'entend. Nombreuses étaient celles qui semblaient le promettre – mais ne tenaient jamais la distance.

C. C. Dobbs m'attendait dans le couloir de la chambre des mises en accusation lorsque je sortis de la salle d'audience. Il se tenait à côté de la grande baie vitrée qui donne sur le terre-plein du centre administratif au-dessous. Je m'empressai de le rejoindre. J'avais quelques secondes d'avance sur Valenzuela et voulais lui parler en privé.

– Je m'excuse, me lança Dobbs avant même que j'aie le temps de l'ouvrir. Je n'avais pas envie de rester là-dedans une minute de plus. Voir ce gamin ainsi pris avec le troupeau était trop déprimant.

– Ce « gamin » ? répétai-je.

– Louis. Cela fait vingt-cinq ans que je représente sa famille. Il faut croire que pour moi, c'est toujours un gamin.

– Vous allez réussir à le faire sortir ?

– Ça ne posera aucun problème. Il faut que j'appelle sa mère pour voir comment elle veut gérer ça : en mettant un bien en garantie ou en réglant directement la somme.

Mettre un bien en garantie pour couvrir une caution d'un million de dollars signifiait que, sur la valeur du bien en question, un million de dollars au moins ne faisait l'objet d'aucune hypothèque. De plus, la cour pouvait exiger qu'on procède à une évaluation du bien, ce qui risquait de prendre des jours entiers, pendant lesquels Roulet devrait attendre en prison. Cela étant, une garantie pouvait aussi être obtenue par l'intermédiaire de Valenzuela, moyennant versement d'une prime de dix pour cent, la seule différence étant que, dans ce cas, cette prime de dix pour cent n'était jamais rendue au client. Elle servait à rembourser les risques encourus par Valenzuela et constituait, en l'occurrence, la raison même qui l'avait amené à se fendre d'un grand sourire dans la salle d'audience. Après avoir réglé sa prime d'assurance sur cette caution d'un million, il ne serait pas loin d'empocher 90 000 dollars. Voilà pourquoi il avait peur que je l'oublie.

– Je peux vous faire une suggestion ? lançai-je à Dobbs.

– Allez-y, je vous en prie.

– Louis m'a paru un peu fragile quand je l'ai vu dans l'enclos. À votre place, je me dépêcherais de le faire sortir. Et pour ça, vous devriez demander à Valenzuela de déposer sa garantie au tribunal. Ça vous coûtera 100 000 dollars, mais votre gamin sera en sûreté dehors… si vous voyez ce que je veux dire.

Dobbs se tourna vers la baie et s'appuya à la rambarde qui courait le long de la vitre. Je regardai en bas et m'aperçus que la place se remplissait d'employés de l'administration qui prenaient leur pause déjeuner. Je vis des tas de gens arborer les badges rouge et blanc qu'on donne aux jurés.

– Je vois ce que vous voulez dire, me répondit Dobbs.

– L'autre problème, c'est que ce genre d'affaires fait sortir les rats des égouts.

– De quoi parlez-vous ?

– Des détenus qui diront avoir entendu ceci ou cela. Surtout lorsque l'affaire passe aux infos télévisées ou dans les journaux. Ils s'en emparent et laissent entendre que c'est bien ce que disait le prévenu.

– Mais c'est criminel ! s'écria Dobbs, indigné. Ça devrait être interdit !

– Oui, je sais, mais ça arrive. Et plus longtemps votre gamin restera en taule, plus grande sera la fenêtre de tir pour un de ces types.

Valenzuela nous rejoignit à la rambarde et garda le silence.

– Je lui suggérerai de choisir le dépôt de garantie, reprit Dobbs. Je l'ai déjà appelée, mais elle était en réunion. Dès qu'elle me rappelle, on y va.

Ces dernières paroles réveillèrent quelque chose qui m'avait inquiété pendant l'audience.

– Elle n'a pas pu se dégager d'une réunion pour parler de son fils en prison ? Je me demandais justement pourquoi elle n'était pas à l'audience si ce « gamin », comme vous dites, est si droit et probe que ça.

Il me regarda comme si je ne m'étais pas lavé les dents depuis un mois.

– Mme Windsor est une femme très puissante et très occupée. Si je lui avais dit qu'il s'agissait d'une urgence pour son fils, je suis sûr qu'elle aurait tout de suite décroché son téléphone.

– Mme… Windsor ? répétai-je.

– Elle s'est remariée après son divorce d'avec le père de Louis. Ça remonte à loin.

J'acquiesçai d'un signe de tête, comprenant qu'il y avait d'autres choses à discuter avec Dobbs, mais rien que j'aie envie d'aborder en présence de Valenzuela.

– Val, lançai-je alors, pourquoi tu n'irais pas voir à quelle heure Louis sera de retour à la prison de Van Nuys pour qu'on puisse aller l'y chercher tout de suite ?

– Ça, c'est facile, me renvoya-t-il. Il retournera en prison par le premier bus après le déjeuner.

– Oui, bon, mais vaudrait quand même mieux vérifier. J'en profiterai pour finir ce que j'ai à faire avec M. Dobbs.

Il s'apprêtait à me faire remarquer qu'il n'avait pas besoin de vérifier lorsqu'il comprit enfin ce que je voulais lui dire.

– OK, dit-il. Je m'en occupe.

Après son départ, j'étudiai Dobbs un instant avant de me remettre à parler. Il semblait approcher de la soixantaine. Déférent dans ses manières – ce qui lui venait sans doute de trente ans de pratique auprès des gens riches. Il s'était lui-même enrichi dans ce travail, c'était probable, mais cela n'avait pas altéré la façon dont il se comportait en public.

– Étant donné que nous risquons de travailler ensemble, je devrais peut-être vous demander comment vous voulez qu'on vous appelle. Cecil ? C. C. ? Monsieur Dobbs ?

– Cecil m'ira très bien.

– Et donc, voici ma première question, Cecil : allons-nous travailler ensemble ? L'affaire me revient-elle ?

– M. Roulet m'a très clairement dit vous vouloir, vous. À vrai dire, ce n'est pas vous que j'aurais choisi en premier. Peut-être même ne vous aurais-je pas choisi du tout dans la mesure où, pour parler franchement, je n'ai jamais entendu parler de vous. Mais c'est sur vous qu'a porté le choix de M. Roulet et je l'accepte. De fait même, je trouve que vous vous êtes très bien acquitté de votre tâche à l'audience, surtout quand on pense à l'hostilité du procureur à l'endroit de mon client.

Je remarquai que le gamin était devenu M. Roulet. Je me demandai ce qui s'était passé pour que Dobbs le promeuve ainsi.

– Oui, bon, on ne l'appelle pas Maggie McFierce pour rien. Elle est très consciencieuse.

– Je trouve qu'elle a dépassé les bornes. Pensez-vous qu'il y ait moyen de lui retirer l'affaire et d'avoir quelqu'un de plus… sensé ?

– Je ne sais pas. Essayer de faire son marché pour avoir un autre procureur est risqué. Mais si vous pensez qu'il faut la virer, je peux y arriver.

– Ça fait plaisir à entendre. J'aurais peut-être dû en savoir plus long sur vous avant aujourd'hui.

– Peut-être bien, oui. Voulez-vous qu'on parle honoraires tout de suite, qu'on se débarrasse de ce problème ?

– Si vous voulez.

Je regardai dans le couloir pour être sûr qu'il n'y avait pas d'autres avocats à portée d'oreille. Ç'allait être le tarif A, et à fond.

– Pour aujourd'hui, ça fera 2 500 dollars, et Louis m'a déjà donné son accord. Si vous voulez qu'on y aille à l'heure à partir de maintenant, ce sera trois cents dollars de l'heure, trois cents qui passent à cinq quand il y a audience parce qu'à ce moment-là je ne peux rien faire d'autre. Maintenant, si vous préférez un forfait, je vous en demanderai 60 000 de maintenant jusqu'à l'audience préliminaire. Si ça se termine par un plaider coupable, je vous en prendrai douze de plus. Mais si nous allons au jugement, il m'en faudra 60 000 de mieux le jour où on aura pris la décision, plus 25 000 dès qu'on passera à la sélection des jurés. Pour moi, tout cela ne devrait pas excéder une semaine, sélection des jurés incluse, mais si ça devait prendre plus, j'aurai droit à 25 000 de mieux par semaine. Nous parlerons de l'appel en temps voulu si c'est nécessaire.

J'hésitai un instant pour voir comment il réagissait. Son visage restant impassible, je poursuivis.

– J'aurai donc besoin d'un dépôt de garantie de 30 000 dollars et de 10 000 de plus pour engager un détective privé, ceci avant demain. Je n'ai aucune envie de perdre du temps sur cette affaire. Je veux embaucher mon privé tout de suite pour qu'il puisse enquêter avant que ça arrive à l'oreille des médias ou que les flics parlent à certaines des personnes concernées.

Il acquiesça lentement de la tête.

– Ce sont vos honoraires habituels ?

– Quand j'arrive à me les faire payer, oui. Et ça les vaut. Vous demandez combien à la famille, Cecil ?

J'étais sûr et certain qu'il ne sortirait pas de cette affaire complètement sur la paille.

– Ça, c'est entre mon client et moi. Mais ne vous inquiétez pas. J'inclurai vos honoraires dans ma discussion avec Mme Windsor.

– Je vous remercie. Et n'oubliez pas : il faut que cet enquêteur se mette au boulot dès aujourd'hui.

Je lui tendis une carte de visite professionnelle que je sortis de la poche droite de ma veste de costume. Ces cartes-là donnaient mon numéro de portable. Celles de ma poche gauche le numéro de Lorna Taylor.

– J'ai une autre audience en ville, repris-je. Dès que vous arrivez à le faire sortir, passez-moi un coup de fil qu'on se fixe un rendez-vous. Le plus vite sera le mieux. Je devrais être libre plus tard dans l'après-midi et ce soir.

– Parfait, dit-il en empochant ma carte sans même y jeter un coup d'œil. Nous irons chez vous ?

– Non, c'est moi qui passerai chez vous. J'aimerais bien voir comment vit l'autre moitié de l'humanité, là-bas, dans les gratte-ciel de Century City.

Il eut un sourire désinvolte.

– À voir votre costume, il est évident que vous connaissez bien, et pratiquez, l'adage qui veut qu'un avocat qui plaide à l'audience ne s'habille jamais trop bien. Il convient que le jury vous aime, pas qu'il soit jaloux. Cela dit, Mickey, l'avocat de Century City ne saurait, lui, avoir un cabinet plus beau que la maison de son client. Je vous assure donc que nos bureaux sont tout ce qu'il y a de plus modeste.

Je lui signifiai mon accord d'un hochement de tête. Mais ne m'en sentis pas moins insulté : c'était mon plus beau costume que je portais ce jour-là. Comme tous les lundis.

– C'est bon à savoir, lui répondis-je.

La porte du prétoire s'ouvrit sur le vidéaste qui traînait sa caméra et son trépied replié. Dobbs le vit et se tendit aussitôt.

– Les médias, dit-il. Comment les contrôler ? Jamais Mme Windsor ne…

– Attendez une seconde.

J'appelai le cameraman, qui s'approcha. Je lui tendis immédiatement la main. Il fut obligé de poser son trépied pour me la serrer.

– Je m'appelle Michael Haller, lui dis-je. Je vous ai vu filmer la comparution de mon client.

User de mon vrai nom était un code.

– Robert Gillen. On m'appelle Sticks, me renvoya-t-il en montrant son trépied en guise d'explication[1].

Me donner son vrai nom était un autre code. Il comprenait que je jouais fin et me le laissait savoir.

– Vous êtes en free-lance ou bien c'est une commande ? lui demandai-je.

– Non, aujourd'hui, c'est juste du free-lance.

– Et comment avez-vous eu vent de cette affaire ?

Il haussa les épaules comme s'il rechignait à répondre.

– J'ai mes sources. Un flic.

Je hochai la tête. Gillen était ferré et jouait son rôle.

– Ça vous rapporte combien si vous arrivez à vendre ce truc à une station télé ?

– Ça dépend. Je prends 750 pour une exclusivité et 500 pour un normal.

Normal signifiait que le directeur de l'info qui lui achèterait la bande savait pouvoir la revendre à une autre station. De fait, Gillen avait doublé le montant de ce qu'il recevait d'habitude. Joli coup. Il avait dû écouter ce qui se disait dans la salle pendant qu'il filmait.

– Bon, voyons, repris-je. Que diriez-vous qu'on vous le prenne tout de suite au prix d'une exclusivité ?

Il fut parfait. Il hésita comme si l'éthique de la chose l'ennuyait.

– Bon, allez, disons mille, insistai-je.

– D'accord, dit-il. Affaire conclue.

Pendant qu'il posait sa caméra par terre pour en extraire la bande, je sortis un tas de billets de ma poche. J'avais gardé 1 200 dollars sur le liquide que Teddy Vogel m'avait donné. Je me tournai vers Dobbs.

– Je fais passer en note de frais, d'accord ?

– Absolument, répondit-il, radieux.

J'échangeai le liquide contre la bande et remerciai Gillen. Il empocha l'argent et, tout heureux, gagna les ascenseurs.

1. *Sticks* veut dire « bâtons » en anglais *(NdT)*.

– Superbe ! s'écria Dobbs. Il faut contrôler tout ça. L'affaire familiale pourrait être littéralement détruite si ce… En fait, je pense même que c'est une des raisons pour lesquelles Mme Windsor n'est pas venue aujourd'hui. Elle ne voulait pas qu'on la reconnaisse.

– Eh bien, il faudra reparler de tout ça si jamais on allait au procès. En attendant, je vais faire de mon mieux pour que ça ne s'ébruite pas.

– Merci.

Un portable s'étant mis à jouer un morceau de Bach, de Beethoven ou d'un autre compositeur décédé sans copyright, Dobbs plongea la main dans sa veste, en retira l'appareil et jeta un coup d'œil au petit écran de contrôle.

– C'est elle, dit-il.

– Alors, je vous laisse.

Je m'éloignais lorsque je l'entendis dire :

– Mary, tout est en ordre. Maintenant, il faut tout mettre en œuvre pour le faire sortir. On va avoir besoin d'un peu d'argent…

En attendant l'ascenseur, je me dis que je tenais un client pour qui « un peu » d'argent devait en faire beaucoup plus que je n'en avais jamais vu. Puis je revins à la remarque vestimentaire que Dobbs m'avait servie. Ça faisait toujours mal. De fait, je n'avais dans ma penderie aucun costume qui vaille moins de six cents dollars et me sentais toujours bien et sûr de moi quand j'en enfilais un. Je me demandai s'il avait voulu m'insulter ou s'il n'avait pas plutôt essayé de reprendre la direction des opérations dès les premières passes d'armes. Je décidai que j'allais devoir faire gaffe à mes arrières avec lui. L'avoir toujours près de soi, oui, mais pas trop.

6

En regagnant le centre-ville, je tombai sur un bouchon au col de Cahuenga. J'en profitai pour travailler dans ma voiture et donnai des coups de fil en essayant d'oublier ce que Maggie McPherson m'avait dit sur mes qualités de père. Mon ex avait raison et ça faisait mal. J'avais trop longtemps fait passer mon travail avant ma fille. C'était quelque chose que je me promettais de changer. J'avais juste besoin de temps et d'argent pour pouvoir ralentir. Je songeai que Louis Roulet allait peut-être me donner les deux.

Tout au fond de ma Lincoln, je commençai par appeler Raul Levin, mon détective privé, afin de l'avertir d'un rendez-vous possible avec Roulet. Je lui demandai un compte rendu d'enquête préliminaire sur l'affaire, histoire de savoir ce qu'il pourrait trouver. Levin avait pris sa retraite anticipée du LAPD, où il avait encore des contacts et des amis qui lui rendaient service de temps en temps. Lui aussi devait avoir sa liste de gens à soigner pour Noël. Je lui dis de ne pas passer trop de temps sur ce boulot avant que je sois sûr de m'être attaché Louis Roulet en qualité de client payant. Ce que C. C. Dobbs m'avait dit en face à face dans le couloir du tribunal n'avait aucune valeur. Je ne considérerais tenir l'affaire qu'au moment où je recevrais le premier chèque.

Après ça, je m'enquis de savoir où on en était dans

d'autres dossiers, puis je rappelai Lorna Taylor. Je savais que les trois quarts du temps le courrier lui était livré avant midi. Elle m'informa qu'il n'était arrivé rien d'important. Chèques ou courriers des tribunaux, rien ne requérait mon attention immédiate.

– As-tu vérifié pour la mise en examen de Laura Larsen ? lui demandai-je.

– Oui. Ils risquent de la garder jusqu'à demain pour un examen médical.

Je grognai. La justice n'a que quarante-huit heures pour inculper quelqu'un après son arrestation et l'amener devant un juge. Repousser la comparution de Laura au lendemain pour cause d'examen médical signifiait qu'elle devait être sous l'emprise de la drogue. Ce qui aurait expliqué qu'elle soit en possession d'une certaine quantité de cocaïne lorsqu'elle s'était fait arrêter. Cela faisait au moins sept mois que je ne l'avais pas vue. Sa dégringolade avait dû être rapide. La frontière délicate qui sépare l'individu qui maîtrise sa consommation de drogue et celui que la drogue tient en son pouvoir avait été franchie.

– As-tu trouvé le nom du procureur ?

– Leslie Faire, me répondit-elle.

Je grognai une deuxième fois.

– Génial, ça, tiens ! Bon, bien… Je vais aller voir ce que je peux faire. Je n'ai rien d'autre avant que Roulet me rappelle.

Leslie Faire – et elle n'avait rien de fair-play – était un procureur pour qui faire un cadeau à un accusé ou lui accorder le bénéfice du doute consistait à lui offrir de la mise en liberté surveillée – en plus d'une peine de prison.

– Mick, quand vas-tu enfin comprendre pour cette femme ? reprit Lorna en parlant de Laura Larsen.

– Comprendre quoi ? lui demandai-je alors que je savais très bien ce qu'elle me répondrait.

– Elle te fait ramer chaque fois que tu dois t'occuper d'elle. Elle ne décrochera jamais de ce style de vie et tu peux déjà te dire qu'à partir de maintenant, chaque fois qu'elle fera appel à toi, ça sera pour du doublé. Toutes choses qui sont parfaites, sinon que tu ne lui demandes jamais de fric.

Ce qu'elle avait voulu dire par du « doublé » ? Elle avait parfaitement compris qu'il y avait désormais toutes les chances pour que des accusations de trafic de drogue viennent doubler celle de prostitution. Et elle s'inquiétait de voir que cela signifiait plus de travail pour moi, sans plus de revenus au bout du compte.

– Sauf que le barreau exige que tous les avocats aient quelques affaires en *pro bono*, Lorna. Tu sais bien que…

– Tu ne m'écoutes pas, Mick, me lança-t-elle d'un ton sans réplique. C'est exactement pour ça que nous n'avons pas pu rester mariés.

Je fermai les yeux. Quelle journée ! Réussir à mettre en colère mes deux ex en moins de vingt-quatre heures !

– Par où te tient-elle, cette femme ? reprit-elle. Pourquoi ne lui fais-tu pas payer le tarif minimum ?

– Écoute ! Cette femme ne me tient absolument pas, d'accord ? lui répliquai-je. On pourrait pas changer de sujet ?

Je ne lui dis pas que bien des années plus tôt, en feuilletant les vieux registres poussiéreux du cabinet d'avocat de mon père, j'avais découvert qu'il avait un faible pour les belles de nuit. Il en avait défendu beaucoup et n'en avait fait payer que très peu. Peut-être ne faisais-je que reprendre une tradition familiale.

– Bien, dit-elle. Comment ça s'est passé avec Roulet ?

– Tu veux dire… est-ce que j'ai décroché l'affaire ? Je crois que oui. Val doit être en train de le faire sortir de taule en ce moment même. On fixera un rendez-vous tout de suite après. J'ai déjà demandé à Raul de renifler un peu partout.

– As-tu reçu un chèque ?
– Non, pas encore.
– Exige-le, Mick.
– J'y travaille.
– Que penses-tu du dossier ?
– Je n'ai vu que les photos, mais c'est dégueu. J'en saurai plus en voyant ce que Raul aura trouvé.
– Et Roulet lui-même ?

Je savais très bien ce qu'elle me demandait. Quel genre de client était-il ? Un jury, si on allait jusqu'au procès, le trouverait-il bien ou le mépriserait-il ? Le sort de bien des affaires dépend de l'impression que les jurés se font de l'inculpé.

– On dirait un faon dans les bois.
– Puceau ?
– Oui. Il n'a jamais été en taule.
– Bon mais… il l'a fait ?

Toujours à poser des questions sans intérêt. En termes de stratégie, que l'accusé ait ou n'ait pas fait ce qu'on lui reproche n'a aucune importance. Ce qui en a, ce sont les preuves rassemblées contre lui et si, oui ou non, on peut les neutraliser. Mon boulot à moi consistait à les enterrer, ou à les ternir. À les recouvrir d'un gris qui est la couleur même du doute raisonnable. Il n'empêche : la question de savoir s'il « l'avait fait ou pas » semblait toujours lui importer.

– Qui sait, Lorna ? Et ce n'est pas la question. La question, c'est de savoir si nous avons affaire à un client qui paiera ou pas. Et la réponse est oui, à mon avis.
– Bon, tu me dis si tu as besoin de… ah oui, il y a autre chose.
– Quoi ?
– Sticks vient d'appeler pour dire qu'il te devra quatre cents dollars la prochaine fois qu'il te verra.
– C'est exact.
– Tu t'en sors plutôt bien, aujourd'hui !

– Je ne me plains pas.

Nous nous séparâmes sur cette note amicale, la dispute qui nous avait opposés sur Laura Larsen paraissant oubliée pour l'instant. Sans doute le sentiment de sécurité qu'on éprouve en sachant qu'il y a de l'argent qui arrive. Être sûre qu'un gros client était ferré devait lui faire voir mon travail *pro bono* d'un œil plus clément. Cela étant, je me demandai si elle aurait été aussi vigilante si j'avais défendu gratuitement un trafiquant de drogue plutôt qu'une prostituée. Nous avions connu un amour aussi doux que bref, elle et moi découvrant rapidement que nous nous étions remariés un peu trop vite après nos divorces respectifs. Nous avions mis un terme à notre couple et nous étions restés amis, Lorna continuant de travailler avec et non pour moi. Les seuls instants où cet arrangement me mettait mal à l'aise étaient ceux où elle se conduisait à nouveau comme une épouse et trouvait à redire au choix de mes clients et à ce que je leur faisais payer ou pas.

Satisfait de la manière dont je m'étais débrouillé avec elle, j'appelai les services du district attorney de Van Nuys. Je demandai qu'on me passe Margaret McPherson et la surpris en train de déjeuner à son bureau.

– Je voulais juste te dire que je suis désolé pour ce matin. Je sais que tu aurais aimé avoir cette affaire.

– Bah, tu en as probablement plus besoin que moi. Il doit pouvoir payer, s'il a C. C. Dobbs pour lui porter son rouleau.

C'était à un rouleau de papier hygiénique qu'elle faisait référence. Les avocats très chers payés par une famille sont généralement considérés par les procureurs comme de simples torche-culs des gens riches et célèbres.

– C'est vrai que ça ne me ferait pas de mal d'en avoir un comme lui, répondis-je. De client, s'entend, pas de torche-cul. Ça fait un moment que je n'ai pas eu de client pactole.

– Mais t'as un peu moins de chance depuis quelques minutes, me chuchota-t-elle. Le dossier a été réassigné à Ted Minton.

– Jamais entendu parler de ce mec.

– C'est un des jeunes loups de Smithson. On vient de l'importer du centre-ville, où il ne s'occupait que d'histoires de drogue. Il n'avait jamais vu un prétoire avant de venir ici.

John Smithson était un assistant-chef ambitieux en charge de la division de Van Nuys. Meilleur politique que procureur, il avait profité de ce don pour passer vite par-dessus des assistants plus expérimentés et décrocher la direction de la division. Maggie McPherson était une des personnes par-dessus lesquelles il était passé. Le créneau une fois occupé, il s'était mis en devoir de bâtir un staff de jeunes procureurs qui ne se sentent pas lésés par lui et lui restent fidèles à cause de ce coup de pouce qu'il leur avait donné.

– Ce type n'a jamais vu un prétoire ? répétai-je sans comprendre comment devoir affronter un bleu pouvait être une pareille malchance.

– Il a plaidé plusieurs fois, mais toujours avec un baby-sitter. Ce sera avec Roulet qu'il volera pour la première fois de ses propres ailes. Smithson pense lui avoir donné un truc enfantin.

Je me la représentai assise dans son cagibi, pas très loin sans doute de celui dans lequel mon nouvel adversaire avait pris place.

– Je pige pas, Mags. Si c'est un bleu, pourquoi est-ce que je n'ai pas de chance ?

– Parce que tous les gars que choisit Smithson sortent du même moule. Ce sont des connards prétentieux. Ils croient ne jamais se tromper et en plus, ils… (elle baissa encore plus la voix) ils ne jouent pas franc jeu. Et la rumeur veut que Minton soit un tricheur. Fais gaffe à tes fesses, Haller. Ou mieux : surveille-le, lui.

– Eh bien… merci du conseil.

Mais elle n'en avait pas terminé.

– Beaucoup de ces nouveaux ne comprennent pas, tout simplement. Pour eux, être procureur n'est pas une vocation. Ça n'a rien à voir avec la justice. C'est juste un jeu… on établit des moyennes, comme au base-ball. Ils adorent compter les points et voir jusqu'où ça les conduira dans la hiérarchie. En fait, ce n'est rien de plus que des Smithson juniors.

La vocation. C'était bien ça qui avait fini par nous coûter notre couple. Intellectuellement, Maggie se débrouillait bien d'avoir épousé un type qui travaillait de l'autre côté de la barrière. Mais dès qu'il fallait en venir à la réalité de ce que nous faisions… nous avions eu de la chance de durer huit ans. *Chéri, comment s'est passée ta journée ? Oh, moi, j'ai récolté un gus qu'a trucidé son colocataire à coups de piolet. Du sept ans de taule. Et toi ?… Oh, moi, j'ai expédié un type cinq ans en prison parce qu'il avait piqué un autoradio pour pouvoir se payer sa drogue…* Ça ne marchait tout simplement pas. Au bout de quatre ans, une fille nous était arrivée et ce n'était pas de sa faute, mais ça ne nous avait donné que quatre ans de plus ensemble.

Pourtant je ne regrettais rien. Ma fille, je l'adorais. C'était la seule chose de bien dans ma vie, la seule dont je pouvais être fier. Je crois que, tout au fond, je ne la voyais pas assez souvent et passais mon temps à courir après le client au lieu de courir après elle… parce que je me sentais indigne d'elle. Sa mère, elle, avait tout d'une héroïne. Elle flanquait des méchants en taule. Comment pouvais-je, moi, dire à ma fille que ce que je faisais avait quoi que ce soit de bon et de sacré alors que je l'avais moi-même oublié depuis longtemps ?

– Hé, Haller, t'es toujours avec moi ?

– Oui, oui, Mags, je suis toujours là. Qu'est-ce que tu manges aujourd'hui ?

– Juste la salade orientale d'en bas. Rien de bien spécial. Où es-tu ?

– Je me dirige vers le centre-ville. Écoute… dis à Hayley qu'on se verra ce samedi. Je vais préparer quelque chose. On fera un truc.

– Tu es sérieux ? Je ne veux pas lui donner de faux espoirs.

Je sentis quelque chose remuer en moi – l'idée que ma fille puisse espérer me voir ! Une des choses auxquelles Maggie ne se laissait jamais aller était bien de m'enfoncer auprès d'elle. Ce n'était pas son genre. Et j'admirais cela depuis toujours.

– Oui, je suis sérieux, lui répondis-je.

– Génial. Je vais le lui annoncer. Tu me dis à quelle heure tu viendras la chercher ou si tu veux que je la dépose.

– D'accord.

J'hésitai. Je voulais lui parler encore, mais il n'y avait plus rien à dire. Je finis par lui dire au revoir et refermai mon portable. Quelques minutes plus tard, nous sortions de l'embouteillage. Je regardai par la vitre et ne vis pas d'accident. Je ne vis personne avec un pneu crevé et pas davantage de voitures de flics garées sur le bas-côté. Rien donc qui aurait pu expliquer ce bouchon. C'était souvent comme ça. À Los Angeles, la circulation sur les autoroutes est aussi mystérieuse que la vie de couple. Ça roule tranquille jusqu'au moment où ça coince, puis ça s'arrête sans raison facilement explicable.

Je sors d'une famille d'avocats. Mon père, mon demi-frère, une de mes nièces et un de mes neveux sont eux aussi dans la partie. Mon père était célèbre à une époque où il n'y avait ni câble ni *Court TV*. Il fut le doyen des avocats au criminel pendant presque trois décennies. De

Mickey Cohen[1] aux filles Manson, ses clients faisaient toujours la une des journaux. Je n'avais été qu'un ajout dans sa vie, qu'un visiteur qui avait débarqué par surprise dans son deuxième mariage avec une actrice de série B célèbre pour son exotisme latin et beaucoup moins pour son talent. C'est à ce mélange que je dois mes airs d'Irlandais noiraud. Déjà âgé lorsque j'arrivai, mon père disparut bien avant que je sois assez vieux pour le connaître vraiment ou lui parler du droit en tant que vocation. De fait, il ne m'a laissé que son nom : Mickey Haller, la légende du barreau. Cela m'ouvre encore des portes.

Mais mon frère aîné, lui – mon demi-frère de son premier mariage –, m'a dit que mon père lui parlait de la pratique du droit et de la défense au criminel. Il disait souvent qu'il aurait défendu le diable en personne à condition que celui-ci puisse lui régler ses honoraires. La seule affaire qu'il ait jamais refusé de prendre est celle de Sirhan Sirhan. Il aurait déclaré à mon frère qu'il aimait bien trop Bob Kennedy pour défendre son assassin et ce, quelle que fût sa foi dans l'idéal selon lequel tout client mérite la meilleure défense possible.

Au fur et à mesure que je grandissais, je lus tout ce qu'on avait écrit sur mon père et ses affaires. J'admirai l'adresse, la vigueur et les stratégies qu'il apportait à la table de la défense. Il était sacrément bon et j'étais fier de porter son nom. Mais le droit a beaucoup changé. Il s'est teinté de gris. Et il y a longtemps que les idéaux ne sont plus que des idées. Des idées en option.

Mon portable sonnant, je jetai un coup d'œil à l'écran avant de répondre.

– Quoi d'neuf, Val ?

1. Ancien boxeur et adjoint d'Al Capone, il fut condamné à quinze ans de prison qu'il purgea à Alcatraz *(NdT)*.

– On est en train de le sortir de taule. Ils l'ont déjà ramené et on s'occupe des papiers.

– Dobbs a marché pour la caution ?

– Et comment !

J'entendis du ravissement dans sa voix.

– Arrête de te monter le bourrichon. T'es sûr que c'est pas un mec qui va filer ?

– Je ne suis jamais sûr de rien. Je vais l'obliger à porter un bracelet. Je le perds, je perds ma baraque avec.

Je me rendis compte que ce que j'avais pris pour du ravissement devant le pactole que cette caution de 100 000 dollars allait lui rapporter était surtout de la nervosité. Il serait aussi tendu qu'un ressort tant que, d'une façon ou d'une autre, l'affaire ne serait pas terminée. Même si la cour ne l'avait pas ordonné, il allait mettre un bracelet électronique à la cheville de Roulet. Il n'était pas question de risquer quoi que ce soit avec ce type.

– Où est Dobbs ? lui demandai-je.

– Il est retourné à mon bureau et nous y attend. Je lui ramène Roulet dès sa sortie. Ça ne devrait pas tarder.

– Maisy est là-bas ?

– Oui.

– Bon, je l'appelle.

Je mis fin à la conversation et appuyai sur la touche rapide pour appeler la Liberty Bail Bonds. Ce fut la réceptionniste et assistante de Valenzuela qui décrocha.

– Maisy, lui lançai-je, c'est moi, Mick. Tu peux me passer Dobbs ?

– Pas de problème, Mick.

Quelques secondes plus tard, Dobbs prenait la communication. Il avait l'air contrarié. Rien qu'à la façon dont il avait dit : « Cecil Dobbs à l'appareil »…

– Mick Haller. Comment ça se passe ?

– Pas très bien, si l'on considère que je laisse courir

mes obligations envers d'autres clients en restant assis dans ce bureau à lire des revues vieilles d'un an.

– Vous n'avez pas de portable pour vos affaires ?

– Si, mais là n'est pas la question. Mes clients ne sont pas du genre portable. Ils aiment qu'on soit en face à face.

– Je vois. Bon, la bonne nouvelle, c'est que je viens d'apprendre que notre gamin est sur le point d'être libéré.

– « Notre gamin » ?

– M. Roulet. Valenzuela devrait le faire sortir dans l'heure. Je suis moi-même sur le point d'entrer en conférence avec un client, mais, comme je vous l'ai déjà dit, je serai libre dans l'après-midi. Voulez-vous que nous nous retrouvions pour jeter un œil au dossier avec notre client mutuel ou préférez-vous que je prenne le relais dès maintenant ?

– Non, Mme Windsor exige que je suive tout ça de près. De fait, il se pourrait qu'elle assiste à la réunion elle aussi.

– Ça ne me gêne pas de faire la connaissance de cette dame, mais lorsqu'il faudra parler du dossier il ne devra plus y avoir que les avocats de la défense, que l'équipe. Cela peut vous inclure, mais certainement pas la mère. D'accord ?

– Je comprends. Disons quatre heures à mon cabinet. Louis y sera.

– Moi aussi.

– Mon cabinet loue les services d'un as de l'enquête. Je vais lui demander de nous rejoindre.

– Ce ne sera pas nécessaire, Cecil. J'ai le mien et il s'est déjà mis au boulot. On se retrouve à quatre heures.

Je mis fin à l'entretien avant qu'il ait le temps de démarrer sur le choix de l'enquêteur. Il fallait veiller à ce qu'il ne prenne pas la direction de l'enquête, de la préparation du dossier et de la stratégie à établir. Suivre tout cela était une chose. Mais maintenant, l'avocat de Louis Roulet, c'était moi. Pas lui.

J'appelai ensuite Raul Levin – il m'informa qu'il s'était déjà mis en route pour le commissariat de la division de Van Nuys afin d'y prendre une copie du PV d'arrestation.

– Juste comme ça ? lui demandai-je.

– Non, pas juste comme ça. On pourrait dire que ça m'a pris vingt ans pour l'avoir.

Je compris. Les contacts qu'il avait établis dans la police, au fil du temps et de l'expérience, lui avaient renvoyé l'ascenseur. Pas étonnant qu'il demande 500 dollars par jour chaque fois qu'il pouvait les décrocher. Je l'informai qu'on se retrouvait à quatre heures, il me répondit qu'il serait au rendez-vous et pourrait nous fournir un aperçu de ce qui se passait côté police.

Je refermais mon portable lorsque la Lincoln s'arrêta. Nous étions arrivés à la prison des Tours jumelles. L'édifice n'avait pas encore dix ans d'âge que le smog commençait déjà à en souiller les murs couleur sable d'un gris monotone. L'endroit était triste et menaçant et j'y passais trop de temps. J'ouvris ma portière et m'apprêtai à y entrer encore une fois.

7

Le guichet réservé aux avocats me permit d'éviter la longue file de visiteurs qui attendaient d'entrer pour voir des proches incarcérés dans une des tours. Lorsque j'annonçai au gardien-chef qui je voulais voir, il entra le nom de Laura Larsen dans l'ordinateur et ne me dit rien ni d'une indisponibilité de ma cliente ni d'un quelconque examen médical auquel elle aurait été soumise. Il m'imprima un laissez-passer de visiteur, le glissa dans le cadre en plastique d'un badge à clip et me demanda de porter ce dernier pendant toute la durée de ma visite. Puis il m'ordonna de m'écarter du guichet et d'attendre mon escorte.

– Cela prendra quelques minutes, ajouta-t-il.

Je savais d'expérience que mon portable ne captait rien dans l'enceinte de la prison et qu'en allant dehors pour téléphoner je risquais de louper mon escorte et de devoir reprendre toute la procédure d'admission à zéro. Je ne bougeai donc pas de l'endroit où je me trouvais et regardai les gens qui venaient rendre visite aux détenues. Presque tous étaient noirs ou basanés. Presque tous avaient l'air d'habitués. Tous connaissaient sans doute bien mieux la routine que moi.

Vingt minutes plus tard, une femme imposante en tenue d'adjoint au shérif entra dans la zone d'attente pour venir me chercher. Je compris que ce n'était pas avec la taille qu'elle avait maintenant qu'elle était entrée au service du shérif. Elle faisait au moins cinquante kilos de trop et semblait avoir du mal à les porter en marchant. Mais je savais aussi qu'une fois entré dans le saint des saints, il était difficile de s'en faire virer. Il faut dire qu'en cas d'évasion de prisonnier, elle n'avait qu'à s'adosser au chambranle d'une porte pour l'interdire.

– Désolée que ç'ait pris si longtemps, dit-elle en attendant entre les deux portes en acier du sas d'entrée de la prison des femmes. Il a fallu que j'aille la chercher et m'assurer qu'on l'avait encore chez nous.

Elle fit signe à la caméra installée au-dessus de la porte d'entrée que tout allait bien. La serrure de cette dernière s'ouvrit en claquant et elle entra.

– Elle était à l'infirmerie pour sa dose, reprit-elle.

– Sa dose ?

Je ne savais pas que la prison avait un traitement pour les drogués qui incluait qu'on lui donne « sa dose ».

– Oui, elle a reçu sa dose de coups dans une bagarre. Elle vous en dira plus.

Je décidai de ne plus poser de questions. D'une certaine manière, j'étais soulagé que ce délai médical ne soit pas dû – pas directement au moins – à une ingestion de drogue.

L'adjointe me conduisit à la salle des avocats, où j'étais déjà venu bien des fois avec d'autres clients. La grande majorité d'entre eux étaient des hommes et je ne faisais pas de discrimination, mais je dois à la vérité de dire que je détestais représenter des femmes incarcérées. Des prostituées aux meurtrières – et je les avais défendues les unes comme les autres –, il y a quelque chose de lamentable à voir une femme en prison ou qui risque d'y être jetée. Chaque fois ou presque, je m'en suis aperçu, leurs crimes ont les hommes pour origine. Ceux qui profitent d'elles, ceux qui les violent, ceux qui les abandonnent ou les battent. Cela ne signifie pas qu'elles ne sont pas responsables de leurs actes ou que certaines d'entre elles ne méritent pas le châtiment qui leur est infligé. Il y a chez les femmes des prédateurs qui valent bien ceux qu'on trouve chez les hommes. Mais, malgré tout, les femmes que je voyais ici semblaient très différentes des hommes enfermés dans l'autre tour. Là-bas, les hommes survivaient encore grâce à leur force et à leurs ruses. Les femmes, elles, sont dépossédées de tout lorsque la porte de la prison se referme sur elles.

La zone des visites se réduisait à une rangée de cabines où l'avocat pouvait s'asseoir d'un côté, sa cliente se trouvant de l'autre et séparée de lui par une paroi de Plexiglas transparent de quarante-cinq centimètres d'épaisseur. Une adjointe au shérif surveille tout le monde d'une cabine en verre située à l'autre bout de la pièce – censément sans écouter personne. S'il y a besoin de faire passer un document à la cliente, il faut le tenir en l'air afin que l'adjointe puisse le voir et donner son accord.

Je fus conduit à une cabine et mon escorte me quitta. J'attendis alors une dizaine de minutes de plus avant que la même adjointe apparaisse de l'autre côté de la paroi avec Laura Larsen. Je remarquai tout de suite que ma cliente avait l'œil gauche enflé et qu'un point de suture fermait une lacération qu'elle avait juste au-dessous d'une mèche de cheveux en plein milieu du front. Laura avait les cheveux d'un noir de jais et la peau mate. Elle avait été belle en son temps. La première fois que je l'avais représentée, soit sept ou huit ans plus tôt, elle l'était vraiment. Elle avait le genre de beauté qui laissait pantois quand on songeait qu'elle la vendait, quand il fallait bien se dire qu'elle avait décidé de se vendre à des inconnus parce qu'elle n'avait pas d'autre choix que celui-là. Maintenant elle n'avait plus que l'air dur. Elle avait le visage tendu et s'était fait soigner par des chirurgiens qui n'étaient pas les meilleurs – même si de fait il n'y avait rien qu'ils auraient pu faire pour arranger des yeux qui en avaient trop vu.

– Mickey Mantle, me lança-t-elle. Tu vas encore monter au filet pour moi ?

Elle avait dit ça de la voix de petite fille qui devait plaire à ses clients et les exciter. Pour moi, c'était plus simplement bizarre d'entendre ces mots tomber de la bouche d'une femme aux lèvres si serrées et aux yeux si durs et sans vie qui y brille.

Elle me donnait toujours du Mickey Mantle alors même qu'elle était née bien après que ce grand batteur de base-ball avait pris sa retraite. Sans même parler du fait qu'elle ne devait pas savoir grand-chose de sa façon de jouer. Pour elle, ce n'était qu'un nom. L'alternative était peut-être de me donner du Mickey Mouse et ça, je n'aurais probablement pas beaucoup apprécié.

– Je vais essayer, lui répondis-je. Qu'est-ce qui t'est arrivé à la figure ? Tu t'es fait mal ?

Elle écarta la question d'un geste de la main.

– J'ai eu des mots avec des filles de mon dortoir.

– À propos de quoi ?

– Oh, des trucs de filles.

– Dis donc, tu planes en taule ?

Elle prit l'air indigné, puis tenta de faire la moue.

– Non, je ne plane pas.

Je la regardai de plus près. Elle avait l'air normale. Peut-être ne planait-elle effectivement pas. Peut-être même cette bagarre n'avait-elle eu rien à voir avec la drogue.

– Mickey, reprit-elle de sa voix ordinaire, je veux pas rester ici.

– Comme si je pouvais te le reprocher ! J'aime pas venir ici moi non plus et moi, je peux m'en aller.

Je regrettai aussitôt ces derniers mots qui lui rappelaient la situation dans laquelle elle se trouvait. Mais elle n'eut pas l'air de remarquer.

– Tu crois que tu pourrais me faire admettre à un de ces machins avant le jugement où c'est que je pourrais me faire du bien ?

Je trouvai intéressant que, pour une accro, consommer et cesser de se droguer aient droit au même terme de « se faire du bien ».

– Sauf qu'y a un problème, Laura. Ce programme d'aide, tu y as déjà eu droit, tu te rappelles ? Et il est clair que ça n'a pas marché. Ce qui fait que cette fois, je ne sais pas. Il n'y a qu'un nombre limité de places dans ces trucs et les juges et les procureurs n'aiment pas y renvoyer quelqu'un quand ce quelqu'un n'en a pas profité la première fois.

– Comment ça ? protesta-t-elle. Bien sûr que j'en ai profité ! Je suis allée à toutes les séances !

– C'est vrai. Et c'est bien. Mais après, quand ç'a été fini, tu as recommencé et on est encore une fois l'un en face de l'autre. Pour eux, ce n'est pas une réussite, Laura, et je ne pense pas pouvoir te faire admettre dans un programme ce coup-ci. Pour moi, faut plutôt s'attendre à ce qu'ils soient plus durs avec toi.

Elle baissa les yeux.

– J'y arrive pas, dit-elle d'une petite voix.

– Écoute, des programmes comme ça, il y en a aussi en taule. Tu te remets d'aplomb et tu ressors avec une chance de recommencer à zéro.

Elle hocha la tête d'un air perdu.

– Tu as tenu longtemps, Laura, mais ça ne peut pas continuer comme ça. À ta place, j'essaierais de partir d'ici. De Los Angeles, je veux dire. Va ailleurs et repars à zéro.

Elle leva des yeux pleins de colère sur moi.

– Repartir à zéro en faisant quoi, hein ? Regarde-moi ! Que veux-tu que je fasse ? Que je me marie, que j'aie des enfants et que je plante des fleurs ?

Je n'avais pas de réponse à ça, et elle non plus.

– On en reparlera le moment venu. Pour l'instant, occupons-nous de ton affaire. Dis-moi ce qui s'est passé.

– Il s'est passé ce qui se passe à chaque fois. J'avais vérifié le mec et tout allait bien. Il m'avait l'air OK. Sauf que c'était un flic et que voilà.

– C'est toi qui es allée chez lui ?

Elle acquiesça d'un signe de tête.

– Au Mondrian. Il avait une suite… et, tiens, y a aussi ça : les flics, des suites, en général ils en ont pas. Ils ont pas le fric pour ça.

– Je ne t'ai pas déjà dit comme c'est con d'avoir de la coke sur toi quand tu bosses ? Même que si un mec te dit d'en ramener, tu peux être sûre que c'est un flic.

– Tout ça, je le sais, et y ne m'avait pas demandé d'en amener. La coke, j'ai oublié que je l'avais, d'accord ? C'est un type que j'avais vu avant lui qui me l'avait filée. Qu'est-ce tu voulais que je fasse ? Que je la laisse dans la bagnole pour que les voituriers du Mondrian me la piquent ?

– C'est qui, ce mec qui te l'a fourguée ?

– Un gars qu'est au Travel Lodge de Santa Monica Boulevard. Je me l'étais fait et c'est là qu'il me l'a proposée, tu vois ? Au lieu de me filer du fric. Et après, quand je suis partie, j'ai écouté mes messages et j'en avais reçu un du mec du Mondrian. Alors je l'ai rappelé, j'ai arrangé le coup et je suis montée directement chez lui. En oubliant que j'avais la coke dans mon sac.

J'acquiesçai d'un signe de tête et me penchai en avant. Je sentais quelque chose dans cette histoire – il y avait une lueur d'espoir.

– C'était qui, le mec du Travel Lodge ?

– Je sais pas, juste un mec qu'avait vu ma pub sur le site.

Elle arrangeait ses rendez-vous à partir d'un site web

où l'on trouvait des photos, des numéros de téléphone et des e-mails d'hôtesses d'accompagnement.

– Il t'a dit d'où il venait ?

– Non. C'était un mec dans le genre mexicain ou cubain. Il suait encore d'avoir consommé.

– As-tu vu s'il en avait encore quand il t'a filé la coke ?

– Ouais, il en avait un peu… J'espérais qu'il me rappelle… mais je crois que je n'étais pas ce qu'il attendait.

La dernière fois que j'étais allé sur LA-Darlings.com[1] pour voir si elle travaillait encore, les photos qu'elle avait mises sur le site dataient de cinq ans, et semblaient remonter à dix. Ça devait conduire à certaines déceptions lorsque ses clients lui ouvraient la porte de leur chambre.

– Il en avait beaucoup ?

– Je sais pas. J'ai juste compris qu'il devait en avoir parce que si ç'avait été tout ce qui lui restait, il me l'aurait pas filée.

C'était bien vu. L'espoir brillait plus fort.

– Tu l'avais passé au crible ?

– 'Videmment !

– Quoi ? T'avais vérifié son permis de conduire ?

– Non, son passeport. Il m'avait dit qu'il avait pas de permis.

– Comment s'appelait-il ?

– Hector Quelquechose.

– Allons, Laura ! Hector quoi ? Essaie de te rap…

– Hector Quelquechose Moya. Il avait trois noms. Mais je me souviens de Moya parce que j'y ai dit qu'il avait sûrement les Moyas de me payer quand il m'a sorti la coke.

– Bon, parfait.

– Tu crois que tu pourrais te servir de ça pour m'aider ?

1. Cf. *Darling Lily* publié dans cette même collection *(NdT)*.

– Peut-être. Ça dépendra de son identité. Si ça peut servir de monnaie d'échange.

– Je veux sortir d'ici.

– Bon, écoute, Laura. Je vais aller causer au procureur et voir un peu ce qu'elle dit et ce que je peux faire pour toi. Ils t'ont collé une caution de 25 000 dollars.

– Quoi ?!

– C'est plus fort que d'habitude à cause de la drogue. T'as pas les 2 500 pour le dépôt de garantie, si ?

Elle fit non de la tête. Je vis les muscles de son visage se contracter. Elle savait ce qui l'attendait.

– Tu pourrais pas me les avancer, Mickey ? Je te promets de te les…

– Je peux pas faire ça, Laura. C'est le règlement et je pourrais avoir de gros ennuis si je l'enfreignais. Il va falloir que tu passes la nuit ici et ils te notifieront tes charges demain matin.

– Non, dit-elle plus comme on grogne que comme on parle.

– Je sais que ça va être dur, mais va falloir que tu t'en passes. Et vaudrait mieux que tu sois claire demain matin quand tu seras devant le juge, sinon je n'aurai aucune chance d'abaisser ta caution et de te faire sortir. Et donc, tu prends rien de ce qu'ils vendent ici ! T'as compris ?

Elle leva les bras au-dessus de sa tête, presque comme si elle voulait se protéger de ce qui allait lui tomber dessus, et serra les poings d'angoisse. La nuit allait être longue.

– Faut que tu me sortes d'ici demain.

– Je vais faire de mon mieux.

Je fis un signe à l'adjointe dans la cabine d'observation. J'étais prêt à partir.

– Ah, une dernière chose, ajoutai-je. Tu te rappelles dans quelle chambre était le mec du Travel Lodge ?

Elle réfléchit un instant avant de répondre.

– Ça, c'est facile. Il était dans la 333.

– Bon, merci. Je vais voir ce que je peux faire.

Elle resta assise lorsque je me levai. L'escorte ne tarda pas à revenir et me demanda d'attendre qu'elle ait ramené Laura à son dortoir. Je consultai ma montre. Il était presque deux heures. Je n'avais toujours pas mangé et commençais à avoir mal au crâne. Et je n'avais plus que deux heures pour aller voir Leslie Faire au bureau du district attorney et lui parler de Laura avant de filer à Century City pour y retrouver Dobbs et Roulet.

– Y aurait pas quelqu'un d'autre qui pourrait me faire sortir d'ici ? demandai-je d'un ton irrité. Il faut que j'aille au tribunal.

– Désolée, maître, mais c'est comme ça que ça marche.

– Bon, ben, faites vite.

– C'est toujours ce que je fais.

Un quart d'heure plus tard je compris que m'être plaint n'avait fait que la décider à me laisser attendre encore plus longtemps que si je l'avais fermée. J'étais comme le client du restaurant qui retrouve certes bien chaude la soupe qu'il a renvoyée à la cuisine parce qu'elle était froide, mais aussi avec un petit goût de salive dedans. J'aurais dû m'en douter.

Je téléphonai à Raul Levin en regagnant au plus vite les bâtiments de la cour pénale. Il était revenu à son bureau de Glendale et passait en revue le PV d'arrestation de Roulet et les rapports ayant trait à l'enquête en cours. Je lui demandai de mettre tout ça de côté et de donner quelques coups de fil. Je voulais savoir ce qu'il pourrait trouver sur le type de la suite 333 du Travel Lodge de Santa Monica Boulevard. Et, bien sûr, qu'il me donne tout ça la veille au soir. Ses sources et les moyens de se renseigner sur Moya, je savais qu'il les avait, mais je n'avais aucune envie de les connaître. Seules m'intéressaient les informations qu'il pourrait dégoter.

Earl s'étant arrêté devant la cour, je lui demandai

d'aller vite chercher des sandwiches au roast-beef chez Philippe pendant que je filais au tribunal. Je mangerais le mien en allant à Century City. Je lui tendis un billet de vingt dollars par-dessus le dossier du siège et descendis de la Lincoln.

Arrivé devant les ascenseurs de l'entrée comme toujours noire de monde, je sortis un comprimé de Tylenol de ma mallette et l'avalai en espérant qu'il repousserait la migraine que je sentais monter par manque de nourriture. Il me fallut dix minutes pour arriver au neuvième étage – et quinze de mieux pour que Leslie Faire m'accorde une audience. Cette attente me gêna d'autant moins que, quelques instants seulement avant d'être introduit dans son cabinet, je reçus un appel de Raul Levin. Leslie Faire m'aurait-elle pris tout de suite que je n'aurais pas eu ce surplus de munitions.

Levin m'avait en effet appris que le type de la suite 333 s'était fait passer pour un certain Gilberto Rodriguez à la réception du Travel Lodge. Le motel n'avait pas exigé de pièce d'identité, ledit Rodriguez ayant réglé cash une semaine d'avance et déposé cinquante dollars d'acompte pour les coups de téléphone. Levin avait aussi enquêté sur le patronyme que je lui avais donné et retrouvé la trace d'un Colombien du nom d'Hector Arrande Moya qui était en cavale après avoir fui San Diego, où une chambre d'accusation l'avait inculpé de trafic de drogue. Tout cela nous faisait un joli paquet, dont j'avais très envie de faire usage avec le procureur.

Leslie Faire partageait son cabinet avec trois autres procureurs, chacun ayant son bureau dans un coin. Deux d'entre eux étaient absents – partis au tribunal sans doute –, mais un type que je ne connaissais pas était, lui, assis au bureau installé dans le coin opposé à celui de Faire. Je devrais donc parler à cette dernière en étant constamment à portée d'oreille de ce monsieur. Je détestais ça, nombre de procureurs auxquels j'avais affaire profitant alors de la situation pour faire les malins devant les autres : on essayait de jouer les durs et les petits rigolos, parfois au détriment de mon client.

Je pris une chaise à un des bureaux vides et l'apportai pour m'y asseoir. Et laissai tomber les plaisanteries parce qu'il n'y en avait pas et allai droit au but parce que j'avais faim et pas énormément de temps.

– Vous avez déposé contre Laura Larsen ce matin, lançai-je à Leslie Faire. C'est ma cliente. Je voulais voir ce qu'on peut faire.

– Eh bien, on peut lui demander de plaider coupable, moyennant quoi elle aura droit à trois ans de taule à la prison de Frontera.

Tout ça d'un ton neutre et avec un sourire qui tenait plutôt de la moue méprisante.

– Je pensais plutôt à des soins.

– Et moi, je me disais qu'elle y a déjà eu droit et qu'elle a craché dessus. Donc, pas question.

– Écoutez… combien avait-elle de coke sur elle ? Deux ou trois grammes ?

– Quelle que soit la quantité, ça demeure illégal. Laura Larsen a eu de nombreuses occasions de se reprendre et de ne pas repiquer au poison. Maintenant, c'est fini.

Elle se tourna vers son bureau, ouvrit un dossier et en consulta la première page.

– Neuf arrestations rien que ces cinq dernières années, reprit-elle. C'est sa troisième accusation pour trafic de drogue et elle n'a jamais passé plus de trois jours en prison. Des soins ? Rien à faire. Il faut qu'elle apprenne et ce coup-ci est le bon. Je n'ai aucune envie de discuter de ce point. Si elle plaide coupable, je lui donne de un à cinq ans. Si elle ne le fait pas, je vais au procès et elle tente sa chance avec un juge. Et moi, je demanderai le maximum.

J'acquiesçai d'un signe de tête. Tout ça partait bien dans la direction à laquelle je m'attendais. Une condamnation de un à cinq ans se réduirait très probablement à neuf mois de taule. Je savais que Laura pouvait le supporter – peut-être même cela valait-il mieux pour elle. Mais j'avais encore une carte dans mon jeu.

– Et si elle avait quelque chose à donner en échange ?

Leslie Faire ricana comme si je plaisantais.

– Du genre ?

– Un numéro de chambre d'hôtel où opère un trafiquant de drogue de premier plan.

– C'est un peu vague.

Ça l'était sans doute, mais rien qu'à son changement de ton je compris que ça l'intéressait. Tous les procureurs adorent faire du troc.

– Appelez vos gars des Stups. Demandez-leur ce qu'ils ont sur un certain Hector Arrande Moya. C'est un Colombien. Je peux attendre.

Elle hésita. Il était manifeste qu'elle n'aimait pas se faire manipuler par un avocat de la défense, surtout lorsqu'il y avait un autre procureur à portée d'oreille. Mais elle avait déjà mordu à l'appât.

Elle se retourna encore une fois vers son bureau et passa un coup de fil. J'entendis son côté de la conversation, elle demanda qu'on vérifie le passé de Moya. Elle attendit un moment, puis écouta la réponse. Elle remercia celui ou celle qu'elle avait appelé et raccrocha. Et prit tout son temps pour se retourner vers moi.

– Bien, dit-elle. Qu'est-ce qu'elle veut ?

J'avais tout préparé.

– Elle veut une place dans un programme de soins. Et on laisse tomber toutes les charges lorsqu'elle sera guérie. Elle n'aura pas non plus à témoigner contre le type et son nom n'apparaîtra nulle part. Elle se contente de donner le numéro de la chambre d'hôtel où il est descendu et vos gens procèdent à l'arrestation.

– Ils vont être obligés de bâtir un dossier. Il faudra qu'elle témoigne. Les deux grammes qu'elle avait sur elle provenant de ce mec… c'est bien ça ?… il va falloir qu'elle nous en cause.

– Non. Le type ou la nana avec qui vous avez parlé vous a dit qu'il y avait déjà un mandat d'amener. Vous n'avez qu'à coincer Moya pour ça.

Elle réfléchit quelques instants – en remuant la mâchoire d'avant en arrière comme si elle goûtait au plat et se demandait si elle en voulait davantage. Je savais ce qui coinçait. Échange il y avait, mais cela conduisait à une affaire fédérale. Ce qui voulait dire que le FBI allait arrêter le type et reprendre le dossier. Rien de glorieux à en tirer pour la dame – à moins qu'elle songe à entrer au cabinet de l'attorney fédéral un jour.

– Les fédéraux vont vous adorer, repris-je en essayant de m'immiscer dans sa conscience. C'est un méchant qui risque de se barrer dans pas longtemps et l'occasion de le pincer sera perdue.

Elle me regarda comme si je n'étais qu'un vulgaire insecte.

– Ne jouez pas à ça avec moi, Haller.

– Je vous demande pardon.

Elle se remit à réfléchir. J'essayai encore un coup.

– Dès que vous aurez le lieu, vous pourrez toujours arranger un achat.

– Ça ne vous ferait rien de vous taire, s'il vous plaît ? Je n'arrive pas à réfléchir.

Je levai les bras en l'air en signe de reddition et la fermai.

– Bon, dit-elle enfin. J'en parle au patron. Donnez-moi votre numéro, que je vous rappelle. Mais je vous avertis tout de suite : si on marche, il faudra qu'elle se soigne en taule. Disons… à County-USC. Pas question de gâcher une place de résident pour elle.

Je réfléchis et acquiesçai d'un signe de tête. County-USC était un hôpital équipé d'une prison, où l'on soignait les blessés, les malades et les drogués. De fait, Leslie

Faire m'offrait un programme où Laura Larsen pourrait être traitée pour sa dépendance – et libérée lorsqu'elle serait guérie. Elle ne serait plus accusée de rien et n'aurait pas à faire de prison.

– Ça me va, répondis-je. (Je consultai ma montre, il allait falloir que j'y aille.) Notre offre n'est valable que jusqu'à sa première comparution demain, précisai-je. Après, j'appelle la DEA pour voir si ses agents veulent traiter directement. Et là, ce ne sera plus entre vos mains.

Elle me regarda d'un air indigné. Elle savait que si j'arrivais à un accord avec les fédéraux elle serait écrabouillée. Quand il y avait confrontation, c'étaient toujours les fédéraux qui l'emportaient sur les représentants de l'État local. Je me levai pour partir et déposai une carte de visite sur son bureau.

– N'essayez pas de me passer par-dessus, Haller ! me lança-t-elle. Si jamais ça cafouille de votre côté, je m'en prendrai à votre cliente.

Je ne répondis pas. Je remettais à sa place la chaise que j'avais empruntée lorsqu'elle formula sa menace.

– De toute façon, je suis bien sûre qu'on pourra régler ça à un niveau satisfaisant pour tout le monde.

Je me retournai vers elle en arrivant à la porte.

– Pour tout le monde sauf Hector Moya, lui rappelai-je.

8

Le cabinet Dobbs et Delgado se trouvait au vingt-neuvième étage d'une des deux tours jumelles caractéristiques de la ligne d'horizon de Century City. J'arrivai juste à l'heure, mais tout le monde s'était déjà rassemblé dans la salle de conférences équipée d'une grande table en bois poli et d'une paroi de verre qui encadrait toute la vue à l'ouest, de Santa Monica à l'océan Pacifique et aux îles au-delà. L'air était si clair que j'aperçus Catalina et Anacapa tout là-bas au bout du monde. Le soleil commençant à se coucher et semblant se trouver presque au niveau des yeux, une pellicule plastique avait été abaissée sur la vitre afin d'atténuer la lumière. On aurait dit que la pièce avait mis des lunettes de soleil.

Comme mon client. Assis au bout de la table, Louis Roulet portait des Ray-Ban à monture noire. À peine sorti de sa combinaison grise de prisonnier, il avait enfilé un costume marron foncé et un T-shirt en soie pâle. Il avait tout du jeune agent immobilier cool et sûr de lui, et plus rien du gamin apeuré que j'avais vu dans l'enclos du tribunal.

À sa gauche se trouvait Cecil Dobbs et juste à côté de ce dernier, bien conservée, superbement coiffée et couverte de bijoux, une femme qui devait être la mère de Roulet, Mary Alice Windsor. Dobbs, ça aussi je le supposai, n'avait pas dû lui dire qu'elle ne pourrait pas assister à cette réunion.

À droite de Roulet, un siège vide m'attendait. Et, juste à côté, celui où avait pris place mon enquêteur, Raul Levin. Il avait un dossier fermé devant lui sur la table.

Dobbs me présenta Mme Windsor. Celle-ci me serra la main avec une belle vigueur. Je m'assis et Dobbs m'expliqua qu'elle réglerait les frais de défense de son fils et acceptait les termes de l'accord que j'avais détaillés auparavant. Après quoi, il me glissa une enveloppe en travers de la table. Je jetai un coup d'œil à l'intérieur et y découvris un chèque de 60 000 dollars avec mon nom dessus. C'était le dépôt de garantie que j'avais demandé, dépôt dont je ne comptais vraiment toucher que la moitié lors de ce premier règlement. J'avais déjà obtenu plus pour certaines affaires, mais ça n'en restait pas moins le plus gros chèque que j'avais jamais reçu.

Il était tiré sur le compte de Mary Alice Windsor. Et la banque était du costaud : la First National de Beverly Hills. Je refermai l'enveloppe et la fis repasser de l'autre côté de la table.

– Il va falloir que ce paiement soit effectué par Louis, lançai-je en regardant Mme Windsor. Ça m'est égal que ce soit vous qui lui passiez l'argent et qu'il me le donne ensuite. Tout ce que je veux, c'est que ce soit un chèque de Louis. C'est pour lui que je travaille et ça, il faut qu'on soit tous bien d'accord sur ce point.

Je savais que c'était bien différent de ce que j'avais fait ce matin-là – à savoir accepter un paiement d'un tiers. De fait, c'était plutôt une question d'attribution. Il m'avait suffi de regarder une seconde C. C. Dobbs et Mary Alice Windsor de l'autre côté de la table pour savoir que j'allais devoir leur faire comprendre que ce serait à moi et à personne d'autre de gérer cette affaire – que je la perde ou que je la gagne.

Je ne pensais pas que ça se produirait, mais je vis le visage de Mary Windsor se durcir. Va savoir pourquoi, avec sa figure plate et carrée, elle me fit penser à une horloge à balancier.

– Maman, lança Roulet comme pour éviter quelque chose avant que ça commence, ce n'est pas grave. Je vais lui faire un chèque. Je devrais pouvoir le couvrir jusqu'à ce que tu me donnes l'argent.

Mary Windsor passa de moi à son fils, puis revint sur moi.

– Très bien, dit-elle.

– Madame Windsor, enchaînai-je, le soutien que vous apportez à votre fils est capital. Et pas seulement en termes financiers. Si nous ne réussissons pas à faire tomber ces charges et décidons d'aller au procès, il sera de la plus haute importance que vous montriez ce soutien en public.

– Ne soyez pas idiot, me renvoya-t-elle. Qu'il gèle ou qu'il vente, je soutiendrai Louis jusqu'au bout. Ces charges doivent être abandonnées et cette femme… elle n'obtiendra jamais un sou de nous.

– Merci, maman, dit Roulet.

– Merci, c'est le mot, insistai-je. Je ferai en sorte de vous informer, par l'intermédiaire de M. Dobbs, des lieux et des moments où nous aurons besoin de vous, madame Windsor. Il est bon de savoir que vous serez là pour lui.

Je n'ajoutai rien et attendis. Il ne lui fallut pas longtemps pour comprendre qu'elle venait d'être congédiée.

– Mais pour l'instant, vous ne voulez pas de moi dans cette pièce, c'est bien ça ?

– C'est exact. Nous avons besoin de discuter du dossier et il vaut mieux, et me semble plus approprié, que Louis ne le fasse qu'en présence de l'équipe qui va le défendre. La confidentialité avocat-client ne s'étend à aucune autre personne. Vous risqueriez de devoir témoigner contre votre fils.

– Mais comment Louis va-t-il revenir à la maison si je m'en vais tout de suite ?

– J'ai un chauffeur. Je le ramènerai.

Elle regarda Dobbs dans l'espoir que, placé un cran plus haut que moi dans la société, il arrive à me contrer. Dobbs se contenta de sourire et de se lever pour l'aider à en faire autant. Elle finit par accepter et se prépara à partir.

– Très bien, dit-elle. Louis, je te retrouve au dîner.

Dobbs la raccompagna jusqu'au couloir, où je les vis échanger quelques mots. Mais je n'arrivai pas à entendre ce qu'ils se disaient. Enfin elle s'éloigna, Dobbs réintégrant la salle et en refermant la porte.

J'expliquai certains détails préliminaires à Roulet, puis je l'informai qu'il serait officiellement inculpé dans quinze jours et qu'il devrait alors annoncer sa décision. Il aurait la possibilité de déclarer au juge qu'il ne souhaitait pas renoncer à son droit d'être jugé rapidement.

– C'est la première décision qu'il faut prendre, insistai-je. Il faut que vous décidiez si vous voulez faire traîner les choses ou si vous désirez procéder rapidement, ce qui met la pression sur l'accusation.

– Quelles sont nos chances ? demanda Dobbs.

Je le regardai, puis je revins sur Roulet.

– Je vais être très honnête avec vous, répondis-je. Quand mon client n'est pas incarcéré, j'ai tendance à faire traîner. C'est la liberté du client qui est en jeu… et donc, pourquoi ne pas en profiter au maximum avant le coup d'envoi.

– Là, vous parlez d'un client qui est coupable, me fit remarquer Roulet.

– D'un autre côté, repris-je, si l'accusation a un dossier un peu faible, repousser ne fait que lui donner la possibilité de le renforcer. Tout ça pour dire que, pour l'instant, la question du délai est notre seul atout. Si vous ne renoncez pas au droit d'être jugé rapidement, ça met sacrément la pression sur l'accusation.

– Je n'ai pas commis les actes dont on m'accuse, insista Roulet. Je n'ai aucune envie de perdre du temps. Je veux en finir avec cette merde.

– Bref, si nous refusons, théoriquement ils doivent vous faire passer en jugement moins de soixante jours après l'inculpation officielle. En réalité, c'est repoussé s'ils exigent une audience préliminaire. Au cours de cette audience, le juge prend connaissance des éléments de preuve et décide s'il y en a assez pour aller au procès. Si oui, il vous déclare bon pour jugement, vous réinculpe et le réveil est remis à soixante jours.

– Incroyable ! s'écria Roulet. Ça va durer une éternité, ce truc !

– On pourrait renoncer à l'audience préliminaire. Ça leur forcerait vraiment la main. Le dossier a été rétrocédé à un jeune procureur. Et ce genre d'affaire est assez neuf pour lui. C'est peut-être cette voie qu'il faut choisir.

– Minute, dit Dobbs. L'audience préliminaire n'est-elle pas utile si on veut savoir ce que l'accusation a dans sa manche ?

– Pas vraiment, lui répondis-je. Plus maintenant. Le législateur a rationalisé tout ça il y a quelque temps et réduit l'audience préliminaire à une espèce d'approbation bureaucratique sans véritable discussion, en assouplissant les règles de validation des preuves par ouï-dire. Au jour d'aujourd'hui, le juge fait passer le flic en charge de l'affaire à la barre et celui-ci lui dit ce que tout le monde sait. En général, la défense n'a pas droit à d'autres témoins. Moi, si vous me demandez mon avis, je dirais que la meilleure stratégie serait de forcer l'accusation à montrer ses cartes ou à la fermer. On les oblige à se pointer soixante jours après l'inculpation.

– J'aime assez, dit Roulet. Je veux en finir le plus rapidement possible.

J'acquiesçai d'un signe de tête. Il avait dit ça comme si un verdict non coupable était évident.

– Et si ça n'allait même pas au procès ?! lança Dobbs. Si ces accusations ne tiennent pas la route...

– Le district attorney ne va pas laisser tomber, l'interrompis-je. En général, les flics chargent la barque et le D. A. réduit les chefs d'accusation. Ce qui ne s'est pas produit dans notre affaire. De fait, le D. A. les a alourdis. Ce qui, à moi, me dit deux choses : un, pour eux l'accusation est solide, et deux, ils ont accru les charges pour pouvoir le prendre de plus haut lorsque nous commencerons à négocier.

– Quoi ? Vous parlez de plaider coupable ? demanda Roulet.

– Oui, d'un arrangement.

– Pas de plaider coupable, on laisse tomber cette idée tout de suite. Je n'irai pas en taule pour quelque chose que je n'ai pas fait.

– Ça n'implique pas forcément que vous alliez en prison. Vous n'avez pas de casi...

– Je me moque de savoir si je pourrais rester libre. Je ne plaiderai pas coupable pour un crime que je n'ai pas commis. Si ça vous pose problème, c'est maintenant que nous nous séparons.

Je le regardai de plus près. Presque tous mes clients protestent de leur innocence à un moment ou à un autre. Surtout quand c'est la première fois que je travaille avec eux. Mais là, Roulet s'était exprimé avec une ferveur et une franchise que je n'avais pas vues depuis longtemps. Les menteurs bredouillent. Et se détournent. Roulet, lui, me fixait des yeux avec l'intensité d'un aimant.

– N'oublions pas les questions de responsabilité civile, reprit Dobbs. Un plaider coupable permettrait à cette femme de...

– Tout ça, je le comprends, dis-je en l'interrompant à nouveau. Je crois que nous allons tous un peu vite en besogne. Je voulais seulement donner à Louis une idée de la manière dont tout ça va se dérouler. Nous n'aurons aucune décision irréversible à prendre avant deux ou trois semaines. Tout ce que nous devons savoir, c'est la façon dont nous allons jouer la partie à la mise en accusation.

– Louis a fait un an de droit à UCLA, dit Dobbs. Il voit assez bien la situation.

Roulet acquiesça d'un signe de tête.

– Bon, parfait, dis-je. Et donc, allons-y. Louis, commençons par vous. Votre mère vient de dire qu'elle vous attendait au dîner. Vous habitez à la maison ? Enfin, je veux dire… chez votre mère ?

– J'occupe la maison d'amis. Elle habite dans la grande.

– D'autres personnes chez vous ?

– La bonne. Chez ma mère.

– Des frères ? Des sœurs ? Des copains ? Des copines ?

– Non.

– Et vous travaillez pour votre mère ?

– Disons plutôt que c'est moi qui dirige son affaire. Elle ne s'en occupe plus beaucoup.

– Où étiez-vous samedi soir ?

– Same… vous voulez dire hier soir, non ?

Non, samedi soir. Commençons par là.

– Samedi soir, je n'ai rien fait. Je suis resté à la maison et j'ai regardé la télé.

– Tout seul ?

– Tout seul.

– Qu'avez-vous regardé ?

– Un DVD. Un vieux film intitulé *Conversation secrète*. Coppola.

– Je l'ai vu, mais ça remonte à loin. Ce qui fait que vous n'étiez avec personne et que personne ne vous a vu. Vous avez regardé le film et vous êtes allé vous coucher, c'est tout.

– En gros.

– En gros. Bon. Ce qui nous amène à dimanche matin. Qu'avez-vous fait pendant la journée d'hier ?

– J'ai joué au golf au Riviera, partie à quatre habituelle. J'ai commencé à dix heures et fini à quatre. Après, je suis revenu chez moi, me suis douché et changé, j'ai dîné chez ma mère... vous voulez savoir ce qu'on a mangé ?

– Ce ne sera pas nécessaire. Mais plus tard, j'aurai sans doute besoin des noms des types avec qui vous avez joué au golf. Que s'est-il passé après le dîner ?

– J'ai dit à ma mère que je rentrais chez moi, mais au lieu de ça je suis sorti.

Je remarquai que Levin avait commencé à prendre des notes dans un petit carnet qu'il avait sorti de sa poche.

– Quel genre de voiture conduisez-vous ?

– J'en ai deux. Une Land Rover 0. 4, dans laquelle j'emmène mes clients, et une Carrera 0. 1 pour moi.

– Hier soir, vous vous êtes donc servi de la Porsche ?

– Exact.

– Où êtes-vous allé ?

– De l'autre côté de la colline, dans la Valley.

Il avait dit ça comme s'il était risqué pour un gamin de Beverly Hills de descendre dans les quartiers ouvriers de la San Fernando Valley.

– Où ça ?

– Ventura Boulevard. J'ai bu un verre chez Nat's North, puis je suis descendu jusque Chez Morgan, où j'ai pris un autre verre.

– Ce sont bien des endroits où on lève des filles, non ?

– Oui. C'est pour ça que j'y suis allé.

Il avait dit ça d'un ton neutre, je lui sus gré de son honnêteté.

– Et donc, vous cherchiez quelqu'un. Une femme. N'importe laquelle ? Une que vous connaissiez ?

– Non, personne en particulier. J'avais envie de baiser, purement et simplement.

– Que s'est-il passé chez Nat's North ?

– Ce qui s'est passé, c'est qu'il ne se passait pas grand-chose et que je suis parti. Je n'ai même pas fini mon verre.

– Vous y allez souvent ? Les barmans vous connaissent-ils ?

– Oui, ils me connaissent. Hier soir, c'était une certaine Paula qui travaillait.

– Bon, et donc, ça ne marchait pas trop fort pour vous et vous êtes parti. Vous avez repris le volant et vous êtes descendu Chez Morgan. Pourquoi ?

– C'est juste un autre bar où je vais.

– Vous y êtes connu ?

– Je devrais. Je laisse de bons pourboires. Hier soir, Denise et Janice bossaient au bar. Elles me connaissent.

Je me tournai vers Levin.

– Raul, c'est quoi, le nom de la victime ?

Il ouvrit son dossier pour en sortir un rapport de police, mais répondit avant même de le consulter.

– Regina Campo. Ses amis l'appellent Reggie. Vingt-six ans. Elle a dit aux flics être actrice et vendre des produits par téléphone.

– Et espérer prendre sa retraite rapidement, ajouta Dobbs.

Je l'ignorai.

– Louis, connaissiez-vous Reggie Campo avant ? demandai-je.

Il haussa les épaules.

– Un peu. Je l'avais déjà vue dans ce genre d'endroits. Mais je n'étais jamais sorti avec elle. Je ne lui avais même jamais parlé.

– Aviez-vous essayé ?

– Non, je n'ai jamais vraiment pu l'aborder. Elle était toujours avec un type, voire plusieurs. Et je n'ai pas envie de me frayer un chemin dans la foule, vous voyez ? Moi, mon style, c'est de repérer les filles seules.

– Qu'y a-t-il eu de différent hier soir ?

– Hier soir, c'est elle qui m'a abordé, voilà ce qu'il y a eu de différent.

– Racontez-nous.

– Il n'y a rien à raconter. J'étais au bar à m'occuper de mes oignons, à regarder un peu ce qu'il y avait de jouable, et elle, elle était à l'autre bout du comptoir avec un type. Elle n'était donc même pas dans ma ligne de mire vu qu'elle donnait l'impression d'être déjà en main, d'accord ?

– Bon, bon, et donc que s'est-il passé ?

– Eh bien, au bout d'un moment, le type avec qui elle était se lève pour aller pisser ou fumer une cigarette dehors et, dès qu'il est parti, elle se lève à son tour et fait tout le comptoir pour venir me voir et me demander si elle m'intéresse. Je lui dis que oui, mais… et le type avec qui elle est ? Elle me répond de pas m'inquiéter pour lui, qu'il sera parti à dix heures et qu'elle sera libre pour le reste de la soirée. Sur quoi, elle m'écrit son adresse et me dit de passer après dix heures. Je lui dis que j'y serai.

– Sur quoi a-t-elle écrit son adresse ?

– Sur une serviette, mais la réponse à la question suivante est non : non, je ne l'ai plus. J'ai appris l'adresse par cœur et jeté la serviette. Je travaille dans l'immobilier. Les adresses, je m'en souviens.

– Quelle heure était-il, environ ?

– Je ne sais pas.

– Elle ne vous avait pas dit de passer à dix heures ? Avez-vous regardé votre montre à un moment ou à un autre pour savoir combien il vous restait de temps à attendre ?

– Je crois qu'il n'était pas loin de neuf heures. Dès que le type est revenu, ils sont partis.

– Quand avez-vous quitté le bar ?

– J'y suis resté encore quelques minutes avant de partir. Et j'ai fait un autre arrêt avant de passer chez elle.

– Où ça ?

– Comme elle habitait dans un appartement à Tarzana, je suis monté au Lamplighter[1]. C'est sur le chemin.

– Pourquoi ?

– Eh bien, vous savez… je voulais savoir ce qu'il me restait comme possibilités. Histoire de voir s'il y aurait pas eu mieux, s'il y aurait pas eu quelque chose qui ne m'aurait pas obligé à attendre ou à…

– Ou à quoi ?

Il n'acheva pas sa phrase.

– Vous contenter des restes ?

Il acquiesça d'un hochement de tête.

– Bon, à qui avez-vous parlé au Lamplighter ? À propos… où est-ce ?

C'était le seul endroit que je ne connaissais pas.

– Dans Ventura Boulevard, près de White Oak. En fait, je n'ai pas vraiment parlé à qui que ce soit. Il y avait du monde, mais personne qui m'intéresse vraiment.

– Les barmans vous connaissent ?

– Non, pas vraiment. Je n'y vais pas très souvent.

– D'habitude, vous avez de la chance avant le troisième bar ?

– Non, d'habitude, je renonce au bout de deux.

Je hochai la tête pour gagner un peu de temps et réfléchir à ce que je pourrais lui demander avant d'en venir à ce qui s'était passé chez la victime.

– Combien de temps êtes-vous resté au Lamplighter ?

– Je dirais une heure. Peut-être un peu moins.

– Au bar ? Combien de consommes ?

– Deux, oui, au bar.

– Combien de verres en tout aviez-vous bus avant d'aller chez Reggie Campo ?

– Euh… quatre, au maximum. Sur deux heures-deux

1. Soit « L'Allumeur de réverbères » *(NdT)*.

heures et demie. Chez Morgan, j'ai laissé un verre auquel je n'ai pas touché.

– Que buviez-vous ?

– Des martinis. De la vodka Gray Goose.

– Avez-vous réglé l'un quelconque de ces verres avec une carte de crédit ? demanda Levin en posant sa première question de l'entrevue.

– Non, répondit Roulet. Quand je sors, je paie en liquide.

Je regardai Levin et attendis de voir s'il avait une autre question. À ce moment-là, il en savait plus long que moi sur l'affaire. Je voulais lui laisser la possibilité de poser toutes les questions qu'il voulait. Il me renvoya mon regard et hocha la tête. Il était prêt pour la suite.

– Bien, repris-je. Quelle heure était-il lorsque vous êtes arrivé à l'appartement de Reggie ?

– Dix heures moins douze. J'ai regardé ma montre. Je ne voulais pas frapper trop tôt à sa porte.

– Et qu'est-ce que vous avez fait pour ça ?

– J'ai attendu dans le parking. Elle avait dit dix heures, j'ai attendu jusqu'à dix heures.

– Avez-vous vu partir le type avec lequel elle était Chez Morgan ?

– Oui, je l'ai vu. Il est sorti, il a filé et je suis monté.

– Quel genre de voiture avait-il ? demanda Levin.

– Une Corvette jaune. Un modèle qui remonte aux années 90. Lequel exactement, je ne sais pas.

Levin acquiesça d'un hochement de tête. Il en avait fini. Je savais qu'il cherchait seulement à se faire une idée du type qui était passé chez Campo avant Roulet. Je repris les questions.

– Et donc, il s'en va et vous y allez. Et après, il se passe quoi ?

– J'entre dans le bâtiment et je découvre que son appartement se trouve au second. Je monte, je frappe à sa porte, elle m'ouvre, j'entre.

– Une seconde. Ce n'est pas de la version style télégraphique que j'ai besoin. Vous êtes monté… comment ? Par l'escalier ? L'ascenseur ? Quoi ? Donnez-nous les détails.

– Ascenseur.

– Quelqu'un dedans ? Quelqu'un vous a-t-il vu ?

Roulet fit non de la tête. Je lui fis signe de continuer.

– Elle a entrouvert la porte, vu que c'était moi et m'a dit d'entrer. Comme il y avait un couloir derrière la porte, c'était plutôt étroit. Je suis passé devant elle pour qu'elle puisse refermer. C'est pour ça qu'elle s'est retrouvée derrière moi. Et que je n'ai rien vu venir. Elle tenait quelque chose à la main. Elle m'a frappé avec et je suis tombé. Et ç'a été vite le noir complet.

Je gardai le silence en réfléchissant à tout ça et tentant de me représenter la scène.

– Et donc, elle vous a expédié au tapis avant qu'il se passe quoi que ce soit ? Elle n'a rien dit ou crié, elle s'est mise derrière vous et boum ?

– C'est ça.

– Bon, et après ? Vous vous rappelez quoi juste après ?

– C'est encore un peu brumeux. Je me rappelle m'être réveillé et j'avais deux types sur moi. Deux types qui me maintenaient par terre. Et après, la police est arrivée. Avec les ambulanciers. J'étais adossé au mur, menotté et les ambulanciers m'ont mis de l'ammoniaque ou un autre truc sous le nez et c'est là que j'ai vraiment retrouvé mes esprits.

– Vous étiez toujours dans l'appartement ?

– Oui.

– Où était Reggie Campo ?

– Elle était assise sur le canapé et il y avait un autre ambulancier qui lui arrangeait la figure. Elle pleurait et disait à l'autre flic que je l'avais attaquée. Rien que des mensonges. Que je l'avais surprise à la porte, que je lui avais envoyé un coup de poing, que j'avais dit que j'allais la violer et qu'après je la tuerais, tous ces trucs que j'ai pas faits. J'ai bougé les bras pour pouvoir regarder mes mains dans mon dos. J'ai vu que j'avais la main dans une espèce de sac en plastique et qu'il y avait du sang sur ma main et c'est là que j'ai compris que tout ça, c'était un coup monté.

– Qu'entendez-vous par là ?

– Qu'elle m'avait mis du sang sur la main pour faire croire que c'est moi qui avais fait le coup. Sauf que c'était ma main gauche. Et que je ne suis pas gaucher. Si j'avais voulu lui flanquer un coup de poing, je me serais servi de ma main droite.

Il fit le geste de frapper avec la main droite pour illustrer son propos au cas où je n'aurais pas compris. Je me levai, gagnai la fenêtre et me mis à faire les cent pas. J'avais l'impression d'être plus haut que le soleil. Je le regardai se coucher d'en haut. L'histoire de Roulet me mettait mal à l'aise. Ça semblait tellement tiré par les cheveux que ça pouvait être vrai. Et ça ne me plaisait pas. J'ai toujours eu peur de ne pas reconnaître l'innocence d'un client. C'est tellement rare dans mon travail que j'avais peur de ne pas être prêt quand ça se produirait. J'avais peur de tout rater.

– Bon, revoyons un peu ça un instant, lui dis-je, toujours tourné vers le soleil. Vous dites qu'elle vous a mis du sang sur la main pour vous piéger. Et qu'elle vous l'a mis sur la gauche. Mais si elle avait voulu vous piéger, vous ne pensez pas qu'elle vous l'aurait mis sur la droite étant donné que la majorité des gens sont droitiers ? Elle n'aurait pas joué les statistiques ?

Je me retournai vers la table et n'eus droit qu'à des regards vides de tout le monde.

– Vous dites qu'elle a entrouvert la porte et qu'elle vous a laissé entrer, repris-je. Avez-vous vu son visage ?

– Pas en entier.

– Qu'en avez-vous vu ?

– Son œil. Gauche.

– Avez-vous vu ensuite le côté droit de sa figure ? Disons… en entrant.

– Non, elle était derrière la porte.

– Ça y est ! s'écria Levin, tout excité. Ces blessures, elle les avait déjà quand il est arrivé. Elle se cache, il entre, elle le cogne. Toutes les blessures sont sur le côté droit de son visage et c'est pour ça qu'elle a mis le sang sur sa main gauche.

Je hochai la tête en réfléchissant à la logique de l'affaire. Tout cela semblait avoir un sens.

– D'accord, dis-je en me retournant vers la fenêtre et continuant à faire les cent pas. Je crois que ça va marcher. Bon et maintenant, Louis, vous nous avez dit avoir déjà vu cette femme dans des bars, mais n'être jamais sorti avec elle avant. Bref, que c'était une inconnue. Pourquoi aurait-elle fait ça, Louis ? Pourquoi vous aurait-elle piégé de cette façon ?

– Le fric.

Sauf que ce n'était pas Roulet qui avait répondu. C'était Dobbs. Je me détournai de la fenêtre et le regardai. Il savait qu'il avait parlé alors qu'il ne fallait pas, mais il avait l'air de s'en moquer.

– C'est évident, reprit-il. Elle veut son argent, l'argent de la famille. Elle est probablement en train de déposer plainte au civil au moment même où nous parlons. Ces accusations au criminel ne sont que le prélude à des poursuites au civil – à ses exigences d'argent. En fait, c'est ça qu'elle cherche.

Je me rassis et regardai Levin.

– J'ai vu une photo de cette femme au tribunal, dis-je. Elle avait la moitié de la figure en bouillie. Vous nous dites donc que votre ligne de défense, c'est ça ? Qu'elle s'est fait ces blessures toute seule ?

Levin ouvrit son dossier et en sortit une feuille de papier. Il s'agissait d'une photocopie en noir et blanc de la photo que Maggie McPherson m'avait montrée au tribunal. Le visage enflé de Reggie Campo. Levin avait de bonnes sources, mais pas assez bonnes pour avoir récupéré les clichés originaux. Il glissa la photocopie à Dobbs et à Roulet en travers de la table.

– On aura les vraies photos dans la phase communication des pièces avant l'audience, repris-je. C'est pire, vraiment vraiment pire, et si nous marchons avec votre histoire… je veux dire, si on va devant les jurés… il faudra les persuader qu'elle s'est fait tout ça toute seule.

Je regardai Roulet examiner la photocopie. Si c'était lui qui avait agressé Reggie Campo, il n'en montra rien en regardant le résultat de ses œuvres. De fait, il ne montra rien du tout.

– Vous savez quoi ? conclus-je. J'aime assez me prendre pour un bon avocat et pour un type qui sait convaincre des jurés. Mais là, même moi, j'ai du mal à croire à votre histoire.

9

C'était maintenant à Raul Levin de prendre la parole. Nous avions déjà parlé alors que je me rendais à Century City en mangeant des morceaux de mon sandwich au roast-beef. J'avais relié mon portable au haut-parleur de la voiture et demandé au chauffeur de mettre ses écouteurs. Je lui avais acheté un iPod dès la première semaine qu'il avait travaillé pour moi. Levin m'avait alors donné les éléments essentiels du dossier, juste assez en tout cas pour que je puisse me débrouiller pendant la première séance d'interrogatoire de mon client. Levin allait maintenant prendre le commandement des opérations et se servir des rapports de police et des éléments de preuve déjà rassemblés pour démolir complètement la version de Roulet, cela afin que tout le monde comprenne bien ce que l'accusation avait dans son jeu. Au début, en tout cas, j'avais voulu que ce soit Levin qui se charge de l'opération, dans la mesure où, si la défense devait jouer au bon mec/méchant mec, je voulais être celui en qui Roulet aurait confiance. En un mot, je voulais être le bon mec.

Levin avait ses notes personnelles en plus des photocopies des rapports de police qu'il avait obtenues grâce à sa source. Tout cela faisait partie des pièces auxquelles la défense aurait certainement accès, ou qu'elle recevrait dans la phase communication des éléments de preuve avant l'audience, sauf qu'en général cela demandait quinze jours d'efforts pour les avoir par le canal judiciaire au lieu des quelques heures qu'il lui avait fallu pour se les procurer. Il se mit à parler en gardant les yeux rivés sur ses documents.

– À dix heures onze hier soir, le centre de communications du LAPD a reçu un appel urgent de Regina Campo, 1760, White Oak Boulevard, appartement 211. Elle faisait état de la présence d'un intrus chez elle. Des officiers de patrouille ont réagi aussitôt et sont arrivés sur les lieux à dix heures dix-sept. Il ne devait pas se passer grand-chose ce soir-là parce que c'était plutôt rapide. Bien plus que la moyenne lorsqu'il y a urgence. Toujours est-il que c'est dans le parking de l'immeuble qu'ils ont retrouvé une certaine Mlle Campo, qui disait s'être enfuie de son appartement après l'agression. Elle les a alors informés que deux de ses voisins, Edward Turner et Ronald Atkins, se trouvaient chez elle, où ils avaient maîtrisé l'intrus. L'officier Santos est alors monté à l'appartement, où il a trouvé le suspect, plus tard identifié comme étant M. Roulet, allongé par terre et maîtrisé par Turner et Atkins.

– Les deux pédés qui s'étaient assis sur moi, dit Roulet.

Je le regardai et vis l'éclair de colère s'éteindre rapidement dans ses yeux.

– Les officiers se sont alors emparés du suspect, reprit Levin comme si personne ne l'avait interrompu. M. Atkins…

– Minute, lançai-je. Où était-il par terre ? Dans quelle pièce ?

– On ne le dit pas.

Je regardai Roulet.

– C'était dans la salle de séjour. Pas très loin de la porte d'entrée. Je ne suis pas entré plus loin.

Levin nota quelque chose avant de poursuivre.

– M. Atkins a montré un couteau pliant avec la lame ouverte, un couteau que, disait-il, il avait trouvé par terre à côté de l'intrus. Les officiers de police ont menotté le suspect, des ambulanciers étant appelés pour s'occuper de Campo et de Roulet qui, lui, avait une coupure à la tête et une légère commotion cérébrale. Campo a été transportée au Holy Cross Medical Center pour y être soignée à nouveau et être photographiée par un technicien du Service des preuves. Roulet, lui, a été incarcéré, puis écroué à la prison de Van Nuys. L'appartement de Mlle Campo a alors été scellé aux fins d'analyse de la scène de crime, l'enquête étant confiée à l'inspecteur Martin Booker du bureau des inspecteurs de la Valley.

Levin étala encore quelques photocopies des clichés pris par la police et montrant les blessures de Regina Campo. On y voyait son visage de face et de profil, plus deux gros plans sur les bleus qu'elle avait au cou et une petite perforation sous la mâchoire. Les photocopies étaient de mauvaise qualité et je savais que ça ne valait pas la peine de les examiner attentivement. Mais je remarquai que toutes ces blessures se trouvaient bien du côté droit. Sur ce point, Roulet ne s'était pas trompé. Elle s'était fait cogner de façon répétée par quelqu'un qui frappait de la main gauche – ou alors c'était elle qui s'était rossée de la main droite.

– Ces clichés ont été pris à l'hôpital, où Mlle Campo a fait sa déposition à l'inspecteur Booker. Pour résumer : elle dit être rentrée chez elle dimanche soir aux environs de vingt heures trente et qu'elle était seule quand elle a entendu quelqu'un frapper à la porte aux environs de vingt-deux heures. M. Roulet s'étant identifié comme quelqu'un qu'elle connaissait, elle lui a ouvert. Sur quoi elle a été aussitôt frappée à coups de poing par l'intrus et repoussée à l'intérieur de l'appartement. Une fois entré, l'intrus a refermé la porte à clé. Mlle Campo a tenté de se défendre, mais a été frappée au moins deux fois de plus, jusqu'à ce qu'elle tombe par terre.

– Quel ramassis de conneries ! s'écria Roulet.

Il abattit ses poings sur la table et se leva, son siège allant s'écraser bruyamment contre la fenêtre derrière lui.

– Hé là, doucement ! l'avertit Dobbs. Tu casses cette vitre et ce sera comme dans un avion. On sera tous aspirés dehors et plouf !

Personne ne rit de cette légèreté à laquelle il s'essayait.

– Louis, asseyez-vous, dis-je calmement. Ce sont des rapports de police, rien de plus, rien de moins. Ces photos ne sont pas censées dire la vérité. Elles ne font qu'en illustrer une version. Nous ne faisons que jeter un petit coup d'œil au dossier, histoire de voir à quoi on a affaire.

Il ramena sa chaise à la table et se rassit sans plus protester. J'adressai un signe de tête à Levin, qui reprit. Je remarquai que Roulet avait depuis longtemps cessé de se conduire comme la proie toute timide que j'avais vue plus tôt dans l'enclos.

– L'intrus a chevauché Mlle Campo qui était par terre et l'a attrapée par le cou d'une main. Il lui a dit qu'il allait la violer et qu'il se moquait bien qu'elle soit morte ou vivante quand il le ferait. Elle ne pouvait pas réagir parce qu'il l'étranglait avec sa main. Quand il a relâché la pression, elle lui a dit qu'elle coopérerait.

Levin glissa une autre photocopie sur la table. On y voyait un couteau pliant à manche noir et lame dont la pointe était affûtée à mort. Cela expliquait la blessure que la victime avait au cou.

Roulet fit glisser la photocopie vers lui pour l'examiner de plus près. Et hocha lentement la tête.

– Ce n'est pas mon couteau, dit-il.

Je ne réagis pas et Levin continua.

– Le suspect et la victime se sont relevés, le suspect ordonnant alors à la victime de le conduire à la chambre à coucher. Il se tenait derrière elle et lui appuyait la pointe de son couteau sur le côté gauche de la gorge.

En entrant dans le petit couloir qui conduit aux deux chambres de l'appartement, Mlle Campo s'est retournée dans cet espace confiné et a repoussé son assaillant dans un grand vase. L'intrus trébuchant dessus, elle s'est ruée sur la porte, est entrée dans la cuisine et s'est emparée d'une bouteille de vodka sur le comptoir. Lorsque le suspect est passé devant la cuisine pour la rattraper, Mlle Campo est sortie du recoin, l'a frappé à la nuque, expédié à terre, enjambé et a rouvert la porte d'entrée. Elle s'est ensuite enfuie en courant et a appelé la police de l'appartement du premier que partagent Turner et Atkins. Turner et Atkins sont alors montés à l'appartement, où ils ont trouvé l'intrus par terre, toujours inconscient. Ils l'ont maîtrisé au moment où il reprenait ses esprits et sont restés dans l'appartement jusqu'à l'arrivée de la police.

– C'est incroyable ! dit Roulet. Devoir rester assis à entendre des trucs pareils ! Je n'arrive pas à croire ce qui m'arrive ! Je n'ai rien fait de tout ça, rien ! On croit rêver ! Elle ment ! Elle…

– Si ce ne sont que des mensonges, ce sera le dossier le plus facile que j'aurai jamais eu à défendre ! lui renvoyai-je. Je la mettrai en pièces et jetterai ses entrailles à la mer. Cela dit, nous devons savoir ce qu'elle a déclaré aux flics avant de pouvoir lui préparer des pièges et l'y pousser. Et si vous croyez que c'est pénible de rester assis à entendre tout ça, attendez qu'on aille au procès et que ça dure des jours et des jours au lieu de quelques minutes ! Il va falloir vous dominer, Louis. N'oubliez pas que vous aurez droit à votre tour. La défense a toujours le sien.

Dobbs tendit la main et tapota Roulet sur l'avant-bras en un joli geste paternel. Roulet se dégagea.

– Et comment, que vous allez me la démolir ! s'écria-t-il en pointant son doigt vers ma poitrine. Je veux que vous y mettiez tout ce que vous avez.

– C'est pour ça que je suis ici et je vous promets que je le ferai. Et maintenant, permettez que je pose quelques questions à mon associé avant qu'on finisse.

J'attendis de voir s'il avait autre chose à me dire. Mais non, rien. Il se renversa dans sa chaise et croisa les mains.

– Vous avez fini, Raul ? demandai-je.

– Pour l'instant, oui, répondit-il. Je travaille encore sur tous les rapports. Je devrais avoir la transcription de l'appel à Police secours demain matin et nous devrions recevoir d'autres trucs.

– Bien. Et l'examen pour viol ?

– Il n'y en a pas eu. D'après le rapport de Booker, elle a refusé de se faire examiner dans la mesure où les choses ne sont pas allées jusque-là.

– C'est quoi, cet examen pour viol ? demanda Roulet.

– C'est une procédure hospitalière où les fluides corporels, les poils et les fibres sont recueillis sur le corps de la victime, lui répondit Levin.

– Il n'y a pas eu viol ! s'exclama Roulet. Je n'ai jamais touché…

– Nous le savons, lui dis-je. Ce n'est pas pour ça que j'ai posé cette question. J'essaie seulement de trouver des failles dans le dossier de l'accusation. La victime dit ne pas avoir été violée, mais insiste sur le fait qu'il s'agissait bien d'un crime sexuel. D'habitude, les flics exigent un examen gynécologique même quand la victime déclare qu'il n'y a pas eu agression sexuelle. Ils procèdent de cette façon juste au cas où la victime aurait été effectivement violée et se sentirait trop humiliée pour le dire ou essaierait de cacher l'étendue du crime à son mari ou à un autre membre de sa famille. C'est une procédure standard, et qu'elle ait pu l'éviter pourrait avoir son importance pour nous.

– Elle ne voulait pas qu'on découvre l'ADN du premier mec qui l'a sautée, lança Dobbs.

– Peut-être, lui répondis-je. Ça pourrait vouloir dire pas mal de choses. Et constituer une faille. Continuons. Raul… est-il fait mention du type avec lequel Louis dit l'avoir vue quitter le Morgan ?

– Non, aucune. Il n'apparaît pas au dossier.

– Et côté scène de crime ?

– Je n'ai pas encore les résultats, mais on m'a dit n'avoir rien relevé de bien significatif à l'examen.

– Ça, c'est bon. Pas de surprises, donc. Et le couteau ?

– Du sang et des empreintes dessus. Mais aucun résultat d'analyse pour l'instant. Retrouver le propriétaire des empreintes est peu probable. On peut acheter ces couteaux pliants dans n'importe quel magasin d'articles de camping ou de pêche.

– Je vous le répète, ce couteau n'est pas à moi ! lança Roulet.

– Il faut s'attendre à ce que les empreintes appartiennent au type qui l'a donné aux flics, dis-je.

– Atkins, précisa Levin.

– C'est ça, Atkins, répétai-je en me tournant vers Louis. Mais je ne serais pas surpris qu'on y trouve aussi les vôtres. Il n'y a aucun moyen de savoir ce qui s'est passé pendant que vous étiez dans le cirage. Si elle vous a mis du sang sur la main, il est probable qu'elle a aussi mis vos empreintes sur le couteau.

Roulet acquiesça d'un signe de tête et s'apprêtait à dire quelque chose, mais je ne lui en laissai pas le temps.

– A-t-elle dit quoi que ce soit sur sa présence Chez Morgan plus tôt dans la soirée ? demandai-je à Levin.

Il hocha la tête.

– Non, l'interrogatoire de la victime s'est déroulé en salle d'urgence et n'a rien d'officiel. C'était juste histoire d'avoir les éléments de base et les flics ne sont pas remontés au début de la soirée. Mlle Campo ne parle ni du type ni du Morgan. Elle déclare seulement être rentrée chez elle à vingt heures trente. Les flics lui ont demandé ce qui s'est passé à vingt-deux heures et ne se sont pas vraiment intéressés à ce qui était arrivé avant. Je suis sûr que tout ça sera couvert dans la suite de l'enquête.

– Bien. S'ils reviennent vers elle pour avoir une déposition officielle, nous en exigerons la transcription.

– Je m'en occupe. Tout ça sera sur vidéo quand ils le feront.

– Et si les techniciens de la scène de crime font une vidéo, elle aussi, je la veux. Je veux voir son appartement.

Levin acquiesça d'un signe de tête. Il savait que je faisais mon cinéma pour Dobbs et pour Roulet, afin qu'ils sentent bien que je dominais l'affaire et connaissais tous les fers qui seraient mis au feu plus tard. En réalité, je n'avais absolument pas besoin de dire quoi que ce soit de tout cela à Raul Levin. Il savait déjà ce qu'il avait à faire et ce dont j'avais besoin.

– Bien, autre chose ? demandai-je encore. Cecil… vous avez des questions ?

Dobbs parut surpris de se retrouver brusquement au centre de l'attention générale et hocha vite la tête.

– Non, non, dit-il, tout ça me va. C'est très bien. Nous avançons comme il faut.

Je ne savais pas du tout ce qu'il entendait par là, mais je laissai passer et ne lui posai pas d'autre question.

– Alors, me lança Roulet, votre impression ?

Je le regardai et attendis longtemps avant de répondre.

– Pour moi, l'accusation a un dossier très solide, dis-je enfin. Elle a la preuve que vous êtes allé chez la victime, elle a un couteau et les blessures de Mlle Campo. Elle a aussi ce que je me dois de prendre pour le sang de la victime sur vos mains. Ne pas oublier que ces photos sont pénibles à regarder. Et que, bien sûr, Mlle Campo viendra témoigner. Étant donné que je n'ai pas vu cette femme et que je ne lui ai jamais parlé, je ne sais pas l'impression qu'elle peut faire.

Je marquai un nouvel arrêt et fis durer encore plus longtemps la pause avant de reprendre.

– Cela dit, il y a des tas de choses qu'ils n'ont pas… Ils n'ont pas la preuve de l'effraction, ni l'ADN du suspect, ni un mobile ou un suspect avec ce genre de crime dans son passé. Il y a des tas de raisons, et toutes légitimes, pour que vous vous soyez trouvé dans cet appartement. Et en plus…

Je regardai derrière Dobbs et Roulet, vers la fenêtre. Le soleil était en train de descendre derrière Anacapa et d'embraser le ciel de pourpre et de rose. Je n'avais jamais rien vu d'aussi spectaculaire des fenêtres de mon bureau.

– Et en plus quoi ? demanda Roulet, trop impatient pour attendre.

– Et en plus, vous m'avez, moi. Moi qui ai déjà viré Maggie McFierce de l'affaire. Le nouveau procureur est bon, mais c'est un bleu et ce sera la première fois qu'il s'attaquera à un bonhomme de mon envergure.

– Et donc, on fait quoi maintenant ? demanda Roulet.

– On demande à Raul de continuer à faire ce qu'il fait, à trouver tout ce qu'il peut sur cette prétendue victime et sur les raisons qui l'ont poussée à dire qu'elle était seule. Il faut qu'on sache qui est cette femme, qui est son bonhomme et qu'on voie comment ça peut jouer pour nous.

– Et vous ?

– Moi ? Moi, je vais m'occuper de l'accusation. Je vais organiser une rencontre avec le district attorney pour voir dans quelle direction il part et ce que nous, nous déciderons de faire. Dès que nous aurons l'ADN, car nous l'aurons, cela ne fait aucun doute, nous pourrons démolir tout ça et plaider une solution qui vous convienne et puisse mettre tout ça derrière vous. Mais pour ça, il nous faudra une concession. Vous…

– Je vous l'ai déjà dit, je ne…

– Je sais ce que vous avez dit, mais il va falloir que vous m'écoutiez. Je peux vous obtenir un *nolo contendere*[1] qui vous évitera de prononcer le mot « coupable », mais je ne vois pas l'accusation en rester là. Vous devrez reconnaître avoir mal agi dans une certaine mesure. Cela vous permettra peut-être d'éviter la prison, mais vous devrez sans doute effectuer des travaux d'intérêt général. Voilà, je l'ai dit. Fin de la première récitation. Il y en aura d'autres. En tant qu'avocat qui vous représente, je suis tenu de vous dire les choix qui s'offrent à vous et de m'assurer que vous les avez bien compris. Je sais que ce n'est pas ce que vous désirez ou êtes prêt à faire, mais il est de mon devoir de vous instruire de vos possibilités. D'accord ?

– Oui, parfait, d'accord.

– Évidemment, comme vous le savez, toute concession de votre part facilitera beaucoup la tâche à Mlle Campo si elle veut attaquer au civil. Ce qui fait que, comme vous pouvez le deviner, expédier rapidement le procès au criminel finira sans doute par vous coûter beaucoup plus que mes honoraires.

Roulet hocha la tête. Le *solo contendere* n'était déjà plus une option.

– Je comprends mes choix possibles, dit-il. Vous avez rempli vos obligations. Cela dit, je refuse de payer quoi que ce soit pour quelque chose que je n'ai pas fait. Je ne plaiderai ni coupable ni *nolo contendere* pour un crime que je n'ai pas commis. Pensez-vous gagner si nous allons jusqu'au procès ?

Je soutins son regard un instant avant de répondre.

1. Soit « Je refuse de prétendre… ». Procédure de la justice américaine qui permet à l'accusé de ne pas être reconnu coupable, mais le soumet à un châtiment comme s'il avait plaidé coupable, sa culpabilité pouvant être décidée dans d'autres procédures judiciaires *(NdT)*.

– C'est-à-dire que… il faut bien comprendre que je ne sais pas ce qui peut se produire jusque-là et que je ne puis vous garantir que… mais oui, sur la base de ce que j'ai maintenant, je peux gagner. J'en suis sûr.

Je lui adressai un signe de tête et crus voir un rayon d'espoir illuminer son regard. Il avait vu la lueur du possible.

– Il y a une troisième solution, dit Dobbs.

Je me tournai vers lui en me demandant ce qu'il allait bien pouvoir nous balancer pour faire dérailler ma machine à fric.

– Et ce serait… ? lui demandai-je.

– On enquête à fond sur la fille et sur toute l'affaire. Jusqu'à disons… aider M. Levin avec quelques enquêteurs de chez nous. On enquête jusqu'à plus soif, on échafaude une théorie qui se tient et on la présente au district attorney, preuves à l'appui. On évite ainsi tout ce bazar avant même que ça arrive au procès. On montre à ce petit jeune où il perdra la partie et on obtient qu'il laisse tomber toutes les charges avant d'avoir à subir pareil affront professionnel. En plus de quoi, je suis sûr que ce monsieur travaille pour quelqu'un qui dirige le service et qui devrait donc être sensible à disons… certaines pressions politiques. Pressions que nous exerçons jusqu'à ce que l'affaire tourne à notre avantage.

J'eus terriblement envie de le bourrer de coups de pied sous la table. Non seulement son plan impliquait que j'y perde plus de la moitié de mes honoraires et que la part du lion revienne aux enquêteurs, les siens y compris, mais il y avait encore que cette idée ne pouvait venir que d'un avocat qui n'avait jamais défendu personne au criminel.

– C'est une idée, mais très très risquée, lui répondis-je calmement. Si vous pouvez leur bousiller leur dossier et que vous leur montrez comment avant d'aller au procès, vous leur donnez aussi tout ce qu'il faut faire et ne pas faire audit procès. Et ça, moi, j'aime pas trop.

Roulet acquiesça d'un signe de tête, tandis que Dobbs prenait l'air surpris. Je décidai de ne pas pousser et de lui en reparler plus tard, en l'absence du client.

– Et les médias ? lança Levin en changeant, Dieu merci, de sujet.

– C'est vrai, ça ! embraya Dobbs qui, lui aussi, avait très envie de passer à autre chose. Ma secrétaire me dit que j'ai déjà des messages de deux journaux et de deux stations de télévision.

– Moi aussi, c'est probable, lui renvoyai-je.

Ce que je ne lui dis pas, c'est que les messages qu'il avait reçus, c'était Lorna Taylor qui les lui avait laissés sur mon ordre. L'affaire n'avait toujours pas attiré l'attention des médias, en dehors du vidéaste free-lance qui s'était pointé à la comparution. Ce que je voulais, c'était que Dobbs, Roulet et sa mère craignent à tout moment d'être éclaboussés par la presse.

– Nous ne voulons aucune publicité sur cette affaire, reprit-il. Ce serait la pire qu'on puisse avoir.

Il donnait l'impression d'être un passionné du truisme.

– Tous les médias devront être renvoyés sur moi, enchaînai-je. Je m'en occuperai et la meilleure façon de s'en occuper, c'est de les ignorer.

– Sauf qu'il faut faire quelque chose pour défendre Louis, me rétorqua Dobbs.

– Non, nous n'avons absolument rien à leur dire. Parler de l'affaire ne fait que la rendre plus légitime. Entrez dans ce jeu avec les médias et cela donnera encore plus vie à l'affaire. Leur oxygène là-dedans, ce sont les infos. Sans infos, ils meurent. Et pour moi, mieux vaut les laisser crever. En tout cas, attendre jusqu'à ce qu'il n'y ait plus moyen de les éviter. Et si ça arrive, ne leur accorder qu'un porte-parole pour Louis. À savoir moi.

Dobbs acquiesça à regret. Je pointai Roulet du doigt.

– Ne parlez en aucun cas à un journaliste, lui lançai-je, même pour nier les charges. Ils vous contactent, vous les renvoyez sur moi ? Vous comprenez ?

– Je comprends.

– Bien.

Je décidai qu'on en avait assez dit pour une première rencontre et me levai.

– Louis, je vous ramène tout de suite chez vous.

Mais Dobbs n'était pas prêt à lâcher son client aussi rapidement.

– En fait, dit-il, la mère de Louis m'a invité à dîner. Je peux donc l'emmener, puisque j'y vais.

J'acquiesçai. L'avocat de la défense ne semblait pas avoir été invité au petit repas.

– Bien, dis-je. Mais on vous retrouve là-bas. Je veux que Raul voie la maison de Louis et j'ai besoin que celui-ci me fasse le chèque dont nous avons parlé tout à l'heure.

S'ils pensaient que j'avais oublié le fric, ils avaient encore pas mal de choses à apprendre sur mon compte. Dobbs regarda Roulet, qui hocha la tête pour lui signifier son assentiment. Alors seulement Dobbs se tourna vers moi et hocha la tête à son tour.

– Voilà un bon plan, dit-il. À tout à l'heure.

Un quart d'heure plus tard, je me retrouvai à l'arrière de la Lincoln avec Levin. Nous suivions la Mercedes argent qui emportait Dobbs et Roulet. Je fis le point sur la situation avec Lorna. Le seul message important que j'avais reçu provenait du procureur qui poursuivait Laura Larsen, Leslie Faire. Le message confirmait que nous avions conclu affaire.

– Alors ? me demanda Levin quand je refermai mon portable. Qu'est-ce que tu en penses vraiment ?

– Ce que j'en pense, c'est qu'on peut se faire un max de pognon sur cette affaire et que nous sommes sur le point d'en toucher le premier acompte. Désolé de te traîner là-bas. Je ne voulais pas que tout ait l'air de tourner autour du chèque.

Il acquiesça de la tête, mais ne fit pas de commentaire. Au bout d'un moment, je repris en ces termes :

– Pour l'instant, je ne sais pas trop ce que je pense. Ce qui s'est passé dans cet appartement est arrivé en un clin d'œil. Et ça, c'est bon pour nous. En plus, il n'y a ni viol ni ADN. Et ça aussi, ça nous donne un soupçon d'espoir.

– Ça me rappelle un peu l'histoire de Jesus Menendez, dit-il. Sans l'ADN, s'entend. Tu te souviens de ce type ?

– Oui, mais je n'en ai pas envie.

J'essayais de ne pas penser aux clients qui étaient en prison et, n'ayant aucun espoir de procès en appel ou autre, n'avaient plus donc devant eux que des années et des années de taule à se taper. Je fais de mon mieux dans toutes mes affaires, mais il y en a certaines où on ne peut rien faire du tout. Et celle de Jesus Menendez en faisait partie.

– Tu as combien de temps pour travailler sur ce coup-là ? lui renvoyai-je pour revenir à ce qui nous occupait.

– J'ai quelques trucs à faire, mais je peux les changer.

– Il va falloir que tu bosses le soir. Je veux que tu ailles voir ces bars. Je veux savoir tout ce qu'on peut savoir sur ce type et sur la nana. Pour l'instant, le dossier a l'air simple. On bousille la déposition de la fille et tout s'effondre.

Il acquiesça. Il avait sa mallette sur les genoux.

– T'as un appareil photo là-dedans ? lui demandai-je.

– Toujours.

– Quand on sera chez lui, prends des photos de Roulet. J'ai pas envie que tu montres des clichés de police dans les bars. Ça changerait la donne. Tu peux m'avoir une photo de la nana sans ses blessures ?

– J'ai la photo de son permis de conduire. Et elle est récente.

– Bien. On la montre partout. Si on trouve un témoin qui l'a vue aborder Roulet Chez Morgan hier soir, on est bons.

– C'est par là que je pensais commencer. Donne-moi une semaine ou deux. Je te ferai mon rapport avant l'inculpation officielle.

J'acquiesçai. Nous roulâmes en silence pendant quelques minutes et réfléchîmes au dossier. Nous traversions le plateau de Beverly Hills et montions dans les quartiers où l'argent se planque.

– Et tu sais ce que je pense d'autre ? enchaînai-je. Fric et le reste mis à part, pour moi, il y a une chance qu'il ne mente pas. Son histoire est juste assez bizarre pour être vraie.

Il siffla doucement entre ses dents.

– Tu penses être tombé sur un innocent ?

– Ça serait bien le premier. Si je l'avais su ce matin, je lui aurai appliqué la surtaxe innocence. Quand on est innocent, il faut payer plus parce que l'innocent est toujours vachement plus difficile à défendre.

– Ça, c'est bien vrai.

Nous retombâmes dans le silence pendant quelques instants. Je réfléchis à l'idée d'avoir un client innocent et à tous les dangers que ça impliquait.

– Tu sais ce que disait mon père sur les innocents ?

– Ton père n'est pas mort quand tu avais dans les six ans ?

– Cinq, en fait. On ne m'a même pas emmené à l'enterrement.

– Et il te parlait des clients innocents quand tu avais cinq ans ?

– Non, ça, je l'ai lu dans un livre bien après sa mort. Il disait qu'il n'y a rien de plus effrayant que d'avoir un innocent à défendre. Parce que si on merde, il va en taule et que ça, ça te marque à vie.

– Il a dit ça comme ça ?

– Enfin… à peu près. Il disait qu'il n'y a pas de milieu avec un innocent. Pas de négociations possibles, pas de plaider coupable, pas de terrain d'entente avec la partie adverse. Et il n'y a qu'un verdict. Et toi, t'es obligé de jouer la carte non coupable et c'est la seule sentence qu'il faut décrocher.

Levin hocha la tête d'un air pensif.

– En résumé, mon père était un sacré bon avocat et détestait défendre les innocents, repris-je enfin. Et moi non plus, je suis pas trop sûr que ça me plaise.

Jeudi 17 mars

10

La première pub que je fis passer dans les Pages jaunes déclarait : *« Quelle que soit votre affaire, Quelle que soit l'heure, Quel que soit le lieu »,* mais j'en changeai au bout de quelques années. Non que le barreau y aurait trouvé à redire. Plutôt parce que c'était à moi que ça ne plaisait pas. J'étais devenu plus tatillon. Le comté de Los Angeles est une manière de couverture chiffonnée qui couvre plus de 6 500 kilomètres carrés du désert jusqu'au Pacifique. On y trouve plus de dix millions d'individus qui se battent pour y avoir leur espace, un nombre considérable d'entre eux s'y engageant dans des activités criminelles par choix de vie. Les dernières statistiques donnent un total de 100 000 crimes violents par an. L'année dernière il y a eu plus de 140 000 arrestations pour crimes, plus 50 000 autres pour des délits sérieux en matière de drogue et de sexe. En y ajoutant les arrestations pour conduite en état d'ivresse, on pourrait remplir deux fois le stade du Rose Bowl avec tous ces clients, la seule chose à ne pas oublier étant qu'on n'a aucune envie d'avoir des clients qui se paient les places bon marché au match. Ce qu'on veut, ce sont ceux qui se réservent des places à la ligne des cinquante mètres. Ceux qui ont de l'argent plein les poches.

Dès son arrestation, le criminel est expédié dans les tuyaux d'un système judiciaire qui comporte plus de quarante tribunaux répartis dans tout le comté et prêts à le servir comme un Burger King – à vous le servir sur un plateau, s'entend. Ces forteresses en pierre sont de véritables trous d'eau où les lions du droit viennent chasser et se nourrir. Et le bon chasseur a vite fait de repérer les coins les plus giboyeux, ceux où paît le client qui paie. Pareilles parties de chasse peuvent tromper. Côté base client, le tribunal de tel ou tel autre lieu ne reflète pas forcément la structure socio-économique des environs. C'est ainsi que les tribunaux de Compton, de Downey et d'East Los Angeles me fournissent une suite régulière de clients payants. Ils sont en général accusés de trafic de drogue, mais leurs dollars sont tout aussi légalement verts que ceux des escrocs de la finance de Beverly Hills.

Le matin du 17, je me trouvais donc au tribunal de Compton, où je représentais un certain Darius McGinley qui devait entendre prononcer sa sentence. Pour moi, le récidiviste est quelqu'un qui revient me voir et McGinley était de ceux-là, comme beaucoup d'autres de mes clients d'ailleurs. C'était la sixième fois qu'il se faisait arrêter et accuser de trafic de cocaïne depuis que je le connaissais. Cette fois il s'était fait prendre dans les Nickerson Gardens, une série de HLM plus connues de leurs habitants sous le sobriquet de « Nixon Gardens ». Personne de mes connaissances n'a jamais pu me dire s'il s'agit là d'une abréviation du nom de ces « jardins » ou d'un titre qu'on leur a donné en l'honneur du président en exercice à l'époque où cet énorme ensemble d'appartements et de marchés de la drogue fut construit. McGinley s'était fait pincer en train de vendre en main propre un ballon rempli d'une douzaine de cailloux de crack à un flic des Stups. À l'époque, McGinley bénéficiait d'une liberté sous caution, suite à une autre arrestation pour très exactement le même motif deux mois plus tôt. Sans oublier quatre autres condamnations pour trafic de drogue portées à son casier judiciaire.

Bref, pour lui qui n'avait que vingt-trois ans, l'affaire ne se présentait pas sous son meilleur jour. L'adjoint au district attorney avait décidé de le poursuivre au terme de la loi d'État dite « le troisième coup, c'est le bon », loi passée dans le but d'empêcher le récidiviste de goûter à la liberté en lui collant, et sans possibilité d'appel, une condamnation à vie à son troisième délit. Que McGinley se soit déjà accroché six fois avec le système judiciaire et ne soit confronté à la réalité du « troisième coup, c'est le bon » qu'à sa sixième arrestation n'avait rien d'inhabituel. La loi des trois coups était le plus souvent utilisée comme un coup de semonce par les procureurs du comté. De fait, il s'agissait d'un outil propice à la négociation. Nombreux étaient les plaider coupable qu'on demandait en échange d'une promesse du ministère public de ne pas condamner selon ce système.

Et c'était bien ce qui était arrivé à mon client cette fois-là. Le coup de semonce était là. L'accusation le tenait pour la vente de la main à la main d'une belle quantité de drogue à un flic, en plus de l'affaire précédente qui n'était toujours pas jugée au fond. McGinley risquait le procès avec une peine de perpète pour avoir vendu pour 300 dollars de cocaïne à un flic, ou je pouvais, moi, lui négocier un arrangement qui l'enverrait certes quand même en prison, mais vraisemblablement pour trois ans maximum.

Comme pour beaucoup de mes jeunes clients du South Side, la prison était une expérience à laquelle il s'attendait. Il avait grandi en le sachant. Les seules questions qu'il se posait étaient celles-ci : quand, pour combien de temps et vivrait-il assez longtemps pour seulement arriver en taule ? Au cours des innombrables visites que je lui avais rendues en prison au fil des ans, j'avais appris que sa philosophie lui avait été inspirée par la vie, la mort et la musique du rappeur Tupac Shakur, le poète-nervi dont les paroles disent les espoirs et désespoirs des rues désespérantes que McGinley appelait son chez-lui. Tupac ne s'était pas trompé en prophétisant sa mort violente. Le South Side regorgeait de jeunes hommes qui avaient la même vision de l'existence.

McGinley était du nombre. Il me récitait de longs riffs extraits des CD de Tupac et me traduisait le sens de ses paroles écrites dans le langage du ghetto. C'était là un apprentissage que j'appréciais dans la mesure où McGinley était le seul de mes innombrables clients à croire au « Thug Mansion[1] », l'endroit entre ciel et terre où finissent tous les gangsters. Pour lui la prison n'était qu'un rite de passage sur le chemin qui y conduisait et il était prêt à faire le voyage.

– Je me repose, j'apprends à être plus fort et plus malin et je reviens.

Il me dit d'y aller et de conclure le marché. Il m'avait réglé 5 000 dollars par mandat postal – et je ne lui avais pas demandé d'où ils sortaient –, je retournai voir le procureur, réussis à lui faire fusionner les deux affaires et obtins que McGinley puisse plaider coupable et ainsi éviter la menace d'une condamnation au titre du « troisième coup c'est le bon ». La seule chose qu'il m'avait demandé d'essayer de lui obtenir avait été une prison proche, de façon à ce que sa mère et ses trois enfants en bas âge n'aient pas à faire trop de voiture pour venir le voir.

La cour étant appelée à siéger, le juge Daniel Flynn sortit de son cabinet vêtu d'une robe vert émeraude, qui lui valut pas mal de sourires hypocrites de nombre d'avocats et employés du tribunal. Il ne portait sa robe verte qu'à deux occasions – la Saint-Patrick et le vendredi précédant le jour où les Notre Dame Fighting Irish s'attaquaient aux Southern Cal Trojans sur un terrain de football américain. Il était aussi connu des

1. Soit « le palais des nervis » *(NdT)*.

avocats qui travaillaient au tribunal de Compton sous le sobriquet de « Danny Boy » comme dans l'expression « Danny Boy est vraiment un connard d'Irlandais sans cœur ».

L'huissier ayant appelé notre affaire, je m'avançai et annonçai que je défendrais mon client. McGinley fut amené dans la salle par une porte latérale et vint se tenir debout à côté de moi dans sa combinaison orange, les poignets attachés à sa chaîne ventrale. Dans les galeries, personne n'était venu le voir tomber. Moi excepté, il n'avait personne avec lui.

– Et bonjourrr, monsieur McGinley, lui lança Flynn avec un fort accent irlandais. Vous savez quel jourr on est ?

Je baissai les yeux et regardai par terre. McGinley marmonna sa réponse :

– Celui où je suis condamné.

– Oui, ça aussi. Mais c'est de la Saint-Patrick que je vous parrle, monsieur McGinley. D'un jour donc où se repaître de son héritage irlandais.

McGinley se tourna légèrement et me regarda. S'il savait se débrouiller dans la rue, il ignorait tout de la vie. Il ne comprenait pas ce qui était en train de se passer – il ne savait pas si cela faisait partic dc sa condamnation ou n'était qu'une énième insulte de l'homme blanc. J'eus envie de lui dire que le juge n'était qu'une brute et très probablement un raciste. Au lieu de ça, je me penchai en avant et lui murmurai à l'oreille :

– Reste cool, mec. C'est un con.

– Connaissez-vous l'origine de votre nom, monsieur McGinley ? reprit Flynn.

– Non, monsieur.

– Cela vous intéresse-t-il de la connaître ?

– Pas vraiment, monsieur. Ça doit être l'nom d'un propriétaire d'esclav', j'imagine. Comme si j'me foutais pas d'savoir son nom, à c't'enculé !

– Veuillez excuser mon client, monsieur le juge, dis-je aussitôt.

Puis je me penchai de nouveau vers McGinley.

– Faut s'calmer, Darius, lui dis-je. Et surveiller son langage.

– Y's'fout de ma gueule ! me répondit-il en parlant plus qu'on ne murmure.

– Et y t'a pas encore condamné. Tu veux que le marché capote ?

McGinley s'écarta de moi et regarda le juge.

– Je m'excuse pour mon langage, m'sieur l'juge. J'sors de la rue, moi.

– Ça, je m'en aperçois, lui renvoya Flynn. Eh bien, c'est dommage que votre passé ne vous inspire pas d'autres sentiments. Sauf que si votre nom ne vous intéresse pas, ben moi non plus. Et donc, passons au verdict qui vous jettera en prison, d'accord ?

Il avait dit ces derniers mots avec plaisir, comme s'il était ravi d'envoyer McGinley à Disneyland, l'endroit le plus joyeux de la terre.

Après ça, la sentence fut vite prononcée. Il n'y avait rien dans le rapport d'enquête présentence, en dehors de ce que tout le monde savait déjà. Darius McGinley n'avait exercé qu'un métier depuis l'âge de onze ans : trafiquant de drogue. Et il n'avait qu'une seule vraie famille : son gang. Il n'avait jamais passé le permis de conduire alors même qu'il conduisait une BMW. Il ne s'était jamais marié, mais avait eu trois enfants. C'était toujours la même histoire, toujours le même cycle d'avanies qu'on se passait et repassait des dizaines de fois par jour dans tous les tribunaux du comté. McGinley vivait dans une société qui n'entrait en contact avec l'Amérique ordinaire que dans les prétoires. Il n'était que chair à dévorer par la machine. La machine avait besoin de manger et on lui servait McGinley sur un plateau. Flynn le condamna à la peine de trois à cinq ans de prison sur laquelle nous étions tombés d'accord et lut tous les articles de la loi qui s'y rapportaient. Et pour faire rire – et seuls les employés du tribunal lui obéirent –, il lut tout ça avec un épais accent irlandais. Et tout fut dit.

Je sais que McGinley vendait de la mort et de la destruction sous la forme de crack et qu'il était probablement l'auteur de violences cachées et d'autres crimes dont on ne l'avait jamais accusé, mais il n'empêche : il me faisait de la peine. Pour moi, c'était un énième individu qui n'avait jamais eu la moindre chance de connaître autre chose que la vie de gangster. Il n'avait jamais vu son père et avait laissé tomber l'école en septième pour apprendre à vendre de la coke. Il savait compter l'argent avec précision dans un labo clandestin, mais n'avait jamais eu un compte en banque. Il n'était jamais allé sur une plage du comté, ne parlons même pas de sortir de Los Angeles. Et là, pour son premier voyage, on allait le mettre dans un bus avec des barreaux aux fenêtres.

Avant qu'on le ramène à l'enclos pour lui faire ses papiers d'écrou et le transférer à la prison, je lui serrai la main. Il eut du mal à serrer la mienne à cause de sa chaîne ventrale. Chose que je fais rarement avec mes clients, je lui souhaitai bonne chance.

– Pas d'problème, me répliqua-t-il. Je reviendrai.

Je n'en doutai pas. D'une certaine manière, Darius McGinley était un tout aussi bon filon que Louis Roulet. Roulet ne serait avec moi qu'une fois, alors que McGinley, je le sentais, me ferait une espèce de rente. Il ne cesserait pas de me donner du boulot… aussi longtemps qu'il réussirait à vivre et à tromper l'adversité.

Je remis son dossier dans ma mallette et repassai par le portillon tandis qu'on appelait l'affaire suivante. Raul Levin m'attendait devant la salle d'audience, dans le couloir plein de monde. Nous avions prévu de nous retrouver pour qu'il me dise ce qu'il avait trouvé sur Roulet. Il avait dû venir à Compton parce que j'étais très occupé.

– Et bonjourrr à vous ! me lança-t-il avec un accent irlandais exagéré.

– Ouais, t'as vu ça ?

– J'ai passé la tête dans la salle. Ce mec est un rien raciste, non ?

– Et il peut l'emporter en paradis à chaque coup parce que depuis qu'ils ont unifié les tribunaux dans un seul district à la taille du comté, son nom figure sur tous les bulletins de vote. Même si les citoyens de Compton se levaient comme un seul homme pour le virer, les gens du West Side pourraient annuler leurs efforts. Tout ça est pourri.

– Comment a-t-il réussi à se faire élire ?

– Eh mais… tu te fais un doctorat en droit et tu donnes ce qu'il faut aux personnes qu'il faut et toi aussi, tu pourrais être juge. Il a été nommé par le gouverneur. Le plus difficile est de remporter la première élection. Il l'a fait. Tu n'as jamais entendu l'« histoire de Flynn » ?

– Non.

– Tu vas adorer. Il y a environ six ans de ça, il obtient l'investiture du gouverneur. Ça, c'est avant l'unification. À cette époque-là, les juges étaient élus par les électeurs du district qu'ils présidaient. Le superviseur du comté de Los Angeles vérifie ses références et s'aperçoit en moins de deux que le bonhomme a des tas de relations politiques, mais absolument aucun talent ou expérience du droit. De fait, Flynn n'est qu'un juriste de bureau. Il n'aurait sans doute jamais été capable de trouver un tribunal, et encore moins d'y juger une affaire, même si on l'avait payé. Bref, le superviseur le balance au tribunal pénal de Compton, la règle exigeant qu'on se représente pour être retenu l'année qui suit sa nomination au poste de juge. Il se dit que Flynn va merder, mettre tout le monde en colère et se faire éjecter aux élections. Bref, on reste un an et basta.

– Fini les migraines.

– Exactement. Sauf que ça ne s'est pas passé comme ça. Dès la première heure du premier jour où se mettre en lice pour l'élection de cette année-là, Frederica Brown entre au greffe et dépose sa candidature contre Flynn. Tu connais Freddie Brown, non ?

– Pas personnellement, non. Mais j'en ai entendu parler.

– Comme tout le monde dans le coin. En plus d'être une bonne avocate de la défense, c'est une Noire et une Noire très populaire dans la communauté. Elle n'aurait donc fait qu'une bouchée de Flynn, genre du cinq voix contre une.

– Bon, mais comment diable Flynn a-t-il réussi à garder sa place ?

– J'y viens. Avec Freddie sur la liste des candidats, plus personne ne veut se présenter. Pourquoi se casser la tête, le poste lui va comme un gant… sauf que c'était un rien bizarre : pourquoi vouloir être juge quand ça paye beaucoup moins ? À cette époque-là, elle devait se faire bien au-dessus des cinq cent mille dollars par an avec son cabinet.

– Qu'est-ce qui s'est passé ?

– Il s'est passé que deux ou trois mois plus tard, tout à la fin de la période du dépôt des candidatures, Freddie revient au greffe et se retire de l'élection.

Levin acquiesça d'un signe de tête.

– Bref, Flynn se présente seul aux élections et garde son poste ?

– Et voilà. C'est là que le processus d'unification entre dans la danse et qu'il n'y aura plus jamais moyen de le virer.

Levin eut l'air scandalisé.

– C'est des conneries, ça. Ils ont dû concocter un accord et ça, ça viole sûrement le code électoral.

– À condition de pouvoir prouver qu'il y a eu entente. Freddie maintient depuis ça qu'elle n'a pas été payée et n'est entrée dans aucune combine pour que Flynn puisse conserver son boulot. Elle affirme avoir tout simplement changé d'idée et s'être retirée en comprenant qu'elle n'arriverait jamais à maintenir son style de vie avec une paie de juge. Mais que je te dise un truc : Freddie semble toujours très bien s'en sortir quand elle plaide devant Flynn.

– Et on appelle ça la justice ?

– Oui, on appelle ça la justice.

– Et Blake, hein, qu'est-ce que t'en penses ?

Il fallait bien qu'on y vienne. On ne parlait que de ça partout. La veille, l'acteur de cinéma et de télévision Robert Blake avait été acquitté du meurtre de sa femme par la Cour supérieure de Van Nuys[1]. Le district attorney et le LAPD venant de perdre un gros procès médiatique de plus, où qu'on aille c'était le sujet de conversation numéro un. Les médias et les trois quarts des gens qui n'évoluaient pas dans le milieu judiciaire n'y comprenaient rien. La question n'était pas de savoir si Blake avait tué sa femme ou pas, mais bien plutôt s'il y avait assez de preuves pour le condamner au procès. C'étaient là deux choses bien différentes, mais les gens qui attendaient le verdict les avaient confondues.

– Ce que j'en pense ? répétai-je. Je pense que j'admire le juge d'être resté concentré sur les preuves. Quand elles n'y sont pas, elles n'y sont pas. Je déteste quand le district attorney croit pouvoir arriver à un verdict de bon sens du genre : « Si c'est pas lui, qui ça peut-il donc être ? » Ça me gonfle, moi. Tu veux condamner un

1. Acquittement prononcé le 16 mars 2005 *(NdT)*.

mec et le foutre en cage pour le restant de ses jours, tu amasses les preuves qu'il faut, bordel ! Et t'espères pas que les jurés vont te sauver si t'as rien à leur montrer.

– Voilà qui est parlé en véritable avocat de la défense !

– Eh dis ! Comme si tu vivais pas sur leur dos, mec ! Tu devrais jamais l'oublier. Et donc, on laisse tomber Blake. Ça me rend jaloux et j'en ai marre de n'entendre parler que de ça. En plus qu'au téléphone tu m'as dit que t'avais de bonnes nouvelles.

– J'en ai, oui. Où veux-tu qu'on aille pour en causer et que je te montre ce que j'ai ?

Je consultai ma montre. J'avais une affaire au tribunal pénal du centre-ville. Je devais y être à onze heures et cette fois sans faute vu que j'avais raté le rendez-vous la veille. Après, j'étais censé remonter à Van Nuys pour y rencontrer Ted Minton, l'adjoint au district attorney qui avait repris le dossier Roulet après que Maggie McPherson en avait été dessaisie.

– J'ai le temps d'aller nulle part, lui répondis-je. On peut aller s'asseoir dans ma voiture et se prendre un café. T'as les trucs sur toi ?

Pour toute réponse, il souleva sa mallette et en tapota le côté avec ses doigts.

– Et le chauffeur ?

– T'inquiète pas pour lui.

– Bon, alors, allons-y.

11

Une fois dans la Lincoln, je demandai à Earl de tourner dans le quartier et de voir s'il ne pourrait pas nous trouver un Starbucks. J'avais besoin d'un café.

– Y a pas d'Starbucks par ici, me fit-il remarquer.

Je savais qu'il était du coin, mais je n'arrivais pas à croire qu'on puisse être à plus de quinze cents mètres d'un Starbucks en quelque endroit du comté – voire du monde entier – qu'on se trouve. Mais je ne discutai pas. Je voulais juste un café.

– Bon, d'accord, alors, tournez dans le coin et trouvez-nous un truc où boire un café. Mais ne vous éloignez pas trop du tribunal. Il faut qu'on revienne pour déposer Raul.

– Entendu.

– Et… Earl ? Mettez votre casque pendant qu'on parle de notre affaire à l'arrière, d'accord ?

Earl alluma son iPod, s'enfonça ses écouteurs dans les oreilles et prit Acacia Street pour y trouver un jus. Bientôt nous entendîmes des grincements de hip-hop monter de l'avant et Levin ouvrit sa mallette sur la tablette repliable derrière le siège du chauffeur.

– Bon alors, qu'est-ce que t'as pour moi ? lui demandai-je. Je dois voir l'adjoint au district attorney aujourd'hui et je veux avoir plus d'as dans ma manche que lui. N'oublions pas que nous avons la mise en accusation officielle lundi prochain.

– Des as, j'en ai quelques-uns, répondit-il.

Il fouilla dans sa mallette et entama son exposé.

– Bon, dit-il, commençons par ton client ; après, nous passerons à Reggie Campo. Ton mec est super-cool. En dehors de quelques PV pour excès de vitesse et autres amendes pour stationnement interdit, tous délits qu'il semble avoir du mal à ne pas commettre et encore plus de mal à payer, je n'ai absolument rien trouvé sur lui. Bref, c'est monsieur Tout-le-Monde ou à peu près.

– C'est quoi, ces PV ?

– Deux fois en quatre ans il n'a pas réglé ses amendes pour stationnement interdit, et il y en a un sacré paquet, plus quelques PV pour excès de vitesse. Les deux fois, c'est monté jusqu'à la mise en demeure et les deux fois ton collègue C. C. Dobbs est intervenu pour les payer et arrondir les angles.

– Je suis content d'apprendre que C. C. Dobbs est bon à quelque chose. C'est bien les amendes qu'il a payées, hein, pas les juges ?

– Espérons-le. En dehors de ça, juste un impact sur le radar.

– Oui, quoi ?

– La semaine dernière, quand tu lui expliquais la manœuvre et ce à quoi il fallait s'attendre, on a appris qu'il avait fait un an de droit à UCLA et qu'il connaissait le système. Eh ben, j'ai vérifié. Ce qu'il faut comprendre, c'est que j'essaye de voir qui ment, ou plutôt qui ment le plus dans le lot. Ce qui fait que je vérifie à peu près tout. Et les trois quarts du temps c'est facile, parce que tout est en ligne.

– Je vois. Et donc, l'histoire de l'année de droit, c'est du bidon ?

– On dirait bien. J'ai vérifié la liste des admissions et il n'a jamais été admis à la fac de droit d'UCLA.

Je réfléchis. C'était Dobbs qui avait amené ça sur le tapis, Roulet se contentant d'acquiescer de la tête. C'était là un mensonge bien étrange à proférer par l'un comme par l'autre ; étant donné que ça ne leur rapportait vraiment rien. Du coup, je réfléchis à l'aspect psychologique de la chose. Cela avait-il à voir avec moi ? Voulaient-ils que j'en arrive à croire que Roulet était au même niveau que moi ?

– Ce qui fait que s'il a menti sur un truc comme ça… dis-je en réfléchissant tout haut.

– Exactement, et je voulais que tu le saches. Mais faut que je te dise encore : pour l'instant, c'est tout ce que j'ai sur lui côté négatif. Il se peut qu'il ait menti sur cette année de droit, mais il n'a pas l'air d'avoir menti dans sa version des faits, enfin… pour ce que j'ai pu en vérifier.

– Dis-moi.

– Eh bien, et d'un, son parcours est juste. J'ai des témoins qui disent l'avoir vu au Nat's North, Chez Morgan et au Lamplighter. Et il y a fait exactement ce qu'il nous a dit y avoir fait. Jusqu'au nombre de martinis qu'il a descendus. Quatre au total et il en a laissé un pas fini sur le comptoir.

– Ils se souviennent de lui aussi bien que ça ? Ils se rappellent qu'il n'a même pas fini son verre ?

Les souvenirs sans faille me laissent toujours perplexe étant donné que les souvenirs sans faille, ça n'existe pas. Et mon travail et mon talent consistent justement à trouver les failles dans les souvenirs des témoins. Dès qu'on se rappelle trop de choses, je m'inquiète – surtout si c'est un témoin de la défense.

– Non, dit Levin, je ne me fie pas uniquement au témoignage du barman. J'ai quelqu'un que tu vas adorer, Mick. Et toi, tu ferais mieux de m'adorer aussi parce que ça m'a coûté mille dollars.

Du fond de sa mallette il sortit un étui rembourré dans lequel se trouvait un petit lecteur de DVD. J'avais déjà vu des gens s'en servir dans des avions et songeais à m'en acheter un pour la voiture. Le chauffeur aurait pu s'amuser avec en m'attendant devant le tribunal. Et j'aurais pu, moi aussi, m'en servir de temps en temps dans des affaires comme celle-là.

Levin y glissa un DVD. Mais, avant qu'il puisse l'enclencher, la voiture s'arrêta et je levai les yeux. Nous étions arrivés devant un établissement baptisé le Central Bean[1].

– Allons boire un café et voyons ce que t'as là-dedans, lançai-je à Levin.

Je demandai à Earl s'il voulait quelque chose, mais il déclina mon offre. Levin et moi descendîmes de voiture et entrâmes dans l'établissement. Il y avait la queue pour arriver au comptoir, mais elle n'était pas énorme. Levin en profita pour installer le DVD que nous allions regarder dans la voiture.

– Et donc, je suis Chez Morgan et je veux parler à une certaine Janice qui sert au bar, mais elle me dit qu'il faut d'abord que j'aie la permission du gérant. Je retourne donc le voir à son bureau et il me demande sur quoi je veux interroger Janice. Le mec a quelque chose de bizarre et moi, je me demande pourquoi il veut savoir tout ça, d'accord ? Puis tout s'éclaircit lorsqu'il me fait son offre. Il me dit que, l'année d'avant, il y a eu un problème au bar. Quelqu'un qui piquait dans la caisse. Il n'y a pas moins d'une douzaine de barmans qui bossent toutes les semaines et il n'arrivait pas à savoir qui avait les doigts collants.

– Il avait installé une caméra de surveillance.

– T'as pigé. Une caméra cachée. Il avait attrapé le voleur et l'avait viré. Mais ç'avait si bien marché qu'il avait décidé de garder la caméra. L'engin enregistre sur une bande haute densité de huit heures du soir à deux heures du matin. L'appareil est branché sur un minuteur. Et on peut enregistrer quatre soirées par bande. Si jamais

1. Soit « Le Grain de café du centre » *(NdT)*.

il y a un problème, il peut aller y voir et vérifier. Comme il fait un bilan profits et pertes toutes les semaines, il met deux bandes en rotation de façon à toujours avoir quatre soirs d'enregistrements à regarder.

– Et il avait la soirée en question ?

– Oui.

– Et il t'a demandé mille dollars pour ça ?

– Oui encore.

– Les flics ne sont pas au courant ?

– Ils ne sont même pas passés au bar. Pour l'instant, ils fonctionnent sur ce que leur a raconté Reggie.

Je hochai la tête. Cela n'avait rien d'inhabituel. Il y avait bien trop d'affaires pour que les flics puissent enquêter à fond. Et ils en avaient déjà plus qu'il ne leur en fallait de toute façon. Ils avaient une victime prête à témoigner, un suspect appréhendé dans son appartement, le sang de la victime sur le suspect, jusqu'à l'arme du crime. Pour eux, il n'y avait aucune raison d'aller plus loin.

– Mais nous, c'est le bar, pas la caisse qui nous intéresse, dis-je.

– Je sais. Mais justement : la caisse est contre le mur derrière le bar. Et la caméra se trouve au-dessus, dans un détecteur de fumée accroché au plafond. Et le mur de derrière est un miroir. J'ai regardé ce qu'on avait et j'ai vite compris qu'on pouvait voir tout le bar dans le miroir. C'est juste à l'envers. J'ai fait transférer la bande sur un disque parce qu'on peut mieux manipuler l'image. On peut la gonfler, zoomer dessus, tout ça, quoi.

Notre tour était arrivé. Je commandai un grand café crème sucré, Levin demandant une bouteille d'eau. Nous rapportâmes nos boissons à la voiture et je dis à Earl de ne pas démarrer avant que nous ayons visionné le DVD. Je peux lire en roulant, mais je me dis que regarder le petit écran du lecteur de Levin en sautant sur les bosses des rues du South Side risquait de me flanquer la nausée.

Levin enclencha le DVD et commença à commenter les images.

Sur le petit écran je découvris une vue plongeante du comptoir en L de Chez Morgan. J'y vis officier deux femmes, l'une et l'autre en jean noir et chemisier blanc remonté au-dessus de la taille pour qu'on voie bien leur ventre plat, leur nombril percé et les tatouages qui dépassaient de leur ceinture. Comme Levin me l'avait expliqué, la caméra était pointée sur l'arrière du bar et la caisse, mais le miroir qui se trouvait derrière cette dernière permettait de voir les clients assis au comptoir. J'y vis Roulet assis tout seul au beau milieu du plan. Il y avait un compteur d'images dans le coin inférieur gauche, la date et l'heure s'affichant dans le coin opposé. Il était vingt heures onze et la scène se passait le 6 mars.

– Là ! Voilà Louis qui se pointe, dit Levin. Et ici, c'est Reggie Campo.

Il tourna des boutons sur le lecteur et figea l'image. Puis il la fit glisser et en amena le bord droit au centre. À droite, derrière le petit côté du bar, un homme et une femme étaient assis côte à côte. Levin zooma sur eux.

– T'es sûr ? lui demandai-je.

Les seules images que j'avais vues de Reggie Campo étaient celles où elle avait le visage gonflé et couvert de bleus.

– Oui, c'est elle. Et lui, c'est notre monsieur X.

– Bien.

– Et maintenant regarde.

Il remit le DVD en route, revint aux images plein pot et passa en avance rapide.

– Louis boit son martini, parle avec les nanas du comptoir et il ne se passe pas grand-chose pendant presque une heure, dit-il.

Il jeta un coup d'œil à un carnet de notes où se trouvaient des renvois spécifiques à certains numéros d'images, revint à la vitesse normale pile au bon moment et recadra encore une fois de façon à ce que Reggie Campo et M. X se trouvent au centre de l'écran. Je remarquai que nous étions passés à la cote 8 h 43.

À l'écran, M. X prenait un paquet de cigarettes et un briquet sur le comptoir et descendait de son tabouret. Puis il sortait du cadre par la droite.

– Il se dirige vers la sortie, dit Levin. Ils ont un endroit couvert où fumer devant l'établissement.

Reggie Campo qui semble regarder M. X s'en aller, puis qui descend de son tabouret à son tour et commence à longer le bar, juste derrière les clients assis sur leurs tabourets. En passant à côté de Roulet, elle donne l'impression de lui passer les doigts de la main gauche sur les épaules, presque comme si elle voulait le chatouiller. Roulet se retourne et la regarde continuer d'avancer.

– Elle lui a fait un petit coup de rentre-dedans en allant aux toilettes.

– C'est exactement comme Roulet dit que ça s'était passé, lançai-je. Il prétend qu'elle lui a fait des avances, qu'elle lui a donné…

– Retiens un peu tes chevaux, tu veux ? Il faut encore qu'elle revienne des chiottes, tu sais.

J'attendis et observai Roulet assis au bar. Puis je consultai ma montre. Pour l'instant j'étais toujours dans les temps, mais il n'était pas question que je loupe la convocation au tribunal. J'avais déjà poussé la patience du juge à l'extrême en ne me pointant pas la veille.

– La revoilà, dit Levin.

Je m'approchai de l'écran et regardai Reggie Campo revenir le long du bar. Cette fois, en arrivant à la hauteur de Roulet, elle se glissa au bar entre lui et un type assis sur le tabouret de droite. Elle était obligée d'avancer en se mettant de côté, ses seins frôlant visiblement le bras droit de Roulet. C'était du beau rentre-dedans ou je ne m'y connaissais pas. Puis elle disait quelque chose, Roulet se penchant plus près de ses lèvres pour entendre. Au bout d'un moment il hochait la tête et je la vis lui fourrer dans la main quelque chose qui ressemblait beaucoup à une serviette en papier froissée. Ils échangeaient encore quelques mots, puis elle l'embrassait sur la joue et s'éloignait du bar à reculons. Et regagnait son tabouret.

– T'es génial, Mish ! lui lançai-je en me servant du surnom que je lui avais donné après qu'il m'avait parlé de son « mishmash » d'ascendance juive et mexicaine.

– Et tu me dis que les flics n'ont pas ce truc ?

– Ils n'étaient au courant de rien la semaine dernière, quand j'ai eu cette bande, que j'ai toujours. Et donc, non, ils ne l'ont pas et en ignorent probablement encore jusqu'à l'existence.

Les règles de la communication des preuves avant le procès exigeaient que je transmette cet enregistrement à l'accusation dès que Roulet aurait été formellement inculpé. Mais cela me donnait encore un peu de latitude. Techniquement, je n'étais pas obligé de donner quoi que ce soit à l'accusation avant d'être sûr et certain que je m'en servirais au procès. Ce qui me laissait des tonnes de temps et de manœuvres possibles.

Je savais que ce que je venais de voir était important et il n'y avait aucun doute qu'on s'en servirait au procès. À elle seule, cette bande pouvait être à l'origine d'un acquittement par doute raisonnable. L'enregistrement semblait en effet montrer une familiarité entre la victime et son assaillant présumé dont le dossier de l'accusation ne laissait rien entendre. Plus important, il montrait la victime dans une posture où l'on pouvait voir, au moins en partie, une cause des actes qui avaient suivi. Cela ne signifiait pas que ces faits fussent acceptables et pas criminels, mais les jurés s'intéressent toujours aux causes susceptibles de relier le crime et les individus concernés. De fait, l'enregistrement faisait passer dans une zone plus que grise un crime aussi évident qu'une image en noir et blanc. Et c'était dans ces zones de gris que l'avocat de la défense que j'étais passait son temps.

Le revers de la médaille était que l'enregistrement était tellement bon qu'il l'était peut-être un peu trop. Il contredisait de manière flagrante les déclarations d'une victime qui prétendait ne pas connaître l'individu qui l'avait attaquée. Il invalidait sa déposition et faisait passer Campo pour une menteuse. Et il suffisait d'un mensonge pour démolir l'accusation. Voilà ce que j'appelais une preuve qui libère. Cela mettrait un terme à l'affaire avant même qu'on arrive au procès. Mon client serait disculpé sur-le-champ.

Et avec lui ce serait mon pactole qui s'envolerait.

Levin avait remis l'appareil en avance rapide.

– Et maintenant, regarde ça, reprit-il. M. X et Campo qui se barrent à neuf heures. Mais regarde bien quand il se lève.

Il avait centré le plan sur Campo et l'inconnu. Lorsque l'affichage indiqua 8 h 59, Levin revint en arrière au ralenti.

– Bien, dit-il, ils s'apprêtent à partir. Mais regarde les mains du type. Je regardai. L'homme qui boit le fond de son verre en renversant la tête en arrière pour le vider. Qui glisse au bas de son tabouret, aide Campo à descendre du sien et quitte le champ de la caméra par la droite avec elle.

– Quoi ? demandai-je. Qu'est-ce que j'ai raté ?

Il remonta en arrière jusqu'au moment où le type finissait son verre. Puis il figea l'image et me montra l'écran. Le type appuyait sa main gauche à plat sur le comptoir pour ne pas perdre l'équilibre alors qu'il revenait boire.

– Il boit avec la main droite, dit Levin. Et il a une montre au poignet gauche. Bref, on dirait quand même bien que ce mec est droitier, non ?

– Si, et alors ? Ça nous mène où ? Les blessures de la victime résultent de coups portés de la main gauche.

– Réfléchis à ce que je viens de te dire.

Je réfléchis. Et compris au bout d'un moment.

– Le miroir. Tout est à l'envers. Il est gaucher.

Il acquiesça d'un signe de tête et fit le geste de me décocher un gauche.

– Ça pourrait tout arrêter dès le début, dis-je sans être trop sûr que ce soit une bonne chose.

– Joyeuse Saint-Patrick, bonhomme ! me lança Levin en repiquant à l'accent irlandais et ne saisissant pas que moi, j'y voyais peut-être la fin des largesses.

J'avalai une bonne gorgée de café chaud et réfléchis à une stratégie possible avec ce DVD. Et ne vis rien qui puisse s'opposer à ce qu'on s'en serve au tribunal. Les flics finiraient par se lancer dans un suivi d'enquête et tomber dessus. Que j'essaie de garder ça pour moi risquait de me péter au nez.

– Je ne vois pas trop comment m'en servir, fis-je remarquer. Mais on peut dire avec certitude que M. Roulet, sa mère et Cecil Dobbs vont être très contents de toi.

– Dis-leur qu'ils peuvent m'exprimer leur gratitude en termes financiers.

– D'accord. Autre chose sur cette bande ?

Il repassa en avance rapide.

– Pas vraiment. Roulet lit ce qu'il y a sur la serviette et apprend l'adresse par cœur. Après quoi, il reste encore une vingtaine de minutes et se barre en laissant son verre sur le comptoir.

Il ralentit l'image au moment où Roulet allait partir. Celui-ci buvait une gorgée de son martini et reposait le verre sur le bar. Puis il ramassait la serviette que Reggie Campo lui avait donnée, la froissait dans sa main et la laissait tomber par terre en se levant. Et quittait effectivement le bar en laissant sa boisson derrière lui.

Levin éjecta le DVD et le remit dans son étui en plastique. Puis il éteignit le lecteur et se mit en devoir de le ranger.

– Côté visuel, c'est tout ce que je peux te montrer ici, dit-il.

Je me penchai en avant et tapotai sur l'épaule d'Earl. Il avait toujours ses écouteurs dans les oreilles. Il les enleva et se tourna vers moi.

– On repart pour le tribunal, lui lançai-je. Remettez vos écouteurs.

Il fit ce que je lui demandais.

– Quoi d'autre ? demandai-je à Levin.

– Il y a aussi Reggie Campo. Et c'est pas vraiment Blanche-Neige.

– Qu'est-ce que t'as trouvé ?

– C'est pas nécessairement ce que j'ai trouvé. C'est plutôt ce que je pense. Tu as vu comment elle se comporte sur la bande. Y a un mec qui s'en va, elle fait les yeux doux à un autre tout seul au bar. Plus les petites vérifications auxquelles je me suis livré. C'est certes une actrice, mais pour l'instant c'est surtout une actrice qui ne travaille pas comme actrice. Sauf pour des auditions privées, dirons-nous.

Il me tendit un photo montage professionnel où l'on voyait Reggie Campo dans différents rôles et poses – le genre de photos qu'on envoie à tous les metteurs en scène de la ville. Le plus grand cliché montrait son visage de face. C'était les premières photos où je la voyais sans les vilains bleus et les enflures qu'elle avait sur la figure. En plus d'être une femme très séduisante, elle avait un air qui me rappelait quelque chose, mais quoi ? je n'aurais su le dire tout de suite. Je me demandai si je ne l'avais pas vue à la télé ou dans une pub. Je retournai le tirage et lus son CV. Reggie Campo avait joué dans des émissions que je ne regardais jamais et pour des pubs dont je ne me souvenais pas.

– Dans ses déclarations à la police, elle dit être employée par la Topsail Telemarketing. C'est une boîte qui se trouve à la Marina. Ils reçoivent les appels pour un gros paquet de merdes qu'ils vendent aux émissions télé de fin de soirée, genre machines d'entraînement sportif et autres conneries. Et c'est un boulot de jour. Tu travailles quand tu veux. Le seul problème là-dedans, c'est que Reggie n'y a pas travaillé un seul jour pendant ces cinq derniers mois.

– Qu'est-ce que tu me dis ? Qu'elle fait des passes ?

– Ça fait trois soirs que je l'observe et…

– Que tu quoi ?! m'écriai-je.

Je me tournai vers lui et le dévisageai. Qu'un détective privé qui travaille pour un avocat de la défense soit surpris en train de suivre la victime d'une agression et les conséquences pouvaient être terribles, conséquences que je serais le seul à devoir subir. L'accusation n'aurait qu'à aller voir le juge et crier au harcèlement et à l'intimidation et je me retrouverais avec un outrage à la justice en moins de temps que n'en mettent les vents de Santa Anna pour franchir le col de Sepulveda. En sa qualité de victime d'une agression, Reggie Campo était sacro-sainte jusqu'au moment où elle monterait à la barre. Alors seulement elle serait à moi.

– T'inquiète pas, t'inquiète pas ! me renvoya Levin. Je ne l'ai suivie que de très loin. Très très loin. Et je suis content de l'avoir fait. Les bleus, les enflures et le reste ont ou bien disparu tout seuls ou bien elle se met des tonnes de maquillage parce qu'elle a reçu beaucoup beaucoup de visites, cette dame. Rien que des hommes, et des hommes seuls, en plus. Et à toutes les heures de la nuit. À croire qu'elle essaie d'en avoir toujours au moins deux dans son carnet de bal chaque soir.

– Elle les ramasse dans des bars ?

– Non, elle ne bouge pas de chez elle. Ces mecs doivent être des clients réguliers parce qu'ils savent très bien comment se rendre chez elle. J'ai relevé quelques immatriculations. Si c'est nécessaire, je peux aller leur rendre visite et tenter de leur soutirer quelques réponses. J'ai aussi pris quelques jolis clichés en infrarouge, mais je ne les ai pas encore transférés sur disque.

– Non, non, laissons tomber les visites à ces mecs pour l'instant. Ça pourrait revenir aux oreilles de la dame. Il faut faire très attention avec elle. Qu'elle tapine ou pas, je m'en fous.

Je bus encore du café en essayant de voir comment me servir de tout ça.

– Tu es allé voir dans son passé ? Pas de casier ?

– Non, elle n'a rien. Pour moi, c'est une novice. Tu sais… ces femmes qui veulent devenir actrices, c'est pas facile. Ça t'épuise. Elle a dû commencer en acceptant un petit coup de pouce de ces mecs de temps en temps et c'est devenu un business. Elle est passée d'amateur à professionnelle.

– Et il n'y a rien de tout ça dans les rapports que t'as eus avant ?

– Non. C'est comme je te dis : les flics n'ont pas vraiment fait beaucoup de suivi sur elle. Au moins pour l'instant.

– Si elle a décroché son diplôme de pro, elle aurait pu aussi essayer de piéger Roulet. Il a une belle voiture, de beaux costumes… tu as vu sa montre ?

– Ouais, une Rolex. Si c'est pas du toc, c'est du dix mille dollars qu'il porte au poignet. Elle aurait très bien pu le remarquer à l'autre bout du bar. C'est peut-être pour ça qu'elle l'a préféré à tous les autres.

Nous étions à nouveau devant le tribunal. Il allait falloir que je file au centre-ville. Je demandai à Levin où il s'était garé, il dit à Earl comment gagner le parking.

– Tout ça est bel et bon, repris-je, mais ça veut dire que Louis n'a pas fait que mentir sur son année de droit à UCLA.

– Exact, dit Levin. Il savait très bien qu'il allait devoir payer pour s'amuser avec elle. Il aurait dû t'en parler.

– Oui. Et maintenant, c'est moi qui vais devoir lui en parler, à lui.

Nous nous arrêtâmes le long du trottoir, près d'un parking payant d'Acacia Street. Levin sortit un dossier de sa mallette. L'élastique qui l'entourait maintenait en place un morceau de papier sur la couverture. Il me le tendit – il s'agissait d'une facture de 6 000 dollars pour ses enquêtes et les frais afférents. Par rapport à ce que j'avais entendu pendant cette dernière demi-heure, c'était une affaire.

– Le dossier contient tout ce dont nous avons parlé, plus une copie de la vidéo de Chez Morgan sur disque, me dit-il.

Je lui pris le dossier après une hésitation. En l'acceptant, je lui donnais le statut d'éléments de preuve à communiquer à la partie adverse. En le lui refusant et le laissant entre ses mains, je me ménageais un tampon, un peu de place où gigoter si jamais j'avais des problèmes de réciprocité avec l'accusation.

Je tapotai la facture du bout du doigt.

– J'appelle Lorna pour qu'elle t'envoie le chèque, dis-je enfin.

– Comment va-t-elle ? Ça me manque de ne plus la voir.

Du temps où nous étions mariés, Lorna faisait beaucoup de voiture avec moi et allait souvent au tribunal pour regarder. Parfois, quand j'avais besoin d'un chauffeur, c'était elle qui prenait le volant. Levin la voyait plus souvent à cette époque-là.

– Elle va super bien. Et elle n'a pas changé.

Il entrouvrit la portière, mais ne descendit pas.

– Tu veux que je continue pour Reggie ?

Bonne question. À dire oui, je me condamnais à ne rien pouvoir nier si jamais quelque chose tournait mal. Parce qu'à partir de ce moment-là, je ne pouvais plus dire que je ne savais pas ce qu'il faisait. J'hésitai, puis lui donnai mon accord d'un signe de tête.

– De très loin. Et tu ne la fais pas suivre par quelqu'un d'autre. Il n'y a que toi en qui je peux avoir confiance.

– T'inquiète pas. C'est moi seul qui m'en occuperai. Autre chose ?

– Le gaucher ? Il faut qu'on arrive à savoir qui est ce M. X et s'il fait partie de la combine ou si ce n'était qu'un autre client.

Levin acquiesça et redonna un coup de poing du gauche dans l'air.

– Je m'en occupe, dit-il.

Il mit ses lunettes de soleil, ouvrit la portière et se glissa dehors. Puis il tendit le bras pour reprendre sa mallette et sa bouteille d'eau qu'il n'avait toujours pas ouverte. Et me dit au revoir et referma la portière. Je le regardai partir chercher sa voiture dans le parking. J'aurais dû être fou de joie d'avoir appris tout ça. Tout penchait soudain fortement en faveur de mon client. Mais il y avait toujours quelque chose qui me mettait mal à l'aise et je n'arrivais pas à mettre le doigt dessus.

Earl avait éteint sa musique et attendait mes instructions.

– Emmenez-moi en centre-ville, lui lançai-je.

– C'est comme si c'était fait. Le tribunal pénal ?

– Oui et dites… qui vous écoutiez sur l'iPod ? Je l'entendais vaguement.

– Snoop. Lui, faut le jouer fort.

Je lui fis signe que oui. Un vrai de vrai de Los Angeles.

Et un ancien client qui avait affronté la machine qui l'accusait de meurtre et s'en était sorti libre. Dans le genre inspiration, il n'y avait pas beaucoup mieux dans les rues de L. A.

– Earl ? Prenez la 70. On est en retard.

12

Sam Scales était un escroc d'Hollywood. Spécialiste du Net, il montait des arnaques destinées à trouver des numéros de cartes de crédit avec infos de vérification qu'il refilait ensuite aux requins de la finance clandestine. La première fois que nous avions travaillé ensemble, il venait de se faire arrêter pour avoir vendu 600 numéros de cartes avec infos – dates d'expiration, adresses, numéros de Sécu et mots de passe du propriétaire légitime – à un adjoint au shérif en plongée.

Il avait obtenu ces numéros et renseignements en envoyant un e-mail à 500 personnes recensées sur la liste de clients d'une société du Delaware qui vendait sur le Net un produit pour maigrir appelé TrimSlim6. Cette liste avait été volée à l'ordinateur de la société par un pirate qui travaillait pour lui en free-lance. En se servant d'un ordinateur loué à l'heure dans un magasin de la chaîne Kinko et d'une adresse e-mail temporaire, il avait fait un envoi de masse à tous les gens de la liste. Il s'y était présenté sous les espèces d'un avocat de la Food and Drug Administration[1] et avait déclaré aux destinataires du courrier qu'ils seraient intégralement remboursés de leurs achats par cartes de crédit suite au retrait du TrimSlim6 du marché par ladite

1. Organisme fédéral chargé de la surveillance des médicaments et produits alimentaires *(NdT)*.

autorité fédérale. Il expliquait en effet que des tests de l'administration montraient que ce produit était inefficace dans le traitement de l'obésité. Il précisait aussi que les fabricants du produit étaient tombés d'accord pour rembourser tous ces achats afin d'éviter un procès pour fraude. En guise de conclusion, il disait comment procéder pour se faire rembourser. Il fallait donner son numéro de carte de crédit avec la date d'expiration et tous les autres renseignements pertinents.

Sur les 5 000 destinataires du courrier, 600 avaient mordu à l'appât. Scales était alors entré en contact par Internet avec la pègre et avait organisé la vente en mains propres de ces 600 numéros de cartes de crédit avec tous les renseignements nécessaires moyennant 10 000 dollars cash. Cela voulait dire que, quelques jours plus tard, ces numéros seraient imprimés en relief sur des cartes vierges qui seraient alors mises en circulation. Pareille fraude pouvait se chiffrer en millions de dollars de pertes.

Mais l'affaire avait tourné court dans un café de West Hollywood, où Scales avait tendu une sortie d'imprimante à son acheteur et s'était vu remettre en échange une grosse enveloppe pleine de liquide. Il était alors sorti de l'établissement avec son enveloppe et un déca crème glacé – et s'était retrouvé nez à nez avec des adjoints du shérif. Il avait vendu ses numéros à un agent en plongée.

Scales m'avait engagé pour lui trouver un arrangement avec la justice. Âgé de trente-trois ans à l'époque, il n'avait toujours pas de casier judiciaire, alors même que tout indiquait, preuves à l'appui, qu'il n'avait jamais eu un emploi légal. En amenant le procureur assigné à l'affaire à se concentrer plus sur le vol des numéros de cartes que sur les pertes potentielles dues à la fraude, j'avais réussi à lui concocter un deal qui lui plaisait. Il avait plaidé coupable pour un délit de vol d'identité et récolté un an de prison avec sursis, plus soixante jours de travaux d'intérêt public pour la société de transport TransCal et quatre ans de liberté conditionnelle.

Ça, c'était la première fois. Cela remontait à trois ans, mais Sam Scales n'avait pas saisi la chance qu'on lui offrait de ne pas faire de prison. Il était maintenant à nouveau en détention et je devais le défendre pour une affaire de fraude tellement répréhensible que j'avais compris, dès le début, que je n'arriverais jamais à lui éviter l'incarcération. Le 28 décembre de l'année précédente, il s'était servi d'une société-écran pour ouvrir un site sur le Web – SunamiHelp.com. Sur la page d'accueil, il avait posté des photos des destructions et des morts laissés deux jours plus tôt par un tsunami qui s'était produit dans l'océan Indien et avait dévasté les côtes de l'Indonésie, du Sri Lanka, de l'Inde et de la Thaïlande. Il demandait à ceux qui visitaient son site de venir en aide aux victimes en envoyant leurs dons à SunamiHelp.com, qui se chargerait de redistribuer ces sommes aux nombreuses agences de secours s'occupant du désastre. Sur le site on trouvait aussi la photo d'un certain révérend Charles qui, très joli monsieur de race blanche, s'efforçait de faire connaître le christianisme à l'Indonésie. Et, dans un petit mot personnel, ledit révérend Charles demandait lui aussi de donner « du fond du cœur ».

Scales était malin, mais pas tant que ça. Il ne voulait certes pas voler les dons envoyés au site. Il entendait seulement récupérer les renseignements confidentiels afférents aux cartes de crédit dont on se servait pour faire ces dons. L'enquête qui avait suivi son arrestation montrait que toutes les contributions envoyées au site avaient été transférées à la Croix-Rouge américaine et effectivement servi à aider des victimes du tsunami.

Sauf que les numéros des cartes de crédit et les renseignements nécessaires qui avaient permis d'effectuer ces dons avaient, eux, été transmis à la pègre. Scales avait été arrêté le jour où un flic du Service des fraudes du LAPD, un certain Roy Wunderlich, avait découvert le site. Sachant que les désastres attirent toujours les escrocs par dizaines, il avait commencé à entrer des noms de sites possibles, mais en orthographiant mal le mot tsunami. Il y avait plusieurs sites parfaitement légaux où l'on demandait de l'aide, il en avait repris les intitulés en faisant systématiquement une faute d'orthographe ici ou là. Son raisonnement était le suivant : les escrocs feraient eux aussi des fautes en ouvrant leurs sites, l'idée étant d'attirer des victimes parmi les gens les moins bien éduqués. SunamiHelp.com faisait partie des sites douteux sur lesquels il était tombé. Il avait signalé l'essentiel de ces sites à un service spécialisé du FBI qui s'occupait de ce problème dans tout le pays. Mais, en vérifiant le registre du domaine SunamiHelp.com, il avait aussi découvert une boîte postale de Los Angeles. C'était de son ressort, il s'était mis au boulot et s'était gardé l'affaire pour lui.

Il s'était évidemment trouvé que la boîte postale était bidon, mais cela ne l'avait pas arrêté. Il avait « envoyé un ballon-sonde » en faisant un achat contrôlé, à savoir dans ce cas un don.

Le numéro de carte de crédit qu'il avait donné en se fendant de vingt dollars de contribution à la SunamiHelp.com allait être surveillé vingt-quatre heures sur vingt-quatre par le service des fraudes de Visa qui l'avertirait dans l'instant de tout achat fait avec la carte. Moins de trois jours plus tard, celle-ci servait à payer un déjeuner à onze dollars au restaurant DuPar du Farmer's Market, au croisement de Fairfax Avenue et de la 3e Rue. Wunderlich savait qu'il ne s'agissait là que d'un test. L'achat était minime et facilement réglable si l'individu qui s'était servi de la fausse carte rencontrait un problème au point d'achat.

L'achat ayant été autorisé, Wunderlich et quatre autres

inspecteurs du Service des fraudes avaient été dépêchés au Farmer's Market, ensemble de restaurants, de vieilles boutiques et de nouveaux magasins toujours pleins de monde, bref, l'endroit idéal où opérer pour un escroc à la carte de crédit. Les enquêteurs avaient reçu pour mission de se disperser dans le marché et d'attendre pendant que Wunderlich suivait les achats éventuels par téléphone.

Deux heures après le premier achat, la carte était à nouveau utilisée, cette fois pour régler l'acquisition d'une veste en cuir d'une valeur de 600 dollars au magasin Nordstrom. Le processus d'approbation de l'achat avait alors été retardé, mais pas stoppé, les inspecteurs en profitant pour entrer dans le magasin et arrêter une jeune femme au moment même où elle concluait sa transaction. L'affaire était alors passée au stade de « la chaîne de mouchardage », les flics passant d'un suspect à l'autre au fur et à mesure que celui-ci dénonçait celui-là, et remontant ainsi jusqu'en haut de la pyramide.

Où ils avaient fini par trouver l'individu qui avait tout manigancé, Sam Scales. Lorsque l'affaire avait été reprise par la presse, Wunderlich l'avait traité de « Svengali du Tsunami », les trois quarts des victimes de son arnaque étant des femmes qui avaient voulu aider le beau révérend du site web. Ce surnom ayant beaucoup mis en colère mon client, celui-ci avait décidé de donner du « Wonder Boy » à l'inspecteur qui l'avait fait tomber.

J'arrivai à la 124ᵉ chambre du tribunal pénal sise au treizième étage de l'immeuble à dix heures quarante-cinq, mais la salle était vide à l'exception de Marianne, la greffière. Je franchis la porte et m'approchai de son bureau.

– On suit toujours la liste ? demandai-je.

– Justement, on vous attendait. J'appelle tout le monde et j'avertis le juge.

– Elle m'en veut ?

Elle haussa les épaules. Elle n'avait pas envie de répondre à la place de sa patronne. Surtout à un avocat de la défense. Mais à sa façon, elle me disait, et assez clairement, que Mme le juge n'était pas ravie.

– Scales est toujours là-bas derrière ?

– Il devrait. Je ne sais pas où est passé Joe.

Je me tournai, gagnai la table de la défense, m'y assis et attendis. La porte de l'enclos finissant par s'ouvrir, Joe Frey, l'huissier de la 124e chambre, arriva dans la salle.

– Vous avez toujours mon bonhomme ?

– Vous avez de la chance. On croyait que vous alliez nous rejouer la fille de l'air. Vous voulez le voir ?

Il me tint ouverte la porte en acier, j'entrai dans la petite pièce avec l'escalier qui permettait d'accéder à la prison du quatorzième étage et les deux portes qui donnaient sur les cellules de détention de la 124e chambre. Une de ces deux portes était munie d'un panneau en verre et réservée aux rencontres client/avocat. J'y jetai un coup d'œil et découvris Sam Scales assis à une table derrière la vitre. Il portait une combinaison orange et avait des menottes en acier aux poignets. Il n'avait pas eu droit à une libération sous caution, son dernier délit constituant une violation de la conditionnelle qu'il avait réussi à obtenir pour l'affaire du TrimSlim6. Le joli petit arrangement que je lui avais dégoté était au bord de filer au caniveau.

– Enfin ! s'écria-t-il dès que j'entrai.

– Comme si tu devais aller quelque part ! T'es prêt ?

– Comme si j'avais le choix !

Je m'assis en face de lui.

– Sam, le choix, y en a toujours un. Mais que je te réexplique la situation. Sur ce coup-là, ils te tiennent, d'accord ? Tu as été pris en train d'escroquer des gens qui voulaient aider les victimes d'un des pires désastres naturels de l'histoire du monde. Ils ont trois de tes comparses qui sont prêts à baver contre toi moyennant réduction de peine. Ils ont la liste des numéros de cartes trouvés en ta possession. Ce que je te dis là, c'est que si jamais on va au procès, tu auras droit à autant de sympathie du juge et des jurés que si t'étais un violeur d'enfant. Peut-être même moins.

– Tout ça, je le sais, mais je suis utile à la société, moi. Je pourrais instruire des gens. Ils ont qu'à me faire travailler dans une école. Dans un country-club. Qu'ils me filent la conditionnelle et j'apprendrai aux gens à quoi il faut faire gaffe.

– Mais c'est à toi qu'il faut faire gaffe, mec ! T'as laissé échapper ta chance la dernière fois et, pour le ministère public, c'est leur dernière offre sur ce coup-là. Tu refuses, ils demanderont le maximum. S'il y a une chose que je peux te garantir, c'est qu'ils seront sans pitié.

Trop de mes clients sont comme lui. Ils croient qu'il y a de l'espoir derrière la porte. Et c'est à moi qu'il revient de leur dire que la porte est fermée à clé et qu'il y a longtemps que l'ampoule de l'espoir a grillé de toute façon.

– Bon, ben, va sans doute falloir que je le fasse, dit-il en me regardant avec des yeux qui me reprochaient de ne pas lui avoir trouvé une issue de secours.

– C'est toi qui vois, Sam. Tu veux aller au procès, on va au procès. Tu risques dix ans en plus de la dernière année que t'as pas faite pour ta conditionnelle. Tu les mets vraiment en colère et ils te refilent au FBI pour que les fédéraux puissent te coller une condamnation pour fraude inter-États s'ils en ont envie.

– Tu permets que je te demande quelque chose ? Est-ce qu'on peut gagner si on va au procès ?

Je faillis éclater de rire, mais j'avais encore de la sympathie pour lui.

– Non, Sam, on ne peut pas gagner. T'écoutes un peu ce que je te dis depuis deux mois, dis ? Ils te tiennent. Tu ne peux pas gagner. Mais moi, je suis ici pour faire ce que tu veux. C'est comme je t'ai dit : si tu veux aller au procès, on va au procès. Mais il est de mon devoir de te prévenir que si on y va, il faudra que tu demandes à ta mère de me refaire un chèque. Mes services s'arrêtent aujourd'hui même.

– Elle t'a payé combien déjà ?

– Huit mille dollars.

– Huit mille dollars ! Mais c'est tout ce qu'elle a sur son plan d'épargne retraite !

– Je suis même surpris qu'il lui reste quoi que ce soit avec un fils comme toi.

Il me décocha un regard assassin.

– Je m'excuse, Sam. Je n'aurais pas dû dire ça. À l'entendre, tu es un bon fils.

– Putain de merde, j'aurais dû faire du droit ! T'es aussi escroc que moi, tu sais, Haller ? Sauf que le diplôme qu'ils t'ont filé fait de toi un escroc légal, c'est tout.

Toujours à accuser l'avocat de gagner sa vie. Ils le font tous. Comme si c'était un crime de se faire payer sa journée de travail ! Ce qu'il venait de me dire m'aurait fait réagir presque violemment à l'époque où je n'avais fini mon droit que depuis un an ou deux. Là, j'avais trop entendu cette insulte pour faire autre chose que laisser filer.

– Que veux-tu que je te dise, Sam ? C'est pas la première fois qu'on a cette conversation.

Il hocha la tête et garda le silence. J'en déduisis qu'il acceptait l'offre du district attorney. Quatre ans de centrale, 10 000 dollars d'amende et cinq ans de mise à l'épreuve. Il serait dehors au bout de deux ans et demi, mais cette mise à l'épreuve serait un vrai calvaire pour l'arnaqueur-né qu'il était. Quelques minutes s'étant écoulées, je me levai et quittai la salle. Je frappai à la porte et Frey me fit repasser dans le prétoire.

– On est bons, lui dis-je.

Je m'installai à ma place à la table de la défense, Frey amena Scales et le fit asseoir à côté de moi. Scales avait toujours ses menottes. Il ne me dit rien. Quelques instants plus tard, Glenn Bernasconi, le procureur de la 124e chambre, descendant de son bureau du quinzième étage, je l'informai que nous acceptions son offre.

À onze heures, le juge Judith Champagne sortit de son cabinet et gagna sa place, Frey rappelant alors tout le monde à l'ordre. Blonde aussi minuscule que séduisante, Mme le juge avait été avocate de l'accusation au moins aussi longtemps que moi je servais la défense. Vieille école jusqu'au bout des ongles, elle dirigeait sa cour comme un seigneur son fief. Parfois même elle y amenait son chien, un berger allemand qui répondait au nom de Justice. Si elle avait eu toute latitude pour faire ce qu'elle voulait de Scales, il aurait eu droit au pire. Qu'il le sache ou pas, c'était le service que je lui avais rendu : avec mon arrangement, je lui avais épargné ce supplice.

– Bonjour, lança le juge. Je suis heureuse de constater que vous avez réussi à venir… aujourd'hui, maître Haller.

– Je vous prie de m'excuser, madame le juge. J'ai été retenu par le juge Flynn au tribunal de Compton.

Je n'eus pas besoin d'en dire plus. Mme le juge savait tout ce qu'il fallait savoir sur Flynn. Comme tout le monde.

– Et le jour de la Saint-Patrick, en plus ! dit-elle.

– Oui, madame le juge.

– Je me suis laissé dire que nous avions trouvé un accord dans l'affaire du Svengali du Tsunami.

Et de regarder aussitôt la greffière.

– Marianne, dit-elle, biffez cette dernière phrase des minutes.

Puis elle reporta son regard sur les avocats.

– Je me suis laissé dire que nous avions trouvé un accord dans l'affaire Scales. Est-ce bien le cas ?

– C'est bien le cas, répondis-je. Et nous sommes prêts à accepter.

– Bien.

Bernasconi lut ou récita à moitié de mémoire toutes les dispositions légales requises pour que l'accusé puisse faire sa requête de plaider coupable. Scales renonça à ses droits et plaida coupable des charges retenues contre lui. Et ne dit rien de plus que ce qu'il fallait. Le juge accepta l'accord et le condamna en conséquence.

– Vous avez de la chance, monsieur Scales, dit-elle quand ce fut fait. Maître Bernasconi s'est montré très généreux avec vous. Je ne l'aurais pas été.

– Je vois pas trop où j'ai eu de la chance, madame le juge, lui répliqua Scales.

Frey lui tapota sur l'épaule par-derrière. Scales se leva et me regarda.

– Bon, ben, c'est tout, non ? dit-il.

– Bonne chance, Sam, lui répondis-je.

Il fut conduit à la porte en acier, la franchit et disparut derrière elle.

Je ne lui avais pas serré la main.

13

Le Civic Center de Van Nuys est une longue place en béton entourée par des locaux administratifs de l'État. Ancrés à une extrémité se trouvent les services du LAPD. Sur un côté on y découvre deux tribunaux sis en face d'une bibliothèque et d'une administration municipale. Au bout de ce chenal de verre et béton se dressent une poste et un bâtiment de l'administration fédérale. C'est là, sur cette place, que je m'étais assis sur un banc près de la bibliothèque pour attendre Roulet. Il n'y avait pratiquement personne bien qu'il fît un temps splendide. Pas comme la veille où caméras, médias et autres mouches du coche se pressaient en masse autour de Robert Blake et de ses avocats, ceux-ci tentant de faire du verdict de non-culpabilité qu'ils lui avaient obtenu la preuve de son innocence.

L'après-midi était beau et calme et, d'habitude, j'aime bien être dehors. La plus grande partie de mon travail s'effectuant dans des prétoires sans fenêtres ou sur le siège arrière de ma Lincoln Town Car, j'essaie de mettre le nez dehors chaque fois que je peux. Sauf que cette fois-là je ne me réjouissais pas de la petite brise qui soufflait ni non plus ne remarquais combien l'air était frais. J'étais énervé : Roulet était en retard et ce que m'avait dit Sam Scales grandissait dans ma tête comme un cancer. Dès que je vis Roulet traverser la place, je me levai pour me porter à sa rencontre.

– Où étiez-vous passé ? lui demandai-je brutalement.

– Je vous ai dit que je viendrais dès que je pourrais. Je faisais visiter une propriété quand vous avez appelé.

– Allons faire un tour.

Je me dirigeai vers le bâtiment fédéral parce que c'était ce qu'il y avait de plus loin avant qu'on soit obligé de faire demi-tour. Je devais voir Minton, le nouveau procureur en charge du dossier, vingt-cinq minutes plus tard dans le plus ancien des deux tribunaux. Je compris que nous n'avions pas l'air d'un client et de son avocat en train de discuter leur affaire, mais bien plutôt d'un avocat et d'un agent immobilier analysant la meilleure manière de s'emparer d'un terrain. J'avais enfilé mon Hugo Boss, Roulet portant, lui, un costume marron pardessus un pull-over à col roulé vert. Il était chaussé de souliers à petites boucles en argent.

– Y aura rien à faire visiter à Pelican Bay, repris-je.

– Ce qui signifie quoi ? Où est-ce ?

– C'est un assez joli nom pour une prison de haute sécurité où sont expédiés les gens reconnus coupables de crimes sexuels violents. Vous y serez comme chez vous avec vos souliers fins et votre pull à col roulé.

– C'est quoi, ça ? De quoi s'agit-il ?

– D'un avocat qui ne saurait représenter un client qui lui ment. Dans vingt minutes je dois voir le type qui a envie de vous expédier à Pelican Bay. J'ai besoin d'avoir tous les renseignements possibles si je veux pouvoir vous éviter d'y aller et, croyez-moi, ça n'aide pas des masses de découvrir que vous m'avez raconté des salades.

Il s'arrêta, se tourna vers moi, ouvrit les mains et les leva en l'air.

– Je ne vous ai pas menti ! s'écria-t-il. Je n'ai rien fait de tout ça. Je ne sais pas ce que veut cette femme, mais…

– Permettez que je vous pose une question, Louis.

Dobbs et vous nous avez bien déclaré que vous aviez fait une année de droit à UCLA, non ? Vous y a-t-on enseigné quoi que ce soit sur le lien de confiance qui unit l'avocat à son client ?

– Je ne sais pas. Je ne me rappelle plus. Je n'y suis pas resté assez longtemps.

Je m'avançai d'un pas pour envahir son espace.

– Vous voyez ? Vous n'êtes qu'un sale menteur ! Vous n'avez jamais fait la moindre année de droit à UCLA. Vous n'y avez même pas passé un jour.

Il baissa les bras et se frappa les flancs.

– C'est donc ça, Mickey ?!

– Oui, « c'est donc ça » et on ne m'appelle pas Mickey ! Mickey, ce sont mes amis qui m'appellent comme ça. Pas les clients qui me mentent.

– Je ne vois pas très bien le rapport entre mon affaire et le fait que j'aie ou n'aie pas fait du droit il y a dix ans de ça. Je ne...

– Le rapport, c'est que si vous m'avez menti là-dessus vous pouvez très bien m'avoir menti sur autre chose et que ça, c'est pas possible si je veux pouvoir vous défendre.

J'avais parlé trop fort. Je vis deux femmes assises sur un banc nous dévisager. Elles portaient des badges de jurés sur leurs chemisiers.

– Écoutez, dit Roulet d'une petite voix, j'ai menti à cause de ma mère, d'accord ?

– Non, non, pas d'accord. Expliquez-moi.

– Écoutez... Cecil et ma mère croient que j'ai passé un an en fac et j'ai très envie qu'ils continuent de le croire. C'est lui qui a mis ça sur le tapis, j'ai donc plus ou moins acquiescé. Mais ça remonte à dix ans, tout ça ! Où est le mal ?

– Le mal est de me mentir, à moi, lui renvoyai-je. Vous pouvez mentir à votre mère, à Dobbs, à votre prêtre et à la police si vous voulez. Mais quand je vous demande quelque chose, vous ne me mentez pas. Il faut que je puisse fonctionner à partir des faits que vous me donnez. Des faits qu'on ne saurait remettre en cause. Bref, je vous pose une question, vous me répondez la vérité. Le reste du temps, vous pouvez dire tout ce que vous voulez pour vous faire plaisir.

– Bon, bon.

– Et donc, si vous n'étiez pas en fac de droit, où étiez-vous ?

Il hocha la tête.

– Nulle part. Je n'ai tout simplement rien fait pendant un an. Les trois quarts du temps, je restais dans mon appartement à lire et réfléchir à ce que je voulais vraiment faire de ma vie. La seule chose dont j'étais sûr était que je ne voulais pas devenir avocat. Cela dit sans vouloir vous vexer.

– Ça ne me vexe pas. Et donc, vous êtes resté un an à ne rien faire et vous avez fini par décider de devenir agent immobilier pour les riches.

– Non, ça, c'est venu plus tard, dit-il en partant d'un petit rire pour se rabaisser. En fait, j'avais décidé de devenir écrivain… J'avais passé une licence de littérature anglaise… et j'ai essayé d'écrire un roman. Il ne m'a pas fallu longtemps pour m'apercevoir que j'en étais incapable. Et j'ai fini par travailler pour ma mère. C'est ce qu'elle voulait.

Je me calmai. Ma colère n'avait été que de façade ou presque, de toute façon. J'essayais seulement de le préparer pour un interrogatoire plus poussé. Et pensai que là, il était prêt à le subir.

– Bon, et maintenant que vous avez rétabli la vérité et avez confessé toutes vos fautes, parlez-moi de Reggie Campo.

– Pour vous en dire quoi ?

– Vous alliez bien lui filer du fric pour la baiser, non ?

– Qu'est-ce qui vous fait dire que…

Je le fis taire en m'arrêtant et le prenant par un des revers de son costume de prix. Il était plus grand et plus costaud que moi, mais dans cet entretien c'était moi qui avais le pouvoir. Je le poussai.

– Répondez à ma question, bordel !

– Oui, bon, bien sûr que j'allais payer. Mais comment vous le savez ?

– Parce que l'avocat que je suis n'est pas un manche. Pourquoi ne me l'avez-vous pas dit le premier jour ? Vous ne voyez donc pas comment ça change tout ?

– Ma mère. Je ne voulais pas qu'elle sache que je… enfin quoi, vous savez bien.

– Asseyons-nous, vous voulez ?

Je le cornaquai jusqu'à un des grands bancs qui longent le commissariat de police. Il y avait beaucoup de place et personne ne pouvait nous entendre. Je m'installai au milieu du banc, il s'assit à ma droite.

– Votre mère n'était pas dans la pièce quand vous me parliez de votre affaire. Je ne pense même pas qu'elle était là quand nous avons parlé de votre année de droit !

– Peut-être, mais Cecil, lui, y était et il lui raconte tout.

Je hochai la tête et pris note de tenir Cecil complètement à l'écart du dossier.

– Bien, repris-je. Je crois comprendre. Cela dit, combien de temps alliez-vous me laisser dans le noir avant de m'en informer ? Vous ne voyez toujours pas comment ça change tout ?

– Je ne suis pas avocat, moi.

– Louis, lui répliquai-je. Permettez que je vous dise un peu comment ça marche. Vous savez ce que je suis ? Je suis un neutraliseur. Mon boulot, c'est de neutraliser le dossier du ministère public. De prendre chaque preuve ou élément de preuve et de trouver un moyen d'empêcher que ça vous retombe sur le nez. Pensez aux amuseurs de rue qu'on voit à la promenade des planches de Venice.

Vous y êtes déjà allé ? Vous n'avez jamais vu un de ces types qui font tourner des assiettes au bout de petites baguettes ?

– Si, je crois. Ça fait longtemps que je ne suis pas allé de ce côté-là.

– Aucune importance. Le mec a donc des petites baguettes, sur chacune desquelles il dépose une assiette qu'il se met aussitôt à faire tourner pour qu'elle reste bien droite et en équilibre. Il en fait tourner des tas ensemble et passe d'assiette en assiette et de baguette en baguette pour s'assurer que tout tourne et reste en équilibre et en l'air. Vous me suivez ?

– Oui. Je comprends.

– Eh bien, ça, c'est le dossier du ministère public. Un tas de petites assiettes qui tournent en l'air. Et chacune de ces assiettes est un élément de preuve contre vous et mon boulot à moi, c'est d'empêcher qu'elles tournent et de les faire tomber si violemment par terre qu'elles se cassent et ne puissent plus resservir. Si l'assiette bleue contient le sang de la victime retrouvé sur vos mains, moi, je dois absolument trouver le moyen de la foutre par terre. Et si dans l'assiette jaune il y a un couteau avec vos empreintes, encore une fois c'est à moi de la faire dégringoler par terre. De la neutraliser. Vous me suivez ?

– Oui, je vous suis. Je…

– Et là, au milieu de toutes ces assiettes, il y en a une grosse. En fait, c'est une espèce de plat, Louis, et si ce plat dégringole, c'est tout qui dégringole avec. Toutes les petites assiettes. Tout le dossier. Et vous savez ce qu'est ce plat, Louis ?

Il fit non de la tête.

– Ce plat, c'est la victime, Louis, le témoin le plus important contre vous. Arrivons à le renverser et c'est tout le truc qui s'effondre et les badauds passent au spectacle suivant.

J'attendis un instant, pour voir s'il allait réagir. Il garda le silence.

– Louis, ça fait presque quinze jours que vous me cachez la méthode par laquelle je pourrais foutre en l'air ce plat et je me demande bien pourquoi. Pourquoi un type plein de pognon, un type qui se balade avec une Rolex au poignet, un type qui a une Porsche au parking et une maison à Holmby Hills aurait-il besoin de brandir un couteau pour pouvoir baiser une nana qui, en plus, se prostitue ? Quand tout se réduit à cette question, le dossier commence à gîter sérieusement, Louis, et c'est parce que la réponse est toute simple : il n'aurait pas besoin de ce couteau et ça, c'est le sens commun qui le dit. Et quand c'est à cette conclusion-là qu'on arrive, toutes les assiettes s'arrêtent de tourner. On voit comment ça s'est joué, on voit le piège et c'est l'accusé qui commence à prendre des airs de victime.

Je le regardai. Il acquiesça d'un signe de tête.

– On a perdu quinze jours, Louis. Le dossier de l'accusation aurait commencé à s'effondrer tout de suite et nous n'en serions pas à discuter de tout ça si vous aviez été franc avec moi.

C'est alors que je compris d'où me venait vraiment ma colère. Ce n'était pas parce que Roulet s'était pointé en retard et m'avait menti, ni parce que Sam Scales m'avait traité d'escroc légal. Non : c'était tout bêtement parce que je voyais mon pactole s'évaporer. Nous ne pourrions pas aller au procès et mes honoraires à sept chiffres me fileraient sous le nez. J'aurais de la chance si je pouvais garder mon dépôt de garantie. L'affaire prendrait fin tout de suite, dès que j'entrerais dans le bureau du district attorney et dirais tout ce que je savais à Ted Minton.

– Je vous demande de m'excuser, dit encore une fois Roulet d'un ton geignard. Je ne voulais pas tout foutre en l'air.

Je m'étais mis à regarder par terre, entre mes pieds. Sans lever la tête, je tendis la main en avant et la posai sur son épaule.

– Je suis désolé de vous avoir crié dessus, Louis.

– Qu'est-ce qu'on fait maintenant ?

– J'ai encore deux ou trois questions à vous poser sur cette soirée et après, j'entre dans le bâtiment là-bas pour aller voir le procureur et lui foutre toutes ses assiettes par terre. Je ne serais pas étonné que toute l'affaire soit finie quand je ressortirai de son bureau et que vous soyez à nouveau libre et puissiez recommencer à faire visiter des propriétés aux riches.

– Juste comme ça ?

– Enfin… il se peut que pour la bonne forme le district attorney ait envie d'aller voir le juge et de lui demander de prononcer un non-lieu.

Il ouvrit grand la bouche de surprise.

– Monsieur Haller, je ne saurais vous dire combien je vous…

– Vous pouvez m'appeler Mickey. Excusez-moi pour ça aussi.

– Pas de problème. Et merci. Qu'est-ce que vous vouliez me demander ?

Je réfléchis un instant. Je n'avais vraiment besoin de rien de plus pour aller voir Minton. J'avais tous les atouts en main. Jusqu'à la preuve qui libère.

– Qu'y avait-il sur le petit mot ?

– Quel petit mot ?

– Celui qu'elle vous a donné au bar de Chez Morgan.

– Ah… Il y avait son adresse et juste en dessous elle avait écrit « 400 dollars » et « Passez après dix heures ».

– C'est même pour ça que, ce petit mot, vous ne l'avez pas gardé, n'est-ce pas ? À cause de ce « 400 dollars »…

– C'est ça.

– Dommage qu'on ne l'ait pas. Mais je crois qu'on a quand même ce qu'il faut.

Je hochai la tête et regardai ma montre. J'avais encore un quart d'heure de libre avant la réunion, mais j'en avais fini avec Roulet.

– Bien, Louis, dis-je, vous pouvez y aller. Je vous appelle dès que c'est fini.

– Vous êtes sûr ? Je peux attendre ici si vous voulez.

– Je ne sais pas combien de temps ça va prendre. Il va falloir que je lui explique tout en détail. Et lui devra sans doute apporter tout ça à son patron. Ça pourrait prendre du temps.

– Bon, d'accord. Je vais y aller, moi aussi. Mais vous m'appelez, hein ?

– Bien sûr. On ira probablement voir le juge lundi ou mardi et tout sera terminé.

Il me tendit la main et je la lui serrai.

– Merci, Mick, dit-il. Vous êtes vraiment le meilleur. Je le savais bien quand je vous ai choisi.

Je le regardai retraverser la place et passer entre les deux tribunaux pour regagner le parking public.

Ouais, me dis-je à moi-même, *c'est vraiment moi le meilleur*.

C'est alors que, sentant une présence, je me retournai et vis un type s'asseoir à côté de moi. Il se retourna à son tour, me regarda et l'un et l'autre, nous nous reconnûmes en même temps. C'était Howard Kurlen, un inspecteur des Homicides de la division de Van Nuys. Nous nous étions rentrés dedans sur plusieurs affaires au fil des ans.

– Tiens, tiens, tiens ! s'exclama-t-il. La fierté du barreau de Californie en personne ! Vous n'étiez pas en train de parler tout seul, si ?

– C'est pas impossible.

– Ça pourrait faire mal si ça s'ébruitait.

– Ça ne m'inquiète pas. Comment allez-vous, inspecteur ?

Il avait commencé à déballer un sandwich qu'il avait sorti d'un sac en papier brun.

– Très occupé. Déjeuner tardif.

Il me montra un truc au beurre de cacahuète avec une couche de quelque chose en plus mais qui n'était pas de la confiture en gelée. Pas moyen d'identifier la chose. Je consultai ma montre. Il me restait encore quelques minutes avant de faire la queue pour franchir les portiques de détection des métaux à l'entrée du tribunal, mais je n'étais pas trop sûr d'avoir envie de les passer avec Kurlen et son horrible sandwich. Je songeai à balancer le verdict Blake sur le tapis histoire de faire suer le flic du LAPD qu'il était, mais ce fut lui qui m'en décocha une le premier.

– Comment va le petit Jesus ? me lança-t-il.

Jesus Menendez. C'était lui qui avait enquêté sur l'affaire. Et il l'avait si bien fait que Menendez n'avait eu d'autre choix que de plaider coupable en espérant que tout se passe pour le mieux. Il avait quand même eu perpète.

– Je ne sais pas, lui répondis-je. Je ne lui parle plus.

– Ah… C'est vrai qu'une fois qu'ils plaident coupable et terminent en centrale, ils vous servent plus à grand-chose, tous ces mecs, pas ? Plus moyen de faire appel, plus moyen de rien.

J'acquiesçai d'un signe de tête. Les flics sont cyniques avec les avocats de la défense. Tout se passe comme s'ils croyaient fermement que leurs actes et leurs enquêtes sont au-delà de tout soupçon et reproche. Ils ne croient pas aux vertus d'un système judiciaire fondé sur l'équilibre des pouvoirs.

– Bah, c'est comme vous, lui dis-je. On passe au suivant. Tenez, j'espère même que vous êtes très occupé à me trouver un nouveau client.

– C'est pas comme ça que je vois les choses, mais je me demandais… vous dormez bien la nuit ?

– Et vous, vous savez ce que je me demandais ? Je me demandais ce que c'était, cette merde que vous avez dans votre sandwich.

Il me montra bien haut ce qu'il restait de la chose.

– Beurre de cacahuète et sardines, dit-il. Des tas de bonnes protéines pour m'aider à traquer des salopards un jour de plus. Et à leur parler, en plus. Parce que vous n'avez toujours pas répondu à ma question, vous savez ?

– Je dors bien, inspecteur, je dors bien. Et vous savez pourquoi ? Parce que je joue un rôle important dans le système. Un rôle dont on a besoin… comme vous, d'ailleurs. C'est quand on est accusé d'un crime qu'on a l'occasion de le tester, ce système. Et quand on veut essayer, c'est vers moi qu'on se tourne. C'est la seule chose dont il s'agit. Et quand on le comprend, on n'a aucun mal à dormir.

– Joli conte de fées. J'espère que vous y croyez quand vous fermez les yeux.

– Et vous, inspecteur ? lui rétorquai-je. Vous est-il jamais arrivé de poser la tête sur l'oreiller et de vous demander si vous n'auriez pas arrêté un innocent ?

– Oh, no no no, me renvoya-t-il tout de suite, la bouche pleine. Ça ne m'est jamais arrivé et ça ne m'arrivera jamais.

– Ça doit être chouette d'en être aussi sûr.

– Un jour, y a un mec qui m'a dit que quand on arrive au bout du chemin faut regarder le tas de bois de la communauté et se demander si on y a ajouté quelque chose ou si on s'est contenté d'y piocher. Ben moi, Haller, j'y ajoute des bûches, à ce tas de bois. Et je dors bien la nuit. Mais vous et les gens de votre espèce, je me demande… Parce que vous, les avocats, vous ne faites qu'y piocher.

– Merci pour le sermon. J'y repenserai la prochaine fois que je fendrai du bois.

– Ça vous plaît pas ? Ben, tenez : j'ai une blague pour vous. Quelle est la différence entre un avocat et un poisson-chat ?

– Hummm, je ne sais pas, inspecteur.

– Y en a un qui récure la merde au fond du bassin et l'autre, c'est juste un poisson.

Sur quoi, il hurla de rire. Je me levai. C'était l'heure d'y aller.

– J'espère que vous vous brossez bien les dents quand vous avez fini de bouffer ce genre de trucs, lui lançai-je. J'aimerais pas trop être votre partenaire si vous le faites pas.

Je m'éloignai en songeant à ce qu'il venait de me dire sur le tas de bois et à ce que Sam Scales m'avait balancé sur les escrocs légaux dans mon genre. Ça tombait vraiment de tous les côtés ce jour-là.

– Merci du tuyau ! cria Kurlen dans mon dos.

14

Ted Minton s'était débrouillé pour que nous discutions seuls de l'affaire Roulet en organisant notre réunion à une heure où il savait que l'adjoint au district attorney avec lequel il travaillait serait en audience au tribunal. Il me retrouva dans la zone d'attente et me conduisit à son bureau. Il n'avait pas l'air d'avoir plus de trente ans, mais sa présence disait le bonhomme qui a confiance en lui. Je devais avoir une dizaine d'années et une bonne centaine de procès de plus que lui, mais il ne montrait aucun signe de déférence, voire de simple respect. Monsieur se conduisait comme si cette réunion était un inconvénient qu'on ne pouvait éviter. Pas de problème. Ça ne sortait pas de l'ordinaire. Et me donnait du carburant supplémentaire.

Dès que nous fûmes arrivés dans son petit bureau sans fenêtres, il m'offrit le fauteuil de son associé et referma la porte. Nous nous assîmes et nous regardâmes. Je le laissai attaquer.

– Bien, dit-il. Et d'abord, j'avais très envie de vous rencontrer. Je suis comme qui dirait tout jeune dans la Valley et je n'ai pas fait la connaissance de beaucoup d'avocats de la défense. Je sais que vous faites partie de ceux qui couvrent l'ensemble du comté, mais c'est la première fois que nous nous voyons.

– Peut-être est-ce parce que vous n'avez pas encore travaillé sur des délits mineurs.

Il sourit et hocha la tête comme si je venais de marquer on ne sait trop quel point.

– Ça se pourrait bien, me répliqua-t-il. Mais bon, il faut que je vous dise : quand je faisais mon droit à Southern Cal, j'ai lu un livre sur votre père et les affaires qu'il a défendues. Je crois que ça s'intitulait : *Haller la défense !* Quelque chose comme ça. Intéressant, le bonhomme, et l'époque aussi.

Je lui renvoyai son hochement de tête.

– Il est mort avant que je le connaisse vraiment, mais il y a eu plusieurs livres sur lui et je les ai tous lus, et plus d'une fois. C'est sans doute pour ça que j'ai fini par faire ce que je fais.

– Ça n'a pas dû être simple de découvrir votre père dans des livres.

Je haussai les épaules. Je ne pensais pas que Minton et moi étions obligés de faire plus ample connaissance, surtout à la lumière de ce que j'allais lui asséner.

– Bah, ce sont des choses qui arrivent, dis-je.

– Ouais.

Il claqua une fois dans ses mains en un geste du genre « bon-allez-au-boulot ».

– Et donc, reprit-il, nous sommes ici pour parler de Louis Roulet, n'est-ce pas ?

– Ça se prononce « rou-lay ».

– Rou-lay, pigé. Bien, voyons un peu. J'ai quelque chose pour vous.

Il fit pivoter son fauteuil pour se tourner vers son bureau. Il y prit un dossier mince, se retourna et me le tendit.

– Je veux être fair-play, dit-il. C'est tout ce que j'ai pour vous pour l'instant. Je sais que je ne suis pas obligé de vous donner ça avant la mise en accusation officielle, mais que diable, soyons cordiaux !

Mon expérience m'enseigne que dès qu'un procureur vous dit qu'il va jouer fair-play, voire mieux, il y a tout intérêt à surveiller ses arrières. Je feuilletai le dossier, mais n'y lus rien de bien précis. Celui que Levin m'avait concocté faisait au moins quatre fois son épaisseur. Que Minton ait aussi peu de choses à me communiquer ne me réjouit pas. Je le soupçonnai de me cacher des trucs. Les trois quarts des procureurs vous obligent à leur demander leurs informations des dizaines de fois, souvent jusqu'à ce qu'on doive s'en plaindre au juge. Cela dit, Minton, lui, m'avait au moins donné un dossier sans avoir l'air d'y attacher d'importance. Ou bien il lui restait encore plus de choses à apprendre sur ce genre d'affaires que je pensais ou bien il jouait à quelque chose.

– C'est tout ? lui demandai-je.

– C'est tout ce que j'ai.

C'était toujours comme ça. En n'ayant pas ceci ou cela, l'adjoint au district attorney pouvait faire patienter la défense. Et je savais de source sûre, disons… pour en avoir épousé une, qu'il n'y avait rien d'extraordinaire à ce que ces messieurs et dames disent aux inspecteurs de police chargés de l'enquête de prendre tout leur temps pour constituer leur dossier. Cela leur permet de dire à la défense que bien sûr ils veulent jouer fair-play, mais que comme ils n'ont rien… C'est ainsi que les règles qui président à la remise des preuves et éléments de preuve à la partie adverse avant le procès sont souvent appelées « règles de malhonnêteté ». Mais bien sûr, cela marche dans les deux sens. C'est comme ça que c'est censé fonctionner.

– Et vous voulez aller au procès avec ça ?

J'agitai le dossier en l'air comme pour lui signifier que son contenu était aussi maigre que l'affaire elle-même.

– Oh, ça ne m'inquiète pas, répondit-il. Mais si vous êtes prêt à me parler arrangement à l'amiable, je vous écoute.

– Non, pas d'arrangement à l'amiable dans cette affaire. On y va à fond la caisse. Nous renonçons à l'audience préliminaire et nous allons au procès. Sans délai.

– Il refuse le droit à un procès rapide ?

– Non. Vous avez soixante jours pour montrer votre jeu ou la fermer et ce, dès lundi prochain.

Il fit la moue comme si ce que je venais de lui dire ne constituait jamais qu'une petite surprise et un problème de détail. On cachait bien son jeu, mais je savais que je venais de lui en coller un bon.

– Bien, dit-il, dans ce cas il va sans doute falloir parler de la communication des preuves. Qu'est-ce que vous avez pour moi ?

On avait laissé tomber les gentillesses.

– Je n'ai pas tout à fait fini, lui répondis-je, mais j'aurai tout ça pour vous dès lundi à la lecture de l'acte d'accusation. Sauf que les trois quarts de ce que j'ai doivent être dans ce que vous venez de me donner, vous ne croyez pas ?

– C'est probable.

– Entre autres que la soi-disant victime est une prostituée qui a racolé mon client, n'est-ce pas ? Et qu'elle n'a pas cessé ce genre d'activité depuis notre prétendu incident, non ?

Il se peut qu'il n'ait ouvert la bouche que d'un centimètre avant de la refermer, mais l'indice était convaincant. Je venais de lui en coller un deuxième qui faisait mal. Mais il retrouva vite ses esprits.

– Il se trouve que moi aussi, je suis conscient de ses activités, me renvoya-t-il. Ce qui me surprend, c'est que vous, vous soyez au courant. J'espère que vous n'êtes pas en train de renifler les basques de ma victime, maître Haller.

– Appelez-moi Mickey. Et sachez que ce que je fais n'est que le moindre de vos soucis. Vous feriez mieux d'y regarder à deux fois, Ted. Je sais que vous êtes tout nouveau dans ce genre d'affaires et que vous n'avez aucune envie d'en sortir en grand perdant. Surtout après le fiasco de l'affaire Blake. Ce truc-là est une vraie chiennerie et risque de vous mordre sérieusement les fesses.

– Vraiment ? Et comment ça ?

Je regardai l'ordinateur posé sur son bureau derrière lui.

– Ce truc peut-il passer des DVD ?

Il se retourna vers son ordinateur, qui avait l'air passablement ancien.

– Ça devrait, dit-il. Vous avez quelque chose ?

Je me rendis alors compte que lui montrer la bande de vidéosurveillance de Chez Morgan lui permettrait de deviner le plus gros atout que j'avais dans mon jeu, mais j'étais sûr qu'il lui suffirait de la voir pour qu'il n'y ait plus ni mise en accusation ni affaire le lundi suivant. Mon travail consistait à neutraliser son dossier et à soustraire mon client aux exigences du ministère public. Et c'était la meilleure façon d'y arriver.

– Je n'ai pas tout, mais j'ai déjà ça, lui répondis-je.

Je lui tendis le DVD que Levin m'avait confié un peu plus tôt, il le glissa dans son ordinateur.

– Ç'a été pris au bar de Chez Morgan, lui dis-je tandis qu'il essayait de faire démarrer sa machine. Vos bonshommes n'y sont pas allés… au contraire du mien. C'est la bande du dimanche soir, où l'agression est censée avoir eu lieu.

– Et, bien sûr, cet enregistrement pourrait avoir été trafiqué.

– Il pourrait, mais ce n'est pas le cas. Vous pouvez faire vérifier. Mon enquêteur a l'original et je lui dirai de le mettre à votre disposition après la mise en accusation.

Après s'être battu un peu avec son ordinateur, Minton réussit à enclencher le DVD. Il regarda sans rien dire tandis que je lui montrais la bande chrono et tous les détails que Levin m'avait signalés, jusques et y compris M. X et le fait qu'il était gaucher. C'est ainsi qu'il passa en avance rapide quand je le lui demandais et ralentit au moment où Reggie Campo abordait mon client au bar. Il avait le visage crispé tant il se concentrait. Quand ce fut fini, il éjecta le disque et le tint en l'air.

– Je peux le garder jusqu'à ce que vous me passiez l'original ?

– Je vous en prie.

Il remit le disque dans son emballage et le posa sur une pile de dossiers sur son bureau.

– Bien, dit-il. Vous avez autre chose ?

Ce fut à ma bouche de laisser entrer un rien de lumière.

– Comment ça : « Vous avez autre chose ? » Ça ne vous suffit pas ?

– Ça ne me suffit pas pour quoi faire ?

– Oh allons, Ted ! Et si on arrêtait les conneries, hein ?

– Mais faites, faites !

– De quoi s'agit-il, hein ? Ce disque vous démolit tout le dossier ! Laissons donc tomber la mise en accusation et le procès et parlons plutôt de la meilleure façon de nous retrouver au tribunal la semaine prochaine pour y présenter conjointement une demande de non-lieu au juge. Je tiens absolument à ce que ce truc ne puisse pas être rouvert sans dommages et intérêts. Pas question de réattaquer mon client si jamais quelqu'un décidait de changer d'idée.

Il sourit et hocha la tête.

– Ça ne sera pas possible, Mickey, dit-il. Cette femme a été gravement blessée. Elle a été torturée par un monstre et je n'ai aucune intention de demander un non…

– Gravement blessée, dites-vous ? Elle a fait des passes toute la semaine dernière. Vous…

– Comment le savez-vous ?

Je hochai la tête.

– Allons, mec, j'essaie de vous donner un coup de main, moi. Je veux vous éviter la honte, et tout ce qui vous inquiète, c'est de savoir si j'ai franchi la ligne jaune avec la victime ? Eh bien, que je vous dise un truc : la victime, c'est pas elle. Vous ne voyez donc pas ce qu'il y a là-dedans ? Si jamais notre affaire va devant des jurés et qu'ils voient ce disque, y a toutes les assiettes qui dégringolent, Ted. Votre affaire est cuite et vous, vous devrez revenir ici et expliquer à votre boss Smithson pourquoi vous n'avez rien vu venir. Je ne le connais pas si bien que ça, mais je sais au moins une chose sur lui : il n'aime pas perdre. Et après ce qui est arrivé hier, je dirais qu'il doit être encore plus pointilleux.

– Les prostituées peuvent, elles aussi, être des victimes. Oui, même les prostituées amateurs.

Je hochai la tête. Et décidai de lui montrer ma main.

– Elle l'a piégé, lui dis-je. Elle savait qu'il avait du fric et lui a monté un traquenard. Elle veut le poursuivre en justice pour le pognon. Elle s'est cognée dessus toute seule ou alors c'est à son copain du bar, le gaucher, qu'elle a demandé de le faire. Il n'y a pas un jury au monde qui voudra croire votre histoire. Le sang sur la main et les empreintes sur le couteau… tout ça, c'est de la mise en scène après que mon client est tombé dans les pommes.

Il hocha la tête comme s'il comprenait la logique de ce que je lui disais, puis il me sortit quelque chose de totalement inattendu.

– Moi, ce qui m'inquiète, dit-il, c'est que vous tentiez d'intimider la victime en la suivant et la harcelant.

– Quoi ?

– Vous connaissez la règle du jeu. Vous laissez la victime tranquille ou bien on en parle au juge.

Je hochai la tête et ouvris grand les mains.

– Dites, vous écoutez un peu ce que je vous dis ?

– Oui, j'ai bien tout écouté et ça ne change rien à ma stratégie. Cela étant, je peux vous proposer quelque chose, mais cette offre ne vaudra que jusqu'à la lecture de l'acte d'accusation lundi. Après, fini les paris. Votre client risque le tout pour le tout avec le juge et le jury.

Et ni vous ni votre histoire de soixante jours ne me font peur. Je serai prêt et vous attendrai de pied ferme.

J'eus l'impression d'être sous l'eau et que tout ce que je disais était enfermé dans des bulles qui dérivaient au loin. Personne ne m'entendait correctement. Jusqu'au moment où je me rendis compte que j'étais en train de rater quelque chose. Quelque chose d'important. Que Minton soit un bleu ne changeait rien à l'affaire : il n'était pas idiot et j'avais commis l'erreur de croire qu'il jouait au con. Les services du district attorney de Los Angeles recrutaient les meilleurs avocats du pays. Minton avait parlé de la fac de droit de Southern Cal et je savais qu'il en sortait des juristes de premier plan. Seule leur manquait l'expérience. Minton n'en avait peut-être pas beaucoup, mais cela ne signifiait pas qu'il ne comprît rien au droit. C'était moi, et pas Minton, que je devais revoir de ce côté-là.

– J'ai raté quelque chose ? lui demandai-je.

– Je ne sais pas. Le gros costaud de la défense, c'est vous. Qu'auriez-vous donc pu rater ?

Je le dévisageai un instant – et compris. Il y avait un hic dans la communication des éléments de preuves. Il y avait quelque chose dans la maigre chemise qu'il m'avait remise, quelque chose qui ne figurait pas dans le gros dossier que Levin m'avait préparé. Quelque chose qui permettrait à l'accusation de passer outre au fait que Reggie Campo se prostituait. Et Minton me l'avait soufflé : *Les prostituées peuvent, elles aussi, être des victimes.*

J'eus envie de tout arrêter pour aller voir dans son dossier et comparer avec ce que je savais. Mais je ne pouvais pas le faire devant lui.

– Bien, dis-je. Qu'est-ce que vous proposez ? Il refusera, mais je lui transmettrai votre offre.

– Évidemment, il faudra qu'il fasse de la prison. Ça va sans dire. Mais nous sommes prêts à tout ramener à un coups et blessures corporelles aggravés avec tentative de violences sexuelles. Nous demanderons une peine dans la moyenne, soit environ sept ans.

Je haussai les épaules.

– Je vais le lui dire.

– N'oubliez pas : ça n'est valable que jusqu'à la mise en accusation formelle. Ce qui fait que si ça lui va, il vaudrait mieux qu'il m'appelle dès lundi à la première heure.

– D'accord.

Je refermai ma mallette et me levai pour partir. Je songeai que Roulet devait attendre le coup de fil par lequel je lui dirais que le cauchemar était terminé. Au lieu de ça, j'allais devoir lui parler d'une offre de sept ans de taule.

Minton et moi nous serrâmes la main, puis je promis de le rappeler et sortis. Et dans le couloir qui conduisait à la zone d'attente, je tombai sur Maggie McPherson.

– Hayley s'est vraiment bien amusée samedi ! me lança-t-elle en parlant de notre fille. Elle n'arrête pas d'en parler. Elle dit même que tu dois la voir ce week-end.

– Oui, si c'est possible, lui renvoyai-je.

– Ça va ? T'as l'air dans le cirage.

– La semaine commence à être longue. Je suis bien content de ne rien avoir demain. Qu'est-ce qui ira le mieux pour Hayley ? Samedi ou dimanche ?

– L'un ou l'autre. C'est Ted que tu viens de rencontrer pour l'affaire Roulet ?

– Oui. J'ai eu son offre.

Je soulevai ma mallette pour lui montrer que j'emportai la proposition du district attorney avec moi.

– Mais maintenant, va falloir que je la fasse accepter à Roulet. Ça va pas être facile. Il prétend n'avoir rien fait.

– Je croyais qu'ils disaient tous ça ?

– Oui, mais pas comme lui.

– Ben… bonne chance.

– Merci.

Nous repartions chacun de notre côté dans le couloir lorsque, quelque chose me revenant, je la rappelai.

– Hé ! Joyeuse Saint-Patrick !

– Oh.

Elle se retourna et revint vers moi.

– Stacey doit rester quelques heures de plus avec Hayley et un petit groupe d'entre nous a décidé d'aller faire un tour au Four Green Fields[1] après le boulot. Tu as envie de boire une pinte de bière verte ?

Le Four Green Fields était un pub irlandais situé pas très loin du centre administratif et fréquenté par des avocats des deux côtés de la barrière. Les rancœurs avaient tendance à s'émousser devant une chope de Guinness à température ambiante.

– Je ne sais pas, lui répondis-je. Il y a des chances que je sois obligé de repasser de l'autre côté de la colline pour voir mon client, mais on ne sait jamais. Il se pourrait que je revienne.

– Je n'ai que jusqu'à huit heures. Après, il faudra que je rentre prendre la relève de Stacey.

– D'accord.

Nous nous séparâmes à nouveau et je quittai le tribunal. Le banc sur lequel je m'étais assis avec Roulet, puis avec Kurlen, était vide. Je m'y rassis, ouvris ma mallette, en sortis le dossier que Minton m'avait confié et feuilletai des rapports dont j'avais déjà pris connaissance grâce aux photocopies de Levin. Je n'avais pas l'impression d'y trouver quoi que ce soit de nouveau lorsque je tombai sur les résultats d'une analyse d'empreintes qui me confirma ce que je soupçonnais depuis le début : les empreintes sanglantes retrouvées sur le couteau étaient bien celles de mon client, Louis Roulet.

Ce qui ne suffisait quand même pas à expliquer la

1. Soit « Les Quatre Champs verts » *(NdT)*.

conduite de Minton. Je continuai de chercher et trouvai dans le rapport d'analyse de l'arme. Celui que Levin m'avait donné était entièrement différent – à croire qu'il s'agissait d'une autre arme et d'une autre affaire. Je le lus rapidement et sentis la sueur me monter dans les cheveux. Je m'étais fait piéger. Non seulement je m'étais couvert de honte devant Minton, mais je lui avais aussi donné une idée de mon atout maître. Il avait la vidéo de Chez Morgan et tout le temps qu'il fallait pour se préparer à me contrer devant la cour.

Je finis par refermer violemment ma mallette et sortis mon portable. Levin me répondit au bout de deux sonneries.

– Comment ça s'est passé ? me demanda-t-il. On a tous droit à un petit bonus ?

– Pas vraiment, non. Tu sais où est le bureau de Roulet ?

– Oui. Crescent Drive, à Beverly Hills.

– On s'y retrouve.

– Tout de suite ?

– J'y serai dans une demi-heure.

J'appuyai sur la touche « fin d'appel » pour couper court à toute discussion et appelai Earl sur la touche d'appel rapide. Il devait avoir les écouteurs de son iPod dans les oreilles car il ne décrocha qu'à la septième sonnerie.

– Venez me chercher, lui dis-je. On repasse de l'autre côté de la colline.

Je refermai le téléphone et me levai du banc. Puis je me dirigeai vers le passage entre les deux tribunaux et l'endroit où Earl viendrait me prendre et sentis monter ma colère. J'en voulais à Roulet, à Levin et, plus que tout, à moi-même. Cela dit, il y avait un côté positif et j'en étais conscient. S'il y avait quelque chose d'absolument certain maintenant, c'était que le pactole et le grand jour de paie qui l'accompagnait étaient de retour. On irait jusqu'au procès, à moins que Roulet décide d'accepter l'offre du ministère public. Et là, les chances que ça arrive étaient à peu près les mêmes que de voir la neige à Los Angeles. Ça n'était pas impossible, mais je n'y croirais que lorsque je le verrais.

15

Lorsqu'ils veulent mettre de petites fortunes dans leurs vêtements et leurs bijoux, les riches de Beverly Hills vont à Rodeo Drive. Lorsqu'ils veulent mettre encore plus d'argent dans des maisons et des appartements en copropriété, ils font quelques rues de plus et arrivent dans Crescent Drive, où se nichent des agences immobilières de haut vol qui n'hésitent pas à présenter leurs offres à plusieurs millions de dollars à l'aide de photos exposées dans de véritables galeries d'art ou sur des chevalets dorés comme s'il s'agissait de tableaux de Picasso ou de Van Gogh. C'est là que je trouvai la Windsor Residential Estate et M. Louis Roulet en cet après-midi de jeudi.

Lorsque j'y arrivai, Raul Levin m'attendait déjà… et pas qu'un peu. On l'avait laissé dans la galerie avec une bouteille d'eau pendant que Louis passait des coups de fil dans son bureau privé. La réceptionniste (une blonde un peu trop bronzée avec une coupe de cheveux qui lui retombait sur un côté de la figure comme la lame d'une faux) m'informa qu'il n'en avait plus que pour quelques minutes avant que nous puissions entrer. J'acquiesçai d'un signe de tête et m'écartai de son bureau.

– Tu veux bien me dire ce qui se passe ? me lança Levin.

– Oui. Dès que nous serons là-dedans avec lui.

La galerie s'ornait des deux côtés de filins en acier

qui allaient du plafond jusque par terre et sur lesquels étaient montés des tirages 18 × 24 montrant les biens disponibles et donnant leurs caractéristiques. En faisant semblant d'étudier ces rangées de maisons que je n'aurais même jamais pu seulement rêver d'acquérir en cent ans, je me dirigeai vers le couloir du fond, qui conduisait aux bureaux. J'y remarquai une porte ouverte et entendis la voix de Roulet. J'eus l'impression qu'il se préparait à faire visiter un manoir de Mulholland Drive à un client qui tenait à ce que son identité ne soit pas révélée. Je me retournai et jetai un coup d'œil à Levin qui se trouvait encore à l'entrée de la galerie.

– Des conneries, tout ça ! lui lançai-je et je lui fis signe de venir.

Je continuai jusqu'au bout du couloir et entrai dans le luxueux bureau de Roulet. J'y découvris, comme de bien entendu, un bureau couvert de documents et d'épais catalogues de propriétés à vendre. Mais pas de Roulet. En fait, celui-ci se trouvait à droite du bureau et, vautré sur un canapé, jacassait au téléphone, une cigarette à la main. Il eut l'air si choqué de me voir que je me demandai si la réceptionniste avait oublié de l'avertir qu'il avait de la visite.

Levin entra dans le bureau sur mes talons, suivi par une réceptionniste dont la faux de cheveux se balançait d'avant en arrière tandis qu'elle se dépêchait de nous rattraper. J'eus même peur qu'elle ne lui tranche le nez d'un seul coup d'un seul.

– Monsieur Roulet ! s'écria-t-elle. Je suis vraiment désolée. Ces messieurs sont allés au fond et…

– Lisa, dit Roulet dans l'appareil, il faut que j'y aille. Je te rappelle.

Il remit le téléphone sur sa fourche, sur la table basse en verre.

– Ne vous inquiétez pas, Robin, reprit-il. Vous pouvez nous laisser.

Sur quoi il lui fit signe de filer du revers de la main. Robin me regarda comme si j'étais un champ de blé qu'elle avait très envie de faucher avec sa lame blonde, puis elle quitta la pièce. Je refermai la porte derrière elle et me retournai vers Roulet.

– Qu'est-ce qui s'est passé ? me demanda-t-il. C'est fini ?

– On en est loin, lui répondis-je.

J'avais emporté le dossier de l'accusation avec moi, le rapport d'analyse de l'arme se trouvant en plein milieu. J'avançai d'un pas et le laissai tomber sur la table basse.

– Je n'ai réussi qu'à me ridiculiser dans le bureau du district attorney, enchaînai-je. Le dossier contre vous tient toujours aussi bien et il est fort probable que nous allions jusqu'au procès.

– Je ne comprends pas. Vous ne m'aviez pas dit que vous alliez lui faire un deuxième trou du cul ?

– Il se trouve que le seul trou du cul de l'affaire, c'était moi. Parce que, une fois de plus, vous ne m'avez pas mis au courant.

Puis je me tournai vers Levin et ajoutai :

– Et parce que toi, tu as réussi à nous faire piéger.

Roulet ouvrit le dossier. Sur la première page se trouvait la photo en couleurs d'un couteau dont le manche noir et la pointe de la lame étaient tachés de sang. Ce n'était pas celui qu'on voyait sur la photocopie du document que Levin avait obtenu de sa source policière et qu'il nous avait montré lors de la réunion dans le bureau de Dobbs le premier jour.

– Qu'est-ce que c'est que ce truc de merde ? s'écria Levin en baissant les yeux sur la photo.

– Ça ? C'est un couteau. Le vrai, lui renvoyai-je, celui que Roulet avait sur lui quand il est monté à l'appartement de Reggie Campo. Celui avec le sang de la victime, celui avec les initiales de M. Roulet.

Levin s'assit sur le canapé, le plus loin possible de

Roulet. Je restai debout, ils levèrent tous les deux la tête pour me regarder. Je commençai par Levin.

– Je suis allé voir le district attorney pour lui botter les fesses et c'est lui qui a fini par me botter le cul avec ce truc. Qui était ta source, Raul ? Parce qu'il t'a filé une mauvaise carte.

– Minute, attends une minute. Ce n'est pas…

– Non, Raul, c'est toi qui vas attendre une minute. Le rapport où l'on racontait qu'il était impossible de retrouver le propriétaire du couteau était bidon. Il a été mis dans ton dossier pour nous baiser la gueule. Et ça a marché à la perfection parce que moi, je déboule dans son bureau en me disant que je ne peux pas perdre, même que je lui file la vidéo de surveillance de Chez Morgan ! Et que je m'amuse à la lui balader sous le nez comme si c'était mon atout maître. Sauf que ça l'était pas, bordel !

– C'est le coursier, dit Levin.

– Quoi ?

– Le coursier. Celui qui apporte les rapports des bureaux de la police à ceux du district attorney. Je lui dis les dossiers qui m'intéressent et il m'en fait faire des copies.

– Ben, faut croire qu'ils l'avaient à l'œil et ça a parfaitement fonctionné. Tu ferais mieux de l'appeler et de lui dire que s'il a besoin d'un bon avocat de la défense au criminel, je suis pas disponible.

Je m'aperçus que je faisais les cent pas devant le canapé où ils étaient assis, mais ne m'arrêtai pas.

– Et vous aussi, Roulet ! Maintenant que j'ai le vrai rapport d'expertise sur l'arme du crime, je me rends compte que non seulement ce couteau est d'un modèle fait sur mesure, mais que c'est bien le vôtre puisqu'on y voit vos initiales, bordel de merde ! Vous m'avez menti encore un coup !

– Non, je ne vous ai pas menti ! me hurla-t-il en

retour. Je vous ai dit que ce n'était pas mon couteau. Je l'ai dit deux fois, mais personne ne veut m'écouter.

– Si c'est ça, vous auriez dû être plus clair. Vous contenter de dire que ce n'était pas votre couteau était aussi peu crédible que de dire que ce n'est pas vous qui avez bousillé cette fille. Vous auriez dû dire : « Hé, Mick, il y a peut-être un problème avec le couteau parce qu'un couteau, j'en avais bien un, mais ce n'est pas celui qu'on voit sur la photo. » Qu'est-ce que vous vous imaginiez ? Que ça allait disparaître tout seul ?

– Un peu moins fort, je vous prie ! protesta-t-il. Il y a peut-être des clients de l'autre côté de la porte.

– Je m'en fous ! Ils peuvent aller se faire voir ! Des clients, vous n'en aurez pas besoin là où vous allez finir. Vous ne comprenez donc pas que ce couteau fout en l'air tout ce que nous avions pour nous ? Vous emportez une arme pour aller voir une pute ? Parce que ce couteau, personne ne l'a mis là pour vous accuser. Ce couteau vous appartient, à vous ! Et ça, ça veut dire qu'on ne peut plus parler de piège. Comment voulez-vous qu'on fasse croire à quiconque qu'elle vous a piégé avec un procureur qui, lui, pourra prouver que vous aviez ce couteau sur vous quand vous avez franchi la porte de son appartement ?

Il ne répondit pas, mais c'est vrai que je ne lui en laissai pas le temps.

– Ce crime, vous l'avez bel et bien commis et ils vous tiennent ! repris-je en le montrant du doigt. Y a pas à s'étonner qu'ils ne se soient même pas donné la peine d'aller enquêter au bar. Comme si c'était nécessaire alors qu'ils ont et votre couteau et vos empreintes sanglantes dessus !

– Je n'ai rien fait de tout ça ! s'écria-t-il. C'est un piège ! Je vous le dis ! C'était…

– Et qui c'est qui crie maintenant, hein ? Écoutez… je me fous de ce que vous pouvez me raconter. Moi, je ne peux pas fonctionner avec un client qui n'est pas réglo, un client qui ne voit pas l'intérêt de dire tout ce qui se passe à son avocat. Bref, le district attorney vous fait une offre et vous feriez peut-être bien de l'accepter.

Il se redressa d'un bond et s'empara du paquet de cigarettes sur la table. Puis il en prit une, mais ne l'alluma pas.

– Pas question de plaider coupable pour quelque chose que je n'ai pas fait, dit-il, brusquement très calme.

– Sept ans. De fait, vous sortirez dans quatre. Vous avez jusqu'à lundi pour vous décider, après, c'est fini. Réfléchissez-y et faites-moi savoir ce que vous voulez.

– C'est non. Je n'ai pas fait ce dont on m'accuse et si vous ne voulez pas aller au procès avec moi, je me trouverai un autre avocat qui, lui, le fera.

Levin tenait le dossier dans sa main. Je me penchai en avant et le lui arrachai grossièrement pour lui lire le rapport d'analyse sur l'arme du crime.

– Vous n'avez pas fait ça ?! lançai-je à Roulet. Bon, alors… ça vous gênerait de me dire pourquoi vous êtes allé voir cette pute avec un couteau Black Ninja façonné sur commande, avec cran d'arrêt, lame de douze centimètres et vos initiales gravées dessus et pas que d'un côté, non… des deux ?!

J'avais fini de lire les conclusions du rapport, je relançai ce dernier à Levin. Il lui passa entre les mains et alla s'écraser sur sa poitrine.

– Parce que je l'ai toujours sur moi !

Roulet avait répondu avec une telle violence que ce fut aussitôt le calme dans la pièce. J'y fis encore un aller-retour, puis le dévisageai.

– Parce que vous l'avez toujours sur vous, répétai-je et ce n'était pas une question.

– Voilà. Je suis agent immobilier. Je conduis des voitures de prix. Je porte des bijoux qui valent cher. Et je me retrouve souvent avec des inconnus dans des maisons vides.

Encore une fois il me donnait à réfléchir. Aussi exaspéré que je fusse, je savais quand même reconnaître un espoir quand j'en voyais la lueur. Levin se pencha en avant et regarda Roulet, puis moi. Cette lueur, lui aussi l'avait vue.

– Qu'est-ce que vous racontez ! C'est à des gens riches que vous vendez vos maisons !

– Et comment savez-vous qu'ils le sont quand ils vous passent un coup de fil pour vous dire qu'ils veulent voir un bien, hein ?

Soudain perplexe, je m'étirai les doigts un bon coup.

– Vous n'avez pas un système pour vérifier ?

– Bien sûr que si. On peut vérifier s'ils ont de quoi à la banque et demander des références. Mais pour finir, ça se réduit toujours à ce qu'ils veulent bien nous donner et ces gens-là ne sont pas du genre à attendre. Quand ils veulent voir une propriété, ils veulent la voir. Ce ne sont pas les agents immobiliers qui manquent. On ne se bouge pas assez vite, c'est quelqu'un d'autre qui le fait.

Je hochai la tête. La lueur d'espoir grandissait. Il y avait peut-être quelque chose sur quoi travailler.

– Des meurtres d'agents immobiliers, il y en a eu au fil des ans, vous savez ? reprit-il. Nous savons tous qu'il y a du danger à aller seul dans certains de ces endroits. Pendant un moment, y a même eu un type qu'on appelait le « Violeur de l'immobilier ». Il attaquait des agents femmes et les violait dans des maisons vides. Ma mère…

Il n'acheva pas sa phrase. J'attendis. Rien.

– Quoi votre mère ?

Il hésita avant de répondre.

– Un jour, elle faisait visiter une maison, elle était seule et croyait être en sûreté parce que c'était à Bel-Air. Et le type l'a violée. Et l'a laissée attachée. C'est en voyant qu'elle ne revenait pas au bureau que j'y suis allé. Et l'ai trouvée.

Il revoyait l'instant.

– Ça remonte à quand ? demandai-je.

– Environ quatre ans. Elle a arrêté de vendre après ça. Elle s'est installée au bureau et n'a plus jamais rien fait visiter. C'est moi qui m'y suis mis. Et c'est pour ça et à ce moment-là que je me suis procuré mon couteau. Ça fait cinq ans que je l'ai. Et il était dans ma poche quand je suis monté à l'appartement. Je n'y pensais même pas.

Je me laissai tomber dans le fauteuil en face du canapé. Je m'étais mis à réfléchir et commençais à voir comment ça pouvait marcher. Encore une fois, c'était une ligne de défense qui se fondait sur une coïncidence. Campo l'avait piégé, le piège qu'elle lui avait tendu devenant encore meilleur lorsque, pure coïncidence, elle avait trouvé ce couteau sur lui après l'avoir assommé. Ça pouvait marcher.

– Votre mère a-t-elle déposé plainte auprès de la police ? demanda Levin.

Roulet hocha la tête.

– Non, elle était bien trop gênée pour ça. Elle avait peur qu'on en parle dans les journaux.

– Quelqu'un d'autre qui serait au courant ? demandai-je à mon tour.

– Euh, moi… et Cecil, j'en suis sûr. Personne d'autre, y a des chances. Et vous ne pourrez pas vous en servir. Elle…

– Je ne m'en servirai pas sans sa permission, lui répondis-je. Mais ça pourrait être important. Je vais lui en parler.

– Non, je ne veux pas que vous…

– C'est votre vie et votre façon de la gagner qui sont en jeu, Louis. Vous terminez en prison et vous ne vous en sortirez pas. Ne vous inquiétez pas pour votre mère. Une mère fait toujours ce qu'il faut pour protéger son enfant.

Il baissa les yeux et hocha la tête. Et alluma la cigarette qu'il tenait entre ses doigts.

– Je ne sais pas…

J'exhalai et tentai de me détendre complètement en le faisant. Il n'était pas impossible qu'un désastre ait été évité.

– Mais moi si, dis-je. Je retourne voir le district attorney pour lui annoncer qu'on laisse tomber son offre. On va au procès et on tente notre chance.

16

Les mauvais coups ne cessaient de pleuvoir. La deuxième catastrophe me tomba dessus après que j'eus déposé Earl au parking de la gare de banlieue où il garait sa voiture tous les matins et que j'eus ramené la Lincoln au Four Green Fields de Van Nuys. L'établissement, un bar en retrait de Victory Boulevard – c'était peut-être pour ça que les avocats l'aimaient bien –, était équipé d'un comptoir sur le côté gauche et d'une rangée de box en bois couturés d'entailles sur la droite. Il était plein comme seul peut l'être un pub un soir de Saint-Patrick. Pour moi, il devait y avoir encore plus de monde que les années précédentes parce que, la fête des buveurs tombant un jeudi, beaucoup se préparaient à un long week-end. Je m'étais pour ma part assuré que je n'avais rien le vendredi. Je me débrouille toujours pour ne rien avoir le lendemain de la Saint-Patrick.

Je commençais à me faufiler difficilement dans la masse des buveurs afin d'y trouver Maggie McPherson lorsque le *Danny Boy* de rigueur se mit à hurler dans un juke-box, quelque part au fond de la salle. Mais c'en était une version punk-rock du début des années 80 et d'une telle violence que j'avais peu de chances d'entendre quoi que ce soit lorsque, tombant sur des visages connus, je disais bonjour et demandais si on n'avait pas vu mon ex. Tous les petits bouts de conversation que je saisissais ici et là en avançant semblaient tourner autour de Robert Blake et du verdict ahurissant prononcé la veille.

C'est là, dans la foule, que je trouvai Robert Gillen. Le caméraman glissa la main dans sa poche, en sortit quatre billets de cent bien craquants et me les tendit. Ils devaient faire partie des dix que je lui avais donnés quinze jours plus tôt au tribunal de Van Nuys alors que j'essayais d'impressionner Cecil Dobbs avec mes talents de manipulateur des médias. Pur profit que ces quatre cents dollars.

– Je me disais bien que je risquais de te trouver ici ! me hurla-t-il à l'oreille.

– Merci, Sticks. Ça servira à régler une partie de ma note.

Il rit. Toujours à la recherche de mon ex, je regardai derrière lui.

– Quand tu veux, mec, dit-il.

Il me donna une grande tape sur l'épaule au moment où je me serrais contre lui pour passer. Enfin je trouvai Maggie, tout au fond de la salle, dans le dernier box. Elle s'y était installée avec six autres femmes, toutes procureurs ou secrétaires dans les bureaux de Van Nuys. J'en connaissais trois ou quatre, au moins de vue, mais tout cela restait bizarre dans la mesure où je devais rester debout et hurler par-dessus la musique et les consommateurs. Sans parler du fait que les procureurs du lot me prenaient pour un associé du diable. Elles avaient deux pichets de Guinness sur la table, dont un encore plein. Mais mes chances de fendre la foule pour arriver au bar et m'y faire servir étaient négligeables. Ce triste état de choses ne lui échappant pas, Maggie me proposa de partager son verre avec elle.

– Pas de problème ! me cria-t-elle. On a déjà échangé de la bave avant !

Je souris et compris que les deux pichets qui se trouvaient sur la table n'étaient pas les premiers à y avoir atterri. J'avalai une bonne gorgée de liquide et oui, c'était bon. La Guinness a toujours le don de me recentrer comme il faut.

Maggie avait pris place au milieu, sur le côté gauche du box, entre deux jeunes procureurs que, je le savais, elle avait pris sous son aile. Au bureau de Van Nuys, bon nombre de jeunes procureurs femmes gravitaient autour de mon ex parce que le patron du service, Smithson, s'entourait, lui, d'avocats du genre Minton.

Toujours debout à côté du box, je levai le verre en son honneur, mais comme c'était le sien elle ne put pas répondre à mon toast. Elle se pencha en avant et souleva le pichet.

– Santé !

Elle n'alla quand même pas jusqu'à boire à même le pichet. Elle le reposa et murmura quelque chose à la femme qui se trouvait à l'extrémité du box. Celle-ci se leva pour la laisser passer. Maggie se leva, m'embrassa sur la joue et me cria :

– Les nanas ont toujours moins de mal à obtenir un verre dans ce genre de situation.

– Surtout quand elles sont belles, lui renvoyai-je.

Elle me décocha un regard dont elle a le secret et se tourna vers la masse de gens qui, sur cinq rangs, nous interdisaient l'accès au bar. Puis elle poussa un sifflement suraigu, qui attira l'attention d'un des Irlandais pur sang qui s'activaient aux manettes et pouvaient vous dessiner une harpe, un ange ou une femme à poil dans le faux col de votre verre.

– Il me faut un verre d'une pinte ! hurla-t-elle.

Le barman fut obligé de lire ce qu'elle disait sur ses lèvres. Puis, tel un ado qu'on se passe au-dessus de la foule à un concert de Pearl Jam, un verre tout propre nous arriva de main en main. Maggie le remplit avec le pichet posé au bord de la table, enfin nous pûmes trinquer.

– Alors, dit-elle, tu te sens un peu mieux que quand je t'ai vu tout à l'heure ?

J'acquiesçai d'un hochement de tête.

– Un peu, oui.

– Minton t'a coincé comme il faut ?

J'acquiesçai d'un deuxième hochement de tête.

– Oui, dis-je, lui et les flics.

– Avec Corliss, c'est ça ? Je leur ai pourtant dit que ce mec racontait que des conneries. Comme tous les autres.

Je ne répondis pas et fis tout ce que je pouvais pour ne pas lui donner l'impression que ce qu'elle venait de dire me prenait au dépourvu et lui faire croire que ce Corliss ne m'était pas inconnu. Je bus longuement et lentement dans mon verre.

– Ah, peut-être que j'aurais pas dû dire ça, reprit-elle. Mais ce que je pense n'a guère d'importance. Si Minton est assez con pour se servir de ce mec, tu pourras lui arracher la tête sans problème.

J'en déduisis qu'elle devait parler d'un témoin. Sauf que je n'avais rien vu dans le dossier de Minton sur un quelconque Corliss. Que ce soit un témoin en qui Maggie n'avait pas confiance me fit aussi penser qu'il devait s'agir d'un indic. Voire d'un mouton.

– Comment se fait-il que tu sois au courant pour ce type ? finis-je par lui demander. C'est Minton qui t'a parlé de lui ?

– Non, c'est moi qui le lui ai envoyé. Ce que je pense de ce qu'il a dit n'a pas d'importance, il était de mon devoir de l'envoyer au bon procureur et à Minton de voir ce qu'il valait.

– Mais… pourquoi est-il venu te voir, toi ?

Elle me regarda en plissant le front : la réponse était évidente.

– Parce que c'est moi qui me suis occupée de la première comparution. Il était dans l'enclos. Il croyait que l'affaire était toujours à moi.

Enfin je comprenais. Corliss dans les C. Roulet n'était pas passé dans l'ordre alphabétique et avait été appelé le premier. Corliss devait donc se trouver dans le groupe de détenus qu'on avait amenés au tribunal avec lui. Il nous avait vus, Maggie et moi, nous battre sur la caution de Roulet et en avait déduit que Maggie était toujours chargée de l'affaire. Il avait dû l'appeler pour cafter.

– Quand t'a-t-il appelée ?

– Je t'en ai déjà trop dit, Haller. Je ne…

– Dis-moi seulement quand il t'a appelée. L'audience ayant eu lieu lundi, ç'a dû être plus tard dans la journée, non ?

L'affaire n'ayant été rapportée ni dans les journaux ni à la télé, j'étais curieux de savoir où Corliss avait bien pu trouver le renseignement qu'il voulait faire passer à l'accusation. Je devais tenir pour acquis que ce renseignement ne venait pas de Roulet. J'étais sûr de lui avoir foutu assez les jetons pour qu'il la ferme. Sans les médias, Corliss n'avait eu accès qu'aux renseignements qu'il avait glanés à l'audience quand, les charges étant lues, Maggie et moi avions débattu de la caution.

Mais cela suffisait, je le comprenais. Maggie avait donné pas mal de détails sur les blessures de Regina Campo afin d'impressionner le juge et de l'amener à interdire toute possibilité de caution. S'il s'était trouvé dans la salle, Corliss avait eu droit à tous les détails dont il pouvait avoir besoin pour concocter de prétendus aveux de mon client. Y ajouter sa proximité avec Roulet et cela nous donnait un beau mouton.

– Oui, il m'a appelée lundi, plus tard, finit-elle par me répondre.

– Bon mais pourquoi, toi, tu t'es dit qu'il racontait des conneries ? C'est pas la première fois qu'il cafte, c'est ça ? C'est un pro ?

J'allais à la pêche et elle le savait. Elle hocha la tête.

– Je suis sûre que tu trouveras tout ce dont tu as

besoin à la remise des preuves. On pourrait pas juste avoir une petite pinte de Guinness amicale, hein ? Il faut que je m'en aille dans une heure.

J'acquiesçai de la tête, mais je voulais en savoir davantage.

– Que je te dise… Tu m'as l'air d'avoir assez bu de Guinness pour la Saint-Patrick. Qu'est-ce que tu dirais qu'on aille manger un morceau quelque part ?

– Pourquoi ? Pour que tu puisses continuer à me tirer les vers du nez sur ton affaire ?

– Non, pour qu'on puisse parler de notre fille.

Elle plissa les paupières.

– Y a quelque chose qui ne va pas ?

– Pas que je sache, non. Mais je veux te parler d'elle.

– Où m'emmènes-tu dîner ?

Je mentionnai un restaurant italien plutôt cher de Ventura Boulevard, du côté de Sherman Oaks, et ses yeux se firent plus doux. C'était un endroit où nous étions allés fêter des anniversaires de mariage et le jour où elle était tombée enceinte. Notre appartement, qu'elle avait encore, se trouvait à quelques rues de là, dans Dickens Street.

– Tu crois qu'on pourrait y manger en une heure ? me demanda-t-elle.

– Si on s'en va tout de suite et qu'on commande à l'aveugle…

– Ça marche. Donne-moi le temps de dire vite au revoir.

– C'est moi qui conduis.

Et c'était ce qu'il fallait, madame étant plutôt vacillante sur ses pattes. Nous fûmes obligés d'avancer hanche contre hanche et je l'aidai à monter dans la voiture.

Je pris l'autoroute de Van Nuys direction sud, jusqu'à Ventura. Au bout d'un moment, Maggie fouilla sous ses jambes et trouva un étui de CD sur lequel elle était assise de manière inconfortable. C'était un CD d'Earl.

Un de ceux qu'il écoutait avec la platine de l'autoradio quand j'étais au tribunal. Ça lui économisait les piles de son iPod. C'était un CD d'un certain Ludacris, un chanteur sud crade.

– Maintenant je comprends pourquoi j'étais si mal, me lança-t-elle. C'est ces trucs-là que t'écoutes quand tu vas d'un tribunal à l'autre ?

– En fait, non. C'est à Earl. Depuis un moment, c'est lui qui conduit. Ludacris n'est pas vraiment mon genre. Je suis plus vieille école. Tupac, Dre, enfin… tu vois.

Elle se marra parce qu'elle croyait que je plaisantais. Quelques instants plus tard nous roulions dans l'allée étroite qui conduit à la porte du restaurant. Un voiturier ayant pris la Lincoln, nous entrâmes. L'hôtesse nous reconnut et fit comme si à peine quinze jours-trois semaines s'étaient écoulés depuis la dernière fois que nous étions passés. La vérité était, bien sûr, que l'un comme l'autre, nous étions probablement venus, mais avec quelqu'un d'autre.

Je commandai une bouteille de Singe Shiraz et nous demandâmes tous les deux des pâtes, sans regarder le menu. Nous laissâmes tomber les salades et les entrées et dîmes au garçon d'apporter le plat tout de suite. Dès qu'il fut parti, je consultai ma montre : il nous restait trois quarts d'heure. Plus qu'il n'en fallait.

La Guinness commençait à rattraper Maggie. Elle avait un sourire tout cassé qui me disait qu'elle était saoule. Superbement saoule. Elle n'était jamais méchante quand elle avait bu un coup de trop. Au contraire. C'était même probablement pour ça que nous avions fini par avoir un enfant ensemble.

– Tu devrais peut-être oublier le vin, lui dis-je. Sinon, tu vas te taper un sacré mal de tête demain matin.

– T'inquiète pas pour moi. Je prendrai ce que je veux et je toucherai pas à ce que je veux pas.

Elle me sourit, je lui renvoyai son sourire.

– Bon alors, comment tu vas, Haller ? me demanda-t-elle. Non, vraiment.

– Bien. Et toi ? lui répondis-je. Non, vraiment.

– Jamais été aussi bien. T'as réussi à oublier Lorna ?

– Oui. Même qu'on est amis.

– Et nous, on est quoi, hein ?

– Je ne sais pas. Adversaires, des fois, faut croire.

Elle hocha la tête.

– On peut pas être des adversaires si on peut pas garder la même affaire. En plus que je cherche toujours à te faire du bien. Comme avec ce sac de merde de Corliss.

– Merci d'avoir essayé, mais le mal est fait.

– Je n'ai tout simplement aucun respect pour des procureurs qui ont recours au témoignage d'un mouton. Même si le client est encore pire.

– Il n'a même pas voulu me rapporter exactement ce qu'aurait dit mon client, d'après Corliss.

– Qu'est-ce que tu racontes ?

– Il m'a juste dit qu'il avait un mouton. Mais sans me préciser ce qu'il lui avait dit.

– Ce n'est pas juste.

– C'est ce que je lui ai dit. C'est un problème de transmission des informations à la partie adverse, mais on n'aura un juge sur l'affaire qu'après la mise en accusation lundi. Ce qui fait que je n'ai personne à qui me plaindre vraiment. Et Minton le sait. C'est comme tu m'avais dit. Il ne joue pas fair-play.

Ses joues s'empourprèrent. J'avais appuyé sur les bons boutons, tout d'un coup elle fut en colère. Pour elle, gagner à la loyale était la seule façon de gagner. C'est pour ça qu'elle était si bonne dans son boulot.

Nous étions assis au bout d'une banquette qui courait tout le long du mur du fond. Elle se pencha vers moi, mais un peu trop fort et nous nous cognâmes la tête. Elle éclata de rire et réessaya. Et parla tout bas.

– Il dit avoir demandé à ton client pourquoi il s'était fait arrêter et ton client lui aurait répondu : « Pour avoir donné à une salope très exactement ce qu'elle méritait. » Il a ajouté que ton client lui aurait aussi dit avoir étalé la nana d'un coup de poing dès qu'elle a ouvert la porte.

Sur quoi, elle se renversa en arrière et je m'aperçus tout de suite qu'elle l'avait fait un peu trop vite parce que le vertige la prit.

– Ça va ?

– Oui, oui, mais on pourrait pas changer de sujet ? Je veux plus parler boulot. Y a trop de connards partout et c'est frustrant.

– Bien sûr.

C'est alors que le garçon nous apporta le vin et nos plats en même temps. Le vin était bon et la nourriture nous réconforta comme si nous étions à la maison. Nous commençâmes à manger sans rien dire. Jusqu'au moment où Maggie m'en balança une à laquelle je ne m'attendais vraiment pas.

– Tu ne savais absolument pas pour Corliss, pas vrai ? Pas avant que j'ouvre ma grande gueule.

– Je savais que Minton me cachait quelque chose. Je me disais que ce devait être un mou…

– Arrête tes conneries. Tu m'as saoulée pour me faire dire ce que je savais.

– Euh… il me semble que t'étais déjà bien plâtrée quand je t'ai retrouvée au bar.

Elle s'était immobilisée, sa fourchette au-dessus de son assiette, un linguini dégoulinant de sauce al pesto accroché au bout. Elle pointa sa fourchette sur moi.

– Bien vu, dit-elle. Bon, alors, qu'est-ce que tu voulais me dire sur notre fille ?

Je ne m'attendais pas à ce qu'elle s'en souvienne. Je haussai les épaules.

– Je crois que tu avais raison pour ce que tu m'as

dit la semaine dernière. Elle a besoin que son père soit plus présent dans sa vie.

– Et… ?

– Et je veux y jouer un plus grand rôle. J'aime la regarder. Comme quand je l'ai emmenée au ciné samedi. J'étais assis un peu de côté, ce qui me permettait de la voir regarder le film. D'observer ses yeux, tu vois ?

– Bienvenue au club.

– Alors je sais pas… Je me disais qu'on devrait se faire un emploi du temps, tu sais ? Disons… en faire un truc régulier. Elle pourrait même rester la nuit… des fois, enfin… si elle voulait.

– T'es sûr ? C'est un peu nouveau… venant de toi.

– C'est nouveau parce que je savais pas avant. Quand elle était plus petite et que je pouvais pas vraiment communiquer avec elle, je ne savais pas trop quoi faire. J'étais mal à l'aise. Maintenant, c'est fini. J'aime lui parler. Être avec elle. J'apprends plus d'elle qu'elle n'apprend de moi, ça, c'est sûr.

Brusquement je sentis sa main sur ma cuisse, là, sous la table.

– C'est génial, s'écria-t-elle. Ce que je suis contente de t'entendre dire ça ! Mais vaudrait mieux y aller doucement. Tu n'as pas été beaucoup avec elle pendant quatre ans et je ne vais pas la laisser espérer des tas de trucs pour que tu disparaisses dans la nature.

– Je comprends. On fera comme tu voudras. Tout ce que je te dis, c'est que je serai là. Promis.

Elle sourit – elle voulait me croire. Et je me fis la même promesse que celle que je venais de lui faire.

– Bon, bien, reprit-elle. Je suis vraiment contente que t'aies envie de faire ça. Prenons-nous un agenda et essayons des dates, histoire de voir comment ça pourrait marcher.

Elle retira sa main et nous nous remîmes à manger

en silence jusqu'au moment où nous eûmes presque fini. Et où une fois encore elle me prit par surprise.

– Je ne me sens pas en état de reprendre le volant, dit-elle.

J'acquiesçai d'un signe de tête.

– C'est ce que je me disais moi aussi.

– T'as l'air OK, toi. Tu n'as bu qu'une demi-pinte au…

– Non, je me disais la même chose… pour toi. Mais ne t'inquiète pas, je te ramènerai chez toi.

– Merci.

Et elle tendit le bras en travers de la table et posa la main sur mon poignet.

– Et tu me ramèneras à ma voiture demain matin ?

Elle me souriait tendrement. Je la regardai en essayant de lire ce qui se passait dans la tête de cette femme qui m'avait prié de dégager quatre ans plus tôt. Cette femme dont je n'avais jamais pu me passer, celle-là même que je n'avais jamais pu oublier et qui, en me rejetant, m'avait lancé dans une relation sans avenir possible, je l'avais su tout de suite.

– Bien sûr, lui répondis-je. Je t'y ramènerai.

Vendredi 18 mars

17

Le lendemain matin, je me réveillai et trouvai ma fille de huit ans endormie entre moi et mon ex. De la lumière filtrait par la fenêtre cathédrale tout en haut du mur. Quand je vivais encore dans cette maison, cette fenêtre m'agaçait toujours beaucoup : elle laissait entrer bien trop de lumière bien trop tôt le matin. Je contemplai le motif qu'elle dessinait sur le plafond en biais et songeai à tout ce qui s'était passé la veille au soir : de fait, au restaurant j'avais fini par boire pratiquement toute la bouteille de vin, à un verre près. Je me rappelai avoir ramené Maggie à l'appartement et y avoir découvert ma fille déjà endormie dans son lit.

Après le départ de la baby-sitter, Maggie m'avait pris par la main et conduit jusqu'à la chambre que nous avions partagée pendant quatre ans, mais plus jamais depuis quatre autres. Ce qui me troublait maintenant, c'était que, ma mémoire s'étant imbibée de tout ce vin, je n'arrivais plus à me rappeler si mon retour avait été du genre triomphant ou pitoyable. Pas plus que je n'arrivais à me rappeler quels mots nous avions échangés – ni quelles promesses nous nous étions peut-être faites.

– Ce n'est pas juste pour elle, dit-elle.

Je tournai la tête sur l'oreiller. Maggie s'était réveillée et regardait le visage angélique de notre fille qui dormait.

– Qu'est-ce qui n'est pas juste ?

– Qu'elle se réveille et te trouve ici. Elle pourrait se

mettre à espérer des tas de choses, ou plus simplement se faire de mauvaises idées.

– Comment est-elle arrivée ici ?

– C'est moi qui l'ai portée. Elle faisait un cauchemar.

– Elle en fait souvent ?

– Quand elle dort seule. Dans sa chambre.

– Et donc, elle dort ici tout le temps ?

Quelque chose dans le ton que j'avais pris l'agaça.

– Ne commence pas, me lança-t-elle. Tu n'as aucune idée de ce que c'est que d'élever un enfant toute seule.

– Non, je sais. Je n'ai rien dit. Et donc… que veux-tu que je fasse ? Que je m'en aille avant qu'elle se réveille ? Je pourrais m'habiller et faire semblant de venir te chercher pour te ramener à ta voiture.

– Je ne sais pas. Pour l'instant, habille-toi. Et essaye de ne pas la réveiller.

Je me glissai hors du lit, attrapai mes habits et longeai le couloir pour gagner la salle de bains réservée aux amis. La façon dont Maggie avait changé de comportement avec moi en une nuit me laissait perplexe. L'alcool, me dis-je. Ou alors c'était quelque chose que j'avais fait ou dit après que nous étions revenus à l'appartement. Je m'habillai rapidement, repris le couloir jusqu'à la chambre et y jetai un œil.

Hayley était toujours endormie. Les bras étalés en travers des deux oreillers, elle ressemblait à un ange avec ses ailes. Maggie, elle, était en train de passer un T-shirt à manches longues par-dessus un vieux survêtement qu'elle avait depuis notre mariage. J'entrai et m'approchai d'elle.

– Je vais partir et revenir, lui murmurai-je.

– Quoi ? dit-elle, agacée. Je viens juste de m'habiller.

– Mais… elle est encore endormie. On peut pas la laisser toute seule. Laisse-moi partir. Je vais boire un café et je reviens dans une heure. On pourra aller chercher ta voiture tous les trois et après je l'emmènerai à l'école. Je peux même passer la prendre plus tard si tu veux. J'ai rien sur mon agenda aujourd'hui.

– Pouf, comme ça ? Tu vas te mettre à la conduire à l'école ?

– C'est ma fille. Tu te rappelles plus rien de ce que je t'ai dit hier soir ?

Elle remua la mâchoire et je reconnus d'expérience que c'était le moment où elle sortait l'artillerie lourde. J'avais raté quelque chose – Maggie changeait déjà de vitesse.

– Si, mais bon : je me disais que tu ne faisais que causer, me répliqua-t-elle.

– Comment ça ?

– Je me disais que t'essayais d'entrer dans ma tête pour en savoir plus sur ton affaire ou plus simplement pour monter dans mon lit. Je ne sais pas.

Je ris et hochai la tête. Tous les fantasmes que j'avais pu avoir sur « nous » la veille au soir s'évanouissaient à toute vitesse.

– Je ne suis pas celui qui a amené l'autre à l'entrée de la chambre à coucher, lui répliquai-je.

– Et donc, c'était juste pour ton affaire, c'est ça ?

Je la dévisageai longuement.

– Y a vraiment pas moyen de gagner avec toi, pas vrai ?

– Pas quand tu joues tes coups en dessous et te conduis comme un avocat de la défense.

C'était toujours elle la meilleure dès qu'il s'agissait de s'assassiner avec des mots. Je dois à la vérité de dire que j'étais assez content d'avoir un conflit d'intérêts à demeure et de ne pas devoir l'affronter dans un prétoire. Les années passant, certains – pour l'essentiel des professionnels de la défense qu'elle faisait beaucoup souffrir – étaient même allés jusqu'à dire que c'était pour ça que je l'avais épousée. Pour l'éviter sur le plan professionnel.

– Que je te dise… Je reviens dans une heure. Si tu veux que je te ramène à la voiture que tu étais bien trop ronde pour conduire hier soir, t'as qu'à être prête et elle avec.

– Ce n'est pas grave. On prendra un taxi.

– Non, je vous emmène.

– Non, on prendra un taxi. Et parle moins fort.

Je jetai un coup d'œil à ma fille qui dormait toujours malgré les mots que ses parents se jetaient à la tête.

– Et elle ? dis-je. Tu veux que je passe la prendre demain ou dimanche ?

– Je ne sais pas. Appelle-moi demain.

– Parfait. Au revoir.

Et je la laissai debout dans la chambre. Une fois dehors, je descendis Dickens Street plus loin que le croisement suivant et découvris la Lincoln maladroitement rangée le long du trottoir. Il y avait une contravention sur le pare-brise : je m'étais garé à côté d'une bouche d'incendie. Je montai dans ma voiture et jetai le PV sur le siège arrière. Je m'en occuperais dès que je repasserais derrière. Je ne serais pas un Louis Roulet qui laissait ses PV impayés jusqu'à la mise en demeure. Le comté était plein de flics qui auraient adoré me coller en taule.

Me disputer me donnant toujours envie de manger, je m'aperçus que je mourais de faim. Je revins dans Ventura Boulevard et me dirigeai vers Studio City. Il était tôt, surtout pour un lendemain de Saint-Patrick, et j'arrivai chez DuPar, à côté de Laurel Canyon Boulevard, avant qu'il y ait foule. Je m'installai dans un box au fond, commandai du café avec des crêpes et tentai d'oublier Maggie McFierce en ouvrant ma mallette et en en sortant un bloc-notes et le dossier Roulet.

Mais, avant de plonger le nez dedans, j'appelai Raul Levin – et le réveillai chez lui, à Glendale.

– J'ai un boulot pour toi, lui dis-je.

– Ça peut pas attendre lundi ? Y a à peine deux heures que je suis rentré. J'allais commencer mon week-end.

– Non, ça peut pas attendre et en plus depuis hier tu me dois un service. N'oublions pas non plus que t'es même pas irlandais. J'ai besoin que tu fasses des recherches sur quelqu'un.

– Bon, d'accord, attends une minute.

Je l'entendis poser le téléphone pendant qu'il attrapait un stylo et du papier pour prendre des notes.

– Allez, vas-y.

– Y a un type du nom de Corliss qui s'est fait officiellement inculper juste après Roulet, le 7. Il était dans le premier groupe et se trouvait avec mon client dans l'enclos. Il essaie de cafter sur lui et je veux savoir tout ce qu'il faut savoir sur ce mec pour pouvoir lui faire avaler sa queue s'il cause.

– Il a un prénom ?

– Non.

– Tu sais pour quoi il s'est fait gauler ?

– Non, et je ne sais même pas s'il est en taule.

– Ça aide, ça. Et d'après lui, Roulet aurait dit quoi ?

– Qu'il aurait rossé une nana à qui ça pendait au nez. Enfin… en gros.

– Bien. Autre chose ?

– Non, c'est tout en dehors du fait que ce serait un cafteur professionnel. Tu me trouves sur qui il a déjà bavé et j'aurai peut-être un angle d'attaque. Tu remontes jusqu'à plus soif. Les enquêteurs du district attorney le font rarement. Ils ont la trouille de ce qu'ils pourraient découvrir et préfèrent rester dans le noir.

– Bon, je vais m'y mettre.

– Tu me dis quand c'est fait.

Je refermai mon téléphone au moment même où les crêpes arrivaient. Je les inondai de sirop d'érable et commençai à manger en feuilletant le dossier de Minton.

Le rapport d'analyse de l'arme était toujours le seul

à me surprendre. Tout le reste, y compris les photos en couleurs, je l'avais déjà vu dans le dossier de Levin.

Je m'y attardai. Comme il faut s'y attendre avec un enquêteur sous contrat, Levin y avait collé tout ce qu'il avait pu trouver. Il y avait même mis des photocopies des contredanses pour stationnement interdit et autres excès de vitesse que Roulet avait accumulées – et pas payées depuis quelques années. Au début cela m'agaça tant il y avait de choses à éliminer avant d'arriver à des éléments qui aient un rapport avec sa défense.

J'avais presque fini lorsque la serveuse passa près de mon box avec une cafetière. Elle voulait me remplir mon mug, mais recula en découvrant le visage tuméfié de Reggie Campo sur une des photos que j'avais posées à côté du dossier.

– Je vous prie de m'excuser, lui dis-je.

Je couvris le cliché avec une des chemises et lui fis signe de revenir. Elle le fit en hésitant et me reversa du café.

– C'est du boulot, repris-je en guise d'explication, plutôt faiblarde. Je ne voulais pas vous infliger ça.

– Tout ce que je peux dire, c'est que j'espère que vous allez coincer le fumier qui lui a fait ça.

J'acquiesçai d'un signe de tête. Elle me prenait pour un flic. Sans doute parce que je ne m'étais pas rasé depuis vingt-quatre heures.

– J'y travaille, lui répondis-je.

Elle s'en alla et je repris le dossier. En en tirant la photo de Reggie Campo par en dessous, ce fut la partie intacte de son visage que je vis en premier. Le côté gauche. Quelque chose m'arrêtant, je maintins le dossier de façon à ne voir que ce côté-là du cliché. Et de nouveau j'eus l'impression que ce visage m'était familier, sans pouvoir dire d'où me venait cette idée. Je savais que cette femme ressemblait à une autre que je connaissais, même très vaguement. Mais qui ?

Je compris aussi que cette impression allait beaucoup m'agacer jusqu'à ce que je trouve la solution. J'y réfléchis un bon moment en sirotant mon café et tambourinant sur la table du bout des doigts, puis je décidai d'essayer quelque chose. Je pris le cliché et le pliai en deux dans le sens de la longueur, juste au milieu, de façon à ce que la partie intacte de son visage soit à droite de la pliure et le côté endommagé à gauche. Après quoi je glissai la photo ainsi pliée dans la poche intérieure de ma veste et quittai mon box.

Il n'y avait personne aux toilettes. Je gagnai vite le lavabo et ressortis ma photo. Puis je me penchai au-dessus du lavabo et tins la pliure du cliché contre la glace, côté indemne du visage découvert. La glace me renvoyant cette image, j'obtins un visage complet et indemne. Je le contemplai longuement et compris enfin pourquoi cette femme me disait quelque chose.

– Martha Renteria, murmurai-je.

La porte des toilettes s'ouvrant brutalement, deux ados entrèrent en coup de vent, les mains déjà prêtes à tirer sur les fermetures Éclair de leurs braguettes. J'ôtai vite la photo de la glace et la fourrai dans ma veste. Puis je me retournai et regagnai la porte. Je les entendis éclater de rire et me demandai ce qu'ils s'étaient imaginé que je faisais.

De retour à mon box, je rassemblai mes dossiers et mes photos et remis tout ça dans ma mallette. Et laissai bien plus d'argent qu'il n'en fallait sur la table pour régler la note et le pourboire et quittai le restaurant en hâte. J'avais l'impression de réagir bizarrement à ce que je venais de manger. J'étais tout rouge et avais chaud au cou. Je croyais entendre battre mon cœur sous ma chemise.

Un quart d'heure plus tard, je me garai devant mon garde-meubles d'Oxnard Avenue, à North Hollywood. J'y disposais de quelque 500 m^3 derrière une porte de garage à deux battants. L'endroit était la propriété d'un type dont j'avais défendu le fils accusé de possession de drogue – j'avais réussi à le sortir de taule et à lui éviter le procès. Au lieu de me régler mes honoraires, son père m'avait accordé la jouissance gratuite de ce garde-meubles pendant un an. Mais, son drogué de fils n'arrêtant pas de se mettre dans de sales draps, je n'arrêtais plus de récolter des années de location gratuites.

Dans ce garde-meubles, je conservais des boîtes-classeurs pleines de vieux dossiers ainsi que deux autres Lincoln modèle Town Car. L'année précédente j'avais été plein aux as et m'étais acheté quatre Lincoln d'un coup pour pouvoir bénéficier du tarif flotte. J'avais dans l'idée de mettre cent mille kilomètres au compteur de chacune et de les revendre ensuite à un service de limousines assurant la liaison avec l'aéroport. Jusque-là, le plan marchait plutôt bien. J'en étais à ma deuxième Lincoln et il serait bientôt temps de passer à la troisième.

Dès que j'eus ouvert une des deux portes, je gagnai l'endroit où je rangeais mes boîtes par ordre chronologique sur des rayonnages industriels. Je trouvai celles qui remontaient à deux ans, laissai courir mon doigt sur la liste des clients que j'avais inscrite sur le côté de chacune et m'arrêtai sur celle marquée Jesus Menendez.

Je sortis la boîte du rayonnage, m'accroupis et l'ouvris par terre. L'affaire Menendez avait été vite réglée. Il avait plaidé coupable très tôt, avant même que le district attorney ne s'attaque à lui. Il n'y avait donc que quatre chemises au dossier, chacune d'elles ne comprenant pour l'essentiel que des photocopies de pièces ayant trait à l'enquête de police. Je feuilletai le dossier photos et trouvai enfin ce que je cherchais dans la troisième chemise.

C'était pour l'assassinat de cette Martha Renteria que Jesus Menendez avait plaidé coupable. Âgée de vingt-quatre ans, elle était danseuse et, beauté brune, avait un grand sourire plein de dents blanches. Retrouvée morte dans son appartement de Panorama City, elle avait été rossée avant d'être tuée à coups de couteau, les blessures qu'elle avait au visage se trouvant, au contraire de celles de Reggie Campo, toutes du côté gauche. J'en découvris un gros plan dans le rapport d'autopsie. Là encore, je pliai la photo en deux dans le sens de la longueur, et obtins la partie de son visage parfaitement indemne d'un côté et celle qui était endommagée de l'autre.

Toujours assis par terre, je pris les deux photos ainsi pliées – celle de Reggie et celle de Martha –, et les accolai le long des pliures. En mettant de côté le fait qu'une des deux victimes était morte et que l'autre était vivante, on obtenait deux moitiés de visage pratiquement identiques. Ces deux femmes se ressemblaient tellement qu'on aurait pu les prendre pour deux sœurs.

18

Enfermé au pénitencier de San Quentin, Jesus Menendez avait été condamné à perpète pour s'être essuyé le pénis sur une serviette de toilette. Quel que fût l'angle sous lequel on regardait l'affaire, c'était en gros à ça que ça se ramenait. Cette serviette avait été la seule erreur qu'il avait commise.

Assis les jambes écartées sur le sol en béton de mon garde-meubles, je regardai les chemises de l'affaire étalées autour de moi et me remis en mémoire tout ce sur quoi j'avais travaillé deux ans plus tôt. Menendez avait été jugé coupable du meurtre de Martha Renteria qu'il avait suivie jusque chez elle après avoir quitté un club de strip-tease d'East Hollywood, le Cobra Room. Il l'avait violée avant de la poignarder plus de cinquante fois, cette boucherie faisant couler tellement de sang que celui-ci avait fini par traverser le matelas et former une flaque sous le lit. Le lendemain, ce sang s'infiltrait dans les fissures du parquet et tachait le plafond de l'appartement du dessous. C'est alors que la police avait été appelée.

Le dossier de l'accusation était certes impressionnant, mais ne reposait que sur des présomptions. Menendez n'avait pas non plus arrangé son cas en avouant aux flics – cela avant même que je reprenne le dossier –, qu'il s'était effectivement trouvé dans l'appartement de la victime le soir du meurtre. Cela dit, c'était l'ADN retrouvé sur la serviette de toilette rose de la salle de bains qui avait fini par le faire condamner. Il n'y avait pas eu moyen de neutraliser cette information et de faire tomber cette assiette-là. Les professionnels de la défense appellent ce genre de pièce à conviction un « iceberg », parce que c'est ça qui coule le bateau.

J'avais pris l'affaire pour défendre ce que je pourrais appeler une grande cause perdue. Menendez n'avait pas assez d'argent pour me payer toutes mes heures de travail et tous les efforts que j'allais devoir déployer pour monter une défense solide, mais l'affaire m'avait attiré pas mal de publicité et j'étais prêt à échanger mes heures et mon travail contre cette publicité gratuite. Menendez s'était tourné vers moi parce que, quelques mois seulement avant son arrestation, j'avais défendu avec succès son frère aîné Fernando dans une histoire de drogue. Enfin… avec succès, à mon avis. J'avais obtenu qu'on fasse redescendre l'accusation de possession et revente à une simple possession. Fernando avait eu droit à de la conditionnelle avec mise à l'épreuve au lieu d'une peine de prison.

Tous ces beaux efforts avaient abouti à ce que Fernando m'appelle le soir où Jesus avait été arrêté pour le meurtre de Martha Renteria. Jesus s'était rendu de son plein gré au commissariat de la division de Van Nuys pour y parler aux inspecteurs. Un portrait-robot de son visage avait été montré sur toutes les chaînes de télévision de la ville, jusqu'à passer pratiquement en boucle sur celles en langue espagnole. Il avait alors dit à sa famille qu'il allait voir les inspecteurs pour mettre les choses au clair et qu'il serait bientôt de retour. Sauf qu'il n'était jamais revenu et que son frère avait fini par m'appeler. Je lui avais dit que la leçon à en tirer était de ne jamais aller voir la police pour rétablir quelque vérité que ce soit avant de s'être assuré les services d'un avocat.

J'avais déjà vu nombre de reportages sur l'assassinat de « la danseuse exotique » – c'est ainsi qu'on avait appelé

Martha Renteria – lorsque le frère de Menendez m'avait passé son coup de fil. Dans ces reportages, on avait aussi passé le portrait-robot du Latino qui, croyait-on, l'avait suivie au moment où elle quittait le club. Je savais que l'intérêt que les médias portaient à l'affaire avant même l'inculpation formelle de Menendez avait toutes les chances de se répandre dans le grand public par l'intermédiaire de la télé et que je pourrais en tirer un beau profit. J'avais alors accepté de prendre l'affaire au vol. Gratis. *Pro bono*. Pour le bien du système. Sans parler du fait que les affaires de meurtre ne se trouvent pas sous les pas d'un cheval. Je les prends chaque fois que je peux. Menendez était le douzième homme accusé de meurtre que je défendais. Les onze premiers étaient encore en prison, mais aucun ne se trouvait dans le couloir des condamnés à mort. Pour moi, c'était un assez beau palmarès.

Lorsque j'arrivai dans la cellule de Van Nuys où il était détenu, Menendez avait déjà fait à la police une déclaration compromettante. Il avait dit aux inspecteurs Howard Kurlen et Don Crafton ne pas avoir suivi Renteria jusque chez elle comme le laissaient entendre les articles de presse, mais avoir été bel et bien invité à y passer. Il leur avait aussi expliqué qu'un peu plus tôt dans la journée, il avait gagné 1 100 dollars au loto de Californie et signifié à la jeune femme qu'il était prêt à en échanger une partie contre ses faveurs. Il leur avait enfin précisé qu'à son appartement ils s'étaient livrés à des activités sexuelles consensuelles – même si de fait il n'avait pas utilisé ces termes exacts – et qu'au moment où il l'avait quittée, Martha Renteria était vivante et plus riche de 500 dollars en liquide.

Les failles que Kurlen et Crafton avaient ouvertes dans l'histoire de Menendez étaient innombrables. Et d'un, il n'y avait pas eu de loto ni ce jour-là ni la veille du meurtre et le propriétaire de la supérette où Menendez disait s'être fait payer son ticket gagnant n'avait aucune trace d'un quelconque paiement de 1 100 dollars à Menendez ou une autre personne. En plus de quoi on n'avait trouvé que quatre-vingts dollars en liquide dans l'appartement de la victime. Et enfin, le rapport d'autopsie indiquait que les dommages infligés au vagin de Martha Renteria démentaient la thèse des rapports sexuels consensuels. Le médecin légiste en avait conclu que Martha Renteria avait été violée, et sauvagement.

Hormis celles de la victime, aucune empreinte digitale n'avait été relevée dans l'appartement. Les lieux avaient été parfaitement nettoyés. Aucune trace de sperme n'ayant été découverte dans le corps de la victime, tout disait que le violeur s'était servi d'une capote ou qu'il n'avait pas éjaculé pendant l'agression. Mais, en passant à la lumière noire la salle de bains de la chambre à coucher où l'agression, puis le meurtre, s'étaient déroulés, un technicien de scène de crime avait trouvé un peu de sperme sur une serviette de toilette rose accrochée à un porte-serviettes près du siège des W.-C. Selon la théorie qui s'était alors élaborée, le tueur était entré dans la salle de bains après avoir violé et tué la victime et avait jeté sa capote dans les toilettes et tiré la chasse. Il s'était ensuite essuyé le pénis à la serviette la plus proche et avait remis celle-ci sur le porte-serviettes. Après quoi, il avait nettoyé derrière lui, essuyé toutes les surfaces qu'il aurait pu toucher et tout oublié de la serviette.

Les enquêteurs avaient tenu secrètes la découverte du dépôt d'ADN et la théorie qu'ils en avaient tirée. Rien de tout cela n'avait été communiqué aux médias. C'était ce qui devait devenir l'atout maître dans le jeu de Kurlen et Crafton.

Sur la base de ses mensonges et du fait qu'il avait avoué s'être trouvé dans l'appartement de la victime, Menendez avait été arrêté pour meurtre et emprisonné sans caution. Ayant obtenu la commission rogatoire qu'ils voulaient, les inspecteurs avaient procédé à des prélèvements oraux sur sa personne, prélèvements qu'ils avaient envoyés au labo pour identification d'ADN et comparaison avec celui retrouvé sur la serviette de la salle de bains.

C'est à peu près à ce moment-là que j'étais entré en scène. Comme on dit dans la profession, le « *Titanic* avait déjà quitté le port ». L'iceberg s'était mis en place et attendait. Menendez s'était fait beaucoup de mal en parlant – et surtout en mentant – aux inspecteurs. Il n'empêche : sans savoir qu'on était en train de procéder à des comparaisons d'ADN, j'entrevoyais un espoir pour mon client. Il y avait moyen de neutraliser ses déclarations aux inspecteurs – déclarations qui, d'ailleurs, étaient devenues des aveux complets lorsque les médias s'étaient mis en tête de les rapporter. Né au Mexique, Menendez avait huit ans lorsqu'il était arrivé aux États-Unis. On ne parlait qu'espagnol à la maison et il n'avait suivi les cours d'une école pour hispanophones que jusqu'à l'âge de quatorze ans. Il ne parlait qu'un anglais rudimentaire, son niveau de connaissance de la langue me paraissant même inférieur à son niveau de parole. Kurlen et Crafton n'avaient fait aucun effort pour faire venir un interprète et, à s'en tenir aux enregistrements des interrogatoires, n'avaient jamais demandé à Menendez s'il en voulait un.

Telle était la faille dans laquelle je devais m'enfoncer. C'était sur cet interrogatoire que reposait l'accusation – l'assiette qui tourne. Si j'arrivais à la faire tomber, toutes les autres ou presque tomberaient avec elle. J'avais donc décidé de décrédibiliser l'interrogatoire en faisant valoir qu'il y avait eu violation des droits de mon client dans la mesure où celui-ci ne pouvait pas comprendre les droits Miranda[1] que lui avait lus Kurlen, ni le document

1. Droits, dont celui de se taire, que tout policier doit lire à toute personne qu'il s'apprête à interroger après une interpellation *(NdT)*.

qui en donnait la liste en anglais et qu'il avait signé à la demande de l'inspecteur.

Voilà où l'on en était de l'affaire lorsque, les résultats du labo revenant quinze jours après l'arrestation de Menendez, on s'était aperçu que son ADN correspondait bien avec celui retrouvé sur la serviette de toilette de la salle de bains. Le district attorney n'avait alors plus eu aucun besoin de l'interrogatoire et des aveux de mon client. Ces résultats impliquaient celui-ci directement dans le viol et le meurtre de Martha Renteria. J'aurais pu essayer une défense à la O. J. Simpson – à savoir en attaquant la crédibilité de la correspondance ADN. Sauf que les procureurs et les techniciens du labo avaient appris tellement de choses suite à cette débâcle judiciaire que, et je l'avais vite compris, je n'aurais eu guère de chances de l'emporter avec un jury. Cet ADN était l'iceberg de l'affaire et la vitesse qu'avait pris le bateau rendait toute manœuvre d'évitement impossible dans le laps de temps qui restait.

C'est le district attorney en personne qui avait révélé les résultats de l'analyse d'ADN au cours d'une conférence de presse où il avait aussi annoncé qu'il demanderait la peine de mort. Et d'ajouter que les inspecteurs avaient retrouvé trois témoins oculaires qui disaient avoir vu Menendez jeter un couteau dans la Los Angeles River. Et de préciser enfin qu'on l'avait cherché dans le fleuve, mais qu'il n'avait pas été retrouvé. Peu importait : pour lui les dépositions de ces trois témoins étaient d'autant plus solides que c'étaient les trois personnes avec qui Menendez partageait son appartement.

Le dossier de l'accusation prenant ainsi toute sa force et la menace de la peine de mort planant à l'horizon, j'avais décidé que jouer une défense à la O. J. Simpson était trop risqué. En utilisant Fernando Menendez comme interprète, je m'étais rendu à la prison de Van Nuys et avais informé Jesus qu'il n'avait plus d'autre espoir que d'accepter le marché que le district attorney me proposait. S'il plaidait coupable de meurtre, je pouvais lui obtenir une peine de prison à vie avec possibilité de libération conditionnelle. Je lui avais fait remarquer qu'en réalité il serait dehors dans quinze ans. Il n'y avait pas d'autre solution.

La discussion qui s'était ensuivie avait suscité bien des larmes. Les deux frères avaient beaucoup pleuré et m'avaient supplié de trouver autre chose, Jesus répétant sans cesse qu'il n'avait pas tué Martha Renteria. Il disait n'avoir menti aux inspecteurs que pour protéger Fernando qui lui avait donné l'argent après avoir passé un bon mois à vendre de l'héroïne pure. Il craignait que révéler la générosité de son frère déclenche une autre enquête sur Fernando, voire son arrestation.

Les frères me pressaient d'enquêter. D'après Jesus, Renteria avait eu d'autres soupirants ce soir-là au Cobra Room. S'il lui avait donné autant d'argent, c'était parce qu'elle l'avait mis en concurrence avec d'autres clients.

Dernier point : oui, il avait jeté un couteau dans la Los Angeles River, mais seulement parce qu'il avait peur. Il ne s'agissait pas de l'arme du crime. C'était juste un couteau dont il se servait dans son boulot et qu'il s'était procuré à Pacoima. Il ressemblait effectivement à celui qu'on montrait sur les chaînes en espagnol et c'est pour cette raison qu'il s'en était débarrassé avant de se rendre au commissariat pour mettre les choses au clair.

Je les avais écoutés, puis leur avais dit qu'aucune de leurs explications n'avait d'importance. La seule chose qui comptait, c'était l'ADN. Mais Jesus avait le choix. Il pouvait prendre quinze ans ou aller au procès et risquer la peine de mort ou perpète sans possibilité de libération conditionnelle. J'avais alors tenu à lui rappeler qu'il était jeune. Qu'il pourrait être dehors à quarante ans. Et refaire sa vie.

Lorsque enfin j'avais quitté cette réunion à la prison, Menendez m'avait autorisé à accepter le marché. Je ne l'avais revu qu'une fois après cela – au moment où il avait plaidé coupable et reçu la sentence, au moment où, debout à côté de lui devant le juge, je l'avais aidé à suivre la procédure requise. Il avait alors été expédié à la prison de Pelican Bay et, plus tard, à celle de San Quentin. J'avais ensuite appris par des bruits de couloir au tribunal que son frère avait réussi à se faire pincer encore un coup – cette fois pour avoir pris de l'héro. Mais il ne m'avait pas appelé. Il avait voulu un autre avocat et je n'avais pas eu à me demander pourquoi.

J'ouvris le rapport d'autopsie de Martha Renteria sur le plancher de mon garde-meubles. Je voulais retrouver deux points précis sur lesquels personne n'avait dû beaucoup se pencher avant. L'affaire était close et le dossier remisé. Plus personne ne s'y intéressait.

Le premier se trouvait dans la partie du rapport qui concernait les cinquante-trois coups de couteau que Renteria avait reçus sur son lit. Sous le titre « Profil des blessures », l'arme inconnue était décrite comme ayant une lame qui faisait douze centimètres de long sur deux et demi de large, son épaisseur ne dépassant pas les trois millimètres. Il était aussi précisé qu'il y avait des déchirures en zigzag en haut des blessures, ce qui laissait entendre que le haut de la lame n'était pas droit – et voulait encore dire qu'elle devait infliger des dommages aussi bien en sortant du corps qu'en y entrant. Que la lame soit aussi courte laissait penser qu'il s'agissait peut-être d'un couteau pliant.

On trouvait encore dans ce rapport un croquis grossier de la lame sans son manche. Cela me rappela quelque chose. Je tirai ma mallette vers moi sur le sol et l'ouvris. Et sortis du dossier de Minton la photo du couteau pliant avec les initiales de Roulet sur la lame et comparai cette dernière au croquis du rapport d'autopsie. Ce n'était pas une correspondance point par point, mais on n'en était pas loin.

Ayant ensuite ressorti le rapport d'examen de l'arme qu'on avait retrouvée, je relus le paragraphe que j'avais déjà lu la veille, dans le bureau de Roulet. L'arme y était décrite comme un couteau pliant Black Ninja avec cran d'arrêt, lame de douze centimètres de long sur deux de large et trois millimètres d'épaisseur – bref, les mesures mêmes du couteau inconnu dont l'assassin s'était servi pour tuer Martha Renteria. Censément le couteau que Jesus Menendez avait jeté dans la Los Angeles River.

Je savais qu'un couteau avec une lame de douze centimètres n'avait rien d'unique. Il n'y avait là rien de concluant, mais mon instinct me disait que ça l'était. J'essayai de ne pas me laisser distraire par la brûlure qui commençait à gagner ma poitrine et ma gorge. Je voulais rester concentré, je passai à autre chose. Je devais trouver une blessure bien précise, mais n'avais guère envie de regarder les photos rangées dans le rabat du rapport, celles qui disaient très froidement comment Martha Renteria avait été horriblement violée. Au lieu de ça, j'allai à la page où l'on trouvait deux silhouettes du corps côte à côte, la première pour le devant, la seconde pour le dos. Sur ces croquis, le légiste avait indiqué l'emplacement des blessures et les avait numérotées. Seule la silhouette frontale avait été utilisée. On y voyait des points et des nombres qui montaient de 1 à 53. Tout cela ressemblait à un jeu macabre de « reliez les points ensemble » et je ne doutais pas que Kurlen ou un autre inspecteur attaché à trouver tout ce qu'il pouvait avant que Menendez déboule au commissariat les ait effectivement reliés en espérant que l'assassin ait ainsi laissé ses initiales ou un autre indice tout aussi bizarre sur le corps de sa victime.

J'examinai la silhouette frontale et y remarquai deux

points de part et d'autre du cou. Ils portaient les numéros 1 et 2. Je tournai la page et consultai la liste des blessures avec leurs commentaires.

Le commentaire attaché à la blessure numéro 1 était ainsi libellé : *déchirure superficielle à la partie inférieure droite du cou avec hauts niveaux histaminiques* ante mortem, *indiquant qu'il y a eu coercition.*

Le commentaire attaché à la 2 disait ceci : *déchirure superficielle à la partie inférieure gauche du cou avec hauts niveaux histaminiques* ante mortem, *indiquant qu'il y a eu coercition. La déchirure mesure un centimètre de plus que la 1.*

Ces indications signifiaient que les blessures avaient été infligées alors que Martha Renteria respirait encore. Et c'était probablement pour ça qu'elles étaient les premières à figurer sur la liste avec leurs commentaires. Le légiste laissait entendre qu'elles avaient été infligées à l'aide d'un couteau appuyé sur le cou de la victime. C'était de cette manière que l'assassin avait procédé pour s'assurer le contrôle de Martha Renteria.

Je revins au dossier que Minton m'avait passé sur l'affaire Reggie Campo. J'en sortis les photos de la victime et le rapport rédigé par les médecins qui l'avaient examinée au Holy Cross Medical Center. Reggie avait une petite déchirure à la partie inférieure gauche du cou, mais rien sur la partie droite. Je parcourus ensuite la déposition qu'elle avait faite à la police jusqu'à ce que j'arrive au paragraphe où elle racontait comment elle avait reçu cette blessure. À l'entendre, son assaillant l'avait relevée du plancher de la salle de séjour où elle était tombée et l'avait conduite à la chambre à coucher. Il contrôlait ses mouvements par-derrière, en tenant de la main droite la bretelle de son soutien-gorge dans son dos et en appuyant avec la main gauche la pointe de son couteau sur le côté gauche de son cou. C'était au moment où elle avait senti son poignet sur son épaule qu'elle avait agi. Elle avait pivoté brusquement sur elle-même et, en poussant vers l'avant, avait projeté son agresseur contre un grand vase en pied avant de s'enfuir.

Je comprenais enfin pourquoi Reggie Campo n'avait qu'une blessure au cou contre les deux qu'avait reçues Martha Renteria. En conduisant cette dernière jusqu'à sa chambre et en l'y allongeant sur le lit, l'assaillant avait dû se retrouver de face lorsqu'il était monté sur elle. Et s'il avait gardé son couteau dans sa main – la gauche –, la lame était passée de l'autre côté du cou. Lorsqu'on l'avait retrouvée morte sur le lit, Martha avait des déchirures à droite et à gauche du cou.

Je mis les dossiers de côté et restai longtemps assis en tailleur sur le plancher. Mes pensées n'étaient plus que murmures dans les ténèbres qui m'habitaient. Dans ma tête je revoyais le visage strié de larmes de Jesus Menendez me disant qu'il était innocent et me suppliant de le croire alors que je lui conseillais de plaider coupable. C'était plus qu'un conseil juridique que je lui donnais. Il n'avait ni argent, ni défense, ni la moindre chance de s'en sortir – oui, dans cet ordre, et je lui disais qu'il n'avait pas le choix. Bien que pour finir ç'ait été sa décision à lui et de sa bouche même que le mot « coupable » était sorti devant le juge, j'avais maintenant le sentiment que c'était moi, son propre avocat, qui lui avais appuyé le couteau du système judiciaire sur le cou et l'avais forcé à le dire.

19

Je sortis de l'énorme complexe de location de voitures de l'aéroport international de San Francisco à treize heures et pris vers le nord pour gagner la ville. La Lincoln qu'on m'avait donnée sentait le fumeur, que ç'ait été le dernier type à l'avoir louée ou celui qui me l'avait nettoyée.

Je suis incapable d'aller où que ce soit à San Francisco. De fait, je ne sais que traverser la ville. Je dois me rendre trois ou quatre fois par an à la prison de San Quentin pour m'entretenir avec des clients ou des témoins. Vous dire comme arriver au pénitencier ne me poserait donc aucun problème. Mais demandez-moi comment rejoindre la Coit Tower ou le Fisherman's Wharf et là, un problème, il y en aura un.

Lorsque j'eus enfin traversé la ville et franchi le pont de Golden Gate, il était presque quatorze heures. J'étais dans les temps. Je savais d'expérience que les visites d'avocats se terminaient à seize heures.

La prison de San Quentin a presque un siècle et donne l'impression que l'âme de tous les prisonniers qui y ont vécu ou y sont morts s'est gravée dans ses murs sombres. Je n'ai jamais vu geôle plus inquiétante que celle-là et j'ai visité toutes les prisons de Californie à un moment ou à un autre.

On fouilla ma mallette et m'obligea à passer sous un portique détecteur de métaux. Ensuite, on alla encore jusqu'à me passer un détecteur à main sur tout le corps pour être super sûr. Et même à ce moment-là je ne fus pas autorisé à avoir un contact direct avec Menendez parce que je n'avais pas déposé une demande de visite en bonne et due forme cinq jours à l'avance, ainsi qu'il est exigé. Je fus donc installé dans une salle « absence de contact » – avec mur de Plexiglas entre le prisonnier et son avocat et trous gros comme des pièces de dix cents pour se parler. Je montrai au garde le paquet de six photos que je voulais donner à Menendez, il m'informa que je devrais les lui faire voir à travers la paroi. Je m'assis et n'eus pas longtemps à attendre avant qu'on m'amène Menendez de l'autre côté de la séparation.

Deux ans auparavant, lorsqu'il avait été envoyé en prison, Menendez était un jeune homme. Là, il donnait l'impression d'avoir déjà quarante ans, l'âge auquel je lui avais dit qu'il pourrait sortir s'il acceptait de plaider coupable. Il me regarda avec des yeux aussi morts que les graviers du parking. Il m'avait vu, il s'assit à contrecœur. Je ne pouvais plus lui servir à grand-chose.

Nous ne nous donnâmes pas la peine de nous dire bonjour et j'allai droit au but.

– Écoute, Jesus, lui dis-je, j'ai pas besoin de te demander comment ça va. Je le sais. Mais il vient de se passer un truc qui pourrait affecter ton affaire et j'ai besoin de te poser quelques questions. Tu me comprends ?

– Pourquoi les questions maintenant, mec ? T'avais pas de questions avant.

J'acquiesçai d'un signe de tête.

– T'as raison. J'aurais dû t'en poser plus et je ne l'ai pas fait. Mais à ce moment-là je ne savais pas ce que je sais maintenant. Enfin… ce que je crois savoir. J'essaie de remettre les choses d'aplomb.

– Qu'est-ce tu veux ?

– Je veux que tu me reparles de la soirée au Cobra Room.

Il haussa les épaules.

– Y avait la fille et j'y ai causé. Elle m'a dit de la suivre chez elle.

Il haussa de nouveau les épaules et précisa :

– Je suis allé chez elle, mec, mais je l'ai pas tuée.

– Revenons au club. Tu m'as dit que t'avais dû l'impressionner. Que t'avais dû lui montrer le fric et que t'avais dépensé plus que tu voulais. Tu te rappelles ?

– Vrai.

– Tu m'as dit qu'il y avait un autre type qui voulait aller avec elle. Tu te rappelles ?

– *Si*, il y causait. Elle est allée vers lui, mais elle m'est revenue.

– T'as dû la payer plus, c'est ça.

– Comme ça, oui.

– Bon, tu te souviens du mec ? Si tu voyais sa photo, tu le reconnaîtrais ?

– Le mec qui en jetait ? Je crois reconnaître.

– Bon.

J'ouvris ma mallette et en sortis mon jeu de trombines. Il y en avait six – celle de Louis Roulet à sa mise sous écrou et celles de cinq autres types dont j'avais ressorti les portraits de mes archives. Je me mis debout et, l'une après l'autre je les lui tins sur le Plexiglas. Je m'étais dit qu'en écartant bien les doigts je pourrais les tenir toutes ensemble, mais non. Menendez se leva pour les regarder de près.

Presque aussitôt une voix tonna dans un haut-parleur au-dessus de nos têtes.

– Reculez de la paroi, tous les deux. Et restez assis, sinon l'entrevue est terminée.

Je hochai la tête, jurai, repris mes photos et me rassis, Menendez en faisant autant.

– Garde ! lançai-je très fort.

Je regardai Menendez et attendis. Le garde n'entra pas dans la pièce.

– Garde ! criai-je à nouveau, et encore plus fort.

Pour finir, la porte s'ouvrit et le garde entra de mon côté de la paroi.

– Vous avez fini ?

– Non. J'ai besoin qu'il regarde ces clichés.

Je lui montrai le tas de photos.

– Montrez-les-lui à travers la paroi. Il n'est pas autorisé à recevoir quoi que ce soit venant de vous.

– Mais je vais les lui reprendre tout de suite !

– Aucune importance. Vous ne pouvez rien lui donner.

– OK. Mais si vous ne le laissez pas approcher du verre, comment voulez-vous qu'il les voie ?

– C'est pas mon problème.

J'agitai les bras en signe de reddition.

– Bon, d'accord. Alors… vous pouvez rester ici une minute ?

– Pour quoi faire ?

– Je veux que vous surveilliez. Je vais lui montrer les photos et, s'il reconnaît quelqu'un, je veux que vous en soyez témoin.

– Pas question que vous m'entraîniez dans vos salades !

Il gagna la porte et s'en alla.

Je regardai Menendez.

– Bon alors… je vais quand même te les montrer. Dis-moi si tu reconnais quelqu'un de l'endroit où tu es.

Une par une je lui tins les photos à une trentaine de centimètres de la paroi. Il se pencha en avant. Il regarda les cinq premières, réfléchit et fit signe que non de la tête. Mais à la sixième je vis son regard s'enflammer. À croire qu'il y avait quand même de la vie dans ses yeux.

– Celle-là ! dit-il. C'est lui.

Je retournai la photo pour être sûr. C'était Roulet.

– Je m'rappelle, reprit-il. C'est celui-là.

– T'es sûr ?

Il acquiesça d'un signe de tête.

– Qu’est-ce qui te rend si sûr ?

– C’est parce que je sais. Ici, je pense à ça tout mon temps.

Je hochai la tête.

– Qui est l’homme ? reprit-il.

– Je peux pas te le dire tout de suite. Rappelle-toi seulement que j’essaie de te sortir d’ici.

– Qu’est-ce que je fais ?

– Tu fais comme avant. Tu te tiens tranquille, tu fais gaffe et tu restes en sécurité.

– En sécurité ?

– Oui, bon, je sais. Mais dès que j’ai quelque chose, tu le sauras. J’essaie de te sortir d’ici, Jesus, mais ça pourrait prendre un peu de temps.

– C’est toi qui m’as dit venir ici.

– À l’époque, je ne pensais pas que t’avais le choix.

– Comment se fait que tu m’as jamais demandé : « T’as tué cette fille ? » T’es mon avocat, mec. Tu t’en foutais. T’écoutais pas.

Je me levai et appelai très fort le garde. Puis je répondis à sa question :

– Légalement, pour te défendre, je n’avais pas besoin de connaître la réponse à cette question. Si je demandais à mes clients s’ils sont coupables des crimes dont on les accuse, très peu d’entre eux me diraient la vérité. Et s’ils le faisaient, il se pourrait que je ne puisse pas les défendre au mieux de mes capacités.

Le garde ouvrit la porte et me regarda.

– Je suis prêt à y aller, lui dis-je.

Je consultai ma montre et me dis qu’en ayant un peu de chance avec la circulation, je pourrais peut-être attraper la navette de cinq heures pour Burbank. Celle de six heures au plus tard. Je laissai tomber les photos dans ma mallette et la refermai. Puis je jetai un coup d’œil à Menendez qui était toujours assis sur sa chaise.

– Je pourrais pas poser ma main sur la paroi, juste ça ? demandai-je au garde.

– Faites vite.

Je me penchai au-dessus du comptoir et mis ma main sur la vitre, les doigts bien écartés. J'attendis que Menendez en fasse autant et me gratifie de la poignée de main du détenu.

Il se leva, se pencha en avant et cracha sur la vitre, à l'endroit où se trouvait ma main.

– Tu me serres jamais la main, dit-il, je serre pas la tienne.

J'acquiesçai d'un signe de tête. Je crus comprendre d'où ça sortait.

Le garde ricana et m'ordonna de franchir la porte. Dix minutes plus tard j'étais dehors, à faire crisser les graviers sous mes pas en regagnant ma voiture de location.

J'avais fait huit cents kilomètres pour cinq minutes d'entretien, mais ces cinq minutes étaient dévastatrices. Je crois que j'arrivai au point le plus bas de ma vie et de ma carrière professionnelle une heure plus tard, alors que je me retrouvais dans le train qui ramenait ma voiture au terminal United. Je n'avais plus à me concentrer sur la route et me presser d'arriver à l'heure – seul me restait mon dossicr. Non : mes dossiers.

Je me penchai en avant, les coudes sur les genoux, la figure dans les mains. Ma plus grande crainte venait de se réaliser – de fait, elle s'était réalisée deux ans plus tôt, mais à ce moment-là je l'ignorais. Ce n'était que maintenant que je m'en rendais compte. J'avais eu l'innocence devant moi, mais ne l'avais ni vue ni saisie. Au lieu de ça, je l'avais jetée dans la gueule de la machine, comme tout le reste. Et maintenant cette innocence était froide et grise, aussi morte que du gravier et enfouie dans une forteresse de pierre et d'acier. Et c'était avec ça que j'allais devoir continuer à vivre.

Il n'y avait aucune consolation à trouver dans l'autre

partie de l'alternative – savoir qu'à jeter les dés et aller au procès Jesus se serait très probablement retrouvé dans le couloir des condamnés à mort à l'heure qu'il était. Il ne pouvait y avoir de réconfort à savoir que le destin avait été évité parce que je savais maintenant que Jesus Menendez était innocent. C'était quelque chose d'aussi rare qu'un vrai miracle – à savoir un innocent –, qui m'avait été présenté et je ne l'avais pas reconnu. Je m'en étais détourné.

– Mauvaise journée ?

Je levai la tête. Il y avait un homme en face de moi, un peu plus loin dans le convoi de voitures. Nous étions les seuls clients présents. Il semblait avoir dix ans de plus que moi, sa calvitie naissante lui donnant des airs de sagesse. Peut-être même était-ce un avocat, mais cela ne m'intéressait pas.

– Non, ça va, lui répondis-je. Juste un peu fatigué.

Et je levai une main en l'air, paume en avant, pour lui faire comprendre que je n'avais pas envie de parler. En général, j'ai toujours un casque comme Earl quand je voyage. J'en glisse les embouts dans mes oreilles et en fais passer le fil dans la poche de ma veste. Il n'est relié à rien, mais il empêche les gens de me parler. Mais ce matin-là j'avais été trop pressé pour y penser. Trop pressé d'arriver à ce véritable désastre.

Le type du train comprit le message et se tut. Je retournai à mes sombres réflexions sur Jesus Menendez. De fait, je pensais avoir un client qui était coupable du meurtre pour lequel on en avait condamné un autre à perpétuité. Je ne pouvais aider l'un sans blesser l'autre. J'avais besoin d'une réponse. D'un plan. D'une preuve. Mais là, dans ce train, je ne pouvais penser qu'aux yeux morts de Jesus Menendez parce que je savais que c'était moi qui y avais tué la lumière.

20

Dès que j'eus quitté la navette à Burbank, j'allumai mon portable. Je n'avais toujours pas trouvé de plan, mais j'avais l'étape suivante, et cette étape, c'était d'appeler Raul Levin. L'appareil se mettant à bourdonner dans ma main, je sus que j'avais des messages. Je décidai de les récupérer plus tard, après avoir mis Levin en branle.

Il décrocha, la première chose qu'il me demanda étant de savoir si j'avais reçu son message.

– Je descends à peine de l'avion, lui répondis-je. Non, j'ai dû le rater.

– De l'avion ? T'étais où ?

– Dans le nord de l'État. C'était quoi, ce message ?

– Juste pour te mettre au courant pour Corliss. Mais si tu ne m'appelais pas pour ça, pour quoi tu m'appelais ?

– Qu'est-ce que tu fais ce soir ?

– Je vais traîner. Je n'aime pas sortir le vendredi et le samedi. C'est pour les amateurs. Trop de types bourrés sur la route.

– Oui, mais moi, je veux te voir. J'ai besoin de parler à quelqu'un. Il se passe des trucs pas bien.

Il avait dû entendre quelque chose dans ma voix, car il renonça aussitôt à ses habitudes du vendredi soir où l'on reste chez soi. Nous tombâmes d'accord pour nous retrouver au Smoke House, près des studios Warner. Ce n'était ni très loin de chez lui ni très loin de chez moi.

Au guichet de voiturage de l'aéroport, je donnai mon

ticket à un type en veste rouge et vérifiai mes messages en attendant la Lincoln.

J'en avais eu trois, tous pendant que je redescendais de San Francisco en avion. Le premier venait de Maggie McPherson.

« Michael, je voulais juste t'appeler pour te dire que je m'excuse pour ce matin. À dire vrai, je m'en voulais pour certaines choses que j'avais dites la veille et certains choix que j'avais faits. Je t'ai tout mis sur le dos et je n'aurais pas dû. Euh… si tu veux prendre Hayley demain ou dimanche, je suis sûre qu'elle adorerait et, qui sait ? peut-être que je pourrais venir, moi aussi. Quoi qu'il en soit, appelle-moi pour me dire. »

Elle ne m'appelait pas souvent Michael, même du temps où nous étions mariés. Elle était de ces femmes qui peuvent vous appeler par votre nom et en faire un terme d'affection. Enfin… quand elle voulait. Elle m'avait toujours appelé Haller. Dès l'instant où nous nous étions rencontrés dans la file d'attente du détecteur de métaux du Centre administratif. Elle allait à l'accueil des bureaux du district attorney, je me rendais à la salle des mises en accusation pour une histoire de conduite en état d'ivresse.

Je sauvegardai le message pour le réécouter plus tard et passai au suivant. Je m'attendais à ce qu'il vienne de Levin, mais la voix du répondeur m'annonça que l'appel avait été passé d'un numéro avec indicatif de région 310. La voix suivante fut celle de Roulet.

« C'est moi, Louis. Je voulais juste savoir. Je me demandais où on en était après ce qui s'est passé hier. Y a aussi quelque chose que j'aimerais vous dire. »

J'appuyai sur le bouton d'effacement et passai au troisième et dernier message. Celui de Levin.

« Hé, Bossman, appelle-moi. J'ai des trucs sur Corliss. Corliss qui s'appelle Dwayne Jeffery Corliss. Dwayne avec Dw. C'est un chevalier de la piquouse et il a déjà cafté plusieurs fois ici, à Los Angeles. Tu parles d'une nouvelle, pas vrai ? Bref, il s'est fait arrêter pour avoir piqué un vélo qu'il devait projeter d'échanger contre un peu de mexicaine. Il s'est démerdé pour cafter sur Roulet en échange de quatre-vingt-dix jours de prison avec désintoxication obligatoire à County-USC. On ne pourra donc pas lui parler à moins de trouver un juge qui veuille bien arranger l'entrevue. Assez bien joué de la part du procureur. Cela dit, je continue à chercher. Sur le Net je suis tombé sur un truc qui s'est passé à Phoenix et qui pourrait nous faire beaucoup de bien si c'est le même mec. Quelque chose qui lui aurait pété au nez. Je devrais pouvoir te confirmer ça avant lundi. Voilà, c'est tout pour l'instant. Passe-moi un coup de fil dans le week-end. Je ferai juste que traîner chez moi. »

J'effaçai le message et refermai mon portable.

N'en jetez plus, la cour est pleine, me dis-je à moi-même.

Il m'avait suffi d'entendre que Corliss se piquait pour ne plus avoir besoin de quoi que ce soit. Je savais maintenant pourquoi Maggie ne lui avait pas fait confiance. Les types qui se shootent comptent parmi les êtres les plus désespérés et les moins fiables qu'on rencontre dans le système. Qu'on leur en donne la possibilité et ils dénonceront leur mère pour s'assurer la piquouse suivante ou avoir droit à de la méthadone. Pas un qui ne soit un fieffé menteur et qu'on ne puisse dénoncer comme tel au prétoire.

Cela dit, ce que Minton avait dans l'idée me laissait perplexe. Le nom de Dwayne Corliss ne figurait pas au dossier qu'il m'avait donné. Mais cela ne l'empêchait pas de procéder comme s'il avait un témoin dans sa manche. Il avait collé Corliss dans un programme de désintoxication de quatre-vingt-dix jours pour le garder près de lui. Or le procès Roulet serait terminé dans ce laps de temps. Cherchait-il à le cacher ? Ou alors et plus simplement à se mettre le mouton au placard de façon à savoir exactement où il était au cas où son témoignage deviendrait nécessaire au procès ? En tout état de cause, il était clair qu'il agissait en croyant que je n'en savais rien. Et c'est vrai que si Maggie n'avait pas eu la langue qui fourche, je n'en aurais rien su. La tactique n'en demeurait pas moins dangereuse. Les juges n'aiment pas beaucoup les procureurs qui font aussi ouvertement fi des règles de la communication des preuves à la partie adverse.

Cela me fit même entrevoir une stratégie pour la défense. Si Minton se montrait assez sot pour essayer de me sortir Corliss d'un chapeau au tribunal, je pourrais même ne rien lui objecter. Je pourrais le laisser me coller son héroïnomane à la barre et m'offrir le plaisir de le mettre en pièces devant les jurés comme on détruit une facturette de carte de crédit. Tout dépendait de ce que Levin allait me trouver sur son accro. Je décidai de lui dire de continuer à creuser le dossier Dwayne Jeffery Corliss. Et d'y aller à fond.

Puis je songeai à Corliss enfermé à County-USC. Levin se trompait lourdement – et Minton avec lui – s'il me croyait incapable de l'y joindre. La coïncidence voulait en effet que Laura Larsen ait, elle aussi, été emprisonnée à County-USC avec obligation de désintoxication après avoir dénoncé son client trafiquant de drogue. S'il y avait bien plusieurs programmes de désintoxication à County, il était plus que probable que Laura partageait des séances de thérapie de groupe, voire des repas, avec Corliss. Je n'arriverais peut-être pas à le toucher directement, mais, en ma qualité d'avocat de Larsen, je pourrais la toucher elle, et faire passer un message à ce monsieur par son intermédiaire.

La Lincoln s'immobilisant devant moi, je donnai quelques dollars de pourboire à l'homme en rouge.

Puis je sortis de l'aéroport et pris vers le sud, dans Hollywood Way, pour gagner le centre de Burbank, où se trouvent tous les studios. J'arrivai au Smoke House avant Levin et commandai un martini-vodka au bar. À la télé en hauteur on passait un récapitulatif des premières rencontres du tournoi de basket interfacs. La Floride avait battu l'Ohio d'entrée de jeu. Le titre qui défilait au bas de l'écran proclamait « Folies de mars », je levai mon verre pour célébrer ça. Les vraies « Folies de mars », je commençais à savoir à quoi ça ressemblait.

Levin arriva et commanda une bière avant que nous nous installions pour dîner. Elle était encore verte, reste de la veille au soir. La soirée n'avait pas dû être à la hauteur de tous les espoirs. Je me demandai si tout le monde n'avait pas filé au Four Green Fields.

– Y a rrien de mieux qu'un bout de la queue du chien qui t'a morrdu la veille... du moment que c'est un chien à poils verrts, me lança-t-il avec son accent irlandais qui commençait à me fatiguer.

Il avala juste assez de liquide pour pouvoir avancer avec son verre et nous quittâmes l'accueil pour rejoindre une table. La serveuse nous conduisit à un box en U capitonné de rouge. Nous nous assîmes l'un en face de l'autre et je posai ma mallette à côté de moi. Lorsque la serveuse revint pour les cocktails, nous commandâmes tout le bazar : salade, steak et pommes de terre. Et en plus, je demandai qu'on nous apporte le pain au fromage qui faisait la réputation du lieu.

– C'est une bonne chose que tu n'aimes pas sortir le week-end, dis-je à Levin après le départ de la serveuse. Tu bouffes de ce pain au fromage et tu peux tuer tous les gens que tu croises rien qu'avec ton haleine.

– Faudra que j'en prenne le risque, me renvoya-t-il.

Nous gardâmes longtemps le silence après ça. Puis je sentis la vodka se frayer un chemin dans ma culpabilité.

Je me promis d'en commander une autre dès que les salades arriveraient.

– Alors ? dit enfin Levin. C'est toi qui as voulu qu'on se voie.

J'acquiesçai d'un signe de tête.

– Je vais te raconter une histoire. Je n'en ai pas tous les détails, mais je vais te la raconter comme je crois qu'elle s'est passée et toi, tu me diras ce que t'en penses et ce que je devrais faire. D'accord ?

– J'aime bien les histoires. Vas-y.

– Je ne crois pas que celle-là te plaise beaucoup. Elle commence il y a deux ans…

Je m'arrêtai et attendis que la serveuse nous ait posé nos salades et nos pains au fromage aillé sur la table. Je commandai un deuxième martini-vodka alors même que je n'avais encore bu que la moitié du premier. Je voulais être sûr qu'il n'y ait pas de trou entre les deux.

– Et donc, repris-je après le départ de la serveuse, tout ça commence il y a deux ans, avec Jesus Menendez. Tu te souviens de lui, non ?

– Si, si, on en a parlé l'autre jour. Le coup de l'ADN. C'est le client dont tu dis toujours qu'il est allé en taule pour s'être essuyé la queue sur une serviette de toilette rose.

Il sourit parce que c'était vrai que j'avais souvent réduit l'affaire Menendez à ce détail d'une vulgarité absolue. Je m'en étais aussi souvent servi pour faire rire quand j'échangeais des histoires de guerre avec d'autres avocats au Four Green Fields. C'était avant que je sache ce que je savais maintenant.

Je ne lui rendis pas son sourire.

– Oui, ben, il s'avère que ce n'est pas Jesus qui a fait le coup.

– Qu'est-ce que tu veux dire ? C'est quelqu'un d'autre qui s'est essuyé la queue sur la serviette ?

Et cette fois il rit tout fort.

– Non, tu ne comprends pas, lui renvoyai-je. Ce que je te dis, c'est que Jesus Menendez était innocent.

Il prit l'air sérieux et hocha la tête – il réfléchissait.

– Il est à San Quentin. C'est là que t'es monté aujourd'hui.

J'acquiesçai.

– Laisse-moi remonter un peu en arrière et te raconter l'histoire, enchaînai-je. Tu n'as pas beaucoup travaillé pour moi sur cette affaire parce qu'il n'y avait rien à faire. Ils avaient l'ADN, ses déclarations compromettantes et trois témoins qui l'avaient vu jeter un couteau dans la Los Angeles River. Ils n'avaient certes pas retrouvé le couteau, mais ils avaient les témoins… ses propres colocataires. C'était désespéré. Et moi, c'est vrai que j'avais pris ça au vol, pour la pub. Et qu'en gros je n'ai fait que l'aider à plaider coupable. Ça ne lui plaisait pas, il n'arrêtait pas de dire qu'il n'avait pas tué la fille, mais on n'avait pas le choix. Le district attorney voulait la peine de mort et c'est ça qu'il aurait récolté, ça ou perpète. Je lui ai décroché perpète avec possibilité de conditionnelle et j'ai obligé ce petit con à accepter. Je l'ai o-bli-gé, moi.

Je baissai le nez sur ma salade à laquelle je n'avais pas encore touché et m'aperçus que je n'avais pas envie de manger. J'avais seulement envie de boire et de me triturer toutes les cellules de culpabilité du cerveau.

Levin attendit que je reprenne. Lui non plus ne mangeait pas.

– Au cas où tu ne te rappellerais pas, c'était une affaire de meurtre, celui d'une certaine Martha Renteria. Elle dansait au Cobra Room, dans East Sunset. T'as pas fini par aller y voir ?

Il fit non de la tête.

– Il n'y a pas de scène, repris-je. Il y a juste une espèce de corbeille au milieu et, à chaque numéro, des types habillés en Aladin débarquent avec un grand panier à cobra porté entre deux gros bambous. Ils le posent par terre et la musique commence. Et là, y a le haut du panier qui tombe et la fille en sort en dansant. Et après, y a le haut de la fille qui tombe à son tour et… Enfin quoi… c'est une espèce de nouvelle version de la danseuse qui sort du gâteau d'anniversaire.

– C'est Hollywood, ça, mon pote, dit-il. Faut qu'y ait du spectacle.

– Et justement : Jesus Menendez aimait bien ce spectacle. Il avait 1 100 dollars que son trafiquant de drogue de frère lui avait donnés et il avait le béguin pour Martha Renteria. Peut-être parce que c'était la seule danseuse à être plus petite que lui. Peut-être aussi parce qu'elle lui parlait en espagnol. Toujours est-il qu'après son numéro ils se sont assis et se sont mis à parler. Après, elle a fait le tour de la salle avant de revenir et il a compris qu'il était en concurrence avec un autre type. Un autre type qu'il a enfoncé en proposant cinq cents dollars à Renteria si elle acceptait de l'emmener chez elle.

– Mais il ne l'a pas tuée en arrivant ?

– Non. Elle est montée dans sa voiture et il l'a suivie dans la sienne. Il est arrivé chez elle, il a tiré son coup, s'est débarrassé de sa capote, s'est essuyé la queue sur la serviette et il est rentré chez lui. L'histoire commence juste après son départ.

– Celle du véritable assassin.

– Du véritable assassin qui frappe à la porte, peut-être même qui fait semblant d'être Jesus qui a oublié quelque chose. Elle ouvre. Mais peut-être aussi qu'elle lui avait donné rendez-vous. Elle s'y attendait et ouvre la porte.

– Le type du club ? Celui contre qui Menendez montait aux enchères ?

J'acquiesçai d'un signe de tête.

– Exactement. Il entre, lui flanque quelques coups

de poing pour l'adoucir un peu, sort son couteau pliant et lui en appuie la pointe sur le cou en la conduisant à sa chambre. Ça te rappelle des trucs ? Sauf qu'elle, elle n'aura pas la chance de Reggie Campo deux ans plus tard. Il l'allonge sur le lit, enfile une capote et lui monte dessus. Elle a le couteau de l'autre côté du cou et il continue à le lui appuyer sur la peau pendant qu'il la viole. Et quand il a fini, il la tue. Un coup de couteau après l'autre, encore et encore. Dix fois plus qu'il n'en faut. Il essaie de se libérer de quelque chose de pourri qu'il a dans sa tête.

Mon deuxième martini arrivant, je l'arrachai aux mains de la serveuse et en avalai la moitié d'un coup. Elle nous demanda si nous avions fini nos salades, nous lui fîmes tous les deux signe de nous en débarrasser sans y avoir touché.

– Vos steaks arrivent, dit-elle. Ou alors… vous voulez que je les foute à la poubelle tout de suite pour que vous perdiez pas de temps ?

Je la regardai. Elle souriait, mais j'étais tellement pris par mon histoire que j'avais raté ce qu'elle venait de dire.

– Pas grave, dit-elle. Ils arrivent.

Je revins aussitôt à mon récit. Levin garda le silence.

– Quand elle est morte, l'assassin nettoie derrière lui. Il prend son temps parce que pourquoi se presser, hein ? C'est pas comme si elle allait se balader ou appeler quelqu'un au téléphone. Donc, il essuie partout pour effacer toutes les empreintes qu'il aurait pu laisser. Et en faisant ça, il efface aussi celles de Menendez. Et ça, ça ne sera pas bon pour celui-ci quand il ira voir les flics pour leur expliquer qu'il est bien le mec des portraits-robots, mais qu'il n'a pas tué Renteria. Ils n'auront qu'à le regarder un bon coup pour lui dire : « Alors pourquoi vous portiez des gants quand vous étiez chez elle ? »

Levin hocha la tête.

– Oh putain, mec, si c'est vrai…

– T'inquiète pas pour ça, c'est tout ce qu'il y a de plus vrai. Menendez prend un avocat qui a fait du bon boulot pour son frère, sauf que l'avocat en question raterait un innocent même si cet innocent lui dérouillait les couilles à coups de pied. Pour lui, il n'y a qu'à traiter. Il ne demande même pas à son client s'il a fait le coup. Il se contente de le supposer parce que les flics ont son ADN sur la serviette et les témoins qui l'ont vu balancer son couteau. De fait même, l'avocat se sent plutôt bien parce qu'il va éviter à son client de terminer au couloir des condamnés à mort et que, si ça se trouve, il va l'aider à décrocher une conditionnelle un jour. Bref, l'avocat va voir Menendez et lui annonce la mauvaise nouvelle. Il lui fait accepter le marché et l'aide à se lever devant le juge et à dire qu'il est « coupable ». Après quoi Jesus va en prison et tout le monde est content. Le ministère public parce que ça lui fait faire des économies sur un procès, et les parents de Martha Renteria parce qu'ils n'auront pas à se taper des audiences avec toutes les photos d'autopsie et les histoires comme quoi leur fille dansait nue dans des boîtes et ramenait des mecs chez elle moyennant finance. Et l'avocat lui aussi est content parce qu'il est passé au moins six fois à la télé pour l'affaire et qu'il a évité la mort à un client de plus.

J'avalai le reste de mon martini-vodka et regardai autour de moi pour voir où était passée notre serveuse. J'en voulais un autre.

– Jesus Menendez va en prison alors qu'il n'est encore qu'un jeune homme. Je l'ai vu hier et il a vingt-six-quarante ans. Il est petit et tu sais ce qui arrive aux petits là-bas.

Je regardais fixement l'espace vide sur la table devant moi lorsqu'une assiette en forme d'œuf sur laquelle on avait posé un steak qui grésillait et des pommes de terre fumantes y atterrit. Je levai les yeux sur la serveuse et lui commandai un troisième martini-vodka. Sans lui dire s'il vous plaît.

– Tu ferais bien d'y aller doucement, me lança Levin quand elle fut partie. Il n'y a probablement pas un flic dans tout le comté qui n'adorerait pas t'arrêter pour homicide involontaire, te ramener au gnouf et te passer le cul à la torche électrique.

– Je sais, je sais. Ce sera le dernier. Et si ça fait trop, je ne prends pas le volant. Y a toujours des taxis devant ce restau.

Ayant décidé que manger pourrait m'aider, je coupai un morceau de mon steak et l'avalai. Puis je sortis un bout de pain au fromage de la serviette qui l'enveloppait dans un petit panier, mais il n'était plus chaud. Je le laissai tomber dans mon assiette et reposai ma fourchette.

– Écoute, je sais que tu te démolis la tête là-dessus, mais t'oublies quelque chose, reprit Levin.

– Oui, quoi ?

– Ce qu'il risquait. Pour lui, c'était l'aiguille, mec : il avait un dossier pourri. Je ne l'ai pas travaillé pour toi pour la simple et bonne raison qu'il n'y avait rien à travailler. Ils le tenaient et tu l'as sauvé de la mort. C'est ça, ton boulot, et tu l'as bien fait. Maintenant tu crois savoir ce qui s'est vraiment passé, mais tu peux pas continuer à te démolir pour un truc que tu savais pas.

Je levai la main en l'air pour lui signifier « on arrête ça tout de suite ».

– Ce type était innocent. J'aurais dû le voir. Et j'aurais dû faire quelque chose. Au lieu de ça, je me suis contenté de mon truc habituel et j'ai suivi la procédure les yeux fermés.

– Des conneries, tout ça.

– Non, c'est pas des conneries.

– D'accord, d'accord, revenons à l'histoire. Qui est le deuxième mec qui s'est pointé à la porte de la nana ?

J'ouvris ma mallette et y plongeai la main.

– Aujourd'hui, je suis monté à San Quentin et j'ai montré un jeu de six trombines à Menendez. Rien que des portraits de mes clients. D'anciens clients, pour la plupart. Menendez a repéré cette photo en moins de deux.

Et je lui jetai la photo de Louis Roulet en travers de la table. Elle y atterrit, face sur le bois. Levin la ramassa, la regarda quelques instants et la reposa sur la table, face sur le bois.

– Que je te montre autre chose, ajoutai-je.

Je replongeai la main dans ma mallette et en ressortis les deux photos pliées de Martha Renteria et de Reggie Campo. Je regardai autour de moi pour m'assurer que la serveuse ne s'apprêtait pas à m'apporter mon martini-vodka et les tendis à Levin.

– C'est comme un puzzle, lui dis-je. Mets-les ensemble et regarde ce que ça donne.

Levin fit un visage des deux moitiés et acquiesça d'un signe de tête en comprenant ce que cela voulait dire. L'assassin – Roulet – s'en prenait aux femmes qui correspondaient à un modèle ou un profil qui l'attirait. Je lui montrai ensuite le croquis de l'arme qu'avait fait le légiste dans le rapport d'autopsie de Renteria et lui lus la description des deux blessures de coercition trouvées sur le cou de la victime.

– Tu sais… la vidéo du bar que t'as eue ? enchaînai-je. Ce qu'elle montre, c'est un assassin en plein travail. Exactement comme toi, il a vu que M. X était gaucher. Et quand il a agressé Reggie Campo, il l'a fait en lui décochant un gauche et l'a tenue en respect avec son couteau toujours tenu de la main gauche. Ce type sait ce qu'il fait. Il a repéré l'occasion et l'a saisie au bond.

Être encore en vie fait de Reggie Campo une des femmes les plus chanceuses qui soient.

– Tu crois qu'il y en a d'autres ? D'autres meurtres, je veux dire.

– Peut-être. C'est sur ça que je veux que tu enquêtes. Recherche toutes les femmes qui sont mortes poignardées depuis quelques années. Et après, tu me trouves leurs photos et tu vois si elles correspondent à un profil physique particulier. Et ne te contente pas d'aller voir du côté des affaires non résolues. Martha Renteria faisait, elle aussi, partie des affaires prétendument closes.

Il se pencha en avant.

– Écoute, mec, je vais jamais pouvoir jeter un filet aussi grand que celui des flics sur ce truc. Il faut que tu les mettes dans le coup. Ou que t'ailles au FBI. Ils ont des spécialistes des serial killers.

Je fis non de la tête.

– Ce n'est pas possible. C'est mon client.

– Menendez, lui aussi, c'est ton client et faut que tu le sortes de taule.

– J'y travaille. Et c'est pour ça que j'ai besoin que tu fasses ça pour moi, Mish.

Nous savions tous les deux que je l'appelais Mish chaque fois que j'avais besoin de quelque chose qui mélangeait le boulot et l'amitié qu'il y avait en dessous.

– Un tueur à gages ? reprit Levin. C'est ça qui résoudrait nos problèmes.

Je hochai la tête : on était facétieux et je le savais.

– C'est vrai que ça marcherait. Et ça rendrait le monde meilleur. Mais ça ne nous ferait sans doute pas sortir Menendez.

Levin se pencha de nouveau en avant. Il était redevenu sérieux.

– Je vais faire ce que je peux, Mick, mais je ne crois pas que ce soit la meilleure façon de procéder. Tu pourrais dire qu'il y a conflit d'intérêts et laisser tomber

Roulet. Et après, tu bosses pour faire sortir Menendez de San Quentin.

– Le faire sortir avec quoi ?

– Avec l'identification qu'il a faite sur les photos. C'était du solide. Il n'a jamais vu Roulet avant et pan, il le repère direct dans le lot.

– Comme si on allait croire un truc pareil ! C'est moi qui suis son avocat ! Personne du Conseil de clémence ne voudra croire que ce n'est pas moi qui ai monté tout ça. Pour l'instant, c'est rien qu'une théorie, Raul. Toi et moi, on sait que c'est vrai, mais on ne peut rien prouver, bordel !

– Et les blessures ? Ils pourraient comparer le couteau de l'affaire Campo avec les blessures de Martha Renteria.

Je fis non de la tête.

– Renteria a été incinérée. Tout ce qu'ils ont, ce sont les commentaires et les photos de l'autopsie et ça ne serait pas concluant. Ça ne suffit pas. En plus, je ne peux pas être le type qui inflige ça à son client. Que je me retourne contre un client et c'est contre tous les autres que je le fais. Ça ne peut pas avoir cette gueule-là ou je les perds tous. Il faut que je trouve autre chose.

– Je crois que tu te trompes. Je crois…

– Pour l'instant, je vais continuer comme si je ne savais rien de tout ça, tu comprends ? Mais toi, tu cherches. Tout. Tu sépares bien de l'affaire Roulet de façon à ce que j'aie pas un problème de transmission des preuves à la partie adverse. Tu mets tout ça sur le compte Jesus Menendez et tu me factures tes heures. Pigé ?

Avant qu'il ait pu me répondre, la serveuse m'apporta mon troisième martini-vodka. Je l'écartai d'un geste.

– Je n'en veux pas, dis-je. Donnez-moi l'addition.

– Ben… c'est que j'peux pas le remettre dans la bouteille, me répliqua-t-elle.

– Vous inquiétez pas. Je paierai. C'est juste que je

veux pas le boire. Donnez-le au mec qui fait le pain au fromage et apportez-moi la note.

Elle fit demi-tour et s'éloigna, probablement furibarde que ce ne soit pas à elle que j'aie offert mon verre. Je me retournai vers Levin. Il avait l'air peiné par tout ce qui venait de lui être révélé. Je ne savais que trop ce qu'il ressentait.

– Tu parles d'un pactole que je me suis ramassé !

– Ouais. Comment vas-tu pouvoir te conduire bien avec ce mec alors que tu cherches toutes ces merdes sur lui en même temps ?

– Quoi, avec Roulet ? J'ai décidé de le voir le moins possible. Seulement quand ce sera nécessaire. Il m'a laissé un message aujourd'hui… il aurait quelque chose à me dire. Mais je ne vais pas le rappeler.

– Pourquoi t'a-t-il choisi, toi ? Enfin, je veux dire… pourquoi a-t-il choisi le seul avocat capable de faire la lumière sur tout ça ?

Je hochai la tête.

– Je ne sais pas. Je n'ai pensé qu'à ça dans l'avion. Ce que je me dis, c'est qu'il avait peut-être peur que j'entende parler de l'affaire et que je fasse le lien de toute façon. En me prenant comme avocat, il savait que j'étais éthiquement obligé de le protéger. Au début en tout cas. Sans oublier le pognon.

– Quel pognon ?

– Le pognon de maman. Le pactole. Il sait très bien le paquet de fric que je vais ramasser. Le plus gros de toute ma carrière. Il s'est peut-être dit que je regarderais ailleurs pour que le fric continue de rentrer.

Levin hocha la tête.

– Et peut-être que je devrais, hein ?

C'était une tentative d'humour à la vodka, mais Levin ne sourit pas et moi, je me rappelai le visage de Jesus Menendez derrière la paroi en Plexiglas de la prison et ne pus me forcer à sourire.

– Écoute, y a un autre truc que je veux te faire faire, ajoutai-je. Je veux que t'enquêtes aussi sur lui. Oui, sur Roulet. Tu me trouves tout ce que tu peux sans approcher trop près. Et tu vérifies l'histoire de la mère, comme quoi elle se serait fait violer dans une maison de Bel-Air qu'elle essayait de vendre.

Il acquiesça d'un signe de tête.

– Je m'y mets.

– Et tu ne sous-traites pas.

C'était une scie entre nous. Comme moi, Levin travaillait en solo. Il n'avait personne à qui donner quoi que ce soit en sous-traitance.

– Promis. Je m'en occupe tout seul.

C'était sa réponse rituelle, mais cette fois elle n'avait ni l'humour ni la fausse sincérité qu'il y mettait d'ordinaire. Il n'avait fait que répondre par habitude.

La serveuse passa à côté de notre table et y posa la note sans dire merci. Je mis une carte de crédit dessus sans même regarder l'étendue des dégâts. Je n'avais plus qu'une envie : filer.

– Tu veux qu'elle t'emballe ton steak ? demandai-je à Levin.

– Non, ça ira comme ça. J'ai l'impression d'avoir perdu l'appétit.

– Et le chien d'attaque que t'as chez toi, hein ?

– C'est une idée. Bruno… j'allais l'oublier.

Il chercha la serveuse pour lui demander une boîte.

– Prends le mien avec, lui dis-je. J'ai pas de chien.

21

Malgré le brouillard de vodka, je me débrouillai du véritable slalom qu'est Laurel Canyon sans égratigner la Lincoln ou me faire arrêter par un flic. Ma maison se trouve dans Fareholm Drive, qui monte en terrasses dès l'entrée sud du canyon. Toutes les maisons y sont construites au ras de la chaussée et je n'eus qu'un problème en y arrivant : un connard avait rangé son 4 × 4 devant mon garage et je ne pouvais pas y entrer. Se garer dans cette rue étroite est toujours difficile et l'espace libre devant mon garage est généralement trop alléchant, surtout les soirs de week-end où, c'est couru d'avance, quelqu'un donne une fête quelque part.

Je passai devant chez moi et trouvai une place tout juste assez grande pour la Lincoln une rue plus loin. Plus je m'étais éloigné de chez moi, plus ma colère contre ce 4 × 4 avait monté. Mes fantasmes étaient passés du crachat sur le pare-brise aux flancs qu'on enfonce à coups de bottes en passant par le bris de rétroviseur et les pneus qu'on crève. Au lieu de quoi j'écrivis un mot très calme sur une feuille de bloc-notes – *Ceci n'est pas une place de parking ! La prochaine fois, c'est l'enlèvement !* On ne sait jamais trop qui est au volant d'un 4 × 4 à Los Angeles et menacer quelqu'un parce qu'il s'est garé devant votre garage, c'est lui dire très exactement où on habite.

Je revins à pied et allais mettre mon petit mot sous

l'essuie-glace du contrevenant lorsque je remarquai que le 4 × 4 était une Range Rover. Je posai ma main sur le capot, il était froid au toucher. Je regardai les fenêtres de chez moi que je pouvais voir au-dessus du garage, elles étaient toutes plongées dans le noir. Je collai ma feuille sous l'essuie-glace et commençai à monter les marches qui conduisent à la terrasse de devant et à la porte d'entrée. Je m'attendais à moitié à trouver Louis Roulet assis dans un de mes grands fauteuils de metteur en scène pour contempler les lumières de la ville, mais non, il n'était pas là.

Je gagnai le coin de la véranda et regardai la vue. C'est elle qui m'avait fait acheter la maison. Dès qu'on en franchissait la porte, tout dans cette baraque était ordinaire et démodé. Mais la terrasse de devant et le panorama d'Hollywood Boulevard pouvaient vous lancer dans des millions de rêves. Je m'étais servi de ma dernière affaire pactole pour effectuer le premier versement. Mais, une fois entré en possession des lieux, je m'étais retrouvé sans autre affaire pactole et avais dû renégocier l'hypothèque. La vérité était simple : j'avais un mal de chien à payer tous les mois. Il allait falloir que je parte de là, mais la vue que j'avais de cette terrasse me paralysait. Il y avait toutes les chances pour que je sois en train de contempler la ville lorsqu'on viendrait me reprendre la clé et fermer la maison.

Et je sais la question que cela suscite. Même avec tous les efforts que je déploie pour rester à flot, est-il vraiment juste que, lorsque madame le procureur et son défenseur de mari divorcent, ce soit l'avocat de la défense qui garde la maison sur la colline alors que madame le procureur a droit au deux-pièces dans la Valley ? La réponse est que Maggie McPherson pourrait s'acheter une maison de son choix et que je ferais tout mon possible pour l'aider. Cela dit, elle refusait de déménager en attendant sa promotion au bureau du centre-ville. Acheter une maison à Sherman Oaks ou ailleurs aurait envoyé le mauvais message : celui de la satisfaction sédentaire. Et elle n'était pas satisfaite d'être Maggie McFierce de la division de Van Nuys. Elle n'appréciait pas de se faire passer devant par John Smithson ou l'un quelconque de ses jeunes loups. Maggie était ambitieuse et voulait être nommée en ville où, censément, c'était aux meilleurs procureurs que revenaient les crimes les plus importants. Elle refusait le truisme selon lequel meilleur on est, plus on menace la hiérarchie, surtout quand celle-ci est élue. Je savais qu'elle ne serait jamais invitée à descendre en ville. Elle était bien trop bonne pour ça.

De temps en temps cela lui affleurait à la conscience et elle se mettait en colère de façon inattendue. Elle lâchait une remarque coupante lors d'une conférence de presse ou refusait de coopérer à une enquête qui partait du centre-ville. Ou alors, un rien éméchée, elle révélait à un avocat de la défense, qui était aussi son ex-mari, quelque chose dont il ne devait pas avoir connaissance.

Le téléphone se mit à sonner dans la maison. Je m'approchai de la porte d'entrée et tentai maladroitement d'ouvrir avec mes clés pour arriver à temps. Mes numéros de téléphone et qui les connaît pourraient faire l'objet d'un graphique en forme de pyramide. Tout en bas ceux qu'on trouve dans les Pages jaunes et que tout le monde a ou peut avoir. Au-dessus, mon numéro de portable – donné à mes collaborateurs principaux, enquêteurs, prêteurs de caution, clients et divers rouages de la machine. Le numéro de chez moi – ligne fixe – serait tout en haut. Très rares étaient les personnes qui l'avaient. Et ce n'étaient ni des clients ni des avocats – un seul excepté.

J'entrai et décrochai le téléphone de la cuisine avant que l'appel passe sur le répondeur. L'individu qui m'appelait était le seul autre avocat à avoir mon numéro, Maggie McPherson.

– T'as eu mes messages ? me demanda-t-elle.

– J'ai eu celui que tu as laissé sur mon portable. Qu'est-ce qu'il y a ?

– Rien. J'en avais aussi laissé un à ce numéro nettement plus tôt.

– Euh… je n'ai pas été là de toute la journée. J'arrive juste.

– Où t'étais ?

– Oh, j'ai juste fait l'aller-retour San Francisco et je rentre d'un dîner avec Raul Levin. Tout cela te convient-il ?

– Simple curiosité. Y avait quoi à San Francisco ?

– Un client.

– Et donc, ce que tu me dis vraiment, c'est que tu es allé à San Quentin.

– Tu as toujours été trop maligne pour moi, Maggie. J'arriverai jamais à te feinter. Cet appel a-t-il une raison particulière ?

– Je voulais juste savoir si tu avais eu mes excuses et si tu allais faire quelque chose avec Hayley demain.

– Et la réponse est oui et oui. Mais, Maggie… aucune excuse n'était nécessaire et tu devrais le savoir. C'est moi qui m'excuse de la façon dont je me suis conduit avant de partir. Et si ma fille veut être avec moi demain, alors je veux être avec elle. Dis-lui qu'on pourrait descendre à la jetée ou aller au cinéma si elle veut. C'est elle qui décide.

– En fait, elle veut aller au centre commercial.

Elle avait dit ça comme on marche sur du verre.

– Au centre commercial ? Pas de problème. Je l'y emmènerai. C'est pas bien, le centre commercial ? Quelque chose de particulier qu'elle voudrait ?

C'est alors que je remarquai une odeur inconnue dans la maison. Une odeur de fumée. En restant debout au milieu de la cuisine, je vérifiai le four et la cuisinière. Éteints. Le téléphone n'étant pas un sans-fil, j'étais coincé dans la pièce. Je tirai sur le fil jusqu'à la porte et allumai le plafonnier de la salle à manger. Celle-ci était vide et, la lumière éclairant la pièce voisine, la salle de séjour que je venais de traverser, j'eus l'impression qu'elle aussi était vide.

– Y a un magasin où on te fait fabriquer ton nounours tout seul. Tu choisis le style et la boîte vocale et tu mets un petit cœur dans la bourre. C'est très mignon.

J'avais envie d'arrêter la conversation et d'aller plus loin dans mon exploration.

– Génial. Je l'y emmène. À quelle heure ?

– Je pensais à midi. Nous pourrions peut-être déjeuner avant.

– Nous ?

– Ça te gênerait ?

– Non, Maggie, pas du tout. Je viens donc à midi ?

– Parfait.

– À plus.

Je raccrochai avant qu'elle ait le temps de dire au revoir. J'avais une arme, mais c'était une pièce de collection qui n'avait jamais servi depuis que je la possédais et qui était rangée dans une boîte dans le placard de ma chambre, au fond de la maison. J'ouvris très doucement un tiroir de la cuisine et y pris un couteau à steak à lame courte mais très aiguisée. Puis je traversai la salle de séjour pour gagner le couloir qui conduisait à l'arrière de la maison. Trois portes y donnaient. Celle de ma chambre, celle de la salle de bains et celle d'une autre chambre que j'avais transformée en bureau, le seul vrai bureau que j'avais.

La lampe posée sur le bureau était allumée. Elle n'était pas visible de l'endroit du couloir où je me trouvais, mais la lumière l'était. Je n'étais pas rentré chez moi deux jours durant, mais je ne me rappelais pas l'avoir laissée allumée. Je m'approchai lentement de la porte en me rendant compte que c'était peut-être ce qu'on attendait de moi. On se focalise sur la lumière dans une pièce alors que l'intrus attend dans l'obscurité de la chambre ou de la salle de bains.

– Entrez donc, Mick. Ce n'est que moi.

Je reconnus la voix, mais cela ne me mit pas à l'aise. C'était Louis Roulet qui m'attendait dans la pièce. J'en franchis le seuil et m'arrêtai. Il s'était installé dans le fauteuil de bureau en cuir noir. Son pantalon lui remontant sur la jambe gauche, j'aperçus le bracelet émetteur que Fernando Valenzuela l'obligeait à porter. Je compris que s'il était venu me tuer, au moins laisserait-il une trace derrière lui. Ce qui n'était quand même pas très réconfortant. Je m'adossai à l'encadrement de la porte de façon à tenir mon couteau contre ma hanche sans que ce soit trop évident.

– C'est donc ici que vous faites votre superbe travail de juriste ? me lança-t-il.

– En partie, oui. Qu'est-ce que vous fabriquez ici, Louis ?

– Je suis venu vous voir. Vous ne m'avez pas rappelé, je voulais donc savoir si nous formions toujours une équipe… vous voyez ?

– Je n'étais pas en ville. Je viens de rentrer.

– Et ce dîner avec Raul ? Ce n'est pas ce que vous disiez à votre interlocuteur ?

– C'est un ami. J'ai dîné en revenant de l'aéroport de Burbank. Comment avez-vous trouvé où j'habite, Louis ?

Il s'éclaircit la gorge et sourit.

– Je travaille dans l'immobilier, Mick. Je suis capable de trouver n'importe quelle adresse. De fait, même, j'étais une source de renseignements pour le *National Enquirer*. Vous le saviez ? Je pouvais leur dire où vivait n'importe quelle célébrité, quels que soient les écrans derrière lesquels elle cachait ses achats. Mais j'ai arrêté au bout d'un moment. Ça allait côté argent, mais c'était trop… sordide. Vous voyez ce que je veux dire, Mick ?

Mais je suis toujours capable de trouver l'adresse de n'importe qui. Et de voir si on a dépassé la valeur de son hypothèque et si on paie ses traites à l'heure.

Il me regarda avec un sourire entendu. Il me faisait comprendre qu'il savait fort bien que la maison n'était qu'un investissement financier, que je n'y avais rien dedans et que j'avais en général un mois de retard sur mes traites. Fernando Valenzuela ne l'aurait probablement même pas acceptée comme garantie sur un dépôt de caution de cinq mille dollars.

– Comment êtes-vous entré ?

– Eh bien, c'est ça qu'il y a d'amusant. Il se trouve que j'avais une clé. À l'époque où cette maison était à vendre… il y a quoi ? environ quatre ans de ça ?… toujours est-il que je voulais la voir parce que je pensais avoir un client que ça pouvait intéresser à cause de la vue. Ce qui fait que je suis allé demander la clé à l'agent immobilier. Je suis entré, j'ai jeté un coup d'œil et j'ai tout de suite senti que ça ne conviendrait pas à mon client… Il voulait quelque chose de mieux… et je suis reparti. Et j'ai oublié de rendre la clé à l'agence. C'est une de mes très mauvaises habitudes. Vous ne trouvez pas bizarre qu'après tout ce temps ce soit mon propre avocat qui habite cette maison ? À propos… je vois que vous n'en avez rien fait. Vous avez la vue, naturellement, mais vous auriez quand même besoin de la rafraîchir un peu.

Je compris alors qu'il me suivait depuis l'affaire Menendez. Et qu'il savait probablement que j'étais allé voir ce dernier à San Quentin. Je songeai au type dans le train de voitures. *Mauvaise journée ?* Et je l'avais revu un peu plus tard dans la navette pour Burbank. Me suivait-il ? Travaillait-il pour Roulet ? Était-ce l'enquêteur que Cecil Dobbs avait essayé de me fourguer ? Je n'avais pas toutes les réponses, mais je savais que la seule raison à la présence de Roulet dans ma maison était qu'il savait que je savais.

– Qu'est-ce que vous voulez vraiment, Louis ? lui demandai-je. Vous essayez de me faire peur ?

– Non, non, c'est plutôt moi qui devrais avoir peur. J'imagine que vous avez une arme derrière vous. Qu'est-ce que c'est ? Un flingue ?

Je serrai plus fort mon couteau, mais ne le montrai pas.

– Qu'est-ce que vous voulez ? répétai-je.

– Vous faire une offre. Pas sur la maison. Sur vos services.

– Vous les avez déjà.

Il pivota plusieurs fois sur le fauteuil avant de répondre. Je parcourus le bureau des yeux pour voir s'il y manquait quelque chose et remarquai qu'il s'était servi du petit plat en poterie que m'avait confectionné ma fille comme d'un cendrier. C'était censé recueillir des trombones.

– Je songeais à vos honoraires et aux difficultés de l'affaire, dit-il enfin. Franchement, Mick, je crois que vous n'êtes pas assez payé. Je voudrais donc revoir les échéances de paiement. On vous réglera la somme prévue, et entièrement, avant le début du procès. Mais je vais y ajouter un bonus. Dès qu'un jury de mes pairs m'aura déclaré non coupable du crime répugnant dont on m'accuse, vos honoraires seront doublés, automatiquement. Je vous rédigerai ce chèque dans votre Lincoln, lorsque nous quitterons le tribunal.

– C'est très sympa à vous, mais le barreau de Californie interdit aux avocats d'accepter des bonus basés sur le résultat obtenu. Je ne pourrais pas l'accepter. C'est plus que généreux, mais c'est impossible.

– Sauf que ce barreau de Californie n'est pas ici, Mick. Et que nous ne sommes pas obligés de traiter ça comme un bonus pour bons résultats. Ça peut faire tout simplement partie des échéances. Parce que bien sûr vous me défendrez avec succès, n'est-ce pas ?

Il me jeta un regard intense, où je vis clairement la menace.

– Au prétoire, rien n'est garanti, lui renvoyai-je. Les choses peuvent tourner mal. Mais pour moi, le coup est toujours jouable.

Il se mit à sourire, très lentement.

– Qu'est-ce qui pourrait faire que ça soit encore plus jouable ?

Je pensai à Reggie Campo. Toujours en vie et prête à aller au procès. Elle n'avait aucune idée de l'individu contre qui elle allait témoigner.

– Rien, lui répondis-je. Vous ne bougez pas et vous attendez. Ne vous faites pas des idées. Ne faites rien. Le dossier se met en place et nous nous en sortirons comme il faut.

Il ne réagit pas. Je voulais qu'il cesse de penser à la menace que représentait Reggie Campo.

– Mais il y a du nouveau, repris-je.

– Vraiment ? Et ce serait… ?

– Je n'ai pas encore tous les détails. Ce que je sais, je le tiens d'une source qui ne peut pas m'en dire plus, mais il semblerait que le district attorney ait un mouton. Vous n'avez rien dit de l'affaire à personne quand vous étiez en prison, n'est-ce pas ? Vous vous rappelez que je vous avais dit de ne parler à personne ?

– Et je n'ai rien dit. Je ne sais pas qui il a, mais ce mouton est un menteur.

– Les trois quarts d'entre eux le sont. Je voulais juste être sûr. Je m'en occuperai si jamais on nous en sortait un.

– Bien.

– Autre chose… Avez-vous parlé à votre mère de témoigner pour son agression dans la maison vide ? On en a besoin pour arrêter une ligne de défense sur le fait que vous aviez un couteau sur vous.

Il ourla les lèvres, mais ne répondit pas.

– Il faut que vous la travailliez, insistai-je. Il pourrait être très important de bien établir ce fait auprès du jury. Sans compter que ça pourrait vous attirer de la sympathie.

Il acquiesça de la tête. Il avait vu la lumière.

– Est-ce que vous pourriez le lui demander, s'il vous plaît ?

– Je le ferai. Mais ce sera dur. Elle ne l'a pas déclaré aux flics. Elle n'en a parlé à personne, sauf à Cecil.

– On a besoin qu'elle témoigne et après, on pourrait faire témoigner Cecil pour confirmer ses dires. Ça n'aura pas autant de poids qu'un rapport de police, mais ça fera l'affaire. On a besoin d'elle, Louis. Je crois que si elle témoigne, elle arrivera à convaincre les jurés. Les jurés aiment beaucoup les vieilles dames.

– D'accord.

– Vous a-t-elle jamais dit à quoi ressemblait le type ? Quel âge il avait ? Enfin tout, quoi.

Il hocha la tête.

– Elle n'aurait pas pu. Il portait un passe-montagne et des lunettes de ski. Il lui a sauté dessus dès qu'elle a franchi la porte. Il s'était caché derrière. Ç'a été très rapide et très violent.

Sa voix trembla. Je restai perplexe.

– Vous ne m'avez pas dit que son assaillant était un acheteur potentiel qu'elle était censée retrouver dans cet endroit ? Il était déjà à l'intérieur ?

Il porta son regard à la hauteur du mien.

– Oui. Dieu sait comment, il avait réussi à entrer et l'attendait. Ç'a été terrible.

J'acquiesçai d'un signe de tête. Je n'avais pas envie de pousser plus loin pour l'instant. Je voulais qu'il sorte de chez moi.

– Écoutez, merci pour votre offre, Louis. Mais maintenant, si vous voulez bien m'excuser, je veux aller me coucher. La journée a été longue.

Avec ma main libre, je lui montrai le couloir qui conduisait à la porte d'entrée. Il se leva du fauteuil de bureau et vint vers moi. Je reculai dans le couloir, puis à l'entrée de ma chambre. Je gardai le couteau dans mon dos – prêt à servir. Mais il passa devant moi sans incident.

– Et demain vous avez votre fille à sortir, dit-il.

Cela me glaça. Il avait écouté ma conversation avec Maggie. Je ne dis rien. Lui, si.

– Je ne savais pas que vous aviez une fille, Mick, reprit-il. Ça doit être bien.

Et il se retourna pour me sourire en continuant d'avancer dans le couloir.

– Elle est belle, ajouta-t-il.

Mon inertie se mua en élan. Je repassai dans le couloir et me mis à le suivre, ma colère augmentant à chaque pas que je faisais. Je serrai mon couteau de plus en plus fort.

– Comment savez-vous de quoi elle a l'air ? lui lançai-je.

Il s'arrêta, je m'arrêtai à mon tour. Il regarda le couteau que je tenais dans ma main, puis mon visage. Et parla calmement.

– La photo sur votre bureau.

Je l'avais oubliée. Une petite photo encadrée de la demoiselle au manège des tasses à thé à Disnelyand.

– Oh.

Il sourit – il savait ce que j'avais cru.

– Bonsoir, Mick. Amusez-vous bien avec votre fille demain. Vous ne la voyez sans doute pas assez. (Il se retourna, traversa la salle de séjour, ouvrit la porte d'entrée et me regarda avant de sortir.) Vous, c'est d'un bon avocat que vous auriez besoin. Quelqu'un qui vous obtienne la garde.

– Non. Elle est mieux avec sa mère.

– Bonsoir, Mick. Merci pour cette petite conversation.

– Bonsoir, Louis.

Je m'avançai pour refermer la porte.

– Belle vue, lança-t-il une fois sur la terrasse.

– Oui, dis-je et je refermai la porte à clé.

Je restai la main sur le bouton de porte, à attendre l'instant où je ne l'entendrais plus descendre les marches qui conduisent à la rue. Mais, une seconde plus tard, il frappa à la porte. Je fermai les yeux, gardai mon couteau prêt et lui rouvris. Il tendit la main en avant. Je reculai d'un pas.

– Votre clé. Je me disais que ça serait mieux que vous l'ayez.

Je la pris dans la paume de sa main.

– Merci.

– De rien.

Je refermai la porte à clé, une fois encore.

Mardi 12 avril

22

Ma journée commença mieux que tout ce qu'un avocat de la défense pouvait demander. Ni prétoire où traîner, ni client à rencontrer. Je dormis tard, passai ma matinée à lire le journal de la première à la dernière page et, oui, j'avais une loge pour le match d'ouverture de la saison de base-ball des Los Angeles Dodgers. Match de jour et tradition respectée depuis toujours par ceux qui travaillent pour la défense. Mon billet m'avait été offert par un Raul Levin qui y emmenait régulièrement cinq des pros de la défense pour lesquels il travaillait afin de les remercier de l'employer. J'étais sûr que les quatre autres allaient grogner et se plaindre que je le monopolisais pour préparer le procès de Roulet. Ce n'était pas ça qui allait me déranger.

Nous avions abordé le moment où, vu de l'extérieur, tout ralentit avant le procès, celui où la machine tourne régulièrement et sans faire de bruit. Le procès devait commencer dans un mois. Au fur et à mesure que la date approchait, je prenais de moins en moins de clients. J'avais besoin de tout mon temps pour me préparer et élaborer mes stratégies. Bien que plusieurs semaines nous séparent encore du grand moment, il était plus que probable que ce serait avec les informations déjà collectées que tout serait gagné ou perdu. Telle était la raison pour laquelle je ne devais pas charger mon emploi du temps. Je ne prenais des affaires que de clients récidivistes – et seulement si les honoraires étaient convenables et versés d'avance.

Un procès se joue en un seul coup de fronde. Tout est dans la préparation. C'est dans la période qui le précède que la fronde est chargée avec la pierre qui convient et que, lentement mais sûrement, l'élastique est tiré jusqu'à sa tension maximale. C'est au procès qu'enfin on lâche l'élastique et que le projectile file sans dévier vers sa cible – l'acquittement. Le verdict de non-culpabilité. Et, cette cible, on ne l'atteint que si l'on a bien choisi sa pierre et tiré soigneusement l'élastique, aussi loin en arrière que possible.

C'était Levin qui s'en chargeait. Il continuait de gratter dans le passé des acteurs des deux affaires, Menendez et Roulet. Nous avions élaboré une stratégie que nous avions dite « à coup double » dans la mesure où c'étaient deux cibles que nous visions. Je ne doutais pas que lorsque le procès commencerait – en mai –, nous aurions tiré l'élastique au maximum et serions prêts à le lâcher.

Il faut dire que l'accusation faisait elle aussi tout ce qu'il fallait pour nous donner la bonne pierre. Les semaines qui avaient suivi la mise en accusation formelle de Louis Roulet avaient vu son dossier fortement grossir au fur et à mesure que les rapports du labo venaient le gonfler, que nous arrivaient d'autres rapports d'enquête de police et que survenaient de nouveaux événements.

Au nombre de ces événements dignes d'intérêt figurait en particulier l'identification de M. X, le gaucher qui s'était trouvé avec Reggie Campo Chez Morgan, le soir de l'agression. En se servant de la vidéo que j'avais transmise à l'accusation, les inspecteurs du LAPD avaient réussi à l'identifier en montrant un plan de l'enregistrement à des prostituées et autres escortes lors de leurs arrestations par les Mœurs. M. X était un certain Charles Talbot. Nombre de ces dames le connaissaient bien.

D'après certaines, il était le propriétaire ou l'employé d'un magasin de proximité dans Reseda Boulevard.

Les rapports d'enquête que j'avais reçus au titre de la loi sur la transmission des éléments de preuves montraient qu'en l'interrogeant ces inspecteurs avaient appris que, le soir du 6 mars, il avait quitté l'appartement de Campo un peu avant vingt-deux heures et s'était ensuite rendu au magasin de proximité ouvert vingt-quatre heures sur vingt-quatre mentionné ci-dessus. Il en était bien le propriétaire. Il y était allé vérifier certaines choses et ouvrir une réserve de cigarettes dont il était le seul à posséder la clé. Les bandes des caméras de surveillance du magasin confirmaient qu'il s'y était bien trouvé entre vingt-deux heures neuf et vingt-deux heures cinquante et une et qu'il y avait passé son temps à remplir les bacs à cigarettes sous le comptoir de devant. Dans leurs conclusions, les flics déclaraient donc que Talbot n'avait rien à voir, même en partie, avec les événements qui s'étaient produits après qu'il avait quitté l'appartement de Campo. Il n'avait jamais été qu'un des clients de la victime.

Nulle part dans le dossier de l'accusation il n'était fait état des déclarations de Dwayne Jeffery Corliss, le mouton qui avait contacté le procureur pour cafter sur Louis Roulet. Ou bien Minton avait décidé de ne pas se servir de son témoignage ou bien il gardait le bonhomme au chaud pour ne faire appel à lui qu'en cas d'urgence – ce que, moi, j'avais plutôt tendance à croire. Il l'avait enfermé dans une prison avec obligation de soins. Il ne se serait pas donné cette peine s'il n'avait pas voulu le tenir à l'écart – mais prêt à passer à l'action. Et ça ne me gênait pas. Ce que Minton ignorait, c'était que ce même Corliss était la pierre que j'allais mettre dans ma fronde.

Si le dossier de l'accusation ne contenait guère de renseignements sur la victime de l'agression, Raul Levin, lui, enquêtait très sérieusement sur elle. Il avait repéré un site web, le PinkMink.com, sur lequel Reggie Campo faisait de la publicité pour ses services. Ce qu'il y avait d'important là-dedans n'était pas forcément que cela renforçait la thèse selon laquelle elle pratiquait la prostitution, mais bien plutôt, en tout cas selon le texte de ses pubs, qu'elle était « très ouverte et aimait bien les trucs fous », jusqu'à être « prête à jouer son rôle dans des scénarios sado-masos, du genre : tu me fesses ou c'est moi ». C'étaient là de bonnes munitions à avoir. Le type même de renseignements susceptibles de décrédibiliser une victime ou un témoin aux yeux d'un jury.

Levin creusait encore plus profondément dans le passé de Louis Roulet et avait ainsi appris que, mauvais élève, celui-ci avait fréquenté cinq lycées privés différents de Beverly Hills et des environs. Il était effectivement allé en fac et avait décroché une licence d'anglais à UCLA, avec spécialisation en littérature, mais Levin avait retrouvé quelques-uns de ses camarades de fac, ceux-ci lui déclarant que Roulet se serait littéralement « payé ses études » en achetant à certains dissertations, réponses aux tests, et même un mémoire de quatre-vingt-dix pages sur la vie et l'œuvre de John Fante.

Le Louis Roulet adulte qui se profilait ensuite à l'horizon était nettement plus sinistre. Levin avait retrouvé bon nombre de ses amies femmes qui l'accusaient de les avoir maltraitées physiquement ou moralement, quand ce n'était pas les deux. Deux d'entre elles qui l'avaient connu du temps où elles étudiaient à UCLA le soupçonnaient d'avoir glissé une drogue dans leurs boissons à une soirée donnée par une association et d'avoir profité d'elles ensuite. Ni l'une ni l'autre n'avait fait part de ces soupçons aux autorités, mais l'une d'elles s'était fait faire une analyse de sang le lendemain de la soirée. Des traces de chlorhydrate de kétamine, un sédatif utilisé par les vétérinaires, y avaient été découvertes. Heureusement pour la défense, aucune de ces deux femmes n'avait été retrouvée par les enquêteurs de l'accusation.

Levin avait encore étudié les affaires dites du « Violeur de l'immobilier », qui remontaient à quatre ans. Cinq femmes – travaillant dans des agences – déclaraient avoir été maîtrisées puis violées par un homme qui les attendait à l'intérieur lorsqu'elles étaient entrées dans des maisons qui, croyaient-elles, avaient été libérées par leurs propriétaires pour qu'elles puissent les faire visiter. Ces affaires n'avaient pas été résolues, mais les agressions avaient cessé onze mois après que la première avait été rapportée à la police. Levin s'était entretenu avec un enquêteur des services du shérif qui travaillait sur ces dossiers. D'après lui, et c'était la tripe qui parlait, le violeur n'avait rien d'un étranger à la profession. Il avait l'air de savoir comment entrer dans les maisons et y attirer les vendeuses. Pour cet enquêteur, il travaillait dans l'immobilier, mais, aucune arrestation n'ayant été effectuée, il n'avait jamais pu prouver sa théorie.

Toujours de ce côté-là, Levin n'avait pas trouvé grand-chose pour confirmer que Mary Alice Windsor comptait au nombre des victimes. Celle-ci nous avait accordé une entrevue et accepté de témoigner sur sa tragédie secrète, mais seulement si cela s'avérait d'une importance vitale. La date qu'elle avait donnée pour son agression tombait bien à l'époque des crimes imputés au Violeur de l'immobilier. Et elle nous avait aussi confié un carnet de rendez-vous et d'autres documents montrant qu'elle était bien chargée de vendre la maison de Bel-Air où elle disait avoir été attaquée. Cela étant, nous n'avions quand même que sa parole pour prouver quoi que ce soit : il n'y avait ni dossier médical ni analyses faites en hôpital pour confirmer qu'il y avait eu agression sexuelle. Et aucun rapport de police non plus.

Il n'empêche : lorsqu'elle nous avait raconté l'affaire, tout ce qu'elle avait dit correspondait à ce que nous en avait rapporté Roulet, au détail près ou presque. Plus tard, Levin et moi avions même trouvé bizarre qu'il en sache autant sur cette agression. Si sa mère avait effectivement décidé de tenir tout cela secret et de ne le dire à personne, pourquoi avait-elle confié tant de détails sur son calvaire à son fils ? Cette question avait amené Levin à formuler une théorie aussi répugnante que fascinante.

– Pour moi, s'il connaît tous ces détails, c'est qu'il y était, m'avait-il lancé lorsque nous nous étions retrouvés seuls après l'entrevue.

– Tu crois qu'il y a assisté sans rien faire pour y mettre fin ?

– Non. Ce que je crois, c'est que le type en passe-montagne et lunettes de ski, c'était lui.

J'étais resté silencieux. Je crois qu'au niveau subliminal au moins je pensais la même chose, mais l'idée était trop ignoble pour m'arriver complètement à la conscience.

– Ah, putain… avais-je dit.

Croyant que je n'étais pas d'accord avec lui, Levin avait poussé son analyse.

– Cette femme est une dure à cuire, avait-il repris. Elle a monté cette boîte en partant de zéro et, dans cette ville, l'immobilier est un véritable coupe-gorge. C'est une dure et je n'imagine pas qu'elle ne soit pas allée porter plainte et n'ait pas cherché à faire arrêter le type qui lui avait fait ça. Pour moi, il y a deux genres de personnes. Celles qui y vont œil pour œil et celles qui tendent l'autre joue. Et elle, c'est une œil pour œil et je ne la vois pas tenir ce truc secret à moins qu'elle veuille protéger le type. À moins donc que ce type, ce soit le nôtre. Je te le dis, mec, Roulet, c'est le mal incarné. Je ne sais pas d'où ça lui vient ni comment il a attrapé ça, mais plus je l'observe et plus je vois le diable en lui.

Toutes ces recherches étaient complètement sous le manteau. Ce n'était évidemment pas le genre de passé qu'on allait, de quelque façon que ce soit, porter au grand jour pour la défense. Il fallait celer tout ça à la remise des éléments de preuves et très peu de ce que Levin ou moi découvrions faisait l'objet de notes écrites. Cela dit, c'était quand même des informations que je devais connaître avant de prendre ma décision, de préparer le procès et d'arrêter ma stratégie.

À onze heures cinq, mon téléphone sonna alors que, debout devant une glace, je me mettais une casquette des Dodgers sur le crâne. Je vérifiai l'identité du correspondant avant de répondre et m'aperçus que c'était Lorna Taylor.

– Pourquoi as-tu éteint ton portable ? me lança-t-elle.

– Parce qu'aujourd'hui je ne bosse pas. Je te l'ai dit : pas d'appels aujourd'hui. Je vais au match avec Mish et je suis même censé y aller tout de suite pour le rencontrer un peu en avance.

– Mish ? Qui c'est ?

– Je voulais dire Raul. Pourquoi est-ce que tu m'embêtes comme ça ?

J'avais dit ça en plaisantant.

– Parce que j'ai l'impression que ça, tu vas vouloir que ça t'embête. Le courrier est passé un peu tôt aujourd'hui et j'y ai trouvé un arrêt de la Second.

La « Second » ou « Second District Court of Appeal » passait en revue toutes les affaires du ressort du comté de Los Angeles. C'était la première haie à franchir lorsqu'on voulait aller jusqu'à la Cour suprême. Cela étant, je ne pensais pas que Lorna me téléphonait pour me dire que j'avais perdu un procès en appel.

– Quelle affaire ? lui demandai-je.

À tout moment j'en ai en général quatre ou cinq en appel à la Second.

– Un de tes Road Saints. Harold Casey. Tu as gagné !

J'en restai bouche bée. Pas d'avoir gagné, non, mais d'avoir gagné aussi rapidement. J'avais essayé d'aller vite.

J'avais soumis mes remarques avant l'énoncé du verdict et payé pour avoir les minutes du procès rédigées tous les jours. J'avais interjeté appel dès le lendemain de la sentence et demandé un examen rapide de ma requête. Il n'empêche : je ne m'attendais pas à recevoir quoi que ce soit sur l'affaire avant deux mois.

Je demandai à Lorna de me lire les attendus de l'arrêt, un sourire s'élargissant sur ma figure au fur et à mesure qu'elle le faisait. Les conclusions reprenaient mes observations quasiment mot pour mot. Les trois juges requis étaient tombés d'accord avec moi, y compris lorsque je faisais remarquer que le survol à basse altitude du ranch de Casey par l'hélicoptère de surveillance du shérif constituait une violation de son intimité. La cour annulait donc la condamnation de Casey en déclarant que la fouille qui avait conduit à la découverte des plants de marijuana hydroponiques était illégale.

Le ministère public allait donc devoir décider de rejuger Casey ou pas et, réalistement parlant, c'était hors de question. Il n'aurait rien de nouveau à présenter vu que la cour d'appel avait déclaré qu'aucun des éléments de preuves rassemblés lors de ces fouilles et recherches n'était admissible devant un tribunal. Cette décision de la Second était bel et bien une victoire pour la défense et ce n'est pas tous les jours que ça arrive.

– Ah dis donc, tu parles d'une journée pour les petits et les perdants !

– Bon, mais… où est-il ? me demanda-t-elle.

– Il est possible qu'il soit encore au dépôt, mais ils allaient l'enfermer à Corcoran. Voilà ce que tu vas faire : tu fais environ dix copies de l'arrêt et tu les mets dans une enveloppe que tu envoies à Casey à Corcoran. Tu devrais avoir l'adresse.

– Ben… ils vont pas le laisser partir ?

– Pas tout de suite. Il a enfreint sa conditionnelle après son arrestation et ça, l'appel ne le couvre pas. Il ne sortira pas avant d'être passé devant la Commission des conditionnelles et d'avoir fait jouer la clause dite du « fruit de l'arbre empoisonné », à savoir que s'il y a eu violation de la conditionnelle, c'était à cause d'une perquisition illégale. Ça devrait prendre dans les six semaines avant que ça marche.

– Six semaines ? C'est incroyable !

– Tu veux pas la prison, tu fais pas le couillon.

J'avais chanté ça à la manière de Sammy Davis dans son émission de télévision.

– Mick, je t'en prie, ne me chante pas des trucs.

– Je m'excuse.

– Pourquoi faut-il lui en envoyer dix exemplaires ? Un seul ne suffit pas ?

– Parce qu'il va en garder un pour lui et distribuer les neuf autres autour de lui pour que ton téléphone se mette à sonner. Un avocat capable de gagner en appel, c'est de l'or en barre en prison. Les détenus vont tellement t'appeler comme des dingues que t'auras à les trier pour retenir ceux qui ont de la famille et qui peuvent payer.

– T'as toujours une combine, pas vrai ?

– J'essaie, oui. Autre chose aux nouvelles ?

– Juste l'ordinaire. Les appels dont tu m'as dit que tu ne voulais pas entendre parler. As-tu vu Laura Larceny hier à la prison du comté ?

– C'est Larsen qu'elle s'appelle et oui, je l'ai vue. On dirait qu'elle a passé le pire. Mais il lui reste plus d'un mois à tirer.

De fait, Laura Larsen avait l'air d'avoir passé plus que le pire. Je ne l'avais pas vue aussi vive et l'œil aussi clair depuis des années. J'avais certes un but caché pour descendre la voir au County-USC Medical Center, mais découvrir qu'elle allait vers la guérison avait constitué un bonus appréciable.

Comme prévu, Lorna fit dans la prophétie de malheur.

– Et combien de temps faudra-t-il avant qu'elle rappelle pour me dire : « Je suis en taule et j'aurais besoin de Mickey » ?

Elle m'avait lâché ça en imitant les nasillements geignards de Laura Larsen. C'était bien vu, mais cela m'agaça. Elle couronna même le tout en chantonnant sur un classique de Disney.

– M-I-C… c'est bientôt qu'on se voit, K-E-Y[1]… pourquoi ? parce que tu me fais jamais payer ! M-O-U-T-H. Mickey Mouth… Mickey Mouth… l'avocat que tout le monde…

– S'il te plaît, Laura, ne me chante pas des trucs.

Elle rit dans le téléphone.

– Je te faisais juste remarquer quelque chose.

Je souris, mais tentai de n'en rien laisser entendre dans ma voix.

– Bien. J'ai compris. Et maintenant, va falloir que j'y aille.

– Amuse-toi bien… Mickey Mouth.

– Tu pourrais chanter ce truc toute la journée et les Dodgers perdre quinze à zéro contre les Giants que je serais toujours aussi heureux. Après les nouvelles que tu m'as données, qu'est-ce qui pourrait aller mal ?

Je mis fin à la conversation, gagnai mon bureau et pris le numéro de portable de Teddy Vogel, le patron des Saints. Je lui communiquai la bonne nouvelle et lui laissai entendre qu'il pourrait sans doute la transmettre à Hard Case plus vite que moi. Des Road Saints, il y en a dans toutes les prisons. Ils ont un système de communication dont la CIA et le FBI pourraient s'inspirer. Vogel me dit qu'il s'en occuperait et ajouta que les dix mille dollars qu'il m'avait donnés le mois précédent au

1. La dernière lettre de MIC, C, se prononce « si » en anglais et a pour homonyme *see*, voir. La dernière lettre de KEY, Y, se prononce « waï » en anglais, avec pour homonyme *why*, pourquoi *(NdT)*.

bord de la route, près de Vasquez Rocks, étaient donc un bon placement.

– Ça me fait plaisir de vous l'entendre dire, Ted, lui renvoyai-je. Pensez à moi la prochaine fois que vous aurez besoin d'un avocat.

– 'N'y manquera pas, grand chef.

Il referma son portable et moi aussi. Je sortis mon gant de base-ball première base de la penderie du couloir et me dirigeai vers la porte.

J'avais donné sa journée – payée – à Earl, je pris le volant et descendis au Dodger Stadium. La circulation resta fluide jusqu'à ce que j'en approche. Même s'il a lieu de jour et en semaine, le match d'ouverture se joue toujours à guichets fermés. Le début de la saison de base-ball est un rite de printemps qui attire des milliers de travailleurs au centre-ville. C'est le seul événement sportif de Los Angeles où les hommes sont en cravate et chemise blanche amidonnée. Tout le monde fait l'école buissonnière. Il n'y a rien de mieux. Après, ce sont les matchs perdus de justesse, les lanceurs qui s'effondrent, les occasions ratées – après, la réalité reprend ses droits.

J'arrivai le premier. Nous étions à trois rangées du terrain, sur des sièges ajoutés pendant l'intersaison. Levin avait dû sacrément se démener pour acheter ses billets à un revendeur du coin. Mais bon : au moins était-ce déductible des impôts au titre des frais généraux.

L'idée était que Levin m'y retrouve tôt. Il m'avait appelé pour me demander de lui accorder quelques instants. En plus de regarder s'entraîner les batteurs et d'admirer toutes les améliorations que le nouveau propriétaire avait apportées au stade, nous parlerions de la visite que j'avais rendue à Laura Larsen, Raul me mettant, lui, au courant des dernières découvertes qu'il avait faites sur Louis Roulet.

Sauf qu'il n'arriva pas à l'heure pour l'entraînement des batteurs. Les quatre autres avocats se pointèrent – trois en costume-cravate, ils venaient du tribunal –, et Raul et moi manquâmes l'occasion de nous entretenir en privé.

Ces quatre autres avocats, je les connaissais depuis certaines affaires de bateaux que nous avions plaidées ensemble. De fait, c'était de là qu'était partie la tradition des pros de la défense d'aller tous ensemble aux matchs des Dodgers. Profitant du mandat plutôt large qu'ils avaient reçu du gouvernement pour empêcher l'entrée de la drogue aux États-Unis, les gardes-côtes américains s'étaient mis à arraisonner des vaisseaux suspects un peu partout sur les océans. Lorsqu'ils trouvaient le filon – à savoir de la cocaïne –, ils les saisissaient et faisaient prisonniers les équipages. Nombre de ces poursuites arrivaient alors à l'US District Court de Los Angeles et donnaient lieu à des procès, où étaient parfois impliqués plus de douze accusés à la fois. Chaque inculpé avait droit à un avocat, les trois quarts de ces derniers nommés d'office par le tribunal et payés par Uncle Sugar. En plus de tomber régulièrement, ces affaires étaient lucratives et nous nous amusions bien. Une fois, nous nous étions même tous cotisés pour nous payer une suite pour voir jouer les Cubs. Nous avions effectivement parlé de l'affaire quelques minutes, pendant la septième manche.

Les cérémonies qui précèdent le match commencèrent et il n'y avait toujours pas de Levin. Des centaines de colombes furent lâchées à partir de paniers posés sur le terrain. Elles se mirent en formation, firent le tour du stade sous les bravos de tous, filèrent dans les airs et disparurent. Peu après, un bombardier furtif B-2 rasa le stade sous des bravos encore plus véhéments. Typique de Los Angeles. Quelque chose pour tout le monde, avec un peu d'ironie en plus.

Le match démarra et il n'y avait toujours pas de Levin. J'allumai mon portable et tentai de l'appeler même s'il n'était pas facile d'entendre. Bruyante et tapageuse, la foule espérait encore que la saison ne se transformerait pas en une énième déception. Mon appel fut archivé en message.

« Mish, où t'es, mec ? On est au match et les places sont géniales, mais y en a une de vide. On t'attend. »

Je refermai mon portable, regardai mes collègues et haussai les épaules.

– Je ne sais pas, dis-je. Il ne répond pas.

Je laissai mon téléphone allumé et le raccrochai à ma ceinture.

Avant la fin de la première manche, je regrettai ce que j'avais dit à Lorna sur le fait que je me foutais pas mal que les Giants nous écrasent vingt à zéro. Ils menaient déjà cinq à zéro avant que les Dodgers passent à la batte et la foule s'était vite sentie frustrée. J'entendis des gens se plaindre du prix des places, de la rénovation du stade et de sa surcommercialisation. Un des avocats, Roger Mills, parcourut le stade des yeux et fit remarquer qu'on y voyait plus de logos d'entreprises qu'à une course de stock-cars.

Les Dodgers arrivèrent à reprendre la tête, mais à la quatrième manche tout s'effondra et les Giants obligèrent Jeff Weaver à cavaler jusqu'au mur du centre sur une passe à trois. Je profitai du temps mort nécessaire au changement de lanceurs pour me vanter de la rapidité avec laquelle la Second avait statué sur l'affaire Casey. Mes collègues furent impressionnés, mais l'un d'entre eux, Dan Daly, laissa entendre que si cela s'était passé aussi vite, c'était sans doute parce que les trois juges se trouvaient sur ma liste de cadeaux de Noël. Je lui répliquai qu'il avait dû rater la note du barreau rappelant que les jurés n'aiment pas les avocats à queue-de-cheval. La sienne lui tombait jusqu'à la moitié du dos.

Ce fut aussi pendant cette accalmie dans le jeu que j'entendis sonner mon portable. Je le décrochai de ma ceinture et l'ouvris sans regarder l'écran.

– Raul ?

– Non, monsieur. Ici l'inspecteur Lankford de la police de Glendale. Vous êtes bien Michael Haller ?

– Oui.

– Vous avez un instant ?

– J'en ai un, mais je ne suis pas très sûr de bien pouvoir vous entendre. Je suis au match des Dodgers. Est-ce que ça peut attendre que je vous rappelle plus tard ?

– J'ai peur que non. Connaissez-vous un certain Raul Aaron Levaïne ? C'est un…

– Oui, je le connais. Qu'est-ce qu'il y a ?

– Je crains que M. Levaïne ne soit mort, monsieur. Il a été victime d'un homicide, chez lui.

Je baissai si fort et loin la tête en avant que je me cognai dans le dos du spectateur assis devant moi. Je me redressai, me couvris une oreille d'une main et pressai fort l'appareil contre l'autre. Tout bruit disparut autour de moi.

– Qu'est-ce qui s'est passé ?

– Nous ne savons pas, me répondit Lankford. C'est pour ça que nous sommes ici. Nous avons l'impression qu'il travaillait pour vous. Pourriez-vous par hasard venir répondre à quelques questions et nous donner un coup de main ?

Je soufflai fort et tentai de garder un ton calme.

– J'arrive tout de suite, lui répondis-je.

23

Le cadavre de Raul Levin se trouvait dans la pièce du fond de la maison où il habitait, quelques rues en retrait de Brand Boulevard. De cette pièce, probablement conçue à l'origine pour servir de solarium ou de salon télé, Raul avait fait son bureau. Comme moi, il n'avait pas besoin d'un espace commercial. Son affaire n'était pas de celles qui nécessitent un local. Raul ne figurait même pas dans les Pages jaunes. Il travaillait pour des avocats et décrochait ses boulots grâce au bouche à oreille. Les cinq qui devaient le retrouver au match témoignaient de son talent et de son succès.

Les flics en tenue qu'on avait prévenus de mon arrivée me firent attendre dans la salle de séjour jusqu'à ce que les inspecteurs puissent revenir de l'arrière de la maison pour me parler. Un officier se tenait dans le couloir au cas où j'aurais voulu foncer comme un malade jusqu'à la pièce du fond ou la porte d'entrée. Il se trouvait pile au bon endroit pour gérer le problème dans l'un ou l'autre cas. Je restai assis à attendre et pensai à mon ami.

C'était en revenant du stade que j'avais trouvé l'identité de l'assassin. Je n'avais pas besoin qu'on m'emmène dans la pièce du fond pour voir ou entendre la preuve de ce que j'avançais. Au plus profond de mon cœur, je savais que Raul Levin s'était approché un peu trop près de Louis Roulet. Et c'était moi qui le lui avais demandé.

La seule question qui se posait encore à moi était celle de savoir ce que j'allais faire.

Au bout de vingt minutes, deux inspecteurs arrivèrent de la pièce du fond. Dès qu'ils entrèrent dans la salle de séjour, je me levai et nous restâmes debout pour nous parler. Le premier était Lankford, celui qui m'avait appelé. C'était lui le plus vieux, l'ancien. Son collègue était une certaine Sobel. Elle ne donnait pas l'impression d'enquêter sur des homicides depuis bien longtemps.

Nous ne nous serrâmes pas la main. Tous deux portaient des gants en caoutchouc. Et des bottines en papier par-dessus leurs chaussures. Lankford mâchait du chewing-gum.

– Bien, dit-il d'un ton bourru, voilà ce qu'on a. Levaïne était dans son bureau, assis dans son fauteuil. Il avait son bureau dans le dos et faisait face à son agresseur. Il a reçu une balle en pleine poitrine. Du petit calibre, du 22, on dirait, mais là, faudra attendre l'avis du coroner.

Il se frappa le milieu de la poitrine. J'entendis le bruit sec du gilet pare-balles sous sa chemise.

Je le repris. Au téléphone et maintenant il avait appelé mon ami « Levaïne ». Je l'informai que son nom rimait avec « *heaven*[1] ».

– Bon d'accord, Levin, dit-il en prononçant comme il faut. Toujours est-il qu'après avoir été touché il a essayé de se lever ou alors il a tout simplement piqué du nez. Il est mort face contre le plancher. L'assassin a saccagé le bureau et nous sommes pour l'instant dans l'impossibilité de vous dire ce qu'il pouvait bien chercher ou pourrait avoir pris.

– Qui l'a trouvé ? demandai-je.

– Une voisine qui a vu son chien errer. L'agresseur avait dû le laisser filer avant ou après le meurtre. La voisine l'a vu traîner dans le coin, l'a reconnu et l'a

1. Soit « paradis » en anglais *(NdT)*.

ramené. Elle a trouvé la porte ouverte, est entrée et a découvert le corps. Ce clebs n'a pas grand-chose d'un chien de garde, si vous voulez mon avis. C'est un de ces petits trucs pleins de poils.

– Un shih tzu, dis-je.

Je l'avais déjà vu et avais entendu Levin en parler, mais je ne me rappelais plus son nom. C'était quelque chose du genre Rex ou Bronco… un nom qui faisait mentir sa petite taille.

Sobel jeta un coup d'œil à son carnet de notes avant de poursuivre l'interrogatoire.

– Nous n'avons rien trouvé qui nous aiguille sur quelque parent que ce soit, dit-elle. Savez-vous s'il avait de la famille ?

– Je crois que sa mère vit sur la côte Est. Il est né à Detroit. Peut-être y habite-t-elle. Pour moi, ils n'avaient guère de relations.

Elle acquiesça d'un signe de tête.

– Nous avons trouvé son agenda avec ses rendez-vous. Il a porté votre nom sur presque toutes les pages du mois dernier. Travaillait-il sur un dossier particulier pour vous ?

J'acquiesçai.

– Sur plusieurs, répondis-je. Mais surtout un.

– Vous voulez nous en parler ?

– J'ai une affaire qui doit aller au procès. Le mois prochain. Une histoire de tentative de viol et de meurtre. Il cherchait des éléments de preuves et m'aidait à me préparer.

– Vous voulez dire qu'il vous aidait à essayer de trouver des trucs par-derrière, c'est ça ?

Je compris alors que la politesse dont Lankford avait fait preuve au téléphone n'était que de surface : on voulait seulement me faire venir. Il avait changé. Il donnait même l'impression de mastiquer son chewing-gum de manière plus agressive que lorsqu'il était entré dans la pièce.

– Vous appelez ça comme vous voulez, inspecteur, lui renvoyai-je. Tout le monde a le droit d'être défendu devant un tribunal.

– Ben tiens, et ils sont tous innocents et c'est la faute à leurs parents parce qu'ils les ont privés du téton maternel un peu trop tôt, enchaîna-t-il. Bon, bref. Ce Levaïne avait bien été flic avant, non ?

Il s'était remis à écorcher son nom.

– Oui, il a travaillé au LAPD. Inspecteur aux Crimes contre les personnes, mais il avait pris sa retraite après douze ans de service. Douze ans, enfin… je crois. Il faudra que vous vérifiiez. Et c'est Levin qu'il s'appelait.

– C'est ça, comme dans « *heaven* ». Faut croire qu'il était pas taillé pour travailler du côté des bons, c'est ça ?

– Tout dépend de la façon dont on voit les choses.

– On pourrait revenir à cette affaire ? demanda Sobel. Comment s'appelle l'inculpé ?

– Louis Ross Roulet. Ça dépend de la division de la West Valley. Le procès se déroulera à la Cour supérieure de Van Nuys, devant le juge Fullbright.

– Cet homme est-il incarcéré ?

– Non. Il est en liberté sous caution.

– De l'animosité entre Roulet et M. Levin ?

– Pas que je sache.

J'avais pris ma décision. J'allais m'occuper de Roulet à ma façon. Je m'en tiendrais au plan que j'avais concocté… avec l'aide de Raul Levin. On balance une grenade sous-marine dans le dossier et on veille à dégager à temps. Je le devais à mon ami Mish. C'est comme ça qu'il aurait voulu procéder. Et je ne filerais l'enquête à personne. Je m'en occuperais moi-même.

– Ça pourrait être un truc gay ? voulut savoir Lankford.

– Quoi ? Pourquoi dites-vous ça ?

– Petit chien pour gonzesse et partout dans la maison il n'y a que des photos de mecs et du chien. Sur les murs, près du lit, sur le piano.

– Regardez de plus près, inspecteur. Ces photos ne sont sans doute que d'un seul type. Son coéquipier est mort il y a quelques années. Je ne pense pas qu'il ait fréquenté qui que ce soit d'autre depuis.

– Mort du sida, j'parie.

Je ne le lui confirmai pas. Je me contentai d'attendre. D'un côté, ses manières m'agaçaient, mais de l'autre je me disais que sa façon « terre brûlée » d'enquêter l'empêcherait de mettre ce meurtre sur le dos de Roulet. Ce qui m'allait on ne peut mieux. Je n'avais besoin de le neutraliser que cinq ou six semaines. Après je me foutais pas mal que les flics arrivent à faire le lien. À ce moment-là, j'aurais joué ma partie.

– Ce type allait-il patrouiller dans les boîtes gay ? insista-t-il.

Je haussai les épaules.

– Aucune idée. Mais si c'est un meurtre gay, pourquoi son bureau a-t-il été saccagé et pas le reste de la maison ?

Il hocha la tête. La logique de ma question semblait l'avoir pris de court. Mais c'est là qu'il m'en balança une qui me surprit :

– Et donc, où étiez-vous ce matin, maître ?

– Quoi ?

– Juste la routine. La scène de crime indique que la victime connaissait son assassin. Elle l'a laissé entrer directement dans la pièce du fond. Comme je l'ai dit, Levaïne était probablement assis dans son fauteuil de bureau quand il a reçu la balle. Pour moi, ce mec était tout à fait à son aise avec son assassin. Nous allons devoir disculper toutes ses connaissances, professionnelles et autres.

– Êtes-vous en train de me dire que vous me considérez comme un suspect ?

– Non, j'essaie seulement d'éclaircir la situation et de réduire le champ des recherches.

– Je suis resté chez moi toute la matinée. Je m'apprêtais à retrouver M. Levin au Dodger Stadium. J'y suis parti aux environs de midi et c'est là que j'étais quand vous m'avez appelé.

– Et avant ?

– Comme je vous l'ai dit, j'étais chez moi. Mais j'ai reçu un appel vers onze heures, ce qui confirme que j'étais bien chez moi, et je suis à au moins une demi-heure d'ici. S'il a été tué après onze heures, je ne suis pas dans le coup.

Il ne mordit pas à l'appât. Il ne me donna pas l'heure de la mort. Peut-être ne la connaissait-il pas encore.

– Quand lui avez-vous parlé pour la dernière fois ? me demanda-t-il à la place.

– Hier soir, au téléphone.

– Qui a appelé qui et pourquoi ?

– C'est lui qui m'a appelé pour me demander si je pouvais arriver au stade en avance. Je lui ai répondu que oui.

– Comment ça se fait ?

– Il aime… il aimait bien regarder s'entraîner les batteurs. Et il voulait parler un peu de l'affaire Roulet. Rien de précis, mais il ne m'avait pas fait le point depuis environ une semaine.

– Merci de votre aide, me lança Lankford d'un ton lourd de sarcasmes.

– Vous vous rendez compte que je viens de faire ce que j'interdis à tous mes clients ou individus qui veulent bien m'écouter ? Je vous ai parlé sans la présence d'un avocat et je vous ai donné mon alibi. Je dois être complètement fou.

– Je vous ai dit merci.

Sobel y mit son grain de sel.

– Y a-t-il autre chose que vous pourriez nous dire, monsieur Haller ? Quelque chose sur M. Levin ou son travail.

– Oui, il y a une autre chose. Une autre chose que

vous feriez peut-être bien de vérifier. Mais là, je veux que ça reste confidentiel.

Je regardai derrière eux le policier en tenue debout dans le couloir. Sobel suivit mon regard et comprit.

– Pouvez-vous attendre dehors, s'il vous plaît ? lança-t-elle à l'officier.

Celui-ci s'en alla, l'air agacé de s'être fait congédier par une femme.

– Bien, dit Lankford. De quoi s'agit-il ?

– Il va falloir que je vérifie les dates exactes, mais il y a quelques semaines de ça, en mars, Raul a travaillé pour moi sur une affaire où un de mes clients cafardait sur un trafiquant de drogue. Mon client a passé quelques coups de fil et aidé à identifier le type. J'ai appris plus tard que le bonhomme était un Colombien et qu'il avait pas mal de relations. Il aurait pu avoir des amis qui…

Je les laissai remplir les blancs.

– Je ne sais pas, dit Lankford. Ce qu'on a ici est plutôt clair. Je n'ai pas l'impression qu'il s'agisse d'une vengeance. On ne lui a pas tranché la gorge ou arraché la langue. Un seul coup de feu et on saccage le bureau. Qu'est-ce qu'auraient pu chercher les copains de votre trafiquant ?

Je hochai la tête.

– Disons… le nom de mon client ? L'arrangement que je lui ai trouvé le mettait hors circuit.

Lankford hocha la tête d'un air pensif.

– Comment s'appelle le client ?

– Je ne peux pas vous le dire. Clause de confidentialité avocat-client.

– Ça y est, on recommence avec les conneries. Comment voulez-vous qu'on enquête sur ce truc si on ne sait même pas le nom du client ? Ça vous indiffère ce qui est arrivé à votre ami là, étendu par terre avec un morceau de plomb dans le cœur ?

– Non, ça ne m'indiffère pas. Et même, il est évident que je suis le seul ici à qui son sort n'indiffère pas. Mais je suis aussi tenu par certains règlements et l'éthique du droit.

– Votre client pourrait être en danger.

– Mon client est à l'abri. Mon client est en taule.

– C'est une femme, non ? dit Sobel. Vous n'arrêtez pas de dire mon client au lieu de « il » ou « elle ».

– Il n'est pas question que je vous parle de mon client. Si vous voulez le nom du trafiquant, c'est Hector Arrande Moya. Il est en prison fédérale. Je crois qu'à l'origine son inculpation vient d'une affaire de la DEA[1] de San Diego. C'est tout ce que je peux vous dire.

Sobel en prit bonne note. Je pensai leur avoir donné assez de raisons pour oublier Roulet et l'angle gay.

– Monsieur Haller, vous êtes-vous déjà trouvé dans le bureau de M. Levin ? me demanda Sobel.

– Quelquefois, oui. Mais pas depuis deux ou trois mois, au moins.

– Cela vous gênerait-il de nous accompagner au fond ? Peut-être pourriez-vous voir quelque chose d'anormal ou remarquer quelque chose qui manque.

– Il y est encore ?

– Qui ça ? La victime ? Oui, dans l'état où on l'a trouvée.

Je hochai la tête. Je n'étais pas sûr de vouloir voir le cadavre de Raul Levin au milieu d'une scène de crime. Puis je décidai brusquement que si, je devais absolument le voir et ne plus jamais oublier ce spectacle. J'en aurais besoin pour attiser ma résolution.

– Bon, oui, je vais y aller, dis-je.

– Mettez ces trucs et ne touchez à rien pendant que vous serez là-bas. Nous n'avons pas terminé les premières constatations.

1. Drug Enforcement Administration. Organisme fédéral chargé de la répression du trafic de stupéfiants *(NdT)*.

Lankford sortit de sa poche une paire de bottines en papier plié. Je m'assis sur le canapé de Raul et les enfilai. Puis je suivis les deux inspecteurs dans le couloir, jusqu'à la pièce mortuaire.

Le cadavre était *in situ* – à savoir dans l'état où on l'avait trouvé. Poitrine sur le plancher, visage tourné vers la droite, bouche et yeux ouverts. Le corps était dans une position étrange : il avait une hanche plus haute que l'autre et les bras et les mains sous le ventre. Il était assez clair que Raul était tombé du fauteuil derrière lui.

Je regrettai tout de suite la décision que j'avais prise de venir dans cette pièce. Je compris soudain que la dernière expression qu'il avait sur le visage empiéterait sur tous les souvenirs visuels que j'avais de lui. J'allais être obligé d'essayer de l'oublier, de façon à ne plus voir ses yeux dans mon esprit.

C'était la même chose qu'avec mon père. La seule image que j'avais gardée de lui était celle d'un homme allongé dans un lit. Il faisait cinquante kilos maximum et son corps était complètement ravagé par le cancer. Toutes les autres images que j'avais de lui étaient fausses. Elles sortaient de photos que j'avais vues dans des livres.

Plusieurs personnes travaillaient dans la pièce. Des techniciens de scène de crime et des spécialistes de médecine légale. L'horreur de ce que j'éprouvais devait se voir sur mon visage.

– Vous savez pourquoi nous ne pouvons pas le couvrir ? me demanda Lankford. À cause d'individus comme vous. À cause d'O. J. Simpson. C'est ce qu'on appelle le transfert des éléments de preuves. Un truc sur quoi vous autres avocats aimez bien sauter à pieds joints. Et donc, plus de drap sur le cadavre. Pas avant qu'on ne le sorte d'ici.

Je gardai le silence et me contentai de hocher la tête. Il avait raison.

– Pourriez-vous vous approcher du bureau et nous dire

si vous voyez quelque chose d'inhabituel ? me demanda Sobel qui semblait avoir un peu de sympathie pour moi.

Je lui sus gré de pouvoir tourner le dos au corps. Je gagnai le bureau fait de trois tables jointes dans un coin de la pièce. C'était du mobilier sorti d'un magasin Ikea près de Burbank. Rien de bien extravagant. Simple et utile. La table du milieu supportait un ordinateur et était munie d'une tablette amovible pour le clavier. Les deux autres ressemblaient à deux plans de travail jumeaux, sans doute utilisés par Levin pour que des enquêtes distinctes ne viennent pas à se chevaucher.

Je laissai traîner mon regard sur l'ordinateur en me demandant ce qu'il avait bien pu y mettre sur Roulet. Sobel le remarqua.

– Nous n'avons pas d'expert en informatique, dit-elle. Notre commissariat est trop petit pour ça. Y a un type qui va venir du bureau du shérif, mais j'ai l'impression que l'unité centrale a été arrachée.

Elle me montra avec un stylo l'unité qui était posée sous la table, debout mais avec un côté de son caisson en plastique enlevé et posé derrière.

– Y aura probablement rien pour nous là-dedans, reprit-elle. Et sur les bureaux ?

Je commençai par poser les yeux sur la table à gauche de l'ordinateur. Des papiers et des dossiers s'y étalaient au hasard. Je regardai certains des cavaliers et reconnus les noms.

– Plusieurs de ces dossiers concernent mes clients, mais pour des affaires anciennes. Aucune en cours.

– Ils sortent probablement du meuble-classeur de la penderie, dit-elle. L'assassin pourrait les avoir jetés sur la table pour nous tromper. Pour nous cacher ce qu'il cherchait ou prenait vraiment. Et ici ?

Nous nous approchâmes de la table à droite de l'ordinateur. Elle était moins encombrée. Il s'y trouvait un agenda dans lequel il était clair que Levin notait ses heures de travail et le nom de l'avocat pour lequel il travaillait. Je jetai un œil aux cases et y vis mon nom de multiples fois, jusqu'à cinq semaines en arrière. C'était bien comme on me disait : il travaillait pour moi pratiquement à plein temps.

– Je ne sais pas, dis-je. Je ne sais pas ce qu'il faut chercher. Je ne vois rien qui pourrait nous aider.

– C'est pas que les trois quarts des avocats nous aideraient beaucoup ! lança Lankford dans mon dos.

Je ne me donnai pas la peine de me retourner pour me défendre. Il se tenait à côté du corps et je n'avais aucune envie de voir ce qu'il faisait. Je tendis la main pour faire tourner le Rolodex sur la table, juste pour voir les noms portés sur les fiches.

– N'y touchez pas ! cria Sobel aussitôt.

Je retirai ma main d'un coup.

– Je vous demande pardon. J'allais juste regarder les noms. Je ne...

Je n'achevai pas ma phrase. J'étais perdu. J'avais envie de partir et de boire un coup. J'avais l'impression que le hot dog des Dodgers qui m'avait paru si bon au stade allait me remonter dans la gorge.

– Eh ! s'écria Lankford.

Je me retournai avec Sobel et m'aperçus que les spécialistes de médecine légale étaient en train de retourner très lentement le corps de Raul. Du sang tachait la chemise des Dodgers qu'il avait enfilée. Mais c'étaient ses mains, qui avaient été cachées sous son corps, que me montrait Lankford. Raul avait recroquevillé les deux doigts du milieu de sa main gauche sur sa paume, les autres doigts étant complètement étendus.

– Ce mec était un fan des Texas Longhorns ou quoi ? lâcha Lankford.

Personne ne rit.

– Qu'est-ce que vous en pensez ? me demanda Sobel.

Je regardai fixement le dernier geste qu'avait fait mon ami et hochai la tête.

– Ah oui, je comprends ! reprit Lankford. C'est comme un signal. Un code. Il nous dit que c'est le diable qui a fait le coup.

Je repensai à la façon dont Raul parlait de Roulet comme du diable et comment il disait en avoir la preuve. Je compris alors ce que signifiait le dernier message qu'il m'avait adressé. Alors même qu'il était en train de mourir sur le plancher de son bureau, Raul Levin essayait de me dire quelque chose. De m'avertir.

24

J'allai au Four Green Fields et y commandai une Guinness, mais montai très vite à la vodka *on the rocks*. Pour moi, il n'y avait plus aucun intérêt à faire traîner les choses. À la télé au-dessus du bar, le match des Dodgers était en train de se terminer. Les garçons en bleu remontaient la pente – ils n'avaient plus que deux points de retard et les bases étaient chargées dans la neuvième. Le barman avait les yeux rivés sur l'écran, mais le début de la nouvelle saison avait cessé de m'intéresser. Je me moquais bien des remontées spectaculaires à la neuvième manche.

Après le deuxième assaut à la vodka, je posai mon portable sur le comptoir et me mis à passer des coups de fil. Je commençai par appeler les quatre autres avocats qui étaient allés au match. Nous étions tous partis en apprenant la nouvelle, mais eux ne savaient alors qu'une chose : Raul Levin était mort, point à la ligne. Puis je téléphonai à Lorna, qui pleura dans l'appareil. Je l'aidai à se remettre, puis elle me posa la question que j'espérais éviter :

– C'est à cause de ton affaire, non ? À cause de Roulet…

– Je ne sais pas, lui répondis-je. J'en ai parlé aux flics, mais ils semblaient surtout s'intéresser à l'angle gay.

– Raul était gay ?

Je savais que ça la ferait penser à autre chose.

– Il ne le criait pas sur les toits.

– Tu le savais et tu ne m'en as rien dit ?

– Il n'y avait rien à en dire. C'était sa vie à lui. S'il avait voulu en parler, je suis sûr qu'il l'aurait fait.

– Les flics disent que c'est ça ?

– Que c'est ça quoi ?

– Tu sais bien… que c'est parce qu'il était gay qu'il s'est fait assassiner ?

– Je ne sais pas. Ils n'arrêtaient pas de poser des questions là-dessus. Je ne sais pas ce qu'ils croient. Ils vont tout analyser et ça les amènera bien quelque part.

Ce fut le silence. Je regardai la télé au moment même où, la course gagnante traversant le diamant pour les Dodgers, tout le stade fut pris d'une joie folle. Le barman poussa des youpis et monta le son avec la télécommande. Je me détournai et mis ma main sur mon oreille.

– Ça donne à penser, non ? reprit Lorna.

– À penser à quoi ?

– À ce qu'on fait. Mickey… quand ils coinceront le fumier qui a fait ça, il se pourrait qu'il m'appelle pour t'engager.

J'attirai l'attention du barman en agitant les glaçons dans mon verre vide. J'avais besoin qu'il me refasse le plein. S'il y avait une chose que je ne voulais pas, c'était de devoir dire à Lorna que, d'après moi, je travaillais déjà pour le fumier qui avait assassiné Raul.

– Calme-toi, Lorna, lui dis-je. Tu…

– Ça pourrait arriver !

– Écoute, Raul était mon collègue, mais c'était aussi mon ami. Cela dit, je ne vais rien changer à ce que je fais ou crois parce que…

– Peut-être que tu devrais. Peut-être qu'on devrait tous. Je dis pas autre chose…

Elle se remit à pleurer. Le barman m'apporta ma troisième vodka, j'en descendis un tiers d'un coup.

– Lorna… tu veux que je passe ?

– Non, je ne veux rien. Je sais pas ce que je veux. C'est trop horrible…

– Je peux te dire un truc ?

– Quoi ? Oui, bien sûr que tu peux.

– Tu te rappelles Jesus Menendez ? Mon client ?

– Oui, mais qu'est-ce que ç'a à voir…

– Il était innocent. Et c'est là-dessus que travaillait Raul. On y travaillait tous les deux. On va le faire sortir de taule.

– Pourquoi tu me dis ça ?

– Je te le dis parce qu'on ne peut pas prendre ce qui est arrivé à Raul pour une raison de ne plus bouger. Ce qu'on fait est important. Nécessaire.

À les dire, ces mots me parurent bien creux. Lorna ne réagit pas. J'avais dû l'embrouiller parce que je m'étais embrouillé moi-même.

– D'accord ? ajoutai-je.

– D'accord.

– Bon. J'ai des coups de fil à passer, Lorna.

– Tu me diras pour l'enterrement ?

– Je te dirai.

Je refermai mon portable et décidai de marquer une pause avant de me remettre à téléphoner. Je repensai à la dernière question de Lorna et me rendis compte que cet enterrement, c'était peut-être à moi de l'organiser. À moins qu'une vieille femme de Detroit qui avait déshérité Raul vingt-cinq ans plus tôt décide de s'y atteler.

Je poussai mon verre au bord du comptoir et lançai au barman :

– Donnez-moi une Guinness et prenez-en une aussi.

J'avais décidé qu'il était temps de ralentir et une des façons d'y arriver était de boire de la Guinness : en remplir une pinte à la pression prenait un temps fou. Lorsque le barman me l'apporta enfin, je m'aperçus qu'il avait dessiné une harpe dans la mousse avec l'embout du robinet. Une harpe d'ange. Je soulevai bien haut mon verre avant de boire.

– Que Dieu bénisse les morts ! m'écriai-je.

– Que Dieu bénisse les morts ! répéta le barman.

Je bus un grand coup, l'ale était épaisse comme du mortier que j'expédiais au fond de moi-même pour maintenir les briques ensemble. Et là, brusquement, j'eus envie de pleurer. Mais mon téléphone sonna. Je m'en emparai sans regarder l'écran et saluai l'inconnu. L'alcool avait complètement déformé ma voix.

– C'est Mick ?

– Ouais, qui c'est ?

– C'est moi, Louis. Je viens juste d'apprendre pour Raul. Je suis vraiment désolé, mec.

J'écartai le téléphone de mon oreille comme si c'était un serpent qui voulait me mordre. Puis je ramenai mon bras vers moi, prêt à lancer le portable dans la glace où je voyais mon reflet. Je m'arrêtai et remis l'appareil à mon oreille.

– Ouais, s'pèce d'enfoiré, comment que t'as...

Je n'allai pas plus loin et me mis à rire en me rendant compte de quoi je venais de le traiter et me rappelant ce que Raul pensait de lui.

– Je vous demande pardon, dit-il, mais... vous ne seriez pas en train de boire ?

– Ben et comment que je bois ! Comment se fait-il que vous sachiez déjà ce qui est arrivé à Mish ?

– Si par Mish vous entendez M. Levin, sachez que je viens de recevoir un coup de fil de la police de Glendale. Une inspectrice dit vouloir me parler de lui.

Cette réponse m'évacua du foie au moins deux des vodkas que j'avais descendues. Je me redressai sur mon tabouret.

– Sobel ? C'est elle qui vous a appelé ?

– Je crois, oui. Elle m'a dit que c'était vous qui lui aviez donné mon nom. D'après elle, il ne s'agirait que d'un interrogatoire de routine. Elle va venir me voir.

– Où ça ?

– Au bureau.

Je réfléchis un instant, mais ne pensai pas qu'elle courait un quelconque danger, même si elle y allait sans Lankford. Roulet n'était pas assez bête pour tenter quoi que ce soit contre un flic, surtout dans son bureau. Ce qui m'inquiétait davantage, c'était que, Sobel et Lankford étant déjà sur la piste Roulet, je risquais de me voir privé de l'occasion de venger Raul Levin et Jesus Menendez. Roulet avait-il laissé une empreinte ? Un voisin l'avait-il vu entrer chez Raul ?

– C'est tout ce qu'elle a dit ?

– Oui. Elle a dit qu'ils parlaient à ses derniers clients et que j'étais le plus récent.

– Ne leur dites rien.

– Vous êtes sûr ?

– Pas en l'absence de votre avocat.

– Ils ne vont pas avoir des doutes si je ne leur parle pas, si, disons… je ne leur donne pas un alibi ou autre ?

– Aucune importance. Ils ne vous parlent pas à moins que je ne les y autorise. Et je ne les y autorise pas.

Je serrai ma main libre en un poing. Je ne supportais pas l'idée de donner des conseils juridiques au type dont j'étais sûr qu'il avait tué mon ami le matin même.

– Bien, dit Roulet. Je l'enverrai balader.

– Où étiez-vous ce matin ?

– Moi ? Ici, au bureau. Pourquoi ?

– Quelqu'un vous y a-t-il vu ?

– Eh bien… Robin est venue à dix heures. Personne avant elle.

Je me représentai la femme aux cheveux en faux. Je ne savais que dire à Roulet parce que j'ignorais à quelle heure Raul était mort. Je ne voulais pas lui parler du bracelet émetteur que censément il avait autour de la cheville.

– Rappelez-moi après le départ de Sobel. Et n'oubliez

pas : quoi qu'elle ou son coéquipier vous dise, vous ne parlez pas. Ils peuvent vous mentir autant qu'ils veulent. Et ils le font tous. Prenez tout ce qu'ils vous disent pour des mensonges. Ils essaient seulement de vous coincer pour que vous leur parliez. S'ils vous disent que je ne vois pas de mal à ce que vous leur parliez, ce sera un mensonge. Prenez le téléphone et appelez-moi. Je leur dirai d'aller se faire foutre.

– Très bien, Mick. C'est comme ça que je vais jouer le coup. Merci.

Il mit fin à la conversation. Je refermai mon portable et le laissai tomber sur le comptoir comme si c'était un truc sale qu'on avait jeté.

– Ben tiens, y a pas de quoi, marmonnai-je.

Je vidai un bon quart de ma pinte, puis je repris le téléphone. À l'aide de la touche rapide, j'appelai le portable de Fernando Valenzuela. Il venait de rentrer chez lui après le match des Dodgers. Cela voulait dire qu'il était parti tôt pour ne pas être pris dans les embouteillages. Un vrai fan de Los Angeles.

– T'as toujours un bracelet émetteur sur Roulet, non ? lui demandai-je.

– Si. Il l'a toujours sur lui.

– Comment ça marche ? Tu peux savoir où il est allé ou seulement l'endroit où il est ?

– C'est en GPS. Ça envoie un signal. On peut remonter en arrière et savoir où est allé celui qui le porte.

– T'as ce GPS chez toi ou au bureau ?

– Je l'ai sur mon ordinateur portable, mec. Qu'est-ce qui se passe ?

– Je veux savoir où il est allé aujourd'hui.

– Ben, laisse-moi allumer l'ordi. Attends une seconde.

J'attendis, terminai ma Guinness et demandai au barman de m'en remettre une avant que Valenzuela ait eu le temps d'allumer son ordinateur portable.

– Où t'es, Mick ?

– Au Four Green Fields.

– Y a quelque chose qui va pas ?

– Oui, y a quelque chose qui va pas. Alors, tu l'as allumé ?

– Oui, je regarde. Jusqu'à quand veux-tu que je remonte ?

– Commence par ce matin.

– D'accord. Il euh… il n'a pas fait grand-chose. Je vois qu'il est allé de chez lui à son bureau à huit heures. On dirait qu'il a fait une petite balade dans le coin… à deux ou trois rues de là… sans doute pour déjeuner… et retour au bureau. D'après le bracelet, il y est toujours.

Je réfléchis un instant. Le barman m'apporta ma pinte.

– Val, comment est-ce qu'on enlève ce truc de sa cheville ?

– Tu veux dire… si t'étais à sa place ? On ne l'enlève pas. Y a pas moyen. C'est boulonné et la petite pince pour défaire le boulon est d'un modèle unique. C'est comme une clé. Et je suis le seul à l'avoir.

– T'es sûr ?

– Sûr, oui. Je l'ai sur moi, accrochée à mon porte-clés.

– Pas de copies disons… du fabricant ?

– Il n'est pas censé y en avoir. En plus de quoi, ça n'aurait pas d'importance. Si l'anneau se casse… disons même qu'il l'ait ouvert… j'ai tout de suite une alarme sur le système. L'engin est aussi équipé de ce qu'on appelle un « détecteur de masse ». À partir du moment où il a le bracelet autour de la cheville, j'obtiens une alarme sur l'ordinateur dès que le détecteur s'aperçoit qu'il n'y a plus rien. Et ça ne s'est pas produit, Mick. Ce qui fait qu'il reste plus que la scie. On se coupe la patte et on laisse le bracelet sur la cheville. Y a pas moyen autrement.

J'avalai la mousse de ma bière. Cette fois-ci, le barman ne s'était pas donné la peine d'y dessiner quoi que ce soit.

– Et la pile ? On perd le signal quand elle est morte ?

– Non, Mick. Ça aussi, c'est prévu. Il y a un chargeur et un réceptacle sur le bracelet. Tous les deux ou trois jours, il est obligé de brancher le chargeur pendant quelques heures. Tu vois… quand il est à son bureau, quand il fait la sieste ou autre. Si la pile se décharge de quatre-vingts pour cent, j'ai un signal sur mon portable et je l'appelle pour lui dire de recharger. S'il ne le fait pas, j'obtiens un deuxième signal à moins quatre-vingt-cinq pour cent et, à moins quatre-vingt-dix, c'est lui qui se met à sonner et il n'a aucun moyen d'arrêter le signal ou de se débarrasser du bracelet. Toutes choses qui n'aident pas quand on veut se tailler. Ne pas oublier que ces derniers dix pour cent de charge me donnent encore cinq heures de repérage. Et le retrouver en cinq heures ne pose aucun problème.

– D'accord, d'accord.

Ses explications scientifiques m'avaient convaincu.

– Pourquoi ça ? reprit-il. Qu'est-ce qui se passe ?

Je lui dis pour Levin et l'informai que la police allait très probablement enquêter sur Roulet, son bracelet émetteur constituant à peu près sûrement son alibi. Valenzuela fut frappé de stupeur en apprenant la nouvelle. Il n'était peut-être pas aussi proche de Raul que moi, mais il le connaissait depuis aussi longtemps.

– Mick, qu'est-ce qui s'est passé, à ton avis ? me demanda-t-il.

Je savais qu'il voulait savoir si pour moi Roulet était l'assassin ou s'il avait manigancé quelque chose. Il n'était pas au courant de tout ce que je savais ni de ce que Levin avait trouvé.

– Je ne sais pas trop quoi penser, lui répondis-je. Mais vaudrait mieux que tu fasses gaffe avec ce mec.

– Et toi aussi.

– Je le ferai.

Je refermai mon portable et me demandai s'il y avait

quelque chose qu'il ignorait. Si Dieu sait comment Roulet avait trouvé le moyen d'enlever son bracelet ou de trafiquer le système de poursuite. Si les arguments scientifiques me convainquaient, l'aspect humain de l'affaire m'inquiétait. Des failles, il y en a toujours de ce côté-là.

Le barman me rejoignit en sautillant.

– Hé, mec, me lança-t-il, vous auriez pas perdu vos clés de bagnole ?

Je regardai autour de moi pour être sûr que c'était à moi qu'il s'adressait.

– Non, non, répondis-je en hochant la tête.

– Vous êtes sûr ? Y a quelqu'un qu'a trouvé des clés dans le parking. Vous feriez mieux de vérifier.

Je fouillai dans la poche de ma veste de costume, ressortis ma main et l'ouvris. Mon porte-clés y était.

– Vous voyez ! Je le...

D'un geste vif et inattendu, il s'empara de mes clés et sourit.

– Vous faire avoir sur un coup pareil devrait vous suffire comme test, reprit-il. Toujours est-il qu'il n'est pas question que vous preniez le volant... pendant un moment au moins. Quand vous serez prêt à y aller, je vous appellerai un taxi.

Il s'éloigna du comptoir au cas où j'aurais voulu lui reprocher violemment sa ruse. Je me contentai d'acquiescer d'un signe de tête.

– Vous m'avez bien eu, dis-je.

Il jeta mes clés sur le comptoir derrière lui, celui où s'alignaient les bouteilles. Je consultai ma montre. Il n'était même pas encore cinq heures. La honte eut raison de ma fuite dans l'alcool. J'avais choisi la solution de facilité. Comme un peureux, je m'étais saoulé devant l'événement insupportable.

– Vous pouvez la reprendre, dis-je au barman en lui montrant ma Guinness.

Je ramassai mon portable et enfonçai la touche d'appel rapide. Maggie McPherson décrocha tout de suite. Les tribunaux fermant en général à quatre heures et demie, les procureurs se trouvaient souvent à leurs bureaux une ou deux heures avant la fin de la journée.

– Hé, lui lançai-je, c'est pas l'heure d'y aller ?

– Haller ?

– Ouais.

– Qu'est-ce qu'il y a ? T'as bu ? T'as la voix toute bizarre.

– Je crois que ce coup-là, ça sera peut-être toi qui devras me ramener chez moi.

– Où es-tu ?

– Au Four Greedy Fucks[1].

– Quoi ?

– Au Four Green Fields. J'y suis depuis un p'tit moment.

– Michael, qu'est-ce qui…

– Raul Levin est mort.

– Ah, mon Dieu ! Qu'est-ce…

– Assassiné. Alors, dis, tu peux me ramener chez moi c'coup-là ? J'ai trop bu.

– J'appelle Stacey pour lui demander de rester tard avec Hayley et j'arrive. N'essaie pas de partir, d'accord ? Ne bouge pas.

– T'inquiète pas. Le barman me laissera pas.

1. Soit au « Quatre Putains de grippe-sous ». Jeu de mots sur « Four Green Fields », « Les Quatre Champs verts », nom de l'établissement *(NdT)*.

25

Après avoir refermé mon portable, j'informai le barman que j'avais changé d'avis et que je prendrais bien une autre pinte en attendant qu'on vienne me chercher. Je sortis mon portefeuille et posai une carte de crédit sur le comptoir. Il commença par me faire mon compte et me servit ma Guinness ensuite. Il mit si longtemps à me remplir mon verre et à en ôter le faux col pour que je n'aie que de la bière que j'eus à peine le temps d'y goûter avant que Maggie arrive.

– T'es allée trop vite, lui dis-je. T'en veux une ?

– Non, il est trop tôt. Je te ramène.

– D'accord.

Je descendis du tabouret, me rappelai de reprendre ma carte de crédit et mon portable, passai le bras autour des épaules de mon ex et quittai le bar en ayant l'impression d'avoir jeté plus de Guinness et de vodka par la fenêtre que dans mon gosier.

– Je suis garée juste devant, dit Maggie. *Four Greedy Fucks*, hein ? Comment t'es arrivé à ça ? L'établissement a quatre propriétaires ?

– Non, c'est pas *four* le chiffre quatre, mais *for* pour. Comme dans « Haller *pour* la défense ». Donc « putains de grippe-sous » comme dans « avocats ».

– Merci quand même.

– Pas toi. Toi, t'es pas avocate. T'es procureur.

– Combien t'as bu, Haller ?

– Disons entre pas mal et beaucoup trop.
– Dégueule pas dans ma bagnole.
– Promis.

Nous gagnâmes sa voiture, un modèle de Jaguar bon marché. C'était la première voiture qu'elle avait achetée sans que je lui tienne la main ou me mêle de ses choix. Elle l'avait achetée parce que ça lui donnait l'impression d'être classe, mais quiconque s'y connaît en voitures sait que ce n'est jamais qu'une Ford déguisée. Je ne lui avais pas gâché son plaisir. Tout ce qui la rendait heureuse me réjouissait moi aussi – sauf le jour où elle avait décidé que divorcer la rendrait encore plus heureuse. Ça n'avait pas trop marché pour moi.

Elle m'aida à monter, puis nous partîmes.

– Et va pas tomber dans les pommes non plus, reprit-elle tandis que nous quittions le parking. Je connais pas le chemin.

Nous étions certes censés rouler à contresens de la circulation, mais il nous fallut quand même trois quarts d'heure pour arriver à Fareholm Drive. J'en profitai pour lui parler de Raul Levin et lui raconter ce qui s'était passé. Elle ne réagit pas comme Lorna parce qu'elle n'avait jamais rencontré Raul. Je l'avais connu et utilisé comme enquêteur pendant des années, mais il n'était devenu mon ami qu'après mon divorce. De fait même, c'était lui qui m'avait ramené plus d'une fois du Four Green Fields les derniers jours de notre mariage.

J'avais laissé ma télécommande d'ouverture du garage au bar, je lui dis de se contenter de se garer devant chez moi. Je m'aperçus alors que la clé de la porte d'entrée se trouvait elle aussi sur le porte-clés de la Lincoln que le barman m'avait confisqué. Nous fûmes obligés de longer le côté de la maison pour gagner la terrasse de derrière et de sortir la clé de secours – celle que Roulet m'avait donnée – de dessous un cendrier posé sur la table de pique-nique. Nous entrâmes par la porte de derrière, celle qui donnait directement dans mon bureau. Ce qui était bel et bon dans la mesure où, saoul comme je l'étais, je ne me voyais pas trop monter les marches de devant. Non seulement cela m'aurait épuisé, mais cela aurait aussi permis à Maggie de découvrir la vue et d'avoir de nouveau présent à l'esprit tout ce qu'il y a d'inégal entre la vie d'un procureur et celle d'un putain de grippe-sous.

– Ah, c'est chouette ! dit-elle. Notre petite tasse à thé.

Je suivis son regard et vis qu'elle regardait la photo de notre fille que je gardais sur mon bureau. Je fus heureux de sentir que j'avais de manière tout à fait fortuite marqué un point avec elle.

– Ouai-ais, dis-je en bousillant toute chance de capitaliser là-dessus.

– De quel côté est ta chambre ?

– Eh ben dis donc, t'y vas pas par quatre chemins, toi ! À droite.

– Désolée, Haller, je ne vais pas rester. Je n'ai plus que deux ou trois heures avec Stacey et avec la circulation qu'il y a, va falloir que je fasse demi-tour et que je repasse de l'autre côté de la colline dans pas longtemps.

Elle me fit entrer dans la chambre et nous nous assîmes côte à côte sur le lit.

– Merci d'avoir fait ça pour moi, lui dis-je.

– Un prêté pour un rendu.

– Je croyais avoir décroché le gros lot le soir où je t'ai ramenée chez toi, mais…

Elle posa la main sur ma joue et tourna mon visage vers elle. Et m'embrassa. J'y vis la confirmation que nous avions bien fait l'amour cette nuit-là. Je me sentis terriblement abandonné de ne pas m'en souvenir.

– Guinness, dit-elle en se léchant les lèvres.

– Avec un peu de vodka.

– Beau mélange. Tu vas déguster demain matin.

– Il est si tôt que ça va commencer ce soir. Que je te dise… pourquoi on n'irait pas dîner chez Dan Tana ?

– Non, Mick. Il faut que je rentre pour Hayley, et toi, il faut que tu dormes.

Je lui fis signe que je me rendais.

– D'accord, d'accord, dis-je.

– Appelle-moi demain matin. Je veux te parler quand tu auras dessaoulé.

– D'accord.

– Tu veux te déshabiller et te glisser sous les couvertures ?

– Non, ça ira. Je vais juste…

Je me renversai en arrière sur le lit et me débarrassai de mes chaussures. Puis je roulai sur le bord et ouvris un tiroir de la table de nuit. J'en sortis un flacon de Tylenol et un CD que m'avait donné un client du nom de Demetrius Folks. Un voyou connu sous le pseudonyme de « P'tit Démon ». Une fois, il m'avait raconté qu'un soir il avait eu une vision et savait depuis lors que son destin était de mourir jeune et violemment. Il m'avait donné ce CD et demandé de me le passer quand il serait mort. Et je l'avais fait. Sa prophétie s'était réalisée. Il avait trouvé la mort dans un mitraillage de voiture environ six mois après qu'il m'avait donné son CD. Au Magic Marker, il avait écrit « *Wreckrium*[1] *for Lil'Demon* » dessus. Il s'agissait d'un recueil de ballades piquées sur des CD de Tupac.

Je mis le CD dans le lecteur Bose sur la table de nuit et les rythmes syncopés de *God Bless the Dead*[2] se firent bientôt entendre. La chanson était un hommage aux camarades tombés au combat.

1. Jeu de mots sur *requiem* et *wreck*, désastre, épave *(NdT)*.
2. Soit « Dieu bénisse les morts » *(NdT)*.

– T'écoutes ces machins-là ? me demanda Maggie en plissant les paupières d'étonnement.

Je fis de mon mieux pour hausser les épaules alors que je m'appuyais d'un coude sur le lit.

– Des fois, oui. Ça m'aide à mieux comprendre un tas de mes clients.

– Ce sont ces gens-là qui devraient être en taule.

– Certains, peut-être. Mais y en a pas mal qui ont des choses à dire. Certains sont même de vrais poètes et celui-là était le meilleur.

– « Était » ? Qui est-ce ? Celui qui s'est fait abattre devant le musée de Wilshire Avenue ?

– Non, celui-là, c'est Biggie Smalls. Cette chanson parle du moment où il se fait tuer. Lui et d'autres. C'est du grand feu Tupac Shakur que nous causons.

– J'arrive pas à croire que tu puisses écouter des trucs pareils.

– Je te l'ai dit : ça m'aide.

– Fais-moi plaisir, Haller. N'écoute pas ces trucs devant Hayley.

– T'inquiète pas pour ça. Je le ferai pas.

– Faut que j'y aille.

– Reste un peu.

Elle le fit, mais resta assise toute raide au bord du lit. Je m'aperçus qu'elle essayait de comprendre les paroles. Il faut avoir l'oreille pour et il lui fallut un peu de temps. La chanson suivante étant *Life Goes On*[1], je vis son cou et ses épaules se tendre au fur et à mesure qu'elle saisissait certaines paroles.

– Je peux y aller… s'il te plaît ? me demanda-t-elle.

– Maggie, je t'en prie. Reste encore quelques minutes.

Je tendis la main et baissai un peu le son.

– Hé, je l'éteins si tu me chantes quelque chose comme avant, lui dis-je.

1. Soit « La vie continue » *(NdT)*.

– Pas ce soir, Haller.

– Personne ne connaît la Maggie McFierce que je connais.

Elle sourit un peu, je gardai le silence un instant en me rappelant cette époque.

– Maggie, pourquoi tu restes avec moi ?

– Je te l'ai déjà dit : je peux pas rester.

– Non, je ne parlais pas de ce soir. Je parlais de la manière dont tu ne me quittes pas vraiment, dont tu ne me casses pas les pieds avec Hayley, dont t'es toujours là quand j'ai besoin de toi. Comme ce soir. Je ne sais pas combien de mecs ont des ex qui les aiment bien encore.

Elle réfléchit un moment avant de répondre.

– Je ne sais pas. Ça doit être parce que je vois en toi un homme bon et un père qui ne demande qu'à éclore.

J'acquiesçai d'un signe de tête en espérant qu'elle dise vrai.

– Dis-moi un peu… Qu'est-ce que tu ferais si tu ne pouvais pas être procureur ?

– Tu plaisantes ?

– Non. Qu'est-ce que tu ferais ?

– Je n'y ai jamais vraiment pensé. Pour l'instant, je fais ce que j'ai toujours rêvé de faire. J'ai de la chance. Pourquoi voudrais-tu que je change ?

J'ouvris le flacon de Tylenol et en avalai deux sans petit coup de gnôle pour faire descendre. La chanson suivante était *So Many Tears*[1], une autre ballade pour tous les êtres perdus. Cela semblait approprié. *J'ai perdu tant d'années. J'ai pleuré tant de larmes…*

– Je crois que je ferais prof, répondit-elle enfin. Instit. Pour des petites filles comme Hayley.

Je souris.

1. Soit « Tant de larmes » *(NdT).*

– M'dame McFierce ! M'dame McFierce ! Y a mon chien qui m'a mangé mes devoirs !

Elle me donna un coup de poing dans le bras.

– En fait, c'est bien, dis-je. Tu ferais une bonne instit... sauf quand tu flanquerais tes gamins en colle sans caution !

– Ah, c'est drôle, ça ! Et toi ?

Je hochai la tête.

– Je ne serais pas un bon prof.

– Non, je voulais dire... qu'est-ce que tu ferais si tu n'étais pas avocat ?

– Je ne sais pas. Mais j'ai trois Town Car. Peut-être que je lancerais un service de limousines pour emmener les gens à l'aéroport.

Enfin elle me sourit.

– Je t'engagerais, dit-elle.

– Bien, bien. Ça me fait déjà un client. Donne-moi un dollar que je le colle au mur.

Mais plaisanter ainsi ne marchait pas. Je posai la paume de mes mains sur mes yeux et tentai de repousser le jour, l'image de Raul Levin sur le plancher de sa maison, les yeux grands ouverts sur un ciel noir à jamais.

– Tu sais de quoi j'avais peur ? repris-je.

– Non, quoi ?

– De pas repérer un client innocent. D'avoir un innocent sous le nez et de pas le voir. Et je ne parle pas seulement de coupable ou pas coupable, non. Je parle d'innocence pure et simple.

Elle garda le silence.

– Mais tu sais de quoi j'aurais dû avoir peur ?

– Non, quoi, Haller ?

– Du mal. Du mal pur.

– Qu'est-ce que tu me dis ?

– Je te dis que la plupart des gens que je défends ne sont pas mauvais, Mags. Ils sont coupables, oui, mais ils ne sont pas mauvais. Tu vois ce que je veux dire ? Il y a une différence. Tu les écoutes et t'écoutes ces chansons et tu comprends pourquoi ils font les choix qu'ils font. Ils essaient juste de se débrouiller, de vivre avec ce qui leur est donné et à certains il n'a jamais été donné quoi que ce soit. Le mal, c'est autre chose. C'est vraiment différent. C'est comme… Il y en a et quand ça montre son nez… Je ne sais pas. J'arrive pas à expliquer.

– T'es saoul, c'est pour ça.

– Tout ce que je sais, c'est que j'aurais dû avoir peur d'un truc, mais qu'en fait j'avais peur de tout le contraire.

Elle tendit la main et me massa l'épaule. La dernière chanson était *To Live and Die in L.A.*[1], ma préférée sur cet album maison. Je commençai à la fredonner doucement, puis j'accompagnai le chanteur lorsque le refrain arriva.

Vivre et mourir à L.A.
C'est là qu'il faut être
Faut y être pour savoir
Tout l'monde y veut voir

Très vite je cessai de chanter et fis glisser mes mains sur mon visage. Et m'endormis tout habillé. Je n'entendis pas la femme que j'avais aimée plus qu'aucune autre dans ma vie quitter ma maison. Plus tard, elle devait me dire que la dernière chose que j'avais marmonnée en tombant dans les vaps était : « Je peux pas continuer à faire ça. »

Et ce n'était pas de chanter que je parlais.

1. Soit « Vivre et mourir à Los Angeles » *(NdT).*

Mercredi 13 avril

26

Je dormis près de dix heures, mais me réveillai quand même dans le noir. Il était cinq heures dix-huit à mon Bose. J'essayai de retrouver mon rêve, mais la porte était close. À cinq heures trente, je roulai hors du lit, me battis pour retrouver l'équilibre et pris une douche. Je restai sous le jet jusqu'à ce que l'eau chaude refroidisse, puis je sortis et m'habillai pour aller me battre un jour de plus contre la machine.

Il était encore trop tôt pour demander à Lorna de vérifier mon emploi du temps, mais j'avais dans ma mallette un agenda que je tenais habituellement assez à jour. Je gagnai mon bureau pour vérifier et la première chose que je remarquai fut un billet d'un dollar collé au mur au-dessus de ma table de travail.

Mon adrénaline monta d'un cran ou deux tandis que, l'esprit en feu, je me demandai si un intrus ne l'avait pas laissé en guise d'avertissement ou de menace. Puis je me rappelai.

– Maggie, dis-je tout haut.

Je souris et décidai de laisser le billet sur le mur.

Je sortis l'agenda de ma mallette et vérifiai mon emploi du temps. J'avais, semblait-il, ma matinée libre jusqu'à l'audience de onze heures à la Cour supérieure de San Fernando. L'affaire était celle d'une de mes récidivistes qu'on accusait d'avoir tout l'attirail du drogué. Des conneries qui valaient à peine qu'on y passe du temps et dépense de l'argent, sauf que Melissa Menkoff était déjà en conditionnelle avec mise à l'épreuve pour un ensemble de délits liés à la drogue. Qu'elle tombe pour un truc aussi mineur que ça et, sa conditionnelle étant révoquée, elle se retrouverait derrière les barreaux entre six et neuf mois.

C'est tout ce que contenait mon emploi du temps ce jour-là. Après l'audience à San Fernando, je n'avais plus rien de la journée et me félicitai de la prévoyance qui avait dû être la mienne pour que je laisse complètement dégagé le lendemain du début de saison. Évidemment, je ne savais pas au moment où je m'étais concocté cet emploi du temps que la mort de Raul Levin m'expédierait au Four Green Fields aussi tôt, mais l'ensemble n'en restait pas moins du planning plus que solide.

L'audience faisait suite à ma demande de ne pas tenir compte de la pipe de crack que les flics avaient trouvée en fouillant le véhicule de ma cliente après l'avoir arrêtée à Northridge pour conduite dangereuse. La pipe avait été découverte dans la console centrale fermée de sa voiture. Melissa m'avait dit ne pas avoir autorisé les flics à fouiller son véhicule, mais qu'ils étaient passés outre. J'arguerais donc du fait qu'il n'y avait eu ni autorisation de fouiller ni raison valable de le faire. Si c'était bien pour conduite dangereuse que Menkoff s'était fait arrêter, il n'y avait aucune raison d'aller fouiller dans un compartiment fermé de son véhicule.

C'était perdu d'avance et je le savais, mais le père de Menkoff me payait bien pour essayer d'aider au mieux sa fille agitée. Et c'était très exactement ça que j'allais faire à onze heures au tribunal de San Fernando.

En guise de petit déjeuner je pris deux Tylenol et les fis descendre avec des œufs frits, des toasts et du café. Je saupoudrai généreusement mes œufs de poivre et les couvris de sauce salsa. Cela nettoya tout ce qu'il fallait nettoyer et me donna assez d'énergie pour continuer le combat. En mangeant, je feuilletai le *Times* dans l'espoir d'y trouver quelque chose sur la mort de Raul Levin. De manière assez inexplicable, il n'y avait rien. Au début, je ne compris pas. Pourquoi les flics de Glendale auraient-ils voulu cacher ça ? Puis je me rappelai que le *Times* sortait plusieurs éditions régionales tous les matins. J'habitais dans le Westside et Glendale était considérée comme faisant partie de la San Fernando Valley. Il se pouvait que les rédacteurs n'aient pas trouvé important de parler d'un assassinat qui s'était déroulé dans la Valley à des lecteurs du Westside qui avaient déjà bien assez de leurs propres meurtres pour s'occuper. Je ne trouvai donc rien sur Levin.

Je pris la décision d'acheter un autre *Times* à un stand de journaux en allant au tribunal de San Fernando et de vérifier. Penser au kiosque sur lequel j'allais diriger Earl Briggs me rappela que je n'avais pas de voiture. La Lincoln était au parking du Four Green Fields – à moins qu'on me l'ait piquée pendant la nuit – et je ne pourrais pas récupérer mes clés avant l'ouverture du pub, soit à quatre heures de l'après-midi. J'avais un problème. J'avais vu la voiture d'Earl au parking des voyageurs où je passais le prendre tous les matins. C'était une Toyota façon mac, avec châssis surbaissé et enjoliveurs chromés qui tournent tout seuls. Et en plus, ça devait sentir l'herbe en permanence à l'intérieur. Je n'avais aucune envie de me balader dans un truc pareil jusqu'à quatre heures. Dans le nord du comté, c'était demander à se faire arrêter par les flics. Dans le sud, à se faire tirer dessus. Et je n'avais pas davantage envie qu'Earl passe me prendre chez moi. Je ne laisse jamais mes chauffeurs savoir où j'habite.

Je décidai donc de prendre un taxi jusqu'à mon garde-meubles de North Hollywood et de me servir d'une de mes Town Car neuves. Et d'ailleurs, la Lincoln du Four Green Fields avait plus de 75 000 kilomètres au compteur.

En roder une autre m'aiderait peut-être à surmonter la déprime qui ne manquerait pas de me reprendre après la mort de Raul.

Je nettoyai la poêle à frire et mon assiette dans l'évier et arrêtai qu'il était maintenant assez tard pour prendre le risque de réveiller Lorna et lui demander de me confirmer mon emploi du temps. Je regagnai mon bureau, décrochai le téléphone et allais passer mon appel lorsque j'entendis la tonalité brisée qui indique qu'on a reçu un message.

J'appelai ma messagerie, une voix électronique m'informant aussitôt que j'avais raté un appel à onze heures sept la veille. Puis elle me récita le numéro d'où était parti le coup de fil et je me figeai sur place. Le portable de Raul. J'avais raté son dernier appel.

« Hé ! C'est moi. Y a des chances que tu sois déjà parti au match et t'as dû éteindre ton portable. Si tu reçois pas ce message à temps, je te retrouverai là-bas. Mais j'ai un autre atout pour toi. Tu pourrais même dirre… (il s'était arrêté un instant en entendant un chien aboyer quelque part)… que Jesus, j'ai son PV de sorrtie de San Quentin. Bon, faut que j'y aille, mec. » Point final. Il avait raccroché sans un au revoir et y était encore allé de son accent irlandais à la noix sur la fin. Cet accent m'agaçait depuis toujours. Maintenant, il me semblait charmant. Raul me manquait déjà.

J'appuyai sur la touche messages, le réécoutai et réécoutai encore trois fois avant de finir par le sauvegarder et raccrocher. Puis je m'assis dans mon fauteuil de bureau et tentai d'appliquer ce message à ce que je savais. La première question épineuse concernait l'heure à laquelle le coup de fil avait été passé. Je n'étais pas parti pour le match avant onze heures trente, mais Dieu sait pourquoi j'avais raté cet appel qui m'était arrivé vingt minutes plus tôt.

Ça n'avait aucun sens jusqu'au moment où je me rappelai l'appel de Lorna. À onze heures sept, c'était avec elle que j'étais au téléphone. Je me servais si peu de mon fixe et si peu de gens en avaient le numéro que je ne m'étais pas donné la peine d'y faire installer l'option signal d'appel. Cela voulait dire que le dernier appel de Levin avait dû être renvoyé sur ma boîte vocale et que je n'en avais rien su en parlant avec Lorna.

Voilà qui expliquait les circonstances de l'appel, mais cela ne disait rien sur son contenu.

Il était évident que Levin avait trouvé quelque chose. Il n'avait rien d'un avocat, mais il savait ce qu'est une preuve et comment en évaluer l'importance. Il avait donc trouvé quelque chose qui pouvait m'aider à faire sortir Menendez de prison. Il avait trouvé le moyen de le libérer.

La dernière chose à analyser était l'interruption provoquée par les aboiements du chien et ça, c'était facile. J'étais déjà allé chez Levin et je savais que son chien était un aboyeur super nerveux. Chaque fois que j'arrivais, je l'entendais aboyer avant même que j'aie le temps de frapper à la porte. Les aboiements du chien à l'arrière-plan et le fait que Levin ait mis brusquement fin à la communication me disaient que quelqu'un s'était présenté à sa porte. Il avait eu de la visite et il n'était pas du tout impossible que ç'ait été celle de son assassin.

Je réfléchis à tout cela quelques instants et décidai que l'heure de l'appel était quelque chose qu'en toute conscience je ne pouvais pas cacher à la police. Le contenu de l'appel susciterait de nouvelles questions, auxquelles j'aurais peut-être du mal à répondre, mais cela ne tenait pas devant la valeur qu'il fallait accorder à l'heure de l'appel. Je gagnai ma chambre et fouillai dans les poches du blue-jean que j'avais porté la veille pour aller au match. Dans une de mes poches revolver je trouvai le talon du ticket du match et les cartes de visite que Lankford et Sobel m'avaient données à la fin de mon passage chez Levin.

Je choisis celle de Sobel et remarquai qu'on n'y voyait que la mention : « Inspecteur Sobel ». Pas de prénom. Je composai son numéro en me demandant pourquoi. Peut-être était-elle comme moi. Peut-être avait-elle deux jeux de cartes de visite qu'elle rangeait dans des poches différentes. Un jeu avec son nom entier et un autre avec son titre officiel.

Elle répondit tout de suite, je décidai de voir ce que je pourrais lui soutirer avant de lui donner ce que j'avais.

– Du neuf dans l'enquête ? lui demandai-je.

– Pas des masses. Pas des masses que je pourrais partager avec vous, s'entend. On est en train d'organiser les preuves dont on dispose pour l'instant. On a un rapport de la balistique et…

– Ils ont déjà fait l'autopsie ? m'écriai-je. Ils ont fait vite !

– Non, l'autopsie est pour demain.

– Alors comment se fait-il que vous ayez déjà les résultats de l'analyse balistique ?

Elle ne répondit pas, mais je compris pourquoi.

– Vous avez retrouvé une douille. Il a été abattu avec un automatique qui a éjecté la douille.

– Vous êtes bon, monsieur Haller. Oui, nous avons retrouvé une cartouche.

– J'ai fait pas mal de procès, vous savez ? Et appelez-moi Mickey, je vous en prie. C'est drôle… le tueur saccage la baraque, mais ne ramasse pas la douille.

– C'est peut-être parce qu'elle avait roulé sur le plancher pour aller tomber dans une ouverture de ventilation. Il aurait dû avoir un tournevis et passer pas mal de temps pour la récupérer.

Je hochai la tête. C'était un coup de chance. Je ne pouvais même plus compter le nombre de fois où mes clients étaient tombés parce que les flics en avaient eu un. Mais bon, il y avait aussi beaucoup de clients qui s'en étaient sortis parce que c'était eux qui en avaient eu un autre. Pour finir, ça s'équilibrait.

– Et donc, votre coéquipier avait raison quand il pensait à un 22, c'est ça ?

Elle marqua un temps d'arrêt avant de répondre et de décider si oui ou non elle pouvait franchir la ligne jaune et me révéler une information à moi qui étais certes impliqué dans l'affaire, mais n'en restais pas moins l'ennemi… en ma qualité d'avocat de la défense.

– Oui, il avait raison, dit-elle. Et grâce aux marques laissées sur la cartouche nous savons même exactement l'arme que nous recherchons.

Pour avoir interrogé des experts en balistique et des spécialistes des armes au fil de mes procès, je savais que les marques laissées sur une douille pendant le coup de feu permettent d'identifier l'arme même si celle-ci manque à l'appel. Avec un automatique, le percuteur, la culasse mobile, l'éjecteur et l'extracteur laissent tous des marques sur la douille à la seconde même où l'arme fait feu. Analyser ces quatre marques ensemble peut conduire à l'identification d'une arme et d'un modèle précis.

– Il s'avère que M. Levin possédait lui aussi un 22, reprit Sobel. Mais nous l'avons retrouvé dans un coffre mural de la maison et ce n'est pas un Woodsman. La seule chose que nous n'ayons pas retrouvée est son portable. Nous savons qu'il en avait un et…

– Il s'en est servi pour m'appeler juste avant d'être assassiné.

Il y eut un moment de silence.

– Vous nous avez dit hier que vous lui aviez parlé pour la dernière fois vendredi soir.

– C'est exact. Mais c'est justement pour ça que je vous appelle. Raul m'a téléphoné hier matin à onze heures sept et m'a laissé un message. Je ne l'ai eu qu'aujourd'hui parce qu'après vous avoir quitté je suis allé me saouler. Et après, je me suis endormi et ne me suis aperçu que j'avais un message qu'il y a quelques instants. Il m'a appelé pour une affaire sur laquelle il travaillait pour moi, disons... en plus. C'est une histoire de cour d'appel et le client est en prison. Un truc qui n'exige pas qu'on se précipite. Toujours est-il que le contenu de l'appel n'a pas d'importance en lui-même, mais que l'heure à laquelle Levin a passé son coup de fil aide beaucoup pour la chronologie. Et tenez-vous bien, pendant qu'il me laisse son message, on entend le chien se mettre à aboyer. Et ce chien faisait toujours ça dès que quelqu'un approchait de la porte. Je le sais parce que je suis déjà passé chez M. Levin et qu'à chaque fois le chien se mettait à aboyer.

Encore une fois elle me fit le coup du silence avant de réagir.

– Il y a quelque chose que je ne comprends pas, monsieur Haller, dit-elle enfin.

– Oui, quoi ?

– Vous nous avez dit hier que vous étiez resté chez vous jusqu'à au moins onze heures et demie avant d'aller au match. Et maintenant vous nous dites que M. Levin vous a laissé un message à onze heures sept. Pourquoi n'avez-vous pas répondu à l'appel ?

– Parce que j'étais moi-même en train de téléphoner et que je n'ai pas de signal d'appel. Vous pouvez vérifier mes factures, vous verrez que j'ai reçu un appel de la personne qui gère mon bureau, Lorna Taylor. J'étais en train de lui parler quand Raul a appelé. Sans signal d'appel, je n'ai pas pu m'en rendre compte. Et bien sûr, lui a cru que j'étais déjà parti au match et m'a donc laissé un message.

– D'accord, je comprends. Nous allons probablement vous demander la permission écrite de consulter ces factures.

– Pas de problème.

– Où êtes-vous en ce moment ?

– Chez moi.

Je lui donnai l'adresse, elle m'informa qu'elle arrivait avec son coéquipier.

– Faites vite. Je dois partir pour le tribunal dans environ une heure.

– Nous arrivons tout de suite.

Je refermai le téléphone en me sentant mal à l'aise. J'avais défendu des dizaines d'assassins au fil des ans, ce qui m'avait mis en contact avec un certain nombre d'enquêteurs des Homicides. Cela dit, je ne m'étais moi-même jamais posé de questions sur un meurtre. Lankford et maintenant Sobel semblaient mettre en doute toutes les réponses que je pouvais leur faire. Je commençai à me demander ce qu'ils savaient que moi j'ignorais.

Je remis de l'ordre sur le bureau et refermai ma mallette. Je ne voulais pas qu'ils voient ce que je ne voulais pas qu'ils voient. Puis je fis le tour de la maison et vérifiai chaque pièce. Enfin je m'arrêtai dans ma chambre. Je fis le lit et remis la jaquette de *Wreckrium for Lil'Demon* dans le tiroir de la table de nuit. Et c'est là que ça me revint. Je m'assis sur le lit et me rappelai quelque chose qu'avait dit Sobel. Sa langue avait fourché et au début ça ne m'avait pas frappé. Elle avait dit qu'ils avaient retrouvé le calibre 22 de Raul Levin, mais que ce n'était pas l'arme du crime. Elle avait même précisé qu'il ne s'agissait pas d'un Woodsman.

Elle m'avait, sans le vouloir, révélé la marque et le modèle de l'arme du crime. Je savais que le Woodsman était un pistolet automatique fabriqué par Colt. Je le savais parce que j'en possédais un. Il m'avait été légué bien des années avant par mon père. À sa mort. Un jour enfin j'avais été en âge de m'en servir, mais je ne l'avais jamais sorti de son coffret en bois.

Je me relevai et gagnai la penderie. J'avançais comme dans un brouillard épais. Mes pas étaient hésitants et je posai ma main sur le mur, puis sur le pourtour de la porte, comme si j'avais perdu tout sens de l'orientation. L'étui en bois poli se trouvait sur l'étagère où il était censé se trouver. Je levai les deux mains en l'air pour l'en descendre et le rapportai dans ma chambre.

Je le posai sur le lit et ouvris le loquet en cuivre d'un coup sec. Puis je soulevai le couvercle et retirai le chiffon huilé.

Le pistolet avait disparu.

Deuxième partie
Un monde sans vérité

Lundi 23 mai

27

Le chèque n'était pas en bois. Le premier jour du procès je me retrouvai avec plus d'argent à la banque que je n'en avais eu de toute ma vie. Si je l'avais voulu, j'aurais pu laisser tomber la pub dans les abribus et passer aux grands panneaux d'affichage. J'aurais aussi pu prendre la quatrième de couverture des Pages jaunes au lieu de la demi-page que j'y avais. J'avais de quoi. Enfin je tenais le bon filon et ça payait. En termes d'argent, s'entend. Avoir perdu Raul Levin annulait à jamais ledit bon filon.

Au bout de trois jours de sélection des jurés, nous étions maintenant prêts à lancer le spectacle, le procès devant durer au maximum trois jours de plus – deux pour l'accusation et un pour la défense. J'avais informé le juge que j'aurais besoin d'une journée pour présenter mes arguments aux jurés, mais en vérité l'essentiel de mon travail s'effectuerait pendant l'exposé de l'accusation.

Il y a toujours quelque chose d'électrique au début d'un procès. Une nervosité qui tenaille l'estomac. Les enjeux sont énormes. Réputation, liberté, intégrité du système. Ces douze inconnus qui jugent votre vie et votre travail, il y a toujours là-dedans quelque chose qui vous remue profondément. Et c'est de moi que je parle, moi l'avocat de la défense – le jugement de l'accusé est tout autre chose. Je ne m'y suis jamais fait et, à dire vrai, je ne le veux pas, jamais. Je ne saurais comparer ça qu'à la tension, à l'anxiété même qu'on éprouve debout sur les marches de l'église le jour de son mariage. J'en avais fait deux fois l'expérience et c'était bien cela qui me revenait à l'esprit chaque fois qu'un juge ouvrait un procès.

On ne pouvait se tromper sur la place que j'occupais. Je n'étais qu'un homme face à l'énorme mâchoire du système. Et sans l'ombre d'un doute celui qu'on donnait perdant. Oui, c'est vrai, j'avais en face de moi un procureur qui n'en était qu'à son premier procès de cette importance. Mais cet avantage ne tenait pas, vraiment pas, devant la force et la puissance du ministère public. C'était toutes les forces du système judiciaire qu'il tenait en main. Contre ça, je n'avais que moi-même. Et un client coupable.

Je m'assis à côté de Louis Roulet à la table de la défense. Nous étions seuls. Je n'avais ni assistant ni enquêteur à mes côtés – une étrange fidélité à Raul Levin m'avait empêché de lui chercher un remplaçant. Et d'ailleurs, je n'en avais pas vraiment besoin. Raul m'avait donné tout ce qu'il me fallait. Le procès et sa conclusion seraient un ultime hommage à ses qualités d'enquêteur.

Au premier rang des spectateurs se tenaient C. C. Dobbs et Mary Alice Windsor. En accord avec le règlement de la procédure précédant le procès, le juge avait autorisé la mère de Roulet à assister aux seules déclarations préliminaires. En sa qualité de témoin de la défense, elle n'aurait pas le droit d'écouter les témoignages qui suivraient. Elle devrait rester dans le couloir, avec son fidèle chien portable Dobbs à côté d'elle, jusqu'à ce que je l'appelle à la barre.

Au premier rang aussi, mais pas assis à côté d'eux, se trouvaient mes propres renforts en la personne de mon ex-femme Lorna Taylor. Tailleur bleu marine et chemisier blanc, elle s'était mise sur son trente et un. Elle était belle et n'aurait eu aucun mal à se mélanger à la phalange d'avocates qui fondait sur le tribunal jour après jour. Mais elle était là pour moi et je ne l'en aimais que plus.

Le reste des rangées n'était que modestement occupé. Il y avait quelques chroniqueurs de presse venus pêcher une ou deux citations dans les déclarations liminaires, plus quelques avocats et citoyens curieux. Aucune caméra de télé nulle part. Le procès ne générait encore qu'une attention superficielle et ce n'était pas plus mal. Cela signifiait que notre stratégie d'endiguement des médias avait bien marché.

Roulet et moi gardâmes le silence en attendant que le juge gagne son siège et ordonne aux jurés d'aller s'asseoir dans leur box pour qu'on puisse commencer. J'essayais de me calmer en répétant ce que j'allais dire à ces derniers. Roulet, lui, regardait fixement le sceau de l'État de Californie apposé sur le bureau du juge.

L'huissier reçut un coup de téléphone, dit quelques mots et raccrocha.

– Deux minutes, mesdames et messieurs ! lança-t-il. Deux minutes !

Lorsque le juge appelait la salle d'audience, cela signifiait que tout le monde devait être à sa place et prêt à démarrer. Nous l'étions. Je jetai un coup d'œil à Ted Minton assis à la table de l'accusation et m'aperçus qu'il faisait exactement comme moi. Il se calmait en répétant sa déclaration préliminaire. Je me penchai en avant et jetai un coup d'œil aux notes que j'avais portées sur le bloc posé devant moi. C'est alors que, sans prévenir, Roulet se pencha lui aussi en avant et faillit me rentrer dedans.

– On y est, Mick, me chuchota-t-il alors que parler tout bas n'était pas encore nécessaire.

– Je sais.

Depuis la mort de Raul Levin, nos relations étaient plus que froides. Je le supportais parce qu'il le fallait bien. Mais je l'avais vu le moins possible pendant les jours et les semaines qui avaient précédé le procès et lui parlais aussi peu que je pouvais depuis qu'il avait commencé. Je savais que la grande faiblesse de mon plan était ma propre faiblesse. Je craignais que le moindre rapport avec Roulet me force à agir sous l'emprise de la colère et par désir de venger personnellement et physiquement mon ami. Les trois jours qu'avait duré la sélection du jury m'avaient mis à la torture. Jour après jour j'avais dû rester assis à côté de lui et écouter ses remarques condescendantes sur les jurés sélectionnables. La seule façon que j'avais trouvée de m'en sortir avait été de faire comme s'il n'était pas là.

– Vous êtes prêt ? me demanda-t-il.

– J'essaie, lui répondis-je. Et vous ?

– Je le suis. Mais je voulais vous dire quelque chose avant qu'on démarre.

Je le regardai. Il était trop près de moi. Ç'aurait été me violer mon espace même si je l'avais aimé au lieu de le haïr. Je me penchai en arrière.

– Quoi ?

Il m'imita et se pencha lui aussi en arrière à côté de moi.

– Vous êtes bien mon avocat, non ?

Je me penchai en avant pour essayer de me dégager.

– Louis, lui lançai-je, qu'est-ce que ça veut dire ? Ça fait plus de deux mois qu'on travaille ensemble et maintenant nous sommes devant un jury prêts à passer à l'action. Vous m'avez payé plus de cent cinquante mille dollars et vous me demandez si je suis votre avocat ? Bien sûr que je le suis. Qu'est-ce qu'il y a ? Qu'est-ce qui se passe ?

– Rien, rien. (Il se pencha en avant et poursuivit :) Non, parce que si vous êtes mon avocat, je peux vous dire des trucs et vous, faut que vous gardiez ça secret, même si c'est d'un crime que je vous parle, non ? Même s'il y en a plus d'un. C'est bien couvert par la confidentialité client-avocat, non ?

J'entendis mon estomac se mettre à grogner.

– Oui, Louis, c'est bien ça… à moins que vous ne me parliez d'un crime que l'on s'apprête à commettre. Dans ce cas-là, je puis être relevé de mes obligations éthiques et aller avertir la police afin qu'elle l'empêche. De fait même, il est de mon devoir de l'en informer. Un avocat est un officier de justice, Louis. Et donc… qu'est-ce que vous voulez me dire ? Vous avez entendu qu'il ne nous reste plus que deux minutes. On est sur le point de commencer.

– J'ai tué des gens, Mick.

Je le regardai un instant.

– Quoi ?

– Vous m'avez bien entendu.

Il avait raison : je l'avais bien entendu. Et j'aurais dû avoir l'air surpris. Qu'il avait tué des gens, je le savais déjà. Raul Levin comptait au nombre de ses victimes et c'était même de mon pistolet qu'il s'était servi pour le faire – comment, je n'en savais rien. La seule chose qui me surprenait était qu'il ait choisi de me le dire d'un ton aussi neutre et deux minutes avant que commence son propre procès.

– Pourquoi me dites-vous ça ? lui demandai-je. Je suis sur le point de vous défendre et…

– Parce que je sais que vous le savez déjà. Et parce que je sais ce que vous mijotez.

– Ce que je mijote ? Qu'est-ce que je mijote ?

Il me sourit d'un air rusé.

– Allons, Mick. C'est tout simple. Vous me défendez pour cette affaire, vous faites de votre mieux, vous engrangez le méga fric, vous gagnez et je suis libre. Mais dès que c'est fini et que vous avez mis le fric à la banque, vous vous retournez contre moi parce que je ne suis plus votre client. Vous me jetez aux flics pour pouvoir faire sortir Jesus Menendez et vous racheter.

Je ne réagis pas.

– Sauf que ça, je peux pas laisser passer, reprit-il tranquillement. Parce que maintenant, je suis à vous pour toujours, Mick. Je vous dis que j'ai tué des gens et devinez quoi ? Martha Renteria était bien du nombre. Je lui ai donné exactement ce qu'elle méritait et si vous allez voir les flics ou vous servez de ce que je viens de vous dire pour me coincer, je puis vous assurer que vous ne pratiquerez plus le droit pendant longtemps. Vous réussirez peut-être à ressusciter Jesus d'entre les morts, mais moi, jamais je ne serai poursuivi à cause de cette faute professionnelle. Je crois qu'on appelle ça « les fruits de l'arbre empoisonné » et l'arbre là-dedans, c'est vous, Mick.

Je n'arrivais toujours pas à réagir. Je me contentai de hocher encore une fois la tête. Roulet avait vraiment pensé la question de bout en bout. Je me demandai jusqu'où Cecil Dobbs l'avait aidé. Il était clair que quelqu'un lui avait donné un coup de main juridique.

Je me penchai en avant et lui soufflai ceci :

– Suivez-moi.

Je me levai, franchis rapidement le portillon et me dirigeai vers la porte du fond.

– Maître Haller ? lança l'huissier dans mon dos. Nous sommes sur le point de commencer. Le juge…

– Une minute ! lui renvoyai-je sans me retourner.

Et je levai un doigt en l'air. Puis je poussai la porte à double battant et pénétrai dans le vestibule mal éclairé qui sert à empêcher les bruits du couloir d'entrer dans le prétoire. Une autre porte à double battant s'ouvrait sur le couloir. Je me rangeai de côté et attendis que Roulet entre dans ce petit espace.

Dès qu'il eut franchi la porte, je l'attrapai par le col,

le retournai, le plaquai contre le mur et l'y maintins en appuyant à deux mains sur sa poitrine.

– Qu'est-ce que c'est que ça, petit con ? m'écriai-je.

– Doucement, Mick. Je me disais seulement que nous devions savoir où nous en étions tous les deux et…

– Espèce de fils de pute ! Tu as tué Raul et tout ce qu'il faisait, c'était de travailler pour toi ! Il essayait de t'aider !

J'avais envie de remonter mes mains jusqu'à son cou et de l'étrangler sur place.

– Vous avez raison sur un point. Je suis bien un fils de pute. Mais pour le reste, vous avez tout faux, Mick. Levin n'essayait pas du tout de m'aider. Il essayait de m'enterrer et il commençait à me serrer d'un peu trop près. Et c'est pour ça qu'il n'a eu que ce qu'il méritait.

Je songeai au dernier message que Raul m'avait laissé sur le répondeur de mon fixe. *Jesus, j'ai son PV de sortie de San Quentin.* C'était ce qu'il avait trouvé qui l'avait envoyé à la mort. Avant même qu'il puisse me dire de quoi il s'agissait.

– Comment as-tu fait ? Puisque t'es en train de tout avouer, je veux savoir comment t'as fait. Comment as-tu trompé le GPS ? Ton bracelet émetteur montre que tu n'étais même pas près de Glendale.

Il me sourit comme un gamin avec un jouet qu'il ne veut partager avec personne.

– Disons que l'information est privée et restons-en là. On ne sait jamais : il se pourrait que je doive rejouer les Houdini.

J'entendis la menace dans ses paroles et dans son sourire j'aperçus le mal que Raul y avait vu.

– N'allez pas vous faire des idées, Mick, reprit-il. Comme vous le savez sans doute, j'ai une police d'assurance.

J'appuyai encore plus fort sur lui et me penchai plus près.

– Écoute-moi, petite ordure. Je veux que tu me rendes cette arme. Tu crois que c'est dans la poche ? T'as que de la merde, connard. C'est moi qui te tiens. Et tu passeras pas la semaine si tu ne me rends pas mon flingue. T'as compris ?

Il leva lentement les mains en l'air, m'attrapa les poignets, m'ôta les mains de sa poitrine et commença à rajuster sa chemise et sa cravate.

– Je vous suggère un accord, dit-il calmement. À la fin de ce procès, je sors libre de ce prétoire. Et continue à être libre et, en échange, je vous promets que l'arme ne tombera jamais disons... dans de mauvaises mains.

Soit dans celles de Lankford et de Sobel.

– Parce que ça me ferait vraiment mal que ça arrive, Mick. Beaucoup de gens comptent sur vous. Beaucoup de clients. Et vous, bien sûr, ça ne vous plairait pas d'aller où ils vont.

Je m'écartai de lui et mis tout ce que j'avais pour ne pas lever les poings et passer à l'attaque. Je me contentai de lui parler d'une voix où sifflaient la colère et la haine.

– Et moi, je te promets quelque chose, lui répliquai-je. Essaie de me faire chier et tu ne pourras plus jamais te débarrasser de moi. On est bien clairs ?

Il se mit à sourire. Mais avant qu'il puisse répondre la porte du prétoire s'ouvrit et Meehan, l'huissier, nous regarda.

– Le juge est à sa place, nous lança-t-il d'un ton sévère. Elle exige que vous entriez. Tout de suite.

Je me retournai vers Roulet.

– J'ai dit : « Nous sommes bien clairs ? »

– Oui, Mick, me répondit-il de bonne humeur. Clairs comme de l'eau de roche.

Je m'écartai de lui, entrai dans la salle et gagnai le portillon à grands pas. Le juge Constance Fullbright ne me lâcha pas du regard.

– C'est gentil à vous de penser à vous joindre à nous ce matin, maître Haller, dit-elle.

Où avais-je déjà entendu ça ?

– Je suis désolé, madame le juge, dis-je en franchissant le portillon. J'ai eu un problème urgent à régler avec mon client. Nous avons dû conférer.

– Conférer avec le client peut se faire à la table de la défense, me renvoya-t-elle.

– Oui, madame le juge.

– Je n'ai pas l'impression que nous commencions comme il faut, maître Haller. Quand l'huissier annonce que nous allons commencer dans deux minutes, j'entends que tout le monde, y compris l'avocat de la défense et son client, soit à sa place et prêt à commencer.

– Je m'excuse, madame le juge.

– Cela ne suffira pas, maître. Avant la fin de l'audience, j'exige que vous alliez voir le greffier avec votre carnet de chèques. Je vous inflige une amende de cinq cents dollars pour outrage à la cour. Ce n'est pas vous qui dirigez ce prétoire, maître. C'est moi.

– Madame le juge…

– Et maintenant, est-ce que nous pourrions faire entrer le jury ? ordonna-t-elle en coupant court à ma protestation.

L'huissier ouvrit la porte aux douze jurés et à leurs deux remplaçants qui commencèrent aussitôt à remplir leur box. Je me penchai vers Roulet et lui soufflai :

– Vous me devez cinq cents dollars.

28

Les déclarations préliminaires de Ted Minton furent un modèle du trop-parler côté accusation. Au lieu de dire aux jurés quelles pièces à conviction il allait leur présenter et ce qu'elles prouveraient, il essaya de leur faire voir ce que tout cela signifiait. Il chercha à peindre le tableau dans son ensemble et c'est presque toujours une erreur. Cela implique en effet que l'on infère et suggère des choses. Qu'on extrapole pour que tout fait devienne suspect. N'importe quel avocat de l'accusation ayant une douzaine de procès de ce genre à son acquis vous dira de jouer petit. On cherche à faire condamner, pas forcément à faire comprendre.

– Ce qui est en jeu ici, dit-il, c'est un prédateur. Louis Ross Roulet est un homme qui, le soir du 6 mars, traquait sa proie. Et n'eût été la détermination d'une femme à survivre, c'est une affaire de meurtre que nous jugerions maintenant.

Je remarquai tout de suite qu'il avait choisi un « marqueur ». C'est ainsi que j'appelle un juré qui prend sans arrêt des notes pendant un procès. La déclaration préliminaire ne donne pas de preuves et le juge Fullbright en avait averti le jury, mais la femme assise sur la première chaise du premier rang n'arrêtait pas d'écrire depuis que Minton s'était mis à parler. Cela m'allait parfaitement. J'aime bien les marqueurs : ils consignent exactement ce que l'avocat dit qu'il présentera et prouvera et à la fin ils reprennent la liste pour vérifier. Ils comptent les points.

Je consultai le plan du jury que j'avais rempli la semaine précédente et m'aperçus que notre marqueuse était Linda Truluck, une femme au foyer de Reseda. C'était une des trois seules femmes du jury. Minton avait tout fait pour n'avoir qu'un minimum de femmes : pour moi, il craignait de perdre leur sympathie et pour finir leurs votes une fois établi que Regina Campo offrait ses services sexuels moyennant finances. À mon avis, il ne se trompait pas sur ce point et j'avais tout aussi fort que lui essayé d'avoir le plus possible de femmes dans le jury. Nous avions tous les deux fini par user de nos vingt droits d'opposition et c'était même sans doute pour cela qu'il nous avait fallu trois jours pour sélectionner le jury. J'avais fini par obtenir trois femmes et savais qu'il ne m'en fallait qu'une pour éviter la condamnation.

– Vous allez bien sûr entendre la victime témoigner elle-même de ce que son style de vie n'est pas de ceux que nous approuvons, reprit-il à l'adresse des jurés. De fait, oui, ma cliente se vendait aux hommes qu'elle invitait chez elle. Mais je veux que vous vous rappeliez que ce n'est pas ce qu'elle faisait pour gagner sa vie que nous allons juger. Tout le monde peut être victime de violences. Absolument tout le monde. Quoi qu'une personne fasse pour gagner sa vie, la loi ne permet pas qu'on la batte, qu'on la menace de la pointe d'un couteau et qu'on lui fasse craindre pour sa vie. Ce que cette personne fait pour gagner de l'argent n'a absolument rien à voir avec tout cela. À cette personne, c'est la même protection qui doit être assurée qu'à nous tous.

Il me parut assez clair que Minton ne voulait même pas prononcer les mots de *prostitution* et de *prostituée* de crainte que ça ne fragilise son approche. J'écrivis ces deux mots sur le bloc-notes que j'emporterais avec moi en montant au lutrin pour faire ma déclaration.

J'avais tout à fait l'intention de réparer les omissions de l'accusation.

Minton procéda ensuite à une présentation générale de ses preuves. Il parla du couteau avec les initiales de l'accusé gravées dans la lame. Il parla du sang retrouvé sur sa main gauche. Et avertit les jurés de ne pas se laisser abuser par les efforts de la défense, qui ne manquerait pas de jeter le trouble sur ces preuves.

– L'affaire est on ne peut plus claire, dit-il en résumé. Vous avez ici un homme qui a agressé une femme chez elle. Il avait décidé de la violer et de la tuer. Ce n'est que par la grâce de Dieu qu'elle viendra ici vous dire son histoire.

Sur quoi il remercia les jurés de leur attention et reprit place à la table de l'accusation. Le juge Fullbright consulta sa montre, puis me regarda. Il était onze heures quarante, elle se demandait sans doute s'il fallait suspendre la séance ou me laisser procéder à ma déclaration préliminaire. Il est du devoir du juge de s'assurer que les jurés sont à leur aise et attentifs. Beaucoup de suspensions de séances, courtes ou longues, sont souvent la réponse à cette préoccupation.

Je connaissais Connie Fullbright depuis au moins douze ans, soit bien avant qu'elle ne soit juge. Elle avait été avocate pour l'accusation et pour la défense et connaissait les deux côtés de la barrière. En dehors du fait qu'elle était prompte à infliger des amendes pour outrage à la cour, elle était bonne et juste… jusqu'au moment où il fallait décider de la condamnation. On entrait dans son tribunal en sachant qu'on était à égalité avec l'accusation. Mais gare si le jury déclarait votre client coupable. Alors il fallait s'attendre au pire. Fullbright était un des juges les plus durs du pays en termes de condamnations. On aurait dit qu'elle punissait le client et son avocat de lui avoir fait perdre son temps avec un procès. S'il y avait la moindre possibilité de le faire dans les directives à donner aux jurés en cas de condamnation, elle allait toujours au maximum, et rajoutait de longues années de mise à l'épreuve à ses peines de prison. Cela lui avait valu un sobriquet révélateur parmi les pros de la défense qui travaillaient dans le secteur de Van Nuys – celui de juge Fullbite[1].

– Maître Haller, reprit-elle, avez-vous prévu de réserver vos déclarations pour plus tard ?

– Non, madame le juge, mais je pense être bref.

– Très bien, dit-elle. Nous allons donc vous écouter avant d'aller déjeuner.

En vérité, je n'avais aucune idée du temps que j'allais mettre. Minton avait parlé une quarantaine de minutes et je savais qu'il me faudrait à peu près aussi longtemps. Mais j'avais dit au juge que je serais bref parce que je n'aimais pas voir les jurés aller déjeuner avec la seule version de l'accusation à ruminer en avalant leurs hamburgers et leurs salades de thon.

Je me levai et gagnai le lutrin situé entre les tables de la défense et de l'accusation. Le prétoire était une des salles de l'ancien tribunal qu'on venait de rénover. Tout y était en bois blond, y compris le revêtement mural derrière le siège du juge. La porte qui donnait sur son cabinet y disparaissait presque, ses lignes se fondant dans le grain du bois. Seul le bouton de porte en trahissait l'existence.

Fullbright dirigeait ses procès comme un juge fédéral. Les avocats n'avaient pas le droit de s'approcher des témoins sans sa permission. Il leur était en plus absolument interdit de s'approcher du box des jurés. Ils étaient tenus de parler derrière le lutrin et nulle part ailleurs.

Debout au lutrin comme je l'étais maintenant, j'avais les jurés à ma droite et me trouvais plus près de la table de l'accusation que de celle de la défense. Cela

1. Soit juge « Mord-à-fond » *(NdT)*.

me convenait. Je ne voulais pas que les jurés puissent voir mon client de trop près. Je voulais qu'il leur reste un peu mystérieux.

– Mesdames et messieurs les jurés, leur lançai-je, je m'appelle Michael Haller et je vais représenter M. Roulet dans ce procès. Je suis heureux de vous informer que ce sera probablement assez court. Nous ne vous prendrons que quelques jours de plus de votre temps. Au final, vous verrez sans doute qu'il nous aura fallu plus de temps pour vous choisir que pour vous présenter les deux versions de l'affaire. L'avocat de l'accusation, maître Minton, me fait l'effet d'avoir passé son temps à vous dire ce qui, pour lui, est le sens de ses preuves et à vous dire qui est vraiment M. Roulet. Je vous conseille, moi, de vous détendre, d'écouter tout simplement les preuves qui vous seront présentées et de laisser votre bon sens vous dire ce que tout cela signifie et qui est M. Roulet.

Je passais constamment d'un juré à l'autre. Je ne baissais que rarement les yeux sur le bloc-notes que j'avais posé sur le lutrin. Je voulais qu'ils me voient comme quelqu'un qui discutait avec eux, quelqu'un qui disait ce qui lui venait à l'esprit.

– D'habitude, je préfère réserver mes déclarations préliminaires. Dans un procès au criminel la défense a toujours la possibilité de faire sa déclaration dès le début, comme vient de le faire maître Minton, ou juste avant de présenter ses preuves. Normalement, c'est cette dernière option que je choisis. J'attends et je fais ma déclaration juste avant de faire défiler tous mes témoins et toutes mes preuves devant les jurés. Mais aujourd'hui, l'affaire est différente. Elle l'est parce que les thèses de l'accusation seront aussi celles de la défense. Vous entendrez certainement parler des témoins de la défense, mais au cœur même de cette affaire ce seront les témoins et les preuves de l'accusation que vous devrez analyser et interpréter. Je vous garantis que c'est une version des événements et une vision des preuves totalement différentes de celles que maître Minton vient de vous décrire qui vont vous apparaître dans ce prétoire. Tant et si bien que, lorsque l'heure sera venue de présenter la défense, il ne sera sans doute même plus nécessaire de le faire.

Je jetai un coup d'œil à la marqueuse et vis son crayon courir sur la page de son bloc-notes.

– Pour moi, ce que vous allez découvrir cette semaine, c'est que tout dans cette affaire va se résumer aux actes et aux motivations d'une seule personne. D'une prostituée qui a repéré un homme visiblement fortuné et a décidé d'en faire sa cible. C'est ce que les preuves montreront clairement et, ces preuves, ce sont les témoins de l'accusation qui vous les fourniront.

Minton se leva pour élever une objection : à l'entendre, j'étais hors limites en essayant de neutraliser son témoin principal à l'aide d'accusations lancées dans le vide. Il n'y avait aucune base légale à son objection. Ce n'était jamais que tentative d'amateur d'envoyer un message aux jurés. Le juge y répondit en nous invitant tous les deux à la rejoindre.

Nous gagnâmes son bureau, elle alluma un neutraliseur phonique qui expédia du « bruit blanc » en direction des jurés, les empêchant ainsi d'entendre ce que nous allions nous chuchoter. Et Connie Fullbright n'y alla pas par quatre chemins avec Minton : elle l'assassina.

– Maître Minton, je sais que vous êtes tout nouveau dans ce genre de procès et que je vais devoir vous faire un peu l'école au fur et à mesure, lui asséna-t-elle. Cela dit, chez moi on n'élève pas d'objections pendant une déclaration préliminaire. Ce ne sont pas des éléments de preuves qui sont présentés à la cour. Je me fiche complètement que l'avocat de la défense déclare que votre propre mère est le témoin alibi de la défense. Vous ne devez pas élever d'objections devant mes jurés.

– Madame le…

– C'est tout. Regagnez vos places.

Elle revint à la sienne et éteignit la machine à bruit blanc. Minton et moi regagnâmes les nôtres sans un mot de plus.

– Objection rejetée, lança le juge. Poursuivez, maître Haller, et je vous rappelle que vous nous avez promis d'être bref.

– Merci, madame le juge. C'est toujours mon intention.

Je me référai à mes notes et regardai à nouveau les jurés. Sachant qu'intimidé comme il l'était par le juge Minton ne dirait rien, je décidai d'enflammer un brin la rhétorique, de laisser tomber mes notes et d'aller droit à la conclusion.

– Mesdames et messieurs, ce qu'il va vous falloir décider dans cette affaire, c'est qui y fut le vrai prédateur. M. Roulet, un homme d'affaires qui a réussi et n'a aucune tache à son dossier, ou une prostituée déclarée qui réussit fort bien à échanger ses faveurs contre de l'argent. Vous allez entendre des témoignages où l'on vous dira que la prétendue victime s'était vendue à un autre homme quelques instants seulement avant que notre prétendue agression ait lieu. Et vous entendrez encore que, quelques jours seulement après cette agression qui aurait prétendument pu menacer sa vie, notre victime reprenait ses activités, à savoir échanger ses faveurs contre de l'argent.

Je jetai un coup d'œil à Minton et vis qu'il bouillonnait. Il avait baissé les yeux sur la table devant lui et hochait lentement la tête. Je regardai le juge.

– Madame le juge, repris-je, pourriez-vous avoir l'amabilité d'ordonner à l'avocat de l'accusation de cesser de montrer ce qu'il pense aux jurés ? Je n'ai, moi, élevé aucune objection ou en aucune façon essayé de distraire les jurés pendant sa déclaration préliminaire.

– Maître Minton, tonna le juge, je vous prierai de

rester immobile et de montrer la même courtoisie à l'endroit de la défense que celle qui vient de vous être montrée par elle à l'instant.

– Oui, madame le juge, répondit humblement Minton.

Les jurés l'avaient déjà vu se faire taper deux fois sur les doigts et nous n'avions même pas franchi le cap des déclarations préliminaires. Je pris ça comme un signe favorable qui me donna encore plus d'élan. Je me retournai vers les jurés et vis que la marqueuse était encore en train d'écrire.

– Vous aurez enfin droit aux témoignages de nombreuses personnes du ministère public qui vous fourniront des explications parfaitement acceptables sur bon nombre d'éléments de preuves. C'est du sang et du couteau dont vous a entretenu maître Minton que je vous parle. Pris individuellement ou en un tout, les arguments de l'accusation vous donneront matière à plus qu'un simple doute raisonnable quant à la culpabilité de mon client. Vous pouvez déjà le noter sur vos tablettes. Je puis vous garantir qu'à la fin de ce procès vous n'aurez plus qu'une conclusion à tirer. Et ce sera de trouver M. Roulet non coupable des charges qui lui sont reprochées. Je vous remercie.

Je fis un clin d'œil à Lorna Taylor en regagnant mon siège. Elle me fit un signe de tête comme pour me dire que j'avais bien travaillé. Mon attention fut alors attirée par deux individus assis deux rangs derrière elle. Lankford et Sobel. Ils étaient entrés après que j'avais regardé l'assemblée pour la première fois.

Je me rassis et ignorai le signe de victoire que m'adressait mon client. Je me concentrai sur les deux inspecteurs de Glendale et me demandai ce qu'ils fabriquaient dans ce prétoire. M'observaient-ils ? M'attendaient-ils ?

Le juge ayant suspendu la séance pour le déjeuner, tout le monde se leva pendant que la marqueuse et ses collègues sortaient du box en file indienne. Après leur départ, Minton demanda au juge la permission de l'approcher à nouveau. Il voulait essayer de lui expliquer le pourquoi de son objection et réparer les dégâts, mais pas en séance publique. Connie Fullbright refusa tout net.

– J'ai faim, maître Minton, et de toute façon c'est de l'histoire ancienne. Allez déjeuner.

Elle quitta son siège et le prétoire où, hormis pour les voix des avocats, le silence avait régné fut envahi par les bavardages du public et des employés du tribunal. Je rangeai mon bloc-notes dans ma mallette.

– Vous avez été vraiment bon, me dit Roulet. Je crois qu'à ce petit jeu on a déjà quelques points d'avance.

Je le regardai d'un œil mort.

– Ce n'est pas un jeu, Louis.

– Je sais. C'est juste une expression. Écoutez, je vais déjeuner avec Cecil et ma mère. Nous aimerions que vous vous joigniez à nous.

Je hochai la tête.

– Je suis obligé de vous défendre, Louis, pas de manger avec vous.

Je sortis mon carnet de chèques et laissai Roulet en plan. Puis je fis le tour de la table pour rejoindre le greffier et lui signer un chèque de 500 dollars. La somme à payer était bien moins douloureuse que ce que le barreau, je le savais, aurait à dire en examinant les circonstances qui m'avaient valu cette condamnation pour outrage à la cour.

Une fois cette tâche effectuée, je me retournai et aperçus Lorna qui m'attendait au portillon avec un sourire. Nous décidâmes d'aller déjeuner, après quoi elle rentrerait chez elle pour continuer à gérer mes appels téléphoniques. Trois jours plus tard, je reviendrais aux affaires et aurais besoin de nouveaux clients. Je dépendais d'elle pour me remplir mon emploi du temps.

– Ce coup-ci il vaudrait peut-être mieux que ce soit moi qui te paie à manger, dit-elle.

Je jetai mon carnet de chèques dans ma mallette et refermai celle-ci.

– Ça serait gentil, oui, lui répondis-je.

Je poussai le portillon et jetai un coup d'œil à l'endroit où Lankford et Sobel avaient pris place quelques instants plus tôt.

Ils avaient disparu.

29

L'accusation commença à présenter ses arguments pendant la séance de l'après-midi, la stratégie de Minton me paraissant très vite assez claire. Ses quatre premiers témoins étaient un standardiste de Police secours, les policiers de patrouille qui avaient répondu à la demande d'aide de Regina Campo et l'auxiliaire médical qui l'avait soignée avant qu'elle soit transportée à l'hôpital. Afin de contrer par avance la stratégie de la défense, Minton voulait fermement établir que Campo avait été sauvagement agressée et que c'était bien elle la victime dans cette histoire. Ce n'était pas une mauvaise idée. Dans les trois quarts des cas, ç'aurait suffi à emporter le morceau.

Le standardiste de Police secours ne servit en gros qu'à donner de la chair à l'appel à l'aide de Regina Campo. Des transcriptions de cet appel furent distribuées aux jurés afin qu'ils puissent les lire en entendant l'enregistrement plein de crachouillis. J'élevai une objection en arguant qu'il était préjudiciable à mon client de faire passer cet enregistrement alors que sa transcription suffisait, mais le juge la rejeta si vite que Minton n'eut même pas le temps de s'y opposer. L'enregistrement passa, Minton marquant aussitôt des points importants lorsque, fascinés, les jurés entendirent Campo se mettre à hurler et crier au secours. Elle semblait authentiquement affolée et terrorisée. C'était exactement ce que Minton voulait faire vivre aux jurés et ils le vécurent comme il fallait. Je n'osai pas reprendre le standardiste en contre-interrogatoire de peur que Minton n'en profite pour faire réécouter l'enregistrement pour me contrer.

Les deux policiers de patrouille qui suivirent firent chacun une déposition différente parce qu'ils s'étaient acquittés de tâches différentes en arrivant à l'appartement de Tarzana. Le premier était en gros resté avec la victime tandis que le second montait à l'appartement et menottait le type sur lequel les voisins de Campo s'étaient assis – à savoir Louis Ross Roulet.

L'officier Vivian Maxwell brossa le portrait d'une Campo débraillée, blessée et apeurée. À l'entendre, elle ne cessait de lui demander si elle était en sécurité et si l'intrus avait été capturé. Même après qu'on l'eut rassurée, elle était restée inquiète et troublée, allant même à un moment donné jusqu'à demander à Maxwell de dégainer son arme et de se tenir prête si jamais son agresseur se libérait. Quand Minton en eut fini avec ce témoin, je me levai pour mener mon premier contre-interrogatoire.

– Officier Maxwell, lui dis-je, avez-vous demandé à Mlle Campo ce qui lui était arrivé ?

– Oui.

– Quc lui avcz-vous demandé exactement ?

– Je lui ai demandé ce qui s'était passé et qui lui avait fait ça. Vous voyez… qui l'avait blessée.

– Que vous a-t-elle répondu ?

– Elle m'a répondu qu'un homme s'était présenté à sa porte, y avait frappé et lui avait flanqué un coup de poing dès qu'elle lui avait ouvert. Elle a ajouté qu'il l'avait frappée plusieurs fois et qu'après il avait sorti un couteau.

– Elle a dit qu'il avait sorti son couteau après l'avoir frappée ?

– C'est ce qu'elle a dit. Elle était blessée et angoissée.

– Je comprends. Vous a-t-elle dit qui était cet homme ?

– Non, elle m'a dit qu'elle ne le connaissait pas.

– Le lui avez-vous demandé en ces termes ?

– Oui. Et elle m'a répondu qu'elle ne le connaissait pas.

– Elle a donc ouvert la porte à un inconnu à dix heures du soir… comme ça ?

– Ce n'est pas ce qu'elle a dit.

– Mais vous nous avez bien dit qu'elle ne connaissait pas cet homme, n'est-ce pas ?

– C'est exact. C'est ce qu'elle m'a dit. Elle m'a dit : « Je ne sais pas qui c'est. »

– Et vous avez consigné ça dans votre rapport ?

– Oui.

Je présentai ce rapport comme pièce à conviction de la défense et obligeai Maxwell à en lire des extraits aux jurés. Ceux où Campo déclarait que l'agression ne faisait suite à aucune provocation et avait été perpétrée par un inconnu.

– « La victime ne connaît pas l'homme qui l'a agressée et ne sait pas pourquoi elle a été attaquée », dit Maxwell en lisant son procès-verbal.

Ce fut John Santos, le coéquipier de Maxwell, qui témoigna ensuite. Il déclara aux jurés que Campo lui avait indiqué l'appartement où il avait trouvé un homme allongé par terre, près de l'entrée. Cet homme était à demi conscient et maintenu à terre par deux voisins de la victime, Edward Turner et Ronald Atkins. L'un d'eux était assis à califourchon sur sa poitrine, l'autre sur ses jambes.

Santos identifia l'homme allongé par terre comme étant l'accusé Louis Ross Roulet. Il ajouta que celui-ci avait du sang sur ses vêtements et sur la main gauche. À l'entendre, Roulet semblait souffrir d'une commotion cérébrale, à tout le moins d'une blessure à la tête, et au début il ne réagissait pas aux ordres qu'on lui donnait. Santos l'aurait alors retourné et menotté dans le dos.

Puis il aurait enfermé la main ensanglantée de Roulet dans un sachet en plastique qu'il portait dans une poche de son ceinturon.

Il déclara encore qu'un des deux hommes qui maintenaient Roulet à terre lui avait alors tendu un couteau pliant, celui-ci étant ouvert et ayant du sang sur la lame et sur le manche. Il dit aussi aux jurés qu'il avait enfermé cet article dans un autre sachet en plastique, sachet qu'il avait ensuite confié à l'inspecteur Martin Booker dès que ce dernier était arrivé sur les lieux.

Dans mon contre-interrogatoire, je ne posai que deux questions à Santos.

– Y avait-il du sang sur la main droite de l'accusé ?

– Non, il n'y avait pas de sang sur sa main droite, sinon elle aussi, je l'aurais enfermée dans un sac.

– Je vois. Vous n'avez donc du sang que sur sa main gauche et un couteau avec du sang sur le manche. Ne vous semble-t-il pas que si l'accusé avait effectivement tenu ce couteau, il aurait dû le faire de la main gauche ?

Minton éleva une objection en arguant du fait que Santos n'était qu'officier de patrouille et que ma question dépassait ses compétences. Je lui renvoyai que ma question n'exigeait qu'une réponse de bon sens, et pas du tout l'avis éclairé d'un expert. Le juge passa outre à l'objection de Minton et le greffier relut la question au témoin.

– C'est ce qu'il me semble en effet, répondit Santos.

Arthur Metz était l'auxiliaire médical qui témoigna ensuite. Il décrivit le comportement de Campo et l'étendue de ses blessures au moment où il s'était occupé d'elle, soit trente minutes après l'agression. D'après lui, la victime avait reçu trois impacts importants au visage. Il mentionna aussi la petite piqûre qu'elle avait au cou. Il caractérisa toutes ces blessures comme superficielles mais douloureuses. Un fort agrandissement de la photo du visage de Campo que j'avais vue le premier jour de l'affaire avait été placé sur un chevalet, face aux jurés. J'élevai une objection en arguant du fait que cette photo portait préjudice à mon client dans la mesure où le tirage était plus grand que nature, mais le juge Fullbright la rejeta.

Et quand ce fut mon tour d'interroger Metz, je m'empressai de me servir de cet agrandissement.

– Que voulez-vous dire exactement lorsque vous déclarez qu'à votre avis la victime aurait reçu au moins trois impacts importants au visage ?

– Qu'elle a été frappée avec quelque chose. Un poing ou quelque chose d'émoussé.

– Et donc, en gros, que quelqu'un l'a frappée trois fois. Pourriez-vous avoir l'amabilité de prendre cette flèche laser et de montrer aux jurés à quels endroits de la photo ces impacts se sont produits ?

De la poche de ma chemise je sortis une flèche laser et la tins en l'air afin que le juge puisse la voir. Elle m'accorda la permission de l'apporter à Metz. Je l'allumai et la lui tendis. Il fit alors glisser le point rouge du laser sur la photo du visage abîmé de Campo et dessina des ronds autour des trois zones où, d'après lui, elle avait été frappée. Il en fit un premier autour de son œil droit, un second autour de sa joue droite et un troisième autour d'une zone qui englobait sa bouche et son nez.

– Merci, dis-je en lui reprenant mon laser et en regagnant le lutrin. Si donc elle a été frappée trois fois sur la partie droite du visage, ces coups ont dû partir du côté gauche de son assaillant, n'est-ce pas ?

Minton éleva une objection, en arguant une fois encore que ma question dépassait les compétences du témoin. Et une fois encore j'arguai que ce n'était qu'une question de bon sens et une fois encore le juge rejeta son objection.

– Si l'assaillant lui faisait face, il a dû la cogner du gauche, à moins qu'il n'y soit allé du revers, répondit

Metz. Alors, oui, le coup aurait pu être porté de la main droite.

Sur quoi il hocha la tête, l'air content de lui. Il devait croire aider l'accusation, mais son effort était d'une fourberie tellement évidente que ce fut sans doute à la défense qu'il donna un coup de main.

– Vous nous laissez donc entendre que l'agresseur de Mlle Campo l'a frappée à trois reprises du revers de la main et que ce sont ces coups qui lui ont infligé des blessures pareilles ?

Je montrai la photo exposée sur le chevalet. Metz haussa les épaules en comprenant qu'il n'avait peut-être pas aidé l'accusation autant que ça.

– Tout est possible, dit-il.

– Tout est possible, répétai-je. Bien, mais y a-t-il, à votre avis, un indice qui pourrait expliquer que ces blessures aient été infligées par autre chose que des coups de poing du gauche ?

Il haussa de nouveau les épaules. Ce n'était pas un témoin impressionnant, surtout après les deux flics et un standardiste qui s'étaient montrés très précis dans leurs déclarations.

– Et si Mlle Campo avait voulu se frapper le visage à coups de poing, ne se serait-elle pas servie de son poing droit pour…

Minton bondit aussitôt pour élever une objection.

– Madame le juge, c'est absolument inadmissible ! s'écria-t-il. Suggérer que la victime ait pu s'infliger ses blessures elle-même est un affront non seulement à la cour, mais à toutes les victimes de crimes violents où que ce soit. Maître Haller s'abaisse à…

– Le témoin vient de me dire que tout était possible, lui renvoyai-je en essayant de lui en faire rabattre. Je tente seulement de voir ce que…

– Objection retenue, lança Fullbright en mettant fin à la querelle. Maître Haller, je vous demande de ne pas continuer dans cette voie à moins que vous ne cherchiez à faire plus qu'à explorer ces possibilités.

– Bien, madame le juge. Je n'ai plus d'autres questions.

Je me rassis, regardai les jurés et compris à leurs visages que j'avais commis une erreur. J'avais transformé un plus en un moins. Le point que j'avais marqué en parlant de l'agression du gauche avait été perdu lorsque j'avais suggéré que la victime ait pu s'infliger elle-même ces blessures. Les trois femmes du jury avaient l'air particulièrement montées contre moi.

J'essayai quand même de me concentrer sur le positif. Il n'était pas mauvais de connaître l'avis du jury sur ce point avant que, Campo étant appelée à témoigner, je lui pose la même question.

Roulet se pencha en avant et me chuchota :

– C'était quoi, ces conneries ?

Sans même lui répondre, je lui tournai le dos et jetai un coup d'œil à la salle. Elle était pratiquement vide. Lankford et Sobel n'étaient pas revenus et les journalistes avaient disparu eux aussi. Cela ne nous laissait que quelques spectateurs. Deux ou trois retraités, des étudiants en droit et des avocats qui se détendaient avant que leurs audiences commencent dans d'autres salles. Cela dit, j'étais sûr qu'un de ces spectateurs était un espion du district attorney. Que Minton joue en solo n'empêchait pas, du moins je le pensais, que son patron ait les moyens de le surveiller et de suivre le déroulement de l'affaire. Je savais bien que c'était tout autant pour cet espion que pour le public que je jouais. Il allait falloir que je sème la panique au deuxième étage avant la fin des débats et que cette panique revienne aux oreilles de Minton. Je devais absolument pousser ce jeunot à tenter une manœuvre désespérée.

L'après-midi s'éternisait. Minton avait encore beaucoup à apprendre sur l'art de régler l'allure et de manipuler les jurés – ce genre de connaissances ne s'acquiert qu'avec la pratique du prétoire. Je ne lâchai pas des yeux les jurés – ce sont eux les vrais juges – et vis que leur ennui grandissait tandis que les témoins se succédaient pour appuyer dans les moindres détails la présentation linéaire, adoptée par l'accusation, des faits qui s'étaient produits le 6 mars. Je ne posais que de rares questions dans mes contre-interrogatoires et tentais d'avoir le même air que les jurés dans leur box.

Il était évident que Minton entendait garder ses grosses munitions pour le lendemain. Il voulait que ce soit à l'enquêteur principal, l'inspecteur Martin Booker, de remettre en ordre tous ces détails et ensuite à la victime elle-même, Regina Campo, de toucher le cœur des jurés. La formule avait certes fait ses preuves – on termine en force et avec de l'émotion –, et marche dans quatre-vingt-dix pour cent des cas, mais cela fait avancer les débats de la première journée à la vitesse d'un glacier.

Les choses commencèrent enfin à bouger avec le dernier témoin de la journée.

Minton fit appeler Charles Talbot, l'homme qui avait emballé Regina Campo Chez Morgan et était monté chez elle le soir du 6. Ce qu'il eut à dire au bénéfice de l'accusation fut négligeable. En gros, on l'avait convoqué pour lui faire dire que Campo était en bonne santé et n'était pas blessée lorsqu'il l'avait quittée. Point à la ligne. Mais si son arrivée sauva la séance des abîmes de l'ennui, ce fut parce que le bonhomme était un vrai adepte des styles de vie alternatifs et que les jurés adorent aller voir ce qui se passe dans les endroits mal famés.

Âgé de cinquante-cinq ans, Talbot avait des cheveux teints en blond qui ne trompaient personne et des tatouages de la marine un peu effacés sur les deux avant-bras. Il avait divorcé vingt ans plus tôt et possédait un magasin de proximité appelé « Kwik Kwik[1] ». Cette

1. Soit « Vit' Vit' » *(NdT)*.

affaire lui assurait des revenus confortables et de quoi se payer un appartement au Warner Center, une Corvette d'un modèle récent et une vie nocturne incluant un large éventail des professionnelles du sexe de la ville.

Toutes choses que Minton établit au début de son interrogatoire. Le silence devint presque palpable dès que les jurés se branchèrent sur le bonhomme Talbot. Minton se dépêcha de l'amener au soir du 6 mars, Talbot décrivant alors la manière dont il avait abordé Reggie Campo Chez Morgan, dans Ventura Boulevard.

– Connaissiez-vous Mlle Campo avant de la rencontrer dans ce bar ce soir-là ? lui demanda-t-il.

– Non.

– Comment se fait-il que vous l'y ayez rencontrée ?

– Je l'ai appelée et lui ai dit que j'aimerais bien la retrouver. C'est elle qui m'a suggéré de passer Chez Morgan. Je connaissais l'endroit, je lui ai dit que c'était parfait.

– Et comment l'avez-vous appelée ?

– Par téléphone.

Plusieurs jurés se mirent à rire.

– Veuillez m'excuser. Je comprends bien que vous vous êtes servi d'un téléphone pour l'appeler. Je voulais plutôt dire : comment saviez-vous comment la contacter ?

– J'avais vu sa pub sur le Web et ça m'avait bien plu. Alors j'y suis allé direct, je l'ai appelée et nous nous sommes fixé un rendez-vous. C'est aussi simple que ça. Y a son numéro sur sa pub.

– Et vous vous êtes retrouvés Chez Morgan.

– Oui. C'est là qu'elle donne ses rendez-vous, à ce qu'elle m'a dit. J'y suis allé, nous avons bu deux ou trois verres en bavardant, nous nous sommes bien plu et y a pas eu besoin de plus. Je l'ai suivie chez elle.

– Avez-vous eu des relations sexuelles avec elle quand vous êtes allé à son appartement ?

– Et comment ! C'était pour ça que j'y étais allé.
– Et vous l'avez payée ?
– Quatre cents dollars. Ça valait le coup.

Je vis un juré piquer un fard et sus tout de suite que je ne m'étais pas trompé sur son compte pendant la phase de sélection des jurés la semaine précédente. J'avais voulu qu'il fasse partie du jury en voyant qu'il avait apporté la Bible à lire pendant qu'on interrogeait les autres candidats. Minton, lui, n'avait rien vu, tout absorbé qu'il était à observer ceux qu'on interrogeait. Moi, cette Bible, je l'avais vue et n'avais posé que quelques questions au bonhomme lorsque ç'avait été son tour d'y passer. Minton l'avait accepté, et moi aussi. Je m'étais dit qu'il ne serait pas bien difficile de le monter contre la victime à cause du métier qu'elle exerçait. Le fard qu'il venait de piquer me le confirmait.

– À quelle heure avez-vous quitté son appartement ? lui demanda Minton.

– À dix heures moins cinq environ.

– Vous a-t-elle dit qu'elle attendait quelqu'un d'autre à l'appartement ?

– Non, elle ne m'a pas parlé de ça. En fait, elle faisait même semblant de se préparer à aller se coucher.

Je me dressai d'un bond et élevai une objection.

– Je ne crois pas que M. Talbot soit qualifié pour dire ce que pouvait penser ou viser Mlle Campo en faisant ce qu'elle faisait.

– Objection retenue, lança le juge avant que Minton ait le temps de développer ses arguments en contre.

– Monsieur Talbot, reprit Minton, pourriez-vous nous dire dans quel état se trouvait Mlle Campo quand vous l'avez quittée quelques minutes avant dix heures, le soir du 6 mars ?

– Elle était comblée.

Énorme éclat de rire dans la salle et Talbot rayonna. Je jetai un coup d'œil à M. Labible et eus l'impression que sa mâchoire se crispait.

– Monsieur Talbot, enchaîna Minton, je voulais parler de son état physique. Était-elle blessée ? Saignait-elle quand vous l'avez quittée ?

– Non, elle allait bien. Elle était en forme. Elle se portait comme un charme et ça, je le sais, parce que ses charmes, je les avais tous essayés.

Sur quoi, fier de sa façon de détourner le langage, il sourit. Sauf que cette fois personne ne rit et que le juge en eut assez de ses expressions à double sens. Elle l'avertit de garder ses propos scabreux pour lui.

– Veuillez m'excuser, madame le juge, dit Talbot.

– Monsieur Talbot, reprit Minton, Mlle Campo n'était donc absolument pas blessée lorsque vous l'avez quittée ?

– Non. Absolument pas.

– Elle ne saignait pas.

– Non.

– Et vous ne l'avez pas frappée et n'avez abusé d'elle en aucune façon ?

– Encore une fois non. Ce que nous avons fait, nous l'avons fait volontairement tous les deux et y avons pris plaisir. Sans douleur.

– Merci, monsieur Talbot.

Je consultai mes notes un instant avant de me lever. Je voulais qu'il y ait une séparation claire entre l'interrogatoire de Talbot et mon contre.

– Maître Haller ? me lança le juge. Souhaitez-vous interroger le témoin à votre tour ?

Je me levai et m'approchai du lutrin.

– Oui, madame le juge.

Je posai mon bloc-notes et regardai Talbot droit dans les yeux. Il me souriait gentiment, mais je savais que je cesserais de lui plaire dans pas longtemps.

– Monsieur Talbot, lui lançai-je, êtes-vous droitier ou gaucher ?

– Je suis gaucher.

– Gaucher, répétai-je. Et n'est-il pas exact que le

soir du 6, avant que vous quittiez son appartement, Mlle Talbot vous a demandé de la frapper plusieurs fois au visage ?

Minton se dressa d'un bond.

– Madame le juge ! s'écria-t-il. Il n'y a rien dans le dossier qui permette à maître Haller de poser ce genre de questions. Maître Haller essaie seulement de troubler les esprits en lançant des propos scandaleux qu'il transforme en questions !

Le juge se tourna vers moi et attendit ma réponse.

– Madame le juge, cela fait partie de l'hypothèse de la défense et a été clairement énoncé dans ma déclaration liminaire.

– Je vais autoriser la question. Mais soyez bref, maître Haller.

La question fut relue à Talbot, qui ricana et hocha la tête.

– Non, ce n'est pas vrai, dit-il. Je n'ai jamais fait de mal à une femme de ma vie.

– Vous l'avez frappée du poing à trois reprises, n'est-ce pas, monsieur Talbot ?

– Non. C'est un mensonge.

– Vous nous avez bien dit que vous n'avez jamais frappé une femme de votre vie.

– C'est exact. Jamais.

– Connaissez-vous une prostituée du nom de Shaquilla Barton ?

Il dut réfléchir un instant avant de répondre.

– Ça ne me dit rien, non.

– Sur le site web où elle fait la publicité de ses services, elle utilise le nom de Shaquilla Shackles[1]. Cela vous dit-il quelque chose maintenant, monsieur Talbot ?

– Ah oui… je crois que oui.

– Vous êtes-vous jamais livré à des actes de prostitution avec elle ?

1. Soit « Shaquilla les fers » *(NdT)*.

– Une fois, oui.
– Quand ?
– Ça doit être il y a un an de ça. Peut-être plus.
– Et l'avez-vous frappée à cette occasion ?
– Non.
– Et si elle venait ici nous dire que vous l'avez effectivement frappée à coups de poing du gauche, mentirait-elle ?
– Et comment, qu'elle mentirait ! Je l'ai essayée, cette fille, mais j'ai pas aimé ces trucs de brute. Je suis du genre missionnaire pur et dur, moi. Je l'ai pas touchée.
– Vous ne l'avez pas touchée ?
– Non, ce que je veux dire, c'est que je ne l'ai pas cognée ou blessée de quelque manière que ce soit.
– Merci, monsieur Talbot.
Je me rassis. Minton ne se donna même pas la peine de demander un contre-interrogatoire. Talbot remercié, il informa le juge qu'il n'avait plus que deux témoins à présenter, mais que ce qu'ils avaient à dire prendrait du temps. Le juge Fullbright consulta sa montre et suspendit les débats jusqu'au lendemain.
Deux témoins à entendre. Ce ne pouvait être que l'inspecteur Booker et Reggie Campo. Tout indiquait que Minton allait renoncer au témoignage du mouton qu'il avait planqué à la prison de County-USC pour désintoxication. Le nom de Dwayne Corliss n'était apparu sur aucune liste de témoins ou aucun document à faire connaître à la défense. Je me demandai si Minton n'avait pas fait les mêmes découvertes que Raul Levin avant que celui-ci soit assassiné. Quoi qu'il en soit, il semblait bien que l'accusation ait laissé tomber Corliss. Et c'était justement ça qu'il fallait changer.
Je remis mes papiers et mes documents dans ma mallette et rassemblai tout mon courage pour parler à Roulet. Je le regardai, il ne s'était pas levé et attendait que je lui signifie son congé.

– Alors ? Qu'en pensez-vous ? lui demandai-je.

– J'en pense que vous avez très bien joué. Il doit déjà y avoir plus que des doutes raisonnables dans la tête des jurés.

Je refermai la mallette en en faisant claquer les serrures.

– Aujourd'hui, je n'ai fait que semer le doute. Demain, tout cela germera et mercredi, ce sera la pleine floraison. Vous n'avez encore rien vu.

Je me levai et soulevai la mallette de dessus la table. Avec tous les documents de l'affaire et mon ordinateur dedans, elle pesait son poids.

– À demain.

Je franchis le portillon. Cecil Dobbs et Mary Windsor attendaient Roulet dans le couloir, près de la porte du prétoire. Ils se tournèrent vers moi pour me parler lorsque je sortis de la salle, mais je ne m'arrêtai pas.

– On se retrouve demain, leur lançai-je.

– Attendez une minute ! me cria Dobbs.

Je me retournai.

– On est coincés dehors, nous, dit-il en s'approchant avec Mary Windsor. Comment ça se passe ?

Je haussai les épaules.

– Pour l'instant, la vedette, c'est l'accusation, lui répondis-je. Je ne fais que tournicoter autour en essayant de protéger le client. Demain, ce sera à nous de frapper. Et mercredi on tentera le K.-O. Faut que j'aille me préparer.

Je me dirigeai vers l'ascenseur et m'aperçus qu'un certain nombre de jurés m'avaient devancé et attendaient de descendre. La marqueuse en faisait partie. Je gagnai les toilettes près des ascenseurs afin de ne pas me retrouver avec eux. Je posai ma mallette sur la tablette entre les lavabos et me passai de l'eau sur la figure et les mains. Puis je me regardai dans la glace pour voir si l'affaire et tout ce qui allait avec m'avaient marqué. J'avais l'air raisonnablement sain d'esprit et calme pour un pro de la défense qui joue sur deux tableaux à la fois : celui de son client et celui de l'accusation.

L'eau froide me fit du bien et je me sentais tout rafraîchi lorsque je ressortis des toilettes en espérant que les jurés soient partis.

Ils avaient disparu. Mais là, dans le couloir près de l'ascenseur, je tombai sur Lankford et Sobel. Lankford tenait une liasse de documents à la main.

– Ah, vous voilà ! s'écria-t-il. Nous vous cherchions.

30

Le document que Lankford me tendit était un mandat de perquisition autorisant la police à fouiller mon domicile, mon bureau et ma voiture dans l'espoir d'y trouver un Colt calibre. 22 modèle Woodsman Sport, numéro de série 656 300 081-52. La pièce précisait que ce pistolet était très vraisemblablement l'arme du crime dans le meurtre de Raul S. Levin, le 12 avril. Lankford m'avait tendu le papier avec un sourire méprisant, je fis de mon mieux pour lui faire croire qu'il n'y avait rien là que de très habituel, que c'était le genre de choses que je gérais tous les deux jours et deux fois par jour le vendredi. La vérité était que mes genoux étaient au bord de me lâcher.

– D'où sortez-vous ça ? lui demandai-je.

Réaction saugrenue à un moment tout aussi saugrenu.

– Signé, scellé et remis en mains propres, me renvoya-t-il. Bon alors… par où voulez-vous qu'on commence ? Vous avez votre voiture ici, non ? Vous savez bien… la Lincoln avec chauffeur pour vous balader partout comme une pute de haut vol.

Je vérifiai la signature de l'autorité à la dernière page du document et m'aperçus qu'il s'agissait d'un juge municipal de Glendale dont je n'avais jamais entendu parler. Les flics étaient allés voir un type du coin qui devait savoir qu'il aurait besoin du soutien de la police aux prochaines élections. Je commençai à retrouver mes esprits. Cette fouille n'était peut-être qu'une manœuvre de façade.

– Des conneries, tout ça ! Vous n'avez pas de raison valable pour ce truc. Je pourrais vous écrabouiller ça dans la minute.

– Le juge Fullbright n'a pas eu l'air de trouver ça mauvais, me répliqua Lankford.

– Fullbright ? Qu'est-ce qu'elle a à voir là-dedans ?

– Eh ben, comme on savait que vous étiez au prétoire, on s'est dit que ça serait bien de lui demander si c'était OK de vous balancer ça. Vaut mieux pas foutre une nana comme ça en colère, vous savez ? Elle nous a répondu qu'elle ne verrait aucun inconvénient à ce que ce soit fait après l'audience… et elle a rien dit sur une quelconque raison valable ou autre.

Ils avaient dû aller la voir à la suspension de séance de midi, juste après que je les avais aperçus dans la salle. Pour moi, c'était Sobel qui avait eu l'idée de vérifier auprès de Fullbright. Un type comme Lankford aurait adoré me virer de la salle en pleine audience.

Il fallait réfléchir vite. Je regardai Sobel – c'était elle la plus sympathique.

– Je suis au milieu d'un procès de trois jours, lui dis-je. Y aurait-il moyen de remettre ça à mardi ?

– Pas question ! réagit Lankford avant que sa collègue ait pu dire quoi que ce soit. On ne vous lâche pas des yeux jusqu'à ce que le mandat soit exécuté. Comme si on allait vous laisser le temps de bazarder le flingue ! Bon alors, le baveux à la Lincoln, où elle est votre bagnole ?

Je vérifiai ce que couvrait le mandat. Il fallait que tout y soit précisé et j'eus de la chance. Il y était demandé de fouiller une Lincoln avec numéro de plaque minéralogique NT GLTY[1] de l'État de Californie. Je compris

1. Soit « NoT GuiLTY » – non coupable *(NdT)*.

que quelqu'un avait dû noter ce numéro le jour où j'avais été appelé au domicile de Raul Levin en plein milieu du match de base-ball. Parce que celle-là, c'était l'autre Lincoln, la vieille… celle que je conduisais ce jour-là.

– Elle est chez moi. Quand je suis en audience, je ne me sers pas de mon chauffeur. Ce matin, c'est mon client qui m'a amené ici et j'avais prévu qu'il me ramène. Et d'ailleurs, il doit m'attendre.

Pur mensonge. La Lincoln que j'avais prise se trouvait au parking du tribunal. Mais je ne pouvais pas les laisser la fouiller parce qu'il y avait une arme dans l'accoudoir du siège arrière. Ce n'était pas celle qu'ils cherchaient, mais sa remplaçante. Lorsque j'avais découvert la disparition de mon pistolet après l'assassinat de Raul Levin, j'avais demandé à Earl Briggs de me trouver un flingue pour ma protection. Je savais qu'avec lui je n'aurais pas à attendre dix jours[1] pour l'avoir. Cela étant, ne sachant pas d'où sortait cette arme ni si elle était déclarée, je n'avais aucune envie que ce soit la police de Glendale qui me donne le renseignement.

Mais j'avais de la chance : la Lincoln où se trouvait l'arme n'était pas celle mentionnée dans le mandat. Celle-là dormait dans mon garage, où elle attendait que l'acheteur du service de limousines vienne y jeter un coup d'œil. Et c'était celle-là qui devait être fouillée.

Lankford m'arracha le mandat des mains et le fourra dans une poche intérieure de sa veste.

– Vous inquiétez pas pour le transport, me lança-t-il. On a une voiture. Allons-y.

Nous ne tombâmes pas sur Roulet ou les gens de son entourage en quittant le tribunal. Et bientôt je me retrouvai sur la banquette arrière d'une Grand Marquis et me dis que je ne m'étais pas trompé en choisissant

1. En Californie, les demandes de permis de port d'arme prennent une dizaine de jours *(NdT)*.

une Lincoln : il y avait plus de place et la conduite était plus souple.

C'était Lankford qui avait pris le volant et je me tenais derrière lui. Les vitres avaient été remontées et je l'entendais mâcher du chewing-gum.

– Passez-moi ce mandat que je le regarde encore, lui lançai-je.

Il ne bougea pas.

– Je vous interdis d'entrer chez moi avant d'avoir pu examiner ce papier à fond. Je peux faire ça en route et vous économisez du temps. Mais je peux aussi…

Il glissa la main dans sa veste, en sortit le mandat et me le tendit par-dessus son épaule. Je savais bien pourquoi il hésitait. Les flics doivent souvent expliquer toute leur enquête dans la demande de mandat afin de convaincre le juge qu'il y a bien une raison valable à leur démarche. Ils n'aiment pas que le suspect lise le document et découvre ainsi le pot aux roses.

Je jetai un coup d'œil par la vitre en passant devant les concessionnaires automobiles de Van Nuys Boulevard. J'aperçus un nouveau modèle de Town Car sur une plate-forme d'exposition devant le magasin Lincoln. Puis je baissai les yeux sur le mandat, l'ouvris à la page des motifs et lus ce qui s'y trouvait.

Il faut reconnaître que Lankford et Sobel avaient commencé par faire du bon boulot. L'un des deux – Sobel, à mon avis – avait tenté le coup d'entrer mon nom dans la base de données des possesseurs d'armes à feu de l'État de Californie et décroché le gros lot. L'ordinateur central leur avait déclaré que je possédais un pistolet de la même marque et du même modèle que l'arme du crime.

La manœuvre était habile, mais ne suffisait pas à établir une raison valable de perquisition. La firme Colt avait produit des Woodsman pendant plus de soixante ans. Il devait donc y en avoir un bon million en circulation – et donc un bon million de suspects à en avoir un.

Ils avaient la fumée. Ils avaient ensuite frotté d'autres bouts de bois pour faire partir le feu exigé. Dans la demande de mandat, il était ainsi déclaré que j'avais caché aux enquêteurs le fait que je possédais cette arme. Il y était aussi précisé que je m'étais fabriqué un alibi lorsqu'on m'avait pour la première fois posé des questions sur la mort de Levin, puis que j'avais essayé d'égarer les inspecteurs en leur donnant une fausse piste sur le trafiquant de drogue Hector Arrande Moya.

Bien qu'expliciter les motivations du suspect ne soit pas nécessaire pour obtenir un mandat, le mandat y faisait allusion – expliquant que la victime, Raul Levin, m'avait extorqué des enquêtes et que j'avais refusé de les lui payer le travail une fois terminé.

Le caractère insultant d'une telle déclaration mis à part, c'était la fabrication de l'alibi qui constituait l'élément principal de la raison invoquée. Il était déclaré que j'avais dit être chez moi au moment du meurtre, mais qu'un message ayant été laissé sur mon répondeur juste avant l'heure présumée du décès, il était clair que de fait je n'y étais pas. Non seulement mon alibi ne tenait pas, mais en plus j'étais un menteur.

Je relus lentement le document deux fois de plus, sans que ma colère retombe pour autant. Je jetai le mandat sur le siège à côté de moi.

– D'une certaine façon, c'est vraiment dommage que je ne sois pas l'assassin, lançai-je.

– Ah oui ? Et pourquoi donc ? me renvoya Lankford.

– Parce que ce mandat est un gros tas de merde et que vous le savez tous les deux. Il ne résistera pas à l'examen. Je vous ai dit que le message était arrivé quand j'étais déjà en ligne et ça, on peut le vérifier. Sauf que vous êtes des paresseux et que vous n'avez pas voulu le faire parce que ça vous aurait sacrément compliqué les choses pour décrocher votre mandat. Même avec le juge de Glendale que vous avez dans votre poche. Vous avez menti sciemment et par omission. Ce document est de mauvaise foi.

Assis derrière Lankford comme je l'étais, je voyais beaucoup mieux Sobel. Je regardai si des doutes lui venaient au fur et à mesure que je parlais.

– Quant à l'idée que Raul m'aurait extorqué des enquêtes et que je ne l'aurais pas payé, c'est complètement risible. Extorqué sous quelle menace ? Et qu'est-ce que je ne lui aurais pas payé ? Je le payais chaque fois qu'il m'envoyait la note. Non, si c'est comme ça que vous menez vos enquêtes, va falloir que j'ouvre boutique à Glendale ! Et ce mandat, je vais vous l'enfourner dans le trou de balle de votre chef de police comme il faut.

– Vous avez menti pour le flingue, me rétorqua Lankford. Et vous deviez de l'argent à Levin. C'est dans son livre de comptes. Quatre mille dollars.

– Je n'ai menti sur rien. Vous ne m'avez jamais demandé si j'avais une arme.

– Mensonge par omission ! À moi de vous renvoyer la balle.

– Conneries !

– Et les quatre mille dollars, hein ?

– Ah oui ! Les quatre mille dollars… Je l'ai tué parce que je ne voulais pas lui filer quatre mille dollars ! m'écriai-je en y mettant tout le sarcasme dont j'étais capable. Alors là, vous m'avez eu, inspecteur ! Les motivations… Cela dit, il ne vous est sans doute pas venu à l'esprit de vérifier s'il me les avait effectivement demandés, ces quatre mille dollars, voire si je ne venais pas de lui régler une facture de six mille une semaine avant qu'il ne soit assassiné.

Lankford ne broncha pas, mais je vis le doute se marquer sur le visage de Sobel.

– Combien ou quand vous l'avez payé n'a aucune

importance, me répondit Lankford. Le maître chanteur n'est jamais satisfait. On n'arrête pas de payer jusqu'à ce que le point de non-retour soit atteint. Et c'est de ça qu'il est question. Du point de non-retour.

Je hochai la tête.

– Et comment me tenait-il pour que je lui file des boulots et que je le paye jusqu'à ce que j'arrive à ce « point de non-retour » ?

Lankford et Sobel échangèrent un regard et Lankford acquiesça d'un signe de tête. Sobel se pencha vers une mallette par terre et en sortit un dossier qu'elle posa sur le siège à côté de moi.

– Tenez, me lança Lankford, regardez donc. Vous l'avez loupé quand vous foutiez la baraque à feu et à sang. Il l'avait planqué dans un tiroir de la commode.

J'ouvris le dossier et y trouvai plusieurs photos de format 18 × 24. Les clichés avaient été pris de loin et je figurais sur tous. Le photographe avait suivi ma Lincoln plusieurs jours durant et sur plusieurs kilomètres. Dans chaque image, c'était un instant qui avait été figé, les photos me montrant en compagnie de divers individus en qui je reconnus des clients sans aucune difficulté – à savoir des prostituées, des trafiquants de drogue et des Road Saints. Toutes ces photos pouvaient être prises en mauvaise part parce qu'elles saisissaient un bref instant. Un travelo en mini-short quittant le siège arrière de ma Lincoln. Teddy Vogel me tendant une grosse liasse de billets par la vitre arrière. Je refermai le dossier et le jetai par-dessus le siège.

– Vous rigolez, non ? Vous croyez que Raul me tenait avec ça ? Qu'il m'extorquait des fonds avec ça ? Ces gens-là sont mes clients. Vous rigolez ou j'ai raté quelque chose ?

– C'est-à-dire que… le barreau de Californie pourrait trouver ça moins rigolo, dit Lankford. On sait que vous êtes plutôt sur un terrain glissant avec eux. Et ça, Levin le savait. Et s'en servait.

Je hochai la tête.

– Incroyable, dis-je.

Je savais qu'il fallait que j'arrête de parler. Je faisais tout de travers avec ces deux-là. Je savais qu'il valait mieux la boucler et laisser filer. Mais j'éprouvais un besoin quasi irrésistible de les convaincre. Je commençai à comprendre pourquoi tant de dossiers à charge se bâtissent dans les salles d'interrogatoire des commissariats de police. Les gens sont tout simplement incapables de la fermer.

J'essayai de retrouver les circonstances dans lesquelles ces clichés avaient été pris. Celui où l'on voyait Vogel me donner une liasse de billets l'avait été sur le parking du club de strip-tease des Saints, dans Sepulveda Boulevard. C'était juste après le procès d'Harry Casey et Vogel me payait pour avoir interjeté appel. Le prostitué, lui, s'appelait Terry Jones et je m'étais occupé de son accusation de racolage la première semaine d'avril. J'avais dû aller le chercher sur la promenade de Santa Monica la veille au soir d'une audience pour être sûr qu'il y assiste.

Je compris que toutes ces photos avaient été prises entre le matin où j'avais hérité de l'affaire Roulet et le jour où Raul Levin avait été assassiné. Elles avaient ensuite été laissées sur les lieux du crime par l'assassin – tout cela faisant partie du plan que Roulet avait établi pour me coincer. La police avait tout ce qui lui fallait pour me coller le meurtre de Levin sur le dos – tout sauf l'arme du crime. Tant qu'il l'aurait en sa possession, Roulet me tenait.

Force m'était d'admirer le plan et son ingéniosité alors même qu'il ne m'inspirait que du désespoir. J'essayai de baisser la vitre, mais le bouton ne marchait pas. Je demandai à Sobel d'ouvrir sa fenêtre, ce qu'elle fit. De l'air frais commença à entrer dans la voiture.

Au bout d'un moment, Lankford me regarda dans le rétroviseur et tenta de faire repartir la conversation.

– On a fait des recherches sur ce Woodsman, dit-il. Vous savez à qui il a appartenu, non ?

– Si. À Mickey Cohen, répondis-je comme si de rien n'était, et je continuai de regarder les pentes abruptes de Laurel Canyon.

– Comment se fait-il que ce soit vous qui en ayez hérité ?

Je lui répondis sans me détourner de la fenêtre.

– Mon père était avocat. C'est lui qui le représentait.

Il poussa un sifflement. Cohen était un des plus célèbres criminels à avoir élu domicile à Los Angeles. Il avait sévi à l'époque où les gangsters étaient en concurrence avec les vedettes de cinéma pour faire la une des journaux.

– Et alors ? Il a donné un flingue à votre vieux ?

– Cohen avait été accusé dans une histoire de fusillade et c'est mon père qui l'a défendu. Il a plaidé l'autodéfense. Il y a eu procès et mon père lui a obtenu un verdict de non-culpabilité. Lorsque l'arme lui a été rendue, Mickey en a fait cadeau à mon père. Comme une espèce de souvenir, pourrait-on dire.

– Votre père s'est-il jamais demandé combien de gens ce Mick avait zigouillés avec ?

– Je ne sais pas. Je n'ai pas vraiment connu mon père.

– Et Cohen ? Vous l'avez rencontré ?

– Mon père l'a représenté avant même que je sois né. L'arme m'est revenue par testament. Je ne sais pas pourquoi il a choisi que ce soit moi qui l'aie. Je n'avais que cinq ans lorsqu'il est mort.

– Et en grandissant vous êtes devenu avocat comme votre cher père et, en bon avocat que vous êtes, vous l'avez déclarée.

– Je me disais que si jamais on me la volait ou autre, je voulais pouvoir la retrouver. Tournez ici, dans Fareholm.

Lankford fit ce que je lui demandais et nous commençâmes à monter la route qui conduit chez moi. C'est alors que je leur lâchai la mauvaise nouvelle.

– Merci de m'avoir raccompagné, leur dis-je. Vous pouvez fouiller ma maison, mon bureau et ma voiture tant que vous voudrez, mais faut que je vous dise : vous perdez votre temps. Non seulement je ne suis pas le gars que vous cherchez, mais vous ne trouverez jamais cette arme.

Je vis Lankford redresser vivement la tête et me regarder à nouveau dans le rétroviseur.

– Et pourquoi donc, l'avocat ? Vous l'avez déjà bazardée ?

– Parce que l'arme m'a été volée et que je n'ai aucune idée de l'endroit où elle se trouve.

Lankford se mit à rire et je vis de la joie dans ses yeux.

– Ah, ah ! Volée ! Comme c'est commode ! Et ce serait arrivé quand ?

– Difficile à dire. Je n'avais pas vérifié depuis des années.

– Vous avez déclaré le vol à la police ou rempli une demande d'indemnisation à l'assurance ?

– Non.

– Et donc, quelqu'un entre chez vous, vous pique le flingue de Mickey Cohen et vous n'en dites rien aux autorités. Même après nous avoir dit que vous l'aviez déclaré au cas où ce serait très exactement ça qui arrive ? Mais... ça vous semble pas un rien pété, à vous qu'êtes avocat et tout et tout ?

– Si, sauf que je sais qui me l'a volé. C'est un client. Un client qui m'a dit l'avoir pris et que si jamais je portais plainte contre lui je violerais la clause de confidentialité avocat-client parce que ma plainte conduirait à son arrestation. Disons que la situation est inextricable.

Sobel se retourna pour me regarder. Elle pensait sans doute que j'inventais au fur et à mesure.

– Tout ça, c'est que des conneries et du jargon d'avocat, Haller ! me lança Lankford.

– Peut-être, mais c'est la vérité. Nous y sommes. Garez-vous devant le garage.

Lankford se rangea devant mon garage et arrêta le moteur. Puis il se tourna vers moi pour me regarder avant de descendre.

– Qui est ce client qui vous a volé le flingue ?

– Je ne peux pas vous le dire, je vous l'ai déjà dit.

– Eh bien mais… vous n'avez que Roulet comme client en ce moment, non ?

– Des clients, j'en ai des tas. Mais c'est comme je vous l'ai dit : je ne peux pas vous dire qui.

– À votre avis… on devrait peut-être vérifier les enregistrements de son bracelet, histoire de voir s'il est passé chez vous récemment.

– Vous faites ce que vous voulez. Et, oui, il est effectivement passé ici. Nous avons eu une petite réunion. Dans mon bureau.

– C'est peut-être à ce moment-là qu'il vous l'a fauché.

– Je ne vous dis pas qu'il l'a pris.

– Ouais, bon, ce bracelet exonère Roulet pour l'affaire Levin. On a vérifié le GPS. Et donc, il ne reste plus que vous… maître.

– Et que vous pour perdre votre temps.

Je compris soudain quelque chose sur l'histoire du bracelet et tentai de n'en rien montrer. Quelque chose sur ce petit numéro de disparition à la Houdini. Il allait falloir que je vérifie ça plus tard.

– Alors ? On va rester là à ne rien faire ?

Lankford se retourna et descendit de voiture. Puis il ouvrit ma portière, la poignée intérieure ayant été bloquée pour qu'on puisse transporter des suspects et des prisonniers dans la voiture. Je regardai les deux inspecteurs.

– Vous voulez que je vous montre le coffret ? Vous voyez qu'il est vide et vous partez ? Ça nous ferait gagner du temps.

– Pas tout à fait, maître, me renvoya Lankford. Nous

allons tout fouiller. Je m'occupe de la voiture et l'inspecteur Sobel fera la maison.

Je hochai la tête.

– Pas tout à fait, inspecteur, lui répliquai-je à mon tour. C'est pas comme ça que ça marche. Je ne vous fais pas confiance. Votre mandat est pourri et, pour moi, vous l'êtes aussi. Bref, vous travaillez ensemble, que je puisse vous surveiller, ou vous attendez que j'arrive à faire venir un deuxième observateur. Mon manager pourrait être ici en dix minutes. Je peux très bien la faire venir pour vous surveiller. Tenez… vous pourriez même lui demander si elle ne m'a pas appelé le matin où Raul Levin s'est fait tuer.

Le visage de Lankford s'assombrit tellement sous l'insulte et la colère qu'il parut avoir du mal à se dominer. Je décidai de pousser les feux. Je pris mon portable et l'ouvris.

– J'appelle votre juge et je vois si…

– C'est bon ! s'écria-t-il. On va commencer par la voiture. Ensemble. Après, on fera la maison petit à petit.

Je refermai mon portable et le remis dans ma poche.

– Très bien, dis-je.

Je gagnai un boîtier électronique sur le mur du garage. J'entrai le code et la porte du garage commença à se lever, révélant la Lincoln bleu-noir qui attendait leur inspection. Sur sa plaque d'immatriculation on pouvait lire NT GLTY. Lankford la regarda et hocha la tête.

– Oui, bon, dit-il.

Il entra dans le garage, le visage toujours crispé par la colère. Je décidai de détendre un peu l'atmosphère.

– Hé, inspecteur ! lui lançai-je. Quelle est la différence entre un poisson-chat et un avocat de la défense ?

Il ne réagit pas. Il continuait de regarder la plaque d'immatriculation d'un œil mauvais.

– L'un bouffe les saloperies au fond, et l'autre est un gros poisson.

Il ne se dérida pas tout de suite. Puis un sourire se formant sur son visage, il finit par éclater d'un grand rire. Sobel entra dans le garage. Elle n'avait pas entendu la plaisanterie.

– Quoi ? demanda-t-elle.

– Je te dirai plus tard, répondit-il.

31

Il leur fallut une demi-heure pour fouiller la Lincoln et passer à la maison, où ils commencèrent par le bureau. Je ne cessai de les observer et ne leur adressai la parole que pour leur fournir une explication lorsque quelque chose les arrêtait dans leurs recherches. Ils ne se parlaient pas beaucoup et il devint de plus en plus évident qu'ils avaient des divergences sur la façon dont Lankford conduisait les opérations.

À un moment donné, celui-ci reçut un appel sur son portable et gagna la porte d'entrée pour passer dans la véranda et pouvoir parler en privé. J'avais remonté les stores, ce qui me permettait, en restant dans le couloir, de voir Lankford dehors en me tournant d'un côté et Sobel à l'intérieur en me tournant de l'autre.

– Tout ça ne vous plaît pas trop, n'est-ce pas ? demandai-je à celle-ci lorsque je fus sûr et certain que son coéquipier ne pouvait pas l'entendre.

– Que ça me plaise ou pas n'a aucune importance, me renvoya-t-elle. On suit l'affaire et c'est tout.

– Votre coéquipier est toujours comme ça ou c'est seulement avec les avocats ?

– Il a claqué 50 000 dollars avec un avocat l'année dernière pour essayer d'obtenir la garde de ses enfants. Et il ne l'a pas eue. Et avant ça on a perdu une grosse affaire… un meurtre… sur un point de droit.

J'acquiesçai d'un signe de tête.

– Et c'est à l'avocat qu'il en veut. Qui avait enfreint le règlement ?

Elle ne répondit pas, ce qui me confirma que c'était bien Lankford qui avait commis l'erreur.

– Je vois, dis-je.

Et je jetai à nouveau un coup d'œil à Lankford dans la véranda. Il faisait de grands gestes d'impatience comme s'il essayait d'expliquer quelque chose à un crétin. Son avocat, sans doute. Je décidai de changer de sujet avec Sobel.

– Vous n'avez pas l'impression de vous faire manipuler dans cette affaire ? lui demandai-je.

– De quoi parlez-vous ?

– Les photos planquées dans le bureau, la douille dans le conduit d'aération… Plutôt commode, tout ça, vous ne trouvez pas ?

– Qu'est-ce que vous racontez ?

– Je ne raconte rien du tout. Je pose certaines questions, auxquelles votre collègue n'a pas l'air de s'intéresser.

Je regardai ce dernier. Il composait un numéro sur son portable pour passer un nouvel appel. Je me retournai et franchis le seuil de la pièce. Sobel était en train de regarder derrière des dossiers rangés dans un tiroir. N'y trouvant pas d'arme, elle referma celui-ci et gagna le bureau. Je lui parlai à voix basse.

– Et le message que Raul m'a adressé ? lui lançai-je. Celui où il dit avoir trouvé la sortie pour Menendez… que pensez-vous qu'il voulait dire par là ?

– On n'a pas encore trouvé.

– C'est dommage. À mon avis, c'est important.

– Tout est important jusqu'au moment où ça cesse de l'être.

Je hochai la tête, pas très sûr d'avoir compris ce qu'elle voulait dire par là.

– Vous savez, l'affaire que je défends est plutôt intéressante. Vous devriez venir faire un tour au prétoire et regarder un peu. Vous pourriez apprendre des trucs.

Elle leva les yeux du bureau et m'observa. Nos regards se croisèrent un instant. Puis elle cligna des paupières – le doute –, comme si elle essayait de savoir si quelqu'un qu'on soupçonnait de meurtre n'était pas en train de lui faire du rentre-dedans.

– Vous plaisantez ?

– Non, pourquoi je plaisanterais ?

– Eh bien, et d'un, vous pourriez avoir du mal à rejoindre la salle d'audience si on vous colle au gnouf.

– Eh dites… pas de flingue, pas de dossier. C'est bien pour ça que vous êtes ici, non ?

Elle garda le silence.

– En plus que cette affaire, c'est le dada de votre collègue. Pas le vôtre, je le vois bien.

– On peut pas faire plus avocat que ça. Vous n'en ratez pas une.

– Moi ? Mais non. En fait, je découvre que je suis loin de tout savoir.

Elle changea de sujet.

– C'est votre fille ? me demanda-t-elle en me montrant la photo posée sur le bureau.

– Oui. Elle s'appelle Hayley.

– Hayley Haller, jolie allitération. C'est à cause de la comète ?

– En quelque sorte. Mais ça ne s'écrit pas pareil. C'est mon ex qui a trouvé ce prénom.

C'est alors que Lankford revint en parlant très fort à Sobel du coup de fil qu'il venait de recevoir. Le superviseur leur disait qu'ils étaient à nouveau en piste et qu'ils s'occuperaient du prochain homicide à Glendale, que l'affaire Levin soit encore d'actualité ou pas. Il ne lui dit rien de l'appel qu'il venait de passer.

Sobel l'informa qu'elle avait fini le bureau. Toujours pas d'arme.

– Puisque je vous dis que ce flingue n'est pas ici, lui lançai-je. Vous perdez votre temps. Et le mien. Je suis de tribunal demain et j'ai besoin de me préparer pour les témoignages.

– On fait la chambre, dit-il en ignorant ma protestation.

Je reculai dans le couloir pour leur permettre de sortir de la pièce et passer dans la suivante. Ils longèrent les deux côtés du lit à la tête duquel les attendaient deux tables. Lankford ouvrit le tiroir du haut de la sienne et en sortit un CD.

– *Wreckrium for Lil'Demon*, dit-il. Vous vous foutez de moi ?

Je ne réagis pas. Sobel ouvrit vite ses deux tiroirs et les trouva vides, à l'exception d'une boîte de capotes anglaises. Je me détournai.

– Je prends la penderie, enchaîna Lankford après en avoir fini avec sa table de nuit – dont il laissa les tiroirs ouverts en vrai flic qu'il était.

Il entra dans la penderie et parla tout de suite de l'intérieur.

– Nous y sommes !

Il ressortit de la penderie en tenant le coffret en bois.

– Bingo ! lui lançai-je. Vous venez de trouver un coffret en bois vide. Dites, vous ne seriez pas inspecteur ?

Il secoua le coffret avant de le poser sur le lit. Ou bien il essayait de jouer avec moi, ou bien le coffret était sacrément lourd. Je sentis l'adrénaline me descendre le long du cou lorsque je compris que Roulet aurait très bien pu entrer à nouveau chez moi pour y remettre le pistolet. Ç'aurait été le meilleur endroit où le cacher. Le dernier où je serais allé voir après avoir déterminé que l'arme avait disparu. Je me rappelai le sourire bizarre qu'il avait eu lorsque je lui avais demandé de me rendre mon flingue. Souriait-il parce que c'était déjà fait ?

Lankford ouvrit les fermoirs et souleva le couvercle. Puis il sortit le chiffon huilé. L'emplacement en liège où s'était naguère trouvé le pistolet de Mickey Cohen était vide. Je soufflai si fort que c'en fut presque un soupir.

– Qu'est-ce que je vous disais ? lançai-je vite pour essayer de rattraper la sauce.

– C'est ça, qu'est-ce que vous nous disiez ? me renvoya Lankford. Heidi ? T'as un sac ? On embarque le coffret.

Je regardai Sobel. Elle n'avait rien d'une Heidi à mes yeux. Je me demandai s'il ne s'agissait pas d'une espèce de surnom qu'on lui infligeait dans la salle des inspecteurs. Ou alors c'était la raison pour laquelle elle ne donnait pas son prénom sur sa carte de visite professionnelle. Ça ne faisait pas assez Homicide pur et dur.

– Dans la voiture, lui répondit-elle.

– Va le chercher, lui ordonna-t-il.

– Vous allez embarquer un coffret à pistolet vide ? À quoi cela va-t-il vous servir ?

– Tout ça fait partie des pièces à conviction, maître. Vous devriez le savoir. En plus que ça tombe bien dans la mesure où j'ai l'impression que nous ne le reverrons jamais, ce flingue.

Je hochai la tête.

– Ça tombe peut-être bien dans vos rêves, mais ce coffret ne prouve rien.

– Il prouve que vous étiez en possession de l'arme de Mickey Cohen. C'est marqué sur la petite plaque en cuivre que votre père ou quelqu'un d'autre a fait apposer dessus.

– Et alors, quoi, bordel ?!

– Et alors il se trouve que j'ai passé un appel pendant que j'étais dans votre véranda, maître Haller. On avait quelqu'un qui vérifiait cette histoire d'autodéfense de Mickey Cohen. Et il s'avère qu'aux Scellés du LAPD, ils ont encore toutes les analyses balistiques de l'affaire. Ça tombe bien pour nous vu qu'elle remonte à quoi ? Cinquante ans ?

Je compris tout de suite. Ils allaient prendre les balles et les douilles de l'affaire Cohen et les comparer aux pièces à conviction recueillies dans l'affaire Levin. En rattachant le meurtre de Levin au pistolet de Cohen, ils pourraient me rattacher au coffret et à l'entrée consignée dans la base de données des armes à feu de l'État. Je doutais fort que Roulet ait compris comment la police serait capable de bâtir son dossier sans même avoir l'arme du crime le jour où il avait concocté son plan pour me coincer.

Je restai immobile et gardai le silence. Sobel quitta la pièce sans m'adresser un seul regard, Lankford levant les yeux du coffret pour me décocher un sourire assassin.

– Qu'est-ce qu'il y a, maître ? me lança-t-il. Les pièces à conviction vous ont mangé la langue ?

Enfin j'arrivai à parler.

– Combien de temps faudra-t-il à la balistique ? réussis-je à lui demander.

– Hé, hé ! Pour vous, on va demander qu'ils accélèrent ! Et donc, sortez un peu et profitez de la vie pendant qu'il en est encore temps. Mais ne quittez pas la ville.

Il rit, presque à en avoir le vertige tant il était content de lui.

– Putain ! Et moi qui croyais qu'on ne disait ça que dans les films ! s'exclama-t-il. Sauf que là, c'est bien moi qui l'ai dit ! Dommage que ma collègue n'ait pas été là !

Sobel revint dans la pièce avec un grand sac marron et un rouleau d'adhésif rouge. Je la regardai déposer le coffret dans son sac et sceller ce dernier avec l'adhésif. Je me demandai combien de temps il me restait et si les roues ne venaient pas de tomber du bolide que j'avais mis en route. Je commençai à me sentir aussi vide que le coffret que Sobel venait de sceller dans son grand sac marron.

32

Fernando Valenzuela habitait loin, à Valencia. De chez moi, il me faudrait facilement une heure de voiture, en direction du nord, à cette fin d'heure de pointe. Val avait quitté Van Nuys quelques années plus tôt parce que, ses trois filles étant bientôt en âge d'aller au lycée, il craignait pour leur sécurité et leur instruction. Il avait emménagé dans un quartier plein de gens qui eux aussi avaient fui la ville, ses trajets quotidiens passant aussitôt de cinq minutes à quarante-cinq. Mais il était heureux. Sa maison était plus belle et ses enfants plus en sécurité. Il habitait une maison de style espagnol avec un toit de tuiles rouges dans un quartier plein de maisons elles aussi de style espagnol avec des toits de tuiles rouges. C'était plus que n'en pouvait rêver un prêteur de cautions, mais la facture mensuelle était plutôt raide.

Il était presque neuf heures lorsque j'arrivai chez lui. Je m'arrêtai devant son garage, dont il avait laissé la porte ouverte. Une des places y était occupée par un mini-van, l'autre par un pick-up. Entre ce dernier et un établi avec outillage complet se trouvait un grand carton barré de l'inscription SONY. Je descendis de voiture, gagnai la porte et frappai. Valenzuela mit longtemps à répondre.

– Mick, me lança-t-il, qu'est-ce que tu fous ici ?

– Tu sais que ton garage est ouvert ?

– Merde de merde ! On vient juste de me livrer un écran plasma !

Il me poussa de côté et traversa la cour à toute allure. Je refermai sa porte d'entrée et le suivis. Il se tenait tout sourire devant son carton lorsque j'entrai dans le garage.

– Putain, mec, tu sais que ça ne serait jamais arrivé à Van Nuys ! Ce truc aurait déjà disparu depuis longtemps. Allez, on rentre par là.

Il se dirigea vers une porte qui nous permettrait de passer directement dans la maison. Il appuya sur un commutateur, la porte du garage commençant aussitôt à se fermer en se déroulant.

– Hé, Val, dis-je, attends une minute. Causons un peu ici. On sera plus tranquilles.

– Maria doit avoir envie de te dire bonjour.

– La prochaine fois.

Il revint vers moi, l'œil inquiet.

– Qu'est-ce qu'il y a, Boss ?

– Ce qu'il y a, c'est que je viens de passer plusieurs heures avec les flics à travailler sur l'assassinat de Raul. Ils prétendent avoir innocenté Roulet à cause du bracelet.

Il hocha très fort la tête.

– Oui, oui, dit-il, ils sont venus me voir quelques jours après. Je leur ai montré le système, je leur ai dit comment ça marche et je leur ai sorti le relevé de Roulet pour ce jour-là. Ils ont vu qu'il était au boulot. Je leur ai aussi montré l'autre bracelet que j'ai et leur ai expliqué comment il est absolument impossible de le trafiquer. À cause de son détecteur de masse. En gros, y a pas moyen de l'enlever. Le bracelet le saurait tout de suite et moi après.

Je m'adossai au pick-up et croisai les bras.

– Et donc, ces deux flics t'ont demandé où t'étais ce mardi-là ?

Il reçut la question comme un coup de poing dans la figure.

– Qu'est-ce que t'as dit, Mick ?

Je baissai les yeux sur le carton renfermant la télé à écran plasma, puis revins sur lui.

– Je ne sais pas comment il a fait son coup, mais il l'a tué, Val. Maintenant, c'est moi qui suis dans la ligne de mire et je veux savoir comment il a fait.

– Écoute-moi, Mick, il est innocent. Ce bracelet n'a pas quitté sa cheville, je te le garantis. Ce truc-là ne ment pas.

– Oui, bon, que ça ne mente pas, je le sais, mais…

Enfin il comprit.

– Qu'est-ce que t'es en train de me dire, Mick ?

Il se planta devant moi, tout son corps disant l'agressivité. Je cessai de m'adosser au pick-up et laissai retomber mes mains le long de mes flancs.

– C'est ce que je te demande, Val. Où étais-tu ce mardi matin-là ?

– Espèce de fils de pute ! Comment oses-tu me demander un truc pareil ?

Il s'était mis en position de combat. Cela me désarçonna un instant : il venait de me traiter du même nom que moi Roulet un peu plus tôt dans la journée. Il me sauta brusquement dessus et me repoussa violemment contre son camion. Je le repoussai encore plus fort et l'expédiai droit dans le carton de sa télé. Qui se renversa et s'écrasa par terre avec un grand boum, Val finissant par se retrouver assis dessus. Un craquement sec se fit entendre à l'intérieur.

– Oh merde ! s'écria Val. Oh merde ! T'as pété l'écran.

– Tu m'as poussé, Val. Je t'ai repoussé.

– Oh merde !

Il se pencha sur le côté du carton et tenta de le remettre d'aplomb, mais celui-ci était bien trop lourd et encombrant. Je passai de l'autre côté et lui donnai un coup de main. Le carton se redressant, nous entendîmes des petits bouts de trucs tomber en pluie à l'intérieur. Du verre, c'en avait tout l'air.

– Putain de merde ! hurla Valenzuela.

La porte qui donnait dans la maison s'ouvrit et Maria jeta un œil.

– Hé, Mickey ! Val, qu'est-ce que c'est que ce barouf ?

– Rentre, tu veux ? lui ordonna son mari.

– Eh ben mais, qu'est-ce que...

– Ferme ta grande gueule et rentre !

Elle marqua une pause, nous dévisagea tous les deux et referma la porte. Je l'entendis la verrouiller. J'eus l'impression que Valenzuela allait dormir dans le garage avec sa télé cassée. Je le regardai. Il avait la bouche grande ouverte – le choc.

– Huit mille dollars que ça m'a coûté, murmura-t-il.

– Quoi ? Y a des télés qui valent huit mille dollars ?

C'était à mon tour d'en rester baba. Où allait le monde ?

– Huit mille avec la réduc.

– Val... où as-tu trouvé assez d'argent pour te payer une télé à huit mille dollars ?

Il me regarda, le feu se rallumant dans ses prunelles.

– Et où crois-tu que je l'aie trouvé, hein ? En bossant, mec. Grâce à Roulet, je me paie une année d'enfer. Mais là, putain, Mick ! Je ne l'ai pas libéré de son bracelet pour qu'il aille zigouiller Raul. Raul, je le connaissais depuis aussi longtemps que toi. Ce n'est pas moi qui ai fait ça. Ce n'est pas moi qui ai mis son bracelet pendant qu'il allait flinguer Raul. Pas plus que je ne suis allé tuer Raul pour me payer une télé à huit mille dollars. Si t'arrives pas à le croire, vaudrait mieux que tu dégages d'ici et que je ne te revoie plus jamais !

Il avait dit ça avec tout le désespoir d'un animal blessé. Une pensée soudaine me vint sur Jesus Menendez. Je n'avais pas reconnu l'innocence dans ce qu'il voulait plaider. Et je ne voulais pas que ça se reproduise – jamais.

– Bon, d'accord, Val, dis-je. Je gagnai la porte de la maison et appuyai sur le bouton qui commandait l'ouverture du garage. Je me retournai et m'aperçus qu'il avait pris un cutter sur l'établi et s'était mis à couper le ruban adhésif sur le dessus de l'emballage de la télé. À croire qu'il voulait se confirmer ce que nous savions déjà sur son écran plasma. Je lui passai devant et sortis du garage.

– Je partage la note avec toi, lui dis-je. Je vais demander à Lorna de t'envoyer un chèque dès demain matin.

– T'inquiète pas pour ça. Je leur dirai que ç'a été livré comme ça.

J'arrivai à la portière de ma voiture et le regardai par-dessus mon épaule.

– Surtout n'oublie pas de me passer un coup de fil quand ils t'arrêteront pour fraude. Après que tu te seras payé toi-même ta caution, s'entend.

Je montai dans la Lincoln et sortis de l'allée à reculons. En jetant un dernier coup d'œil au garage, je vis qu'il avait cessé d'ouvrir son carton et se contentait de me regarder.

La circulation pour revenir en ville étant légère, je ne traînai pas sur la route. Je franchissais la porte d'entrée de chez moi lorsque le téléphone se mit à sonner. Je décrochai dans la cuisine en me disant que c'était peut-être Valenzuela qui m'appelait pour m'avertir qu'il avait décidé d'offrir ses services à un autre avocat. Sur le moment, cela me laissa indifférent.

En fait, c'était Maggie McPherson.

– Tout va bien ? lui demandai-je.

Elle n'avait pas l'habitude d'appeler aussi tard.

– Oui.

– Où est Hayley ?

– Elle dort. Je ne voulais pas t'appeler avant.

– Quoi de neuf ?

– Il y a une rumeur bizarre sur toi qui court dans les bureaux.

– Comme quoi ? Que je serais l'assassin de Raul Levin ?

– Haller, c'est sérieux ?

La cuisine était trop petite pour une table et des chaises. Comme je ne pouvais pas aller très loin avec le fil du téléphone, je me hissai sur le comptoir. Par la fenêtre au-dessus de l'évier je vis les lumières de la ville scintiller au loin et là-bas, à l'horizon, un rougeoiement qui, je le savais, montait du Dodger Stadium.

– Oui, je dirais que la situation est sérieuse. On est en train de me coller le meurtre de Raul sur le dos.

– Ah mon Dieu, Michael ! Mais… comment est-ce possible ?

– Y a des tas d'ingrédients divers… un client diabolique, un flic qui a une dent contre moi, un avocat complètement con, tu ajoutes du sucre et des épices et c'est génial.

– C'est Roulet ? C'est lui ?

– Mags, tu sais bien que je ne peux pas parler de mes clients avec toi.

– Bon alors, qu'est-ce que tu as l'intention de faire ?

Il me revint en un éclair une parole d'une chanson de Tupac. *Être un homme dans ce monde de méchanceté*… Voilà, c'était ça que j'avais l'intention de faire.

– T'inquiète pas, je maîtrise, lui répondis-je. Je m'en sortirai.

– Et Hayley ?

Je compris ce qu'elle me disait. Elle m'avertissait de tenir notre fille bien à l'écart de tout ça. Surtout qu'Hayley ne risque pas d'entendre ses copains et copines d'école lui parler de son père l'assassin présumé dont on montrait la photo et donnait le nom partout aux infos télévisées.

– Pas de problème pour Hayley, lui répondis-je. Elle

n'en saura jamais rien. Personne n'en saura rien si je joue le coup comme il faut.

Elle garda le silence et je ne trouvai rien à ajouter pour la rassurer. Je changeai de sujet. Et tentai de me montrer confiant, voire joyeux.

– Comment avait l'air ton copain Minton après l'audience d'aujourd'hui ? lui demandai-je.

Elle ne répondit pas tout de suite. Elle devait rechigner à changer de sujet aussi rapidement.

– Je ne sais pas. Bien, apparemment. Mais Smithson avait envoyé un mouchard parce que c'était son premier truc en solo.

Je hochai la tête. Je comptais bien que Smithson enverrait quelqu'un pour surveiller Minton.

– Des échos ?

– Pas encore. Rien que j'aurais entendu. Écoute, Haller, tout ça m'inquiète beaucoup. Toujours d'après la rumeur, on t'aurait même balancé un mandat de perquise au tribunal. C'est vrai ?

– Oui, mais ne t'inquiète pas pour ça. Je te le dis : je maîtrise. Tout se terminera comme il faut. Je te le promets.

Je savais bien que je n'avais pas calmé ses craintes. C'était à notre fille qu'elle pensait, et à tout le scandale possible. Elle devait aussi penser un peu à elle et à tout ce que le fait d'avoir un ex-mari rayé du barreau ou accusé de meurtre pouvait entraîner comme conséquences pour son avancement.

– Sans compter que si tout part en couilles, c'est toi qui seras quand même ma première cliente, pas vrai ?

– Qu'est-ce que tu racontes ?

– Le service des Lincoln Limousines ? T'es partie prenante, non ?

– Haller… ça ne me paraît pas être le moment de plaisanter.

– Mais je ne plaisante pas, Maggie. Je pense beaucoup à tout lâcher. J'y pensais même avant toutes ces conneries. C'est comme je te l'ai dit l'autre soir : j'en peux plus de ce boulot.

Il y eut un grand silence avant qu'elle réponde.

– Quoi que tu fasses, ça nous ira à Hayley et à moi.

J'acquiesçai d'un signe de tête.

– Tu ne sais pas combien ça me fait plaisir de te l'entendre dire.

Elle soupira.

– Je sais pas comment tu fais…

– Comment je fais quoi ?

– Comment tu fais pour être un avocat de la défense bien crapoteux avec deux ex et une fille de huit ans et qu'on t'aime toutes encore.

Là, je gardai le silence. Et ne pus m'empêcher de sourire.

– Merci, Maggie McFierce, finis-je par lui dire. Bonne nuit.

Et je raccrochai.

Mardi 24 mai

33

Le deuxième jour du procès commença sur un « Dans mon cabinet, tout de suite » que le juge Fullbright nous adressa à tous les deux. De fait, Fullbright ne voulait parler qu'à moi, mais les règles de procédure lui interdisaient de me rencontrer en privé sur quelque sujet que ce soit et d'ainsi exclure Minton des débats. Abritant son bureau, un coin où s'asseoir à l'écart et trois murs de rayonnages remplis de livres de droit, la pièce était spacieuse. Fullbright nous ordonna de nous asseoir dans les fauteuils en face d'elle.

– Maître Minton, lança-t-elle, je ne peux pas vous interdire d'écouter, mais je vais avoir un entretien avec maître Haller et compte bien que vous n'y participiez pas, ni ne m'interrompiez. Cela ne vous concerne pas et n'a, pour autant que je sache, aucun rapport avec l'affaire Roulet.

Pris au dépourvu, Minton ne sut trop comment réagir et se contenta de laisser pendre sa mâchoire de quelques centimètres et de faire entrer un peu de lumière dans sa bouche. Le juge se tourna vers moi et croisa les mains sur son bureau.

– Maître Haller, y a-t-il quelque chose dont vous auriez besoin de m'entretenir ? Ceci sans oublier que vous êtes assis à côté d'un représentant de l'accusation.

– Non, madame le juge, tout va bien. Je suis désolé qu'on vous ait importunée hier.

Je tentai d'afficher un sourire contrit, comme pour lui montrer que le mandat de perquisition n'avait jamais été qu'un petit inconvénient.

– Cela ne m'a pas importunée, maître Haller. Mais nous avons beaucoup investi dans cette affaire. Les jurés, l'accusation, tout le monde. J'espère que ça ne sera pas pour rien. Je n'ai aucune envie de tout recommencer à zéro. J'ai déjà assez d'affaires sur les bras comme ça.

– Excusez-moi, madame le juge, lança Minton, mais puis-je seulement vous demander de quoi…

– Non, vous ne pouvez pas, l'interrompit-elle. À l'exception du moment où cela se produit, ceci n'a aucune incidence sur le procès. Que maître Haller m'assure seulement qu'il n'y a pas de problème et je le prendrai au mot. Vous n'avez besoin d'aucune autre explication.

Elle me jeta un regard appuyé.

– Est-ce que j'ai votre parole sur ce point, maître Haller ?

J'hésitai avant d'acquiescer d'un signe de tête. Ce qu'elle me disait ? Que la note serait salée si jamais je rompais ma promesse et que l'enquête de Glendale venait perturber le procès et occasionnait un vice de procédure.

– Vous avez ma parole, lui dis-je.

Elle se leva dans l'instant et se tourna vers le porte-manteau dans le coin de la pièce. Sa robe noire y était suspendue à un cintre.

– Eh bien allons-y, messieurs. Nous avons un jury qui nous attend.

Minton et moi quittâmes le cabinet et entrâmes dans la salle d'audience en passant par le poste du greffier. Roulet avait pris place à la table de la défense et attendait.

– C'était quoi, ce bordel ? me demanda Minton en chuchotant.

– Rien, Ted. Des conneries pour une autre affaire à moi. Vous allez finir aujourd'hui ?

– Ça dépendra de vous. Plus vous prendrez de temps,

plus il m'en faudra pour nettoyer vos conneries derrière vous.

– Nettoyer mes conneries derrière moi ? Quand je pense que vous êtes en train de saigner à mort et que vous ne vous en rendez même pas compte !

Il me gratifia d'un sourire confiant.

– Ben voyons !

– Disons que ce sera une mort sous mille coups de lames de rasoir, repris-je. Une lame ne suffit pas, mais toutes ensemble elles y arrivent. Bienvenue au pénal, maître Minton !

Je me séparai de lui et gagnai la table de la défense. À peine y fus-je assis que Roulet me prit à partie.

– C'était quoi, ce truc avec le juge ? me lança-t-il dans un murmure.

– Rien. Elle me donnait un avertissement sur la manière dont je m'occuperai de la victime en contre-interrogatoire.

– Qui ça ? La nana ? Elle l'a vraiment traitée de « victime » ?

– Louis… et d'un, vous baissez la voix. Et de deux, la victime, c'est elle dans cette histoire. Il se peut que vous ayez le don assez rare de vous convaincre d'à peu près tout et n'importe quoi, mais nous… non, disons plutôt moi… moi, je suis toujours dans l'obligation de convaincre les jurés.

Il prit ma rebuffade comme si je lui soufflais des bulles dans la figure et continua.

– Bon mais… qu'est-ce qu'elle a dit ?

– Elle a dit qu'elle n'allait pas me laisser beaucoup de mou dans le contre-interrogatoire. Elle m'a rappelé que Regina Campo est effectivement une victime.

– Je compte sur vous pour la mettre en pièces, pour reprendre une expression que vous avez eue le jour où nous avons fait connaissance.

– C'est que tout a beaucoup changé depuis, vous ne

trouvez pas ? Et votre petit canular avec mon flingue est sur le point de me péter à la gueule. Et donc, que je vous dise tout de suite : il n'est pas question que je tombe pour ça. Même si cela doit m'obliger à conduire des gens à l'aéroport jusqu'à la fin de mes jours, je le ferai et je le ferai avec joie si c'est la seule façon que j'aie de m'en sortir. Vous comprenez, Louis ?

– Je comprends, Mick, me renvoya-t-il d'un ton désinvolte. Je suis sûr que vous trouverez la parade. Vous êtes un malin.

Je me retournai pour le regarder. Heureusement que je n'eus rien d'autre à ajouter. L'huissier venait d'ordonner à tout le monde de se lever et le juge alla prendre sa place.

Le premier témoin de Minton fut l'inspecteur du LAPD Martin Booker. C'était un excellent témoin pour l'accusation. Un vrai roc. Ses réponses étaient claires, concises et données sans la moindre hésitation. Il présenta la première pièce à conviction – le couteau avec les initiales de mon client dessus – et, Minton lui posant les questions adéquates, détailla aux jurés toute l'enquête qu'il avait menée sur l'agression dont Regina Campo avait été victime.

Il affirma ainsi avoir été de service à Van Nuys le soir du 6. Et avoir été envoyé à l'appartement de Regina Campo par un commandant de la division de la West Valley pour qui, après que ses officiers de patrouille l'eurent mis au courant, il ne faisait aucun doute que l'agression méritait qu'un enquêteur lui accorde tout de suite son attention. Il expliqua encore que les cinq bureaux d'inspecteurs de la Valley n'avaient leurs pleins effectifs que dans la journée. Et que l'inspecteur de service de nuit devait réagir rapidement et se voyait souvent assigner des affaires pressantes.

– Qu'est-ce qui rendait cette affaire particulièrement pressante, inspecteur ? lui demanda Minton.

– Les blessures infligées à la victime, l'arrestation

d'un suspect et l'idée qu'un crime encore plus grave avait été évité, répondit Booker.

– Lequel crime encore plus grave aurait été… ?

– Un assassinat. Tout semblait indiquer que le type voulait la tuer.

J'aurais pu élever une objection, mais j'avais prévu de travailler cet échange dans mon contre-interrogatoire et je laissai filer.

Minton aida ensuite Booker à décrire toutes les décisions d'enquête qu'il avait prises sur les lieux du crime et plus tard, lorsqu'il avait interrogé Campo tandis qu'elle se faisait soigner à l'hôpital.

– Avant d'arriver à l'hôpital, les officiers Maxwell et Santos vous avaient bien mis au courant de ce qui s'était passé, ceci selon la victime, n'est-ce pas ?

– Oui, dans les grandes lignes.

– Vous avaient-ils dit que la victime vendait son corps pour gagner sa vie ?

– Non.

– Quand l'avez-vous découvert ?

– Eh bien… j'ai commencé à m'en douter en allant à son appartement et en y découvrant certains de ses biens.

– De quels biens parlez-vous ?

– De biens qui, je dirais, facilitent le sexe. Et dans une de ses chambres il y avait aussi une penderie dans laquelle on ne voyait que des déshabillés et des tenues sexuellement provocantes. Dans cette pièce il y avait également une télévision et une collection de vidéos porno dans les tiroirs au-dessous. On m'avait dit qu'elle n'avait pas de compagnon, mais il m'a semblé qu'il se passait pas mal de choses dans ces deux chambres. J'ai commencé à me dire qu'une des deux était la sienne, celle où elle dormait disons… quand elle était seule, et que l'autre était dédiée à ses activités professionnelles.

– Quoi ? Une chambre de passe ?

– On pourrait dire ça, oui.

– Cela vous a-t-il fait changer d'opinion sur le caractère de victime de Regina Campo ?

– Non.

– Pourquoi ?

– Parce que n'importe qui peut être une victime. Pape ou prostituée, ça n'a aucune importance. Une victime est une victime.

On apprend par cœur et on recrache gentiment, me dis-je. Minton cocha une case dans son bloc-notes et passa à la suite.

– Bon... quand vous êtes arrivé à l'hôpital... avez-vous demandé à la victime ce qu'elle pensait de votre théorie sur ses chambres et ce qu'elle faisait pour gagner sa vie ?

– Oui.

– Que vous a-t-elle répondu ?

– Elle m'a répondu, et sans détour, que oui, elle était une professionnelle. Elle n'a pas essayé de le cacher.

– Y a-t-il quoi que ce soit dans ses déclarations qui diffère des témoignages que vous avez recueillis sur l'agression quand vous étiez sur les lieux ?

– Non, rien du tout. Elle m'a dit qu'elle avait ouvert la porte à l'accusé et que celui-ci l'avait aussitôt frappée à la figure et repoussée à l'intérieur de l'appartement. Après quoi il l'a agressée encore plus violemment, a sorti un couteau et lui a dit qu'il allait la violer, puis la tuer.

Minton continua d'analyser l'enquête en détail, jusqu'à en barber prodigieusement les jurés. Quand je ne notais pas des questions à poser à Booker pendant le contre-interrogatoire, je regardais ces derniers et voyais leur attention se relâcher sous le poids de tous ces détails.

Pour finir, après une heure et demie de questions, ce fut à mon tour de travailler l'inspecteur de police. J'avais décidé de frapper comme l'éclair. Pendant que

Minton faisait l'autopsie complète de l'affaire, je n'avais eu qu'une idée : frapper aux genoux.

– Inspecteur Booker, lui lançai-je, Regina Campo vous a-t-elle expliqué pourquoi elle avait menti à la police ?

– Elle ne m'a pas menti.

– Peut-être pas à vous en effet, mais elle a bien déclaré aux deux premiers policiers arrivés sur les lieux, les officiers Maxwell et Santos, qu'elle ne savait pas pourquoi le suspect était venu chez elle, n'est-ce pas ?

– Comme je n'étais pas là quand ils lui ont parlé, je ne peux pas le certifier. Ce que je sais, c'est qu'elle avait peur, qu'elle venait d'être battue et menacée de viol et de mort quand ils l'ont interrogée pour la première fois.

– Vous me dites donc que, dans ce genre de circonstances, il est acceptable de mentir à la police.

– Non, ce n'est pas ce que je vous dis.

Je vérifiai mes notes et passai au point suivant. Je ne visais pas une quelconque continuité linéaire dans mes questions. Je tirais au jugé, pour essayer de lui faire perdre contenance.

– Avez-vous dressé la liste des vêtements que vous avez trouvés dans la chambre, vêtements dont, selon vous, Mlle Campo se servait pour mener ses activités de prostituée ?

– Non. C'est juste une observation que je m'étais faite. Cela n'avait pas d'importance dans l'affaire.

– L'une quelconque de ces tenues que vous avez découvertes dans la penderie aurait-elle pu être utilisée dans des actes à caractère sadomasochiste ?

– Je ne saurais le dire. Je ne suis pas expert en la matière.

– Et les vidéos porno ? En avez-vous noté les titres ?

– Non. Encore une fois, je ne pensais pas que ce soit d'une quelconque pertinence pour essayer de découvrir qui avait violemment agressé cette femme.

– Vous rappelez-vous si le sujet de l'une quelconque de ces vidéos avait à voir avec des pratiques sadomasochistes, de bondage ou quoi que ce soit de cette nature ?

– Non.

– Bien… Avez-vous recommandé à Mlle Campo de se débarrasser de ces bandes et de vider sa penderie de ces vêtements avant que des membres de la défense travaillant pour M. Roulet puissent visiter l'appartement ?

– Certainement pas.

Je barrai ce point dans ma liste et passai au suivant.

– Avez-vous jamais parlé à M. Roulet de ce qui s'était passé dans l'appartement de Mlle Campo ce soir-là ?

– Non. Il avait pris un avocat avant que je puisse le joindre.

– Voulez-vous dire par là qu'il a ainsi exercé le droit que lui confère la Constitution de ce pays de garder le silence ?

– Oui, c'est très exactement ce qu'il a fait.

– Ce qui fait aussi que, pour autant que vous sachiez, il n'a jamais parlé de ce qui s'était passé à la police.

– C'est exact.

– Quand avez-vous appris qu'il niait avoir jamais agressé ou menacé Mlle Campo et qu'il avait l'intention de se défendre très vigoureusement contre ces accusations ?

– Au moment où il vous a engagé, faut croire.

Des petits rires parcoururent la salle.

– Avez-vous cherché d'autres explications aux blessures de Mlle Campo ?

– Non, elle m'avait dit ce qui s'était passé et je la croyais. Il l'avait battue et s'apprêtait à…

– Merci, inspecteur Booker. Contentez-vous de répondre aux questions que je vous pose, voulez-vous ?

– C'est ce que je faisais.

– Si vous n'avez cherché aucune autre explication aux blessures de Mlle Campo parce que vous ajoutiez foi à ses propos, peut-on dire sans risque que toute cette affaire repose sur sa parole et sa version des événements de ce soir-là ?

Il réfléchit un instant. Il savait que j'étais en train de le coincer avec ses propres déclarations. Comme l'assure le dicton, il n'est pire piège que celui que l'on se tend.

– Il ne s'agit pas seulement de sa parole, me répliqua-t-il en croyant avoir trouvé une sortie. Il y a les pièces à conviction. Le couteau. Ses blessures. Cela fait beaucoup plus que ses seuls propos.

Et de hocher la tête d'un air affirmatif.

– Mais la théorie de l'accusation sur ces blessures et sur les autres éléments de preuves n'a-t-elle pas pour origine la version de Mlle Campo ?

– On pourrait dire ça, oui, répondit-il de mauvaise grâce.

– Elle est donc bien l'arbre sur lequel tous ces fruits ont poussé, n'est-ce pas ?

– Je ne dirais sans doute pas ça comme ça.

– Et comment diriez-vous ça, inspecteur ?

Enfin je le tenais. Il se tortillait littéralement comme un ver sur son siège. Minton se dressa pour élever une objection : selon lui, je harcelais le témoin. C'était un truc qu'il avait dû voir à la télé ou au cinéma. Le juge lui intima l'ordre de se rasseoir.

– Vous pouvez répondre à la question, inspecteur, ajouta-t-elle.

– Quelle était la question déjà ? demanda Booker en essayant de gagner du temps.

– Vous n'êtes pas d'accord avec moi pour dire que Mlle Campo est l'arbre sur lequel ont poussé tous les éléments de preuves de l'affaire, lui renvoyai-je. Si j'ai tort à vos yeux, comment qualifieriez-vous sa position dans cette affaire ?

Il leva vite les mains en l'air en signe de reddition.

– Ben, c'est la victime, quoi ! Bien sûr qu'elle est importante : c'est elle qui nous a dit ce qui s'était passé. Nous dépendions d'elle pour déterminer le cours de l'enquête.

– Et vous dépendez encore énormément d'elle dans cette affaire, n'est-ce pas ? On joue la victime et le témoin principal contre l'accusé, c'est ça ?

– C'est ça.

– Qui d'autre qu'elle-même a vu l'accusé agresser Mlle Campo ?

– Personne.

Je hochai la tête pour bien faire sentir l'importance de cet échange aux jurés. Je me tournai vers eux et regardai ceux du premier rang dans les yeux.

– Bien, inspecteur, repris-je enfin. Et maintenant, permettez que je vous pose des questions sur Charles Talbot. Comment avez-vous découvert son existence ?

– C'est euh… le procureur, maître Minton, qui m'a dit de le trouver.

– Et savez-vous comment maître Minton en est venu à découvrir l'existence de ce monsieur ?

– Je crois que c'est vous qui la lui avez signalée. Vous aviez la bande de surveillance vidéo d'un bar où on le voit avec la victime quelques heures avant l'agression.

Je savais que ce pouvait être le moment de présenter cette pièce, mais je voulais attendre un peu. Je voulais avoir la victime à la barre quand je montrerais la bande aux jurés.

– Et jusqu'à ce moment-là, vous ne pensiez donc pas qu'il était important de retrouver cet homme ?

– Non. J'ignorais son existence, tout simplement.

– Et donc, lorsque après avoir appris son existence

vous avez retrouvé ce M. Talbot, avez-vous demandé à ce qu'on examine sa main gauche afin de déterminer s'il s'y trouvait des blessures qu'il aurait pu se faire en cognant quelqu'un à coups de poing dans la figure ?

– Je ne l'ai pas fait, non.

– Est-ce parce que vous étiez persuadé d'avoir eu raison de choisir M. Roulet comme l'auteur de ces coups de poing ?

– Je n'avais rien choisi du tout. C'est à M. Roulet que menait l'enquête. Je n'ai retrouvé Charles Talbot que plus de quinze jours après le crime.

– Vous êtes donc en train de nous dire que si ce monsieur avait eu des blessures, elles auraient eu tout le temps de guérir à ce moment-là, c'est bien ça ?

– Je ne suis pas expert en la matière, mais c'est bien ce que je me suis dit, oui.

– Ce qui fait que vous n'avez pas regardé sa main.

– Pas particulièrement, non.

– Avez-vous demandé aux collègues de M. Talbot s'ils avaient remarqué des bleus ou des blessures sur sa main aux environs de la date du crime ?

– Non.

– Bref, vous n'avez pas vraiment cherché plus loin que M. Roulet, n'est-ce pas ?

– C'est faux. J'attaque toujours mes dossiers avec un esprit ouvert. Sauf que là, M. Roulet y était d'entrée de jeu – et en prison. Et que la victime l'avait identifié comme étant son agresseur. Se concentrer sur lui allait de soi.

– Sur lui ou sur lui seulement, inspecteur Booker ?

– Les deux. Au début, nous nous sommes intéressés à lui parmi d'autres et plus tard, quand on a trouvé ses initiales sur l'arme que l'agresseur avait tenue sur la gorge de Reggie Campo… oui, on pourrait dire que c'est sur lui seul que nous nous sommes focalisés.

– D'où tenez-vous que c'est ce couteau que l'agresseur a tenu sur la gorge de Mlle Campo ?

– C'est elle qui nous l'a dit et elle avait un trou au cou pour le prouver.

– Voulez-vous dire qu'il a été procédé à une analyse de médecine légale montrant que le couteau correspond bien à la blessure qu'elle avait au cou ?

– Non, c'était impossible.

– Ce qui fait qu'une fois de plus c'est sur la foi des déclarations de Mlle Campo et de Mlle Campo seule qu'on décrète que c'est M. Roulet qui lui a tenu le couteau sur la gorge.

– À ce moment-là, je n'avais aucune raison de mettre les paroles de Mlle Campo en doute. Et je n'en ai toujours pas.

– En gros, et sans rien pour l'expliquer, vous diriez donc que le couteau avec les initiales de l'accusé est une pièce à conviction de la plus grande importance, non ?

– Oui, oui. Et je le dirais aussi avec quelque chose pour l'expliquer. C'est en ayant une idée derrière la tête que l'accusé a apporté ce couteau à l'appartement.

– Parce que vous lisez dans les têtes maintenant, inspecteur ?

– Non, c'est parce que je suis inspecteur. Et parce que je me contente de dire ce que je pense.

– Nous soulignerons donc qu'il s'agit de vos pensées à vous.

– Et de ce que je sais pour avoir étudié les éléments de preuves de l'affaire.

– Heureux que vous soyez aussi sûr de vous, inspecteur. Je n'ai pas d'autres questions à vous poser pour l'instant. Je me réserve le droit de rappeler l'inspecteur Booker à la barre, comme témoin de la défense.

Je n'avais aucune intention de le faire, mais je me disais que cette menace pouvait plaire aux jurés.

Je regagnai ma place tandis que Minton tentait de réparer les dégâts en réinterrogeant Booker. Sauf que c'étaient des dégâts dans la perception des jurés et qu'il ne pouvait pas y faire grand-chose. Booker avait fait le lit de la défense. Les vrais dégâts viendraient après.

Booker ayant quitté la barre, le juge suspendit la séance. Elle demanda aux jurés de revenir un quart d'heure plus tard, mais je savais que cette pause-là serait plus longue. Le juge Fullbright fumait et avait déjà reçu plusieurs avertissements plus que sérieux pour en avoir grillé quelques-unes en douce dans son cabinet. Cela signifiait que pour pouvoir satisfaire sa dépendance et éviter un autre scandale elle allait devoir descendre au rez-de-chaussée par l'ascenseur, sortir du bâtiment et se planter à l'entrée réservée aux bus servant au transport des prisonniers et des prévenus. Je me donnai une bonne heure de battement.

Je passai dans le couloir pour faire travailler mon portable. Selon toute probabilité, je ne pourrais pas interroger mes témoins avant la séance de l'après-midi.

Ce fut Roulet qui m'aborda le premier pour me parler du contre-interrogatoire que j'avais infligé à Booker.

– On dirait que ça s'est vraiment bien passé pour nous, dit-il.

– « Nous » ?

– Vous savez bien ce que je veux dire.

– On ne peut jamais dire que ça s'est bien ou mal passé avant le verdict. Bon et maintenant, vous me laissez tranquille. J'ai des coups de fil à donner. Dont un à votre mère. Je vais sans doute avoir besoin d'elle cet après-midi. Elle viendra ?

– Elle y sera. Vous n'avez qu'à appeler Cecil. Il l'amènera.

Après son départ, ce fut l'inspecteur Booker qui prit sa place – en venant vers moi et me brandissant aussitôt un doigt sous le nez.

– Ça ne marchera pas, Haller ! me lança-t-il.

– Qu'est-ce qui ne marchera pas ?

– Tout votre système de défense à la con. Vous allez capoter et cramer complètement.

– Nous verrons.

– C'est ça, nous verrons. Vous savez que vous êtes sacrément gonflé d'essayer de démolir Talbot avec ça ! Sacrément gonflé. Des couilles comme les vôtres, faut avoir une brouette pour pouvoir se balader avec.

– Je ne fais que mon boulot, inspecteur.

– Et c'est pas du petit, ce boulot ! Mentir pour gagner sa vie. Piéger les gens pour qu'ils cessent de regarder la vérité en face. Vivre dans un monde où il n'y a rien de vrai. Que je vous demande un truc… vous savez la différence entre un poisson-chat et un avocat ?

– Non, c'est quoi ?

– L'un suce et bouffe les cochonneries au fond et l'autre est un poisson.

– Elle est vraiment géniale, celle-là, inspecteur.

Il me laissa et je ne pus m'empêcher de sourire. Pas à cause de la plaisanterie. Ni non plus en comprenant que c'était sans doute Lankford qui avait étendu l'insulte contre les avocats de la défense à tous les avocats de la création en la répétant à Booker. Non, je souris parce que cette plaisanterie me confirmait que Lankford et Booker se parlaient. Ils se parlaient et cela voulait dire que les choses se mettaient en place et commençaient à avoir des effets. Mon plan tenait encore la route. J'avais toujours ma chance.

34

Dans tout procès il y a un événement essentiel. Un témoin ou une pièce à conviction dont tout dépend pour faire pencher la balance d'un côté ou de l'autre. Dans ce procès-là, la tête d'affiche annoncée s'appelait Regina Campo. Victime et accusatrice, c'était sur son témoignage et sa prestation que semblait reposer l'affaire. Cela dit, un bon avocat de la défense a toujours un remplaçant et j'en avais effectivement un : il attendait en secret dans les coulisses et c'était sur lui que je comptais pour modifier l'équilibre du procès.

Il est néanmoins juste de dire que, Minton l'ayant appelée à la barre après la pause, tous les regards se portèrent sur Regina Campo lorsqu'elle entra dans la salle et fut conduite au box des témoins. C'était la première fois que les jurés la voyaient en chair et en os. C'était aussi la première fois que je la voyais, moi. Je fus surpris, mais pas en bien. Elle était minuscule et sa démarche hésitante et sa fragilité faisaient mentir l'image de conspiratrice prête à tout que j'avais fait naître dans l'esprit collectif des jurés.

Il était clair que Minton apprenait vite. Avec Campo, il semblait être arrivé à la conclusion qu'en faire moins rapportait plus. Ce fut donc avec une belle économie qu'il orienta son témoignage. Il commença par brosser un tableau de son passé avant d'en venir aux événements du 6 mars.

L'histoire de Campo était d'un manque d'originalité affligeant et c'était sur ça qu'il comptait. Jeune et belle, elle avait quitté dix ans plus tôt son Indiana natal pour venir à Hollywood dans l'espoir d'y trouver la gloire cinématographique. Il y avait eu plusieurs débuts et plusieurs arrêts dans sa carrière, avec çà et là quelques apparitions dans une émission télévisée. Le visage était nouveau et il ne manquait pas d'hommes désireux de lui faire tenir de petits rôles sans importance. Mais quand son visage avait cessé d'être nouveau, elle avait trouvé du travail dans une série de films pour le câble où elle devait souvent se montrer nue. Elle avait alors complété ses revenus en posant comme modèle et, de là, avait très facilement glissé dans un monde où les petits services s'échangent contre le sexe. Pour finir, elle avait laissé tomber les faux-semblants et s'était mise à échanger ses faveurs contre de l'argent. Ce qui l'avait amenée à la soirée où elle avait rencontré Louis Roulet.

La version des événements qu'elle développa à l'audience ne différait pas des récits qu'avaient faits tous les autres témoins avant elle. Par contre, c'est dans la manière dont elle la présenta que tout changea de façon dramatique. Avec les cheveux bouclés qui encadraient son visage, on aurait dit une petite fille perdue. Elle avait l'air d'avoir peur et parut au bord des larmes dans la deuxième partie de son témoignage. Sa lèvre inférieure et son doigt tremblaient de peur lorsqu'elle montra celui en qui elle reconnaissait son agresseur. Roulet se ratatina sur lui-même, mais garda le visage impassible.

– C'est lui ! lança-t-elle d'une voix forte. C'est une bête et on devrait le mettre en prison !

Je laissai passer sans élever d'objection. J'avais tout le temps de m'occuper d'elle. Minton continua de poser ses questions pour lui faire raconter comment elle avait fui, puis il lui demanda pourquoi elle n'avait pas dit aux policiers qui avaient répondu à son appel qu'elle connaissait son agresseur et pourquoi celui-ci se trouvait chez elle.

– J'avais peur, répondit-elle. Je n'étais pas sûre qu'ils me croient si je leur disais pourquoi il était là. Je voulais être certaine qu'ils l'arrêtent parce que j'avais peur de lui.

– Regrettez-vous cette décision aujourd'hui ?

– Oui, et c'est parce que je sais que ça pourrait lui permettre de faire ça à quelqu'un d'autre.

J'élevai une objection en arguant que cette remarque pouvait porter préjudice à mon client et le juge me suivit sur ce point. Minton balança encore deux ou trois questions à son témoin, mais il semblait avoir compris que la valeur de son témoignage commençait à décliner et qu'il valait peut-être mieux arrêter avant que la force du doigt qui tremble lorsque la victime identifie le coupable soit perdue.

Campo avait témoigné pendant un peu moins d'une heure. Il était presque onze heures et demie, mais le juge préféra ne pas ordonner une pause pour le déjeuner ainsi que je l'espérais. Elle expliqua aux jurés qu'elle voulait entendre le plus possible de choses dans la journée et qu'ils devraient donc se résigner à un déjeuner tardif et succinct. Cela me mit la puce à l'oreille : savait-elle des choses dont j'ignorais tout ? Les inspecteurs de Glendale l'avaient-ils appelée pendant la pause du milieu de matinée pour l'avertir de mon arrestation imminente ?

– Maître Haller ? Le témoin est à vous, me lança-t-elle pour m'asticoter et faire qu'on ne s'arrête pas.

Je gagnai le pupitre avec mon bloc et consultai mes notes. J'avais parlé d'une défense à mille lames de rasoir, je me devais d'en utiliser au moins cinq cents sur ce témoin. J'étais prêt.

– Mademoiselle Campo, avez-vous requis les services d'un avocat pour poursuivre M. Roulet en justice suite aux prétendus événements du 6 mars ?

Elle eut l'air de s'attendre à cette question, mais pas à se la voir poser en premier.

– Non, répondit-elle.

– Avez-vous parlé de cette affaire à un avocat ?

– Je n'ai engagé personne pour poursuivre l'accusé en justice. Pour l'instant, tout ce qui m'intéresse, c'est que justice soit fai…

– Mademoiselle Campo, l'interrompis-je, je ne vous ai pas demandé si vous aviez engagé un avocat et ce qui vous intéresse pour l'instant. Je vous ai seulement demandé si vous aviez parlé de cette affaire à un avocat… n'importe lequel… et si vous avez envisagé de déférer M. Roulet devant un tribunal.

Elle me regarda de près comme si elle essayait de lire ce que j'avais dans la tête. J'avais posé ma question avec toute l'autorité de quelqu'un qui sait quelque chose, de quelqu'un qui a ce qu'il faut pour étayer son accusation. Minton avait dû lui faire la leçon sur les aspects les plus importants du témoignage – surtout ne pas se faire coincer dans un mensonge.

– Parler à un avocat, oui, je l'ai fait. Mais ça n'est jamais allé plus loin. Je ne l'ai pas engagé.

– Est-ce parce que le procureur vous a dit de n'engager personne avant que ce procès au criminel soit terminé ?

– Non, il ne m'a rien dit de tel.

– Pourquoi avez-vous donc parlé de cette affaire à un avocat ?

Elle avait pris l'habitude d'hésiter avant de donner la moindre réponse. Cela m'allait parfaitement. Pour la plupart des gens, mentir prend du temps. Les réponses honnêtes sortent sans difficulté.

– Je lui ai parlé parce que je voulais connaître mes droits et m'assurer d'être protégée.

– Lui avez-vous demandé si vous pourriez attaquer M. Roulet en dommages et intérêts ?

– Je croyais que tout ce qu'on dit à son avocat est confidentiel.

– Si vous le désirez, vous pouvez parfaitement dire aux jurés de quoi vous avez parlé avec votre avocat.

C'était le premier grand coup de rasoir. Elle se retrouvait dans une position intenable. Quelle que soit sa réponse, elle ne ferait pas bonne figure.

– Je pense que je vais garder ça pour moi, dit-elle enfin.

– Bien. Passons à la soirée du 6 mars, mais en remontant un peu plus en arrière que maître Minton. Remontons au moment où vous avez parlé pour la première fois à mon client, M. Roulet, dans ce bar.

– D'accord.

– Que faisiez-vous Chez Morgan ce soir-là ?

– J'étais venue y retrouver quelqu'un.

– Charles Talbot ?

– Oui.

– Bien, vous le retrouviez donc pour disons... voir si vous aviez envie de le ramener chez vous pour lui vendre vos faveurs, c'est bien ça ?

Elle hésita, mais finit par acquiescer d'un signe de tête.

– Répondez avec des mots, s'il vous plaît, lui enjoignit le juge.

– Oui.

– Diriez-vous que cette manœuvre est une mesure de précaution ?

– Oui.

– Une manière de sécuriser la passe ?

– Il faut croire, oui.

– Dans votre métier on appelle bien ça « repérer le cinglé », n'est-ce pas ?

– Je n'ai jamais appelé ça comme ça.

– Bon, mais n'est-il pas vrai qu'avant de les emmener chez vous, vous rencontrez vos clients potentiels dans des lieux publics du genre de Chez Morgan pour les tester et être sûre qu'ils ne sont ni cinglés ni dangereux ? C'est bien ce qui se passe, non ?

– On pourrait dire ça, oui. Mais la vérité est qu'on ne peut jamais être sûr de quiconque.

– C'est vrai. Bref, lorsque vous étiez Chez Morgan vous avez effectivement remarqué que M. Roulet était assis au même comptoir que vous et M. Talbot ?

– Oui.

– Et… l'aviez-vous déjà vu avant ?

– Oui, je l'avais déjà vu Chez Morgan et dans plusieurs autres endroits.

– Lui aviez-vous déjà parlé ?

– Non, nous ne nous étions jamais parlé.

– Aviez-vous déjà remarqué qu'il portait une Rolex ?

– Non.

– L'aviez-vous déjà vu arriver dans ce bar ou ailleurs, y arriver ou en repartir, au volant d'une Porsche ou d'une Range Rover ?

– Non, je ne l'ai jamais vu au volant de quoi que ce soit.

– Mais vous l'aviez bien déjà vu Chez Morgan ou dans d'autres lieux de ce genre.

– Oui.

– Mais vous ne lui aviez jamais parlé.

– Exact.

– Alors qu'est-ce qui vous a convaincu de l'aborder ?

– Je savais qu'il était dans le coup, c'est tout.

– Qu'entendez-vous par « dans le coup » ?

– Que les fois où je l'avais vu, il n'y avait pas de doute qu'il consommait. Que je l'avais vu partir avec des filles qui font ce que je fais.

– Vous l'aviez vu partir avec d'autres prostituées ?

– Oui.

– Partir pour aller où ?

– Je ne sais pas… partir… quitter les lieux. Pour aller à l'hôtel ou chez la fille. Ça, je ne sais pas.

– Vous dites qu'ils avaient quitté les lieux, mais… comment le savez-vous ? Ils étaient peut-être allés fumer dehors.

– Je les ai vus monter dans sa voiture et s'en aller.

– Mademoiselle Campo, il y a un instant vous avez déclaré n'avoir jamais vu M. Roulet au volant de quoi que ce soit. Et maintenant vous nous dites l'avoir vu monter dans sa voiture avec une femme qui se prostitue comme vous. Que dois-je comprendre ?

Elle se rendit compte de son erreur et se figea un moment avant qu'une réponse ne lui vienne.

– Je l'ai vu monter dans une voiture, mais je ne savais pas de quelle marque.

– Parce que vous ne remarquez pas souvent ce genre de choses, c'est ça ?

– En général, non.

– Savez-vous la différence entre une Porsche et une Range Rover ?

– Y en a une qui est grosse et l'autre est petite, je crois.

– Dans quel genre de voiture avez-vous vu monter M. Roulet ?

– Je ne me rappelle pas.

Je marquai une pause et décidai que j'avais exploité cette contradiction au maximum. Je jetai un coup d'œil à ma liste de questions et passai au point suivant.

– Ces femmes avec qui vous aviez vu partir M. Roulet ont-elles été revues après ?

– Je ne comprends pas.

– Ont-elles disparu ? Les avez-vous revues ?

– Non, elles n'ont pas disparu. Je les ai revues.

– Les avait-on battues ou blessées ?

– Pas que je sache, mais je ne leur ai pas demandé.

– Mais c'est bien la somme de tout ça qui vous a fait penser que vous seriez en sécurité en abordant M. Roulet, n'est-ce pas ?

– En sécurité, je ne sais pas. Tout ce que je sais, c'est qu'il y avait toutes les chances pour qu'il cherche une fille et que l'homme avec qui j'étais à ce moment-là m'avait déjà informé qu'il aurait fini à dix heures parce qu'il avait d'autres choses à faire.

– Bien, mais pouvez-vous dire aux jurés comment il se fait que vous n'ayez pas été obligée de prendre un verre avec M. Roulet comme vous l'aviez fait avec M. Talbot afin de le soumettre au test du cinglé ?

Elle coula un regard à Minton. Elle espérait qu'il lui porte secours, mais rien ne vint.

– Je croyais qu'on était en terrain connu, c'est tout.

– Vous le trouviez sans risque.

– Peut-être. Je ne sais pas. J'avais besoin d'argent et j'ai fait une erreur en l'emmenant chez moi.

– Pensiez-vous qu'il était riche et qu'il pourrait résoudre vos besoins d'argent ?

– Non, non, je ne pensais rien de tel. Je voyais en lui un client potentiel et qui n'était pas nouveau dans le circuit. Quelqu'un qui savait ce qu'il faisait.

– Vous avez déclaré avoir vu plusieurs fois M. Roulet avec des femmes qui pratiquent le même métier que vous.

– Oui.

– Ces femmes sont bien des prostituées ?

– Oui.

– Les connaissez-vous ?

– De loin.

– La courtoisie professionnelle veut-elle que vous les mettiez en garde contre certains clients qui pourraient être dangereux ou refuseraient de payer ?

– Parfois, oui.

– Cette même courtoisie professionnelle veut-elle qu'elles vous renvoient la pareille ?

– Oui.

– Combien de femmes vous ont-elles alerté contre M. Roulet ?

– Eh bien mais… aucune, sinon je ne serais pas allée avec lui.

J'acquiesçai d'un signe de tête et regardai longuement mes notes avant de continuer. Puis je la fis parler plus en détail de ce qui s'était passé Chez Morgan et présentai aux jurés la bande de surveillance vidéo enregistrée par la caméra au-dessus du comptoir. Minton voulut s'y opposer en arguant que cette présentation ne se justifiait pas, mais le juge passa outre. Une télé montée sur un meuble industriel fut introduite dans la salle et placée devant les jurés. La bande passant aussitôt, je vis tout de suite rien qu'à leur attention combien ils aimaient l'idée de voir une prostituée au travail et de découvrir les deux protagonistes principaux de l'affaire filmés au naturel.

– Qu'y avait-il dans le petit mot que vous lui avez donné ? demandai-je une fois la télé rangée dans un coin de la salle.

– Seulement mon nom et mon adresse, je crois.

– Vous ne lui disiez pas combien lui coûteraient vos services ?

– Il se peut que je l'aie fait. Je ne me rappelle pas.

– Quelle somme demandez-vous ?

– Quatre cents dollars, en général.

– En général ? Qu'est-ce qui vous fait changer de tarif ?

– Ça dépend de ce que veut le client.

Je jetai un coup d'œil aux jurés et vis que l'homme à la Bible avait l'air de plus en plus mal à l'aise.

– Vous arrive-t-il de pratiquer le bondage et la domination avec vos clients ?

– Parfois, oui. Mais il ne s'agit que de jeux de rôles. Personne n'y est vraiment blessé. Ce n'est que de la comédie.

– Voulez-vous nous dire que vous n'avez jamais été blessée par un client avant le soir du 6 mars ?

– Oui, c'est exactement ce que je suis en train de vous dire. Cet homme m'a blessée et voulait me tu…

– Je vous en prie, mademoiselle Campo, contentez-vous de répondre aux questions que je vous pose… merci. Bien, et maintenant revenons Chez Morgan. Oui ou non, au moment où vous donniez à M. Roulet cette serviette en papier avec votre adresse et votre tarif, pensiez-vous que cet homme ne représentait pas un danger pour vous et qu'il avait assez d'argent sur lui pour vous régler les quatre cents dollars que vous exigeriez de lui pour vos services ?

– Oui, je le pensais.

– Alors comment se fait-il que M. Roulet n'ait eu aucun argent liquide sur lui lorsque les policiers l'ont fouillé ?

– Je n'en sais rien. Je ne lui ai pas pris d'argent.

– Savez-vous qui le lui a pris ?

– Non.

J'hésitai longtemps – je préférais ponctuer mes montées en puissance avec des silences éloquents.

– Bien, euh… vous travaillez toujours comme prostituée, n'est-ce pas ?

Elle hésita avant de répondre oui.

– Cela vous satisfait-il ?

Minton se leva.

– Madame le juge, je ne vois pas le rapport avec…

– Objection retenue, lança le juge.

– Bon, dis-je. N'est-il donc pas vrai, mademoiselle Campo, que vous avez dit à plusieurs de vos clients l'espoir que vous nourrissiez de laisser tomber ce travail ?

– Si, c'est vrai, me répondit-elle, pour la première fois sans marquer la moindre hésitation.

– N'est-il pas également vrai que dans son aspect financier potentiel, cette affaire pourrait vous aider à en sortir ?

– Non, ce n'est pas vrai, dit-elle avec véhémence et

encore une fois sans hésitation. Cet homme m'a agressée. Il allait me tuer ! Voilà de quoi il s'agit !

Je soulignai quelque chose dans mon bloc-notes – énième silence appuyé.

– Charles Talbot était-il un client habituel ?

– Non, c'était la première fois que je le rencontrais.

– Et il avait réussi à votre examen de sécurité ?

– Oui.

– Charles Talbot est-il l'homme qui vous a donné des coups de poing dans la figure le 6 mars ?

– Non, répondit-elle tout de suite.

– Avez-vous proposé à M. Talbot de partager les bénéfices que vous pourriez tirer d'un procès contre M. Roulet ?

– Absolument pas ! C'est un mensonge !

Je regardai le juge.

– Madame le juge, puis-je demander à mon client de se lever ?

– Je vous en prie, maître.

Je fis signe à Roulet de se lever et il obtempéra. Je me retournai vers Regina Campo.

– Bien, mademoiselle Campo, êtes-vous sûre que c'est l'homme qui vous a frappée le soir du 6 ?

– Oui, c'est lui.

– Combien pesez-vous, mademoiselle Campo ?

Elle s'écarta du micro comme si elle était interloquée par ce qu'elle prenait pour une question indiscrète, alors même qu'elle avait répondu à des tas de questions sur sa vie sexuelle. Je remarquai que Roulet commençait à se rasseoir et lui fis signe de rester debout.

– Je ne sais pas trop, dit-elle.

– Sur la pub que vous faites passer sur votre site web, vous vous donnez quarante-huit kilos. Est-ce exact ?

– Je crois.

– Ce qui fait que si les membres du jury devaient ajouter foi à votre version des événements du 6 mars, il leur faudrait croire que vous avez réussi à vous dégager de M. Roulet, puis à le terrasser.

Je montrai du doigt un Roulet qui faisait facilement un mètre quatre-vingts et pesait près de quarante kilos de plus qu'elle.

– Ben… c'est quand même ce que j'ai fait.

– Et tout ça alors que censément il vous tenait un couteau sous la gorge ?

– Je voulais vivre. On fait des choses surprenantes quand on est en danger de mort.

Et d'user de sa dernière défense en se mettant à pleurer comme si ma question réveillait l'horreur de ce qu'elle avait subi à se trouver si près de la mort.

– Vous pouvez vous rasseoir, monsieur Roulet. Je n'ai pas d'autres questions à poser à Mlle Campo pour l'instant, madame le juge.

Je me rassis près de Roulet avec le sentiment d'avoir bien mené mon interrogatoire. Mes coups de rasoir avaient ouvert beaucoup de plaies béantes pour l'accusation. Roulet se pencha vers moi et me souffla un seul mot à l'oreille : « Génial ! »

Minton revint en contre, mais ne fit pas mieux que la mouche qui tourbillonne autour de la blessure qui saigne. Il n'y avait aucun moyen de revenir sur certaines des réponses données par son témoin vedette, ni non plus aucun espoir de modifier certaines des images qui s'étaient gravées dans l'esprit des jurés. Il termina son affaire en dix minutes et je ne demandai pas de nouveau contre-interrogatoire – pour moi, Minton n'avait pas rétabli grand-chose et je pouvais laisser les choses en l'état. Le juge lui demanda s'il avait d'autres témoins, il répondit qu'il aimerait bien prendre le déjeuner pour décider si oui ou non il allait en rester là.

Normalement, j'aurais élevé une objection en exigeant de savoir s'il avait l'intention d'interroger un autre témoin juste après le repas. Mais là encore je laissai filer. J'avais le sentiment que Minton commençait à vaciller sous la pression. Je voulais le pousser à une décision et me disais que lui laisser le déjeuner l'aiderait peut-être à la prendre.

Le juge congédia le jury, mais ne lui donna qu'une heure pour déjeuner au lieu des quatre-vingt-dix minutes habituelles. Fullbright n'avait pas envie de traîner. Elle annonça que l'audience reprendrait à treize heures trente et quitta brusquement sa place. Je me dis qu'elle devait avoir besoin de fumer une cigarette.

Je demandai à Roulet si sa mère pouvait nous rejoindre pour le déjeuner, de façon à ce que nous puissions parler de ce qu'elle allait dire – son témoignage intervenant dans l'après-midi, voire aussitôt après le repas. Il me promit d'arranger ça et me proposa de retrouver tout le monde dans un restaurant français de Ventura Boulevard. Je lui fis remarquer que nous n'avions même pas une heure pour manger et demandai que sa mère nous retrouve au Four Green Fields. Je n'aimais pas beaucoup les amener dans mon sanctuaire, mais je savais que nous pourrions y déjeuner assez rapidement pour être de retour au tribunal dans les temps. La nourriture n'arrivait sans doute pas à la cheville de celle qu'on servait au bistrot français de Ventura Boulevard, mais cela ne m'inquiétait pas.

Je me levai, me détournai de la table de la défense et m'aperçus que les rangées réservées au public étaient vides. Tout le monde s'était précipité pour aller manger. Seul Minton m'attendait près de la rambarde.

– Je peux vous parler une seconde ? me demanda-t-il.

– Bien sûr.

Nous attendîmes que Roulet ait franchi le portillon et quitté la salle avant de reprendre notre conversation. Je savais ce qu'il allait me dire. Il n'était pas rare que l'accusation fasse une offre basse au premier ennui. Et Minton savait bien qu'il en avait de gros. Son témoin phare ne lui avait rapporté qu'un nul, au mieux.

– Qu'est-ce qu'il y a ? lui lançai-je.
– Je pensais à votre coup des mille lames de rasoir.
– Oui, et… ?
– Et j'avais envie de vous faire une offre.
– Vous êtes un peu jeune pour jouer à ça, gamin. Vous n'auriez donc pas besoin de la caution d'une autorité pour me proposer un accord à l'amiable ?
– J'ai toute l'autorité qu'il faut.
– Bon, alors dites-moi ce qu'on vous autorise à m'offrir.
– Je descends à l'agression caractérisée avec blessures graves.
– Et… ?
– Je demande quatre et quatre.

L'offre constituait une réduction substantielle des charges, mais à l'accepter Roulet serait quand même condamné à quatre ans de prison avec quatre ans de mise à l'épreuve à la sortie. La grande concession était qu'il ne serait plus question de crime sexuel et que Roulet n'aurait plus à se déclarer auprès des autorités locales après sa libération.

Je le regardai comme s'il venait d'insulter la mémoire de ma mère.

– Ted, lui dis-je, vous ne trouvez pas ça un peu exagéré vu l'as que vous m'avez sorti de votre manche tout à l'heure ? Vous avez vu le juré qui se balade avec la Bible ? J'ai cru qu'il allait chier le Livre saint pendant qu'elle témoignait !

Pas de réaction. Je compris qu'il n'avait même pas remarqué le juré à la Bible.

– Ah, je ne sais pas, repris-je. Il est évidemment de mon devoir de rapporter votre offre à mon client et je le ferai. Mais je vais aussi lui dire qu'il serait bien bête de l'accepter.
– Bon d'accord, alors qu'est-ce que vous voulez ?
– Dans une affaire de ce genre, il n'y a qu'un verdict

possible, Ted. Je vais lui dire d'aller jusqu'au bout. Pour moi, à partir de maintenant tout est dégagé. Allez, Ted, bon appétit !

Et je le laissai au portillon en m'attendant à moitié à ce qu'il me lance une nouvelle offre tandis que je descendais l'allée centrale. Mais il tint bon.

– Mon offre ne tient que jusqu'à treize heures trente, Haller ! me cria-t-il d'une drôle de voix.

Je levai une main en l'air et l'agitai sans me retourner. Je franchis la porte du tribunal en croyant fermement avoir entendu du désespoir dans sa voix.

35

À peine revenu de notre repas au Four Green Fields, j'ignorai volontairement Minton. Je voulais le laisser dans l'incertitude le plus longtemps possible. Cela faisait partie du plan que j'avais dressé pour le pousser, lui et le procès, dans la direction que je souhaitais. Lorsque, ayant tous repris place à nos tables, nous fûmes prêts pour le juge, je me tournai finalement vers lui, j'attendis que nos regards se croisent et me contentai de hocher la tête que non : pas d'arrangement à l'amiable. Il hocha la tête à son tour et fit de son mieux pour me montrer combien il était confiant dans son dossier et non, vraiment, ne comprenait pas la décision de mon client. Une minute plus tard, le juge rouvrait la séance et, les jurés revenant s'asseoir dans leur box, Minton décida de plier l'affaire le plus vite possible.

– Maître Minton, lui lança le juge, avez-vous d'autres témoins ?

– Non, madame le juge, l'accusation en restera là pour l'instant.

Fullbright eut une infime hésitation avant de répondre. Elle dévisagea Minton une seconde de plus qu'elle n'aurait dû, ce qui, à mon avis, signifia aux jurés que cette décision la surprenait. Puis elle porta ses yeux sur moi.

– Maître Haller, êtes-vous prêt à poursuivre ?

– Oui, madame le juge.

– Appelez votre premier témoin.

Soit Mary Alice Windsor. Celle-ci fut escortée dans la salle par Cecil Dobbs, qui alla s'asseoir ensuite au premier rang. Mary Windsor portait un tailleur bleu clair et un corsage en mousseline de soie. Elle passa devant le siège du juge à la manière d'une reine et prit place dans le box des témoins. Personne n'aurait pu se douter qu'elle n'avait avalé qu'un hachis Parmentier pour tout déjeuner. Je m'acquittai rapidement de la procédure d'identification et établis les liens aussi bien de sang que d'affaires qui l'unissaient à Louis Roulet. Puis je demandai au juge la permission de montrer au témoin le couteau que l'accusation avait introduit comme pièce à conviction.

Ma permission obtenue, je rejoignis le greffier pour prendre l'arme toujours enveloppée dans son sachet en plastique. Le couteau était ouvert de façon à ce qu'on voie bien les initiales sur la lame. Je l'apportai au témoin et le posai devant elle.

– Madame Windsor, reconnaissez-vous ce couteau ?

Elle prit le sac et tenta d'en lisser le plastique sur la lame afin de pouvoir y lire les initiales.

– Oui, dit-elle enfin. C'est le couteau de mon fils.

– Comment pouvez-vous l'affirmer ?

– Parce qu'il me l'a montré à plus d'une occasion. Je savais qu'il l'avait toujours sur lui et parfois c'était bien commode au bureau quand nous recevions nos dépliants et que nous devions couper les fils des emballages. Il coupe bien.

– Depuis combien de temps votre fils possède-t-il ce couteau ?

– Quatre ans.

– Vous m'avez l'air bien précise sur ce point.

– Je le suis.

– Comment pouvez-vous en être aussi sûre ?

– Parce qu'il se l'est procuré pour se protéger il y a quatre ans de ça. Presque jour pour jour.

– Pour se protéger de quoi, madame Windsor ?

– Dans notre métier nous faisons souvent visiter des maisons à de parfaits inconnus. Et il arrive que nous nous retrouvions complètement seuls avec ces gens. Des agents immobiliers se sont fait plus d'une fois voler ou agresser… voire assassiner ou violer.

– Pour autant que vous le sachiez, Louis a-t-il jamais été victime de ce genre de crime ?

– Pas personnellement, non. Mais il connaissait quelqu'un qui faisait visiter une maison et à qui c'est arrivé…

– Qu'est-ce qui est arrivé ?

– Elle s'est fait violer et voler par un homme armé d'un couteau. C'est mon fils qui a retrouvé cette femme. La première chose qu'il a faite après a été de s'acheter un couteau pour se protéger.

– Pourquoi un couteau ? Pourquoi pas un revolver ou un pistolet ?

– Au début, il m'a dit que c'était ce qu'il allait s'acheter, mais il voulait quelque chose qu'il puisse toujours avoir sur lui et qui ne se remarque pas. C'est pour ça qu'il s'est procuré un couteau et qu'il m'en a donné un à moi aussi. Voilà pourquoi je sais que ça fait presque quatre ans qu'il s'est procuré le sien.

Et de soulever le sachet qui contenait le couteau.

– Il semblerait donc que si votre fils portait ce couteau sur lui le soir du 6 mars, il n'y avait là rien que de très normal dans sa conduite.

Minton éleva une objection en arguant que ma question n'était pas suffisamment fondée pour que Mary Windsor y réponde et le juge accepta. Windsor, qui ignorait tout du droit criminel, crut alors que le juge l'autorisait à répondre.

– Il le portait tous les jours, reprit-elle. Qu'il l'ait fait le 6 mars n'avait rien de diffé…

– Madame Windsor ! tonna le juge. J'ai retenu l'objection. Cela veut dire que vous ne pouvez pas répondre à la question. Les jurés ne tiendront pas compte de cette réponse.

– Je vous prie de m'excuser, dit Windsor d'une petite voix.

– Question suivante, maître Haller, reprit le juge.

– Ce sera tout, madame le juge. Merci, madame Windsor.

Celle-ci commença à se lever, mais le juge l'admonesta de nouveau et lui ordonna de rester assise. Je regagnai mon siège, tandis que Minton quittait le sien. Je jetai un coup d'œil au public et n'y reconnus aucun visage hormis celui de C. C. Dobbs. Il m'adressa un sourire d'encouragement, que j'ignorai.

Le témoignage de Mary Windsor était parfait dans la mesure où elle avait respecté à la lettre la stratégie que nous avions élaborée au déjeuner. Elle avait très succinctement expliqué aux jurés le pourquoi du couteau, mais avait aussi laissé dans ses déclarations un véritable champ de mines que Minton allait devoir traverser. De fait, son témoignage n'était pas allé au-delà de ce que j'avais donné à Minton en respectant les règles de la communication des éléments de preuve. Qu'il s'en écarte le moins du monde et il entendrait aussitôt un petit *clic* sous ses pieds.

– Cet incident qui a donné à votre fils l'idée de porter un couteau pliant sur lui… quand a-t-il eu lieu ? demanda-t-il.

– Le 9 juin 2001.

– Vous en êtes sûre ?

– Absolument.

Je me tournai sur mon siège de façon à voir le visage de Minton en entier. Et lus dans ses pensées : il croyait tenir quelque chose. Que Windsor se rappelle très précisément cette date indiquait clairement qu'elle avait appris sa leçon à l'avance. Il était très excité et ça se voyait.

– Y a-t-il eu un article dans les journaux sur cette prétendue agression sur la personne d'un agent immobilier ?

– Non, il n'y en a pas eu.

– Y a-t-il eu une enquête de police ?

– Non, il n'y en a pas eu.

– Et pourtant, vous en connaissez la date exacte. Comment cela se fait-il, madame Windsor ? Vous a-t-on communiqué cette date avant que vous veniez déposer à la barre ?

– Non, cette date, je la connais parce que je ne suis pas près d'oublier le jour où j'ai été agressée.

Elle attendit un moment et je vis au moins trois jurés ouvrir la bouche en silence. Tout comme Minton. J'aurais presque entendu le *clic*.

– Et mon fils n'est pas près de l'oublier non plus, poursuivit-elle. Quand il s'est lancé à ma recherche et m'a retrouvée dans cette maison, j'étais attachée… et nue. Il y avait du sang partout. Ce spectacle l'a beaucoup traumatisé. Je crois que c'est une des raisons qui l'ont poussé à décider de porter un couteau sur lui. Je crois aussi qu'il aurait bien aimé arriver avant et pouvoir empêcher ça.

– Je vois, dit Minton en consultant ses notes.

Sur quoi il resta immobile – il ne savait plus trop comment enchaîner. Il ne voulait pas lever le pied de peur que la mine n'explose et le lui arrache.

– Autre chose, maître Minton ? demanda le juge, une note de sarcasme assez mal déguisée dans sa voix.

– Un instant, s'il vous plaît, répondit-il.

Il se reprit, jeta un dernier coup d'œil à ses notes et tenta de sauver quelque chose du désastre.

– Madame Windsor, votre fils ou vous-même avez-vous appelé la police après qu'il eut découvert ce qui vous était arrivé ?

– Non. Il voulait, mais pas moi. Je pensais que ça ne ferait qu'aggraver le traumatisme.

– Ce qui fait que nous n'avons aucune preuve policière de l'existence de ce crime, n'est-ce pas ?

– Aucune en effet.

Je savais que Minton avait envie d'aller plus loin et de lui demander si elle avait suivi un traitement médical après l'agression. Mais, sentant qu'il pouvait y avoir un autre piège, il préféra ne pas poser sa question.

– Vous nous dites donc que nous n'avons que votre parole pour certifier l'existence de cette attaque ? Votre parole et celle de votre fils... à condition qu'il veuille bien témoigner.

– Cette agression a eu lieu ! Je vis avec tous les jours !

– Mais il n'y a que vous pour le dire.

Elle le regarda d'un air impassible.

– S'agit-il d'une question, maître ?

– Madame Windsor, vous êtes bien venue ici pour aider votre fils, n'est-ce pas ?

– Si je peux, oui. Je sais qu'il est bon et qu'il n'aurait jamais pu commettre ce crime méprisable.

– Vous seriez donc prête à faire tout ce qui est en votre pouvoir pour épargner une condamnation, voire la prison, à votre fils, n'est-ce pas ?

– Oui, mais je ne mentirais pas sur des faits pareils. Serment ou pas, je ne mentirais pas.

– Mais vous voulez sauver votre fils, n'est-ce pas ?

– Oui.

– Et le sauver signifie mentir pour lui, n'est-ce pas ?

– Non, non et non.

– Merci, madame Windsor.

Minton regagna vite son siège. Je n'eus qu'une question à poser en contre.

– Madame Windsor, quel âge aviez-vous lorsque s'est produite cette agression ?

– Cinquante-quatre ans.

Je me rassis. Minton n'ayant aucune autre question à poser, Mary Windsor fut remerciée. Je demandai au juge la permission de la faire asseoir parmi le public pour le reste du procès maintenant qu'elle avait fini de témoigner. Minton ne s'y opposant pas, ma requête fut acceptée.

Mon témoin suivant était un inspecteur du LAPD. David Lambkin de son nom, il était expert en crimes sexuels et avait travaillé sur l'affaire du Violeur de l'immobilier. À coups de questions très brèves, j'établis rapidement les faits ainsi que la véracité des cinq affaires de viol sur lesquelles il y avait eu enquête. Et j'en vins vite aux cinq questions clés dont j'avais besoin pour étayer le témoignage de Mary Windsor.

– Inspecteur Lambkin, quel âge avaient en moyenne les victimes connues de ce violeur ?

– Toutes exerçaient des professions libérales et y réussissaient. Elles étaient plus âgées que les victimes habituelles de viols. Je crois que la plus jeune avait vingt-neuf ans et la plus vieille cinquante-neuf.

– Ce qui fait qu'une femme de cinquante-quatre ans aurait cadré avec le profil de cible du violeur, n'est-ce pas ?

– Oui.

– Pouvez-vous dire aux jurés à quelles dates ont eu lieu la première et la dernière agressions connues ?

– Oui. La première s'est déroulée le 1er octobre 2000 et la dernière le 31 juillet 2001.

– Ce qui signifie que le 9 juin tombe bien dans le laps de temps pendant lequel ce violeur a agressé des femmes dans l'immobilier, n'est-ce pas ?

– Absolument.

– Au cours de votre enquête, êtes-vous arrivé à une conclusion ou à une idée selon laquelle cet individu aurait commis plus de cinq viols ?

Minton éleva une objection en arguant que ma question ne pouvait susciter que de simples spéculations. Le juge retint son objection, mais cela n'avait aucune importance. Ce qui était important, c'était la question et que les jurés voient l'accusation les empêcher d'avoir une réponse tenait de la cerise sur le gâteau.

Cela étant, Minton me surprit dans son interrogatoire en contre. Après son désastre avec Windsor, il avait suffisamment repris ses esprits pour décocher trois questions plus que solides au témoin et récolter trois réponses en sa faveur.

– Inspecteur Lambkin, dit-il, l'équipe qui enquêtait sur ces viols a-t-elle adressé un quelconque avertissement aux femmes qui travaillaient dans l'immobilier ?

– Oui, nous l'avons fait. Nous avons fait distribuer des prospectus et envoyé des mails à deux reprises. La première fois à toutes les agences immobilières recensées dans la région et la deuxième à tous les agents, hommes et femmes, individuellement.

– Ces mails contenaient-ils un signalement et la façon de procéder du violeur ?

– Oui.

– Ce qui fait qu'une femme qui voudrait raconter qu'elle a été agressée par ce monsieur aurait tous les renseignements nécessaires pour le faire, n'est-ce pas ?

– C'est possible, oui.

– Pas d'autres questions, madame le juge.

Minton se rassit fièrement à sa place et Lambkin fut remercié. Je demandai au juge la permission de conférer quelques instants avec mon client, puis je me penchai vers Roulet.

– Bien, lui dis-je, nous y sommes. Il ne nous reste plus que vous. À moins que vous me cachiez quelque chose, vous êtes sorti d'affaire et Minton n'a pas grand-chose à vous renvoyer à la figure. Vous n'avez pas de souci à vous faire à moins que vous ne le laissiez vous intimider. Vous êtes toujours sûr de votre coup ?

Roulet n'avait pas cessé de vouloir témoigner afin de contrer les charges qui pesaient sur lui. Il avait encore une fois réitéré ce désir au déjeuner. Il l'avait même exigé. Je considérais, moi, que laisser témoigner un client était à double tranchant. Tout ce qu'il dit peut lui revenir en pleine figure si le procureur parvient à en altérer le sens au profit de l'accusation. Cela dit, je savais aussi que, quels que soient les avertissements répétés aux jurés quant au droit inaliénable de tout inculpé à garder le silence, tous ont envie de l'entendre dire qu'il n'a pas fait ce dont on l'accuse. Qu'on leur enlève cette possibilité et la rancune n'est pas loin.

– Je veux témoigner, murmura Roulet. Le procureur ne me fait pas peur.

Je repoussai ma chaise et me levai.

– Madame le juge, la défense appelle Louis Roulet à la barre.

36

Louis Roulet s'approcha rapidement du box des témoins, tel le joueur de basket rappelé du banc et envoyé à la table de marque pour voir où on en est de la partie. Il avait tout de celui qui ne veut pas rater l'occasion de se défendre et savait que cette attitude ne passerait pas inaperçue auprès des jurés.

Après m'être rapidement acquitté des préliminaires, j'allai droit au fond de l'affaire. Mes questions le dirigeant, Roulet reconnut volontiers s'être rendu Chez Morgan le soir du 6 mars pour y chercher de la compagnie féminine. Il ne voulait pas, précisa-t-il, se payer les services d'une prostituée à tout prix, mais n'y était pas opposé.

– J'étais déjà sorti avec des femmes que je payais, dit-il. Je n'étais donc pas contre cette idée.

Il déclara encore ne pas avoir eu de contact visuel avec Regina Campo avant que celle-ci l'aborde au comptoir. Pour lui, c'était donc elle qui l'avait agressée, mais sur le coup ça ne l'avait pas ennuyé le moins du monde. Le racolage était clair et ouvert. Elle lui avait dit qu'elle serait libre après vingt-deux heures et qu'il pouvait passer chez elle s'il n'était pas déjà pris ailleurs.

Il détailla ensuite les efforts qu'il avait déployés dans l'heure qui avait suivi, et ce, tant Chez Morgan qu'au Lamplighter, afin de trouver une femme dont il n'aurait pas à payer les services, l'opération se soldant par un échec. C'est alors qu'il avait repris sa voiture pour se rendre à l'adresse que Campo lui avait donnée et qu'il avait fini par frapper à sa porte.

– Qui vous a ouvert ?

– Elle. Elle a entrouvert sa porte et m'a regardé.

– Elle, c'est-à-dire Regina Campo ? La femme qui a témoigné ce matin ?

– C'est ça, oui.

– Pouviez-vous voir tout son visage par l'entrebâillement de la porte ?

– Non. Elle l'avait à peine entrouverte et je ne pouvais pas la voir. Je ne voyais que son œil gauche et un côté de son visage.

– Comment s'ouvrait la porte ? Cet entrebâillement par lequel vous dites avoir vu un côté de son visage était-il sur la droite ou sur la gauche ?

– À droite pour moi qui regardais la porte.

– Essayons d'être bien clairs sur ce point. L'ouverture était sur la droite, n'est-ce pas ?

– Sur la droite, oui.

– Ce qui fait que si elle se tenait derrière la porte et regardait par l'ouverture, elle le faisait de l'œil gauche.

– C'est ça.

– Avez-vous vu son œil droit ?

– Non.

– Et donc, auriez-vous pu voir une contusion ou une coupure si elle en avait eu une sur le côté droit de la figure ?

– Non.

– Bien. Que s'est-il passé ensuite ?

– Elle a vu que c'était moi et m'a dit d'entrer. Elle a ouvert plus grand la porte, mais en restant toujours derrière.

– Vous ne la voyiez donc pas ?

– Pas complètement, non. Elle se servait du bord de la porte comme d'une espèce de cale.

– Que s'est-il passé ensuite ?

– Eh bien… il y avait comme une entrée, un vestibule, et elle m'a fait signe de passer dans la salle de séjour. J'ai fait ce qu'elle me disait.

– Cela signifie-t-il qu'à ce moment-là elle se trouvait derrière vous ?

– Oui, quand je me suis tourné vers la salle de séjour, elle était bien derrière moi.

– A-t-elle refermé la porte ?

– Je crois. Je l'ai entendue se fermer.

– Et après ?

– J'ai reçu un coup à la nuque et je me suis effondré. J'ai perdu connaissance.

– Savez-vous combien de temps vous êtes resté sans connaissance ?

– Non. Je crois que ça a duré un moment, mais ni la police ni personne d'autre ne me l'a dit.

– Que vous rappelez-vous du moment où vous êtes revenu à vous ?

– Je me rappelle avoir eu du mal à respirer et, quand j'ai rouvert les yeux, j'avais quelqu'un sur le dos. J'étais poitrine contre terre et le type était assis sur moi. J'ai essayé de bouger et c'est là que je me suis aperçu que j'avais aussi quelqu'un d'assis sur mes jambes.

– Que s'est-il passé ensuite ?

– Ces deux hommes se sont relayés pour me dire de ne pas bouger, l'un d'eux précisant qu'il avait mon couteau et que si j'essayais de bouger ou de m'échapper il s'en servirait contre moi.

– Est-il arrivé un moment où la police a débarqué et où vous avez été arrêté ?

– Oui, quelques minutes après les policiers sont arrivés. Ils m'ont passé les menottes et m'ont obligé à me lever. C'est à ce moment-là que j'ai vu que j'avais du sang sur ma veste.

– Et votre main ?

– Je ne pouvais pas la voir parce que j'étais menotté dans le dos. Mais j'ai entendu un des types assis sur moi dire à l'officier de police qu'il y avait du sang dessus et l'officier me l'a immédiatement enfermée dans un sachet. Je l'ai bien senti.

– Comment ce sang s'est-il retrouvé sur votre main et sur votre veste ?

– Tout ce que je sais, c'est que quelqu'un l'y a mis et que ce n'est pas moi.

– Êtes-vous gaucher ?

– Non.

– Vous n'avez pas frappé Mlle Campo du poing gauche ?

– Non.

– Avez-vous menacé de la violer ?

– Non.

– Lui avez-vous dit que vous la tueriez si elle ne coopérait pas ?

– Non.

J'espérais retrouver un peu de la flamme que j'avais remarquée chez lui le premier jour dans le bureau de C. C. Dobbs, mais il se montrait calme et plein de retenue. Je décidai de le bousculer un peu avant d'en finir avec lui en interrogatoire direct, ceci afin de lui faire retrouver cette colère. Au déjeuner, je lui avais dit que je voulais la voir et je ne comprenais pas bien ce qu'il fabriquait et où cette colère était passée.

– Être accusé d'avoir agressé Mlle Campo vous met-il en colère ? lui lançai-je.

– Bien sûr que oui.

– Pourquoi ?

Il ouvrit la bouche, mais rien n'en sortit. Il avait l'air outré que j'ose lui poser une question pareille. Enfin il répondit.

– Comment ça « pourquoi » ? Avez-vous jamais été accusé de quelque chose que vous n'avez pas commis et découvert que vous ne pouvez rien y faire hormis attendre la suite des événements ? Vous est-il jamais arrivé de devoir attendre des semaines, que dis-je ? des mois entiers avant d'avoir enfin l'occasion de passer devant un tribunal et de pouvoir dire qu'on vous a piégé ? Sauf qu'il faut attendre encore plus longtemps que le procureur ait rassemblé un tas de menteurs patentés pour pouvoir enfin entendre leurs mensonges et se défendre ! Bien sûr que ça me met en colère ! Je suis innocent, moi ! Je n'ai rien fait de tout ça !

C'était parfait. En plein dans le mille et un vrai délice pour quiconque a jamais été accusé à tort. J'aurais pu chercher plus, mais me rappelai la règle que je m'étais imposée : on attaque et on file tout de suite. En faire moins rapporte toujours plus. Je décidai de me rasseoir. Si je m'apercevais d'un manque, je pourrais toujours rattraper la sauce en contre.

Je regardai le juge.

– Je n'ai plus de questions, madame le juge.

Minton s'était déjà levé avant même que j'aie pu rejoindre ma place. Il gagna le pupitre sans lâcher Roulet de son regard d'acier. Ainsi montrait-il aux jurés ce qu'il pensait de l'inculpé. Ses yeux étaient comme un faisceau laser transperçant tout dans la pièce. Il empoigna si fort les côtés du lutrin qu'il en eut les phalanges toutes blanches. Comédie pure destinée aux jurés.

– Vous niez avoir touché Mlle Campo ? lança-t-il.

– C'est exact, lui renvoya Roulet.

– Selon vous, elle se serait donc expédié des coups de poing dans la figure ou aurait demandé à un type qu'elle n'avait jamais vu avant ce soir-là de lui faire voir trente-six chandelles, ceci dans le seul but de vous piéger, c'est bien ça ?

– Je ne sais pas qui l'a battue. Tout ce que je sais, c'est que ce n'est pas moi.

– Mais vous nous dites aussi que cette femme, Regina

Campo, est une menteuse. Qu'elle est venue dans ce prétoire et qu'elle a menti sans hésiter au juge, aux jurés, à tout le monde.

Et de ponctuer sa phrase en hochant la tête de dégoût.

– Tout ce que je sais, c'est que je n'ai pas fait ce dont elle m'accuse. La seule explication, c'est que l'un de nous deux ment et que ce n'est pas moi.

– Ça, ce sera aux jurés d'en décider, n'est-ce pas ?

– Bien sûr.

– Et ce couteau que censément vous vous seriez procuré pour vous protéger… Êtes-vous en train de dire aux jurés que dans cette affaire la victime savait, Dieu sait comment, que vous aviez un couteau sur vous et qu'elle aurait compté là-dessus pour vous piéger ?

– J'ignore ce qu'elle savait ou ne savait pas. Je ne lui avais jamais montré ce couteau, chez elle ou dans un bar où elle aurait pu se trouver. Voilà pourquoi je ne vois pas trop comment elle aurait pu savoir que j'en avais un. Pour moi, c'est en fouillant dans ma poche pour y chercher de l'argent qu'elle l'a trouvé. Je garde toujours mon argent et mon couteau dans la même poche.

– Ah bon ? Et donc, maintenant vous nous dites qu'en plus Regina Campo vous a volé votre argent dans votre poche ?! Jusqu'où allez-vous aller, monsieur Roulet ?

– J'avais quatre cents dollars sur moi. Quand on m'a arrêté, ils avaient disparu. C'est donc que quelqu'un les a pris.

Au lieu de vouloir en savoir plus sur cet argent, Minton fut assez futé pour comprendre que, quelle que soit la manière dont il jouerait ce point, le résultat ne serait, au mieux, que du cinquante cinquante côté bénefs. S'il essayait de démontrer que Roulet n'avait pas cet argent sur lui et qu'il ne pensait qu'à agresser et violer Regina Campo au lieu de la payer, il savait que je n'aurais qu'à montrer les déclarations d'impôts de mon client pour jeter un doute très sérieux sur l'idée qu'il ne pouvait pas se payer une prostituée. C'est là le genre de témoignage que les avocats traitent de « gros caca en chaîne », et ça, il voulait l'éviter. Il passa donc tout de suite à la grande scène du trois.

En vrai tragédien, il montra en guise de preuve la photo du visage de Regina Campo plein de coups et de contusions.

– Ainsi donc, s'exclama-t-il, Regina Campo n'est qu'une menteuse ?

– Oui.

– Elle a demandé à quelqu'un de la rosser, voire s'est rossée elle-même ?

– Je ne sais pas qui lui a fait tout ça.

– Mais ce n'est pas vous.

– Non, ce n'est pas moi. Jamais je ne ferais des choses pareilles à une femme. Jamais je ne ferais de mal à une femme.

Et il montra la photo que Minton continuait de tenir en l'air.

– Aucune femme ne mérite ça ! s'écria-t-il.

Je me penchai en avant et attendis. Il venait de prononcer la phrase que je lui avais ordonné de trouver le moyen de lâcher à un moment ou à un autre de son témoignage. *Aucune femme ne mérite ça !* C'était maintenant à Minton de mordre à l'appât. Il était intelligent. Il devait comprendre que Roulet venait de lui ouvrir une porte.

– Qu'entendez-vous par « mérite » ? dit-il. Croyez-vous que, dans les crimes violents, tout se réduise à savoir si la victime a eu ce qu'elle méritait ou pas ?

– Ce n'est pas ce que je voulais dire. Ce que je voulais dire, c'est que quoi qu'elle fasse pour gagner sa vie, elle n'aurait pas dû être battue comme ça. Personne ne mérite ce genre de châtiment.

Minton baissa la main avec laquelle il tenait la photo. Puis il contempla lui-même un instant le cliché avant de reporter son regard sur Roulet.

– Monsieur Roulet, dit-il, je n'ai pas d'autres questions à vous poser.

37

J'avais toujours l'impression d'avoir remporté le combat au rasoir. J'avais fait tout ce que je pouvais pour coincer Minton de telle sorte qu'il ne lui reste plus qu'une option. L'heure était maintenant venue de voir si avoir fait tout mon possible était suffisant. Dès que le jeune procureur se fut rassis, je décidai de ne pas poser d'autres questions à mon client. Il avait bien résisté à l'attaque de Minton et je sentais le vent de la victoire gonfler nos voiles. Je me levai et jetai un coup d'œil à la pendule accrochée au mur du fond. Il n'était que trois heures et demie. Je me retournai vers le juge.

– Madame le juge, lui dis-je, la défense en reste là.

Elle hocha la tête, regarda la pendule à son tour et dit aux jurés de prendre la pause de l'après-midi. Une fois les jurés hors de la salle, elle regarda la table de l'accusation où, la tête penchée en avant, Minton s'était mis à écrire.

– Maître Minton ? lança-t-elle. (Le procureur leva les yeux vers elle.) Maître Minton, nous sommes toujours en séance. Je vous prie de faire attention. Le ministère public de Californie entend-il réfuter la défense ?

Minton se leva.

– Madame le juge, dit-il, j'aimerais ajourner jusqu'à demain de façon à pouvoir décider si nous faisons comparaître d'autres témoins.

– Maître Minton, il nous reste encore une heure et

demie de débats possibles aujourd'hui. Je vous ai déjà dit vouloir qu'on avance. Où sont vos témoins ?

– Franchement, madame le juge, je ne m'attendais pas à ce que la défense en reste là après seulement deux témoignages et je…

– À ceci près que maître Haller vous l'avait fait clairement entendre dans ses déclarations liminaires.

– Certes, mais il n'empêche : tout cela a avancé beaucoup plus vite que prévu. Nous avons une demi-journée d'avance. Je demande donc l'indulgence de la cour. J'aurais même bien du mal à faire venir avant six heures du soir les témoins en réfutation auxquels je pense.

Je me tournai et regardai Roulet qui avait regagné son siège à côté de moi. Je hochai la tête et lui adressai un clin d'œil de l'œil gauche afin que le juge ne le voie pas. Tout semblait indiquer que Minton avait mordu à l'appât. Il ne me restait plus qu'à m'assurer que le juge ne le lui fasse pas recracher. Je me levai à mon tour.

– Madame le juge, lui dis-je, la défense ne voit aucune objection à ce que l'accusation demande de repousser jusqu'à demain. Nous pourrons peut-être en profiter pour peaufiner nos plaidoiries et instructions aux jurés.

Le juge Constance Fullbright me regarda en fronçant les sourcils d'un air étonné. Il était rare que la défense ne trouve rien à redire aux atermoiements de l'accusation. Mais l'idée que j'avais semée commençait à germer.

– Voilà qui mérite réflexion, maître Haller, dit-elle. Si nous suspendons la séance assez tôt aujourd'hui, j'entends que nous allions aux plaidoiries dès après la réfutation. Il ne devra plus y avoir la moindre tentative de repousser à plus tard, sauf pour les instructions à donner aux jurés. Est-ce bien clair, maître Minton ?

– Oui, madame le juge, je serai prêt.

– Maître Haller ?

– C'est moi qui en ai eu l'idée, madame le juge. Je serai prêt.

– Très bien. C'est décidé. Dès que les jurés seront de retour, je les congédie pour la journée. Ils pourront éviter les embouteillages et demain matin tout ira si bien et si vite qu'ils pourront entrer en délibération dès l'après-midi.

Elle regarda Minton, puis revint sur moi comme si elle nous mettait au défi de ne pas en être d'accord avec elle. Nous n'en fîmes rien, elle se leva et quitta sa place.

Vingt minutes plus tard les jurés repartaient chez eux tandis que je rassemblais mes affaires à la table de la défense. Minton s'approcha.

– Je peux vous parler ? me demanda-t-il.

Je jetai un coup d'œil à Roulet, lui fis signe de sortir avec sa mère et Dobbs et l'informai que je l'appellerais si j'avais besoin de quoi que ce soit.

– Mais je veux vous parler, moi aussi, dit-il.

– De quoi ?

– De tout. Que pensez-vous de ma prestation ?

– Vous vous en êtes bien tiré et tout marche comme sur des roulettes. Pour moi, nous sommes sur la bonne voie.

Puis je hochai la tête en direction de l'accusation et baissai la voix jusqu'au murmure.

– Et lui aussi le sait. Il se prépare à nous faire une deuxième offre.

– Vous voulez que je reste pour savoir de quoi il retourne ?

Je hochai la tête.

– Non, cette offre n'a aucune importance. Il n'y a toujours qu'un seul verdict, n'est-ce pas ?

– C'est vrai.

Il me tapota l'épaule en se levant et je dus prendre beaucoup sur moi pour ne pas m'écarter de lui.

– Ne me touchez pas, Louis, je vous en prie, lui dis-je. Si vous voulez faire quelque chose pour moi, vous me rendez mon flingue.

Il ne répondit pas. Il se contenta de sourire et se dirigea

vers le portillon. Lorsqu'il fut parti, je me tournai vers Minton. La sombre flamme du désespoir brillait dans ses yeux. Il avait absolument besoin d'une condamnation – n'importe laquelle.

– Quoi de neuf ? lui lançai-je.

– J'ai une deuxième offre.

– Je suis tout ouïe.

– Je descends encore. Jusqu'aux simples coups et blessures. Six mois à la prison du comté. Vu la façon dont ils la vident à la fin de chaque mois, en fait il ne fera sans doute même pas soixante jours.

Je hochai la tête. C'était à l'injonction du gouvernement fédéral d'enrayer le surpeuplement des prisons des comtés qu'il faisait allusion. Quelles que fussent les peines prononcées par les tribunaux, nécessité oblige, elles étaient souvent réduites de façon spectaculaire. L'offre de Minton était bonne, mais je n'en montrai rien. Je savais qu'elle devait avoir été concoctée au deuxième étage. Jamais Minton n'aurait eu l'autorité suffisante pour descendre aussi bas.

– Que mon client dise oui et cette nana le dépouillera au civil, lui répondis-je. Je doute qu'il accepte.

– Mais enfin… c'est une sacrée offre !

Le ton était passablement outré. Je me dis que le bulletin de notes de l'observateur sur maître Minton ne devait pas être fameux et que celui-ci avait probablement reçu l'ordre de finir sur une offre de plaider coupable. On se fout du procès, des heures qu'y ont passées le juge et les jurés, et on obtient ce putain de plaider coupable. Les bureaux de Van Nuys n'aimaient pas perdre un procès, surtout deux mois après le fiasco de l'affaire Robert Blake. Jouer cette tactique quand ça devenait dur leur permettait d'en sortir. Minton pouvait donc aller aussi bas qu'il voulait du moment qu'il obtenait une condamnation. Roulet devait tomber – quitte même à ne jamais faire que soixante jours de taule.

– Il se peut que pour vous ce soit une « sacrée offre », lui répondis-je, mais cela n'en signifie pas moins que je dois convaincre un client de plaider coupable pour quelque chose qu'il n'a pas fait. Et ne pas oublier que cette manœuvre laisse ouverte la porte à un procès au civil. Pendant qu'il essaiera de sauver ses fesses soixante jours durant à la prison du comté, Mlle Regina Campo et ses avocats commenceront à causer liquidation financière de mon bonhomme. À sa place, j'irais jusqu'au verdict. Pour moi, nous sommes gagnants. Je sais qu'on a le mec à la Bible et qu'on risque d'avoir un vote en moins, au minimum, mais bon… qui sait si on n'aura pas les douze jurés pour nous ?

Il frappa fort la table du plat de la main.

– Mais qu'est-ce que c'est que ces conneries, Haller ? Vous savez très bien qu'il l'a fait ! Et six mois, ne parlons même pas de deux, pour ce qu'il a infligé à cette femme, c'est une vraie plaisanterie. C'est une telle parodie de justice que je ne vais plus en dormir, mais oui, ils ont bien vu ce qui se passe et ils pensent que vous avez les jurés de votre côté. Bref, je ne peux pas faire autrement.

Je refermai ma mallette avec un bruit sec et plein d'autorité et me levai.

– Bien, dis-je. Alors, j'espère que vous aurez quelque chose de bon à m'opposer en réfutation. Parce que vous allez l'avoir, votre verdict du jury. Et que je vous dise un truc, Ted : vous avez de plus en plus l'air de quelqu'un qui veut se battre au rasoir alors qu'il est tout nu. Vaudrait mieux cesser de vous protéger les noix et commencer à vous battre.

Sur quoi je me levai et franchis le portillon. Arrivé à mi-chemin des portes du fond, je m'arrêtai et le regardai par-dessus mon épaule.

– Hé, vous voulez savoir quelque chose ? ajoutai-je. Si cette affaire ou n'importe quelle autre vous empêche de dormir, vaudrait mieux laisser tomber ce boulot tout de suite et chercher à faire autre chose dans la vie. Sinon, vous ne vous en sortirez jamais, Ted.

Il s'était rassis à sa table et regardait fixement le siège maintenant vide du juge. Il n'avait pas l'air d'avoir entendu ce que je venais de lui dire. Je le laissai réfléchir. Pour moi, j'avais bien joué ma partie. On verrait le résultat le lendemain matin.

Je retournai au Four Green Fields pour travailler à ma plaidoirie. Je n'allais certainement pas avoir besoin des deux heures que le juge nous avait accordées. Je commandai une Guinness au bar et l'apportai à une des tables où je voulais m'asseoir. Les serveuses ne reprendraient pas le boulot avant dix-huit heures. Je rédigeai quelques notes de base, mais d'instinct je savais que je ne ferais en gros que réagir à la plaidoirie de l'accusation. Dans les motions préliminaires, Minton avait déjà demandé, et obtenu, la permission de faire une présentation en Power Point afin d'illustrer ses propos à l'adresse du jury. Depuis peu, les jeunes procureurs adoraient faire dérouler un écran et y projeter des graphismes à l'ordinateur, comme si on ne pouvait pas faire confiance aux jurés pour réfléchir et relier les pointillés tout seuls. Il fallait qu'on les gave comme le fait la télé.

Mes clients avaient rarement assez d'argent pour me régler mes honoraires – alors me payer une plaidoirie avec présentation Power Point… Roulet, lui, était l'exception à la règle. Grâce à sa mère, il aurait pu se payer les services d'un Francis Ford Coppola pour lui préparer ce genre de truc s'il l'avait voulu. Mais je n'y avais même pas fait allusion. J'étais vieille école, et jusqu'au bout. J'aimais monter sur le ring tout seul comme un grand. Lorsque mon tour viendrait, je voulais que les jurés ne regardent que moi. Si je n'arrivais pas à les convaincre, rien qui sorte d'un ordinateur n'y parviendrait non plus.

À dix-sept heures trente j'appelai Maggie McPherson à son bureau.

– On ferme ! lui lançai-je.

– Peut-être chez les gros bonnets de la défense, mais nous autres pauvres fonctionnaires devons travailler bien après le coucher du soleil.

– Eh ben alors... pourquoi tu te ferais pas une petite pause pour venir boire une Guinness et manger un hachis Parmentier avec moi ? Tu pourrais repartir finir le boulot après.

– Non, Haller. Je peux pas. En plus, je sais très bien ce que tu veux.

Je ris. Elle croyait toujours savoir exactement ce que je voulais. Et la plupart du temps elle avait raison, mais pas cette fois.

– Ah oui ? Et qu'est-ce que je veux ?

– Tu vas essayer de me corrompre encore un coup pour savoir ce que mijote le père Minton.

– Hors de question, Mags. Minton, je le lis à livre ouvert. L'observateur de Smithson est en train de lui coller des mauvaises notes. Smithson lui a ordonné de plier, d'obtenir quelque chose et de se tirer. Sauf que Minton, lui, bosse sur sa plaidoirie avec Power Point et qu'il veut parier – on va jusqu'au bout. En plus de quoi, il a le sang qui bout tellement fort sous l'outrage qu'il n'aime pas du tout l'idée de devoir plier.

– Moi non plus. Smithson a toujours la trouille de perdre... surtout depuis l'histoire Blake. Il est toujours prêt à se vendre au-dessous. Et ça, on peut pas se le permettre.

– J'ai toujours dit qu'ils avaient perdu l'affaire Blake dès l'instant où ils t'ont laissée sur la touche. T'as qu'à leur dire, Maggie.

– Dès que je peux, je le fais !

– Un jour, tu verras.

Elle n'aimait pas trop s'appesantir sur sa carrière en rade. Elle passa à autre chose.

– Tu m'as l'air bien primesautier, reprit-elle. Hier, tu étais soupçonné de meurtre et aujourd'hui tu tiens le district attorney par les burnes. Qu'est-ce qui s'est passé ?

– Rien. C'est juste le calme avant la tempête, je crois. Dis, une question : as-tu jamais ordonné aux mecs de la balistique de se grouiller ?

– Quel genre de balistique ?

– Correspondance douille à douille et projectile à projectile.

– Ça dépend de qui s'en charge… de quel service, je veux dire. Mais quand ils se grouillent vraiment, on peut avoir quelque chose en vingt-quatre heures.

Je sentis la trouille me dégringoler au fond de l'estomac avec un bruit sourd. Je compris que je pouvais déjà être en sursis.

– Mais les trois quarts du temps ça ne se produit pas, continua-t-elle. Deux ou trois jours, en général, ça demande au moins ça quand il y a urgence. Et quand on veut tout le bazar, genre comparaisons des douilles et des projectiles, ça peut prendre plus longtemps parce que le projectile a été abîmé et qu'on a du mal à y lire quoi que ce soit. Il faut vraiment bosser dessus.

J'acquiesçai d'un signe de tête. Je ne pensais pas que cela pouvait m'aider. Je savais qu'ils avaient récupéré une douille sur la scène de crime. Que Lankford et Sobel aient une comparaison positive avec une balle tirée cinquante ans plus tôt avec l'arme de Mickey Cohen et ils viendraient me cueillir – la comparaison projectile pourrait attendre.

– T'es toujours là ? me demanda Maggie.

– Oui. Je pensais juste à un truc.

– Tu m'as l'air moins guilleret, tout d'un coup. Tu veux qu'on en parle ?

– Non, pas tout de suite. Mais si je finis par avoir besoin d'un bon avocat, tu sais à qui je ferai appel.

– Ben voyons !

– Chiche !

Je laissai passer un ange. Avoir Maggie au bout du fil, rien que ça, me calmait. J'aimais bien.

– Bon, Haller… faut que je retourne au boulot.

– D'accord, Maggie, va mettre tous ces grands vilains en taule.

– Je m'en occupe.

– Bonne nuit.

Je refermai mon portable, réfléchis à des choses pendant quelques instants, puis je le rouvris et appelai le Sheraton Universal pour voir s'ils avaient une chambre de libre. J'avais décidé de ne pas passer la nuit chez moi – par mesure de précaution. J'aurais très bien pu m'y retrouver nez à nez avec deux inspecteurs de Glendale qui m'attendaient.

Mercredi 25 mai

38

Ce mercredi matin-là, après une nuit sans sommeil passée dans un mauvais lit d'hôtel, j'arrivai tôt à la cour, et n'y trouvai personne pour m'y accueillir en fanfare – mais aucun inspecteur de Glendale non plus pour m'y présenter un mandat d'arrestation avec le sourire. Un éclair de soulagement me traversa tandis que je franchissais le portique de détection. Je portais le même costume que la veille, mais espérais que personne ne le remarquerait. J'avais mis, c'est vrai, une chemise propre et changé de cravate. J'ai toujours des vêtements de rechange dans le coffre de la Lincoln – pour les jours d'été quand je dois aller travailler dans le désert : il n'est pas question d'en demander trop à ma clim.

En arrivant dans la salle d'audience du juge Fullbright, je fus surpris de découvrir que je n'étais pas un des premiers acteurs du procès à être là. Minton était passé dans la galerie réservée au public et montait l'écran pour sa plaidoirie PowerPoint. La salle d'audience ayant été conçue avant l'ère de ce genre de spectacles, il n'y avait pas de place où mettre un écran de quatre mètres pour que tout le monde, jurés, juge et avocats, puisse le regarder confortablement. Un grand morceau de la salle allant être occupé par l'écran, tout spectateur placé derrière ne pourrait rien voir du show.

– En pleine forme dès le matin ! lançai-je à Minton.

Il leva le nez de son travail et parut lui aussi un peu surpris de me voir si tôt dans la salle.

– Faut bien maîtriser la logistique de ce truc, dit-il. C'est assez enquiquinant.

– Vous pourriez y aller à l'ancienne… en vous contentant de regarder les membres du jury quand vous leur parlez.

– Non merci. Je préfère ça. Avez-vous transmis mon offre à votre client ?

– Oui, et il ne marche pas. On dirait bien qu'on va aller jusqu'au bout.

Je posai ma mallette sur la table de la défense et m'interrogeai : que Minton se prépare à sa plaidoirie signifiait-il qu'il avait décidé de ne pas chercher à réfuter mon témoin ? Un éclair de panique me traversa. Je jetai un coup d'œil à la table de l'accusation et n'y vis rien qui aurait pu me donner une indication sur ce que préparait Minton. Je savais que j'avais toujours la possibilité de le lui demander sans détour, mais je n'avais pas envie de trahir mes airs de confiance désintéressée.

Au lieu de ça, je gagnai le bureau de l'huissier pour parler avec Bill Meehan, qui commandait les opérations. Je vis un tas de papiers sur son bureau. Il devait avoir la liste des affaires du mois et celle des prisonniers qu'on devait lui amener par bus ce matin-là.

– Bill, je vais me prendre un café, lui dis-je. Tu veux quelque chose ?

– Non, mec, mais merci. J'ai déjà fait le plein. Pour l'instant, en tout cas.

Je souris et hochai la tête.

– Dis donc, c'est la liste des prévenus ? Je peux y jeter un coup d'œil, histoire de voir si j'ai un client ?

– Bien sûr.

Il me tendit plusieurs feuilles de papier agrafées ensemble. J'y trouvai la liste alphabétique de tous les pensionnaires des prisons du comté avec, à côté de chaque nom, la salle d'audience où chacun d'eux était convoqué. En jouant les nonchalants au maximum, je la parcourus et eus vite faite d'y repérer le nom de Dwayne Jeffery Corliss. Le mouton de Minton était déjà arrivé dans les murs et se préparait à entrer dans le prétoire. J'en poussai presque un soupir de soulagement, mais le gardai en moi. Tout disait que Minton allait jouer le coup comme je l'espérais et l'avais prévu.

– Quelque chose qui va pas ? me demanda Meehan.

Je le regardai et lui rendis sa liste.

– Non, pourquoi ?

– Je ne sais pas. À te voir, on dirait qu'il est arrivé quelque chose.

– Non, rien n'est arrivé, mais ça ne va pas tarder.

Je quittai la salle et descendis à la cafétéria du second. Je faisais la queue pour régler mon café lorsque je vis Maggie McPherson entrer et foncer droit sur les grandes cafetières. Je payai et allai me poster juste derrière elle tandis qu'elle versait dans son café du sucre en poudre sorti d'un sachet rose.

– Saccharine, dis-je. Mon ex me disait toujours que c'est comme ça qu'elle l'aimait.

Elle se retourna et me vit.

– Arrête, Haller, me dit-elle.

Mais en souriant.

– Qu'est-ce que tu fais ? Tu devrais pas être au sixième en train de débrancher l'ordi de Minton ?

– Ça ne m'inquiète pas. De fait même, tu devrais venir voir. La vieille école contre la nouvelle, un combat pour l'éternité.

– Pas vraiment, non. À ce propos… ça serait pas le costume que tu portais hier ?

– Si, si, c'est mon costume porte-chance. Mais dis… comment tu sais ce que je portais hier ?

– Oh, j'ai juste passé deux ou trois minutes la tête

dans le prétoire de Fullbite hier. T'étais trop occupé à interroger ton client pour le remarquer.

Tout au fond de moi, je fus très heureux qu'elle remarque jusqu'à mes costumes. Cela voulait dire quelque chose, et je le savais.

– Ben alors… pourquoi tu n'y repasserais pas la tête ce matin ?

– Non, aujourd'hui, je ne peux pas. J'ai trop de boulot.

– Comme quoi ?

– J'ai récupéré un meurtre avec préméditation d'Andy Seville. Il arrête pour passer dans le privé et, hier, ils nous ont partagé ses dossiers. J'ai décroché le bon.

– Génial. L'accusé a-t-il besoin d'un avocat ?

– Pas question de ça, Haller. Je ne veux pas perdre une autre affaire contre toi.

– Je plaisantais. J'ai les mains pleines.

Elle mit un couvercle sur son gobelet et prit ce dernier sur le comptoir avec une pile de serviettes en papier pour se protéger de la chaleur.

– Moi aussi. Et donc je te souhaite bonne chance, mais aujourd'hui je peux pas.

– Oui, je sais. On reste dans la ligne de la boîte. N'oublie pas de remonter un peu Minton quand il redescendra la queue entre les jambes.

– J'essaierai.

Elle quitta la cafétéria et je gagnai une table vide. J'avais encore un quart d'heure à tuer avant que l'audience reprenne. Je sortis mon portable et appelai ma deuxième ex.

– Lorna ? C'est moi. Ça marche avec Corliss. T'es prête ?

– Je suis prête.

– Bien, je voulais juste savoir. Je te rappelle.

– Bonne chance pour aujourd'hui, Mickey.

– Merci. Je vais en avoir besoin. Tiens-toi prête pour le coup de fil.

Je refermai mon téléphone et allais me relever lorsque je vis l'inspecteur du LAPD Howard Kurlen foncer droit sur moi entre les tables. L'homme qui avait mis Jesus Menendez en prison n'avait pas l'air de vouloir se commander un sandwich aux sardines et cacahuètes. Il portait un document plié. Arrivé à ma table, il l'y jeta, juste devant ma tasse de café.

– C'est quoi, cette merde ? me lança-t-il.

Je commençai à déplier le document alors même que je savais parfaitement de quoi il retournait.

– Ça m'a tout l'air d'une citation à comparaître, inspecteur, lui répondis-je. Vous devriez quand même le savoir.

– Vous savez très bien ce que je veux dire, Haller. À quoi vous jouez ? J'ai rien à voir avec ce dossier et je n'ai aucune envie d'entrer dans vos conneries.

– Je ne joue à rien du tout et ce ne sont pas des conneries. Je vous ai cité à comparaître comme témoin en contre.

– En contre de quoi ? Je vous l'ai déjà dit et vous le savez, je n'ai jamais rien eu à voir avec cette histoire, nom de Dieu ! C'est un dossier à Marty Booker, je viens d'y passer un coup de fil et il m'a dit que ça devait être une erreur.

Je hochai la tête comme si je voulais être gentil avec lui.

– Que je vous dise... montez donc à la salle d'audience et prenez-vous un siège. Si c'est une erreur, je la rattraperai dès que possible. Je doute fort que vous deviez rester plus d'une heure. Je vous libère tout de suite pour que vous puissiez repartir à la chasse aux grands vilains.

– Et ça, vous en pensez quoi : je me tire tout de suite et vous rattrapez vos merdes quand ça vous chante ?

– Non, ça, je peux pas, inspecteur. Cette citation à comparaître est tout ce qu'il y a de plus légale et valable et vous êtes tenu de vous montrer dans la salle d'audience à moins qu'on ne vous en dispense légalement. Je vous l'ai dit, je ferai aussi vite que possible. L'accusation a un témoin et après c'est mon tour et je m'en occupe.

– Quelle connerie, quand même !

Il se détourna et retraversa la cafétéria pour gagner la porte. Heureusement qu'il m'avait laissé sa citation à comparaître : elle était bidon. Je ne l'avais pas fait enregistrer au greffe et la signature gribouillée au bas du document était la mienne.

Connerie ou pas, je ne pensais pas que Kurlen allait quitter le bâtiment. Il était homme à comprendre le devoir et la loi. C'était de ça qu'il vivait. Et c'était exactement sur ça que je comptais. Il serait dans la salle d'audience jusqu'à ce qu'on l'en dispense. Ou qu'il comprenne pourquoi je l'y avais fait appeler.

39

À neuf heures trente, le juge fit asseoir les jurés dans leur box et passa sans tarder à l'ordre du jour. Je regardai dans l'assistance et y aperçus Kurlen assis au dernier rang. Il avait l'air pensif, voire carrément en colère. Il était tout près de la porte et je ne savais pas combien de temps il tiendrait. J'allais avoir bien besoin de toute l'heure dont je lui avais parlé.

Je regardai plus loin dans la salle et vis que Lankford et Sobel s'étaient assis sur un banc situé près du bureau du greffier et réservé aux membres des forces de l'ordre. Pas moyen de lire quoi que ce soit sur leurs visages, mais leur présence me posait quand même problème. Je me demandai si j'aurais même seulement droit à l'heure dont j'avais besoin.

– Maître Minton, entonna le juge, l'accusation a-t-elle préparé sa réfutation ?

Je revins aux débats. Minton se leva, ajusta sa veste et parut hésiter et se donner du courage avant de répondre.

– Oui, madame le juge. J'appelle Dwayne Jeffery Corliss comme témoin en contre.

Je me levai à mon tour et remarquai qu'à ma droite Meehan, l'huissier, s'était levé lui aussi. Il allait rejoindre l'enclos pour y chercher Corliss.

– Madame le juge ? lançai-je. Qui est ce Dwayne

Jefferey Corliss et pourquoi n'ai-je pas été informé de sa comparution avant ?

– Huissier Meehan, je vous prie d'attendre un instant, dit Fullbright.

Meehan se figea sur place, la clé de l'enclos à la main. Le juge s'excusa auprès des jurés, mais leur ordonna de regagner la salle des délibérés jusqu'à plus ample informé. Après qu'ils eurent franchi la porte derrière le box, le juge se concentra sur Minton.

– Maître Minton, voulez-vous bien nous parler de votre témoin ?

– Dwayne Corliss est un témoin qui coopère avec nous et a parlé avec M. Roulet lorsque celui-ci était en détention juste après son arrestation.

– Des conneries, oui ! aboya Roulet. Je n'ai parlé à...

– Taisez-vous, monsieur Roulet ! tonna le juge. Maître Haller, instruisez donc votre client des dangers qu'il y a à exploser dans ma salle d'audience.

– Merci, madame le juge.

J'étais toujours debout. Je me penchai en avant pour parler à l'oreille de Roulet.

– C'était parfait, lui dis-je. Mais maintenant, vous restez calme et je me charge de la suite.

Il acquiesça d'un signe de tête et se pencha en arrière. Puis il croisa les bras sur sa poitrine – on était en colère. Je me redressai.

– Je vous prie de m'excuser, madame le juge, mais je partage l'indignation de mon client devant ce dernier effort de l'accusation. C'est la première fois que j'entends parler de ce M. Corliss. J'aimerais savoir quand il s'est manifesté pour parler de cette prétendue conversation avec mon client.

Minton était toujours debout lui aussi. Je me dis que c'était bien la première fois de ce procès que nous nous tenions côte à côte pour défendre nos points de vue auprès du juge.

– M. Corliss a contacté notre bureau par l'intermédiaire d'un procureur qui s'est occupé de la première comparution de l'accusé, reprit Minton. Cela étant, ce renseignement ne m'a été communiqué qu'hier, lors d'une réunion du bureau où on m'a demandé pourquoi je n'avais pas réagi à cette information.

C'était un mensonge, mais du genre que je n'avais aucune envie de mettre au jour. Le faire m'aurait forcé à dévoiler la fuite de Maggie McPherson le jour de la Saint-Patrick et aurait pu faire dérailler tout mon plan. Il fallait faire attention. Je devais m'opposer violemment à la déposition de Corliss, mais je devais aussi perdre la bataille.

Je pris l'air le plus outré que je pus.

– C'est incroyable, madame le juge ! m'écriai-je. Parce que les services du district attorney ont des problèmes de communication, mon client devrait souffrir les conséquences de ne pas avoir été informé de ce que l'accusation avait un autre témoin contre lui ? Il est clair que cet homme ne devrait pas être autorisé à témoigner. Il est trop tard pour qu'on l'introduise dans les débats.

– Madame le juge, dit Minton sans attendre, je n'ai pas eu le temps d'interroger M. Corliss ou de prendre sa déposition moi-même. Parce que je préparais ma plaidoirie, j'ai simplement fait le nécessaire pour qu'il soit amené ici aujourd'hui. Son témoignage est d'une importance capitale pour l'accusation dans la mesure où il permettra de réfuter les arguments *pro domo* de M. Roulet. Ne pas autoriser ce témoin à comparaître rendrait un très mauvais service à l'État de Californie.

Je hochai la tête et souris de frustration. Avec ce dernier propos, Minton menaçait le juge de perdre l'appui du district attorney si jamais elle cherchait à se faire élire contre un autre candidat.

– Maître Haller ? reprit le juge. Autre chose avant que je prenne ma décision ?

– Je tiens seulement à ce que mon objection soit dûment portée aux minutes.

– C'est noté. Si je vous donnais le temps d'interroger M. Corliss et de mener une enquête sur lui, combien vous faudrait-il ?

– Une semaine.

Ce fut au tour de Minton de hocher la tête en souriant faussement.

– C'est ridicule, madame le juge !

– Voulez-vous passer dans l'enclos et lui parler ? me demanda Fullbright. Je peux vous le permettre.

– Non, madame le juge. Pour ce qui me concerne, tous les moutons sont des menteurs. Il ne me servirait à rien de l'interroger dans la mesure où tout ce qui sortirait de sa bouche ne pourrait être qu'un mensonge. Tout, madame le juge, tout. D'ailleurs, ce n'est pas tant ce qu'il a à dire qui importe. Ce serait plutôt ce que les autres ont à dire de lui. Et ça, il me faudrait bien du temps pour le savoir.

– Je décide donc d'autoriser sa comparution.

– Madame le juge, lui dis-je, si vous décidez d'autoriser sa comparution, puis-je demander une faveur pour la défense ?

– Quelle faveur, maître Haller ?

– J'aimerais pouvoir passer dans le couloir et donner un coup de fil à un enquêteur. Cela ne me prendra même pas une minute.

Elle réfléchit un instant avant d'acquiescer.

– Allez-y, maître. Pendant ce temps-là, je vais faire entrer les jurés.

– Merci.

Je franchis le portillon et descendis l'allée centrale. Je croisai le regard d'Howard Kurlen, qui me décocha une de ses plus belles moues de mépris.

Arrivé dans le couloir, j'appelai Lorna Taylor, qui décrocha tout de suite.

– Bien, t'es loin ?

– Disons à un quart d'heure.

– T'as pas oublié la sortie d'imprimante et la bande ?

– Je les ai sur moi.

Je consultai ma montre. Dix heures moins le quart.

– OK, bon, c'est parti. Dépêche-toi d'arriver, mais je veux que tu attendes dehors dans le couloir. Et après, à dix heures et quart, tu entres dans la salle et tu me donnes les trucs. Si je suis en train d'interroger le témoin, tu t'assieds au premier rang et tu attends que je remarque ta présence.

– C'est compris.

Je refermai mon portable et réintégrai la salle d'audience. Les jurés avaient repris leurs places et Meehan était en train de faire entrer un homme en combinaison grise par la porte de l'enclos. Dwayne Corliss était maigre et avait des cheveux raides qu'il ne lavait pas assez souvent à la prison de County-USC, où il se faisait désintoxiquer. Je le reconnus aussitôt. C'était bien lui qui m'avait demandé ma carte professionnelle lorsque j'avais interrogé Roulet dans l'enclos à l'occasion de sa première comparution.

Il fut accompagné par Meehan jusqu'au box des témoins, où l'huissier lui fit jurer de dire toute la vérité et rien que la vérité, Minton reprenant ensuite la direction du grand show.

– Monsieur Corliss, dit-il, avez-vous été arrêté le 5 mars de cette année ?

– Oui, la police m'a arrêté pour cambriolage et possession de drogue.

– Êtes-vous présentement incarcéré ?

Corliss regarda autour de lui.

– Euh… non, je crois pas. Je suis juste dans la salle d'audience.

J'entendis le rire grossier de Kurlen dans mon dos, mais personne ne se joignit à lui.

– Non, je veux dire… êtes-vous en prison ? Quand vous n'êtes pas ici, s'entend.

– Je suis enfermé à la prison du Los Angeles County-USC Medical Center et j'y suis un programme de désintoxication.

– Êtes-vous toxicomane ?

– Oui. Je suis héroïnomane, mais pour le moment je ne consomme pas. J'ai pas pris d'héroïne depuis qu'on m'a arrêté.

– Soit depuis plus de soixante jours.

– C'est exact.

– Reconnaissez-vous le prévenu ?

Corliss se tourna vers Roulet et acquiesça d'un signe de tête.

– Oui, je le reconnais.

– Pourquoi ?

– Parce que je l'ai rencontré dans l'enclos après mon arrestation.

– Vous nous dites donc qu'après votre arrestation vous êtes entré en contact avec l'accusé, Louis Roulet ?

– Oui, le lendemain.

– Comment cela s'est-il produit ?

– Ben, on était tous les deux à la prison de Van Nuys, dans des ailes différentes. Mais après on a été amenés ici en bus et on était ensemble, d'abord dans le bus et après dans l'enclos, et après on a été conduits dans la salle d'audience pour la première comparution. On a été ensemble tout ce temps-là.

– Que voulez-vous dire quand vous dites que vous avez été « ensemble » ?

– Ben, qu'on est restés tout près parce qu'on était les seuls Blancs dans le groupe qu'on était.

– Bien. Avez-vous parlé pendant que vous étiez ensemble ?

Corliss acquiesça de la tête pendant que Roulet secoua la sienne pour dire non. Je lui touchai le bras pour le mettre en garde contre toute manifestation intempestive.

– Oui, on a parlé, répondit Corliss.

– De quoi ?

– Surtout de cigarettes. On en avait besoin tous les deux, mais ils vous laissent pas fumer en prison.

Corliss y alla d'un geste à la « mais-bon-hein-qu'est-ce-qu'on-peut-y-faire ? », quelques jurés, des fumeurs, c'est probable, se mettant à sourire et hocher la tête.

– Est-il arrivé un moment où vous avez demandé à M. Roulet pourquoi il était en prison ?

– Oui.

– Et qu'a-t-il répondu ?

Je me dressai d'un bond et élevai une objection, qui fut aussitôt rejetée.

– Que vous a-t-il répondu, monsieur Corliss ? le pressa Minton.

– Ben, il a commencé par me demander pourquoi j'étais là et j'y ai dit. Alors après, moi, j'y ai demandé pourquoi il était au gnouf et y m'a dit : « Pour avoir donné à une salope très exactement ce qu'elle méritait. »

– Ce sont ses propres paroles ?

– Oui.

– A-t-il précisé ce qu'il voulait dire par là ?

– Non, pas vraiment.

Je me penchai en avant et attendis que Minton pose la question suivante, celle à laquelle tout le monde s'attendait. Mais il n'en fit rien et passa à autre chose.

– Bien, monsieur Corliss, les services du district attorney ou moi-même vous avons-nous promis quoi que ce soit en échange de ce témoignage ?

– Non. Je me suis seulement dit que c'était ce qu'il fallait faire.

– Où en est votre affaire ?

– J'ai encore les charges qui pèsent sur moi, mais on dirait que si j'arrive au bout de ma cure de désintox, on pourrait m'en enlever quelques-unes. Pour la drogue en tout cas. Pour le cambriolage, je sais pas encore.

– Mais je ne vous ai fait aucune promesse d'aide sur ce point, n'est-ce pas ?

– Non, monsieur.

– Quelqu'un d'autre vous a-t-il fait des promesses au bureau du district attorney ?

– Non, monsieur.

– Je n'ai pas d'autres questions.

Je restai assis sans bouger et dévisageai Corliss. J'avais l'air de quelqu'un qui est en colère, mais ne sait pas trop quoi y faire. Pour finir, le juge me poussa à réagir.

– Maître Haller, voulez-vous interroger le témoin en contre ?

– Oui, madame le juge.

Je me levai et jetai un coup d'œil à la porte comme si je m'attendais à y voir apparaître un miracle. Puis je regardai la grosse pendule au-dessus de la porte du fond et m'aperçus qu'il était dix heures cinq. En reportant les yeux sur le box du témoin, je remarquai que Kurlen était toujours là. Il n'avait pas bougé de la dernière rangée et avait le même air de mépris sur le visage. Je me demandai si ce n'était pas son air naturel.

Enfin je me tournai vers le témoin.

– Quel âge avez-vous, monsieur Corliss ?

– Quarante-trois ans.

– Vous vous appelez bien Dwayne ?

– C'est exact.

– D'autres noms ?

– On m'appelait D. J. quand j'étais petit. Tout le monde.

– Où avez-vous grandi ?

– À Mesa, dans l'Arizona.

– Monsieur Corliss, combien de fois avez-vous été arrêté ?

Minton éleva une objection, mais le juge passa outre. Je savais qu'elle allait me laisser beaucoup de champ avec le témoin dans la mesure où, censément, c'était moi qui m'étais fait coincer.

– Combien de fois avez-vous été arrêté, monsieur Corliss ? répétai-je.

– Sept fois, je crois.

– Ce qui fait que vous avez connu pas mal de prisons, n'est-ce pas ?

– On pourrait dire ça, oui.

– Toutes dans le comté de Los Angeles ?

– La plupart, oui. Mais je me suis fait aussi arrêter une fois à Phoenix.

– Vous savez donc comment fonctionne la machine, n'est-ce pas ?

– J'essaie seulement de m'en sortir.

– Et parfois, essayer de s'en sortir amène à accuser ses copains de taule, n'est-ce pas ?

– Madame le juge ? lança Minton en se dressant pour élever une objection.

– Asseyez-vous, maître, lui renvoya Fullbright. Je vous ai laissé toute latitude pour faire comparaître votre témoin. C'est au tour de maître Haller de profiter de cette même latitude. Le témoin répondra à la question.

La greffière relut la question à l'adresse de Corliss.

– Faut croire, oui, répondit-il.

– Combien de fois avez-vous accusé un autre prisonnier ?

– Je ne sais pas. Plusieurs.

– Combien de fois avez-vous témoigné au bénéfice de l'accusation ?

– Cela inclut-il mes propres affaires ?

– Non, monsieur Corliss, au bénéfice de l'accusation.

Combien de fois avez-vous témoigné contre un prisonnier au bénéfice de l'accusation ?

– Ça doit être la quatrième.

J'eus l'air surpris et atterré alors même que je n'étais ni l'un ni l'autre.

– Bref, vous êtes un pro, n'est-ce pas ? Vous pourriez presque dire que votre métier est celui de mouton accro à la drogue.

– Je me contente de dire la vérité. Quand on me dit des trucs qui sont pas bien, je me sens obligé de les rapporter.

– À ceci près que vous essayez de pousser ces gens à vous les dire, n'est-ce pas ?

– Pas vraiment, non. Je suis juste assez amical.

– Amical, hein ? Vous espérez donc que ce jury va croire qu'un type que vous ne connaissiez pas est tombé du ciel et vous a dit, lui, un parfait inconnu, qu'il avait « donné à une salope très exactement ce qu'elle méritait » ?

– C'est ce qu'il a dit.

– Et donc, il vous a juste dit ça et après vous avez recommencé à parler de cigarettes, c'est ça ?

– Pas exactement.

– Pas exactement ? Qu'entendez-vous par là ?

– Il m'a aussi dit qu'il l'avait déjà fait avant. Il m'a dit qu'il s'en était déjà tiré et que ça serait pareil ce coup-là. Il s'en vantait parce que le coup d'avant, il a dit qu'il avait tué la salope et qu'il s'en était sorti sans problème.

Je me figeai sur place. Puis je regardai Roulet qui s'était figé sur son siège, l'air surpris, avant de me retourner vers le témoin.

– Vous…

Et de commencer à parler, puis m'arrêter, de faire comme si j'étais le type coincé dans un champ de mines et qui vient d'entendre un déclic sous son pied. Du coin de l'œil, je vis aussi que Minton s'était raidi.

– Maître Haller ? me pressa le juge.

Je détachai les yeux de Corliss et me tournai vers Fullbright.

– Je n'ai plus d'autres questions à poser pour l'instant, madame le juge.

40

Minton bondit de son siège tel le boxeur qui sort de son coin du ring pour sauter sur son adversaire en sang.

– Voulez-vous interroger le témoin, maître Minton ? lui demanda Fullbright.

Il était déjà au lutrin.

– Absolument, madame le juge.

Il regarda les jurés comme pour souligner l'importance de l'échange à venir, puis il se concentra sur Corliss.

– Monsieur Corliss, vous venez de dire que M. Roulet se vantait. Comment se vantait-il ?

– Ben, il m'a raconté la fois où il avait vraiment tué une fille et s'en était sorti.

Je me levai.

– Madame le juge, ceci n'a rien à voir avec l'affaire présente et il s'agit d'un contre qui ne se rapporte pas à des preuves communiquées par la défense. Le témoin ne peut pas…

– Madame le juge ! s'écria Minton. Ces renseignements ont été obtenus par l'avocat de la défense. L'accusation a le droit de poursuivre.

– J'autorise l'accusation à poursuivre.

Je me rassis et pris l'air abattu. Minton fonça droit devant. Pile où je voulais.

– Monsieur Corliss, M. Roulet vous a-t-il donné des détails sur cet incident au cours duquel, dit-il, il aurait tué une femme et s'en serait sorti sans encombre ?

– Il a dit que c'était une danseuse à serpents. Elle dansait dans un bouge où qu'elle était comme dans une fosse à serpents.

Je sentis Roulet refermer ses doigts autour de mon biceps. Son souffle chaud m'arriva dans l'oreille.

– C'est quoi, cette merde ? murmura-t-il.

Je me tournai vers lui.

– J'en sais rien. Qu'est-ce que vous lui avez raconté, à ce type ?

Il me répondit en marmonnant, les dents serrées.

– Je ne lui ai rien dit du tout. C'est un coup monté. Vous m'avez piégé !

– Moi ? Mais qu'est-ce que vous racontez ? Je vous l'ai dit : je n'avais aucun moyen de contacter ce type en prison. Si vous ne lui avez pas dit ces conneries, c'est que quelqu'un d'autre l'aura fait. Réfléchissez, tout de suite. Qui est-ce ?

Je me retournai et regardai Minton qui, toujours debout au lutrin, continuait d'interroger Corliss.

– M. Roulet vous a-t-il dit autre chose sur cette danseuse qu'il aurait tuée ?

– Non, c'est tout ce qu'il m'a vraiment dit.

Minton jeta un coup d'œil à ses notes pour voir s'il y avait autre chose, puis il hocha la tête.

– Pas d'autres questions, madame le juge.

Fullbright me regarda. Je vis presque de la sympathie dans ses yeux.

– La défense souhaite-t-elle réinterroger le témoin ?

Avant que je puisse répondre, un bruit se faisant entendre au fond de la salle, je me retournai et vis entrer Lorna Taylor. Elle monta vite l'allée pour rejoindre le portillon.

– Madame le juge, puis-je conférer un instant avec mon équipe ?

– Dépêchez-vous, maître.

Je retrouvai Lorna au portillon et lui pris une bande vidéo entourée d'une seule feuille de papier attachée à l'aide d'un élastique. Comme je lui en avais donné l'ordre, elle me murmura des choses dans l'oreille.

– C'est là que je fais semblant de te dire des trucs très importants à l'oreille, me dit-elle. Ça marche ?

Je hochai la tête en ôtant l'élastique de la bande vidéo et jetant un coup d'œil à la feuille de papier.

– Pile au bon moment, lui soufflai-je en retour. Je suis prêt.

– Je peux rester regarder ?

– Non, je veux que tu t'en ailles. Il ne faut pas qu'on te parle quand ça sera fini, personne.

Je hochai la tête, elle hocha la tête à son tour et vida les lieux. Je regagnai le lutrin.

– Non, madame le juge, pas d'interrogatoire en contre.

Je me rassis et attendis. Roulet m'attrapa le bras.

– Qu'est-ce que vous fabriquez ?

Je le repoussai.

– Arrêtez de me toucher, lui dis-je. Nous avons de nouvelles informations dont nous ne pouvons pas faire état en contre.

Je me concentrai sur Fullbright.

– D'autres témoins, maître Minton ? demanda-t-elle.

– Non, madame le juge. Nous en resterons là.

Elle acquiesça d'un signe de tête.

– Le témoin est remercié.

Meehan commença à traverser la salle pour reprendre Corliss. Le juge me regarda et je me relevai.

– Maître Haller ? Nouvel interrogatoire en réfutation ?

– Oui, madame le juge. La défense souhaite rappeler D. J. Corliss à la barre pour un nouvel interrogatoire en réfutation.

Meehan s'arrêta net, tous les regards se tournant vers moi. Je levai haut la bande vidéo et la feuille de papier que Lorna m'avait apportées.

– J'ai de nouveaux renseignements sur M. Corliss, madame le juge. Je ne pouvais pas en faire état en contre.

– Très bien. Allez-y.
– Pouvez-vous m'accorder un instant, madame le juge ?
– Juste une seconde.
Petit comité avec Roulet.
– Écoutez, lui soufflai-je, je ne sais pas ce qui se passe, mais ça n'a pas d'importance.
– Comment ça « ça n'a pas d'importance » ? Vous êtes en train de…
– Écoutez-moi. Ça n'a pas d'importance parce que j'ai toujours de quoi le bousiller. Qu'il dise même que vous avez tué vingt femmes n'aurait aucune importance. S'il ment, il ment. Je le bousille et rien de ce qu'il aura dit ne comptera. Vous comprenez ?
Il hocha la tête et parut se calmer en réfléchissant à ce que je venais de lui dire.
– Alors, allez-y : massacrez-le.
– C'est ce que je vais faire. Mais il faut que je sache. Sait-il autre chose qu'il pourrait nous sortir ? Y a-t-il quoi que ce soit auquel il vaudrait mieux que je ne touche pas ?
Il me murmura lentement à l'oreille, comme s'il expliquait quelque chose à un enfant.
– Je ne sais pas parce que je n'ai jamais parlé avec ce type. Je ne suis pas assez bête pour discuter cigarettes et assassinat avec un parfait inconnu, bordel de merde !
– Maître Haller, me pressa le juge.
Je la regardai.
– Oui, madame le juge.
La bande et la feuille de papier avec moi, je me relevai pour retourner au lutrin. Chemin faisant, je jetai un rapide coup d'œil dans la salle et m'aperçus que Kurlen était parti. Je n'avais aucun moyen de savoir combien de temps il était resté et ce qu'il avait entendu. Lankford lui aussi avait disparu. Il n'y avait plus que

Sobel et elle se détourna de moi. Je concentrai mon attention sur Corliss.

– Monsieur Corliss, pouvez-vous dire aux jurés où vous vous trouviez quand M. Roulet vous a censément fait ses révélations sur ces attaques et ces meurtres ?

– Quand nous étions ensemble.

– Ensemble où, monsieur Corliss ?

– Ben, dans le bus on n'a pas parlé parce qu'on n'était pas à côté. Mais quand on est arrivés au tribunal, on a été dans la même cellule avec six autres types et on s'est assis ensemble et on a causé.

– Et ces six autres types vous ont tous vu parler avec M. Roulet, c'est bien ça ?

– Fallait bien. Ils étaient là.

– Vous nous dites donc que si je les faisais venir ici l'un après l'autre et si je leur demandais s'ils vous ont vu parler avec M. Roulet, ils confirmeraient ?

– Ben, ils devraient. Mais…

– Mais quoi, monsieur Corliss ?

– C'est juste qu'ils parleraient sans doute pas, c'est tout.

– Serait-ce parce que personne n'aime les moutons, monsieur Corliss ?

Il haussa les épaules.

– Faut croire, oui.

– Bien. Essayons de voir si nous vous avons bien compris. Vous n'avez pas parlé avec M. Roulet dans le bus, mais vous l'avez fait quand vous étiez en cellule ensemble. Avez-vous parlé avec lui autre part ?

– Oui, on a parlé quand ils nous ont fait entrer dans la salle d'audience. Ils vous collent dans une zone entourée de verre, où qu'on doit attendre qu'ils appellent votre affaire. On s'est causé un peu là aussi, jusqu'à ce que l'affaire soit appelée. C'est lui qu'est entré le premier.

– Soit dans la salle des mises en accusation, où vous comparaissiez devant le juge pour la première fois ?

– C'est ça.

– Et donc, vous bavardiez dans cette salle et c'est là que M. Roulet vous aurait révélé le rôle qu'il a joué dans les crimes que vous nous décrivez ?

– C'est ça.

– Vous rappelez-vous précisément ce qu'il vous a dit quand vous étiez dans la salle d'audience ?

– Non, pas vraiment. Pas dans le détail. Je crois que c'est là qu'il m'a parlé de la fille qu'était une danseuse.

– Très bien, monsieur Corliss.

Je levai la bande vidéo en l'air, précisai qu'il s'agissait de celle filmée à l'occasion de la première comparution de Louis Roulet et demandai à ce qu'on l'enregistre comme élément de preuve au bénéfice de la défense. Minton essaya de s'y opposer en arguant du fait que je n'en avais pas mentionné l'existence dans la phase de communication des preuves, mais son objection fut vite et facilement rejetée par le juge avant même que je doive réfuter ses arguments. Il essaya encore une fois de s'opposer à la projection en faisant remarquer que rien n'en authentifiait la source.

– J'essaie seulement de ne pas faire perdre son temps à la cour, lui renvoyai-je. Si vous pensez que c'est nécessaire, je peux très bien faire venir en moins d'une heure la personne qui a filmé ce document et lui demander de l'authentifier. Mais je crois que madame le juge n'aura aucun mal à le faire : un seul coup d'œil y suffira.

– J'autorise la projection, dit Fullbright. Une fois la bande passée, l'accusation aura tout loisir d'élever ses objections si elle en a envie.

La télévision et le lecteur de vidéos dont je m'étais déjà servi furent réintroduits dans la salle et placés de façon à ce que Corliss, les jurés et le juge puissent regarder, Minton devant aller s'asseoir sur une chaise à côté du box des jurés pour voir correctement. La bande passa. La projection dura vingt minutes et montra les agissements de Roulet à partir de son entrée dans l'enclos jusqu'au moment où il avait été reconduit à l'extérieur du bâtiment après que la caution avait été fixée à l'audience. À aucun moment on ne l'y voyait parler à quiconque en dehors de moi. La bande visionnée, je laissai la télévision à sa place au cas où l'on en aurait encore besoin. Puis, un rien d'indignation dans la voix, je m'adressai à Corliss.

– Monsieur Corliss, vous êtes-vous vu parler avec M. Roulet à un moment quelconque de cet enregistrement ?

– Euh... non. Je...

– Et pourtant, vous venez de déclarer sous serment et sous peine de parjure qu'il vous a avoué des crimes alors que vous étiez tous les deux dans la salle d'audience... c'est bien ça ?

– Je sais que j'ai dit ça, mais j'ai dû me tromper. Il a dû me dire ces trucs pendant que nous étions en cellule.

– Vous venez donc de mentir aux jurés, n'est-ce pas ?

– Je voulais pas. C'est comme ça que je me rappelais, mais j'ai dû me tromper. Je redescendais d'un trip ce matin-là. Les trucs se mélangeaient.

– On dirait. Que je vous pose une question : les trucs se mélangeaient-ils quand vous avez témoigné contre Frederic Bentley en 1989 ?

Il fronça les sourcils pour se concentrer, mais garda le silence.

– Vous vous rappelez Frederic Bentley, n'est-ce pas ?

Minton se leva.

– Objection. 1989 ? Où cela nous conduit-il ?

– Madame le juge, cela nous conduit à établir le degré de véracité des propos du témoin. Et cela pose plus que problème.

– Reliez les pointillés, maître Haller, m'ordonna Fullbright. Vite.

– Oui, madame le juge.

Je m'emparai de la feuille de papier et m'en servis comme d'un accessoire en posant mes dernières questions à Corliss.

– En 1989, Frederic Bentley a été condamné, avec votre aide, pour avoir violé une jeune fille de seize ans à Phoenix. Vous en souvenez-vous ?

– Vaguement, répondit-il. Je me suis pas mal drogué depuis ce temps-là.

– À son procès, vous avez déclaré qu'il vous avait avoué son crime alors que vous vous trouviez tous les deux dans une cellule de commissariat. Je me trompe ?

– Comme je vous l'ai dit, j'ai du mal à me rappeler si loin en arrière.

– Les flics vous avaient mis dans cette cellule parce qu'ils savaient que vous étiez prêt à dénoncer, et même à inventer. Je me trompe ?

Ma voix se faisait plus forte avec chaque question nouvelle.

– Je ne me rappelle pas, non, dit-il. Mais j'invente pas.

– Après, huit ans plus tard, l'homme qui, d'après vos déclarations, vous aurait dit avoir commis ce crime, en a été innocenté suite à un test ADN qui a montré que le sperme du violeur appartenait à un autre homme. C'est bien cela, monsieur ?

– Je ne… enfin… c'était il y a longtemps.

– Vous rappelez-vous avoir été interrogé par un journaliste de l'*Arizona Star* suite à la libération de Frederic Bentley ?

– Vaguement, oui. Je me rappelle que quelqu'un m'a appelé, mais que j'ai rien dit.

– Il vous a dit que les tests ADN innocentaient Bentley et vous a demandé si vous aviez inventé les aveux de Bentley, c'est bien ça ?

– Je ne sais pas.

Je montrai au juge la feuille de papier que je serrais dans ma main.

– Madame le juge, je suis en possession d'un article sorti des archives de l'*Arizona Star*. Il est daté du 9 février 1997. C'est un membre de mon équipe qui l'a trouvé en interrogeant le moteur de recherche Google sur le nom de D. J. Corliss. Je demande que cet article soit référencé comme élément de preuve de la défense et admis comme document historique décrivant un mensonge par omission.

Ma demande déclencha aussitôt un violent accrochage avec Minton sur des questions d'authenticité de la pièce et de bien-fondé de la démarche, le juge finissant par statuer en ma faveur. Elle aussi montrait, jusqu'à un certain point, l'indignation que j'étais en train de susciter et Minton n'avait guère de chances de l'emporter.

L'huissier apporta la sortie d'imprimante à Corliss, le juge ordonnant à ce dernier de la lire à haute voix.

– Je lis pas très bien, juge, dit-il.

– Essayez, monsieur Corliss.

Il leva le papier et colla son nez dessus pour lire.

– Plus fort, s'il vous plaît ! aboya Fullbright.

Il s'éclaircit la gorge et lut d'une voix hésitante.

– « Condamné à tort à la prison pour viol, un homme a été libéré samedi de l'Arizona Correctional Institution et jure vouloir rendre justice à tous les détenus faussement accusés. Frederic Bentley, trente-quatre ans, a purgé presque huit ans de prison pour avoir agressé une jeune fille de seize ans originaire de Tempe. La victime avait identifié Bentley, un voisin, comme étant son agresseur, des analyses de sang montrant que le type sanguin du violeur correspondait au sperme retrouvé sur la jeune fille. L'accusation fut ensuite étayée lors du procès par un informateur qui déclara que Bentley lui avait avoué son crime alors que tous deux se trouvaient dans une cellule de détention. Bentley clama son innocence tout au long du procès, et même après sa condamnation. Les tests ADN étant enfin acceptés par les tribunaux de l'État comme pièces à conviction valides, il a engagé des avocats pour demander des analyses du sperme retrouvé sur la victime. Un juge ayant ordonné plus tôt cette année qu'un tel test soit pratiqué, les résultats ont montré que Bentley n'était pas l'agresseur.

« Lors d'une conférence de presse tenue à l'Arizona Biltmore, Frederic Bentley, tout récemment libéré, s'est répandu en injures contre les moutons et a demandé que soit adoptée une loi précisant les limites dans lesquelles peuvent travailler les policiers et les procureurs souhaitant recourir à leurs services.

« L'informateur qui déclara sous serment que Bentley lui aurait avoué son viol a été identifié comme étant un certain D. J. Corliss. Originaire de Mesa, ce dernier avait été arrêté pour trafic de drogue. Interrogé – après qu'on l'eut informé de ce que Bentley était innocenté de son crime – sur le fait de savoir s'il avait trafiqué sa déposition, Corliss a refusé de répondre samedi. Au cours de sa conférence de presse, Bentley a déclaré que Corliss était un mouchard fort connu de la police qui l'avait plusieurs fois chargé de faire ami ami avec des suspects. Bentley a ajouté que ledit Corliss avait coutume d'inventer des aveux lorsqu'il n'arrivait pas à les soutirer aux accusés. L'affaire Bentley… »

– Bien, monsieur Corliss, dis-je. Je crois que ça suffira.

Il reposa la sortie d'imprimante et me regarda comme un enfant qui vient d'ouvrir la porte d'un placard encombré et découvre que tout va lui tomber sur la tête.

– Avez-vous été accusé de parjure dans l'affaire Bentley ? lui demandai-je.

– Non, répondit-il avec force, comme si cela l'exonérait de sa faute.

– Est-ce parce que la police était complice d'avoir piégé M. Bentley avec votre aide ?

– Je suis sûr que M. Corliss n'a aucune idée de ce

qui a pu décider les autorités à l'accuser de parjure ou pas, m'objecta Minton.

Fullbright accepta l'objection, mais je m'en moquais. J'avais pris tellement d'avance avec le témoin qu'il n'y avait plus moyen de nous rattraper. Je me contentai de passer à la question suivante.

– Un procureur ou un officier de police vous a-t-il demandé de faire ami ami avec M. Roulet afin que celui-ci vous confie des secrets ?

– Non, ça devait être un coup de chance.

– On ne vous a pas demandé d'obtenir des aveux de M. Roulet ?

– Non.

Je le dévisageai longuement, le dégoût dans les yeux.

– Pas d'autres questions.

Je gardai mes airs de colère jusqu'à mon siège et jetai violemment la bande vidéo devant moi avant de m'asseoir.

– Maître Minton ? lança le juge.

– Pas d'autres questions pour moi non plus, répondit-il d'une voix faible.

– Bien, s'empressa de dire Fullbright. Je vais donc libérer les jurés pour le déjeuner. J'aimerais que vous soyez tous de retour à une heure pile.

Elle afficha un sourire forcé et en gratifia les jurés jusqu'à ce qu'ils aient tous quitté la salle. Dès que la porte fut refermée, son sourire dégringola de sa figure.

– Je veux voir les avocats dans mon cabinet, dit-elle. Immédiatement.

Elle n'attendit même pas que nous réagissions et quitta son siège si rapidement que sa robe flotta derrière elle comme la tunique noire de la Faucheuse.

41

Le juge Fullbright avait déjà allumé une cigarette lorsque nous entrâmes dans son cabinet. Elle en tira une grande bouffée, l'écrasa sur un presse-papiers en verre et rangea le mégot dans une poche Ziploc qu'elle avait sortie de son sac. Elle referma la poche, la plia et la remit dans son sac : pas question de laisser des traces de sa transgression aux employés du service de nettoyage de nuit ou à quiconque. Elle souffla la fumée vers un orifice de ventilation dans le plafond et abaissa enfin les yeux sur Minton. Vu le regard qu'elle avait, je fus content de ne pas être à la place de mon collègue.

– Maître Minton, c'est quoi, cette merde que vous m'avez foutue dans mon procès ?

– Madame le…

– Fermez-la et asseyez-vous. Tous les deux.

Nous nous exécutâmes. Elle se calma et se pencha sur son bureau. Elle n'avait toujours pas lâché Minton des yeux.

– Qui s'est occupé de vérifier le passé de ce témoin ? demanda-t-elle posément.

– Euh, ça doit être… en fait, nous n'avons vérifié que la partie comté de L.A. Il n'y avait rien pour nous alerter, pas de clignotants rouges. J'avais passé son nom à l'ordinateur, mais sans les initiales.

– Combien de fois avait-on eu recours à ses services dans le comté avant aujourd'hui ?

– Une seule fois au prétoire. Mais il avait donné des renseignements dans trois autres affaires que j'ai pu examiner. Il n'y avait rien du côté Arizona.

– Personne n'a songé à vérifier si ce type avait fait surface ailleurs ou orthographié son nom autrement ?

– Il faut croire que non. Ce témoin m'a été donné par le premier procureur attaché à l'affaire. J'ai pensé qu'elle avait fait les vérifications nécessaires.

– Des conneries, tout ça, dis-je.

Le juge se tourna vers moi. Je n'avais aucun regret à voir Minton s'effondrer, mais je n'avais aucune envie qu'il entraîne Maggie McPherson dans sa chute.

– Le premier procureur était Maggie McPherson, repris-je. Elle a dû avoir le dossier un maximum de trois heures. C'est mon ex-femme. Dès qu'elle a vu que c'était moi qui assurais la défense, elle a compris qu'elle ne pourrait pas aller plus loin. Et vous, Minton, avez hérité de l'affaire le jour même. Comment voulez-vous qu'elle ait pu vérifier le passé de vos témoins, surtout celui d'un type qui n'est sorti de son trou qu'après la première comparution ? Elle vous l'a passé et c'est tout.

Minton ouvrit la bouche pour dire quelque chose, mais le juge le coupa net.

– Savoir qui aurait dû vérifier n'a aucune importance. Cela n'a pas été fait correctement et pour moi, citer à comparaître cet individu relève de la faute grave de la part de l'accusation.

– Madame le juge ! aboya Minton. J'ai…

– Gardez ça pour votre patron. C'est lui que vous allez devoir convaincre. Quel est le dernier deal offert à M. Roulet par l'accusation ?

Minton avait l'air figé et incapable de réagir. Je répondis à sa place.

– Coups et blessures, six mois à la prison du comté.

Fullbright haussa les sourcils et me regarda.

– Et vous n'avez pas pris ?

Je hochai la tête.

– Mon client refuse toute condamnation. Ce qui va le ruiner. Il veut tenter le coup et aller jusqu'au verdict.

– Vous voulez un vice de procédure ?

Je ris et hochai à nouveau la tête.

– Non, je ne veux pas de vice de procédure. Ça ne fera jamais que donner le temps à l'accusation de nettoyer derrière elle, de faire ce qu'il faut et de nous réattaquer.

– Bon alors… qu'est-ce que vous voulez ?

– Ce que je veux ? Un jugement en premier et dernier ressort m'irait assez. Quelque chose sur quoi l'accusation ne peut pas revenir. Sinon, on va jusqu'au bout.

Fullbright hocha la tête et serra les mains sur son bureau.

– Un jugement en premier et dernier ressort serait parfaitement ridicule, madame le juge, dit Minton en retrouvant enfin sa voix. De toute façon, on est déjà à la fin du procès. On ferait aussi bien d'aller jusqu'au bout. Les jurés le méritent. Ce n'est pas parce que l'accusation a commis une erreur qu'il faut subvertir toute la procédure.

– Ne soyez pas idiot, Minton, lui répliqua le juge d'un ton dédaigneux. La question n'est pas de savoir ce que mérite le jury. Et pour ce qui me concerne, une faute comme celle que vous venez de commettre me suffit. Je n'ai aucune envie que cette histoire me soit renvoyée à la figure par la Second et c'est évidemment ce qu'ils vont faire. Et ce sera moi qui porterai le chapeau à cause de votre…

– Je ne savais pas ! s'écria Minton avec force. Je jure devant Dieu que je ne savais pas.

L'intensité qu'il y avait mise ramena un instant le calme dans le cabinet. Mais je me ruai aussitôt dans la brèche.

– Et pour le couteau non plus vous ne saviez pas, hein, Ted ?

Fullbright lâcha Minton des yeux, me regarda, puis revint sur Minton.

– Quel couteau ? demanda-t-elle.

– Dites-lui, insistai-je.

Il hocha la tête.

– Je ne sais pas de quoi il parle, répondit-il.

– Alors vous me dites, vous, m'ordonna Fullbright.

– Madame le juge, si vous attendez que le district attorney vous communique les pièces, vous feriez aussi bien de renoncer dès le début. Les témoins disparaissent, les versions changent, bref, on peut perdre son affaire rien qu'à attendre.

– Bien, mais… et le couteau ?

– J'avais besoin d'avancer dans le dossier. J'ai donc demandé à mon enquêteur de passer par la porte dérobée et d'obtenir des rapports. Il n'y a pas de mal à ça. Mais ils l'attendaient au tournant et lui ont falsifié un rapport sur le couteau de façon à ce que je ne sois pas au courant des initiales. Je ne l'ai su qu'au moment où j'ai reçu le paquet de la communication des preuves.

Les lèvres du juge ne furent plus qu'une ligne dure.

– C'est la police, pas le district attorney, s'empressa de préciser Minton.

– Il y a trente secondes, vous disiez ne pas savoir de quoi parlait maître Haller, lui renvoya Fullbright. Et maintenant, tout d'un coup vous savez ? Je me fiche de savoir qui a fait ça. Mais vous êtes bien en train de me dire que c'est ce qui s'est produit, n'est-ce pas ?

Minton acquiesça à contrecœur.

– Oui, madame le juge. Mais je jure que je…

– Vous savez ce que ça me dit ? l'interrompit le juge. Ça me dit que du début jusqu'à la fin le parquet de Californie n'a pas été fair-play dans cette affaire. Peu importe qui a fait quoi. Peu importe même que l'enquêteur de M. Haller ne se soit pas conduit correctement. L'État doit être au-dessus de tout cela. Et ce qui s'est passé aujourd'hui dans mon prétoire montre bien qu'il n'en est rien.

– Madame le juge, ce n'est…

– Ça suffit, maître Minton. Je crois en avoir entendu assez. Je veux que vous sortiez immédiatement, tous les deux. Dans une demi-heure je reviens dans la salle et je vous dis ce que nous allons faire pour corriger ça. Je ne sais pas trop ce que ça va être, mais que ce soit ceci ou cela, vous n'allez pas aimer, monsieur Minton. Et je vous ordonne de dire à votre patron, M. Smithson, d'être à l'audience avec vous pour entendre ma décision.

Je me levai. Minton, lui, ne bougea pas. Il avait toujours l'air rivé à son siège.

– J'ai dit que vous pouviez sortir ! aboya Fullbright.

42

Je suivis Minton qui franchit la porte donnant sur le bureau du greffier et entra dans la salle d'audience. Celle-ci était vide, à l'exception de Meehan toujours assis à son poste. Je pris ma mallette sur la table de la défense et me dirigeai vers la sortie.

– Hé, Haller, attendez une minute ! me cria Minton en rassemblant ses dossiers sur la table de l'accusation.

Je m'arrêtai au portillon et jetai un coup d'œil derrière moi.

– Quoi ?

Il me rejoignit au portillon et me montra la porte de derrière.

– Sortons par ici, me dit-il.

– Mon client m'attend dehors.

– Venez ici, juste ça.

Il se dirigea vers la porte et je le suivis. Dans le vestibule où j'avais fait face à Roulet deux jours plus tôt, Minton s'arrêta pour me regarder. Mais il ne dit rien. Il préparait son speech. Je décidai de le pousser à bout.

– Tenez… pendant que vous allez chercher Smithson, je vais passer au bureau du *Times* au deuxième et m'assurer que le journaliste local est au courant du feu d'artifice qu'on va se payer dans une demi-heure.

– Écoutez, bafouilla-t-il enfin. Il faut qu'on trouve une solution.

– « On » ?

– Attendez un peu pour le *Times*, d'accord ? Donnez-moi votre numéro de portable et laissez-moi dix minutes.

– Pour quoi faire ?

– Juste le temps de descendre au bureau et de voir ce que je peux faire.

– Je ne vous fais pas confiance, Minton.

– Peut-être, mais si vous voulez ce qu'il y a de mieux pour votre client au lieu d'une lamentable une dans les journaux, vous allez devoir me faire confiance pendant dix minutes.

Je regardai ailleurs et fis comme si j'analysais son offre. Puis je me retournai vers lui. Nous étions à cinquante centimètres l'un de l'autre.

– Vous savez quoi, Minton ? lui renvoyai-je. J'aurais pu supporter toutes vos conneries : le couteau, le mépris et tout le reste. Je suis un pro et donc bien obligé de supporter les merdes de l'accusation tous les jours que Dieu fait. Mais quand vous avez essayé de faire endosser la faute Corliss à Maggie McFierce, j'ai décidé d'être sans pitié avec vous.

– Écoutez... je n'ai rien fait de propos délibéré...

– Minton, regardez autour de vous. Il n'y a que nous, ici. Il n'y a ni caméras, ni bandes vidéo, ni témoins. Vous allez rester planté là à me dire que vous n'aviez jamais entendu parler de Corliss avant votre réunion de bureau d'hier ?

Pour toute réponse il me brandit son doigt sous le nez.

– Et vous, vous allez rester planté là à me dire que vous n'aviez jamais entendu parler de lui avant ce matin ? me répliqua-t-il avec colère.

Nous nous dévisageâmes un bon moment.

– Je ne suis peut-être qu'un bleu, mais je ne suis pas con, Haller ! Toute votre stratégie a consisté à me pousser à recourir à Corliss. Et depuis le début vous saviez parfaitement ce que vous pouviez faire avec lui. Même que c'est sans doute votre ex qui vous l'a soufflé.

– Prouvez-le donc ! lui renvoyai-je.

– Oh, ne vous inquiétez pas pour ça, je pourrais si j'en avais le temps. Mais comme je n'ai qu'une demi-heure en tout et pour tout…

Je levai lentement le bras et consultai ma montre.

– Moi, je dirais plutôt vingt-six minutes.

– Donnez-moi votre numéro de portable.

Je m'exécutai et il disparut. J'attendis quinze secondes dans le vestibule avant de franchir la porte. Roulet se tenait près de la baie vitrée donnant sur la place au-dessous. Sa mère et C. C. Dobbs étaient assis sur un banc, le long du mur d'en face. Plus loin, j'aperçus l'inspecteur Sobel qui traînait dans le couloir.

Roulet me vit et s'approcha vite, sa mère et Dobbs le suivant sans attendre.

– Qu'est-ce qui se passe ? demanda Roulet le premier.

J'attendis qu'ils soient tous réunis autour de moi avant de répondre.

– Je crois que tout va péter.

– Que voulez-vous dire ? demanda Dobbs.

– Le juge envisage un jugement en premier et dernier ressort. On devrait le savoir très vite.

– Qu'est-ce que c'est ? voulut savoir Mary Windsor.

– C'est quand le juge enlève l'affaire aux jurés et prononce un verdict d'acquittement. Et notre juge est très en colère parce que, pour elle, Minton a commis une faute grave avec Corliss et fait d'autres trucs pas bien.

– Elle en a le droit ? Elle peut l'acquitter comme ça ?

– C'est elle, le juge. Elle peut faire ce qu'elle veut.

– Ah mon Dieu !

Windsor porta la main à sa bouche et parut sur le point de fondre en larmes.

– J'ai seulement dit qu'elle l'envisageait, précisai-je. Ça ne veut pas dire que c'est ce qui se passera. Mais elle nous a déjà offert un vice de forme et j'ai refusé tout net.

– Vous avez refusé ?! glapit Dobbs. Mais pourquoi, bon sang ?

– Parce que ça ne veut rien dire. Le procureur pourrait faire rejuger… et cette fois avec un meilleur dossier vu qu'il connaîtrait notre stratégie. Ce qu'on veut, c'est un arrêt sur lequel il ne sera pas possible de revenir ou alors on va jusqu'au verdict aujourd'hui. Et s'il nous est contraire, on a de solides arguments pour interjeter appel.

– Ça ne serait pas plutôt à Louis de décider ? demanda Dobbs. Après tout, c'est lui…

– La ferme, Cecil ! lâcha sèchement Windsor. Tu la fermes et tu arrêtes de critiquer tout ce que cet homme fait pour Louis. D'autant plus qu'il a raison. Il n'est pas question de se retaper tout ça !

Dobbs eut l'air d'avoir reçu une gifle et parut se mettre en retrait de notre petit comité. Je regardai Mary et lui découvris un autre visage. Celui d'une femme qui avait monté une affaire en partant de zéro et qui l'avait menée au top. Je regardai aussi Dobbs d'un œil différent et compris qu'il n'avait probablement pas cessé de lui susurrer de gentils assassinats de ma personne à l'oreille.

Je laissai filer et me concentrai sur ce qui nous occupait.

– S'il y a quelque chose que le bureau du district attorney déteste encore plus que de perdre une affaire, c'est bien d'être mis dans l'embarras par un juge qui prononce un jugement en premier et dernier ressort. Surtout si c'est parce que ce juge a découvert une faute grave de l'accusation. Minton est descendu parler à son boss, lequel est un type très malin qui sent toujours le vent. On devrait en savoir plus dans quelques minutes.

Roulet se trouvait juste en face de moi. Je regardai par-dessus son épaule et vis que Sobel était toujours dans le couloir. Elle parlait dans son portable.

– Écoutez, dis-je. Vous restez tous bien sages. Si le district attorney ne me donne pas de ses nouvelles, on retourne tous à la salle d'audience dans vingt minutes et on voit ce qu'a décidé le juge. Bref, ne vous éloignez pas. Si vous voulez bien m'excuser, moi, je vais aller faire un tour aux toilettes.

Je m'écartai d'eux et pris le couloir dans la direction de Sobel. Mais Roulet se détacha de sa mère et de son avocat et me rattrapa. Et me prit par le bras pour m'arrêter.

– Je veux savoir comment Corliss a eu vent de toutes ces merdes qu'il racontait, me lança-t-il.

– Aucune importance ! C'est bon pour nous. C'est ça qui compte.

Il me colla son visage sous le nez.

– Ce type me traite d'assassin à la barre et vous trouvez que c'est bon pour nous ?

– Oui, parce que personne ne l'a cru. C'est même pour ça que le juge est si furibard : elle n'a pas apprécié que l'accusation fasse comparaître un menteur professionnel pour dire les pires saloperies sur vous. Présenter ça aux jurés et que l'instant d'après ceux-ci s'aperçoivent qu'il s'agit d'un menteur, c'est la faute grave. Vous ne comprenez pas ? J'ai dû faire monter les enjeux. C'était la seule façon que j'avais d'amener le juge à bousculer l'accusation. Je suis en train de faire très exactement ce que vous vouliez, Louis. Je suis en train de vous en sortir.

Je scrutai son visage tandis qu'il digérait ce que je venais de lui dire.

– Alors, je vous en prie, laissez tomber, ajoutai-je. Retournez voir votre mère et Dobbs et laissez-moi aller pisser.

Il hocha la tête.

– Non, Mick, dit-il, pas question de laisser tomber.

Et il me planta son doigt dans la poitrine.

– Il se passe des trucs et j'aime pas du tout. Il ne faudrait pas que vous oubliiez quelque chose, Mick : j'ai toujours votre flingue. Et vous avez une fille. Il vaudrait mieux…

Je refermai la main sur son doigt et l'écartai de ma poitrine.

– Ne vous avisez jamais de menacer ma famille, lui renvoyai-je en dominant difficilement ma colère. Vous voulez vous en prendre à moi, parfait, vous vous en prenez à moi et allons-y. Mais que vous menaciez encore une fois ma fille et je vous promets de vous enterrer si profondément qu'on ne vous retrouvera jamais. Me comprenez-vous bien, Louis ?

Il hocha lentement la tête, un sourire déformant son visage.

– Bien sûr, Mick. Comme ça, on sait exactement où on en est.

Je lui lâchai la main et m'éloignai. Je partis vers le bout du couloir, où se trouvaient les toilettes et où Sobel donnait l'impression d'attendre quelque chose tout en parlant dans son portable. J'avançais sans rien voir tant la menace contre ma fille m'empêchait d'avoir les idées claires. Mais, arrivé près de Sobel, je me secouai. Elle mit un terme à son entretien téléphonique.

– Inspecteur Sobel, dis-je.

– Monsieur Haller.

– Puis-je vous demander pourquoi vous êtes ici ? Vous allez m'arrêter ?

– Je suis ici parce que vous m'avez invitée, vous vous rappelez ?

– Euh… non, je ne me rappelle pas.

Elle plissa les paupières.

– Vous m'avez dit de passer au tribunal ce mercredi parce que ce serait ce jour-là que vous auriez votre chance.

Je compris brusquement qu'elle se référait à la conversation embarrassée que nous avions eue dans mon bureau pendant la fouille de ma maison le lundi soir.

– Ah oui ! J'avais oublié. Eh bien, je suis content que vous m'ayez pris au mot. J'ai vu votre collègue tout à l'heure. Qu'est-ce qui lui est arrivé ?

– Oh, il est dans le coin.

J'essayai de deviner ce qu'elle me disait vraiment. Elle n'avait pas répondu à la question de savoir si elle allait m'arrêter ou pas. Je lui montrai la salle d'audience d'un geste.

– Alors ? Qu'est-ce que vous en dites ?

– C'est intéressant. J'aurais bien aimé être une petite souris pour entendre ce qui s'est passé dans le cabinet du juge.

– Eh bien, restez donc encore un peu. Ce n'est pas fini.

– Je vais peut-être le faire.

Mon portable se mit à vibrer. Je glissai la main sous ma veste et le tirai de ma ceinture. L'écran m'informa que l'appel venait du bureau du district attorney.

– Il faut que je prenne ça, dis-je à Sobel.

– Je vous en prie.

J'ouvris mon portable et retournai vers l'endroit où Roulet faisait les cent pas.

– Allô ?

– Mickey Haller, Jack Smithson du bureau du district attorney à l'appareil. Comment ça va ?

– J'ai connu mieux.

– Ça ne sera plus pareil après que vous aurez entendu ce que je vais vous offrir.

– Je vous écoute.

43

Le juge mit quinze minutes de plus que les trente qu'elle avait promises avant de sortir de son cabinet. Nous étions tous à l'attendre. Roulet et moi à la table de la défense, sa mère et Dobbs derrière nous au premier rang. À la table de l'accusation, Minton n'officiait plus seul. À côté de lui se tenait Jack Smithson. Ce devait être la première fois que celui-ci voyait l'intérieur d'une salle d'audience depuis un an.

Minton avait l'air vaincu et démoralisé. Assis comme il était à côté de Smithson, on aurait pu le prendre pour un prévenu avec son avocat. Il avait l'air coupable de tout ce qu'on lui reprochait.

L'inspecteur Booker ne se montrant pas dans la salle, je me demandai s'il travaillait sur quelque chose ou si c'était plus simplement que personne ne lui avait téléphoné pour lui annoncer la mauvaise nouvelle.

Je me tournai pour jeter un coup d'œil à la grosse pendule du mur du fond et observer le public. L'écran qui aurait dû servir à la présentation PowerPoint avait disparu, indice de ce qui allait se produire. J'aperçus Sobel assise au dernier rang, mais son collègue et Kurlen étaient, eux, toujours invisibles. Il n'y avait personne en dehors de Dobbs et de Windsor et, ni l'un ni l'autre, ils n'avaient d'importance. La rangée de sièges réservés aux médias était vide. On ne les avait pas alertés. Je respectais ma part du deal passé avec Smithson.

L'huissier Meehan ayant rappelé tout le monde à l'ordre, Fullbright alla prendre sa place avec panache, une odeur de lilas se répandant vers les tables. Elle avait dû fumer une ou deux cigarettes dans son cabinet et forcer sur le parfum pour couvrir l'odeur.

– Dans l'affaire État de Californie contre Louis Ross Roulet, le greffier me signale que nous avons une motion.

Minton se leva.

– Oui, madame le juge.

Il n'alla pas plus loin, comme s'il ne pouvait pas se résoudre à parler.

– Alors, maître, vous avez décidé de me l'envoyer par télépathie ?

– Non, madame le juge.

Il baissa les yeux sur Smithson, qui lui donna le feu vert.

– L'accusation a décidé d'abandonner toutes les charges contre Louis Ross Roulet.

Le juge hocha la tête comme si elle s'y attendait. J'entendis quelqu'un aspirer fort dans mon dos et sus que c'était Mary Windsor. Elle savait ce qui allait se produire, mais avait contenu ses émotions jusqu'à ce qu'elle l'entende déclarer en plein tribunal.

– Premier et dernier ressort ? demanda le juge.

– Oui, madame le juge.

– Vous êtes bien sûr, maître Minton ? Cela signifie que l'accusation ne pourra pas y revenir.

– Oui, madame le juge, je sais, lui répondit Minton avec un rien d'agacement que le juge ait éprouvé le besoin de lui expliquer ce point de droit.

Elle écrivit quelque chose, puis revint sur Minton.

– Je crois nécessaire de consigner aux minutes que l'accusation se doit de donner une explication de cette décision. Nous avons sélectionné un jury et entendu des témoins pendant plus de deux jours. Comment se fait-il que l'accusation en soit arrivée à cette décision à ce stade du procès, maître Minton ?

Smithson se leva. Grand, mince, le teint pâle. Le procureur dans toute sa splendeur. Personne n'avait envie d'un gros lard au poste de district attorney et c'était très exactement cette fonction qu'il espérait occuper un jour. Il portait un costume gris anthracite avec ce qui était devenu sa marque de fabrique : un nœud papillon marron avec mouchoir de la même couleur qui sortait de sa poche de poitrine. Chez les pros de la défense, la rumeur voulait qu'un conseiller politique lui ait dit de commencer à se façonner une image publique reconnaissable de façon à ce que, l'heure étant venue de se présenter aux élections, les électeurs aient déjà l'impression de le connaître. Sauf que c'étaient là des circonstances dans lesquelles il n'avait aucune envie que les médias répandent son image auprès des électeurs.

– Si je peux, madame le juge ? dit-il.

– Il sera versé au dossier que l'assistant au district attorney John Smithson, chef de la division de Van Nuys, est présent dans cette cour. Bienvenue, Jack. Allez-y, je vous en prie.

– Madame le juge Fullbright, il est venu à mon attention que, dans l'intérêt de la justice, les charges retenues contre M. Roulet soient abandonnées.

Il avait écorché le nom du prévenu.

– Jack, dit Fullbright, c'est tout ce que vous pouvez nous donner comme explications ?

Smithson délibéra dans sa tête avant de répondre. S'il n'y avait pas de journalistes dans la salle, les minutes du procès seraient rendues publiques et ses paroles avec.

– Madame le juge, reprit-il, il est venu à mon attention que des irrégularités ont été commises dans l'enquête et dans la manière dont l'accusation a été menée ensuite. Or nos services ont pour fondement le caractère sacré du système judiciaire. Je m'en porte personnellement garant à la division de Van Nuys et prends cette question très très au sérieux. Voilà pourquoi il vaut mieux que nous renoncions à ces poursuites plutôt que de compromettre la justice en quelque façon que ce soit.

– Merci, monsieur Smithson. Voilà qui est agréable à entendre.

Elle prit encore une note, puis porta son regard sur nous.

– La motion est acceptée, dit-elle. Toutes les charges retenues contre Louis Roulet sont abandonnées en premier et dernier ressort. Monsieur Roulet, vous êtes libre.

– Merci, madame le juge, dis-je.

– Mais les jurés devront revenir à treize heures, reprit Fullbright. Je leur expliquerai que l'affaire a été résolue. Si les avocats de la défense et de l'accusation désirent assister à la séance, je suis sûre que les jurés auront bien des questions à leur poser. Cela dit, vous n'êtes pas tenus de venir.

Je hochai la tête, mais ne dis pas que je reviendrais. Parce que je n'avais aucune intention de le faire. Les douze personnes qui avaient été d'une importance capitale pour moi pendant la semaine écoulée venaient de disparaître du tableau, tout simplement. Elles m'étaient maintenant tout aussi insignifiantes que les automobilistes qui roulaient dans l'autre sens sur le freeway. Elles étaient passées et j'en avais fini avec elles.

Le juge quittant son siège, Smithson fut le premier à sortir de la salle. Ni à Minton ni à moi, il n'avait rien à dire. Sa priorité numéro un était de prendre ses distances avec cette catastrophe. Je levai les yeux et vis que Minton avait perdu ses couleurs. J'en déduisis que je verrais assez vite son nom dans les Pages jaunes. Le district attorney ne le gardant pas, il rejoindrait les rangs des pros de la défense, ce premier passage au tribunal lui ayant coûté un maximum.

Roulet s'était penché par-dessus la barrière et serrait

sa mère dans ses bras. Dobbs avait posé sa main sur son épaule pour le féliciter, mais l'avocat de la famille qu'il était ne s'était pas remis de la sévère rebuffade que lui avait infligée Windsor dans le couloir.

Les étreintes terminées, Roulet se tourna vers moi et me serra la main en marquant une hésitation.

– Je ne m'étais pas trompé sur votre compte, dit-il. Je savais que c'était vous et pas un autre.

– Je veux l'arme, lui renvoyai-je sans sourciller ni montrer la moindre satisfaction de l'avoir emporté.

– Mais bien sûr, dit-il, et il se retourna vers sa mère.

J'hésitai un instant, puis je me retournai vers la table de la défense. J'ouvris ma mallette pour y ranger tous mes dossiers.

– Michael ?

Je me retournai encore. C'était Dobbs qui me tendait la main par-dessus la rambarde. Je la lui serrai et hochai la tête.

– Vous avez bien joué, dit-il comme si j'avais besoin de le lui entendre dire. Nous apprécions tous beaucoup.

– Merci d'avoir tenté le coup avec moi. Je sais que vous n'étiez pas très chaud au début.

Je lui fis la gentillesse de ne pas lui rappeler l'éclat de Windsor dans le couloir et ce qu'elle avait dit de la façon qu'il avait eue de me poignarder dans le dos.

– C'est seulement parce que je ne vous connaissais pas, dit-il. Maintenant que c'est fait, je sais qui recommander à mes clients.

– Merci. Mais avec le genre de clients que vous avez, j'espère qu'ils n'auront jamais besoin de mes services.

– Moi aussi ! dit-il en riant.

Puis ce fut au tour de Mary Windsor de me tendre la main par-dessus la barrière.

– Monsieur Haller, je vous remercie pour mon fils.

– De rien, lui répondis-je, impassible. Prenez bien soin de lui.

– Je n'arrête pas.

J'acquiesçai d'un signe de tête.

– Et si vous passiez dans le couloir ? leur dis-je à tous. Je sors dans une minute. Il faut que je finisse quelques trucs avec l'huissier et maître Minton.

Je me retournai vers la table. Puis j'en fis le tour et m'approchai de la greffière.

– Dans combien de temps pourrai-je avoir un exemplaire signé de l'arrêt ?

– On doit l'enregistrer cet après-midi. On peut vous en envoyer une copie si vous n'avez pas envie de revenir.

– Ça serait parfait. Vous pourriez aussi m'en faxer une ?

Elle me répondit que oui et je lui donnai le numéro de fax de l'appartement de Lorna Taylor. Je ne savais pas trop à quoi cela me servirait, mais je me doutais bien qu'une telle décision pourrait me gagner un ou deux clients.

Je me retournais pour reprendre ma mallette et partir lorsque je remarquai que l'inspecteur Sobel avait quitté la salle. Il ne restait plus que Minton. Il s'était levé et rassemblait ses affaires.

– Navré de n'avoir pas pu voir votre truc au PowerPoint, lui lançai-je.

Il hocha la tête.

– Ouais, c'était vraiment pas mal. Je suis sûr que ç'aurait convaincu le jury.

Je hochai la tête à mon tour.

– Qu'est-ce que vous allez faire ?

– Je ne sais pas. Je vais voir si je peux me démerder de ça et ne pas perdre mon boulot.

Il mit ses dossiers sous son bras. Il n'avait pas de mallette. Il ne descendait qu'au deuxième. Il se tourna vers moi et me fusilla du regard.

– La seule chose que je sais, ajouta-t-il, c'est que je n'ai aucune envie de passer de l'autre côté de l'allée. Je ne veux pas devenir comme vous, Haller. J'aime trop bien dormir la nuit pour ça.

Sur quoi il franchit le portillon et sortit de la salle à grands pas. Je jetai un coup d'œil à l'huissier pour voir si elle avait entendu ce qu'il venait de dire. Elle fit comme si de rien n'était.

Je pris tout mon temps pour quitter la salle à mon tour. Je ramassai ma mallette et me tournai en arrière en poussant le portillon. Je regardai le siège du juge et le sceau de l'État juste au-dessus, sur le mur. Je hochai la tête à l'adresse de rien en particulier, puis je sortis.

44

Roulet et son entourage m'attendaient dans le couloir. Je regardai dans les deux sens et aperçus Sobel près des ascenseurs. Elle parlait dans son portable et j'eus l'impression qu'elle attendait un ascenseur, mais le bouton d'appel n'avait pas l'air allumé.

– Michael, vous pouvez vous joindre à nous pour déjeuner ? me lança Dobbs en me voyant. Nous allons fêter ça !

C'était la deuxième fois qu'il m'appelait par mon prénom. La victoire rendait tout le monde bien amical.

– Euh… dis-je sans cesser de regarder Sobel. Je ne crois pas pouvoir.

– Mais pourquoi donc ? Vous ne serez évidemment pas de prétoire cet après-midi !

Je finis par le regarder. J'avais envie de lui dire que je ne pouvais pas déjeuner avec lui parce que je ne voulais plus jamais le revoir, lui, ni non plus Mary Windsor ou Louis Roulet.

– Je vais rester dans le coin pour parler aux jurés quand ils reviendront à une heure.

– Pourquoi ? voulut savoir Roulet.

– Parce que ça m'aidera à savoir ce qu'ils pensaient et comment nous nous en sortions.

Dobbs me donna une claque sur le haut du bras.

– Toujours à apprendre et vouloir être meilleur pour la prochaine affaire ! Ce n'est pas moi qui vous le reprocherai.

Il eut l'air ravi que je ne me joigne pas à eux. Et pour de bonnes raisons : il devait mourir d'envie de me voir dégager de façon à pouvoir renouer avec Mary Windsor. Ce pactole-là, c'était pour lui seul qu'il le voulait à nouveau.

J'entendis le bruit sourd de l'ascenseur et regardai vers le bout du couloir. Sobel se tenait toujours devant la porte qui s'ouvrait. Elle allait partir. Cela voulait dire que j'étais...

Mais voilà que Lankford, Kurlen et Booker sortaient de la cage et rejoignaient Sobel. Puis ils se tournèrent et vinrent dans notre direction.

– Bien, on vous laisse, dit Dobbs, le dos tourné aux inspecteurs qui approchaient. Nous avons réservé pour midi à l'Orso et je crains fort que nous ne soyons déjà en retard pour repasser la colline.

– Parfait, dis-je en continuant de regarder dans le couloir.

Dobbs, Windsor et Roulet se retournèrent pour partir juste au moment où les trois inspecteurs fondaient sur nous.

– Louis Roulet ! lança Kurlen. Vous êtes en état d'arrestation. Tournez-vous, s'il vous plaît, et mettez les mains dans le dos.

– Non ! hurla Mary Windsor. Vous ne pouvez pas...

– Qu'est-ce que c'est que ça ! s'écria Dobbs.

Kurlen ne répondit pas et n'attendit pas davantage que Roulet lui obéisse. Il s'avança et le fit brutalement pivoter. Roulet croisa mon regard.

– Qu'est-ce qui se passe, Mick ? me demanda-t-il calmement. Ce n'était pas prévu au programme.

Mary Windsor s'approcha de son fils.

– Ôtez les pattes de mon fils !

Elle attrapa Kurlen par-derrière, mais Booker et Lankford la séparèrent vite de l'inspecteur, en douceur mais fermement.

– Reculez, madame, lui ordonna Booker. Sinon je vous mets en prison.

Kurlen commença à lire ses droits à Roulet. Windsor resta en arrière, mais ne se tut pas.

– Comment osez-vous ? cria-t-elle. Vous n'avez pas le droit !

Elle ne cessait de se tortiller et donnait l'impression que des mains invisibles l'empêchaient de se ruer sur Kurlen à nouveau.

– Maman ! lança Roulet d'une voix plus forte et contrôlée que celles de tous les inspecteurs.

Enfin son corps renonça. Elle abandonnait. Mais pas Dobbs.

– Pour quelle raison l'arrêtez-vous ? demanda-t-il.

– Il est soupçonné de meurtre, lui répondit Kurlen. Celui de Martha Renteria.

– Mais c'est impossible ! s'écria Dobbs. Tout ce que ce Corliss a déclaré a été reconnu comme mensonger. Vous êtes fou ? C'est à cause de ces mensonges que le juge a renoncé aux poursuites !

Kurlen cessa de réciter ses droits à Roulet et se tourna vers Dobbs.

– Si ce n'étaient que des mensonges, comment savez-vous que c'était de Martha Renteria qu'il parlait ?

Dobbs se rendit compte de la faute qu'il avait commise et se retira de la mêlée. Kurlen sourit.

– C'est bien ce que je pensais, dit-il.

Il attrapa Roulet par un coude et le fit pivoter à nouveau.

– Allons-y, dit-il.

– Mick ? me lança Roulet.

– Inspecteur Kurlen, dis-je, puis-je parler un instant à mon client ?

Il me regarda, parut lire quelque chose dans mes yeux et acquiesça d'un signe de tête.

– Juste une minute. Dites-lui de se conduire comme il faut et tout ira beaucoup mieux pour lui.

Et il poussa Roulet vers moi. Je le pris par un bras et lui fis faire quelques pas de côté pour que nous ne puissions pas être entendus en parlant bas. Je m'approchai de lui et commençai par chuchoter.

– C'est fini, Louis. C'est là que je vous dis adieu. Je vous ai fait libérer. À vous de jouer maintenant. Trouvez-vous un autre avocat.

Le choc se lut dans son regard. Puis son visage s'assombrit sous la colère. C'était de la rage pure, celle, je le compris, qu'avaient dû voir Regina Campo et Martha Renteria.

– Je n'aurai pas besoin d'avocat, me renvoya-t-il. Vous croyez qu'ils vont pouvoir bâtir un dossier à partir de ce que vous avez réussi à coller dans le crâne de cette espèce de mouton ? Vous feriez mieux d'y réfléchir à deux fois.

– Ils n'auront pas besoin de lui. Croyez-moi, Louis, ils trouveront d'autres choses. Même qu'ils doivent en avoir déjà plus contre vous dès aujourd'hui.

– Et vous, Mick ? Vous n'oublieriez pas quelque chose ? J'ai…

– Je sais. Mais ça n'a plus d'importance. Ils n'ont pas besoin de mon flingue. Ils ont déjà tout ce qui leur faut. Cela étant, quoi qu'il m'arrive, je saurai toujours que je vous ai fait tomber. Et à la fin, après le procès et tous vos recours en appel, quand ils vous planteront enfin l'aiguille dans le bras, ce sera à cause de moi, Louis, de moi. Ne l'oubliez pas.

Je souris sans humour et m'approchai encore.

– C'est pour Raul Levin. Il se peut que vous ne tombiez pas pour lui, mais ne vous y trompez pas : pour tomber, vous allez tomber.

Je le laissai digérer un instant, puis je m'écartai et fis un signe de tête à Kurlen. Booker et lui se postèrent de part et d'autre de Roulet et le prirent par le haut des bras.

– Vous m'avez piégé, dit Roulet en gardant Dieu

sait comment son calme. Vous n'êtes pas avocat. Vous travaillez pour eux.

– Allons-y, répéta Kurlen.

Ils se mirent en devoir de le faire avancer, mais il se dégagea un bref instant et concentra son regard furibond sur moi.

– Tout ça n'est pas fini, Mick ! me lança-t-il. Demain matin je serai libre. Et qu'est-ce que vous ferez, hein ? Pensez-y. Qu'est-ce que vous ferez ? Vous ne pouvez pas protéger tout le monde.

Les deux policiers resserrèrent leur emprise sur lui et le firent tourner brutalement vers les ascenseurs. Cette fois, il partit sans se débattre. Sa mère et Dobbs derrière lui, il arriva à la moitié du couloir, tourna la tête pour me regarder par-dessus son épaule et sourit, d'un sourire qui me glaça.

Vous ne pouvez pas protéger tout le monde.

Un frisson de peur me parcourut.

Quelqu'un attendait l'ascenseur, qui s'ouvrit pile au moment où la petite troupe y arrivait. Lankford fit signe de reculer à l'homme qui attendait et entra dans la cage, Roulet y étant poussé sans ménagement. Dobbs et Windsor s'apprêtaient à le suivre lorsque Lankford les arrêta de la main. Les portes de l'ascenseur commençant à se refermer, Dobbs appuya sur le bouton d'à côté en un geste de colère et d'impuissance.

J'avais l'espoir de ne plus jamais revoir Louis Roulet, mais la peur restait enfermée dans ma poitrine et y voletait tel un papillon de nuit pris dans la lanterne d'une véranda. Je me détournai et faillis rentrer droit dans Sobel. Je n'avais pas remarqué qu'elle était restée derrière les autres.

– Vous avez ce qu'il faut, n'est-ce pas ? lui demandai-je. Dites-moi que vous n'auriez pas agi aussi vite si vous n'aviez pas eu ce qu'il faut pour le garder.

Elle me regarda longuement avant de répondre.

– Ce n'est pas à nous de décider. Ce sera au district attorney. Ça dépendra sans doute de ce qu'ils tireront de lui à l'interrogatoire. Mais il faut dire que jusqu'à maintenant il a eu un avocat plutôt malin : il doit savoir qu'il ne faut rien nous dire.

– Dans ce cas pourquoi ne pas avoir attendu ?

– Ce n'était pas à moi de décider.

Je hochai la tête. J'avais envie de lui dire qu'ils étaient allés trop vite. Ça ne faisait pas partie du plan. Je voulais planter l'idée, rien de plus. Je voulais qu'ils y aillent doucement et qu'ils jouent le coup comme il fallait.

Le papillon de nuit trembla en moi et je baissai les yeux par terre. Je ne pouvais me débarrasser de l'idée que, toutes mes machinations ayant échoué, ma famille et moi étions maintenant dans la ligne de mire d'un tueur. *Vous ne pouvez pas protéger tout le monde.*

Ce fut comme si Sobel lisait dans mes craintes.

– Mais on va essayer de le garder, reprit-elle. Nous avons déjà ce que le mouton a déclaré au tribunal, et le PV. Nous travaillons sur les témoins et l'aspect médico-légal.

Je levai les yeux vers elle.

– Quel PV ?

Le soupçon s'installa dans son regard.

– Je croyais que vous aviez compris. Nous avons tout établi dès que le mouton a parlé de la « danseuse à serpents ».

– Oui. Martha Renteria. Ça, j'avais pigé. Mais de quel PV me parlez-vous ?

Je m'étais trop approché d'elle, elle recula de quelques pas. Ce n'était pas à cause de mon haleine. C'était à cause de ma frustration.

– Je ne sais pas si je devrais vous le dire, Haller. Vous êtes avocat de la défense. Et qui plus est son avocat, à lui.

– Plus maintenant. Le contrat est terminé.

– Aucune importance. Il…

– Écoutez… vous venez d'arrêter ce type à cause de moi. Et moi, pour ça, je risque de me faire radier du barreau. Il se pourrait même que j'aille en prison pour un meurtre que je n'ai pas commis. De quel PV parlez-vous ?

Elle hésita, j'attendis, enfin elle parla.

– Les dernières paroles de Raul Levin, lança-t-elle. Il a dit qu'il avait le PV de sortie pour Jesus.

– Ce qui signifie ?

– Vous ne savez vraiment pas ?

– Écoutez, dites-le-moi, c'est tout. Je vous en prie.

Elle se laissa fléchir.

– Nous avons remonté les dernières allées et venues de Levin. Avant d'être assassiné, il avait enquêté sur les contredanses de Roulet. Il en avait même fait faire des photocopies. Nous avons fait l'inventaire de ce que nous avions au bureau et comparé avec ce qu'il y avait à l'ordinateur central. Il lui en manquait une. Nous ne savions pas si son assassin la lui avait prise ce jour-là ou si Levin avait tout simplement oublié d'en faire faire une copie. Bref, nous nous en sommes fait tirer une copie nous-mêmes. Elle avait été émise deux ans auparavant, le soir du 8 avril. C'était un PV pour stationnement illégal devant une bouche d'incendie de Blythe Street, à Panorama City, à la hauteur du 1700.

Tout me revint en mémoire, comme le dernier grain de sable qui passe dans le sablier. Raul Levin avait effectivement trouvé le PV de sortie pour Jesus Menendez.

– Martha Renteria a été assassinée il y a deux ans, le 8 avril, dis-je. Et elle habitait dans Blythe Street, à Panorama City.

– Voilà, mais ça, nous ne le savions pas. Nous n'avions pas fait le lien. Vous nous aviez dit que Levin travaillait sur d'autres affaires pour vous. Les enquêtes sur Jesus

Menendez et Louis Roulet étaient distinctes et Levin les avait classées comme ça, lui aussi.

– C'était une question de communication des pièces à la partie adverse. Il tenait les deux dossiers bien à part de façon à ce que je ne sois pas obligé de donner quoi que ce soit sur Roulet qu'il aurait pu trouver sur Menendez.

– Encore un de vos trucs d'avocats. Eh bien, sachez que ça nous a empêchés de piger jusqu'au moment où Corliss a parlé de la « danseuse à serpents ». C'est ça qui nous a permis de relier tous les pointillés.

J'acquiesçai d'un signe de tête.

– Bref, le type qui a tué Raul Levin avait piqué le PV.

– Nous le pensons.

– Avez-vous vérifié si le téléphone de Raul était sur écoute ? Dieu sait comment quelqu'un savait qu'il l'avait trouvé, ce PV.

– Nous avons vérifié, oui. Il n'était pas sur écoute. Mais il est possible que les micros aient été repris au moment du meurtre. Ou alors c'était le téléphone de quelqu'un d'autre qui était sur écoute.

À savoir le mien. Ce qui aurait pu expliquer comment il se faisait que Roulet connaisse tous mes faits et gestes et qu'il ait pu se payer le luxe de m'attendre chez moi le soir où j'étais revenu de ma visite à Jesus Menendez.

– Je vais faire vérifier mon téléphone, lui dis-je. Bien. Tout cela signifie-t-il que je suis hors de cause dans le meurtre de Raul ?

– Pas nécessairement. Nous voulons quand même savoir ce que va nous donner la balistique. Nous espérons avoir quelque chose aujourd'hui.

Je hochai la tête. Je ne savais pas comment réagir. Sobel ne partait toujours pas et donnait l'impression de vouloir me dire ou demander quelque chose.

– Quoi ? dis-je.

– Je ne sais pas. Vous voulez me dire quelque chose ?
– Comme quoi ? Il n'y a rien à dire.
– Vraiment ? Au prétoire on avait bien l'impression que vous essayiez de nous dire des tas de trucs.
Je gardai le silence un instant et tentai de lire entre les lignes.
– Qu'est-ce que vous attendez de moi, inspecteur Sobel ?
– Vous savez très bien ce que je veux. Je veux le nom du type qui a tué Raoul Levin.
– Mais moi aussi ! Cela étant, je ne pourrais pas vous jurer que c'est Roulet même si je le voulais. Je ne sais pas comment il s'y est pris. Et ça, c'est entre nous.
– Ce qui vous laisse, vous, toujours dans le collimateur.
Elle regarda au bout du couloir, du côté des ascenseurs – l'insinuation était claire. Si la balistique trouvait une correspondance, je risquais encore d'avoir des problèmes pour l'assassinat de Levin. La police s'en servirait comme d'un levier. Genre « vous nous dites comment a fait Roulet ou c'est vous qui tombez pour ce meurtre ». Je changeai de sujet.
– Combien de temps pensez-vous qu'il faudra pour élargir Menendez ? lui demandai-je.
Elle haussa les épaules.
– Difficile à dire. Cela dépendra du dossier qu'ils pourront monter contre Roulet… à condition qu'ils puissent même y arriver. Mais je sais au moins une chose : ils ne pourront jamais poursuivre Roulet tant qu'il y aura un autre type en prison pour ce crime.
Je me tournai et gagnai la paroi de verre. Je posai la main sur la rambarde qui courait tout le long. J'éprouvais un mélange d'allégresse et de peur et mon papillon de nuit n'arrêtait pas de battre des ailes dans ma poitrine.
– Pour moi, il n'y a que ça qui compte, dis-je calmement. Le faire sortir de taule. Ça et trouver l'assassin de Raul.

Elle s'approcha de moi.

– Je ne sais pas ce que vous fabriquez, dit-elle, mais laissez-nous nous charger du reste.

– Si je fais ça votre collègue a toutes les chances de me foutre en taule pour un meurtre que je n'ai pas commis.

– Vous jouez un jeu dangereux. Laissez tomber.

Je la regardai, puis je baissai les yeux sur la place.

– C'est ça, dis-je. Je laisse tomber dès maintenant.

Elle avait entendu ce qu'elle voulait, elle fit mine de partir.

– Bonne chance, ajouta-t-elle.

Je la regardai à nouveau.

– À vous aussi.

Enfin elle partit et je restai seul. Je me retournai vers la baie vitrée et regardai à nouveau la place. J'y vis Dobbs et Windsor marcher sur les carrés de ciment et se diriger vers le parking. Mary Windsor s'appuyait sur lui pour tenir debout. Je doutai qu'ils se rendent toujours à l'Orso.

45

Dès le soir la rumeur s'était répandue. Pas les détails secrets, seulement l'histoire rendue publique. Elle disait que je ne l'avais emporté, que je n'avais obtenu une motion de désistement du district attorney avec impossibilité d'y revenir que pour mieux voir mon client se faire arrêter pour meurtre dans le couloir même du prétoire où je venais de le faire libérer. Je n'arrêtais pas de recevoir des coups de fil de tous les pros de la défense que je connaissais. Jusqu'à ce que mon portable finisse par rendre l'âme. Tous mes confrères me félicitaient : pour eux je ne pouvais qu'y gagner. Roulet, c'était le pactole. J'avais décroché des honoraires de première classe pour le premier procès, je ne pouvais pas manquer d'en obtenir de semblables pour le suivant. C'était le coup double dont tous les pros de la défense ne peuvent que rêver. Et bien sûr, quand je leur disais que je n'assurerais pas la défense dans ladite affaire suivante, tous autant qu'ils étaient ils me demandaient de leur envoyer Roulet.

Enfin je reçus sur mon fixe l'appel que je désirais le plus. Celui de Maggie McPherson.

– J'ai passé toute la soirée à attendre que tu m'appelles, lui dis-je.

En laisse au bout du fil du téléphone, je faisais les cent pas dans ma cuisine. J'avais vérifié tous mes appareils téléphoniques en rentrant et n'y avais trouvé aucune trace d'engin d'écoute.

– Je suis désolée, dit-elle. J'étais en salle de conférences.

– J'ai entendu dire qu'on t'avait rappelée pour Roulet.

– Oui, c'est pour ça que je t'appelle. Ils vont le libérer.

– Qu'est-ce que tu racontes ? Ils vont le laisser filer ?

– Oui. Ça fait neuf heures qu'ils l'interrogent et il n'a toujours pas craqué. Peut-être lui as-tu appris un peu trop bien à ne pas parler ; c'est un vrai roc et ça, ça veut dire qu'ils n'ont rien de nouveau et donc pas assez de munitions pour le garder.

– Tu as tort. Les flics ont ce qu'il faut. Ils ont le PV et il doit quand même y avoir des témoins pour confirmer qu'il se trouvait au Cobra Room. Jusqu'à Menendez qui peut affirmer qu'il y était.

– Tu sais aussi bien que moi que Menendez ne servirait à rien. Il est prêt à dire n'importe quoi pour sortir. Et s'il y avait d'autres témoins au Cobra Room, il faudra du temps pour les retrouver. Avec le PV on sait qu'il était dans le quartier, mais on ne peut pas dire qu'il était chez elle.

– Et le couteau ?

– Ils y travaillent, mais ça aussi, ça va prendre du temps. Écoute, il faut faire ça dans les règles. C'est Smithson qui a pris la décision et, crois-moi, lui aussi voulait le garder en prison. Ça l'aurait aidé à sortir du pétrin dans lequel tu l'as mis aujourd'hui. Sauf qu'on n'y est pas. Pas encore. Ils vont le libérer, travailler l'angle médico-légal et chercher les témoins. Si Roulet est le coupable, on l'aura et ton autre client pourra sortir. Tu n'as pas besoin de t'inquiéter. Mais il faut faire tout ça correctement.

D'impuissance, je donnai un coup de poing en l'air.

– Ils sont allés trop vite. Ils n'auraient jamais dû agir aujourd'hui, bon sang !

– Ils devaient se dire que neuf heures d'interrogatoire suffiraient.

– Ils ont été cons.

– Personne n'est parfait.

Son attitude m'agaçait, mais je le gardai pour moi. J'avais besoin d'elle pour rester au courant.

– Quand vont-ils le libérer, exactement ? demandai-je.

– Je ne sais pas. On vient juste de l'apprendre. Kurlen et Booker sont venus ici pour l'annoncer et Smithson vient de les renvoyer au commissariat. Pour moi, ils le flanqueront dehors dès leur arrivée.

– Écoute-moi, Maggie. Roulet connaît l'existence d'Hayley.

Le silence fut horriblement long avant qu'elle réponde.

– Qu'est-ce que tu dis ?! Tu as laissé notre fille se faire embar…

– Je n'ai rien laissé faire. Il est entré chez moi par effraction et a vu sa photo. Cela ne signifie pas qu'il sache où elle habite, ni même comment elle s'appelle. Mais il connaît son existence et il veut me faire payer son arrestation. Bref, il faut que tu rentres tout de suite à la maison. Je veux que tu sois avec elle. Tu la prends et vous quittez l'appartement. Il faut jouer la sécurité.

Quelque chose m'empêcha de lui dire toute la vérité, à savoir que Roulet avait très précisément menacé ma famille au prétoire. *Vous ne pouvez pas protéger tout le monde.* Je ne l'aurais fait que si elle avait refusé de faire ce que je voulais avec Hayley.

– Je m'en vais tout de suite, dit-elle. Et on vient chez toi.

Je savais qu'elle allait dire ça.

– Non, vous ne venez pas chez moi.

– Pourquoi ?

– Parce que lui pourrait très bien venir ici.

– Mais c'est fou ! Qu'est-ce que tu vas faire ?

Être un homme dans ce monde de méchanceté.

– Je ne sais pas trop pour le moment. Va chercher

Hayley et emmène-la en lieu sûr. Après, tu m'appelles sur mon portable, mais tu ne me dis pas où tu es. Il vaut mieux que je ne le sache pas.

– Haller, appelle les flics, c'est tout. Ils pourront…

– Pour leur dire quoi ?

– Je ne sais pas… qu'on t'a menacé.

– Un avocat de la défense dire aux flics qu'il se sent menacé… ben voyons ! Tu parles s'ils vont sauter sur l'occase ! Même qu'ils pourraient m'envoyer une équipe du SWAT[1] !

– Ben, faut quand même que tu fasses quelque chose.

– Je croyais l'avoir fait. Je pensais qu'il allait finir sa vie en taule. Mais vous avez agi trop vite et maintenant vous ne pouvez pas faire autrement que de le laisser filer.

– Je te l'ai dit, on n'avait pas assez de trucs. Même avec ces menaces possibles sur Hayley, on est loin du compte.

– Alors, tu rejoins notre fille et tu t'occupes d'elle. Et tu me laisses me démerder du reste.

– J'y vais.

Mais elle ne raccrocha pas. Tout se passait comme si elle me laissait la possibilité de dire autre chose.

– Je t'aime, Mags, lui lançai-je. Je vous aime toutes les deux. Faites attention.

Et je raccrochai avant qu'elle puisse répondre. Et décrochai presque aussitôt pour appeler Fernando Valenzuela. Il décrocha au bout de cinq sonneries.

– Val, c'est moi, Mick.

– Merde. Si j'avais su, j'aurais pas décroché.

– Écoute, j'ai besoin de ton aide.

– De mon aide ?! Tu me demandes de t'aider après ce que tu m'as dit l'autre soir ? Après m'avoir accusé ?

– Écoute, Val, c'est une urgence. Ce que je t'ai dit l'autre soir était complètement déplacé et je m'excuse.

1. Équivalent américain du GIGN *(NdT)*.

Je te rembourse ta télé, je fais tout ce que tu veux, mais j'ai besoin de ton aide… tout de suite.

J'attendis. Il marqua une pause et répondit enfin.

– Qu'est-ce que tu veux que je fasse ?

– Roulet a encore son bracelet à la cheville, non ?

– Oui. Je sais ce qui s'est passé au tribunal, mais il ne m'a pas encore fait signe. Un de mes contacts au prétoire m'a dit que les flics l'avaient rembarqué, mais je ne sais pas ce qui se passe.

– Ils l'ont rembarqué, mais il va être libéré. Il y a des chances pour qu'il t'appelle et te demande de lui enlever son bracelet.

– Je suis déjà chez moi, mec. Il pourra me trouver dès demain matin.

– C'est ça que je te demande. Fais-le attendre.

– Ça, c'est pas un service, mec.

– Si. Je veux que tu ouvres ton ordinateur portable et que tu le files. Je veux savoir où il va dès qu'il quittera le commissariat. Tu peux faire ça pour moi ?

– Quoi ? Tout de suite ?

– Oui, tout de suite. Ça te pose un problème ?

– Un peu, oui.

Je me préparai à une autre discussion. Mais il me surprit.

– Je t'ai dit pour l'alarme de la pile sur le bracelet, non ? me demanda-t-il.

– Oui, je me rappelle.

– Ben, j'ai eu le signal de 20 % y a à peu près une heure.

– Et donc, combien de temps peux-tu le suivre avant que la pile soit morte ?

– Disons entre six et huit heures à repérage actif avant qu'on tombe à bas niveau. Après, je l'aurai une fois tous les quarts d'heure pendant huit heures de plus.

Je réfléchis. Il me suffisait de tenir la nuit et de savoir que Maggie et Hayley étaient en sécurité.

– Le truc, c'est que lorsque c'est à niveau bas il y

a un bip, reprit Valenzuela. Tu l'entendras venir. Ou alors il en aura marre du bruit et il rechargera la pile.

Ou nous refera un numéro à la Houdini, me dis-je.

– Bien. Tu m'as aussi dit qu'il y avait d'autres signaux d'alarme qu'on pouvait insérer dans le logiciel de poursuite.

– Exact.

– Tu peux en monter un pour avertir au cas où il approcherait d'un lieu particulier ?

– Oui. C'est comme pour les violeurs d'enfants quand ils s'approchent d'une école. Tu vois le truc ? Mais la cible doit être fixe.

– D'accord.

Je lui donnai l'adresse de l'appartement de Dickens Street où habitaient Maggie et ma fille.

– Si jamais il se pointe à seulement dix rues de là, tu m'appelles. Quelle que soit l'heure. C'est ça, le service que je te demande.

– C'est quoi, cet endroit ?

– C'est là où habite ma fille.

Le silence fut long avant qu'il me réponde.

– Avec Maggie ? Tu crois qu'il va y aller ?

– Je ne sais pas. J'espère qu'il ne fera pas le con tant qu'il aura le bracelet.

– Bien, Mickey. C'est entendu.

Je gardai le silence un instant et me demandai ce que je pouvais faire d'autre pour racheter la façon dont je l'avais trahi. Et finis par laisser tomber : c'était sur la menace présente qu'il fallait se concentrer.

Je quittai la cuisine et pris le couloir jusqu'à mon bureau. Je fis tourner mon Rolodex, y trouvai un numéro et m'emparai du téléphone.

Je composai le numéro et attendis. Puis je regardai par la fenêtre à gauche de mon bureau et m'aperçus pour la première fois qu'il pleuvait. Tout indiquant que la pluie allait tomber fort, je me demandai si cela risquait d'affecter le pistage de Roulet. Et passai à autre chose lorsque Teddy Vogel, le patron des Road Saints, décrocha enfin.

– Parle.

– Ted, c'est moi, Mickey Haller.

– Comment va, l'avocat ?

– Pas terrible ce soir.

– Content que t'appelles. Qu'est-ce que je peux faire ?

Je regardai à nouveau la pluie par la fenêtre avant de répondre. Je savais qu'en continuant, j'allais être l'obligé de gens auxquels je n'avais aucune envie d'être lié.

Mais je n'avais pas le choix.

– Vous avez des mecs du côté de chez moi ce soir ? lui demandai-je.

Il marqua une hésitation avant de répondre. Je me doutais bien qu'un appel à l'aide de son avocat ne pouvait que l'intriguer. À l'évidence, le genre d'aide que je lui demandais incluait flingues et gros bras.

– J'ai quelques mecs qui surveillent le club, ouais. C'est pour quoi ?

Le club dont il parlait était la boîte de strip-tease de Sepulveda Boulevard, pas très loin de Sherman Oaks. C'était sur ça que je comptais.

– Y a quelqu'un qui menace ma famille, Ted. J'ai besoin de quelques balèzes pour faire obstacle, voire s'emparer du type.

– Dangereux et armé ?

J'hésitai, mais pas très longtemps.

– Oui, dangereux et armé.

– Ça entre dans nos compétences. Où veux-tu que je les poste ?

Il était prêt à agir, et tout de suite : il savait l'intérêt de me tenir à la gorge plutôt que de me garder à son service avec des avances sur honoraires. Je lui donnai l'adresse de l'appartement de Dickens Street et le signalement de Roulet et lui décrivis les vêtements que ce dernier portait à l'audience.

– Si jamais il se pointe à l'appartement, il faut l'arrêter. Et j'ai besoin que vos mecs y aillent tout de suite.

– Comme si c'était fait.

– Merci, Ted.

– Non, c'est moi. On est contents de te filer un coup de main… après tout ce que t'as fait pour nous.

Ben tiens, pardi, me dis-je. Je raccrochai en sachant parfaitement que je venais de franchir une des lignes jaunes de l'autre côté desquelles on espère toujours ne jamais devoir passer. Je regardai à nouveau par la fenêtre. La pluie s'était mise à tomber fort du toit. Je n'avais pas de gouttières à l'arrière de la maison, elle dégringolait en une manière de rideau translucide qui brouillait les lumières. Je songeai qu'il n'y avait eu que ça, cette année : de la pluie. De la pluie et rien d'autre.

Je quittai mon bureau et regagnai le devant de la maison. Sur la table du coin repas était posée l'arme qu'Earl Briggs m'avait donnée. Je l'examinai en repensant à toutes mes décisions. Au fond, je n'avais fait que fuir à l'aveugle et mettre en danger bien plus que moi seul en le faisant.

La panique s'installait. Je décrochai le téléphone mural de la cuisine et appelai le portable de Maggie. Elle répondit tout de suite. Je compris qu'elle était en voiture.

– Où es-tu ? lui demandai-je.

– J'arrive à la maison. Je prends quelques affaires et on dégage.

– Parfait.

– Qu'est-ce que je dis à Hayley ? Que son père l'a mise en danger de mort ?

– Non, c'est pas ça, Maggie. C'est lui. Roulet. Je n'arrivais pas à le contrôler. Un soir je suis rentré à la maison et je l'ai trouvé assis dans mon fauteuil. Il bosse dans l'immobilier et sait très bien comment retrouver des adresses. Il a vu la photo d'Hayley sur mon bureau et… qu'est-ce que je pouvais…

– On pourrait pas parler de ça plus tard ? Il faut que j'aille récupérer ma fille.

Pas notre fille, non : *ma* fille.

– Bien sûr. Appelle-moi dès que t'auras trouvé un endroit.

Elle raccrocha sans un mot de plus, je replaçai lentement le combiné sur sa fourche. Puis, ma main toujours sur l'appareil, je me penchai en avant jusqu'à ce que mon front touche le mur. Je ne pouvais plus rien faire. Je ne pouvais plus qu'attendre que Roulet passe à la suite.

La sonnerie du téléphone me fit bondir. L'appareil tomba par terre, je le ramenai à moi en tirant sur le fil. C'était Valenzuela.

– T'as eu mon message ? Je viens d'appeler, dit-il.

– Non, j'étais en ligne. Qu'est-ce qu'il y a ?

– Ben, je suis content de te rappeler. Il s'est mis en route.

– Il va où ?!

J'avais crié trop fort. Je commençais à perdre les pédales.

– Il a pris par Van Nuys, vers le sud. Il m'a appelé pour me dire qu'il ne voulait plus porter le bracelet. Je lui ai répondu que j'étais déjà chez moi et qu'il pouvait me rappeler demain. Et j'ai ajouté qu'il ferait mieux de recharger la pile pour que ça ne se mette pas à sonner en pleine nuit.

– Bien vu, ça. Il est où maintenant ?

– Toujours dans Van Nuys Boulevard.

J'essayai d'imaginer Roulet au volant de sa voiture. S'il avait effectivement pris par Van Nuys en direction du sud, cela voulait dire qu'il allait droit sur Sherman Oaks et le quartier où habitaient Maggie et Hayley. Cela étant, il pouvait aussi traverser Sherman Oaks pour franchir la colline et rentrer chez lui. Il fallait que j'attende pour être sûr.

– Quel est le délai de transmission du GPS sur ce truc ? demandai-je.

– C'est en temps réel, mec. Ça montre où il est quand il y est. Il vient juste de passer sous le pont de l'autoroute 101. Il n'est pas impossible qu'il rentre chez lui, Mick.

– Je sais, je sais. Attends qu'il traverse Ventura Boulevard. Après, c'est Dickens Street. S'il tourne, c'est qu'il ne rentre pas chez lui.

Je me levai sans plus savoir que faire. Je me mis à faire les cent pas, le téléphone appuyé fort contre mon oreille. Je savais que même si Teddy Vogel les avait mis en branle aussitôt, ses hommes étaient encore à plusieurs minutes de la maison. Ils ne me servaient plus à rien.

– Et la pluie ? Ça affecte le fonctionnement du GPS ?

– C'est pas censé le faire, non.

– C'est déjà ça.

– Il s'est arrêté.

– Où ?

– Il doit y avoir un feu. Ça doit être au croisement de Moorpark Avenue.

C'était à une rue de Ventura Boulevard et deux de Dickens Street. J'entendis un bip dans l'écouteur.

– C'est quoi ?

– L'alarme à dix rues que tu m'as demandé d'installer.

Les bip bip s'arrêtèrent.

– Je viens de l'éteindre.

– Je te rappelle tout de suite, lançai-je sans attendre sa réponse.

Je raccrochai et appelai le portable de Maggie. Elle répondit à la première sonnerie.

– Où es-tu ?

– Tu m'as dit de ne pas te le dire.

– Tu as quitté l'appartement ?

– Non, pas encore. Hayley est en train de prendre les crayons pastel et les albums à colorier qu'elle veut emporter.

– Mais bon sang, dégage, quoi ! Tout de suite !

– On fait aussi vite qu'on...

– Partez ! Je te rappelle. N'oublie pas de répondre.

Je raccrochai et rappelai Valenzuela.

– Où est-il ?

– Ça y est, il est à Ventura. Il a dû se prendre un deuxième feu parce qu'il n'avance pas.

– T'es sûr qu'il est sur la route et pas seulement garé quelque part ?

– Non, je n'en suis pas sûr. Il pourrait très bien... T'occupe, il est reparti. Merde, il a tourné dans Ventura.

– De quel côté ?

Je recommençai à faire les cent pas, l'appareil appuyé si fort contre mon oreille que celle-ci me faisait mal.

– À droite... euh, vers l'ouest. Il part vers l'ouest.

Il roulait dans une rue parallèle à Dickens Street et se dirigeait vers l'appartement de ma fille.

– Il vient encore de s'arrêter, reprit Valenzuela. C'est pas à un croisement. On dirait qu'il est au milieu du pâté de maisons. J'ai l'impression qu'il s'est garé.

Je fis courir ma main libre dans mes cheveux, comme un homme désespéré.

– Eh merde ! Faut que j'y aille ! Mon portable est mort. Appelle Maggie et dis-lui qu'il arrive dans sa direction. Dis-lui de monter en voiture et de filer !

Je hurlai le numéro de Maggie dans le téléphone et laissai tomber ce dernier en sortant de la cuisine. Je savais qu'il me faudrait au moins vingt minutes pour arriver à Dickens Street – et ce serait en prenant les virages de Mulholland à quatre-vingt-dix kilomètres à l'heure avec la Lincoln –, mais je ne pouvais plus rester à hurler dans le téléphone alors que ma fille était en danger. Je ramassai le flingue sur la table et me mis en route. Je finissais de glisser l'arme dans ma poche lorsque j'ouvris la porte.

Et tombai sur Mary Windsor, les cheveux ruisselants de pluie.

– Mary, mais qu'est-ce que… ?

Elle leva la main. Je baissai les yeux et découvris l'éclat métallique de son arme au moment même où elle tirait.

46

La détonation fut assourdissante, l'éclair aussi brillant que celui d'un flash et l'impact de la balle qui me déchirait les chairs aussi fort qu'une ruade de cheval. J'étais debout, une fraction de seconde plus tard je partais en arrière. Et m'écrasai violemment sur le parquet, où je fus expédié droit dans le mur à côté de la cheminée de ma salle de séjour. J'essayai de porter les deux mains à la plaie que j'avais au ventre, mais ma main droite s'était coincée dans la poche de ma veste. Je me retins avec la main gauche et tentai de me relever.

Mary Windsor fit un pas en avant et entra dans la maison. J'étais obligé de lever la tête vers elle. Dans son dos je vis la pluie par la porte ouverte. Elle leva son arme et la braqua sur mon front. En un éclair, l'image de ma fille m'envahit et je sus que je n'allais pas la laisser filer.

– Vous m'avez pris mon fils ! hurla Windsor. Vous pensiez vraiment que j'allais vous laisser faire ça sans réagir ?

Alors je compris, tout se cristallisant dans ma tête. Je compris que c'était ça qu'elle avait dit à Raul Levin avant de le tuer. Et je compris aussi qu'il n'y avait jamais eu de viol dans la maison vide de Bel-Air. Mary Windsor était une mère qui faisait ce qu'il fallait. Les paroles de Roulet me revinrent en mémoire : *Vous avez raison sur un point. Je suis bien un fils de pute.*

Et, ça aussi je le sus – le dernier geste qu'avait eu Raul Levin n'avait pas été de dessiner le signe du diable, mais la lettre M ou W, selon qu'on regardait dans un sens ou dans l'autre.

Mary Windsor fit un deuxième pas en avant, vers moi.

– Allez au diable ! me lança-t-elle.

Et elle calma sa main pour faire feu à nouveau. Je levai la main droite. Celle-ci étant toujours dans ma poche de veste, elle dut croire qu'il s'agissait d'un geste de défense car elle ne se pressa pas. Elle goûtait l'instant, je le voyais bien. Jusqu'au moment où je tirai.

Elle partit brutalement en arrière sous le choc et tomba sur le dos en travers de la porte. Son arme dégringolant par terre avec un bruit métallique, j'entendis Mary Windsor pousser un gémissement suraigu. Puis un bruit de pas sur les marches de la véranda.

– Police ! cria une femme. Jetez vos armes !

Je regardai par la porte et ne vis personne.

– Jetez vos armes et sortez, les mains en l'air.

Cette fois, c'était un homme et je reconnus sa voix.

Je sortis l'arme de ma poche, la posai par terre et la fis glisser sur le parquet.

– L'arme est par terre, criai-je aussi fort que me le permettait ma blessure au ventre. Mais je suis touché. Je ne peux pas me lever. Nous sommes touchés tous les deux.

Je vis le canon d'un pistolet se matérialiser à la porte. Puis ce fut une main, puis un imperméable mouillé, celui de l'inspecteur Lankford. Il entra dans la maison, vite suivi par sa collègue, l'inspecteur Sobel. Il s'empara de l'arme de Windsor et garda la sienne pointée sur moi.

– Quelqu'un d'autre dans la maison ? demanda-t-il en parlant fort.

– Non, dis-je. Écoutez-moi.

J'essayai de me redresser, mais la douleur me transperça tout le corps et Lankford hurla.

– Ne bougez pas. Restez où vous êtes !

– Écoutez-moi. Ma famil…

Sobel prit sa radio et cria qu'on lui envoie des infirmiers et des ambulances pour deux personnes blessées par balle.

– Une seule ambulance. Elle est morte, la reprit Lankford en montrant Windsor du bout de son arme.

Sobel enfourna sa radio dans la poche de son imper et vint vers moi. Elle s'agenouilla et écarta ma main de ma blessure. Puis elle tira sur ma chemise pour la faire sortir de mon pantalon et évaluer les dégâts. Enfin elle reprit ma main et l'appuya fort sur le trou de la balle.

– Appuyez aussi fort que vous pouvez, me dit-elle. Ça saigne beaucoup. Vous m'entendez ? Il faut pousser avec la main.

– Écoutez-moi, répétai-je. Ma famille est en danger. Il faut que vous…

– Attendez…

Elle glissa la main dans la poche de son imper et sortit un portable de sa ceinture. Elle l'ouvrit d'un coup sec et composa un numéro rapide. La personne qu'elle appelait décrocha aussitôt.

– Sobel à l'appareil. Vous ferez bien de le ramener au commissariat. Sa mère a essayé de flinguer l'avocat. C'est lui qui l'a eue le premier.

Elle écouta un instant, puis demanda :

– Bon mais, où est-il ?

Elle écouta encore un peu, puis dit au revoir. Je la fixais des yeux lorsqu'elle referma son portable.

– Ils vont le ramasser. Votre fille est hors de danger.

– Vous le surveilliez ?

Elle acquiesça d'un signe de tête.

– On s'est accrochés à votre plan, Haller. On a beaucoup de choses contre lui, mais on espérait en avoir plus. Je vous l'ai dit, on veut régler l'affaire Levin. En le laissant filer, on espérait qu'il nous montre son jeu et la façon dont il était arrivé jusqu'à Levin. Mais c'est la mère qui nous a donné la clé du mystère.

Je compris. Même avec tout le sang, ma vie, oui, qui filait par ma blessure, je réussis à terminer le puzzle. Libérer Roulet n'avait été qu'une manœuvre. Ils espéraient que celui-ci se lance à ma poursuite, révélant ainsi la méthode dont il s'était servi pour tromper le bracelet GPS en tuant Raul Levin. À ceci près que ce n'était pas lui qui l'avait tué, mais sa mère.

– Et Maggie ? demandai-je faiblement.

Elle hocha la tête.

– Elle va bien. Elle a été obligée de suivre le plan parce que nous ne savions pas si Roulet vous avait sur écoute ou pas. Elle ne pouvait pas vous dire qu'Hayley et elle étaient en sûreté.

Je fermai les yeux. Je ne savais plus s'il fallait la remercier qu'elles aillent bien, ou être en colère contre une Maggie qui s'était servie du père de sa fille pour appâter un tueur.

J'essayai de me redresser.

– Je veux lui parler. Elle…

– Ne bougez pas. Restez tranquille.

Je reposai ma tête sur le plancher. J'avais froid, j'étais au bord des tremblements et avais l'impression de suer. Je me sentais de plus en plus faible au fur et à mesure que ma respiration se faisait plus courte.

Sobel ressortit sa radio de sa poche et demanda qu'on lui précise l'heure d'arrivée des infirmiers. Le régulateur lui répondit qu'ils étaient encore à six minutes de l'endroit où nous nous trouvions.

– Accrochez-vous, me dit encore une fois Sobel. Vous allez vous en sortir. D'après ce qu'a fait la balle, vous devriez vous en tirer.

– Gén…

J'avais voulu dire « génial » en y mettant tout ce que je pouvais de sarcasme. Mais je faiblissais.

Lankford s'approcha de Sobel et me regarda. En la tenant dans sa main gantée, il me montra l'arme avec laquelle Mary Windsor avait tiré sur moi. J'en reconnus les plaquettes en nacre. L'arme de Mickey Cohen. La mienne. Celle avec laquelle elle avait tué Raul.

Il hocha la tête et j'y vis une espèce de signe. Que, qui sait, pour lui je m'étais montré à la hauteur et qu'il savait bien que j'avais fait tout le boulot à leur place en faisant sortir la meurtrière de chez elle… Il se pouvait même que ce soit une offre de trêve. Qu'après ça, il ne haïsse plus autant les avocats.

Mais non, probablement pas. Je ne lui renvoyai pas moins son hochement de tête, ce geste infime me faisant tousser. Je sentis un drôle de goût dans ma bouche et compris que c'était du sang.

– N'allez pas nous faire un cardiogramme plat maintenant, hein ! m'ordonna Lankford. Ne nous obligez pas à faire du bouche-à-bouche à un avocat de la défense : on ne s'en remettrait jamais.

Il sourit et je lui rendis son sourire. Ou essayai. L'obscurité grandissait dans mes yeux. Bientôt j'y flottai entièrement.

Troisième partie

Carte postale de Cuba

Mardi 4 octobre

47

Cinq mois se sont écoulés depuis ma dernière apparition dans une salle d'audience. Pendant ce temps, j'ai subi trois opérations pour me remettre d'aplomb et me suis vu poursuivre au civil à deux reprises, sans parler des enquêtes auxquelles m'ont soumis aussi bien la police de Los Angeles que le barreau de Californie. Dépenses médicales, coût de la vie, pension alimentaire pour ma fille et, oui, sommes dues à mes propres confrères avocats ont saigné à blanc mon compte en banque.

Mais j'en ai réchappé et aujourd'hui, pour la première fois depuis que Mary Alice Windsor m'a tiré dessus, je vais aller me promener sans canne ni analgésiques pour m'engourdir. Pour moi, c'est le vrai premier pas vers le retour à la vie. La canne est un signe de faiblesse. Et personne ne veut d'un avocat qui a l'air faiblard. Il va falloir que je me redresse, que j'étire les muscles dans lesquels le chirurgien a taillé pour arriver à la balle et que je réapprenne à marcher tout seul avant de me dire que je peux réintégrer un prétoire.

Que je n'aie pas remis les pieds dans un tribunal ne m'empêche pas de faire l'objet de procédures judiciaires. Jesus Menendez et Louis Roulet me poursuivent tous les deux et ces affaires vont sans doute me coller aux fesses pendant des années. Il s'agit de plaintes séparées, mais, l'un comme l'autre, mes deux anciens clients m'accusent de faute professionnelle et de violation de l'éthique du droit. Malgré toutes les accusations qu'il a lancées contre moi, Roulet n'a jamais pu savoir comment j'ai réussi à entrer en contact avec Dwayne Jeffery Corliss à County-USC et à l'abreuver de renseignements confidentiels. Et il y a peu de chances qu'il y parvienne jamais. Il y a longtemps que Laura Larsen a quitté la prison. Elle a terminé sa cure de désintoxication, a pris les 25 000 dollars que je lui ai donnés et a filé à Hawaï pour y recommencer sa vie. Et Corliss, qui sait sans doute mieux que quiconque tout l'intérêt qu'il y a à fermer sa gueule, n'en a jamais dit plus que ce qu'il a déclaré au tribunal – à savoir que c'est au moment où il se trouvait en prison que Roulet lui avait parlé du meurtre de la danseuse aux serpents. Il a évité toutes les poursuites en parjure dans la mesure où l'attaquer affaiblirait le dossier contre Roulet et constituerait un bel acte d'autoflagellation de la part des services du district attorney. D'après mon avocat, les poursuites que Roulet a entamées contre moi ne sont que vains efforts pour sauver la face : elles n'ont pas de valeur et devraient finir par s'éteindre. Sans doute lorsque je n'aurai plus un sou pour régler mes frais d'avocat.

Mais l'affaire Menendez, elle, n'est pas près de disparaître. C'est lui qui me hante le soir, lorsque je m'installe sur ma terrasse pour regarder la vue à un million de dollars que je découvre de ma maison – à un million de dollars à crédit. Il a été gracié par le gouverneur et libéré de San Quentin deux jours après que Roulet a été accusé du meurtre de Martha Renteria. Mais il n'a jamais fait qu'échanger une condamnation à perpétuité contre une autre. Il s'est en effet avéré qu'il avait contracté le sida en prison et là, il n'y a pas de grâce du gouverneur. Du gouverneur ou de quiconque. Tout ce qui lui arrivera sera de ma faute. Je le sais. Je vis avec ça tous les jours que Dieu fait. Mon père avait raison. Il n'y a pas de client plus effrayant qu'un innocent. Menendez veut me cracher dessus et me prendre tout mon argent pour me punir de ce que j'ai fait et pas fait. Pour moi, il en a le droit. Cela dit, quelles qu'aient pu être mes erreurs de jugement et mes défaillances en matière d'éthique, je sais qu'en fin de compte je n'ai commis bien des entorses que pour faire ce qu'il fallait. J'ai échangé le mal contre l'innocence. C'est grâce à moi que Roulet est en taule. Et grâce à moi aussi que Menendez en est sorti. Malgré les efforts de son nouvel avocat – il a engagé les services du cabinet Dan Daly et Roger Mills pour me remplacer –, Roulet ne connaîtra plus jamais la liberté. D'après ce que me dit Maggie McPherson, les services du district attorney ont construit un dossier en béton contre lui dans l'affaire Renteria. Ils ont aussi repris les pistes ouvertes par Raul Levin et réussi à le relier à un autre assassinat : celui d'une serveuse qui travaillait dans un club d'Hollywood et qu'il a suivie jusque chez elle pour la violer et la poignarder. Les caractéristiques de son couteau correspondant aux blessures fatales qu'il a infligées à cette femme, pour Roulet l'expertise médico-légale est l'iceberg qu'il aura vu trop tard. Son navire ne pourra que couler par le fond. De fait, Roulet n'a plus qu'une bataille à livrer : celle qui lui permettra de rester en vie. Ses avocats ont entamé des négociations pour lui éviter la piqûre. Ils laissent entendre qu'il y aurait d'autres affaires de viols et de meurtres qu'il pourrait éclaircir en échange de la vie sauve. Quelle que soit l'issue de ces démarches et qu'il reste vivant ou qu'il meure, il ne reviendra plus jamais dans ce monde et c'est là que je vois mon salut. C'est cela qui m'a remis sur pied mieux que n'importe quel chirurgien.

Maggie McPherson et moi tentons, nous aussi, de refermer nos blessures. Elle m'amène ma fille toutes les semaines et reste souvent passer la journée avec moi. Nous nous installons sur la terrasse et nous parlons.

Nous savons tous les deux que c'est notre fille qui nous sauvera. Je ne peux plus en vouloir à Maggie de s'être servie de moi pour appâter un tueur. Et je crois que Maggie, elle, ne m'en veut pas d'avoir fait les choix que j'ai faits.

Après avoir examiné tous mes actes, le barreau de Californie m'a envoyé en vacances à Cuba. C'est ainsi que les professionnels de la défense appellent la suspension pour Conduite Ultra-indigne d'un Bon Avocat. C. U. B. A. J'ai été mis au rancart pendant un mois et demi. Sur des conclusions de merde : comme ils n'arrivaient pas à me coller la moindre violation de l'éthique dans mes rapports avec Corliss, ils m'ont coincé pour avoir emprunté une arme à mon client, Earl Briggs. Et là, j'ai eu de la chance. Ce n'était pas une arme volée ou pas déclarée. Comme elle appartenait au père d'Earl, mon infraction a été jugée mineure.

Je ne me suis pas donné la peine de contester la réprimande du barreau ou de faire appel de ma suspension. Après avoir pris une balle dans le ventre, me faire mettre un mois et demi à l'écart ne me paraissait pas insupportable. J'ai purgé ma peine pendant ma convalescence, les trois quarts du temps en robe de chambre, à regarder *Court TV*.

Ni le barreau ni la police n'ont pu m'accuser d'avoir violé quelque règle que ce soit dans la mort de Mary Windsor. Elle est entrée chez moi avec une arme volée. C'est elle qui a tiré la première. Deux inspecteurs du commissariat de Glendale ont même vu la scène depuis la rue : légitime défense, purement et simplement. Moins purs et moins simples sont les sentiments que j'éprouve en repensant à ce que j'ai fait. Je voulais venger mon ami Raul Levin, mais je ne voulais pas faire couler le sang pour autant. Et maintenant, j'ai tué. M'être fait sanctionner ne tempère que modérément ce que j'éprouve.

Toutes ces enquêtes et conclusions mises à part, je me

vois, moi, coupable de conduite indigne de moi-même dans l'affaire Menendez-Roulet. Et pour ça, la peine est bien plus dure que tout ce que l'État de Californie ou le barreau pourrait jamais m'infliger. Quoi qu'il arrive. Elle me suivra partout dès que je reprendrai le travail. Mon travail. Je sais où est ma place en ce monde et dès que je devrai reprendre le chemin du prétoire l'année prochaine, je sortirai la Lincoln du garage et me remettrai à chercher des perdants. Je ne sais ni où j'irai ni quel genre d'affaires je trouverai en route. Je sais seulement que je serai guéri et prêt une fois encore à me tenir droit dans ce monde sans vérité.

Remerciements

Ce roman a été inspiré par une rencontre et une conversation occasionnelles avec l'avocat David Ogden il y a bien des années de ça, au cours d'un match de base-ball des Los Angeles Dodgers. De cela, l'auteur lui sera toujours reconnaissant. Bien que le personnage et les exploits de Mickey Haller soient pure fiction tout droit sortie de mon imagination, je n'aurais jamais pu écrire cette histoire sans l'aide et les conseils des avocats Daniel F. Daly et Roger O. Mills : l'un comme l'autre, ils m'autorisèrent à les regarder travailler et élaborer des stratégies, l'un comme l'autre ils se montrèrent infatigables dans les efforts qu'ils déployèrent pour s'assurer que l'univers de la défense au pénal soit décrit avec exactitude dans ces pages. Toutes les erreurs ou exagérations du droit ou de sa pratique doivent être imputées à l'auteur et seulement à lui.

Le juge de la Cour supérieure Judith Champagne et son équipe de la chambre 24 du tribunal pénal de Los Angeles ont autorisé l'auteur à pénétrer dans le prétoire, les cabinets des juges et les cellules, et ont bien voulu répondre à toutes ses questions. Ma dette envers le juge et envers Joe, Marianne et Michelle est énorme et je les remercie.

D'une grande aide à l'auteur furent aussi, en plus de leurs contributions à l'histoire, Asya Muchnick, Michael Pietsch, Jane Wood, Terrill Lee Lankford, Jerry Hooten,

David Lambkin, Lucas Foster, Carolyn Chriss et Pamela Marshall.

Last but not least, l'auteur tient à remercier Shannon Byrne, Mary Elizabeth Capps, Jane Davis, Joel Gotler, Philip Spitzer, Lukas Ortiz et Linda Connelly pour leur aide et leur soutien pendant la rédaction de cet ouvrage.

LE VERDICT DU PLOMB

Première partie

Ficeler le crétin
1992

1

Tout le monde ment.

Les flics. Les avocats. Les témoins. Les victimes.

Le procès n'est que concours de mensonges. Et dans la salle d'audience, tout le monde le sait. Le juge. Les membres du jury, même eux. Tous, ils viennent au prétoire en sachant qu'on va leur mentir. Tous, ils prennent place dans le box et sont d'accord pour qu'on leur mente.

L'astuce, quand on s'installe à la table de la défense, est de se montrer patient. D'attendre. Pas n'importe quel mensonge, non. Seulement celui dont on va pouvoir s'emparer et, tel le fer porté au rouge, transformer en une lame acérée. Celle dont on va pouvoir se servir pour d'un grand coup éventrer l'affaire et lui répandre les boyaux par terre.

Mon boulot, c'est de forger cette lame. De l'aiguiser. Et de m'en servir sans pitié ni conscience. D'être enfin la vérité en un lieu où tout n'est que mensonges.

2

J'en étais au quatrième jour du procès qui se tenait en la chambre 109 du Criminal Courts Building[1] du centre-ville lorsque enfin je tombai sur le mensonge qui devint la lame avec laquelle éventrer l'affaire. Mon client, Barnett Woodson, avait à répondre de deux meurtres qui allaient le conduire à la prison de San Quentin, dans la pièce en acier gris où l'on verse le saint poison directement dans le bras du condamné.

Jeune dealer de vingt-sept ans originaire de Compton, Woodson était accusé d'avoir volé, puis tué deux étudiants de Westwood qui voulaient lui acheter de la cocaïne. Il avait, lui, décidé de leur prendre plutôt leur argent et de les assassiner avec un fusil à canon scié. Enfin… c'est ce qu'affirmait l'accusation. Un Noir qui tue deux Blancs, ça ne l'aidait pas vraiment – surtout à peine quatre mois après que les émeutes avaient déchiré la ville. Mais il y avait pire : l'assassin avait essayé de masquer son crime en lestant les deux corps et en les jetant dans le Réservoir d'Hollywood. Les cadavres étaient bien restés au fond quatre jours, mais avaient fini par remonter brusquement à la surface telles pommes dans un tonneau rempli d'eau. Pommes pourries, s'entend. L'idée que des cadavres aient pu pourrir dans un des réservoirs d'eau potable les plus importants de la ville

1. Ou bâtiment des tribunaux criminels. *(NdT.)*

avait tordu très fortement les boyaux de la communauté. Aussitôt que ses appels téléphoniques l'avaient relié aux victimes, Woodson avait été arrêté, la fureur publique à son encontre devenant rapidement presque palpable. Le bureau du district attorney avait vite annoncé qu'il demanderait la peine de mort.

Cela dit, les preuves retenues contre lui n'avaient rien d'aussi palpables. Il s'agissait essentiellement de présomptions – à savoir les relevés de ses appels téléphoniques – et du témoignage d'individus qui avaient eux-mêmes eu maille à partir avec la justice. Et parmi ces derniers, c'était le témoin à charge, Ronald Torrance, qui tenait le haut du pavé. Il prétendait que Woodson lui avait avoué ces crimes.

Torrance avait été incarcéré au même étage de la prison centrale pour hommes que Woodson. L'un et l'autre y avaient en effet été gardés dans un quartier de haute sécurité à deux étages contenant seize cellules à un seul détenu ouvrant sur une salle de jour. À l'époque, tous les prisonniers de ces seize cellules étaient noirs, la procédure certes habituelle, mais plus que douteuse étant de « ségréguer dans l'intérêt de la sécurité » et d'ainsi répartir les prisonniers selon leurs races et leurs affiliations à tel ou tel gang afin d'éviter les confrontations et les violences. Ayant pris part aux pillages qui s'étaient déroulés pendant les émeutes, Torrance attendait d'être jugé pour vol et violences avec voies de fait. Les détenus du quartier de haute sécurité avaient accès à la salle de jour de 6 heures du matin à 6 heures du soir, salle où ils mangeaient, jouaient aux cartes assis à des tables, bref, se côtoyaient sous l'œil attentif de gardiens postés dans une cabine en verre au-dessus d'eux. C'est à une de ces tables que Torrance prétendait avoir entendu mon client lui avouer le meurtre des deux jeunes du Westside.

L'accusation se démenait comme un beau diable pour rendre Torrance présentable et crédible aux yeux du jury, qui ne comptait que trois Noirs en son sein. On lui avait rasé la barbe, on lui avait supprimé ses petites nattes et coupé les cheveux très court et ce jour-là, le quatrième du procès, il était arrivé en cravate et costume bleu ciel. Poussé par l'avocat de l'accusation, Jerry Vincent, il venait de raconter la conversation que prétendument il avait eue un matin avec Woodson à l'une des tables de pique-nique. Celui-ci non seulement y aurait reconnu ses crimes, mais lui aurait encore confié nombre de détails plus que parlants, l'essentiel de l'affaire, et on l'avait fait clairement comprendre aux jurés, étant que ces détails, seul le tueur pouvait les connaître.

Pendant cette déposition, Vincent avait tenu la bride haute à son témoin en lui posant des questions fort longues qui ne pouvaient susciter que de brèves réponses. Elles étaient tellement lourdes de sens qu'elles en devenaient tendancieuses, mais je ne me donnais pas la peine d'objecter quoi que ce soit, même quand le juge Companioni me regardait en haussant les sourcils et me suppliant presque de me jeter dans la bagarre. Je ne bougeais pas parce que c'était la contre-attaque que je voulais. Je voulais que les jurés se rendent compte de ce que l'accusation était en train de fabriquer. Quand mon tour viendrait, je laisserais Torrance aller jusqu'au bout de ses réponses et me tiendrais en retrait en attendant la lame.

Vincent ayant fini de questionner son témoin à 11 heures du matin, le juge me demanda si je voulais déjeuner tôt avant de procéder au contre-interrogatoire. Je lui répondis que non, ce n'était pas nécessaire et que je n'avais pas besoin d'une interruption de séance. Tout cela en ayant l'air tellement dégoûté que je ne pouvais pas attendre encore une heure avant de m'attaquer au type à la barre. Je me levai, pris un gros dossier et un bloc-notes et les emportai avec moi au pupitre.

– Monsieur Torrance, lançai-je au témoin, je m'appelle Michael Haller et je travaille au bureau des avocats commis d'office. C'est moi qui vais assurer la défense de M. Barnett Woodson. Nous sommes-nous déjà rencontrés ?

– Non, maître, répondit-il.

– Je ne le pensais pas non plus. Mais l'accusé, M. Woodson, et vous vous connaissez depuis longtemps, n'est-ce pas ?

Il me décocha un sourire du genre « ça y est, ça commence ». Mais j'avais bien étudié le dossier du monsieur et je savais très exactement à qui j'avais affaire. Torrance avait trente-deux ans et passé un tiers de son existence en prison, voire en centrale. Ses études avaient pris fin en huitième, année qu'il avait choisie pour ne plus aller à l'école, aucun de ses parents ne semblant s'en rendre compte ou soucier. Selon les termes de la loi californienne dite du « troisième coup, c'est le bon », il risquait de décrocher la récompense de toute sa vie si jamais il était reconnu coupable d'avoir volé, puis assommé d'un coup de crosse de pistolet la tenancière d'une laverie automatique à pièces. Le crime avait été commis pendant les trois jours d'émeutes et de pillages qui avaient déchiré la ville dès après que les quatre flics accusés d'avoir rossé Rodney King, un motocycliste noir qu'ils avaient arrêté pour conduite dangereuse, avaient été déclarés innocents. Tout cela pour dire que Torrance avait de bonnes raisons d'aider le procureur à faire tomber Barnett Woodson.

– Depuis quelques mois, pas plus, me renvoya-t-il. Au quartier de haute sécurité.

– Des hautes autorités, dites-vous ? demandai-je en jouant au con. Vous voulez parler d'une église ou d'un lien religieux quelconque ?

– Non, des cellules de haute sécurité. À la prison du comté.

– C'est donc bien de prison qu'il est question, n'est-ce pas ?

– C'est exact.

– Vous me dites donc aussi que vous ne connaissiez pas Barnett Woodson avant ? demandai-je en mettant de l'étonnement dans ma voix.

– Non, maître, répondit-il. C'est en prison qu'on s'est rencontrés pour la première fois.

Je portai sa réponse dans mon bloc-notes comme s'il s'agissait d'une concession d'importance.

– Bien, bien, monsieur Torrance, repris-je. Faisons donc quelques petits calculs. C'est le 5 septembre de cette année que Barnett Woodson a été transféré au quartier de haute sécurité où vous étiez déjà incarcéré. Vous vous en souvenez ?

– Ouais, je me rappelle quand il est arrivé.

– Et pourquoi vous avait-on incarcéré dans ce quartier de haute sécurité ?

Vincent se mit debout pour élever une objection en arguant du fait qu'il avait déjà couvert cet aspect-là des choses en interrogatoire direct. Je lui renvoyai que je cherchais seulement à ce qu'on m'explique complètement le pourquoi de cette incarcération et le juge Companioni m'autorisa à continuer. Et ordonna à Torrance de répondre à ma question.

– C'est comme j'ai dit : je suis accusé de vol et de violences avec voies de fait.

– Et ces crimes qu'on vous reproche se sont déroulés pendant les émeutes, c'est bien ça ?

Dans le climat anti-flics qui régnait déjà dans toutes les minorités de la ville avant les émeutes, je m'étais beaucoup démené pour avoir autant de Noirs et de métis que possible parmi les jurés. Cela étant, j'avais là une chance de travailler les cinq jurés blancs que l'accusation avait réussi à m'imposer. Je voulais qu'ils sachent tous bien que l'individu sur lequel celle-ci faisait reposer pratiquement toute l'affaire était un des types responsables de ce qu'ils avaient vu à la télé au mois de mai précédent.

– Ouais, j'y étais avec tout le monde, me répondit Torrance. Si vous voulez mon avis, les flics s'en tirent un peu trop facilement dans c'te ville.

Je hochai la tête comme si j'étais d'accord avec lui.

– Et vous, votre réaction à l'injustice des verdicts rendus dans l'affaire Rodney King a bien été d'aller voler une vieille femme de soixante-deux ans et de l'assommer avec une poubelle en acier. Est-ce que je me trompe, monsieur Torrance ?

Il regarda du côté de la table de l'accusation, puis plus loin derrière, et jeta un coup d'œil à son avocat assis au premier rang de la galerie. Qu'ils aient ou n'aient pas préparé de réponse à cette question, son avocat ne pouvait plus l'aider. Torrance était seul.

– Non, dit-il enfin, j'ai pas fait ça.

– Vous êtes innocent du crime dont on vous accuse ? lui lançai-je.

– C'est ça même.

– Et question pillage ? Vous n'avez commis aucun crime de ce genre pendant les émeutes ?

Après avoir marqué une pause et jeté à nouveau un coup d'œil à son avocat, il me répondit :

– Là, j'invoque le cinquième amendement[1].

C'était prévu. Je lui posai alors toute une série de questions dont le but était qu'il n'ait d'autre possibilité que de s'incriminer ou refuser de répondre en invoquant les protections garanties par cet amendement. Il l'avait déjà fait six fois lorsque, lassé de cette démonstration que je lui faisais encore et encore, le

1. Amendement à la Constitution américaine qui permet à un prévenu de garder le silence si la réponse qu'il devrait donner à la question qu'on lui pose risque de l'incriminer. *(NdT.)*

juge me ramena à l'affaire en cours. Je me pliai à sa requête à contrecœur.

– Bien, dis-je, assez parlé de vous, monsieur Torrance. Revenons à vos relations avec M. Woodson. Vous étiez donc au courant des détails de cette affaire de double meurtre avant de faire sa connaissance en prison, c'est bien ça ?

– Non, maître.

– Vous êtes sûr ? L'affaire avait fait beaucoup de bruit.

– J'étais en taule, mec.

– Et en taule, il n'y a ni journaux ni télé ?

– Je lis pas les journaux et au QHS, la télé marche plus depuis que j'y suis. Même qu'on a râlé et qu'ils ont dit qu'ils allaient la réparer, mais mes couilles, ouais, ils ont rien réparé du tout.

Le juge l'ayant averti de surveiller son langage, Torrance s'excusa. J'enchaînai.

– D'après les archives de la prison, M. Woodson est arrivé au quartier de haute sécurité le 5 septembre et d'après le dossier d'enquête du procureur[1], vous avez contacté l'accusation le 2 octobre pour lui rapporter ces prétendus aveux. Cela vous paraît-il exact ?

– Ouais, ça me paraît exact.

– Bien, mais pas à moi, monsieur Torrance. Vous êtes en train de dire aux jurés qu'un homme accusé d'un double meurtre et encourant très probablement la peine de mort se serait confessé à un type qu'il connaissait depuis moins de quatre semaines ?

Il haussa les épaules avant de répondre.

– Ben, c'est quand même ce qui s'est passé.

– C'est vous qui le dites. Qu'est-ce que le procureur

1. Ces dossiers, dits « de découverte », doivent être transmis à la partie adverse avant le procès de façon que tout le monde soit bien d'accord sur l'étendue des preuves soumises aux jurés. *(NdT.)*

va vous accorder si M. Woodson est reconnu coupable de ces crimes ?

– Je sais pas. Personne m'a promis quoi que ce soit.

– Avec vos antécédents et les chefs d'accusation dont vous devez répondre aujourd'hui, c'est à plus de quinze ans de prison que vous pouvez vous attendre si vous êtes reconnu coupable, nous sommes bien d'accord ?

– Ça, j'en sais rien du tout.

– Vraiment ?

– Vraiment. Tout ça, je laisse mon avocat s'en occuper.

– Il ne vous a pas informé que si vous n'intervenez pas dans la présente affaire vous pourriez bien aller en prison pour très très longtemps ?

– Y m'a rien dit de tout ça.

– Je vois. Qu'avez-vous demandé au procureur en échange de votre témoignage ?

– Rien. Je veux rien, moi.

– Bref, vous témoignez devant ce tribunal parce que vous pensez que c'est de votre devoir de citoyen, n'est-ce pas ?

Pas moyen de se tromper sur le sarcasme que j'avais mis dans ma voix.

– Ben évidemment ! s'écria Torrance, outragé.

Je tins mon épais dossier au-dessus du pupitre afin qu'il le voie et lui renvoyai :

– Reconnaissez-vous ce dossier, monsieur Torrance ?

– Non. Pas que je me rappelle.

– Vous êtes sûr de ne pas vous rappeler l'avoir vu dans la cellule de M. Woodson ?

– J'ai jamais été dans sa cellule.

– Vous êtes sûr de ne vous y être jamais faufilé pour jeter un coup d'œil à son dossier d'enquête pendant que M. Woodson se trouvait à la salle de jour, sous la douche ou au tribunal ?

– Non, j'ai pas fait ça.

– Mon client avait beaucoup de ces documents

d'enquête de l'accusation dans sa cellule. On y trouvait plusieurs détails dont vous avez parlé dans votre témoignage tout à l'heure. Ça ne vous paraît pas suspect ?

– Non, dit-il en hochant la tête. Tout ce que je sais, c'est qu'il s'est assis à la table et qu'il m'a raconté ce qu'il avait fait. Il était pas fier et m'a causé. C'est pas de ma faute si les gens me causent, quand même !

Je hochai la tête à mon tour, comme si le fardeau qui était le sien lorsqu'on lui causait ainsi m'inspirait de la sympathie – surtout dans une affaire de double meurtre.

– Bien sûr que non, monsieur Torrance, lui renvoyai-je. Et maintenant, pouvez-vous dire au jury très exactement ce que M. Woodson vous a confié ? Et, je vous en prie, pas de raccourcis comme lorsque c'était maître Vincent qui vous posait les questions. Je veux entendre exactement ce que mon client vous a dit. Avec ses propres mots, s'il vous plaît.

Il marqua une pause comme pour fouiller dans sa mémoire et ordonner ses pensées.

– Bon, dit-il enfin, on était tous les deux assis tout seuls et lui, il a juste commencé à me dire qu'il se sentait pas fier de ce qu'il avait fait. Alors j'y ai demandé qu'est-ce t'as fait et il m'a raconté comment que cette nuit-là il avait tué les deux types et comment que ça le chagrinait vraiment.

La vérité se dit en peu de mots. Les mensonges sont verbeux. Je voulais qu'il se fende de phrases longues, chose que Vincent avait réussi à éviter. Les moutons ont quelque chose en commun avec les arnaqueurs et les menteurs professionnels : ils cherchent à masquer la tromperie en plaisantant pour égarer le client et en enrobant la supercherie dans des tas de bla-blas. Mais c'est dans tous ces bla-blas qu'on trouve souvent la clé du gros mensonge.

Vincent éleva de nouveau une objection, cette fois en disant que le témoin avait déjà répondu aux questions que je lui posais et qu'au point où on en était, je ne faisais plus que le harceler.

– Monsieur le juge, dis-je alors, le témoin prête des aveux à mon client. Pour la défense, tel est bien le cas et la cour ferait montre de négligence en ne m'autorisant pas à explorer à fond les contenu et contexte d'un témoignage aussi dévastateur.

Je n'avais pas fini cette dernière phrase que le juge Companioni acquiesçait déjà d'un hochement de tête. Il rejeta l'objection de Vincent et m'ordonna de poursuivre. Je concentrai à nouveau mon attention sur le témoin et mis de l'impatience dans ma voix.

– Monsieur Torrance, lui lançai-je, vous êtes encore en train de résumer les choses. Vous prétendez que M. Woodson vous a avoué ces meurtres. Dites donc au jury ce qu'il vous a dit à vous. Quels sont les termes exacts dont il s'est servi pour avouer ces crimes ?

Torrance hocha la tête comme s'il venait juste de comprendre ce que je voulais.

– La première chose qu'il m'a dite, ç'a été : « Je me sens pas bien, mec. » Alors, j'y ai dit : « Pourquoi, mon frère ? » et lui, il m'a répondu qu'il arrêtait pas de penser à ces deux types. Je savais pas de quoi il parlait vu que comme j'ai dit, j'avais jamais entendu parler de cette histoire, vous voyez ? Alors, j'y ai dit : « Quels deux mecs ? » et lui, y m'a dit : « Les deux Nègres que j'ai balancés dans le réservoir. » J'y ai demandé de quoi il s'agissait et y m'a raconté comment qu'il les avait butés tous les deux avec un flingue et les avait enveloppés dans du grillage à garde-manger et le reste, quoi. Et là, il m'a dit : « J'ai fait une grosse erreur » et j'y ai demandé ce que c'était et y m'a dit : « J'aurais dû prendre un couteau et leur ouvrir le ventre pour qu'ils finissent pas par flotter comme ils ont fait. » Voilà, c'est ça qu'il m'a dit.

Du coin de l'œil, j'avais vu Vincent faire la grimace

au milieu de cette réponse interminable. Et je savais pourquoi. Je m'avançai très précautionneusement avec la lame.

– M. Woodson a vraiment utilisé ce mot ? Il a vraiment traité les victimes de « Nègres » ?

– Ouais, c'est ce qu'il a dit.

J'hésitai le temps de formuler la question suivante comme il convenait. Je savais que Vincent n'attendait que l'occasion d'élever une objection si je lui en donnais la possibilité. Je ne pouvais pas demander à Torrance d'interpréter les propos de Woodson. Je ne pouvais pas lui demander « pourquoi ? » afin de savoir ce qu'il pensait du sens de ce terme ou de la raison qui avait poussé Woodson à l'utiliser. Cela aurait justifié une objection[1].

– Monsieur Torrance, dis-je donc, dans la communauté noire, le mot « Nègre » peut signifier plusieurs choses, n'est-ce pas ?

– J'imagine.

– Votre réponse est oui ?

– Oui.

– Et l'accusé est bien afro-américain, non ?

Il rit.

– On dirait bien.

– Comme vous l'êtes vous-même, non ?

Il se mit à rire à nouveau.

– Depuis que je suis né, répondit-il.

Le juge abattit son marteau et me regarda.

– Ces questions sont-elles bien nécessaires, maître Haller ?

– Je vous prie de m'excuser, monsieur le juge.

– Poursuivez, s'il vous plaît.

– Monsieur Torrance, lorsque M. Woodson a utilisé

1. En droit américain, un témoin ne saurait expliquer ou interpréter les propos de quiconque. *(NdT.)*

ce terme, et c'est ce que vous affirmez, cela vous a-t-il choqué ?

Torrance se frotta le menton en réfléchissant à la question. Puis il fit non de la tête.

– Pas vraiment, dit-il.

– Pourquoi cela ne vous a-t-il pas choqué, monsieur Torrance ?

– Faut croire que c'est parce que j'entends ça tout le temps, mec.

– Dans la bouche d'autres Noirs ?

– C'est ça. Et dans la bouche de Blancs aussi.

– Bien, mais quand vos amis noirs utilisent ce terme, comme vous affirmez que M. Woodson l'aurait fait, de qui parlent-ils ?

Vincent éleva une objection au motif que Torrance ne pouvait pas donner le sens de ce que racontaient d'autres individus. Companioni retenant son objection, il me fallut un moment pour rouvrir le chemin conduisant à la réponse que je voulais entendre.

– D'accord, monsieur Torrance, dis-je enfin. Ne parlons que de vous, d'accord ? Vous servez-vous vous-même de ce mot à l'occasion ?

– Je crois l'avoir fait, oui.

– Bien, et quand vous l'avez fait, à qui faisiez-vous référence ?

Il haussa les épaules.

– À d'autres mecs.

– Des Noirs ?

– Voilà.

– Vous est-il arrivé de traiter des Blancs de Nègres ?

Il hocha la tête.

– Non.

– OK, et donc qu'avez-vous cru que Barnett Woodson vous disait lorsqu'il a qualifié de Nègres les deux hommes qui ont terminé au fond du réservoir ?

Vincent s'agita sur sa chaise et fit ce qu'on fait quand

on objecte quelque chose mais ne va pas jusqu'à le dire. Il devait savoir que ça n'aurait servi à rien. J'avais amené Torrance où je voulais et il était tout à moi.

Torrance répondit enfin à la question.

– Je m'suis dit que ces jeunes, c'était des Noirs et qu'il les avait tués tous les deux.

La gestuelle de Vincent changea encore une fois. Il se tassa un rien sur son siège parce qu'il savait que le coup de poker qu'il avait tenté en faisant témoigner un mouton à la barre venait de foirer.

Je regardai le juge Companioni. Lui aussi savait ce qui allait suivre.

– Monsieur le juge, lui dis-je, puis-je m'approcher du témoin ?

– Vous le pouvez.

Je gagnai la barre et posai mon dossier devant Torrance. De grand format et plus que fatigué, il était d'un bel orange fané, soit de la couleur même dont se servent les autorités d'un comté pour signaler qu'il s'agit là de documents juridiques privés qu'un détenu est autorisé à avoir en sa possession.

– Bien, monsieur Torrance, repris-je, je viens de placer devant vous un dossier dans lequel M. Woodson garde des documents d'enquête que ses avocats lui ont fournis à la prison. Je vous demande donc à nouveau de me dire si vous le reconnaissez.

– Des dossiers orange, j'en ai vu des tas au QHS. Ça veut pas dire que j'aie vu celui-là.

– Vous me dites donc que vous n'avez jamais vu M. Woodson avec ce dossier ?

– Je m'en souviens pas vraiment.

– Monsieur Torrance, vous avez passé trente-deux jours avec M. Woodson au quartier de haute sécurité. Vous avez affirmé qu'il se serait confié à vous et vous aurait fait des aveux. Et maintenant vous me dites que vous ne l'avez jamais vu avec ce dossier ?

Il commença par ne pas répondre. Je l'avais acculé dans un coin où il ne pouvait pas gagner. J'attendis. S'il continuait d'affirmer n'avoir jamais vu ce dossier, les aveux qu'il disait avoir reçus de Barnett paraîtraient bien douteux aux yeux du jury. Si au contraire il finissait par reconnaître que ce dossier ne lui était pas inconnu, c'était la voie royale qu'il m'ouvrait.

– Ce que j'dis, c'est que oui, je l'ai vu avec ce dossier, mais que j'ai jamais regardé ce qu'il y avait dedans.

Bingo ! Je le tenais.

– Je vais donc vous demander de l'ouvrir et de l'examiner.

Il m'obéit et regarda le dossier ouvert devant lui d'un côté puis de l'autre. Je regagnai le pupitre en jetant un coup d'œil à Vincent en m'y rendant. Il avait baissé les yeux et était tout pâle.

– Que voyez-vous en ouvrant ce dossier, monsieur Torrance ?

– D'un côté, les photos de deux mecs étendus par terre. Ils y sont attachés… les clichés, je veux dire. Et de l'autre côté, y a un tas de documents, de procès-verbaux et autres.

– Pourriez-vous nous lire ce qu'il y a dans le premier document à droite ? Lisez-nous seulement la première ligne du sommaire.

– Je sais pas lire.

– Pas du tout ?

– Pas vraiment, non. J'ai pas eu d'école.

– Pouvez-vous nous lire un seul des mots qui se trouvent près des cases cochées en haut du sommaire ?

Il regarda le dossier, ses sourcils se rapprochant, signe qu'il se concentrait. Je savais qu'on l'avait testé pour la lecture lors de son dernier séjour en prison et qu'il avait été déclaré au plus bas de l'échelle – soit même pas au niveau du cours élémentaire.

– Pas vraiment, non, dit-il. Je sais pas lire.

Je gagnai rapidement la table de la défense et sortis un autre dossier et un marqueur Sharpie de ma mallette. Puis je revins au pupitre et tout aussi rapidement écrivis en grosses capitales d'imprimerie le mot CAUCASIEN sur la couverture du dossier. Et tint ce dernier en l'air de façon à ce que Torrance et le jury le voient bien.

– Monsieur Torrance, dis-je, voici un des mots qui sont cochés au sommaire. Pouvez-vous le lire ?

Vincent se leva aussitôt, mais Torrance faisait déjà non de la tête d'un air profondément humilié. Vincent s'opposa à la démonstration en disant que je ne l'avais pas fondée et Companioni retint son objection. Je m'y attendais. Je ne faisais que préparer le terrain pour la manœuvre suivante et j'étais sûr que la plupart des jurés avaient vu Torrance hocher la tête.

– Bien, monsieur Torrance, dis-je alors. Passons de l'autre côté du dossier. Pouvez-vous nous décrire les corps représentés sur les photos ?

– Euh… deux hommes. On dirait qu'ils ont ouvert du grillage à garde-manger et des bâches et eux, ils sont là. Y a aussi des flics qui enquêtent et qui prennent des photos.

– De quelle race sont les hommes allongés sur les bâches ?

– Ils sont noirs.

– Avez-vous déjà vu ces photos avant, monsieur Torrance ?

Vincent se leva pour s'opposer à ma question en arguant que je l'aurais déjà posée et qu'on y avait déjà répondu. Mais c'était comme de lever une main en l'air pour arrêter une balle. Le juge l'informa, et sévèrement, qu'il pouvait se rasseoir. Sa façon à lui de lui dire qu'il allait devoir rester assis pour avaler ce qui allait lui arriver. Quand on fait témoigner un menteur et que le menteur s'effondre, on s'effondre avec lui.

– Vous pouvez répondre à la question, monsieur Torrance, dis-je après que Vincent se fut rassis. Avez-vous déjà vu ces photos ?

– Non, pas avant maintenant.

– Seriez-vous d'accord pour dire qu'elles représentent ce que vous nous avez décrit tout à l'heure ? À savoir les corps de deux Noirs assassinés ?

– Ça y ressemble bien. Mais j'ai jamais vu c'te photo avant, c'est juste ce qu'il m'a dit.

– Vous êtes sûr ?

– Un truc comme ça, j'aurais pas oublié.

– Vous nous avez dit que M. Woodson vous aurait avoué avoir tué deux Noirs, mais c'est pour le meurtre de deux Blancs qu'il est jugé aujourd'hui. Ne vous semble-t-il pas que, de fait, il ne vous a rien avoué du tout ?

– Non, non, il a avoué. Il m'a dit qu'il avait tué ces deux mecs.

Je regardai le juge.

– Monsieur le juge, lui lançai-je, la défense demande que le dossier posé devant M. Torrance soit présenté au tribunal comme pièce à conviction numéro un.

Vincent essaya de s'y opposer au motif que la demande n'était pas fondée, mais Companioni passa outre.

– Le dossier sera admis comme pièce à conviction et nous laisserons le soin au jury de décider si M. Torrance a oui ou non vu cette photo et le reste du dossier.

J'étais lancé, je décidai de jouer le paquet.

– Merci, monsieur le juge, dis-je. Il serait peut-être temps de demander au procureur de rappeler à son témoin les peines qui punissent le parjure.

Théâtral à souhait, le coup était destiné aux jurés. Je m'attendais à devoir continuer à éviscérer Torrance avec la lame de ses propres mensonges, mais Vincent se leva pour demander au juge de suspendre la séance, le temps de conférer avec la partie adverse.

Je sus alors que je venais de sauver la vie à mon client.

– La défense n'y voit aucune objection, répondis-je au juge.

3

Les jurés ayant quitté leur box en file indienne, je regagnai la table de la défense tandis que le garde entrait dans la salle pour menotter mon client et le ramener à la prison du tribunal.

– Ce mec est un vrai menteur de merde ! me chuchota Woodson. C'est pas deux Noirs que j'ai tués. C'est deux Blancs.

J'espérai que le garde n'avait rien entendu.

– Et si tu fermais ta grande gueule, hein ? lui chuchotai-je en retour. Et la prochaine fois que tu vois ce menteur de merde au gnouf, tu lui serres la main. C'est à cause de ses mensonges que le procureur s'apprête à laisser tomber la peine de mort et à proposer un arrangement à l'amiable. Dès que j'ai sa proposition, je reviens te la dire.

– Bon, mais… et si j'avais pas envie d'un arrangement tout de suite, hein ? me renvoya Woodson en hochant la tête d'un air théâtral. C'est un gros menteur qu'ils ont amené à la barre, mec. Toute l'affaire devrait finir à l'égout. Hé, Haller, ça se gagne, des merdes pareilles, bordel de Dieu ! Tu refuses l'arrangement.

Je le dévisageai un instant. Je venais juste de lui sauver la vie, mais il voulait plus. Il s'en sentait le droit parce que le procureur n'avait pas joué franc jeu… comme s'il était responsable de ce qui était arrivé aux deux gamins dont il venait de reconnaître l'assassinat !

– Hé, Barnett, ne sois pas trop gourmand, lui renvoyai-je. Je reviens dès qu'il me fait part de la nouvelle.

Le garde lui fit franchir la porte en acier donnant sur les cellules rattachées au prétoire. Je regardai partir mon client. Je ne me faisais aucune illusion sur lui. Je ne le lui avais jamais demandé directement, mais je savais que ces gamins du Westside, il les avait tués, tous les deux. Ça ne me regardait pas. J'avais, moi, seulement pour tâche de mettre à mal le dossier du procureur au mieux de mes capacités – c'est ainsi que fonctionne le système. C'est ce que j'avais fait et l'on m'avait fait cadeau de la lame. Je me préparais à m'en servir pour améliorer la situation de manière significative, mais réaliser le rêve que faisait Woodson de se distancier de ces deux cadavres qui étaient devenus noirs au fond de l'eau n'était pas dans mes cartes. Il ne l'avait peut-être pas compris, mais son avocat commis d'office, lui – et il était tout aussi sous-payé que sous-estimé –, s'en rendait parfaitement compte.

Le prétoire étant enfin vide, Vincent et moi nous regardâmes de nos tables respectives.

– Bien, dis-je.

Il hocha la tête.

– Et d'un, dit-il, qu'il soit bien clair que je ne savais évidemment pas que Torrance mentait.

– Ben voyons.

– Pourquoi aurais-je voulu saboter mon dossier comme ça ?

Je balayai son *mea culpa* d'un geste de la main.

– Écoute, Jerry, te fatigue pas. Je t'avais dit avant le procès que ce mec avait zyeuté le dossier de mon client dans sa cellule. Ça tombe sous le sens. Comme si mon client allait dire quoi que ce soit au tien qu'il ne connaissait ni d'Ève ni d'Adam, et ça, tout le monde le savait sauf toi.

Vincent nia énergiquement de la tête.

– Je ne le savais pas, Haller. Il s'est présenté spontanément, il a été testé par un de nos meilleurs enquêteurs et non, rien ne laissait entendre qu'il mentait et ce, aussi peu probable qu'il nous ait paru que ton client lui ait parlé.

Je rejetai son baratin avec un rire peu amical.

– Non, Jerry, pas « que mon client lui ait parlé ». Qu'il lui ait avoué ! Ce n'est pas tout à fait la même chose. Bref, tu ferais peut-être bien de réévaluer ton précieux enquêteur parce que pour moi, il ne mérite pas le fric que lui donne le comté.

– Écoute, il m'avait dit que ce type ne savait pas lire et qu'il était donc impossible qu'il ait appris ce qu'il savait en zyeutant le dossier. Et ton type ne lui avait pas parlé des photos.

– Justement ! C'est même pour ça que tu devrais te trouver un enquêteur un peu meilleur. Et que j'te dise, Jerry… En général, je suis assez raisonnable pour ce genre de trucs. J'essaie toujours de marcher avec le bureau du district attorney pour pas me les foutre à dos. Mais là, je t'avais averti de faire gaffe à ce type. Bref, après la suspension de séance, je vais me l'éventrer à la barre et vous aurez tous à y assister sans bouger.

J'étais complètement scandalisé, et je ne faisais pas que jouer la comédie.

– Ça s'appelle « ficeler le crétin », repris-je. Sauf que quand j'en aurai fini avec Torrance, il ne sera pas le seul à avoir l'air d'un crétin. Le jury saura ou bien que tu savais que ce type était un menteur, ou bien que tu es trop con pour t'en être rendu compte. Ce qui fait que de toute façon, tu n'en sortiras pas sous ton meilleur jour.

Il baissa les yeux sur la table de la défense, la regarda d'un œil vide et très calmement remit de l'ordre dans les dossiers qui s'empilaient devant lui.

– Je n'ai pas envie que tu l'interroges en contre, dit-il enfin tout doucement.

– Parfait. Tu arrêtes de nier et de me dire des conneries, et tu me trouves un arrangement que je…

– Je laisse tomber la peine de mort. Je demande seulement de vingt-cinq à perpète.

Je fis non de la tête sans la moindre hésitation.

– Ça ne suffira pas. La dernière chose que m'a lâchée Woodson avant qu'on l'emmène a été qu'il était prêt à risquer le tout pour le tout. Soit, pour le citer dans le texte : « Ça se gagne, des merdes pareilles, bordel de Dieu ! » Et je suis d'avis qu'il a peut-être raison.

– Bon alors, qu'est-ce que tu veux, Haller ?

– Quinze ans max. Je devrais pouvoir le lui faire avaler.

Vincent fit violemment non de la tête.

– C'est hors de question, dit-il. Ils me renverront aux petits vols à l'étalage si je te donne ça pour deux meurtres de sang-froid. Vingt-cinq ans avec possibilité de conditionnelle, je ne peux pas aller plus loin. Vu la réglementation actuelle, il devrait pouvoir sortir dans seize ou dix-sept ans. Ce qui n'est pas si mal pour ce qu'il a fait, à savoir tuer deux gamins…

Je le regardai et scrutai son visage pour y trouver l'expression qui trahit. Et décidai que je ne pouvais pas faire mieux : Vincent avait raison, ce n'était pas une mauvaise affaire pour ce que Barnett Woodson avait fait.

– Je ne sais pas, répondis-je. Pour moi, il va me dire qu'il veut tenter le coup.

Vincent hocha la tête et me regarda.

– Dans ce cas-là, va falloir que t'essaies de le convaincre, Haller. Parce que moi, je ne peux pas aller plus bas et si toi, tu continues à l'interroger en contre, ma carrière au bureau du district attorney est probablement terminée.

À ce moment-là, ce fut moi qui hésitai à répondre.

– Minute, minute, Jerry. Qu'est-ce que tu es en train

de me dire ? Qu'il faudrait que je passe la serpillière derrière toi ? Je te prends avec le pantalon autour des chevilles et c'est à mon client de prendre le truc dans le cul ?

– Ce que je te dis, c'est que c'est une offre équitable pour un type qui est coupable comme c'est pas permis. Plus qu'équitable même. Va lui causer et charme-le, Mick. Convaincs-le. On sait tous les deux que tu ne vas plus travailler bien longtemps au bureau des avocats commis d'office. Il se pourrait que t'aies besoin que je te rende un service un jour dans ce monde aussi vaste que méchant où y a pas de chèques qui tombent régulièrement.

Je me contentai de le fusiller du regard, mais enregistrai l'offre de *quid pro quo*. Je lui file un coup de main et un de ces jours, c'est lui qui m'aide pendant que Barnett se paie deux ou trois années de plus au gnouf.

– Il aura de la chance s'il tient cinq ans en taule, reprit Vincent. Alors, vingt ! Ça change quoi pour lui ? Mais pour toi et moi… On va monter en grade, Mickey. On peut se filer un coup de main dans cette affaire.

Je hochai lentement la tête. Vincent n'avait que quelques années de plus que moi, mais essayait de me la jouer vieillard plein de sagesse.

– Le problème, c'est que si je faisais ce que tu me suggères, je ne pourrais plus jamais regarder un client en face. Et j'ai l'impression que ce serait moi le crétin qu'on a ficelé.

Sur quoi je me levai et rassemblai mes dossiers. J'avais dans l'idée de retourner voir Barnett Woodson et de lui dire de tenter le coup. On verrait bien.

– On se retrouve après la suspension, lançai-je à Vincent.

Et je m'éloignai.

Deuxième partie

Suitcase City
2007

4

Il était un peu trop tôt dans la semaine pour que Lorna Taylor m'appelle. D'habitude, elle attendait au moins jusqu'au jeudi. Jamais elle ne m'aurait téléphoné un mardi. Je décrochai en me disant qu'il y avait plus qu'un chèque à la clé.

– Lorna ?

– Mickey, mais où t'étais ? J'ai passé toute la matinée à essayer de te joindre.

– Je suis allé courir. Je sors juste de la douche. Ça va ?

– Ça va, oui. Et toi ?

– Pas de problème. Qu'est-ce que…

– T'as un rendez-vous immédiat avec le juge Holder. Elle veut te voir dans… pas plus tard qu'il y a une heure.

Cela me fit réfléchir.

– À quel sujet ?

– Je ne sais pas. Tout ce que je sais, c'est que c'est Michaela qui a appelé et qu'après, ça été Mme le juge en personne. Et ça, c'est pas habituel. Elle voulait savoir pourquoi tu ne répondais pas.

Je savais que Michaela n'était autre que Michaela Gill, l'assistante de Mary Townes Holder. Et que Mary Townes Holder était la doyenne des juges de la Cour supérieure de justice de Los Angeles. Qu'elle m'ait appelé elle-même ne semblait pas vouloir dire qu'on m'invitait au bal annuel du barreau. Mary Townes Holder n'était pas du genre à téléphoner à un avocat sans une bonne raison.

– Qu'est-ce que tu lui as dit ?
– Je lui ai juste dit que tu n'étais pas de tribunal aujourd'hui et que tu étais peut-être au golf.
– Je ne joue pas au golf, Lorna.
– Écoute, c'est tout ce que j'ai trouvé.
– Bon, ça va, je vais la rappeler. Donne-moi son numéro.
– Mickey, ne la rappelle pas. Vas-y. C'est te voir dans son cabinet qu'elle veut. Elle a été très claire sur ce point et a refusé de me dire pourquoi. Alors, vas-y.
– D'accord, je vais y aller. Faut que je m'habille.
– Mickey ?
– Quoi ?
– Comment tu vas… vraiment ?
Je connaissais le code. Je savais ce qu'elle me demandait réellement. Elle ne voulait pas que je me présente devant un juge si je n'y étais pas prêt.
– T'as pas besoin de t'inquiéter, Lorna. Ça va. Et ça ira.
– OK. Appelle-moi dès que tu pourras pour me dire de quoi il s'agit.
– T'inquiète pas. Je le ferai.
Et je raccrochai en ayant l'impression de me faire commander par ma femme, pas par mon ex.

5

En sa qualité de doyenne de la Cour supérieure de justice de Los Angeles, Mary Townes Holder effectuait l'essentiel de son travail dans son cabinet. Elle n'usait de son prétoire que de temps en temps, pour des auditions d'urgence ayant plus à voir avec des requêtes qu'avec des procès. Son travail se faisait hors attention du public. Tout se passait en chambre. Sa tâche consistait essentiellement à administrer le système judiciaire du comté de Los Angeles. C'étaient ainsi plus de deux cent cinquante juges et quarante tribunaux qui relevaient de son autorité. Pas une seule convocation à faire partie d'un jury ne partait au courrier sans son ordre, pas une seule place de parking de tribunal n'était attribuée sans son autorisation. Elle assignait les postes de juge selon les besoins géographiques et les spécialités juridiques – droit pénal, droit civil, droit des mineurs et droit familial. Dès qu'un juge était élu, c'était elle qui décidait s'il allait siéger à Beverley Hills ou à Compton et s'il allait devoir juger des affaires financières avec gros enjeux au civil ou des divorces qui vident l'âme à telle ou telle autre cour de droit familial.

J'avais vite enfilé ce que je pensais être mon costume porte-bonheur. Un Corneliani importé d'Italie que je mettais quand c'était jour de verdict. Cela faisait un an que je n'avais plus mis les pieds dans un tribunal et encore plus longtemps que je n'avais plus entendu d'énoncé de verdict, j'avais dû le ressortir d'une housse en plastique accrochée tout au fond de ma penderie. Après quoi, j'avais dû me dépêcher de filer en ville en me disant que cette fois, c'était peut-être moi qui allais être l'objet du verdict. Et là, en roulant, je passai vite en revue toutes les affaires et tous les clients que j'avais laissé tomber un an plus tôt. Pour ce que j'en savais, rien n'était resté en plan. Cela dit, une plainte avait peut-être été déposée contre moi. Ou alors, c'était un commérage dont le juge avait eu connaissance et elle avait décidé d'enquêter. Toujours est-il que j'étais passablement inquiet lorsque j'entrai dans la salle d'audience. Être convoqué par un juge n'est généralement pas une bonne nouvelle et l'être par la doyenne est bien pire.

La salle était plongée dans le noir et le petit coin réservé à l'assistante tout à côté du bureau du juge était vide. Je poussai la barrière et me dirigeais vers la porte du couloir du fond lorsqu'elle s'ouvrit sur Michaela Gill. Agréable à regarder, Michaela me rappelait ma maîtresse de neuvième. Mais elle ne s'attendait pas à tomber sur un homme de l'autre côté de la porte. Surprise, elle poussa presque un cri. Je m'identifiai avant même qu'elle puisse courir jusqu'à la sonnette d'alarme sur le bureau du juge. Elle retint son souffle et me laissa passer sans attendre.

Je descendis le couloir et trouvai Mme le juge seule dans son cabinet ; elle travaillait, assise à un énorme bureau en bois sombre. Sa robe noire était accrochée à un porte-chapeaux dans le coin. Elle était vêtue d'un tailleur marron de coupe stricte. Elle était séduisante et bien faite – la cinquantaine, mince, cheveux bruns coupés court style on ne rigole pas.

Je ne l'avais jamais rencontrée en personne, mais avais beaucoup entendu parler d'elle. Elle avait passé vingt ans comme procureur avant d'être nommée juge par un gouverneur conservateur. Elle s'occupait des affaires criminelles, en avait jugé plusieurs d'importance et était connue pour donner la peine maximale. Cela lui avait valu d'être facilement reconduite par les électeurs après son premier mandat. Quatre ans plus tard, elle était élue doyenne et occupait toujours ce poste.

– Maître Haller, me dit-elle, je vous remercie d'être venu. Je suis contente que votre secrétaire ait enfin réussi à vous trouver.

Il y avait de l'impatience, voire de l'impérieux dans sa voix.

– De fait, ce n'est pas vraiment ma secrétaire, madame le juge, lui renvoyai-je. Mais elle m'a retrouvé, oui. Désolé que ç'ait pris si longtemps.

– Bah, vous êtes là. Il ne me semble pas que nous nous soyons déjà vus.

– Je ne le crois pas non plus.

– Bon, cela risque de trahir mon âge, mais il y a longtemps de ça, j'ai été opposée à votre père dans un procès. Un des derniers auxquels il ait pris part, je pense.

Je dus réévaluer son âge. Elle devait avoir au moins soixante ans pour s'être trouvée dans un prétoire avec mon père.

– Je n'étais que troisième juge dans cette affaire. Je sortais à peine de l'École de droit d'USC[1], une vraie bleue. Le bureau du district attorney essayait de me faire découvrir ce qui se passe vraiment lors d'un procès. C'était une affaire de meurtre et on m'avait laissée interroger un témoin. J'avais passé une semaine à m'y préparer et votre père m'a bousillé mon témoin en dix minutes en contre-interrogatoire. On a gagné l'affaire, mais je n'ai jamais oublié ma leçon. Il faut être prêt à tout.

J'acquiesçai. Au fil des ans, j'avais rencontré plusieurs avocats âgés qui avaient des histoires sur Mickey Haller Senior à raconter. J'en avais moi aussi quelques-unes.

1. Soit l'université de Californie du Sud. *(NdT.)*

Mais avant que je puisse demander à Mme le juge de quelle affaire il s'agissait, elle passa à autre chose.

– Mais ce n'est pas pour ça que je vous ai fait venir ici, reprit-elle.

– Je ne le pensais pas non plus. J'ai eu l'impression que c'était… urgent ?

– Ça l'est. Connaissiez-vous Jerry Vincent ?

Qu'elle ait utilisé le passé me troubla.

– Jerry ? Oui, je le connais, répondis-je. Qu'est-ce qui se passe ?

– Il est mort.

– Il est… mort ?

– Il a été assassiné, en fait.

– Quand ?

– Hier soir. Je suis navrée.

Je baissai les yeux et regardai la plaque qui portait son nom sur le bureau. La mention *« Honorable M.T. Holder »* y était gravée en script sur un présentoir en bois, où étaient posés un marteau de cérémonie, un stylo à plume et un encrier.

– Vous étiez proches ? me demanda-t-elle encore.

La question était bonne et je n'avais pas vraiment de réponse à y apporter.

– On s'est opposés dans plusieurs affaires quand il travaillait pour le district attorney et que j'étais au bureau des avocats commis d'office, répondis-je en gardant les yeux baissés. Nous sommes tous les deux passés dans le privé à peu près à la même époque et nous avons chacun fondé un cabinet sans assistant. Au fil des ans, nous avons travaillé sur quelques affaires ensemble, des histoires de drogue, et nous sommes comme qui dirait couverts l'un l'autre quand c'était nécessaire. De temps en temps, il me faisait passer des affaires dont il n'avait pas envie de s'occuper.

Mes relations avec Jerry Vincent avaient été purement professionnelles. À l'occasion, nous trinquions bien au

Four Green Fields ou nous voyions à un match de base-ball au Dodger Stadium, mais dire que nous étions proches aurait été exagéré. Je ne savais pas grand-chose sur lui en dehors de ce qu'il faisait dans l'univers du droit. J'avais entendu parler d'un divorce quelque temps plus tôt, mais je ne lui avais jamais posé de questions sur ce sujet. C'était personnel et je n'avais pas besoin de savoir.

– Maître Haller, enchaîna-t-elle, vous semblez oublier que je travaillais au bureau du district attorney lorsque maître Vincent y est arrivé. Mais un jour il a perdu un gros procès et son étoile a pâli. C'est à ce moment-là qu'il est parti dans le privé.

Je la regardai, mais gardai le silence.

– Et il me semble me souvenir que dans ce procès, c'était vous qui étiez l'avocat de la défense.

J'acquiesçai d'un signe de tête.

– L'affaire Barnett Woodson, oui, dis-je. J'ai obtenu l'acquittement pour un double meurtre. Et mon client est sorti de la salle d'audience en s'excusant auprès des médias de l'emporter au paradis. Il s'est cru obligé de traîner Jerry dans la boue et c'est ça qui a mis fin à sa carrière de procureur.

– Dans ces conditions, pourquoi a-t-il voulu continuer à travailler avec vous et vous passer des affaires ?

– Parce que en mettant fin à sa carrière de procureur, je l'ai lancé dans celle d'avocat de la défense.

Je n'en dis pas plus, mais cela ne lui suffisait pas.

– Et… ?

– Et deux ou trois ans plus tard, il gagnait deux à trois fois plus d'argent que lorsqu'il travaillait pour le district attorney. Même qu'un jour il m'a appelé pour me remercier de lui avoir ouvert la voie.

Elle hocha la tête d'un air entendu.

– Le fin mot de l'histoire étant l'argent, dit-elle. C'est ça qu'il voulait.

Je haussai les épaules comme s'il me gênait de répondre à la place d'un mort et gardai le silence.

– Qu'est devenu votre client ? voulut-elle savoir. Qu'est devenu l'homme qui l'a emporté au paradis ?

– Il aurait mieux fait d'accepter une condamnation. Il a été abattu par des tireurs en voiture environ deux mois après son acquittement.

Elle hocha de nouveau la tête, cette fois comme pour dire : « fin de l'histoire, justice a donc été rendue ». J'essayai de ramener son attention sur Jerry Vincent.

– Je n'arrive pas à croire ce qui est arrivé à Jerry. Vous savez ce qui s'est passé ?

– Ce n'est pas très clair. Apparemment, il aurait été retrouvé mort hier soir dans sa voiture, au garage de son cabinet. Tué par balle. On me dit que la police est toujours sur les lieux du crime et qu'elle n'a arrêté personne pour l'instant. Je tiens tout cela de la bouche d'un journaliste du *Times* qui a appelé mon cabinet pour savoir ce qu'il adviendrait des clients de maître Vincent… et surtout de Walter Elliot.

Je hochai la tête. Cela faisait un an que je vadrouillais dans le vide, mais ce vide n'était pas assez hermétique pour que je n'aie pas entendu parler de ce nabab du cinéma qu'on accusait de meurtre. Ce n'était là qu'une des affaires très médiatisées que Vincent avait réussi à décrocher au fil des ans. Malgré le fiasco du procès Woodson, son image de procureur attaché à de grosses affaires l'avait dès le début placé dans la catégorie des grands de la défense au pénal. Il n'avait pas eu à rabattre le client, c'était le client qui était venu à lui. Et, d'habitude, ce client avait de quoi payer, ou quelque chose à dire, ce qui signifiait qu'il avait au moins une des trois qualités suivantes : il pouvait payer le maximum pour se faire représenter, il était innocent de ce dont on l'accusait et il y avait moyen de le prouver, ou il était très clairement coupable, mais avait l'opinion publique de son côté. Tel était le genre de clients que Jerry pouvait soutenir et défendre avec fougue quels que soient les chefs d'accusation retenus contre eux. Ces gens-là n'étaient pas de ceux qui lui donnaient l'impression d'avoir le nez sale à la fin de la journée.

Et Walter Elliot avait effectivement une de ces qualités. C'était le président et propriétaire d'Archway Pictures et comme tel, un homme très puissant à Hollywood. Il était accusé d'avoir assassiné sa femme et l'amant de celle-ci dans un accès de colère après les avoir trouvés ensemble dans une maison au bord de la plage de Malibu. À forts relents de sexe et de glamour, l'affaire retenait beaucoup l'attention des médias. Un vrai trésor de publicité pour Vincent, sauf que maintenant, c'était à qui mettrait la main dessus.

Le juge brisa ma rêverie.

– Connaissez-vous l'article 200 des RBC de Californie ? me demanda-t-elle.

Je me trahis sans le vouloir en clignant des yeux à l'énoncé de la question.

– Euh… pas exactement, dis-je.

– Permettez que je vous rafraîchisse la mémoire. Il s'agit d'un article du Règlement de bonne conduite des avocats du barreau de Californie ayant trait au transfert ou à la vente d'un cabinet. Dans le cas présent, nous parlons, bien sûr, d'un simple transfert. Il semblerait que maître Vincent vous ait désigné comme avocat en second dans son contrat standard de représentation. Cela vous a permis de le remplacer quand il en avait besoin et, si nécessaire, vous conférait le privilège d'être inclus dans la relation avocat-client. En plus de quoi, j'ai découvert qu'il y a dix ans il a demandé à la cour la possibilité de vous transférer tout son cabinet si jamais il mourait ou ne pouvait plus exercer. Cette requête n'a jamais été modifiée ou remise à jour, mais ses intentions étaient claires.

Je la dévisageai, rien de plus. J'étais au courant de cette clause portée dans les contrats de représentation de Vincent. J'avais la même dans les miens. Mais ce que je venais de comprendre tout à coup, c'était que le juge me disait que j'étais maintenant à la tête de son cabinet. Et que j'héritais de toutes ses affaires, celle de Walter Elliot y compris.

Cela ne voulait évidemment pas dire que j'allais toutes les garder. Tous ces clients auraient le droit de choisir un autre avocat dès qu'ils apprendraient le décès de Vincent. Mais cela voulait aussi dire que je serais le premier à leur parler.

Je commençai à réfléchir. Cela faisait un an que je n'avais plus de clients et j'avais dans l'idée de me remettre tout doucement au boulot, pas de me retrouver à la tête d'un tas d'affaires comme celles dont il semblait bien que je venais d'hériter.

– Cela dit, reprit le juge, avant que cette proposition ne vous excite un peu trop, je dois vous rappeler que je pécherais par négligence dans mon rôle de doyenne si je ne déployais pas tous mes efforts pour m'assurer que les clients de M. Vincent seront bien transférés à un remplaçant de bonne réputation et aux compétences reconnues.

Enfin je comprenais. Elle m'avait appelé pour m'expliquer pourquoi je n'aurais pas droit aux clients de Vincent. Elle allait s'opposer à la volonté de l'avocat décédé et nommer quelqu'un d'autre à la tête de son cabinet, très vraisemblablement quelqu'un qui avait très fortement contribué à sa campagne de réélection. Et aux dernières nouvelles, je n'avais, moi, jamais contribué à ses finances au fil des ans.

Mais c'est là qu'elle me surprit.

– J'ai vérifié auprès de quelques juges, reprit-elle, et je suis consciente que vous ne pratiquez plus depuis presque un an. Et je n'ai trouvé aucune explication à cet état de fait. Bref, avant que je donne l'ordre de vous nommer avocat remplaçant, je dois m'assurer que ce n'est pas au mauvais bonhomme que je transfère les clients de maître Vincent.

J'acquiesçai d'un signe de tête dans l'espoir de gagner un peu de temps avant de devoir lui répondre.

– Vous avez raison, madame le juge, dis-je enfin. Disons que ça faisait un moment que je m'étais retiré du jeu. Mais je venais justement de commencer à prendre des dispositions pour y revenir.

– Pourquoi vous en étiez-vous retiré ?

Elle m'avait posé la question sans détour, les yeux plongés dans les miens afin de déceler la moindre trace d'évitement de la vérité dans ma réponse. Je pesai très soigneusement mes mots.

– Madame le juge, lui dis-je, j'ai eu une affaire il y a deux ans de ça. Mon client s'appelait Louis Roulet. Il était…

– Je n'ai pas oublié cette affaire, maître Haller. Vous vous êtes fait tirer dessus. Cela étant, et vous le dites vous-même, cela remonte à deux ans. Et si mes souvenirs sont exacts, vous avez recommencé à travailler après ça. Je me rappelle avoir lu la nouvelle de votre retour dans les journaux.

– Ce qui s'est passé, c'est que j'ai repris trop vite. J'avais reçu une balle dans le ventre, madame le juge, et j'aurais dû prendre mon temps. Au lieu de ça, je me suis dépêché de retravailler et tout de suite j'ai recommencé à souffrir, et les médecins m'ont dit que j'avais une hernie. Je me suis donc fait opérer et il y a eu des complications. Les chirurgiens avaient cafouillé. J'ai donc eu encore plus mal, il y a eu une deuxième opération et pour faire court, ça m'a mis à plat pendant un bon moment. Et cette fois-là, j'ai décidé de ne pas reprendre avant d'être parfaitement prêt.

Elle hocha la tête pour me marquer sa sympathie.

Je me dis que j'avais bien fait de ne pas lui signaler ma dépendance aux antalgiques et mon petit séjour en clinique de désintoxication.

– L'argent n'était pas un problème, repris-je. J'avais des économies et l'assurance m'avait versé des indemnités. J'ai donc pris mon temps pour revenir. Mais maintenant je suis prêt. Je m'apprêtais même à prendre la dernière de couverture des Pages jaunes pour y passer une annonce.

– Il semblerait donc qu'hériter de tout un cabinet doive vous convenir, non ?

Je ne sus trop quoi répondre à sa question, ni comment réagir au ton onctueux qu'elle avait pris.

– Tout ce que je peux vous dire, madame le juge, c'est que je prendrai grand soin des clients de Jerry Vincent.

Elle hocha la tête, mais sans me regarder. Je compris. Elle savait quelque chose. Et ça l'embêtait. Peut-être s'agissait-il de mon séjour en clinique.

– D'après les archives du barreau, vous avez été rappelé à l'ordre à plusieurs reprises, dit-elle.

Ça recommençait. Encore une fois, elle s'apprêtait à refiler les affaires de Vincent à quelqu'un d'autre. Probablement à un généreux donateur de Century City incapable de s'y retrouver dans une procédure au pénal même si son affiliation au très sélect Riviera Country Club en dépendait.

– De l'histoire ancienne, tout ça, madame le juge. Il ne s'agissait que de détails techniques. J'ai bonne réputation auprès du barreau. Je suis sûr que c'est ce qu'ils vous diraient si vous les appeliez aujourd'hui.

Elle me dévisagea longuement avant de baisser les yeux sur le document posé devant elle sur son bureau.

– Bon, très bien, dit-elle enfin.

Et elle griffonna sa signature sur la dernière page du document. Je sentis comme un frisson d'excitation me monter dans la poitrine.

– Voici l'ordre de transfert du cabinet, dit-elle. Vous pourriez en avoir besoin lorsque vous vous rendrez sur les lieux. Mais que je vous dise… Je vais vous surveiller. Je veux un inventaire réactualisé de toutes les affaires au début de la semaine prochaine. Avec l'état du dossier après le nom de chaque client. Et je veux savoir quels sont les clients qui travailleront avec vous et ceux qui chercheront un autre avocat pour les représenter. Après quoi, je veux encore être tenue au courant de l'état d'avancement de tous les dossiers sur lesquels on vous aura gardé et ce, deux fois par semaine. Suis-je assez claire ?

– Vous l'êtes, madame le juge. Pendant combien de temps ?

– Pendant combien de temps quoi ?

– Pendant combien de temps voulez-vous que je vous tienne deux fois par semaine au courant de l'état d'avancement des dossiers ?

Elle me dévisagea et son visage se durcit.

– Jusqu'à ce que je vous dise d'arrêter.

Elle me tendit le document.

– Vous pouvez y aller, maître Haller, reprit-elle. Et moi, à votre place, je passerais tout de suite au cabinet pour protéger ces clients de toute tentative de saisie illégale de leurs dossiers à laquelle pourrait se livrer la police. Appelez-moi si vous avez le moindre problème. Je vous ai mis sur le document le numéro de téléphone où me joindre après le service.

– Oui, madame le juge. Merci.

– Bonne chance, maître Haller.

Je me levai et gagnai la porte. Et me retournai pour la regarder en y arrivant. Elle avait baissé la tête et s'était remise à travailler à l'ordonnance suivante.

Une fois dans le couloir, je lus les deux pages du document qu'elle m'avait donné pour voir si tout ce qui venait de se produire était bien réel.

Ça l'était. Le document que j'avais dans les mains me nommait avocat remplaçant, à tout le moins temporairement, dans toutes les affaires gérées par Jerry Vincent. Il me donnait aussi accès immédiat au bureau de l'avocat assassiné, à tous ses dossiers et à tous les comptes en banque sur lesquels ses clients avaient déposé de l'argent.

Je sortis mon portable et appelai Lorna Taylor. Et lui demandai l'adresse du cabinet de Jerry. Elle me la donna, je lui dis de m'y retrouver et d'acheter deux sandwiches en chemin.

– Pourquoi ? demanda-t-elle.

– Parce que je n'ai pas encore déjeuné.

– Non, pourquoi faut-il qu'on aille au cabinet de Jerry ?

– Parce qu'on vient de reprendre le boulot.

6

J'étais au volant de ma Lincoln et me dirigeais vers le cabinet de Jerry lorsque je songeai à quelque chose et rappelai Lorna Taylor. Elle ne décrochait pas, je l'appelai sur son portable et la joignis dans sa voiture.

– Je vais avoir besoin d'un enquêteur, lui dis-je. Qu'est-ce que tu dirais que j'appelle Cisco ?

Elle hésita avant de répondre. Cisco n'était autre que Dennis Wojciechowski, son jules depuis l'année précédente. C'était moi qui les avais présentés l'un à l'autre à une époque où je l'avais pris à mon service pour une affaire. Aux dernières nouvelles, ils vivaient ensemble.

– Bon, moi, travailler avec lui ne me pose aucun problème, dit-elle enfin. Mais j'aimerais bien que tu me dises de quoi il est question.

Lorna ne connaissait Jerry Vincent que sous la forme d'une voix au téléphone. C'était elle qui prenait ses appels quand il voulait savoir si je pouvais assister à un verdict ou baby-sitter un de ses clients lors d'une mise en accusation. Je ne me rappelais plus s'ils s'étaient jamais rencontrés. J'aurais aimé lui annoncer la nouvelle en personne, mais la situation évoluait trop vite pour ça.

– Jerry Vincent est mort, lui dis-je.

– Quoi ?

– Il a été assassiné hier soir et c'est moi qui ai le

droit de suite sur tous ses dossiers. Y compris celui de Walter Elliot.

Elle garda longtemps le silence avant de répondre.

– Mon Dieu… ! Comment… ? C'était un mec si bien !

– Je ne me rappelais plus si t'avais fait sa connaissance.

Lorna travaillait chez elle, à West Hollywood. Tous mes appels et toute ma facturation passaient par elle. Les bureaux en dur, si l'on pouvait parler de ça pour le cabinet Michael Haller et Associés, n'étaient autres que son appartement. Des associés, il n'y en avait pas et quand je travaillais, c'était assis sur la banquette arrière de ma voiture. Cela ne laissait à Lorna que peu d'occasions de rencontrer les gens que je représentais ou fréquentais.

– Il est venu à notre mariage, tu ne te rappelles pas ?

– Mais c'est vrai ! m'écriai-je. J'avais oublié.

– Je n'arrive pas à y croire. Qu'est-ce qui s'est passé ?

– Je ne sais pas. D'après Holder, il aurait été abattu dans le garage de son cabinet. Peut-être que je le saurai quand j'y serai.

– Il avait de la famille ?

– Je crois qu'il avait divorcé, mais je ne sais pas s'il avait des enfants ou pas. Je ne pense pas.

Elle garda le silence. L'un comme l'autre, nous avions nos problèmes.

– Laisse-moi y aller, que je puisse appeler Cisco, dis-je enfin. Tu sais ce qu'il fait aujourd'hui ?

– Non, il ne m'a pas dit.

– Bon, je verrai.

– Quel genre de sandwich veux-tu ?

– Tu passes par où ?

– Par Sunset Boulevard.

– Arrête-toi chez Dusty et prends-moi un de leurs sandwiches à la dinde sauce canneberge. Ça va faire presque un an que je ne m'en suis pas payé un.

– C'est gagné.

– Et prends quelque chose pour Cisco au cas où il aurait faim.

– Entendu.

Je raccrochai et cherchai le numéro de Dennis Wojciechowski dans le carnet d'adresses que je garde dans le compartiment de la console centrale. J'avais son numéro de portable. J'entendis des bruits de vent et des pétarades dès qu'il décrocha. Il était sur sa moto et, même si je savais que son casque était équipé d'un écouteur et d'un micro reliés à son portable, je fus obligé de gueuler.

– C'est moi, Mickey Haller. Range-toi sur le bas-côté.

J'attendis et je l'entendis couper le moteur de sa Harley Panhead 63.

– Qu'est-ce qu'il y a, Mick ? demanda-t-il lorsque le calme revint enfin. Ça fait une paie que j'entends plus parler de toi.

– Vaudrait mieux que tu remettes les silencieux dans tes échappements, mec. Sinon, tu risques d'être sourd avant quarante ans et, là, t'entendras plus parler de personne.

– J'ai déjà passé la quarantaine et je t'entends parfaitement bien. Qu'est-ce qui se passe ?

Wojciechowski travaillait en free-lance comme enquêteur pour la défense. J'avais déjà eu recours à ses services dans plusieurs affaires. C'est comme ça qu'il avait fait la connaissance de Lorna – en allant chercher sa paie. Mais je le connaissais déjà dix ans avant ça – il fréquentait les Road Saints, un club de motards pour lequel j'avais servi d'avocat *de facto* plusieurs années[1] durant. Dennis ne s'était jamais affilié au club, mais en était considéré comme un membre associé. Les motards lui avaient même fait présent d'un sobriquet – essentiellement parce que

1. Cf. *La Défense Lincoln*, dans ce même volume. *(NdE.)*

le groupe comportait déjà un autre Dennis (évidemment connu sous le surnom de « Dennis la Menace ») et que son nom de famille, Wojciechowski, était insupportablement difficile à prononcer. En jouant sur sa moustache et ses airs basanés, ils l'avaient surnommé « The Cisco Kid[1] ». Peu importait qu'il soit originaire du Southside de Milwaukee et polonais à cent pour cent.

Grand, voire imposant, Cisco faisait de la moto avec les Saints, mais gardait le nez propre. Il n'avait jamais été arrêté et cela avait joué en sa faveur lorsqu'il avait plus tard demandé une licence d'enquêteur privé à l'Administration de l'État. Bien des années ayant passé depuis, les cheveux longs avaient disparu et la moustache qui virait au gris était maintenant bien taillée. Cela dit, son surnom de Cisco et son penchant pour les classiques de chez Harley construites dans sa ville natale lui étaient restés à vie.

Et côté enquêtes, il était aussi tenace que réfléchi. Et il n'avait pas que ces qualités. Grand et fort, il pouvait aussi intimider quand c'était nécessaire. Cette caractéristique pouvait lui être d'une grande utilité lorsqu'il traquait les individus qui évoluent aux confins douteux des affaires criminelles et traitait avec eux.

– Et d'abord, où t'es ? lui demandai-je.

– À Burbank.

– Sur une affaire ?

– Non, juste en balade. Pourquoi ? T'as quelque chose pour moi ? Tu te décides enfin à reprendre une affaire ?

– Pas qu'une. Et je vais avoir besoin d'un enquêteur.

Je lui donnai l'adresse du cabinet de Vincent et lui dis de m'y rejoindre aussi vite qu'il pourrait. Je savais que Vincent aurait eu recours soit à toute une équipe

1. « The Cisco Kid », titre de nombreux ouvrages fondés sur le personnage de western créé par O. Henry dans la nouvelle *The Caballero's Way* de 1907. *(NdT.)*

d'enquêteurs, soit à un seul en particulier, et que je risquais de perdre du temps en embauchant un Cisco qui allait devoir se mettre au courant des dossiers, mais rien de tout cela ne m'inquiétait. Je voulais un enquêteur en qui je puisse avoir confiance et avec lequel j'avais déjà des relations de travail. Sans compter que j'allais aussi avoir besoin de lui pour trouver les adresses de tous mes nouveaux clients. Je sais d'expérience qu'en matière de défense au pénal on ne trouve pas toujours le client à l'adresse qu'il a indiquée sur la feuille de renseignements qu'il donne à son avocat au moment de signer son contrat de représentation.

J'avais déjà refermé mon portable lorsque je m'aperçus que j'avais dépassé l'immeuble où se trouvait le cabinet de Vincent. Il était situé dans Broadway, près de la 3e Rue, et il y avait trop de voitures et de piétons pour que je tente un demi-tour. À tous les carrefours suivants j'eus droit au feu rouge et perdis dix minutes à rebrousser chemin. Lorsque enfin j'arrivai au bon endroit, j'étais tellement frustré que je décidai de rengager un chauffeur dès que je pourrais, de façon à pouvoir me concentrer sur mes dossiers plutôt que sur des adresses.

Le cabinet de Vincent se trouvait dans un immeuble de six étages tout simplement appelé le « Legal Center ». Être si près des grands tribunaux du centre-ville voulait dire que le bâtiment était plein d'avocats pénalistes. C'était donc très exactement le genre d'endroit que les trois quarts des flics et des médecins, qui tous détestent les avocats, avaient probablement envie de voir imploser chaque fois qu'il y avait un tremblement de terre. Je vis l'entrée du parking voisin et m'y glissai.

Je prenais le ticket au distributeur lorsqu'un policier en tenue s'approcha de ma voiture. Il tenait une écritoire à pinces à la main.

– Monsieur ? me lança-t-il. Vous avez affaire dans cet immeuble ?

– C'est même pour ça que je me gare ici.
– Et cette affaire serait… ?
– En quoi cela vous regarde-t-il, monsieur l'agent ?
– Monsieur, me renvoya-t-il, nous sommes en train d'enquêter sur une scène de crime dans le garage et je vais avoir besoin de savoir quel genre d'affaires vous traitez ici avant de pouvoir vous autoriser à entrer.
– Mon bureau se trouve dans cet immeuble, lui répondis-je. Cela vous suffira-t-il ?

Ce n'était pas exactement un mensonge. J'avais l'ordre du juge Holder dans la poche de ma veste. Et ça, ça me donnait un bureau dans l'immeuble.

La réponse parut lui plaire. Il voulut voir une preuve de mon identité, j'aurais pu lui renvoyer qu'il n'avait aucun droit de me la demander, mais je décidai qu'il n'y avait pas non plus besoin d'en faire une affaire fédérale. Je sortis mon portefeuille et lui donnai ce qu'il voulait, il porta mon nom et le numéro de mon permis de conduire sur son bloc-notes. Et me laissa passer.

– Pour l'instant, vous ne pouvez pas vous garer au deuxième étage, reprit-il. La scène de crime est toujours hors limites.

Je lui fis un petit signe de la main et me dirigeai vers la montée. Arrivé au deuxième étage, je vis qu'il était vide à l'exception de deux véhicules de patrouille et d'un coupé BMW noir qu'on était en train de hisser sur le plateau d'un camion du garage de la police. La voiture de Vincent, pensai-je. Deux autres agents en tenue commençaient à peine à ôter le ruban jaune qu'ils avaient utilisé pour isoler le deuxième niveau du parking. L'un d'entre eux me fit signe de passer mon chemin. Je ne voyais aucun inspecteur alentour, mais les policiers n'étaient pas encore prêts à libérer la scène de crime.

Je continuai de monter et ne trouvai pas de place où

garer ma Lincoln avant d'arriver au cinquième. Encore une bonne raison de réembaucher un chauffeur.

Les bureaux que je cherchais se trouvaient bien au deuxième étage, côté rue. La porte en verre opaque en était fermée, mais pas à clé. J'entrai. La réception comportait une aire d'attente vide et, non loin de là, un comptoir derrière lequel était assise une femme aux yeux rouges d'avoir pleuré. Elle était au téléphone, mais elle le reposa en me voyant, sans même dire « ne quittez pas » à la personne avec qui elle parlait.

– Vous êtes de la police ? me demanda-t-elle.

– Non, non.

– Alors, je suis désolée, mais aujourd'hui, le cabinet est fermé.

Je m'approchai du comptoir et sortis l'ordre du juge Holder de la poche intérieure de ma veste de costume.

– Pas pour moi, lui renvoyai-je en lui tendant le document.

Elle le déplia et le regarda fixement sans donner l'impression de le lire. Je remarquai qu'elle serrait fort un petit tas de mouchoirs en papier dans une main.

– Qu'est-ce que c'est ? voulut-elle savoir.

– Une ordonnance du juge. Je m'appelle Michael Haller et le juge Holder m'a nommé avocat remplaçant pour tous les dossiers de Jerry Vincent. Cela signifie que nous allons travailler ensemble. Vous pouvez m'appeler Mickey.

Elle hocha la tête comme pour écarter quelque menace invisible. D'habitude, mon nom n'avait pas ce genre de pouvoir.

– Non, c'est impossible, dit-elle. Maître Vincent aurait refusé.

Je lui repris le document, le repliai et commençai à le remettre dans ma poche.

– En fait, si, c'est possible, dis-je. La doyenne des juges de la Cour supérieure de Los Angeles m'en a donné l'ordre. Et regardez de près les contrats de représentation que maître Vincent faisait signer à ses clients et vous verrez que mon nom y figure déjà comme avocat associé. Bref, ce que selon vous maître Vincent aurait pu vouloir ou ne pas vouloir n'a aucune importance étant donné qu'il avait déjà effectué toutes les démarches nécessaires pour que je le remplace si jamais il devait ne plus être en mesure d'exercer ou venait… à décéder.

Elle avait l'air hébétée. Elle s'était mis beaucoup de mascara et il avait coulé sous un de ses yeux. Cela lui donnait un visage déséquilibré et presque comique. Va savoir pourquoi, brusquement l'image de Liza Minelli me vint à l'esprit.

– Si vous voulez, vous pouvez appeler l'assistante du juge Holder et lui en parler, repris-je. Mais en attendant, moi, j'ai besoin de m'y mettre tout de suite. Je sais que cette journée n'est pas facile pour vous. Elle ne l'est pas non plus pour moi… Je connaissais déjà Jerry quand il travaillait pour le district attorney. Vous avez donc toute ma sympathie.

Je hochai la tête, la regardai et attendis sa réponse – toujours sans résultat. Je passai à autre chose.

– Je vais avoir besoin d'un certain nombre de choses pour pouvoir commencer, dis-je. Et d'abord, le planning. Je veux pouvoir dresser la liste des dossiers courants qu'il traitait. Après, je vais avoir besoin que vous me sortiez les dossiers de ceux qui…

– Il est plus là, dit-elle brusquement.

– Qu'est-ce qui n'est plus là ?

– Son ordinateur portable. La police m'a dit que le type qui a fait ça a aussi pris la mallette qu'il avait dans sa voiture. Et il avait tous ses dossiers dans son portable.

– Quoi ? Vous voulez dire son planning ? Il n'en avait pas un tirage papier ?

– Ça aussi, c'est plus là. Ils lui ont pris son agenda. Il était dans sa mallette.

Elle regardait fixement droit devant elle. Je tapotai le haut de son écran d'ordinateur.

– Et son ordinateur de bureau ? lui demandai-je. Il n'avait pas de copie de son planning nulle part ?

Comme elle ne disait rien, je lui reposai la question.

– Jerry avait-il une copie de son planning quelque part ? Y a-t-il un moyen quelconque d'y accéder ?

Elle finit par lever les yeux vers moi et parut prendre plaisir à me répondre.

– Ce n'est pas moi qui tenais son planning. C'était lui. Il avait tout dans son portable et il en avait une copie papier dans son vieux porte-documents. Mais l'un et l'autre ont disparu. La police m'a fait chercher partout, mais ils ne sont plus là.

J'acquiesçai d'un signe de tête. Que le planning manque à l'appel allait poser un problème, mais cela n'avait rien d'insurmontable.

– Et les dossiers ? Il en avait dans sa mallette ?

– Je ne crois pas. Il les gardait tous ici.

– Bon, bien. Ce qu'on va faire… On va sortir toutes les affaires en cours et rebâtir le planning à partir des dossiers. Je vais aussi avoir besoin de tous les registres et chéquiers ayant un rapport avec les fonds et les comptes.

Elle me regarda d'un œil sévère.

– Il n'est pas question que vous touchiez à son argent.

– Ce n'est pas…

Je m'arrêtai, respirai un grand coup et repris plus calmement, mais sans détour.

– Et d'un, je tiens à m'excuser. J'ai tout fait à l'envers. Je ne sais même pas votre nom. On reprend du début. Comment vous appelez-vous ?

– Wren.

– Wren ? Wren quoi ?

– Wren Williams.

– Bon, d'accord, Wren. Que je vous explique quelque chose. Ce n'est pas son argent à lui. C'est celui de ses clients et à moins qu'ils ne s'y opposent, ses clients sont à moi. Comprenez-vous ? Je viens de vous dire que je suis parfaitement conscient du cataclysme émotionnel de cette journée et du choc qui est le vôtre. Moi aussi, ce choc, je l'éprouve. Cela dit, vous allez devoir décider, et tout de suite, si vous êtes avec moi ou contre moi. Parce que si vous êtes avec moi, j'ai besoin que vous fassiez ce que je viens de vous demander. Et je vais avoir aussi besoin que vous travailliez avec mon assistante dès qu'elle arrivera. Mais si vous êtes contre moi, j'ai juste besoin que vous rentriez chez vous à l'instant.

Elle fit lentement non de la tête.

– Les inspecteurs m'ont dit que je devais rester ici jusqu'à ce qu'ils aient fini.

– Quels inspecteurs ? Il ne restait plus que quelques flics en tenue quand je suis entré dans le parking.

– Les inspecteurs qui sont dans le bureau de maître Vincent.

– Vous avez laissé…

Je ne terminai pas ma phrase. Je fis le tour du comptoir et me dirigeai vers les deux portes du mur du fond. Je choisis la gauche et l'ouvris.

Et entrai dans le bureau de Jerry Vincent. Grand, opulent et vide. Je fis un demi-tour complet et me retrouvai à regarder les yeux proéminents d'un gros poisson empaillé monté sur le mur, juste au-dessus de la console en bois sombre à côté de la porte par laquelle j'étais entré. D'un très beau vert, l'animal avait le ventre blanc. Il avait aussi le corps arqué comme s'il avait gelé instantanément au moment où il sautait hors de l'eau. Il avait encore la bouche si grand ouverte que j'aurais pu y entrer mon poing.

Montée sur le mur sous le poisson se trouvait une plaque en cuivre jaune qui disait :

Si j'avais fermé ma gueule
Je ne serais pas ici

Sages paroles à respecter, me dis-je. C'est en parlant trop que les accusés au criminel finissent en prison. Arriver à en sortir à force de parlote est rare. Le meilleur conseil que j'aie jamais donné à mes clients est de la fermer, rien d'autre. On ne parle à personne de son affaire, pas même à sa femme. Et on réfléchit tout seul. Invoquer le cinquième amendement, c'est vivre un jour de plus.

Reconnaissable entre tous, le bruit d'un tiroir métallique qu'on ouvre et claque en le refermant me fit faire demi-tour. À l'autre bout de la pièce se trouvaient deux autres portes. Toutes les deux étant ouvertes sur une trentaine de centimètres, je regardai la première et aperçus des toilettes. Dans l'autre pièce, je vis de la lumière.

Je m'en approchai vivement et ouvris complètement la porte d'une poussée. C'était la réserve. Sans fenêtres, elle tenait de la grande penderie et comportait rangées sur rangées de classeurs métalliques s'ouvrant des deux côtés. Une petite table de travail était installée contre le mur du fond.

Deux hommes y étaient assis. Un jeune et un vieux. L'un pour enseigner, l'autre pour apprendre, c'est probable. Ils avaient ôté leurs vestes et les avaient posées sur les dossiers de leurs chaises. Je vis leurs armes, leurs étuis et les écussons attachés à leurs ceintures.

– Qu'est-ce que vous faites ? leur demandai-je d'un ton bourru.

Ils levèrent la tête de dessus leur travail. Je découvris une pile de dossiers posés entre eux deux sur la table. Les yeux du plus vieux s'ouvrirent grand un instant lorsqu'il me vit – la surprise.

– Los Angeles Police Department, dit-il. Et faudrait sans doute que je vous pose la même question.

– Ces dossiers sont à moi et vous allez devoir les lâcher tout de suite.

Le plus vieux se leva et vint vers moi. Je commençai à sortir l'ordonnance du juge de ma poche.

– Je m'appelle…

– Je sais qui vous êtes, dit-il. Mais je ne sais toujours pas ce que vous faites ici.

Je lui tendis le document.

– Ceci devrait vous l'expliquer. Je viens d'être nommé remplaçant auprès de tous les clients de Jerry Vincent par la doyenne des juges de la Cour supérieure. Ce qui signifie que toutes ses affaires m'appartiennent. Et que vous n'avez aucun droit d'être ici à fouiller dans ces dossiers. Il s'agit là d'une violation flagrante du droit qu'ont mes clients d'être protégés contre toute tentative de fouille et de saisie illégale. Ces dossiers contiennent des communications et des renseignements protégés par le secret de la relation client-avocat.

Il ne se donna même pas la peine de regarder la pièce que je lui montrais. Il la feuilleta rapidement jusqu'à la dernière page et regarda le sceau et la signature qui y étaient apposés. Et n'eut pas l'air autrement impressionné.

– Maître Vincent vient d'être assassiné, me dit-il. Le mobile du meurtre pourrait très bien se trouver dans l'un de ces dossiers. Et l'identité de l'assassin aussi. Nous devons donc…

– Non, vous ne devez pas. Ce que vous devez faire, c'est quitter immédiatement cette pièce.

Il ne bougea même pas.

– Pour moi, cette pièce fait partie d'une scène de crime. C'est vous qui devez la quitter.

– Lisez donc cette ordonnance, inspecteur. Je ne bougerai pas d'ici. Votre scène de crime se trouve dans le parking et aucun juge de Los Angeles ne vous laisserait l'étendre à cette pièce et à ces dossiers. L'heure est venue de partir, inspecteur, et moi de m'occuper de mes clients.

Il ne fit même pas un geste pour lire l'ordonnance de la cour ou vider les lieux.

– Si je m'en vais, je ferme tout et je mets les scellés, dit-il.

Je détestais me lancer dans des concours du genre qui pisse le plus loin, mais parfois il n'y a pas le choix.

– Allez-y et j'obtiendrai qu'ils soient tous retirés dans l'heure. Et vous, vous vous retrouverez devant la doyenne des juges de la Cour supérieure à lui expliquer comment vous avez piétiné les droits constitutionnels de tous les clients de maître Vincent. Vu le nombre de personnes dont nous parlons, ça pourrait être un record… même pour le LAPD.

Il me sourit comme si mes menaces l'amusaient un rien.

– Vous me dites donc que ce papier, fit-il en brandissant l'ordonnance, vous confère la possession de tous ces dossiers ?

– C'est exact. Pour l'instant au moins.

– Tout le cabinet, donc.

– Oui, mais chacun de mes clients devra choisir de rester avec moi ou de trouver quelqu'un d'autre pour le représenter.

– Bon, eh bien, faut croire que ça vous met sur la liste.

– Quelle liste ?

– La liste des suspects.

– C'est ridicule ! Pourquoi voulez-vous que j'y figure ?

– Vous venez juste de nous le dire. Parce que vous avez hérité de tous les clients de la victime. Ça doit vous faire une sacrée rentrée de pognon, non ? Il est mort et c'est vous qui héritez de toute l'affaire. Ça ne vous semble pas suffisant comme mobile ? Ça vous dérangerait de nous dire où vous étiez hier soir entre 8 heures et minuit ?

Il me sourit encore d'un sourire sans chaleur, celui bien étudié du flic qui juge. Il avait les yeux d'un marron si profond que j'avais du mal à distinguer l'iris de la pupille. Comme ceux du requin, ils semblaient ne donner ou réfléchir aucune lumière.

– Je ne vais même pas commencer à vous expliquer à quel point tout cela est idiot, lui renvoyai-je. Mais pour commencer, vous pouvez vérifier auprès du juge et vous découvrirez que je ne savais même pas que j'étais pressenti pour ce travail.

– Que vous dites. Mais ne vous inquiétez pas, nous allons tout vérifier.

– Bien. Et maintenant, vous quittez cette pièce ou j'appelle le juge.

Il regagna la table, ôta sa veste de la chaise et préféra la prendre plutôt que de l'enfiler. Il prit aussi un dossier sur la table et me l'apporta. Me le poussa dans la poitrine jusqu'à ce que je le lui prenne.

– Voici un de vos nouveaux dossiers, maître, dit-il. Je vous le rends. Surtout ne vous étouffez pas en le lisant.

Sur quoi, il franchit la porte, son collègue sur les talons. Je les suivis jusqu'à ce qu'ils quittent le bureau et décidai de faire quelque chose pour réduire la tension. J'avais l'impression que ce n'était pas la dernière fois que j'allais les voir.

– Écoutez, leur dis-je, je suis désolé qu'on en soit là. J'essaie toujours d'avoir de bons rapports avec la police et je suis sûr qu'on va trouver une solution. Cela dit, pour le moment, c'est envers mes clients que je suis obligé. Je ne sais même pas ce qu'il y a dans ces dossiers. Donnez-moi un peu de temps et je…

– Du temps, nous n'en avons pas, me renvoya le plus vieux. On perd notre avance et c'est toute l'affaire qui tombe. Comprenez-vous bien dans quoi vous êtes en train de mettre les pieds, maître ?

Je le regardai un instant pour essayer de deviner le sens caché de sa question.

– Je crois, oui, inspecteur. Ça ne fait que dix-huit ans que je travaille sur des affaires, mais…

– Ce n'est pas de votre expérience que je vous parle. Ce dont je vous parle, c'est de ce qui s'est passé dans ce garage. L'individu qui a tué Vincent l'y attendait. Il savait où il était et comment l'avoir. Maître Vincent est tombé dans une embuscade.

Je hochai la tête comme si je comprenais.

– À votre place, reprit l'inspecteur, je ferais très attention à ces nouveaux clients qui sont les vôtres. Jerry Vincent connaissait son assassin.

– Cela remonte à l'époque où il était procureur ? À celle où il envoyait des gens en prison ? Peut-être qu'un de ces…

– On va vérifier. Mais vous remontez trop loin en arrière. Pour moi, l'individu que nous recherchons se trouve dans ces dossiers.

Sur quoi, son collègue et lui reprirent la direction de la porte.

– Attendez ! leur lançai-je. Vous avez une carte de visite ? Donnez-m'en une.

Ils s'arrêtèrent et firent demi-tour. Le plus âgé en sortit une de sa poche et me la tendit.

– Y a tous mes numéros de téléphone dessus, dit-il.

– Laissez-moi reconnaître le terrain et je vous appelle pour qu'on s'arrange. Y a sûrement un moyen de coopérer sans piétiner les droits de quiconque.

– Comme vous voulez, dit-il. C'est vous l'avocat.

J'acquiesçai d'un signe de tête et regardai le nom porté sur la carte de visite. Harry Bosch. J'étais, moi, sûr de ne l'avoir encore jamais rencontré, mais il avait ouvert les hostilités en déclarant savoir qui j'étais.

– Écoutez, inspecteur Bosch, repris-je. Jerry Vincent était un collègue. Sans être proches, nous étions quand même amis.

– Et… ?

– Et bonne chance, vous voyez ? Bonne chance avec le dossier. J'espère que vous allez résoudre l'affaire.

Il se tourna pour suivre son collègue qui quittait le bureau.

– Inspecteur ?

Bosch se tourna de nouveau vers moi.

– Nos chemins se seraient-ils croisés sur une affaire ? J'ai l'impression de vous reconnaître.

Il sourit d'un air désinvolte et hocha la tête.

– Non, dit-il. Si vous aviez eu affaire à moi, vous vous en souviendriez.

7

Une heure plus tard, je me retrouvai assis au bureau de Jerry Vincent, avec Lorna Taylor et Dennis Wojciechowski en face de moi. Nous mangions nos sandwiches et nous apprêtions à revoir tout ce que nous avions pu mettre sur pied après avoir effectué un premier survol des dossiers. La nourriture était bonne, mais personne n'avait beaucoup d'appétit vu l'endroit où nous nous trouvions et ce qui était arrivé à notre prédécesseur.

J'avais renvoyé Wren Williams chez elle en avance. Elle s'était montrée incapable d'arrêter de pleurer et de s'opposer à ce que je prenne le contrôle des affaires de son patron décédé. J'avais décidé de supprimer l'obstacle plutôt que de devoir constamment en faire le tour. La dernière chose qu'elle m'avait demandée avant que je la reconduise à la porte avait été de savoir si j'allais la virer ou pas. Je lui avais répondu que le jury n'avait pas rendu son verdict dans cette affaire, mais qu'elle devrait être comme d'habitude au rapport le lendemain matin.

Jerry Vincent mort et Wren Williams partie, nous nous étions retrouvés à devoir avancer dans le noir jusqu'à ce que Lorna comprenne le système de classement et puisse commencer à sortir les dossiers des affaires en cours. En reprenant les annotations contenues dans chacun d'entre eux elle avait réussi à bâtir un planning – qui est au cœur même de la vie professionnelle de tout avocat spécialiste du prétoire. Dès que nous avions pu avoir ce rudiment de planning, j'avais commencé à respirer un peu mieux et nous avions décidé de faire la pause déjeuner et d'ouvrir le carton de sandwiches que Lorna avait apporté de chez Dusty.

Le planning était léger. Quelques auditions ici et là, mais pour l'essentiel il était clair que Vincent voulait être libre pour le procès de Walter Elliot qui devait commencer par la sélection des jurés dans neuf jours.

– Bon, allons-y ! lançai-je la bouche encore pleine. D'après l'emploi du temps que nous avons bâti, j'ai un verdict dans trois quarts d'heure. Je me disais donc que nous pourrions commencer à faire le point tout de suite et qu'après je pourrais vous laisser tous les deux pour filer au tribunal. Après, je reviens et je vois jusqu'où nous avons avancé avant que Cisco et moi commencions à aller frapper aux portes.

Tous deux acquiescèrent d'un hochement de tête, leurs mâchoires continuant de travailler leurs sandwiches. Cisco avait de la canneberge dans la moustache mais n'en savait rien.

Lorna était plus élégante et superbe que jamais. Une vraie beauté avec des cheveux blonds et un regard qui, Dieu sait comment, vous faisait croire que vous étiez le centre du monde lorsqu'elle le posait sur vous. Je ne m'en lassais pas. J'avais continué à lui payer son salaire toute l'année où j'avais été absent. J'en avais eu les moyens avec le fric de l'assurance et n'avais pas voulu courir le risque de la voir travailler pour un autre avocat lorsque l'heure serait venue de reprendre le boulot.

– Commençons par le fric, dis-je.

Elle acquiesça. Dès qu'elle eut rassemblé les affaires en cours et déposé les dossiers devant moi, elle était passée aux livres de comptes – seule chose qui avait sans doute autant d'importance que le planning. Ils devaient en effet nous dire de quelles sommes disposait le cabinet. Et nous donner une idée de la manière dont Vincent menait sa barque.

– Bon, dis-je, les bonnes et les mauvaises nouvelles côté financier. Il y a trente-huit mille dollars sur le compte des affaires en cours et cent vingt-neuf mille sur le compte du cabinet.

Je poussai un sifflement. Ça faisait beaucoup de liquide à garder sur le compte du cabinet. C'est là qu'atterrit l'argent versé par les clients. Au fur et à mesure que le dossier avance, le compte est débité de sommes qu'on transfère sur le compte des affaires en cours. Et moi, je veux toujours qu'il y ait plus d'argent sur ce dernier que sur le compte du cabinet parce que dès qu'il est versé sur le compte des opérations en cours, l'argent est à moi.

– Que tout soit à l'envers s'explique, dit Lorna en enregistrant ma surprise. Il vient juste d'encaisser un chèque de cent mille dollars de Walter Elliot. Il l'a déposé à la banque vendredi.

J'acquiesçai et tapotai le planning de fortune que j'avais devant moi. Les éléments s'en trouvaient sur une feuille de bloc-notes grand format. Lorna allait devoir sortir acheter un vrai planning dès qu'elle en aurait l'occasion. Elle allait aussi devoir transférer toutes les dates de tribunal sur mon ordinateur et sur un planning *on line*. Dernière chose et, ça non plus, Jerry Vincent ne l'avait pas fait, elle allait devoir faire une copie de tout ça sur un site de stockage extérieur.

– Le procès Elliot doit commencer jeudi prochain, dis-je. Vincent a encaissé les cent mille dollars d'entrée de jeu.

Dire ainsi ce qui était l'évidence même me fit brusquement comprendre quelque chose.

– Dès que nous aurons fini, tu appelles la banque, dis-je à Lorna. Tu vérifies si le chèque est bien passé. Si ce n'est pas le cas, tu essaies de pousser à la roue.

Dès qu'Elliot apprendra que Vincent est mort, il va très probablement essayer de faire opposition.

– Entendu.

– Quoi d'autre côté argent ? Si ces cent mille-là viennent d'Elliot, à qui sert le reste ?

Lorna ouvrit un des livres de comptes qu'elle avait sur les genoux. Le moindre dollar du compte du cabinet doit y être inscrit avec le nom du client qui l'y a placé. C'est à tout instant que l'avocat doit pouvoir déterminer quelles sommes issues de l'avance du client ont été transférées sur le compte opérationnel, puis utilisées, et combien il reste en réserve. Les cent mille dollars de Vincent étaient bien marqués comme affectés au procès de Walter Elliot. Cela ne laissait que vingt-neuf mille dollars pour le reste des affaires en cours. Ça ne faisait pas beaucoup vu la pile de dossiers que nous avions découverts en ouvrant les classeurs pour y chercher les affaires en cours.

– Ça, c'est la mauvaise nouvelle, fit remarquer Lorna. On dirait bien qu'il n'y a que cinq ou six autres affaires avec des arrhes versées. Pour le reste des affaires en cours, l'argent est déjà passé sur le compte opérationnel et a été dépensé. C'est ça ou les clients doivent de l'argent au cabinet.

J'acquiesçai d'un signe de tête. Ce n'était effectivement pas une bonne nouvelle. Tout commençait à indiquer que Jerry Vincent allait plus vite que les violons, et signifiait qu'il était sur le fil du rasoir et prenait des affaires nouvelles pour que l'argent continue à entrer et qu'il puisse régler les dépenses liées aux affaires en cours. Walter Elliot avait dû être le client qui remet sur pied. Ces cent mille dollars aussitôt encaissés par la banque, Vincent aurait pu arrêter de cavaler et reprendre son souffle – pendant un moment au moins. Sauf qu'il n'en avait pas eu l'occasion.

– Combien de clients a-t-il pris à crédit ? demandai-je.

Lorna se référa encore une fois aux registres qu'elle avait sur les genoux.

– Il en a deux pour représentation avant procès. Et ils sont tous les deux très en retard sur leurs paiements.

– Noms ?

Il lui fallut un moment pour chercher dans les dossiers et me les donner.

– Le premier est un certain Samuels et le deuxième s'appelle Henson. Ils lui doivent tous les deux environ cinq mille dollars.

– Voilà pourquoi on prend des cartes de crédit au lieu de sortir les billets de banque.

C'était de mes propres habitudes en affaires que je parlais. Il y avait longtemps que j'avais cessé de faire crédit. Je n'acceptais que des paiements en liquide et non remboursables. J'acceptais bien aussi les cartes de crédit, mais jamais avant que Lorna n'ait vérifié et eu acceptation du débit.

Je jetai un coup d'œil aux notes que j'avais prises en recensant rapidement les dossiers en cours et les rendez-vous portés au planning. Les affaires Samuels et Henson comptaient au nombre de celles dont j'allais me débarrasser si je pouvais, cela au vu des faits connus et des chefs d'accusation retenus contre ces deux personnes. Dès qu'il y avait quelque chose qui me déplaisait dans une affaire – et ce pour quelque raison que ce soit –, je m'en séparais aussitôt.

– Pas de problème, dis-je. On va les jeter.

Samuels était accusé d'homicide involontaire suite à conduite en état d'ivresse et Henson de vol aggravé et détention de drogue. Le cas de ce dernier retint un instant mon attention dans la mesure où Vincent avait envisagé de bâtir sa défense autour de la dépendance aux antalgiques de son client. Il prévoyait de fondre sympathie et défense indirecte dans sa tactique. Il donnerait ainsi à voir une affaire où, de fait, c'était le médecin qui avait trop prescrit de médicaments à Henson qui serait le plus responsable des conséquences de la dépendance qu'il avait créée. Patrick Henson, lui, serait alors considéré comme une victime au lieu d'un criminel.

Je connaissais d'autant mieux ce système de défense que j'y avais eu recours de manière répétée ces deux dernières années afin d'essayer de me faire pardonner nombre d'infractions que j'avais commises en tant que père, ex-époux et ami de tous ceux qui comptaient dans ma vie. Cela étant, je décidai quand même de faire passer Henson à la trappe parce que, au fond, je savais très bien que ce type de défense ne tient pas la route – pour moi au moins. Et je n'étais pas prêt à me battre pour lui non plus.

Lorna fit oui de la tête et prit quelques notes sur ces deux affaires.

– Bien, où en est-on ? demanda-t-elle. Combien d'affaires veux-tu jeter à la poubelle ?

– Nous avons un total de trente et une affaires en cours, lui répondis-je. Dont seulement sept qui me semblent bonnes à jeter. Ce qui nous donne beaucoup d'affaires pour lesquelles il n'y a rien dans la caisse. Ou bien je trouve de nouveaux financements ou bien elles passent à la trappe elles aussi.

Aller demander de l'argent au client ne m'inquiétait pas. Trouver le fric est le premier talent à avoir quand on est avocat de la défense. Je me défendais bien de ce côté-là et Lorna y était encore meilleure que moi. L'astuce est de commencer par trouver des clients qui paient et nous venions d'en avoir une douzaine qui nous était tombée du ciel.

– Tu crois que le juge va t'autoriser à abandonner certaines de ces affaires ? me demanda-t-elle.

– Non, lui répondis-je. Mais je trouverai une solution. Disons en invoquant de possibles conflits d'intérêts. Le conflit étant que j'aime beaucoup être payé pour mon travail et que le client, lui, n'aime pas beaucoup ça.

Personne ne rit. On ne se fendit même pas d'un sourire. Je passai à autre chose.

– D'autres remarques à faire sur l'argent ? demandai-je.

– Non, c'est à peu près tout, dit Lorna en hochant la tête. Pendant que tu seras au tribunal, je vais appeler la banque et enclencher le processus. Tu veux que nous ayons tous les deux la signature sur ces comptes ?

– Oui, même chose que pour les miens.

Je n'avais pas envisagé qu'on puisse avoir du mal à mettre la main sur le fric déposé sur les comptes de Vincent. C'était pour ça que j'avais Lorna avec moi. Côté affaires, elle avait des qualités qui me faisaient défaut. Certains jours, elle était même tellement bonne que j'aurais aimé ne l'avoir jamais épousée ou n'avoir jamais divorcé d'avec elle.

– Essaie de voir si Wren a la signature, lui dis-je encore. Si c'est le cas, tu la lui enlèves. Pour l'instant, je ne veux que toi et moi.

– Ce sera fait. Il se peut que tu doives retourner voir le juge Holder pour avoir une ordonnance à montrer à la banque.

– Ça ne posera aucun problème.

D'après ma montre, je n'avais plus que dix minutes avant de devoir me rendre au tribunal. Je portai mon attention sur Wojciechowski.

– Cisco, lui lançai-je, qu'est-ce que t'as dans ta besace ?

Un peu plus tôt, je lui avais dit de travailler ses contacts et de suivre l'enquête sur le meurtre de Vincent d'aussi près que possible. Je voulais connaître les mesures que prenaient les inspecteurs étant donné que, d'après Bosch, l'enquête allait être fortement liée aux dossiers dont je venais d'hériter.

– Pas grand-chose, répondit-il. Les inspecteurs ne sont même pas revenus à Parker Center. J'ai appelé un mec que je connais au labo et ils n'ont toujours pas fini leurs analyses. Je n'ai donc pas beaucoup d'infos sur ce qu'ils ont, mais il m'a parlé de quelque chose qu'ils n'ont pas. À s'en tenir à ce qu'ils ont pu dire sur les lieux du crime, Vincent a été touché au moins deux fois. Et il n'y a pas de douilles. L'assassin a nettoyé derrière lui.

Ce qui nous disait quelque chose. Ou bien le type s'était servi d'un revolver ou bien il avait eu la présence d'esprit de ramasser les douilles éjectées par son arme juste après avoir abattu son homme.

Cisco poursuivit son rapport.

– J'ai aussi appelé un de mes contacts au service de la communication et elle m'a dit que le premier appel était arrivé à 0 h 43. Ils préciseront l'heure de la mort à l'autopsie.

– A-t-on une idée générale de ce qui s'est passé ?

– Il semblerait que Vincent ait travaillé tard, ce qu'il faisait apparemment très régulièrement le lundi. Il se préparait pour la semaine à venir. Dès qu'il a eu fini, il a fait sa mallette, l'a fermée à clé et a filé. Et là, il passe au garage, monte dans sa voiture et l'assassin l'abat par la fenêtre côté conducteur. Quand on l'a trouvé, la voiture était en vitesse parking et le contact était mis. Et la vitre baissée. Et ce soir-là, il faisait aux environs de quinze degrés. Il est possible qu'il ait baissé la vitre parce qu'il aimait bien la fraîcheur ou alors il l'a fait parce que quelqu'un s'approchait de sa voiture.

– Quelqu'un qu'il connaissait.

– C'est une des possibilités.

J'y réfléchis et repensai à ce que m'avait dit l'inspecteur Bosch.

– Il n'y avait personne de service au garage ?

– Non, l'employé part à 6 heures. Après ça, il faut

mettre de l'argent dans la machine ou se servir d'un passe mensuel. Vincent en avait un.

– Des caméras de surveillance ?

– Seulement aux endroits où on entre et sort. Ce sont des appareils braqués sur les plaques d'immatriculation de façon à ce que si quelqu'un déclare avoir perdu son ticket, on puisse savoir à quelle heure est entrée la voiture, enfin… ce genre de trucs. Mais d'après ce que m'a dit mon gars au labo, ils n'ont rien trouvé d'utile sur la bande. L'assassin n'est pas entré au garage en voiture. Il y est entré à pied en passant par l'immeuble ou en prenant une des entrées piétonnières.

– Qui a trouvé Jerry ?

– Le type de la sécurité. Il y a un garde pour l'immeuble et le garage. Il fait le tour du garage deux ou trois fois par nuit et c'est au deuxième qu'il a remarqué la voiture de Vincent. Les phares étant allumés et le moteur en marche, il est allé voir. Au début, il a cru que Vincent s'était endormi, puis il a vu le sang.

Je hochai la tête en pensant à ce scénario et à la façon dont tout ça s'était déroulé. Ou bien l'assassin était incroyablement négligent et avait eu de la chance ou bien il savait que, le garage n'étant pas équipé de caméras de surveillance, il pourrait intercepter Jerry Vincent un lundi soir, à un moment où le parking était quasi désert.

– Bon, tu continues d'enquêter. Et côté Harry Potter ?

– Qui ça ?

– L'inspecteur. Non, pas Potter. Je voulais dire…

– Bosch. Harry Bosch. Ça aussi, j'y travaille. Ce serait un des meilleurs. Il a pris sa retraite il y a quelques années et c'est le chef de police en personne qui lui aurait demandé de reprendre du service. Enfin… c'est ce qu'on raconte.

Il jeta un coup d'œil à ses notes.

– Son nom complet est Hieronymus Bosch. Il a un

total de trente-trois ans dans la police et ça, tu sais ce que ça veut dire.

– Non. Qu'est-ce que ça veut dire ?

– D'après la convention retraite du LAPD, le maximum de service est de trente ans, ce qui signifie qu'on a alors droit à la retraite complète et que quel que soit le nombre d'années qu'on effectue en plus après ça, le montant ne change pas. Bref, du point de vue économique, rester au LAPD après trente ans n'a aucun sens.

– À moins de se croire investi d'une mission.

Cisco acquiesça d'un signe de tête.

– Exactement. Tous les flics qui restent après trente ans de service ne le font pas pour le fric ou pour le boulot. Ils le font pour plus que ça.

– Minute ! lui lançai-je. T'as bien dit Hieronymus Bosch ? Comme le peintre ?

Ma question le mit dans l'embarras.

– Un peintre ? Je ne sais pas. Mais c'est son nom. À ce qu'on m'a dit, ça rime avec « anonymous ». Drôle de nom, si tu veux mon avis.

– Pas plus bizarre que Wojciechowski… si tu veux le mien.

Il s'apprêtait à défendre son nom et sa lignée lorsque Lorna l'interrompit.

– Mais, Mickey… je croyais que tu disais ne pas le connaître ? me lança-t-elle.

Je me tournai vers elle et fis non de la tête.

– Je ne l'avais jamais vu avant aujourd'hui, mais son nom… Je connais son nom.

– Tu veux dire… pour les tableaux ?

Je n'avais aucune envie d'entrer dans une discussion sur un passé si lointain que je ne pouvais pas être sûr de ce que j'avancerais.

– On laisse tomber, dis-je. Ça n'a aucune importance et faut que j'y aille.

Je me levai.

– Cisco, repris-je, tu restes sur le coup et tu me trouves tout ce que tu peux sur Bosch. Je veux savoir jusqu'où je peux lui faire confiance.

– Tu ne vas pas lui donner l'autorisation de consulter les dossiers, si ? voulut savoir Lorna.

– Il ne s'agit pas d'un assassinat au hasard. Il y a un meurtrier en liberté et ce meurtrier savait comment atteindre Jerry Vincent. Je me sentirais nettement mieux si notre type avec sa mission arrivait à comprendre ce qui s'est passé et réussissait à nous capturer le coupable.

Je fis le tour du bureau et me dirigeai vers la porte.

– Je pars pour le cabinet du juge Champagne. Je vais prendre une pile de dossiers en cours pour les lire en attendant mon tour.

– Je t'accompagne à la porte, dit Lorna.

Je la vis jeter un coup d'œil à Cisco de façon à ce qu'il reste en arrière. Nous quittâmes la réception. Je savais ce que Lorna allait me dire, mais je la laissai faire.

– Mickey, me lança-t-elle, tu es sûr d'être prêt ?

– Absolument.

– Ça ne faisait pas partie du plan. Tu allais reprendre le boulot tout doucement, tu te rappelles ? On accepte deux ou trois affaires et on part de là. Au lieu de quoi, tu prends la direction de tout un cabinet.

– Parce que je travaillerais ?

– Sois sérieux, tu veux ?

– Mais je le suis. Et je suis prêt. Tu ne vois donc pas que c'est bien mieux que notre plan ? L'affaire Elliot, non seulement nous apporte des tonnes de fric, mais avec elle, ce sera comme d'avoir un gigantesque panneau publicitaire avec « Je suis de retour » en grosses lettres au néon au-dessus du Criminal Courts Building.

– Ouais, c'est génial. Et à elle seule, l'affaire Elliot va te mettre tellement la pression que tu…

Elle ne termina pas sa phrase, mais ce n'était pas nécessaire.

– Lorna, lui dis-je, tout ça, c'est fini. Je vais bien, c'est derrière moi et je suis prêt. Je croyais que ça te ferait plaisir. C'est la première fois depuis un an que nous avons une rentrée d'argent.

– Ça, je m'en fous. Ce dont je veux être sûre, c'est que tu vas bien.

– Je vais plus que bien. Je suis très excité. J'ai l'impression d'avoir récupéré mon allant en un seul jour. Ne me tire pas vers le bas, je t'en prie. D'accord ?

Elle me dévisagea, je la dévisageai en retour, enfin un sourire fleurit comme à regret sur son visage sévère.

– Bon, d'accord, dit-elle. Allez, va les coincer !

– T'inquiète pas. Je les aurai.

8

Malgré les assurances que j'avais données à Lorna, en descendant le couloir qui conduisait au pont reliant le bâtiment au garage, je n'arrêtai pas de penser à tous ces dossiers et à tout le travail de préparation qu'il allait falloir accomplir. J'avais oublié que je m'étais garé au cinquième étage et me retrouvai à devoir gravir trois rampes d'accès avant de retrouver la Lincoln. J'en ouvris le coffre et déposai dans mon sac le gros tas de dossiers que je transportais.

Ce sac était un objet hybride que j'avais acheté dans un magasin appelé Suitcase City[1] à l'époque où je préparais mon retour. Il s'agissait d'un sac à dos équipé de bretelles que je pouvais passer par-dessus mes épaules les jours où je me sentais costaud. Il comportait aussi une poignée qui me permettait de le porter comme une valise si je voulais. Et deux roulettes et une poignée télescopique qui, elles, me permettaient de le tirer derrière moi les jours où je manquais de force.

Depuis peu, les jours où je me sentais en forme dépassaient de loin ceux où j'étais faible, et j'aurais sans doute pu me débrouiller de la traditionnelle mallette en cuir de l'avocat. Mais ce sac, je l'aimais bien et j'avais décidé de continuer à m'en servir. Il s'ornait d'un logo – la ligne de crête d'une montagne avec les

1. Soit « Au royaume des valises ». *(NdT.)*

mots « Suitcase City » imprimés en travers comme le grand panneau d'Hollywood. Au-dessus se trouvaient des vasistas ouverts sur l'horizon complétant ainsi l'image fantasmatique du désir et de l'espoir. Je pense que c'est à cause de ce logo que j'aimais bien ce sac : je savais que Suitcase City n'était pas le nom d'un magasin. C'était celui d'un endroit. Et cet endroit était Los Angeles.

Los Angeles est un lieu où tout le monde vient d'ailleurs et où personne ne jette jamais vraiment l'ancre. Un lieu de passage. Plein de gens attirés par le rêve, de gens qui fuient le cauchemar en courant. Ils sont douze millions et tous sont prêts à dégager si nécessaire. Figurativement, littéralement, métaphoriquement – quelle que soit la manière dont on prend la chose –, à Los Angeles, tout le monde a sa valise prête. Juste au cas où.

Je refermais le coffre lorsque je sursautai en découvrant un type entre ma voiture et celle garée juste à côté. Ouvert, le couvercle du coffre m'avait empêché de le voir approcher. Je ne le connaissais pas, mais je compris tout de suite que lui savait qui j'étais. L'avertissement de Bosch me revint immédiatement en mémoire, et me battre ou fuir, je fus pris entre deux feux.

– Maître Haller, puis-je vous parler un instant ? me lança l'inconnu.

– Qui êtes-vous et qu'est-ce que vous foutez à vous faufiler entre les voitures des gens ?

– Moi, me faufiler entre les voitures ? Je vous ai vu et j'ai coupé entre elles, c'est tout. Je travaille pour le *Times* et je me demandais si je ne pourrais pas vous parler de Jerry Vincent.

Je hochai la tête et soufflai fort.

– Vous m'avez foutu une trouille à chier ! Vous ne savez donc pas qu'il a été abattu dans ce garage par quelqu'un qui s'est approché de sa voiture ?

– Écoutez, je suis désolé. Je voulais juste…

– On oublie, d'accord ? Je ne sais rien sur cette affaire et je dois filer au tribunal.

– Mais vous reprenez bien ses dossiers, n'est-ce pas ?

Je lui fis signe de dégager et me rapprochai de la portière de ma voiture.

– Qui vous l'a dit ?

– Notre chroniqueur judiciaire a eu une copie de l'ordonnance du juge Holder. Pourquoi maître Vincent vous a-t-il choisi ? Vous étiez amis ?

J'ouvris ma portière.

– Écoutez, comment vous appelez-vous ?

– Jack McEvoy. Je suis les affaires de police.

– Un bon point pour vous, Jack. Mais je ne peux pas vous parler de ça maintenant. Si vous voulez me donner votre carte de visite, je vous appellerai quand je pourrai.

Il ne bougea même pas pour m'en donner une ou indiquer qu'il aurait compris ce que je venais de lui dire. Il se contenta de me poser une autre question.

– Le juge vous a collé une interdiction de parler ?

– Elle n'a rien fait de tel. Si je ne peux pas vous parler, c'est parce que je ne sais rien du tout, d'accord ? Quand j'aurai quelque chose à dire, je le dirai.

– Bon, eh bien, pouvez-vous me dire pourquoi vous reprenez les affaires de maître Vincent ?

– Vous connaissez déjà la réponse. C'est le juge qui m'a nommé. Et maintenant, il faut que j'aille au tribunal.

Je montai dans ma voiture en baissant la tête, mais laissai la portière ouverte et mis la clé de contact. McEvoy posa le coude sur le toit et se pencha à l'intérieur pour essayer de me convaincre de continuer l'interview.

– Écoutez, lui dis-je. Il faut que j'y aille et j'aimerais bien que vous reculiez pour que je puisse fermer ma portière et mettre mon tank en marche arrière.

– J'espérais qu'on puisse conclure un marché, dit-il très vite.

– Un marché ? Quel marché ? De quoi parlez-vous ?

– Vous savez bien, pour des infos. Moi, j'ai la police sur écoute et vous, c'est le palais. Ça pourrait fonctionner dans les deux sens. Vous me dites ce que vous apprenez et moi, je fais pareil. J'ai l'impression que ça va être une grosse affaire. Et je vais avoir besoin de toutes les infos possibles.

Je me tournai vers lui et le regardai un instant.

– Sauf que les infos que vous me donneriez pourraient finir dans le journal du lendemain, non ? Et que je pourrais donc me contenter d'attendre pour les lire.

– Tout n'y figurera pas. Il y a des choses qu'on ne peut pas publier, même quand on sait qu'elles sont vraies.

Et de me regarder comme s'il me confiait là un trésor de sagesse.

– J'ai l'impression que vous allez apprendre des choses avant moi, lui dis-je.

– C'est un risque à courir. On fait affaire ?

– Vous avez une carte de visite ?

Cette fois, il en sortit une de sa poche et me la tendit. Je la tins entre mes doigts et posai ma main sur le volant. Et levai la carte en l'air et la regardai à nouveau. En me disant que ça ne pourrait pas faire de mal d'avoir des renseignements de l'intérieur dans cette affaire.

– Bon d'accord, dis-je, marché conclu.

Je lui fis à nouveau signe de s'écarter, refermai la portière et mis le contact. Il n'avait pas bougé. J'abaissai ma vitre.

– Quoi ? lui demandai-je.

– Juste un truc à ne pas oublier : je ne veux pas voir votre nom dans d'autres journaux ou vous entendre parler à la télé pour dire des trucs que je n'aurais pas.

– Ne vous inquiétez pas. Je sais comment ça marche.

– Parfait.

J'enclenchais déjà la marche arrière lorsque je pensai à quelque chose et posai le pied sur la pédale de frein.

– Que je vous pose une question, dis-je. Êtes-vous proche de Bosch, l'inspecteur chargé de l'enquête ?

– Je le connais, mais personne n'est vraiment proche de lui. Même pas son coéquipier.

– Qu'est-ce qu'il dit de cette histoire ?

– Je ne sais pas. Je ne lui ai pas posé la question.

– D'accord mais… il est bon ?

– À quoi ? À résoudre les affaires ? Oui, il est bon, très bon. Je crois même qu'on le considère comme un des meilleurs.

J'acquiesçai d'un hochement de tête et pensai au bonhomme. À ce type qui avait une mission.

– Attention à vos orteils.

Je sortis la Lincoln de son emplacement en marche arrière. McEvoy me rappela juste au moment où je repassais en marche avant.

– Hé, Haller ? Super, la plaque d'immatriculation.

Je lui adressai un signe de la main par la fenêtre et descendis la rampe. Et essayai de me rappeler laquelle de mes Lincoln j'étais en train de conduire et ce que disait sa plaque. J'ai une flotte de trois Town Cars qui remonte à l'époque où je travaillais à plein-temps. Mais comme je me servais assez peu de mes voitures depuis un an, je les prenais en rotation pour que les moteurs ne se dérèglent pas et que la poussière ne s'accumule pas dans les tuyaux. Ça devait faire partie de ma stratégie de retour aux affaires. Ces trois voitures étaient exactement identiques, sauf pour la plaque d'immatriculation, et je ne savais pas trop au volant de laquelle je me trouvais.

Arrivé à la cahute du gardien, je lui tendis mon ticket et vis un petit écran vidéo à côté de la caisse. On y découvrait ce que voyait une caméra installée un ou deux mètres derrière ma voiture. C'était celle dont m'avait parlé Cisco, celle orientée sur le pare-chocs et la plaque d'immatriculation.

Et là, sur l'écran, je vis ma plaque fantaisie :

ÇADÉGAGE

Je ricanai. Pour dégager, ça dégageait. Je faisais route vers un tribunal où j'allais rencontrer un des clients de Jerry Vincent pour la première fois. J'allais lui serrer la main et le dégager droit en prison.

9

Le juge Judith Champagne était à sa place, à écouter diverses requêtes lorsque j'entrai au prétoire avec cinq minutes d'avance. Il y avait là huit autres avocats qui faisaient le pied de grue en attendant leur tour. Je rangeai mon sac à roulettes contre la rambarde et murmurai au garde que j'étais là pour remplacer Jerry Vincent à l'énoncé de la sentence dans l'affaire Edgar Reese. Il m'informa que le planning du juge était plein à craquer, mais que Reese serait le premier à passer dès qu'elle en aurait fini avec les requêtes. Je lui demandai si je pouvais voir Reese, il se leva et me fit franchir la porte en acier, celle qui, juste derrière son bureau, permettait de gagner la cellule du tribunal. Trois détenus s'y trouvaient.

– Edgar Reese ? lançai-je.

Blanc et solidement bâti, un petit homme s'approcha des barreaux. Je vis des tatouages qui lui montaient dans le cou et me sentis soulagé. Reese allait regagner un endroit qu'il connaissait. Ce n'était pas une pucelle des prisons avec de grands yeux effarouchés que j'allais tenir par la main et cela me faciliterait les choses.

– Je m'appelle Michael Haller, lui dis-je. Je remplace votre avocat.

Je ne pensai pas qu'il y avait grand intérêt à lui expliquer ce qui était arrivé à Vincent. Ça n'aurait fait que l'obliger à me poser un tas de questions auxquelles je n'aurais su quoi répondre et n'aurais pas eu de temps à consacrer.

– Où est Jerry ? me demanda Reese.

– L'a pas pu venir. Vous êtes prêt ?

– Comme si j'avais le choix !

– Jerry vous a-t-il dit quelle serait la sentence quand vous avez plaidé ?

– Oui, il m'a dit. Cinq ans en centrale, sortie au bout de trois si je me tiens bien.

Ça ferait plutôt quatre, mais je n'allais pas lui flanquer la pagaille dans sa tête.

– Bon, d'accord. Le juge est en train de finir des trucs et après, on vous amène. Le procureur va vous lire des tas de choses en jargon juridique, vous répondez que oui, vous comprenez, et elle vous dira la sentence. En tout et pour tout un quart d'heure.

– Rien à foutre du temps que ça prendra. C'est pas comme si j'avais à aller quelque part.

J'acquiesçai d'un signe de tête et le laissai. Puis je tapai doucement à la porte en métal pour que le garde (dans le comté de Los Angeles les gardes font partie des services du shérif) m'entende, mais pas le juge – du moins je l'espérai. Il me laissa passer et j'allai m'asseoir au premier rang de la galerie. J'ouvris ma mallette, en sortis l'essentiel de mes dossiers et les posai sur le banc à côté de moi.

Le premier était celui d'Edgar Reese. Je l'avais déjà étudié en vue de l'énoncé de la sentence. Reese faisait partie des clients à répétition de Vincent. Une affaire de drogue du genre ordinaire : petit vendeur qui consommait sa propre came, Reese s'était fait pincer par un acheteur travaillant pour la police. D'après les renseignements portés au dossier, l'indic avait foncé droit sur Reese parce qu'il lui en voulait. Il lui avait en effet acheté de la cocaïne avant et avait découvert qu'il s'était fait fourguer un peu trop de laxatif pour bébés. C'est là une erreur que commettent fréquemment les dealers qui consomment. Ils coupent un peu trop la came, ce qui leur permet de garder plus de produit pour eux, mais diminue d'autant la force de la poudre qu'ils vendent. Parce qu'elle crée bien des ennemis, c'est là une pratique commerciale plutôt mauvaise. À essayer de réduire le chef d'accusation en coopérant avec un indic, le type qui consomme est plus enclin à baiser un dealer qu'il n'aime pas qu'un dealer qui lui plaît. Telle était la leçon qu'Edgar Reese aurait à méditer pendant les cinq années qu'il allait devoir passer en prison.

Je remis son dossier dans mon sac et jetai un coup d'œil au suivant sur la pile. C'était celui de Patrick Henson – l'affaire des antalgiques dont j'avais dit à Lorna que j'allais la laisser tomber. Je me penchais sur le dossier pour le remettre dans le sac lorsque je me redressai tout d'un coup, m'adossai au banc et posai le dossier sur mes genoux. Puis je le tapotai plusieurs fois sur ma cuisse en réévaluant la situation, et finis par l'ouvrir.

Âgé de vingt-quatre ans, Patrick Henson avait fait du surf à Malibu. Professionnel de la planche, il était tombé bien bas et n'avait plus eu beaucoup de sponsors, ni non plus de gains suite à ses apparitions sur le circuit pro. Dans un concours qui se tenait à Maui, il avait dévissé dans une vague qui l'avait expédié droit au fond couvert de lave de la baie de Pehei. Des fragments lui en étaient rentrés dans l'épaule et après l'avoir opéré pour les lui enlever, le médecin lui avait prescrit de l'oxycodon. Dix-huit mois plus tard, Henson était un vrai toxico qui se droguait pour faire cesser la douleur. Il y avait perdu ses derniers sponsors et s'était retrouvé bien trop faible pour prendre part au moindre concours. Il avait fini par toucher le fond en volant un collier en diamants dans une maison de Malibu, où une de ses copines l'avait invité. D'après le rapport du shérif, le collier appartenait à la mère de la nana et comportait huit diamants, un pour chacun de ses trois enfants et cinq petits-enfants. Il était estimé à quelque vingt-cinq mille dollars, mais Henson l'avait mis au clou pour quatre cents afin de pouvoir descendre au Mexique s'acheter deux cents tablettes d'oxy sans ordonnance.

Henson avait été facilement relié au vol. Le collier avait en effet été retrouvé au mont-de-piété, le film de la caméra de surveillance montrant Henson en train de conclure l'affaire. La valeur de l'objet était telle qu'il avait eu droit aux charges maximales, à savoir vol aggravé, recel et possession de drogues illicites. Ne l'avait pas non plus beaucoup aidé le fait que la femme à qui il avait volé le collier était l'épouse d'un médecin très introduit et qui avait fort libéralement contribué à la réélection de plusieurs membres du bureau des contrôleurs du comté.

Lorsque Vincent l'avait pris comme client, Henson lui avait avancé en nature les cinq mille premiers dollars qu'il lui devrait. Vincent lui avait pris ses douze planches fabriquées sur mesure et les avait vendues à des collectionneurs sur e-Bay. Il avait aussi inscrit Henson sur sa liste des clients à crédit, mais celui-ci n'avait même jamais honoré sa première traite mensuelle de mille dollars parce qu'il avait dû partir en cure de désintoxication le lendemain du jour où sa mère, qui habitait Melbourne, Floride, avait payé sa caution pour le faire sortir de prison.

D'après le dossier, Henson avait mené à bien sa cure de désintoxication et travaillait maintenant à temps partiel à Santa Monica, où il enseignait le surf à des gamins sur la plage. Il gagnait à peine de quoi vivre, ne parlons même pas de rembourser mille dollars par mois à son avocat. Et sa mère, elle, n'avait plus un sou après avoir payé sa caution et réglé les frais de sa cure.

Le dossier débordait de requêtes et autres demandes destinées à repousser le procès jusqu'à ce qu'Henson soit en mesure de trouver du liquide. Rien là que de très ordinaire. C'est d'entrée de jeu qu'il faut ramasser le fric, surtout quand l'affaire a toutes les chances d'être nulle. Et le procureur ayant le film où l'on voyait Henson vendre le collier volé, cela voulait dire que l'affaire était pire que nulle. Un vrai cauchemar.

Le dossier comportait un numéro de téléphone où joindre Henson. Une des choses que tout avocat se doit de faire entrer dans le crâne du client qui n'est pas incarcéré est de trouver un moyen de rester en contact. Les individus qui doivent répondre de chefs d'accusation au criminel et ont toutes les chances d'écoper de peines de prison mènent souvent des vies très instables. Ils ne cessent de déménager, parfois même sont sans domicile fixe. Cela dit, leurs avocats doivent quand même pouvoir les joindre à tout moment. Le numéro porté au dossier était celui de son portable et à condition qu'il soit encore bon, je pouvais l'appeler tout de suite. Le seul problème était de savoir si j'en avais envie.

Je regardai le juge. Elle était toujours à écouter les plaidoyers de deux avocats pour une mise en liberté sous caution. Il y en avait encore trois autres qui attendaient leur tour, et le procureur en charge du dossier Edgar Reese ne donnait toujours pas signe de vie. Je me levai et appelai encore une fois le garde.

– Je file dans le couloir, lui glissai-je à l'oreille. J'ai un coup de fil à passer. Je ne serai pas loin.

Il acquiesça d'un signe de tête.

– Si vous n'êtes pas revenu quand c'est l'heure, je viens vous chercher, dit-il. Faites seulement très attention à éteindre votre portable avant de rentrer dans la salle. Mme le juge déteste les portables.

Il n'avait pas besoin de me le dire. Je savais déjà, et d'expérience, qu'elle détestait en entendre sonner dans son prétoire. J'avais appris ma leçon un jour que je comparaissais devant elle et que mon portable s'était mis à jouer l'ouverture de *Guillaume Tell* – la sonnerie préférée de ma fille, certainement pas la mienne. Mme le juge m'avait collé une amende de cent dollars et s'était mise à me traiter de Lone Ranger[1]. Cette dernière conséquence ne me gênait pas trop. J'avais parfois l'impression d'être ce personnage. Sauf que c'était dans une Lincoln Town Car noire que j'allais mon chemin plutôt que sur un cheval blanc.

Je laissai les autres dossiers sur le banc dans la galerie et n'emportai que celui d'Henson dans le couloir. Je trouvai un coin relativement tranquille au milieu de la cohue et appelai son numéro. Il décrocha à la deuxième sonnerie.

– Trick à l'appareil.

– Patrick Henson ?

– Oui, qui est-ce ?

– Je suis votre nouvel avocat. Je m'appelle Mi…

– Holà, holà, minute ! Qu'est-ce qui est arrivé à l'ancien ? J'y ai déjà donné…

– Il est mort, Patrick. Hier soir.

– Oh nooon !

– Si, si, Patrick. Je suis navré.

J'attendis un instant, histoire de voir s'il avait autre chose à dire sur le sujet, puis j'attaquai de manière aussi désinvolte qu'un bureaucrate.

– Je m'appelle Michael Haller et c'est moi qui vais reprendre les affaires de Jerry Vincent. J'ai lu votre dossier et je m'aperçois que vous n'avez effectué aucun paiement prévu au calendrier des remboursements établis par maître Vincent.

– Ah, mec, on avait un marché. Je fais tout ce que je peux pour me retaper et ne pas repiquer au truc et j'ai absolument pas un rond. D'accord ? J'y ai déjà filé toutes

1. Soit « le ranger solitaire ». Célèbre personnage de justicier texan qui monte un cheval dénommé Silver et traque les méchants avec Tonto, un Indien aussi intelligent qu'il est mutique. *(NdT.)*

mes planches, à ce Vincent. Il a dit que ça faisait cinq mille dollars, mais je sais qu'il a touché plus. Y a deux des longues qui valaient au moins mille dollars pièce. Il m'a dit qu'il avait eu assez de fric pour commencer, mais il fait qu'ajourner sans arrêt. Je pourrai jamais repartir à zéro tant que cette affaire sera pas réglée.

– Vous avez repiqué au truc, Patrick ?

– Non, je suis propre comme un sou neuf. Vincent m'avait dit que c'était la seule manière de pas finir en taule.

Je regardai le couloir dans les deux sens. Il regorgeait d'avocats, d'accusés, de témoins et de proches des victimes ou des accusés. Le couloir était aussi grand qu'un terrain de football américain et tous ceux qui s'y tenaient n'espéraient qu'une chose : un coup de chance. Les nuages qui s'écartent et le truc qui pour une fois va aller dans le bon sens.

– Jerry avait raison, Patrick, repris-je. Il ne faut surtout pas repiquer au truc.

– C'est ce que je fais.

– Vous avez un boulot ?

– Non mais… vous comprenez pas ? Comme si on allait filer du boulot à un mec comme moi ! Personne va m'embaucher. J'attends le procès et il se pourrait bien que je me retrouve en taule avant même que ce soit fini. Non, parce que faut voir que je donne des cours à des mômes à la plage à temps partiel, mais que ça me rapporte que dalle. Je vis dans ma voiture, moi, et je dors dans une cahute de maître nageur d'Hermosa Beach. Y a deux ans de ça au même moment, j'avais une suite au Four Seasons de Maui.

– Ouais, je sais, la vie est dure. Vous avez toujours votre permis de conduire ?

– Ouais. C'est à peu près tout ce qui me reste.

Je pris une décision.

– D'accord. Vous savez où se trouve le cabinet de Jerry Vincent ? Vous y êtes déjà allé ?

– Ouais. C'est là que j'y ai laissé mes planches. Et mon poisson.

– Votre poisson ?

– Il m'a piqué un tarpon de trente kilos que j'avais attrapé quand j'étais tout môme en Floride. Il a dit qu'il allait l'accrocher à un mur pour faire croire que c'était lui qui l'avait pris.

– Ouais, bon, votre poisson est toujours là. Bref, soyez au cabinet à 9 heures pétantes demain matin et je vous accorde un entretien pour un boulot. Si ça me convient, vous commencez tout de suite.

– À faire quoi ?

– À me servir de chauffeur. Je vous paierai quinze dollars de l'heure, plus quinze autres à déduire de mes honoraires. Ça vous va ?

Il y eut un moment de silence avant qu'Henson ne me réponde, et fort aimablement.

– Super, mec. Pour ça, j'y serai.

– Parfait. À demain, donc. Mais n'oubliez surtout pas un truc, Patrick : on ne repique pas à la came. Si jamais vous le faites, je le saurai. Croyez-moi, je le saurai.

– T'inquiète pas, mec. Je repiquerai jamais à c'te merde. C'est ça qui m'a foutu ma vie en l'air pour de bon.

– D'accord, Patrick. On se retrouve demain.

– Hé ! mec, pourquoi tu fais ça ?

J'hésitai avant de répondre.

– Vous savez quoi ? Je sais pas vraiment.

Je refermai mon portable et m'assurai de bien l'éteindre. Puis je réintégrai la salle d'audience en me demandant si j'avais bien fait ou si je ne venais pas de commettre le genre d'erreur dont j'allais me mordre les doigts lorsqu'elle me rattraperait.

Mon timing était impeccable. Le juge venait juste d'en terminer avec la dernière requête lorsque je rentrai dans la salle. Je vis alors qu'un adjoint du district attorney du nom de Don Pierce avait pris place à la table de l'accusation et semblait prêt à passer aux choses sérieuses. Ancien de la marine, il en avait gardé la coupe en brosse et comptait au nombre des piliers de comptoir du Four Green Fields à l'heure des cocktails. Je remis vite mes dossiers dans mon sac et poussai celui-ci jusqu'à la table de la défense.

– Ah, lança le juge, je vois que le *lone ranger* s'est remis à cheval.

Elle avait dit ça en souriant, je lui renvoyai son sourire.

– Oui, madame le juge. Heureux de vous revoir.

– Cela fait un bon moment qu'on ne vous voit plus, maître Haller.

Un prétoire ouvert au public n'était pas l'endroit où lui confier où j'étais passé. Je fis court. J'ouvris grand les mains comme pour lui présenter le nouveau maître Haller.

– Tout ce que je peux dire, c'est que je suis de retour, madame le juge, lui renvoyai-je.

– Heureuse de le constater. Bon, vous êtes bien ici pour remplacer maître Vincent, je me trompe ?

Le ton était de pure routine. Je compris qu'elle ignorait tout du décès de Vincent. Je savais que je pouvais n'en rien dire et me concentrer uniquement sur la sentence. Sauf que, à un moment donné, elle apprendrait la nouvelle et se demanderait pourquoi je n'avais pas mis l'affaire sur le tapis et m'étais tu. Et ça, ce n'était pas ce qu'il y avait de mieux pour garder un juge dans son camp.

– Malheureusement oui, madame le juge, lui répondis-je. Maître Vincent est décédé hier soir.

Choquée, le juge Champagne haussa les sourcils. Elle avait été longtemps procureur avant d'être longtemps juge. Bien introduite dans le milieu juridique, elle avait probablement très bien connu Jerry. Je venais de lui flanquer un grand coup au moral.

– Ah, mon Dieu ! s'écria-t-elle. Qu'est-ce qui s'est passé ?

Je hochai la tête comme si je n'en savais rien.

– Il n'est pas mort de mort naturelle, madame le juge. La police enquête et je ne sais pas grand-chose de l'affaire hormis qu'on l'a retrouvé hier soir dans sa voiture garée dans l'immeuble de son cabinet. Le juge Holder m'a convoqué aujourd'hui même et nommé avocat remplaçant. C'est pour cette raison que je suis ici pour représenter M. Reese.

Elle baissa la tête et mit un moment à retrouver ses esprits. Je me sentis mal d'avoir été celui qui lui annonçait la nouvelle. Je me penchai en avant et sortis le dossier Edgar Reese de mon sac.

– Je suis vraiment désolée d'apprendre ça, dit-elle enfin.

J'acquiesçai d'un signe de tête et attendis.

– Bien, reprit-elle au bout d'un long moment. Faisons comparaître l'accusé.

La mort de Jerry Vincent ne donna lieu à aucun autre délai. Qu'elle ait eu des soupçons sur Jerry ou sur la vie qu'il menait, le juge Champagne n'en souffla mot. La vie devait continuer au Criminal Courts Building. Et les rouages de la justice à tourner sans lui.

10

Le message que m'avait laissé Lorna Taylor était aussi bref que direct. J'en pris connaissance dès que je rallumai mon portable après avoir quitté la salle d'audience et vu Edgar Reese prendre ses cinq ans de taule. Lorna me disait avoir contacté le juge Holder pour obtenir l'ordonnance que me réclamerait la banque avant que je puisse faire figurer mon nom et celui de Lorna sur les comptes de Vincent. Holder ayant accepté de rédiger le document, je pouvais descendre le couloir jusqu'à son cabinet pour le prendre.

La salle d'audience était à nouveau plongée dans le noir, mais l'assistante du juge, Mme Gill, était, elle, toujours à son bureau. Elle me rappela encore ma maîtresse de neuvième.

– Madame Gill ? lui lançai-je. Je suis censé passer prendre une ordonnance du juge.

– Oui, je crois qu'elle l'a encore dans son cabinet. Je vais aller voir.

– Serait-il possible de lui parler quelques instants ?

– Eh bien… elle a quelqu'un en ce moment, mais ça aussi, je vais vérifier.

Elle se leva et descendit le couloir derrière son bureau. Tout au bout se trouvait le cabinet du juge et je la vis y frapper une fois avant qu'on lui donne l'ordre d'entrer. Lorsqu'elle ouvrit la porte, je vis un homme assis dans le fauteuil où j'avais moi-même pris place quelques heures plus tôt. Je reconnus en lui le mari du juge Holder, un certain Mitch Lester spécialisé dans le droit des personnes accidentées. La photo qu'il faisait jadis figurer dans ses annonces publicitaires me l'avait remis en mémoire. Un jour, à l'époque où il travaillait pour la défense au criminel, nous avions partagé la quatrième de couverture des Pages jaunes – mon annonce en occupait la moitié supérieure et la sienne la moitié inférieure. Cela faisait bien longtemps qu'il ne travaillait plus au pénal.

Quelques minutes plus tard, Mme Gill ressortit du cabinet du juge avec l'ordonnance dont j'avais besoin. Je crus donc qu'elle n'allait pas pouvoir me recevoir, mais Mme Gill m'informa que j'avais l'autorisation de la voir dès qu'elle en aurait terminé avec son visiteur.

Cela ne me laissant pas le temps de continuer à étudier les dossiers que j'avais dans mon sac à roulettes, je traînai dans la salle d'audience en regardant partout et songeant à ce que j'allais dire au juge. Arrivé au bureau maintenant vide du garde, je baissai les yeux et tombai sur un planning de la semaine précédente. Je connaissais les noms de plusieurs avocats qui s'y trouvaient et avaient été convoqués pour des requêtes et audiences en urgence, dont une de Jerry Vincent pour l'affaire Walter Elliot. C'était probablement là une de ses dernières apparitions au tribunal.

Au bout de trois minutes, j'entendis une cloche sonner au bureau de l'assistante et Mme Gill m'informa que je pouvais retourner au cabinet du juge.

Je frappai à la porte et ce fut Mitch Lester qui m'ouvrit. Il me sourit et me pria d'entrer. Nous nous serrâmes la main et il me fit remarquer qu'il venait juste d'apprendre ce qui était arrivé à Jerry Vincent.

– Terrifiant, le monde où l'on vit, lança-t-il.

– Des fois, oui, dis-je.

– Si vous avez besoin de quoi que ce soit, faites-moi signe.

Il quitta la pièce et je pris sa place devant le bureau du juge.

– Que puis-je pour vous, maître Haller ? Vous avez l'ordonnance pour la banque ?

– Oui, je l'ai, madame le juge. Et je vous en remercie. Je voulais vous tenir au courant et vous poser une question.

Elle ôta ses lunettes de lecture et les posa sur son sous-main.

– Allez-y, je vous en prie.

– Bien, pour la mise à jour… Les choses avancent lentement parce que nous avons commencé sans planning. La copie papier du planning de Jerry Vincent et son portable ont été volés après son assassinat. Nous avons donc été obligés de rebâtir un planning en partant des affaires en cours. Nous pensons être arrivés au bout, de fait même, je sors de la salle d'audience du juge Champagne où s'est tenu l'énoncé d'une sentence pour une de ses affaires. Nous n'avons donc rien manqué.

Mme le juge ne parut guère impressionnée par les efforts que mon équipe et moi avions déployés.

– De combien d'affaires en cours parlons-nous ? voulut-elle savoir.

– Euh, il semble qu'il y en a trente et une… non, en fait, maintenant il n'y en a plus que trente après l'énoncé de cette sentence. Cette affaire-là est terminée.

– Je dirais que vous avez hérité d'un cabinet florissant. Quel est votre problème ?

– Je ne sais pas trop s'il y en a un, madame le juge. Pour l'instant, je ne me suis entretenu qu'avec un client de Jerry et l'on dirait bien qu'il est prêt à continuer avec moi.

– S'agit-il de Walter Elliot ?

– Euh, non, lui, je ne lui ai pas encore parlé. Je prévois de le faire plus tard dans la journée. La personne avec qui je me suis entretenu est impliquée dans une affaire un peu moins grave. Un vol aggravé, en fait.

– Bien.

Voyant qu'elle commençait à s'impatienter, je passai à l'objet de la rencontre.

– C'est de la police que je voulais vous parler. Vous avez eu raison de me mettre en garde contre ses intrusions. En arrivant au cabinet de Jerry Vincent après vous avoir quittée, je suis tombé sur deux policiers qui fouillaient dans les dossiers. La réceptionniste de Jerry était présente, mais n'avait pas essayé de les en empêcher.

Ses traits se durcirent.

– Eh bien, j'espère que vous, vous l'avez fait. Ces policiers auraient dû savoir qu'ils ne pouvaient pas commencer à consulter ces dossiers sans votre accord.

– Oui, madame le juge. Et ils ont renoncé dès que je suis arrivé et leur ai fait part de mes objections. De fait, je les ai même menacés de déposer plainte auprès de vous. C'est là qu'ils ont arrêté.

Elle acquiesça d'un signe de tête, son visage montrant la fierté qu'elle éprouvait d'apprendre que son nom avait un tel pouvoir.

– Bon, mais alors pourquoi êtes-vous ici ?

– Eh bien… maintenant, je me demande si je ne devrais pas les laisser revenir.

– Je ne vous comprends pas, maître Haller. Vous voulez permettre à ces policiers de revenir dans vos bureaux ?

– L'inspecteur en charge de l'enquête m'a fait une remarque judicieuse. Il m'a dit que les éléments de preuve semblaient indiquer que Jerry Vincent connaissait son assassin et qu'il l'a même probablement laissé suffisamment approcher pour enfin, vous voyez… pour que celui-ci l'abatte. Il est même assez prêt à parier que c'était un de ses clients. Voilà pourquoi ils fouillaient dans les dossiers… ils cherchaient des suspects potentiels quand je suis entré.

Le juge écarta cette idée d'un geste de la main.

– Bien sûr que c'était ça qu'ils faisaient. Ça et piétiner à qui mieux mieux les droits de vos clients en le faisant.

– Ils étaient dans la réserve et consultaient de vieux dossiers. Des dossiers d'affaires closes.

– Aucune importance. Que le dossier soit ancien ou en cours, faire ce qu'ils faisaient constitue une violation de la confidentialité client-avocat.

– Je comprends bien, madame le juge. Mais, après leur départ, j'ai vu qu'ils avaient laissé une pile de dossiers sur la table. Des dossiers qu'ils allaient ou bien emporter avec eux ou regarder de plus près. Je les ai consultés et oui, certains contenaient bien des menaces.

– Des menaces contre maître Vincent ?

– Oui. Il s'agit d'affaires dont le client n'avait guère apprécié la conclusion, que ce soit le verdict, les dispositions de la sentence ou les termes de la peine de prison. Ces dossiers contenaient des menaces et chaque fois maître Vincent les avait prises suffisamment au sérieux pour faire un compte rendu détaillé de ce qui s'était dit et de qui avait dit quoi. C'était ça que les inspecteurs essayaient de rassembler.

Elle se pencha en arrière et croisa les mains, les coudes sur les accoudoirs de son fauteuil en cuir. Elle réfléchit à la situation que je venais de lui décrire, puis me regarda dans les yeux.

– Et vous pensez que nous entravons l'enquête en n'autorisant pas la police à faire son travail.

J'acquiesçai d'un signe de tête.

– Je me demandais s'il n'y aurait pas moyen de comment dire… ? Être utile aux deux parties. De limiter le mal fait aux clients, mais de laisser la police poursuivre son enquête, où que celle-ci la conduise.

Elle réfléchit à nouveau en silence et poussa un soupir.

– Dommage que mon mari ne soit pas resté, dit-elle enfin. J'apprécie beaucoup ses opinions.

– Eh bien, moi, j'ai eu une idée.

– Bien sûr. Et ce serait ?

– Je me disais que je pourrais peut-être vérifier le contenu des dossiers moi-même et dresser la liste des gens qui ont menacé Jerry. Je pourrais ensuite la passer à l'inspecteur Bosch en lui donnant quelques précisions sur ces menaces. De cette façon, il aurait ce dont il a besoin, mais sans avoir les dossiers. Il serait content, et moi aussi.

– C'est Bosch qui mène l'enquête ?

– Oui, Harry Bosch. Il fait partie de la brigade des Vols et Homicides. Je ne me rappelle plus le nom de son coéquipier.

– Comprenez bien une chose, maître Haller. Même à ne donner que leurs noms à ce Bosch, vous violez la confidentialité de la relation avocat-client. Et cela pourrait vous valoir d'être radié du barreau.

– Ça aussi j'y ai pensé, mais je crois qu'il y a une sortie possible. Un des motifs de suspension de ce lien de confidentialité est la menace à la sécurité de l'avocat. Si Jerry Vincent avait su qu'un client allait venir l'assassiner hier soir, il aurait pu appeler la police et lui donner le nom de ce client. Il n'y aurait alors eu aucune violation du droit dans cette démarche.

– C'est vrai, mais ce dont vous me parlez en ce moment est totalement différent.

– C'est effectivement différent, madame le juge, mais pas totalement. C'est l'inspecteur en charge de l'affaire qui m'a lui-même dit, et directement, qu'il y avait de très fortes chances pour que le nom de l'assassin de Jerry Vincent se trouve dans ces dossiers. Et ces dossiers sont maintenant à moi. Ce qui fait que cette information constitue une menace à mon encontre. Quand je vais commencer à rencontrer mes nouveaux clients, il se pourrait même que je serre la main de l'assassin sans le savoir. Tout cela mis ensemble, je me sens en danger, madame le juge, et ça, c'est bien un motif de suspension du lien.

Elle hocha encore une fois la tête et remit ses lunettes. Puis elle tendit le bras en avant pour prendre un verre d'eau caché à ma vue par son ordinateur de bureau.

Et but un grand coup et me dit :

– Bien, maître Haller. Il me semble que si vous vérifiez le contenu des dossiers comme vous le suggérez, ce que vous ferez sera acceptable en droit. Cela dit, j'aimerais que vous envoyiez un compte rendu à la cour, compte rendu dans lequel vous lui expliquerez ce que vous aurez fait et la menace que vous sentez peser sur vous. Je le signerai, je le mettrai sous scellés et j'espère qu'avec un peu de chance, ce document ne verra jamais la lumière du jour.

– Merci, madame le juge.

– Autre chose ?

– Non, je crois que c'est tout.

– Eh bien, bonne journée à vous.

– Merci, madame le juge.

Je me levai et me dirigeais vers la porte lorsque je me rappelai un détail et revins sur mes pas pour me tenir à nouveau devant son bureau.

– Madame le juge ? J'ai oublié quelque chose. J'ai vu votre planning de la semaine dernière et j'ai constaté que Jerry Vincent était passé au tribunal pour l'affaire Elliot. Je n'ai pas encore étudié ce dossier à fond, mais cela vous ennuierait-il que je vous demande sur quoi portait l'audience ?

Elle dut réfléchir un instant pour se rappeler de quoi il s'agissait.

– C'était une requête en urgence. Maître Vincent est passé parce que le juge Stanton avait annulé la libération sous caution de M. Elliot et ordonné qu'il soit renvoyé en prison. J'ai sursis à exécution.

– Pourquoi le juge voulait-il révoquer sa libération ?

– M. Elliot s'était rendu à un festival du cinéma à New York sans en avoir la permission. Et c'était une des conditions de sa mise en liberté sous caution. Lorsqu'il a vu une photo de M. Elliot dans le magazine *People*, le procureur Golantz a demandé au juge Stanton de révoquer sa mise en liberté sous caution. Il est clair qu'il n'avait guère apprécié cette mesure. Le juge Stanton l'a donc révoquée et c'est là que maître Vincent est passé me voir pour me demander de surseoir à l'arrestation et à l'incarcération de son client. J'ai décidé d'accorder une deuxième chance à M. Elliot et de modifier les conditions de sa libération en l'obligeant à porter un bracelet électronique à la cheville. Cela dit, je vous assure que M. Elliot n'aura pas droit à une troisième chance. Ne l'oubliez pas si vous décidez de le garder comme client.

– Je comprends, madame le juge. Merci.

Je hochai la tête, quittai son cabinet et remerciai Mme Gill en sortant de la salle d'audience.

J'avais toujours la carte de visite d'Harry Bosch dans ma poche. Je la sortis en regagnant l'ascenseur. Je m'étais garé dans un parking payant près du Grand Hotel Kyoto et n'avais que trois rues à traverser pour arriver à Parker Center. J'appelai le portable de Bosch en me dirigeant vers la sortie.

– Bosch à l'appareil.

– Mickey Haller.

Il eut un instant d'hésitation. Je songeai qu'il n'avait peut-être pas reconnu mon nom.

– Qu'est-ce que je peux faire pour vous ? me demanda-t-il enfin.

– L'enquête avance ?

– Elle avance, mais je peux rien vous dire.

– J'irai donc droit au but. Vous êtes à Parker Center ?

– Oui. Pourquoi ?

– J'arrive du tribunal. Retrouvez-moi devant, près du mémorial.

– Écoutez, Haller, je suis occupé. Vous ne pouvez pas juste me dire de quoi il s'agit ?

– Pas au téléphone, non, mais je crois que ça ne vous fera pas perdre votre temps. Si vous n'y êtes pas quand j'arrive, je saurai que vous avez laissé filer l'occasion et ne vous ferai plus suer avec ça.

Et je fermai mon portable avant qu'il ait le temps de réagir. Il me fallut cinq minutes pour aller au Parker Center à pied. Le bâtiment vivait ses dernières années, son remplaçant étant déjà en construction une rue plus loin, dans Spring Street. J'aperçus Bosch à côté de la fontaine qui fait partie du mémorial érigé en l'honneur des policiers tués en service. Je vis des petits fils blancs qui lui descendaient des oreilles jusque dans la poche de sa veste. Je m'approchai de lui et ne me donnai pas la peine de lui serrer la main ou de le saluer en quelque autre manière que ce soit. Il sortit les écouteurs de ses oreilles et les enfourna dans sa poche.

– On tient le monde à l'écart, inspecteur ?

– Ça m'aide à me concentrer. Cette rencontre aurait un but ?

– Après votre départ, j'ai regardé les dossiers que vous aviez laissés en tas sur la table. Dans la réserve ?

– Et… ?

– Et je vois bien ce que vous essayez de faire. Et je veux vous aider, mais je veux aussi que vous compreniez ma position.

– Je vous comprends parfaitement, maître. Vous devez protéger ces dossiers et l'assassin qui s'y cache peut-être parce que le règlement, c'est le règlement.

Je hochai la tête. Ce mec n'avait aucune envie de me faciliter la tâche.

– Que je vous dise, inspecteur Bosch. Repassez à mon bureau demain à 8 heures et je vous donnerai ce que je peux.

Je crois que mon offre le surprit. Il ne répondit pas.

– Vous viendrez ? insistai-je.

– C'est quoi, le piège ? me renvoya-t-il aussitôt.

– Il n'y a pas de piège. Ne soyez pas en retard, c'est tout. J'ai un entretien à 9 heures et après, il y a de fortes chances pour que je sois parti conférer avec mes clients.

– J'y serai à 8 heures.

– Parfait.

J'étais prêt à filer, mais il semblait bien que lui ne le soit pas.

– Qu'est-ce qu'il y a ?

– J'allais vous demander quelque chose.

– Quoi ?

– Vincent avait-il des affaires de juridiction fédérale ?

Je réfléchis un instant et repensai à ce que je savais des dossiers. Je fis non de la tête.

– On en est toujours à la phase découverte, mais non, je ne pense pas. Jerry était comme moi : il aimait bien s'en tenir aux tribunaux de l'État. C'est une histoire de nombre. Plus il y a d'affaires, plus il y a de merdes et de trous par où l'affaire peut filer. Et les fédéraux, eux, aiment bien fausser la donne. Ils détestent perdre.

Je songeai qu'il allait peut-être prendre cette remarque désobligeante pour lui. Mais il avait déjà dépassé ça et mettait autre chose en place. Il hocha la tête.

– Bon, dit-il.

– Ça y est ? C'est tout ce que vous vouliez me demander ?

– C'est tout, oui.

J'attendis d'autres explications, mais rien ne vint.

– Bien, inspecteur, dis-je.

Et je lui tendis gauchement la main. Il me la serra et me donna l'impression d'être aussi embarrassé que moi. Je décidai de lui poser une question que j'avais gardée pour moi.

– Dites, si, j'avais autre chose que je voulais vous demander.

– Oui, quoi ?
– C'est pas sur votre carte de visite, mais j'ai entendu dire que votre nom complet est Hieronymus Bosch. C'est vrai ?
– Et alors ?
– Je me demandais… où est-ce que vous avez trouvé un nom pareil ?
– C'est ma mère qui me l'a donné.
– Votre mère ? Et… qu'est-ce qu'en pensait votre père ?
– Je ne le lui ai jamais demandé. Et maintenant, faut que je retourne à mon enquête, maître. Y a-t-il autre chose ?
– Non, c'est tout. C'était juste par curiosité. Je vous retrouve demain à 8 heures.
– J'y serai.
Je le laissai au pied du mémorial et m'éloignai. Et descendis la rue en ne cessant de me demander pourquoi Bosch voulait savoir si Jerry Vincent avait des affaires fédérales. Je virais à gauche au croisement lorsque je me retournai et vis qu'il était toujours debout à côté de la fontaine. Il m'observait. Il ne baissa pas les yeux, mais moi si, et je continuai de marcher.

11

Cisco et Lorna étaient toujours en train de travailler au cabinet de Jerry Vincent lorsque j'y revins. Je tendis l'ordonnance pour la banque à Lorna et lui annonçai les deux rendez-vous que j'avais pris pour le lendemain.

– Je croyais que t'avais mis le dossier Patrick Henson à la poubelle, me dit-elle.

– C'est vrai. Mais je l'en ai ressorti.

Elle fronça les sourcils comme elle le faisait chaque fois que je la déconcertais – ce qui arrivait souvent. Je n'avais pas envie d'expliquer. Je passai à autre chose et lui demandai s'il y avait du neuf depuis que j'étais parti pour le tribunal.

– Deux ou trois trucs, dit-elle. Et d'un, le chèque de Walter Elliot est passé. S'il a appris pour Jerry, c'était trop tard pour arrêter le paiement.

– Bien.

– Et y a mieux. J'ai trouvé les fichiers contrats et j'ai jeté un œil à l'arrangement que Jerry avait conclu avec lui. Ce dépôt de cent mille dollars qu'il a fait vendredi n'est qu'une partie de ce qu'il lui doit.

Elle avait raison. C'était encore mieux.

– Combien ? demandai-je.

– D'après le contrat, Vincent lui a pris deux cent cinquante mille dollars d'entrée de jeu. Ça, ça remonte à cinq mois et on dirait bien qu'il n'en reste déjà plus rien. Mais il allait en toucher deux cent cinquante mille de plus pour le procès. Non remboursables. Les cent mille de vendredi n'en sont que la première partie. Le reste doit être versé le premier jour des témoignages.

Je hochai la tête de satisfaction. Vincent avait conclu un marché du tonnerre. Je n'avais jamais eu d'affaire avec une pareille quantité d'argent à la clé. Cela dit, je me demandai comment Jerry avait fait son compte pour dépenser les deux cent cinquante mille premiers dollars aussi vite. Lorna allait devoir examiner les entrées et sorties d'argent pour avoir la réponse à cette question.

– Bon, d'accord, tout ça est génial... si Elliot reste avec nous. Sinon, ça n'a aucune importance. Qu'est-ce qu'on a d'autre ?

Elle eut l'air déçue que je n'aie pas envie de m'attarder sur cette histoire d'argent et de fêter cette découverte qu'elle avait faite. Elle avait perdu de vue qu'il me restait toujours à garder Elliot avec moi. Techniquement parlant, il était libre de choisir. Je serais certes le premier à lui parler, mais il n'en fallait quand même pas moins que j'en fasse mon client avant d'envisager ce que ça pouvait faire de décrocher deux cent cinquante mille dollars d'honoraires.

Lorna me répondit d'une voix monocorde.

– Nous avons eu toute une série de visiteurs pendant que tu étais au tribunal, dit-elle.

– Qui ?

– Un des enquêteurs dont Jerry se servait est passé après avoir appris la nouvelle. Il n'a eu qu'un regard pour Cisco avant de lui rentrer quasiment dedans. Après, il s'est montré plus futé et s'est calmé.

– Qui est-ce ?

– Bruce Carlin. Jerry l'avait embauché pour travailler sur l'affaire Elliot.

Je hochai la tête. Bruce Carlin était un ancien fonceur du LAPD qui était passé de l'autre côté de la barrière et travaillait maintenant pour la défense. Nombre d'avocats avaient recours à lui parce qu'il savait bien comment ça marchait chez les flics. J'avais fait appel à lui une fois et avais trouvé que sa réputation était surfaite. Je ne l'avais plus jamais embauché.

– Rappelle-le, dis-je à Lorna. Fixe-lui un rendez-vous.

– Pourquoi, Mick ? T'as déjà Cisco.

– Je sais, mais Carlin travaillait sur l'affaire Elliot et je doute qu'on ait tout au dossier. Tu sais bien comment c'est. Tu ne consignes pas une info au dossier, c'est autant de moins à filer à la partie adverse. Et donc, dis-lui de revenir. Cisco pourra discuter avec lui et voir ce qu'il sait. Et on le paie à son tarif horaire habituel... quel qu'il soit. Et on le vire dès qu'il ne nous sert plus à rien. Quoi d'autre ? Qui d'autre est passé ?

– Un vrai défilé de losers qu'on a eu ! Carney Andrews a débarqué en pensant qu'elle allait pouvoir prendre le dossier Elliot sur la pile et filer avec. Je l'ai foutue dehors sans rien lui donner. Après, j'ai regardé les rentrées et les sorties de fric sur le compte opérationnel et je me suis aperçue qu'elle avait été engagée en tant qu'associée dans l'affaire Elliot. Et jetée un mois plus tard.

J'acquiesçai d'un signe de tête : j'avais compris. Vincent était allé faire son marché aux juges pour Elliot. En plus de n'avoir aucun talent, Carney Andrews était une filoute, mais avait l'avantage d'être mariée au juge de la Cour supérieure, Bryce Andrews. Celui-ci avait passé vingt-cinq ans comme procureur avant d'être nommé juge. Pour les trois quarts des avocats de la défense qui travaillaient au Criminal Courts Building, il n'avait jamais quitté le bureau du district attorney. Il avait la réputation d'être un des juges les plus durs du bâtiment, quelqu'un qui agissait parfois de concert avec le bureau du procureur, quand il n'en était pas tout bonnement le bras armé. Tout cela donnait naissance à une jolie petite entreprise familiale où l'épouse gagnait très confortablement sa vie en étant recrutée comme avocate associée à la défense dans les affaires que jugeait le mari – ce qui créait aussitôt un conflit d'intérêts exigeant que l'affaire soit réassignée à d'autres juges… qu'on espérait plus cléments.

Tout cela marchait comme sur des roulettes, ce qu'il y avait de mieux dans l'arrangement étant que Carney Andrews n'avait pratiquement jamais à exercer. Il lui suffisait de signer pour une affaire, de faire une apparition au tribunal en tant qu'avocate associée et d'attendre que l'affaire soit ôtée à son mari et assignée à un autre juge. Elle pouvait alors toucher des honoraires substantiels et se consacrer à l'affaire suivante.

Je n'eus même pas à consulter le dossier Elliot pour voir ce qui s'était passé. Je le savais. Les affaires étant assignées à tel ou tel juge par tirage au sort dans le bureau du doyen, celle d'Elliot avait échu au juge Bryce Andrews et Vincent n'avait pas trop aimé le peu de chances qu'il avait de gagner devant lui. Et d'un, Andrews n'aurait jamais accepté une libération sous caution pour un double assassinat, et de deux, il ne se serait pas montré des plus tendres envers l'accusé lorsque celui-ci serait passé en jugement. Vincent avait donc engagé son épouse en qualité d'associée et le problème avait disparu, l'affaire étant alors été réassignée au juge James P. Stanton, dont la réputation était à l'exact opposé de celle d'Andrews. Résultat des courses : quelles qu'aient été les sommes que Vincent avait versées à la dame Carney, la manœuvre avait valu le coup.

– Tu as vérifié ? demandai-je à Lorna. Combien lui a-t-il donné ?

– Elle a pris dix pour cent de la première avance.

Je poussai un sifflement. Vingt-cinq mille dollars pour que dalle. Voilà qui expliquait au moins en partie où avaient filé les deux cent cinquante mille premiers dollars.

– Super, le boulot, quand on peut le décrocher, fis-je remarquer.

– Peut-être, sauf que le soir, faut coucher avec Bryce Andrews, me renvoya Lorna. Je ne suis pas très sûre que ç'en vaille la peine.

Cisco éclata de rire. Je n'en fis rien, mais Lorna n'avait pas tort. Bryce Andrews avait au moins vingt ans de plus que sa femme – et pesait presque cent kilos de plus qu'elle. Le tableau n'avait rien d'appétissant.

– C'est tout pour les visiteurs ? demandai-je.

– Non, répondit-elle. On a eu aussi la visite de deux ou trois clients qui ont demandé à voir leurs dossiers quand ils ont appris la mort de Jerry à la radio.

– Et… ?

– On les a fait patienter. Je leur ai dit qu'il n'y avait que toi qui pouvais rendre un dossier et que tu les contacterais sous vingt-quatre heures. Ils ont donné l'impression de vouloir discutailler, mais avec Cisco dans les parages, ils ont fini par décider qu'il valait peut-être mieux attendre.

Elle fit un sourire à Cisco, le grand costaud lui tirant aussitôt la révérence comme pour lui dire « à votre service ».

Puis elle me tendit un bout de papier.

– Tiens, c'est eux, me dit-elle. Avec leurs coordonnées.

Je regardai leurs noms. L'un d'entre eux faisant partie des types que j'avais l'intention de jeter, je ne serais que trop heureux de lui rendre son dossier. L'autre dossier concernait une affaire d'outrage aux bonnes mœurs, où je pensais pouvoir faire quelque chose. Cette cliente avait été accusée lorsqu'un adjoint au shérif lui avait ordonné de sortir de l'eau à la plage de Malibu. La dame nageait toute nue, ce qui n'était devenu visible qu'à ce moment-là. Parce qu'il ne s'agissait là que d'un délit mineur, la loi exigeait que l'adjoint soit un témoin direct du délit pour pouvoir procéder à l'arrestation. Sauf qu'en lui donnant l'ordre de sortir de l'eau, c'était lui qui avait créé le délit pour lequel il l'avait arrêtée. Les arguments du shérif ne tiendraient donc pas la route au prétoire. C'était là une affaire pour laquelle je savais pouvoir obtenir un non-lieu.

– J'irai voir ces deux-là ce soir, dis-je à Lorna. En fait, j'ai envie de filer avec tous ces dossiers le plus vite possible. En commençant par faire un arrêt aux studios d'Archway Pictures. Je vais prendre Cisco avec moi, et toi, Lorna, j'aimerais que tu emportes tout ce dont tu as besoin et que tu rentres chez toi. Je ne veux pas que tu restes ici toute seule.

Elle acquiesça, puis me lança :

– Tu es sûr que Cisco doive t'accompagner ?

Je fus surpris qu'elle m'ait posé la question en sa présence. C'était à la taille et à l'aspect de son homme – à ses tatouages, à sa boucle d'oreille, à ses bottes, à son gilet en cuir, etc. –, bref à l'impression générale de menace qu'il projetait qu'elle faisait allusion. Elle craignait qu'il ne dissuade plus de clients qu'il n'aide à en gagner.

– Oui, répondis-je. J'aimerais mieux. Quand je voudrai la jouer subtil, je lui demanderai d'attendre dans la voiture. En plus, je veux qu'il conduise pour que je puisse jeter un œil aux dossiers.

Je regardai Cisco. Il n'avait pas l'air de trouver à redire à l'arrangement et me fit oui de la tête. Il aurait peut-être l'air idiot quand il serait au volant d'une Lincoln avec son gilet de motard sur le dos, mais il ne s'en plaignait pas encore.

– À propos de dossiers, repris-je. On n'a aucune affaire fédérale, hein ?

– Pas que je sache, répondit Lorna en hochant la tête.

Je hochai la tête à mon tour. Cela confirmait ce que j'avais indiqué à Bosch et me rendit encore plus désireux de savoir pourquoi il m'avait posé cette question. Je commençai à m'en faire une idée et décidai de mettre le sujet sur le tapis quand je le verrais le lendemain matin.

– Bien, dis-je. M'est avis que l'heure est revenue de jouer à la défense Lincoln. En route !

12

La décennie précédente avait vu Archway Pictures passer du stade de franc-tireur de l'industrie cinématographique à celui de force majeure. Cela à cause de quelque chose qui faisait toujours la loi à Hollywood : l'argent. Alors même que le coût des films augmentant de manière exponentielle, l'industrie se concentrait encore sur les plus chers à produire, les majors avaient commencé à chercher des partenaires pour partager les coûts et les risques.

Et c'est là que Walter Elliot et Archway Pictures étaient entrés en scène. Au début, Archway n'était qu'un terrain vague envahi de mauvaises herbes qui se trouvait dans Melrose Avenue, à quelques rues à peine du monstre qu'étaient les Studios Paramount. Archway avait alors été conçu et construit pour servir de poisson pilote au grand requin blanc. On ne ferait que traîner près de la gueule du géant afin d'y attraper tout ce que celui-ci voudrait bien ne pas engloutir dans son énorme gosier. Archway avait ainsi offert des installations de postproduction et des plateaux de tournage à louer quand tout était pris dans les grands studios. La société avait aussi mis des bureaux en leasing à la disposition d'apprentis producteurs ou de *has been* qui n'étaient pas au niveau ou ne bénéficiaient pas des contrats de producteurs liés aux studios. Elle avait favorisé la production de films indépendants, moins chers à monter mais plus risqués, et censément moins susceptibles de faire un tabac que leurs grands frères des studios.

Walter Elliot et Archway Pictures s'étaient ainsi traînés pendant une dizaine d'années jusqu'au jour où la chance avait frappé comme la foudre à deux reprises. En l'espace d'à peine trois ans, Elliot avait touché le jackpot avec deux films indépendants qu'il avait soutenus en fournissant des plateaux, du matériel et des équipements de postproduction en échange d'un pourcentage des recettes. Ces deux films avaient fini par dépasser les attentes d'Hollywood et devenir d'énormes succès – aussi bien d'estime que financiers. L'un d'eux avait même décroché l'Oscar du meilleur film. Walter et son studio par alliance s'étaient soudain retrouvés à baigner dans la gloire. Plus de cent millions de téléspectateurs avaient entendu Walter être tout spécialement remercié lors de la cérémonie des Oscars. Et, plus important, la part d'Archway dans les revenus de ces deux films engrangés à l'étranger avait dépassé les cent millions de dollars… par film.

Walter avait alors fait quelque chose de très sage avec ce tout nouvel argent. Il l'avait prêté aux requins en cofinançant un certain nombre de productions pour lesquelles les majors cherchaient à partager les risques. Il y avait eu des ratés, bien sûr. C'était quand même Hollywood. Mais il y avait eu assez de succès pour que la poule aux œufs d'or continue de pondre. Les dix années suivantes avaient vu Walter Elliot doubler, puis tripler ses investissements et devenir petit à petit un des grands qu'on retrouvait régulièrement sur la liste des cent plus puissants personnages de l'industrie. Il avait fait passer Archway Pictures d'une simple adresse associée aux parias d'Hollywood à un lieu où il fallait faire la queue trois ans pour être admis dans un bureau sans fenêtres.

Et pendant tout ce temps, sa fortune personnelle avait crû dans les mêmes proportions. C'était certes le riche rejeton d'une famille de grands du phosphate de Floride qui vingt-cinq ans plus tôt avait débarqué à Hollywood, mais cet argent-là n'avait rien à voir avec les fortunes qu'on peut se faire à Hollywood. Comme beaucoup d'individus figurant sur la liste des cent, Elliot avait échangé son épouse contre un modèle plus récent et, ensemble, ils s'étaient mis à accumuler les résidences. D'abord, dans les canyons, puis plus bas, dans les contreforts des Beverly Hills, et enfin à Malibu et jusqu'à Santa Barbara. D'après les renseignements versés au dossier, Walter Elliot et sa femme possédaient sept maisons et deux ranches à Los Angeles et alentour. Le nombre de jours qu'ils y passaient n'avait évidemment aucune importance. À Hollywood, l'immobilier est un moyen de tenir la marque.

Tous ces biens et toutes ces apparitions sur la liste des cent avaient été fort utiles lorsque Elliot avait été accusé de double meurtre. Le boss des studios qu'il était avait alors bandé ses muscles politiques et financiers et avait réussi un coup assez rare dans une affaire de meurtre : il avait été libéré sous caution. Le procureur ne cessant d'y objecter, le montant en avait finalement été fixé à vingt millions de dollars, qu'Elliot avait vite crachés en vendant de l'immobilier. Depuis lors, il était libre et attendait son procès – en dépit de son petit flirt avec la révocation de sa liberté sous caution la semaine précédente.

Un des biens qu'il avait engagés comme garantie de sa caution n'était autre que la propriété où s'étaient produits les meurtres. Sise dans une crique à l'abri des regards, c'était une maison où passer le week-end. Comme dépôt de garantie, elle valait six millions de dollars. C'était là qu'à trente-neuf ans, Mitzi Elliot avait été assassinée avec son amant, dans une chambre de cent vingt mètres carrés avec mur en verre donnant sur l'immensité toute bleue du Pacifique.

Le dossier d'enquête à communiquer à la partie adverse était bourré de rapports du labo et de copies des photos en couleurs de la scène de crime. Murs, tapis, meubles et literie, tout était blanc dans cette chambre. On y voyait deux corps nus étalés sur le lit et par terre. Mitzi Elliot et Johan Rilz. Scène entièrement en rouge et blanc. Deux trous de balles dans la poitrine de l'homme. Deux autres dans celle de la femme, plus un troisième au front. Lui, près de la porte. Elle, sur le lit. Rouge sur fond blanc. Pas beau à voir, tout ça : les blessures étaient impressionnantes. Même si l'arme du crime manquait à l'appel, un rapport supplémentaire précisait que les douilles avaient été identifiées par leurs marques balistiques comme provenant d'un Smith & Wesson Model 29, soit un revolver de type magnum .44. Faire feu de près avec un engin pareil dépassait la mesure.

Walter Elliot avait des doutes sur son épouse. Elle lui avait annoncé son intention de divorcer et pour lui, il y avait un autre homme dans le coup. Aux enquêteurs des Homicides du bureau du shérif il avait déclaré s'être rendu à la maison de Malibu parce que sa femme lui avait dit vouloir y retrouver l'architecte d'intérieur. Elliot s'était dit qu'elle mentait et avait chronométré son arrivée de façon à la prendre sur le fait avec son amant. Il l'aimait et voulait qu'elle lui revienne. Et il était prêt à se battre pour elle. C'était, il ne cessait de le répéter, en vue d'une confrontation avec elle qu'il s'était rendu à Malibu, pas du tout pour la tuer. Il ne possédait pas de magnum .44. De fait, avait-il insisté, il ne possédait même aucune arme.

D'après les déclarations qu'il avait faites aux enquêteurs, en arrivant à Malibu, il avait trouvé sa femme et son amant entièrement nus et déjà morts. Il s'était alors avéré que l'amant n'était autre que l'architecte d'intérieur, un certain Johan Rilz, un Allemand qu'Elliot avait toujours pris pour un homo.

Elliot avait quitté la maison et repris sa voiture. S'était mis à rouler, puis s'était ravisé. Et avait décidé de faire ce qu'il fallait. Il avait fait demi-tour et s'était à nouveau rangé dans l'allée cochère. Il avait appelé le 911[1] et avait attendu l'arrivée du shérif devant la maison.

La chronologie et la manière précise dont l'enquête avait démarré à partir de ce moment-là allaient revêtir une grande importance pour le système de défense à bâtir. D'après les rapports versés au dossier, Elliot avait donné aux enquêteurs une première version de sa découverte des corps. Il avait alors été emmené au poste de Malibu par deux shérifs adjoints, de façon à ne pas se trouver sur les lieux du crime lorsque la police commencerait à les analyser. À ce moment-là, il n'était pas en état d'arrestation. Il avait été placé dans une salle d'interrogatoire, dont la porte n'était pas fermée à clé, et y avait attendu trois longues heures avant que les deux inspecteurs en charge de l'affaire finissent leur examen de la scène de crime et reviennent au poste. L'entretien qui s'en était alors suivi avait été filmé en vidéo, mais d'après la transcription que j'en avais étudiée, on y avait vite franchi la ligne jaune et en avait fait un interrogatoire en règle. C'est à ce moment-là qu'on lui avait enfin lu ses droits constitutionnels et demandé s'il acceptait de continuer à répondre aux questions qu'on lui posait. Il avait fort sagement choisi de ne plus parler et exigé un avocat. Mieux valait tard que jamais, certes, mais il se serait beaucoup mieux porté s'il n'avait jamais rien dit aux enquêteurs. Il aurait mieux fait d'invoquer le cinquième amendement et de la fermer.

Pendant que les enquêteurs analysaient la scène de crime et qu'Elliot faisait le pied de grue dans la salle

1. Équivalent américain de police-secours. *(NdT.)*

d'interrogatoire du poste, un inspecteur des Homicides travaillant au quartier général du shérif de Whittier avait rédigé et faxé plusieurs mandats de perquisition à un juge de la Cour supérieure, qui les avait signés. Cela avait permis à des enquêteurs de fouiller en toute légalité partout dans la maison et dans la voiture d'Elliot et de soumettre ce dernier à un examen destiné à déterminer s'il avait des traces de nitrates et des particules microscopiques de poudre sur les mains et les habits. Elliot ayant refusé de coopérer plus avant, on lui avait enfermé les mains dans du plastique et l'avait transféré au quartier général du shérif, où un criminaliste avait procédé à ce test en laboratoire. L'opération avait consisté à frotter des disques imprégnés de produits chimiques sur les mains et les habits. Analysés par un technicien du labo, ces disques avaient révélé la présence d'un taux élevé de poudre.

Elliot avait alors été officiellement placé en état d'arrestation pour meurtre. L'unique appel téléphonique auquel il avait eu droit lui avait permis de contacter son avocat, qui avait appelé Jerry Vincent, avec lequel il avait suivi les cours de la fac de droit. Elliot avait fini par être conduit à la prison du comté, inculpé de deux meurtres et mis en détention. Les enquêteurs du shérif avaient ensuite appelé le bureau des relations avec les médias et suggéré de tenir une conférence de presse. C'était un gros poisson qu'on venait de ferrer.

Je refermai le dossier au moment même où Cisco arrêtait la Lincoln devant les studios Archway. Il y avait là des scénaristes en grève qui tournaient et viraient sur le trottoir[1] en brandissant des pancartes rouges et blanches sur lesquelles on pouvait lire : ON VEUT NOTRE PART ! et SCÉNARISTES ET DIALOGUISTES TOUS UNIS ! Sur certains

1. La loi américaine interdit les piquets de grève statiques. *(NdT.)*

panneaux on voyait aussi des poings serrant des stylos. Un autre disait encore : VOTRE REPARTIE PRÉFÉRÉE ? C'EST UN DIALOGUISTE QUI L'A TROUVÉE ! Sur le trottoir avait été dessinée l'énorme silhouette d'un cochon en train de fumer un cigare, le mot PRODUCTEUR marqué au fer rouge sur ses fesses. Ce cochon et les trois quarts de ces slogans n'étant que clichés plus que fatigués, je m'étonnai que ces écrivains qui manifestaient n'aient rien trouvé de mieux.

Pour soigner les apparences, je restai sur la banquette arrière pour ce premier arrêt. J'espérais qu'Elliot m'apercevrait de la fenêtre de son bureau et me prendrait pour un avocat aussi puissant que talentueux. Mais voyant quelqu'un tout au fond d'une Lincoln, les écrivains me prirent, eux, pour un producteur. Nous entrions dans l'allée cochère du studio lorsqu'ils fondirent sur la voiture avec leurs panneaux et se mirent à scander : « Fumier de rapace ! Fumier de rapace ! » Cisco écrasa l'accélérateur et fonça droit devant, quelques malheureux scribes évitant de justesse les ailes de la Lincoln.

– Attention ! aboyai-je. Manquerait plus que j'écrase un écrivain au chômage !

– T'inquiète pas ! me renvoya calmement Cisco. Ils se dispersent toujours.

– Pas cette fois.

Arrivé à la cahute du gardien, Cisco avança suffisamment la voiture pour que ma fenêtre soit au niveau de la porte. Je vérifiai qu'aucun des écrivains ne nous avait suivis et abaissai ma vitre pour parler au type qui était sorti de la cahute. Il portait un uniforme gris, une cravate marron foncé et des épaulettes assorties. Parfaitement ridicule.

– Vous désirez ?

– Je suis l'avocat de Walter Elliot. Je n'ai pas de rendez-vous, mais il faut que je le voie tout de suite.

– Puis-je voir votre permis de conduire ?

Je le sortis et le lui tendis par la fenêtre.

– Je remplace maître Jerry Vincent, précisai-je. C'est ce nom que la secrétaire de M. Elliot reconnaîtra.

Le garde regagna sa cahute et en referma la porte coulissante. Je me demandai si c'était pour empêcher l'air froid de la clim' de filer dehors ou pour que je ne puisse pas l'entendre parler lorsqu'il décrocha son téléphone. Toujours est-il qu'il rouvrit bientôt la porte coulissante et me tendit l'appareil, sa main couvrant l'écouteur.

– Mme Albrecht est l'assistante personnelle de M. Elliot, me dit-il. Elle veut vous parler.

Je pris l'appareil.

– Allô ?

– Maître Haller ? De quoi s'agit-il ? M. Elliot n'a traité qu'avec maître Vincent pour cette affaire et je ne vois aucun rendez-vous dans son planning.

« Pour cette... affaire. » Étrange façon de parler de deux accusations de meurtre.

– Madame Albrecht, répondis-je, je préférerais ne pas parler de ça au portail. Comme vous pouvez l'imaginer, « l'affaire », comme vous dites, est plutôt délicate. Puis-je passer voir M. Elliot ?

Je me tournai sur la banquette et regardai par la lunette arrière. Il y avait deux voitures qui faisaient la queue derrière la Lincoln. Ce n'était sans doute pas des producteurs qui se trouvaient à l'intérieur. Les écrivains les avaient laissées passer sans encombre.

– Je crains que ce que vous me dites ne suffise pas, maître Haller. Puis-je vous mettre en attente pendant que j'appelle maître Vincent ?

– Vous ne pourrez pas le joindre.

– Je suis sûre qu'il prendra un appel de M. Elliot.

– Et moi, je suis sûr que non, madame Albrecht. Jerry Vincent est mort. C'est pour ça que je suis ici.

Je jetai un coup d'œil à l'image de Cisco dans le

rétroviseur et haussai les épaules comme pour lui dire que je n'avais pas pu faire autrement que de lui annoncer la mauvaise nouvelle. J'avais prévu de franchir ce portail tout en finesse et d'être celui qui dirait en personne à Elliot que son avocat était mort.

– Je vous demande pardon, maître Haller. Vous dites que maître Vincent est… mort ?

– C'est bien ce que je vous dis, oui. Et je suis son remplaçant par ordre de la cour. Et maintenant, j'aimerais pouvoir entrer.

– Oui, bien sûr, maître Haller.

Je rendis le téléphone au gardien et le portail s'ouvrit dans l'instant.

13

On nous assigna une place de choix dans le parking de la direction. Je demandai à Cisco de rester dans la voiture et entrai seul dans l'immeuble, les deux gros dossiers qu'avait bâtis Vincent sous le bras. Le premier contenait les renseignements fournis par l'accusation, dont certains documents d'enquête et transcriptions d'interrogatoires importants, le second des documents et des notes accumulés par Vincent pendant les cinq mois qu'il avait passés sur l'affaire. Grâce à ces deux dossiers j'avais une vision assez claire de ce que l'accusation avait et n'avait pas fait et de la direction que le procureur souhaitait imprimer au procès. Il y avait encore du travail à faire et des pièces qui manquaient tant au dossier de la défense que pour établir une stratégie. Il n'est pas impossible que ces pièces, Jerry Vincent les ait eues dans sa tête, dans son ordinateur portable ou sur le bloc-notes rangé dans sa mallette, mais à moins que les flics n'arrêtent un suspect et ne récupèrent ces objets volés, tout cela ne me servirait à rien.

Je suivis un trottoir qui traversait une pelouse superbement entretenue pour rejoindre le bureau d'Elliot. J'avais prévu de mener la rencontre en trois temps. Premier point : m'assurer de garder Elliot comme client. Cette tâche accomplie, je lui demanderais la permission d'ajourner le procès de façon à avoir le temps de me mettre à niveau et de m'y préparer. Troisième et dernière partie : voir si Elliot avait, lui, certaines des pièces qui manquaient à la défense. Les deuxième et troisième moments de l'affaire seraient évidemment sans importance si je ratais le premier.

Le bureau de Walter Elliot se trouvait au bungalow un, à l'autre bout des studios. Le mot bungalow suggère quelque chose de petit, mais à Hollywood, les bungalows sont grands. Ils disent le standing. C'est comme d'avoir sa maison particulière au boulot. Et comme dans toute maison particulière, ce qu'on y fait peut rester secret.

Une entrée en tommettes espagnoles conduisait à une salle de séjour en contrebas avec d'un côté une cheminée où brûlait un feu au gaz et dans le coin opposé un bar en acajou. Je m'arrêtai au milieu de la pièce, jetai un coup d'œil autour de moi et attendis en regardant le tableau accroché au-dessus de la cheminée. On y voyait un chevalier en armure monté sur un destrier blanc. Le chevalier avait levé la main pour ouvrir la visière de son casque et ses yeux brillaient avec une belle intensité. Je fis encore quelques pas dans la pièce et m'aperçus que les yeux suivaient celui qui les regardait, quel que soit l'endroit de la pièce où il se trouvait. Ils me dévisageaient.

– Maître Haller ?

Je me retournai en reconnaissant la voix que j'avais entendue au téléphone du gardien. Mme Albrecht était entrée dans la pièce par une porte invisible.

Élégance est le premier mot qui venait à l'esprit. Mme Albrecht était une beauté vieillissante et semblait prendre la chose sans problème. Du gris apparaissait ici et là dans ses cheveux qu'elle ne teignait pas, des rides minuscules se frayant un chemin vers ses yeux et sa bouche, apparemment sans qu'on en entrave la progression à coups d'injections ou d'incisions. Mme Albrecht donnait l'impression d'être une femme bien dans sa peau. Et pour moi, c'était chose rare à Hollywood.

– M. Elliot est prêt à vous recevoir, dit-elle.

Je la suivis dans un petit couloir conduisant à un espace réception. Elle dépassa un bureau vide – le sien, je le pensai –, et ouvrit une grande porte donnant dans le bureau de Walter Elliot.

Beaucoup trop bronzé, l'homme avait plus de poils gris qui lui sortaient de son col de chemise ouvert que de cheveux de la même couleur sur la tête. Il était assis derrière un grand bureau en verre. Pas de tiroir dessous, ni d'ordinateur dessus, mais pas mal de paperasse et de scénarios sur le plateau. Qu'il ait à répondre de deux assassinats n'avait aucune importance : on avait à faire. On travaillait et dirigeait Archway comme on l'avait toujours fait. Peut-être sur les conseils de quelque gourou du développement personnel d'Hollywood, mais cela ne semblait pas être une attitude ou une philosophie inhabituelles chez l'accusé. Conduisez-vous comme un innocent et vous serez perçu comme tel. Et finirez par le devenir.

Il y avait un coin où s'asseoir à droite de la pièce, mais il choisit de rester derrière sa table de travail. Il avait les yeux noirs et un regard perçant qui me parurent familiers jusqu'au moment où je me rendis compte que je les avais déjà vus quelque part… le chevalier en armure sur son destrier blanc dans la salle de séjour n'était autre qu'Elliot en personne.

– Monsieur Elliot, dit Mme Albrecht, voici maître Haller.

Elle me fit signe de prendre place dans le fauteuil en face de son patron. À peine m'y étais-je assis que sans même la regarder il la congédia d'un geste et qu'elle fila sans ajouter un mot. Au fil des ans, j'avais représenté et m'étais trouvé en présence de deux ou trois dizaines d'assassins. La seule règle est qu'il n'y a pas de règle : taille et formes, riches ou pauvres, humbles ou arrogants, pleins de regret ou durs comme pierre, les assassins sont de toutes les sortes. D'après les pourcentages, Elliot avait très vraisemblablement tout du tueur. Pour moi, c'était très calmement qu'il avait liquidé sa femme et son amant, et de manière plus qu'arrogante qu'il pensait pouvoir s'en tirer. Cela étant, il n'y avait rien dans ce qu'il me donna à voir de lui-même lors de cette première rencontre pour affirmer ou infirmer cette impression. C'est toujours comme ça.

– Qu'est-il arrivé à mon avocat ? me demanda-t-il.

– Si vous voulez des détails précis, je serai dans l'obligation de vous renvoyer à la police. Mais pour faire court, quelqu'un l'a assassiné hier soir dans sa voiture.

– Ce qui me laisse où ? C'est ma vie que je vais jouer la semaine prochaine au tribunal !

Il exagérait un peu. La sélection des jurés ne devait commencer que neuf jours plus tard et le district attorney n'avait pas annoncé qu'il demanderait la peine capitale. Je ne vis néanmoins aucun mal à ce qu'il envisage la situation en ces termes.

– C'est pour ça que je suis ici, monsieur Elliot, lui renvoyai-je. Parce que pour l'instant, c'est avec moi que vous êtes.

– Et vous seriez… ? Je n'ai jamais entendu parler de vous.

– Si vous n'avez jamais entendu parler de moi, c'est parce que j'en fais une règle. Les avocats célèbres concentrent beaucoup trop l'attention des médias sur leurs clients. C'est même en offrant leurs clients en pâture qu'ils nourrissent leur célébrité. Ce n'est pas comme ça que je fonctionne.

Il pinça les lèvres et hocha la tête. Je sentis que je venais de marquer un point.

– Et c'est vous qui reprenez le cabinet de Vincent ?

– Que je vous explique, monsieur Elliot. Jerry Vincent était le seul membre de son cabinet. Tout comme moi. De temps en temps, nous avions besoin d'un coup de main dans une affaire, parfois même de nous remplacer pour ceci ou pour cela. Tel était le rôle que nous tenions l'un pour l'autre. Jetez un coup d'œil au contrat de représentation que vous avez signé avec lui et vous verrez mon nom dans un paragraphe où il est stipulé que Jerry avait le droit de discuter de votre affaire avec moi et de m'inclure dans la relation privilégiée entre l'avocat et son client. En d'autres termes, Jerry me faisait confiance dans ses affaires. Et maintenant qu'il n'est plus, je suis prêt à prendre sa place. Un peu plus tôt dans la journée, la doyenne des juges de la Cour supérieure a signé une ordonnance aux termes de laquelle toutes les affaires de Jerry sont placées sous ma sauvegarde. Évidemment, c'est à vous que revient le choix de celui qui vous représentera au procès. Je suis très au courant de votre affaire et prêt à assurer le suivi de votre représentation sans le moindre accroc. Mais comme je viens de vous le préciser, c'est à vous de décider. Je ne suis ici que pour vous dire les possibilités qui s'offrent à vous.

Il hocha la tête.

– J'arrive pas à y croire, dit-il. On était prêts pour la semaine prochaine et je refuse tout ajournement. Ça fait cinq mois que j'attends de pouvoir laver mon nom ! Avez-vous la moindre idée de ce que ça peut faire à un innocent que de devoir attendre et attendre encore qu'on lui rende justice ? Que de devoir lire tous les sous-entendus et conneries qu'on répand dans les médias ? Que d'avoir un procureur qui me renifle sans arrêt l'arrière-train et n'attend que le moment où je ferai la bêtise qui me coûtera ma liberté sous caution ? Regardez ça !

Il tendit la jambe et remonta son pantalon pour me montrer le bracelet électronique que le juge Holder lui avait ordonné de porter.

– Je veux qu'on en finisse !

Je hochai la tête en signe de sympathie et compris

alors que si je voulais remettre le procès à plus tard, j'allais devoir envisager de perdre l'affaire. Je décidai d'aborder le sujet lors d'une séance de stratégie après avoir fait affaire… si j'y arrivais.

– J'ai travaillé avec beaucoup de clients accusés à tort, dis-je en mentant. Attendre que justice soit rendue est parfois intolérable. Mais c'est cette attente qui rend la victoire d'autant plus significative.

Il ne réagit pas, je ne laissai pas le silence s'éterniser.

– J'ai passé l'essentiel de mon après-midi à relire votre dossier et les éléments de preuve retenus contre vous, enchaînai-je. Je suis sûr que vous n'aurez pas à repousser le procès, monsieur Elliot. Je suis plus que prêt à aller de l'avant. Un autre avocat, je ne dis pas. Mais moi, je suis prêt.

Ça y était : je lui avais servi mon meilleur pitch, pour les trois quarts fait de mensonges et d'exagérations. Mais je ne m'en tins pas là.

– J'ai aussi étudié la stratégie que maître Vincent envisageait pour le prétoire. Je ne la changerai pas, mais j'y apporterai quelques améliorations. Et serai prêt à attaquer dès la semaine prochaine si besoin est. Je pense qu'un délai peut être toujours utile, mais qu'il n'est pas indispensable dans votre cas.

Il hocha la tête et se passa un doigt sur les lèvres.

– Il va falloir que je réfléchisse, dit-il. Je vais avoir besoin de consulter quelques personnes et de me renseigner sur vous. Comme je l'ai fait avant de prendre Vincent à mon service.

Je décidai de jouer le tout pour le tout et d'essayer de le forcer à prendre vite une décision. Je n'avais aucune envie qu'il aille se renseigner sur mon compte et découvre que j'avais disparu de la circulation pendant un an. Ç'aurait soulevé trop de questions.

– Bonne idée, lui répondis-je. Prenez votre temps, mais ne tardez pas trop. Plus vous mettrez de temps à arrêter une décision, plus il y aura de risques que le juge, lui, trouve nécessaire de repousser le procès. Je sais que ce n'est pas ce que vous voulez, mais en l'absence de maître Vincent ou de tout autre avocat connu, il est probable que le juge soit déjà un peu nerveux et envisage d'ajourner. Prenez-moi et j'essaierai de le voir dès que possible pour lui dire que nous sommes toujours prêts à y aller.

Je me levai, glissai la main dans la poche de ma veste, en sortis une carte de visite et la posai sur le plateau en verre.

– Voici mes coordonnées, lui dis-je. Vous pouvez m'appeler à n'importe quelle heure.

J'espérais qu'il me dise de me rasseoir pour commencer à travailler. Mais il se contenta de tendre la main par-dessus son bureau pour prendre ma carte. Il semblait toujours l'étudier lorsque je le quittai. Avant même que j'y arrive, la porte du bureau s'ouvrit de l'extérieur et je me retrouvai nez à nez avec Mme Albrecht. Elle me sourit avec chaleur.

– Je suis sûre qu'il va vous contacter, me dit-elle.

J'eus l'impression qu'elle avait entendu tout ce que son patron et moi avions pu nous dire.

– Merci, madame Albrecht, lui dis-je. Je l'espère vraiment.

14

Je trouvai Cisco en train de fumer une cigarette, adossé à la Lincoln.

– T'as pas traîné ! me lança-t-il.

J'ouvris la portière arrière au cas où il y aurait eu des caméras de surveillance dans le parking et qu'Elliot m'observe.

– Toujours prêt à m'encourager, hein ? lui renvoyai-je.

Je montai dans la voiture, il en fit autant.

– Tout ce que je disais, c'est que ça m'a paru un peu rapide, reprit-il. Ça a marché ?

– J'ai donné tout ce que j'avais. Il y a des chances pour qu'on ait une réponse assez vite.

– Tu crois qu'il est coupable ?

– Probablement, mais ça n'a pas d'importance. On a d'autres chats à fouetter.

Se dire qu'on va peut-être décrocher deux cent cinquante mille dollars d'honoraires et devoir ensuite réfléchir au sort de quelque loser sur la liste des clients de Vincent n'avait rien de facile, mais tel était le boulot. J'ouvris mon sac et en sortis les autres dossiers en cours. L'heure était venue de décider où faire l'arrêt suivant.

Cisco sortit de l'emplacement en marche arrière et se dirigea vers l'arche.

– Lorna attend de savoir, reprit-il.

Je le regardai dans le rétroviseur.

– De savoir quoi ?

– Elle m'a appelé pendant que t'étais avec lui. Elle a vraiment envie de savoir comment ça s'est passé.

– T'inquiète pas, je l'appellerai. Mais d'abord, laisse-moi réfléchir à la suite.

L'adresse de chaque client, enfin… celle portée sur son contrat de représentation, était très proprement imprimée sur la couverture des dossiers. Je feuilletai rapidement ces derniers pour voir ce qu'il y avait à Hollywood et tombai sur celui de la femme accusée d'atteinte aux bonnes mœurs. Celle qui était passée un peu plus tôt au cabinet de Vincent pour y reprendre son dossier.

– Ah, voilà ! dis-je. Dès que tu sors, tu prends Melrose Avenue dans la direction de La Brea. On y a une cliente. Elle est passée au cabinet pour reprendre son dossier.

– Compris.

– Après cet arrêt, je monte devant. J'ai pas envie que t'aies trop l'impression d'être un chauffeur.

– C'est pas un mauvais boulot. Je pourrais m'y faire.

Je sortis mon téléphone.

– Hé, Mick, me lança-t-il, faut que je te dise quelque chose.

J'ôtai mon pouce de la touche Lorna « appel rapide ».

– Je voulais juste te le dire avant que tu l'apprennes autrement. Lorna et moi… on va se marier.

Je me doutais bien que c'était vers ça qu'ils allaient. Lorna et moi avions été quinze ans amis avant de nous marier. Nous étions restés mariés un an. Pour moi, il s'agissait d'un mariage de rebond et ç'avait été la chose la plus malvenue que j'aie jamais faite. Nous y avions mis un terme dès que nous avions compris notre erreur et, Dieu sait comment, nous avions réussi à demeurer proches. Il n'y avait personne en qui j'avais plus confiance qu'elle. Nous n'étions plus amoureux, mais je l'aimais et l'aurais protégée à jamais.

– Ça te va, Mick ?

Je le regardai à nouveau dans le rétroviseur.

– Je ne fais pas partie de l'équation, Cisco, lui renvoyai-je.

– Je sais, mais je veux savoir si ça te va, toi. Tu vois ce que je veux dire ?

Je regardai par la fenêtre, réfléchis un instant avant de répondre et regardai encore une fois dans le rétroviseur.

– Oui, ça me va, répondis-je. Mais que je te dise un truc, Cisco : c'est une des quatre personnes les plus importantes de ma vie. Tu pèses peut-être trente-cinq kilos de plus que moi… et d'accord, c'est que du muscle, mais si jamais tu lui fais du mal, je trouverai le moyen de te le rendre. Ça te va ?

Il lâcha le rétroviseur des yeux pour regarder la route devant lui. Nous avions pris la file réservée à la sortie et avancions lentement. Les écrivains en grève s'étaient massés sur le trottoir et retardaient les gens qui voulaient sortir.

– Oui, Mick, dit-il, ça me va.

Nous gardâmes le silence un instant et continuâmes d'avancer un centimètre après l'autre. Cisco n'arrêtait pas de me regarder dans le rétroviseur.

– Quoi ? finis-je par lui demander.

– Ben, y a ta fille. Ça fait un. Et Lorna… Je me demande qui sont les deux autres.

Avant que j'aie pu répondre, la version électronique de *Guillaume Tell* commença à résonner dans ma main. Je baissai la tête et regardai mon portable. L'écran annonçait « appel anonyme ». Je l'ouvris.

– Haller à l'appareil.

– Je vous passe Walter Elliot, me dit Mme Albrecht.

Il ne fallut guère de temps avant que j'entende sa voix.

– Maître Haller ?

– Lui-même. Que désirez-vous ?

Je sentis un tiraillement d'angoisse dans mon estomac. Il avait pris sa décision.

– Avez-vous remarqué quelque chose dans mon dossier, maître Haller ?

Sa question me prit au dépourvu.

– Que voulez-vous dire ?

– Un avocat. Je n'ai qu'un avocat, maître Haller. Non seulement je dois gagner devant la cour, mais je dois aussi gagner devant l'opinion publique.

– Je vois, dis-je bien que je ne comprenne pas vraiment où il voulait en venir.

– J'ai parié sur beaucoup de gagnants ces dix dernières années, reprit-il. C'est de films dans lesquels j'investis de l'argent que je vous parle. Et si ces films ont gagné, c'est parce que j'ai un sens précis de ce qu'est l'opinion publique et de ce qu'elle veut. Je sais ce qu'aiment les gens parce que je sais ce qu'ils pensent.

– Je n'en doute pas, monsieur.

– Et pour moi, plus le public vous croit coupable, plus il vous faut d'avocats.

Il n'avait pas tort.

– Bref, la première chose que j'ai dite à maître Vincent quand je l'ai embauché a été : pas de *dream team*, seulement vous. Nous avons eu une avocate en plus au début, mais ça n'a pas duré. Elle a servi à quelque chose et a disparu. Donc, un seul avocat, maître Haller. C'est ce que je veux. Le meilleur que je puisse trouver.

– Je compr…

– J'ai pris ma décision, maître Haller. Vous m'avez beaucoup impressionné tout à l'heure. J'aimerais requérir vos services pour le procès. Vous serez donc mon seul et unique avocat.

Je dus calmer ma voix avant de répondre.

– Content de vous l'entendre dire. Appelez-moi Mickey.

– Et vous, vous pouvez m'appeler Walter. Mais j'insiste sur une condition avant que nous fassions affaire.

– Et ce serait… ?

– Pas d'ajournement. On passe devant la cour à la date prévue. Je veux vous l'entendre dire.

J'hésitai. Je voulais repousser. Mais je voulais encore plus l'avoir comme client.

– On n'ajournera pas, dis-je. Nous serons prêts à y aller dès jeudi prochain.

– Bienvenue à bord ! Qu'est-ce qu'on fait maintenant ?

– Eh bien, mais… je suis toujours au studio. Je peux faire demi-tour et repasser vous voir.

– J'ai peur d'avoir des réunions jusqu'à 7 heures et, après, j'ai une projection pour les Awards.

J'aurais cru que son procès et sa liberté auraient eu le pas sur ses réunions et ses films, mais je laissai filer. Faire son éducation et le ramener à la réalité seraient pour la prochaine fois.

– Bien, pour l'instant vous me donnez un numéro de fax et mon assistante vous enverra le contrat. Il sera bâti comme celui que vous avez signé avec Jerry Vincent.

Il y eut un silence et j'attendis. S'il voulait essayer de faire baisser le prix, c'était le moment ou jamais. Au lieu de ça, il me répéta le numéro de fax que j'entendis Mme Albrecht lui donner. Je le portai sur la couverture d'un de mes dossiers.

– Et demain, ça donne quoi, Walter ?

– Demain ?

– Oui, parce que si on ne se voit pas ce soir, on se voit demain. On a besoin d'être prêts. Vous ne voulez pas qu'on ajourne, je veux, moi, être encore plus prêt que je ne le suis maintenant. Il faut qu'on discute et qu'on revoie certaines choses. Il y a quelques trous dans la défense et je pense que vous pourrez m'aider à les boucher. Je peux revenir au studio ou vous retrouver n'importe où ailleurs dans l'après-midi.

J'entendis des bruits de voix étouffés tandis qu'il conférait avec Mme Albrecht.

– J'ai un créneau à 4 heures, dit-il enfin. Ici, au bungalow.

– OK, j'y serai. Et vous annulez ce que vous avez à 5 heures. Nous allons avoir besoin d'au moins deux heures pour commencer.

Il accepta les deux heures de rendez-vous et nous allions mettre fin à la conversation lorsque je songeai à autre chose.

– Walter, dis-je, je veux voir la scène de crime. Est-ce que je pourrais entrer dans la maison de Malibu un peu avant que nous nous retrouvions ?

Il y eut à nouveau une pause.

– À quelle heure ?

– Vous me dites quand ça vous arrange le mieux.

Encore une fois, il couvrit l'écouteur et j'entendis sa voix assourdie tandis qu'il parlait avec Mme Albrecht. Enfin il reprit la ligne.

– Que diriez-vous de 11 heures ? J'enverrai quelqu'un vous ouvrir.

– Parfait. On se voit demain, Walter.

Je refermai mon portable et regardai Cisco dans le rétroviseur.

– On l'a !

Cisco appuya sur le klaxon de la Lincoln pour fêter ça. Il appuya même dessus si longtemps que le conducteur de la voiture devant leva le poing avant de nous faire un doigt d'honneur. Dans la rue, les écrivains en grève prirent notre coup de klaxon pour un signe d'encouragement venant de l'intérieur du studio. J'entendis de grandes acclamations monter des masses.

15

Bosch arriva tôt le lendemain matin. Seul. En guise d'offrande pacifique, il me tendit une tasse de café supplémentaire qu'il avait emportée avec lui. Je ne bois plus de café – j'essaie d'éviter tout ce qui pourrait induire une dépendance dans ma vie –, mais je la lui pris quand même en me disant que respirer de la caféine m'aiderait peut-être à démarrer. Il n'était encore que 7 h 45 du matin, mais j'étais dans le bureau de Jerry Vincent depuis déjà plus de deux heures.

Je conduisis Bosch à la réserve. Il avait l'air encore plus fatigué que moi et je suis sûr qu'il portait le costume que je lui avais vu la veille.

– La nuit a été longue ? lui demandai-je.

– Oh oui !

– On cherchait des pistes ou des nanas ?

C'était une question que j'avais entendu un inspecteur poser un jour à un collègue en guise de salutation dans un couloir de tribunal. Puis je songeai que c'en était peut-être une qu'on ne pose qu'à des confrères de la police parce qu'elle n'eut pas l'heur de beaucoup lui plaire. Il me gratifia d'une espèce de bruit guttural et tout fut dit.

Dans la réserve, je lui dis de prendre un siège et de s'asseoir. Il y avait déjà un bloc-notes grand format sur la petite table, mais plus aucun dossier. Je pris l'autre siège et posai ma tasse de café.

– Et donc…, lançai-je en m'emparant du bloc-notes.

– Et donc… ? répéta Bosch lorsque j'en restai là.

– Et donc hier, j'ai vu le juge Holder dans son cabinet et concocté un plan qui va nous permettre de vous donner ce dont vous avez besoin sans vous filer les dossiers.

Il fit non de la tête.

– Quoi ? Qu'est-ce qui ne va pas ? lui demandai-je.

– Vous auriez dû me dire ça hier soir à Parker Center. Ça m'aurait évité de perdre mon temps.

– Je croyais que vous apprécieriez.

– Ça ne va pas marcher.

– Comment le savez-vous ? Comment pouvez-vous en être sûr ?

– Sur combien d'homicides avez-vous travaillé, Haller ? Et combien d'entre eux avez-vous résolus ?

– Bon, d'accord, un point pour vous. Les homicides, c'est votre domaine. Mais je suis capable de lire un dossier et de voir ce qui a pu constituer une menace véritable contre Jerry Vincent. Sans doute à cause de mon expérience d'avocat de la défense au criminel, je serais même capable de déceler une menace que vous, vous louperiez parce que vous n'êtes qu'inspecteur de police.

– Que vous dites.

– Que je dis, oui.

– Écoutez, ce n'est que l'évidence que j'essaie de vous montrer. L'enquêteur, c'est moi. Et c'est moi qui devrai étudier ces dossiers parce que moi, je sais ce que je cherche. Je ne tiens pas à vous insulter, mais pour ça, vous n'êtes qu'un amateur. Et là, je suis dans la position de devoir accepter ce que veut me donner un amateur et croire qu'il n'y a rien d'autre d'intéressant dans ces dossiers. Ce n'est pas comme ça que ça marche. Les éléments de preuve, je n'y crois pas, à moins que ce soit moi qui les trouve.

– Encore une fois, vous avez raison, inspecteur, mais ça ne peut pas se passer autrement. C'est la seule manière de procéder qu'ait validée le juge Holder et que je vous dise : vous avez même de la chance d'avoir ça. Vous aider en quelque façon que ce soit ne l'intéressait absolument pas.

– Vous seriez donc en train de me dire que vous êtes allé au charbon pour moi ?

Il avait dit ça sur le ton sarcastique de celui qui n'y croit pas, comme s'il y avait une espèce d'impossibilité mathématique à ce qu'un avocat de la défense aide un inspecteur de police.

– Exactement ! lui renvoyai-je, plein de défi. Oui, je me suis battu pour vous. Comme je vous l'ai dit hier, Jerry Vincent était un ami. Et j'aimerais bien vous voir arrêter le type qui l'a descendu.

– Et vous craignez sans doute aussi pour vos fesses.

– Je ne le nie pas.

– À votre place, moi aussi, je serais inquiet.

– Bon, écoutez : vous la voulez, cette liste, ou vous ne la voulez pas ?

Je levai le bloc-notes en l'air comme si je taquinais un chien avec un jouet. Il tendit la main, je reculai la mienne, et regrettai aussitôt mon geste. Je le lui tendis à nouveau. Échange bien maladroit que celui-là, comme celui où nous nous étions serré la main la veille.

– Il y a onze noms sur cette liste, lui dis-je, avec un bref résumé de la menace adressée à Jerry Vincent. Nous avons de la chance que Jerry les ait trouvées assez importantes pour faire un rapport sur chacune d'elles. Je n'ai jamais rien fait de pareil.

Il ne réagit pas. Il lisait la première page du bloc-notes.

– Je les ai hiérarchisées, repris-je.

Il me regarda et je compris qu'il était à nouveau prêt à me mordre pour avoir osé jouer à l'inspecteur. Je levai la main pour l'arrêter.

– Pas du point de vue de votre enquête à vous, précisai-je. Du point de vue de l'avocat que je suis, moi. Du point de vue de quelqu'un qui se serait mis dans la peau de Jerry Vincent, aurait analysé ces menaces et déterminé celles qui l'auraient inquiété le plus. Tenez, comme la première sur la liste. Celle de James Demarco. Ce mec se fait foutre en taule pour détention d'armes et pense que Jerry a merdé dans sa défense. Pour un mec comme ça, trouver une arme dès sa sortie de prison ne pose aucun problème.

Bosch hocha la tête et baissa à nouveau les yeux sur le bloc-notes. Et parla sans le lâcher du regard.

– Vous avez autre chose pour moi ? me demanda-t-il.

– Que voulez-vous dire ?

Il me regarda et agita le bloc-notes de haut en bas comme si celui-ci était aussi léger qu'une plume et que les informations qu'il contenait ne pesaient pas plus.

– Je vais passer ces noms à l'ordi et je verrai où se trouvent tous ces mecs, dit-il. Il se peut que votre porte-flingue soit effectivement sorti de taule et cherche à se venger. Mais toutes ces affaires sont closes. Il est plus que vraisemblable que si ces menaces avaient été réelles, il y a longtemps qu'elles auraient été mises à exécution. Même chose pour celles qu'il a reçues quand il était procureur. Bref, tout ça, c'est de la vaine agitation, maître.

– De la vaine agitation ? Alors que certains de ces mecs l'ont menacé au moment même où on les conduisait en prison ? Et qu'il y en a peut-être en liberté ? Alors que l'un d'eux est peut-être sorti et a décidé de passer à l'acte ? Qu'il a peut-être même ordonné un contrat de l'intérieur de la prison ? Ce ne sont pas les possibilités qui manquent, inspecteur, et l'on ne devrait pas les rejeter comme s'il ne s'agissait que d'une « vaine agitation » ! Je ne comprends pas votre attitude, inspecteur.

Il sourit et hocha de nouveau la tête. Cela me rappela mon père lorsqu'il était sur le point de dire au petit môme de cinq ans que j'étais que j'avais compris quelque chose de travers.

– En fait, je me fiche pas mal de ce que vous pensez de mon attitude, dit-il. Nous vérifierons vos pistes. Mais c'est quelque chose de plus récent que je cherche. Quelque chose qui se trouve dans un dossier d'affaire en cours.

– Oui, mais là, je ne peux pas vous aider.

– Bien sûr que si. Ces affaires, vous les avez toutes, maintenant. Et j'imagine que vous êtes en train de les étudier et de faire connaissance avec tous vos nouveaux clients. Et un jour vous allez tomber sur quelque chose, voir ou entendre un truc qui ne colle pas, qui ne vous paraît pas juste, peut-être même qui va vous flanquer un rien la trouille. Et c'est là que vous m'appellerez.

Je le dévisageai sans répondre.

– On ne sait jamais, reprit-il. Ça pourrait vous éviter de…

Il haussa les épaules et ne termina pas sa phrase, mais le message était clair. Il essayait de me foutre la trouille afin de m'obliger à coopérer nettement plus que le juge Holder m'avait autorisé à le faire et que moi-même je m'en sentais.

– Une chose est de partager des renseignements concernant des menaces contenues dans des dossiers d'affaires closes, lui dis-je. C'en est une tout autre de le faire pour des affaires en cours. En plus de quoi, je sais que vous me demandez bien plus que de vous signaler des menaces. Vous pensez que Jerry est tombé sur quelque chose ou qu'il savait quelque chose qui l'a fait tuer.

Il ne me lâcha pas des yeux et acquiesça d'un signe de tête. Je fus le premier à détourner le regard.

– Et si on parlait renvoi d'ascenseur, inspecteur ? Que savez-vous que vous ne me dites pas ? Qu'est-ce qu'il y avait de si important dans son téléphone portable ? Et dans son porte-documents ?

– Je ne peux pas vous parler d'une enquête en cours.

– Vous le pouviez hier, quand vous m'avez posé votre question sur le FBI.

Il me regarda et cligna des paupières.

– Je ne vous ai rien demandé sur le FBI.

– Oh, allons, inspecteur ! Vous m'avez demandé si Jerry Vincent avait des affaires « fédérales ». Pourquoi auriez-vous fait un truc pareil si pour vous, ce meurtre n'avait absolument aucun lien avec les autorités fédérales ? Et moi, je me dis que c'est du FBI qu'il s'agit.

Il hésita. J'eus l'impression d'être tombé juste et qu'il se retrouvait acculé. Lui parler du Bureau ne pouvait que lui faire croire que je savais quelque chose. Bref, pour avoir il allait falloir que lui aussi il donne.

– Ce coup-ci, c'est à vous d'y aller en premier, lui précisai-je.

Il hocha la tête.

– Bon, d'accord, dit-il enfin. L'assassin de Jerry Vincent lui a pris son téléphone… sur lui ou dans sa mallette.

– D'accord. Et… ?

– Et hier, juste avant de vous voir, j'ai eu la liste de ses appels. Et le jour où il a été tué, Jerry en avait reçu trois du Bureau. Et deux autres quatre jours plus tôt. Il avait donc quelqu'un à qui il parlait au Bureau. Ou alors, c'était eux qui lui parlaient.

– Qui ça, eux ?

– Je ne peux pas vous le dire. Tous les appels qui sortent du Bureau portent le numéro du standard. Tout ce que je sais, c'est qu'il recevait des appels du Bureau, mais je n'ai pas de noms.

– Ils étaient longs, ces appels ?

Il hésita. Il ne savait pas trop ce qu'il pouvait divulguer. Il regarda le bloc-notes qu'il avait à la main et je le vis décider, bien à contrecœur, de partager plus de choses avec moi. Il allait être sacrément en colère quand je n'aurais, moi, rien à lui offrir en échange.

– Non, ils étaient courts, dit-il enfin.

– Courts comment ?

– Pas plus d'une minute chacun.

– Mauvais numéro ?

Il fit non de la tête.

– Ça ferait trop d'appels. Non, le FBI lui voulait quelque chose.

– Quelqu'un du Bureau qui suivrait l'enquête ?

– Pas encore.

Je réfléchis et haussai les épaules à mon tour.

– Bah, peut-être que ça se fera et là, vous le saurez.

– Oui, mais peut-être qu'ils n'en feront rien. Ce n'est pas leur genre, si vous voyez ce que je veux dire. Et maintenant, à vous. Qu'est-ce que vous avez de fédéral ?

– Rien. J'ai eu confirmation que Vincent n'avait aucune affaire de niveau fédéral.

Je le regardai s'étrangler de colère en comprenant que je l'avais joué.

– Vous êtes en train de me dire que vous n'avez trouvé aucun lien fédéral dans aucune de vos affaires ? Pas même une carte de visite d'un mec du Bureau au cabinet ?

– C'est ça même. Rien du tout.

– Il court une rumeur selon laquelle un grand jury fédéral s'intéresserait à la corruption dans les tribunaux d'État. Vous en avez entendu parler ?

– Je me suis mis au vert pendant un an, lui dis-je en faisant non de la tête.

– Ben merci pour le coup de main !

– Écoutez, inspecteur, je ne comprends pas. Pourquoi ne pouvez-vous pas les appeler et leur demander qui passait des coups de fil à la victime ? Ce n'est pas comme ça qu'on devrait procéder quand on enquête ?

Il sourit comme s'il avait affaire à un gamin.

– S'ils ont envie que je sache quelque chose, ils viendront me voir. Si je les appelle, ils me mèneront en bateau, rien de plus. Si c'est bien d'une enquête pour corruption qu'il s'agit ou s'ils avaient quelque chose d'autre sur le feu, les chances qu'ils s'en ouvrent à un flic local évoluent entre zéro et pas grand-chose. Et si c'est à cause d'eux qu'il est mort, on passe au zéro absolu.

– Comment pourraient-ils être responsables de sa mort ?

– Je vous l'ai dit : ils n'arrêtaient pas d'appeler. Ils voulaient quelque chose. Ils lui mettaient la pression. Quelqu'un d'autre était peut-être au courant et se disait qu'il représentait un danger.

– Ça fait beaucoup de conjectures pour cinq coups de fil qui ne totalisent même pas cinq minutes de parlote.

Il tint le bloc-notes en l'air.

– Ça n'en fait pas plus qu'il n'y en a sur cette liste.

– Et le portable ?

– Quoi « le portable » ?

– Si c'est bien de ça qu'il s'agit, quelque chose dans son ordinateur ?

– Vous me dites ?

– Comment voulez-vous que je vous le dise alors que je n'ai aucune idée de ce qu'il pouvait y avoir dedans ?

Il encaissa et se leva.

– Bien, bonne journée, maître, dit-il.

Et il partit, le bloc-notes à la main. Je me retrouvai à me demander s'il m'avait averti de quelque chose ou s'il s'était foutu de moi tout le temps qu'il était resté dans la pièce.

16

Lorna et Cisco arrivèrent ensemble un quart d'heure après le départ de Bosch et nous nous réunîmes dans le bureau de Vincent. Je m'installai au bureau de l'avocat mort, ils s'assirent tous les deux en face de moi. Il s'agissait d'une énième séance de bilan pour reprendre toutes les affaires et voir ce qui a été accompli la veille et ce qu'il reste à faire.

Avec Cisco au volant, j'avais rendu visite à onze clients de Vincent la veille au soir, huit d'entre eux acceptant de continuer avec moi et les trois autres reprenant leurs dossiers. Toutes ces affaires étaient prioritaires, et les clients potentiels des gens que j'espérais garder avec moi parce qu'ils pouvaient payer ou parce que, au jugé des pièces, ils avaient des dossiers défendables. Toutes ces affaires, je pouvais les gagner ou tenter de le faire.

Bref, la soirée n'avait pas été mauvaise. J'avais même réussi à convaincre la femme accusée d'atteinte aux bonnes mœurs de me garder comme avocat. Et bien sûr, m'être mis Walter dans la poche était plus que la cerise sur le gâteau. Lorna m'informa qu'elle lui avait faxé un contrat de représentation et qu'il l'avait signé et déjà renvoyé. De ce côté-là, tout allait bien. Je pouvais commencer à entamer les cent mille dollars du compte des affaires courantes.

Nous passâmes ensuite à l'organisation de la journée.

Je dis à Lorna que je voulais qu'elle et Wren – si celle-ci se pointait – appellent le reste des clients de Jerry, les informent de son décès et leur fixent des rendez-vous afin que je puisse discuter avec eux des possibilités de représentation qu'ils avaient. Je voulais aussi qu'elle continue de remettre sur pied le planning général et se familiarise avec la comptabilité et les dossiers financiers de Vincent.

À Cisco, je donnai l'ordre de concentrer son attention sur l'affaire Elliot et plus particulièrement sur la question des témoins à chouchouter. Cela voulait dire qu'il allait devoir prendre la liste des témoins à décharge que Jerry avait déjà établie et préparer des citations à comparaître à envoyer aux membres des forces de l'ordre et à d'autres témoins qu'on pouvait tenir pour hostiles à la défense. Côté experts payés et personnes prêtes à témoigner pour la défense, il allait falloir qu'il les contacte et les assure que le procès aurait lieu comme prévu, avec moi à la barre en remplacement de Vincent.

– Compris, dit-il. Et l'enquête sur le meurtre de Vincent ? Tu veux toujours que je la suive ?

– Oui. Tu surveilles et tu me dis ce que tu trouves.

– Eh bien justement, j'ai découvert que les flics ont passé toute la nuit à interroger quelqu'un, mais qu'ils l'ont libéré ce matin.

– Qui ça ?

– Je ne sais pas encore.

– Un suspect ?

– Vu qu'ils l'ont libéré, ce mec est tranquille. Pour l'instant.

Je hochai la tête en réfléchissant à ce que je venais d'apprendre. Pas étonnant que Bosch ait eu l'air de quelqu'un qui n'a pas fermé l'œil de la nuit.

– Et toi, qu'est-ce que tu vas faire aujourd'hui ? me demanda Lorna.

– À partir de maintenant, Elliot est ma priorité absolue. Il y a quelques petites choses à quoi je dois prêter attention dans d'autres affaires, mais pour l'essentiel, c'est à Elliot que je vais me consacrer. La sélection des jurés est pour dans huit jours. Aujourd'hui, je veux commencer par aller voir la scène de crime.

– Il vaudrait mieux que je t'accompagne, dit Cisco.

– Non, je veux juste me faire une impression du lieu. Tu pourras y aller plus tard avec une caméra et un mètre.

– Mick, il n'y a vraiment aucun moyen de convaincre Elliot d'ajourner ? voulut savoir Lorna. Ne comprend-il pas que tu as besoin d'un peu de temps pour étudier son dossier de manière à bien comprendre l'affaire ?

– Je le lui ai dit, mais ça ne l'intéresse pas. Il en a même fait une condition pour m'engager. Il fallait qu'on aille au procès la semaine prochaine ou il trouvait un autre avocat qui le pourrait. Il dit être innocent et ne pas vouloir attendre un jour de plus pour le prouver.

– Tu le crois ?

Je haussai les épaules.

– Ça n'a pas d'importance. Lui le croit. Et il est assez bizarrement sûr que tout ira dans son sens – comme quand on a un film qui marche et que les résultats du box-office arrivent le lundi. Bref, ou bien je me prépare à aller au procès à la fin de la semaine prochaine ou bien je le perds comme client.

C'est alors que la porte du bureau s'ouvrit sur une Wren Williams qui se tenait timidement sur le seuil.

– Je m'excuse, dit-elle.

– Bonjour, Wren, lui lançai-je. Content que vous soyez là. Vous pouvez attendre à la réception ? Lorna va venir travailler avec vous dans quelques instants.

– Pas de problème. Vous avez aussi un client qui vous y attend. Patrick Henson. Il était déjà là quand je suis arrivée.

Je consultai ma montre. Il était 8 h 55. C'était bon signe pour Patrick Henson.

– Faites-le venir.

L'homme qui entra était jeune. Et plus petit que je ne le pensais, mais peut-être était-ce à cause de son centre de gravité assez bas qu'il était devenu bon surfer. Il avait le bronzage exigé, mais les cheveux coupés court. Ni boucles d'oreilles, ni collier de coquillages blancs autour du cou, ni dent de requin. Ni non plus aucun tatouage que j'aurais pu voir. Il avait mis un pantalon noir à poches extérieures et ce qui devait être sa plus belle chemise. Elle avait un col.

– Patrick, lui dis-je, nous nous sommes parlé au téléphone hier. Je me présente : Mickey Haller. Et voici mon assistante, Lorna Taylor. Le grand costaud, c'est Cisco, mon enquêteur.

Il s'approcha du bureau et nous serra la main. Sa poignée de main était ferme.

– Je suis content que vous ayez décidé de venir, repris-je. C'est votre poisson, là-bas sur le mur ?

Sans bouger les pieds, il fit pivoter ses hanches comme s'il était sur une planche et regarda le poisson accroché au mur.

– Oui, dit-il, c'est bien Betty.

– Vous avez donné un nom à un poisson empaillé ?! s'exclama Lorna. Quoi… c'était un animal domestique ?

Henson sourit, plus à lui-même qu'à notre adresse.

– Non, je l'ai attrapé il y a longtemps. En Floride. On l'avait accroché près de la porte d'entrée, dans l'appart que je partageais à Malibu. Mes copains et moi, on lui lançait toujours « Saluuuuut Betty » quand on rentrait. C'était un peu con.

Il pivota en sens inverse et me regarda.

– À propos de prénoms… on vous appelle quoi ? Trick ?

– Non, ça, c'est juste le prénom que mon agent m'avait trouvé. Et cet agent, je l'ai plus. Vous pouvez m'appeler Patrick.

– D'accord, et vous m'avez bien dit que vous aviez un permis de conduire en cours de validité ?

– Ça, c'est sûr.

Il glissa la main dans une poche ventrale et y prit un gros portefeuille en nylon. Puis il en sortit son permis et me le tendit. Je l'examinai un instant et le passai à Cisco. Qui l'examina un peu plus longuement et acquiesça d'un signe de tête : officiellement approuvé.

– Bien, dis-je. Patrick, j'ai besoin d'un chauffeur. Je fournis la voiture, l'essence et l'assurance, et vous, vous vous pointez ici tous les matins à 9 heures pour me conduire où j'ai besoin d'aller. Je vous ai donné le montant de la paie hier. Ça vous intéresse toujours ?

– Oui.

– Vous conduisez prudemment ? lui demanda Lorna.

– Je n'ai jamais eu d'accident.

J'acquiesçai d'un signe de tête. On dit qu'il n'y a pas mieux que l'accro pour reconnaître l'accro. Je cherchai des signes montrant qu'il se serait encore drogué. Les paupières lourdes, l'élocution lente, le regard fuyant, je ne remarquai rien.

– Quand pouvez-vous commencer ?

Il haussa les épaules.

– J'ai rien de… enfin, je veux dire… quand vous voulez.

– Et si on commençait tout de suite ? Disons qu'aujourd'hui je vous teste. On voit comment vous vous débrouillez et on en parle en fin de journée.

– Ça me va.

– OK. Eh bien, nous allons prendre la route et une fois dans la voiture, je vous expliquerai comment j'aimerais que ça marche.

– Cool.

Il mit ses pouces dans ses poches et attendit l'ordre ou la décision suivants. Il avait l'air d'avoir la trentaine, mais c'était à cause de ce que le soleil lui avait fait à la peau. D'après le dossier, je savais qu'il n'avait que vingt-quatre ans et encore pas mal de trucs à apprendre.

Le ramener à l'école, voilà ce que j'avais prévu pour lui ce jour-là.

17

Nous empruntâmes la 10 pour sortir du centre-ville et prîmes vers l'ouest, direction Malibu. Je m'étais installé à l'arrière et ouvris mon ordinateur sur la table pliante. Et là, en attendant que ma machine s'initialise, j'expliquai à Patrick comment ça marchait.

– Patrick, lui dis-je, je n'ai jamais eu de bureau depuis que j'ai quitté le service des avocats commis d'office, il y a douze ans de ça. Mon bureau, c'est ma voiture. J'ai deux autres Lincoln exactement comme celle-ci. Je les utilise à tour de rôle. Dans chacune il y a une imprimante et un fax, et j'ai une carte wi-fi dans mon ordinateur. Tout ce qu'on peut faire dans un bureau, je peux le faire ici à l'arrière, en me rendant au rendez-vous suivant. Il y a plus de quarante tribunaux éparpillés dans tout le comté de Los Angeles. La mobilité, il n'y a pas mieux pour les affaires.

– Cool, dit-il. Moi non plus, j'aimerais pas être dans un bureau.

– Et comment ! Ça rend claustro !

Mon ordinateur était prêt. Je fis monter le dossier où je gardais mes formulaires et mes pétitions ordinaires et commençai à préparer une requête qui me permettrait d'examiner des pièces à conviction.

– C'est sur votre affaire que je travaille en ce moment même, Patrick.

Il me regarda dans le rétroviseur.

– Que voulez-vous dire ?

– Eh bien, j'ai relu votre dossier et j'ai vu quelque chose que maître Vincent n'avait pas fait et que peut-être il faudrait faire pour que ça aide.

– Et c'est quoi ?

– Faire estimer le collier que vous avez pris par un expert indépendant. Ils disent qu'il valait vingt-cinq mille dollars, et c'est ce qui vous a fait passer dans la catégorie vol aggravé. Cela dit, il ne semble pas qu'il y ait eu contre-expertise.

– Vous voulez dire que si les diamants, c'était du toc, ça me ferait plus qu'un vol simple ?

– Ça pourrait, oui. Mais je pensais aussi à autre chose.

– Quoi ?

Je sortis son dossier de mon sac afin de vérifier un nom.

– Laissez-moi vous poser quelques questions d'abord, Patrick. Qu'est-ce que vous faisiez dans cette maison quand vous avez piqué le collier ?

Il haussa les épaules.

– Je fricotais avec la fille de la vieille, la cadette. Je l'avais rencontrée à la plage et disons que j'y apprenais à surfer. On était sortis plusieurs fois ensemble et on traînait ici et là. Un soir, y a eu un anniversaire à la maison et j'ai été invité, et la mère a reçu le collier comme cadeau.

– C'est là que vous avez appris combien il valait.

– Oui, le père a dit qu'il y avait des diamants dessus quand il le lui a donné. Il en était vraiment fier.

– Ce qui fait que lorsque vous êtes revenu à la maison le coup d'après, vous l'avez piqué.

Il garda le silence.

– Ce n'était pas une question, Patrick. C'est un fait. Je suis votre avocat et il faut que nous parlions des faits. Surtout ne me mentez pas, sinon je cesse d'être votre avocat.

– D'accord.

– Ce qui fait que lorsque vous êtes revenu à la maison le coup d'après, vous avez piqué le collier, répétai-je.

– Oui.

– Racontez-moi.

– On était seuls à la piscine et j'ai dit que j'avais besoin d'aller aux chiottes, sauf qu'en réalité, je voulais juste voir s'il y avait pas des cachets dans l'armoire à pharmacie. J'avais mal. Comme il n'y en avait pas dans la salle de bains du rez-de-chaussée, je suis monté au premier et j'ai regardé partout. J'ai ouvert la boîte à bijoux de la vieille et j'ai vu le collier. Alors je l'ai pris, c'est tout.

Il hocha la tête et je compris pourquoi. Il était gêné et se sentait vaincu par ce que sa dépendance lui avait fait faire. Je connaissais et savais que revoir tout ça quand on a franchi le cap est presque aussi effrayant qu'envisager l'avenir.

– Vous inquiétez pas, Patrick, lui dis-je. Je vous remercie de votre honnêteté. Que vous a dit le type quand vous avez mis le collier au clou ?

– Il m'a dit qu'il ne me filerait que quatre cents dollars parce que si la chaîne était en or, pour lui, les diamants étaient faux. J'y ai dit qu'il déconnait, mais qu'est-ce que je pouvais faire ? J'ai pris son fric et je suis descendu à Tijuana. J'avais besoin de cachets, j'ai pris ce qu'il me filait. J'étais tellement pété à ce truc que je m'en foutais.

– Comment s'appelle la fille ? C'est pas au dossier.

– Mandolin, comme l'instrument. Ses parents l'appellent Mandy.

– Vous lui avez parlé depuis votre arrestation ?

– Non, mec. Nous, c'est fini.

Le regard que je surpris dans le miroir était celui d'un homme triste et humilié.

– C'était con, dit-il. Tout ça, c'était complètement con.

Je pensai à des choses, puis je glissai ma main dans la poche de ma veste et en sortis un Polaroid. Je le passai par-dessus le siège et lui tapotai l'épaule avec.

– Regardez ça, lui dis-je.

Il prit le cliché et le tint sur le volant pour le regarder.

– Merde ! s'écria-t-il. Qu'est-ce qui vous est arrivé ?

– Je me suis pris dans le trottoir et me suis joliment planté la gueule juste devant chez moi. Je me suis pété une dent et le nez et me suis drôlement ouvert le front aussi. Cette photo, ils l'ont prise aux urgences. Pour que je l'aie toujours sur moi et n'oublie pas.

– N'oublie pas quoi ?

– Que je venais juste de descendre de ma voiture après avoir raccompagné ma fille de onze ans chez sa mère. Et qu'à ce moment-là, j'étais à trois cent vingt milligrammes d'OxyContin par jour. Première chose à faire le matin : écraser les comprimés et les sniffer. Sauf que le matin, c'était l'après-midi.

Je le laissai digérer quelques instants avant de poursuivre.

– Bref, Patrick, vous trouvez que ce que vous avez fait était con ? Eh bien moi, je promenais ma fille en voiture avec trois cent vingt milligrammes d'héro hillbilly[1] dans le corps.

Et là, ce fut à mon tour de hocher la tête.

– Le passé, on ne peut rien y faire, Patrick. Sauf ne pas l'oublier.

Il me dévisageait dans le rétroviseur.

– Je vais vous aider à vous dépêtrer des trucs juridiques. Le reste, ce sera à vous de le faire. Et le reste, c'est ce qu'il y a de plus dur. Mais ça, vous le savez déjà.

Il acquiesça d'un signe de tête.

1. Nom donné à l'OxyContin écrasé, cette dépendance est surtout constatée chez les Blancs ou *hillbilly*, en argot. *(NdT.)*

– Toujours est-il que j'ai bon espoir, Patrick. Y a quelque chose que Jerry Vincent n'avait pas vu.

– Quoi ?

– Que c'est le mari de la victime qui lui a donné ce collier. Et qu'il s'appelle Roger Vogler et qu'il aide beaucoup un tas d'élus dans ce comté.

– Ouais, c'est vrai qu'il compte beaucoup en politique. Mandolin, elle me l'a dit. Ils organisent des collectes de fonds et d'autres trucs à la baraque.

– Si les diamants de ce collier étaient faux, il ne va pas trop avoir envie que ça soit porté à l'attention du tribunal. Surtout si sa femme ne le savait pas.

– Oui, mais comment va-t-il l'empêcher ?

– Il finance des trucs, Patrick. Ses contributions ont permis d'élire au minimum quatre membres du bureau des contrôleurs du comté. Et ces mecs-là contrôlent le budget du bureau du district attorney. Celui-là même qui vous poursuit en justice. Une chaîne alimentaire que c'est, tout ça. Si le docteur Vogler veut faire passer un message, croyez-moi, le message passera.

Il hocha la tête. Il commençait à y voir clair.

– Avec la requête que je vais présenter, nous allons demander l'autorisation d'examiner et d'estimer la pièce à conviction, à savoir le collier de diamants. On ne sait jamais : le verbe « estimer » pourrait déclencher des trucs. Y aura qu'à attendre et voir ce qui se passe.

– On va au tribunal pour déposer la requête ?

– Non, je vais la rédiger tout de suite et l'envoyer au tribunal par e-mail.

– Putain, c'est cool, ça !

– La beauté de l'Internet.

– Merci, maître Haller.

– Y a pas de quoi, Patrick. Vous pouvez me rendre ma photo ?

Il me la passa par-dessus le siège et j'y jetai un œil. J'avais une bosse sous la lèvre et mon nez partait dans la mauvaise direction. Et j'avais une écorchure sanguinolente en travers du front. Mais le plus pénible à regarder était les yeux. Perdu et hébété, je fixais l'appareil photo d'un air vague. Tout ça, c'était moi au plus bas.

Je rangeai la photo dans ma poche pour ne pas l'égarer.

Nous passâmes le quart d'heure suivant à rouler en silence. Je terminai la rédaction de ma requête, passai sur le Net et l'envoyai. Le coup porté à l'accusation était sévère et cela me plut. L'avocat à la Lincoln était de retour. Le Lone Ranger avait de nouveau enfourché sa monture.

Je fis bien attention à lever le nez de dessus mon ordinateur quand nous arrivâmes au tunnel qui marque la fin du freeway et débouche sur le Pacific Coast Highway. J'entrouvris ma vitre. J'adorais l'impression que j'avais lorsqu'en sortant du tunnel je voyais et sentais enfin l'océan.

Nous suivîmes le Pacific Coast Highway vers Malibu. J'eus du mal à revenir à l'ordinateur alors que j'avais les étendues bleutées du Pacifique juste à la fenêtre de mon bureau. Je finis par renoncer, baissai complètement la vitre et me contentai de rouler.

Une fois l'entrée du canyon de Topanga dépassée, je commençai à voir des tas de surfers sur les rouleaux. J'observai Patrick et vis qu'il jetait des coups d'œil du côté de l'eau.

– D'après le dossier, vous auriez suivi une cure de désintoxication à la clinique Crossroads d'Antigua.

– Oui, le centre qu'Eric Clapton a fondé.

– C'était bien ?

– Dans le genre, oui, je crois.

– C'est vrai. Des vagues là-bas ?

– Pas qu'il vaudrait la peine d'en parler. De toute façon, j'ai pas vraiment eu l'occasion de faire de la planche. Et vous, vous avez aussi suivi une cure de désintoxication ?

– Oui. À Laurel Canyon.
– C'est pas là que vont toutes les stars ?
– C'était près de chez moi.
– Oui, bon, moi, j'ai joué la carte inverse. Je suis parti aussi loin de mes amis et de chez moi que possible. Et ça a marché.
– Vous envisagez de reprendre le surf ?
Il regarda par la fenêtre avant de répondre. Une douzaine de surfers en combinaison avaient enfourché leurs planches et attendaient le rouleau.
– Je ne pense pas. En tout cas, pas au niveau professionnel. Mon épaule est foutue.
J'allais lui demander pourquoi il avait besoin de son épaule lorsqu'il poursuivit sa réponse.
– Pagayer est une chose, mais l'essentiel, c'est de se mettre debout. J'ai perdu l'astuce en me baisant l'épaule. Je m'excuse pour les gros mots.
– Pas de problème.
– En plus que pour moi, c'est du un truc à la fois. Ils vous ont bien appris ça à Laurel Canyon, non ?
– Si, si. Mais faire du surf, c'est pas un truc du genre un jour après l'autre… une vague après l'autre ?
Il acquiesça d'un hochement de tête et je regardai ses yeux. Ils n'arrêtaient pas de se porter sur le rétroviseur et de m'observer.
– Qu'est-ce que vous voulez me demander, Patrick ?
– Euh, oui… j'avais bien une question. Vous savez comment Vincent a gardé mon poisson et l'a accroché à son mur ?
– Oui.
– Eh bien, euh… je me demandais s'il aurait pas gardé quelques-unes de mes planches quelque part.
Je rouvris son dossier et cherchai jusqu'à ce que je trouve le rapport du liquidateur. Il y avait répertorié douze planches et les prix qu'il en avait obtenus.
– Vous lui aviez confié douze planches, n'est-ce pas ?

– Oui, toutes.
– Eh bien, il les a toutes données au liquidateur.
– C'est quoi ?
– C'est un type dont il se servait quand il prenait des trucs à ses clients, vous savez bien… des bijoux, des propriétés, des voitures, essentiellement ça… et les transformait en liquide pour payer ses honoraires. D'après le rapport que j'ai ici, le liquidateur a effectivement vendu les douze planches, a pris vingt pour cent du produit de la vente et a donné quatre mille huit cents dollars à Vincent.

Il hocha la tête, mais garda le silence. Je le regardai un instant, puis je baissai à nouveau les yeux sur l'inventaire du liquidateur. Je me rappelai Patrick me disant dans notre premier entretien que les deux grandes planches étaient celles qui avaient le plus de valeur. Selon l'inventaire, elles faisaient plus de trois mètres de long et avaient été l'une et l'autre fabriquées dans les ateliers One World de Sarasota, en Floride. La première avait été vendue mille deux cents dollars à un collectionneur et la seconde quatre cents aux enchères d'eBay. La disparité entre ces deux ventes me fit penser que la dernière était bidon. Il y avait des chances pour que ce soit le liquidateur lui-même qui se la soit vendue pour trois fois rien. Il n'était donc pas impossible qu'il la remette sur le marché et la revende avec un profit qu'il se mettrait dans la poche. À chacun son plan. Moi y compris. Je savais que s'il ne l'avait pas encore revendue, j'avais une chance de la récupérer.

– Et si j'arrivais à vous rendre une de ces grandes planches ? lui demandai-je.
– Ça serait génial ! Si seulement j'en avais gardé une, vous savez ?
– Je ne vous promets rien. Mais je vais voir ce que je peux faire.

Je décidai de suivre l'affaire en mettant mon enquêteur

dessus. Cisco qui se pointe et qui pose des questions avait des chances de rendre le liquidateur un peu plus accommodant.

Patrick et moi cessâmes de parler pendant le reste du trajet. Vingt minutes plus tard, nous nous engagions dans l'allée de chez Walter Elliot. Bâtisse de style mauresque en pierre blanche avec volets marron foncé. La façade centrale s'ornait d'une tour qui se détachait sur le ciel bleu. Une Mercedes argentée pas vraiment haut de gamme était garée sur les pavés. Nous nous rangeâmes à côté.

– Vous voulez que j'attende ici ? me demanda Patrick.

– Oui. Je ne pense pas en avoir pour trop longtemps.

– Je connais cette maison. Derrière, c'est tout en verre. J'ai essayé plusieurs fois de surfer devant, mais le rip est trop fort.

– Ouvrez-moi le coffre, s'il vous plaît.

Je descendis de voiture et en gagnai l'arrière pour récupérer mon appareil photo numérique. Je l'allumai pour être sûr qu'il y avait encore du jus et pris vite une photo du devant de la maison. L'appareil fonctionnait, je pouvais y aller.

Je gagnai l'entrée et la porte s'ouvrit avant même que je puisse appuyer sur la sonnette. Mme Albrecht se tenait devant moi, tout aussi ravissante que la veille.

18

Walter Elliot m'avait dit qu'il enverrait quelqu'un m'ouvrir la maison de Malibu, mais je ne m'attendais pas à ce que ce soit son assistante en chef.

– Madame Albrecht, comment vous portez-vous aujourd'hui ?

– Très bien, merci. Je viens juste d'arriver et pensais vous avoir raté.

– Non. Moi aussi, je viens d'arriver.

– Entrez donc, je vous prie.

La maison comportait une entrée haute de deux étages sous la tour. Je levai la tête et vis un lustre en fer forgé suspendu dans l'atrium. Il y avait des toiles d'araignée dessus et je me demandai si elles s'étaient formées parce que la maison n'avait pas servi depuis les assassinats ou si c'était parce que le lustre était trop haut et difficile à atteindre avec un plumeau.

– Par ici, dit Mme Albrecht.

Je la suivis dans le living, où ma maison tout entière aurait tenu. Aire de repos complète, avec paroi de verre exposée au sud et laissant entrer l'océan dans la maison.

– Magnifique, dis-je.

– Effectivement. Vous voulez voir la chambre ?

J'ignorai la question, allumai mon appareil et pris quelques photos du living et de la vue.

– Savez-vous qui est venu ici depuis que les services du shérif ont levé les scellés ? demandai-je.

Elle réfléchit un instant avant de répondre.

– Très peu de gens. Je ne pense pas que M. Elliot soit venu ici. Mais, bien sûr, maître Vincent, lui, est venu une fois et son enquêteur deux ou trois, je crois. Et les services du shérif sont revenus deux fois depuis qu'ils ont rendu l'usage de la maison à M. Elliot. Ils avaient des mandats de perquisition.

Des copies de ces mandats se trouvaient dans le dossier. Les deux fois, les enquêteurs n'étaient venus que pour une chose : l'arme du crime. L'accusation ne se fondait que sur des présomptions – même avec les résidus de poudre sur les mains de Walter Elliot. Le procureur avait besoin de l'arme du crime pour boucler l'affaire, mais il ne l'avait pas. D'après les notes portées au dossier, des plongeurs avaient même exploré les fonds marins derrière la maison deux jours durant après les meurtres, mais eux non plus n'avaient pas réussi à retrouver l'arme.

– Un service de nettoyage ? Quelqu'un est-il venu nettoyer ?

– Non, personne. Maître Vincent nous avait dit de laisser l'endroit en l'état au cas où il en aurait besoin pendant le procès.

Le dossier ne comportait aucune indication selon laquelle Vincent aurait voulu utiliser la maison en quelque manière que ce soit pendant le procès. Je ne voyais pas trop ce qu'il aurait pu avoir derrière la tête. Ma réaction instinctive au vu de l'endroit était bien au contraire que je n'aurais eu aucune envie d'avoir des jurés qui viennent y fourrer le nez. La vue et la simple opulence des lieux auraient souligné la fortune de leur propriétaire et n'auraient servi qu'à s'aliéner les jurés. Ils auraient tout de suite compris qu'ils n'étaient pas vraiment ses pairs. Que de fait Walter Elliot habitait dans un tout autre univers.

– Où est la chambre de maître ? demandai-je.

– C'est l'étage tout entier.

– Eh bien, allons-y.

Alors que nous montions un escalier blanc en colimaçon avec une rambarde bleu océan, je demandai à Mme Albrecht son prénom. Je lui précisai que je ne me sentais pas à mon aise d'être aussi guindé avec elle, surtout quand son patron et moi en étions à nous appeler par nos prénoms.

– Je m'appelle Nina, dit-elle. Vous pouvez m'appeler comme ça si vous voulez.

– Bien. Et vous, vous pouvez m'appeler Mickey.

L'escalier conduisait à une porte donnant sur une suite de la taille de certains prétoires où j'ai plaidé. Elle était si grande qu'elle avait des cheminées jumelles sur les murs sud et nord. Il y avait une aire où s'asseoir, une autre où dormir et la salle de bains de monsieur et la salle de bains de madame. Nina Albrecht appuya sur un bouton près de la porte et les rideaux qui masquaient la vue à l'ouest commencèrent à s'ouvrir sans un bruit et révélèrent la présence d'une paroi en verre donnant sur l'océan.

Fabriqué sur mesure, le lit faisait deux fois la taille d'un grand lit. On en avait ôté le matelas du dessus et tous les draps et oreillers – aux fins d'analyse en laboratoire, je le supposai. En deux endroits, on avait aussi découpé des morceaux de tapis de deux mètres carrés, là encore, je le pensai, pour y recueillir et analyser des traces de sang.

Sur le mur près de la porte se trouvaient des giclées de sang que les enquêteurs avaient entourées d'un rond rempli de lettres codées. Il n'y avait pas d'autre signe des violences qui s'étaient produites dans la pièce.

Je gagnai le coin près de la paroi de verre et me

retournai vers l'intérieur de la pièce. Je levai mon appareil et pris quelques photos sous des angles différents. Nina entra dans le champ deux ou trois fois, mais cela n'avait pas d'importance. Ces clichés n'étaient pas destinés à la cour. Je ne voulais m'en servir que pour me rafraîchir la mémoire lorsque je commencerais à travailler ma stratégie.

La scène de crime est une carte. Sachez la lire et parfois vous y trouverez votre chemin. La disposition des lieux, la configuration des corps dans la mort, les angles de vue, la lumière, le sang. Les impossibilités dues à l'espace et les différentiations géométriques font elles aussi partie de la carte. Et tout cela n'est pas toujours évident quand on regarde une photo de la police. Parfois il faut voir soi-même les lieux. C'était pour cette raison que j'étais venu. Pour avoir la carte. La géométrie du meurtre. Dès que je la comprendrais, je serais prêt à plaider.

Du coin de la pièce où je me trouvais, je regardai le carré découpé dans le tapis blanc près de la porte de la chambre. C'était là que l'homme, Johan Rilz, avait été abattu. Je portai mon regard sur le lit où Mitzi Elliot avait été tuée et où l'on avait découvert son corps étalé en diagonale.

Le résumé des premières constatations laissait entendre que le couple nu avait entendu un intrus dans la maison. Rilz avait gagné la porte et l'avait ouverte, pour être aussitôt surpris par l'assassin. Il avait été descendu sur le seuil de la pièce, l'assassin enjambant son corps pour entrer.

Mitzi Elliot avait bondi hors du lit et s'était figée juste à côté en serrant un oreiller devant son corps nu. Pour le procureur, les éléments de la scène de crime laissaient entendre qu'elle connaissait son assassin. Il est possible qu'elle l'ait supplié de l'épargner ou qu'elle ait su que sa mort était inévitable. Elle avait été abattue de deux balles tirées droit dans l'oreiller, d'une distance d'environ un mètre, leur impact la projetant en arrière sur le lit. L'oreiller dont elle s'était servie pour se protéger était tombé par terre. L'assassin s'était alors avancé vers le lit et avait appuyé le canon de son arme sur le front de la jeune femme pour l'achever.

En tout cas, telle était la version officielle. Debout dans le coin de la pièce comme je l'étais, je compris qu'il y avait là beaucoup de présomptions sans fondement et que je n'aurais aucun mal à dépecer tout cela au tribunal.

Je regardai les portes en verre qui donnaient sur la terrasse au bord du Pacifique. Rien dans le dossier ne disait si le rideau ou les portes étaient ouverts au moment des assassinats. Je ne savais pas trop si cela avait un sens quelconque, mais c'était un détail que j'aurais aimé connaître.

Je gagnai les portes en verre et m'aperçus qu'elles étaient fermées à clé. J'eus bien du mal à trouver le moyen de les ouvrir. Nina finit par me rejoindre et m'aida en gardant le doigt appuyé sur un levier de sûreté pendant qu'elle tournait le verrou de l'autre main. Les portes s'ouvrirent vers l'extérieur et firent entrer le bruit des vagues s'écrasant sur la plage.

Je sus aussitôt que si les portes avaient été ouvertes au moment des assassinats, ce vacarme aurait facilement noyé tous les bruits qu'aurait pu faire un intrus dans la maison. Et cela aurait contredit la théorie de l'accusation, théorie selon laquelle Rilz avait été tué à la porte de la chambre parce qu'il s'y était rendu en entendant l'intrus. Et cela aurait alors soulevé la question de savoir ce que Rilz pouvait bien fabriquer tout nu à la porte – le problème n'ayant d'ailleurs aucune importance pour la défense. Je n'avais, moi, besoin que de soulever des questions et de pointer du doigt certaines divergences pour semer le doute dans la tête des jurés. Et il n'en fallait qu'un dans la tête de n'importe lequel pour que je réussisse mon coup. « J'égare ou je détruis », telle est la méthode dont use la défense au criminel.

Je passai sur la terrasse. Je ne savais pas si l'on était à marée haute ou à marée basse, mais supputai qu'on était quelque part entre les deux. L'eau n'était pas loin. Les vagues arrivaient jusqu'en haut de la jetée, sur laquelle la maison était construite.

Il y avait des rouleaux de deux mètres de haut, mais aucun surfer en vue. Je me rappelai ce que Patrick m'avait dit sur l'idée d'essayer de surfer dans cette crique.

Je repassai à l'intérieur et, aussitôt revenu dans la chambre, me rendis compte que mon portable sonnait, mais que je ne l'avais pas entendu à cause du vacarme de l'océan. Je jetai un coup d'œil à l'écran, il s'agissait d'un « appel anonyme ».

– Nina, dis-je à Mme Albrecht, il faut que je prenne cet appel. Cela vous ennuierait-il d'aller à ma voiture et de demander au chauffeur de venir ?

– Pas de problème.

– Merci.

Je pris l'appel.

– Allô ?

– C'est moi. Je voulais juste savoir à quelle heure tu vas passer.

« Moi », autrement dit ma première ex, Maggie McPherson. Selon les derniers termes de mon droit de visite, je ne pouvais être avec ma fille que le mercredi soir et un week-end sur deux. Sauf que cet accord, il y avait longtemps que je l'avais bousillé, tout comme la deuxième chance que Maggie m'avait accordée.

– Probablement vers 7 heures et demie, répondis-je. J'ai rendez-vous avec un client cet après-midi et ça pourrait durer un peu plus longtemps que prévu.

Il y eut un silence et je sentis que ce n'était pas la bonne réponse.

– Quoi, tu as un rendez-vous galant ? demandai-je. À quelle heure veux-tu que je sois là ?

– Je suis censée partir à 7 heures et demie.

– Eh bien, j'y serai avant. Qui est l'heureux gagnant ?

– Ça ne te regarde absolument pas. À propos d'heureux gagnants… j'ai entendu dire que tu avais hérité du cabinet de Jerry Vincent.

Nina Albrecht et Patrick Henson entrèrent dans la chambre et je vis ce dernier regarder le carré de tapis qui manquait. Je couvris l'écouteur de ma main et leur demandai de descendre au rez-de-chaussée pour m'y attendre. Puis je repris la conversation. Mon ex était adjointe du district attorney en charge du tribunal de Van Nuys. Ce poste lui permettait de savoir des tas de choses sur moi.

– C'est exact, dis-je. Je suis son remplaçant, mais je ne vois pas trop comment ça fait de moi un heureux gagnant.

– L'affaire Elliot devrait t'emmener loin.

– Je suis sur les lieux du crime en ce moment même. Jolie vue.

– Bon, bonne chance pour le faire libérer. S'il y a quelqu'un qui peut y arriver, c'est bien toi.

Elle m'avait lâché ça avec le petit ricanement spécial procureur.

– Je laisserai donc passer cette remarque.

– De toute façon, je savais bien que c'était ce que tu ferais. Ah, autre chose… Tu ne vas pas avoir de la compagnie ce soir, n'est-ce pas ?

– De quoi tu parles ?

– Je te parle d'il y a quinze jours. Hayley m'a dit qu'il y avait une femme chez toi. Une certaine Lanie, je crois. Ça l'a mise très mal à l'aise.

– Ne t'inquiète pas, elle ne sera pas là ce soir. C'est

juste une copine et elle a couché dans la chambre d'amis… Et ceci pour tes tablettes : je peux amener qui je veux chez moi et à n'importe quelle heure parce que c'est chez moi, et toi, tu peux en faire autant.

– Et moi, je suis libre d'aller voir le juge et de lui dire que tu imposes à notre fille la compagnie de gens qui se droguent.

Je respirai un grand coup avant de répondre aussi calmement que je pouvais.

– Comment sais-tu le genre de compagnie que j'impose à Hayley ?

– Ta fille n'est pas idiote et a l'ouïe fine. Elle m'a rapporté une partie de ce qui s'est dit et il n'a pas été difficile d'en déduire que ta… copine est en cure de désintoxication.

– Parce que sortir avec des gens en cure de désintoxication serait un crime ?

– Non, Michael, ce n'en est pas un. C'est juste que pour moi, imposer un défilé de drogués à Hayley quand elle est chez toi n'est pas ce qu'il y a de mieux.

– Parce que maintenant, c'est un… « défilé » ? J'en déduis donc que le drogué qui t'inquiète le plus, c'est moi.

– C'est-à-dire que… quand l'occasion se présente…

Je faillis perdre mon sang-froid, mais une fois encore je me calmai en aspirant un peu d'air frais de la mer. Et lorsque je parlai, ce fut calmement. Je savais que montrer de la colère ne pourrait que me nuire lorsque l'heure serait venue de renégocier le droit de visite.

– Maggie, lui renvoyai-je, c'est de notre fille que nous parlons. Ne lui fais pas de mal en essayant de m'en faire. Elle a besoin de son père et moi, j'ai besoin de ma fille.

– C'est justement pour ça. Tu te débrouilles bien, Michael. Mais te coller avec une droguée n'est pas une bonne idée.

Je serrai si fort mon portable que je me demandai si

je n'allais pas le casser. Je sentis le rouge écarlate de la honte me brûler les joues et le cou.

– Faut que j'y aille, dis-je, mes mots comme étranglés par mes échecs.

– Et moi aussi. Je dirai à Hayley que tu seras là à 7 heures et demie.

Elle me faisait toujours le même coup : mettre fin à l'appel en insinuant que j'allais décevoir ma fille en étant en retard ou en n'arrivant pas à la prendre à l'heure prévue. Elle raccrocha avant que j'aie le temps de réagir.

Le living du rez-de-chaussée était vide, mais j'aperçus Patrick et Nina sur la terrasse du bas. Je passai dehors et gagnai la rambarde, où Patrick regardait les vagues. J'essayai de dissiper l'émoi que j'éprouvais après cette conversation avec mon ex.

– Patrick, vous m'avez bien dit avoir essayé de surfer ici, mais que le rip était trop fort, non ?

– C'est exact.

– C'est du courant de retour dû à la marée que vous me parlez ?

– Oui, il est dur ici. C'est la forme de la crique qui veut ça. L'énergie des vagues qui y entrent par le nord est redirigée sous la surface et comment dire ?... ricoche vers le sud. Elle suit la forme de la crique et se propage jusqu'au fond avant de ressortir. Je m'y suis fait coincer deux ou trois fois, mec, et ça m'a expédié jusqu'à l'autre bout des rochers à l'extrémité sud.

J'examinai la crique au fur et à mesure qu'il me décrivait ce qui se passait sous la surface. S'il avait raison et s'il y avait effectivement eu un fort contrecourant le jour des meurtres, il est probable que les plongeurs du shérif aient cherché l'arme du crime au mauvais endroit.

Et maintenant il était trop tard. Si l'assassin avait jeté son arme dans l'eau, il se pouvait que celle-ci ait été emportée par le courant jusqu'à l'extérieur de la crique, soit bien au large. Je commençai à être certain que l'arme du crime ne ferait pas d'apparition surprise lors du procès.

Et pour mon client, c'était une bonne chose.

Je contemplai les vagues et songeai que sous la belle surface de ces eaux une force cachée ne cessait jamais de se déplacer.

19

Les écrivains avaient pris leur journée ou décidé de manifester ailleurs. Arrivés à Archway Pictures, nous franchîmes le contrôle de sécurité sans les délais de la veille. Que Nina Albrecht nous précède dans sa voiture aida beaucoup à nous ouvrir la voie.

Il était tard et le studio se vidait pour la journée. Patrick réussit à trouver une place juste devant le bungalow d'Elliot. Il était tout excité parce qu'il n'avait jamais vu l'intérieur d'un studio de cinéma. Je lui dis qu'il avait toute liberté de regarder où il voulait, mais qu'il devait toujours avoir son portable à proximité car je ne savais pas trop combien de temps allait durer ce rendez-vous et j'avais besoin d'être à l'heure pour prendre ma fille.

Je suivis Nina et lui demandai s'il n'y avait pas un endroit autre que son bureau où retrouver Elliot. Je lui précisai que j'avais des tas de papiers à étaler et que la table où nous nous étions assis la veille était trop petite. Elle me répondit qu'elle allait me conduire à la salle du conseil de direction et que je pouvais m'y installer pendant qu'elle irait chercher son patron. Je lui dis que ça m'allait parfaitement. De fait, je n'avais aucun document à étaler nulle part. Je voulais simplement retrouver Elliot dans un endroit plus neutre. En m'asseyant en face de lui à sa table de travail, je lui laissais le commandement des opérations. Cela m'était apparu clairement lors de notre première rencontre. Elliot avait une forte personnalité. Et j'avais besoin d'être le patron jusqu'à la fin du procès.

La salle était grande et s'ornait de douze fauteuils en cuir répartis autour de la table ovale en bois poli. Un projecteur au plafond et, sur le mur opposé, un grand coffre d'où tombait l'écran. Sur les autres murs se trouvaient des photos encadrées sorties de films tournés au studio. Ceux qui avaient rapporté de l'argent, sans doute.

Je m'installai et sortis les dossiers de l'affaire de mon sac. Vingt-cinq minutes plus tard, j'étais en train de consulter les pièces de l'accusation lorsque, la porte s'ouvrant, Walter Elliot entra enfin dans la salle. Je ne me donnai pas la peine de me lever ou de lui tendre la main. Je fis de mon mieux pour avoir l'air agacé et lui désignai un fauteuil en face de moi.

Nina entra derrière lui pour nous demander si nous avions besoin de rafraîchissements.

– Non, rien, Nina, lui répondis-je avant qu'Elliot ait le temps de réagir. Ça ira très bien comme ça et il faut qu'on commence. On vous fera savoir s'il y a besoin de quoi que ce soit.

Elle parut un instant décontenancée par ces ordres qui lui venaient de quelqu'un d'autre que son patron. Elle se tourna vers lui pour avoir confirmation, il se contenta de hocher la tête. Elle nous quitta et referma les doubles portes derrière elle. Elliot s'assit dans le fauteuil que je lui avais indiqué.

Je le regardai longuement par-dessus la table avant de parler.

– Je ne vous comprends pas, Walter, lui lançai-je enfin.

– Que voulez-vous dire ? Qu'est-ce qu'il y a à comprendre ?

– Eh bien, pour commencer, vous passez beaucoup de votre temps à protester de votre innocence, mais pour moi, vous ne prenez rien de tout ça très au sérieux.

– Vous vous trompez.

– Vraiment ? Vous comprenez bien que si vous perdez ce procès, vous allez droit en prison, n'est-ce pas ? Et ce coup-là, il n'y aura pas de libération sous caution pour un double meurtre lorsque vous interjetterez appel. Que le verdict soit contre vous et dans l'instant vous vous retrouverez menotté en plein prétoire et emmené.

Il se pencha quelques centimètres en avant pour me répondre à nouveau.

– Je sais très exactement où j'en suis. Et donc, ne me dites pas que je ne prends pas les choses au sérieux, s'il vous plaît.

– D'accord. Faisons donc en sorte d'être à l'heure aux réunions qu'on fixe. Il y a beaucoup de terrain à couvrir et pas beaucoup de temps pour le faire. Je sais que vous avez un studio à diriger, mais ce n'est plus la priorité. Pendant les quinze jours à venir, vous n'en aurez plus qu'une : cette affaire.

Ce coup-là, il me regarda longuement avant de répondre. C'était peut-être la première fois de sa vie qu'il se faisait engueuler pour avoir été en retard, la première fois aussi sans doute qu'on lui disait ce qu'il fallait faire. Pour finir, il acquiesça d'un signe de tête.

– Très bien, dit-il.

Je lui renvoyai son hochement de tête. Nos positions étaient maintenant parfaitement claires. Nous nous trouvions certes dans la salle du conseil de son studio, mais maintenant le chien alpha, c'était moi. Son avenir en dépendait.

– Bien, dis-je. La première chose que j'ai besoin de vous demander est de me dire si nous parlons en privé.

– Bien sûr que oui.

– Peut-être, mais ce n'était pas le cas hier. Il est assez clair que Nina a mis tout votre bureau sur écoute. Ce qui est peut-être bien pour vos réunions de cinéma, mais ne l'est pas du tout lorsque c'est de votre affaire qu'on parle. Votre avocat, c'est moi, et il est hors de question que quiconque écoute nos discussions. Personne. Nina n'a aucun privilège de ce côté-là. Elle pourrait être sommée de témoigner à la barre et contre vous. De fait, je ne serais pas étonné qu'elle termine sur la liste des témoins à charge.

Il se renversa dans son fauteuil rembourré et leva la figure vers le plafond.

– Nina, dit-il, vous coupez la ligne. Si j'ai besoin de quoi que ce soit, je vous appellerai au téléphone.

Il me regarda et ouvrit grand les mains. D'un signe de tête, je lui signifiai que j'étais satisfait.

– Merci, Walter, dis-je. Et maintenant, on se met au travail.

– D'abord, une question.

– Je vous en prie.

– Est-ce la réunion où je vous dis que je n'ai pas fait ce dont on m'accuse et où vous, vous me répondez que ça n'a aucune importance de savoir si je l'ai fait ou pas ?

J'acquiesçai de la tête.

– Que vous ayez tué ou pas n'a aucun intérêt, Walter. Ce qui importe, c'est ce que le procureur peut prouver au-delà de tout doute raisonna…

– Non ! s'écria-t-il en abattant la paume de sa main sur la table.

On aurait dit un coup de feu. Je tressaillis, mais espérai n'en avoir rien montré.

– J'en ai assez de ces conneries juridiques ! reprit-il. J'en ai marre que ça n'ait aucune importance que j'aie tué ou pas, que la seule chose qui compte, ce soit ce que l'accusation va pouvoir prouver contre moi. De l'importance, ça en a ! Vous ne voyez donc pas ? C'est très important. J'ai besoin qu'on me croie, bordel ! J'ai besoin que vous, vous me croyiez. Je me fous des éléments de preuve qui vont contre moi. Ces crimes, je ne les ai pas commis ! Vous m'entendez ? Vous me croyez ? Si mon propre avocat ne me croit pas ou s'en tape, je n'ai aucune chance de l'emporter.

J'étais sûr que Nina allait débarquer au galop pour voir si tout allait bien. Je me renversai dans mon fauteuil rembourré et attendis qu'elle arrive et qu'Elliot en ait fini pour de bon.

Comme prévu, une des portes s'ouvrit et Nina fut à deux doigts d'entrer dans la salle. Mais Elliot la congédia d'un geste de la main et lui ordonna durement de ne pas nous déranger. La porte se referma et Elliot me regarda dans les yeux. Je levai la main en l'air pour l'empêcher de parler. C'était à mon tour de le faire.

– Walter, lui dis-je calmement, pour moi, il y a deux choses essentielles. Un, je veux comprendre ce que manigance l'accusation et deux, je veux être sûr de pouvoir lui bousiller son système d'attaque.

Je tapotai le dossier du bout du doigt.

– Pour l'instant, repris-je, je comprends son système. Rien que du basique. Le procureur pense tenir le mobile et la possibilité de passer à l'acte.

« Commençons par le mobile. Votre épouse a une liaison et ça vous met en colère. Et il n'y a pas que ça. Il y a aussi que le contrat de mariage signé il y a douze ans est acquis et que la seule façon que vous aviez de vous débarrasser d'elle sans avoir à tout partager était de la tuer.

« Et maintenant la possibilité de passer à l'acte. L'accusation sait l'heure à laquelle votre voiture a franchi le contrôle pour sortir d'Archway ce matin-là. Le parcours a été vérifié et chronométré plusieurs fois : pour le procureur, vous n'auriez eu aucune difficulté à vous trouver à la maison de Malibu à l'heure où se sont produits les meurtres. Voilà pour la possibilité de passage à l'acte.

« Ce qu'espère l'accusation, c'est que ces deux choses suffiront à convaincre le jury et à emporter la décision, alors même que les preuves à charge sont très minces et tout ce qu'il y a de plus indirectes. Mon boulot consistera donc à trouver le moyen de faire comprendre aux jurés que s'il y a beaucoup de fumée, il n'y a pas vraiment de feu. Et si j'y arrive, vous sortirez libre.

– Il n'empêche : je veux toujours savoir si vous me croyez innocent.

Je souris et hochai la tête.

– Walter, je vous le dis et vous le répète : ça n'a aucune importance.

– Pour moi, ça en a. D'une façon ou d'une autre, j'ai besoin de savoir.

Je cédai et levai la main en signe de reddition.

– Bon, d'accord, je vais vous dire ce que je pense, Walter. J'ai examiné le dossier dans tous les sens. J'ai lu tout ce qu'il y a là-dedans au moins deux fois, et les fondamentaux, je les ai relus trois fois. Je suis aussi passé à la maison où ces événements malheureux se sont produits et j'y ai étudié la géométrie des meurtres. Tout ça, je l'ai fait et je vois vraiment la possibilité que vous soyez innocent de ce qui vous est reproché. Cela signifie-t-il que moi, je vous croie innocent ? Non, Walter. Je suis désolé, mais ce travail, je le fais depuis trop longtemps et la réalité m'oblige à dire que je n'ai guère vu de clients innocents. Bref, le mieux que je puisse vous dire, c'est que je ne sais pas. Si ça ne vous suffit pas, je suis sûr que vous n'aurez aucun mal à trouver un avocat qui vous dira exactement ce que vous voulez entendre et ce, qu'il le croie ou pas.

Je me renversai dans mon fauteuil en attendant sa réponse. Il croisa les mains sur la table devant lui en digérant mes paroles et finit par hocher la tête.

– Bien, dit-il. Il faut croire que je ne peux pas demander mieux.

J'essayai de souffler sans qu'il s'en aperçoive. J'avais toujours l'affaire. Pour l'instant.

– Mais vous savez ce que je crois, Walter ?
– Non, qu'est-ce que vous croyez ?
– Que vous me cachez des trucs.
– Que je vous cache… De quoi parlez-vous ?
– Il y a quelque chose que j'ignore dans cette affaire et vous me le cachez.
– Je ne vois pas de quoi vous voulez parler.
– Vous avez un peu trop confiance, Walter. Tout se passe comme si vous saviez que vous allez sortir libre.
– Mais c'est ce qui va se passer ! Je vais sortir libre. Parce que je suis innocent.
– Être innocent ne suffit pas. Des innocents qui sont condamnés, il y en a et tout le monde le sait. C'est même pour ça que je n'ai jamais rencontré un innocent qui n'ait pas la trouille. La trouille que le système ne fonctionne pas comme il faut, qu'il soit effectivement fait pour trouver coupables les coupables, mais pas pour trouver innocents les gens qui le sont. C'est ça qui vous manque, Walter. Vous n'avez pas la trouille.
– Je ne vois vraiment pas de quoi vous parlez. Pourquoi devrais-je avoir la trouille ?
Je le dévisageai par-dessus la table et tentai de lire dans ses pensées. Je savais que mon instinct ne me trompait pas. Il y avait quelque chose que j'ignorais, quelque chose que j'avais loupé dans le dossier ou que Vincent avait eu en tête mais n'avait pas consigné par écrit. Et ça, Elliot n'était pas encore prêt à m'en parler.
Cela dit, pour l'instant, ça ne posait pas de problème. Il y a des moments où l'on n'a aucune envie de savoir ce que sait le client parce que dès que la fumée commence à sortir de la bouteille, il n'y a plus moyen de l'y faire rentrer.
– Bien, dis-je. On en reparlera plus tard. En attendant, mettons-nous au boulot.
Et sans attendre sa réponse, j'ouvris le dossier de la

défense et consultai les notes que j'avais portées sur le rabat.

– Je pense que nous sommes prêts en termes de témoins et de stratégie de l'accusation. Ce que je ne trouve pas dans le dossier, c'est une stratégie solide pour votre défense.

– Que voulez-vous dire ? Jerry m'avait dit que nous étions prêts.

– Eh bien non, peut-être pas, Walter. Je sais que c'est quelque chose que vous n'avez pas envie de voir ou d'entendre, mais voilà ce que j'ai trouvé dans le dossier.

Je lui glissai un document de deux pages en travers de la table au plateau en bois poli. Il y jeta un coup d'œil, mais pas vraiment plus.

– Qu'est-ce que c'est ?

– Une requête d'ajournement. Jerry l'avait rédigée, mais ne l'avait pas envoyée. Il me paraît clair qu'il voulait ajourner le procès. Le code de la requête indique qu'il l'a imprimée lundi… quelques heures à peine avant d'être assassiné.

Walter hocha la tête et repoussa le document en travers de la table.

– Non, ça, nous en avions parlé ensemble et il avait fini par tomber d'accord avec moi pour commencer à la date prévue.

– Et c'était lundi ?

– Lundi, oui. La dernière fois que je lui ai parlé.

Je hochai la tête à mon tour. Cela répondait à une de mes interrogations. Vincent gardait la trace de ses facturations dans chacun de ses dossiers clients, et dans celui d'Elliot j'avais remarqué qu'il lui avait facturé une heure le jour même de sa mort.

– Cet entretien a-t-il eu lieu à son cabinet ou à votre bureau ?

– Ça s'est passé par téléphone. Lundi après-midi. Il avait laissé un message un peu plus tôt et je l'ai rappelé. Nina peut vous trouver l'heure exacte si vous en avez besoin.

– Il a marqué à 3 heures. Et il vous a parlé d'ajourner ?

– C'est exact, mais je lui ai répété qu'on ne repoussait pas.

Vincent lui avait facturé une heure. Je me demandai combien de temps ils s'étaient bagarrés sur la question.

– Pourquoi voulait-il un ajournement ?

– Il voulait simplement un peu plus de temps pour se préparer, et peut-être aussi pour gonfler la note. Je lui ai dit que nous étions prêts, comme je vous le dis maintenant. Nous sommes prêts !

J'eus une manière de petit rire et hochai la tête.

– Le problème, c'est que l'avocat, ce n'est pas vous, Walter. Et c'est ça que j'essaie de vous dire : dans ce dossier, je ne vois pas grand-chose en termes de stratégie de la défense. Et je pense que c'est pour ça que Jerry voulait repousser le procès. Il n'avait pas de quoi y aller.

– Non, ceux qui n'ont pas de quoi y aller, ce sont ceux d'en face.

Je commençais à me lasser de ce type et de l'insistance qu'il mettait à prendre le commandement des opérations juridiques.

– Laissez-moi donc vous expliquer comment ça marche, lui dis-je d'un ton las. Et je vous demande de m'excuser si vous le savez déjà. Nous allons avoir affaire à une procédure en deux temps, d'accord ? C'est le procureur qui commence et présente ses arguments. Et là, nous avons la possibilité de l'attaquer au fur et à mesure qu'il parle. Après, c'est à nous d'y aller, et c'est là que nous présentons nos preuves et exposons une autre théorie du meurtre.

– D'accord.

– Et moi, ce que je peux vous dire après avoir examiné le dossier de Jerry Vincent, c'est qu'il comptait plus sur le dossier de l'accusation que sur celui de la défense. Il y a…

– Comment ça ?

– Ce que je suis en train de vous dire, c'est qu'il s'est entièrement calé sur le côté accusation. Il a des contre-témoins et des plans d'interrogatoire en contre pour tout ce que l'accusation va mettre en avant. Mais côté défense, il me manque des trucs. Nous n'avons ni alibi, ni suspects possibles, ni théorie différente, rien. Au moins dans le dossier. Et c'est ça que ça veut dire quand je vous affirme que nous n'avons rien. Jerry vous a-t-il jamais dit comment il pensait présenter la défense ?

– Non. Cette discussion, nous allions l'avoir quand il s'est fait tuer. Il m'a dit qu'il était en train de tout élaborer : il avait l'argument miracle et moins j'en savais, mieux ça valait. Il avait promis de tout me dire quand nous serions plus près du procès, mais il ne l'a jamais fait. Il n'en a jamais eu la possibilité.

Je connaissais le terme. L'argument miracle est celui qui non seulement évite la prison au client, mais lui permet aussi de rentrer à la maison. C'est le témoin ou la preuve qu'on a dans sa poche et qui va faire tomber toutes les autres preuves tels des dominos ou qui va coller, et aussi fermement que définitivement, un doute raisonnable dans l'esprit de tous les jurés. Sauf que si Vincent l'avait, il ne l'avait pas noté dans son dossier. Sans même parler du fait que s'il l'avait eu, pourquoi aurait-il encore parlé de repousser le lundi précédent ?

– Et vous n'avez aucune idée de ce que pourrait être cet argument miracle ? demandai-je à Elliot.

– Non, c'est juste ce qu'il m'a dit. Il m'a dit qu'il avait trouvé quelque chose qui allait couler complètement l'accusation.

– Sauf que ça n'a aucun sens si lundi dernier il parlait d'ajourner.

Elliot haussa les épaules.

– Je vous l'ai dit : il voulait juste un peu plus de temps pour être prêt. Probablement aussi pour me demander plus de fric. Mais moi, je lui ai dit que quand on fait un film, on arrête une date et que, quoi qu'il arrive, le film doit sortir ce jour-là. Bref, je lui ai dit qu'on ne repoussait pas la date du procès.

Je hochai la tête en réentendant son mantra. Mais j'avais l'esprit ailleurs : je pensais à l'ordinateur portable de Vincent qui avait disparu. Était-ce là que se trouvait son argument miracle ? Avait-il sauvegardé sa stratégie dans son disque dur et oublié d'en faire une copie papier ? Cet argument miracle était-il la raison de son assassinat ? Sa découverte était-elle si sensible ou dangereuse que quelqu'un l'avait tué pour ça ?

Je décidai de passer à autre chose avec Elliot maintenant que je l'avais devant moi.

– OK, Walter, dis-je, cet argument miracle, je ne l'ai pas. Mais si Jerry l'a trouvé, je dois pouvoir le trouver moi aussi. Et je le trouverai.

Je consultai ma montre et tentai de ne pas montrer que j'étais un rien troublé de ne pas savoir ce qui constituait assurément l'élément clé de l'affaire.

– Bien, repris-je, parlons un peu de l'hypothèse différente.

– Ce qui voudrait dire ?

– Que le procureur a sa théorie et que nous devrions avoir la nôtre. Celle du procureur est que vous êtes contrarié par l'infidélité de votre épouse et par ce que ça va vous coûter de divorcer d'avec elle. Vous allez donc à Malibu et vous la tuez avec son amant. Après quoi, vous vous débarrassez de l'arme du crime d'une façon ou d'une autre… en la cachant ou en la jetant dans l'océan… et ensuite vous appelez le 911 et déclarez avoir découvert les assassinats. C'est là une théorie qui donne à l'accusation tout ce dont elle a besoin. À savoir le mobile et la possibilité de faire le coup. Sauf que, pour l'étayer, l'accusation n'a que les RP et presque rien d'autre.

– Les RP ?

– Les résidus de poudre. L'accusation est à base de présomptions, et il n'y en a pas beaucoup, et c'est sur ces restes de poudre que repose, et fermement, leur théorie.

– J'ai testé positif, mais c'est faux ! s'écria-t-il avec force. Je n'ai jamais fait feu avec quoi que ce soit. Et Jerry m'a dit qu'il allait faire venir l'expert le plus qualifié du pays pour foutre ça en l'air. Une nana de John Jay, à New York. Elle dira que les procédures suivies par ce labo étaient aussi douteuses que peu précises, bref, que cela conduisait à des tests faussement positifs.

J'acquiesçai d'un signe de tête. La ferveur avec laquelle il niait me plaisait. Cela pourrait être utile si jamais il témoignait.

– Oui, le docteur Arslanian... il est toujours prévu qu'elle vienne, dis-je. Mais ça ne constitue pas un argument miracle, Walter. L'accusation nous renverra la balle avec un contre-expert qui dira exactement le contraire... à savoir que ce laboratoire est bien géré et qu'on y a suivi toutes les procédures requises. Au mieux, l'histoire des résidus de poudre passera à l'as. Et l'accusation continuera de compter fortement sur le mobile et l'occasion.

– Quel mobile ? Je l'aimais et n'étais même pas au courant pour Rilz. Je le prenais pour un pédé.

Je levai les mains pour lui dire de ralentir.

– Écoutez, Walter, rendez-vous un service et ne l'appelez pas comme ça. Ni à la cour ni ailleurs. Si à un moment donné, il convient de parler de son orientation sexuelle, dites qu'il était gay. D'accord ?

– D'accord.

– Bien. L'accusation va tout simplement dire que vous saviez que Johan Rilz était l'amant de votre femme et fera défiler témoignages et preuves à charge comme quoi un divorce rendu nécessaire par l'infidélité de votre épouse vous aurait coûté un minimum de cent millions de dollars, voire pouvait réduire votre contrôle sur le studio. L'accusation fout ça dans le crâne des jurés et ils se disent que ça vous fait un sacré mobile d'assassinat.

– Et c'est rien que des conneries.

– Et moi, je pourrai trouer tout ça sans problème au procès. Beaucoup de leurs preuves à charge peuvent être transformées en preuves à décharge. Ça va être un numéro de danse, Walter. Et on va s'échanger des gnons. On va essayer d'égarer et de détruire, mais en fin de compte l'accusation nous assénera plus de coups que nous ne pourrons en parer. Bref, on aura le dessous et c'est pour ça qu'il est toujours bon que la défense ait une autre théorie à proposer. On donne aux jurés une autre explication plausible au meurtre de ces deux personnes. On met le client à l'abri des soupçons et on les fait peser sur quelqu'un d'autre.

– Comme le manchot dans *Le Fugitif* ?

Je hochai la tête.

– Non, pas tout à fait, dis-je.

Je me rappelai le film et la série télévisée qui l'avait précédé. Dans les deux, il y avait effectivement un manchot. Mais c'était d'un écran de fumée que je parlais, d'une théorie différente concoctée par la défense parce que je ne marchais pas dans le baratin « Je suis innocent » qu'Elliot n'arrêtait pas de me servir… enfin, pas encore.

Il y eut comme un bourdonnement et Elliot sortit son portable de sa poche et regarda l'écran.

– Walter, nous avons du travail à faire, lui dis-je.

Il ne prit pas l'appel et rangea son portable à contrecœur. J'enchaînai.

– Bien. Pendant la phase accusatoire, nous allons

nous servir de l'interrogatoire en contre pour rendre quelque chose extrêmement clair dans l'esprit des jurés. À savoir qu'à partir du moment où le test des RP est revenu positif, vous…

– Faussement positif !

– Comme vous voulez. Ce qu'il faut comprendre, c'est qu'à partir du moment où l'accusation a cru avoir la preuve que vous aviez fait feu récemment, il n'était plus possible de dire ce qui s'était vraiment passé. De très large, l'enquête s'est réduite à une chose : vous. Elle est passée de ce qu'on appelle une enquête tous azimuts à une enquête uniquement centrée sur vous. D'où cette conclusion : l'accusation a omis bien des choses. Pour ne prendre qu'un exemple : le fait que Rilz ne soit dans ce pays que depuis quatre ans. Pas un seul enquêteur n'a été envoyé en Allemagne pour se renseigner sur son passé et voir s'il n'aurait pas eu des ennemis qui auraient voulu sa mort. Et ce n'est qu'un point parmi d'autres. L'accusation n'a pas non plus sérieusement enquêté sur ce qu'il a fait à Los Angeles. Et il s'agit là d'un homme qui pouvait entrer dans les maisons et les vies de quelques-unes des femmes les plus riches de cette ville. Je m'excuse de la brutalité de mon propos, mais… ce type baisait-il d'autres femmes mariées ou seulement votre épouse ? Y a-t-il d'autres hommes importants et puissants qu'il aurait pu mettre en colère ou êtes-vous le seul ?

Il ne répondit pas à mes questions grossières. Je les lui avais posées de cette façon pour voir si elles allaient l'énerver ou susciter une réaction qui aurait contredit l'amour qu'il disait avoir pour sa femme. Mais il n'eut aucune réaction, ni dans un sens ni dans un autre.

– Vous voyez où je veux en venir, Walter ? C'est sur vous seul et ce, presque dès le début, que l'enquête s'est concentrée. Et quand ce sera à la défense d'y aller, l'attention, ce sera sur Rilz qu'on va la faire porter. C'est comme ça qu'on va semer le doute dans les esprits comme plants de maïs dans un champ.

Il hocha la tête d'un air méditatif en regardant son reflet dans le poli de la table.

– Il n'en reste pas moins que ça ne peut pas être l'argument miracle dont Jerry vous a parlé. Et s'attaquer à Rilz comporte des dangers.

Il leva la tête vers moi.

– Parce que le procureur sait très bien que c'est là que le bât blessait quand ses enquêteurs lui ont exposé leur argumentation. Et il a eu cinq mois pour prévoir que nous pourrions attaquer dans cette direction et s'il est bon, et je suis sûr qu'il l'est, il s'y est préparé.

– Mais ça n'apparaîtrait pas dans le dossier qu'ils ont dû nous donner aux termes de la loi ?

– Ça ne se passe pas toujours comme ça. Il y a tout un art dans la manière de rédiger le dossier d'enquête qu'on doit donner à la partie adverse. Les trois quarts du temps, c'est ce qui ne s'y trouve pas qui est important et c'est à ça qu'il faut faire attention. Jeffrey Golantz est un pro averti. Il sait exactement ce qu'il est obligé de mettre dans le dossier et tout ce qu'il peut très bien garder pour lui.

– Vous le connaissez ? Vous avez déjà plaidé contre lui ?

– Non, je ne le connais pas et je n'ai jamais plaidé contre lui. Mais sa réputation, oui, je la connais. Il n'a jamais perdu un seul procès. Il est du genre vingt-sept victoires à zéro.

Je consultai ma montre. Le temps était passé vite et j'avais besoin d'avancer si je voulais récupérer ma fille à l'heure.

– Bien, dis-je. Il y a encore deux ou trois autres trucs à couvrir. Essayons de voir s'il vaut mieux que vous témoigniez ou pas.

– Je témoigne, c'est l'évidence même. Je veux laver

mon nom. Les jurés vont vouloir m'entendre dire que je n'ai pas fait ce dont on m'accuse.

– Je savais que vous alliez me répondre ça et j'apprécie la ferveur que vous mettez à nier. Mais votre témoignage doit servir à plus que ça. Il doit donner une explication, et c'est là que nous avons un problème.

– Ça m'est égal.

– Avez-vous tué votre femme et son amant ?

– Non !

– Alors pourquoi vous êtes-vous rendu à la maison de Malibu ?

– J'avais des soupçons. Qu'elle soit là-bas avec quelqu'un et j'allais l'affronter, elle, et lui, le prendre par la peau du cul et le foutre dehors.

– Et vous croyez que les jurés vont croire qu'un homme qui dirige un studio d'une valeur d'un demi-milliard de dollars va prendre son après-midi pour aller espionner son épouse à Malibu ?

– Je ne suis pas un espion. J'avais des soupçons et je suis allé là-bas pour savoir.

– Et vous alliez l'affronter avec un flingue ?

Il ouvrit la bouche pour répondre, puis il hésita et finit par garder le silence.

– Vous voyez, Walter ? lui lançai-je. Aller à la barre, c'est prêter le flanc à tout ce qu'on veut… et en général, ce n'est pas bon.

Il hocha la tête.

– Je m'en fous. La cause est entendue. Les coupables ne témoignent pas. Tout le monde sait ça. Moi, je vais témoigner que je n'ai rien fait de tout ça, dit-il en pointant un doigt sur moi à chaque syllabe de cette dernière phrase.

J'aimai encore sa fougue. Il était crédible. Peut-être pourrait-il réchapper à un passage à la barre.

– Bah, pour finir, c'est à vous de décider. On va vous préparer, mais on ne prendra pas la décision avant d'être bien au cœur de la phase défense et de voir en quelle forme on est.

– Non, c'est décidé. Je témoignerai.

Son visage commençait à virer à l'écarlate. Il allait falloir marcher sur des œufs. Je ne voulais pas qu'il témoigne, mais la déontologie ne m'autorisait pas à le lui interdire. C'est au client de décider, et si jamais il déclarait que je lui en avais ôté la possibilité ou la lui avais refusée, j'aurais tout le barreau sur le dos tel un essaim d'abeilles en colère.

– Écoutez, Walter, lui dis-je. Vous êtes puissant. Vous dirigez un studio, vous faites des films et vous mettez en jeu des millions de dollars tous les jours. Tout ça, je le comprends. Vous avez l'habitude de prendre des décisions sans que personne ne les conteste. Cela dit, quand nous irons au procès, le patron, ce sera moi. Et si c'est bien vous qui prendrez la décision, je veux vous entendre dire que vous m'écouterez et tiendrez compte de mon avis. Il est inutile de continuer si vous refusez.

Il se passa rudement la main sur la figure. Ça n'était pas facile pour lui.

– D'accord, dit-il enfin. Je comprends. On prendra la décision plus tard.

Il avait dit ça à contrecœur. C'était une concession qu'il n'avait pas envie de faire. Personne n'aime abandonner son pouvoir à autrui.

– OK, Walter, dis-je. Ça nous met sur la même longueur d'onde.

Je consultai ma montre à nouveau. J'avais encore quelques points à régler sur ma liste et un peu de temps pour le faire.

– Bien, dis-je, passons à autre chose.

– Je vous en prie…

– Je veux ajouter deux ou trois personnes à l'équipe de la défense. Ce sera ex…

– Non. Je vous l'ai déjà dit, plus il a d'avocats et plus le client a l'air coupable. Tenez, prenez Barry Bonds[1] et dites-moi si on ne le croit pas coupable. Il a plus d'avocats que de joueurs dans son équipe.

– Walter, vous ne m'avez pas laissé terminer. Ce n'est pas d'avocats que je vous parle et je vous promets que lorsque nous irons au procès, il n'y aura que vous et moi assis à la table de la défense.

– Eh bien mais… qui donc voulez-vous ajouter ?

– Un consultant en sélection des jurés et quelqu'un qui travaillera avec vous côté image et passage à la barre.

– Non, pas de consultant en sélection des jurés. Ça va faire croire que vous essayez de truquer.

– Écoutez, la personne que je veux embaucher sera assise dans la galerie. Personne ne la remarquera. Elle joue au poker pour gagner sa vie et lit sur les visages pour y trouver l'expression qui trahit. C'est tout.

– Non, je ne paierai pas ce truc de vaudou.

– Vous êtes sûr, Walter ?

Je passai les cinq minutes suivantes à essayer de le convaincre en lui remontrant que la sélection des jurés avait des chances de constituer la phase la plus importante du procès. Je lui soulignai ensuite que dans le cas d'une accusation fondée sur des présomptions, la priorité est bel et bien de choisir des jurés à l'esprit ouvert, des gens qui ne croient pas que parce que c'est la police ou l'accusation qui dit ceci ou cela, c'est automatiquement vrai. Je lui fis certes valoir mon habileté à choisir ce genre de jurés, mais ajoutai que l'aide d'un expert qui sait lire les visages et les gestes ne serait pas de trop.

1. Superstar du base-ball, Barry Bonds est accusé d'obstruction à la justice à la suite de son témoignage dans l'affaire de la Balco, société qui a commercialisé des stéroïdes indécelables aux tests sportifs. *(NdT.)*

J'arrivai au bout de ma supplique, il se contenta de faire non de la tête.

– Du vaudou tout ça, répéta-t-il. Je m'en remettrai à votre habileté.

Je l'étudiai un instant et décidai que nous avions assez parlé pour la journée. J'aborderais le reste la fois suivante. J'avais compris que s'il acquiesçait du bout des lèvres à l'idée que ce soit moi le patron au procès, il ne faisait aucun doute que c'était lui qui dirigeait tout.

Et je ne pus m'empêcher de penser que c'était très exactement ce qui risquait de le conduire droit en prison.

20

Dès après avoir ramené Patrick à sa voiture, je pris la direction de la Valley, tombai sur de gros embouteillages et sus que j'allais être en retard et qu'encore une fois il y aurait confrontation avec mon ex. J'appelai pour l'avertir, mais elle ne décrocha pas et je laissai un message. Lorsque enfin j'arrivai à son immeuble de Sherman Oaks, il était presque 7 h 40 et je trouvai maman et sa fille debout au bord du trottoir. Hayley avait baissé la tête et regardait par terre. Je me fis la remarque qu'elle adoptait cette posture chaque fois que ses parents se rapprochaient physiquement l'un de l'autre. C'était comme si elle se tenait sur l'aire de départ dans l'espace et attendait le rayon qui allait l'emporter loin de nous.

Je débloquai les portières en m'arrêtant et Maggie aida Hayley à poser son sac à dos d'écolière et son nécessaire de voyage sur la banquette arrière.

– Merci d'être arrivé à l'heure, me lâcha-t-elle d'un ton monocorde.

– Pas de problème, lui renvoyai-je juste pour voir si ça allait allumer des éclairs dans ses yeux. Ça doit être quelqu'un de super si tu m'attends comme ça dehors.

– Non, pas vraiment. C'est juste une réunion parents-profs au collège.

Mes défenses écrasées, je pris un bon coup dans la figure.

– T'aurais dû me le dire. On aurait pu prendre une baby-sitter et y aller ensemble.

– Je ne suis pas un bébé, lança Hayley dans mon dos.

– On a déjà essayé, me renvoya Maggie sur ma gauche. Tu te rappelles ? T'as tellement démoli le prof de maths pour les mauvaises notes d'Hayley... en ignorant absolument pourquoi elle les avait... qu'on t'a prié de ne plus revenir.

Cela ne me rappela que très vaguement quelque chose. J'avais joliment bouclé l'incident dans ma banque de données corrompues à l'oxycodon. Mais je sentis la brûlure de l'embarras sur ma figure et dans mon cou. Et n'eus rien à lui renvoyer.

– Faut que j'y aille, reprit-elle vite. Hayley, je t'adore. Sois gentille avec ton père et je te retrouve demain.

– OK, m'man.

Je regardai fixement mon ex-épouse un instant avant de repartir.

– Fais-leur en voir de toutes les couleurs, Maggie McFierce[1], lui lançai-je.

Je déboîtai du trottoir et remontai ma vitre. Ma fille me demanda pourquoi sa mère avait droit au surnom de Maggie McFierce.

– Parce que quand elle part en guerre, elle sait toujours qu'elle va gagner.

– Quelle guerre ?

– N'importe laquelle.

Nous descendîmes Ventura Boulevard sans rien dire et allâmes dîner chez Dupar. C'était l'endroit préféré de ma fille parce que je la laissais toujours commander des crêpes. Va savoir pourquoi, ma gamine pensait qu'avaler son petit déjeuner à l'heure du dîner, c'était franchir la ligne jaune et faisait d'elle une rebelle pleine de courage.

Je commandai un sandwich bacon-laitue-tomates avec

1. Soit Maggie McFéroce. *(NdT.)*

assaisonnement Thousand Island[1], songeai à mon taux de cholestérol et me dis que le rebelle courageux, c'était plutôt moi. Nous fîmes ses devoirs du soir ensemble – aucun problème pour elle, mais moi, ça me vida –, puis je lui demandai ce qu'elle avait envie de faire. J'étais prêt à tout – cinéma, centre commercial, tout ce qu'elle voulait –, mais je priai le ciel qu'elle veuille rentrer chez moi et traîner, tiens, en sortant de vieux albums de souvenirs de famille et regardant des photos toutes jaunes.

Elle hésita avant de répondre et j'eus l'impression de savoir pourquoi.

– Hayley, lui dis-je, si c'est ça qui te tracasse, il n'y a personne chez moi. Et la fille que tu as rencontrée ? Lanie ? Elle ne vient plus me voir.

– Tu veux dire que c'est plus ta petite amie ?

– Elle ne l'a jamais été. C'était une copine. Tu te rappelles quand j'étais à l'hôpital l'année dernière ? C'est là que je l'ai rencontrée et nous sommes devenus amis. On essaie de se porter secours, et de temps en temps elle vient chez moi quand elle n'a pas envie d'être seule chez elle.

C'était une demi-vérité. Lanie Ross et moi nous étions rencontrés en stage de désintoxication, lors d'une séance de thérapie de groupe. Nous avions continué de nous voir après la fin du stage, mais n'étions jamais passés à l'acte parce que émotionnellement nous en étions incapables. La dépendance avait cautérisé ce genre de terminaisons nerveuses et elles avaient du mal à reprendre vie. Nous passions du temps ensemble et étions là l'un pour l'autre – genre groupe de soutien à deux. Mais après avoir retrouvé la réalité plusieurs mois durant, j'avais décelé de la faiblesse en elle. D'instinct, j'avais senti qu'elle ne tiendrait pas la distance et je ne pouvais

1. Mélange de ketchup et de mayonnaise. *(NdT.)*

pas l'accompagner dans ce voyage. Il y a trois voies possibles dans le processus de la guérison. Celle de la sobriété, celle qui conduit à la rechute, la troisième étant la sortie rapide. C'est celle où le voyageur se rend compte que la rechute n'est jamais qu'un lent suicide et qu'il n'y a aucune raison d'attendre. Je ne savais laquelle de ces deux dernières voies Lanie allait prendre, mais je ne pouvais en suivre aucune. Nos chemins s'étaient écartés dès le lendemain du jour où Hayley avait fait sa connaissance.

– Tu sais, Hayley, enchaînai-je, tu peux toujours me dire quand quelque chose ne te plaît pas ou quand je fais quelque chose qui te dérange.

– Je le sais.

– Bien.

Nous gardâmes le silence quelques instants et je crus qu'elle voulait ajouter quelque chose. Je lui laissai le temps d'y arriver.

– Hé, papa ?

– Quoi, ma fille ?

– Si cette fille n'était pas ta petite amie, est-ce que ça voudrait dire que toi et maman, vous pourriez vous remettre ensemble ?

Sa qucstion mc laissa sans voix un moment. Je voyais bien tout l'espoir qu'elle avait dans les yeux et voulais qu'elle voie la même chose dans les miens.

– Je ne sais pas, Hay. J'ai cafouillé sérieusement quand on a essayé l'année dernière.

Alors je vis la douleur monter dans ses yeux, telles des ombres de nuages sur l'océan.

– Mais j'y travaille encore, ma chérie, lui répondis-je vite. Il faut juste faire un truc à la fois. J'essaie de lui montrer qu'on devrait reformer une famille.

Elle ne répondit pas et se contenta de regarder son assiette.

– D'accord, ma fille ?

– D'accord.

– As-tu décidé ce que tu voulais faire ?

– Je crois que j'ai juste envie de rentrer à la maison et de regarder la télé, dit-elle.

– Bien. Moi aussi, c'est ce dont j'ai envie.

Nous rangeâmes ses livres de classe et je posai l'argent sur la note. Nous repassions de l'autre côté de la colline lorsqu'elle m'annonça que sa mère lui avait dit que j'avais décroché un gros boulot. J'en fus surpris, mais heureux.

– Oui, c'est un gros boulot, en quelque sorte. Je me remets à faire ce que j'ai toujours aimé faire. Mais j'ai beaucoup de nouvelles affaires, dont une très grosse. Ta maman te l'a dit ?

– Elle a dit que t'avais une grosse affaire et que tout le monde serait jaloux, mais que tu te débrouillerais drôlement bien.

– Elle a dit ça ?

– Ouais.

Je continuai de rouler en y pensant et me demandant ce que ça pouvait signifier. Je n'avais peut-être pas tout bousillé avec Maggie. À un certain niveau, elle me respectait encore. Et ça voulait peut-être dire quelque chose.

– Hmm…

Je regardai ma fille dans le rétroviseur. Il faisait déjà nuit, mais je la vis se détourner de moi et regarder par la fenêtre. Ce que les enfants peuvent être faciles à lire parfois ! Si seulement les adultes étaient pareils !

– Qu'est-ce qu'il y a, Hay ? lui demandai-je.

– Euh… je me demandais pourquoi euh… tu peux pas faire comme maman.

– Que veux-tu dire ?

– Ben, mettre les méchants en prison. Elle m'a dit que ta grosse affaire, c'était avec un type qu'avait tué deux personnes. Comme qui dirait que tu travailles toujours pour les méchants.

Je gardai le silence un instant avant de trouver mes mots.

– Hayley, lui dis-je, l'homme que je défends est accusé d'avoir tué deux personnes. Mais personne n'a prouvé qu'il ait fait quoi que ce soit de mal. Pour l'instant, il n'est coupable de rien.

Elle ne répondit pas et son scepticisme fut presque palpable là-bas, sur la banquette arrière. L'innocence des enfants, tu parles !

– Hayley, ce que je fais est tout aussi important que ce que fait ta mère. Dans ce pays, quand on est accusé d'un crime, on a le droit de se défendre. Et si on t'accusait d'avoir triché à l'école alors que tu savais n'en avoir rien fait, hein ? Tu ne voudrais pas pouvoir expliquer les choses et te défendre ?

– Si, je crois.

– Eh bien, moi aussi. C'est comme ça au tribunal. Quand quelqu'un est accusé d'un crime, il peut avoir un avocat comme moi qui va aider à expliquer les choses et le défendre. Les lois sont très compliquées et c'est difficile de faire ça tout seul quand on ne connaît pas toutes les règles de l'argumentation et autres trucs de ce genre. Alors moi, ces gens-là, je les aide. Ça ne veut pas dire que je sois d'accord avec eux ou avec ce qu'ils ont fait… s'ils l'ont effectivement fait. Mais ça fait partie du système. C'en est même une part importante.

Au fur et à mesure que je la formulais, cette explication me parut bien creuse. Intellectuellement, oui, je comprenais et y croyais jusqu'au dernier mot. Mais dans la relation père-fille, j'eus l'impression d'être un de mes clients en train de me tortiller à la barre. Comment aurais-je pu lui faire croire tout ça alors même que je n'étais plus très sûr d'y croire moi-même ?

– Tu as déjà aidé des innocents ? me demanda-t-elle.

Ce coup-là je ne regardai pas dans le rétroviseur.

– Quelques-uns, oui, dis-je.

C'était le mieux que je puisse dire en toute honnêteté.

– M'man, elle, elle a envoyé des tas de méchants en prison.

J'acquiesçai d'un signe de tête.

– Oui, c'est vrai. J'ai souvent pensé qu'on faisait un grand numéro d'équilibre tous les deux. Ce qu'elle faisait, elle, ce que je faisais, moi. Mais maintenant…

Je n'eus même pas besoin d'achever ma phrase. J'allumai la radio et appuyai sur la présélection de la chaîne Disney.

La dernière chose que je me dis en rentrant chez moi était que les adultes étaient peut-être tout aussi faciles à lire que leurs enfants.

21

Après avoir déposé ma fille à l'école ce jeudi matin-là, je filai droit au cabinet de Jerry Vincent. Il était encore tôt et il n'y avait guère de circulation. Arrivé au garage qui jouxte le Legal Center, je découvris que je pouvais presque choisir mon emplacement – les trois quarts des avocats n'arrivent à leur cabinet qu'aux environs de 9 heures, lorsque ouvrent les tribunaux. Je les battais tous d'au moins une heure. Je montai au deuxième niveau, de façon à me garer à l'étage du cabinet. Tous les niveaux étaient dotés d'une entrée directe dans le bâtiment.

Je passai devant l'emplacement où Jerry Vincent s'était rangé le jour où il avait été abattu et me garai un peu plus haut. Et là, en revenant vers le passage surélevé qui reliait le parking au Legal Center, je remarquai une Subaru commerciale avec des planches de surf sur le toit. Une affichette sur la vitre arrière montrait un surfer debout à l'avant d'une planche et proclamait ONE WORLD.

Les vitres arrière de la commerciale étant teintées, je ne pus voir ce qu'il y avait à l'intérieur. Je gagnai l'avant du véhicule et regardai par la vitre côté conducteur. La banquette arrière avait été repliée à plat. La moitié de la plage arrière était encombrée de cartons pleins de vêtements et d'objets personnels. L'autre moitié servait de lit à Patrick Henson. Je le compris en l'y voyant endormi, le nez enfoui dans les plis d'un sac de couchage. Ce n'est qu'à cet instant que je me rappelai ce qu'il m'avait dit lors de notre première conversation téléphonique quand je lui avais demandé si un boulot de chauffeur l'intéressait. Il m'avait répondu qu'il vivait dans sa voiture et dormait dans une cabine de maître nageur.

Je levai le poing pour frapper à la vitre, puis décidai de le laisser dormir. Je n'aurais pas besoin de lui avant la fin de la matinée. Il était inutile de le virer du lit. Je passai dans l'immeuble de bureaux, tournai et descendis le couloir vers la porte barrée de l'inscription Jerry Vincent. Debout devant elle se tenait l'inspecteur Bosch. Il écoutait sa musique en m'attendant. Il avait les mains dans les poches et l'air pensif, voire un rien contrarié. J'étais assez sûr que nous n'avions pas rendez-vous et me demandai ce qui l'ennuyait. Peut-être était-ce sa musique. Il sortit les écouteurs de ses oreilles et les rangea tandis que j'approchais.

– Quoi, pas de café ? lui lançai-je en guise de salutation.

– Pas aujourd'hui, non. Hier, j'ai bien vu que vous n'en vouliez pas.

Il s'écarta pour que je puisse ouvrir la porte avec ma clé.

– Je peux vous poser une question ? lui demandai-je.

– Si je disais non, vous me la poseriez quand même.

– Vous avez sans doute raison.

J'ouvris la porte.

– Bon, alors, vous la posez, cette question ?

– D'accord. Écoutez, vous ne me faites pas l'effet d'un type à iPod. Qui écoutiez-vous ?

– Quelqu'un dont je suis sûr que vous n'avez jamais entendu parler.

– Je vois. Tony Robbins, le gourou du développement personnel.

Il hocha la tête : pas question de mordre à l'hameçon.

– Frank Morgan, dit-il.

J'acquiesçai.

– Le saxophoniste ? Oui, je connais.

Il parut surpris. Nous arrivâmes à la réception.

– Vous connaissez, répéta-t-il du ton de celui qui n'y croit pas.

– Oui, je passe souvent lui dire bonjour quand il joue au Catalina ou à la Jazz Bakery. Mon père adorait le jazz et dans les années cinquante et soixante, c'était son avocat. Frank s'est beaucoup foutu dans la merde avant de rentrer dans le droit chemin. Il a fini par jouer à San Quentin avec Art Pepper, vous… connaissez, non ? Lorsque j'ai enfin fait sa connaissance, il n'avait plus besoin d'un avocat de la défense. Il s'en sortait bien.

Il lui fallut un moment pour se remettre de sa surprise : que je connaisse Frank Morgan, le très obscur héritier de Charlie Parker, qui deux décennies durant avait dissipé cet héritage en se défonçant à l'héro, ça alors ! Nous traversâmes la réception et passâmes dans le grand bureau.

– Alors, comment va l'enquête ? lui demandai-je.

– Elle va, me répondit-il.

– J'ai entendu dire qu'avant de venir me voir hier vous aviez passé toute la nuit à cuisiner un suspect à Parker Center. Mais toujours pas d'arrestation, n'est-ce pas ?

Je fis le tour du bureau de Vincent, m'assis et commençai à sortir mes dossiers de mon sac. Bosch, lui, resta debout.

– Qui vous a dit ça ?

La question n'avait rien de désinvolte. C'était plutôt qu'on exigeait une réponse. Je jouai les nonchalants.

– Je ne sais plus. J'ai dû entendre ça quelque part. Peut-être un journaliste. Qui était votre suspect ?

– C'est pas vos oignons.

– Bien, mais alors, c'est quoi, mes oignons avec vous ce matin, inspecteur ? Pourquoi êtes-vous ici ?

– Je suis venu voir si vous n'auriez pas d'autres noms.

– Qu'avez-vous fait de ceux que je vous ai donnés hier ?

– On a vérifié. Rien à signaler.

– Comment pouvez-vous avoir déjà tout vérifié ?

Il se pencha en avant et posa les mains sur le bureau.

– Parce que je ne suis pas seul à travailler sur cette affaire, d'accord ? J'ai de l'aide et on a vérifié tous vos noms. Et tous ces types sont ou en prison ou morts, ou ne se sont plus jamais inquiétés de Jerry Vincent. On a aussi vérifié plusieurs individus qu'il avait expédiés en taule quand il était procureur. C'est l'impasse.

J'éprouvai une véritable déception et me rendis compte que j'avais peut-être trop espéré en songeant qu'un de ces noms sortis du passé était peut-être celui de l'assassin et que l'arrêter mettrait fin à la menace qui pesait sur moi.

– Et Demarco, le trafiquant d'armes ?

– Celui-là, je m'en suis occupé moi-même et je n'ai pas eu à attendre longtemps avant de le rayer de la liste. Il est mort, Haller. Il est mort dans sa cellule de la prison de Corcoran il y a deux ans de ça. Hémorragie interne. En l'ouvrant à l'autopsie, ils ont trouvé une brosse à dents-surin dans la cavité anale. On n'a jamais pu savoir si c'était lui qui l'y avait mise pour qu'on ne la lui pique pas, ou si c'est quelqu'un d'autre qui a fait le coup. Toujours est-il que ça a servi de leçon au reste des prisonniers. Ils ont même confectionné un panneau qui disait : « Ne jamais se mettre d'objets coupants dans le cul. »

Je me renversai sur mon siège : cette histoire me révulsait tout autant que la perte de ce suspect potentiel. Mais je m'en remis et tentai de continuer à la jouer nonchalant.

– Bah, que voulez-vous que je vous dise, inspecteur ? Demarco était mon meilleur candidat. Ces noms sont tout ce que j'avais. Je vous ai déjà dit que je ne pouvais rien vous révéler sur les affaires en cours, mais que je vous dise : en plus, il n'y a effectivement rien à révéler.

Il hocha la tête, l'air incrédule.

– Non, je vous assure, inspecteur. J'ai passé en revue toutes les affaires en cours. Dans aucun dossier il n'y a quoi que ce soit qui aurait pu constituer une menace ou de quoi inquiéter Jerry Vincent. Et rien qui établisse un lien avec le FBI. Et rien encore qui indiquerait que Jerry serait tombé sur quelque chose qui l'aurait mis en danger. Sans compter que quand on trouve de sales trucs sur le client, celui-ci est protégé. Bref, nous n'avons rien, mec. Ce que je veux dire par là, c'est que Jerry ne représentait pas des types du crime organisé. Ou des trafiquants de drogue. Il n'y avait rien…

– Il représentait des assassins…

– Présumés, inspecteur. Et au moment de sa mort, il n'avait qu'une affaire de meurtre, celle de Walter Elliot. Et là, il n'y a rien dans le dossier. Croyez-moi, j'ai regardé.

Je n'étais pas trop sûr de croire à ce que je racontais, mais Bosch ne parut pas le remarquer. Il finit par s'asseoir au bord du fauteuil en face du bureau et sembla changer de visage. J'y vis presque du désespoir.

– C'est vrai que Jerry avait divorcé, lui lançai-je en guise de suggestion. Vous avez vérifié du côté de l'ex ?

– Ils ont divorcé il y a neuf ans. Elle s'est remariée, elle est heureuse et sur le point d'avoir son deuxième enfant. Je ne crois pas qu'une femme enceinte de sept mois ait soudain envie de flinguer un ex-mari avec lequel elle ne parle plus depuis neuf ans.

– D'autres parents ?

– Une mère à Pittsburgh. C'est cuit du côté famille.

– Une petite amie ?

– Il baisait sa secrétaire, mais ce n'était pas du sérieux. Et l'alibi de la dame tient. Elle baisait aussi avec l'enquêteur. Et ce soir-là, ils étaient ensemble.

Je me sentis rougir. Ce scénario sordide n'était pas si éloigné de ma présente situation. Au moins Lorna,

Cisco et moi, nous étions empêtrés dans nos relations amoureuses à des moments différents. Je me frottai le visage comme si j'étais fatigué et espérai que cela expliquerait mes rougeurs soudaines.

– Ce qui tombe bien, enchaînai-je. Ils se donnent tous les deux un alibi.

Il hocha la tête.

– Non, il y a des témoins pour confirmer. Ils étaient avec des amis à une projection d'Archway. C'est votre gros client qui leur avait filé l'invitation.

Je hochai la tête à mon tour, fis une supposition éclairée et lui en décochai une bonne.

– Le mec que vous avez cuisiné le premier soir, c'était l'enquêteur, Bruce Carlin, non ?

– Qui vous l'a dit ?

– Mais vous-même, il y a une seconde de ça. Triangle amoureux classique. C'était par là qu'il fallait commencer.

– Futé, l'avocat. Mais comme je vous l'ai dit, ça n'a rien donné. Nous y avons passé la nuit et le matin venu, on en était encore à la case départ. Parlez-moi du fric.

Il venait de m'en renvoyer une aussi bonne.

– Quel fric ?

– Le fric sur les comptes opérationnels. Mais j'imagine que ça aussi, vous allez me dire que c'est protégé.

– En fait, il faudrait probablement que j'en parle au juge pour avoir une opinion sur la question, mais je n'ai pas besoin de m'en inquiéter. La personne qui s'en occupe est une des meilleures comptables sur laquelle je sois jamais tombé. Elle a vérifié les livres de comptes et me dit que tout est OK. Tout ce que Jerry a pris est expliqué, jusqu'au dernier penny.

Bosch restant sans réaction, je poursuivis.

– Que je vous dise un truc, inspecteur. Quand les avocats ont des ennuis, dans les trois quarts des cas, c'est pour des histoires de fric. La compta. C'est le seul endroit où il n'y ait pas de zones grises. C'est l'endroit même où le barreau de Californie adore fourrer le nez. Et si j'ai la compta la plus impeccable qui soit, c'est parce que je ne veux pas lui donner la moindre raison de me chercher noise. Ce qui fait que Lorna et moi... Lorna, c'est la fille qui s'occupe de la compta... nous saurions s'il y avait quoi que ce soit de louche dans les livres. Et il n'y a rien. Je pense que Jerry s'est payé un peu trop vite, mais techniquement, il n'y a aucun mal à ça.

Je vis quelque chose s'allumer dans le regard de Bosch.

– Quoi ?

– Qu'est-ce que ça veut dire : « il s'est payé un peu trop vite » ?

– Ça veut dire... permettez que je reprenne du début. Voici comment ça marche : quand on prend un client, on reçoit une avance. Et cette avance va sur le compte du client. C'est son argent, mais c'est l'avocat qui le gère parce qu'il tient beaucoup à pouvoir le toucher quand il l'a gagné. Vous me suivez ?

– Oui. On ne peut pas faire confiance au client parce que c'est un criminel. Et donc, on commence par exiger le fric d'entrée de jeu et on le place sur un compte. Et on se paie dessus au fur et à mesure du boulot.

– En gros, oui. Toujours est-il que l'argent est sur le compte et qu'au fur et à mesure qu'on bosse, qu'on va au tribunal, qu'on prépare le dossier, etc., on prend ses honoraires sur ce compte. En le faisant passer sur le compte opérationnel. Et sur ce compte opérationnel, on paie les factures et les salaires. Le loyer, la secrétaire, l'enquêteur, l'essence, etc. Et on se paie soi-même.

– Bon. Et donc comment Vincent s'est-il payé trop vite ?

– Non, en fait, je ne dis pas exactement qu'il l'ait fait. Tout ça est une question de coutume et de façon de procéder. Mais, d'après la compta, il me semble qu'il aimait bien fonctionner à l'équilibre le plus bas. Il se trouve qu'il avait un énorme client qui lui avait versé une grosse somme d'avance et que cet argent a filé très rapidement. Une fois tout payé, le reste lui est revenu sous forme d'honoraires.

Sa gestuelle me fit comprendre que je venais de toucher quelque chose d'autre et que pour lui, cela avait son importance. Il s'était penché légèrement vers moi et donnait l'impression d'avoir rentré les épaules et le cou.

– Walter Elliot, dit-il. C'était bien lui le gros client ?

– Je ne peux pas vous donner ce renseignement, mais c'est quand même assez facile à deviner.

Bosch acquiesça et je vis qu'il travaillait quelque chose dans sa tête. J'attendis, mais il garda le silence.

– Ça vous aide, inspecteur ? finis-je par lui demander.

– Je ne peux pas vous donner ce renseignement, mais c'est quand même assez facile à deviner, me renvoya-t-il.

J'acquiesçai à mon tour. Il m'avait eu.

– Écoutez, nous avons tous les deux des règles à suivre, lui dis-je. Nous sommes le revers et l'avers de la même médaille. Je ne fais que mon boulot. Même que si je ne peux rien faire de plus pour vous aider, vaudrait mieux que je m'y remette.

Il me dévisagea et parut décider quelque chose.

– Qui Jerry Vincent a-t-il corrompu pour l'affaire Elliot ? me demanda-t-il enfin.

La question me prit au dépourvu. Je ne m'y attendais pas, mais dès qu'il me l'eut posée, je me rendis compte que c'était pour ça qu'il était venu me voir. Tout ce qui s'était passé avant n'était que petits bavardages.

– Quoi, c'est le FBI qui vous l'a dit ?

– Je n'ai pas parlé avec le FBI.

– Alors de quoi me parlez-vous ?

– D'un pot-de-vin, voilà de quoi je vous parle.

– À qui ?

– C'est ce que je vous demande.

Je hochai la tête et souris.

– Écoutez, je vous l'ai dit : il n'y a rien à redire à la compta. Il y a…

– Sauf que si vous vouliez filer cent mille dollars de pot-de-vin à quelqu'un, vous ne les porteriez pas dans vos livres de comptes, si ?

Je repensai à Jerry Vincent et à l'époque où j'avais refusé son subtil accord de réciprocité dans l'affaire Barnett Woodson. J'avais dit non et fini par lui coller un verdict de non-coupable autour du cou. Sa vie en avait été changée et il m'en remerciait encore du fond de la tombe. Cela dit, ça n'avait peut-être pas changé sa façon de procéder dans les années qui avaient suivi.

– Vous avez sans doute raison, répondis-je. Je ne m'y prendrais pas comme ça. Et donc, qu'est-ce que vous êtes en train de me dire ?

– Je vais vous faire une confidence, maître. J'ai besoin de votre aide et je crois que vous devez savoir ça pour pouvoir m'aider.

– D'accord.

– Alors allez-y, dites-moi.

– Dites-moi quoi ?

– Que ce renseignement restera entre nous.

– Je ne l'ai pas déjà fait ? Bon d'accord. Ce renseignement restera entre nous.

– Vous n'en parlez même pas à votre équipe. Vous le gardez pour vous.

– OK. Je le garde pour moi. Alors… ?

– Vous, vous avez les comptes du cabinet de Jerry Vincent. Moi, j'ai sa compta privée. Et vous me dites qu'il s'est très vite payé sur Elliot. Il…

– Je ne vous ai pas dit qu'il s'agissait d'Elliot. Ça, c'est vous qui le dites.

– Peu importe. L'essentiel, c'est qu'il y a cinq mois de ça, il a mis cent mille dollars sur un compte d'investissement personnel et qu'une semaine plus tard il a appelé son courtier pour lui dire qu'il reprenait tout.

– Quoi ? Il a sorti cent mille dollars en liquide ?
– C'est exactement ce que je viens de vous dire.
– Et après ?
– Je n'en sais rien. Sauf qu'on ne peut pas aller voir son courtier et sortir cent mille dollars en liquide comme ça. Pour avoir ce genre de sommes, il faut en passer commande. Il a fallu deux ou trois jours pour la réunir et Jerry est passé la prendre. Son courtier lui a posé des tas de questions pour être sûr qu'il n'y avait pas un problème de sécurité. Vous savez bien… un type retenu en otage pendant qu'il allait chercher le fric… une rançon ou quelque chose de ce genre. Vincent lui a dit que tout allait bien, qu'il avait besoin de cet argent pour s'acheter un bateau et que s'il payait en liquide, il ferait une bonne affaire et économiserait beaucoup d'argent.
– Et où il est, ce bateau ?
– Il n'y a pas de bateau. C'était un mensonge.
– Vous êtes sûr ?
– Nous avons vérifié toutes les transactions de l'État et posé des questions partout à San Pedro et Marina del Rey. Pas moyen de trouver le moindre bateau. Nous avons fouillé deux fois chez lui et passé au crible tous ses achats par carte bancaire. Aucune facturette ou reçu pour un quelconque achat ayant à voir avec des bateaux. Ni photos, ni clés, ni cannes à pêche. Aucune déclaration auprès des garde-côtes… et c'est obligatoire pour une transaction aussi importante. Jerry Vincent n'a pas acheté de bateau.
– Et côté Mexique ?
Bosch fit non de la tête.
– Ce type n'avait pas quitté Los Angeles depuis neuf mois. Il n'est pas descendu au Mexique et n'est allé nulle part ailleurs. Non, je vous le dis, il ne s'est pas acheté de bateau. On l'aurait trouvé. Il a acheté quelque chose, et votre client, Walter Elliot, sait probablement de quoi il s'agit.

Je repris son raisonnement et vis bien qu'il nous conduisait directement à la porte de ce dernier. Sauf que cette porte, il n'était pas question que je l'ouvre avec un Bosch qui regarderait par-dessus mon épaule.

– J'ai l'impression que vous vous trompez, inspecteur.

– Je ne crois pas, maître.

– Eh bien, je ne peux pas vous aider. Je n'ai aucune idée de ce que vous me dites et n'en ai vu aucun indice dans les registres ou les dossiers en ma possession. Si vous pouvez relier ce prétendu pot-de-vin à mon client, allez-y, arrêtez-le et inculpez-le. Sans ça, je vous le dis tout de suite, pas touche. Il est hors de question qu'il vous parle de ça ou d'autre chose.

Il hocha la tête.

– Comme si j'allais perdre mon temps à essayer de lui parler ! Il s'est servi de son avocat pour se couvrir et je n'arriverai jamais à passer par-dessus la protection avocat-client. Mais vous, maître, vous devriez y voir un avertissement.

– Ah oui, et comment ça ?

– C'est tout simple. C'est son avocat qui s'est fait tuer, pas lui. Pensez-y. Et n'oubliez pas : le petit frisson qui vous court sur la nuque et vous descend le long de la colonne vertébrale ? C'est très exactement ce qu'on ressent quand on sait qu'il faut toujours regarder par-dessus son épaule. Quand on se sait en danger.

Je lui renvoyai son sourire.

– Parce que… c'est donc ça ? Et moi qui croyais que c'est ce qu'on ressent quand on sait que le type d'en face est en train de vous raconter des conneries.

– Je ne fais que vous dire la vérité.

– Ça fait deux jours que vous me faites marcher. Que vous me balancez des histoires de pots-de-vin et de FBI. Vous essayez de me manipuler et vous perdez votre temps. Et maintenant va falloir partir, inspecteur, j'ai du vrai boulot à faire.

Je me levai et lui montrai la porte de la main. Il se leva lui aussi, mais ne se tourna pas pour y aller.

– Ne vous racontez pas d'histoires, Haller. Ne commettez pas cette erreur.

– Merci du conseil.

Il finit par se tourner et commença à partir. Mais s'arrêta et revint jusqu'au bureau en sortant quelque chose de la poche intérieure de sa veste.

Une photo. Il la posa sur le bureau.

– Vous reconnaissez cet homme ? me demanda-t-il.

J'examinai le cliché. C'était un plan fixe tiré d'une vidéo et plein de grain. On y voyait un homme en train de pousser la porte d'entrée d'un immeuble de bureaux.

– C'est bien l'entrée du Legal Center, non ?

– Vous reconnaissez le type ?

La photo avait été prise de loin et si fortement agrandie qu'on en voyait les pixels, ce qui la rendait difficile à lire. L'homme me fit l'impression d'être latino. Il avait la peau sombre et les cheveux noirs et arborait une moustache à la Pancho Villa, comme celle de Cisco jadis. Il portait un panama et une chemise à col ouvert sous ce qui semblait être une veste de sport en cuir. En regardant le cliché de plus près, je compris pourquoi c'était ce plan-là de la vidéo de surveillance qu'on avait choisi. La veste du type s'était ouverte au moment où il franchissait la porte en verre et je vis ce qui m'eut tout l'air d'un pistolet enfoncé dans la ceinture de son pantalon.

– C'est un flingue ? C'est l'assassin ?

– Dites, vous ne pourriez pas répondre à une question sans en poser une autre, bordel ? Reconnaissez-vous cet homme ? C'est tout ce que je veux savoir.

– Non, inspecteur, je ne le reconnais pas. Content ?

– Et une question de plus !

– Désolé.

– Vous êtes bien certain de n'avoir jamais vu ce type ?

– Pas à cent pour cent, non. Mais votre cliché n'est pas génial. D'où sort-il ?

– D'une caméra de surveillance au croisement de Broadway et de la 2e. Elle balaie toute la rue et on n'y voit ce type que quelques secondes. C'est ce qu'on a de mieux.

Je savais que depuis quelques années, et sans rien en dire, la municipalité faisait installer des caméras de surveillance dans les artères principales de la ville. Des voies telles qu'Hollywood Boulevard étaient surveillées pratiquement de bout en bout. Et Broadway faisait un candidat idéal. Il y avait toujours foule dans la journée et la circulation y était difficile. C'était aussi la rue la plus souvent choisie par les organisateurs de manifestations.

– Bon, eh bien, faut croire que ça vaut mieux que rien. Vous pensez que les cheveux et la moustache sont bidon ?

– Et si c'était moi qui posais les questions, hein ? Ce type pourrait-il compter parmi vos clients ?

– Je ne sais pas. Je ne les ai pas tous rencontrés. Laissez-moi la photo et je la montrerai à Wren Williams. Elle saura bien mieux que moi s'il s'agit d'un client.

Il tendit la main et me reprit le cliché.

– C'est le seul tirage que j'aie. Quand doit-elle arriver ?

– D'ici une heure, environ.

– Je repasserai. En attendant, surveillez vos arrières, maître.

Il pointa un doigt sur moi comme si c'était un flingue, pivota sur lui-même, sortit de la pièce et referma la porte derrière lui. Je restai assis à regarder fixement la porte en réfléchissant à ce qu'il venait de me dire ; je m'attendais vaguement à ce qu'il revienne et me lâche un autre de ses sinistres avertissements.

Mais lorsque la porte se rouvrit une minute plus tard, ce fut pour livrer passage à Lorna.

– J’ai vu l’inspecteur dans le couloir, dit-elle.
– Oui, il vient de passer.
– Qu’est-ce qu’il voulait ?
– Me foutre la trouille.
– Et… ?
– Il a fait de l’assez bon boulot.

22

Lorna voulait convoquer une autre réunion générale et me mettre au courant de ce qui s'était produit pendant que j'étais allé à Malibu et passé voir Walter Elliot la veille. Elle m'informa même que j'avais une audience prévue pour une affaire mystérieuse qui n'était pas inscrite au planning que nous avions établi. Mais j'avais, moi, besoin de réfléchir à ce que Bosch venait de me révéler et à ce que ça signifiait.

– Où est Cisco ?

– Il arrive, me répondit-elle. Il est parti tôt pour retrouver un de ses informateurs avant de venir ici.

– Il a pris son petit déjeuner ?

– Pas avec moi.

– Bien, tu attends qu'il arrive et on ira prendre le petit déjeuner au Dining Car. C'est là qu'on passera tout en revue.

– J'ai déjà déjeuné.

– Alors tu pourras causer tout ton saoul pendant que nous, on mangera tout le nôtre.

Elle prit un air faussement réprobateur, mais gagna la réception et me laissa seul. Je me levai de derrière le bureau, me mis à faire les cent pas dans la pièce et, les mains dans les poches, tentai d'évaluer ce qu'il y avait dans les renseignements que Bosch venait de me fournir.

D'après lui, Jerry Vincent avait versé un pot-de-vin substantiel à un ou plusieurs inconnus. Que ces cent mille dollars aient été tirés sur l'avance de Walter Elliot semblait indiquer que ce pot-de-vin avait un lien avec lui, mais cela n'avait rien de concluant. Vincent pouvait très bien s'être servi de l'argent d'Elliot pour régler une dette ou payer un pot-de-vin pour une autre affaire, voire faire tout autre chose. Il aurait pu s'agir d'une dette de jeu qu'il voulait cacher. Le seul fait tangible était qu'il avait pris ces cent mille dollars sur son compte, s'en était servi pour quelque chose dont on ignorait tout et que ce quelque chose, il avait voulu le tenir secret.

Autre élément à analyser : le timing de la transaction et le fait de savoir si c'était oui ou non lié à son assassinat. Bosch soutenait que ce transfert d'argent s'était produit cinq mois plus tôt. Le meurtre de Vincent avait eu lieu juste trois soirs avant et le procès d'Elliot devait commencer une semaine plus tard. Là encore, ça ne prouvait rien de manière définitive. Le laps de temps écoulé entre la transaction et le meurtre me semblait mettre à rude épreuve tout lien possible entre ces deux événements.

Il n'empêche : je ne pouvais pas non plus écarter cette possibilité et la raison en était Walter Elliot en personne. Grâce aux informations filtrées de Bosch, je commençais enfin à remplir certains blancs et à voir mon client – et moi-même – sous un autre jour. Je comprenais enfin que la confiance qu'il avait en un acquittement dû à son innocence pouvait venir de ce qu'il croyait l'avoir déjà acheté et payé. Je voyais aussi que son refus obstiné de même seulement envisager de repousser la date du procès pouvait être lié à une question de timing du pot-de-vin. Et je voyais également que la facilité avec laquelle il avait accepté que je reprenne le flambeau de Vincent sans même vérifier une seule de mes références pouvait être une manœuvre destinée à lui assurer un procès sans délai. Cela n'avait rien à voir avec mon talent et ma ténacité. Rien de tout cela ne l'avait impressionné. Je n'étais que celui qui s'était trouvé là au bon moment. Je n'étais qu'un avocat qui pouvait œuvrer dans sa stratégie. De fait même, j'étais l'avocat idéal. On m'avait sorti des objets trouvés. Après avoir été mis au placard, j'étais enfin prêt et j'avais faim. On m'époussette, on me met un costume et on m'envoie remplacer Vincent sans poser de questions.

Le retour aux réalités que cela m'infligea fut tout aussi désagréable que ma première nuit de cure. Cela étant, je compris aussi que le savoir pouvait me donner un avantage. Je me trouvais certes au cœur d'une machination, mais au moins je le savais. C'était un atout. Cette machination, maintenant je pouvais faire en sorte que ce soit la mienne.

Cet empressement à aller au procès avait une raison et je pensais enfin la connaître. L'arnaque était lancée. De l'argent avait été versé pour la combine, et la combine impliquait que le procès se tienne à la date prévue. La question suivante était de savoir pourquoi. Pourquoi fallait-il que le procès se tienne à la date prévue ? Je n'avais pas encore la réponse à cette question, mais j'allais la trouver.

Je gagnai les fenêtres et écartai les lames de la jalousie d'une main. Dans la rue, je vis une camionnette de la 5 garée avec deux roues sur le trottoir. Une équipe de tournage et un journaliste se tenaient devant, prêts à faire un reportage en direct : on voulait donner aux téléspectateurs les derniers développements de l'affaire, à savoir exactement la même chose que la veille – aucune arrestation n'avait été faite et l'on n'avait pas plus de suspects que de nouvelles informations.

Je quittai la fenêtre et revins au milieu de la pièce pour continuer à faire les cent pas. C'était maintenant au type sur la photo de Bosch que je devais réfléchir. Pour moi, il y avait contradiction. Les premiers indices de la scène de crime donnaient à penser que Vincent connaissait son assassin et l'avait laissé approcher. Mais l'homme de la photo, lui, semblait s'être déguisé. Jerry aurait-il baissé sa vitre pour le type de la photo ? Que Bosch se soit concentré sur cet homme n'avait guère de sens quand on songeait à ce que la scène de crime semblait laisser entendre.

Les appels du FBI retrouvés sur le portable de Vincent faisaient aussi partie de l'équation inconnue. Que savait le Bureau et pourquoi aucun agent n'était-il entré en contact avec Bosch ? Il n'était pas impossible que le FBI veuille brouiller les pistes. Mais je savais aussi qu'il ne voulait peut-être pas sortir de l'ombre et ainsi révéler l'existence d'une enquête en cours. Si tel était le cas, il allait falloir que j'avance à pas nettement plus feutrés. Qu'une enquête fédérale sur un problème de corruption me trouve le nez même seulement un peu sale et je ne m'en remettrais jamais.

La dernière grande inconnue à envisager était le meurtre lui-même. Vincent avait payé le pot-de-vin et était prêt à aller au procès à la date prévue. Pourquoi était-il donc devenu un obstacle ? Son assassinat ne pouvait que mettre en danger le calendrier et constituait une réponse extrême au problème. Pourquoi l'avait-on tué ?

Cela faisait trop de questions avec trop d'inconnues pour le moment. J'avais besoin de plus de renseignements avant de pouvoir tirer des conclusions solides sur la manière de procéder. Cela étant, une conclusion de base, il y en avait une, et je ne pouvais pas ne pas y arriver. Il me semblait désagréablement clair que j'étais en train de me faire pigeonner par mon client. Elliot me tenait dans le noir sur tout ce qui se jouait dans cette affaire.

Mais cela pouvait aller dans les deux sens. Je décidai de faire exactement ce que Bosch m'avait demandé, à savoir de garder secret le renseignement qu'il m'avait confié. Je n'en parlerais pas à mon équipe et, pour l'instant au moins, n'irais certainement pas poser de questions à Walter Elliot sur ce qu'il savait de tout cela. Je tiendrais la tête au-dessus des eaux noires de l'affaire et garderais les yeux ouverts.

Je passai de ce qui m'occupait l'esprit à ce que j'avais sous le nez. À savoir la gueule béante du poisson de Patrick Henson que je contemplais.

La porte s'ouvrant à nouveau, Lorna entra dans le bureau et me trouva en train de regarder fixement le tarpon.

– Qu'est-ce que tu fais ? me demanda-t-elle.

– Je réfléchis.

– Bon, mais Cisco est arrivé et il faut qu'on y aille. T'as une journée chargée au tribunal et je ne veux pas que tu sois en retard à cause de nous.

– Alors allons-y. Je crève de faim.

Je sortis derrière elle, mais pas avant d'avoir jeté un dernier coup d'œil au gros et superbe poisson accroché au mur. Et songeai que je savais exactement ce qu'il éprouvait.

23

Je demandai à Patrick de nous conduire au Pacific Dining Car, où Cisco et moi commandâmes un steak et des œufs tandis que Lorna se contentait d'un thé au miel. Le Dining Car était un endroit où les puissants du centre-ville aimaient se retrouver avant de passer leur journée à se démener dans les tours de verre du quartier. La nourriture était trop chère, mais bonne. Le lieu inspirait confiance et faisait que le guerrier du centre-ville avait l'impression d'être un gros cogneur.

Dès que le garçon eut pris nos commandes et disparu, Lorna repoussa ses couverts de côté et ouvrit un calendrier à spirale de marque At-A-Glance[1] sur la table.

– Dépêche-toi de manger, me dit-elle. Tu as une journée chargée.

– Dis-moi.

– Bien, commençons par le facile.

Dans un sens puis dans l'autre, elle tourna deux ou trois pages du calendrier et attaqua.

– Tu as une réunion à 10 heures avec le juge Holder en son cabinet. Elle exige que tu lui fasses le point sur l'inventaire des clients.

– Elle m'avait donné une semaine ! protestai-je. On n'est que jeudi.

1. Soit « D'un seul coup d'œil ». *(NdT.)*

– Ben, peut-être, mais Michaela a appelé pour me dire que le juge voulait un point avant. Je crois qu'elle… le juge, je veux dire… a vu dans le journal que tu reprenais l'affaire Elliot. Elle craint que tu ne lui consacres tout ton temps et ne fasses rien pour les autres clients.

– Ce n'est pas vrai. J'ai soumis une requête pour Patrick pas plus tard qu'hier et jeudi, je suis allé au rendu de sentence de Reese. Et je n'ai même pas encore rencontré tous mes clients !

– T'inquiète pas, j'ai une copie papier de l'inventaire au bureau et tu pourras l'emporter avec toi. On y voit qui tu as rencontré, avec qui tu vas continuer et tous les plannings afférents. Tu lui balances toute cette paperasse, elle ne pourra pas se plaindre.

Je souris. Lorna était la meilleure.

– Génial, dis-je. Quoi d'autre ?

– Après, à 11 heures, tu as rendez-vous avec le juge Stanton pour l'affaire Elliot. En son cabinet.

– Conférence sur l'état de la question ?

– Oui. Il veut savoir si tu seras prêt à y aller jeudi prochain.

– Non, je ne le serai pas, mais Elliot refuse qu'on procède autrement.

– Bah, le juge l'entendra dire à Elliot en personne. Il exige la présence de l'accusé.

Voilà qui était inhabituel. Les trois quarts de ces conférences sont de pure routine et très rapides. Que Stanton exige la présence d'Elliot donnait à l'affaire une importance bien plus grande.

Je songeai à quelque chose et sortis mon portable.

– Tu l'as fait savoir à Elliot ? Il se peut…

– Range ça. Il le sait et il y sera. J'ai parlé à son assistante… une certaine Mme Albrecht… ce matin, et elle sait qu'il doit y être et que le juge peut révoquer sa conditionnelle s'il ne s'y pointe pas.

J'acquiesçai. Astucieuse, la manœuvre. Menacer la

liberté d'Elliot comme moyen de s'assurer qu'il vienne au rendez-vous.

– Bien, dis-je. C'est tout ?

Je voulais passer à Cisco et lui demander ce qu'il avait réussi à trouver sur le meurtre de Vincent et si ses sources lui avaient dit quoi que ce soit sur le type de la photo de surveillance que m'avait montrée Bosch.

– Oh, que non, mon ami ! s'écria-t-elle. Et maintenant, l'affaire mystère.

– Je t'écoute.

– Hier après-midi, nous avons reçu un appel de l'assistante du juge Friedman. Elle voulait savoir s'il y avait quelqu'un qui reprenait les affaires de Vincent. Quand on l'a informée que c'était toi, elle a voulu savoir si tu étais au courant pour l'audience de 2 heures devant le juge Friedman. J'ai regardé notre nouveau planning et tu n'avais aucune audience de prévue pour aujourd'hui à 2 heures. Bref, c'est ça, le mystère. Tu as une audience à 2 heures pour une affaire que non seulement nous n'avons pas au planning, mais pour laquelle nous n'avons pas non plus le moindre dossier.

– Comment s'appelle le client ?

– Eli Wyms.

Ça ne me disait rien.

– Wren connaissait-elle ce nom ?

Lorna écarta la question d'un hochement de tête.

– Tu as vérifié du côté des affaires terminées ? Peut-être qu'on l'y aura mise par erreur.

– Non, on a vérifié. Il n'y a aucun dossier Eli Wyms dans tout le cabinet.

– Et c'est pour quoi, cette audience ? Tu l'as demandé à l'assistante ?

Elle fit oui de la tête.

– Requêtes avant procès. Wyms est accusé de tentative de meurtre sur la personne d'un gardien de la paix. Il doit aussi répondre de plusieurs autres chefs d'accusation ayant à voir avec la législation sur les armes. Il a été arrêté le 2 mai dans un parc du comté de Calabasas. Il a été mis en accusation, attaché et expédié à Camarillo pour quatre-vingt-dix jours. On a dû le trouver apte à comparaître vu que l'audience d'aujourd'hui doit décider de la date du procès et si oui ou non, on envisage une liberté sous caution.

Je hochai la tête. Il n'était pas difficile de lire entre les lignes de ce bref résumé. Pour une histoire d'armes, Wyms s'était embringué dans une confrontation avec les services du shérif qui faisaient respecter la loi dans la région non municipalisée de Calabasas. Il avait été envoyé au centre d'évaluation psychiatrique de Camarillo, où les réducteurs de têtes avaient mis trois mois à décider s'il était cinglé ou apte à répondre des charges pesant contre lui. Les médecins avaient arrêté qu'il était apte, ce qui voulait dire qu'il savait faire la différence entre le bien et le mal quand il avait essayé de tuer un gardien de la paix, à peu près sûrement l'adjoint du shérif qui l'avait confronté.

Tel était, réduit à sa plus simple expression, le schéma des ennuis dans lesquels se trouvait Eli Wyms. Il devait y avoir plus de détails dans le dossier, sauf qu'on n'en avait pas.

– Y a-t-il quoi que ce soit le concernant dans la comptabilité des avances ?

Lorna fit non de la tête. J'aurais dû me douter qu'elle avait tout fait à fond et vérifié les comptes pour retrouver sa trace.

– Bien. Il semblerait donc que Jerry l'ait pris *pro bono*.

De temps en temps, certains avocats fournissent leurs services gratuitement pour des clients indigents ou très particuliers. Ils le font parfois par altruisme, mais parfois aussi parce que le client refuse de payer. Quoi qu'il en soit, qu'aucune avance n'ait été payée par Wyms pouvait s'expliquer. Mais qu'il n'y ait pas de dossier posait un tout autre problème.

– Tu sais ce que je pense ? me demanda Lorna.

– Non, quoi ?

– Je pense que Jerry avait son dossier avec lui… dans sa mallette… quand il est parti lundi soir.

– Et que l'assassin l'a embarqué avec le portable et l'ordinateur.

Elle fit oui de la tête, et moi aussi.

Tout cela se comprenait. Jerry allait passer sa soirée à préparer sa semaine, dont une audience prévue ce jeudi-là pour l'affaire Wyms. Peut-être n'avait-il plus d'idées et avait remis le dossier dans sa mallette en pensant y jeter un coup d'œil plus tard. Ou alors, il gardait le dossier avec lui parce que celui-ci avait une importance que je ne pouvais pas encore deviner. Peut-être même l'assassin ne voulait-il que ce dossier-là et pas du tout le portable ni l'ordinateur.

– Qui est le procureur ? demandai-je.

– Joanne Giorgetti et là, j'ai sacrément d'avance sur toi. Je l'ai appelée hier, lui ai expliqué notre situation et lui ai demandé si elle ne pourrait pas nous faire une copie du dossier de l'accusation. Elle m'a dit que ça ne posait aucun problème. Tu pourras passer la prendre après ton rendez-vous de 11 heures avec le juge Stanton et tu auras quelques heures pour te familiariser avec les détails de l'affaire avant l'audience.

Procureur de haut niveau spécialisé dans les crimes perpétrés contre les membres des forces de l'ordre, Joanne Giorgetti travaillait au bureau du district attorney. C'était aussi une amie de longue date de mon ex et le coach de basket de ma fille en ligue YMCA. Elle s'était toujours montrée cordiale à mon endroit, même après que Maggie et moi nous fûmes séparés. Je ne fus donc pas surpris qu'elle m'ait fait faire une copie du dossier de l'accusation.

– Tu penses à tout, Lorna, lui dis-je. Pourquoi tu ne prends pas la direction du cabinet ? Tu n'as vraiment pas besoin de moi.

Elle sourit à ce compliment et je la vis jeter un rapide coup d'œil à Cisco. Je compris qu'elle voulait qu'il comprenne la valeur qu'elle avait pour le cabinet Michael Haller et Associés.

– J'aime bien travailler en arrière-plan, dit-elle. À toi le devant de la scène.

On nous avait apporté nos plats, je versai une bonne dose de Tabasco sur mes œufs et mon steak. Il y a des moments où une sauce bien piquante est la seule façon que j'aie de savoir que je suis encore en vie.

J'étais enfin prêt à entendre ce que Cisco avait trouvé sur l'enquête, mais il s'était mis à manger et je compris qu'il valait mieux ne pas le distraire. Je décidai d'attendre et demandai à Lorna comment ça se passait avec Wren Williams. Elle me répondit à voix basse, comme si la dame était assise à côté d'elle dans le restaurant et nous écoutait.

– Elle n'est pas d'une grande aide, Mickey. Elle a l'air de n'avoir aucune idée de la façon dont marchait le cabinet et des endroits où Jerry rangeait ses trucs. Elle aura de la chance si elle se rappelle où elle a garé sa voiture ce matin. Si tu veux vraiment savoir, je dirais qu'elle travaillait ici pour une autre raison.

J'aurais pu la lui dire – c'était celle que m'avait révélée Bosch –, mais je décidai de garder ça pour moi. Je ne voulais pas distraire Lorna avec des commérages.

Je regardai derrière elle et vis que Cisco sauçait son steak et sa sauce piquante avec un toast. Il était prêt à y aller.

– Et toi, Cisco, qu'est-ce que t'as sur le feu aujourd'hui ?

– Je travaille sur Rilz et son côté de l'équation.

– Et ça marche ?

– Je crois avoir deux ou trois trucs dont tu pourrais te servir. Tu veux que je te raconte ?

– Pas tout de suite. Je te demanderai quand j'en aurai besoin.

Je ne voulais pas qu'il me donne des renseignements sur Rilz que je pourrais être obligé de passer à l'accusation. Pour le moment, moins j'en savais, mieux ça valait. Cisco le comprenait et acquiesça d'un signe de tête.

– J'ai aussi le débriefing de Bruce Carlin cet après-midi, enchaîna-t-il.

– Il exige deux cents dollars de l'heure, dit Lorna. Un vrai bandit de grand chemin, si tu veux mon avis.

J'écartai sa protestation d'un geste de la main.

– Paie-le. C'est une dépense qu'on ne fera qu'une fois et il a probablement des renseignements dont on pourra se servir et qui feront gagner du temps à Cisco.

– Ne t'inquiète pas, on le paie. C'est juste que ça ne me plaît pas. Il nous estampe parce qu'il sait qu'il peut y aller.

– En fait, c'est Elliot qu'il estampe, et lui, je ne pense pas que ça l'embête.

Je me tournai à nouveau vers mon enquêteur.

– As-tu du nouveau sur le meurtre de Vincent ?

Il me mit au courant de ce qu'il avait. Il s'agissait pour l'essentiel de détails du labo, ce qui me fit penser que son informateur travaillait de ce côté-là de l'équation. Il m'informa que Vincent avait été abattu de deux balles, toutes les deux dans la région temporale gauche. L'écart entre les deux blessures d'entrée faisait moins de deux centimètres et les brûlures de poudre sur la peau et les cheveux indiquaient que l'arme se trouvait à une distance comprise entre vingt-deux et trente centimètres de la victime lorsque l'assassin avait fait feu. Cela indiquait aussi que le tueur avait tiré deux coups de feu rapides et qu'il était assez doué. Il était peu probable qu'un amateur ait pu grouper ses tirs en s'y prenant aussi rapidement.

En plus de quoi, ajouta Cisco, les balles n'avaient jamais quitté le corps et n'avaient été récupérées qu'au cours de l'autopsie qui s'était déroulée tard la veille.

– Du calibre .25, dit-il.

J'avais interrogé en contre d'innombrables experts en balistique et m'y connaissais en projectiles. Une balle de calibre .25 ne pouvait sortir que d'une arme de petite taille, mais pouvait faire beaucoup de dégâts, surtout quand elle était tirée dans la voûte crânienne. Elle y ricochait, le résultat étant que le cerveau de la victime était comme passé au mixer.

– On sait la marque de l'arme ?

Je savais qu'en étudiant les rayures et les cloisons laissées sur les projectiles on pourrait déterminer avec quelle arme ils avaient été tirés. De la même façon exactement que sans même l'avoir les enquêteurs avaient pu trouver de quelle arme s'était servi l'auteur des meurtres de Malibu.

– Oui. Un Beretta Bobcat, calibre .25. Efficace et si petit qu'on pourrait presque le cacher dans sa main.

L'arme n'avait rien à voir avec celle dont on s'était servi pour tuer Mitzi Elliot et Johan Rilz.

– Ce qui nous dit quoi ?

– Que c'est l'arme d'un tueur à gages. C'est ça qu'on prend quand on sait qu'on va tirer dans la tête.

J'acquiesçai.

– C'était donc un truc préparé. L'assassin savait ce qu'il allait faire. Il attend dans le garage, il voit sortir Jerry et se dirige droit sur la voiture. La vitre s'abaisse, ou était déjà baissée, et le mec en balance deux dans le crâne de Jerry ; après quoi, il s'empare de la mallette où sont enfermés l'ordinateur, le portable et, on le pense, le dossier d'Eli Wyms.

– Exactement.

– Bon, et le suspect ?
– Le type qu'ils ont cuisiné le premier soir ?
– Non, celui-là, c'était Carlin. Et ils l'ont libéré.
Cisco parut surpris.
– Comment as-tu découvert que c'était Carlin ?
– C'est Bosch qui me l'a dit ce matin.
– Tu veux dire qu'ils auraient un autre suspect ?
J'acquiesçai.
– Il m'a montré la photo d'un type en train de sortir du bâtiment au moment de la fusillade. Il portait une arme et s'était manifestement déguisé.
Je vis son regard s'enflammer. Sa fierté professionnelle voulait que ce soit lui qui me fournisse ce genre de renseignements. Il n'aimait pas du tout que ça se passe en sens inverse.
– Bosch n'avait pas de nom, juste une photo, repris-je. Il voulait savoir si j'avais déjà vu ce mec avant ou si c'était un de nos clients.
Son regard s'assombrit : il venait de comprendre que son informateur gardait des choses pour lui. Si je lui avais parlé des appels du FBI, il est probable qu'il aurait pris la table à deux mains et l'aurait jetée par la fenêtre.
– Je vais voir ce que je peux trouver, dit-il en serrant les mâchoires.
Je regardai Lorna.
– Bosch m'a aussi dit qu'il repasserait ce matin pour montrer la photo à Wren.
– Je vais l'avertir.
– Assure-toi de regarder la photo toi aussi. Je veux que tout le monde soit sur le qui-vive pour ce type.
– D'accord, Mickey.
Je hochai la tête. Nous en avions terminé. Je posai une carte de crédit sur la note et sortis mon portable pour appeler Patrick. Et l'appeler me rappela quelque chose.
– Cisco, dis-je, il y a un autre truc que j'aimerais que tu fasses aujourd'hui.

Il me regarda. Il voulait désespérément quelque chose qui lui ôterait de l'idée que j'avais un meilleur informateur que lui sur le meurtre de Vincent.

– Passe chez le liquidateur de Vincent et essaie de voir s'il ne se serait pas gardé une des planches de surf de Patrick. Si c'est le cas, je veux la reprendre pour Patrick.

Il acquiesça d'un signe de tête.

– Ça, je peux faire, dit-il. Pas de problème.

24

Ralenti par les ascenseurs du Criminal Courts Building, j'avais quatre minutes de retard lorsque j'entrai dans la salle d'audience du juge Holder et me dépêchai de traverser le bureau de son assistante pour gagner le couloir conduisant à son cabinet. Je ne vis personne et la porte était fermée. Je frappai doucement et entendis le juge me dire d'entrer.

Elle était assise derrière son bureau et portait sa robe noire. Cela me dit qu'elle devait avoir une audience dans pas longtemps et que je sois en retard n'était pas une bonne chose.

– Maître Haller, notre rendez-vous était pour 10 heures. Il me semble qu'on vous en avait correctement informé.

– Oui, madame le juge, je sais. Je suis désolé. Les ascenseurs de ce bâti…

– Tous les avocats se servent des mêmes et la plupart de vos collègues me font l'effet d'être à l'heure quand ils ont rendez-vous avec moi.

– Oui, madame le juge.

– Avez-vous votre carnet de chèques ?

– Je crois, oui.

– Bien, nous avons le choix entre deux façons de procéder. Ou bien je vous colle une amende pour outrage à magistrat et vous laisse vous expliquer avec le barreau de Californie, ou bien on fait ça à la bonne franquette et vous sortez votre carnet de chèques pour faire un don à la fondation Make A Wish[1]. C'est un de mes organismes de charité préférés. Ils font de bonnes choses pour les enfants malades.

Incroyable. Je me retrouvais avec une amende pour quatre minutes de retard. L'arrogance de certains juges avait de quoi étonner. Dieu sait comment, je réussis à ravaler mon indignation et repris la parole.

– J'aime bien l'idée d'aider des enfants malades, dis-je. Je leur fais un chèque de combien, madame le juge ?

– Ce que vous voulez. Et je me donnerai même la peine de l'envoyer à votre place.

Elle me montra une pile de papiers du côté gauche de son bureau. J'y vis deux autres chèques, très vraisemblablement signés par deux autres pauvres pommes qui comme moi s'étaient mis à dos madame le juge pendant la semaine. Je me penchai en avant et cherchai mon carnet de chèques dans la poche de devant de mon sac à dos. Puis je rédigeai un chèque de deux cent cinquante dollars à la fondation Make A Wish, le détachai et le tendis au juge Holder par-dessus la table. Et la regardai étudier le montant de mon don. Elle approuva d'un signe de tête et je sus que tout allait bien.

– Merci, maître Haller, dit-elle. Ils vous enverront un reçu pour les impôts. Il vous sera expédié à l'adresse indiquée sur le chèque.

– Comme vous l'avez dit, madame le juge, ils font du bon boulot.

– Oui, absolument.

Elle posa mon chèque sur les deux autres et concentra enfin son attention sur moi.

– Bien, dit-elle, avant de passer à vos dossiers, permettez

1. Soit à la fondation Faites un vœu. *(NdT.)*

que je vous pose une question. Savez-vous si la police avance dans son enquête sur la mort de maître Vincent ?

J'hésitai un instant et me demandai ce que je devais dire à la doyenne de la Cour supérieure.

– Je ne suis pas vraiment dans le coup pour ça, madame le juge. Mais on m'a montré la photo d'un type en qui les flics voient un suspect possible, enfin, je pense.

– Vraiment ? Quel genre de photo ?

– De caméra de surveillance dans la rue. Le type semble avoir une arme. Je crois que côté timing, les flics ont fait le lien avec la fusillade dans le garage.

– Avez-vous reconnu cet homme ?

– Non, dis-je en hochant la tête, le cliché a trop de grain. Et, en plus, on dirait bien que le bonhomme porte un déguisement.

– Ça date de quand ?

– Du soir de la fusillade.

– Non, je voulais dire : quand est-ce qu'on vous a montré cette photo ?

– Ce matin même, madame le juge. L'inspecteur Bosch est passé au cabinet avec.

Elle hocha la tête. Nous gardâmes le silence un instant, puis elle en vint au sujet de la réunion.

– Bien, maître Haller, dit-elle. Et si on parlait clients et affaires ?

– Oui, madame le juge.

Je tendis la main, ouvris la fermeture Éclair de mon sac et sortis le planning que Lorna m'avait préparé.

Le juge Holder me garda une heure dans son cabinet, le temps que je lui parle de toutes les affaires et de tous mes clients, que je lui précise où on en était dans chaque dossier et lui rapporte les conversations que j'avais eues avec chacun de mes nouveaux clients. Lorsque enfin elle me laissa filer, j'étais en retard pour mon rendez-vous avec le juge Stanton.

Je quittai le cabinet d'Holder et ne me donnai pas la peine d'attendre l'ascenseur. Je pris l'escalier de secours et en descendis deux volées de marches à toute allure pour rejoindre le cabinet du juge Stanton. J'avais huit minutes de retard et me demandai si ça n'allait pas me coûter un autre don à un autre organisme préféré du juge.

La salle d'audience était vide, mais l'assistante du juge était à son poste. Du bout de son stylo elle me montra la porte ouverte du couloir qui conduisait au cabinet du juge.

– Ils vous attendent, dit-elle.

Je passai vite devant elle et enfilai le couloir. La porte du cabinet était ouverte et je vis le juge assis à son bureau. À sa gauche une sténo, en face de lui trois fauteuils. Walter était assis sur celui de droite, le fauteuil du milieu était vide et le procureur Jeffrey Golantz occupait le troisième. Je ne l'avais jamais rencontré, mais je le reconnus sans problème : j'avais déjà vu son visage à la télé et dans les journaux. Les années précédentes il avait travaillé sur plusieurs affaires retentissantes et commençait à se faire un nom. Étoile montante du bureau du district attorney, il était le procureur qui n'a jamais perdu un procès.

Et j'adorais m'attaquer à ce genre de procureurs : leur excès de confiance en soi les trahissait souvent.

– Désolé d'être en retard, monsieur le juge, dis-je en me glissant dans le fauteuil vide. Le juge Holder m'avait convoqué et elle a pris plus de temps que prévu.

J'espérais qu'imputer la raison de mon retard à sa collègue empêcherait Stanton de s'attaquer encore une fois à mon carnet de chèques et cela parut marcher.

– Passons tout de suite à ce qu'il convient de consigner au dossier, dit-il.

La sténo se pencha en avant et posa les doigts au-dessus des touches de sa machine.

– Dans l'affaire État de Californie contre Walter Elliot… nous sommes aujourd'hui en notre cabinet pour une conférence d'état de la procédure. Sont présents l'accusé, maître Golantz pour le district attorney et maître Haller en lieu et place de feu maître Vincent pour la défense.

Arrivé là, il dut marquer une pause pour donner l'orthographe correcte de tous ces noms à la sténo. Il parlait de la voix pleine d'autorité que procurent souvent dix ans de pratique à l'homme de loi. Bien de sa personne, le juge Stanton avait encore une belle crinière de cheveux gris. Il était en bonne forme, sa robe noire ne faisant pas grand-chose pour dissimuler ses épaules et sa poitrine bien développées.

– Bien, reprit-il, l'affaire requiert que nous procédions à la sélection des jurés dès jeudi prochain, soit dans une semaine, et je remarque, maître Haller, que vous n'avez pas sollicité d'ajournement pour vous permettre d'être parfaitement au courant de l'affaire.

– Nous ne voulons pas ajourner, dit Elliot.

Je tendis le bras, posai la main sur l'avant-bras de mon client et hochai la tête.

– Monsieur Elliot, dit le juge, j'entends qu'en cette audience vous laissiez parler votre avocat.

– Je vous prie de m'excuser, monsieur le juge, enchaînai-je, mais le message est le même qu'il sorte de ma bouche ou de celle de M. Elliot. Nous ne voulons pas ajourner. J'ai passé toute ma semaine à me mettre au courant de l'affaire et je serai prêt pour la sélection des jurés jeudi prochain.

Le juge me jeta un coup d'œil.

– Vous êtes sûr, maître Haller ?

– Absolument. Maître Vincent était un bon avocat qui tenait bien ses dossiers. Je comprends la stratégie qu'il avait élaborée et je serai prêt à y aller jeudi. L'affaire a toute mon attention. Et celle de toute mon équipe.

Le juge se renversa dans son fauteuil à haut dossier et hocha la tête de droite et de gauche en réfléchissant. Et finit par regarder Elliot.

– Monsieur Elliot, dit-il, tout compte fait, il s'avère que c'est à vous de parler. Je veux vous entendre me dire que vous êtes parfaitement d'accord avec votre nouvel avocat et que vous comprenez le risque que vous courez en prenant un nouveau défenseur si près du début du procès. C'est votre liberté qui est en jeu, monsieur. Dites-moi ce que vous avez à en dire, je vous écoute.

Elliot se pencha en avant et parla sur le ton du défi.

– Monsieur le juge, dit-il, et d'un, je suis complètement d'accord avec mon avocat. Je veux porter cette affaire devant la cour de façon à pouvoir enfoncer le procureur. Je suis un innocent qu'on persécute et poursuit pour des actes qu'il n'a pas commis. Je ne veux pas vivre une seule journée de plus comme accusé. J'aimais ma femme et la regretterai toujours. Je ne l'ai pas tuée et cela m'arrache le cœur d'entendre des gens dire toutes sortes de choses horribles sur moi à la télé. Mais ce qui me blesse le plus est de savoir que le véritable assassin est en liberté quelque part. Plus vite maître Haller pourra prouver mon innocence au monde entier, mieux ça ira.

Du O.J. Simpson de base que tout ça, mais le juge étudia Elliot, hocha la tête d'un air pensif, puis se tourna vers le procureur.

– Maître Golantz ? Quelle est l'opinion du district attorney sur tout cela ?

L'adjoint du district attorney s'éclaircit la gorge. Le mot qui s'imposait pour le décrire ? Télégénique. Beau et la peau foncée, il avait un regard qui semblait porter toute l'ire de la justice en lui.

– Monsieur le juge, dit-il, le district attorney est prêt à aller au procès et ne voit aucune objection à ce que celui-ci se déroule à la date prévue. Mais j'aimerais entendre M. Elliot me dire qu'il est tellement sûr de refuser tout ajournement qu'il renonce dès aujourd'hui à faire appel de cette décision si jamais les choses ne tournaient pas en sa faveur comme il le prédit.

Le juge fit pivoter son fauteuil pour concentrer à nouveau son attention sur moi.

– Qu'en dites-vous, maître Haller ?

– Monsieur le juge, je ne crois pas nécessaire que mon client renonce à toutes les protections que la loi…

– Moi, ça m'est égal ! lança Elliot en me coupant la parole. Je renonce à tout ce que vous voudrez, nom de Dieu ! Ce procès, je le veux !

Je lui jetai un vif coup d'œil. Il me regarda et haussa les épaules.

– Parce que ce truc, nous allons le gagner, ajouta-t-il.

– Vous désirez passer dans le couloir quelques instants, maître Haller ? me demanda Stanton.

– Merci, monsieur le juge.

Je me levai et fis signe à Elliot d'en faire autant.

– Suivez-moi, lui dis-je.

Nous passâmes dans le petit couloir qui conduisait à la salle d'audience. Je refermai la porte derrière nous. Elliot parla avant même que je puisse ouvrir la bouche, ce qui ne fit que souligner le problème.

– Écoutez, je veux en finir avec ça et je…

– La ferme ! lui lançai-je en me forçant à chuchoter.

– Quoi ?

– Vous m'avez entendu. Fermez votre gueule ! Vous comprenez ? Je suis sûr que vous êtes habitué à parler quand vous voulez et à ce que tout le monde boive vos brillantes paroles. Mais vous n'êtes plus à Hollywood, Walter. Vous n'êtes pas en train de faire un film de pure fiction avec le dernier petit nabab à la mode. Est-ce que vous comprenez ce que je suis en train de vous dire ? Ici, c'est dans la réalité qu'on est. Ici, vous ne parlez pas à moins qu'on ne vous adresse la parole. Si vous avez quelque chose de contraire à dire, vous me le chuchotez à l'oreille et si je pense que ça vaut la peine de le répéter, c'est moi, et pas vous, qui le communique au juge. Vous saisissez ?

Il mit longtemps à répondre. Son visage s'assombrissant fortement, je sentis que j'étais sur le point de perdre l'affaire du siècle. Mais sur le coup, ça m'était égal. Ce que je venais de dire, il fallait le dire. C'était là un petit speech pour le ramener à ma réalité et il y avait longtemps que j'aurais dû le prononcer.

– Oui, dit-il enfin, je saisis.

– Bien, alors ne l'oubliez pas. Et maintenant on retourne là-bas et on voit si on peut éviter de renoncer au droit de faire appel si jamais vous êtes condamné parce que j'aurai merdé à cause de mon impréparation.

– Ce qui ne se produira pas. J'ai foi en vous.

– J'apprécie, Walter. Mais la vérité est que vous n'avez rien sur quoi fonder cette foi en moi. Et que vous ayez quelque chose ou pas pour le faire ne signifie pas que nous devions renoncer à quoi que ce soit. Donc, on entre dans la salle et on me laisse causer, moi. Parce que c'est bien pour ça que vous me filez tout ce pognon, pas vrai ?

Et je lui flanquai une claque sur l'épaule. Nous entrâmes et nous assîmes. Et Walter n'en lâcha plus une. Je remontrai au juge qu'Elliot ne devait pas avoir à renoncer à son droit de faire appel simplement parce qu'il voulait vite aller au procès auquel il avait droit. Mais le juge Stanton se rangea à l'avis de Golantz et arrêta que s'il déclinait l'offre qui lui était faite d'ajourner le procès, Elliot ne pourrait pas venir se plaindre après sa condamnation que son avocat n'avait pas eu assez de temps pour se préparer. Confronté à cet arrêt, Elliot resta sur ses positions et, comme je savais qu'il le ferait, refusa le délai qu'on lui proposait. Ça ne me posait pas de problème. Vu le caractère byzantin des lois et règlements, presque rien n'est à l'abri d'un appel. Je savais que si c'était nécessaire, Elliot pourrait quand même faire appel de la décision du juge.

Après ça, nous passâmes à ce que le juge qualifia de « petit ménage ». Premier point à régler : que les deux parties autorisent par écrit Court TV à retransmettre en direct des moments du procès dans ses émissions quotidiennes. Ni Golantz ni moi n'y trouvâmes à redire. Après tout, c'était de la publicité gratuite – moi pour mes nouveaux clients et Golantz pour ses aspirations politiques. Quant à Elliot… il me chuchota qu'il voulait les caméras dans la salle d'audience pour enregistrer son verdict d'acquittement.

Le juge rappela ensuite les dates butoir de remise des dossiers d'enquête et des listes de témoins aux parties adverses. Il nous donna jusqu'au lundi suivant pour les dossiers d'enquête et nous informa que les listes de témoins devraient être rendues le lendemain.

– Et je n'accepterai aucune exception, dit-il. Je vois d'un très mauvais œil tout ce qu'on veut ajouter après la date butoir.

Cela n'allait pas poser de problèmes à la défense. Vincent avait déjà soumis deux dossiers d'enquêtes et je n'avais pas grand-chose de neuf à partager avec le procureur. Cisco Wojciechowski me tenait parfaitement dans le noir pour tout ce qu'il apprenait sur Rilz. Et ce que je ne savais pas, je ne pouvais évidemment pas le verser au dossier d'enquête[1].

Côté témoin, je prévoyais d'infliger le petit tour

1. La loi américaine oblige les deux parties à se communiquer toutes leurs pièces avant le début du procès afin que les débats contradictoires ne soient pas biaisés. *(NdT.)*

de manège habituel à Golantz. J'allais lui soumettre une liste où tous les membres des forces de l'ordre et techniciens de labo mentionnés dans les rapports du shérif seraient déclarés témoins potentiels. Procédure habituelle et rien d'autre. Golantz aurait donc à se perdre en conjectures sur les gens que je citerais réellement à comparaître et sur ceux qui avaient de l'importance pour la défense.

– Bon, messieurs, dit enfin le juge, je dois avoir une salle d'audience pleine d'avocats qui m'attendent. Tout est clair pour tout le monde ?

Golantz et moi acquiesçâmes d'un même hochement de tête. Je ne pus m'empêcher de me demander si c'était le juge ou le procureur qui avait reçu le pot-de-vin. Étais-je donc assis sans le savoir avec celui-là même qui allait faire évoluer le procès en faveur de mon client ? Si tel était le cas, on n'avait rien fait pour se trahir. Arrivé à la fin de cette réunion, je me dis que Bosch avait tout faux. Il n'y avait pas eu corruption. Il y avait un bateau de cent mille dollars ancré dans un port quelque part du côté de San Diego ou de Cabo et c'était le nom de Jerry Vincent qui figurait sur le titre de propriété.

– Bien, reprit le juge. On lance ce truc la semaine prochaine. On pourra parler des règles à respecter en audience jeudi matin. Cela dit, je veux qu'il soit bien clair pour tout le monde que j'entends mener ce procès comme une machine bien huilée. Ni coups de théâtre ni entourloupettes et autres bêtises de ce genre. Je le répète donc : sommes-nous bien clairs sur ce point ?

Golantz et moi lui dîmes encore une fois que tout était clair. Mais le juge fit pivoter son fauteuil et me regarda droit dans les yeux. Et fronça les sourcils : on en doutait.

– Et l'on tient parole, me lança-t-il.

Le message semblait ne s'adresser qu'à moi et ne pas devoir figurer dans les minutes de la sténographe.

Comment se fait-il que ce soit toujours l'avocat de la défense qui ait droit aux froncements de sourcils de l'appareil judiciaire ? me demandai-je.

25

J'arrivai au bureau de Joanne Giorgetti un peu avant la pause de midi. Je savais qu'y débarquer à midi une serait trop tard. Les bureaux du district attorney se vident littéralement à l'heure du déjeuner, chacun cherchant du soleil, de l'air frais et de quoi se nourrir hors du Criminal Courts Building. J'annonçai à la réceptionniste que j'avais rendez-vous avec Giorgetti, elle l'appela par téléphone. Puis elle déverrouilla la serrure électronique de la porte et me dit d'aller tout au fond.

Giorgetti avait un petit bureau sans fenêtres et dont les trois quarts du plancher disparaissaient sous des cartons bourrés de dossiers. C'était toujours comme ça dans les bureaux des procureurs, que ces bureaux soient petits ou grands. Giorgetti était bien à son bureau, mais cachée derrière un mur de requêtes et de dossiers. Je lui tendis très précautionneusement la main par-dessus le mur.

– Comment ça va, Joanne ? lui demandai-je.

– Pas trop mal. Et toi ?

– Je me débrouille.

– Et tu as plein d'affaires, à ce que j'ai entendu dire.

– Oui, y en a pas mal.

La conversation manquait de naturel. Je savais que Maggie et elle étaient très proches, et j'ignorais si mon ex s'était ouverte à elle de mes problèmes de l'année précédente.

– Et donc, tu viens pour Wyms ?

– Voilà. Et je ne savais même pas que j'avais l'affaire avant ce matin.

Elle me tendit une chemise avec trois centimètres de documents à l'intérieur.

– Qu'est-il arrivé au dossier de Jerry ? me demanda-t-elle.

– Pour moi, il se trouvait dans la mallette que l'assassin a piquée.

Elle fit la grimace.

– Bizarre. Pourquoi lui aurait-il piqué ce dossier ?

– Il ne l'a probablement pas fait exprès. Jerry avait rangé son ordinateur portable dans sa mallette. L'assassin s'est contenté de prendre le tout.

– Hmm.

– Bon. Des trucs inhabituels dans cette affaire ? Quelque chose qui aurait pu faire de Jerry une cible ?

– Je ne crois pas. C'est juste le truc habituel : le fou du jour qui s'amuse avec un flingue.

J'acquiesçai d'un signe de tête.

– Aurais-tu entendu parler d'une histoire de jury fédéral d'accusation qui voudrait voir un peu ce qui se passe dans les tribunaux de l'État ?

Elle fronça les sourcils.

– Pourquoi voudrais-tu qu'ils s'intéressent à cette affaire ?

– Je ne dis pas que ce soit le cas. Simplement, ça fait un moment que je ne suis plus dans le circuit et je me demandais ce que tu savais.

Elle haussa les épaules.

– Rien de plus que les rumeurs habituelles du téléphone commérages. À croire qu'il y a toujours une enquête fédérale sur quelque chose.

– Oui.

Je n'en dis pas plus en espérant qu'elle allait me révéler l'objet de la rumeur. Mais elle n'en fit rien et c'était l'heure d'y aller.

– L'audience d'aujourd'hui a bien pour but de fixer la date du procès ? lui demandai-je.

– Oui, mais je suppose que tu vas demander un ajournement pour pouvoir te mettre au courant du dossier.

– Oui, bon, laisse-moi y jeter un coup d'œil pendant le déjeuner et je te dirai ce que je veux faire.

– D'accord, Mickey. Mais juste pour que tu le saches : vu ce qui est arrivé à Jerry, je ne m'opposerai pas à un ajournement.

– Merci, CoJo.

Elle sourit en m'entendant utiliser le surnom que lui avaient donné ses jeunes basketteuses au YMCA.

– Tu as vu Maggie récemment ? voulut-elle savoir.

– Hier soir, en allant chercher Hayley. Elle semblait aller bien. Et toi, tu l'as vue ?

– Seulement à l'entraînement de basket. Sauf que d'habitude elle y passe son temps le nez dans un dossier. Avant, on allait souvent au Hamburger Hamlet[1] avec les filles, mais maintenant elle est trop occupée.

J'acquiesçai. Toutes les deux sorties du rang du bureau du procureur, Maggie et elle étaient compagnons d'armes depuis le premier jour. Elles étaient en concurrence, mais cela ne dégénérait jamais en rivalités. Cela dit, le temps aidant, les distances se creusent dans toutes les relations amicales.

– Bon, je te prends ça et j'y jette un coup d'œil, lui dis-je. L'audience est bien pour 2 heures avec Friedman, n'est-ce pas ?

– Oui, 2 heures. Je t'y retrouve.

– Merci d'avoir fait ça pour moi, Joanne.

– Pas de problème.

Je quittai le bureau du district attorney et avec la foule des gens qui prenaient leur déjeuner j'attendis l'ascen-

1. Soit le Hameau du hamburger. *(NdT.)*

seur dix bonnes minutes. Dans celui que je pris, je me retrouvai le nez à cinq centimètres de la porte. Dans cet immeuble du Criminal Courts, c'était l'ascenseur que je détestais plus que tout.

– Hé, Haller !

Quelqu'un dans mon dos. Je ne reconnus pas la voix, mais il y avait trop de monde pour que je puisse me retourner et voir qui m'avait appelé.

– Quoi ?

– J'apprends que t'as récolté toutes les affaires de Vincent ?

Je n'allais pas en discuter dans un ascenseur bondé. Je ne répondis pas. Enfin nous arrivâmes et les portes s'ouvrirent. Je sortis de la cage et me retournai pour voir qui m'avait parlé.

C'était Dan Daly. Défenseur, il faisait partie d'une coterie d'avocats qui allaient de temps en temps voir un match des Dodgers et régulièrement boire des martini-vodka au Four Green Fields. J'avais raté la dernière saison de bibine et de base-ball.

– Ça va, Dan ?

Nous nous serrâmes la main – comme quoi cela faisait longtemps que nous ne nous étions pas vus.

– Alors, qui que t'as corrompu ?

Il avait dit ça en souriant, mais je sentis qu'il y avait quelque chose derrière sa question. Peut-être un rien de jalousie parce que c'était moi qui avais hérité du dossier Elliot. Tous les avocats de la ville savaient que c'était l'affaire du siècle. Celle où on peut toucher des honoraires année après année – d'abord au procès, ensuite au moment des appels qui ne manqueraient pas d'être interjetés après la condamnation.

– Personne, lui répondis-je. C'est Jerry qui m'avait mis dans son testament.

Nous commençâmes à marcher vers les portes de sortie. La queue-de-cheval de Daly était plus longue et plus grise. Mais le plus remarquable était qu'elle était tressée ! Je n'avais encore jamais vu ça.

– Ben, t'as du bol, reprit-il. Tu me dis si t'as besoin d'un assistant pour Elliot.

– Et non, Dan, il ne veut qu'un avocat à la table de la défense. Pas de *dream team* !

– Bon, eh ben, ne m'oublie pas comme rédacteur pour le reste.

Cela voulait dire qu'il était prêt à rédiger des appels pour toutes les condamnations que pourraient subir mes nouveaux clients. Daly s'était fait une solide réputation d'expert en appel et ses scores étaient impressionnants.

– Je n'y manquerai pas, lui dis-je. Mais pour l'instant, j'en suis à la phase découverte des dossiers.

– Pas de problème.

Nous franchîmes les doubles portes et je vis la Lincoln qui m'attendait au bord du trottoir. Daly allait dans l'autre direction. Je lui dis que je maintiendrais le contact.

– Tu nous manques au bar, Mick, me lança-t-il par-dessus son épaule.

– J'y passerai, lui renvoyai-je.

Mais je savais bien que je n'en ferais rien et que je devais absolument me tenir à l'écart de ce genre d'cndroits.

Je montai à l'arrière de la Lincoln – je dis à tous mes chauffeurs de ne jamais descendre de voiture pour m'ouvrir la portière –, et demandai à Patrick de me conduire au Chinese Friends d'Hill Street. Il devait m'y laisser et aller déjeuner de son côté. J'avais besoin de lire mon dossier et je n'avais pas envie de faire la conversation.

J'arrivai au restaurant entre les première et deuxième vagues de clients et n'eus pas à attendre une table plus de cinq minutes. Je voulais me mettre au travail tout de suite et commandai un plat de côtes de porc frites. Je savais qu'elles seraient parfaites. Fines comme une feuille de papier, elles étaient délicieuses et je n'aurais aucun mal à les manger avec mes doigts sans lâcher des yeux les documents de l'affaire Wyms.

J'ouvris le dossier que Joanne Giorgetti m'avait donné. Il ne contenait que des copies des pièces que le procureur avait passées à Jerry Vincent selon la procédure d'échange obligatoire des dossiers d'enquêtes des deux parties – essentiellement des documents des services du shérif ayant trait à l'incident, à l'arrestation et au suivi de l'enquête. Les notes, stratégies et documents de la défense que Vincent avait pu établir avaient tous disparu avec le dossier original.

Le point de départ naturel était le rapport d'arrestation, où l'on trouve le premier et plus basique résumé de ce qui est arrivé. Comme c'est souvent le cas, l'affaire avait commencé avec des appels au secours passés au centre de dispatching du comté. De nombreux rapports faisaient état de coups de feu tirés dans le voisinage d'un parc de Calabasas. Calabasas étant une région non municipalisée au nord de Malibu et toute proche de la limite occidentale du comté, ces appels tombaient sous la juridiction du shérif.

Le premier shérif adjoint à avoir répondu était un certain Todd Stallworth. De service de nuit au poste de Malibu, à 22 h 10 il avait été expédié dans le quartier de Las Virgenes Road. De là on l'avait dirigé sur le Creek State Park de Malibu, où les coups de feu étaient tirés. Entendant enfin les détonations, Stallworth avait appelé des renforts, puis était entré dans le parc pour voir ce qui se passait.

Il n'y avait aucun réverbère dans ce parc de montagne signalé fermé dès la tombée du jour. Alors qu'il roulait sur la route principale, les phares de sa voiture de patrouille avaient allumé un reflet, l'adjoint apercevant une voiture garée dans une clairière devant lui. Il avait aussitôt allumé son projecteur de poursuite et éclairé un pick-up au hayon abaissé à l'horizontale. Dessus se trouvaient une pyramide de boîtes de bière et ce qui ressemblait à un sac à fusils avec plusieurs canons de carabines qui en dépassaient.

Stallworth avait immobilisé sa voiture à quatre-vingts mètres du pick-up et décidé d'attendre l'arrivée des renforts. Il était en communication radio avec le commissariat de Malibu et donnait le signalement du pick-up en précisant qu'il n'en était pas assez près pour lire la plaque d'immatriculation lorsqu'il y avait eu un coup de feu soudain, le projecteur situé au-dessus de son rétro d'aile explosant aussitôt sous l'impact. Stallworth avait alors éteint toutes les lumières de la voiture, sauté du véhicule en douce et rampé jusqu'à des buissons en bordure de la clairière pour se mettre à couvert. Puis il s'était servi de sa radio portative pour demander qu'on lui envoie le SWAT[1] et des renforts supplémentaires.

S'en était suivi un face-à-face de trois heures avec le tireur caché dans le sous-bois près de la clairière. L'homme faisait régulièrement feu, mais semblait viser le ciel. Aucun adjoint du shérif n'avait été touché. Et aucun autre véhicule endommagé. Pour finir, un adjoint en tenue du SWAT avait réussi à s'approcher suffisamment du pick-up pour en lire la plaque à l'aide de jumelles de vision nocturne. La plaque avait conduit la police à un certain Eli Wyms, qui à son tour avait conduit à un numéro de portable. Le tireur avait répondu au premier appel, un négociateur du SWAT engageant aussitôt la conversation.

Le tireur, qui s'appelait bien Eli Wyms, était âgé de quarante-quatre ans et peintre en bâtiment à Inglewood. Le rapport le décrivait comme saoul, en colère et suicidaire. Plus tôt dans la journée, il avait été viré de chez

1. Soit Special Weapons and Tactic Team, équivalent américain du GIGN. *(NdT.)*

lui par sa femme, qui l'avait informé qu'elle en aimait un autre. Wyms avait alors pris son pick-up et roulé vers l'océan, obliqué au nord en direction de Malibu, puis avait franchi le col pour gagner Calabasas. En découvrant le parc, il s'était dit que ç'avait l'air d'un bon endroit où s'arrêter dormir, mais avait poursuivi son chemin et s'était acheté une caisse de bière à une station d'essence près de la 101. Puis il avait fait demi-tour et regagné le parc.

Wyms avait dit au négociateur qu'il s'était mis à tirer en entendant des bruits dans le noir et qu'il avait peur. Il croyait faire feu sur des coyotes enragés qui voulaient le dévorer. Il avait ajouté qu'il voyait leurs yeux rouges briller dans la nuit. Et qu'il avait dégommé le projecteur de poursuite de la première voiture de patrouille parce qu'il craignait que la lumière ne donne sa position aux animaux. Interrogé sur son tir à quatre-vingts mètres, il avait répondu qu'il avait été tireur d'élite pendant la guerre du Golfe.

D'après le rapport, Wyms aurait tiré au moins vingt-sept fois alors que les adjoints du shérif se trouvaient sur les lieux et des dizaines de fois avant. Les enquêteurs avaient fini par retrouver un total de quatre-vingt-quatorze douilles.

Cette nuit-là, Wyms ne s'était pas rendu avant d'avoir fini par manquer de bière. Peu après avoir écrasé la dernière boîte vide dans sa main il avait confié au négociateur qu'il était prêt à échanger une carabine contre un six-pack. Ça lui avait été refusé. Il avait alors annoncé qu'il était désolé et prêt à mettre fin à l'incident et qu'il allait se tirer une balle dans le crâne – il voulait que ça se termine par un véritable feu d'artifice. Le négociateur avait tenté de l'en dissuader et avait continué à lui faire la conversation pendant qu'une unité de deux hommes du SWAT se frayait un chemin dans ce terrain accidenté pour gagner sa position dans un bosquet d'eucalyptus particulièrement dense. Mais très vite le négociateur avait entendu des ronflements dans son portable. Wyms était ivre mort.

L'équipe du SWAT était passée à l'attaque et avait capturé Wyms sans tirer un seul coup de feu. L'ordre avait été restauré. L'adjoint Stallworth ayant reçu le premier appel et ayant été le seul à se faire tirer dessus, c'était à lui qu'était revenu le bénéfice de l'arrestation. Le tireur avait été placé dans sa voiture de patrouille et emmené au poste de Malibu, où il avait été mis en détention.

D'autres documents du dossier permettaient de connaître la suite de cette saga. À sa mise en accusation le lendemain de son arrestation, Wyms avait été déclaré indigent et s'était vu assigner un avocat commis d'office. L'affaire avait suivi lentement son cours, Wyms étant retenu à la prison centrale pour hommes. C'est alors que Vincent s'était présenté et avait offert d'assurer sa défense *pro bono.* Sa première démarche avait été de demander une évaluation psychiatrique de son client, ce qui avait été accepté. Cela avait eu pour effet de ralentir encore plus l'affaire, Wyms étant alors transféré à l'hôpital d'État de Camarillo pour des examens qui s'étaient étalés sur quatre-vingt-dix jours.

Cette période d'évaluation était maintenant terminée et les rapports étaient prêts. Tous les médecins qui avaient examiné Wyms, testé et parlé avec lui à Camarillo étaient tombés d'accord pour reconnaître qu'il était sain d'esprit et apte à être jugé.

À l'audience prévue à 2 heures par-devant le juge Friedman, la date du procès devait être fixée, remettant ainsi toute la procédure judiciaire en marche. Pour moi, il ne s'agissait là que d'une formalité. À n'avoir lu qu'une fois le dossier, je savais qu'il n'y aurait même pas de procès. De fait, l'audience ne servirait qu'à fixer le laps de temps qui me serait imparti pour négocier un plaider-coupable pour mon client.

Autant dire que l'affaire était emballée et pesée. Wyms demanderait son plaider-coupable et se retrouverait sans doute avec un ou deux ans d'incarcération et un suivi psychiatrique. La seule question que je me posai en lisant le dossier fut de savoir pourquoi diable Vincent avait voulu prendre l'affaire. Cela ne correspondait pas au genre de dossiers dont il s'occupait d'habitude, ceux-ci ayant le plus souvent trait à des clients célèbres ou prêts à payer ce qu'il fallait. Et l'affaire ne présentait guère de difficultés non plus. C'était de la routine, et le crime de Wyms n'était même pas inhabituel. Était-ce donc une affaire qu'il avait prise pour satisfaire un besoin de travail *pro bono* ? Il me semblait que si tel était le cas, il aurait pu trouver quelque chose de plus intéressant, ou qui aurait payé d'une autre façon, disons en publicité. L'affaire Wyms avait certes commencé par attirer l'attention des médias à cause du cirque dans le parc. Mais lorsqu'elle passerait en procès ou finirait par un non-lieu, il était peu probable que lesdits médias s'en soucient le moins du monde.

Puis je commençai à soupçonner l'existence d'un lien avec l'affaire Elliot. Vincent en aurait-il trouvé un ?

À la première lecture, rien ne m'avait sauté aux yeux. Il y avait bien deux liens très généraux au sens où l'incident s'était produit moins de douze heures avant les assassinats de la maison sur la plage et où les deux affaires avaient eu lieu dans le district du shérif de Malibu. Mais ces liens ne soutenaient pas un examen plus approfondi. Géographiquement parlant, les affaires n'étaient même pas proches. Les meurtres avaient été commis à la plage et la fusillade très loin dans les terres, dans le parc du comté, de l'autre côté des montagnes. Et pour autant que je m'en souvienne, aucun nom du dossier Wyms n'était mentionné dans les documents de l'affaire Elliot. L'incident Wyms s'était produit de nuit et les meurtres d'Elliot en plein jour.

Incapable de trouver un quelconque lien précis entre les deux affaires, ce fut avec une grande frustration que je refermai le dossier Wyms et restai sans réponse à ma question. Je jetai un coup d'œil à ma montre et m'aperçus qu'il valait mieux que je réintègre le Criminal Courts Building si je voulais avoir le temps de voir mon client dans sa cellule avant l'audience de 2 heures.

J'appelai Patrick et lui demandai de venir me prendre, réglai la note du déjeuner et passai sur le trottoir. J'étais en train de parler avec Lorna sur mon portable lorsque la Lincoln se rangeant devant moi, je sautai sur la banquette arrière.

– Cisco a-t-il vu Carlin ? demandai-je à Lorna.

– Non, c'est prévu pour 2 heures.

– Dis à Cisco de l'interroger sur l'affaire Wyms.

– D'accord, mais pour lui demander quoi ?

– Qu'il lui demande pourquoi Vincent a même seulement voulu prendre l'affaire.

– Tu penses qu'elles ont un lien ? Elliot et Wyms ?

– Je le pense, mais je ne le vois pas dans le dossier.

– D'accord, je lui dirai.

– Autre chose sur le feu ?

– Pas pour l'instant. Tu reçois beaucoup d'appels des médias. Qui est ce… Jack McEvoy ?

Le nom me dit quelque chose, mais je n'arrivai pas à le remettre.

– Je ne sais pas. Qui c'est ?

– Il travaille au *Times*. Il était tout échauffé que tu ne lui aies pas fait signe, il dit que tu aurais une exclusivité avec lui.

Enfin je me rappelai. Le coup du « ça pourrait marcher dans les deux sens ».

– T'inquiète pas pour lui. Lui non plus ne m'a pas fait signe. Quoi d'autre ?

– Les types de Court TV veulent un rendez-vous pour parler de l'affaire Elliot. Ils vont retransmettre en direct pendant tout le procès et comme ce sera leur plat de résistance, ils espèrent que tu leur feras un commentaire à la fin de chaque journée d'audience.

– Qu'est-ce que tu en penses, Lorna ?

– J'en pense que c'est de la pub national gratuite. Ça serait bien que tu le fasses. Ils m'ont dit qu'ils allaient donner un logo précis au procès et que ça passerait en bandeau au bas de l'écran. « Meurtre à Malibu », qu'ils vont appeler ça.

– Alors vas-y. Arrange le rendez-vous. Quoi d'autre ?

– Ben, puisqu'on parle de ça… Il y a une semaine, j'ai reçu un avis comme quoi ta pub sur les bancs d'abribus arrivait à expiration à la fin du mois. Je m'apprêtais à laisser filer parce qu'il n'y avait plus d'argent, mais maintenant que tu as repris et qu'il y en a… On renouvelle ?

Pendant les six années précédentes j'avais mis des annonces sur des bancs d'abribus stratégiquement choisis dans des lieux à forte densité de crime et de circulation répartis dans toute la ville. Bien que j'aie laissé tomber l'année précédente, mes bancs me valaient encore un flot d'appels réguliers, tous contacts que Lorna faisait attendre ou passait à d'autres avocats.

– C'est bien un contrat de deux ans, non ?

– Si, si.

Je pris une décision rapide.

– D'accord, tu renouvelles. Autre chose ?

– C'est tout pour ici. Oh, attends… Encore un truc. La propriétaire du bâtiment est passée tout à l'heure. Elle s'est donné de « l'agent de leasing », façon grandiose de dire que c'est elle la proprio. Elle voudrait savoir si on va garder le bureau. Le décès de Vincent met fin au leasing si nous le souhaitons. J'ai l'impression qu'il y a une sacrée liste d'attente pour le bâtiment et c'est l'occasion ou jamais de monter le loyer pour l'avocat qui reprendra.

Je regardai par la fenêtre de la Lincoln tandis que nous empruntions le passage au-dessus de la 101 et retrouvions le centre administratif. Je vis la nouvelle cathédrale et, plus loin, le revêtement en acier du centre musical Disney. Il attrapait la lumière du soleil et la transformait en une chaude lueur orangée.

– Je ne sais pas, Lorna. J'aime bien travailler au fond de la Lincoln. Je ne m'y ennuie jamais. Qu'est-ce que t'en penses ?

– Je ne suis pas particulièrement enchantée d'avoir à me maquiller tous les matins.

Ce qui signifiait qu'elle préférait travailler chez elle plutôt que de devoir se préparer pour descendre au bureau en ville tous les matins. Comme d'habitude, on était sur la même longueur d'onde.

– Va falloir y penser, dis-je. Pas de maquillage. Pas de frais de bureau. Pas de bagarres pour la place de parking.

Elle ne répondit pas. Ç'allait être à moi de décider. Je regardai devant moi et m'aperçus que nous étions à une rue de l'endroit où Patrick allait me déposer.

– On en reparle plus tard, dis-je enfin. Faut que j'y aille.

– OK, Mickey. Fais attention à toi.

– Toi aussi.

26

Eli Wyms était encore sous médicaments après les trois mois qu'il venait de passer à Camarillo. On l'avait renvoyé à la prison du comté avec une ordonnance pour une thérapie antidrogues qui n'allait pas aider à sa défense, et encore moins l'aider, lui, à répondre à toute question sur un lien possible entre son affaire et les meurtres de la maison sur la plage. Il me fallut moins de deux minutes au centre de détention du tribunal pour évaluer la situation et décider de demander au juge Friedman d'exiger que cette thérapie soit arrêtée séance tenante. Je revins à la salle d'audience et trouvai Joanne Giorgetti assise à sa place, à la table de l'accusation. L'audience devait débuter cinq minutes plus tard.

Elle écrivait quelque chose sur le rabat d'un dossier lorsque je m'approchai d'elle. Sans même lever la tête, Dieu sait comment elle sut que c'était moi.

– Tu veux un ajournement, c'est ça ?

– Et l'arrêt des médicaments. Ce mec est un vrai zombie.

Elle cessa d'écrire et me regarda.

– Étant donné qu'il tirait mes adjoints comme des lapins, je ne suis pas très sûre d'objecter à ce qu'il se trouve dans cet état.

– Mais Joanne, lui dis-je, il faut quand même que je puisse lui poser des questions de base pour pouvoir le défendre !

– Vraiment ?

Elle avait dit ça en souriant, mais c'était bien vu. Je haussai les épaules et m'agenouillai pour que nos yeux soient à la même hauteur.

– Tu as raison, dis-je, je ne pense pas qu'on parle de procès. Je serais ravi de t'entendre me faire une offre.

– Ton client a tiré sur la voiture vide d'un adjoint au shérif. Le district attorney a assez envie d'envoyer un message clair sur ce coup-là. On n'aime pas du tout les gens qui font ce genre de trucs.

Elle croisa les bras pour me faire bien comprendre qu'elle refusait tout compromis. Joanne était séduisante et athlétique. Elle tambourina un de ses biceps du bout des doigts et je ne pus m'empêcher de remarquer son vernis à ongles rouge. Du plus loin que je me rappelais avoir traité avec elle, ses ongles étaient toujours rouge sang. Elle faisait plus que représenter l'État. Elle représentait des flics sur lesquels on avait tiré, qu'on avait agressés, pris en embuscade, des flics qui s'étaient fait cracher dessus. Et elle voulait le sang de tous les vauriens qui avaient la malchance d'être l'objet de ses poursuites.

– Je remontrerais à la cour que, paniqué par les coyotes, mon client a tiré sur le projecteur et pas sur la voiture elle-même. Même tes documents affirment que c'était un tireur d'élite de l'armée. S'il avait voulu flinguer le shérif, il aurait très bien pu le faire. Et il ne l'a pas fait.

– Ça fait quinze ans qu'il est démobilisé, Mickey !

– C'est vrai, mais il y a des talents qui ne disparaissent jamais. C'est comme de monter à vélo.

– Eh bien, mais c'est sûrement là un argument que tu pourrais soumettre à l'appréciation du jury.

Mes genoux étaient sur le point de flancher. Je tendis la main pour attraper une chaise à la table de la défense, la rapprochai et m'assis.

– Évidemment que je peux le faire, mais il est probablement de l'intérêt bien compris de l'État de clore cette affaire, de ne plus permettre à M. Wyms de se balader dans les rues et de lui coller une thérapie qui empêchera ce genre d'incident de jamais se reproduire. Bref, qu'est-ce que tu me dis ? Tu veux qu'on aille en discuter quelque part pour trouver un arrangement ou tu préfères qu'on en débatte par-devant un jury ?

Elle réfléchit un instant avant de répondre. C'était le dilemme classique du procureur. L'affaire était facile à gagner. Il lui fallait donc choisir entre gonfler ses statistiques ou faire ce qu'il fallait peut-être faire.

– Du moment que c'est moi qui choisis le quelque part, dit-elle.

– Ça me va très bien.

– OK, je ne m'opposerai pas à un ajournement si tu déposes une requête en ce sens.

– Ça me paraît bon, Joanne. Et la thérapie ?

– Je ne veux pas que ce type repasse à l'acte, même à la prison centrale pour hommes.

– Écoute, attends un peu qu'ils nous l'amènent. Tu verras, c'est un vrai zombie. Tu n'as pas envie qu'on trouve un arrangement et que lui le remette en question parce que l'État l'a trouvé incapable de prendre une décision. On lui éclaircit la tête, on fait affaire et, après, tu peux lui flanquer tous les médicaments que tu veux dans la carcasse.

Elle réfléchit, comprit la logique de ce que je disais et finit par acquiescer.

– Mais si jamais il repasse une seule fois à l'acte en taule, je t'en voudrai à mort et ferai tout retomber sur lui.

Je ris. L'idée de m'en vouloir à moi était absurde.

– Comme tu voudras, dis-je.

Je me levai et commençai à repousser la chaise vers la table de la défense. Puis je me retournai vers le procureur.

– Joanne, lui dis-je, laisse-moi te poser une question. Pourquoi Jerry Vincent a-t-il pris cette affaire ?

Elle haussa les épaules et hocha la tête.

– Je n'en sais rien.

– Bon mais… ça t'a surprise ?

– Bien sûr que oui. C'était un peu bizarre de le voir se pointer. Je le connaissais depuis des éternités, tu sais ? C'est-à-dire depuis ses débuts de procureur.

– Oui, et qu'est-ce qui s'est passé ?

– Un jour, il y a quelques mois de ça, j'ai reçu une requête en aptitude à être jugé pour Wyms et c'était signé Jerry. Je l'ai appelé pour lui dire « Mais c'est quoi, ça ? », tu vois ? « Tu ne me passes même pas un coup de fil pour me dire "C'est moi qui prends l'affaire" ? » Il m'a juste répondu qu'il voulait faire un peu de *pro bono* et qu'il avait demandé une affaire au bureau des avocats commis d'office. Mais je connais Angel Romero, l'avocat qui avait l'affaire au début. Un jour, je l'ai rencontré dans un des étages et il m'a demandé où on en était pour Wyms. Et c'est là que dans le courant de la conversation, il m'a appris que Jerry ne s'était pas contenté de venir demander une affaire *pro bono*. Il avait commencé par aller chercher Wyms à la prison centrale pour hommes, avait pris son affaire et était ensuite venu voir Angel pour lui demander de lui filer le dossier.

– Pourquoi crois-tu qu'il l'ait pris ?

Au fil des ans, je me suis rendu compte qu'à poser la même question plus d'une fois, il arrive qu'on obtienne des réponses différentes.

– Je ne sais pas. Je le lui ai demandé très précisément et, de fait, il ne m'a pas vraiment répondu. Il a changé de sujet et tout ça m'a paru bien embarrassé. Je me rappelle m'être dit qu'il y avait autre chose, que peut-être il avait un lien avec Wyms. Mais après, quand il l'a expédié à Camarillo, j'ai compris qu'il ne lui faisait pas une fleur.

– Que veux-tu dire ?

– Écoute, tu viens de donner deux heures de ton

temps à lire le dossier et tu sais déjà comment ça va se passer. On va droit au plaider-coupable. D'où prison, puis suivi psychiatrique. C'était comme ça avant qu'il soit expédié à Camarillo. Ce qui signifie que le temps qu'il y a séjourné n'était pas vraiment nécessaire. Jerry n'a fait que prolonger l'inévitable.

J'acquiesçai d'un signe de tête. Elle avait raison. Expédier un client au pavillon de psychiatrie de Camarillo, ce n'est pas lui faire une fleur. L'affaire mystérieuse devenait encore plus mystérieuse. Le problème était que mon client n'était pas en état de me dire pourquoi. Son avocat – Vincent – l'avait maintenu sous médicaments et enfermé pendant trois mois.

– OK, Joanne. Merci. Et…

Je fus interrompu par l'huissier qui ouvrait l'audience. Je levai la tête et vis le juge Friedman gagner son siège.

27

L'histoire d'Angel Romero était de celles qu'on lit de temps en temps dans les journaux. Celle du membre de gang qui s'est endurci dans les rues d'East Los Angeles, mais s'est battu pour s'instruire et a même fait du droit avant de revenir dans sa communauté pour lui rendre service. Sa façon de le faire avait été d'entrer au bureau des avocats commis d'office et de représenter les vaincus de la société. Il avait décidé de faire toute sa carrière dans ce service et avait vu nombre de jeunes avocats – dont moi – y entrer puis en sortir pour se lancer dans le privé et censément y gagner les fortunes qui vont avec.

Après l'audience consacrée à Wyms – audience au cours de laquelle le juge nous accorda un ajournement de façon à nous donner, à Giorgetti et à moi, le temps de mettre sur pied les termes d'un plaider-coupable –, je descendis au bureau des avocats commis d'office au dixième étage et demandai à voir Romero. Je savais qu'il était encore avocat, et pas superviseur, et que cela signifiait à peu près sûrement qu'il se trouvait dans une salle d'audience quelque part dans le bâtiment. La réceptionniste entra quelque chose dans son ordinateur et consulta son écran.

– Chambre 124, me dit-elle.

Je la remerciai.

La chambre 124 était celle du juge Champagne et se trouvait au treizième étage, celui-là même dont j'arrivais. Mais bon, c'est comme ça que ça se passait au Criminal Courts Building. Tout semblait y tourner en rond. Je repris l'ascenseur, remontai à l'étage, enfilai le couloir qui conduisait à la 124e chambre et éteignis mon portable en arrivant devant les doubles portes. Il y avait audience et Romero s'était mis debout devant le juge pour lui demander de réduire le montant d'une caution. Je me glissai au dernier rang de la galerie et espérai que l'affaire soit vite expédiée. Je n'avais pas envie d'attendre une éternité avant de pouvoir parler avec Romero.

Je dressai soudain l'oreille en entendant ce dernier appeler son client par son nom – M. Scales. Je me glissai plus loin sur le banc pour mieux voir l'accusé assis à côté de Romero, un Blanc en combinaison orange. Dès que je le vis de profil, je sus que c'était bien Sam Scales, un arnaqueur et ancien client à moi. Je me rappelai lui avoir négocié un plaider-coupable qui l'avait expédié en prison. L'affaire remontait à trois ans. Il était donc ressorti pour se remettre aussitôt dans la panade – sauf que cette fois, ce n'était pas à moi qu'il avait fait appel.

Romero ayant terminé sa plaidoirie, le procureur se leva et s'opposa vigoureusement à lui en arguant des nouvelles charges retenues contre Scales. Lorsque je l'avais représenté, Scales était accusé de fraude à la carte de crédit – il avait arnaqué des gens qui faisaient des dons à un organisme de secours aux victimes d'un tsunami. Là, c'était plus grave. Il était toujours accusé de fraude, mais cette fois, ses victimes étaient des veuves de soldats tués en Irak. Je hochai la tête et faillis sourire. J'étais content qu'il ne m'ait pas appelé au secours. Je le laissais volontiers à l'avocat commis d'office.

Le juge Champagne ne tarda pas à trancher après la plaidoirie du procureur. Elle traita Scales de prédateur et de menace pour la société et maintint le montant de la caution à un million de dollars. Elle fit aussi remarquer que si on le lui avait demandé, elle l'aurait sans doute augmenté. C'est alors que je me rappelai que c'était elle qui avait déjà condamné Scales pour la fraude précédente. Il n'y a rien de pire pour un accusé que de devoir repasser devant le même juge pour un autre crime. C'est alors presque comme si ce dernier prenait personnellement à cœur les ratés du système judiciaire.

Je me tassai sur mon siège et me servis d'un autre spectateur pour me cacher afin que Scales ne me voie pas lorsque le garde le remettrait debout et lui passerait les menottes avant de le reconduire en cellule. Lorsque enfin il fut parti, je me redressai et parvins à attirer l'attention de Romero. Je lui fis signe de me rejoindre dans le couloir, il me montra ses cinq doigts. Cinq minutes. Il avait encore quelque chose à régler en audience.

Je passai dans le couloir pour l'attendre et rallumai mon portable. Pas de messages. J'appelais Lorna pour avoir les dernières nouvelles lorsque j'entendis la voix de Romero dans mon dos. Il avait quatre minutes d'avance.

– Amstramgram pique et pique et colégram, qui c'est qu'a récolté le grand tueur ? Si c'est Haller, il a bien du bonheur. Amstramgram pique et pique et colégram. Salut, Haller !

Il souriait. Je refermai mon portable et nous nous donnâmes du poing. Je n'avais pas entendu ce petit jingle maison depuis que j'avais quitté le bureau des avocats commis d'office. Romero l'avait concocté après que j'avais décroché mon verdict de non-coupable dans l'affaire Barnett Woodson en 92.

– Quoi de neuf ? me demanda-t-il.

– Je vais te le dire. Tu m'aspires tous mes clients, mec ! Autrefois, Sam Scales, c'était moi qu'il venait voir.

J'avais lâché ça avec un sourire entendu. Romero me le renvoya aussitôt.

– Tu le veux ? Je te le laisse. Tu parles d'un vilain Blanc. Dès qu'ils auront connaissance de son affaire, les médias vont le lyncher pour ce qu'il a fait.

– Piquer l'argent des veuves, hein ?

– Voler des indemnités de décès ! Je te dis, des mecs qui font des tas de trucs pas bien, j'en ai représenté, mais Scales, moi, je le mets avec les violeurs de bébés. Je ne le supporte pas.

– Ouais, mais qu'est-ce que tu fous à bosser pour un Blanc ? Je croyais que tu bossais du côté des gangs.

Il devint sérieux et hocha la tête.

– C'est fini, ça, dit-il. Ils prétendent que j'étais un peu trop près de mes clients. Tu sais bien, *vato* un jour, *vato* toujours. Ils m'ont donc retiré de cette clientèle. Au bout de dix-neuf ans, les gangs, c'est fini pour moi.

– Désolé de l'apprendre, mec.

Romero avait grandi à Boyle Heights, dans un quartier sous la domination du gang dit des Quatro Flats. Il avait les tatouages pour le prouver… quand on lui voyait les bras. Peu importait qu'il fasse chaud ou pas : il était toujours en manches longues quand il travaillait. Et quand il représentait un membre de gang accusé d'un crime, il faisait plus que le défendre au tribunal. Il faisait tout son possible pour l'arracher à sa vie de gangster. Lui retirer les affaires de gang était un acte d'une telle stupidité que cela ne pouvait se produire que dans une bureaucratie du genre système judiciaire.

– Qu'est-ce que tu veux, Mick ? me demanda-t-il. Tu n'es pas venu ici pour me piquer Scales, pas vrai ?

– Non, Angel, Scales, tu peux te le garder. Je voulais te poser quelques questions sur un autre de tes clients, quelqu'un que tu as eu plus tôt cette année. Eli Wyms.

J'allais lui donner les détails de l'affaire, mais il la reconnut aussitôt et hocha la tête.

– Oui, celui-là, c'est Vincent qui me l'a pris. Mais maintenant qu'il est mort, c'est toi qui en as hérité ?

– Oui, j'ai toutes ses affaires. Et je viens juste de découvrir celle-là.

– Eh bien, bonne chance, mec. Qu'est-ce que tu as besoin de savoir pour Wyms ? Vincent me l'a pris il y a au moins trois mois de ça.

J'acquiesçai.

– Oui, je sais. Je connais l'affaire. Ce qui m'intéresse, c'est de savoir pourquoi Vincent a voulu la prendre. D'après Joanne Giorgetti, c'est lui qui l'a demandée. C'est vrai ?

Romero chercha un instant dans ses souvenirs avant de me répondre. Et leva une main en l'air et se frotta le menton de l'autre. Je vis de légères cicatrices en travers de ses phalanges, aux endroits où il s'était fait enlever ses tatouages.

– Oui, il est allé à la prison et a convaincu Wyms de le prendre comme avocat. Il a ensuite obtenu une lettre de décharge et me l'a apportée. Après ça, l'affaire était à lui. Je lui ai donné mon dossier et ç'a été fini pour moi, mec.

Je me rapprochai de lui.

– T'a-t-il dit pourquoi il prenait l'affaire ? Je veux dire… il ne connaissait pas Wyms personnellement, si ?

– Pas que je sache, non. Il voulait juste l'affaire. Et il m'a fait le coup du gros clin d'œil, tu vois ?

– Non, qu'est-ce que tu veux dire ? C'est quoi, le coup du gros clin d'œil ?

– Je lui ai demandé pourquoi il prenait un voyou du Southside monté dans un territoire de Blancs pour tout y flinguer. Et *pro bono,* rien que ça. Je me suis dit qu'il y avait un truc racial ou autre. Quelque chose qui lui aurait rapporté un peu de pub. Et après, il m'a fait un gros clin d'œil, comme quoi il y aurait eu autre chose derrière l'affaire.

– Et tu lui as demandé ce que c'était ?

Il recula d'un pas sans le vouloir tandis que j'envahissais son espace.

– Oui, mec, j'y ai demandé. Mais il a pas voulu me le dire. Il m'a juste dit que Wyms avait l'argument miracle. Je ne voyais pas de quoi il voulait parler et je n'avais plus le temps de jouer à ces petits jeux avec lui. Je lui ai filé le dossier et je suis passé au suivant.

Ça recommençait. L'argument miracle. Je m'approchais de quelque chose et je sentis le sang s'accélérer dans mes veines.

– C'est tout, Mick ? Faut que j'y retourne.

Je me concentrai sur lui et me rendis compte qu'il me regardait d'un drôle d'air.

– Oui, c'est tout, Angel, merci. Retournes-y et faisleur en voir de toutes les couleurs.

– Ouais, mec, c'est ce que je fais.

Il regagna la porte de la 124e chambre et je me dirigeai, moi, rapidement vers les ascenseurs. Je savais ce que j'allais faire le reste de la journée, jusque tard dans la nuit. Traquer l'argument miracle.

28

J'entrai dans le bureau et passai à toute allure devant Lorna et Cisco qui se tenaient à la réception et regardaient l'ordinateur. Je parlai sans m'arrêter en gagnant le saint des saints.

– Si vous avez du nouveau pour moi ou d'autres trucs que je devrais savoir à me dire, vous entrez tout de suite. Fermeture générale dans quelques instants.

– Et bonjour quand même ! me lança Lorna.

Mais elle savait bien ce qui allait se passer. J'allais fermer toutes les portes et toutes les fenêtres, tirer les rideaux, couper les téléphones et me mettre au travail sur un dossier avec le maximum de concentration. Fermeture générale, autrement dit « PRIÈRE DE NE PAS DÉRANGER » accroché à la porte et on ne rigole pas. Lorna savait qu'une fois que j'étais en mode fermeture générale, il n'y avait pas moyen de m'en sortir tant que je n'avais pas trouvé ce que je cherchais.

Je fis le tour du bureau de Jerry Vincent et me laissai tomber dans son fauteuil. Puis j'ouvris mon sac par terre et commençai à en sortir les dossiers. Pour moi, ce que j'avais à faire s'apparentait à du moi-contre-eux-tous. Quelque part dans ces dossiers j'allais trouver la clé du secret de Jerry Vincent. L'argument miracle.

Lorna et Cisco entrèrent peu après que je me fus installé.

– Je n'ai pas vu Wren, lançai-je avant même qu'ils aient pu l'ouvrir.

– Et tu ne la verras plus jamais, me renvoya Lorna. Elle a démissionné.

– Un rien précipité, ça, non ?

– Elle est allée déjeuner et n'est jamais revenue.

– Elle a téléphoné ?

– Oui, elle a fini par le faire. Pour nous dire qu'elle avait une meilleure offre. Elle va être la secrétaire de Bruce Carlin.

Je hochai la tête. Ça semblait avoir un peu de sens.

– Bon et maintenant, avant que tu passes en fermeture générale, faut qu'on revoie certains trucs, reprit Lorna.

– C'est ce que j'ai dit en entrant. Qu'est-ce que t'as à me dire ?

Elle s'assit dans un des fauteuils en face du bureau. Cisco, lui, resta debout, enfin non… plutôt à faire les cent pas derrière elle.

– Bien, dit Lorna. Deux ou trois trucs pendant que t'étais au tribunal. Et d'un, t'as dû toucher à quelque chose de sensible avec ta requête en vérification de preuves pour l'affaire de Patrick.

– Qu'est-ce qui s'est passé ?

– Le procureur a déjà appelé trois fois aujourd'hui. Il voulait parler arrangement.

Je souris. Cette requête tenait du coup tiré dans le noir, mais ç'avait l'air de vouloir marcher et j'allais peut-être pouvoir aider Patrick.

– C'est quoi, ce bazar ? me demanda Lorna. Tu ne m'avais pas dit que tu avais soumis une requête.

– Si, une, hier, je l'ai envoyée de la Lincoln. Et ce « bazar », c'est qu'à mon avis le docteur Vogler a donné à sa femme un collier en faux diamants pour son anniversaire. Et maintenant, pour être bien sûrs que sa femme n'en sache jamais rien, ils vont me proposer un deal pour Patrick si j'accepte de retirer ma requête en vérification de preuves.

– Bravo. Je l'aime bien, Patrick.

– J'espère qu'il aura ce coup de pot. Ceci dit, et après ?

Elle consulta ses notes dans son carnet de sténo. Je savais qu'elle n'aimait pas être bousculée, mais c'était bien ce que je faisais.

– Tu reçois toujours des tas d'appels des médias locaux. Au sujet de Jerry Vincent, de Walter Elliot, voire des deux. Tu veux qu'on en fasse le tour ?

– Non. Je n'ai pas de temps à perdre avec ça.

– Ben, c'est ce que je n'arrête pas de leur dire, mais ils ne sont pas très contents. Surtout le mec du *Times*. Un vrai trou du cul.

– Et alors, qu'est-ce que tu veux que ça me fasse qu'ils ne soient pas contents ?

– Ben, vaudrait mieux faire attention, Mickey. Il n'y a pas pire horreur en enfer que des médias qu'on boude.

Ce n'était pas faux. Les médias sont capables de vous adorer un jour et de vous enterrer vivant le lendemain. Mon père avait été leur chouchou pendant vingt ans. Mais était devenu un paria vers la fin de sa vie professionnelle parce que les journalistes s'étaient lassés de le voir faire libérer des types éminemment coupables. Il avait alors incarné un système judiciaire qui n'appliquait pas les mêmes règles lorsque, bien nanti, l'accusé avait de puissants avocats pour le défendre.

– J'essaierai d'être plus accommodant, dis-je. Pour l'instant au moins.

– Bien.

– Autre chose à m'apprendre ?

– Je crois que c'est… je t'ai dit pour Wren, donc c'est tout ce que j'ai. Tu vas appeler le procureur pour Patrick ?

– Oui, je vais l'appeler.

Je regardai Cisco qui se tenait toujours debout derrière Lorna.

– Allez, Cisco, c'est ton tour. Qu'est-ce que t'as pour moi ?

– Je bosse toujours sur Elliot. Surtout côté Rilz et comment choyer nos témoins.

– À ce propos, j'ai une question, lança Lorna en l'interrompant. Où veux-tu loger le docteur Arslanian ?

Shamiram Arslanian était l'autorité en matière de résidus de poudre après tir d'arme à feu que Vincent avait prévu de faire venir de New York pour démolir le témoignage de l'expert engagé par le district attorney. Il n'y avait pas meilleure qu'elle dans ce domaine et avec les réserves financières de Walter Elliot, Vincent avait décidé de prendre le top du top de ce qu'on pouvait se payer. Je voulais qu'elle soit près du Criminal Courts Building en centre-ville, mais côté hôtels, le choix était limité.

– Commence par essayer le Checkers, lui dis-je. Et prends-lui une suite. Si tout est occupé, essaie le Standard, puis le Kyoto Grand. Mais prends-lui une suite dans tous les cas de figure, qu'on ait de la place pour travailler.

– Compris. Et Muniz ? Lui aussi, tu veux qu'il soit près ?

Vidéographe free-lance, Julio Muniz habitait Topanga Canyon. Parce qu'il n'était pas loin de Malibu, il avait été le premier représentant des médias à se pointer à la scène de crime après avoir entendu l'appel à enquêteurs des Homicides passé sur la fréquence du shérif. Il avait tourné une vidéo de Walter Elliot avec les adjoints du shérif à l'extérieur de la maison sur la plage. Son témoignage était important dans la mesure où sa bande-vidéo et ses souvenirs pouvaient confirmer ou infirmer les témoignages des enquêteurs et des adjoints du shérif.

– Je ne sais pas, répondis-je. Ça peut prendre entre une et trois heures pour venir en ville de Topanga Canyon.

Je préfère ne pas tenter le diable. Cisco, est-il d'accord pour venir s'installer à l'hôtel ?

– Oui, du moment que c'est nous qui payons et qu'il peut profiter du service en chambre.

– Bon, d'accord, amène-le. Ah ça aussi… où est la vidéo ? Je n'ai que des notes dans le dossier là-dessus. Je ne veux pas que ce soit au tribunal que je la voie pour la première fois.

Il eut l'air perdu.

– Je ne sais pas, dit-il. Mais si elle n'est pas ici, je peux demander à Muniz de nous en faire une copie.

– Ben, je ne l'ai pas vue ici. Donc, oui, fais-m'en faire une copie. Quoi d'autre ?

– Une ou deux petites choses. Un, j'ai retrouvé ma source pour le truc de Vincent et il n'a jamais entendu parler d'un quelconque suspect ou de la photo que Bosch t'a montrée ce matin.

– Rien de rien ?

– *Nada.*

– Qu'est-ce que tu en penses ? Bosch sait-il que la fuite vient de ton mec et a-t-il décidé de lui tarir sa source ?

– Je ne sais pas. Mais pour lui, tout ce que je lui ai raconté sur cette photo, c'était du neuf.

Je pris quelques instants pour réfléchir à ce que ça voulait dire.

– Bosch est-il repassé ce matin pour montrer la photo à Wren ?

– Non, répondit Lorna. J'ai passé toute la matinée avec elle. Bosch n'est venu ni avant ni après le déjeuner.

Je n'étais pas très sûr de ce que tout cela signifiait, mais je ne pouvais pas rester bloqué dessus. Il fallait que je reprenne le dossier.

– Et deux ? demandai-je à Cisco.

– Quoi ?

– Tu as dit que t'avais un ou deux autres trucs à me dire. C'est quoi, le deuxième ?

– Ah oui… J'ai appelé le liquidateur de Vincent et tu avais vu juste. Il a toujours une des *longboards* de Patrick.

– Combien en veut-il ?

– Rien.

Je le regardai et haussai les sourcils en lui demandant où était le piège.

– Disons seulement qu'il aimerait te rendre service. Avec la mort de Vincent, il a perdu un bon client. À mon avis, il espère que tu auras recours à lui à l'avenir. Et je ne l'en ai pas dissuadé et ne lui ai pas dit non plus que tu n'avais pas l'habitude de troquer des biens contre des services au client.

Je compris. La planche nous reviendrait sans véritables engagements à souscrire de notre part.

– Merci, Cisco. Tu l'as emportée ?

– Non, il ne l'avait pas dans son bureau. Mais il a passé un coup de fil et quelqu'un est censé la lui apporter cet après-midi. Je pourrais retourner la prendre si tu veux.

– Non, donne-moi juste l'adresse et j'enverrai Patrick la chercher. Quoi de neuf côté Bruce Carlin ? Tu ne devais pas le débriefer aujourd'hui ? Peut-être a-t-il la bande de Muniz.

J'avais hâte d'apprendre des choses sur Bruce Carlin à plusieurs titres. Je voulais surtout savoir s'il avait travaillé pour Vincent dans l'affaire Eli Wyms. Si c'était le cas, il n'était pas impossible qu'il me conduise droit à l'argument miracle.

Mais Cisco ne répondit pas à ma question. Lorna se tournant, ils se regardèrent comme s'ils se demandaient lequel des deux allait devoir m'annoncer la mauvaise nouvelle.

– Qu'est-ce qu'il y a ? demandai-je.

Lorna se retourna vers moi.

– Carlin se fout de notre gueule, dit-elle.

Je vis la colère lui tordre la mâchoire. Et je savais

qu'elle réservait ce genre de grimace pour les grandes occasions. Quelque chose avait tourné de travers dans le débriefing de Carlin et elle en était particulièrement remontée.

– Comment ça ? dis-je.

– Eh bien, il ne s'est pas pointé à 2 heures comme il avait dit qu'il le ferait. Au lieu de ça, il a appelé… juste après que Wren nous a téléphoné pour nous annoncer son départ… et il nous a fait part des nouveaux termes de son deal.

Je hochai la tête d'agacement.

– De son… deal ? répétai-je. Combien il veut ?

– Il a dû comprendre qu'à deux cents dollars de l'heure, il n'allait probablement pas pouvoir nous facturer plus de deux ou trois heures maximum. Cisco n'a pas besoin de plus de temps que ça. Bref, il a appelé pour nous informer qu'il voulait un forfait et qu'on devait pouvoir comprendre tout seuls.

– Bon, comme je l'ai déjà dit, il veut combien ?

– Dix mille dollars.

– Tu te fous de moi ?

– C'est exactement ce que je lui ai dit.

Je passai d'elle à Cisco.

– C'est de l'extorsion ! m'écriai-je. Il n'y a pas une agence d'État qui réglemente vos activités ? On ne va pas pouvoir en rabattre sur cette connerie ?

Cisco hocha la tête.

– Des agences pour réglementer des trucs, il y en a des tonnes, mais là, on est dans le flou.

– Le louche, oui ! Et louche, il l'est. Ça fait des années que je le pense.

– Ce que je veux dire, c'est qu'il n'avait pas de véritable arrangement avec Vincent. Y a pas moyen de mettre la main sur un quelconque contrat dans ce sens. Ce qui fait qu'il n'est pas tenu de nous donner quoi que ce soit. Mais nous, on est absolument obligé de l'engager et il a fixé son prix : dix mille dollars. C'est une arnaque à la con, mais c'est probablement légal. C'est toi l'avocat, non ? Alors dis-moi.

Je réfléchis un moment, puis j'essayai d'écarter le problème. Je marchais toujours à la montée d'adrénaline que j'avais eue au tribunal. Je n'avais pas envie de la faire retomber avec ce genre d'interruption.

– Bon, je demanderai à Elliot s'il est d'accord pour payer. En attendant, je vais me réattaquer au dossier ce soir et si j'ai de la chance et réussis à percer le mystère, on n'aura pas besoin de lui. On lui dit qu'il aille se faire mettre et on n'a plus rien à voir avec lui.

– Connard, murmura Lorna.

Je fus assez sûr que ça s'adressait à Bruce Carlin et pas à moi.

– Bon, c'est tout ? demandai-je. D'autres trucs ?

Je les regardai tour à tour. Personne n'avait quoi que ce soit à ajouter.

– Bien, dis-je, merci à tous les deux pour tout ce que vous avez supporté et fait cette semaine. Vous pouvez filer. Bonne nuit.

Lorna me regarda d'un air étonné.

– Tu nous renvoies chez nous ? demanda-t-elle.

Je consultai ma montre.

– Pourquoi pas ? Il est presque 4 heures, je vais plonger dans mes dossiers et je ne veux pas qu'on me dérange. Rentrez donc chez vous, passez une bonne nuit et on se reverra demain.

– Tu vas travailler seul ici cette nuit ? me demanda Cisco.

– Oui, mais ne t'inquiète pas. Je fermerai la porte à clé et je ne laisserai entrer personne… même si je sais qui c'est.

Je souris. Lorna et Cisco, eux, ne sourirent pas. Je leur montrai la porte. Elle était munie d'un verrou coulissant qu'on pouvait pousser en haut du chambranle. En cas de nécessité, j'étais donc en mesure de sécuriser les enceintes extérieure et intérieure. Voilà qui donnait un nouveau sens à l'expression « sous les verrous ».

– Allons, dis-je, ça ira. J'ai du boulot.

Ils se mirent en devoir de sortir de mon bureau lentement et à contrecœur.

– Lorna ! lançai-je dans leur dos. Patrick devrait être dehors. Dis-lui de rester un peu. J'aurai peut-être quelque chose à lui dire après le coup de fil que je vais passer.

29

J'ouvris le dossier Patrick Henson sur mon bureau et cherchai le numéro du procureur. Je voulais régler ce problème avant de m'attaquer à l'affaire Elliot.

Le procureur s'appelait Dwight Posey – j'avais déjà eu affaire à lui et je ne l'aimais pas. Certains procureurs traitent les avocats de la défense comme s'ils valent à peine mieux que leurs clients. Comme des presque criminels et pas comme des professionnels instruits et pleins d'expérience. Pas du tout comme des rouages nécessaires à la machine judiciaire. Les trois quarts des flics ont eux aussi la même opinion, mais ça ne me gêne pas. Mais pour me gêner, ça me gêne quand ce sont des confrères avocats qui adoptent cette posture. Malheureusement, Dwight Posey comptait à leur nombre et si j'avais pu passer le reste de mon existence sans jamais avoir à lui parler, j'aurais été un homme heureux. Mais ça n'allait pas être le cas.

– Alors, Haller, dit-il après avoir pris l'appel, on vous a passé les chaussures d'un mort, c'est ça ?

– Quoi ?

– On vous a pas filé toutes les affaires de Vincent ? C'est comme ça que vous vous êtes retrouvé avec le dossier Henson.

– Oui, c'est à peu près ça. Toujours est-il que je vous rappelle. Après vos trois appels, en fait. Avez-vous eu la requête que je vous ai déposée hier ?

Je me remis en mémoire qu'il allait falloir y aller doucement si je voulais avoir tout ce qu'il était possible de tirer de ce coup de fil. Je ne pouvais pas me payer le luxe de laisser le dégoût que m'inspirait cet homme affecter le sort de mon client.

– Oui, je l'ai reçue, dit-il. Je l'ai là, sur mon bureau. C'est même pour ça que je vous appelle.

Il me laissait la porte ouverte, j'y allais d'un : « Et… ? »

– Et euh… eh bien, non, on ne va pas faire ça, Mick.

– On ne va pas faire ça quoi, Dwight ?

– Dévoiler les pièces à conviction aux fins d'examen.

Tout semblait indiquer de plus en plus clairement que j'avais touché un nerf sensible avec ma requête.

– Ben, c'est ce qu'il y a de beau dans notre système, pas vrai ? C'est pas à vous que revient la décision. C'est à un juge. C'est même pour ça que je ne vous ai rien demandé, à vous. J'ai mis ma question dans une requête que j'ai adressée au juge.

Il s'éclaircit la gorge.

– Non, en fait, ce coup-ci, on va la prendre, cette décision, dit-il. Nous allons laisser tomber l'accusation de vol et ne retenir que les charges ayant trait à la drogue. Ce qui fait que vous pouvez retirer votre requête. Ou alors, c'est nous qui avisons le juge qu'on arrête là ?

Je souris et hochai la tête. Je le tenais. Et sus aussitôt que Patrick sortirait libre du procès.

– Le seul ennui avec ça, repris-je, c'est que les charges ayant trait à la drogue trouvent leur origine dans l'enquête sur le vol. Et vous le savez, Dwight. Quand les flics ont coffré mon client, le mandat d'amener était pour le vol. La drogue a été découverte pendant l'arrestation. Ce qui fait qu'on ne peut pas avoir l'un sans avoir l'autre.

J'eus l'impression qu'il savait parfaitement tout ce que je lui racontais et qu'il ne faisait que suivre un scénario écrit à l'avance. Nous allions là où il voulait aller et ça ne me posait aucun problème. Cette fois, moi aussi, c'était là que je voulais aller.

– Bon alors… on pourrait peut-être arriver à un arrangement, dit-il comme si cette idée venait juste de le frapper.

On y était. On était très exactement là où Posey voulait qu'on arrive dès qu'il avait répondu à mon appel.

– Je suis ouvert à tout, Dwight, lui dis-je. Mais ce qu'il faut savoir, c'est que mon client a commencé, et volontairement, une cure de désintoxication dès après son arrestation. Il a terminé le programme, il a un travail à plein-temps et ça fait quatre mois qu'il n'a rien pris. Et il est prêt à pisser dans un bocal n'importe quand et n'importe où pour le prouver.

– Ça fait vraiment plaisir de l'entendre ! s'écria-t-il avec un enthousiasme feint. Les services du district attorney et tous les tribunaux voient ça d'un bon œil.

Allez, dis-moi quelque chose que j'ignore, faillis-je lui lancer.

– Ce gamin se comporte comme il faut. Je peux m'en porter garant. Qu'êtes-vous prêt à faire pour lui ?

Je savais le virage qu'allait prendre le scénario. Posey allait faire passer ça pour un geste de bonne volonté de la part de l'accusation. Faire en sorte que ce soit les Services du district attorney qui aient l'air de lui faire une largesse alors que la vérité était toute simple : le ministère public faisait tout ce qu'il pouvait pour éviter des embarras aussi bien domestiques que politiques à un personnage important. Mais ça ne me gênait pas. Je me foutais des aboutissants politiques du marché du moment que mon client obtenait ce que je voulais qu'il obtienne.

– Que je vous dise un truc, Mick, reprit-il. Laissons tout tomber en espérant que Patrick profite de cette occasion pour aller de l'avant et devenir un membre productif de notre société !

– Voilà un bon plan, Dwight, dis-je. Ça me fait un plaisir fou. Et à lui donc !

– Bien, vous m'envoyez ses dossiers de désintox et on met tout ça dans un paquet pour le juge.

C'était de tout transformer en acquittement avant procès qu'il parlait. Patrick allait devoir passer des tests de dépistage de drogue deux fois par semaine et dans six mois l'affaire serait close s'il n'y repiquait pas. Il aurait toujours une arrestation à son casier judiciaire, mais pas de condamnation. À moins que…

– Vous êtes prêt à remettre le compteur à zéro ?

– Euh… c'est beaucoup demander, Mick. Il a quand même commis une effraction pour voler ces diamants.

– Non, Dwight, il n'y a pas eu effraction. Il était invité. Et ces prétendus diamants… parce que c'est bien autour de ça que tourne toute cette conversation, n'est-ce pas ? Qu'il ait ou n'ait pas effectivement volé des diamants.

Il avait dû se rendre compte de l'erreur qu'il avait commise en mettant les diamants sur le tapis. Il arrêta les frais sans tarder.

– Bon d'accord, dit-il. Ça aussi, on le mettra dans le paquet.

– Vous êtes un homme bon, Dwight, lui dis-je.

– J'essaie. Et donc, vous retirez votre requête dès maintenant ?

– Première chose à l'ordre du jour dès demain matin. Quand devons-nous passer en audience ? J'ai un procès qui commence à la fin de la semaine prochaine.

– Allons-y lundi. Je vous le ferai savoir.

Je raccrochai et appelai la réception par l'interphone. Heureusement, ce fut Lorna qui répondit.

– Je croyais vous avoir renvoyés chez vous, lui dis-je.

– On allait passer la porte, me renvoya-t-elle. Je vais laisser ma voiture ici et partir avec Cisco.

– Quoi ? Sur son biclo à la noix ?

– Je te demande pardon, papa, mais je ne pense pas que tu aies voix au chapitre sur ce point.

Je grognai.

– C'est vrai, mais j'ai voix au chapitre en ce qui concerne la personne qui travaille pour moi en qualité d'enquêteur. Peut-être que si j'arrivais à vous séparer, vous pourriez rester en vie.

– Mickey, je te défends !

– Peux-tu simplement dire à Cisco que j'ai besoin de l'adresse du liquidateur ?

– Je le ferai et… à demain.

– J'espère. Mets un casque.

Je raccrochai et Cisco débarqua avec un Post-it dans une main et un flingue dans un holster en cuir dans l'autre. Il fit le tour du bureau, posa le Post-it devant moi, ouvrit le tiroir et y rangea l'arme.

– Qu'est-ce que tu fabriques ? lui demandai-je. Il n'est pas question que tu me passes une arme.

– Elle est complètement légale et déclarée à mon nom.

– C'est génial, mais tu ne peux pas me la donner. C'est illé…

– Je ne te la donne pas. Il se trouve seulement que c'est là que je la range quand j'ai fini ma journée. Je la reprendrai demain matin, d'accord ?

– Comme tu voudras. Je pense que vous réagissez un peu trop fort.

– Ça vaut mieux que de réagir un peu trop mollement. À demain.

– Merci. Tu m'envoies Patrick avant de partir ?

– Entendu. Et à propos… Lorna, je l'oblige toujours à porter un casque.

Je le regardai et acquiesçai d'un signe de tête.

– C'est bien, Cisco.

Il quitta la pièce, Patrick ne tardant pas à y entrer.

– Patrick, lui dis-je, Cisco a causé avec le liquidateur de Vincent et il a toujours une de vos *longboards*. Vous pouvez aller la reprendre. Dites-lui juste que c'est pour moi et qu'il m'appelle s'il y a le moindre problème.

– Oh mec ! Merci, merci !

– Oui, bon, j'ai de bien meilleures nouvelles que ça pour votre affaire.

– Qu'est-ce qui s'est passé ?

Je lui rapportai l'entretien téléphonique que je venais d'avoir avec Dwight Posey. Dès que je lui eus dit qu'il ne ferait pas de taule tant qu'il ne repiquerait pas à la drogue, je vis une petite lumière s'allumer dans ses yeux. Ce fut comme si je voyais le fardeau de cette affaire lui tomber des épaules. Enfin, il pouvait recommencer à penser à l'avenir.

– Faut que j'appelle ma mère, dit-il. Ce qu'elle va être contente !

– Oui bon, ben j'espère que vous l'êtes, vous aussi.

– Oh que oui !

– Bon alors, voilà comment je vois les choses : vous me devez entre deux et trois mille dollars pour le boulot que j'ai fait pour vous. Ça va vous faire aux environs de deux à trois semaines à me conduire partout. Si vous voulez, vous pouvez rester avec moi jusqu'à ce que la dette soit réglée. Après, on pourra reparler de tout ça et voir où on en est.

– Ça me paraît bien. Le boulot me plaît.

– Bien, Patrick, alors marché conclu.

Il eut un grand sourire et se retournait pour partir lorsque je lui lançai :

– Encore un truc, Patrick. (Il se retourna vers moi.) Je vous ai vu dormir dans votre voiture au garage ce matin.

– Je suis navré. Je trouverai un autre endroit, dit-il en baissant les yeux.

– Non, non, c'est moi qui suis navré. J'ai oublié ce que vous m'aviez dit au téléphone la première fois qu'on s'est parlé. Que vous dormiez dans votre voiture ou dans une cabine de maître nageur. Je ne sais pas trop si c'est bien de dormir dans le garage où un type s'est fait descendre l'autre soir.

– Je vais trouver un autre endroit.

– Écoutez, si vous voulez, je peux vous faire une avance. Ça vous aiderait peut-être à prendre une chambre de motel ou autre.

– Euh, peut-être.

J'étais heureux de pouvoir l'aider, mais je savais qu'il est presque aussi déprimant de vivre dans un motel que de coucher dans sa voiture.

– Que je vous dise, repris-je. Si vous voulez, vous pourriez rester chez moi deux ou trois semaines. Jusqu'à ce que vous ayez un peu d'argent en poche et que vous ayez peut-être un meilleur plan.

– Chez vous ?

– Ouais, bon, vous savez… temporairement.

– Avec vous ?

Je compris mon erreur.

– Non, c'est pas ce que vous croyez, Patrick. J'ai une maison et vous auriez votre chambre. En fait, les mercredis soirs et un week-end sur deux, ce serait mieux que vous alliez chez un ami ou dans un motel. Ce sont les jours où j'ai ma fille avec moi.

Il réfléchit et acquiesça d'un signe de tête.

– Oui, je pourrais, dit-il.

Je tendis la main par-dessus le bureau et lui fis signe de me donner le Post-it où était inscrite l'adresse du liquidateur. J'y ajoutai la mienne et repris la parole.

– Pourquoi vous n'iriez pas chercher votre planche avant de vous rendre chez moi à cette adresse ? Fareholm Drive donne dans Laurel Canyon, une rue avant Mount Olympus. Vous montez les marches jusqu'à la véranda de devant et vous y trouverez une table, des chaises et un cendrier. La clé supplémentaire est sous le cendrier. La chambre d'amis est juste à côté de la cuisine. Faites comme chez vous.

– Merci.

Il prit le Post-it et regarda l'adresse que je lui avais donnée.

– J'arriverai probablement tard, lui dis-je. J'ai un procès qui débute la semaine prochaine et beaucoup de boulot à faire avant.

– D'accord.

– Écoutez, on parle juste de quelques semaines. Jusqu'à ce que vous vous remettiez sur pied. En attendant, peut-être que vous et moi, on peut se donner un coup de main. Comme tenez… y en a un qui commence à se sentir tiré en arrière et l'autre… il est là pour en causer. D'accord ?

– D'accord.

Nous gardâmes le silence un instant, chacun réfléchissant aux termes du marché, c'est probable. Je ne lui dis pas qu'il se pouvait qu'il m'aide plus que moi je ne pourrais le faire à son endroit. Depuis ces dernières quarante-huit heures, la charge de cette nouvelle affaire commençait à me peser. Je sentais que ça me tirait en arrière, vers le confort du monde tout enveloppé de ouate que pouvaient m'offrir les pilules. Elles ouvraient l'espace qui s'étendait entre l'endroit où je me trouvais et le mur en brique de la réalité. Et cet espace, je commençais à avoir envie de l'agrandir.

Mais au plus profond de moi-même, je savais que je n'en voulais plus et peut-être que Patrick pourrait m'aider à éviter ça.

– Merci, maître Haller, me dit-il.

Je lâchai mes pensées pour le regarder.

– Appelez-moi Mickey, lui dis-je. Et c'est moi qui devrais vous dire merci.

– Pourquoi faites-vous tout ça pour moi ?

Je regardai un instant le grand poisson accroché au mur derrière lui, puis je reportai mon attention sur lui.

– Je ne sais pas trop, Patrick. Mais j'espère qu'en vous aidant je m'aiderai moi-même.

Il hocha la tête comme s'il savait de quoi je parlais. Ce qui était bien étrange vu que je ne savais pas trop moi-même ce que j'avais voulu dire.

– Allez chercher votre planche, Patrick. Je vous retrouve à la maison. Et n'oubliez pas d'appeler votre mère.

30

Lorsque enfin je fus seul dans le bureau, j'enclenchai le processus comme je le fais toujours : avec des feuilles vierges et des crayons pointus. Du placard à fournitures je sortis deux blocs-notes grand format et quatre crayons Black Warrior. Je les aiguisai et me mis au travail.

Vincent avait divisé le dossier Elliot en deux classeurs. Le premier contenait le dossier de l'accusation et le second, qui était plus mince, celui de la défense. Le poids de ce dernier ne m'inquiétait guère. La défense observe les mêmes règles de réciprocité que l'accusation. Tout ce qui atterrit dans le dossier défense est passé à l'accusation. Tout avocat de la défense chevronné sait donc comment faire pour garder ce dossier des plus minces. Le reste de ce qu'il faut savoir, on le garde dans sa tête ou caché dans une puce électronique dans son ordinateur à condition que ce soit sûr. Et moi, je n'avais ni la tête ni le portable de Vincent. Cela dit, j'étais certain que ses secrets se trouvaient quelque part dans ses tirages papier. C'était là que se cachait l'argument miracle. Il fallait juste que je le découvre.

Je commençai par le dossier épais, celui de l'accusation. Je le lus de bout en bout, sans en oublier une page ou un mot. Je pris des notes dans un des deux blocs et construisis un schéma événementiel chronologique dans l'autre. Puis j'étudiai les photographies de la scène de crime avec une loupe que je sortis du tiroir du bureau. Et dressai la liste de tous les noms rencontrés au fil de ma lecture.

De là, je passai au dossier de la défense et là encore j'en lus toutes les pages et tous les mots. Le téléphone sonna à deux reprises, mais je ne levai même pas le nez pour voir quel nom s'affichait sur mon écran. Je m'en moquais. Je m'étais lancé dans une recherche implacable et ne me souciais que d'une chose : trouver l'argument magique.

Lorsque j'en eus fini avec les dossiers Elliot, j'ouvris ceux de l'affaire Wyms et lus tous les documents et rapports qu'il contenait, opération qui me prit beaucoup de temps. Wyms ayant été arrêté suite à un incident qui s'était déroulé en public et dans lequel plusieurs membres du SWAT étaient impliqués, son dossier regorgeait de rapports émanant des unités engagées et des services présents sur place. Il était bourré de transcriptions des conversations avec Wyms, de comptes-rendus d'expertises balistiques, de déclarations de témoins et de mains courantes, sans même parler d'un long inventaire des pièces à conviction.

Il y avait beaucoup de noms dans ce dossier, mais je les vérifiai tous sur la liste des noms incluse dans le dossier Elliot. Et je vérifiai aussi toutes les adresses.

Je me souvins alors d'une cliente que j'avais eue un jour. Je ne sais même pas son nom : à l'époque, j'étais sûr que celui sous lequel la machine judiciaire la connaissait n'était pas le sien. C'était son premier délit, mais elle connaissait trop bien ladite machine pour être d'une pureté virginale. De fait même, elle connaissait tout un peu trop bien. Bref, qu'elle s'appelle comme ci ou comme ça, elle avait trompé la machine qui voyait en elle quelqu'un qu'elle n'était pas.

Elle était accusée d'avoir cambriolé un logement occupé. Mais il y avait nettement plus que cette seule accusation. Cette fille aimait cibler des chambres d'hôtel où dormaient des types très friqués. Elle savait comment choisir ses victimes, les suivre et forcer les serrures de leurs portes et de leurs coffres pendant qu'ils dormaient. Au cours d'un moment d'abandon, probablement le seul dans nos relations, elle m'avait décrit la charge d'adrénaline qui lui venait chaque fois que, le dernier chiffre étant entré, elle entendait les rouages électroniques du coffre de la chambre se mettre en branle et le déverrouiller. Ouvrir le coffre et découvrir ce qu'il renfermait n'était jamais aussi bon que le moment où, les rouages commençant à grincer, elle sentait son sang courir à toute allure dans ses veines. Rien, ni avant ni après, n'était jamais aussi bon que cet instant. Ce n'était pas pour le fric qu'elle travaillait. C'était pour la vitesse avec laquelle son sang se mettait brusquement à courir.

J'avais fait oui de la tête lorsqu'elle m'avait raconté tout ça. Je ne m'étais jamais introduit dans une chambre d'hôtel pendant qu'un type y ronflait sur son lit. Mais l'instant où les rouages se mettent en branle, je connaissais. Et l'accélération du sang dans les veines aussi.

Je trouvai ce que je cherchais au deuxième examen du dossier. Et dire que j'avais le renseignement sous le nez depuis le début ! D'abord dans le rapport d'arrestation d'Elliot et ensuite dans la chronologie des événements que j'avais moi-même dressée ! Ce que j'appelle mon « arbre de Noël ». Au début, il ne s'y trouve que du basique sans ornements. Que les faits bruts. Après, au fur et à mesure que j'approfondis mon examen et fais mien tout le dossier, je commence à y accrocher des lumières et des ornements. Des détails et des déclarations de témoins, des pièces à conviction et des résultats d'analyses. Bientôt, l'arbre est tout illuminé et scintillant. Tout y est sous mes yeux, aussi bien les faits que la chronologie.

Cette fois, j'avais prêté une attention toute particulière à Walter Elliot en dessinant mon arbre de Noël. Il en était le tronc, et toutes les branches partaient de lui. J'avais ses faits et gestes, ses déclarations et ses actes en temps et en heure.

12 h 40 – W. E. arrive à la maison sur la plage
12 h 50 – W. E. découvre les corps
13 h 05 – W. E. appelle le 911
13 h 24 – W. E. rappelle le 911
13 h 28 – Les shérifs adjoints arrivent sur les lieux
13 h 30 – W. E. appréhendé
14 h 15 – Arrivée de la brigade des Homicides
14 h 40 – W. E. emmené au commissariat de Malibu
16 h 55 – Interrogatoire de W. E. ; avisé de ses droits
17 h 40 – W. E. transporté à Whittier
19 h 00 – Test résidus de poudre
20 h 00 – Deuxième tentative d'interrogatoire, refus, arrestation
20 h 40 – W. E. transporté à la prison centrale pour hommes

Certaines de ces heures étaient des estimations de ma part, mais la plupart sortaient directement du rapport d'arrestation et d'autres documents consignés au dossier. Dans ce pays, le maintien de l'ordre a beaucoup à voir avec la paperasse. Je peux toujours compter sur le dossier de l'accusation pour bâtir mes chronologies.

À la deuxième lecture, je me servis de mon crayon et de ma gomme et commençai à ajouter des décorations à mon arbre.

12 h 40 – W. E. arrive à la maison sur la plage
porte de devant pas fermée à clé
12 h 50 – W. E. découvre les corps
porte du balcon ouverte
13 h 05 – W. E. appelle le 911
attend dehors
13 h 24 – W. E. rappelle le 911
qu'est-ce qui bloque ?
13 h 28 – Les shérifs adjoints arrivent sur les lieux
Murray (4-alpha-1) et Harber (4-alpha-2)
13 h 30 – W. E. appréhendé
placé dans une voiture de patrouille
Murray/Harber fouillent la maison
14 h 15 – Arrivée de la brigade des Homicides
première équipe : Kinder (badge 14492)
et Ericsson (badge 21101)
deuxième équipe : Joshua (badge 22234)
et Toles (badge15154)
14 h 30 – W. E. ramené dans la maison, raconte sa
découverte
14 h 40 – W. E. emmené au commissariat de Malibu
transport effectué par Joshua et Toles
16 h 55 – Interrogatoire de W. E. ; avisé de ses droits
Kinder prend la direction de l'interrogatoire
17 h 40 – W. E. transporté à Whittier
Joshua/Toles
19 h 00 – Test résidus de poudre
technicienne labo : Anita Sherman
transport au labo, Sherman
20 h 00 – Deuxième interrogatoire, Ericsson dirige,
W. E. refuse coopérer
a compris
20 h 40 – W. E. transporté à la prison centrale pour
hommes
Joshua/Toles

En dessinant mon arbre de Noël j'avais porté sur une autre feuille de papier les noms de tous les individus mentionnés dans les rapports du shérif. Je savais que ce serait la liste des témoins que j'allais donner à l'accusation la semaine suivante. En règle générale, je prends le dossier en bloc et convoque tous ceux que je trouve dans le rapport d'enquête, juste pour être sûr. On peut toujours réduire le nombre des témoins au procès proprement dit, le problème étant parfois d'en ajouter d'autres.

En partant de cette liste de témoins et de mon arbre de Noël j'allais pouvoir déduire la manière dont l'accusation allait jouer le coup. J'allais être aussi en mesure de déterminer les témoins qu'elle essayait d'éviter, voire pourquoi. Ce fut au moment où j'analysais mon travail et pensais en ces termes que je sentis les rouages se mettre à bouger et le doigt glacé de la révélation me descendre le long de la colonne vertébrale. Tout devenant clair et lumineux, je trouvai enfin l'argument miracle de Jerry Vincent.

Walter Elliot avait été écarté de la scène de crime et emmené au commissariat de Malibu afin de ne pas gêner les inspecteurs chargés d'examiner les lieux. Un bref interrogatoire y avait été conduit avant qu'Elliot n'y mette fin. Il avait alors été transporté au quartier général des services du shérif de Whittier, où on lui avait fait subir le test des résidus de poudre et découvert des traces de nitrate sur ses mains. Plus tard, Kinder et Ericsson avaient à nouveau essayé d'interroger leur suspect, mais celui-ci avait très sagement refusé de coopérer. Il avait alors été formellement inculpé et placé en détention à la prison du comté.

La procédure était standard et le rapport d'arrestation ne laissait rien dans l'ombre quant au suivi chronologique de la mise en détention. Walter Elliot n'avait eu affaire qu'à des inspecteurs des Homicides tandis qu'il était transféré de la scène de crime au poste de Malibu, puis au QG, puis à la prison. Mais c'était la manière dont on l'avait traité avant leur arrivée qui retint mon attention. C'est là que je remarquai quelque chose qui m'avait échappé jusqu'alors. C'était aussi simple que la qualité des adjoints en uniforme qui avaient été les premiers à répondre à l'appel. À s'en tenir au dossier, Murray et Harber avaient droit à celle de « 4-alpha-1 » et de « 4-alpha-2 » juste après leurs noms. Et ça, je l'avais déjà vu au moins une fois dans le dossier de Wyms.

En passant d'un dossier à l'autre, j'eus tôt fait de retrouver le rapport d'arrestation de Wyms et le lus rapidement sans m'arrêter jusqu'à ce que mes yeux tombent sur la première occurrence de ce « 4-alpha-1 ».

C'était l'adjoint Todd Stallworth qui y avait droit. Todd Stallworth était le policier qu'on avait appelé en premier pour enquêter sur le coup de feu tiré au parc d'État de Malibu Creek. C'était aussi lui qui conduisait le véhicule sur lequel Wyms avait fait feu et c'était encore lui qui avait mis Wyms en état d'arrestation à la fin du face-à-face et l'avait conduit en prison.

Je compris alors quc cc « 4-alpha-1 » n'était pas une qualité propre à tel ou tel shérif adjoint, mais avait à voir avec une zone de patrouille précise ou avec un secteur du ressort de celui-ci ou celui-là. Le district de Malibu couvre l'énorme étendue non municipalisée de l'ouest du comté, à savoir des plages aux montagnes de Malibu, jusqu'aux communes de Thousand Oaks et de Calabasas. J'en déduisis qu'il s'agissait du quatrième district et que le mot « alpha » désignait une voiture de patrouille précise. Cela semblait être la seule façon d'expliquer pourquoi des shérifs adjoints travaillant à des heures différentes avaient droit aux mêmes qualifications dans des rapports d'arrestations différents.

L'adrénaline monta brusquement dans mes veines et mon sang s'envola lorsque tout se recoupa. En un instant je compris ce que Vincent avait manigancé et entrepris. Je n'avais plus besoin ni de son portable ni de ses blocs-notes. Ni non plus de son enquêteur. Je savais très exactement quelle stratégie il avait prévue pour la défense.

Enfin… je le croyais.

Je sortis mon téléphone portable et appelai Cisco. Et coupai court aux plaisanteries.

– Cisco, lui dis-je, c'est moi. Connais-tu des shérifs adjoints ?

– Euh, oui… quelques-uns. Pourquoi ?

– Qui travailleraient au poste de Malibu ?

– J'en connais un qui y a travaillé. Il est à Lynwood maintenant. Malibu le rasait trop.

– Est-ce que tu peux l'appeler ce soir ?

– Ce soir ? Oui, je pense. Qu'est-ce qui se passe ?

– Il faut que je sache ce que veut dire « 4-alpha-1 ». Tu pourrais m'obtenir ce renseignement ?

– Ça ne devrait pas poser de problème. Je te rappelle. Mais attends une seconde. Lorna veut te parler.

J'attendis qu'il lui passe le téléphone. J'entendis des bruits de télé en arrière-plan. Je venais d'interrompre un moment de bonheur domestique.

– Mickey, tu es toujours là-bas, au bureau ? me demanda-t-elle.

– Oui. J'y suis.

– Il est 8 heures et demie. Je pense que tu devrais rentrer chez toi.

– Je le pense aussi. J'attends que Cisco me rappelle… il doit vérifier quelque chose pour moi… et je pense aller manger un steak et des spaghettis Chez Dan Tana.

Elle savait que c'était là que j'allais quand j'avais quelque chose à fêter. En général un verdict favorable.

– Tu as déjà avalé un steak au petit déjeuner.

– Ben, ça devrait terminer la journée en beauté.
– Ça s'est bien passé ce soir ?
– Je crois, oui. Vraiment bien.
– Tu vas y aller tout seul ?

Elle avait dit ça avec de la sympathie dans la voix comme pour me faire comprendre que maintenant qu'elle était avec Cisco, elle commençait à culpabiliser de me savoir tout seul dans ce vaste monde si plein de méchanceté.

– Craig ou Christian me tiendra compagnie, lui dis-je.

Craig et Christian étaient les deux portiers de Chez Dan Tana. Ils s'occupaient bien de moi quand je venais, seul ou pas.

– On se retrouve demain, Lorna.
– D'accord, Mickey. Amuse-toi bien.
– C'est déjà en route.

Je raccrochai et attendis en faisant les cent pas dans la pièce et en reprenant tout depuis le début dans ma tête. Les dominos tombaient bien les uns après les autres. C'était satisfaisant et tout s'emboîtait. Ce n'était pas par obligation pour les pauvres ou pour les vaincus que Vincent avait pris l'affaire Wyms. De fait, il s'en était servi comme d'un camouflage. Plutôt que de pousser l'affaire vers un plaider-coupable évident, il avait collé Wyms trois mois à Camarillo et, ce faisant, avait gardé l'affaire bien vivante. Et sous couvert de défendre Wyms, il avait récolté des renseignements dont il se servirait dans l'affaire Elliot – et avait ainsi fort bien dissimulé ses coups et sa stratégie à l'accusation.

Techniquement, il n'avait probablement pas franchi les bornes, mais moralement, le coup était bas. Eli Wyms avait passé quatre-vingt-dix jours dans un établissement pénitentiaire de l'État afin que Vincent puisse bâtir un système de défense pour Elliot. C'était à Elliot qu'était revenu l'argument miracle alors que Wyms écopait du cocktail de médicaments pour les fous.

Ce qu'il y avait de bien dans tout cela était que je n'avais pas, moi, à m'inquiéter des péchés de mon prédécesseur. Wyms était sorti de Camarillo et, en plus, ces péchés-là, ce n'était pas moi qui les avais commis. Je pouvais me contenter d'aller au procès en profitant des découvertes de Vincent.

Cisco ne mit pas longtemps à me rappeler.

– J'ai parlé avec mon type de Lynwood, dit-il. « 4-alpha » désigne la première voiture de Malibu. Le « 4 », c'est pour le poste de Malibu et « alpha », c'est pour… alpha. Comme le chien alpha. Le chef de la meute. Les grands coups… les appels prioritaires… sont généralement réservés à la voiture alpha. « 4-alpha-1 » désigne donc le conducteur et s'il a un coéquipier, celui-ci est « 4-alpha-2 ».

– Ce qui fait que la voiture alpha couvre tout le quatrième district ?

– C'est ce qu'il m'a dit. La « 4-alpha » a le droit de se balader dans tout le district et d'écrémer ce qu'il y a de mieux.

– Ce qui veut dire ?

– De prendre les meilleurs appels. Les coups intéressants.

– J'ai compris.

Ma théorie était confirmée. Un double meurtre et des coups de feu tirés près d'un quartier résidentiel devaient très certainement donner lieu à des appels alpha. D'où un seul terme, mais des shérifs adjoints différents qui prennent l'appel. Différents adjoints qui réagissent, mais une seule voiture. Les dominos dégringolèrent en claquant.

– Ça t'aide, Mickey ?

– Oui, Cisco, ça m'aide. Mais ça va vouloir dire encore plus de travail pour toi.

– Sur l'affaire Elliot ?

– Non, pas sur celle-là. Je veux que tu bosses sur l'affaire Eli Wyms. Je veux que tu me trouves tout ce que tu peux sur la nuit où il a été arrêté. Et je veux des détails.

– C'est pour ça que je bosse.

31

Après ma découverte de la veille, du simple dossier qu'elle était, l'affaire s'était emparée de mon imagination. Des visions de prétoire commençaient à me venir à l'esprit. Des scènes d'interrogatoire et de contre-interrogatoire de témoins. Je me représentai les costumes que j'allais porter aux audiences et les postures que j'allais adopter devant les jurés. L'affaire commençait à prendre vie en moi et ça, c'était toujours une bonne chose. Question d'élan. Bien planifier les choses, c'est aller au procès avec l'inébranlable conviction qu'on ne perdra pas. Je ne savais pas ce qui était arrivé à Jerry Vincent, comment ses actes avaient peut-être conduit à sa perte, ni même si sa mort était vraiment liée à l'affaire Elliot, mais j'avais l'impression d'avoir quelque chose dans la ligne de mire. J'avais la vitesse et me sentais prêt à engager la bataille.

J'avais décidé de m'installer dans un box de coin de Chez Dan Tana et de poser les grandes lignes de certains interrogatoires de témoins en dressant une liste de questions de base et de réponses probables à chacune. J'étais tout excité de m'y mettre et Lorna n'avait pas à s'inquiéter pour moi. Je ne serais pas seul : j'aurais mon affaire avec moi. Pas celle de Jerry Vincent, non : la mienne.

Après avoir remballé mes dossiers et préparé d'autres crayons et bloc-notes, j'éteignis les lumières et fermai la porte du bureau à clé. Puis je descendis le couloir et franchis la passerelle conduisant au parking.

Et juste au moment où j'entrais dans le garage, je vis un homme monter la rampe qui partait du premier étage. Il dut faire encore quelques pas pour qu'un instant plus tard je reconnaisse en lui le type de la photo que Bosch m'avait montrée ce matin-là.

Mon sang se figea dans mes veines. Fuir ou se battre, l'instinct prit le dessus. L'espace d'un instant, le reste du monde ne compta plus. Il n'y avait plus que le moment et je devais choisir. Mon cerveau évalua la situation plus vite que n'importe quel ordinateur IBM aurait jamais pu le faire. Et le résultat de cette analyse fut que l'homme qui s'avançait vers moi était bien l'assassin et qu'il était armé.

Je pivotai et commençai à courir.

– Hé ! lança une voix dans mon dos.

Je continuai à courir. Je repassai la passerelle en sens inverse pour gagner les portes en verre donnant dans le bâtiment. Une seule et unique pensée des plus claires fila dans toutes les synapses de mon cerveau : il fallait que j'entre dans l'immeuble et que j'arrive à l'arme de Cisco. Tuer ou me faire tuer.

Mais c'était après les heures de bureau et les portes s'étaient verrouillées derrière moi lorsque j'avais quitté le bâtiment. Je glissai vite la main dans ma poche pour y trouver mes clés et la ressortis vivement – billets, pièces et portefeuille, tout tomba par terre.

J'avais enfoncé la clé dans la serrure lorsque j'entendis des pas qui remontaient dans mon dos. *Le flingue ! Récupère le flingue !*

Enfin j'ouvris la porte et me ruai dans le couloir jusqu'à mon bureau. Jetai un coup d'œil derrière moi et vis le type attraper la porte juste avant qu'elle ne se referme à clé. Il ne m'avait pas lâché.

La clé toujours dans ma main, j'atteignis la porte du

bureau et tâtonnai avant de réussir à l'insérer dans la serrure. Je sentais que le tueur se rapprochait. Je parvins enfin à ouvrir la porte, entrai, la refermai d'un coup sec et la verrouillai. Allumai la lumière, traversai la réception et fonçai dans le bureau de Vincent.

L'arme que m'avait laissée Cisco était toujours dans le tiroir. Je l'empoignai, la sortis de son holster et regagnai la réception. À l'autre bout de la pièce, je vis la forme du tueur se dessiner sur le verre dépoli. Il essayait d'ouvrir la porte. Je levai mon arme et la pointai sur son image floue.

J'hésitai, puis je levai mon flingue plus haut encore et tirai deux coups de feu dans le plafond. Dans la pièce fermée le bruit fut assourdissant.

– Ben, c'est ça ! hurlai-je. Entre donc un peu voir !

De l'autre côté de la porte en verre, l'image disparut. J'entendis des pas qui filaient dans le couloir, puis la porte de la passerelle s'ouvrir et se refermer. Je restai absolument immobile et écoutai. Rien, pas un bruit.

Sans lâcher la porte des yeux, je gagnai le bureau de la réception et décrochai le téléphone. J'appelai le 911, la réponse fut immédiate, mais je n'eus droit qu'à un enregistrement me disant que mon appel était important et que je devais attendre le prochain dispatcher disponible.

Je me rendis compte que je tremblais, pas de peur mais de trop-plein d'adrénaline. Je posai l'arme sur le bureau, tâtai ma poche et m'aperçus que je n'avais pas perdu mon portable. Le téléphone du bureau dans une main, j'ouvris mon portable avec l'autre et appelai Harry Bosch. Il décrocha à la première sonnerie.

– Bosch ! m'écriai-je. Le type que vous m'avez montré ce matin est venu ici !

– Haller ? Qu'est-ce que vous racontez ? Quel type ?

– Le type de la photo que vous m'avez montrée aujourd'hui ! Celui avec le flingue !

– Bon, bon, calmez-vous. Où est-il ? Et vous, où êtes-vous ?

Je compris que le stress avait tendu ma voix et que je criais. Gêné, je respirai un grand coup et tentai de me calmer avant de répondre.

– Je suis au bureau, dis-je enfin. Celui de Vincent. Je m'en allais et je l'ai vu dans le garage. Je suis revenu au bureau en courant et il m'a couru après. Il a essayé d'entrer dans le bureau, je crois qu'il est parti, mais je n'en suis pas sûr. J'ai tiré quelques coups de feu et après…

– Vous avez une arme ?

– Et comment, nom de Dieu !

– Je vous suggère fermement de la ranger avant que quelqu'un ne soit blessé.

– Si ce mec est encore dehors, le blessé, ça va être lui ! Qui c'est, bordel ?

Il y eut une pause avant qu'il ne réponde.

– Je ne sais pas encore. Écoutez, je suis toujours en centre-ville et je commençais moi aussi à rentrer à la maison. Je suis dans ma voiture. Ne bougez pas et je vous rejoins dans cinq minutes. Restez dans votre bureau et gardez la porte fermée à clé.

– Ne vous inquiétez pas, je ne bouge pas d'ici.

– Et ne tirez pas quand j'arrive.

– Promis.

Je tendis le bras et raccrochai le téléphone du bureau. Bosch arrivait, je n'avais plus besoin des flics. Je repris l'arme.

– Hé, Haller ?

– Quoi ?

– Qu'est-ce qu'il voulait ?

– Quoi ?

– Le type. Il venait pour quoi ?

– Alors là, c'est une bonne question ! Mais je n'ai pas la réponse.

– Écoutez, arrêter de vous foutre de moi et dites-moi !

– Mais c'est ce que je fais ! Je ne sais pas ce qu'il cherche. Bon et maintenant, arrêtez de jacasser et ramenez-vous !

Sans même le vouloir j'avais serré les poings en criant et, pur accident, tirai un coup de feu dans le plancher. Je bondis comme si c'était quelqu'un d'autre qui m'avait tiré dessus.

– Haller ! hurla Bosch. C'était quoi, bordel ?

Je respirai un grand coup et pris le temps de me calmer avant de répondre.

– Haller, répéta-t-il, qu'est-ce qui se passe ?

– Ramenez-vous et vous le verrez.

– Vous l'avez touché ? Vous l'avez abattu ?

Je ne répondis même pas et refermai mon portable.

32

Bosch couvrit la distance en six minutes, mais j'eus l'impression qu'il avait mis une heure. Une image sombre se formant de l'autre côté de la vitre, il frappa à la porte, fort.

– Haller, c'est moi, Bosch ! cria-t-il.

Mon arme au côté, je déverrouillai la porte et le laissai entrer. Lui aussi avait sorti son arme et la tenait à son côté.

– Des trucs depuis qu'on s'est parlé au téléphone ? me demanda-t-il.

– Je ne l'ai ni vu ni entendu. J'ai dû lui foutre une trouille d'enfer.

Il rengaina son arme et me coula un regard comme pour me dire que ma posture de gros dur ne convainquait personne, en dehors de moi peut-être.

– Et le dernier coup de feu ? reprit-il.

– Accident.

Je lui montrai le trou dans le sol.

– Donnez-moi ce flingue avant que vous ne vous tuiez.

Je le lui tendis, il le glissa dans la ceinture de son pantalon.

– Vous n'avez pas d'arme… pas légalement. J'ai vérifié.

– C'est celle de mon enquêteur. Il la laisse ici le soir.

Il regarda le plafond et vit les deux trous que j'y avais faits. Puis il me regarda, moi, et hocha la tête.

Et gagna les stores et jeta un coup d'œil dans la rue. À cette heure de la nuit, Broadway était complètement morte. Deux ou trois immeubles voisins avaient été transformés en lofts, mais il allait encore falloir beaucoup de temps avant que l'avenue retrouve la vie nocturne qu'elle avait connue quatre-vingts ans plus tôt.

– Bon, dit-il, asseyons-nous.

Il se détourna de la fenêtre et me vit debout derrière lui.

– Dans votre bureau, précisa-t-il.

– Pourquoi ?

– Parce qu'on va parler de tout ça.

Je m'y rendis et m'assis derrière le bureau, Bosch prenant place en face de moi.

– Et d'un, voici vos affaires, dit-il. Je les ai retrouvées sur la passerelle.

De la poche de sa veste il sortit mon portefeuille et des billets. Il posa tout cela sur le bureau et remit sa main dans sa poche pour y chercher la petite monnaie.

– Bon d'accord, et maintenant quoi ? lui demandai-je en remettant mes biens dans ma poche.

– Maintenant on parle. Et d'un, est-ce que vous voulez faire une déposition sur cet incident ?

– Pourquoi se donner cette peine ? Vous savez de quoi il est question. C'est votre dossier. Pourquoi ne savez-vous pas de qui il s'agit ?

– On y travaille.

– Ça ne suffit pas, Bosch ! Il m'a attaqué ! Pourquoi ne pouvez-vous pas l'identifier ?

Il hocha la tête.

– Parce que nous pensons qu'il s'agit d'un tueur à gages qu'on a fait venir d'ailleurs. Peut-être même de l'étranger.

– Génial, ça, putain ! Pourquoi est-il revenu ici ?

– À cause de vous, c'est évident. À cause de ce que vous savez.

– Moi ? Mais je ne sais rien !

– Vous n'avez pas bougé d'ici pendant trois jours. Vous devez savoir quelque chose qui vous rend dangereux pour lui.

– Je me tue à vous le dire : je n'ai rien.

– Alors il faut que vous vous demandiez pourquoi ce type est revenu. Qu'est-ce qu'il a laissé derrière lui ou oublié la première fois ?

Je me contentai de le dévisager. De fait, j'avais envie de l'aider. J'étais fatigué d'être sous la menace et plutôt deux fois qu'une, et si j'avais pu lui donner une réponse, je l'aurais fait.

Je hochai la tête.

– Si j'avais seulement une…

– Oh allons ! aboya-t-il. C'est à votre vie qu'on en veut. Vous ne comprenez donc pas ? Qu'est-ce que vous savez ?

– Je vous l'ai dit !

– Qui Vincent a-t-il acheté ?

– Je n'en sais rien et je ne pourrais pas vous le dire si je le savais.

– Qu'attendait de lui le FBI ?

– Ça non plus, je ne le sais pas !

Il commença à me montrer du doigt.

– Espèce d'enfoiré d'hypocrite ! Vous vous cachez derrière les protections de la loi alors que l'assassin est là dehors à attendre. Ce ne sont ni votre éthique ni vos règlements qui arrêteront la balle, Haller. Dites-moi ce que vous savez !

– Je vous l'ai dit ! Je n'ai rien et arrêtez de me montrer du doigt, bordel ! C'est pas mon boulot, ça. C'est le vôtre. Même que si vous le faisiez, les gens d'ici se sentiraient…

– Je vous demande pardon…

On avait parlé dans son dos, en un geste d'une belle fluidité il se retourna, se leva de sa chaise, sortit son arme et la pointa sur la porte.

Devant lui se tenait un type avec un sac-poubelle à la main – et ce type avait les yeux grands ouverts de terreur.

Bosch abaissa aussitôt son arme, mais l'homme de ménage parut sur le point de s'évanouir.

– Désolé, dit Bosch.

– Je reviens après, dit l'homme avec un fort accent d'Europe de l'Est.

Il se retourna et disparut en un éclair.

– Putain de Dieu ! jura Bosch très clairement mal à l'aise d'avoir pointé son arme sur un innocent.

– Je crains qu'on ne nous vide plus jamais nos poubelles, fis-je remarquer.

Bosch gagna la porte, la ferma et poussa le verrou. Revint au bureau et me regarda plein de colère. Puis il s'assit, respira un grand coup et enchaîna d'une voix nettement plus calme.

– Maître, dit-il, je suis heureux de constater que vous n'avez pas perdu votre sens de l'humour. Mais y en a plein le cul de ces plaisanteries !

– D'accord, dis-je. Fini les plaisanteries.

Il me donna alors l'impression de beaucoup se battre avec ce qu'il allait dire ou faire dans la seconde qui suivait. Il balaya la pièce du regard et revint sur moi.

– Bon d'accord, dit-il, écoutez… vous avez raison. C'est à moi de coincer ce type. Mais vous, vous l'avez eu ici même. Ici même, bordel ! Et donc, il est quand même raisonnable de se dire qu'il avait un but en venant. Ou bien il venait vous tuer, ce qui paraît peu vraisemblable puisqu'il n'a pas l'air de vous connaître, ou bien il voulait vous arracher ou soutirer quelque chose, toute la question étant de savoir quoi. Qu'y a-t-il dans ce bureau ou dans un de vos dossiers qui pourrait nous conduire à l'identifier ?

J'essayai de lui servir mon ton le plus calme pour faire jeu égal avec lui.

– Tout ce que je peux vous dire, c'est que j'ai eu la

personne qui gère les dossiers ici depuis mardi. J'ai eu aussi mon enquêteur ici, et la réceptionniste de Jerry Vincent jusqu'à midi, moment qu'elle a choisi pour arrêter. Et aucun de nous, inspecteur, absolument aucun de nous n'a été capable de trouver la preuve tangible qui, selon vous, se trouve sûrement ici. Vous me dites que Vincent a versé des pots-de-vin à quelqu'un. Mais moi, je ne trouve rien, et dans aucun dossier ou propos de mes clients, pour affirmer que c'est vrai. J'ai consacré ces trois dernières heures à passer le dossier Elliot au crible et je n'y ai vu aucune indication… absolument aucune… pouvant laisser entendre qu'il aurait payé quoi que ce soit ou tenté d'acheter quiconque. De fait même, j'ai découvert qu'il n'avait nul besoin de corrompre quiconque. Vincent avait un argument miracle et la possibilité de remporter son procès de la manière la plus régulière qui soit. Ce qui fait que quand je vous dis que je n'ai rien, c'est que je n'ai rien. Je n'essaie pas de ruser avec vous. Je ne garde rien par-devers moi. Je n'ai tout simplement rien à vous donner. Rien.

– Et le FBI ?

– Même réponse. Rien.

Bosch ne répondit pas. Je vis une vraie déception assombrir son visage. J'enchaînai.

– Si ce moustachu est l'assassin, il est clair qu'il y a une raison à son retour ici. Mais cette raison, je ne la connais pas. Cela m'inquiète-t-il ? Mais non, cela ne m'inquiète pas ! J'en chie de trouille ! Oui, je me chie dessus rien qu'à l'idée que ce type puisse se dire que j'ai quelque chose parce que si c'est vrai, je ne le sais même pas et ça, c'est pas bon du tout.

Brusquement, Bosch se leva. Ressortit l'arme de Cisco de sa ceinture de pantalon et la posa sur le bureau.

– On garde ce truc chargé, dit-il. Et si j'étais à votre place, j'arrêterais de travailler le soir.

Sur quoi il se tourna et se dirigea vers la porte.

– C'est tout ? lui lançai-je.

Il pivota et revint vers le bureau.

– Que voulez-vous d'autre ?

– Vous, tout ce que vous voulez, c'est que je vous file des renseignements. Et les trois quarts du temps, des renseignements que je ne peux pas vous donner. Mais vous, vous ne me donnez rien en retour et c'est même en grande partie à cause de ça que je suis en danger.

J'eus l'impression qu'il était prêt à sauter par-dessus le bureau pour m'agresser. Puis je le vis se calmer à nouveau. Complètement, hormis une légère palpitation haut sur la joue, près de sa tempe gauche. Et rien à faire pour qu'elle disparaisse. Ainsi se trahissait-il, et d'une façon qui une fois encore me semblait familière.

– Ah et puis merde, dit-il enfin. Que voulez-vous savoir, maître ? Allez-y. Posez-moi une question… n'importe laquelle… et j'y répondrai.

– Je veux que vous me disiez pour le pot-de-vin. À qui l'argent est-il allé ?

Il hocha la tête et eut un petit rire bien faux.

– Et voilà ! s'exclama-t-il. Je vous donne une ouverture en me disant que je vais répondre à votre question quelle qu'elle soit et vous, vous me posez la seule question à laquelle je n'ai pas de réponse. Parce que vous pensez vraiment que si je savais où est passé le fric et qui a eu droit au pot-de-vin, je serais ici à bavarder avec vous ? Non, non, Haller, je serais en train d'écrouer un assassin.

– Vous êtes donc sûr que ceci avait à voir avec cela ? Que ce pot-de-vin… si pot-de-vin il y a bien eu… a un lien avec le meurtre ?

– Je m'en remets aux pourcentages de probabilités.

– Mais ce pot-de-vin, encore une fois si pot-de-vin il y a eu, a été versé il y a cinq mois de ça. Alors pourquoi est-ce maintenant que Jerry Vincent s'est fait tuer ? Et pourquoi est-ce encore une fois maintenant que le FBI cherchait à le contacter ?

– Bonnes questions. Vous me dites quand vous aurez les réponses ? En attendant, si je peux faire autre chose pour vous… Je rentrais chez moi quand vous m'avez appelé.

– Oui, il y a autre chose que vous pouvez faire pour moi.

Il me regarda et attendit.

– Moi aussi, je me préparais à rentrer à la maison.

– Quoi ? Vous voulez que je vous tienne la main pendant que vous allez au garage ? D'accord, allons-y.

Je refermai encore une fois le bureau et nous nous mîmes en devoir de descendre le couloir pour gagner la passerelle. Bosch avait cessé de parler et le silence me tapait sur les nerfs. Pour finir, je le brisai.

– J'allais me payer un steak, repris-je. Vous voulez venir ? Peut-être que devant un peu de viande rouge on arrivera à résoudre les problèmes du monde.

– On va où ? Chez Musso ?

– Je pensais plutôt Chez Dan Tana.

Il acquiesça d'un signe de tête.

– Si vous pouvez nous faire entrer.

– Vous inquiétez pas, lui renvoyai-je. Je connais quelqu'un.

33

Bosch me suivit, mais lorsque je ralentis dans Santa Monica Boulevard pour m'arrêter au poste du voiturier, devant le restaurant, il poursuivit sa route. Je le vis me dépasser, puis tourner dans Doheny Drive.

J'entrai seul dans le restaurant et Craig me trouva une place dans un de mes box de coin préférés. Il y avait du monde, mais ça commençait à se calmer. Dans un box, je vis l'acteur James Wood finir son repas avec le producteur Mace Neufeld. Ils venaient souvent et Mace m'adressa un petit signe de tête. Il avait un jour essayé de prendre une option sur une de mes affaires pour un film, mais ça n'avait pas marché. Dans un autre, je vis Corbin Bernsen, l'acteur qui à mes yeux cernait le mieux le personnage de l'avocat à la télé. Et dans un autre box encore, je vis Dan Tana en personne ; il soupait avec son épouse. Je baissai les yeux sur ma nappe à carreaux. Assez de *Who's Who*. Il fallait que je me prépare pour Bosch. En roulant, j'avais beaucoup pensé à ce qui venait de se passer au bureau de Vincent et je voulais réfléchir à la meilleure façon de l'affronter. C'était comme de se préparer à l'interrogatoire en contre d'un témoin hostile.

Dix minutes après m'être installé, je vis enfin Bosch apparaître sur le seuil et Craig me l'amena.

– On s'est perdu ? lui demandai-je tandis qu'il se glissait dans le box.

– J'arrivais pas à trouver de place.

– Faut croire qu'ils vous paient pas assez pour que vous puissiez vous offrir le voiturier.

– Non, le voiturier, c'est génial. Mais je n'ai pas le droit de laisser un véhicule de la ville à un voiturier. Interdit par le règlement.

J'acquiesçai d'un signe de tête en me disant que c'était probablement parce qu'il avait un fusil dans le coffre.

Je décidai d'attendre que nous ayons commandé pour lancer la première passe d'armes. Je lui demandai s'il voulait jeter un coup d'œil au menu, mais il m'annonça qu'il était prêt à commander. Lorsque le garçon arriva, nous lui demandâmes tous les deux le steak Helen avec des spaghettis et de la sauce piquante en accompagnement. Bosch voulut en plus une bière et moi une bouteille d'eau plate.

– Alors, repris-je, où est passé votre coéquipier ?

– Il travaille sur d'autres aspects de l'enquête.

– Ben ça fait plaisir d'apprendre qu'elle a d'autres aspects, cette enquête.

Il m'étudia un bon moment avant de répondre.

– Ce serait censé me faire marrer ? dit-il.

– Non, c'est juste une observation. De mon côté de la lorgnette, il ne semble pas se produire grand-chose.

– C'est peut-être parce que votre source s'est tarie et a foutu le camp.

– Ma source ? répétai-je. Mais je n'en ai pas, moi.

– Non, plus maintenant. J'ai deviné qui fournissait des infos à votre gars et tout ça a pris fin aujourd'hui. J'espère que vous ne lui filiez pas du fric parce que sinon, les Affaires internes vont le coffrer.

– Je sais que vous ne me croirez pas, mais je ne vois absolument pas de quoi vous voulez me parler. C'est de mon enquêteur à moi que j'obtiens mes renseignements. Et je ne lui demande pas comment il se les procure.

Il hocha la tête.

– C'est la meilleure façon de procéder, n'est-ce pas ?

On s'isole et comme ça y a rien qui vous pète au nez. En attendant, si un capitaine de la police y perd son boulot et sa pension, c'est pas de pot.

Je ne m'étais pas rendu compte que la source de Cisco était si haut placée.

Le garçon nous apporta nos boissons et un panier de pain. Je bus un peu d'eau en réfléchissant à ce que j'allais dire après. Puis je reposai mon verre et regardai Bosch. Il haussa les sourcils comme s'il s'attendait à quelque chose.

– Comment saviez-vous à quelle heure j'allais quitter mon bureau ? lui demandai-je.

Il eut l'air perplexe.

– Que voulez-vous dire ?

– Ça devait être la lumière. Vous étiez dans Broadway et quand j'ai éteint, vous m'avez envoyé votre mec dans le garage.

– Je ne vois pas de quoi vous parlez.

– Bien sûr que si ! La photo du mec armé qui sort du bâtiment… c'était un faux. Un coup monté, et ce coup monté, c'est vous qui l'avez chorégraphié. Vous vous en êtes servi pour enfumer votre indic et le faire sortir de son trou et après, vous avez essayé de me piéger avec.

Il hocha la tête et regarda hors du box comme s'il cherchait quelqu'un qui pourrait lui interpréter ce que j'étais en train de lui dire. Il ne jouait pas bien la comédie.

– Vous avez donc pris cette photo bidon et vous me l'avez montrée parce que vous saviez qu'elle reviendrait à l'indic par l'intermédiaire de mon enquêteur. Vous sauriez aussitôt que l'individu qui vous parlerait de ce cliché était à l'origine de la fuite.

– Je ne suis pas habilité à parler de tel ou tel aspect de l'enquête avec vous.

– Et après, vous vous en êtes servi pour essayer de

me baiser. Pour voir si je vous cachais quelque chose et pour me foutre tellement la trouille que je finirais par lâcher le renseignement.

– Je vous ai déjà dit que je ne peux pas…

– Eh bien, mais… ce n'est même pas nécessaire, Bosch. Je sais que c'est bien ça que vous avez fait. Vous savez où vous avez merdé ? Et d'un, en ne revenant pas montrer votre photo à la secrétaire de Vincent comme vous l'aviez promis. Si le type de la photo avait été vrai, vous la lui auriez montrée parce qu'elle connaît les clients de Vincent bien mieux que moi. Votre deuxième erreur ? L'arme dans la ceinture de votre tueur à gages. Vincent a été abattu avec un calibre .25… bien trop petit pour qu'on le passe dans sa ceinture. Je ne l'ai pas vu quand vous m'avez montré la photo, mais maintenant j'ai compris.

Il regarda du côté du bar au milieu du restaurant. À la télé en hauteur passaient des images de grands moments du sport. Je me penchai en travers de la table pour me rapprocher de lui.

– Alors, dites, lui lançai-je, qui c'est, le mec de la photo ? Votre coéquipier avec une moustache postiche ? Un clown lambda des Mœurs ? Vous n'avez donc rien de mieux à faire que vous foutre de moi ?

Il se pencha en arrière et continua de regarder autour de lui, ses yeux filant partout à droite et à gauche, mais ne s'arrêtant jamais sur moi. Il était en train de penser à quelque chose, je lui laissai tout le temps dont il avait besoin. Il finit par me regarder.

– Bon d'accord, dit-il, vous m'avez eu. C'était bien un coup monté. Ça doit faire de vous un avocat super-malin, maître Haller. Comme votre paternel. Je me demande bien pourquoi vous gaspillez vos talents à défendre des ordures. Vous ne feriez pas mieux de poursuivre des médecins ou de défendre de gros producteurs de tabac, enfin quoi… de faire dans ce genre de trucs pleins de noblesse ?

Je souris.

– C'est comme ça que vous voulez jouer le coup ? lui renvoyai-je. Vous vous faites piquer en train de faire les petits sournois et votre seule réaction est de dire que c'est l'autre qui l'a été ?

Il rit, son visage virant au rouge tandis qu'il se détournait de moi. Le geste me parut familier et qu'il ait parlé de mon père me le remit en mémoire. J'avais gardé un vague souvenir du rire embarrassé de mon père un soir qu'il s'était renversé sur sa chaise à la table du dîner. Ma mère l'avait accusé de quelque chose que j'étais trop jeune pour comprendre.

Bosch posa les deux bras sur la table et se pencha vers moi.

– Vous avez entendu parler des premières quarante-huit, non ?

– De quoi parlez-vous ?

– Des premières quarante-huit. Du fait que les chances de résoudre un homicide diminuent pratiquement de moitié quand on n'arrive pas à le faire dans les premières quarante-huit heures.

Il consulta sa montre avant de continuer.

– J'approche des soixante-douze et je n'ai toujours rien. Pas un suspect, pas une seule piste viable, rien. Bref, ce soir j'espérais tirer quelque chose de vous en vous foutant la trouille. Quelque chose qui m'aurait mis dans la bonne direction.

Je restai assis à le dévisager et à digérer ce qu'il venait de me dire. Je finis par retrouver ma voix.

– Vous pensiez vraiment que je savais qui avait tué Jerry et que je ne vous le disais pas ? lui demandai-je.

– C'était une possibilité à envisager.

– Allez vous faire mettre, Bosch.

Juste à ce moment-là, le garçon arriva avec nos steaks et nos spaghettis. Les assiettes étant posées, Bosch me regarda avec quelque chose qui ressemblait à un sourire entendu sur le visage. Le garçon nous demanda s'il pouvait nous apporter autre chose, je lui fis signe de partir sans lâcher Bosch des yeux.

– Vous n'êtes qu'un petit fils de pute plein d'arrogance, repris-je. Un fils de pute capable de rester là avec un petit sourire sur la gueule au moment même où vous m'accusez de garder des pièces à conviction ou des renseignements sur un meurtre par-devers moi. Le meurtre de quelqu'un que je connaissais, en plus.

Il baissa les yeux, prit son couteau et sa fourchette et entama son steak. Je remarquai qu'il était gaucher. Il s'enfourna un morceau de viande dans la bouche et me dévisagea en le mangeant. Il avait posé les poings de part et d'autre de son assiette, fourchette et couteau bien serrés dedans comme s'il voulait empêcher des braconniers de lui piquer sa viande. Bon nombre de mes clients qui avaient fait un tour en prison mangeaient de cette façon.

– Pourquoi ne pas se détendre, maître ? reprit-il. Il faut que vous compreniez un truc. Je n'ai pas l'habitude de me retrouver du même côté de la barricade que l'avocat de la défense, d'accord ? Mon expérience m'enseigne que ces gens-là me dépeignent toujours sous les traits d'un crétin, de quelqu'un de corrompu, de borné… tout ce que vous voudrez. Ce qui fait qu'en ayant tout ça en tête, eh bien oui, j'ai essayé de vous blouser en espérant que ça m'aide à résoudre un meurtre. Je m'excuse à mort. Si vous voulez, je leur demande de m'emballer mon steak et je l'emporte en partant.

Je hochai la tête. Bosch savait s'y prendre pour me faire culpabiliser pour ses transgressions.

– Ce serait peut-être plutôt à vous de vous calmer, lui renvoyai-je. Tout ce que je vous dis, c'est que je me suis conduit honnêtement avec vous et ce, dès le début. J'ai même repoussé un rien les limites éthiques de ma profession. Et je vous ai dit tout ce que je pouvais vous dire quand je le pouvais. Je ne méritais pas que vous me foutiez une trouille à chier ce soir. Et vous avez sacrément de la chance que je n'aie pas flanqué une balle dans la poitrine de votre bonhomme quand il est arrivé à la porte de mon bureau. Il faisait une cible parfaitement adorable.

– Vous n'étiez pas censé avoir une arme. J'avais vérifié.

Il se remit à manger en gardant la tête baissée tandis qu'il travaillait son steak. Il avala plusieurs bouchées, puis il passa à l'assiette de spaghettis. Il ne faisait pas partie des hommes qui les tortillent avec leurs fourchettes. Il les coupa avant de s'en mettre dans la bouche. Et parla après avoir avalé.

– Bon, et maintenant que nous avons réglé la question, est-ce que vous allez m'aider ?

J'explosai de rire.

– Vous plaisantez ? Dites, vous avez entendu ce que je viens de vous dire ?

– Oui, oui, j'ai tout entendu. Et non, je ne plaisante pas. Tout compte fait, j'ai toujours un avocat mort sur les bras… votre collègue… et votre aide ne serait pas de trop.

Je commençai à entamer mon steak. Et décidai qu'il pouvait attendre que je le mange comme il m'y avait moi-même obligé.

Beaucoup sont d'avis que c'est Chez Dan Tana qu'on sert les meilleurs steaks de la ville. Et j'en fais partie – et ne fus pas déçu. Je pris tout mon temps pour savourer ma première bouchée avant de reposer ma fourchette.

– De quel genre, cette aide ? demandai-je.

– On fait sortir l'assassin de sa tanière.

– Génial. Et côté dangers ?

– Ça dépendra d'un tas de choses. Mais je ne vais pas vous mentir. Dangereux, ça pourrait l'être. J'ai besoin que vous secouiez certains trucs, que vous obligiez cet individu à se dire qu'il y a quelque chose qui cloche dans le scénario et que vous pourriez bien représenter un danger pour lui. Et on voit ce qui se passe.

– Mais vous serez là. Pour me couvrir.

– Du début à la fin.

– Bon, et comment on les secoue, ces trucs ?

– Je pensais à un article dans le journal. J'imagine que vous avez été approché par la presse. On choisit un journaliste et on lui file l'histoire, en exclusivité. Et on y glisse quelque chose qui va obliger l'assassin à se demander ce qui se passe.

Je réfléchis et me rappelai l'avertissement de Lorna me disant de jouer comme il faut avec les médias.

– Y a un type au *Times*, dis-je. J'ai passé une espèce de marché avec lui pour qu'il me lâche les baskets. Je lui ai dit que quand je serais prêt à lui parler je le ferais.

– C'est parfait. On se sert de lui. (Je gardai le silence.) Alors, vous en êtes ?

Je repris ma fourchette et ne dis plus rien en coupant à nouveau dans ma viande. Du sang coula dans mon assiette. Je songeai à ma fille prête à me poser les mêmes questions que sa mère et au fait que je ne pouvais jamais y répondre. *Comme qui dirait que tu travailles toujours pour les méchants.* Ce n'était pas aussi simple, mais le savoir ne supprimait nullement la blessure ou la lueur que je me rappelais avoir vue dans ses yeux.

Je reposai mon couteau et ma fourchette sans avoir rien avalé. Tout d'un coup, je n'avais plus faim.

– Oui, dis-je. J'en suis.

Troisième partie
Dire le vrai

34

Tout le monde ment.

Les flics. Les avocats. Les clients. Même les jurés.

En droit pénal, il est une école de pensée pour soutenir que tous les procès se gagnent ou se perdent à la sélection des jurés. Je n'irais jamais jusque-là, mais je sais que dans un procès pour meurtre il n'y a probablement rien de plus important que le choix des douze citoyens qui devront décider du sort du client. C'est aussi la phase la plus complexe et la plus fugace du procès – elle dépend des lubies du destin, de la chance et de la bonne question qu'il faut savoir poser pile au bon moment au bon individu.

Il n'empêche : c'est toujours par là qu'on commence un procès.

La sélection des jurés dans l'affaire « État de Californie contre Elliot » commença comme prévu à 10 heures du matin ce jeudi-là, dans la chambre présidée par le juge James P. Stanton. Le prétoire était plein à craquer, rempli pour une moitié par les quatre-vingts jurés potentiels choisis au hasard dans le pool des jurés du troisième étage du Criminal Courts Building et pour l'autre par les médias, les professionnels de la justice, ceux qui vous veulent du bien et tous les badauds ordinaires qui avaient réussi à se faufiler dans la salle.

Je m'assis à la table de la défense seul avec mon client, exauçant ainsi son vœu de n'avoir qu'un avocat pour le représenter. Ouvert devant moi se trouvaient un bloc-notes vierge, un carnet de Post-it et trois marqueurs différents, un rouge, un bleu et un noir. Au bureau, j'avais quadrillé la première page du bloc avec une règle. Douze cases, chacune de la taille d'un Post-it, chacune pour un des douze jurés qui devraient juger Walter Elliot. Certains avocats ont recours à l'ordinateur pour remonter le passé des jurés potentiels. Ils ont même des logiciels capables de répertorier des renseignements qui apparaissent pendant le processus de sélection, de les passer au filtre d'un menu de reconnaissance de schémas de conduite sociopolitique et de recracher dans l'instant des conseils sur la nécessité de garder ou de récuser tel ou tel juré. Je me servais moi du système très vieille école du papier quadrillé depuis mes premiers jours au bureau des avocats commis d'office. Il avait toujours bien fonctionné pour moi et ce n'était pas maintenant que j'allais en changer. Je ne voulais pas en référer aux instincts d'un ordinateur pour choisir mes jurés. C'était aux miens que je voulais faire appel. L'ordinateur n'entend pas le ton qu'a pris tel ou tel pour répondre à la question qu'on vient de lui poser. Et ne voit pas davantage les yeux du type ou de la femme qui ment.

Le juge a, lui, une liste générée par ordinateur, liste dont il prend les douze premiers individus, ceux-ci venant alors s'asseoir dans le box qui leur est réservé. À ce moment-là, tous sont membres du jury. Mais ils ne peuvent garder leurs sièges que s'ils survivent à ce qu'on appelle le *voir dire* – à savoir aux questions qui leur sont posées sur leur passé, leurs opinions et leur compréhension du droit. Tel est le processus. Le juge leur pose une série de questions, puis c'est au tour des avocats de les reprendre plus en détail.

Les jurés peuvent perdre leur siège de deux façons. Ils peuvent être récusés pour cause de partialité si leurs réponses, leur conduite ou les circonstances de leur vie montrent qu'ils ne pourraient pas être justes ou envisager l'affaire avec un esprit ouvert. Il n'y a aucune limite au nombre de ces récusations pour cause de partialité à la disposition des avocats. C'est souvent que le juge procède à l'élimination de tel ou tel pour cette raison avant même que le procureur ou l'avocat de la défense ait le temps d'élever une objection. Je sais depuis toujours que la meilleure façon de ne pas être pris comme juré est de déclarer que tous les flics mentent ou ont toujours raison. Que ce soit pour ceci ou pour cela, tout individu à l'esprit fermé est récusé de cette manière.

La deuxième façon d'éliminer un juré potentiel tient au nombre limité de récusations non motivées accordées à chaque avocat selon la nature de l'affaire et des charges retenues. Ce procès étant pour meurtre, l'accusation et la défense avaient chacune jusqu'à vingt récusations de ce type à leur disposition. C'est dans leur utilisation aussi judicieuse que délicate qu'instinct et stratégie entrent en jeu. Un avocat habile peut s'en servir pour faire du jury un outil de l'accusation ou de la défense. La récusation non motivée laisse en effet la possibilité à l'avocat de virer un juré pour la seule et unique raison qu'instinctivement celui-ci ne lui plaît pas. La seule exception à cette possibilité est de se servir de ces récusations pour façonner un jury partial. Le procureur qui récuserait systématiquement des Noirs ou l'avocat de la défense qui ferait la même chose avec des Blancs susciterait vite l'opposition aussi bien de la partie adverse que du juge.

Les règles de ce processus de *voir dire* sont destinées à empêcher toute partialité ou tromperie chez les jurés, le terme venant d'une vieille expression française qui signifie *dire le vrai*. À ceci près, bien évidemment, que chacune des deux parties voit les choses différemment. À aller au fond des choses, il est clair que dans tout procès, c'est un jury partial que je veux. Je le veux complètement opposé à l'accusation et aux flics. Je le veux entièrement prêt à suivre mes conclusions. Je dois même à la vérité de dire qu'un juré ouvert est bel et bien la dernière personne que j'ai envie de voir dans le box. Je veux des gens qui soient déjà de mon côté ou que je puisse facilement rallier à ma cause. Ce sont douze moutons de Panurge que je veux dans le box. Douze jurés qui me suivent et ne servent qu'à la défense.

Et, bien sûr, le bonhomme assis à deux mètres de moi dans la salle d'audience voulait, lui, arriver au résultat diamétralement opposé. Il voulait ses moutons à lui et allait se servir de ses récusations non motivées pour essayer de façonner un jury à son goût et ce, à mes dépens.

À 10 h 15 le très efficace juge Stanton avait déjà consulté la sortie imprimante sur laquelle se trouvaient les douze premiers candidats retenus au hasard. Il les appela par les numéros codés qui leur avaient été alloués dans la salle du troisième étage où s'étaient rassemblés tous les jurés du pool et les invita à rejoindre le box. Six hommes et six femmes. Trois employés des postes, deux ingénieurs, une femme au foyer originaire de Pasadena, une scénariste au chômage, deux professeurs de collège et trois retraités.

Nous savions d'où ils étaient et ce qu'ils faisaient. Mais nous ne savions pas leurs noms. C'était un jury anonyme. Pendant toutes les réunions que nous avions eues avant le procès, le juge s'était montré inflexible dans son désir de mettre les jurés à l'abri de toute attention et curiosité du public. Il avait ainsi ordonné que la caméra de Court TV soit fixée au-dessus du box des jurés de façon à ce que ces derniers ne soient pas dans le champ. Il avait aussi décidé que les identités de tous les jurés en puissance seraient tenues secrètes, même pour les avocats, et qu'on ne s'adresserait à eux que par le numéro de leur siège.

Le juge entama le processus en demandant à chaque juré en puissance comment il ou elle gagnait sa vie et en lui posant des questions sur la région de Los Angeles où il ou elle habitait. Il passa ensuite aux questions de base, à savoir s'ils avaient déjà été victimes d'un crime, s'ils avaient des parents en prison ou des policiers ou des procureurs dans leurs familles. Il leur demanda aussi ce qu'ils savaient en matière de droit et de procédures juridiques. Il voulut savoir si tel ou tel avait déjà siégé dans un jury. Et en récusa trois pour partialité : une employée de la poste qui avait un frère dans la police, un retraité dont le fils avait été victime d'un crime lié au trafic de drogue et la scénariste qui certes n'avait jamais travaillé pour Archway Pictures, mais qui pouvait en vouloir à Elliot à cause des relations généralement orageuses entre scénaristes et directeurs de studios.

Un quatrième juré possible – un des ingénieurs – fut remercié lorsque le juge accepta sa requête en renvoi pour cause de difficultés économiques. Consultant qui travaillait à son compte, il ne se voyait pas avoir pour tout revenu et ce, pendant deux semaines entières, les seuls cinq dollars par jour accordés à tout juré.

Les quatre jurés évincés furent promptement remplacés par quatre autres tirés du pool au hasard. Et ainsi de suite. À midi, j'avais utilisé deux de mes récusations non motivées pour virer les deux derniers employés des postes et en aurais bien utilisé un troisième pour exclure le deuxième ingénieur, mais je décidai de profiter de la pause déjeuner pour réfléchir à la suite des événements. Golantz, lui, tenait bon et n'avait utilisé aucune de ses récusations non motivées. Sa stratégie consistait bien évidemment à me forcer à utiliser toutes les miennes pour se servir des siennes ensuite et ainsi finir par façonner un jury à son goût.

Elliot, lui, se donnait des airs de patron de la défense. Je faisais mon boulot devant le jury, mais il insistait pour avoir le droit d'accepter ou de refuser mes récusations non motivées. Cela ralentissait la procédure dans la mesure où je devais lui expliquer pourquoi je voulais virer tel ou tel et où lui tenait à me faire savoir ce qu'il en pensait. Cela dit, le patron qu'il était finissait toujours par approuver ma décision et le juré était excusé. C'était agaçant, mais je pouvais m'en débrouiller du moment qu'il acceptait ce que je voulais faire.

Un peu avant midi, le juge leva la séance pour le déjeuner. Même s'il ne s'agissait encore que de sélectionner des jurés, c'était le premier jour que je passai dans un tribunal depuis plus d'un an. Lorna était venue observer et me témoigner son soutien. Nous avions décidé de déjeuner ensemble, après quoi elle repartirait au bureau et commencerait à tout boucler.

En entrant dans le couloir du prétoire, je demandai à Elliot s'il voulait se joindre à nous, mais il me dit avoir à vite regagner le studio pour y vérifier certaines choses. Je lui conseillai de ne pas tarder à revenir. Le juge nous avait très généreusement accordé une heure et demie pour déjeuner et ne verrait aucun retard d'un bon œil.

Lorna et moi traînâmes un peu dans le couloir et laissâmes les jurés potentiels se ruer vers les ascenseurs. Je n'avais pas envie de descendre avec eux. Chaque fois qu'on le fait, il s'en trouve un pour l'ouvrir et poser une question déplacée, ce qui oblige l'avocat qui l'a entendue à aller rapporter l'incident au juge.

La porte d'un des ascenseurs s'ouvrant, je vis le journaliste Jack McEvoy se frayer un chemin entre les jurés, scruter le couloir et me repérer.

– Génial ! dis-je. Voilà les emmerdes.

McEvoy fonça droit sur moi.

– Qu'est-ce que vous voulez ? lui demandai-je.

– Vous expliquer.

– Quoi ? Vous voulez m'expliquer pourquoi vous êtes un menteur ?

– Non, écoutez, quand je vous ai dit que ça passerait dimanche, je ne plaisantais pas. C'est ce qu'on m'avait dit.

– Et nous sommes jeudi et il n'y a toujours rien dans le journal, et quand j'ai essayé de vous joindre, vous ne m'avez même pas rappelé. Sachez que j'ai d'autres journalistes que l'affaire intéresse, McEvoy. Je n'ai pas besoin du *Times*.

– Écoutez, je comprends. Mais ce qui s'est passé, c'est qu'ils ont décidé de suspendre la parution pour qu'on soit plus près du procès.

– Procès qui a commencé il y a deux heures de ça.

Il hocha la tête.

– Non, je veux dire, le vrai procès. Celui où on parle preuves et témoignages. Ils vont passer l'article ce dimanche, en première page.

– Dimanche en première page, répétai-je. Promis ?

– Lundi au plus tard.

– Ah, parce que maintenant, c'est lundi.

– Écoutez, c'est dans les nouvelles qu'on fait. Et les choses changent. L'article est censé paraître dimanche en première page, mais s'il se passe quelque chose d'important dans le monde, ils pourraient très bien repousser la parution à lundi. Donc dimanche ou lundi.

– Comme vous voulez. J'y croirai quand je le verrai.

Je vis que les abords des ascenseurs étaient dégagés. Lorna et moi pouvions descendre sans rencontrer de jurés potentiels. Je la pris par le bras et commençai à l'entraîner dans cette direction. En passant en force devant le journaliste.

– Donc, c'est d'accord ? me demanda McEvoy. Vous allez attendre ?

– Attendre quoi ?

– Attendre avant de parler à d'autres journalistes. De donner l'exclusivité.

– On verra.

Je le laissai mariner dans son jus et me dirigeai vers les ascenseurs. Une fois sortis du bâtiment, nous gagnâmes City Hall une rue plus loin et je demandai à

Patrick de passer nous prendre. Je ne voulais pas que des jurés potentiels qui auraient traîné aux alentours du tribunal me voient monter dans une Lincoln avec chauffeur. Ç'aurait pu leur déplaire. Au nombre des consignes pré-procès que j'avais données à Elliot, éviter de prendre une limousine pour se rendre au tribunal et faire au contraire le trajet au volant de sa voiture figurait en bonne place. On ne sait jamais qui va voir quoi à l'extérieur du prétoire et l'effet que ça va lui faire.

Je demandai à Patrick de nous emmener au French Garden de la 7e Rue. Puis j'appelai Bosch sur son portable. Il décrocha aussitôt.

– Je viens de causer au journaliste, lui dis-je.

– Et… ?

– Et pour finir, ça passera dimanche ou lundi. En première page… qu'il dit. Tenez-vous prêt.

– Enfin !

– Oui. Vous serez prêt ?

– Vous inquiétez pas pour ça. Je le suis.

– Il faut que je m'inquiète, moi. C'est ma… allô ?

Il avait déjà filé. Je refermai mon portable.

– Qu'est-ce qui se passe ? me demanda Lorna.

– Rien.

Je me rendis compte qu'il valait mieux changer de sujet.

– Écoute, dès que tu seras revenue au bureau, je voudrais que tu appelles Julie Favreau pour voir si elle pourrait passer au tribunal demain.

– Je croyais qu'Elliot ne voulait pas de consultant en recrutement de jurés.

– Y a pas besoin qu'il sache qu'on a recours à elle.

– Ben oui, mais… comment tu vas la payer ?

– T'auras qu'à mettre ça sur les frais généraux. Je m'en fous. Je suis prêt à la payer de ma poche si c'est nécessaire. Je vais avoir besoin d'elle et je me fous de ce que pense Elliot. J'ai déjà viré deux jurés et j'ai l'impression que demain, il va falloir que ce qu'il me reste, ça serve à quelque chose. Je veux qu'elle vienne m'aider pour le dernier diagramme. T'as qu'à lui dire que l'huissier aura son nom et s'assurera qu'elle ait une place. Dis-lui de s'asseoir dans la galerie et de surtout ne pas s'approcher de moi quand je serai avec le client. Dis-lui qu'elle pourra m'envoyer des textos sur mon portable quand elle aura quelque chose d'important à me dire.

– D'accord, je vais l'appeler. Dis, Mick, ça va ?

Je devais parler trop vite ou suer trop. Lorna avait remarqué mon agitation. Je ne me sentais pas très solide et ne savais pas si c'était à cause des conneries du journaliste, du fait que Bosch avait raccroché brutalement ou parce que je me rendais peu à peu compte que ce pour quoi j'avais œuvré une année entière allait bientôt me tomber sur le dos : le travail de la preuve et des témoignages.

– Ça va, répondis-je sèchement. C'est juste que j'ai faim. Tu sais bien comment je deviens quand j'ai faim.

– Mais oui, dit-elle. Je comprends.

La vérité ? Je n'avais absolument pas faim. Je n'avais même pas envie de manger. Le fardeau me pesait. Celui de l'avenir d'un homme.

Et ce n'était pas à celui de mon client que je pensais.

35

À 3 heures de l'après-midi le deuxième jour de la sélection des jurés, Golantz et moi avions passé plus de dix heures de prétoire à échanger récusations non motivées et récusations pour cause de partialité. Sacrée bataille. Nous nous étions très calmement massacrés en identifiant les jurés que l'autre voulait absolument et en les rejetant aussitôt sans le moindre remords. Nous avions presque terminé le processus et dans certains carrés de mon diagramme il y avait jusqu'à cinq Post-it les uns sur les autres. Il ne me restait plus que deux récusations non motivées. Golantz, qui au début s'était montré judicieux dans ses objections, s'était rattrapé, m'avait dépassé et en était maintenant à une seule récusation non motivée à utiliser. On arrivait à l'heure H. Le jury était à deux doigts d'être finalisé.

Sa composition incluait maintenant un avocat, un programmateur, deux nouveaux employés des postes, trois nouveaux retraités et un infirmier, un élagueur et une artiste.

Sur les douze jurés qui s'étaient assis dans le box la veille au matin, il n'en restait plus que deux potentiels. L'ingénieur assis à la place numéro sept et un des retraités, assis à la douze, avaient Dieu sait comment tenu la distance. Ni l'un ni l'autre ne penchait du côté de l'accusation, mais sur mon diagramme j'avais quand même noté des choses à l'encre bleue sur chacun d'eux

– le code que j'avais adopté pour un juré que je sentais assez froid pour la défense. Cela dit, leurs penchants étaient si légers que je n'avais toujours pas élevé d'objections contre eux.

Je savais que je pouvais les éjecter tous les deux en me servant de ma dernière récusation non motivée et y allant d'un grand moulinet du bras, mais c'était justement ça le risque. On vire un juré à cause de ses notes à l'encre bleue, mais le remplaçant peut être encore plus violemment bleu et représenter un risque encore plus grand pour le client. C'est ça qui fait de la sélection du jury une affaire si imprévisible.

Le dernier ajout au box des jurés était l'artiste qui était allée s'asseoir à la place numéro sept après que Golantz avait utilisé sa dix-neuvième récusation non motivée pour éjecter un éboueur municipal que j'avais noté en rouge. Les questions générales du juge Stanton avaient fait apparaître qu'elle habitait à Malibu et travaillait dans un studio en retrait du Pacific Coast Highway. Elle peignait à l'acrylique et avait étudié au Philadelphia Institute of Art avant de venir en Californie pour la qualité de la lumière. Elle avait dit ne pas avoir de télévision et ne pas lire régulièrement les journaux. Elle avait aussi dit ne rien savoir des meurtres qui s'étaient produits dans la maison sur la plage, pas très loin de l'endroit où elle vivait et travaillait.

Dès le début, les notes que j'avais prises sur elle étaient en rouge et j'étais de plus en plus enthousiaste à l'idée de l'avoir dans mon jury au fur et à mesure que progressait son interrogatoire. Je savais que Golantz avait fait une erreur tactique. Il avait éliminé l'éboueur avec une récusation non motivée et s'était retrouvé avec un juré apparemment encore plus nuisible à sa cause. Il allait donc devoir supporter les conséquences de son erreur ou se servir de sa dernière récusation non motivée pour virer l'artiste et courir encore une fois le même risque.

Le juge ayant terminé son interrogatoire d'ordre général, c'était au tour des avocats d'y aller. Ce fut Golantz qui attaqua le premier et posa une série de questions qui devaient, en tout cas il l'espérait, faire apparaître un tel parti pris chez l'artiste qu'elle se verrait évincée pour préjugés au lieu de l'être suite à l'utilisation de sa dernière récusation non motivée. Mais elle résista fort bien et donna l'impression d'être une femme aussi honnête qu'ouverte.

Il en était à sa quatrième question lorsque je sentis une vibration dans ma poche et y glissai la main pour sortir mon portable. Je le tins sous la table de la défense, entre mes jambes et selon un angle tel que le juge ne pourrait pas le voir. Julie Favreau n'avait pas arrêté de m'envoyer des textos de toute la journée.

Favreau : À garder

Je lui en renvoyai un aussitôt.

Haller : Je sais. Et les 7, 8 et 10. À qui le tour ?

Ma consultante secrète avait passé sa matinée et l'après-midi assise au quatrième rang de la galerie. Je l'avais aussi retrouvée pour déjeuner pendant que Walter Elliot retournait une fois de plus au studio pour vérifier des trucs et je lui avais permis d'étudier mon diagramme de façon à ce qu'elle puisse établir le sien. Elle apprenait vite et savait très exactement où j'en étais avec mes codes et mes objections.

Ce fut presque immédiatement que je reçus une réponse à mon texto. C'était une des qualités que j'appréciais chez elle. Elle ne réfléchissait pas à n'en plus finir. Elle prenait ses décisions vite et d'instinct, en se fondant uniquement sur les signes révélateurs qu'elle décelait lorsque le juré répondait aux questions qu'on lui posait.

Favreau : N'aime pas 8. N'en sais pas assez sur 10. Vire le 7 si nécessaire.

Le juré numéro huit était l'élagueur. Je l'avais en bleu à cause de certaines réponses qu'il avait données lorsqu'on l'avait interrogé sur la police. Et je trouvais aussi qu'il avait un peu trop envie de faire partie du jury. C'est toujours mauvais signe dans un procès pour meurtre. Je sentais que ce monsieur avait à cœur de faire respecter la loi et l'ordre, et que l'idée de juger quelqu'un ne lui posait pas de problème. Je dois à la vérité de dire que je me méfie beaucoup des gens qui aiment juger autrui. Tout individu qui se fait une joie d'être juré a le droit au maximum d'encre bleue de ma part.

Le juge Stanton nous laissait beaucoup de latitude. Lorsque l'heure était venue de questionner un juré potentiel, les avocats avaient le droit d'échanger leur temps pour poser des questions à tous les jurés qu'ils voulaient. Il autorisait aussi, et de manière fort libérale, le recours aux récusations tardives – à savoir que pour lui il était acceptable d'user d'une récusation non motivée pour virer x ou y même si ce x ou ce y avait déjà été interrogé et accepté.

Lorsque ce fut mon tour d'interroger l'artiste, je gagnai le pupitre et informai le juge que pour l'instant je l'acceptais sans plus lui poser de questions. Et lui demandai la permission de poser d'autres questions au juré numéro huit – ce qu'il m'accorda.

– Juré numéro huit, lançai-je, j'aimerais me faire une idée plus claire de certaines de vos opinions. Et d'un, permettez que je vous demande ceci : si à la fin du procès, après que vous aurez entendu toutes les dépositions, vous pensez que mon client pourrait être coupable, voteriez-vous pour le condamner ?

Il réfléchit un instant avant de répondre.

– Non, parce qu'il pourrait y avoir encore un doute raisonnable.

Je hochai la tête pour lui faire savoir qu'il avait donné la bonne réponse.

– Ce qui fait que pour vous « pourrait être » n'est pas égal à « absence de doute raisonnable ».

– Non, maître. Absolument pas.

– Bien. Croyez-vous que des gens se font arrêter parce qu'ils chantent trop fort à l'église ?

Un air de grande perplexité se répandit sur le visage de l'élagueur, cependant que des rires épars montaient de la galerie derrière moi.

– Je ne comprends pas, dit-il.

– Il y a un dicton qui affirme qu'on ne se fait pas arrêter parce qu'on chante trop fort à l'église. En d'autres termes, il n'y a pas de fumée sans feu et on ne se fait pas arrêter sans une bonne raison. En général, la police ne se trompe pas et arrête les gens qu'il faut. Le pensez-vous ?

– Je pense que tout le monde fait des erreurs de temps en temps… y compris la police… et qu'il faut donc tout analyser au cas par cas.

– Mais pensez-vous qu'en général la police ne se trompe pas ?

Il était coincé. Quelle que soit sa réponse, il y aurait signal de danger dans l'un ou l'autre camp.

– Je pense que c'est probable… ce sont des professionnels… mais je prends chaque affaire individuellement et ne pense pas que parce que en général la police ne se trompe pas, elle a automatiquement raison dans tel ou tel cas.

La réponse était bonne. Et venant d'un élagueur, rien que ça ! Encore une fois, je lui adressai un signe de tête. Il répondait bien, mais il y avait quelque chose de presque appris dans la façon dont il parlait. Ça sentait l'obséquieux, plus saint que moi tu meurs. L'élagueur avait une envie folle de faire partie du jury et ça ne me plaisait guère.

– Quel genre de voiture conduisez-vous, monsieur ? lui demandai-je encore.

Lancer une question inattendue est une bonne manière de déclencher une réaction. Le juré numéro huit se renversa sur sa chaise et me regarda comme s'il se disait que j'essayais de le piéger.

– Vous voulez savoir pour ma voiture ?

– Oui, que conduisez-vous pour aller au travail ?

– J'ai un pick-up. J'y mets mes affaires et mon équipement. C'est un Ford 150.

– Avez-vous des autocollants à l'arrière ?

– Oui… quelques-uns.

– Que disent-ils ?

Il dut réfléchir un bon moment avant de se rappeler ses autocollants.

– Euh… j'ai un autocollant de la National Rifle Association et j'en ai un autre qui dit que si vous arrivez à lire ça, vaudrait mieux reculer. Quelque chose comme ça. Peut-être que ce n'est pas dit aussi gentiment.

Certains jurés potentiels se mettant à rire, le juré numéro huit sourit fièrement.

– Depuis combien de temps êtes-vous membre de la National Rifle Association ? lui demandai-je. Sur le questionnaire, vous n'en faites pas état.

– C'est-à-dire que je n'en suis pas vraiment un. Un membre, je veux dire. J'ai juste l'autocollant.

Fourberie. Ou bien il avait menti sur sa qualité de membre en omettant de faire figurer ce renseignement dans le questionnaire, ou bien il n'était pas membre de la NRA et se servait de son autocollant pour se faire passer pour quelqu'un qu'il n'était pas ou qui croyait aux vertus de cette association sans vouloir la rejoindre officiellement. Dans tous les cas de figure, il y avait tromperie et cela confirmait toutes mes impressions. Favreau avait raison. Il fallait qu'il s'en aille. J'informai le juge que je n'avais plus de questions à poser et me rassis.

Lorsque Stanton demanda si l'accusation et la défense acceptaient le jury tel qu'il était alors composé, Golantz essaya de récuser l'artiste pour cause de partialité. Je m'y opposai et le juge se rangea à mon avis. Golantz n'avait plus d'autre solution que d'user de son dernier droit de récusation non motivée pour la virer. Je me servis alors de mon avant-dernier droit pour éjecter l'élagueur. Qui eut l'air bien en colère lorsqu'il prit le long chemin qui conduisait à la sortie.

Deux autres numéros furent appelés du pool, un agent immobilier et un retraité de plus prenant alors les sièges numéros huit et onze dans le box. Les réponses qu'ils donnèrent au juge les classèrent exactement dans la bonne moyenne. Je les codai en noir et n'entendis rien qui m'inquiète. Le juge en était à la moitié de l'interrogatoire du deuxième juré lorsque je reçus un autre texto de Favreau.

Favreau : tous les deux +/- si tu veux mon avis. Tous les deux des moutons.

En général, avoir des moutons de Panurge dans un jury est une bonne chose. Le juré qui ne présente pas une forte personnalité et adopte des positions moyennes peut souvent être manipulé pendant le délibéré. Il cherche quelqu'un à suivre. Plus on a de moutons, plus il est important d'avoir un juré à forte personnalité et bien disposé à l'égard de la défense. C'est quelqu'un de ce genre qu'on veut avoir dans la salle des délibérations, quelqu'un qui entraînera les moutons avec lui.

Pour moi, Golantz avait commis une erreur tactique de base. Il avait épuisé ses récusations non motivées avant la défense et, pis encore, il avait laissé un avocat dans le box. Le juré numéro trois avait réussi à tenir et l'instinct me disait que Golantz avait gardé sa dernière récusation non motivée pour lui. Sauf que c'était l'artiste qui y avait eu droit et maintenant Golantz était coincé avec un avocat au jury.

Le juré numéro trois ne pratiquait pas le droit pénal, mais il avait eu à l'apprendre pour sa licence et avait probablement flirté de temps à autre avec l'idée de travailler dans ce domaine. On ne fait pas des films et des séries télé sur les agents immobiliers. C'est le droit pénal qui a la vedette et le juré numéro trois ne pouvait pas y être insensible. À mon avis, cela faisait de lui un excellent juré pour la défense. En rouge vif sur mon diagramme, c'était mon candidat numéro un pour le jury définitif. Il vivrait le procès et le délibéré en connaissant la loi et sachant tout du statut d'opprimé de la défense. Cela ne le rendait pas seulement bienveillant à mon endroit, mais faisait aussi de lui le candidat idéal à la fonction de premier juré – celui que les jurés élisent pour communiquer avec le juge et parler au nom de tous. Lorsqu'ils iraient s'enfermer pour commencer à délibérer, ce serait vers l'homme de loi que tous se tourneraient. Il était rouge, il allait pousser et tirer bon nombre de ses collègues vers un verdict de non-coupable. Le minimum voudrait que son ego d'avocat insiste pour que le verdict soit correct et il se battrait pour ça. À lui seul il pourrait faire en sorte que le jury n'arrive pas à une majorité et que mon client ne soit pas condamné.

Le pari était donc de taille dans la mesure où le juré numéro trois répondait aux questions du juge et des avocats depuis moins d'une demi-heure. Mais c'est bien à cela que se ramène tout le processus. À des décisions rapides et instinctives fondées sur l'expérience et l'observation.

Résultat des courses : j'allais laisser les deux moutons dans le jury. Il me restait encore une récusation non motivée et j'allais m'en servir pour éjecter les jurés numéros sept ou dix. L'ingénieur ou le retraité.

Je demandai au juge la permission de conférer quelques instants avec mon client. Puis je me tournai vers Elliot et lui glissai mon diagramme.

– Nous y sommes, Walter, lui dis-je. Il ne nous reste plus qu'une balle. Qu'en pensez-vous ? Pour moi, il faut se débarrasser du sept et du dix, mais on ne peut en virer qu'un.

Elliot s'était beaucoup impliqué dans le processus. Depuis que les douze premiers candidats avaient pris place dans le box la veille au matin il avait exprimé des opinions aussi fortes qu'intuitives sur chacun des jurés que je voulais éliminer. Cela dit, il n'avait jamais encore choisi un jury. Au contraire de moi. Je supportais ses commentaires, mais finissais par décider. Sauf que ce dernier choix était du cinquante/cinquante. L'un ou l'autre juré pouvait être dommageable à la défense. L'un ou l'autre pouvait s'avérer être un mouton. Le choix était difficile et j'étais tenté de faire de l'instinct de mon client le facteur décisif.

Il tapa du doigt sur la case du juré numéro dix. Le rédacteur technique d'une fabrique de jouets en retraite.

– Lui, dit-il. Débarrassez-vous-en.

– Vous êtes sûr ?

– Absolument.

Je regardai la grille. Il y avait beaucoup de bleu dans la case dix, mais il y en avait tout autant dans la sept. Celle de l'ingénieur.

J'avais dans l'idée que le rédacteur technique était comme l'élagueur. Il avait très envie de faire partie du jury, mais très vraisemblablement pour des raisons entièrement différentes. Je me disais qu'il avait peut-être prévu de se servir de cette expérience pour écrire un livre ou un scénario de film. Il avait passé toute sa vie à écrire des notices techniques pour des jouets.

Au cours de l'interrogatoire, le retraité qu'il était avait reconnu avoir envie de s'essayer à la fiction. Il n'y a rien de mieux qu'une place au premier rang d'un procès pour meurtre pour stimuler l'imagination et le processus créatif. C'était bon pour lui, mais pas pour Elliot. Pour moi, tout individu qui aime l'idée de juger x ou y et ce, pour n'importe quelle raison, ne peut que pencher pour l'accusation.

Le juré numéro sept était bleu pour une autre raison. Dans le questionnaire, il était listé comme ingénieur travaillant dans l'aérospatiale. L'industrie qui l'employait ayant une forte présence en Californie du Sud, j'avais déjà interrogé plusieurs ingénieurs pour la sélection des jurés au fil des ans. En général, ils sont politiquement plutôt conservateurs et respectueux de la religion – et pour moi, ce sont là deux qualités très très bleues –, et ils travaillent pour des sociétés qui comptent beaucoup sur d'énormes contrats et subventions du gouvernement. Pencher pour la défense, c'est voter contre le gouvernement et c'était là un pari difficile à tenir.

Dernier point, et peut-être le plus important, les ingénieurs vivent dans un monde de logique et d'absolus. Et ce sont souvent là des choses qui ne cadrent pas avec le crime ou la scène de crime, voire avec la justice pénale dans son ensemble.

– Je ne sais pas, dis-je. Je pense que ce serait plutôt à l'ingénieur de dégager.

– Non, je l'aime bien. Il me plaît depuis le début. J'ai un bon contact oculaire avec lui. Je veux qu'il reste.

Je me détournai d'Elliot et regardai le box. Je passai du juré numéro sept au juré numéro dix et retour. J'espérais découvrir un signe, quelque chose qui me dirait le bon choix à faire.

– Maître Haller, me lança le juge Stanton. Souhaitez-vous utiliser votre dernière récusation non motivée ou accepter la présente composition du jury ? Je vous rappelle qu'il se fait tard et que nous devons encore choisir notre jury de secours.

Mon portable s'était mis à bourdonner pendant qu'il me parlait.

– Euh, un instant, s'il vous plaît, monsieur le juge.

Je me retournai vers Elliot et me penchai vers lui comme pour lui murmurer quelque chose à l'oreille. En fait, je sortais mon portable de ma poche.

– Vous êtes sûr, Walter ? lui chuchotai-je. Ce type est ingénieur. Ça pourrait nous créer des ennuis.

– Écoutez, me renvoya-t-il en murmurant, je passe ma vie à étudier les gens et à parier. Je veux ce type dans mon jury.

J'acquiesçai d'un signe de tête et regardai le portable entre mes jambes. C'était un texto de Favreau.

Favreau : Videz le 10. Je le trouve fourbe. Le 7 penche pour l'accusation, mais je vois un regard franc et un visage ouvert. Notre histoire l'intéresse. Il aime bien votre client.

Contact oculaire. Ça réglait la question. Je glissai mon portable dans ma poche et me levai. Elliot m'attrapa par la manche de ma veste. Je me penchai pour écouter ses chuchotements appuyés.

– Qu'est-ce que vous fabriquez ?

Je me dégageai : je n'aimais pas la façon dont il montrait à tout le monde qu'il essayait de me contrôler. Je me redressai et regardai le juge.

– Monsieur le juge, lançai-je, la défense voudrait remercier le juré numéro dix.

Pendant que le juge renvoyait le rédacteur technique et appelait un autre candidat pour le remplacer, je me rassis et me tournai vers Elliot.

– Walter, lui dis-je, ne m'attrapez plus jamais comme ça devant les jurés. Ça fait de vous un imbécile à leurs yeux et je vais déjà avoir bien assez de mal à les convaincre que vous n'êtes pas un assassin.

Puis je lui tournai le dos pour regarder le nouveau et probablement dernier juré s'installer à la place laissée libre dans le box.

Quatrième partie

Le poison est servi

Dans les chaussures du mort

L'avocat remplace un collègue assassiné pour le procès de la décennie

Par Jack McEvoy,
envoyé spécial du *Times*

Ce n'était pas les trente et une affaires tombées dans son escarcelle qui posaient problème. C'était la plus grosse, celle avec le gros client et les enjeux les plus élevés. L'avocat de la défense Michael Haller, qui a pris la relève de maître Jerry Vincent assassiné il y a quinze jours, se retrouve aujourd'hui au cœur de ce qu'on qualifie déjà de « Procès de la décennie ».

Les témoignages prévus au procès de Walter Elliot doivent commencer aujourd'hui. Cinquante-quatre ans, président d'Archway Pictures, Walter Elliot est accusé d'avoir assassiné son épouse et l'amant présumé de cette dernière, il y a six mois de cela, à Malibu. Michael Haller reprend le dossier après que Jerry Vincent, quarante-cinq ans, a été retrouvé mort dans sa voiture en plein centre de Los Angeles.

Vincent avait pris des dispositions juridiques pour permettre à Haller de reprendre son cabinet s'il venait à mourir. Alors que la veille il était allé se coucher sans le moindre dossier à traiter, Michael Haller, qui arrivait à la fin d'une année sabbatique, s'est retrouvé le lendemain matin avec trente et un nouveaux clients à gérer.

« J'étais très excité à l'idée de reprendre le travail, mais je ne m'attendais à rien de tel », nous a déclaré Haller, quarante-deux ans, fils de feu Michael Haller Senior, un des avocats de la défense les plus connus de Los Angeles dans les années cinquante et soixante. « Jerry Vincent était un de mes amis et collègues et, bien sûr, je serais très heureux de me retrouver sans aucune affaire s'il pouvait être encore vivant aujourd'hui. »

L'enquête sur le meurtre de Jerry Vincent est en cours. Il n'y a toujours aucune arrestation et d'après les inspecteurs, il n'y aurait pas non plus de suspects. Jerry Vincent a reçu deux balles dans la tête alors qu'il se trouvait dans sa voiture rangée dans le garage attenant à son cabinet, à la hauteur du 200 de Broadway.

Suite à la mort de Jerry Vincent, c'est toute la charge du défunt qui est revenue à maître Haller. Celui-ci a eu aussitôt pour tâche de coopérer avec les enquêteurs – dans les limites de la confidentialité des relations avocat/client –, de dresser l'inventaire de toutes les affaires en cours et de prendre contact avec tous les clients concernés. Et la surprise a été immédiate : un des clients de Jerry Vincent devait passer en jugement le lendemain même du meurtre.

« Mon équipe et moi commencions juste à faire le tour de toutes les affaires en cours lorsque nous avons découvert que Jerry – et donc naturellement moi – devait assister au prononcé de verdict d'un de ses clients, nous a confié maître Haller. J'ai donc été obligé de tout laisser tomber pour me précipiter au Criminal Courts Building et assister le client. »

Ce n'était que la première des trente et une affaires en cours. Tous les clients de la liste devaient être contactés rapidement, informés de la mort de maître Vincent et pouvoir ou engager un nouvel avocat ou continuer avec maître Haller.

Quelques rares clients ont décidé de se faire représenter par d'autres avocats, mais la grande majorité des affaires est aujourd'hui traitée par maître Haller. De loin la plus importante d'entre elles est celle du « Meurtre de Malibu ». Elle a beaucoup attiré l'attention du public. Il est prévu que certains moments du procès soient retransmis nationalement sur Court TV. Dominick Dunne, le grand chroniqueur judiciaire de *Vanity Fair*, compte au nombre des reporters qui ont demandé la possibilité de suivre le procès.

L'affaire est échue à maître Haller à une condition, et elle est de taille. Elliot n'acceptait de garder Haller que si celui-ci n'essayait pas de repousser le procès.

« Walter est innocent et insiste sur ce point depuis le premier jour », nous a encore déclaré maître Haller lors de la première interview qu'il a donnée depuis qu'il a repris l'affaire. « Suite à plusieurs ajournements, cela fait six mois qu'il attend d'être jugé et de pouvoir ainsi laver son nom. Il ne voulait pas d'un autre retard et j'en suis tombé d'accord avec lui. Pourquoi attendre quand on est innocent ? Nous avons travaillé pratiquement vingt-quatre heures sur vingt-quatre pour être prêts et je pense que nous le sommes. »

Y parvenir n'a pas été facile. L'individu qui a tué Jerry Vincent lui a aussi volé sa mallette. Elle contenait l'ordinateur portable et le carnet de rendez-vous de l'avocat.

« Il n'a pas été trop difficile de rebâtir son emploi du temps, mais la disparition du portable est une grosse perte, nous a dit maître Haller. C'était là qu'étaient stockées les informations et la stratégie de la défense. Les tirages papier que nous avons trouvés dans le bureau étaient incomplets. Nous avions besoin du portable et au début, j'ai cru que nous étions fichus. »

C'est alors que maître Haller a trouvé quelque chose dont l'assassin ne s'était pas emparé. Vincent avait sauvegardé certains fichiers de son ordinateur sur une clé USB attachée à son porte-clés. C'est en pataugeant dans ces mégabits de données qu'Haller a trouvé des bouts de stratégie retenus pour le procès Elliot. La sélection des jurés a eu lieu la semaine dernière et maître Haller nous dit que lorsque la phase des témoignages commencera ce matin, il sera fin prêt.

« Je ne pense pas que M. Elliot sera victime d'une quelconque chute de régime dans sa défense, a ajouté maître Haller. Nous sommes armés et nous avons les munitions qu'il faut. Bref, nous sommes prêts à y aller. »

M. Elliot n'a pas répondu aux appels téléphoniques que nous lui avons passés pour cet article et a refusé de parler aux médias, à l'exception d'une conférence de presse qu'il a donnée après son arrestation ; il y a nié avec véhémence toute implication dans ces meurtres et a pleuré la mort de son épouse.

Les procureurs et enquêteurs des services du shérif du comté de Los Angeles soutiennent qu'Elliot a tué son épouse Mitzi, trente-neuf ans, et Johan Rilz, trente-cinq ans, lors de l'accès de rage qui l'a pris en les trouvant tous les deux dans la maison de plage que le couple Elliot possède à Malibu. Elliot a appelé les adjoints du shérif sur les lieux et a été arrêté suite à l'examen de la scène de crime. Bien que l'arme du crime n'ait jamais été retrouvée, des tests de laboratoire montreraient qu'Elliot a tiré des coups de feu peu de temps avant d'appeler. D'après les enquêteurs, Elliot aurait aussi prononcé des paroles incohérentes lors de son premier interrogatoire sur les lieux du crime et plus tard. D'autres éléments de preuves incriminant le magnat du cinéma devraient être révélés lors du procès.

Elliot est en liberté conditionnelle, sa caution de vingt millions de dollars étant la plus haute jamais exigée d'un suspect dans toute l'histoire du comté de Los Angeles.

Selon les experts et les observateurs habitués des procès, il faudrait s'attendre à ce que la défense remette en cause la manière dont ont été manipulées les pièces à conviction et conduits les tests affirmant qu'Elliot aurait tiré des coups de feu.

L'adjoint au district attorney, Jeffrey Golantz, qui agit en qualité de procureur dans cette affaire s'est refusé à tout commentaire pour cet article. C'est son onzième procès au pénal que va devoir aujourd'hui affronter un Golantz qui n'en a jamais perdu un seul.

36

Les jurés entrèrent dans la salle en file indienne, tels les Lakers prenant possession du terrain de basket. S'ils ne portaient pas tous le même uniforme, c'était la même attente qu'on sentait dans l'air. La partie allait commencer. Ils se séparèrent en deux files et gagnèrent les deux rangées de sièges qui leur étaient réservées. Ils s'étaient munis de stylos et de blocs sténo. Ils s'installèrent aux places qu'ils avaient occupées le vendredi précédent, lorsque le jury avait été définitivement formé.

Il était presque 10 heures du matin ce lundi-là, soit plus tard que prévu pour l'ouverture de la séance. En fait, le juge Stanton avait convoqué un peu plus tôt les avocats et l'accusé dans son cabinet et passé presque quarante minutes à expliquer les dernières règles de procédure – et pris tout son temps pour me faire comprendre avec force coups d'œil appuyés combien lui déplaisait l'article publié en première page de l'édition du matin du *Los Angeles Times.* Son souci essentiel était que celui-ci penchait lourdement en faveur de la défense et me faisait passer pour une victime des plus sympathiques. Bien que le vendredi précédent il ait exhorté les nouveaux jurés à ne lire ou regarder aucun reportage sur l'affaire ou le procès, il craignait que l'article n'ait fait son chemin.

Pour ma défense, je lui rappelai que j'avais donné l'interview dix jours plus tôt et ce pour un article qui, m'avait-on dit, devait être publié une semaine avant le début du procès. Golantz eut un petit sourire narquois et affirma que mon explication laissait entendre que j'avais alors essayé d'influer sur la sélection des jurés en donnant cette interview plus tôt, mais qu'au lieu de cela, c'était tout le procès qu'elle affectait. Je le contrai en faisant remarquer que l'accusation avait bel et bien été contactée, mais qu'elle avait refusé d'y aller du moindre commentaire. Bref, si l'article était à sens unique, c'était bien à cause de cela.

Stanton parut se ranger à mon avis en bougonnant, mais nous mit tous les deux en garde contre toute tentative de parler aux médias. Je sus alors que j'allais devoir annuler l'accord que j'avais passé avec Court TV et qui prévoyait que je commente le procès dès la fin de chaque séance. La publicité aurait certes été bienvenue, mais je ne tenais pas à être en froid avec le juge.

Nous passâmes à autre chose. Stanton avait très envie d'allouer un budget temps pour le procès. Comme tous les juges, il devait faire en sorte que ça avance. Il avait déjà des affaires en retard et tout procès traînant en longueur ne faisait qu'ajouter à ses retards. Il voulait savoir combien de temps chaque côté pensait devoir prendre pour formuler ses thèses. Golantz affirma qu'il lui faudrait un minimum d'une semaine, j'affirmai avoir besoin de la même chose bien que d'un point de vue réaliste je sache très bien qu'il m'en faudrait probablement beaucoup moins. Ce serait pendant la phase accusatoire que l'essentiel de ma défense serait révélé, qu'à tout le moins les grandes lignes en seraient posées.

Stanton fit la grimace en entendant ces pronostics et nous suggéra à tous les deux de songer sérieusement à en rabattre. Pour lui, c'était pendant que leur attention était encore forte que nous devions faire comprendre nos points de vue aux jurés.

Je scrutai ces derniers lorsque enfin ils s'assirent et cherchai le moindre signe révélateur d'un quelconque parti pris. Tel qu'il était composé, le jury me plaisait toujours, surtout le juré numéro trois, l'avocat. Il y avait bien quelques jurés qui me posaient problème, mais pendant le week-end j'avais décidé de plaider pour l'avocat en espérant qu'il pousse et tire ses collègues comme il fallait lorsqu'il voterait l'acquittement.

Du côté des jurés, on ne cherchait le regard de personne, et quand on le faisait, c'était celui du juge, le chien alpha de la salle. Pour autant que je puisse en juger, aucun ne jetait même seulement un regard du côté des tables de la défense ou de l'accusation.

Je me retournai et contemplai la galerie. La salle était à nouveau pleine de gens des médias, de spectateurs et de personnes ayant des liens de sang avec les individus impliqués dans l'affaire.

Juste derrière la table de l'accusation se tenait la mère de Mitzi Elliot qui était venue de New York en avion. À côté d'elle avaient pris place le père et les deux frères de Johan Rilz qui, eux, avaient fait tout le trajet depuis Berlin. Je remarquai que Golantz avait placé la mère endeuillée à un endroit de l'allée où les jurés ne pourraient rien rater de son flot continu de larmes.

La défense avait cinq sièges réservés dans la première rangée derrière moi. S'y trouvaient assis Lorna, Cisco, Patrick et Julie Favreau, la dernière arrivée – je venais de l'embaucher pour toute la durée du procès afin qu'elle observe les jurés à ma place. Je ne pouvais pas les regarder tout le temps et parfois ils montrent ce qu'ils sont vraiment lorsqu'ils pensent que personne ne les surveille.

Le cinquième et dernier siège vide était réservé à ma fille. Pendant le week-end, j'avais espéré convaincre mon ex de m'autoriser à excuser Hayler pour une journée d'école afin qu'elle puisse m'accompagner au tribunal. Ma fille ne m'avait jamais vu travailler et je me disais que les déclarations préliminaires étaient le bon moment pour l'inviter. J'avais confiance dans l'issue du procès. Je me sentais à l'abri des coups bas et voulais qu'elle le voie. L'idée était qu'elle s'assoie à côté de Lorna, qu'elle connaissait et aimait bien, et qu'elle me regarde opérer devant un jury. Pour convaincre mon ex, j'avais même eu recours à la célèbre phrase de Mark Twain pour lui demander de dispenser ma fille d'école une journée afin qu'elle apprenne enfin quelque chose. Mais c'était une cause perdue d'avance. Mon ex avait refusé. Ma fille était allée à l'école et son siège réservé était vide.

Walter Elliot, lui, n'avait personne dans la galerie. Il n'avait ni enfants ni parents dont il se sente proche. Nina Albrecht m'avait demandé si elle pourrait avoir une place dans la galerie afin de montrer qu'elle le soutenait, mais citée à témoigner par l'accusation et par la défense, elle s'était vu interdire d'assister aux débats jusqu'à la fin de son témoignage. En dehors d'elle, mon client n'avait donc personne. Et c'était voulu. Il avait plein d'associés, de gens qui lui voulaient du bien et de simples badauds qui avaient envie d'être là pour lui. Il avait même une liste d'acteurs de premier plan prêts à s'asseoir derrière lui pour lui montrer leur soutien. Mais je lui avais fait comprendre qu'installer des gens de son entourage hollywoodien ou des avocats d'affaires derrière lui, ce serait envoyer un très mauvais message aux jurés. Car tout tourne autour d'eux, lui avais-je expliqué. Le moindre signal qu'on leur adresse, de la cravate qu'on choisit de porter aux témoins qu'on décide de citer à comparaître, tout leur est destiné. À eux, les anonymes.

Le jury s'étant assis et mis à l'aise, le juge Stanton ouvrit officiellement les débats en demandant si l'un quelconque des jurés avait vu l'article dans le *Times* du matin. Personne ne levant la main, il rappela alors qu'il leur était interdit de lire ou de regarder quoi que ce soit ayant trait au procès dans les médias.

Puis il leur annonça que le procès allait commencer

par les déclarations préliminaires des avocats des deux parties.

– Mesdames et messieurs, lança-t-il, ce sont des déclarations que vous allez entendre. Il ne s'agit pas de preuves. Il reviendra plus tard aux deux parties de présenter les éléments de preuves qui étayent ces déclarations. Et ce sera à vous de décider à la fin du procès si la démonstration a été réussie.

Sur quoi il fit un signe à Golantz et ajouta que c'était à l'accusation de commencer. Comme il l'avait été précisé pendant les réunions avant procès, chaque partie aurait une heure pour exposer ses thèses. Je ne savais pas pour Golantz, mais moi, je savais qu'il me faudrait bien moins que ça.

Beau et impressionnant dans son costume noir, sa chemise blanche et sa cravate bordeaux, Golantz se leva et s'adressa aux jurés depuis la table de l'accusation. Pour le procès, il s'était fait assister par une jeune et séduisante avocate du nom de Denise Dabney. Elle avait pris place à côté de lui et garda les yeux fixés sur le jury tout le temps de son intervention. Façon comme une autre de travailler en équipe, deux paires d'yeux ne cessant de passer et repasser sur les visages des jurés et de leur faire sentir le sérieux et la gravité de la tâche qui les attend.

Les deux présentations faites – la sienne et celle de son assistante –, Golantz entra dans le vif du sujet.

– Mesdames et messieurs les jurés, dit-il, c'est à des débordements de colère et de cupidité que nous devons de nous trouver ici aujourd'hui. Purement et simplement. Puissance, argent et standing, l'accusé, Walter Elliot, est en effet un homme qui compte dans notre communauté. Mais cela ne lui suffisait pas. Il n'a pas voulu diviser son argent et sa puissance. Face à la trahison, il n'a pas voulu tendre l'autre joue. Tout au contraire, il a frappé de la façon la plus extrême qui soit.

Ce n'est pas une vie qu'il a prise, mais deux. Dans un moment de grandes humiliation et colère il a levé une arme et abattu son épouse Mitzi Elliot et Johan Rilz. Et a cru que sa puissance et son argent le mettraient au-dessus des lois et à l'abri de la punition réservée à ces horribles crimes. Mais cela ne sera pas. Le ministère public vous prouvera sans qu'il y ait l'ombre d'un doute raisonnable que c'est bien lui, Walter Elliot, qui a appuyé sur la détente et qui est responsable de la mort de deux innocents.

Je m'étais tourné sur mon siège, pour une moitié afin d'empêcher les jurés de voir mon client et pour une autre de façon à pouvoir garder dans ma ligne de mire Golantz et les rangées de la galerie derrière lui. Il n'avait pas fini son premier paragraphe que les larmes coulaient à flots sur le visage de la mère de Mitzi Elliot et ça, il allait falloir que je le signale au juge sans que le jury m'entende. Les effets de scène étant préjudiciables à ma cause, j'allais lui demander de faire asseoir la maman de la victime à un endroit moins central pour l'attention du jury.

Je regardai derrière la maman éplorée et découvris les visages grimaçants des Allemands. Je m'intéressais beaucoup à eux et à l'effet qu'ils feraient aux jurés. Je voulais voir comment ils géraient leurs émotions et le décor d'un prétoire américain. Plus ils auraient l'air sinistre et menaçant, mieux fonctionnerait ma stratégie de défense lorsque j'en viendrais à Johan Rilz. À les voir à ce moment-là, je compris que je prenais un bon départ. Ils avaient l'air très en colère et super-méchants.

Golantz exposa sa thèse aux jurés et leur annonça les témoignages et les éléments de preuve qu'il leur présenterait et ce que cela signifiait à ses yeux. Aucune surprise là-dedans. À un moment donné, je reçus un texto d'une ligne de Favreau et le lus sous la table.

Favreau : Ils sont suspendus à ses lèvres. T'as intérêt à être bon.

Ben voyons, me dis-je. À part ça, quoi de neuf, hein ?

Dans tout procès, l'accusation bénéficie d'un avantage aussi injuste qu'inhérent à son essence. Le ministère public a en effet le pouvoir et la puissance de son côté. Et en plus, on présume toujours qu'il est honnête, intègre et juste. L'idée dans la tête de tout juré et de tout spectateur est bien que le procureur ne serait pas là si la fumée qu'on voit ne conduisait pas au feu qui brûle.

C'est ce présupposé que tout avocat de la défense se doit de démolir. Car la présomption doit être celle de l'innocence de l'accusé. Mais toute personne qui a jamais mis les pieds dans une salle d'audience en qualité d'avocat ou d'accusé sait bien que ce n'est là qu'une des multiples notions idéalistes qu'on enseigne dans les facs de droit. Aussi bien dans ma tête que dans celle de tout le monde, il ne faisait aucun doute que j'entamais ce procès avec un accusé présumé coupable. Il allait falloir que je trouve un moyen de prouver son innocence ou de démontrer que le ministère public s'était, lui, montré coupable de malfaisance, d'ineptie ou de corruption dans la préparation de son dossier.

Golantz utilisa toute l'heure qui lui était allouée et ne laissa rien de côté dans son exposé des faits. Il fit montre de l'arrogance typique du procureur : on déballe tout et on met la défense au défi de prouver le contraire. L'accusation joue toujours les gorilles de trois cents kilos, les individus si imposants et costauds qu'ils n'ont pas besoin de faire dans la finesse. Quand on brosse un tableau, c'est avec un pinceau de douze centimètres et quand on l'accroche au mur, c'est avec un pieu et un marteau de forgeron.

Lors de la réunion pré-procès, le juge nous avait informés que nous devrions rester à nos tables ou nous servir du lutrin installé entre elles pour nous adresser aux témoins. Mais l'énoncé des déclarations préliminaires et des conclusions faisait exception à la règle. Pendant ces deux moments qui, tels des serre-livres, ouvrent et closent les débats nous étions libres d'utiliser l'espace qui se trouve devant le box des jurés – l'endroit que les vétérans de la défense appellent « le terrain de la preuve » parce que c'est de là et à ce seul moment du procès que l'on s'adresse directement aux jurés et réussit ou rate sa démonstration.

Golantz finit donc par passer de la table de l'accusation au terrain de la preuve lorsque arriva l'heure du grand finish. Il se positionna juste devant le milieu du box et ouvrit grand les bras comme le prêcheur devant ses ouailles.

– Mes amis, lança-t-il, c'est ici que le temps me manque. Voilà pourquoi au moment de clore, je vous prie de prendre grand soin d'écouter les preuves et les témoignages. C'est le sens commun qui vous guidera. Je vous conseille vivement de ne pas vous laisser embrouiller ou détourner par les obstacles à la justice que la défense va déployer devant vous. N'oubliez jamais l'essentiel. Souvenez-vous de ceci : deux personnes se sont fait ravir la vie. Leur avenir leur a été arraché. C'est pour cela que nous sommes ici aujourd'hui. Pour eux. Je vous remercie.

Le bon vieux coup de l'essentiel-qu'il-ne-faut-jamais-oublier. Le truc qu'on balançait dans toutes les salles d'audience depuis l'époque où j'étais avocat commis d'office. Ça n'en restait pas moins un coup d'envoi assez solide de sa part. Il n'allait pas remporter le trophée des orateurs de l'année avec ça, mais il avait bien exposé sa thèse. D'après mes comptes, il avait aussi fait au moins quatre fois usage de « mes amis » en s'adressant aux jurés, chose que je ne me serais, moi, jamais autorisée.

Pendant la dernière demi-heure de son discours, Favreau m'avait envoyé deux textos de plus pour me signaler l'intérêt de plus en plus faiblissant des jurés. Ils avaient peut-être bu ses paroles au début, mais là il semblait bien qu'ils en avaient assez. Parler trop longtemps, ça arrive. Golantz avait tenu quinze rounds tel le boxeur catégorie poids lourds. J'allais, moi, faire dans le welter. Ce qui m'intéressait, c'était les petits crochets rapides. J'allais frapper et me retirer, expliquer deux ou trois points essentiels, semer des doutes ici et là et soulever quelques questions. J'allais tout faire pour qu'on m'aime bien. C'était ça le principal. Qu'ils m'aiment et ils aimeraient ma présentation.

Le juge m'ayant fait un signe de tête, je me levai et occupai tout de suite le terrain de la preuve. Je voulais qu'il n'y ait plus rien entre les jurés et moi. Je savais aussi que cela me plaçait pile dans l'axe focal de la caméra de Court TV montée au-dessus du box des jurés.

Je me présentai en n'y allant en tout et pour tout que d'un léger hochement de tête en guise de salutation.

– Mesdames et messieurs, lançai-je, je sais que le juge m'a déjà présenté, mais j'aimerais quand même nous présenter, mon client et moi. Je m'appelle Michael Haller et je représente Walter Elliot, que vous voyez ici, assis seul à cette table.

Je leur montrai Elliot du doigt, lequel Elliot, selon ce qui avait été convenu à l'avance, leur répondit en hochant lugubrement la tête et ne leur offrant aucune espèce de sourire qui aurait pu paraître aussi patelin que de les appeler « mes amis ».

– Je ne vais pas vous prendre beaucoup de temps parce que c'est aux témoignages et aux preuves, enfin… au peu qu'il y en a, que je veux m'attaquer tout de suite pour que le spectacle commence. Assez bavardé. L'heure est venue de montrer ses atouts ou de plier. Maître Golantz vous a fait un tableau aussi vaste que compliqué. Il lui a fallu une heure entière pour le brosser. Mais moi, je suis ici pour vous montrer que cette affaire n'est pas aussi compliquée que ça. En fait, tout cela se résume à un gros labyrinthe de fumée et de miroirs. Évacuez la fumée et parcourez le labyrinthe et vous le comprendrez. Vous découvrirez aussi qu'il n'y a pas de feu, qu'il n'y a de fait rien à reprocher à Walter Elliot. Qu'il y a ici beaucoup plus qu'un doute raisonnable, qu'il y a même quelque chose de scandaleux à ce qu'on ait pu oser monter cette affaire contre Walter Elliot.

Sur quoi je me tournai encore une fois pour leur montrer mon client. Celui-ci avait baissé les yeux sur son bloc de feuilles et y portait des notes. Même chose : selon ce qui avait été convenu à l'avance, il apparaissait ainsi comme quelqu'un d'occupé, quelqu'un qui s'impliquait activement dans sa défense. On faisait front, on ne se laissait pas inquiéter par les horribles choses que le procureur venait de dire. On avait le droit de son côté, et le droit, c'était la force.

Je me retournai vers les jurés et enchaînai.

– J'ai remarqué que maître Golantz a utilisé six fois le mot « arme » dans son discours. Six fois il a dit que Walter s'était emparé d'une « arme » pour abattre la femme qu'il aimait et un spectateur innocent qui se trouvait là. Six fois. Mais ce qu'il ne vous a pas dit six fois, c'est qu'une « arme », il n'y en a pas. Mon client n'a pas d'arme. Pas plus que les services du shérif. Ils n'ont ni arme ni lien entre Walter et une arme quelconque pour la bonne et simple raison que mon client n'en possède pas.

« Maître Golantz vous a aussi annoncé qu'il allait vous présenter des preuves indiscutables du fait que Walter aurait fait feu, mais que je vous dise : accrochez-vous bien à la rampe. Gardez sa promesse bien au chaud dans votre poche et nous verrons bien si à la fin de ce procès ces preuves prétendument indiscutables l'étaient vraiment. Nous verrons bien si même elles tiennent encore debout à ce moment-là.

Tandis que je parlais, mes yeux n'arrêtaient pas de se promener de juré en juré tels les projecteurs qui le soir balaient le ciel au-dessus d'Hollywood. Je n'arrêtais pas de bouger, mais calmement. Je sentais qu'il y avait un certain rythme dans mes pensées et savais d'instinct que je tenais les jurés. Tous autant qu'ils étaient, ils marchaient avec moi.

– Je sais que dans notre société nous voulons que les policiers chargés de faire respecter la loi soient tous des professionnels et aussi bons que possible. Nous voyons des crimes aux nouvelles et dans les rues et nous savons que ces hommes et ces femmes sont la feuille de papier cigarette qui sépare l'ordre du désordre. Et bien sûr, ça, je le veux autant que vous. J'ai moi-même été la victime de violences. Je sais ce que ça fait. Alors nous voulons que nos policiers s'en mêlent et sauvent la situation. Après tout, c'est pour ça que nous en avons.

Je m'arrêtai et survolai du regard tous les jurés, en m'arrêtant ici et là un bref instant sur des visages avant de poursuivre.

– Malheureusement, ce n'est pas ce qui s'est passé ici. Les preuves, et c'est de celles que vous présentera l'accusation que je vous parle, montreront à l'évidence que c'est dès le début que les enquêteurs se sont focalisés sur un seul et unique suspect, Walter Elliot. Elles montreront qu'à partir du moment où Walter est devenu le suspect de la police, plus rien n'a compté. Toutes les autres pistes possibles ont été abandonnées, voire même plus envisagées. On tenait un suspect et ce qu'on croyait être un mobile, il n'était plus question de jeter un coup d'œil en arrière. On n'a même plus regardé ailleurs.

Pour la première fois depuis le début, je me déplaçai. Je m'approchai de la barrière, à la hauteur du juré numéro un. Et lentement je longeai le box, ma main glissant sur la barrière.

– Mesdames et messieurs, repris-je, nous avons ici affaire à un beau cas de rétrécissement du champ visuel. C'est sur un seul et unique suspect qu'on se focalise et on oublie tout le reste. Je vous promets, moi, que lorsque vous sortirez de cette espèce de tunnel creusé par l'accusation, vous vous regarderez et vous frotterez les yeux à la lumière. Et vous vous demanderez de quoi diable on voulait donc parler. Je vous remercie.

Ma main quittant lentement la barrière, je repris la direction de mon siège. Avant même que je m'assoie, le juge levait la séance pour le déjeuner.

37

Une fois encore mon client évita de déjeuner avec moi de façon à pouvoir regagner ses studios et y faire son apparition habituelle comme si de rien n'était. Je commençais à me demander s'il ne voyait pas dans ce procès quelque chose de simplement agaçant qui perturbait son emploi du temps. Ou bien il croyait plus que moi à la solidité de la défense ou bien c'était qu'à ses yeux ce procès n'était tout bonnement pas sa priorité.

Quelles qu'aient pu être ses raisons, cela me laissait avec mon entourage de la première rangée. Nous allâmes au restaurant Traxx[1] de la gare d'Union Station, soit, à mon avis, assez loin du tribunal pour que nous ne nous retrouvions pas nez à nez avec un des jurés. C'était Patrick qui avait pris le volant, mais je lui demandai de confier la Lincoln au voiturier et de nous rejoindre. Je voulais qu'il ait le sentiment de faire partie de l'équipe.

On nous donna une table dans un coin calme, près d'une fenêtre qui permettait de découvrir l'énorme et sublime salle d'attente de la gare. Lorna et moi ayant dressé le plan de table, je me retrouvai à côté de Julie Favreau. Depuis qu'elle vivait avec Cisco, Lorna avait décidé que je devais moi aussi avoir quelqu'un dans

1. Soit « Les voies ». *(NdT.)*

ma vie et s'était improvisée marieuse. Venant d'une ex, et d'une ex qui ne me laissait pas insensible à bien des niveaux, ces efforts me mettaient mal à l'aise, et l'embarras me prit lorsque très ouvertement Lorna me fit signe d'aller m'asseoir à côté de ma consultante. J'en étais à la moitié du premier jour de procès et l'idée d'une possible aventure sentimentale était bien la dernière chose à laquelle je voulais penser. Sans même parler du fait que j'étais incapable de la moindre liaison. Héritage de ma dépendance, je n'en étais encore qu'à commencer à réduire la distance émotionnelle qui me séparait des gens et des choses. Et ma priorité dans ce domaine était de rétablir les liens avec ma fille. Après seulement, je m'inquiéterais de trouver une femme avec qui passer du temps.

Toute idée d'aventure mise à part, Julie Favreau était une personne merveilleuse avec qui travailler. Petite femme séduisante, elle avait des traits délicats et des cheveux d'un noir de jais qui lui tombaient en boucles sur le visage. Un semis de taches de rousseur sur son nez la faisait paraître plus jeune qu'elle n'était. Je savais qu'elle avait trente-trois ans. Un jour, elle m'avait raconté sa vie. Elle était venue à Los Angeles en passant par Londres pour jouer dans un film et avait étudié avec un professeur pour qui les pensées du personnage peuvent se traduire par des signaux du visage, des tics et des mouvements du corps. Son travail d'actrice consistait à faire monter ces signes révélateurs à la surface sans que ce soit trop évident. Ses exercices l'avaient emmenée des salles de poker du sud du comté, où elle avait appris à lire les visages des joueurs qui essayaient de ne pas se trahir, aux chambres du Criminal Courts Building où il y avait toujours pléthore de visages et de signes révélateurs à repérer.

Après l'avoir vue travailler dans la galerie trois jours de suite lors d'un procès où je défendais un client accusé de viols en série, je m'étais approché d'elle et lui avais demandé qui elle était. M'attendant à l'entendre me dire qu'elle était une victime inconnue de l'homme assis à la table de la défense, j'avais été très surpris d'apprendre son histoire et de découvrir qu'elle ne venait au tribunal que pour s'entraîner à lire des visages. Je l'avais invitée à déjeuner, avais pris son numéro de téléphone et l'avais embauchée pour m'aider dès que j'avais eu un autre jury à sélectionner. Elle s'était montrée parfaite dans ses observations et, depuis, j'avais eu plusieurs fois recours à elle.

– Alors, lançai-je en étalant une serviette noire sur mes genoux. Comment se comportent mes jurés ?

Pour moi, il était évident que la question s'adressait à Julie, mais ce fut Patrick qui parla le premier.

– À mon avis, ils veulent accuser votre type de tous les crimes, dit-il. Pour eux, c'est un riche qui la ramène et croit pouvoir l'emporter en paradis.

Je hochai la tête. Son impression n'était probablement pas très loin de la vérité.

– Bon, ben… merci pour ces mots d'encouragement, lui renvoyai-je. Je vais tout faire pour dire à Walter d'être moins riche et coincé dès maintenant.

Patrick baissa les yeux sur la table et parut gêné.

– C'était juste pour dire, marmonna-t-il.

– Non, Patrick, j'apprécie, lui renvoyai-je. Tous les avis sont bienvenus et ont leur importance. Mais il y a des choses qu'on ne peut pas changer. Mon client est d'une richesse qui dépasse l'imagination et cela lui donne une certaine image. Il a aussi l'air rébarbatif et je ne suis pas très sûr de pouvoir y faire grand-chose. Julie, qu'est-ce que vous pensez de nos jurés jusqu'à maintenant ?

Avant qu'elle puisse répondre, le garçon vint prendre nos commandes de boissons. Je restai à l'eau avec une tranche de citron vert, les autres demandant du thé glacé et Lorna un verre de chardonnay Mad Housewife[1]. Je lui décochai un regard en coin, aussitôt elle protesta.

– Quoi ? s'écria-t-elle. Je ne travaille pas, moi. Je ne fais que regarder. En plus que je fête quelque chose. Tu es de nouveau dans un prétoire et nous avons repris le boulot.

J'acquiesçai à contrecœur.

– À ce propos, dis-je. J'aurais besoin que tu passes à la banque.

Je sortis une enveloppe de ma poste de veste et la lui tendis en travers de la table. Elle sourit parce qu'elle savait ce qui s'y trouvait : un chèque d'Elliot d'un montant de cent cinquante mille dollars, soit le solde des honoraires sur lesquels nous nous étions mis d'accord.

Lorna rangea l'enveloppe et je reportai mon attention sur Julie.

– Alors, qu'est-ce que vous voyez ?

– Je pense que c'est un bon jury, dit-elle. Dans l'ensemble, il y a beaucoup de visages ouverts. Ces gens sont prêts à écouter votre argumentation. Au moins pour l'instant. Nous savons tous qu'ils ont plus tendance à croire l'accusation, mais ils n'ont fermé la porte sur rien.

– Voyez-vous des changements dans ce dont nous avons parlé vendredi ? Je m'adresse toujours au numéro trois ?

– Qui c'est ? demanda Lorna avant que Julie puisse répondre.

– La bourde de Golantz. Le juré numéro trois est avocat et l'accusation n'aurait jamais dû le laisser dans le box.

– Oui, dit Julie, je pense toujours que c'est à lui qu'il faut s'adresser. Mais il y en a d'autres. J'aime bien aussi les onze et douze. Tous les deux à la retraite et assis l'un à côté de l'autre. J'ai l'impression qu'ils

1. Soit la Folle du Logis. *(NdT.)*

vont se lier d'amitié et travailler quasiment en tandem quand on en sera au délibéré. En gagner un, c'est gagner les deux.

J'adorais son accent britannique. Pas du tout aristo. L'espèce de savoir de la rue qu'on y entendait donnait de la validité à ce qu'elle disait. Elle n'avait pas eu beaucoup de réussite dans sa carrière d'actrice et m'avait dit un jour recevoir pas mal d'appels à auditions pour des films d'époque où il fallait parler un anglais délicat qu'elle ne maîtrisait toujours pas tout à fait. Ses ressources provenaient surtout des salles de poker où elle jouait maintenant pour de bon et des observations de jurés qu'elle faisait pour moi et un petit groupe d'avocats que je lui avais présentés.

– Bon alors, et le sept ? repris-je. Pendant la sélection il n'arrêtait pas de me regarder et maintenant, je n'ai même plus droit à un seul coup d'œil.

– Vous l'avez remarqué vous aussi. Plus moyen d'avoir un seul contact oculaire. Comme si quelque chose avait changé depuis vendredi. Pour moi, c'est un signe qu'il est dans le camp de l'accusation. Adressez-vous au numéro trois, mais vous pouvez être sûr que la palme de M. Undefeated[1] ira au numéro sept.

– Ça m'apprendra à écouter le client, dis-je dans ma barbe.

Nous commandâmes et dîmes au garçon d'accélérer les choses car nous devions retourner vite au tribunal. En attendant, je demandai à Cisco ce qu'il en était des témoins et il me répondit que de ce côté-là, ça se passait bien. Puis je lui demandai de traîner dans les couloirs du tribunal après la séance, histoire de voir s'il ne pourrait pas suivre les Allemands hors du bâtiment et rester avec eux jusqu'à ce qu'ils arrivent à leur hôtel. Je voulais savoir où ils étaient descendus. Pure mesure

1. Soit M. Jamais battu. *(NdT.)*

de précaution. Il y avait peu de chances que je leur fasse plaisir jusqu'à la fin du procès. Il était de bonne stratégie de savoir où étaient mes ennemis.

J'en étais à la moitié de ma salade de poulet grillé lorsque je jetai un coup d'œil dans la salle d'attente. Superbe mélange de motifs architecturaux, mais l'essentiel sentait l'Art déco. Il y avait rangées sur rangées de grands fauteuils en cuir pour les voyageurs en attente. Et de grands lustres qui pendaient au plafond. Je vis des gens endormis sur des chaises et d'autres assis avec leurs valises et leurs affaires serrées autour d'eux.

Et tombai sur Bosch. Assis seul, à trois rangées de la fenêtre. Avec ses écouteurs dans les oreilles. Nos regards se croisèrent un instant, puis il se détourna. Je posai ma fourchette et glissai ma main dans ma poche pour y prendre de l'argent. Je n'avais aucune idée du prix du verre de Mad Housewife et Lorna en était déjà à son deuxième. Je posai cinq billets de vingt sur la table et dis aux autres de finir de manger pendant que je sortais passer un coup de fil.

Je quittai le restaurant et appelai Bosch sur son portable. Il ôta ses écouteurs et décrocha au moment où j'approchais de la troisième rangée de sièges.

– Quoi ? me lança-t-il en guise de salutation.

– Frank Morgan ? Encore ?

– Non, en fait, cette fois c'est Ron Carter. Pourquoi m'appelez-vous ?

– Qu'avez-vous pensé de l'article ?

Je me posai sur le siège libre en face de lui, lui coulai un regard, mais fis semblant de m'adresser à quelqu'un qui se trouvait loin de moi.

– C'est un peu con, ce truc, me dit-il.

– Eh bien mais… je ne savais pas si vous vouliez rester incognito ou…

– Raccrochez, quoi !

Nous refermâmes nos portables et nous regardâmes.

– Alors ? insistai-je. On joue ?

– On ne le saura pas avant de le savoir.

– Qu'est-ce que ça veut dire ?

– Que l'article est paru. Je pense qu'il a eu le résultat espéré. Mais maintenant on attend de voir. S'il se passe quelque chose, alors, oui, c'est qu'on aura bien joué. On ne saura qu'on est dans le match que lorsqu'on y sera.

Je hochai la tête alors même que ce qu'il racontait n'avait aucun sens à mes yeux.

– Qui est la femme en noir ? me demanda-t-il. Vous ne m'aviez pas dit que vous aviez une copine. On devrait peut-être la mettre sous protection elle aussi.

– C'est juste la personne qui me lit les jurés.

– Ah oui, celle qui vous aide à trouver les flicophobes et autres anti-establishement ?

– Voilà, ce genre-là. Dites, il n'y a que vous là ? Vous êtes seul à me regarder ?

– Vous savez quoi ? Un jour, j'ai eu une petite copine. Elle posait toujours ses questions par paquets entiers. Jamais une seule à la fois.

– Et vous, avez-vous jamais répondu à une seule de ses questions ? Ou bien est-ce que vous vous contentiez de les écarter aussi finement que vous êtes en train de le faire maintenant ?

– Non, je ne suis pas seul, maître. Ne vous inquiétez pas. Vous avez des gens tout autour de vous, et vous ne les verrez jamais. Et j'ai aussi des mecs qui surveillent votre bureau, que vous y soyez ou pas.

Des mecs et des caméras. Ces dernières avaient été installées dix jours plus tôt, au moment où nous pensions que l'article allait être publié d'un instant à l'autre dans le *Times*.

– Oui, bien, mais on ne va pas rester longtemps dans ces bureaux.

– J'ai remarqué. Où allez-vous emménager ?

– Nulle part. Je travaille dans ma voiture.
– Ça doit être marrant.
Je l'examinai un instant. Comme d'habitude, il y avait du sarcasme dans le ton. C'était un type agaçant, mais Dieu sait comment il avait réussi à ce que je lui confie ma sécurité.
– Bon, va falloir que je retourne au palais, dis-je. Quelque chose que je devrais faire ? Des désirs sur la façon dont vous voudriez que je me conduise ? Ou un lieu où vous voudriez que j'aille ?
– Contentez-vous de faire ce que vous faites d'habitude. Cela dit, il y a quand même une chose. Vous surveiller alors que vous n'arrêtez pas de bouger exige beaucoup de bonshommes. Bref, à la fin de la journée, au moment où vous allez rentrer chez vous, appelez-moi pour me le dire de façon à ce que je puisse libérer des types.
– D'accord. Mais vous aurez toujours quelqu'un qui me surveille, non ?
– Ne vous inquiétez pas. Vous serez couvert vingt-quatre heures sur vingt-quatre et sept jours sur sept. Oh, encore un truc…
– Quoi ?
– Ne vous approchez plus jamais de moi comme ça.
Je hochai la tête. On venait de me remercier.
– Compris, dis-je.
Je me levai et regardai du côté du restaurant. Je vis Lorna compter les billets de vingt que j'avais laissés et les poser sur la note. Il semblait bien qu'elle allait tous les utiliser. Patrick avait quitté la table pour récupérer la Lincoln auprès du voiturier.
– À plus, inspecteur, dis-je sans regarder Bosch.
Pas de réaction. Je m'éloignai et rejoignis mon petit groupe au moment où tous sortaient du restaurant.
– C'était l'inspecteur Bosch avec qui t'étais ? me demanda Lorna.
– Oui. Je l'avais vu là-bas.

– Qu’est-ce qu’il faisait ?

– Il dit bien aimer venir déjeuner dans ce restaurant. Il s’assoit dans un de ces gros fauteuils bien confortables et il réfléchit.

– Et naturellement, ça se trouve qu’on était là, nous aussi.

Julie Favreau hocha la tête.

– Les coïncidences, ça n’existe pas, dit-elle.

38

Après le déjeuner, Golantz commença à présenter son affaire. Et eut recours à la présentation que je qualifiais de ras des pâquerettes. Il reprit le dossier au tout début – l'appel au 911 qui avait mis les deux meurtres en lumière –, et continua de façon tout à fait linéaire. Son premier témoin fut une opératrice du service des urgences du centre des communications du comté. Il se servit d'elle pour faire accepter les enregistrements audio des appels à l'aide de Walter Elliot. Avant le procès, j'avais envoyé une requête afin d'empêcher qu'on passe les deux bandes, en arguant que des transcriptions seraient plus claires et plus utiles aux jurés, mais le juge s'était rangé à l'avis du procureur. Il avait néanmoins ordonné que Golantz fournisse des transcriptions afin que les jurés puissent les lire en même temps qu'on les entendrait dans la salle d'audience.

J'avais tenté d'en interdire l'audition parce que je savais qu'elles seraient préjudiciables à mon client. Lors de son premier appel, c'était en effet très calmement qu'Elliot avait parlé à la dispatcheuse pour lui signaler que son épouse et une autre personne venaient de se faire assassiner. Ce ton posé pouvait s'interpréter comme une manière de froideur calculée et je ne voulais pas que les jurés le fassent. Le deuxième enregistrement était encore pire du point de vue de la défense. Elliot y laissait percer de l'agacement et entendre qu'il connaissait et n'aimait guère l'homme qui venait d'être assassiné avec sa femme.

Dispatcheuse : 911. Quelle est la nature de votre urgence ?

Walter Elliot : Je… euh, eh bien, ils ont l'air morts. Je ne pense pas qu'on puisse les aider.

Dispatcheuse : Je vous demande pardon, monsieur ? À qui parlé-je ?

Walter Elliot : Je m'appelle Walter Elliot. C'est ma maison.

Dispatcheuse : Oui, monsieur. Et vous dites qu'il y a quelqu'un de mort ?

Walter Elliot : J'ai trouvé ma femme. Elle a reçu une balle. Et il y a aussi un homme. Et lui aussi a reçu une balle.

Dispatcheuse : Veuillez attendre un instant, monsieur. Je prends note et je vous envoie de l'aide…

– pause –

Dispatcheuse : Bien, monsieur Elliot. Des ambulanciers et des adjoints du shérif viennent de partir.

Walter Elliot : C'est trop tard pour eux. Pour les ambulanciers, je veux dire.

Dispatcheuse : Je suis obligée de les envoyer, monsieur. Vous dites que ces personnes ont été abattues ? Êtes-vous en danger ?

Walter Elliot : Je ne sais pas. Je viens juste d'arriver. C'est pas moi qu'ai fait ça. Vous enregistrez ?

Dispatcheuse : Oui, monsieur. Tout est enregistré. Êtes-vous dans la maison en ce moment même ?

Walter Elliot : Je suis dans la chambre à coucher. C'est pas moi qu'ai fait ça.

Dispatcheuse : Y a-t-il quelqu'un dans la maison en dehors de vous et des deux personnes abattues ?

Walter Elliot : Je ne pense pas.

Dispatcheuse : Bien, je veux que vous sortiez de la maison de façon à ce que les adjoints du shérif vous voient en arrivant. Mettez-vous dans un endroit où ils vous verront.

Walter Elliot : D'accord, je sors.

– fin –

Dans le deuxième enregistrement, c'était une autre dispatcheuse qui parlait, mais je laissai Golantz le passer. J'avais perdu la bataille et ne voyais aucun avantage à faire perdre du temps à la cour en obligeant la deuxième dispatcheuse à présenter la bande et la faire admettre comme pièce à conviction.

Cet appel-là avait été passé du portable même d'Elliot. Ce dernier était sorti et l'on pouvait entendre le bruit ténu des vagues de l'océan en arrière-plan.

BANDE n° 2 – 13 h 24 – 02/05/07

Dispatcheuse : 911. Quelle est la nature de votre urgence ?

Walter Elliot : Oui, j'ai déjà appelé. Qu'est-ce que vous fabriquez ?

Dispatcheuse : Vous avez appelé le 911 ?

Walter Elliot : Oui, ma femme a été abattue. Et l'Allemand aussi. Qu'est-ce que vous fabriquez ?

Dispatcheuse : C'est l'appel de Crescent Cove Road à Malibu ?

Walter Elliot : Oui, c'est moi. J'ai appelé y a au moins un quart d'heure et y a toujours personne.

Dispatcheuse : Monsieur, d'après l'écran, notre patrouille alpha devrait arriver dans moins d'une minute. Raccrochez et restez dehors de façon à ce qu'ils puissent vous voir en arrivant. Vous voulez bien, monsieur ?

Walter Elliot : Dehors, j'y suis déjà.

Dispatcheuse : Alors, restez où vous êtes, monsieur.

Walter Elliot : Si vous le dites… Au revoir.

– fin –

Dans ce deuxième appel, non seulement Elliot donnait l'impression d'être agacé par le retard, mais il y prononçait le mot « Allemand » avec une espèce de ricanement dans la voix. Qu'on puisse ou ne puisse pas en conclure à sa culpabilité n'avait pas d'importance. Ces bandes aidaient l'accusation à faire apparaître Walter Elliot comme un être arrogant qui se croyait au-dessus des lois. Et c'était là un bon départ pour Golantz.

Je renonçai à interroger la dispatcheuse en contre car je savais que la défense n'avait rien à y gagner. L'accusation fit ensuite témoigner le shérif adjoint Brendan Murray, qui conduisait la voiture alpha ayant répondu la première à l'appel. En une demi-heure d'interrogatoire, Golantz lui fit décrire en détail son arrivée et sa découverte des corps. Il s'attarda en particulier sur les impressions que Murray avait gardées de l'attitude et des déclarations d'Elliot. Pour le shérif adjoint, l'accusé n'avait montré aucune émotion en faisant monter les policiers jusqu'à la chambre où son épouse avait été abattue et reposait nue sur le lit. Il avait très calmement enjambé le cadavre étendu au seuil de la pièce et avait montré le corps sur le lit.

– Il a dit : « C'est ma femme. Je suis à peu près sûr qu'elle est morte », déclara Murray.

Toujours d'après lui, Elliot aurait dit au moins trois

fois que ce n'était pas lui qui avait tué les deux personnes abattues dans la chambre.

– Et ce serait inhabituel ? lui demanda Golantz.

– Eh bien, nous n'avons pas la formation nécessaire pour nous lancer dans une enquête pour meurtre. Et nous ne sommes pas censés le faire. Ce qui fait que je n'ai jamais demandé à M. Elliot si c'était lui qui avait tué ces deux personnes. Mais lui n'arrêtait pas de nous dire qu'il ne les avait pas abattues.

Je n'avais pas non plus de questions à poser à Murray. Il était sur ma liste de témoins cités à comparaître et j'aurais tout loisir de le rappeler dans la phase défense si cela s'avérait nécessaire. Cela étant, je voulais attendre la déposition du témoin suivant sur la liste du procureur, à savoir celle du jeune Christopher Harber, le coéquipier de Murray. Je me disais que si l'un de ces deux adjoints faisait une erreur qui puisse servir la défense, c'était sûrement du côté du bleu qu'il fallait l'espérer.

La déposition d'Harber fut plus courte que celle de Murray et servit essentiellement à corroborer les dires de son coéquipier. Il avait vu et entendu les mêmes choses que lui.

– Juste quelques questions, monsieur le juge, dis-je lorsque Stanton me demanda si je voulais interroger en contre.

Alors que Golantz avait mené son interrogatoire du lutrin, je restai à la table de la défense pour poser mes questions. En fait, c'était un stratagème. Je voulais que les jurés, le témoin et le procureur se disent que je ne faisais qu'agir de manière machinale et me contentais de poser deux ou trois questions comme ça. De fait, je me préparais à introduire un point essentiel dans la stratégie de la défense.

– Bien. Monsieur l'adjoint Harber, lançai-je, c'est votre première année de service, n'est-ce pas ?

– Correct.

– Avez-vous déjà déposé devant un tribunal ?

– Pas dans une affaire de meurtre.

– Bon, gardez votre calme. Malgré ce que maître Golantz a pu vous raconter, je ne mords pas.

Des petits rires polis s'élevèrent dans la salle tandis qu'Harber rougissait un rien. Grand et fort, il avait la coupe de cheveux militaire, soit bien courte, comme on les aime aux services du shérif.

– Bien, vous dites que lorsque votre coéquipier et vous êtes arrivés à la maison de Walter Elliot, vous l'avez vu debout devant l'allée circulaire. C'est bien ça ?

– C'est bien ça.

– OK. Que faisait-il ?

– Il était là, debout, c'est tout. On lui avait dit de nous attendre.

– Bien. Que saviez-vous de la situation quand la voiture alpha est arrivée ?

– On ne savait que ce que la dispatcheuse nous avait dit. Qu'un homme du nom de Walter Elliot avait appelé de la maison pour dire qu'il y avait deux personnes mortes à l'intérieur. Qu'elles avaient été abattues.

– Aviez-vous déjà reçu un appel de ce type avant ?

– Non.

– Aviez-vous peur ? Vous sentiez-vous nerveux ? Excité ? Quoi ?

– Je dirais que l'adrénaline coulait à flots, mais que nous étions très calmes.

– Avez-vous sorti votre arme en quittant votre véhicule ?

– Oui.

– L'avez-vous braquée sur M. Elliot ?

– Non, je l'avais au côté.

– Votre coéquipier a-t-il sorti son arme ?

– Oui, je crois.

– L'a-t-il braquée sur M. Elliot ?

Il hésita. J'aime beaucoup quand le témoin de l'accusation hésite.

– Je ne me rappelle pas. Ce n'était pas vraiment lui que je regardais. C'était l'accusé.

Je hochai la tête comme si cela me paraissait sensé.

– Vous deviez rester sur vos gardes, c'est ça ? Vous ne connaissiez pas ce type. Vous saviez seulement qu'il devait y avoir deux morts à l'intérieur.

– Exact.

– Il serait donc juste de dire que vous vous êtes approché de M. Elliot avec précaution ?

– Oui.

– Quand avez-vous remis votre arme dans son étui ?

– Après avoir fouillé et sécurisé les lieux.

– Vous voulez dire après être entré dans la maison et avoir confirmé qu'il y avait bien des morts et personne d'autre à l'intérieur ?

– Exactement.

– Bien, et quand vous faisiez tout ça, M. Elliot était toujours avec vous ?

– Oui, il fallait qu'on le garde avec nous pour qu'il puisse nous montrer où se trouvaient les corps.

– Était-il en état d'arrestation ?

– Non, il ne l'était pas. Il s'était porté volontaire pour nous montrer les cadavres.

– Mais vous l'aviez menotté, n'est-ce pas ?

Cette question fut aussitôt suivie d'une deuxième hésitation de sa part. Il se trouvait en terrain inconnu et se rappelait sans doute les déclarations que Golantz et son assistante lui avaient fait répéter.

– Il avait été d'accord pour qu'on le menotte, dit-il enfin. Nous lui avions expliqué que nous n'étions pas en train de l'arrêter. Mais que nous avions une situation potentiellement dangereuse à l'intérieur de la maison et qu'il valait mieux pour sa sécurité et pour la nôtre que nous le menottions jusqu'à ce que nous ayons sécurisé les lieux.

– Et il avait été d'accord.

– Oui.

Du coin de l'œil, je vis Elliot faire non de la tête. J'espérai que les jurés l'avaient vu eux aussi.

– Était-il menotté devant ou dans le dos ?

– Dans le dos, c'est le règlement. Nous ne sommes pas autorisés à menotter quelque sujet que ce soit devant.

– Quelque… « sujet »… que ce soit ? Que voulez-vous dire ?

– Le mot « sujet » s'applique à toutes les personnes impliquées dans une enquête.

– Soit quelqu'un qui est arrêté ?

– Y compris quelqu'un qui est arrêté, oui. Mais M. Elliot n'était pas en état d'arrestation.

– Je sais que vous êtes tout nouveau dans ce travail, mais avez-vous souvent menotté des gens qui ne se trouvaient pas en état d'arrestation ?

– C'est arrivé à l'occasion. Mais je ne me rappelle pas combien de fois.

Je hochai la tête, mais espérai qu'on comprenne bien que ce n'était pas du tout parce que je le croyais.

– Bien, repris-je, votre coéquipier et vous avez déclaré que M. Elliot vous avait répété trois fois, et à tous les deux, qu'il n'était pas responsable de la tuerie. C'est exact ?

– C'est exact.

– Avez-vous entendu ces déclarations ?

– Oui.

– Ces déclarations vous ont-elles été faites lorsque vous vous trouviez à l'intérieur ou à l'extérieur de la maison ?

– À l'intérieur, quand nous étions en haut dans la chambre.

– Ce qui veut dire que M. Elliot aurait fait ces prétendues déclarations d'innocence alors qu'il était menotté dans le dos et que vous et votre coéquipier aviez sorti vos armes et vous teniez prêts à tirer. C'est bien ça ?

Troisième hésitation.

– Oui, ça devait être ça.

– Et vous me dites qu'à ce moment-là, il n'était pas en état d'arrestation ?

– Il ne l'était pas.

– Bien. Et qu'est-il arrivé après que M. Elliot vous a fait entrer et découvrir les corps à l'étage et que votre coéquipier et vous avez déterminé qu'il n'y avait personne d'autre dans la maison ?

– Nous avons ramené M. Elliot dehors, nous avons mis les scellés sur la maison et nous avons appelé le service des inspecteurs pour qu'ils nous envoient quelqu'un des Homicides.

– Et ça aussi, c'était pour suivre la procédure des services du shérif ?

– Oui.

– Bien. Et maintenant, officier Harber, avez-vous ôté les menottes à M. Elliot à ce moment-là étant donné qu'il n'était pas en état d'arrestation ?

– Non, maître, nous ne les lui avons pas ôtées. Nous avons placé M. Elliot à l'arrière du véhicule et la procédure interdit qu'on ôte les menottes du sujet lorsqu'il se trouve dans une voiture des services du shérif.

– Ah, nous revoici devant ce mot de « sujet ». Êtes-vous vraiment sûr que M. Elliot n'était pas en état d'arrestation ?

– J'en suis sûr, oui. Nous ne l'avions pas arrêté.

– Bien, et combien de temps est-il resté à l'arrière de cette voiture ?

– À peu près une demi-heure, pendant que nous attendions l'équipe des Homicides.

– Et que s'est-il passé quand elle est arrivée ?

– Dès leur arrivée, les enquêteurs ont commencé par examiner la maison. Après, ils sont sortis et ont mis M. Elliot en état d'arrestation. Enfin, je veux dire… ils l'ont sorti de la voiture.

Je sautai sur son lapsus.

– Il était en état d'arrestation ?

– Non, là, je me suis trompé. Il était d'accord pour attendre dans la voiture, ils sont arrivés et ils l'en ont fait sortir.

– Vous nous dites donc qu'il a été d'accord pour se faire menotter à l'arrière d'une voiture de patrouille ?

– Oui.

– Aurait-il pu ouvrir la portière et sortir du véhicule s'il l'avait voulu ?

– Je ne pense pas, non. Les portières arrière ont des sécurités. On ne peut pas les ouvrir de l'intérieur.

– Mais M. Elliot y était à titre volontaire ?

– Oui.

Même lui ne donnait pas l'impression de croire à ce qu'il racontait. Son visage avait viré au rouge cramoisi.

– Officier Harper, quand les menottes ont-elles été enfin ôtées aux poignets de M. Elliot ?

– Dès qu'ils l'ont fait sortir de la voiture, les inspecteurs lui ont enlevé les menottes et les ont rendues à mon coéquipier.

– Bien.

Je hochai la tête comme si j'en avais fini et tournai quelques pages de mon bloc-notes pour vérifier certaines questions que j'avais oubliées.

– Ah oui… repris-je en gardant les yeux baissés sur mon bloc. Une dernière chose. D'après la main courante, le premier appel au 911 a été passé à 1 h 05. M. Elliot a dû rappeler dix-neuf minutes plus tard pour s'assurer qu'on ne l'avait pas oublié et c'est là que vous et votre coéquipier êtes arrivés quatre minutes plus tard. Soit un temps de réaction de vingt-trois minutes. (Je levai la tête et le regardai.) Pouvez-vous me dire pourquoi il a fallu tout ce temps pour répondre à un appel qui était évidemment de première urgence ?

– Géographiquement parlant, le district de Malibu est le plus grand du secteur. Nous avons dû repasser le col pour venir d'un autre endroit où on nous avait appelés.

– Il n'y avait pas d'autre voiture de patrouille plus près et prête à répondre ?

– Mon coéquipier et moi nous trouvions dans la voiture alpha. C'est une voiture qui est toujours en mouvement. C'est nous qui traitons les appels prioritaires et nous avons accepté celui-là dès qu'il nous est arrivé de la dispatcheuse.

– Bien, je n'ai plus de questions à vous poser.

En contre, Golantz revint sur les chausse-trappes que j'avais préparées. Il posa plusieurs questions à Harber, toutes traitant du problème de savoir si Elliot était en état d'arrestation ou pas. Il voulait dissiper cette idée qui risquait de corroborer la théorie du rétrécissement du champ visuel prônée par la défense. C'était très exactement ce que je voulais qu'il croie que j'étais en train de faire et ça marchait. Il passa encore un quart d'heure à pousser Harber à souligner que l'homme que lui et son coéquipier avaient menotté à l'extérieur d'une scène de double crime n'était pas en état d'arrestation. Voilà qui défiait le sens commun, mais l'accusation n'en démordait pas.

Lorsque le procureur en eut terminé, le juge suspendit la séance pour la pause de l'après-midi. Dès que le jury eut quitté la salle, j'entendis quelqu'un m'appeler en chuchotant. Je me retournai et vis Lorna me montrer le fond de la salle du bout du doigt. Je me tournai davantage pour voir plus loin et découvris que ma fille et sa mère s'étaient glissées au dernier rang de la galerie. Et là, en douce, ma fille me fit un petit signe de la main et je lui souris en retour.

39

Je les retrouvai dans le couloir, loin de l'embouteillage de journalistes qui s'était formé autour des autres acteurs principaux du procès au fur et à mesure qu'ils sortaient de la salle d'audience. Hayley me fit un câlin et je fus bouleversé qu'elle soit venue. Je repérai un banc vide en bois et nous nous y assîmes.

– Ça fait longtemps que vous étiez là ? demandai-je. Je ne vous ai pas vues.

– Malheureusement non, pas très longtemps, dit Maggie. Comme elle avait éducation physique en dernière heure, j'ai décidé de prendre mon après-midi, je suis allée la chercher tôt et nous sommes venues ici. On a vu l'essentiel de ton interrogatoire en contre.

Je passai de Maggie à notre fille, qui s'était assise entre nous. Elle avait le teint foncé de sa mère ; yeux et cheveux noirs, peau qui restait bronzée jusque tard dans l'hiver.

– Qu'est-ce que tu en as pensé, Hay ?

– Euh, j'ai trouvé ça vachement intéressant. Tu lui as posé des tas de questions. À la fin, on aurait dit qu'il était en colère.

– Ne t'inquiète pas, ça lui passera.

Je regardai par-dessus sa tête et fis un clin d'œil à mon ex.

– Mickey ?

Je me retournai, c'était McEvoy du *Times*. Il arrivait avec son bloc-notes et son stylo.

– Pas maintenant, lui dis-je.

– J'ai juste une petite…

– Et moi, je vous ai dit pas maintenant. Laissez-moi tranquille.

Il fit demi-tour et regagna un des groupes qui tournaient autour de Golantz.

– Qui c'était ? me demanda Hayley.

– Un journaliste. Je lui parlerai plus tard.

– M'man m'a dit qu'il y avait un grand article sur toi aujourd'hui.

– Il n'était pas vraiment sur moi. C'était un article sur l'affaire. C'est pour ça que j'espérais que vous pourriez venir en voir un bout.

Je me tournai à nouveau vers mon ex et la remerciai d'un hochement de tête. Elle avait mis de côté toute sa colère contre moi et fait passer notre fille en premier. Quoi qu'il en soit par ailleurs, je pouvais toujours compter sur elle pour ça.

– Tu vas y retourner ? me demanda Hayley.

– Oui, c'est juste une petite pause pour que les gens puissent s'acheter quelque chose à boire ou aller aux toilettes. On a encore une séance et après, tout le monde rentrera chez soi et on reprendra demain.

Elle acquiesça d'un signe de tête et regarda vers la porte du prétoire au bout du couloir. Je suivis son regard et vis qu'on commençait à rentrer.

– Euh, papa ? Ce type-là… il a tué quelqu'un ?

Je regardai Maggie, qui haussa les épaules comme pour me dire : « *Ce n'est pas moi qui lui ai dit de te poser cette question.* »

– Eh bien, ma chérie, ça, on ne le sait pas. C'est ce dont il est accusé, ça oui. Et beaucoup de gens pensent qu'il l'a fait. Mais rien ne l'a encore prouvé et c'est ce procès qui va le déterminer. C'est à ça que sert le procès. Tu te rappelles ce que je t'ai expliqué là-dessus ?

– Oui, oui.

– Mick, c'est votre famille ?

Je regardai par-dessus mon épaule et me figeai en me retrouvant nez à nez avec Walter Elliot. Il souriait d'un air chaleureux et s'attendait à ce que je fasse les présentations. Il était loin de savoir de quel bois se chauffait Maggie McFierce.

– Euh, bonjour, Walter. Voici ma fille Hayley et voici sa maman, Maggie McPherson.

– Bonjour, dit Hayley toute timide.

Maggie, elle, hocha la tête et parut mal à l'aise.

Et là, Walter commit l'erreur de tendre la main à Maggie. Je ne vois vraiment pas comment celle-ci aurait pu se montrer plus raide. Elle lui serra la main une fois, puis se dégagea aussitôt. Et quand Walter tendit la main à Hayley, Maggie bondit, littéralement, posa la main sur l'épaule de sa fille et l'arracha du banc.

– Hayley, dit-elle, allons vite aux toilettes avant que la séance ne reprenne.

Et de pousser aussitôt Hayley vers les toilettes. Walter les regarda partir, puis il tourna la tête vers moi, la main toujours tendue dans le vide. Je me levai.

– Désolé, Walter, mais mon ex est procureur. Elle travaille pour le district attorney.

Ses sourcils remontèrent haut sur son front.

– Maintenant je comprends pourquoi c'est une ex, dit-il.

Je hochai la tête juste pour qu'il se sente mieux. Puis je lui dis de regagner la salle d'audience et ajoutai que je le rejoindrais dans un instant.

Je me dirigeai vers les toilettes et retrouvai Maggie et Hayley au moment où elles en ressortaient.

– Je crois que nous allons rentrer à la maison, dit Maggie.

– Vraiment ?

– Elle a beaucoup de devoirs et je pense qu'elle en a assez vu pour aujourd'hui.

J'aurais pu lui disputer ce point, mais je laissai passer.

– OK, dis-je. Hayley, merci d'être venue. Ça compte beaucoup pour moi.

– OK.

Je me penchai, lui fis une bise sur le haut du crâne, puis je la serrai contre moi pour lui faire un câlin. Ce n'était que dans ces moments où j'étais avec ma fille que cessaient les distances que je mettais avec tout dans ma vie. Avec elle, je me sentais relié à quelque chose qui comptait. Je regardai Maggie.

– Merci de me l'avoir amenée, lui dis-je.

Elle hocha la tête.

– Pour ce que ça vaut, tu te débrouilles bien là-bas, dit-elle.

– Ça vaut beaucoup. Merci.

Elle haussa les épaules et laissa échapper un petit sourire. Et ça aussi, c'était bien.

Je les regardai regagner le coin des ascenseurs en sachant que ce n'était pas à ma maison qu'elles rentraient et qu'elles se demandaient comment j'avais pu bousiller ma vie à ce point.

– Hayley ! criai-je dans leur dos.

Ma fille se retourna.

– À mercredi ! Crêpes !

Elle souriait lorsqu'elle rejoignit la foule qui attendait un ascenseur. Je remarquai que mon ex souriait aussi. Je pointai le doigt sur elle et repartis vers la salle d'audience.

– Et toi aussi, tu peux venir, ajoutai-je.

Elle hocha la tête.

– On verra, dit-elle.

Une porte d'ascenseur s'ouvrit, elles s'en approchèrent. *On verra.* Ces deux mots me firent l'impression de tout résumer.

40

Dans tout procès au criminel, le témoin principal de l'accusation est toujours l'inspecteur en charge de l'enquête. Parce qu'il n'y a plus de victimes vivantes pour dire au jury ce qui leur est arrivé, il lui revient de détailler l'enquête et de parler pour les morts. C'est lui qui porte les grands coups. Lui qui rassemble les faits pour les jurés et les rend clairs. Il a pour tâche de vendre le dossier de l'accusation aux jurés, et comme dans tout échange ou transaction, le vendeur a autant d'importance que la marchandise. Les meilleurs inspecteurs des Homicides sont aussi les meilleurs vendeurs. J'ai vu des types aussi durs qu'Harry Bosch écraser une larme à la barre en décrivant les derniers instants d'une victime sur cette terre.

Ce fut après la pause de l'après-midi que Golantz appela l'inspecteur en charge du dossier à la barre. Coup de génie, préparation magistrale que tout cela : John Kinder allait occuper le centre de la scène jusqu'à ce que la séance soit ajournée, les jurés rentrant alors chez eux et ayant toute la soirée pour méditer ses paroles. Et je ne pouvais rien y faire en dehors de regarder.

Kinder était un grand Noir affable qui parlait d'une voix de baryton des plus paternelles. Il portait des lunettes de vue qui lui dégringolaient au bout du nez quand il se référait au gros classeur qu'il avait apporté avec lui. Entre les questions qu'on lui posait, il regardait Golantz ou les jurés par-dessus la monture de ses lunettes. Il avait le regard agréable, doux, alerte et plein de sagesse. Et c'était le témoin contre lequel je n'avais aucun recours.

Avec les questions précises que lui posa Golantz et une série d'agrandissements des photos de la scène de crime – que je n'avais pas réussi à faire rejeter en arguant qu'elles étaient préjudiciables à mon client –, Kinder fit visiter la scène de crime aux jurés et leur détailla ce que l'examen des éléments de preuve avait appris aux enquêteurs. Du purement clinique et méthodique, mais suprêmement intéressant. Avec sa voix profonde et pleine d'autorité, on aurait dit un professeur de criminologie en train de faire un cours de base à tous les gens assis dans la salle.

J'élevai bien des objections ici et là dès que je pouvais afin de casser le rythme Golantz/Kinder, mais je ne pouvais pas faire grand-chose en dehors de me taire et d'attendre. À un moment donné, je reçus un texto de la galerie et cela n'apaisa nullement mes craintes.

Favreau : Tout le monde adore ce mec ! Vous ne pouvez vraiment rien y faire ?

Sans me retourner pour la regarder, je me contentai de hocher la tête en regardant l'écran du portable sous la table de la défense.

Puis je jetai un coup d'œil à mon client et eus l'impression que c'était à peine s'il prêtait attention à la déposition de Kinder. Il prenait des notes dans un bloc grand format, mais ces notes n'avaient rien à voir avec le procès ou l'affaire. J'aperçus des tas de chiffres et le titre *Diffusion à l'étranger* souligné sur la première page. Je me penchai vers lui.

– Ce type est en train de nous massacrer, lui chuchotai-je à l'oreille. Au cas où ça vous intéresserait…

Un sourire sans humour lui tordant les lèvres, il me renvoya :

– Pour moi, tout va bien. Vous avez bien travaillé aujourd'hui.

Je hochai la tête et me retournai pour écouter le reste de la déposition de Kinder. J'avais un client pour qui la réalité de la situation n'avait aucune importance. Il connaissait parfaitement ma stratégie et savait que j'avais l'argument miracle dans ma manche. Sauf que rien n'est sûr quand on va au procès. C'est même pour cela que quatre-vingt-dix pour cent des affaires se résolvent par des arrangements avant procès. Personne n'a envie de jeter les dés. Les enjeux sont trop élevés. Et il n'y a pas plus grand pari qu'un procès pour meurtre.

Mais c'était depuis le premier jour que Walter Elliot n'avait pas l'air de le comprendre. Il continuait à faire des films et à travailler ses problèmes de distribution à l'étranger et semblait être persuadé de sortir libre de ce procès. Je pensais certes avoir un dossier en béton, mais n'arrivais quand même pas à avoir ce genre de confiance.

Les éléments de base de l'analyse de la scène de crime ayant été bien détaillés par Kinder, Golantz fit dévier la déposition sur Elliot et les rapports qu'il avait eus avec l'enquêteur.

– Bien, dit-il, vous avez déclaré que l'accusé serait resté dans la voiture de patrouille de l'officier Murray pendant que vous vous livriez au premier examen de la scène de crime et vous familiarisiez avec les lieux, si je puis ainsi dire. C'est bien ça ?

– Oui, c'est bien ça.

– Quand avez-vous parlé avec Walter Elliot pour la première fois ?

Kinder consulta un document du classeur ouvert sur l'étagère installée devant la barre.

– Il était à peu près 2 heures et demie quand je

suis sorti de la maison après avoir procédé au premier examen de la scène de crime. C'est à ce moment-là que j'ai demandé aux shérifs adjoints d'extraire M. Elliot de la voiture.

– Qu'avez-vous fait après ?

– J'ai demandé à l'un des adjoints de lui ôter les menottes parce que je ne pensais plus que ce soit nécessaire. Il y avait déjà des inspecteurs et des adjoints du shérif sur les lieux et le périmètre était parfaitement sécurisé.

– Bien et… M. Elliot était-il en état d'arrestation à ce moment-là ?

– Non, il ne l'était pas et je le lui ai expliqué. Je lui ai dit que les mecs… les adjoints… avaient dû prendre toutes les précautions possibles jusqu'à ce qu'on sache à quoi on avait affaire. M. Elliot a répondu qu'il comprenait. Je lui ai demandé s'il voulait continuer à coopérer et montrer l'intérieur de la maison aux membres de mon équipe et il m'a répondu que oui, il le ferait.

– Vous l'avez donc ramené dans la maison ?

– Oui. Nous lui avons demandé de mettre des bottines en papier pour ne pas contaminer la scène de crime et nous sommes rentrés dans la maison. J'ai demandé à M. Elliot de refaire très précisément ce qu'il avait fait en entrant et en découvrant les corps.

Je notai l'histoire des bottines en papier qu'on lui avait fait enfiler mais un peu tard puisqu'il avait déjà fait faire le tour de la maison aux premiers adjoints. Kinder ? En contre, j'allais le tirer à vue avec ça.

– Avez-vous trouvé quoi que ce soit d'inhabituel dans ce qu'il a dit avoir fait ou quoi que ce soit d'incohérent dans ce qu'il vous disait ?

J'élevai une objection en arguant du fait que la question était bien trop vague. Le juge en fut d'accord. Score : un tout petit point qui comptait quasi pour du beurre.

Golantz se contenta de reformuler la question et se montra plus précis.

– Où Elliot vous a-t-il conduit dans la maison, inspecteur Kinder ?

– Il nous a fait entrer et nous sommes montés directement à la chambre à coucher. Il nous a dit que c'était ce qu'il avait fait en entrant. Il nous a précisé que c'est à ce moment-là qu'il avait découvert les corps et appelé le 911 en se servant du téléphone à côté du lit. D'après lui, la dispatcheuse lui a alors dit de quitter la maison et de nous attendre dehors, ce qu'il avait fait. Je lui ai demandé très précisément s'il était allé ailleurs dans la maison et il m'a répondu que non.

– En quoi cela vous a-t-il paru inhabituel ou incohérent ?

– Eh bien, la première chose, c'est qu'à supposer que ce soit vrai, ça m'a paru bizarre qu'il soit entré et monté directement à la chambre sans commencer par jeter un coup d'œil au rez-de-chaussée. Ça ne collait pas non plus avec ce qu'il nous avait dit quand nous sommes rentrés à nouveau dans la maison. Il nous avait montré la voiture de sa femme, qui était garée dans l'allée circulaire devant la maison, et nous avait dit que c'est comme ça qu'il avait su qu'elle avait quelqu'un avec elle dans la maison. Je lui avais demandé ce qu'il voulait dire par là et il m'avait répondu que sa femme s'était garée devant pour que Johan Rilz, l'autre victime, puisse utiliser la seule place libre dans le garage. Ils y avaient entassé des meubles et des affaires et il n'y restait plus qu'une place libre. Il a dit que l'Allemand y avait caché sa Porsche et que sa femme avait été obligée de se garer devant.

– Quelle signification avez-vous tiré de ces propos ?

– Eh bien, pour moi, ça sentait la dissimulation. Il nous avait dit qu'il n'était allé que dans la chambre et nulle part ailleurs dans la maison. Pour moi au contraire, il était assez clair qu'il avait jeté un coup d'œil dans le garage et qu'il y avait vu la Porsche de la deuxième victime.

Debout au lutrin, Golantz hocha vigoureusement la tête : on appuyait sur le fait qu'Elliot était un menteur. Je savais que je pourrais m'en débrouiller dans mon interrogatoire en contre, mais ça, je ne pourrais le faire que le lendemain, après que cette impression aurait filtré dans la tête des jurés pendant quasi vingt-quatre heures.

– Que s'est-il passé après ? reprit Golantz.

– Eh bien, il y avait encore beaucoup de travail à faire dans la maison. J'ai donc ordonné à deux membres de mon équipe d'emmener M. Elliot au poste de Malibu de façon à ce qu'il puisse m'y attendre à l'aise.

– Était-il alors en état d'arrestation ?

– Non. Encore une fois je lui avais expliqué que nous avions besoin de lui parler et que s'il était toujours décidé à coopérer avec nous, nous le mettrions dans une salle d'interrogatoire du poste et que je l'y rejoindrais aussitôt que possible. Et une fois encore, il a accepté.

– Qui l'a transporté à Malibu ?

– Les enquêteurs Joshua et Toles l'ont emmené dans leur voiture.

– Pourquoi ne l'ont-ils pas interrogé tout de suite une fois arrivés au poste de Malibu ?

– Parce que je voulais en savoir plus long sur M. Elliot et sur la scène de crime avant de lui parler. Parfois, on n'a qu'une chance, même avec un témoin qui coopère.

– Vous venez d'utiliser le mot « témoin ». M. Walter Elliot n'était-il donc pas un suspect à ce moment-là ?

On jouait au chat et à la souris avec la vérité. Quelle que soit la réponse de Kinder, tout le monde dans la salle savait maintenant que les flics s'étaient concentrés sur Elliot.

– C'est-à-dire que jusqu'à un certain point tout le monde est suspect, répondit Kinder. Quand on débarque dans ce genre de situation, on soupçonne absolument tout le monde. Mais à ce moment-là, je ne savais pas grand-chose sur les victimes, pas grand-chose sur M. Elliot et je ne savais pas vraiment non plus à quoi nous avions affaire. Ce qui fait que je le voyais plus comme un témoin très important qu'autre chose. C'était lui qui avait trouvé les corps et il connaissait les victimes. Il pouvait nous aider.

– Bien, et donc vous l'avez expédié au poste de Malibu pendant que vous repreniez votre travail sur la scène de crime. Pour y faire quoi ?

– Superviser l'analyse de la scène de crime et la collecte de tous les éléments de preuves dans la maison. Nous travaillions aussi avec le téléphone et les ordinateurs afin de vérifier l'identité et le passé de toutes les personnes impliquées.

– Qu'avez-vous appris ?

– Nous avons appris qu'aucun des Elliot n'avait de casier ou d'armes déclarées. Que l'autre victime, Johan Rilz, était de nationalité allemande et semblait n'avoir lui non plus ni casier ni arme déclarée. Que M. Elliot était directeur d'un studio et qu'il connaissait une belle réussite dans le cinéma… ce genre de choses.

– Un membre de votre équipe a-t-il fait à un moment donné une demande de mandat de perquisition pour fouiller la maison ?

– Oui, nous l'avons fait. En procédant avec beaucoup de précautions, nous avons effectivement soumis une demande à un juge, qui nous a signé une série de mandats. Nous avons alors eu toute l'autorité nécessaire pour poursuivre nos recherches et aller jusqu'au bout de ce qu'elles nous indiquaient.

– Est-il inhabituel de prendre ce genre de mesures ?

– Peut-être. Les tribunaux ont accordé à la police beaucoup de latitude dans la collecte des éléments de preuves. Cela dit, vu les personnes impliquées dans cette affaire, nous avions décidé de prendre des précautions supplémentaires. Nous avons demandé des mandats de perquisition alors même que nous n'en aurions peut-être pas eu besoin.

– Que couvraient exactement ces mandats ?

– Nous en avons eu pour la maison d'Elliot et pour les trois voitures : celle de M. Elliot, celle de sa femme et la Porsche dans le garage. Nous avons aussi obtenu un mandat nous autorisant à procéder à des tests sur la personne de M. Elliot et sur ses vêtements afin de déterminer s'il avait tiré des coups de feu peu avant.

Le procureur continua de poser des questions sur l'enquête jusqu'au moment où, ayant terminé l'analyse de la scène de crime, Kinder avait interrogé Elliot au poste de Malibu. S'ensuivit la présentation de l'enregistrement vidéo du premier interrogatoire d'Elliot. Je l'avais déjà visionné plusieurs fois pendant la phase préparatoire du procès. Je savais qu'elle n'avait rien de remarquable en termes de contenu de ce qu'Elliot avait déclaré à Kinder et à son coéquipier, Roland Ericsson. Ce qui avait de l'importance aux yeux de l'accusation, c'était l'attitude d'Elliot pendant cet interrogatoire. Il n'avait pas vraiment l'air de quelqu'un qui vient de découvrir le cadavre de sa femme entièrement nue avec une balle en pleine figure et deux autres dans la poitrine. Il paraissait aussi calme qu'un coucher de soleil d'été et ça lui donnait tout l'air d'un tueur sans pitié.

Un écran vidéo ayant été installé devant le box des jurés, Golantz passa la bande en l'arrêtant souvent pour poser des questions à Kinder avant de la faire repartir. L'interrogatoire durait dix minutes et n'avait rien d'une confrontation. Simple exercice dans lequel l'enquêteur faisait le point sur l'histoire d'Elliot, Kinder n'y posait aucune question délicate. Il lui demandait seulement en termes généraux ce qu'il avait fait et à quels moments. L'enregistrement prenait fin à l'instant où Kinder présentait à Elliot un mandat autorisant les services du shérif à tester ses mains, ses bras et ses vêtements en vue d'y déceler la présence éventuelle de résidus de poudre.

Elliot souriait légèrement en répondant aux questions.

« Allez-y, messieurs, dit-il alors. Faites ce que vous avez à faire. »

Golantz vérifia l'heure à la pendule accrochée au mur du fond de la salle d'audience et se servit d'une télécommande pour figer l'image du demi-sourire d'Elliot sur l'écran vidéo. C'était celle qu'il voulait que les jurés emportent chez eux. Il voulait qu'ils pensent à ce sourire du genre attrapez-moi-donc-si-vous-pouvez en rentrant chez eux dans les embouteillages de 5 heures de l'après-midi.

– Monsieur le juge, dit-il, je crois que l'heure est venue d'ajourner la séance. Je voudrais interroger l'inspecteur Kinder sur d'autres points après cet exposé et je pense que nous devrions peut-être commencer ça demain matin.

Le juge en tomba d'accord et mit fin à l'audience en disant encore une fois aux jurés d'éviter tous les comptes-rendus des médias sur le procès.

Je me levai à la table de la défense et regardai les jurés entrer en file indienne dans la salle des délibérés. J'étais à peu près sûr que l'accusation avait remporté la victoire pour ce premier jour, mais il fallait s'y attendre. Nous avions encore nos cartouches à tirer. Je jetai un coup d'œil à mon client.

– Walter, lui dis-je, qu'est-ce que vous faites ce soir ? lui demandai-je.

– Un petit dîner avec des amis. Ils ont invité Dominick Dunne. Après, j'irai jeter un coup d'œil au premier bout à bout d'un film que mon studio produit avec Johnny Depp dans le rôle d'un inspecteur.

– Bon, dis-je, eh bien vous allez appeler vos amis et

Johnny Depp et tout annuler. C'est avec moi que vous allez dîner. Nous allons travailler.

– Je ne comprends pas.

– Oh que si. Vous n'arrêtez pas de m'éviter depuis le début du procès. Ça ne posait pas de problème parce que je ne voulais pas savoir ce que je n'avais pas besoin de savoir. Mais maintenant, ce n'est plus pareil. Nous sommes en plein procès, l'échange des informations entre les deux parties est terminé et j'ai besoin de savoir. Tout, Walter. Bref, ce soir, nous allons parler. C'est ça ou vous allez devoir engager un autre avocat dès demain matin.

Je vis son visage se tendre de colère réprimée. À ce moment-là, je sus qu'il pouvait tuer, à tout le moins commanditer un meurtre.

– Vous n'oseriez pas, dit-il.

– Essayez donc voir, lui renvoyai-je.

Nous nous dévisageâmes un moment, puis je vis quelque chose se détendre dans son visage.

– Allez, passez vos coups de fil, repris-je enfin. Nous prendrons ma voiture.

41

J'avais insisté pour qu'on se voie, il insista sur le lieu de l'entretien. Un appel téléphonique de trente secondes nous décrocha un box privé au Water Grill, à côté du Biltmore, plus un martini-vodka qui attendait déjà Walter sur la table lorsque nous arrivâmes. Nous nous assîmes et je commandai une bouteille d'eau plate avec des tranches de citron.

Assis en face de lui, je le regardai étudier le menu des poissons à l'arrivage. J'avais toujours tenu à en savoir le moins possible sur lui. En règle générale, moins on en sait sur le client, mieux on est à même de le défendre. Mais nous avions dépassé ce stade.

– Vous avez parlé de dîner de travail, dit-il sans lever les yeux de son menu. Vous ne jetez pas un coup d'œil à la carte ?

– Je prendrai la même chose que vous, Walter.

Il posa le menu de côté et me regarda.

– Filet de sole.

– Ça me paraît bien.

Il fit signe au garçon qui se tenait non loin de là mais semblait trop intimidé pour s'approcher de la table. Il commanda pour nous deux, ajouta une bouteille de chardonnay pour accompagner le poisson et rappela au garçon de ne pas oublier ma bouteille d'eau plate et mon citron. Après quoi, il croisa les mains sur la table et me regarda avec l'air d'attendre quelque chose.

– Je pourrais être en train de dîner avec Dominick Dunne, dit-il. Vaudrait mieux que ça soit bon.

– Walter, lui renvoyai-je, pour être bon, ça va être bon. Ça va même être le moment où vous allez arrêter de vous cacher. Celui où vous allez me raconter toute l'histoire. La vraie. Parce que si je sais ce que vous savez, l'accusation ne pourra pas m'assommer, vous comprenez ? Parce que je saurai ce que Golantz s'apprête à faire avant même qu'il le fasse.

Il hocha la tête comme s'il était d'accord que le moment était venu d'abattre les cartes.

– Je n'ai tué ni ma femme ni son petit copain nazi, me lança-t-il. Et ça, je vous l'ai dit dès le premier jour.

Je fis non de la tête.

– Ça ne me suffit pas, Walter. Je vous ai dit que je voulais toute l'histoire. Je veux savoir ce qui s'est vraiment passé. Je veux savoir ce qui se trame, sinon je vais devoir passer à autre chose.

– Ne soyez pas ridicule. Aucun juge ne vous permettra de filer en plein milieu d'un procès.

– Vous voulez parier votre liberté là-dessus, Walter ? Si je veux lâcher cette affaire, croyez-moi, je trouverai le moyen.

Il hésita et me regarda longuement avant de répondre.

– Vous devriez faire attention à ce que vous demandez, dit-il enfin. En savoir trop est parfois dangereux.

– J'en prends le risque.

– Vous, peut-être. Moi, je ne suis pas sûr de pouvoir.

Je me penchai au-dessus de la table.

– Qu'est-ce que ça veut dire, Walter ? Qu'est-ce qui se passe ? Je suis votre avocat. Vous pouvez me dire ce que vous avez fait, ça ne sortira pas d'ici.

Avant qu'il ait pu parler, le garçon apporta une bouteille d'eau minérale européenne et une assiette pleine de tranches de citron. De quoi nourrir tout le restaurant.

Elliot attendit qu'il m'ait rempli mon verre et soit hors de portée de voix pour répondre.

– Ce qui se passe, dit-il, c'est que vous avez été embauché pour présenter ma défense aux jurés. J'estime d'ailleurs que vous avez fait de l'excellent boulot jusqu'à présent et que la façon dont vous avez préparé la phase défense est du plus haut niveau. Et tout ça en quinze jours, c'est époustouflant !

– Dites, on laisse tomber les conneries ?

J'avais parlé trop fort. Elliot regarda hors du box et fit baisser les yeux à une femme qui, assise à une table voisine, avait entendu le gros mot.

– Il va falloir baisser la voix, dit-il. La confidentialité des rapports avocat-client ne saurait inclure les tables voisines.

Je le regardai. Il souriait, mais je savais aussi qu'il était en train de me rappeler ce dont je venais de l'assurer – à savoir que ce qui était en train de se dire ne sortirait pas de là. Me signalait-il qu'il était enfin prêt à parler ? Je jouai le seul atout que j'avais.

– Parlez-moi du pot-de-vin qu'a payé Jerry Vincent, repris-je.

Au début, je décelai comme une stupeur passagère dans ses yeux. Vint ensuite un regard entendu alors que, les rouages se mettant en route, il comprenait enfin quelque chose. Et juste après, je crus voir un éclair de regret. Dommage que Julie Favreau n'ait pas été assise à côté de moi. Elle aurait mieux lu dans ses pensées que moi.

– Voilà un renseignement qu'il est très dangereux d'avoir, dit-il. Comment vous l'êtes-vous procuré ?

Je ne pouvais évidemment pas lui dire que je le tenais d'un inspecteur de police avec lequel je coopérais.

– Disons qu'il sort tout droit de l'affaire, Walter. J'ai tous les dossiers de Vincent, y compris les dossiers financiers. Il n'a pas été très difficile de comprendre qu'il avait filé cent mille dollars de votre avance à un inconnu. Est-ce à cause de ce pot-de-vin qu'il est mort ?

Il leva son verre de martini-vodka en en tenant le pied fragile entre deux doigts et but ce qui restait. Et adressa un signe de tête à quelqu'un derrière moi. Il en voulait un autre. Enfin il me regarda.

– Je pense ne pas me tromper en disant que c'est toute une série d'événements qui a conduit à sa mort.

– Walter, je ne suis pas en train de me foutre de votre gueule. J'ai besoin de savoir… pas seulement pour vous défendre. Aussi pour me protéger.

Il posa son verre vide au bord de la table et quelqu'un l'embarqua moins de deux secondes plus tard. Il hocha la tête comme s'il était d'accord avec moi, puis il parla.

– Je pense que vous avez trouvé la raison de sa mort, dit-il. C'était dans le dossier. Vous me l'avez même signalée.

– Je ne comprends pas. Qu'est-ce que je vous ai signalé ?

– Il avait prévu de repousser le procès, répondit-il d'un ton impatient. Vous avez trouvé sa requête. Il a été tué avant de pouvoir la soumettre à un juge.

J'essayai de tout relier ensemble, mais il me manquait des pièces.

– Je ne comprends pas, Walter, dis-je. Il voulait repousser le procès et c'est à cause de ça qu'il a été tué ? Pourquoi ?

Il se pencha au-dessus de la table et murmura plus qu'il ne parla.

– Bien, vous l'aurez cherché. Je vais vous le dire, mais ne venez pas me dire après que vous auriez préféré ne pas savoir. Oui, il y a bien eu pot-de-vin. Vincent l'a payé et tout allait bien. La date du procès a été fixée et nous n'avions plus qu'à être prêts à y aller. Il fallait qu'on respecte les dates. Pas de retards et pas question de repousser. Sauf qu'il a changé d'avis et a voulu repousser.

– Pourquoi ?

– Je ne sais pas. Il devait penser pouvoir gagner le procès sans ce petit arrangement.

Il m'apparut alors qu'Elliot n'était pas au courant des coups de fil du FBI et de l'intérêt que celui-ci portait à Vincent. Si ç'avait été le cas, ç'aurait été le moment d'en parler. L'intérêt du FBI pour Vincent aurait constitué une raison comme une autre de repousser un procès avec corruption de jurés.

– C'est donc d'avoir repoussé le procès qui lui a valu d'être tué ?

– C'est ce que je pense, oui.

– L'avez-vous tué, Walter ?

– Je ne tue pas les gens.

– L'avez-vous fait tuer alors ?

Il hocha la tête d'un air las.

– Non, je ne fais pas tuer les gens non plus.

Un garçon s'approcha du box avec un plateau et une petite table roulante, nous nous redressâmes pour le laisser travailler. Il ôta les arêtes de nos poissons et plaça ces derniers dans nos assiettes, qu'il posa devant nous avec deux petits pots remplis de *beurre blanc*[1]. Il posa ensuite le deuxième martini-vodka d'Elliot à côté, avec deux verres à vin. Déboucha la bouteille qu'Elliot avait commandée et lui demanda s'il tenait à goûter le vin tout de suite. Elliot lui fit signe que non et lui dit de s'en aller.

– Bien, dis-je lorsque nous fûmes à nouveau seuls. Revenons au pot-de-vin. Qui l'a reçu ?

Elliot descendit son deuxième martini d'un coup.

– Ça devrait sauter aux yeux, dit-il. Il suffit de réfléchir.

1. En français dans le texte. *(NdT.)*

– Alors, je dois être con. Donnez-moi un coup de main.

– Un procès qui ne peut pas être repoussé. Pourquoi ?

Je gardai les yeux fixés sur lui, mais je ne le regardais plus. Je me mis à réfléchir à la devinette jusqu'à ce que la solution me vienne. Je dressai la liste de toutes les possibilités… le juge, le procureur, les flics, les témoins, les jurés… Je compris alors qu'il n'y avait qu'un point d'intersection possible entre un pot-de-vin et un procès qu'on ne peut pas repousser. Il n'y avait qu'un élément qui pouvait changer si le procès était repoussé à une date ultérieure. Le juge, le procureur et tous les témoins, de ce côté-là rien ne changerait que le procès se tienne à telle ou telle autre date. Seul le pool de jurés changeait toutes les semaines.

– Vous avez un infiltré dans le jury, dis-je. Vous avez acheté quelqu'un.

Il ne réagit pas. Il me laissa poursuivre mon raisonnement. Je me repassai tous les visages dans la tête. Deux rangées de six jurés. Je m'arrêtai sur le numéro sept.

– C'est le numéro sept, dis-je. Vous vouliez qu'il reste. Vous saviez. C'est lui votre infiltré. Qui est-ce ?

Il hocha légèrement la tête et me servit son demi-sourire. Avala sa première bouchée de poisson avant de répondre à ma question avec autant de calme que s'il me parlait des chances des Lakers aux matchs de barrage et pas du tout du truquage d'un procès pour meurtre.

– Je ne sais absolument pas qui c'est et ça m'importe assez peu. Il est à nous. On nous a dit que ce serait le numéro sept. Et ce n'est pas un endormi. C'est quelqu'un qui sait persuader. Quand on en sera aux délibérations, il saura retourner la vague pour la défense. Avec le dossier qu'a bâti Vincent et la façon dont vous le portez, il n'y faudra sans doute pas beaucoup plus qu'une petite poussée à donner. Je parie que nous aurons le verdict que nous voulons. Au pire, il tiendra ferme sur l'acquittement et nous aurons un jury qui ne pourra pas décider. Et si c'est ça qui se produit, nous n'aurons qu'à recommencer et tout reprendre du début. Jamais je ne serai condamné, Mickey. Jamais.

Je repoussai mon assiette. Je ne pouvais plus manger.

– Walter, lui dis-je, on arrête les devinettes. Dites-moi comment ça s'est passé. Depuis le début.

– Depuis le début ?

– Depuis le début.

Il eut un petit rire à cette idée et se versa un verre de vin sans commencer par le goûter. Un garçon se précipita pour faire ce qu'il fallait, mais Elliot agita la bouteille pour lui faire signe de s'en aller.

– C'est une longue histoire, Mickey. Vous voulez un verre de vin pour aller jusqu'au bout ? me demanda-t-il en tenant le goulot de la bouteille au-dessus de mon verre vide.

Je fus tenté, mais je refusai d'un hochement de tête.

– Non, Walter, lui dis-je. Je ne bois pas.

– Je ne suis pas sûr de pouvoir faire confiance à quelqu'un qui ne boit pas de temps en temps.

– Je suis votre avocat. Vous pouvez me faire confiance.

– Je faisais aussi confiance au dernier et voyez un peu où ça l'a conduit.

– Pas de menaces, Walter. Contentez-vous de me raconter l'histoire.

Il but un grand coup et reposa son verre un peu trop fort sur la table. Puis il regarda autour de lui pour voir si quelqu'un l'avait remarqué et j'eus l'impression qu'il jouait la comédie. En fait, il voulait voir si quelqu'un nous surveillait. Je vérifiai moi aussi, sans que ça se voie. Je ne vis ni Bosch ni quelqu'un d'autre que j'aurais pu prendre pour un flic.

Elliot entama son récit.

– Quand on débarque à Hollywood, peu importe qui on est et d'où on vient du moment qu'on a une certaine chose dans la poche.

– Du fric.

– Voilà. Je suis arrivé ici il y a vingt-cinq ans, et du fric, j'en avais. Je l'ai investi dans deux ou trois films, puis dans un studio à la noix dont tout le monde se foutait. Et j'en ai fait un concurrent plus que sérieux. Dans cinq ans, ce n'est plus des Big Four qu'on parlera, mais des Big Five. Archway sera tout en haut de la liste, avec Paramount, Warner et les autres.

Je n'avais pas prévu de retourner vingt-cinq ans en arrière quand je lui avais demandé de reprendre l'histoire du début.

– D'accord, Walter, vos succès, je connais. Qu'est-ce que vous êtes en train de me dire ?

– Que ce n'était pas mon argent. Quand je suis arrivé ici, ce n'était pas mon argent.

– Je croyais que l'histoire, c'était que vous sortiez d'une famille qui possédait une mine de phosphate ou une compagnie de navigation en Floride.

Il acquiesça vigoureusement.

– Tout ça est vrai, mais ça dépend de ce qu'on entend par famille.

La solution me vint lentement.

– Vous êtes en train de me parler de la Mafia, Walter ?

– Je suis en train de vous parler d'une organisation qui a un cash-flow extraordinaire en Floride et qui avait besoin de monter des affaires légales pour l'écouler et faire en sorte que les types qui les montaient opèrent à découvert. Et dans cette organisation, j'étais comptable. Un de ces types, quoi.

L'explication était simple. La Floride, vingt-cinq ans plus tôt. L'apogée des flux illimités de fric et de cocaïne.

– On m'a expédié à l'ouest, reprit-il. J'avais une histoire et des valises bourrées d'argent. Et j'adorais le cinéma. Je savais comment choisir les films et en faire le montage financier. J'ai pris Archway et j'en ai fait une entreprise qui vaut un milliard de dollars. Et là, ma femme…

Un air de regret plein de tristesse passa sur son visage.

– Quoi, Walter ?

Il hocha la tête.

– Le matin de notre douzième anniversaire de mariage… et notre contrat de mariage était avalisé… elle m'a informé qu'elle me quittait. Elle allait divorcer.

J'acquiesçai d'un signe de tête. J'avais compris. Le contrat de mariage avalisé, Mitzi Elliot allait avoir droit à la moitié des avoirs d'Archway Pictures. Sauf que Walter, lui, n'était qu'un homme de paille. En réalité, ses avoirs appartenaient à l'organisation et ce n'était pas le genre d'organisation qui autorise la moitié de ses investissements à filer avec une jupe sur les fesses.

– J'ai essayé de la faire changer d'avis, reprit Elliot. Pas moyen qu'elle m'écoute. Elle était tombée amoureuse de ce fumier de nazi et croyait qu'il pourrait la protéger.

– C'est l'organisation qui l'a fait assassiner.

Dire ces mots à voix haute me parut des plus étranges. Je ne pus m'empêcher de regarder autour de moi et de balayer la salle des yeux.

– Je n'étais pas censé être là ce jour-là, enchaîna-t-il. On m'avait dit de me tenir à l'écart et de m'assurer que j'avais un alibi en béton.

– Alors pourquoi y êtes-vous allé ?

Il me fixa des yeux avant de me répondre.

– Dieu sait comment, je l'aimais encore. Je l'aimais encore et je la désirais. Je voulais me battre pour elle. Je suis allé à Malibu pour essayer d'arrêter ça, d'être disons… le héros, de tout enrayer et de la regagner. Je ne sais pas. Je n'avais pas de plan. Tout ce que je voulais, c'est que ça ne se fasse pas. Alors j'y suis allé… mais c'était trop tard. Ils étaient tous les deux morts quand je suis arrivé. Horrible, c'était…

Il avait le regard fixe, les souvenirs lui revenaient, peut-être même la scène dans la chambre. Je baissai les yeux sur la nappe blanche devant moi. Aucun avocat de la défense ne s'attend à ce que son client lui dise toute la vérité. Des bouts, oui. Mais jamais la vérité dure, glaciale, complète. Je ne devais pas oublier qu'il y avait sans doute d'autres choses qu'il avait laissées de côté. Mais ce qu'il venait de m'avouer suffisait pour l'instant. L'heure était venue de parler du pot-de-vin.

– Et c'est là que Jerry Vincent a débarqué, dis-je pour l'encourager.

Ses yeux reprirent leur éclat et il me regarda.

– Oui, dit-il.

– Parlez-moi du pot-de-vin.

– Je n'ai pas grand-chose à en dire. Mon avocat d'affaires m'a mis en rapport avec Jerry et il n'y a pas eu de problème. Nous avons discuté des honoraires et un jour il est venu me voir… c'était au début, il y a au moins cinq mois de ça… et m'a dit qu'il avait été approché par quelqu'un qui pouvait truquer le jury. Vous savez bien… y faire entrer quelqu'un qui serait à nous. Quoi qu'il arrive, non seulement il demanderait l'acquittement, mais en plus il travaillerait pour la défense de l'intérieur… pendant le délibéré. Il saurait parler et aurait toutes les qualités requises pour convaincre… un arnaqueur, quoi. Le seul problème était qu'une fois le bazar mis en route, il fallait absolument que le procès se tienne à la date prévue de façon à ce que ce type puisse y être retenu comme juré.

– Et Jerry et vous avez accepté l'offre.

– Nous l'avons acceptée, oui. Ça remonte à cinq mois. À l'époque, je n'avais pas grand-chose côté défense. Je n'avais pas tué ma femme, mais j'avais tout contre moi. On n'avait pas d'argument miracle… et j'avais peur. J'étais innocent, mais je voyais bien que j'allais être condamné. C'est pour ça qu'on a accepté l'offre.

– Combien ?

– Cent mille d'avance. Comme vous vous en êtes aperçu, c'est avec une partie des honoraires que Jerry a payé. Il les avait gonflés, je l'ai payé et il a réglé le juré. Après, il allait falloir payer cent mille de plus pour un jury dans l'impossibilité de décider et deux cent cinquante de mieux pour un acquittement. Jerry m'a dit que ces gens-là l'avaient déjà fait.

– Vous voulez dire… truquer un jury ?

– Oui, c'est ce qu'il a dit.

Je songeai que le FBI avait peut-être eu vent des truquages précédents et que c'était pour cette raison qu'il s'intéressait à Vincent.

– C'était pour des procès de Jerry ?

– Il ne me l'a pas dit et je ne le lui ai pas demandé.

– Vous a-t-il jamais signalé que le FBI reniflait de votre côté ?

Il se renversa en arrière comme si je venais de lui dire quelque chose de répugnant.

– Non. C'est ça qui est en train de se passer ? me demanda-t-il, l'air inquiet.

– Je ne sais pas, Walter. Je ne fais que poser des questions. Mais Jerry vous avait bien dit qu'il allait repousser le procès, c'est ça ?

Il fit oui de la tête.

– Oui. Ce lundi-là. Il m'a dit qu'on n'avait plus besoin du truquage. Il avait l'argument miracle et il allait gagner sans l'aide de l'infiltré.

– Et c'est ça qui l'a tué.

– Je ne vois pas d'autre explication. Je ne pense pas que ces gens-là soient du genre à vous laisser changer d'avis et vous sortir un truc comme ça.

– De quel genre de gens parlez-vous ? Les gens de l'organisation ?

– Je ne sais pas. Juste ce genre de gens. Les gens qui font ce genre de trucs.

– Avez-vous dit à quiconque que Jerry avait l'intention de repousser la date du procès ?

– Non.

– Vous êtes sûr ?

– Évidemment que j'en suis sûr !

– Alors à qui Jerry l'a-t-il dit ?

– Comme si je le savais !

– Eh bien mais… avec qui Jerry a-t-il conclu affaire ? Qui a-t-il corrompu ?

– Ça non plus, je ne le sais pas. Il ne voulait pas me le dire. Pour lui, il valait mieux que je ne sache pas les noms. Exactement ce que je suis en train de vous dire.

C'était un peu trop tard pour ça. Il fallait qu'on arrête et que je puisse m'en aller pour réfléchir. Je jetai un coup d'œil à l'assiette de poisson à laquelle je n'avais pas touché et me demandai si je n'allais pas la faire emballer pour Patrick ou si quelqu'un la mangerait dans les cuisines.

– Vous savez, reprit Elliot, je ne veux pas vous mettre encore plus la pression, mais si je suis condamné, c'est la mort.

Je le regardai.

– L'organisation ?

Il acquiesça d'un signe de tête.

– Dès qu'un type se fait coffrer, il devient encombrant. Normalement, ils le zigouillent avant même qu'il ne passe au tribunal. Ils ne tentent pas le coup qu'il essaie de trouver un arrangement. Sauf que moi, je contrôle encore leur fric, vous voyez ? Qu'ils me flinguent et ils perdront tout. Archway, les immeubles, tout. Ce qui fait qu'ils ont décidé d'attendre et qu'ils observent. Si je m'en sors, tout retourne à la normale et c'est bon. Si je suis condamné, je serai bien trop encombrant pour eux et je ne durerai pas deux nuits en prison. C'est là qu'ils m'auront.

Il est toujours bon de connaître exactement les enjeux, mais je pense que j'aurais pu me passer de ce rappel.

– C'est à une autorité supérieure que nous avons affaire, reprit Elliot. Ça dépasse et de loin les trucs du genre confidentialité des rapports client-avocat. Tout ça, c'est de la petite monnaie, Mick. Ce que je viens de vous dire ce soir ne doit pas sortir d'ici. Ça ne doit absolument pas transparaître au tribunal ou ailleurs. Ce que je viens de vous dire ici pourrait vous coûter la vie en un rien de temps. Exactement comme Jerry. Ne l'oubliez pas.

Il avait parlé d'un ton neutre et conclut sa déclaration en vidant très calmement son verre de vin. Mais la menace était implicite dans chacun des mots qu'il avait prononcés. Je n'aurais aucun mal à ne pas l'oublier.

Il fit signe au garçon et demanda l'addition.

42

Je remerciai le ciel que mon client préfère boire ses martinis-vodka avant le dîner et son chardonnay pendant et après le repas. Je suis sûr que je ne lui aurais pas soustrait tous ces renseignements si l'alcool n'avait pas arrondi les angles et ne lui avait pas délié la langue. Mais après, je ne voulais pas courir le risque de le voir arrêté pour conduite en état d'ivresse en plein milieu d'un procès pour meurtre. Mais Elliot m'avertit qu'il n'avait aucune intention de laisser sa Maybach à quatre cent mille dollars toute la nuit dans un garage du centre-ville. Je demandai donc à Patrick de nous conduire à sa voiture et ramenai Elliot chez lui, Patrick nous suivant dans la Lincoln.

– Cette voiture vous a coûté quatre cents bâtons ? lui demandai-je. J'ai la trouille de la conduire.

– Un peu moins, en fait.

– Ouais, bon mais… vous n'avez rien d'autre comme voiture ? Quand je vous ai dit de ne pas venir en limousine, je ne m'attendais pas à ce que vous vous rameniez au tribunal dans un truc de ce genre. Pensez un peu à l'impression que vous faites, Walter. Ça n'est pas bon. Rappelez-vous ce que vous m'avez dit le premier jour. Vous savez… l'histoire de gagner le procès à l'extérieur de la salle d'audience ? Ce n'est pas une voiture comme celle-là qui va vous y aider.

– Mon autre voiture est une Carrera GT.

– Génial. Et ça vaut ?

– Plus que celle-là.

– Que je vous dise… pourquoi vous ne m'emprunteriez pas une de mes Lincoln ? J'en ai même une avec une plaque NOT GUILTY[1]. Vous pourriez la conduire.

– Ne vous inquiétez pas. J'ai accès à une jolie Mercedes, très modeste. Ça ira ?

– Ça sera parfait. Walter, malgré tout ce que vous m'avez dit ce soir, je vais faire de mon mieux pour vous. Je crois que nous avons une assez bonne chance de l'emporter.

– Vous pensez donc que je suis innocent.

J'hésitai.

– Je pense que vous n'avez effectivement abattu ni votre femme ni Rilz. Je ne suis pas certain que ça vous rende innocent, mais… disons ça comme ça : je ne pense pas que vous soyez coupable des crimes dont on vous accuse. Et moi, c'est tout ce dont j'ai besoin.

Il hocha la tête.

– Je ne peux peut-être pas demander plus. Merci, Mickey.

Après, nous ne nous parlâmes guère tandis que je faisais de mon mieux pour ne pas lui bousiller une voiture qui coûtait plus que la maison des trois quarts des gens.

Elliot habitait à Beverly Hills, dans une communauté fermée des flats[2], au sud de Sunset. Il appuya sur un bouton logé dans le toit de la voiture et, le portail s'ouvrant, nous nous glissâmes à l'intérieur de la propriété, Patrick juste derrière nous dans la Lincoln. Nous descendîmes et je tendis les clés à Elliot. Il me demanda si je voulais entrer boire un verre, je lui rappelai que je ne buvais pas. Il me tendit la main, je la lui serrai

1. Soit « Pas coupable ». *(NdT.)*
2. Soit « les plaines » ou « les marécages ». *(NdT.)*

et me sentis mal à l'aise, comme si nous scellions une manière d'accord sur ce qui venait d'être révélé. Je lui souhaitai bonne nuit et montai à l'arrière de ma Lincoln.

Dans ma tête, les rouages n'arrêtèrent pas de tourner jusqu'à ce que j'arrive chez moi. Patrick avait vite appris à me deviner et semblait avoir compris que ce n'était pas le moment d'interrompre mes pensées avec de menus bavardages. Il me laissa travailler.

Je restai appuyé à la portière à regarder dehors, mais sans voir les néons du monde extérieur qui défilaient devant moi. Je pensais à Jerry Vincent et à l'accord qu'il avait conclu avec des inconnus. Il n'était pas difficile de deviner comment ça s'était passé. La question de savoir avec qui il avait conclu était une tout autre affaire.

Je savais que les jurés étaient choisis selon un système faisant appel au hasard et ce, à plusieurs niveaux. Cela permettait d'assurer l'intégrité du jury et la diversité sociale de sa composition. Le premier pool de centaines de citoyens appelés chaque semaine à faire partie d'un jury était choisi au hasard, à partir de listes d'électeurs, de titres de propriété et de registres de personnels des services publics. Les jurés potentiels retenus dans ce grand groupe et assignés à tel ou tel procès étaient encore une fois choisis au hasard – cette fois à l'aide d'un ordinateur du tribunal. La liste de ces jurés potentiels était alors confiée au juge en charge du procès, les douze premiers noms ou numéros codés de la liste étant ensuite appelés à s'asseoir dans le box pour le premier tour du processus de sélection. Et, là aussi, l'ordre des noms ou des numéros sur la liste dépendait entièrement d'un choix aléatoire généré par ordinateur.

Elliot m'avait dit qu'après que la date de son procès eut été fixée, Jerry Vincent avait été approché par un inconnu qui l'avait informé qu'un infiltré ferait partie du jury. Le hic était que le procès ne pouvait absolument pas être repoussé. Que la date du procès vienne à changer et l'infiltré ne pourrait plus faire partie du jury. Tout cela me disait que cet inconnu avait accès à tous les stades de la procédure de sélection aléatoire – à l'envoi des citations à faire partie du jury à tel ou tel autre tribunal et pour telle ou telle date ; au choix du pool de jurés pour le procès d'Elliot et à la sélection des douze premiers jurés potentiels à rejoindre le box.

Une fois dans le box, c'était à l'infiltré de faire ce qu'il fallait pour y rester. La défense sachant qu'il ne fallait pas le virer en usant d'une révocation non motivée, il reviendrait à l'infiltré de sembler pencher pour l'accusation afin de ne pas être éjecté par celle-ci. Tout cela était en effet assez simple du moment que la date du procès ne changeait pas.

Envisager l'affaire sous cet angle me donna une meilleure compréhension de la manipulation que cela impliquait et une idée de l'individu qui aurait pu la monter. Cela me donna aussi une meilleure compréhension du problème éthique devant lequel je me trouvais. Elliot m'avait avoué plusieurs crimes pendant le repas. Mais comme j'étais son avocat, ces aveux pouvaient rester confidentiels car garantis par le secret des relations client-avocat. Seule exception à cette règle : si je me retrouvais en danger parce que détenteur de ces informations ou si j'avais connaissance d'un crime prévu mais pas encore commis. Je savais que quelqu'un avait été soudoyé par Jerry Vincent. Mais ce crime avait été déjà commis. Au contraire du truquage du jury qui, lui, n'avait pas encore eu lieu : étant donné qu'il ne serait avéré qu'au début des délibérations du jury, je me devais de le signaler. Elliot n'avait pas l'air de connaître cette exception à la règle de confidentialité des rapports avocat-client ou bien il était convaincu que la menace de finir comme Jerry Vincent saurait me retenir d'en référer au juge.

En réfléchissant à tout cela, je m'aperçus qu'il y avait une autre exception à envisager. Je n'aurais pas à rapporter ce truquage à qui que ce soit si j'arrivais à l'empêcher.

Je me redressai et regardai autour de moi. Nous roulions dans Sunset Boulevard et approchions de West Hollywood. Je regardai devant moi et vis un panneau familier.

– Patrick, dis-je, arrêtez-vous devant la librairie Book Soup. Je veux y entrer une minute.

Patrick gara la Lincoln le long du trottoir devant le magasin. Je lui dis de m'attendre et bondis hors de la voiture. Je franchis la porte d'entrée et gagnai les rayonnages du fond. J'adorais ce magasin, mais je n'étais pas là pour y faire des achats. J'avais besoin de passer un coup de fil et je ne voulais pas que Patrick m'entende.

L'allée des romans policiers était envahie de clients. Je m'enfonçai encore dans le magasin et trouvai une alcôve vide, où des livres d'art s'empilaient dans les rayons et sur des tables basses. Je sortis mon portable et appelai mon enquêteur.

– Cisco, c'est moi, dis-je. Où es-tu ?

– À la maison. Qu'est-ce qu'il y a ?

– Lorna est là ?

– Non, elle est allée au cinéma avec sa sœur. Elle devrait rentrer dans…

– Pas de problème. C'est à toi que je voulais parler. Je voudrais que tu fasses quelque chose pour moi, mais tu pourrais très bien ne pas vouloir. Je comprendrais que tu refuses. De toute façon, je veux que tu n'en parles à personne. Lorna y compris.

Il eut un moment d'hésitation avant de répondre.

– Bon alors, qui faut-il que je tue ?

Nous nous mîmes tous les deux à rire, ce qui fit baisser un peu la tension qui montait depuis le début de la soirée.

– On pourra parler de ça plus tard, mais mon truc pourrait être tout aussi délicat. Je veux que tu files quelqu'un et que tu trouves tout ce que tu peux sur lui. L'ennui, c'est que si tu te fais prendre, y a des chances pour qu'on y perde nos licences tous les deux.

– De qui s'agit-il ?

– Du juré numéro sept.

43

Aussitôt remonté dans la Lincoln, je regrettai ce que je venais de faire. J'étais en train de franchir des lignes jaunes bien ténues et cela risquait de me conduire à la catastrophe. S'il est parfaitement raisonnable que l'avocat enquête sur des allégations de corruption et de truquage de jury, il est tout à fait possible que cette enquête soit elle aussi considérée comme une tentative de truquage. Le juge Stanton avait pris des mesures pour assurer l'anonymat du jury et je venais, moi, de demander à mon enquêteur de subvertir le processus. Si jamais cela nous pétait au nez, Stanton serait plus que vexé et ferait nettement plus que me regarder d'un sale œil. Il ne s'agissait pas là d'une petite infraction en l'air. Il se plaindrait au barreau, au bâtonnier et cela irait jusqu'aux juges de la Cour suprême de l'État s'il arrivait à les convaincre de l'écouter. Il ferait tout pour que le procès Elliot soit mon dernier.

Patrick me ramena à Fareholm Drive et rentra la voiture dans le garage sous la maison. Nous descendîmes de la Lincoln et montâmes les marches conduisant à la terrasse. Il était presque 10 heures du soir et j'étais crevé après cette journée de travail de quatorze heures. Mais l'adrénaline repartit aussitôt à flots lorsque je vis un type assis dans un de mes fauteuils, son visage se découpant en ombre chinoise sur les lumières de la ville dans son dos. Je tendis le bras pour empêcher Patrick d'avancer, tel le père arrêtant son enfant qui s'apprêtait à traverser sans regarder.

– Salut, maître.

Bosch. Je reconnus sa voix et sa manière de saluer. Je me détendis et laissai Patrick se remettre à monter. Nous passâmes sur la terrasse et je déverrouillai la porte pour laisser entrer Patrick. Puis je fermai la porte derrière lui et me tournai vers Bosch.

– Jolie vue, dit-il. C'est en défendant des sacs à merde que vous vous êtes payé ça ?

J'étais trop fatigué pour reprendre ce petit pas de deux avec lui.

– Qu'est-ce que vous faites ici, inspecteur ? lui demandai-je.

– Je me suis dit que vous alliez sans doute rentrer à la maison après votre petit tour à la librairie. Alors j'ai pris les devants et je vous ai attendu ici.

– Eh bien… j'ai fini pour la journée. Vous pouvez avertir votre équipe, si équipe il y a.

– Qu'est-ce qui vous fait croire qu'il n'y a pas ?

– Je ne sais pas. C'est juste que je n'ai vu personne. J'espère que vous ne me racontiez pas des conneries, Bosch. J'y risque sérieusement mes fesses, moi, là-dedans.

– Après l'audience, vous avez dîné avec votre client au Water Grill. Vous avez tous les deux pris des filets de sole et l'un comme l'autre vous avez parlé fort à certains moments. Votre client ayant pas mal bu, vous l'avez ramené chez lui dans sa voiture. En revenant ici, vous vous êtes arrêté à Book Soup et vous avez passé un coup de fil que vous ne vouliez manifestement pas que votre chauffeur entende.

Impressionnant.

– Bon d'accord, on oublie, dis-je. Je comprends. Vous avez une équipe. Qu'est-ce que vous voulez, Bosch ? Qu'est-ce qui se passe ?

Il se leva et s'approcha.

– J'allais vous poser la même question, dit-il. Qu'est-ce qu'il avait qui le chagrinait si fort au dîner, votre client ? Et qui avez-vous appelé au fond de la librairie ?

– Et d'un, Elliot est mon client et je ne vais pas vous dire de quoi nous avons parlé. Pas question de franchir cette ligne jaune avec vous. Quant au coup de fil que j'ai passé à la librairie, sachez que c'était pour commander une pizza vu que, et vous et vos collègues avez dû le remarquer, je n'ai rien mangé ce soir. Et donc, restez un peu si vous en voulez une tranche.

Il me regarda avec son demi-sourire, l'air entendu qu'il prenait avec ses yeux au regard mort.

– Alors, c'est comme ça que vous voulez jouer le coup, maître ?

– Pour l'instant.

Nous gardâmes le silence un bon moment. Nous restâmes plantés là, à attendre la prochaine repartie astucieuse. Ne la voyant pas venir, je décidai que j'étais vraiment fatigué et que j'avais vraiment faim.

– Bonne nuit, inspecteur Bosch.

J'entrai, refermai la porte derrière moi et laissai Bosch tout seul sur la terrasse.

44

Je ne pus m'attaquer à l'inspecteur Kinder que tard dans l'après-midi du mardi, après que le procureur eut passé quelques heures de plus à détailler tous les aspects de l'enquête dans son interrogatoire. De fait, cela jouait pour moi. À mes yeux, les jurés – et Julie Favreau me le confirma par texto – commençaient à s'ennuyer tant sa déposition était minutieuse ; ils étaient prêts à passer à d'autres questions.

L'interrogatoire tournait essentiellement autour des efforts déployés par les enquêteurs après l'arrestation de Walter Elliot. Kinder décrivit ainsi par le menu la façon dont il avait décortiqué le mariage de l'accusé et découvert la présence d'un contrat de mariage récemment validé, comment aussi il avait suivi tout ce qu'Elliot avait fait pendant les semaines qui avaient précédé les meurtres pour savoir combien d'argent, en plus de la perte de contrôle des studios Archway, il perdrait dans un divorce. À l'aide d'un tableau chronologique, il réussit à établir, grâce aux déclarations et aux allées et venues d'Elliot, que celui-ci n'avait pas d'alibi crédible pour le moment où l'on estimait que les meurtres avaient été commis.

Golantz prit également le temps d'interroger Kinder sur toutes les impasses et toutes les conséquences qui en avaient découlé et avaient un rapport avec l'enquête. Il décrivit ainsi nombre de pistes sans fondement qu'on avait envisagées et suivies ainsi qu'il convenait, l'enquête qu'on avait menée sur Johan Rilz afin de déterminer s'il avait été la cible première de l'assassin, et les comparaisons avec d'autres affaires de double assassinat qui ressemblaient à celle-là et n'avaient toujours pas été résolues.

Dans l'ensemble, Golantz et Kinder semblaient avoir fait du bon boulot pour coller les meurtres de Malibu sur le dos de mon client, tellement même qu'en milieu d'après-midi le jeune procureur fut suffisamment content pour déclarer : « Je n'ai plus de questions à poser, monsieur le juge. »

Mon tour étant enfin arrivé, je décidai de m'en prendre à Kinder en l'interrogeant en contre sur trois points précis de ses déclarations, puis de le surprendre avec un direct au foie. Je me dirigeai vers le lutrin pour attaquer.

– Inspecteur Kinder, lui lançai-je, je sais que le légiste viendra déposer ici plus tard, mais vous avez déclaré avoir été informé, après autopsie, que Mme Elliot et M. Rilz étaient décédés entre 11 heures du matin et midi.

– Exact.

– Était-ce plus près de 11 heures ou de midi ?

– Il est impossible de l'affirmer. Il ne s'agit là que d'un créneau horaire.

– Bien, et une fois que vous avez eu cette estimation, vous vous êtes assuré que l'homme que vous aviez déjà arrêté n'avait pas d'alibi pour ces heures-là, c'est ça ?

– Je ne dirais pas ça comme ça, non.

– Comment le diriez-vous donc ?

– Je dirais qu'il était de mon devoir de poursuivre l'enquête et de préparer le dossier pour le procès. Une part de nos obligations de diligence consiste à rester ouverts à la possibilité que le suspect ait effectivement un alibi pour les meurtres. C'est en respectant cet impératif que j'ai déterminé, après de nombreux interrogatoires et en étudiant les relevés des allées et venues répertoriées au portail d'Archway Pictures, que M. Elliot avait quitté ses studios en voiture à 10 h 40 ce matin-là. Cela lui donnait tout le temps de…

– Merci, inspecteur. Vous avez répondu à ma question.

– Je n'ai pas fini ma réponse.

Golantz se leva et demanda au juge si le témoin pouvait finir sa réponse et Stanton le lui accorda. Kinder continua sa déposition dans le style études de criminologie première année.

– Comme je le disais, enchaîna-t-il, cela donnait à M. Elliot tout le temps de se rendre à la maison de Malibu dans les paramètres du créneau heure estimée de la mort.

– « Tout le temps », dites-vous ?

– Assez en tout cas.

– Un peu plus tôt, vous nous avez dit avoir effectué vous-même ce trajet plusieurs fois. Quand ça ?

– La première fois, je l'ai fait exactement une semaine après les meurtres. Je me suis rendu à la maison de Malibu en partant de l'entrée des studios à 10 h 40 du matin. J'y suis arrivé à 11 h 42, soit tout à fait dans la fenêtre du meurtre.

– Comment pouviez-vous être sûr d'emprunter le même itinéraire que M. Elliot ?

– Je n'en étais pas sûr. J'ai pris celui qui me paraissait le plus évident et le plus rapide. En général, on ne prend pas par le plus long. On prend les raccourcis… ce qui conduit le plus vite au point d'arrivée. D'Archway je suis passé par Melrose Avenue et La Brea jusqu'à l'autoroute 10. Là, j'ai viré plein ouest, vers le Pacific Coast Highway.

– Comment étiez-vous sûr de rencontrer la même circulation que M. Elliot ?

– Je n'en étais pas sûr.

– À Los Angeles, la circulation peut être sacrément imprévisible, non ?

– Exact.

– Est-ce pour cette raison que vous avez fait le trajet plusieurs fois ?

– C'en est effectivement une.

– Bien, inspecteur Kinder. Vous avez déclaré avoir effectué ce trajet un total de cinq fois et que chaque fois vous êtes arrivé à la maison de Malibu avant que votre « fenêtre de meurtre » ne se referme, c'est bien ça ?

– C'est bien ça.

– Au vu de ces cinq tests de parcours, à quelle heure êtes-vous arrivé le plus tôt à la maison de Malibu ?

Il consulta ses notes.

– Je dirais que c'est au premier essai et j'y suis arrivé à 11 h 42.

– Et le plus tard ?

– Le plus tard ?

– Oui, combien de temps vous a pris votre plus long trajet sur les cinq ?

Il consulta de nouveau ses notes.

– Le plus tard que j'y sois arrivé est à 11 h 51.

– D'accord, ce qui fait que votre meilleur chrono nous laisse encore dans le dernier tiers de la fenêtre du légiste pour l'heure des meurtres et le pire aurait laissé moins de dix minutes à M. Elliot pour se glisser dans la maison et y tuer deux personnes. C'est ça ?

– Oui, c'est ça, mais ça restait possible.

– Possible ? Vous n'avez pas l'air d'être très sûr de ce que vous avancez, inspecteur.

– Je suis tout à fait sûr que l'accusé a eu le temps de commettre ces meurtres.

– Mais seulement dans l'hypothèse où ces meurtres se seraient produits à un minimum de quarante-deux minutes après l'ouverture de la fenêtre, c'est bien ça ?

– Si on veut voir les choses sous cet angle.

– Ce n'est pas sous cet angle que je les vois, inspecteur. Je réfléchis avec les données que nous a fournies le légiste. Et donc, ceci pour résumer les choses à l'intention des jurés, vous nous dites que M. Elliot a quitté son studio à 10 h 40, qu'il a fait tout le trajet jusqu'à Malibu, qu'il s'est glissé dans sa maison, qu'il y a surpris son épouse et l'amant de cette dernière dans la chambre à l'étage et qu'il les a tués tous les deux, tout ça avant que la fenêtre ne se referme en claquant. Est-ce que je me trompe ?

– En gros, non.

Je hochai la tête comme si ça faisait beaucoup de choses à avaler.

– Bien, inspecteur, repris-je. Passons à autre chose. Pourriez-vous dire au jury combien de fois vous avez commencé à rouler et avez renoncé parce que vous saviez que vous n'arriveriez jamais à destination avant que votre « fenêtre » ne se referme ?

– Ça ne s'est jamais produit.

Mais il avait marqué une légère hésitation dans sa réponse et je fus certain que les jurés l'avaient remarqué.

– Répondez par oui ou par non, inspecteur. Si je vous sortais des documents attestant que vous avez quitté Archway sept fois à 10 h 40 du matin et pas seulement cinq, ces documents seraient-ils des faux ?

Il regarda brièvement Golantz avant de revenir sur moi.

– Ce que vous laissez entendre ne s'est pas produit, dit-il.

– Et vous, vous ne répondez toujours pas à ma question, inspecteur. Encore une fois, répondez par oui ou par non. Si je présentais à la cour des documents montrant que vous avez tenté cette expédition au moins sept fois, mais que vous n'en déclarez que cinq, ces documents seraient-ils des faux ?

– Non, mais je n'ai pas…

– Merci, inspecteur. Je vous demandais de ne me répondre que par oui ou par non.

Golantz se leva et demanda au juge de permettre au témoin de répondre entièrement à la question, mais

Stanton lui répondit qu'il pourrait revenir sur ce point en contre. Mais là, ce fut moi qui hésitai. Sachant que Golantz reprendrait les explications de Kinder après moi, j'avais la possibilité de les avoir tout de suite, voire de contrôler la situation et de tourner cet aveu en ma faveur. Le pari était risqué dans la mesure où je pensais avoir déjà bien sonné Kinder. Et si je continuais dans ce sens jusqu'à ce que la séance soit levée pour la journée, les jurés rentreraient chez eux avec des doutes sur l'intégrité de la police, doutes qui leur trotteraient dans la tête jusqu'au lendemain. Et ça, ça n'était jamais mauvais.

Je décidai de tenter le coup et d'essayer de maîtriser la suite.

– Inspecteur, dites-nous donc combien de fois vous avez renoncé à aller jusqu'à la maison de Malibu.

– Deux fois.

– À savoir ?

– La deuxième et la dernière fois… la septième.

J'acquiesçai d'un signe de tête.

– Et vous avez renoncé parce que vous saviez que vous n'arriveriez jamais à la maison de Malibu dans votre « fenêtre de meurtres », n'est-ce pas ?

– Non, pas du tout.

– Alors, pourquoi donc avez-vous renoncé ces deux fois ?

– Une fois parce qu'on m'a rappelé au bureau pour interroger quelqu'un qui m'y attendait et l'autre fois, parce que, en écoutant la radio, j'ai entendu un collègue demander des renforts. J'ai donc dévié de mon chemin pour lui porter secours.

– Pourquoi n'avez-vous pas porté ces indications dans votre rapport sur les durées de parcours ?

– Pour moi, elles n'avaient pas de rapport avec le dossier dans la mesure où les essais n'avaient pas été menés à leur fin.

– Ce qui fait que ces essais incomplets ne sont mentionnés nulle part dans ce gros dossier que vous avez devant vous ?

– Non.

– Ce qui fait encore que nous n'avons que votre parole sur les raisons qui vous ont poussé à mettre un terme à ces tests avant d'arriver à Malibu. Correct ?

– Correct, oui.

Je hochai la tête et décidai que je l'avais assez fouetté sur ce point. Je savais que Golantz le réhabiliterait en contre, que peut-être même il apporterait les documents expliquant pourquoi Kinder s'était dérouté. J'espérai néanmoins avoir semé le doute dans l'esprit des jurés. Je me félicitai de ma petite victoire et passai à autre chose.

J'attaquai ensuite Kinder sur le fait qu'on n'avait pas retrouvé l'arme du crime et qu'après six mois d'enquête il ne pouvait toujours pas relier Walter Elliot à une arme quelconque. Je le travaillai de plusieurs côtés de façon à ce qu'il doive encore et encore reconnaître qu'un élément clé de l'enquête et du dossier de l'accusation n'avait toujours pas été retrouvé, même s'il avait assassiné les victimes Elliot n'aurait eu que peu de temps pour cacher l'arme du crime.

Frustré, Kinder finit par s'écrier :

– C'est que l'océan est grand, vous savez, maître Haller !

C'était l'ouverture que j'attendais.

– « Grand », cet océan, inspecteur ? Êtes-vous en train de nous suggérer que M. Elliot avait un bateau et qu'il aurait balancé son arme au milieu du Pacifique ?

– Non, non, rien de tel.

– Quoi alors ?

– Je dis seulement que l'arme aurait pu finir dans l'eau et être emportée au loin par les courants avant l'arrivée de nos plongeurs.

– « Aurait pu », inspecteur ? Vous voulez ôter la vie à M. Elliot sur un simple « aurait pu », inspecteur Kinder ?

– Non, ce n'est pas ce que je dis.

– Ce que vous dites, c'est que vous n'avez pas d'arme, que vous ne pouvez pas relier M. Elliot à une arme, mais que pas une fois vous n'avez hésité à penser que c'était votre homme, c'est ça ?

– Nous avions effectué un test pour savoir s'il y avait des résidus de poudre et les résultats étaient positifs. Pour moi, cela reliait bien M. Elliot à une arme.

– De quelle arme s'agit-il ?

– D'une arme que nous n'avons pas.

– Et vous pourriez nous dire avec toutes les assurances de la science que M. Elliot a tiré des coups de feu le jour où son épouse et Johan Rilz ont été assassinés ?

– C'est-à-dire que… avec toutes les assurances de la science, non, mais les résultats du…

– Merci, inspecteur Kinder. Je pense que cela répond à ma question. Passons à autre chose.

Je tournai la page de mon bloc-notes et jetai un coup d'œil à la liste de questions que j'avais portées sur la suivante la veille au soir.

– Inspecteur Kinder, avez-vous pu, au fil de votre enquête, déterminer à quelle date Johan Rilz et Mitzi Elliot ont fait connaissance ?

– J'ai effectivement déterminé que Mitzi Elliot avait engagé Johan Rilz en qualité de décorateur d'intérieur à l'automne 2005. Je ne sais pas si elle le connaissait avant.

– Et quand sont-ils devenus amants ?

– Il ne nous a pas été possible de le déterminer. Cela dit, je sais que l'agenda de M. Rilz montre des rendez-vous réguliers avec Mme Elliot à ses deux domiciles. Et que leur fréquence a augmenté environ six mois avant le décès de cette dernière.

– M. Rilz a-t-il été payé pour chacun de ses rendez-vous ?

– La comptabilité de M. Rilz est très incomplète. Il nous a été difficile de déterminer s'il a été payé pour tel ou tel rendez-vous précis. En général cependant, les paiements effectués par Mme Elliot au bénéfice de M. Rilz ont augmenté avec la fréquence des rendez-vous.

J'acquiesçai d'un signe de tête comme si cette réponse s'inscrivait parfaitement dans le tableau général que je me faisais de la situation.

– Bien, et dans votre témoignage, vous dites aussi avoir appris que les meurtres se seraient produits à peine trente-deux jours après que la validité du contrat de mariage entre M. et Mme Elliot eut été reconnue, permettant ainsi à celle-ci d'avoir accès aux biens du couple en cas de divorce.

– C'est exact.

– Et pour vous, c'est le mobile de ces meurtres.

– En partie, oui. Je parlerais plutôt de facteur aggravant.

– Voyez-vous la moindre inconsistance dans votre théorie sur ces meurtres, inspecteur Kinder ?

– Non, aucune.

– Il ne vous a pas paru évident à étudier ces documents financiers et à constater la fréquence de ces rendez-vous qu'il y avait une aventure sentimentale, à tout le moins sexuelle, entre M. Rilz et Mme Elliot ?

– Je ne dirais pas que c'était évident.

– Vous ne le diriez pas ? répétai-je en mettant beaucoup de surprise dans ma question.

Je l'avais acculé. À dire que cette aventure était évidente, il me donnerait la réponse qu'il savait parfaitement que j'attendais. À prétendre qu'elle n'était pas évidente, il aurait l'air d'un idiot, tout le monde dans la salle trouvant que c'était l'évidence même.

– Rétrospectivement, ça peut paraître évident, mais sur le coup, pour moi, ce n'était pas clair.

– Mais alors, comment Walter Elliot l'a-t-il découverte ?

– Je ne sais pas.

– Que vous n'ayez pas été capable de trouver l'arme

du crime prouve-t-il à vos yeux que Walter Elliot ait planifié ces meurtres ?

– Pas nécessairement.

– Il serait donc facile de cacher une arme à tous les services du shérif ?

– Non, mais comme je vous l'ai déjà dit, elle aurait très bien pu être jetée dans l'océan de la terrasse de derrière et que les courants l'aient emportée au loin. Et ça, ça n'exigerait pas beaucoup de préparation.

Kinder savait ce que je voulais et à quoi je voulais en venir. Voyant que je n'arrivais pas à l'y conduire, je décidai de l'y pousser.

– Inspecteur, vous est-il jamais arrivé de vous dire que si Walter Elliot était au courant de l'aventure de sa femme, il aurait été plus sage de se contenter d'un divorce avant la validation du contrat de mariage ?

– Rien ne nous permettait de savoir à quel moment il a eu connaissance de cette aventure. Et votre question ne tient pas compte de l'aspect émotionnel… de la fureur. Il se peut qu'en tant que facteur motivant l'argent n'ait rien à voir avec le meurtre. Il se pourrait bien que seules la trahison et la rage soient à prendre en compte, purement et simplement.

Il ne m'avait pas donné ce que je voulais. Je n'étais pas content de moi et me dis que j'étais bien rouillé. Je m'étais préparé pour l'interrogatoire en contre, mais c'était la première fois depuis un an que je me heurtais de front à un témoin méfiant et aguerri. Je décidai de ne pas insister sur ce point et de lui asséner un direct auquel il ne s'attendrait pas.

45

Je demandai un instant au juge, gagnai la table de la défense et me penchai à l'oreille de mon client.

– Hochez la tête comme si je vous disais quelque chose de très important, lui chuchotai-je.

Elliot ayant fait ce que je lui demandais, je pris un dossier et repartis vers le lutrin. Où j'ouvris mon dossier et me tournai vers le témoin.

– Inspecteur Kinder, repris-je, à quel moment de votre enquête avez-vous décidé que Johan Rilz était la cible principale de ce double meurtre ?

Kinder ouvrit la bouche pour me répondre aussitôt, puis il la referma, se renversa en arrière et réfléchit un instant. C'était très exactement le genre de langage corporel que j'espérais faire voir aux jurés.

– Je n'ai jamais rien décidé de pareil, finit-il par me répondre.

– Johan Rilz n'a donc jamais occupé le devant de la scène dans votre enquête, lui renvoyai-je.

– Eh bien mais… c'était la victime d'un homicide. Et chez moi, la victime d'un homicide est toujours au centre de l'enquête.

Il avait l'air assez fier de sa réponse, mais je ne lui laissai guère le temps de la savourer.

– Mettre ainsi la victime au centre de l'enquête expliquerait donc pourquoi vous vous êtes rendu en Allemagne pour enquêter sur son passé, c'est bien ça ?

– Je ne me suis pas rendu en Allemagne.

– Et en France ? Sur son passeport, il est indiqué que c'est là qu'il vivait avant de venir aux États-Unis.

– Je n'y suis pas allé non plus.

– Mais alors qui y est allé de votre équipe ?

– Personne. Nous ne pensions pas que ce soit nécessaire.

– Pourquoi n'était-ce pas nécessaire ?

– Nous avions demandé à Interpol de vérifier les antécédents de Johan Rilz et il n'y avait rien à son casier.

– Interpol ? C'est quoi ?

– C'est l'acronyme d'International Criminal Police Organization, un organisme qui relie les polices de plus de cent pays et facilite la coopération inter-États. Il a plus de cent bureaux en Europe et assure l'accès à tous les pays hôtes et leur totale coopération.

– Ce qui est bel et bon, mais signifie que vous n'avez pas vérifié directement avec la police de Berlin, dont Rilz était originaire.

– Effectivement.

– Êtes-vous entré en contact direct avec la police de Paris, où Rilz habitait il y a cinq ans ?

– Non, nous nous en sommes remis à nos contacts Interpol pour connaître ses antécédents.

– Cette vérification d'Interpol se réduisant essentiellement à l'examen du casier judiciaire, c'est bien ça ?

– Ça en faisait partie, oui.

– Autre chose qui en aurait fait partie ?

– Je ne sais pas trop. Je ne travaille pas pour Interpol.

– Imaginons que M. Rilz ait travaillé pour la police de Paris comme informateur confidentiel dans une affaire de drogue. Interpol vous aurait-il donné ce renseignement ?

Kinder ouvrit grand les yeux un instant avant de répondre. Il était clair qu'il ne s'attendait pas à la question, mais je n'arrivai pas à lire sur son visage s'il savait à quoi je voulais en venir ou si tout ça était nouveau pour lui.

– Je ne sais pas s'ils nous auraient donné ce renseignement, répondit-il enfin.

– En gros, les organismes de maintien de l'ordre n'ont pas pour habitude de donner le nom de leurs informateurs, n'est-ce pas ?

– En général, non.

– Pourquoi ?

– Parce que ça pourrait mettre leurs informateurs en danger.

– Ce qui fait qu'être informateur dans une affaire criminelle peut être dangereux.

– Parfois oui.

– Inspecteur, vous est-il déjà arrivé d'enquêter sur l'assassinat d'un informateur ?

Golantz se leva avant même que Kinder puisse répondre et demanda au juge une consultation en privé. Le juge nous fit signe d'approcher. Je m'emparai du dossier posé sur le lutrin et suivis Golantz. La sténographe s'approcha du juge avec sa machine. Le juge avança son fauteuil et nous nous réunîmes.

– Maître Golantz ? lança le juge.

– Monsieur le juge, j'aimerais bien savoir où tout cela nous mène parce que j'ai la très nette impression qu'on essaie de me piéger. Il n'y a absolument rien au dossier de l'instruction qui laisserait même seulement entrevoir un rapport quelconque avec les questions de maître Haller.

Le juge pivota dans son fauteuil et me regarda.

– Maître Haller ?

– Monsieur le juge, s'il y a quelqu'un qu'on essaie de piéger dans ce prétoire, c'est bien mon client. Cette enquête a été bâclée et…

– Gardez ça pour les jurés, maître Haller. Qu'avez-vous à nous montrer ?

J'ouvris mon dossier et plaçai une sortie d'imprimante devant le juge, Golantz la voyant à l'envers.

– Ce que j'ai, c'est un article publié dans *Le Parisien* il y a quatre ans et demi de ça. Il y est écrit que Johan Rilz a témoigné à charge dans une grosse affaire de drogue. La direction de la police judiciaire s'était servie de lui pour procéder à des achats de drogue et avoir ainsi une meilleure connaissance du réseau des trafiquants. Bref, c'était un informateur, monsieur le juge, et nos petits copains d'ici ne s'y sont même pas intéressés. C'est d'une enquête avec œillères que je vous parle et ce, dès le début de…

– Encore une fois, gardez ça pour les jurés, maître Haller. Ce document est en français. Vous en avez la traduction ?

– Je vous prie de m'excuser, monsieur le juge.

Je sortis la deuxième feuille du dossier et la posai sur la première, encore une fois face au juge. Golantz se tordit gauchement le cou pour essayer de la lire.

– Comment savez-vous qu'il s'agit bien du même Johan Rilz ? me demanda-t-il. C'est un nom très répandu là-bas.

– En Allemagne peut-être, mais pas en France.

– Bien, mais comment savoir si c'est bien lui ? me demanda le juge cette fois. Ce document est la traduction d'un article de journal. Cette pièce n'a absolument rien d'officiel.

Je sortis la troisième feuille du dossier et la posai devant lui.

– Voici la photocopie d'une page du passeport de Rilz. Je l'ai trouvée dans le dossier d'instruction. On y voit que Rilz a quitté la France pour les États-Unis au mois de mars 2003. Soit un mois après la publication de l'article. Sans parler du fait qu'on a aussi son âge. L'article ne fait pas erreur sur ce point et précise que Rilz se servait de son affaire de décoration intérieure pour acheter de la drogue pour les flics. Évidemment que c'est lui, monsieur le juge. Il a trahi la confiance de beaucoup de gens là-bas et il vient ici et recommence ?!

Golantz se mit à hocher la tête d'un air désespéré.

– Tout ça ne va quand même pas, dit-il. Il y a violation des règles de transmission obligatoire des dossiers et c'est inadmissible. Vous n'aviez pas le droit de garder ça secret et d'assommer l'accusation avec ensuite.

Le juge pivota de nouveau vers moi et cette fois me regarda d'un sale œil.

– Monsieur le juge, lui dis-je, s'il y a quelqu'un qui s'est assis sur des trucs, c'est bien l'accusation. Ce sont là des choses que l'accusation aurait dû découvrir et dont elle aurait dû me parler. De fait même, je pense que le témoin le savait et que c'est lui qui n'en a rien dit.

– L'accusation est grave, maître Haller, lança le juge. Vous avez la preuve de ce que vous avancez ?

– Monsieur le juge, la raison pour laquelle je suis au courant de cette affaire est purement accidentelle. C'est en étudiant le boulot de préparation de mon enquêteur dimanche dernier que j'ai remarqué qu'il avait fait passer tous les noms du dossier au moteur de recherches LexisNexis. Il s'était servi de l'ordinateur et du numéro de compte dont j'ai hérité avec le cabinet de Jerry Vincent. J'ai vérifié le compte et constaté que c'était par défaut que les recherches devaient s'effectuer en anglais. Comme j'avais vu la photocopie du passeport de Rilz dans le dossier de l'instruction et que j'étais donc au courant de son passé en Europe, j'ai refait les recherches, mais cette fois en français et en allemand. Et c'est là qu'au bout d'à peine deux minutes, je suis tombé sur l'article du journal français. Que j'aie pu découvrir aussi facilement quelque chose dont personne n'aurait entendu parler dans tous les services du shérif, au bureau du district attorney et à Interpol me semble difficile à croire. Tout cela pour dire, monsieur le juge, que j'ignore s'il s'agit là d'un indice tendant à prouver quoi que ce soit en dehors du fait que c'est plutôt à la défense d'avoir le droit de se sentir lésée.

Et là, je n'en revins pas de voir le juge se tourner vers Golantz et le regarder, lui, d'un sale œil. C'était bien la première fois. Je me tournai vers la droite de façon à ce qu'une bonne partie du jury en soit témoin.

– Qu'est-ce que vous dites de ça, maître Golantz ? demanda le juge.

– C'est absurde, monsieur le juge. Nous n'avons rien gardé par-devers nous et tout ce que nous avons trouvé a été versé au dossier communiqué à la défense. J'aimerais d'ailleurs demander à maître Haller pourquoi il ne nous a pas alertés sur ce point dès hier alors même qu'il vient de reconnaître avoir fait cette découverte dimanche et que ses sorties d'imprimante sont datées du même jour.

Ce fut sans ciller que je lui répondis.

– Si j'avais su que vous parlez couramment le français, je vous les aurais fournies, Jeff. Peut-être même que vous auriez pu nous donner un coup de main. Moi qui ne parle pas couramment le français, je ne pouvais pas savoir ce que ça voulait dire et j'ai dû faire traduire l'article. Et cette traduction ne m'a été communiquée que dix minutes avant que je démarre mon interrogatoire en contre.

– Bien, dit le juge en mettant fin à notre face-à-face. Il ne s'agit quand même que d'un article de journal. Qu'allez-vous faire pour vérifier les informations qui y sont reproduites, maître Haller ?

– Eh bien mais… dès la prochaine interruption de séance, je vais mettre mon enquêteur sur le coup et voir si on ne pourrait pas contacter quelqu'un à la police judiciaire. Bref, nous allons faire le boulot que les services du shérif auraient dû faire il y a six mois de ça.

– Et nous aussi, nous allons vérifier, évidemment, ajouta Golantz.

– Le père et les deux frères de Rilz sont assis dans la galerie. Vous pourriez peut-être commencer par vérifier auprès d'eux.

Le juge leva la main en un geste d'apaisement tel le père mettant fin à une bagarre entre deux frères.

– Bien, maître Haller, dit-il. Je vais mettre un terme à ce type de questions en contre, mais vous autoriser à en poser les bases lors de vos premières conclusions. Vous pourrez rappeler l'accusé à ce moment-là et si vous avez pu vérifier l'authenticité de ce rapport et l'identité de la personne qu'il concerne, je vous donnerai toute latitude pour poursuivre votre stratégie.

– Monsieur le juge, m'écriai-je, ça désavantage beaucoup la défense !

– Comment ça ?

– Maintenant qu'elle est au courant de ces données, l'accusation peut très bien prendre des mesures propres à m'empêcher de les vérifier.

– C'est absurde, dit Golantz.

Mais le juge acquiesça.

– Je comprends votre inquiétude et avertis solennellement maître Golantz que si jamais j'en avais la preuve, je serais… disons… dans tous mes états. Cela dit, pour moi, la parenthèse est close, messieurs.

Sur quoi il regagna sa place dans son fauteuil à roulettes, les avocats retournant à la leur. Chemin faisant, je jetai un coup d'œil à l'horloge accrochée au mur du fond de la salle. Il était 16 h 50. Je me dis que si j'arrivais à faire durer encore quelques minutes, le juge lèverait la séance pour la journée, les jurés ayant alors toute la soirée pour réfléchir à ces liens avec la France.

Debout au lutrin, je lui demandai quelques instants. Puis je fis semblant d'étudier mon carnet de notes pour essayer de décider si oui ou non, j'avais d'autres choses à demander à Kinder.

– Alors, maître Haller, me lança enfin le juge, comment nous portons-nous ?

– Fort bien, monsieur le juge. Et j'attends avec impatience le moment d'examiner plus à fond les activités de M. Rilz en France, ce que je ferai pendant la phase défense de ce procès. En attendant, je n'ai plus de questions à poser à l'inspecteur Kinder.

Je regagnai la table de la défense et me rassis. Le juge leva aussitôt la séance pour la journée.

Je regardai les jurés quitter le prétoire à la queue leu leu, mais fus incapable de lire quoi que ce soit sur leurs visages. Je jetai un coup d'œil à la galerie. Les trois hommes de la famille Rilz me dévisageaient d'un œil dur et sans vie.

46

Cisco m'appela chez moi à 22 heures. Il était à Hollywood, tout près, et pouvait me rejoindre dans l'instant. Il était déjà en possession de certains renseignements sur le juré numéro sept.

Je raccrochai et informai Patrick que j'allais m'installer sur la terrasse pour discuter en privé avec Cisco. Je passai un pull – il y avait de la fraîcheur dans l'air –, m'emparai du dossier dont je m'étais servi plus tôt au tribunal et sortis attendre mon enquêteur.

Le Strip rougeoyait tel un haut-fourneau de l'autre côté des collines. Une année que j'étais plein aux as, j'avais acheté cette maison à cause de sa terrasse et de la vue qu'elle offrait sur la ville. Depuis, elle ne cessait de m'enchanter, que ce soit le jour ou la nuit. Depuis, elle ne cessait de me faire planer et de me dire le vrai. Le vrai étant que tout était possible, que tout pouvait arriver, en bien ou en mal.

– Hé, patron.

Je sursautai et me retournai. Cisco avait grimpé les marches et s'était approché dans mon dos sans que je l'entende. Il avait dû franchir la colline par Fairfax Avenue, arrêter son moteur et descendre jusque chez moi en roue libre. Il savait que j'aurais été en colère s'il avait réveillé tout le quartier.

– Me fous pas la trouille comme ça, mec ! lui dis-je.

– Qu'est-ce qui te rend si nerveux ?

– J'aime pas qu'on s'approche de moi par-derrière. Viens t'asseoir ici.

Je lui montrai la petite table et les fauteuils disposés sous l'auvent, devant la baie vitrée de la salle à manger. Ces meubles de jardin n'étaient pas confortables et je ne m'en servais pratiquement jamais. J'aimais contempler la ville de ma terrasse et planer, et la seule façon d'y arriver était de rester debout.

Le dossier que j'avais apporté se trouvait sur la table. Cisco tira un fauteuil à lui et s'apprêtait à s'y asseoir lorsqu'il s'arrêta et de la main nettoya les cochonneries que le smog avait accumulées sur le siège.

– Putain, mec, ça t'arrive jamais de passer ça au jet ?

– Tu as mis un tee-shirt et des jeans, Cisco. Assieds-toi.

Il le fit et je le vis jeter un coup d'œil à la salle à manger à travers le store translucide. La télé était allumée et Patrick y regardait la chaîne des sports extrêmes. Des types faisaient des sauts périlleux à motoneige.

– C'est un sport ? me demanda Cisco.

– Pour Patrick, faut croire que oui.

– Comment ça se passe avec lui ?

– Bien. Il ne doit rester ici que deux ou trois semaines. Tu me dis un peu pour le numéro sept ?

– On passe aux choses sérieuses, d'accord.

Il sortit un petit carnet de sa poche revolver.

– T'as pas de la lumière ici ?

Je me levai, gagnai la porte et tendis la main à l'intérieur pour allumer la lumière de la terrasse. Je jetai un coup d'œil à l'écran et y découvris une équipe médicale penchée sur un pilote de motoneige qui semblait avoir raté son saut périlleux et reçu son engin de cent cinquante kilos sur la tête.

Je fermai la porte et me rassis en face de Cisco. Il étudiait quelque chose dans son carnet.

– Bien, dit-il. Le juré numéro sept… Je n'ai pas pu lui consacrer beaucoup de temps, mais j'ai quand même trouvé deux ou trois trucs que j'aimerais te communiquer tout de suite. Il s'appelle David McSweeney et j'ai l'impression que tout ce qu'il a porté sur sa fiche R est faux.

La fiche R est la feuille que tout juré potentiel doit remplir pour pouvoir prendre part au processus de sélection du jury. On y trouve son nom, sa profession, le code postal de son adresse et une liste de questions de base destinées à aider les avocats à décider si oui ou non ils veulent de lui dans le jury. Dans le cas présent, le nom avait été masqué, mais tous les autres renseignements se trouvaient sur la feuille que j'avais confiée à Cisco pour démarrer.

– Donne-moi des exemples, lui dis-je.

– Eh bien, d'après le code postal porté sur la feuille, il habiterait à Palos Verdes. Ce n'est pas vrai. Je l'ai suivi du tribunal jusqu'à un appartement en retrait de Beverly, là-bas, de l'autre côté des collines, derrière l'immeuble de CBS.

Il tendit la main vers le sud, en gros vers le croisement de Beverly Boulevard et de Fairfax Avenue, où se trouvent les studios de télévision de la chaîne CBS.

– J'ai demandé à un ami de passer à l'ordinateur les plaques du pick-up qu'il conduisait pour rentrer chez lui et ça m'a donné un certain David McSweeney à Beverly, à l'adresse exacte où je l'ai vu s'arrêter. Après quoi, j'ai demandé à mon gars de vérifier son permis de conduire et de m'envoyer sa photo par mail. Je l'ai regardée sur mon portable et c'est bien McSweeney.

Le renseignement était intéressant, mais la manière dont Cisco menait son enquête sur ce juré m'inquiétait. Nous avions déjà bousillé une de nos sources dans l'enquête sur Vincent.

– Cisco, lui dis-je, va y avoir tes empreintes tout

partout sur ce truc. Et je t'ai dit qu'il n'était pas question que ça nous pète dans le nez.

– Cool, mec. Des empreintes, y en a pas. C'est pas mon type qui va se porter volontaire pour dire qu'il a effectué des recherches pour mon compte. Les flics n'ont absolument pas le droit de se livrer à des enquêtes en dehors du service. Il y perdrait son boulot. Et si jamais y avait un mec qui farfouillait, y aurait quand même pas besoin de s'inquiéter parce que mon gars ne se sert pas de son terminal et n'entre pas son mot de passe quand il fait ce genre de trucs pour moi. Il a piqué le mot de passe d'un vieux lieutenant. Bref, y a pas d'empreintes, d'accord ? Aucune trace. On est tranquilles sur ce coup-là.

J'acquiesçai à contrecœur. Des flics qui embrouillent d'autres flics ? Pourquoi donc cela ne me surprenait-il pas ?

– Bien, dis-je. Quoi d'autre ?

– Eh bien… et d'un, il a été arrêté et il a coché la case où il est marqué que ça ne lui était jamais arrivé.

– Et c'était pour quoi, cette arrestation ?

– En fait, il y en a eu deux. La première pour agression à main armée en 97 et la seconde pour fraude en 99. Pas de condamnations, mais c'est tout ce que je sais pour l'instant. Dès que le tribunal rouvrira, je pourrai t'en dire plus si tu veux.

Je voulais effectivement en savoir plus – surtout sur la manière dont des arrestations pour fraude et agression à main armée avaient pu se terminer par une absence de condamnation –, sauf que si Cisco sortait les dossiers de l'affaire, il devrait montrer une pièce d'identité et que ça laisserait une trace.

– Pas si tu es obligé de signer pour sortir les dossiers. On laisse tomber pour l'instant. Tu as autre chose ?

– Oui, comme je te dis, pour moi tout ça, c'est du bidon. Sur la feuille, il dit être ingénieur chez Lockheed.

Et pour autant que je sache, ce n'est pas vrai. J'ai appelé Lockheed et ils n'ont pas de David McSweeney dans leurs annuaires. Ce qui fait qu'à moins que ce type ait un boulot où il n'y a pas besoin d'un téléphone, je ne vois…

Il leva les mains avec les paumes en l'air comme pour me dire que la seule explication à tout cela était le mensonge.

– Je n'ai pu y passer que la soirée, mais tout ce sur quoi je tombe est faux et y a des chances pour que le nom de ce type le soit aussi.

– Ce qui voudrait dire ?

– Eh bien mais… officiellement, on ne connaît pas son nom, n'est-ce pas ? Il a été noirci sur la feuille.

– Ah oui.

– J'ai donc suivi le juré numéro sept et l'ai identifié sous le nom de David McSweeney, mais qui peut dire que c'est bien ce nom qui a été noirci sur la feuille, hein ? Tu vois ce que je veux dire ?

Je réfléchis un instant avant d'acquiescer d'un signe de tête.

– Tu es en train de me dire que ce McSweeney pourrait s'être approprié le nom d'un juré, voire sa convocation, et se faire passer pour lui au prétoire ?

– Exactement. Quand on reçoit une convocation et qu'on se présente au guichet des jurés, tout ce qu'on vous demande, c'est un permis de conduire pour le comparer au nom porté sur la liste. Et ces employés-là, c'est pas les mieux payés du tribunal, Mick. Il ne serait pas très difficile de leur faire prendre un faux permis pour un vrai et se faire faire un faux permis, on sait tous les deux comme c'est facile.

J'acquiesçai à nouveau. La plupart des gens n'ont pas envie de faire partie d'un jury. Il avait lui trouvé un moyen d'en faire partie. Du sens du devoir poussé à l'extrême.

– Si tu pouvais, Dieu sait comment, me trouver le

nom que ce juré numéro sept a donné au tribunal, je pourrais le vérifier et je te parie que j'arriverais à trouver un mec qui a effectivement ce nom et bosse chez Lockheed, reprit Cisco.

Je fis non de la tête.

– Je ne pourrais pas avoir ce nom sans laisser une trace, lui répondis-je.

Il haussa les épaules.

– Bon, alors, qu'est-ce que c'est que cette histoire, Mick ? Tu ne vas pas me dire que l'avocat de l'accusation nous a collé un infiltré dans le jury !

Je réfléchis un instant à la question de savoir si j'allais le lui révéler, puis je décidai de m'en abstenir.

– Pour l'instant, il vaut mieux que je ne te le dise pas.

– On baisse le périscope ?

Ce qui voulait dire que nous prenions possession du sous-marin – mais en le compartimentant de façon à ce que si l'un d'entre nous déclenchait une fuite, tout le bâtiment ne coule pas.

– C'est mieux comme ça, repris-je. As-tu vu ce type avec quelqu'un d'autre ? Des amis ou connaissances qui pourraient nous intéresser ?

– Ce soir, je l'ai suivi jusqu'au Grove, où il a retrouvé quelqu'un devant un café au Marmalade, un des restaurants de l'endroit. C'était une femme. Ça ressemblait fort à une rencontre fortuite, comme s'ils s'étaient tapés par hasard l'un dans l'autre et qu'ils s'étaient assis pour se remettre à jour du passé. En dehors de ça, non, je n'ai toujours pas de comparses. Sauf que je n'ai suivi ce type qu'à partir de 5 heures, quand le juge a libéré les jurés.

J'acquiesçai d'un signe de tête. Il m'avait déjà trouvé beaucoup de choses en peu de temps. Plus que ce à quoi je m'attendais.

– Tu t'es beaucoup approché de lui et de la femme ?

– Non, pas beaucoup. Tu m'avais dit de prendre toutes mes précautions.

– Ce qui fait que tu ne pourrais pas me donner le signalement de la dame.

– Je t'ai juste dit que je ne m'étais pas beaucoup approché, Mick. Mais je peux te la décrire. J'ai même une photo d'elle dans mon appareil photo.

Il dut se lever pour pouvoir glisser son énorme main dans les poches de devant de son jean. Il en sortit un petit appareil photo noir qui n'attire pas l'attention et se rassit. Puis il l'alluma et regarda l'écran à l'arrière. Il appuya enfin sur quelques boutons du dessus et me tendit l'appareil par-dessus la table.

– Les photos commencent ici, mais tu peux les faire défiler jusqu'à celles de la bonne femme.

Je pris l'appareil et fis défiler une série de clichés numériques montrant le juré numéro sept à divers moments de la soirée. Sur les trois derniers il était assis en face d'une femme au Marmalade. Elle avait des cheveux d'un noir de jais qui lui masquaient le visage. Et les photos manquaient de piqué parce qu'elles avaient été prises de loin et sans flash.

Je ne reconnus pas la femme. Et rendis l'appareil à Cisco.

– Bien, Cisco, lui dis-je, tu as fait du bon boulot. Tu peux laisser tomber.

– Comme ça ?

– Oui, pour reprendre ça, dis-je en lui glissant le dossier en travers de la table.

Il acquiesça d'un signe de tête et sourit d'un air rusé en le prenant.

– Alors, qu'est-ce que tu as raconté au juge lors de votre petit entretien ?

J'avais oublié qu'il était présent dans la salle, où il attendait de pouvoir commencer à suivre le juré numéro sept.

– Je lui ai dit avoir compris que tu avais mené les premières recherches avec l'anglais comme langue par défaut et avoir alors tout repris de façon à avoir aussi les résultats en français et en allemand. J'avais même refait un tirage de l'article dimanche de façon à avoir une date récente sur le papier.

– Joli coup. Sauf que ça me fait passer pour un con.

– Il fallait bien que je trouve quelque chose. Si je lui avais dit que tu avais trouvé l'article il y a une semaine et que je m'étais assis dessus depuis, on ne serait pas là à avoir cette conversation. Parce que je serais probablement en taule pour outrage à magistrat. En plus de quoi, le juge trouve que le couillon de l'affaire, c'est Golantz qui n'a pas été foutu de trouver l'article avant la défense.

Cela parut l'apaiser. Il leva le dossier en l'air.

– Et donc, qu'est-ce que tu veux que je fasse de ça ? me demanda-t-il.

– Où est la traductrice dont tu t'es servi pour la sortie d'imprimante ?

– Probablement dans son dortoir de Westwood. C'est une étudiante que j'ai trouvée sur le Net.

– Eh bien, appelle-la parce que tu vas avoir besoin d'elle ce soir.

– J'ai comme l'impression que Lorna va pas trop apprécier. Moi avec une Française de vingt ans…

– Lorna ne parle pas français et comprendra. Ils ont quoi ? Neuf heures d'avance sur nous là-bas, à Paris ?

– Oui, neuf ou dix. J'ai oublié.

– Bon, d'accord, ce que je veux, c'est que tu retrouves la traductrice et que vous commenciez à passer des coups de fil dès minuit. Tu appelles tous les gendarmes, si c'est comme ça qu'on appelle les mecs qui ont bossé sur cette affaire de drogue et tu m'en amènes un ici par avion. L'article en mentionne au moins trois. Tu peux commencer par là.

– Quoi ? Tu crois qu'un de ces mecs va sauter dans un avion juste comme ça pour nous aider ?

– Je les vois assez bien se poignarder dans le dos pour décrocher leur billet d'avion. Dis-leur que le gagnant fera le voyage en première classe et qu'on lui filera une chambre à l'hôtel où descend Mickey Rourke.

– Ouais, et c'est quoi, cet hôtel ?

– J'en sais rien, mais j'ai entendu dire que Rourke, c'était quelqu'un là-bas, en France. Ils le prennent quasiment pour un génie. Bon, bref, ce que je te dis, c'est de leur chanter la chanson qu'ils ont envie d'entendre et ce, quelle qu'elle soit. Et on paie ce qu'il faut. Si on en a deux qui veulent venir, on en amène deux, on voit ce qu'ils ont dans le ventre et on prend le meilleur comme témoin. Tout ce que je veux, c'est que tu m'en ramènes un. C'est à Los Angeles qu'on est, Cisco. Y a pas un flic au monde qui n'aurait pas envie de découvrir cette ville et de s'en retourner chez lui raconter à tout le monde ce qu'il a vu.

– D'accord, je te trouve quelqu'un à mettre dans l'avion. Mais… et s'il ne peut pas partir tout de suite ?

– Tu le fais démarrer aussi vite que possible et tu m'avertis. Je peux faire durer les choses au tribunal. Le juge veut tout expédier à toute vitesse, mais je serai en mesure de ralentir le processus si j'en ai besoin. Disons jusqu'à mardi ou mercredi prochains, maximum. Débrouille-toi pour m'avoir quelqu'un d'ici là.

– Tu veux que je te rappelle dans le courant de la nuit quand ce sera prêt ?

– Non, j'ai besoin de dormir pour être frais et dispo demain. J'ai perdu l'habitude d'être constamment sur le qui-vive au prétoire et je suis lessivé. Je vais me coucher. Appelle-moi simplement dans la matinée.

– D'accord, Mick.

Il se leva et j'en fis autant. Il me donna une claque dans le dos avec le dossier et se le cala dans le creux des reins avec sa ceinture de jean. Puis il descendit les marches tandis que je gagnais le bord de la terrasse pour le regarder enfourcher son cheval garé le long du trottoir, le mettre en roue libre et commencer à glisser en silence vers Laurel Canyon Boulevard via Fareholm Drive.

Alors je relevai la tête, regardai la ville et pensai aux mesures que j'étais en train de prendre, à ma situation personnelle et à la tromperie à laquelle je venais de me livrer devant le juge. Je ne m'attardai pas trop là-dessus et n'en éprouvai absolument aucune honte. Je défendais un homme que je croyais innocent des meurtres dont on l'accusait, mais complice de ce qui les avait déclenchés. J'avais un infiltré dans le jury, infiltré dont la présence avait un lien direct avec l'assassinat de mon prédécesseur. Et j'avais un inspecteur qui surveillait mes arrières et à qui je ne disais pas tout ; sans même parler du fait que je ne pouvais pas être sûr que pour lui ma sécurité personnelle compte plus que son désir de dénouer l'affaire.

J'avais tout ça devant moi et je ne me sentais ni coupable ni épouvanté par quoi que ce soit. J'étais le mec qui fait un saut périlleux avec sa motoneige de cent cinquante kilos. Ce n'était peut-être pas un sport, mais qu'est-ce que c'était dangereux et, oui, cela faisait ce que j'avais été incapable de faire depuis plus d'un an : me dérouiller entièrement et faire à nouveau courir mon sang dans mes veines.

Et me donner un sacré élan.

Enfin j'entendis le bruit des tuyaux d'échappement de la Panhead de Cisco. Il était descendu sans bruit jusqu'au bas de Laurel Canyon avant de mettre les gaz. Profond fut le rugissement de son moteur tandis qu'il s'enfonçait dans la nuit.

Cinquième partie
Invoquer le cinquième

47

Le lundi matin suivant, je portais mon costume Corneliani. Assis à côté de mon client dans la salle d'audience, j'étais prêt à le défendre devant les jurés. Installé à sa table, Jeffrey Golantz, le procureur, était, lui, prêt à contrecarrer tous mes efforts. Et la galerie derrière nous était de nouveau pleine à craquer. Mais le fauteuil devant nous restait vide. Le juge s'était enfermé en son cabinet et avait quasi une heure de retard sur le début de la séance qu'il avait lui-même fixé à 9 heures. Quelque chose n'allait pas ou alors il s'était produit un incident dont on ne nous avait pas encore informés. Nous avions vu les adjoints du shérif escorter un homme que je ne connaissais pas jusqu'au cabinet du juge, puis en ressortir, mais on ne nous avait rien dit de ce qui était en train de se passer.

– Hé, Jeff, qu'est-ce qu'il y a, à ton idée ? finis-je par demander à Golantz.

Il se tourna vers moi. Il avait mis son beau costume noir, mais comme c'était celui qu'il mettait tous les deux jours pour aller au tribunal, ça ne m'impressionnait plus guère. Il haussa les épaules.

– Aucune idée, répondit-il.

– Et s'il s'était enfermé pour étudier ma demande d'acquittement imposé au jury ?

Je souris. Pas lui.

– Je suis sûr que c'est ça, me renvoya-t-il avec son plus beau sarcasme de procureur.

La phase accusatoire du procès s'était traînée d'un bout à l'autre de la semaine précédente. J'avais contribué à sa lenteur en y allant de deux ou trois interrogatoires en contre un peu longs, mais pour l'essentiel, ç'avait été le fait d'un Golantz qui en faisait toujours trop. Il avait ainsi gardé le légiste qui avait autopsié les corps de Mitzi Elliot et de Johan Rilz presque un jour entier à la barre, aucun détail insoutenable sur la manière et l'heure exacte à laquelle les victimes avaient expiré n'étant épargné à quiconque. Le comptable de Walter Elliot était, lui, resté une demi-journée à la barre à expliquer les aspects financiers du mariage d'Elliot et la quantité de fric que celui-ci aurait perdue en cas de divorce. Et le gars du labo était lui aussi resté presque aussi longtemps à la barre pour détailler ses conclusions sur le haut niveau de résidus de poudre retrouvés sur les mains et les habits de l'accusé.

Et entre ces témoignages essentiels, Golantz avait encore trouvé le moyen d'interroger des témoins de moindre importance avant d'enfin boucler son affaire le vendredi après-midi précédent sur une manœuvre destinée à faire beaucoup pleurer. Il avait convoqué la meilleure amie de Mitzi Elliot à la barre. Celle-ci avait alors rapporté comment Mitzi lui avait avoué vouloir divorcer de son mari dès que le contrat de mariage serait validé. Elle avait encore raconté la bagarre qui avait opposé mari et femme lorsque celle-ci avait révélé ses intentions à son époux, et avait aussi déclaré avoir vu des bleus sur les bras de Mitzi le lendemain. Tout cela sans cesser de pleurer tout au long de son heure de témoignage et de donner dans des preuves par ouï-dire, contre lesquelles je m'élevais sans arrêt.

Comme le veut la routine, dès que l'accusation avait déclaré en avoir fini j'avais demandé au juge de prononcer l'acquittement de mon client. Je lui avais remontré que l'accusation n'avait pas été, et de loin, capable de monter une affaire fondée contre Elliot, mais comme le veut aussi la routine, il avait rejeté, et catégoriquement, ma requête et déclaré que le procès passerait à la phase défense dès le lundi suivant à 9 heures. J'avais donc consacré tout mon week-end à élaborer ma stratégie et à préparer l'interrogatoire de mes deux témoins clés : le docteur Shamiram Arslanian pour la question des résidus de poudre et un flic français en plein décalage horaire, le capitaine Malcolm Pépin. Nous étions maintenant lundi matin, et j'étais remonté à bloc et prêt à foncer. Sauf qu'il n'y avait pas de juge assis dans son fauteuil pour me donner le départ.

– Qu'est-ce qui se passe ? me chuchota Elliot.

Je haussai les épaules.

– Je n'en sais pas plus que vous, lui répondis-je. Les trois quarts du temps, quand le juge ne sort pas de son cabinet, ça n'a rien à voir avec le procès en cours. En général, ç'a plutôt à voir avec le suivant dans son agenda.

Ma réponse ne l'apaisa pas. Une grosse ride lui barrait le front. Il savait qu'il se passait des choses. Je me retournai et regardai la galerie. Julie Favreau s'était assise au troisième rang avec Lorna. Je leur fis un clin d'œil et remarquai que là, derrière la table de l'accusation, il y avait un trou dans la masse des spectateurs qui se tenaient épaule contre épaule. Les Allemands avaient disparu. J'allais demander à Golantz où les membres de la famille Rilz étaient passés lorsqu'un shérif adjoint en tenue se porta à la rambarde juste derrière la table de l'accusation.

– Je vous demande pardon, dit-il.

Golantz se retourna et l'adjoint lui montra un document qu'il tenait à la main.

– C'est vous le procureur ? demanda-t-il. À qui je dois parler de ce truc ?

Golantz se leva et gagna la rambarde. Jeta un bref coup d'œil au document et le rendit à son propriétaire.

– C'est une citation à comparaître pour la défense, dit-il. Vous êtes le shérif adjoint Stallworth ?

– C'est bien moi, oui.

– Alors, vous êtes au bon endroit.

– Pas du tout. Je ne me suis pas occupé de cette affaire.

Golantz lui reprit la citation à comparaître et l'examina. Je vis les rouages se mettre à tourner dans sa tête, mais il serait déjà trop tard lorsqu'il comprendrait.

– Vous ne vous êtes pas trouvé sur les lieux du crime, à la maison de Malibu ? Vous ne vous êtes pas occupé du périmètre sécurisé ? Du contrôle de la circulation ?

– Je dormais dans mon lit, mec. Je suis de service à partir de minuit.

– Attendez une seconde.

Golantz repartit vers sa table et y ouvrit une chemise. Je le vis vérifier la dernière liste des témoins que je lui avais remise quinze jours plus tôt.

– Qu'est-ce que c'est que ça, Haller ? me lança-t-il.

– Qu'est-ce que c'est que ça quoi ? lui renvoyai-je. Il est bien sur la liste, non ?

– Mais c'est des conneries, ça !

– Non. Ça fait quinze jours que ce type est sur la liste.

Je me levai, m'approchai de la rambarde et tendis la main.

– Adjoint Stallworth, je me présente : Michael Haller.

Il refusa de me serrer la main. Gêné devant tout le monde. Je passai à autre chose.

– C'est moi qui vous ai cité à comparaître. Si vous voulez bien attendre dans le couloir… je vais essayer de vous faire entrer dès l'ouverture de la séance. Le juge a du retard. Mais ne bougez pas, je vous retrouve bientôt.

– Non, ça ne va pas du tout. Je n'ai rien à voir avec cette affaire. Je viens juste de terminer mon service et je rentre chez moi.

– Adjoint Stallworth, il n'y a aucune erreur, et même s'il y en avait une, on ne peut pas se libérer d'une citation à comparaître. Seul le juge peut vous dégager de votre obligation de présence et ce, sur ma demande expresse. Rentrez chez vous et vous le mettrez en colère. Et je ne pense pas que vous ayez envie de le mettre en pétard.

Il souffla comme si on l'enquiquinait un maximum. Chercha de l'aide en jetant un coup d'œil à Golantz, mais celui-ci s'était collé un portable à l'oreille et y chuchotait fort. J'eus l'impression qu'il s'agissait d'un appel urgent.

– Écoutez, repris-je à l'adresse de Stallworth, vous allez juste dans le couloir et je vous…

J'entendis qu'on appelait mon nom et celui du procureur à l'avant de la salle. Je me retournai et vis l'huissier nous faire signe de la porte qui donnait dans le cabinet du juge. Enfin du nouveau. Golantz mit fin à son appel et se leva. Je me détournai de Stallworth et suivis Golantz jusqu'au cabinet du juge.

Celui-ci avait revêtu sa robe noire et pris place derrière son bureau. Lui aussi semblait prêt à y aller, mais quelque chose le retenait.

– Messieurs, asseyez-vous, dit-il.

– Monsieur le juge, vous voulez que je vous amène l'accusé ? lui demandai-je.

– Non, je ne pense pas que ce soit nécessaire. Asseyez-vous et je vous dirai ce qui se passe.

Golantz et moi nous installâmes en face de lui. Je voyais bien que Golantz était encore en train de râler en silence pour l'histoire de la citation à comparaître et ce qu'elle pouvait signifier. Stanton se pencha en avant et croisa les mains sur une feuille de papier pliée posée devant lui sur son bureau.

– Nous sommes en présence d'une situation inhabituelle de comportement délictueux d'un juré, commença-t-il. L'affaire n'est pas… tout à fait finie et je m'excuse de vous avoir tenus dans le noir.

Il s'arrêta de parler, nous le regardâmes tous les deux en nous demandant si nous devions partir tout de suite et regagner la salle d'audience ou si nous pouvions lui poser des questions. Mais Stanton reprit en ces termes au bout de quelques instants :

– Jeudi, mon service a reçu une lettre qui m'était adressée personnellement. Malheureusement, je n'ai pas eu la possibilité de l'ouvrir avant la fin de la séance de vendredi… je m'étais lancé disons… dans une séance de remise à flots après le départ de tout le monde. Et cette lettre disait… bon, tenez, la voici. Je l'ai déjà manipulée, mais surtout n'y touchez pas ni l'un ni l'autre.

Il déplia la feuille de papier et nous donna l'autorisation de la lire. Je me levai pour pouvoir me pencher au-dessus du bureau. Golantz, lui, était assez grand – même assis – pour ne pas avoir à le faire.

« Monsieur le juge Stanton, sachez que le juré numéro sept n'est pas celui que vous croyez, ni non plus celui qu'il prétend être. Vérifiez chez Lockheed et comparez ses empreintes. Il est fiché. »

La lettre donnait l'impression de sortir d'une imprimante laser. Il n'y avait aucune marque sur la feuille, hormis les deux plis qu'on y avait faits en la pliant.

Je me rassis.

– Avez-vous gardé l'enveloppe ? demandai-je.

– Oui, me répondit Stanton. Pas d'adresse d'expéditeur

et l'envoi a été oblitéré à Hollywood. Je vais demander au labo du shérif de jeter un coup d'œil à la lettre et à l'enveloppe.

– Monsieur le juge, dit Golantz, j'espère que vous n'avez pas parlé à ce juré car nous devons être présents et participer à tous les interrogatoires. Il pourrait tout bêtement s'agir d'une manœuvre destinée à écarter ce juré.

Je m'attendais à ce que Golantz vole au secours du juré. Pour lui, le juré numéro sept était de couleur bleue.

Je volai vite à mon propre secours.

– De fait, lançai-je, maître Golantz nous parle de manœuvre de la défense et je tiens à m'élever contre cette accusation.

Le juge leva vite les mains en l'air en un geste d'apaisement.

– On descend de ses grands chevaux, l'un comme l'autre ! s'écria-t-il. Je ne me suis pas encore entretenu avec le juré numéro sept. J'ai passé tout mon week-end à réfléchir à la manière de procéder dès l'ouverture de la séance d'aujourd'hui. Après avoir consulté plusieurs juges sur la question, j'étais tout à fait prêt à soulever le problème en votre présence dès ce matin. L'ennui, c'est que le juré numéro sept ne s'est pas pointé. Il n'est pas là.

Voilà qui nous fit réfléchir, Golantz et moi.

– Il n'est pas là ? répéta Golantz. Vous avez envoyé des adjoints du shérif…

– Oui, j'en ai envoyé chez lui et sa femme nous a dit qu'il était parti travailler, mais qu'elle ignorait tout d'un quelconque tribunal, procès ou quoi que ce soit de ce genre. Ils sont donc allés chez Lockheed, ont trouvé notre bonhomme et l'ont amené ici il y a quelques instants. Mais ce n'est pas lui. Ce n'est pas le juré numéro sept.

– Monsieur le juge, m'exclamai-je, je ne vous suis

plus. Je croyais vous avoir entendu dire que les adjoints l'avaient trouvé à son travail.

Stanton acquiesça d'un signe de tête.

– Je sais. Et c'est bien ce que j'ai dit. Ça commence à ressembler à un film de Laurel et Hardy et au sketch du « Qui est sur la première base[1] ? ».

– Abbott et Costello, lui fis-je remarquer.

– Quoi ?

– Ce sketch est d'Abbott et Costello. C'est eux qui l'ont inventé.

– Oui, bon, d'accord. Ce qui est important là-dedans, c'est que le juré numéro sept n'est pas le juré numéro sept.

– Je ne vous suis toujours pas, monsieur le juge.

– Dans notre base de données le juré numéro sept est un certain Rodney L. Banglund, ingénieur de chez Lockheed et habitant à Palos Verdes. Sauf que l'homme qui a occupé le siège numéro sept ces quinze derniers jours n'est pas Rodney Banglund. Nous ne savons pas qui c'est, et en plus, il n'est pas là aujourd'hui.

– Il a donc pris la place de Banglund, lequel Banglund ne le savait pas, dit Golantz.

– Apparemment, oui, dit le juge. Banglund... le vrai, est en train de répondre à nos questions sur ce point en ce moment même, mais il avait l'air de tout ignorer de cette affaire quand il est arrivé. Même que pour commencer, il dit n'avoir jamais reçu de convocation.

– Sa convocation aurait donc été détournée et utilisée par cet inconnu ? demandai-je.

1. Célèbre sketch ou « Qui » est le nom du joueur de base-ball sur la première base. L'interlocuteur croyant qu'il s'agit d'une question répond qu'il ne sait pas alors que c'est une affirmation. *(NdT.)*

Le juge acquiesça d'un signe de tête.

– On dirait bien. La question est de savoir pourquoi et on a le ferme espoir que les services du shérif trouvent bientôt la réponse.

– Qu'est-ce que ça change pour notre procès ? demandai-je encore. Il y a vice de procédure ?

– Je ne pense pas, non. Pour moi, on sort les jurés du box, on leur explique que le juré numéro sept est excusé pour des raisons qu'ils n'ont pas à connaître, on met le remplaçant et on reprend. Pendant ce temps-là, les services du shérif s'assurent sans faire de bruit, et tout ce qu'il y a de plus sérieusement, que tous les autres types assis dans le box sont bien les jurés qu'ils disent être. Maître Golantz ?

Golantz hocha la tête d'un air pensif avant de parler.

– Tout ça est assez choquant, dit-il enfin. Mais bon, je pense que le ministère public est prêt à poursuivre… à condition qu'on soit sûr que ce truc s'arrête au juré numéro sept.

– Maître Haller ?

J'acquiesçai d'un signe de tête. L'entretien avait pris la direction que j'espérais.

– J'ai des témoins qui arrivent de Paris et sont prêts à y aller, dis-je. Je ne veux pas d'un arrêt du procès pour vice de forme. Et mon client non plus.

Le juge scella notre accord en hochant la tête à son tour.

– Bien, vous retournez à vos places et on fait démarrer ce bazar dans dix minutes.

En descendant le couloir pour rejoindre la salle d'audience, Golantz me menaça.

– Le juge n'est pas le seul à vouloir enquêter sur cette affaire, me lança-t-il en chuchotant.

– Ah bon ? Et ça voudrait dire quoi ?

– Que quand on trouvera cet enfoiré, on saura aussi

ce qu'il foutait dans ce jury. Et si jamais il y a un lien avec la défense, j'entends bien…

Je le poussai vers la porte du prétoire. Je n'avais pas besoin d'entendre la suite.

– Un bon point pour vous, Jeff ! lui renvoyai-je en entrant dans la salle.

Je n'y vis pas Stallworth et espérai qu'il m'attendait dans le couloir comme je lui en avais donné l'ordre. Elliot se rua sur moi dès que je m'assis à la table de la défense.

– Qu'est-ce qu'il y a ? Qu'est-ce qui se passe ?

D'un geste de la main je lui fis signe de baisser la voix. Puis je lui murmurai ceci :

– Le juré numéro sept ne s'étant pas pointé aujourd'hui, le juge a essayé de savoir ce qui se passait et a découvert que le type était bidon.

Elliot se raidit et me donna soudain l'impression que quelqu'un venait de lui enfoncer un coupe-papier dans le dos d'au moins cinq centimètres.

– Ah mon Dieu, mais qu'est-ce que ça signifie ?

– Pour nous, rien. Le procès continue avec un juré remplaçant. Mais il va y avoir une enquête pour savoir qui était ce juré numéro sept et j'espère pour vous que l'enquêteur ne va pas venir frapper à votre porte.

– Je ne vois pas comment ça serait possible. Cela dit, nous, on ne peut pas continuer comme ça. Il faut que vous arrêtiez ça. Pour vice de forme.

Je regardai la mine suppliante qu'il avait prise et compris qu'il n'avait jamais eu beaucoup confiance en sa propre défense. Il ne comptait que sur l'infiltré.

– Le juge a refusé. On continue avec ce qu'on a.

Elliot se frotta la bouche d'une main tremblante.

– Ne vous inquiétez pas, Walter. Vous êtes en de bonnes mains. Ce procès, nous allons le gagner à la loyale.

Juste à ce moment-là, l'huissier demanda au public

de se lever tandis que le juge montait d'un pas bondissant les marches conduisant à l'estrade où trônait son fauteuil.

– Bien, lança Stanton, l'audience est ouverte dans le procès État de Californie contre Elliot. Faites entrer les jurés.

48

Le premier témoin pour la défense était Julio Muniz, le vidéaste free-lance de Topanga Canyon qui avait pris de vitesse les médias locaux et était arrivé avant la meute à la maison de Malibu le jour du meurtre. J'établis rapidement à l'aide de quelques questions ce qu'il faisait pour gagner sa vie. Muniz ne travaillait pour aucune chaîne de télévision nationale ou locale. Il écoutait les scanners de la police chez lui et dans sa voiture et relevait ainsi des adresses de scènes de crime et de lieux où la police était en service actif. Il s'y rendait aussitôt avec sa caméra vidéo, filmait la scène et vendait ensuite ses reportages aux chaînes de télé locales qui n'avaient pas réagi à temps. Dans notre affaire, pour lui tout avait commencé lorsque, entendant une demande d'envoi d'équipe des Homicides, il s'était rendu à la maison de Malibu avec sa caméra.

– Monsieur Muniz, lui lançai-je, qu'avez-vous fait en arrivant sur les lieux ?

– Eh bien, j'ai sorti ma caméra et j'ai commencé à filmer. J'ai remarqué que les flics avaient quelqu'un à l'arrière de la voiture de patrouille et je me suis dit qu'il s'agissait probablement d'un suspect. Je l'ai donc filmé, puis j'ai filmé les adjoints du shérif en train de sécuriser l'avant de la propriété, enfin… ce genre de choses.

Je fis accepter la cassette vidéo numérique qu'il avait enregistrée ce jour-là comme pièce à conviction numéro un, déroulai l'écran vidéo et posai le projecteur devant les jurés. Puis j'y introduisis la cassette et appuyai sur la touche « play ». La cassette avait été déroulée de façon à démarrer au moment où Muniz commençait à filmer devant la maison d'Elliot. Et là, tandis que passait la vidéo, j'observai les jurés en train de la regarder avec attention. Je connaissais déjà l'enregistrement pour l'avoir visionné plusieurs fois. On y voyait Walter Elliot assis sur la banquette arrière de la voiture de patrouille. La scène ayant été filmée d'en haut, l'indication 4A portée sur le toit de la voiture était clairement visible.

L'enregistrement passait de l'intérieur de la voiture à des scènes où l'on voyait les shérifs adjoints sécuriser la maison, puis revenait à la voiture de patrouille. On y suivait Elliot alors que les inspecteurs Kinder et Ericsson le sortaient du véhicule. Et lui ôtaient les menottes avant de le ramener dans la maison.

À l'aide d'une télécommande, j'arrêtai la projection et rembobinai jusqu'au moment où Muniz s'approchait tout près d'Elliot assis sur la banquette arrière de la voiture de patrouille. Je remis en marche avant, puis je figeai l'image de façon à ce que les jurés puissent voir Elliot se pencher en avant parce qu'il était menotté dans le dos.

– Bien, monsieur Muniz, permettez que j'attire votre attention sur le toit de la voiture de patrouille. Qu'y voyez-vous ?

– J'y vois le sigle qui identifie le véhicule. Soit 4A marqué à la peinture, soit encore quatre alpha, comme on dit à la radio du shérif.

– Bien, avez-vous reconnu ce sigle ? L'aviez-vous déjà vu ?

– J'écoute beaucoup le scanner de la police et ce sigle quatre alpha m'est familier. J'ajoute que de fait, cette voiture quatre alpha, je l'avais déjà vue plus tôt dans la journée.

– Dans quelles circonstances ?

– J'écoutais le scanner lorsque j'ai entendu parler d'une prise d'otage au parc d'État de Malibu Creek. J'y suis donc allé et ça aussi, je l'ai filmé.

– Quelle heure était-il ?

– Aux environs de 2 heures du matin.

– Ce qui veut dire que près de dix heures avant d'enregistrer ce qui se passait chez M. Elliot, vous êtes allé filmer cette prise d'otage, c'est bien ça ?

– C'est bien ça.

– Et que cette voiture quatre alpha se trouvait aussi sur les lieux de cet incident ?

– Oui. C'est dans cette même voiture quatre alpha que le suspect a été emmené quand on a fini par le capturer.

– Vers quelle heure ?

– Pas avant 5 heures du matin ou presque. La nuit a été longue.

– Avez-vous filmé la scène ?

– Oui. C'est un peu avant sur la bande, dit-il en montrant l'image figée sur l'écran.

– Eh bien, regardons ça, dis-je.

J'appuyai sur la touche « rewind » de la télécommande. Golantz se leva aussitôt, éleva une objection et demanda à voir le juge en privé. Celui-ci nous fit signe d'approcher. J'apportai la liste des témoins que j'avais fournie à la cour quinze jours plus tôt.

– Monsieur le juge, lança Golantz en colère. Voilà la défense qui recommence à nous piéger. Il n'est nulle part dans les dossiers de l'instruction fait mention d'un quelconque désir qu'aurait eu maître Haller de parler d'un autre crime avec ce témoin. Je m'oppose à ce que le tribunal accepte cette déposition.

Je glissai très calmement la liste des témoins au juge. À suivre les règlements de la phase de divulgation des pièces, je devais donner la liste de tous les témoins que j'avais l'intention de citer à comparaître ainsi qu'un bref résumé du contenu de leurs dépositions. Et Julio Muniz figurait bien sur ma liste. Et pour être succinct, le résumé de ce qu'il dirait était complet.

– Il est très clairement indiqué que M. Muniz parlerait des vidéos qu'il a faites le 2 mai, qui est le jour de nos deux meurtres, fis-je remarquer au juge. La vidéo qu'il a prise au parc a bien été faite le 2 mai, 2 mai qui est bien le jour de nos deux assassinats. J'ai déposé cette liste il y a quinze jours, monsieur le juge. S'il y a quelqu'un qui essaie de tromper son monde, c'est bien maître Golantz et il se trompe lui-même. Il aurait pu parler avec mon témoin et vérifier ses vidéos. Apparemment, il n'en a rien fait.

Le juge étudia la liste un instant, puis acquiesça d'un signe de tête.

– Objection rejetée, dit-il à Golantz. Maître Haller, vous pouvez poursuivre.

Je retournai à ma place, rembobinai la bande et la remis en marche, les jurés continuant alors de la regarder avec une attention soutenue. La scène ayant été tournée de nuit, il y avait beaucoup de grain et l'image semblait plus saccadée que dans la première séquence.

Enfin nous arrivâmes à l'image d'un homme qu'on faisait monter dans une voiture de patrouille, les mains attachées dans le dos. Après quoi, un shérif adjoint refermait la portière du véhicule et tapait deux fois sur le toit. La voiture s'éloignait en passant droit devant la caméra. C'est à ce moment précis que je figeai à nouveau l'image.

Malgré le grain, on y voyait bien la voiture de patrouille. Et la lumière de la caméra éclairait le toit du véhicule et un homme assis sur le siège arrière.

– Monsieur Muniz, quel est le sigle que l'on voit sur le toit de cette voiture ?

– 4A, soit quatre alpha, encore une fois.

– Et l'homme qu'on emmène, où est-il assis ?

– Sur le siège arrière droit.
– Est-il menotté ?
– Eh bien mais… il l'était quand les flics l'ont mis dans la voiture. C'est ce que j'ai filmé.
– Il a bien les mains attachées dans le dos, n'est-ce pas ?
– C'est exact.
– Bien. Et maintenant, est-il dans la même position et au même endroit de la voiture de patrouille que l'était M. Elliot lorsque vous l'avez filmé environ huit heures plus tard ?
– Oui. Il est exactement dans la même position et au même endroit.
– Merci, monsieur Muniz. Je n'ai plus de questions à vous poser.

Golantz renonça à l'interroger en contre. Il n'y avait rien à reprendre à ce que je venais de dire et la vidéo ne mentait pas. Muniz quitta le box des témoins. J'informai le juge que j'avais l'intention de laisser l'écran en place pour le témoin suivant et appelai le shérif adjoint Todd Stallworth à la barre.

Il avait l'air encore plus en colère lorsqu'il entra dans la salle. C'était parfait. Il avait aussi l'air crevé, sa tenue donnant l'impression de s'être fanée sur lui. Il avait une tache noire sur une de ses manches de chemise, probablement suite à quelque pugilat auquel il s'était livré pendant la nuit.

J'établis rapidement son identité et que, de premier service le jour des meurtres chez Elliot, c'était lui qui conduisait la voiture alpha du district de Malibu. Avant même que j'aie pu lui poser une autre question, Golantz y alla d'une énième objection et voulut à nouveau consulter le juge en privé. Et dès que nous arrivâmes devant Stanton, il leva les mains en l'air comme pour dire : *Mais c'est quoi, ça ?* Sa gestuelle commençait à me fatiguer.
– Objection, monsieur le juge, lança-t-il. Je m'oppose à

la présence de ce témoin. La défense l'a caché au milieu des nombreux adjoints du shérif qui se trouvaient sur la scène de crime mais n'ont rien à voir avec cette affaire.

Encore une fois, j'avais ma liste de témoins toute prête. Cette fois, je la posai violemment devant le juge tellement j'étais énervé, puis je fis courir mon doigt sur les noms qu'elle contenait et m'arrêtai sur celui de Todd Stallworth. Il était bien là, au milieu de cinq autres adjoints du shérif qui, tous, s'étaient trouvés sur la scène de crime, à la maison de Malibu.

– Monsieur le juge, repris-je, si j'ai caché Stallworth, je l'ai fait au vu et au su de tous. Son nom figure très clairement dans la liste des agents du maintien de l'ordre. Et cela s'explique de la même manière qu'avant. Le résumé de son intervention à venir précise en effet que Stanton déposera sur ce qu'il a fait le 2 mai. C'est tout ce que j'ai écrit parce que je ne lui avais jamais parlé. C'est la première fois que je vais entendre ce qu'il a à dire.

Golantz hocha la tête et tenta de garder sa contenance.

– Monsieur le juge, dit-il, c'est depuis le tout début de ce procès que la défense a recours à la tricherie, aux tromperies, de façon à…

– Maître Golantz, lui renvoya Stanton en l'interrompant, ne dites pas des choses que vous ne pouvez pas étayer et qui pourraient vous valoir des ennuis. Cela fait quinze jours que ce témoin, tout comme le premier que maître Haller a cité à comparaître, se trouve sur cette liste. Là, en noir et blanc sur ce papier. Vous aviez tout loisir de chercher à savoir ce qu'allaient dire ces personnes. Vous n'avez pas saisi l'occasion qui vous était offerte de le faire, mais cette décision, c'est vous qui l'avez prise. Il n'y a là ni tricheries ni tromperies. Vous feriez bien de surveiller vos propos.

Golantz resta un instant la tête baissée avant de reprendre la parole.

– Monsieur le juge, dit-il enfin d'une voix calme, le ministère public demande une brève suspension de séance.

– Brève comme quoi ?

– Brève jusqu'à 13 heures.

– Deux heures de suspension de séance ? Je ne trouve pas ça très bref, maître Golantz.

Je l'interrompis.

– Monsieur le juge, lui dis-je, la défense s'oppose à toute suspension de séance. Maître Golantz veut seulement s'emparer de mon témoin et lui faire changer sa déposition.

– Alors là, objection ! s'écria Golantz.

– Écoutez, pas de suspension de séance, fini les retards et on arrête de se disputer, dit le juge. On a déjà perdu l'essentiel de la matinée. L'objection est rejetée. Disparaissez.

Nous regagnâmes nos places et je passai trente secondes de la bande-vidéo où l'on voyait l'homme menotté être mis à l'arrière de la voiture quatre alpha au parc d'État de Malibu Creek. Je figeai l'image au même endroit qu'avant, à savoir juste au moment où la voiture passait à toute vitesse devant la caméra. Et je la laissai à l'écran tandis que je reprenais mon interrogatoire.

– Officier Stallworth, est-ce bien vous qui conduisez la voiture ? demandai-je.

– Oui, c'est bien moi.

– Qui est l'homme assis à l'arrière ?

– M. Eli Wyms.

– Je remarque qu'on l'a menotté avant de le mettre dans la voiture. Est-ce parce qu'il était en état d'arrestation ?

– Oui.

– Pourquoi l'avait-on arrêté ?

– Et d'un, parce qu'il avait essayé de me tuer. Il était aussi inculpé de tir illégal d'arme à feu.

– Combien de tirs illégaux ?

– Je ne me rappelle plus le nombre exact.

– On dit quatre-vingt-quatorze ?

– Ça me semble juste. Il avait beaucoup tiré. Il a tout mitraillé là-haut.

Stallworth était fatigué et manquait d'entrain, mais ne marquait aucune hésitation dans ses réponses. Il n'avait aucune idée de la façon dont elles pouvaient s'insérer dans la défense d'Elliot, mais ne donnait pas l'impression de vouloir protéger l'accusation à l'aide de réponses courtes et indifférentes. Il devait être en colère contre un Golantz qui n'avait pas réussi à le dispenser de témoigner.

– Ainsi donc, vous l'avez arrêté et emmené au commissariat de Malibu ?

– Non, je l'ai emmené directement en centre-ville, à la prison du comté, où on pouvait le mettre à l'étage psy.

– Et cela vous a pris combien de temps ? Le trajet, je veux dire.

– Environ une heure.

– Après quoi, vous êtes revenu à Malibu ?

– Non, j'ai d'abord fait réparer la voiture quatre alpha. Wyms y avait tiré un coup de feu qui avait dégommé le phare droit. Comme j'étais en ville, je suis passé à l'atelier et je l'ai fait remplacer. Ça m'a pris tout le reste de mon service.

– Quand la voiture est-elle remontée à Malibu ?

– À la relève. Je l'ai refilée aux mecs de jour.

Je jetai un coup d'œil à mes notes.

– Ce qui nous donne les officiers… Murray et Harber ?

– Exact.

Il bâilla, de petits rires parcourant aussitôt la salle.

– Je sais que vous devriez être au lit et je ne vais pas vous prendre beaucoup plus longtemps. Lorsque vous passez un véhicule à la relève, le faites-vous nettoyer ou disons… désinfecter en quelque façon que ce soit avant ?

– On est censé le faire. Mais soyons réalistes : à moins qu'il n'y ait du dégueulis sur le siège arrière, personne ne le fait. Les véhicules sortent de la rotation une ou deux fois par semaine et c'est là que les mécanos les nettoient.

– Eli Wyms a-t-il dégobillé dans votre voiture ?

– Non. Je l'aurais su.

Re-petits rires. Je baissai les yeux et regardai Golantz : il ne souriait pas du tout.

– Bien, officier Stallworth, voyons voir si j'ai bien tout compris. Eli Wyms est arrêté parce qu'il vous tire dessus et aurait fait feu quatre-vingt-treize autres fois ce matin-là. Il est donc arrêté, menotté dans le dos et transporté par vous en centre-ville. C'est bien ça ?

– Ça me paraît correct.

– Sur la bande, on voit M. Wyms assis sur le siège arrière droit. Y est-il resté toute l'heure qu'a duré le trajet pour descendre en ville ?

– Oui. Je l'y avais fait sangler.

– Placer sur le siège arrière droit quelqu'un en état d'arrestation fait-il partie de la procédure habituelle ?

– Oui. Il vaut mieux ne pas l'avoir derrière soi quand on conduit.

– J'ai aussi remarqué sur cette bande que vous n'aviez pas enfermé les mains de M. Wyms dans des sacs en plastique ou d'autres de cette nature avant de le faire monter dans le véhicule. Pourquoi ?

– Je ne pensais pas que ce soit nécessaire.

– Pourquoi ?

– Parce que ça n'allait pas poser de problèmes. On avait des preuves accablantes que c'était bien avec ses armes qu'il avait tiré. Les résidus de poudre ne nous intéressaient pas.

– Merci, monsieur Stallworth. J'espère que vous allez pouvoir faire dodo bientôt.

Je me rassis et laissai le témoin entre les mains de Golantz. Qui se leva lentement et gagna le pupitre. Il savait maintenant très exactement où je voulais en venir, mais ne pouvait plus faire grand-chose pour m'en empêcher. Mais je dois le lui reconnaître – il trouva une toute petite faille dans mon interrogatoire et fit de son mieux pour l'exploiter.

– Monsieur Stallworth, dit-il, en gros combien de temps avez-vous dû attendre pour qu'on finisse de vous réparer votre voiture à l'atelier du centre-ville ?

– Environ deux heures. Ils n'ont que deux ou trois types qui bossent la nuit et ils devaient pas mal jongler avec leurs boulots.

– Êtes-vous resté près de la voiture pendant ces deux heures ?

– Non, je me suis pris un bureau au commissariat et j'ai rédigé le compte rendu d'arrestation de Wyms.

– Et vous avez bien déclaré tout à l'heure que quelle que soit la procédure à observer, en règle générale vous vous en remettez à l'atelier pour nettoyer les voitures, c'est bien ça ?

– Oui, c'est bien ça.

– Faites-vous une demande officielle ou bien les mécanos de l'atelier décident-ils tout seuls de nettoyer et entretenir les voitures ?

– Je n'ai jamais fait de demande officielle. Ils le font, c'est tout.

– Bien, et pendant ces deux heures que vous avez passées loin de la voiture pour rédiger votre compte rendu, savez-vous si les mécanos de l'atelier l'ont nettoyée ou désinfectée ?

– Je ne sais pas, non.

– Ils auraient pu le faire et vous, ne pas vous en apercevoir, n'est-ce pas ?

– Effectivement.

– Je vous remercie.

J'hésitai, puis décidai de reprendre le témoin.

– Officier Stallworth, vous dites qu'il leur a fallu deux heures pour réparer la voiture parce qu'ils étaient très occupés et manquaient de personnel, c'est bien ça ?

– C'est bien ça.

Lâché sur le ton « je commence à en avoir sacrément marre de ce truc ».

– Il est donc peu probable que ces types aient pris le temps de nettoyer votre voiture si vous ne le leur aviez pas demandé, d'accord ?

– Je ne sais pas. Il faudrait le leur demander à eux.

– Leur avez-vous demandé de nettoyer votre voiture ?

– Non.

– Je vous remercie.

Je me rassis et Golantz passa au round suivant.

Il était déjà presque midi. Le juge leva la séance pour le déjeuner, mais en ne donnant aux jurés et aux avocats que quarante-cinq minutes de battement : il voulait rattraper le temps perdu dans la matinée. Ça ne me dérangeait pas. Mon témoin choc était le suivant et plus vite je la mettrais à la barre, plus près d'un verdict d'acquittement serait mon client.

49

Le docteur Shamiram Arslanian était un témoin surprise. Pas pour ce qui était de sa présence à l'audience – elle figurait sur la liste des témoins bien avant que je ne prenne l'affaire en main. Non – pour ce qui était de son apparence physique et de sa personnalité. Son nom et sa stature dans le monde de la médecine légale suscitaient l'image d'une femme profonde, sombre et scientifique. On se la représentait en blouse blanche de laboratoire et les cheveux plaqués en arrière et noués en chignon. Sauf qu'elle n'était rien de tout cela. Que blonde aux yeux bleus, elle était vive et, de nature enjouée, souriait facilement. Elle n'était pas seulement photogénique, mais aussi télégénique. Elle s'exprimait clairement et avait confiance en elle-même, mais jamais au point d'en devenir arrogante. À la caractériser d'un seul mot, on aurait choisi celui-là même que tout avocat veut entendre dire de son témoin : a-do-ra-ble. Et obtenir ça d'un témoin qui vous parle de médecine légale est rare.

J'avais passé l'essentiel de mon week-end avec Shami, car c'est ainsi qu'elle préférait qu'on l'appelle. Nous avions repris le dossier et nous étions penchés sur les résultats du test des résidus de poudre, la déposition qu'elle ferait pour la défense et les questions auxquelles elle pouvait s'attendre de la part de Golantz dans son interrogatoire en contre. Nous avions repoussé cet entretien le plus tard possible de façon à ne pas tomber dans les pièges de la divulgation obligatoire des pièces par les deux parties. Tout ce qu'elle ignorait, elle ne pouvait pas le révéler à l'accusation. Voilà pourquoi je l'avais tenue le plus longtemps possible dans le noir quant à la nature de mon argument miracle.

Aucun doute n'était possible, le docteur Arslanian était un flingue de choix sur le marché. À Court TV, elle avait ainsi animé une émission sur ses propres exploits. On lui avait demandé par deux fois un autographe lorsque je l'avais emmenée dîner au Palm, et avait été à tu et à toi avec deux ou trois grands pontes de la télé qui étaient venus lui dire bonjour à notre table. Et les honoraires qu'elle exigeait étaient eux aussi de premier choix. Les quatre jours qu'elle allait passer à Los Angeles pour étudier le dossier, préparer sa déposition et la faire lui rapporteraient dix mille dollars nets, plus les frais. Pas mal comme boulot quand on peut le décrocher, et pour le pouvoir, elle le pouvait. Connue pour étudier minutieusement les innombrables demandes de service qu'on lui faisait, elle savait ne choisir que les dossiers où elle ne doutait pas qu'une horrible erreur ait été commise ou, mieux encore, un véritable déni de justice. Il n'était pas mauvais non plus que l'affaire qu'on lui propose attire l'attention des médias nationaux.

Au bout d'à peine dix minutes avec elle, je sus qu'elle valait jusqu'au moindre centime de ce qu'Elliot allait la payer. Elle serait un cauchemar pour l'accusation. Grâce à sa personnalité, elle aurait tôt fait de gagner le jury et ce qu'elle exposerait achèverait le boulot. Une grande partie du travail de l'avocat qui plaide se résume à choisir le bon témoin, et pas vraiment à jouer de ce que sa déposition peut révéler. C'est de vendre son affaire aux jurés qu'il est question et Shami aurait pu leur faire acheter des allumettes brûlées. Le témoin de médecine légale que nous avait présenté l'accusation était une espèce de débile de laborantin avec autant de personnalité qu'un tube à essai. Mon témoin à moi animait une émission de télévision intitulée *Accro à la chimie*.

On la reconnaissait déjà – j'entendis comme un grand murmure dans la salle d'audience tandis que mon témoin à la belle tignasse y entrait par la porte du fond et dans l'instant captivait tous les regards en gagnant le centre de la pièce, franchissant le portail et traversant le terrain de la preuve pour rejoindre la barre. Elle portait un tailleur bleu marine qui épousait étroitement ses formes et accentuait la cascade de boucles blondes qui lui dégringolait sur les épaules. Jusqu'au juge Stanton qui parut tomber sous son charme. Il demanda au garde de lui apporter un verre d'eau avant même qu'elle ait prêté serment. Demander au pignouf de médecine légale présenté par l'accusation s'il avait besoin de quoi que ce soit ne lui était même pas venu à l'idée.

Après qu'elle eut décliné son identité, épelé son nom et juré de ne dire que la vérité, je me levai avec mon bloc-notes et gagnai le lutrin.

– Bonjour, docteur Arslanian. Comment allez-vous ?

– Je vais très bien. Merci de vous inquiéter de ma santé.

Elle avait un rien d'accent du Sud dans la voix.

– Avant de passer à votre curriculum vitae, j'aimerais éclaircir un point tout de suite. C'est bien en qualité de consultante que vous êtes payée par la défense, n'est-ce pas ?

– C'est exact. On m'a payée pour que je vienne ici et pas du tout pour déclarer autre chose que ce que je pense… que cela profite à la défense ou pas. C'est comme ça que je fonctionne et je n'ai jamais varié sur ce point.

– Bien. Dites-nous donc d'où vous venez, docteur.

– En ce moment, j'habite à Ossining, État de New York. Je suis née et ai été élevée en Floride avant de passer bon nombre d'années dans la région de Boston, où j'ai fréquenté diverses écoles.

– Shamiram Arslanian est un nom qui ne dit pas vraiment la Floride.

Elle eut un sourire éblouissant.

– Mon père est cent pour cent arménien. Je dois donc être à moitié arménienne et à moitié floridienne. Quand j'étais petite, mon père me traitait d'Armageddonienne.

Des rires polis s'élevèrent dans la salle.

– Pouvez-vous nous parler de vos études de médecine légale ?

– Eh bien, je suis titulaire de deux diplômes complémentaires dans cette discipline. J'ai une maîtrise du MIT… ou Massachussetts Institute of Technology… en ingénierie chimique. Après, j'ai fait un doctorat de criminologie, ce diplôme m'étant décerné par le John Jay College de New York.

– Vous dites « décerné »… cela veut-il dire qu'il s'agit d'un diplôme honoraire ?

– Du diable, non ! dit-elle avec force. Je me suis cassé le cul deux années entières pour décrocher ce machin.

Cette fois, des rires fusèrent dans toute la salle et je remarquai que même le juge souriait avant d'abattre très poliment son marteau pour demander le calme.

– Je vois dans votre curriculum vitae que vous êtes aussi titulaire de deux autres licences. C'est vrai ?

– Oui, on dirait bien que j'ai tout en deux exemplaires, n'est-ce pas ? Deux enfants. Deux voitures. J'ai même deux chats à la maison, Wilbur et Orville[1].

Je jetai un coup d'œil du côté de la table de l'accusation et m'aperçus que Golantz et son adjoint regardaient droit devant eux et ne s'étaient même pas fendus d'un sourire. Puis je me tournai vers les jurés et vis que tous avaient

1. Wilbur et Orville Wright, les deux premiers hommes à avoir volé en avion. *(NdT.)*

les yeux braqués sur mon témoin et, ravis, l'observaient avec attention. Ils lui mangeaient déjà dans la main alors qu'elle n'avait même pas commencé.

– Qu'avez-vous étudié en licence ?

– J'ai une licence d'ingénierie d'Harvard et une licence du Berklee College of Music. J'ai fait ces deux licences en même temps.

– Vous avez une licence de musique ? lui demandai-je en feignant la surprise.

– Oui, j'aime bien chanter.

Encore des rires. Nous n'arrêtions pas de marquer des points. C'était une surprise après l'autre. Shami Arslanian était le témoin idéal.

Golantz finit par se lever et s'adresser au juge.

– Monsieur le juge, dit-il, le ministère public aimerait que le témoin nous parle de médecine légale et pas de musique, de noms d'animaux domestiques et autres bêtises qui n'ont pas grand rapport avec le sérieux de ces débats.

Le juge me demanda à regret de bien vouloir recentrer mes questions et Golantz se rassit. Il avait marqué le point, mais perdu l'avantage. Tout le monde voyait maintenant en lui un trouble-fête, quelqu'un qui avait anéanti le peu de légèreté qu'il y avait dans cette affaire on ne peut plus sérieuse.

Je posai encore quelques questions, le docteur Arslanian révélant alors qu'elle travaillait comme enseignante et chercheuse au John Jay College. Je couvris tout son passé et insistai sur la difficulté qu'il y avait à l'avoir comme expert dans un procès et l'amenai enfin à nous parler du test des résidus de poudre trouvés sur le corps et les vêtements de Walter Elliot le jour des assassinats de Malibu. Elle déclara avoir pris connaissance de ces tests effectués au labo du shérif et de leurs résultats et avoir à son tour procédé à certaines évaluations et modélisations. Elle ajouta qu'elle avait aussi étudié les bandes vidéo que lui avait soumises la défense.

– Bien, repris-je. Le témoin de l'accusation a déclaré que les tampons qu'on avait frottés sur les mains, les manches et la veste de M. Elliot donnaient de forts niveaux de certains éléments associés aux résidus de poudre. Êtes-vous d'accord avec ces conclusions ?

– Oui, dit-elle, je suis d'accord.

Un murmure de surprise parcourut la salle.

– Vous êtes donc en train de nous dire que, suite à vos évaluations, l'accusé avait bien des résidus de poudre sur les mains et les habits ?

– Effectivement. Des taux de baryum, d'antimoine et de plomb élevés indiquent bien, sous leur forme combinée, qu'on est en présence de traces de poudre.

– Qu'entendez-vous par « élevés » ?

– Élevés par rapport à ce qu'on trouve sur le corps de tout individu, qu'il ait fait feu ou manipulé une arme ou pas. Dans la vie courante, quoi.

– Il faut donc avoir des taux élevés de ces trois éléments pour qu'on puisse parler de test positif à la présence de traces de poudre, c'est bien ça ?

– C'est bien ça. Ça, et certaines constantes de concentration.

– Pouvez-vous expliquer ce que vous entendez par là ?

– Absolument. Quand on fait feu avec une arme… et dans le cas présent, je pense qu'il s'agit d'une arme de poing… il se produit une explosion dans la chambre, explosion qui imprime à la balle son énergie et sa vélocité. En même temps que la balle, cette explosion propulse des gaz hors du canon, mais aussi dans toutes les petites fissures et ouvertures de l'arme. La culasse, à savoir la partie située à l'arrière du canon, s'ouvre après le coup de feu. En s'échappant, les gaz renvoient en arrière, c'est-à-dire sur le tireur, les particules microscopiques dont nous parlons.

– Et c'est ce qui s'est produit dans ce cas, d'accord ?

– Non, pas d'accord. Les résultats de mon examen ne me permettent pas de le dire.

Je haussai les sourcils en feignant à nouveau la surprise.

– Mais, docteur, vous venez juste de dire que vous étiez d'accord avec les conclusions de l'accusation, à savoir qu'il y avait bien des traces de poudre sur les mains et les manches de l'accusé.

– Je suis effectivement d'accord avec les conclusions de l'accusation quant à la présence de traces de poudre sur l'accusé, mais ce n'est pas la question que vous m'avez posée.

Je m'arrêtai quelques instants comme si je réexaminais ma question.

– Docteur Arslanian, êtes-vous en train de nous dire qu'il pourrait y avoir une autre explication à la présence de traces de poudre sur la personne de M. Elliot ?

– C'est effectivement ce que je suis en train de vous dire.

Nous y étions enfin. Enfin nous étions arrivés au point central de mon argumentation. Le moment était venu d'abattre l'atout maître.

– Étudier les éléments que la défense vous a fournis pendant le week-end vous a-t-il amenée à voir une autre explication à la présence de traces de poudre sur les mains et les vêtements de Walter Elliot ?

– Oui.

– Et ce serait… ?

– Il est, pour moi, tout à fait vraisemblable que ces résidus de poudre sur les mains et les vêtements de M. Elliot soient le résultat d'un transfert.

– D'un transfert ? Suggérez-vous qu'on ait déposé, et intentionnellement, des traces de poudre sur M. Elliot ?

– Non, je ne suggère rien de semblable. Ce que je suggère, c'est que cela s'est produit par inadvertance, hasard ou erreur. Ces traces de poudre ne sont rien d'autre que de la poussière microscopique. Et cette poussière se déplace. Elle peut subir des transferts par contact.

– Que voulez-vous dire par « transferts par contact » ?

– Que ce dont nous parlons atterrit sur x ou y surface après que le coup de feu a été tiré. Et que si cette surface entre en contact avec une autre, il y a transfert d'une partie des éléments. Qu'une partie s'en va par frottement, voilà ce que je veux dire. Voilà pourquoi les forces de l'ordre doivent obéir à des protocoles très précis afin d'empêcher ce genre d'accidents. Lorsqu'il y a crime par arme à feu, on ôte souvent leurs vêtements aux victimes et aux suspects afin de bien les protéger avant examen. On peut aussi leur mettre les mains dans des sacs à éléments de preuve afin d'empêcher tout transfert.

– Ces particules peuvent-elles être transférées plusieurs fois ?

– Bien sûr, mais en se dépréciant. Il s'agit là de solides. Pas de gaz. Ces particules ne se dissipent pas comme un gaz. Certes, elles sont microscopiques, mais ce sont des solides et en tant que tels, elles doivent finir quelque part. J'ai procédé à de nombreuses études de ces phénomènes de transferts et découvert qu'ils pouvaient se répéter bien des fois.

– Sauf qu'en cas de transfert répété, la quantité de particules ne peut que diminuer avec chaque transfert et finir par devenir négligeable, n'est-ce pas ?

– Absolument. Il y en aura moins sur chaque nouvelle surface que sur la précédente. Ce qui revient à dire que tout dépend de la quantité de départ. Plus elle est importante, plus il peut y en avoir de transféré.

J'acquiesçai d'un signe de tête et m'offris une petite pause en tournant des pages de mon bloc-notes comme si j'y cherchais quelque chose. Je tenais à ce qu'il y ait une séparation nette entre les tenants et aboutissants de la théorie et l'affaire qui nous occupait.

– Bien, docteur, repris-je enfin. En gardant ces aspects théoriques en tête, pouvez-vous nous dire ce qui s'est passé pour M. Elliot ?

– Je peux non seulement vous le dire, mais aussi vous le montrer, me répondit-elle. Lorsqu'il a été menotté, puis placé à l'arrière de la voiture quatre alpha, M. Elliot s'est retrouvé dans un véritable nid de résidus de poudre. C'est à ce moment et à cet endroit-là qu'ont eu lieu les transferts.

– Comment cela ?

– Ses mains, ses bras et ses habits ont été mis en contact direct avec des restes de poudre d'une autre affaire. Il était alors inévitable qu'il y ait transfert sur sa personne.

Golantz s'empressa d'élever une objection au motif que je n'avais pas travaillé à fonder une réponse pareille. J'informai aussitôt le juge que j'avais l'intention de le faire dans l'instant et lui demandai l'autorisation de réinstaller l'équipement vidéo devant les jurés.

Le docteur Arslanian avait pris la séquence enregistrée par mon premier témoin Julio Muniz et l'avait montée en vidéo de démonstration. Je la fis admettre en tant que pièce à conviction malgré l'objection de Golantz. En m'en servant comme d'une aide visuelle, j'amenai mon témoin à corroborer toutes les phases de ma théorie du transfert. La démonstration prit presque une demi-heure et compte parmi les présentations de théorie alternative les plus rigoureuses que j'aie jamais faites.

Nous commençâmes par l'arrestation d'Eli Wyms et le moment où il est assis à l'arrière de la voiture alpha. Nous passâmes ensuite à la séquence où l'on voyait Elliot être placé dans la même voiture de patrouille moins de dix heures plus tard. Même voiture et même siège. Les deux hommes menottés dans le dos. Le docteur Arslanian fut d'une autorité absolument stupéfiante dans ses conclusions.

– C'est un homme qui avait tiré un minimum de quatre-vingt-quatorze coups de feu qu'on avait placé sur ce siège, dit-elle. Quatre-vingt-quatorze coups de feu ! Il devait puer littéralement la poudre.

– Et c'est votre opinion d'expert qu'il ne pouvait pas ne pas y avoir transfert de résidus de poudre de la personne d'Eli Wyms à ce siège ?

– Tout à fait.

– Et c'est aussi votre opinion d'expert que les résidus de poudre laissés sur ce siège ont été transférés à la personne qui s'est assise dessus après ?

– Absolument.

– Et c'est encore votre opinion d'expert que telle est l'origine des résidus de poudre qu'on a relevés sur les mains et les habits de Walter Elliot ?

– Encore une fois, menotté dans le dos comme il l'était, il s'est trouvé en contact direct avec la surface de transfert. Oui, l'expert que je suis croit fermement que c'est de cette manière qu'il s'est retrouvé avec des résidus de poudre sur les mains et les habits.

Je marquai à nouveau une pause pour qu'on enregistre bien les conclusions de l'expert. Le doute raisonnable ? Je compris que je venais d'en semer de beaux dans la conscience de tous les jurés. Qu'ils votent ensuite en conscience était une autre affaire.

50

L'heure était maintenant venue d'installer le gros accessoire pour achever de faire entrer le témoignage du docteur Arslanian dans toutes les têtes.

– Docteur, repris-je, avez-vous tiré d'autres conclusions de votre analyse des tests de résidus de poudre qui étayent la théorie du transfert que vous venez de nous exposer ?

– En effet.

– Et ce serait… ?

– Puis-je utiliser mon mannequin pour vous le démontrer ?

Je demandai au juge la permission d'autoriser le témoin à se servir d'un mannequin aux fins de démonstration, il me l'accorda sans que Golantz élève la moindre objection. Je traversai alors l'enclos de l'huissier pour gagner le couloir conduisant au cabinet du juge. J'y avais laissé le mannequin du docteur Arslanian en attendant que Stanton déclare qu'on pouvait l'accepter comme élément de preuve. Je le poussai sur ses roulettes jusqu'au milieu du terrain de la preuve, devant les jurés… et la caméra de Court TV. Puis je fis signe au docteur Arslanian de quitter la barre des témoins et de procéder à sa démonstration.

Le mannequin avait la taille d'un être humain, et membres, mains et même les doigts, tout pouvait en être manipulé. En plastique blanc, il était par endroits couvert de taches grises sur le visage et les mains suite à diverses expériences et démonstrations effectuées au fil des ans. Il était présentement vêtu d'un blue-jean et d'une chemise à col bleu foncé sous un coupe-vent dont le dos s'ornait d'un logo célébrant le titre de champion de football américain remporté par l'université de Floride un peu plus tôt cette année-là. Le tout était suspendu à quelque cinq centimètres du sol par une potence en métal montée sur roulettes.

Je m'aperçus que j'avais oublié quelque chose, cherchai mon sac et en sortis rapidement un faux flingue en bois et une flèche lumineuse télescopique. Je les tendis tous les deux au docteur Arslanian et regagnai le pupitre.

– Bien, qu'avons-nous là, docteur ? lui demandai-je.

– Je vous présente Manny, mon mannequin de démonstration. Manny, je te présente les jurés.

Il y eut quelques rires, un juré, l'avocat, allant jusqu'à hocher la tête pour dire bonjour à Manny.

– Manny est un fan des Forida Gators ?

– Euh… aujourd'hui, oui.

Il arrive que le messager brouille le message. Avec certains témoins, c'est ce qu'on veut parce que leur témoignage n'aide pas des masses. Mais ce n'était pas le cas avec le docteur Arslanian. Je savais qu'avec elle je marchais sur le fil du rasoir : trop mignonne et trop amusante d'un côté ; d'une grande solidité scientifique de l'autre. Trouver le bon dosage ferait que personnalité et contenu de sa déposition, tout laisserait une forte impression sur les jurés. Je compris qu'il était temps de revenir aux choses sérieuses.

– Docteur, repris-je, pourquoi avons-nous besoin de Manny maintenant ?

– Parce qu'une analyse des tampons MSE utilisés par l'expert du labo du shérif nous montrera pourquoi les traces de poudre relevées sur la personne de

M. Elliot ne provenaient pas d'un coup de feu qu'il aurait tiré.

– Je sais que cet expert nous a expliqué ces procédures la semaine dernière, mais j'aimerais que vous nous rafraîchissiez la mémoire. Qu'est-ce qu'un tampon MSE ?

– Le test des résidus de poudre est effectué à l'aide de tampons ronds, aussi appelés « disques », dont un des côtés se décolle. Ces tampons sont appliqués légèrement sur la zone à tester et y ramassent tous les éléments microscopiques présents à sa surface. Le disque est ensuite placé sous un microscope à scanner électronique, ou MSE dans notre jargon. C'est grâce à ce microscope que l'on constate ou ne constate pas la présence des trois éléments dont nous parlions tout à l'heure. Le baryum, l'antimoine et le plomb.

– Bien, avez-vous une démonstration prête ?

– Oui.

– Je vous en prie, expliquez vos conclusions au jury.

Elle déploya sa flèche lumineuse et se posta en face des jurés. Sa démonstration avait été très soigneusement préparée et elle l'avait répétée dans les moindres détails, dont le fait que je l'appellerais systématiquement « docteur » et qu'elle parlerait toujours de l'expert de l'accusation comme de « ce monsieur ».

– Ce monsieur Guilfoyle, l'expert des services du shérif, a donc effectué six frottis sur le corps et les vêtements de M. Elliot, entonna-t-elle. Chacun de ses disques avait été codé de façon à ce que l'endroit frotté soit connu et répertorié.

Tout en parlant elle montra avec sa flèche ces divers endroits sur le mannequin. Lequel mannequin avait les bras le long du corps.

– Le disque A a été appliqué sur la main droite. Le B sur le haut de la main gauche. Le C sur la manche droite du coupe-vent de M. Elliot et le D sur la gauche.

Nous avons ensuite les disques E et F sur les parties avant droite et gauche de sa veste, et les G et H sur les parties torse et poitrine de la chemise qu'il portait sous sa veste ouverte.

– Ces vêtements sont-ils ceux qu'il portait ce jour-là ?

– Non. Mais ils en sont la copie exacte et ce, jusqu'à leurs tailles et les noms des fabricants.

– Bien, qu'avez-vous appris en analysant ces huit disques ?

– J'ai préparé un tableau afin que les jurés puissent suivre mes explications.

Je voulus faire admettre ce tableau comme élément de preuve. Golantz en avait reçu une copie le matin même. Il se leva et protesta en déclarant que recevoir cette pièce aussi tardivement constituait une violation des règles de divulgation des pièces. Je fis valoir au juge que le tableau n'avait été mis sur pied que la veille au soir, après les réunions que j'avais eues avec le docteur Arslanian la veille et l'avant-veille. Le juge fut d'accord avec l'accusation et me remontra que le sens de ce que je faisais en interrogeant le témoin était assez clair et bien préparé et que j'aurais par conséquent dû dresser ce tableau plus tôt. L'objection de Golantz étant retenue, le docteur Aslanian se retrouva dans l'obligation d'improviser sans mon aide. Il s'agissait là d'un pari, mais je ne regrettai pas de l'avoir osé. Je préférais que mon témoin parle aux jurés sans filet plutôt que d'affronter un Golantz qui aurait compris ma stratégie avant que je ne la mette en œuvre.

– Bien, docteur, repris-je, vous pouvez encore consulter vos notes et ce tableau. Il faut seulement que les jurés puissent vous suivre. Qu'avez-vous donc retiré de l'examen de ces huit disques ?

– J'en ai retiré que les quantités de poudre relevées sur ces huit disques diffèrent beaucoup.

– Comment cela ?

– Les disques A et B, à savoir ceux passés sur les mains de M. Elliot, sont ceux sur lesquels on a relevé la plus forte quantité de résidus de poudre. Nous avons ensuite droit à une chute spectaculaire dans les quantités de poudre répertoriées ; cette chute est très marquée sur les disques C, D, E et F, les disques G et H étant, eux, vierges de toute trace de poudre.

Et d'illustrer encore une fois son propos à l'aide de la flèche lumineuse.

– Qu'en déduisez-vous, docteur ?

– Que les résidus de poudre trouvés sur les mains et les habits de M. Elliot ne font pas suite à un tir qu'il aurait effectué.

– Pouvez-vous nous montrer pourquoi ?

– Eh bien, le fait que les taux relevés sur les deux mains soient comparables indique que le tireur a fait feu à deux mains.

Elle gagna le mannequin, en leva les bras et les mit en V en en joignant les deux mains sur le devant. Puis elle referma ces mains et leurs doigts articulés sur l'arme en bois.

– Sauf que si le tireur avait tenu son arme à deux mains, il en serait résulté des taux de poudre plus élevés aussi bien sur les manches de la veste que sur le reste des vêtements de M. Elliot.

– Et les disques analysés au labo du shérif ne le montrent pas du tout, c'est bien ça ?

– Tout à fait. Ils montrent même le contraire. Si l'on était en droit de s'attendre à une certaine diminution des quantités de poudre relevées sur les mains de l'accusé, on ne pouvait pas s'attendre à ce qu'elle soit de cette magnitude.

– Ce qui pour l'expert que vous êtes signifie quoi au juste ?

– Qu'il y a eu transferts combinés. Le premier contact

avec la poudre a eu lieu quand, les bras et les mains attachés dans le dos, M. Elliot a été placé dans la voiture quatre alpha. C'est là que les particules se sont déposées sur ses mains et sur ses bras, certaines quantités en étant ensuite transférées une deuxième fois sur le devant de sa veste lorsqu'il a très normalement bougé les bras et les mains, cette occurrence se répétant de manière continue jusqu'à ce que ses vêtements lui soient retirés.

– Et pour l'absence de tout résidu de poudre sur la chemise qu'il portait sous sa veste ?

– Nous n'en tenons pas compte dans la mesure où il aurait pu remonter la fermeture Éclair de sa veste avant de tirer.

– Docteur Arslanian, l'expert que vous êtes croit-il donc possible que M. Elliot se soit retrouvé avec ce type de traces de poudre sur les mains et les vêtements après avoir tiré des coups de feu ?

– Absolument pas.

– Merci, docteur Arslanian, je n'ai plus de questions à vous poser.

Je regagnai mon siège, me penchai en avant et murmurai ceci à l'oreille d'Elliot :

– Si nous ne leur avons pas fourni de quoi avoir un doute raisonnable, je ne sais vraiment pas ce qu'est un doute raisonnable.

Il acquiesça d'un signe de tête et me chuchota ceci en retour :

– Je n'ai jamais aussi bien dépensé dix mille dollars de ma vie !

Je trouvais que je ne m'étais pas mal débrouillé non plus, mais laissai passer. Golantz demanda au juge de prononcer la suspension de séance du milieu de l'après-midi avant d'interroger le témoin en contre et le juge accepta. Je remarquai ce que je crus bien être une énergie nouvelle dans les bavardages qui se firent entendre dans la salle d'audience après la suspension de séance. Shami Arslanian avait très clairement donné de l'élan à la défense.

Un quart d'heure plus tard, j'allais voir ce que Golantz avait dans le ventre pour décrédibiliser mon témoin et sa déposition, mais je ne pensais vraiment pas qu'il ait grand-chose à lui opposer. Si ç'avait été le cas, il n'aurait pas demandé cette suspension de séance. Il se serait levé d'un bond et aurait chargé dans l'instant.

Les jurés et le juge ayant vidé les lieux, et les observateurs se répandant déjà dans les couloirs, je gagnai la table de l'accusation d'un pas sautillant. Golantz était en train de noter des questions dans son bloc-notes. Il ne leva même pas la tête pour me regarder.

– Quoi ? fit-il.

– La réponse est non.

– À quelle question ?

– Celle que vous alliez me poser concernant une éventuelle demande de plaider-coupable de la part de mon client. Ça ne nous intéresse pas.

Il ricana.

– Vous êtes marrant, Haller, me dit-il. Bon d'accord, vous avez un témoin impressionnant. Mais… et alors ? Le procès est loin d'être terminé.

– Sauf que j'ai un capitaine de police français qui va nous dire dès demain que Rilz a dénoncé sept des types les plus dangereux et agressifs sur lesquels il ait enquêté. Que deux d'entre eux sont comme par hasard sortis de prison l'année dernière et qu'ils ont disparu. Et que personne ne sait où ils sont. Et s'ils s'étaient trouvés à Malibu au printemps dernier, hein ?

Golantz reposa son stylo et leva enfin la tête pour me regarder.

– Oui, je lui ai parlé hier, à votre espèce d'inspecteur Clouseau, me renvoya-t-il. Il est assez clair qu'il est prêt à raconter tout ce qu'on veut du moment qu'on lui paie l'avion en première classe. À la fin de sa déposition, il m'a sorti une carte des lieux de résidence des stars de cinéma et m'a demandé si je pouvais lui montrer où habite Angelina Jolie. Un sacré témoin que vous m'avez trouvé là, Haller !

J'avais dit au capitaine Pépin d'y aller mollo avec la carte des stars. Apparemment, il ne m'avait pas écouté. J'avais besoin de changer de sujet.

– Bon alors, où sont passés les Allemands ? lui demandai-je.

Il regarda derrière lui comme s'il voulait s'assurer que les membres de la famille Rilz n'étaient pas là.

– Je leur ai dit qu'ils devaient se préparer à vous voir vous lancer dans une stratégie qui consisterait à chier tout partout sur la mémoire de leur fils et frère, me répondit-il. Je leur ai aussi dit que vous alliez parler des problèmes que Johan a eus en France il y a cinq ans et vous servir de ça pour essayer de dédouaner son assassin. Je leur ai encore dit que vous alliez le présenter comme une espèce de gigolo allemand qui séduisait les riches, hommes et femmes, dans tout Malibu et le West Side. Et vous savez ce que m'a répondu le père ?

– Non, mais vous allez me le dire.

– Il m'a dit qu'ils en avaient assez de la justice américaine et qu'ils rentraient chez eux.

J'essayai de lui renvoyer une pique aussi intelligente que cynique, mais ne trouvai rien.

– Ne vous inquiétez pas, reprit Golantz. Que ce soit bon ou mauvais, je les appellerai pour leur donner le verdict.

– Bien.

Je le laissai là et passai dans le couloir pour y chercher mon client. Je le vis au milieu d'un cercle de journalistes. Se sentant un rien effronté après la réussite qu'avait été le témoignage du docteur Arslanian, il s'était mis à travailler le grand jury… celui de l'opinion publique.

– Tout le temps qu'on a passé à m'accuser alors que le vrai assassin cavalait partout en liberté ! s'écria-t-il.

Concise et bien envoyée, cette formule ! Il était bon. J'allai me frayer un chemin à travers la foule pour l'attraper lorsque Dennis Wojciechowski m'intercepta.

– Suis-moi, dit-il.

Nous descendîmes le couloir pour nous éloigner de la cohue.

– Qu'est-ce qu'il y a, Cisco ? Je me demandais où tu étais.

– J'ai été très occupé. J'ai le rapport de Floride. Tu veux l'entendre ?

Je lui avais dit ce qu'Elliot m'avait raconté sur son rôle dans sa prétendue organisation. Son histoire m'avait paru assez sincère mais à la lumière du jour, je m'étais obligé à ne pas oublier un truisme des plus simples – à savoir que tout le monde ment –, et avais demandé à Cisco de voir ce qu'il pouvait faire pour avoir confirmation de ses propos.

– Allez, vas-y, balance, lui dis-je.

– J'ai eu recours à un privé de Fort Lauderdale avec qui j'ai déjà travaillé. Tampa se trouve de l'autre côté de l'État, mais je voulais bosser avec un type que je connaissais et en qui j'avais confiance.

– Je comprends. Qu'est-ce qu'il a trouvé ?

– Que le grand-père d'Elliot a fondé une société d'exportation de phosphates il y a soixante-dix-huit ans de ça. Qu'il y a travaillé, que le père d'Elliot y a travaillé après lui et qu'Elliot y a aussi bossé. Sauf qu'il n'aimait pas beaucoup se salir les mains dans le phosphate et qu'il a vendu l'affaire un an après que son père est mort d'une crise cardiaque. La société étant privée, l'acte de vente n'est pas public. À l'époque, les journaux en ont quand même évalué le montant aux environs de trente-deux millions de dollars.

– Et le crime organisé dans tout ça ?

– Mon type n'a rien reniflé de ce côté-là. Pour lui, tout ça lui semblait bon et propre… légalement parlant, s'entend. Elliot t'a dit qu'il servait de paravent et qu'on l'a envoyé ici pour investir le pognon. Il ne t'a pas dit qu'il avait vendu sa propre société et qu'il en rapportait aussi le fric. Il te raconte des craques.

J'acquiesçai.

– Bien, Cisco, merci, dis-je.

– As-tu besoin de moi au tribunal ? J'ai encore deux ou trois trucs à finir. J'ai entendu dire que le juré numéro sept n'est pas venu ce matin.

– C'est vrai ; il est quelque part dans la nature. Et, non, je n'ai pas besoin de toi au tribunal.

– OK, mec, à plus.

Il se dirigea vers les ascenseurs et je me retrouvai à regarder mon client qui dissertait avec les journalistes. Je sentis comme une brûlure monter lentement en moi et gagner en intensité au fur et à mesure que je fendais la foule pour le rejoindre.

– Bien, lançai-je à tout le monde, on arrête là ! On ne fait plus de commentaires. Du tout.

J'attrapai Elliot par le bras, le sortis de la foule et lui fis descendre le couloir. Je chassai encore deux ou trois reporters qui nous suivaient jusqu'à ce qu'enfin, hors de portée d'oreilles, nous puissions parler librement.

– Walter, lui dis-je, qu'est-ce que vous fabriquiez ?

Il jubilait. Il ferma le poing et le brandit plusieurs fois en l'air.

– Je le leur foutais dans le cul ! Oui, au procureur et aux shérifs, à tous !

– Ouais, bon, ben… vaudrait mieux attendre un peu. On a encore du chemin à faire. On a peut-être remporté la victoire aujourd'hui, mais on n'a pas encore gagné la guerre.

– Oh, allons ! C'est dans la poche, Mick. Putain de Dieu, elle a été géniale ! Même que j'ai envie de l'épouser !

– Ouais, bon, c'est gentil, mais attendons de voir comment elle se débrouille en contre avant de lui acheter la bague, d'accord ?

Une autre journaliste se pointant alors, je lui dis de dégager, puis me retournai vers mon client.

– Écoutez, Walter, faut qu'on cause.

– D'accord, allez-y.

– J'ai mis un détective privé sur vos histoires en Floride et je viens d'apprendre que c'était des conneries. Vous m'avez menti, Walter, et je vous avais dit de ne jamais le faire.

Il hocha la tête et eut l'air agacé que je lui dégonfle ainsi son enthousiasme. Pour lui, être pris en flagrant délit de mensonge n'était qu'un inconvénient mineur, et ça l'ennuyait que j'aie même seulement osé soulever le sujet.

– Pourquoi m'avez-vous menti, Walter ? repris-je. Pourquoi avez-vous trafiqué cette histoire ?

Il haussa les épaules et se détourna de moi pour me répondre.

– Cette histoire ? Je l'ai trouvée dans un scénario. Même que j'ai refusé le projet. Mais je n'ai pas oublié l'histoire.

– Mais pourquoi ? Je suis votre avocat. Vous pouvez tout me dire. Je vous ai demandé de me dire la vérité et vous m'avez menti. Pourquoi ?

Enfin il me regarda dans les yeux.

– Je savais que je devais vous allumer un feu sous les fesses.

– Un feu ? Quel feu ? De quoi parlez-vous ?

– Allons, Mickey. Ne commençons pas à…

Il se retourna pour regagner la salle d'audience, mais je l'attrapai durement par le bras.

– Non, Walter, je veux vous l'entendre dire. De quel feu parlez-vous ?

– Tout le monde est en train de rentrer. La pause est terminée et nous devrions être dans la salle.

Je l'agrippai encore plus fort.

– Quel feu, Walter ?

– Vous me faites mal au bras.

Je desserrai mon étreinte, mais ne le lâchai pas. Et ne le quittai pas des yeux.

– Quel feu ? répétai-je.

Il se détourna et me gratifia d'un sourire du genre : « Et merde, tiens ! » Je finis par lui lâcher le bras.

– Écoutez, me dit-il. Dès le début, j'avais besoin que vous croyiez à mon innocence. C'était la seule façon que j'avais d'être sûr que vous sortiriez le grand jeu. Que vous seriez impitoyable.

Je le dévisageai et vis son sourire se muer en petit air de fierté.

– Je vous ai dit que je savais lire les visages, reprit-il. Je savais que vous aviez besoin d'avoir quelque chose en quoi croire. Je savais que si j'étais un peu coupable, mais pas coupable du gros crime, cela vous donnerait ce dont vous aviez besoin. Que ça vous rendrait votre flamme.

On dit que les meilleurs acteurs d'Hollywood sont du mauvais côté de la caméra. À ce moment-là, je sus que c'était vrai. Je sus aussi qu'il avait tué sa femme et son amant, et qu'il en était même fier. Je retrouvai enfin ma voix et parlai :

– Où vous êtes-vous procuré l'arme ?

– Oh, j'en avais une. Je l'avais achetée en fraude à un marché aux puces dans les années soixante-dix. J'étais un grand fan de *Dirty Harry* et je voulais un mag .44. Je le gardais à la maison de Malibu pour notre protection. Il y a beaucoup de vagabonds sur la plage.

– Que s'est-il vraiment passé dans cette maison, Walter ?

Il hocha la tête comme s'il avait depuis toujours choisi cet instant pour me le dire.

– Ce qui s'est passé, c'est que je suis allé à la maison de Malibu pour la confronter, elle et le type avec qui elle baisait régulièrement tous les lundis. Sauf que, en arrivant, j'ai compris que c'était Rilz. Elle me l'avait fait passer pour un pédé, elle l'avait invité à dîner, à des soirées et à des premières où on était allés ensemble et ils devaient se marrer dans mon dos. Ils devaient se payer ma tête, Mick.

« Ça m'a rendu fou. Enragé, même. J'ai sorti l'arme de l'armoire, j'ai enfilé des gants en caoutchouc que j'avais trouvés sous l'évier et je suis monté à l'étage. Vous auriez dû voir la tête qu'ils ont faite en voyant cette arme énorme !

Je le dévisageai longuement. J'avais déjà eu des clients qui m'avaient tout avoué. Mais en général ils le faisaient en pleurant et se tordaient les mains pour combattre les démons que leurs crimes avaient fait naître en eux. Pas Walter Elliot. Walter Elliot, lui, était glacé jusqu'à la moelle.

– Comment vous êtes-vous débarrassé de votre arme ?

– Je n'étais pas allé à Malibu tout seul. J'avais des gens avec moi et ce sont eux qui m'ont débarrassé de mon arme, des gants et de mon premier jeu d'habits. Après ils sont descendus sur la plage, sont remontés jusqu'au Pacific Coast Highway et ont pris un taxi. Pendant ce temps-là, je me suis lavé et changé avant d'appeler le 911.

– Qui vous a aidé ?

– Vous n'avez pas besoin de le savoir.

Je hochai la tête. Pas parce que j'étais d'accord avec lui. Seulement parce que je le savais déjà. Je revis en un éclair Nina Albrecht en train de déverrouiller sans le moindre problème la porte donnant sur la terrasse alors que j'avais été incapable de l'ouvrir. Cela montrait une familiarité avec la chambre à coucher du patron qui m'avait frappé dès que je l'avais constatée.

Je me détournai de mon client et regardai le dallage. Des millions de gens l'avaient éraflé en faisant des millions de kilomètres pour que justice leur soit rendue.

– Je n'ai jamais compté sur ces histoires de transfert, Mick, reprit-il. Quand les flics m'ont dit qu'ils voulaient faire le test, j'ai été pour. Je me croyais libre de toute trace de poudre, ils le verraient et tout serait dit. Pas d'arme, pas de traces de poudre, pas d'affaire Elliot.

Il hocha la tête en repensant à la manière dont il l'avait échappé belle et ajouta :

– Je remercie Dieu qu'il y ait des avocats comme vous.

Je levai brusquement les yeux vers lui.

– Avez-vous tué Jerry Vincent ?

Il me renvoya mon regard et hocha la tête.

– Non, dit-il, je ne l'ai pas tué. Mais ç'a été un sacré coup de bol parce que je me suis retrouvé avec un meilleur avocat.

Je ne sus pas quoi répondre. Je regardai la porte de la salle d'audience à l'autre bout du couloir. Le garde nous y attendait. Il leva la main en l'air et me fit signe d'entrer. La pause était terminée et le juge était prêt. Je hochai la tête et levai un doigt en l'air. Attendez. Je savais que le juge ne commencerait pas tant qu'on ne lui aurait pas confirmé que les avocats étaient à leur place.

– Retournez dans la salle, dis-je à Elliot. Il faut que j'aille aux toilettes.

Elliot rejoignit calmement l'endroit où se trouvait le garde. Je me dépêchai d'entrer dans les toilettes proches et gagnai un des lavabos. Et me passai de l'eau froide sur la figure. Mon plus beau costume et ma chemise en furent tachés, mais je m'en foutais.

51

Ce soir-là, j'expédiai Patrick au cinéma parce que je voulais avoir la maison à moi tout seul. Je ne voulais ni télé ni conversations. Je ne voulais avoir personne pour me regarder et m'interrompre. J'appelai Bosch et lui dis que je serais chez moi toute la soirée. Pas pour mitonner ce qui serait probablement le dernier jour du procès. Pour ça, j'étais déjà plus que prêt : j'avais mon capitaine de police français bien préparé à balancer une autre dose de doutes raisonnables aux jurés.

Et ce n'était pas non plus parce que je savais enfin que mon client était coupable. Je pouvais compter sur les doigts d'une main les clients vraiment innocents que j'avais défendus au fil des ans. Les coupables, c'était ma spécialité. Non, j'étais vexé qu'on se soit aussi bien servi de moi. Et que j'aie, moi, oublié la règle la plus basique qui soit – à savoir que tout le monde ment.

Vexé, je l'étais encore parce que je savais que moi aussi, j'étais coupable. Je ne pouvais pas m'empêcher de penser au père et aux frères de Rilz et à ce qu'ils avaient dit à Golantz de leur décision de rentrer en Allemagne. Ils n'avaient aucune envie d'attendre le verdict si cela signifiait voir la mémoire de l'être cher traînée dans les égouts du système judiciaire américain. J'avais passé quasi vingt ans de ma vie à défendre des coupables, voire de véritables incarnations du mal. Cela, j'avais toujours été capable de l'admettre et de faire avec. Mais je ne me sentais ni très propre ni très fier du boulot que j'allais faire le lendemain.

C'était dans ce genre de moments que j'éprouvais le plus fortement l'envie de retrouver ce que j'avais été autrefois. Et la distance qui allait avec. L'envie de prendre la pilule qui, je le savais, me rendrait insensible à la douleur que je sentais en moi. C'était dans ces moments que je comprenais que j'avais, moi aussi, des jurés à qui rendre des comptes, et qu'ils me déclareraient coupable, et que ce serait la dernière affaire que je prendrais.

Je passai sur la terrasse en espérant que le spectacle de la ville me sorte de l'abîme dans lequel j'étais tombé. La nuit était froide, claire et cassante. Los Angeles s'étalait devant moi tel un tapis de lumières, chacune d'entre elles disant un rêve quelque part. Ce rêve, certains le vivaient, d'autres pas. Certains le réalisaient et pour un dollar de mise n'en retrouvaient que dix cents, d'autres le gardant par-devers eux comme un objet aussi sacré que la nuit. Moi, je ne savais même plus si j'en avais un. J'avais l'impression de ne plus avoir que des péchés à avouer.

Au bout d'un instant, une image m'envahit et Dieu sait comment m'arracha un sourire. C'était l'un des derniers souvenirs clairs que j'avais de mon père, le plus grand avocat de son temps. Objet hérité de la famille de ma mère, une antique boule de verre avait été retrouvée cassée sous l'arbre de Noël. Ma mère m'amenait alors à la salle de séjour pour constater les dégâts et me donner la possibilité d'avouer ma faute. Mon père était déjà malade et ne devait plus jamais aller mieux. Il avait déménagé ses dossiers, enfin… ce qu'il en restait, dans le bureau à côté de la salle de séjour.

Je ne le voyais pas, mais par la porte entrouverte je l'entendis chantonner :

Dans la panade, invoquer le cinquième…

Je savais ce que ça voulait dire. Même si je n'avais encore que cinq ans, j'étais bel et bien le fils de mon père en sang et en droit. Je refusai de répondre aux questions de ma mère. Je refusai de m'incriminer.

J'éclatai de rire en regardant la ville des rêves. Puis je me penchai en avant et, les coudes sur la rambarde, je courbai la tête.

– Je ne peux plus faire ce boulot, me murmurai-je à moi-même.

C'est alors que la chanson du Lone Ranger se fit soudain entendre par la porte ouverte derrière moi. Je réintégrai la maison et regardai le portable que j'avais laissé sur la table avec mes clés. À l'écran s'affichait la mention : APPEL PRIVÉ. J'hésitai – je savais exactement combien de temps durerait la chansonnette avant que la communication ne passe en message.

Au dernier moment, je décrochai.

– C'est bien à l'avocat Michael Haller que je parle ?

– Oui, qui est à l'appareil ?

– Officier de police Randall Morris. Maître Haller, connaissez-vous une certaine Elaine Ross ?

Je sentis mon estomac se nouer.

– Lanie ? ! m'exclamai-je. Oui. Que s'est-il passé ? Qu'est-ce qu'il y a ?

– Euh… j'ai Mlle Ross ici même, dans Mulholland Drive, et elle ne devrait pas conduire. Elle est… comme tombée dans les pommes après m'avoir donné votre carte.

Je fermai les yeux un instant. L'appel semblait confirmer les craintes que je nourrissais à son endroit. Lanie Ross avait rechuté. L'arrêter, ce serait la remettre dans le circuit judiciaire et lui coûterait probablement un autre séjour en prison, plus la cure de désintoxication.

– À quelle prison allez-vous l'emmener ? demandai-je.

– Je vais être franc avec vous, maître Haller. Je devais me mettre en code 7 dans vingt minutes. Si je dois descendre la coffrer en ville, ça va me prendre encore deux heures avant de manger et j'ai déjà plus que mon contingent d'heures sup pour le mois. Je me disais donc que si vous pouviez venir la chercher ou envoyer quelqu'un, je serais prêt à passer l'éponge, vous… voyez ce que je veux dire ?

– Oui. Merci, officier Morris. Donnez-moi l'adresse et je viens la chercher.

– Vous savez où se trouve le belvédère de Fryman Canyon ?

– Oui.

– C'est là qu'on est. Faites vite.

– J'y serai dans moins d'un quart d'heure.

Fryman Canyon ne se trouvait qu'à quelques rues du garage aménagé en chambre, où un ami permettait à Lanie d'habiter sans payer de loyer. Je pouvais la ramener chez elle, regagner le parc à pied et récupérer sa voiture après. Cela me prendrait moins d'une heure et éviterait la prison à Lanie et la fourrière à sa voiture.

Je quittai la maison et remontai Laurel Canyon jusqu'à Mulholland. Arrivé en haut de la colline, je pris à gauche et filai vers l'ouest. Je baissai les vitres et laissai entrer l'air dès que je sentis les premiers signes de fatigue se manifester. Je suivis la route en tortillons sur huit cents mètres et ne ralentis qu'une fois, lorsque le faisceau de mes phares éclaira un coyote miteux qui montait la garde au bord de la route.

Comme je m'y attendais, mon portable se mit à bourdonner.

– Qu'est-ce qui vous a pris tout ce temps pour m'appeler, hein, Bosch ? lançai-je en guise de salutation.

– Je n'arrête pas de vous appeler, mais il n'y a pas de réseau dans le canyon. C'est quoi, ce truc ? Un test ? Où est-ce que vous allez, bordel ? Vous m'avez appelé pour me dire que vous aviez fini pour la soirée.

– J'ai reçu un coup de fil. Une… de mes clientes qui s'est fait coincer pour conduite en état d'ivresse dans le coin. Le flic passe l'éponge si je la ramène à la maison.

– D'où ?

– Du belvédère de Fryman Canyon. J'y suis presque.

– Qui c'est, ce flic ?

– Randall Morris. Il ne m'a pas dit s'il était d'Hollywood ou d'Hollywood Nord.

Mulholland marquait la frontière entre deux divisions de la police. Morris pouvait travailler pour l'une ou pour l'autre.

– Bien, arrêtez-vous le temps que je vérifie.

– Que je m'arrête ? Mais où ?

Route à deux voies extrêmement sinueuse, Mulholland n'avait que quelques belvédères en guise de dégagements. Se garer n'importe où ailleurs, c'était se faire rétamer par la première voiture qui sortirait du virage suivant.

– Bon, d'accord, ralentissez.

– Je suis déjà arrivé.

Le belvédère de Fryman Canyon se trouvait du côté Valley de la montagne. Je pris à droite pour y entrer et dépassai le panneau indiquant que la zone où se garer fermait après le coucher du soleil.

Et ne vis ni la voiture de patrouille ni celle de Lanie. La zone de stationnement était vide. Je jetai un coup d'œil à ma montre. Il ne s'était écoulé que douze minutes depuis que j'avais promis à Morris de le rejoindre en moins d'un quart d'heure.

– Merde !

– Quoi ? me demanda Bosch.

J'abattis la paume de ma main sur le volant. Morris ne m'avait pas attendu. Il avait décidé d'y aller et avait emmené Lanie en prison.

– Quoi ? répéta Bosch.

– Elle n'est pas là, dis-je. Et le flic non plus. Il l'a emmenée en taule.

J'allais devoir trouver à quelle prison elle avait été conduite et très probablement passer le reste de ma nuit à lui décrocher une caution et la ramener chez elle. Je serais complètement à genoux le lendemain.

Je mis la voiture en parking, descendis et regardai autour de moi. Les lumières de la Valley s'étendaient à perte de vue sous mes yeux.

– Bosch, repris-je, va falloir que j'y aille. Faut que j'essaie de savoir où…

Du coin de l'œil, je vis du mouvement sur ma gauche. Je me retournai et aperçus une silhouette qui sortait à croupetons des grands buissons à côté du dégagement. Au début, je pensai à un coyote, mais non, c'était un homme. Tout en noir, il portait une cagoule de ski rabattue sur la figure. Au moment où il se redressait, je vis qu'il braquait une arme sur moi.

– Minute ! m'écriai-je. Qu'est-ce…

– On laisse tomber le portable !

Je le laissai tomber et levai les mains en l'air.

– D'accord, d'accord, dis-je. C'est quoi ? Vous êtes avec Bosch ?

L'homme se porta vite à ma rencontre et me poussa en arrière. Je trébuchai, tombai par terre et le sentis m'attraper par le col de ma veste.

– Debout !

– Qu'est-ce que… ?

– Debout ! Tout de suite ! cria-t-il en commençant à me soulever.

– OK, OK, je me lève.

Dès que je fus sur pied, il me poussa en avant et me fit passer devant les phares de ma voiture.

– Où on va ? Qu'est-ce que… ?

Il me poussa encore.

– Qui êtes-vous ? Pourquoi est-ce que vous… ?

– Tu poses trop de questions, l'avocat.

Il m'attrapa par le colback et me poussa vers le précipice. Je savais que le dégagement donnait sur un à-pic quasi parfait. J'allais terminer ma course dans le jacuzzi bien brûlant de quelque jardin… après un plongeon de cent mètres.

J'essayai de planter mes talons dans le sol et de briser l'élan qui me portait en avant, mais le seul résultat fut que l'inconnu me poussa encore plus fort. J'avais pris de la vitesse, l'homme masqué allait me balancer par-dessus bord, dans les ténèbres de l'abîme.

– Vous ne…

Soudain, il y eut un coup de feu. Pas dans mon dos. Sur ma droite, et tiré de loin. Presque aussitôt, un claquement métallique se faisant entendre derrière moi, l'homme masqué eut comme un petit glapissement et s'effondra dans les buissons sur ma gauche.

Et j'entendis des voix, des cris.

– Lâchez votre arme ! Lâchez votre arme !

– À terre ! À terre !

Je me jetai par terre au bord du précipice et posai mes mains sur ma tête pour me protéger. J'entendis d'autres cris et le bruit de quelqu'un qui courait. J'entendis des moteurs qui rugissaient et des roues de voitures écrasant le gravier. Et quand j'ouvris les yeux, je vis des lumières bleues illuminer par à-coups réguliers la terre et les buissons. Les lumières bleues, ça voulait dire les flics. Et que j'étais hors de danger.

– Maître ! lança une voix au-dessus de moi. Vous pouvez vous relever.

Je me tordis le cou pour voir qui me parlait. C'était Bosch. Dans l'ombre de la nuit, son visage se détachait sur le ciel étoilé au-dessus de lui.

– Ce coup-là, c'était moins une, dit-il.

52

L'homme masqué de noir gémit de douleur lorsque les flics le menottèrent dans le dos.

– Ma main, bordel ! Espèces d'enfoirés, j'ai la main cassée !

Je me remis debout et vis plusieurs hommes en coupe-vent noir se mouvoir ici et là, telles fourmis sur une fourmilière. Sur certaines vestes en plastique on pouvait lire LAPD, mais la plupart s'ornaient du signe FBI dans le dos. Bientôt un hélicoptère arriva au-dessus de nous et illumina tout le parking avec son projecteur de poursuite.

Bosch s'approcha des agents du FBI penchés au-dessus de l'homme masqué.

– Il est touché ? demanda-t-il.

– Il n'a pas de blessures, répondit l'agent. La balle a dû toucher son arme, mais ça doit quand même lui faire un mal de chien.

– Où est son arme ?

– On la cherche encore, dit l'agent.

– Il est possible qu'elle soit tombée dans le ravin, fit remarquer un autre agent.

– Si on ne la retrouve pas ce soir, on la retrouvera demain, à la lumière du jour, dit un troisième.

Ils aidèrent l'homme masqué à se remettre debout. Deux agents du FBI se placèrent de part et d'autre du bonhomme et le tinrent par les coudes.

– Voyons voir à qui nous avons affaire, dit Bosch.

La cagoule de ski fut arrachée sans cérémonie et le faisceau d'une lampe torche braqué sur le visage de l'inconnu. Bosch se retourna et me regarda.

– Le juré numéro sept, dis-je.

– Qu'est-ce que vous racontez ?

– Le juré numéro sept au procès. Il ne s'est pas pointé aujourd'hui et les services du shérif le cherchaient partout.

Bosch se retourna vers l'homme qui, je le savais, s'appelait David McSweeney.

– On l'empêche de bouger d'ici, dit-il.

Puis il se détourna et me fit signe de le suivre. Il sortit du rond où l'on s'activait et gagna le dégagement à côté de ma voiture. S'arrêta et se tourna de nouveau vers moi. Mais ce fut moi qui lui posai ma question le premier.

– Qu'est-ce qui vient de se passer ? lui demandai-je.

– Ce qui vient de se passer, c'est qu'on vient de vous sauver la vie. Il allait vous pousser dans le ravin.

– Ça, je le sais, mais c'est quoi qui vient de se passer ? D'où sortez-vous, vous et tous les autres ? Vous m'aviez dit que vous libériez vos gus dès que j'allais me coucher. D'où sortent tous ces flics ? Et qu'est-ce que fout le FBI dans tout ça ?

– Ce soir, c'était un peu différent. Ce soir, il s'est passé des trucs.

– Quels trucs ? Qu'est-ce qui a changé ?

– On pourra en reparler plus tard. Commençons par parler de ce que nous avons ici même.

– Ce que nous avons ici même, je n'en sais rien.

– Parlez-moi de ce juré numéro sept. Pourquoi ne s'est-il pas pointé au tribunal aujourd'hui ?

– Eh bien… ce serait plutôt à vous de le lui demander. Tout ce que je peux vous dire, c'est que ce matin le juge nous a appelés à son cabinet et nous a dit avoir reçu une lettre anonyme où on l'informait que le juré numéro sept était bidon et avait menti sur son passé judiciaire. Le juge prévoyait de l'interroger, mais le type ne s'est pas pointé au tribunal. Des shérifs envoyés chez lui et à son boulot nous ont ramené un type qui n'était pas le juré numéro sept.

Bosch leva la main en l'air comme un flic de la circulation.

– Minute, minute, dit-il. Ce que vous dites n'a aucun sens. Je sais bien que vous venez de vous taper une trouille méga, mais…

Il cessa de parler : un des types en veste du LAPD s'approchait de lui.

– Vous voulez qu'on appelle une ambulance ? demanda le flic. Le type pense avoir la main cassée.

– Non, on le garde ici. On le boucle et on voit après.

– Vous êtes sûr ?

– Rien à foutre de ce type !

L'homme acquiesça d'un signe de tête et regagna l'endroit où d'autres flics gardaient McSweeney.

– Ouais, rien à foutre de ce mec ! dis-je à mon tour.

– Pourquoi voulait-il vous tuer ? reprit Bosch.

Je levai les mains en l'air.

– Je ne sais pas. Peut-être à cause des bruits qu'on a fait courir. C'était pas ça, l'idée ? Le faire sortir de son trou ?

– Je pense que vous me cachez des trucs, Haller.

– Écoutez, je vous ai toujours dit tout ce que je pouvais. C'est vous qui me cachez des trucs et qui jouez à des petits jeux avec moi. Qu'est-ce que vient foutre le FBI là-dedans ?

– Le FBI est dans le coup depuis le début.

– Ben voyons, et vous, vous avez juste oublié de me le dire.

– Je vous ai dit ce que vous aviez besoin de savoir.

– Eh bien maintenant, j'ai besoin de tout savoir, moi,

sinon je cesse de coopérer avec vous dans l'instant. Et cela inclut tout témoignage contre le type là-bas.

J'attendis un instant, mais Bosch garda le silence. Je me tournais pour regagner ma voiture lorsqu'il me posa la main sur le bras. Sourit de frustration et hocha la tête.

– Allons, mec, calmez-vous un peu, dit-il. Arrêtez de lancer des menaces en l'air dans tous les coins.

– Parce que vous croyez que je parle en l'air ? On va voir si je parle en l'air quand je vais commencer à distribuer les citations à comparaître, et fédérales, qui, je le sais, ne vont pas manquer de sortir de tout ça ! Parce que les rapports de confidentialité entre le client et son avocat, je peux les revendiquer jusqu'à la Cour suprême – ce qui, je suis prêt à le parier, ne prendra guère qu'aux environs de deux ans. Même que vos nouveaux petits copains du Bureau vont commencer à regretter que vous ne m'ayez pas tout dit quand vous en aviez la possibilité.

Il réfléchit un instant, puis me tira par le bras.

– D'accord, monsieur le dur à cuire, venez un peu par ici.

Nous gagnâmes un coin du belvédère encore plus éloigné de la fourmilière d'agents du maintien de l'ordre. Et Bosch se mit enfin à parler.

– Les types du FBI m'ont contacté quelques jours après l'assassinat de Vincent pour me dire qu'ils s'étaient intéressés à lui. C'est tout. Ils s'étaient intéressés à lui. C'était un des avocats dont le nom avait attiré leur attention quand ils enquêtaient sur le fonctionnement des tribunaux d'État. Rien de précis, tout ça se fondait sur des rumeurs, des trucs qu'il aurait dit pouvoir faire pour certains clients, des relations qu'il prétendait avoir, ce genre de choses. Ils avaient dressé une liste d'avocats qui leur paraissaient corrompus et Vincent y figurait. Ils l'avaient invité à coopérer avec eux en qualité de témoin, mais il avait refusé. Ils lui mettaient de plus en plus la pression quand il s'est fait flinguer.

– Bon et donc, ils vous disent tout ça et vous unissez vos forces. C'est-y pas merveilleux ! Merci de m'avoir averti.

– C'est comme je vous l'ai déjà dit : vous n'aviez pas besoin de le savoir.

Un type en veste du FBI traversa le dégagement derrière Bosch, son visage étant un instant éclairé par en dessus. Il me parut familier, mais pas moyen de le remettre. Jusqu'au moment où je lui ajoutai une moustache.

– Hé mais, c'est le trou du cul que vous m'avez collé aux fesses l'autre soir ! dis-je assez fort pour que le type m'entende. Il a eu de la chance que je ne lui colle pas une balle dans le portrait.

Bosch posa ses mains sur ma poitrine et me poussa fort en arrière.

– On se calme, maître. Sans le Bureau, je n'aurais jamais eu assez de bonshommes pour veiller sur votre sécurité. Et à l'heure qu'il est, vous pourriez très bien être là-bas en bas, au fond du ravin.

Je repoussai ses mains, mais me calmai. Ma colère se dissipa au fur et à mesure que j'acceptais la réalité de ce qu'il venait de m'apprendre. Et que c'était dès le début que tout le monde m'avait traité comme un vulgaire pion. Mon client, et maintenant Bosch et le FBI. Bosch profita de cet instant pour faire signe à un autre agent qui nous observait non loin de là.

– Je vous présente l'agent Armstead, dit-il. C'est lui qui a géré le côté FBI de toute cette affaire et il a quelques questions à vous poser.

– Mais pourquoi pas ? ! m'exclamai-je. Vu que personne ne répond aux miennes ! Je ne vois pas pourquoi je ne répondrais pas aux vôtres !

Jeune et propre sur lui, Armstead avait une coupe de cheveux d'une précision toute militaire.

– Maître Haller, dit-il, nous viendrons à vos questions dès que possible. Pour l'instant, nous avons une situation qui évolue rapidement et votre coopération sera très appréciée. Le juré numéro sept est-il l'homme à qui Vincent avait versé le pot-de-vin ?

Je regardai Bosch avec l'air de dire : « Mais qui c'est, ce mec ? ».

– Comment voulez-vous que je le sache ? Je n'étais pas dans le coup, moi. Vous voulez une réponse, allez donc lui poser la question.

– Ne vous inquiétez pas pour ça. Des questions, nous allons lui en poser des tas. Qu'est-ce que vous faisiez ici, maître Haller ?

– Je vous l'ai déjà dit. Et je l'ai dit à Bosch. J'ai reçu un appel d'un type qui disait être flic. Il m'a informé qu'il tenait une femme que je connais personnellement et que cette femme était ivre. Il a ajouté que je pouvais venir la chercher et la reconduire chez elle, ce qui lui éviterait l'inconvénient d'être incarcérée pour conduite en état d'ivresse.

– Nous avons vérifié le nom que vous m'avez donné par téléphone, dit Bosch. Il y a effectivement un Randall Morris dans la police de Los Angeles. Il travaille à l'antigang du South Bureau.

Je hochai la tête.

– Oui, bon, il me semble maintenant assez clair que c'était un appel bidon. Mais il connaissait le nom de mon amie et il avait mon numéro de portable. Sur le coup, ça m'a paru convaincant, d'accord ?

– Comment s'est-il procuré le nom de la femme ? demanda Armstead.

– Bonne question. J'ai eu des relations avec elle… platoniques, ces relations, mais je ne lui avais pas parlé depuis presque un mois.

– Et donc, comment a-t-il eu vent de son existence ?

– Merde, mec, vous me demandez des trucs que je ne sais pas. Allez donc le demander à McSweeney.

Je compris aussitôt que je m'étais foutu dedans. Je ne pouvais pas connaître ce nom à moins d'avoir enquêté sur le juré numéro sept.

Bosch me regarda avec curiosité. J'ignorais s'il savait que les jurés devaient rester anonymes, même pour les avocats. Avant qu'il puisse me poser une question, je fus sauvé par quelqu'un qui criait dans les buissons, où on m'avait presque jeté par-dessus bord.

– J'ai le flingue !

Bosch me pointa un doigt sur la poitrine.

– Vous ne bougez pas d'ici.

Je regardai Bosch et Armstead trotter vers le petit groupe et se joindre aux agents qui examinaient le flingue avec une lampe torche. Bosch ne le toucha pas, mais se pencha dans la lumière pour le regarder de près.

C'est alors que l'ouverture de *Guillaume Tell* commença à se faire entendre derrière moi. Je me retournai et vis mon portable au milieu des gravillons – son minuscule écran carré luisant comme un phare. Je m'approchai et le ramassai. Cisco. Je décrochai.

– Cisco, lui dis-je, je te rappelle.

– Dépêche-toi. J'ai des trucs pour toi. Et tu vas aimer.

Je fermai mon portable et regardai Bosch terminer son examen de l'arme, puis rejoindre McSweeney. Se pencher vers lui et lui chuchoter quelque chose à l'oreille. Et ne pas attendre sa réponse avant de se retourner et de revenir vers moi. Même dans cette demi-obscurité, je vis qu'il était tout excité. Armstead le suivait.

– C'est un Beretta Bobcat, dit-il. Comme celui qu'on cherchait pour Vincent. Si la balistique est d'accord, on tient le type. Et je ferai ce qu'il faut pour que vous ayez les félicitations de la mairie.

– Parfait, je les encadrerai, dis-je.

– Aidez-moi à mettre ça en perspective, Haller. Et vous

pouvez commencer par vous dire que c'est ce type-là qui a tué Vincent. Pourquoi voulait-il vous tuer, vous ?

– Je ne sais pas.

– Le pot-de-vin ? demanda Armstead. C'est lui qui a eu le fric ?

– Même réponse qu'il y a cinq minutes. Je ne sais pas. Mais ça serait logique, non ?

– Comment a-t-il trouvé le nom et le numéro de téléphone de votre amie ?

– Ça non plus, je ne le sais pas.

– Ben, à quoi vous servez, hein ? demanda Bosch.

La question était bonne et la réponse ne me plaisait guère.

– Écoutez, inspecteur, dis-je, je…

– Vous cassez pas la tête, mec. Retournez donc à votre voiture et foutez le camp d'ici. On s'occupe du reste.

Il se retourna et commença à s'éloigner, Armstead sur les talons. J'hésitai, puis je le rappelai. Et lui fis signe de revenir. Il dit quelque chose à l'agent du FBI et revint vers moi, seul.

– On arrête les conneries, dit-il, impatient. J'ai pas le temps.

– Bon, alors voilà, dis-je. Pour moi, il allait faire croire que j'avais sauté.

– Quoi ? Comme un suicide ? Comme si on allait croire un truc pareil ! Vous tenez l'affaire de la décennie, mec ! Une vraie star que vous êtes. Vous passez à la télé. Et vous avez une gamine dont vous soucier. Un suicide ? Ça ne tiendrait pas.

Je hochai la tête.

– Bien sûr que si.

Il me regarda de nouveau et garda le silence en attendant que je m'explique.

– Je sors d'une cure de désintoxication. Vous le saviez ?

– Non, mais vous allez me raconter.

– Disons que je ne pouvais pas supporter la pression de cette grosse affaire et toute l'attention que ça créait et que… ou bien j'ai repiqué au truc ou bien j'étais sur le point de le faire. Et donc, j'ai sauté plutôt que de retourner à cet enfer. Ça n'a rien d'extraordinaire, Bosch. Même qu'on appelle ça « la sortie rapide ». Ce qui me fait penser que…

– Quoi ?

Je lui montrai le juré numéro sept de l'autre côté du belvédère.

– Que lui et le type pour qui il faisait ça savaient beaucoup de choses sur moi. Mon passé, ils l'avaient étudié en profondeur. Ils ont découvert ma dépendance et ma cure de désintox, et le nom de Lanie. C'est là qu'ils ont préparé un plan bien solide pour se débarrasser de moi parce qu'ils ne pouvaient quand même pas abattre un autre avocat sans que ça ne suscite beaucoup d'intérêt pour ce qu'ils sont en train de fabriquer. Que je meure par suicide leur ôtait sacrément la pression.

– Bon, mais pourquoi avaient-ils besoin de se débarrasser de vous ?

– Ils doivent penser que j'en sais un peu trop.

– Et c'est vrai ?

Avant même que je puisse répondre, McSweeney se mit à crier à l'autre bout du dégagement.

– Hé ! Venez par ici avec l'avocat. Je veux faire affaire. Je peux vous donner de sacrés gros bonnets ! Je veux passer un marché !

Bosch attendit de voir s'il allait ajouter quoi que ce soit, mais il en resta là.

– Vous voulez un tuyau ? lui dis-je. Allez donc là-bas et battez le fer pendant qu'il est chaud. Avant qu'il se rappelle qu'il a le droit d'être représenté par un avocat.

Bosch hocha la tête.

– Merci, coach, dit-il. Mais je crois savoir ce que je fais.

Il commença à traverser le belvédère.

– Hé, Bosch, attendez ! m'écriai-je. Vous ne me devriez pas quelque chose ?

Il s'arrêta et fit signe à Armstead de rejoindre McSweeney. Puis il revint vers moi.

– Qu'est-ce que je vous devrais donc ?

– Une réponse. Ce soir, je vous ai appelé pour vous dire que je serais chez moi. Vous étiez censé réduire la surveillance à une voiture. Sauf que là, on a tout le ban et l'arrière-ban. Qu'est-ce qui vous a fait changer d'avis ?

– Vous ne savez donc pas ?

– Non. Qu'est-ce que je ne sais pas ?

– Demain, vous pourrez faire la grasse matinée, maître. Il n'y a plus de procès.

– Pourquoi ?

– Parce que votre client est mort. Quelqu'un... probablement notre petit copain là-bas, celui qui veut faire affaire... a liquidé Elliot et sa copine alors qu'ils rentraient d'un dîner. Le portail électrique des studios a refusé de s'ouvrir et quand Elliot a réussi à l'ouvrir en poussant dessus, quelqu'un est arrivé et lui a collé une balle dans la nuque. Et après, il a tiré sur la femme dans la voiture.

Je reculai sous le choc. Ce portail dont il me parlait, je le connaissais. Le palace d'Elliot à Beverly Hills, j'y étais allé à peine quelques jours plus tôt. Quant à la petite amie, je pensai aussi savoir de qui il pouvait s'agir. Pour moi, Nina Albrecht occupait cette fonction depuis qu'Elliot m'avait avoué avoir eu de l'aide le jour des assassinats de Malibu.

L'air abasourdi que j'avais pris n'empêcha pas Bosch de poursuivre.

– C'est un copain que j'ai à la morgue qui m'a filé le tuyau. Je me suis aussitôt dit que quelqu'un allait peut-être vouloir effacer l'ardoise ce soir. J'ai donc rappelé l'équipe de surveillance, histoire de voir ce qui pourrait se passer chez vous. Vous avez eu de la chance que je l'aie fait.

Je le transperçai littéralement du regard en lui répondant.

– Ah ça oui, dis-je, j'ai eu de la chance !

53

Il n'y avait plus de procès, mais ce mardi matin-là je me rendis quand même au tribunal pour assister à la fin officielle de l'affaire. Je pris place à côté de la chaise vide que Walter Elliot avait occupée ces quinze derniers jours. Les photographes de presse qui avaient eu l'autorisation d'entrer dans la salle semblaient beaucoup l'aimer. Ils n'arrêtaient pas d'en prendre des photos.

Jeffrey Golantz s'était assis de l'autre côté de l'allée centrale. Jamais un procureur n'avait eu autant de chance que lui. Un jour, il avait quitté la salle d'audience en se disant qu'il allait devoir affronter un vrai désastre dans sa carrière, et le lendemain même, il se retrouvait avec des états de service impeccables. Sa trajectoire ascendante au bureau du district attorney et dans les arcanes de la politique municipale était saine et sauve. Il n'avait pas eu un mot pour moi lorsque nous nous étions assis pour attendre le juge.

On papotait beaucoup dans la galerie. Tout n'était que murmures sur les meurtres de Walter Elliot et de Nina Albrecht. Personne ne parlait de la tentative de meurtre dont j'avais fait l'objet et de ce qui s'était passé au belvédère de Fryman Canyon. Pour l'instant, tout cela était secret. Dès que McSweeney avait annoncé à Bosch et à Armstead qu'il était prêt à collaborer, les enquêteurs m'avaient demandé de ne rien dire de façon à ce qu'ils puissent y aller doucement et prudemment avec leur suspect qui coopérait. J'étais moi-même heureux de coopérer à cette entreprise. Jusqu'à un certain point.

Le juge Stanton prit place dans son fauteuil à 9 heures précises. Il avait les yeux gonflés et donnait l'impression de n'avoir pas beaucoup dormi. Je me demandai s'il savait autant de choses que moi sur ce qui s'était passé pendant la nuit.

Les jurés étant appelés à prendre place, j'étudiai leurs visages. Si l'un quelconque d'entre eux était au courant de ce qui s'était produit, il ne le montrait pas. J'en vis plusieurs jeter des coups d'œil au fauteuil vide à côté de moi alors même qu'ils s'asseyaient dans les leurs.

– Mesdames et messieurs, bonjour ! lança le juge. Je vais présentement vous décharger de vos obligations dans ce procès. Comme je suis sûr que vous pouvez le voir, M. Elliot n'occupe pas son siège à la table de la défense. C'est parce que l'accusé qu'il était a été victime de meurtre hier soir.

La moitié des jurés en eut la mâchoire qui pendit en même temps, les autres exprimant leur surprise dans leurs regards. Un murmure de voix excitées parcourut la salle, juste avant que des applaudissements lents et délibérés ne commencent à monter de la table de l'accusation. Je me retournai et vis la mère de Mitzi Elliot saluer ainsi la fin de son gendre.

Le juge abattit violemment son marteau juste au moment où Golantz bondissait de son siège pour se ruer sur elle et lui attraper les mains afin qu'elle cesse. Je vis des larmes couler sur le visage de la pauvre femme.

– Aucune manifestation ne sera tolérée dans la galerie, lança le juge. Je me moque de savoir qui vous êtes ou de connaître vos liens avec l'affaire, tout le monde ici doit témoigner du respect à la cour ou je vous fais évacuer.

Golantz regagna son siège, mais les larmes continuèrent de couler sur les joues de la mère d'une des victimes.

– Je sais que pour vous tous la nouvelle est assez choquante, reprit Stanton à l'adresse des jurés. Vous pouvez être sûrs que les autorités sont en ce moment même en train d'enquêter sur cette affaire et que, espérons-le, elles pourront bientôt amener devant la cour le ou les individus responsables de ce meurtre. Je suis sûr que vous saurez tout en lisant les journaux ou regardant les nouvelles à la télé, ainsi que vous êtes maintenant à nouveau libres de la faire. En ce qui concerne la journée d'aujourd'hui, je tiens à vous remercier de la façon dont vous avez servi. Je sais que vous vous êtes tous montrés très attentifs à ce que vous ont présenté l'accusation et la défense et j'espère que vous garderez une image positive du temps que vous avez passé ici. Vous êtes maintenant libres de regagner la salle des délibérés pour y reprendre vos affaires et rentrer chez vous. Vous êtes excusés.

Nous nous levâmes une dernière fois pour saluer les jurés et je les vis tous franchir la porte de la salle des délibérés l'un après l'autre. Après leur départ, le juge nous remercia, Golantz et moi, de nous être si bien comportés pendant les audiences, puis il remercia son personnel et se dépêcha de mettre fin à la séance. Je ne m'étais pas donné la peine de sortir mes dossiers de mon sac et restai immobile un temps interminable après que le juge eut vidé les lieux. Ma rêverie ne fut interrompue que lorsque Golantz s'approcha de moi en me tendant la main. Sans réfléchir, je lui tendis la mienne.

– Sans rancune pour tout, Mickey, me lança-t-il. Vous êtes un sacrément bon avocat.

Étais, pensai-je.

– C'est ça, dis-je. Sans rancune.

– Vous allez traîner un peu et bavarder avec les jurés ? Histoire de voir de quel côté ils penchaient ? me demanda-t-il.

Je hochai la tête.

– Non, dis-je, ça ne m'intéresse pas.

– Moi non plus. Prenez soin de vous.

Il me donna une claque sur l'épaule et me poussa vers le portillon. J'étais sûr qu'il y aurait une foule de reporters à attendre dans le couloir et qu'il leur dirait comment pour lui, et d'une manière un peu étrange, justice avait été faite. Qui vit par la poudre meurt par la poudre. Enfin… un truc dans ce goût-là.

J'allais lui laisser la presse. Je lui donnai une bonne avance et sortis après lui. Les journalistes l'entourant déjà, je réussis à me coller au mur et à filer sans qu'ils me remarquent. Tous sauf Jack McEvoy du *Times*. Il me repéra et commença à me suivre. Et me rattrapa au moment où j'arrivais à l'entrée de l'escalier.

– Hé, Mick ! cria-t-il.

Je lui jetai un coup d'œil, mais ne m'arrêtai pas. Je savais d'expérience qu'il ne valait mieux pas. Qu'un seul membre des médias vous coince et le reste de la meute le rejoindrait et s'entasserait autour de moi. Je n'avais pas envie de me faire dévorer. Je poussai la porte de l'escalier et commençai à descendre les marches.

– Sans commentaire, dis-je.

Il me suivit à la même vitesse.

– Ce n'est pas sur le procès que je vais écrire, dit-il. Je m'intéresse aux nouveaux meurtres. Je me disais que vous et moi pourrions avoir le même arrangement qu'avant. Vous savez bien, on échange…

– Non, Jack, pas d'arrangement. À plus.

Je tendis la main en avant et l'arrêtai au premier palier. Et l'y laissai, descendis encore deux étages et passai dans le couloir. Gagnai le cabinet du juge Holder et entrai.

Michaela Gill se tenant dans le coin de l'huissier, je lui demandai si je pouvais voir le juge quelques instants.

– Mais vous n'êtes pas sur la liste de ses rendez-vous, me dit-elle.

– Je le sais, Michaela, mais je crois que le juge acceptera de me voir. Elle est là-bas derrière ? Pouvez-vous lui dire que je ne lui prendrai que dix minutes de son temps ? Dites-lui que ça concerne les dossiers de Vincent.

Elle décrocha son téléphone, appuya sur un bouton et transmit ma requête au juge. Puis elle raccrocha et m'annonça que je pouvais rejoindre le juge dans son cabinet.

– Merci, dis-je.

Ses verres demi-lune sur le nez, Mme le juge se tenait derrière son bureau, un stylo à la main comme si je l'interrompais au moment même où elle signait une injonction.

– Eh bien, maître Haller, me lança-t-elle, journée plus que mouvementée, n'est-ce pas ? Asseyez-vous donc.

Je m'installai en face d'elle, sur le siège que je connaissais si bien.

– Merci de me recevoir, madame le juge.

– Que puis-je faire pour vous ?

Elle m'avait posé sa question sans me regarder et se mit à gribouiller des signatures sur une série de documents.

– Je voulais juste vous informer de mon intention de renoncer à toutes les affaires du cabinet Vincent.

Elle posa son stylo et me regarda par-dessus ses lunettes.

– Vous dites ?

– Je me démets. J'ai repris trop vite ; peut-être même n'aurais-je pas dû reprendre du tout. Quoi qu'il en soit, j'arrête.

– Mais c'est absurde ! La façon dont vous avez défendu M. Elliot est le sujet de toutes les conversations dans ce palais. J'en ai regardé des bouts à la télé. Il est clair que vous faisiez la leçon à maître Golantz et je ne pense pas qu'il y ait eu beaucoup d'observateurs pour parier contre l'acquittement.

J'écartai ses compliments d'un geste de la main.

– De toute façon, ça n'a pas d'importance, madame le juge. Ce n'est pas vraiment pour ça que je suis ici.

Elle ôta ses lunettes et les plaça sur son bureau. Puis elle eut l'air d'hésiter, mais posa quand même la question attendue.

– Mais alors, pourquoi êtes-vous ici ?

– Parce que je voulais que vous sachiez que je sais, madame le juge. Et vous dire que bientôt tout le monde le saura aussi.

– Je ne vois absolument pas de quoi vous parlez. Que savez-vous donc, maître Haller ?

– Je sais que vous êtes à vendre et que vous avez essayé de me faire tuer.

Elle aboya un rire, mais il n'y avait aucune joie dans ses yeux, rien que des poignards.

– Vous plaisantez, n'est-ce pas ?

– Non, je ne plaisante pas, madame le juge.

– Si tel est le cas, je vous conseille de vous calmer et de reprendre contenance. Répandez-vous dans ce bâtiment avec ce genre d'accusations insensées et vous le regretterez. Beaucoup. Cela dit, il n'est pas impossible que vous ayez raison. C'est sans doute le stress de revenir de cure un peu trop tôt.

Je souris et vis à sa grimace qu'elle avait tout de suite compris l'erreur qu'elle venait de commettre.

– Joli petit lapsus, madame le juge, n'est-ce pas ? Comment saviez-vous que j'ai suivi une cure ? Mieux encore, comment le juré numéro sept a-t-il su comment m'attirer hors de chez moi hier soir ? La réponse est évidemment que vous avez enquêté sur mon passé. C'est vous qui m'avez piégé et qui avez envoyé McSweeney me tuer.

– Je ne sais pas de quoi vous parlez et je ne connais pas cet homme qui d'après vous aurait essayé de vous tuer.

– Peut-être, mais je crois, moi, que vous, il vous

connaît, et la dernière fois que je l'ai vu, il était sur le point de chanter le grand air du « Faisons affaire » avec le gouvernement fédéral.

Ce fut comme si elle recevait un coup de poing à l'estomac. Je savais que lui révéler tout cela n'allait pas me faire apprécier de Bosch ou d'Armstead, mais je m'en moquais. Ni l'un ni l'autre ils n'avaient été le pion dont on se sert et qui avait failli se faire précipiter du haut de Mulholland. Ce pion, ç'avait été moi et cela me donnait le droit d'affronter l'individu qui, je le savais, avait tiré toutes les ficelles.

– J'ai trouvé tout ça sans être obligé de faire affaire avec quiconque, repris-je. C'est mon enquêteur qui a retrouvé McSweeney. Il y a neuf ans de ça, ce McSweeney a été arrêté pour agression à main armée, et qui donc a été son avocat ? Mitch Lester, votre mari. L'année suivante, il s'est fait arrêter à nouveau, pour fraude, et une fois encore, c'est Mitch Lester qui l'a défendu. C'est ça, le lien. Ça nous fait un joli petit triangle, n'est-ce pas, madame le juge ? C'est vous qui avez accès aux jurés et qui en contrôlez le pool et le processus de sélection. Vous pouvez entrer dans les ordinateurs et c'est vous qui m'avez collé votre sous-marin dans mon jury. Jerry Vincent vous a payé, mais a changé d'avis dès que le FBI a commencé à le serrer de près. Vous ne pouviez pas courir le risque de voir Jerry se faire coincer par les types du FBI et leur filer un juge. Vous lui avez donc envoyé McSweeney.

« Et après, hier, quand tout a tourné en jus de boudin, vous avez décidé de faire le nettoyage. Vous avez envoyé McSweeney, le juré numéro sept, s'occuper d'Elliot et d'Albrecht, puis de moi. Comment je me débrouille, madame le juge ? J'aurais oublié des trucs en route ?

J'avais dit « madame le juge » comme si je parlais d'un tas d'ordures. Elle se leva d'un bond.

– C'est complètement fou ! s'écria-t-elle. Vous n'avez

rien pour me relier à quiconque, hormis à mon mari. Et sauter d'un de ses clients à moi est parfaitement absurde.

– Vous avez raison, madame le juge. Je n'ai rien pour le prouver, mais on n'est pas au tribunal. Ici, il n'y a que vous et moi. Je n'ai que mes intuitions, mais ces intuitions me disent que tout ça part de vous.

– Je vous prie de quitter ce bureau, tout de suite.

– Mais… et les fédéraux, hein ? Ils tiennent McSweeney.

Je vis la peur dans ses yeux.

– On dirait qu'il ne vous a pas fait signe, repris-je. Tiens, je parie que les types du FBI lui ont interdit de passer des coups de fil tant qu'ils ne l'auront pas débriefé. Vaudrait mieux espérer que ces preuves, il ne les a pas. Parce que si jamais il vous colle dans ce triangle, c'est votre robe noire contre une combinaison orange que vous allez échanger.

– Sortez d'ici ou j'appelle la sécurité et je vous fais arrêter !

Elle me montra la porte. Je me levai lentement et calmement.

– Mais bien sûr, je m'en vais, lui dis-je. Et vous savez quoi ? Il est possible que je ne travaille plus jamais dans ce tribunal, mais je vous promets d'y revenir quand vous serez jugés. Vous et votre mari. Vous pouvez y compter.

Elle me regarda fixement, le bras toujours tendu vers la porte, et je vis la colère céder la place à la peur dans ses yeux. Son bras fléchit un peu, puis retomba complètement. Je la laissai debout.

Je descendis l'escalier jusqu'en bas parce que je n'avais aucune envie de me retrouver dans un ascenseur plein de monde. Onze étages. Arrivé au rez-de-chaussée, je poussai les portes en verre et quittai le bâtiment. Puis je sortis mon portable et appelai Patrick pour lui dire d'amener la voiture. Et j'appelai Bosch.

– J'ai décidé de vous allumer un petit feu sous les fesses, lui dis-je. À vous et au Bureau.

– Qu'est-ce que ça veut dire ? Qu'est-ce que vous avez fait ?

– Je n'avais pas envie d'attendre que le Bureau mette comme à son habitude un an et demi à bâtir son dossier. Y a des fois où la justice ne peut pas attendre, inspecteur.

– Qu'est-ce que vous avez fait, Haller ? répéta-t-il.

– Je viens juste d'avoir une petite conversation avec le juge Holder… parce que j'ai tout compris, et sans l'aide de McSweeney. Je lui ai dit que les fédéraux tenaient McSweeney et qu'il coopérait. Si j'étais à votre place et à celle du Bureau, je me magnerais le cul un max et je garderais un œil sur la dame. Elle ne me fait pas l'effet de quelqu'un qui va s'enfuir, mais on ne sait jamais. Vous avez mon bonjour.

Et je refermai mon portable avant qu'il puisse protester. Je m'en foutais. Il s'était servi de moi d'un bout à l'autre. C'était bon de lui renvoyer la balle et de les voir danser, lui et le FBI, au bout de ma ficelle.

Sixième partie

L'ultime verdict

54

Bosch frappa à ma porte tôt le jeudi matin suivant. Je ne m'étais pas encore peigné, mais j'étais habillé. Lui, par contre, donnait l'impression de s'être tapé une nuit blanche.

– Je vous réveille ? me demanda-t-il.

Je fis non de la tête.

– Faut que je prépare ma fille pour l'école.

– Ah oui, c'est vrai. Le mercredi soir et un week-end sur deux.

– Qu'y a-t-il, inspecteur ?

– J'ai deux ou trois questions et je me dis qu'il vous intéresserait peut-être de savoir où on en est.

– Mais bien sûr. Asseyons-nous dehors. Je ne veux pas que ma fille entende ces trucs.

Je m'aplatis les cheveux en gagnant la table.

– Je n'ai pas envie de m'asseoir, dit Bosch. Je n'ai pas beaucoup de temps.

Il se tourna vers la rambarde et s'y accouda. Je changeai de direction et fis la même chose, juste à côté de lui.

– Moi non plus, je n'aime pas m'asseoir quand je suis dehors, lui dis-je.

– J'ai le même genre de vue chez moi. C'est juste que c'est sur l'autre versant.

– Comme quoi ça ferait de nous le pile et le face de la même montagne.

– Quelque chose comme ça, oui, dit-il en détournant les yeux de la vue un instant.

– Bon alors, qu'est-ce qui se passe ? Je pensais que vous seriez trop en colère contre moi pour jamais me le dire.

– En fait, moi aussi, je trouve que les types du Bureau ne vont pas assez vite. Ils n'ont pas beaucoup aimé ce que vous avez fait, mais ça ne me gêne pas. Ça a tout mis en route.

Il s'adossa à la rambarde, la vue sur la ville derrière lui.

– Bon alors, qu'est-ce qui se passe ? répétai-je.

– Après délibération, le grand jury a décidé de lancer des inculpations hier soir. Contre Holder, Lester, Carlin, McSweeney et une femme qui supervise le bureau des jurys et a permis à tous ces gens d'accéder aux ordinateurs. On les arrête tous en même temps ce matin. Vous mettez votre mouchoir par-dessus jusqu'à ce qu'on ait alpagué tout le monde.

Je trouvai bien qu'il ait assez confiance en moi pour me dire tout ça avant les arrestations. Je me dis qu'il serait peut-être même encore mieux de descendre au Criminal Courts Building pour voir les flics en sortir Holder avec les menottes.

– C'est du solide ? demandai-je. Holder est juge, vous savez. Vaudrait mieux que tout soit bien bétonné.

– C'est du costaud. McSweeney a tout lâché. On a les relevés des appels téléphoniques et les transferts de fonds. Il avait même enregistré le mari d'Holder pendant certaines de leurs conversations.

Je hochai la tête. De l'emballé c'est pesé fédéral classique. Une des raisons pour lesquelles je n'avais jamais pris d'affaires fédérales du temps où j'étais avocat était bien que lorsque les fédés se mêlent de boucler un dossier, rien ne permet de le mettre en pièces. Les victoires de la défense sont rares. En général, l'avocat n'y gagne que de se faire passer au rouleau compresseur.

– Je ne savais pas que Carlin était dans le coup, dis-je.

– Il est même au cœur de l'affaire. Il connaît Holder depuis toujours et c'est de lui qu'elle s'est servie pour approcher Vincent. Et c'est de lui que Vincent s'est servi pour livrer le fric. Après, quand Vincent a commencé à hésiter parce que le FBI reniflait partout, Carlin en a eu vent et a averti Holder. Qui s'est dit que la meilleure chose à faire était de se débarrasser du maillon faible. C'est elle et son mari qui ont chargé McSweeney de s'occuper de Vincent.

– Comment en a-t-il eu vent ? Par Wren Williams ?

– C'est ce qu'on pense. Il l'a approchée pour qu'elle ait Vincent à l'œil. Pour nous, elle ne savait pas ce qui se passait. Elle n'est pas assez futée pour ça.

J'acquiesçai d'un signe de tête et pensai à la manière dont toutes les pièces du puzzle s'assemblaient.

– Et McSweeney ? Il se contentait de faire ce qu'on lui disait ? Mme le juge lui dit de buter quelqu'un et lui, il le fait, tout bêtement ?

– Et d'un, McSweeney faisait dans l'arnaque avant de devenir un tueur. Je ne pense pas une minute qu'on lui ait soutiré toute la vérité. Cela étant, il dit que Mme le juge peut être très convaincante. Ce qu'elle lui a expliqué ? Que c'était ou Vincent ou tout le monde qui tombait. Il n'y avait pas le choix. En plus, elle avait aussi promis de lui augmenter sa part après qu'il aurait fait pencher la balance dans le procès.

Je hochai la tête.

– Bon alors, quelles sont les charges ?

– Conspiration en vue de commettre des meurtres et corruption. Mais ce n'est que le début. Il y en aura d'autres au fur et à mesure qu'on avancera. Parce que ce n'était pas la première fois. McSweeney nous a raconté qu'il a été quatre fois juré au cours des sept dernières années. Avec pour résultat deux acquittements et deux jurys partagés. Dans trois tribunaux différents.

Je poussai un sifflement en songeant à certaines grosses affaires qui s'étaient terminées par des acquittements scandaleux et des jurys partagés au cours des dernières années.

– Robert Blake ?

Bosch sourit et hocha la tête.

– J'aurais bien aimé, dit-il. Et pour O.J. Simpson aussi. Mais non, ils n'étaient pas encore en affaire pour ce procès-là. Ces deux-là, on les a perdus tout seuls comme des grands.

– Aucune importance. Ce truc-là va être énorme.

– Le plus gros procès que j'aurai jamais.

Il croisa les bras et jeta un coup d'œil à la vue par-dessus son épaule.

– Vous voyez le Strip et moi les studios Universal, dit-il.

J'entendis la porte s'ouvrir, me retournai et vis Hayley y passer la tête.

– Papa ?

– Qu'est-ce qu'il y a, Hay ?

– Tout va bien ?

– Tout va très bien. Hayley, je te présente l'inspecteur Bosch. C'est un policier.

– Bonjour, Hayley, dit Bosch.

Je crois que c'est la seule fois où je vis un vrai sourire se dessiner sur son visage.

– Salut, lui renvoya ma fille.

– Hayley, as-tu mangé tes céréales ?

– Oui, me répondit-elle.

– Bon d'accord, tu peux regarder la télé jusqu'à ce que ce soit l'heure d'y aller.

Elle referma la porte et disparut à l'intérieur de la maison. Je jetai un coup d'œil à ma montre. Il lui restait encore dix minutes avant que nous soyons obligés de partir.

– Elle est mignonne, dit Bosch.

J'acquiesçai.

– Faut que je vous demande quelque chose, reprit-il. C'est vous qui avez mis tout ce truc en branle, pas vrai ? C'est bien vous qui avez envoyé la lettre anonyme au juge Stanton, non ?

Je réfléchis un moment avant de répondre.

– Est-ce que je devrai témoigner si je dis oui ?

Après tout, le grand jury fédéral ne m'avait pas cité à comparaître. McSweeney ayant craché tout le morceau, on n'avait apparemment pas eu besoin de moi. Et je n'avais aucune envie que ça change.

– Non, c'est juste pour moi, répondit Bosch. Je veux juste savoir si vous avez fait ce qu'il fallait.

J'envisageai de ne pas le lui dire, mais au fond, j'avais envie qu'il le sache.

– Oui, c'est moi. Je voulais virer McSweeney du jury et remporter le procès à la loyale. Je ne m'attendais pas à ce que Stanton montre ma lettre à d'autres juges pour avis.

– Il a appelé la doyenne et lui a demandé conseil.

Je fis oui de la tête.

– C'est ce qui a dû se passer, répondis-je. Il l'appelle sans savoir que c'est elle qui tire les ficelles. C'est là qu'elle avertit McSweeney et lui dit de ne pas se pointer au tribunal et qu'après, elle se sert de lui pour faire le grand nettoyage.

Bosch hocha la tête comme si je ne faisais que lui confirmer des choses qu'il savait déjà.

– Et les cochonneries à nettoyer, vous en faisiez partie. Elle a dû piger que c'était vous qui aviez envoyé la lettre au juge Stanton. Vous en saviez trop et il fallait vous éliminer… comme Vincent. Rien à voir avec l'histoire qu'on a fait passer dans les journaux. C'était juste que c'était vous qui aviez averti Stanton.

Je hochai la tête. C'était ce que j'avais fait moi qui

m'avait presque valu de mourir en plongeant dans le vide du haut de Mulholland.

– Faut croire que j'étais assez con, dis-je.

– Oh, je ne sais pas. Vous êtes toujours dans la course, non ? Alors qu'à partir de demain, aucun d'entre eux ne le sera.

– Il y a ça, mais… Quel genre de marché McSweeney a-t-il conclu ?

– Pas de peine de mort et des contreparties. Si tout le monde tombe, il aura sans doute droit à quinze ans. En prison fédérale, ça veut dire qu'il en fera au moins treize.

– Qui est son avocat ?

– Il en a deux. Dan Daly et Roger Mills.

J'acquiesçai. Il était en bonnes mains. Je songeai à ce que Walter Elliot m'avait dit. Que plus on est coupable, plus on a besoin d'avocats.

– Pas mal comme arrangement, fis-je remarquer. Pour trois meurtres…

– Un seul, me reprit Bosch.

– Comment ça ? Vincent, Elliot et Albrecht.

– Ce n'est pas lui qui a tué Elliot et Albrecht. Ces deux-là ne collent pas.

– Qu'est-ce que vous racontez ? Il les a tués et après, il a essayé de me liquider.

Bosch fit non de la tête.

– Il a effectivement essayé de vous tuer, mais il n'a tué ni Elliot ni Albrecht. L'arme n'est pas la même. Et en plus, ça n'aurait pas eu de sens. Pourquoi leur aurait-il tendu une embuscade et après aurait voulu vous tuer en essayant de faire passer ça pour un suicide ? Ça ne marche pas. Non, McSweeney n'a rien à voir avec les meurtres d'Elliot et d'Albrecht.

J'étais tellement abasourdi que j'en perdis la voix un instant. Cela faisait trois jours que, pour moi, le type qui avait tué Elliot et Albrecht était celui-là même qui avait essayé de m'assassiner et qu'il était maintenant bouclé par les autorités. Et voilà que Bosch m'apprenait qu'il y avait un autre tueur dans la nature ?

– Vos copains de Beverly Hills ont des idées là-dessus ? demandai-je enfin.

– Oh oui, ils sont à peu près sûrs de savoir qui c'est. Mais ils ne monteront jamais un dossier là-dessus.

Ça pleuvait de tous les côtés. Une surprise après l'autre.

– Et c'est… ?

– La famille.

– Vous voulez dire la famille avec un grand F ? La famille du crime organisé ?

Il sourit et fit non de la tête.

– Non, dit-il, la famille de Johan Rilz. C'est eux qui ont réglé la question.

– Comment le savent-ils à Beverly Hills ?

– Questions de cloisons et de rayures. Les projectiles qu'ils ont sortis des deux victimes étaient des 9 mm Parabellum. Douille et chemise laiton, fabrication allemande. Les flics de Beverly ont sorti le profil de la balle et ont trouvé la correspondance avec un Mauser C 96, lui aussi fabriqué en Allemagne.

Il marqua une pause pour voir si j'avais des questions. Je n'en avais pas, il poursuivit.

– Au commissariat de Beverly, ils se disent que ça ressemble à quelqu'un qui veut faire passer un message.

– Un message venu d'Allemagne.

– Vous avez tout compris.

Je repensai au moment où Golantz avait dit à la famille Rilz que j'allais traîner leur Johan dans la boue pendant une semaine entière. Ils étaient alors partis plutôt que de voir ça. Et Elliot s'était fait descendre avant que ça puisse se produire.

– Parabellum, répétai-je. Vous vous rappelez votre latin, inspecteur ?

– Je n'ai pas fait de droit. Qu'est-ce que ça veut dire ?

– Prépare-toi à la guerre. C'est le début d'un dicton :

Si tu veux la paix, il faut te préparer à la guerre. Que va devenir l'enquête ?

Bosch haussa les épaules.

– Je connais deux ou trois inspecteurs de Beverly Hills qui vont se faire payer un chouette voyage en Allemagne. Parce que les Allemands, eux, ils font voyager leurs types en classe affaire avec les sièges qui se transforment en plumards. Ils feront semblant et respecteront l'obligation de diligence. Mais si le contrat a été bien exécuté, il n'en sortira jamais rien.

– Comment ont-ils apporté le flingue ici ?

– On y arrive. Par le Canada ou par Der FedEx s'il faut absolument que l'envoi arrive à l'heure.

Je ne souris pas. Je pensais à Elliot et aux plateaux de la justice. Dieu sait comment, Bosch parut deviner ce que je me disais.

– Vous vous rappelez ce que vous m'avez dit ? Quand vous m'avez raconté comment vous avez dit au juge Holder que vous saviez que c'était elle qui tirait les ficelles ?

Je haussai les épaules.

– Non. Qu'est-ce que j'ai dit ?

– Vous m'avez dit que parfois la justice ne pouvait pas attendre.

– Et… ?

– Et vous aviez raison. Parfois elle n'attend pas. Dans ce procès, c'est vous qui aviez l'élan et tout disait qu'Elliot allait sortir libre. Quelqu'un a donc décidé de ne pas attendre que justice soit faite et a prononcé son propre verdict. Quand j'étais de patrouille, et ça remonte à loin, vous savez comment on appelait un meurtre qui dans son fond n'était que justice de la rue ?

– Non, quoi ?

– Le verdict du plomb.

J'acquiesçai d'un signe de tête. J'avais compris. Nous gardâmes tous les deux longtemps le silence.

– Bon, bref, c'est tout ce que je sais, reprit enfin Bosch. Va falloir que j'y aille et que je m'apprête à aller foutre des gens en prison. La journée sera bonne.

Il s'éloigna de la rambarde, il était prêt à partir.

– C'est quand même drôle que vous passiez ici aujourd'hui, lui lançai-je. Hier soir, j'avais décidé de vous demander quelque chose la prochaine fois que vous viendriez.

– Ah ouais ? Et c'est quoi ?

Je réfléchis un instant, puis je hochai la tête. Oui, c'était bien ce qu'il fallait faire.

– Le pile et la face de la même montagne… dis-je. Vous savez que vous ressemblez beaucoup à votre père ?

Il garda le silence. Il se contenta de me dévisager longuement, puis il hocha une fois la tête et se retourna vers la rambarde. Et regarda au loin dans la ville.

– Et vous avez compris ça quand ? me demanda-t-il.

– Techniquement parlant, hier soir, en regardant de vieilles photos et des souvenirs avec ma fille. Mais à un certain niveau, je pense le savoir depuis longtemps. Nous regardions des photos de mon père. Ça n'arrêtait pas de me rappeler quelqu'un et tout d'un coup, j'ai compris que ce quelqu'un, c'était vous. Et dès que je l'ai vu, ça m'a paru évident. C'est juste que je ne l'ai pas vu tout de suite.

Je gagnai la rambarde et regardai la ville avec lui.

– Les trois quarts des trucs que je sais de lui, je les ai trouvés dans des bouquins, dis-je. Beaucoup d'affaires et de femmes différentes. Mais il y a quand même quelques souvenirs qui ne sortent pas des livres et qui ne sont qu'à moi. Je me rappelle un jour où je suis entré dans le bureau qu'il avait installé chez nous quand il a commencé à être malade. Il y avait un tableau encadré au mur… un tirage, en fait, mais à cette époque-là je croyais que c'était un vrai tableau. *Le Jardin des délices.* Pour un petit gamin, c'était des trucs bizarres et terrifiants…

« Dans le souvenir que j'ai gardé, il me tient sur ses genoux et me fait regarder le tableau en me disant que ça n'a rien de terrifiant. Qu'en fait, c'est beau. Et il essaie de me faire dire le nom du peintre. Hieronymus Bosch. Ça rime avec "anonymous", me dit-il. Sauf qu'en ce temps-là, je ne pense pas que j'étais capable de dire ce mot-là non plus.

Ce n'était plus la ville que je voyais. C'était mon souvenir. Je gardai un peu le silence. C'était au tour de mon demi-frère de parler. Il finit par s'accouder à la rambarde et le fit.

– Je me souviens de cette maison, me dit-il. Je l'y ai vu une fois. Je me suis présenté. Il était allongé sur le lit. Il agonisait.

– Que lui avez-vous dit ?

– Je lui ai juste dit que je m'en étais sorti. C'est tout. De fait, il n'y avait rien d'autre à dire.

Comme maintenant, pensai-je. Qu'y avait-il à dire ? Dieu sait pourquoi, mes pensées se portèrent sur ma famille brisée. Je n'avais que peu de contact avec les frères et sœurs que je savais avoir, et encore moins avec Bosch. Et en plus, il y avait ma fille que je ne voyais que huit jours par mois. Il me semblait que les choses les plus importantes de la vie étaient aussi celles qui se brisaient le plus aisément.

– Vous le savez depuis des années, repris-je enfin. Pourquoi n'avez-vous jamais pris contact avec moi ? J'ai un autre demi-frère et trois demi-sœurs. Ce sont aussi vos frères et sœurs, à vous.

Il commença par ne rien dire, puis il me donna une réponse qu'il devait se faire depuis des décennies.

– Je ne sais pas. Je ne devais pas avoir envie de chavirer la barque… pour personne. Les trois quarts du temps, les gens n'aiment pas les surprises. Enfin, pas de ce genre-là.

L'espace d'un instant, je me demandai ce qu'aurait été

ma vie si j'avais connu l'existence de Bosch. Peut-être aurais-je été flic au lieu d'avocat. Qui sait ?

– J'arrête, vous le savez ?

J'avais dit ça sans trop savoir pourquoi.

– Vous arrêtez quoi ?

– Mon boulot. Le droit. On pourrait dire que ce verdict du plomb est aussi mon dernier.

– Moi aussi, j'ai laissé tomber une fois. Ça n'a pas marché. J'ai repiqué au truc.

– On verra.

Il me coula un regard, puis contempla de nouveau la ville. La journée était belle, avec des nuages bas et un front froid qui écrasait le smog jusqu'à n'en plus faire qu'un mince bandeau d'ambre à l'horizon. Le soleil venait juste de pointer au-dessus des montagnes à l'est et lançait tous ses feux sur le Pacifique. On voyait jusqu'à l'île de Catalina.

– Je suis passé à l'hôpital la fois où on vous avait tiré dessus, dit-il. Je ne savais pas trop pourquoi. J'avais vu ça aux nouvelles, vous étiez blessé au ventre et je savais que les coups de feu au ventre, ça se termine bien ou mal. Je me disais que s'ils avaient besoin de sang ou autre, je pourrais… je pensais qu'on devait avoir le même, vous voyez ? Bon, bref, comme y avait des tonnes de journalistes et de caméras… J'ai fini par partir.

Je souris, puis je commençai à rire. Je ne pouvais plus m'en empêcher.

– Qu'est-ce qu'il y a de si drôle ?

– Vous, un flic, se porter volontaire pour filer son sang à un avocat de la défense ! Je ne crois pas que vos copains vous auraient laissé revenir au club s'ils l'avaient appris.

Ce fut à son tour de sourire et de hocher la tête.

– J'avais pas dû y penser, dit-il.

Et là, comme ça, nos deux sourires disparurent et

nous retrouvâmes la gaucherie de deux êtres qui ne se connaissent pas. Pour finir, Bosch consulta sa montre.

– Les mecs des mandats d'arrêt se retrouvent dans vingt minutes. Faut que j'y aille.

– OK.

– On se revoit un jour, maître.

– On se revoit un jour, inspecteur.

Il redescendit les marches et je restai où j'étais. J'entendis sa voiture démarrer, déboîter du trottoir et descendre la colline.

55

Je restai sur la terrasse et contemplai la ville que la lumière balayait peu à peu. Bien des pensées me traversèrent l'esprit et s'envolèrent dans les cieux tels nuages aussi beaux que lointains et intouchables. Distants. J'avais l'impression que je ne reverrais plus jamais Bosch. Qu'il aurait son versant de la montagne et moi le mien, et que ça s'arrêterait là.

Au bout d'un moment, j'entendis la porte s'ouvrir et des bruits de pas sur la terrasse. Je sentis la présence de ma fille à côté de moi et posai ma main sur son épaule.

– Qu'est-ce que tu fais, papa ?

– Je regarde.

– Ça va ?

– Ça va, oui.

– Qu'est-ce qu'il voulait, le policier ?

– Parler, juste ça. C'est un de mes amis.

Nous gardâmes tous les deux le silence un instant, puis elle passa à autre chose.

– C'est dommage que maman ne soit pas restée avec nous hier soir, dit-elle.

– Chaque chose en son temps, Hay, lui dis-je. On a quand même réussi à la faire manger des crêpes avec nous, non ?

Elle y réfléchit et hocha la tête. Elle était d'accord. Les crêpes, c'était un début.

– Je vais être en retard si on n'y va pas, dit-elle. Encore un coup comme ça et j'ai un avertissement conduite.

Je hochai la tête à mon tour.

– Dommage. Le soleil allait juste éclairer l'océan.

– Allez, papa ! Ça arrive tous les jours.

J'acquiesçai.

– Quelque part, oui, dis-je.

J'allai chercher mes clés, fermai la maison et nous descendîmes les marches jusqu'au garage. Lorsque enfin j'eus sorti la Lincoln en marche arrière et en pointai l'avant vers le bas de la côte, je vis le soleil répandre ses ors sur le Pacifique.

Remerciements

Sans ordre particulier, l'auteur tient à remercier les personnes suivantes pour ce qu'elles lui ont apporté dans ses recherches et la rédaction de cette histoire, et cela va du petit détail à des choses incroyablement altruistes et gigantesques :

Daniel Daly, Roger Mills, Dennis Wojciechowski, Asya Muchnik, Bill Massey, S. John Drexel, Dennis McMillan, Pamela Marshall, Linda Connelly, Jane Davis, Shannon Byrne, Michael Pietsch, John Wilkinson, David Ogden, John Houghton, Michael Krikorian, Michael Roche, Greg Stout, Judith Champagne, Rick Jackson, David Lambkin, Tim Marcia, Juan Rodriguez et Philip Spitzer.

Ceci est une œuvre de fiction. Toutes les erreurs qu'il pourrait y avoir dans les questions de droit, dans la présentation des preuves et dans les tactiques des avocats en salle d'audience sont de mon fait, et uniquement de mon fait.

Table

DU MÊME AUTEUR

Les Égouts de Los Angeles
prix Calibre 38
Seuil, 1993
Calmann-Lévy, 2012

La Glace noire
Seuil, 1995
et « Points Policier », n° P269

La Blonde en béton
prix Calibre 38
Seuil, 1996
et « Points Policier », n° P390

Le Poète
prix Mystère
Seuil, 1997
« Points Policier », n° P534
et Point Deux, 2011

Le Cadavre dans la Rolls
Seuil, 1998
et « Points Policier », n° P646

Le Dernier Coyote
Seuil, 1999
et « Points Policier », n° P781

Créance de sang
Grand Prix de littérature policière
Seuil, 1999
et « Points Policier », n° P835

La Lune était noire
Seuil, 2000
Calmann-Lévy, 2012
et « Le Livre de poche », n° 32435

L'Envol des anges
Seuil, 2001
Calmann-Lévy, 2012
et « Le Livre de poche », n° 32585

L'Oiseau des ténèbres
Seuil, 2001
Calmann-Lévy, 2012
et « Le Livre de poche », n° 32411

Wonderland Avenue
Seuil, 2002
et « Points Policier », n° P1088

Darling Lilly
Seuil, 2003
et « Points Policier », n° P1230

Lumière morte
Seuil, 2003
Calmann-Lévy, 2012

Los Angeles River
Seuil, 2004
et « Points Policier », n° P1359

Deuil interdit
Seuil, 2005
et « Points Policier », n° P1476

La Défense Lincoln
Seuil, 2006
et « Points Policier », n° P1690

Chroniques du crime
Articles de presse (1984-1992)
Seuil, 2006
et « Points Policier », n° P1761

Moisson noire
Les meilleures nouvelles policières américaines
(anthologie établie et préfacée par Michael Connelly)
Rivages, 2006

Echo Park
Seuil, 2007
et « Points Policier », n ° P1935

À genoux
Seuil, 2008
et « Points Policier », n° P2157

Le Verdict du plomb
Seuil, 2009
et « Points Policier », n° P2397

L'Épouvantail
Seuil, 2010
et « Points Policier », n° P2623

Les Neuf Dragons
Seuil, 2011
« Points Policier », n° P2798
et Point Deux, 2012

Volte-face
Calmann-Lévy, 2012
et « Le Livre de poche », n° 32980

Le Cinquième Témoin
Calmann-Lévy, 2013

RÉALISATION : NORD-COMPO À VILLENEUVE-D'ASCQ
NORMANDIE ROTO IMPRESSION S.A.S À LONRAI
DÉPÔT LÉGAL : NOVEMBRE 2013. N° 113823 (133874)
IMPRIMÉ EN FRANCE